我在动物园搞文创 ①

我是宝的贝儿◎著

My Dear Animals

中国致公出版社　知音动漫

知音动漫图书 · 漫客小说绘出品

目录

contents

第一章

重回动物园

1

深夜，江城近郊的山海野生动物园像一座无人问津的孤岛，安静地蛰伏于夜色中。

一辆出租车从机场方向驶来，停在距离北门还有八百米的路口。车灯往前探去，照亮了一段坑坑洼洼的路面，左侧的公交车站也被拆得七零八落。

最近这片正在做城建改造，两车道扩成四车道，老旧的沥青路被挖掘机掀翻了表皮，露出下陷半米多的地基，车根本开不进去。道路两旁的小树林黑成一片，冷不防蹿出只野猫都能把人吓得够呛。

司机看看外面的环境，再看看后视镜里年轻的乘客，不由得担心："现在可是凌晨两点，你确定在这里下车？"

女孩盯着"正在支付"的手机页面，闻言轻轻"嗯"了一声，说："我家住在动物园北区，前面走两步就到了。"

司机怀疑她是没注意到周围有多黑，再次提醒道："别怪我多嘴啊，这里白天是挺热闹的，晚上就不好说了。山海集团为了尽快把游乐场建起来，高价收购地皮，附近农户一夜暴富，建洋楼、买豪车，挥霍几年就被打回原形。人呐，过惯了舒服日子，怎么还愿意吃苦呢？这些农户现在隔三岔五跑去山海集团闹，要钱、要工作，平时游手好闲的，偷鸡摸狗的事没少做！”

深更半夜，别说监控，路灯都被拆干净了，她一个小姑娘，要是遇到几个在外面晃荡的小流氓，后果不堪设想……

“要不，我载你回东门广场？”司机提议。

那儿开阔，刚才经过的时候，亮着灯的值班室里还有人影晃动。

手机显示付款成功，女孩抬起头笑笑，说：“从东门进，起码要走四十分钟才能到北区职工楼。您放心，这都到家门口了，我不拿自己的人身安全开玩笑，家里人已经出来接我了。”说着晃了晃亮着的手机，屏幕上有很多绿色的对话框。

见此，司机勉强点了点头，说：“行，那你注意安全啊。”

直到秦初晗走出远光灯的探照范围，出租车才掉头驶离。

这年头，好人还是多！

但她没想到打脸来得那么快，刚走几步，就见前方数十米开外，两个男人从旁边的林子里晃了出来，手里都拎着啤酒瓶，其中一个明目张胆地冲她吹口哨。

秦初晗眼皮子抬了抬，扶着行李箱的拉杆，不再往前走。中秋刚过，月亮藏在薄云里，溢出些许清辉，轻纱似的洒落下来，照亮她娇俏的眉眼，也把她婀娜的身影拉得修长。

男人们见她站着不动，像是在等他们过去，没安好心地笑出声来：“妹妹，这么晚了怎么一个人在外面？拉那么大的行李箱，回家呢，还是私奔啊？”

秦初晗不应声，揣在风衣口袋里的左手握着手机，但并不打算拿出来拨求救电话。

等到男人们晃晃悠悠走近一些，望清楚她姣好的面容，把酒瓶随手一扔，伸长了手臂像是要来抱她。玻璃瓶落在地上发出刺耳的碎裂声，刺破了黑夜。

一道黑影忽然敏捷地跳出来，落在秦初晗身后。

两个男人齐齐止步，脸色微僵，不可思议地看向对方。女孩儿身后站着一只黑色的……豹子？这是眼花了？

还没想明白，黑豹已经悄无声息地走了出来。它身长大约一米，粗壮的四肢矫健有力，长尾翘起，在空中轻摇慢摆，月光笼在它流畅健美的身躯上，照亮它光滑的皮毛。它粗壮的爪子抬起、再落下，顷刻来到二人跟前，那双亮棕色的眼睛牢牢锁定属于这夜的猎物，骇得两人不能动弹。愤怒的低吼从它的喉咙里溢出，半张的嘴边锋利的牙齿若隐若现。

空气仿佛凝固了，两个男人惊恐地与它对视，瞬间酒醒了大半，心跳加快，头皮发麻，大脑紧张得缺氧，耳朵里充斥着巨大的嗡鸣声……要死了……

它是真的！这附近可是江城最大的野生动物园，半夜溜出来只豹子也不是不可能！

黑豹压低前肢，对他们做出标准的攻击姿势。

生死一线，左边的酒鬼“呜哇”惨叫着转身就跑，右边那个慢了半拍，被黑豹的纵身一跃吓得一屁股坐在地上，没敢耽误，手脚并用地爬起来，赶紧跑！

“胆子这么小，半夜就别出来晃了。”秦初晗走到黑豹身旁，看着两个屁滚尿流的身影直摇头。

黑豹见她好像挺遗憾的，有些无语：“我要不出现，你就惨了。”

秦初晗根本不怕：“最近这附近在改建，没监控，我爸肯定下午特地去笼舍，说我差不多这个点儿到家。说吧，等多久了？”

黑豹就地蹲坐，很干脆地沉默了。它就该晚点儿出来，让她害怕一会儿！

“哎呀，你这是什么表情，好久不见了，来让姐姐抱一下。”秦初晗在它面前蹲下，亲昵地将它搂住，在它颈侧光洁的皮毛上蹭了蹭。

黑豹似乎受不了翻了一个白眼，却没有挣脱。

这只名叫闪电的黑豹，是山海野生动物园的园二代。出生时由于饲养员的疏忽，它被母亲弃养，无奈只能对它采取人工喂养。当时全园只有秦园长有喂养豹子的经验，秦初晗跟在父亲身边，与小黑豹朝夕相处，以姐弟相称，彼此很是熟悉。

闪电自小与人亲近，长大一些后独居黑森林馆，有舒适的笼舍和一大块专属露天活动区。但只有秦初晗和秦园长知道，每当深夜时分，它会一个助跑跃出活动区低矮的防护栏，避开摄像头，在园区乃至外面遛弯。

对了，秦初晗有个与生俱来的能力，能和动物交流，专注一点儿甚至能听到它们的心声，做到无障碍沟通。

闪电由着她抱了会儿，出声道：“我们豹子的一岁相当于你们人类六七岁，换言之，我现在二十五岁是有的，怎么也比你大一岁。”它要当哥哥。

秦初晗“扑哧”笑出了声：“听说最近园里给你找了个小姐姐准备合笼。”

那只名叫皎月的黑豹是从A市动物园来的，比闪电大一岁，经验丰富，就是性情过于冷傲，不怎么搭理闪电。

闪电抖了抖胡须，不动声色地还击：“听说你要回来，你舅妈已经在给你张罗相亲对象了。”

秦初晗拥抱的姿势僵了一下，“哎”地叹了口气。

互相伤害完毕，一人一豹闲聊着往家走去。快到北门的时候，闪电绕到另一边，避开门口的监控翻墙入园。

北门是员工通道，平时动物们的口粮也从这儿运送，两扇厚重的大铁门立在眼前，就跟看守所似的，门头上弧形的“山海野生动物园”七个大字不说锈迹斑斑，也有些年头了。

值班室设在里面，不过秦初晗有出入卡，直接刷开电子锁走小门进入。到了园子里，闪电神出鬼没地蹿出来，走位风骚，熟练地避开各个角落的摄像头。

秦初晗问：“马戏团那事还没解决呢？”

事情发生在一个月以前。有个游客偷偷溜进马戏团的专属休息区，拍下了一只孟加拉虎在笼子里打转的视频，发到微博上，引发了网友对动物园的声讨。

那只孟加拉虎叫泰坦，今年十二岁，是马戏团的明星动物，有丰富的表演经验。但视频里，泰坦根本不像宣传广告里那样威风凛凛，它沿着潮湿狭窄的铁笼边缘一圈圈地走，不时低下脑袋发出绝望的呜咽，还有那无所适从的眼神，哪里有森林之王的威严，连最基本的尊严都没有了。别说吃瓜网友，就连秦初晗看到这段视频都胸闷气短。人类在某些方面真的残忍又自私，不断伤害其他物种，就为了取悦自身。

问题在于动物园和马戏团是合作关系，网友和动物保护志愿者们从一开始就搞错了方向，前前后后闹了一个月，动物园发的声明被解读为推卸责任，抵制的声音越来越大，闹心得很。刚才秦初晗从北门进来，就见外墙被人泄愤似的用喷漆喷得花里胡哨的，墙角堆满了写着声讨口号的牌子，一片狼藉，不难想象白天的情景……

闪电走在灌木丛中，说：“这个从A国来的三流马戏团四月进驻，园里给的条件和以前合作的马戏团一样，结果他们那大鼻子团长利益至上，把合同改得面目全非，除了最基本的需求，园里正常向他们提供包括动物餐食、基础养护、医疗的附加条款全都没签。”

太阳马戏团把自己的动物关在移动笼舍里，不允许山海野生动物园的饲养员干涉，看一眼都不行，态度非常强横。

闪电道：“刚开始还以为他们在憋大招，结果那表演差得没眼看，对动物也不好。”

秦初晗一点儿不意外：“伍力文叔侄俩能签回什么好马戏团！”那两人狼狈为奸，一切向钱看，奈何上头有人，老秦也不能拿他们怎么样。关系户最讨厌了！

前面就是北区职工楼，闪电停了下来：“这马戏团有古怪，隔壁游乐场刚开业，伍力文一门心思想往那里钻，动物园反而成了他的绊脚石，秦园长快按不住他了。晗晗，你想想办法。”

秦初晗冲它笑笑：“放心，我既然回来了，不会坐视不管。”

北区占动物园总面积不到十分之一，由二十四栋联排别墅组成。原本开发出来是想做成高端酒店，打造“游客与动物零距离接触”的环境。老园长看出这其中的猫腻，坚决反

对，最终项目搁浅，初具规模的别墅沦为员工优渥的福利之一。园内工作满三年的正式员工均可申请，每栋别墅最多能容纳八人，拎包入住，相当于豪华的集体宿舍了。不过如今交通便利，园区还开通了往返专线，回市区最多四十分钟，是故这些宿舍只稀稀落落住了一半，算个与世隔绝的清静之地。

秦家虽然在市区有房子，架不住秦园长爱岗敬业，把动物园当作家。

秦初晗打开家门，发现书房亮着灯，秦怀远还在工作。于是父女俩在客厅短暂碰面，简单聊了两句，互相叮嘱对方早点儿睡，然后前者继续钻书房，后者回卧室，洗漱完毕，在床上支起小桌板，打开笔记本电脑处理工作邮件。

秦初晗今年二十四岁，大学学的是小语种，不过毕业至今没机会吃上专业这口饭。她在美术方面颇有天赋，儿时就喜欢用水彩笔乱涂乱画，秦怀远见女儿对绘画感兴趣，给她报了班，一学就是十来年。后来秦初晗在微博上用笔名“珑寻”认证画手账号，给喜欢的动漫和影视剧角色画同人作品，偶尔也出原创作品，以唯美细腻的国风风格获得了越来越多的关注。大二暑假那年，国内知名工作室“绘梦”主动跟她接触，正式将她签为旗下插画师。靠着这份精湛的手艺活，加上经纪人一套成熟优秀的运作，秦初晗还没毕业就过上了滋润的小日子。这次回江城前，秦初晗刚结束一个阶段性的合作工作，忽略合作过程愉快与否，总归能休息一阵子了。

登录企鹅号，林笙的即时消息弹了出来：“老师您去哪儿了？手机关机，信息不回，昨天下午签约你也不在，陆阎王把我狠狠骂了一顿，我太弱小了，一个人真的承受不来！”

秦初晗早就料到她会在网上蹲守，慢悠悠地打字：“不是还有阿词帮你分担吗？”

林笙暴风哭泣：“那个狗东西看您不在，招呼都不打一声就走了！您是不是回江城了，要不我把合同带过来给您过目？”

秦初晗有点儿不耐烦：“我说过了，那本《猛禽观察日志》的插画，我需要考虑看看。”

林笙发了一排飙泪的表情：“您给祁教授那本《游禽观察日志》画的配图多完美啊！纵观整个业界，只有您细腻动人的笔触能够充分展现出祁教授文字中描述的动物，难道您不觉得你们的合作是天衣无缝完美无瑕的吗？”

屏幕淡淡的光映在秦初晗不为所动的脸上，她冷酷回复：“不觉得。”

林笙越发撕心裂肺：“为什么？告诉我这到底是为什么？！”

秦初晗打着哈欠敷衍道：“很晚了，明天再说吧。”

合上笔记本电脑，她脑中浮现出一张冷峻的脸，以及那天暴雨后她撞见的尴尬一幕……

算了，别想了，睡觉！

2

秦初晗三个月没回家了，这一觉睡得很香。次日不知几点，只听一阵有节奏的敲玻璃声，哐哐哐、哐哐哐……没完没了，一副跟你耗到天荒地老的架势。

最八卦的家伙串门来了。

秦初晗半眯着睡眼翻身坐起，手脚并用爬到床尾，手探出去打开窗户。

伴随一阵清爽的空气，通身紫蓝的金刚鹦鹉迫不及待钻了进来。它抖着羽毛上的水珠，嘴里碎碎念：“快中午了还不起床，你干脆搬到考拉馆去住。哎呀，最烦下雨天！”

秦初晗根本不理它，原路爬回，一头栽进枕头里继续睡。

紫蓝金刚鹦鹉盯了她几秒，张开色彩鲜艳的翅膀扑棱几下，从窗台飞到她枕头边：“晗晗？晗宝？小初初？”它收起鹦鹉骨子里的聒噪和急切，勾着脖子在女孩耳边轻声细语。

李昂今年三十四岁了，作为山海野生动物园的初代元老级动物，吃的坚果比秦初晗吃的盐都多！毫不夸张地说，秦初晗从小学一年级到高三最后一天从不迟到，它功不可没！

“再不起来太阳晒屁股啦！”李昂持续温柔攻势，父爱如山。

“别想骗我，外面下着雨呢……”秦初晗用枕头捂住脑袋，侧身背对着李昂。身为一名专业的绘画工作者，昼伏夜出是常态，每天睡到中午十二点是对职业的基本尊重。况且阴雨天最好睡觉了。

李昂安静地盯着秦初晗，黑豆似的眼睛转了转，翅膀一展，跳到枕头上。枕头下发出“嗷”的一声，秦初晗整个人烦躁地扭动起来。李昂稳稳站着，腿爪有条不紊地在枕头上一踩再踩，给睡懒觉的家伙制造压力，然后不管对方有没有在听，它先说为敬：“夏天要生了，是头胎，最近情绪不太稳定，我看长空跟着怪紧张的，好像孩子是它的一样，喊！小熊猫馆那几个熊孩子又打架了，跳跳磕断了一颗门齿，流了一脸血，昨天被饲主抱走了，给它妈担心得呀！对了，还有梨花糖，小丫头最近很是古怪，经常坐在树下气鼓鼓的，不知道在琢磨些什么，饭量也小。”

李昂边说，秦初晗脑子边跟着转。

夏天是住在象馆的一头暴躁的亚洲象，长空是毒舌的非洲长颈鹿。说来也怪，园里的大象和长颈鹿那么多，唯独它俩从见面的第一天起就互看不爽，常常吵架。不过秦初晗却觉得，它们的感情比看上去的要好很多。

跳跳从小立志成为小熊猫馆的王者，不过跟它同龄的几个家伙不会轻易让它如愿就是了……打吧，没打过架的童年是不完整的。

梨花糖住在大熊猫馆，标准园三代，秦初晗跟它妈妈团圆的关系最好了。小丫头集万千宠爱于一身，吃吃睡睡没烦恼，忽然饭量减少，确实是个值得重视的问题。

思及此，秦初晗彻底醒了，被子一掀坐了起来。

这次换李昂没防备，差点儿摔在地板上。它咋咋呼呼往旁边扑棱，羽毛都掉了一根："我年纪大了，经不住你吓！"

"大家寿命差不多，你要自信点儿。"秦初晗抓起手机看时间，九点还差三分钟，这叫"快中午了"？！

顺手把手机的飞行模式关掉，信号接通，短信、微信，还有各种软件推送排山倒海地涌到屏幕上。秦初晗厌烦地皱了皱眉，放下手机："我会挨个儿去看看大家的，园里还有别的新闻吗？"

紫蓝色的大家伙飞到衣帽架的顶端，挺直胸脯，站得像个标本："园长力排众议要把动物医院做起来，董事会已经同意了，还请了个特别厉害的动物学家来助阵。刚才我来的时候，看到昊昊开车出去，应该是去机场接人了。"

其实秦初晗想问马戏团的事，不过动物医院她从很小的时候就听老秦说一定要做。国外很多一流动物园都设有专属的动物医院，给动物们创造最好的医疗环境之余，带动相关领域的科研发展。相比之下，国内在这方面确实做得不够好。山海野生动物园虽然背靠山海集团，资金方面不成问题，可是一想到伍力文这颗老鼠屎，还有背后给他撑腰的人，秦初晗瞬间体会到父亲的艰难处境。

"这次我会待久一点儿。"她径自拿着主意，又问李昂，"那个马戏团是怎么回事？"

李昂一听就上火，脖子上的毛都向外炸开了："他们是败类！跟伍力文一丘之貉！"

好家伙，一段时间不见，它又学会个新成语，还用得相当精准。

秦初晗点头道："明白了，不着急，我想想办法。"

吃完不算早的早餐，外面雨也停了，秦初晗骑着自行车离开北区，先去看望小伙伴们，顺便收集情报。

山海野生动物园建园近三十年，前身为江城森林动物园，实际占地71.6万平方米，背靠4A级月夏湖景区，园内绿化覆盖面积达83.2%，共有世界各地珍稀动物两百余种，近两千六百余只。全园设施完善，集餐饮娱乐为一体，是山海集团旗下唯一一家森林野生动物园。园内采取自负盈亏的经营模式，赞助自己拉，广告自己打，动物自己照顾，在两代园长精益求精的运营下，有了今天的规模。

秦初晗和园中的动物们一起长大，大家如家人般亲密。

午饭前，她来到大熊猫馆。这个馆位于园区中心，占地1800平方米，目前共有成年滚滚两只，未成年小滚滚三只，一支十七人的团队专门负责照料它们。

今天天气不好，断断续续下着小雨，秦初晗室内室外找了半天，才发现躲在木栈道背面嘤嘤嘤哭着的梨花糖。

秦初晗问它难过什么，它还不好意思说，声东击西地拿起身旁的嫩竹递给她："晗晗姐，你吃点儿吗？"想要堵她嘴的意思很是明显。

秦初晗蹲在它跟前，好气又好笑："你多大我多大，居然跟我耍心眼？你妈妈生你的时候我可是全程陪同的。都说你最近不对劲，怎么回事？赶紧跟我说说，待会儿我还有别的事要去忙。"

梨花糖垂下头支吾了一会儿："我就是生气嘛……"

秦初晗循循善诱："气什么？谁惹你生气了？"

"还能有谁，就是酷宝！它说我没有小苹果好看。"梨花糖眼睛都湿润了。

"小苹果是谁？"秦初晗没印象。

"是华中动物园的熊猫！"梨花糖跟她告状，"上次露露阿姨带酷宝去保健室做检查，它在电脑上看了人家的图片一眼，回来就笑话我长得圆滚滚，脑袋圆滚滚，平时吃得又多，连树都爬不上去。我好气啊，气得吃饭都不香了！"梨花糖说得激动，两只前爪在身前来回挥舞，气成一颗黑白球。

秦初晗怕被它的爪子挠到，连忙后仰，并在心里发笑，小家伙居然开始在意身材了……

"这件事确实是酷宝不对，我这就去教训它。"秦初晗拍拍手站起来，就要去收拾酷宝。

梨花糖急了，胖乎乎的前爪抱住她的腿："别去别去，我们熊猫本来就是圆滚滚的，再说了，大家都住在一起，我也不想把关系搞得太僵……"说完，委屈巴巴地仰起看不见的脖子望着秦初晗，为它的小竹马求情。

秦初晗蹲了回去，用手轻轻揉它的脑袋："它害你难过，就这么算了？"

"算了吧。"梨花糖老气横秋地叹了口气，"昨天它又开我玩笑，我气得没理它，下午我的卧室门口就多了一根香蕉，肯定是它放的，它只是不好意思跟我道歉。"

这时，远处石山背面传出一点儿响动。秦初晗扭头看到一只没来得及缩回去的后腿，黑色的绒毛，脚掌上还沾了几根杂草。

梨花糖轻哼："看吧，它就是这样的，我都习惯了。"

秦初晗故意提高声音："既然是这样，你要好好吃饭，好好学爬树，不然我一准收拾

酷宝！”

“我爬树可厉害了。”梨花糖坐在地上，两只后腿舒展呈“八”字形，拿起刚才假惺惺向秦初晗示好的嫩竹啃了起来，边吃边说，“又不难，我只是不喜欢。”

“真的吗？”秦初晗表示怀疑。

别看大熊猫体形笨重，其实都是爬树高手。野生大熊猫外出觅食时，幼崽会爬到树上，尽可能爬得高高的，以此躲避危险，可以说爬树是它们最重要的生存技能之一。梨花糖从小在动物园长大，天然缺乏危机意识，按它这个年龄看，确实应该早就熟练掌握爬树技巧了，偏偏秦初晗从没见它爬过，不免有些担心。

梨花糖有滋有味地嚼着嫩竹，道：“是真的，我没骗你。有天我心情还不错，一口气爬上了园子里最高的那棵树，我还看见伍老头跟一个游客站在新修的房子后面说话。”

秦初晗神色变了变，问：“什么时候的事？”

梨花糖口中的“园子”是大熊猫馆最大的户外运动场，半圆形的观看台，有三层错落的大型爬架，里面移植栽种的树木都做了精心修剪，只要熊猫们爬的高度足够，能看到很远。

“都好久了，我记得那天下午吃的水果是梨，甜滋滋的，我好喜欢。”梨花糖仔细想了想，“后来那个游客好像给了伍老头什么东西。”

原来如此……

“梨花糖，我也好喜欢你！在我心里你就是最可爱最漂亮的大熊猫，没有之一！我还有事先走了，改天再来找你玩！”秦初晗给它狠狠挠了一把脖子，起身离开大熊猫馆。

梨花糖靠坐在栈道木柱上，淡定地吃着嫩竹：“哎呀，夸得我都不好意思了。”

它所处的位置是一个下沉式的全封闭活动室，一半连接馆内长廊，另一半是类似玻璃花房的格局，游客可以站在玻璃墙的观看区，居高俯视大熊猫的一举一动。

秦初晗和梨花糖都没发现，就在她们交谈时，有两人将她们的互动尽收眼底。

大熊猫馆游客区，C 区。

时昊见秦初晗又是揉梨花糖的脑袋，又是给它挠下巴，玩够了转身就走，那轻车熟路的架势，不知道的还以为是动物园给哪个游客开绿灯搞特权。他讪讪笑着，对旁边的男人解释：“祁教授，那是我表姐，她在园里长大的，跟动物们关系很好。”

他身旁这位是国内外顶有名的动物学家，年轻有为，姑父三顾茅庐才把人请来。时昊从机场接到人，准备回北区安排住宿。可祁教授不愧是专业学者，车刚开进动物园就提出要先逛园区了解环境。撞见表姐把熊猫当玩具揉的一幕，不知道人心里该怎么想。表姐也是的，进熊猫馆好歹穿个白大褂做做样子呀……

“无妨，那只熊猫很喜欢她。”男人专注望着馆内还没成年的熊猫，口气虽淡，却让人信服。

“这您都看得出来，不愧是业内顶级专家！”时昊负责动物园的绿植建设和一切粗重活，对园子里的动物的了解程度仅限于不叫错它们的名字。

祁应琛不一样。

时昊听说园里要来一位动物学家坐镇，就抱着怀疑的态度在网上搜过他的相关新闻，这一搜就惊着了。

祁应琛，现年二十七岁，名门之后，大学毕业后毅然拒绝国外研究所的高薪聘请，回国后致力于动物医学领域研究。他在读博期间研发出一种专门治疗动物烫伤的药，直接公开专利，没用来谋取半分利益。而且他不只搞学术研究，还给动物开刀做手术，是真正干实事的人！

之前时昊没在网上搜到他的照片，还戴有色眼镜腹诽：搞学术研究的，不是秃子就是矮子。今天在机场见到人远远走来，他朴实的内心掀起了惊涛骇浪。

祁应琛一米八五的个头，宽肩窄腰，穿一件咖啡色的风衣，一双大长腿把西装裤衬得笔直，还有那张可塑性极强的脸，扔在电视剧里妥妥的男主角，驾驭谍战、偶像、商战题材，跨界古装市场，哪怕在婆媳剧里当个背景板也是赏心悦目的。

来到动物园里那就是活菩萨了，得好好招呼着，不能让他轻易走了！时昊的思绪不知不觉跑远了。

祁应琛也不扰他，拿起手机看刚收到的短信。

陆禾带着十足的杀气问：“到了吗？见到我们画家没？她住北区 09 栋，要是不在动物园，我把她市区那个家的地址发你。给你一百万帮我打死她，多退少补。”

祁应琛还没疯：“我来动物园是正经工作，不兼职打手。”

法治社会，祁教授是遵纪守法的好公民。再说，他也不缺那点儿钱。

陆禾还在生秦初晗的气，好友难逃株连：“她拖的可是你新书的进度。”

祁应琛一如既往的冷静：“所以更不能打死她了。”

陆禾持续暴躁：“刚给她打电话，通了，拒接。我上辈子造了什么孽，要被自己捧红的画家虐？高兴的时候熬大夜给我优质稿，不高兴招呼都不打一声就走，我欠她的吗？”

祁应琛慢条斯理地单手打字：“我也搞不明白，她一没拖稿，二没毁约，我和她下本书的合作，她也答复说要考虑一下，画家有自己的想法我都理解，怎么你这个老板非要把人拘在身边，连这点儿自由都不给？”

陆禾："难道我指着'绘梦'这一个工作室吃饭吗？我家杂志缺个十二月刊封面，我稀罕晗晗的脸，想让她给我拍几张大片而已！我捧她进军时尚圈有什么错！"

祁应琛："那你还要我帮你打死她？"

陆禾："我说气话不行吗？！啊啊啊你好讨厌！不聊了！"

祁应琛："……"其实他也不是很想搭理这个经常暴走的家伙。

放下手机，他扭头一看，馆里那只熊猫还在吃，胃口真不错，看毛色和各方面状态，相当健康了。山海野生动物园还是有点儿水平的。还有刚才……祁应琛脑海中浮出女孩子揉熊猫的画面，那笑容生动好看，恍惚间他好像在阴雨天捕捉到一丝温暖的……阳光。这个秦初晗，对动物笑容可掬，对人却高冷得不行。也是，人性复杂，哪里有动物讨喜。

时昊见他眼不眨地盯着梨花糖看，道："它叫梨花糖，是咱们园里的小明星，四岁半了。祁教授，我带你进馆里看看吧？"

祁应琛回过神来："有劳。"

之后一整天，秦初晗在动物园里收集到不少情报，对太阳马戏团也有了一定的了解。晚饭时，她得出结论："伍力文想跳槽去游乐场，不管是出于记恨、报复，还是被条件打动，泰坦刻板行为的视频肯定是他找人溜进马戏团内拍下来发到网上的，他还雇了水军带节奏。"

秦怀远坐在饭桌前，看着面前踱来踱去分析得头头是道的女儿问："能不能拿出证据？"

"梨花糖说的房子是新修的熊猫主题卫生间，我去看过了，背后正好是监控盲区。"秦初晗后来又去监控室调了一个月前的监控，看到眼睛疼也没有实质性的进展。伍力文在动物园干了十多年，处处和老秦作对，暗地里没少使阴招，行事也越发小心，很难抓到把柄。

秦初晗手里拿着早上李昂掉的那根羽毛，在空中那么一挥："不过我已经想到办法让他主动上钩，您只管等我的好消息！"

秦怀远会心笑笑，多日来藏在眉宇间的阴霾散去少许。女儿的话，他是相信的。

"行啦，先吃饭吧，回来就忙着当侦探，一天都没见到人。"齐美娟端着最后一个菜从厨房里走出来，大嗓门喊，"时旭！时昊！十秒内不出现在饭桌旁就别吃了！"

秦初晗连忙拉开椅子坐好，端起饭碗，乖乖听舅妈的话。

齐美娟满意地看着外甥女，眼珠子微转，试探着道："这个星期六把下午饭的时间空出来，舅妈给你介绍个对象，包你满意！"

秦初晗拿筷子的手微微颤抖："这件事有没有商量的余地？"一旦走上相亲这条路，

想回头就难了！

“就当吃顿饭认识个朋友，餐厅都订好了，舅妈和你一起去，不会尴尬的。”听说外甥女回来，齐美娟早有安排，要问她自己的意见，准没下文！

秦初晗拿眼神向老秦打求救信号。秦怀远视而不见，嘴上带着一丝介于隐忍和窃喜之间的笑容。女儿的个人问题，该催的还是要催一下。

齐美娟看到她的小动作，胸有成竹地笑了：“这事你爸早同意了，劝你别做无谓的挣扎，星期六乖乖跟我走一趟。”

秦初晗无比苦涩：“我才二十四岁，为什么要承受那么多……”

时旲从楼下客厅蹿上来，拉开她旁边的椅子坐下：“早点儿接受这个家目前最真实的现状吧。自从去年我妈帮鹿苑老张家的女儿牵线成功，做媒的心就一发不可收拾。给你举个例子，闪电和皎月不是合笼吗，我妈在旁边看得可着急了，要是情况允许，她一准上手给它们摁头配对——给我在一起！”

齐美娟女士，为动物们采购最优食材，给外甥女寻觅最佳良配！

时旲边说边比画，双手夸张抬起，手掌假装摁着两头黑豹的脑袋，用力地靠拢。

秦初晗想到黑豹说起合笼时苦了吧唧的表情，“噗”地笑了出来。

时旲边拿碗盛汤边说：“笑吧，过几天你就笑不出来了。”他见过母上打算介绍给表姐的对象，怎么说呢，无论是气质还是外形，都是长辈中意的那种憨厚……也只是看上去憨厚，谁知道骨子里是个什么样的人。

秦初晗听出他的言外之意，问：“你见过了？”

时旲冲她挤出个夸张的表情，还没来得及表演，后脑勺就遭到亲妈痛击。

齐美娟对外甥女语重心长道：“我也觉得现在给你介绍对象早了点儿，可一想到你的工作不是在家里画画，就是在工作室画画，我就心急。你看你毕业后这三年，有认识新朋友吗？工作对象和助理可不算啊。”

秦初晗张了张嘴，发现找不到任何反驳的点。

齐美娟再道：“不是说给你介绍了对象就要你马上跟人家结婚，咱们骑驴找马还不行吗？小林是海归，年轻有为，算下来比你大五岁，为了孝顺父母，学成之后没在国外研究所待，回来在这边的大学教书，给研究生上课，工作稳定又体面，有车有房，为人彬彬有礼，总之你见一面就知道了。”

“海归，年轻有为？”时旲忽然想起一个人，“按这个标准，我首推祁教授！”

齐美娟和秦怀远都愣了。

秦初晗一脸严肃："什么祁教授？"近来她对教授过敏，钻研动物学还姓祁的尤甚！

时昊精神抖擞地说："祁应琛祁教授啊！祖父是国画大师，祖母是知名外交官、翻译家，父母做生意，家里开着大医院，他自己也有真本事。最重要的一点，他今年才二十七岁！我才从机场把人接来，要不是他下午赶着回市里参加会议，这会儿已经出现在我们家了。"

秦初晗"哦"了一声："这么牛的人来动物园做什么？"

"帮姑父搞动物医院啊，人家现在是山海野生动物园专业顾问，顺便做点儿自己的学术研究，分文不收，给安排住处就完事了。我已经很久没在一个人身上看到视钱财如粪土的宝贵品质了。"时昊有问必答，还怂恿道，"要我说，祁教授这匹现成的汗血宝马就在眼前，还骑什么驴。"

秦初晗心说可不是，这年头禁欲系多吃香啊，眼角那滴泪痣骚断腿，她都差点儿着了道。

齐美娟觉得儿子说得有道理。早上她和祁应琛打过照面，小伙子的气质风度、言谈举止，还有家境底蕴，确实比小林强。而且他的专业是和动物打交道，爱心和耐心肯定是有的。齐美娟慈爱地望向外甥女，改口道："如果是祁教授的话……"

话还没说完，连带着秦怀远都开始期待起来。

秦初晗不得不泼全家人的冷水："我和祁应琛认识，他上本著作《游禽观察日志》的插图部分就是我负责的，人家有女朋友，而且同居了，说不定等他稳定下来，女朋友也会过来一起住。"

饭桌上顿时出现三张失望的脸。

"原来你们认识，还挺巧的哈……"齐美娟脸上大写的遗憾。

"那你星期六还是去骑驴吧。"时昊摇着头，幸灾乐祸地夹菜吃。

"就去吃顿饭，别的不勉强。"秦怀远给女儿设了个心理底线。

"去！不就是吃顿饭吗，多大点儿事儿。"秦初晗那叫一个大气。

四个人都起筷了，忽然发现少了点儿什么……齐美娟放下碗，坐得四平八稳，清了清嗓门喊："时旭，你要修仙是不是？饭都不吃了？！"

半晌，秦初晗那沉迷于仙侠小说的舅舅终于现身。不吃饱哪里有力气渡雷劫……

直到晚饭结束，齐美娟还在可惜祁应琛有女朋友这件事。秦初晗不多言，钻进房间打开电脑，连上数位板——开工！今天的创作灵感来得很妙，她打算画个四格漫画，顺便钓鱼。

勾线，修改，上色，加上对话，不到一小时，四格漫画搞定，接下来就是上传微博。

打开社交软件，"999+"的红色提示让秦初晗从绘画的愉悦中稍微回过神来，再看——

账号名称：珑寻

认证信息：插画家，绘本作品《琥珀》。

粉丝数量：1241826

呃，登错了，切换成小号。

秦初晗一直记得，大二暑假那年，陆禾突然出现，秉持着极简主义做完自我介绍后拿着一沓合同追着要她签约，还独家买断，说包她大富大贵……秦初晗以为自己遇到了疯子，吓得差点儿报警。

陆禾只比她大一岁，出身富贵，显而易见的神经质，找上她的时候，正在为旗下渐入佳境的艺术工作室寻觅“镇社之宝”。秦初晗扛不住他缠，加上对“绘梦工作室”早有耳闻，便将“珑寻”这个笔名签给了他，合同五年一续，有保底，合作走分成，珑寻的个人作品，绘梦只做代理。陆禾经商天赋十分了得，把“珑寻”打造成了国内首屈一指的插画家，作品和身价都水涨船高。当然，这些都离不开秦初晗精湛的画技作为基础。

这几年合作愉快，陆禾对她只有一点要求：未经允许，不得以“珑寻”的身份出席任何公开场合。简而言之，保持神秘感。因此，插画家珑寻从不在微博上发生活状态，除了配合商家做广告宣传，每个月定期出一两幅有质量的画稿维持热度，其他时候多保持低调，商业气息甚浓。秦初晗本来就不爱官方社交，乐得轻松。

但小号就不一样了。名为“动物园团宠”的微博账号是她的个人专属，登录即可放飞自我。在这里，秦初晗可以随手分享日常，比如雨后从云里探出的一缕阳光、午后的一杯咖啡、网购的小零食、某天下午阅读一本书的心情……还有以动物为主题的四格漫画，创作灵感全部来源于她在现实中和动物们发生的有趣日常。

除了家人和少数几个能够交心的朋友，她无法坦率地告诉其他人“我能够和动物交流”。就算说了，别人也不会相信，反而还会笑话她，觉得她有病。但在她创作的四格漫画里，动物们都会说话，直观地展现出喜怒哀乐。这是秦初晗敞开心扉畅所欲言的出口。

凭借可爱的画风，如今“动物园团宠”也累积了快两万的粉丝，吸引到不少动物爱好者。秦初晗会在留言区和大家交流，聊聊逛过的动物园、世界上存在的奇珍异兽、家养宠物……

今天的四格漫画，梨花糖必须是主角，画的是它哭诉酷宝笑话自己圆滚滚，之后又抱着秦初晗的腿求情的情节。酷宝那只没来得及收回藏好的腿是点睛之笔。

打上水印上传发布，很快就收到反馈——

“快，来我怀里嘤！”

“哈哈哈熊猫哪里有不胖的，梨花糖自信点儿！”

“熊猫都有对象了，我对象在哪儿呢？”

"第四格左上角那只脚，酷宝，你暴露了。"

"这是江城的动物园！我见过梨花糖，超级可爱！酷宝很调皮的，它们是青梅竹马。"

"云吸！使劲吸！"

"阿宠今天很早啊，还有吗？"

"阿宠"是粉丝给秦初晗这个账号取的昵称，也有人叫她"团宠君"。

四格漫画画风可爱，情节有趣，有两年绘画基础的画手都能够做到这样的程度，和大号珑寻的画风有天壤之别。而关注她的粉丝大多只想看四格漫画，图个轻松愉快，看完就忘，谁也不会把漫画内容和社会热点联系在一起。

除了别有用心的人。

半小时后，秦初晗再去看留言区，前几条评论已经变了味儿——

"是江城东郊的山海野生动物园吗？听说他们虐待动物。"

"扔个视频链接，点击就看孟加拉虎刻板行为，一个月前发生的事，热度不能下去。"

"我很早就想问了，团宠君对动物那么了解，会不会是哪家动物园的工作人员，今天真相大白，哦，原来是没有心的山海野生动物园。"

鱼儿咬钩了。

秦初晗拿起手机拨通顾词的电话："事情查得怎么样了？"

顾词是江城本地人，和林笙一样是秦初晗的助手，不过绘画只是他的副业，主业是记者，根正苗红的帝都传媒大学新闻学专业毕业。其实早在一个月前，他就留意到山海野生动物园的负面新闻。这家动物园是江城许多80后、90后甚至00后共同的童年回忆，环境优越，动物种类繁多。顾词念书时，学校组织的春游都来过两次。今早接到秦初晗的电话，他立刻订票回来，下飞机直奔相关单位，把太阳马戏团查了个底朝天，收获颇丰。

"从备案到演出协议，包括场地证明等书面函件全都齐全，演员护照和动物健康证这些也没问题，不过——"顾词打着电话，钻进一家便利店，打开门边的冷藏柜，拿出一瓶矿泉水，拧开盖子仰头咕噜咕噜地喝。

看店的是位头发花白的老太太，扶着老花镜从柜台后站起来，警惕地望着他，生怕他转身跑了。

外面跑一天是很辛苦的，秦初晗听到他喝水的声音，转而关心道："你吃饭了吗？"他话尾的"不过"两个字，已经给足了她期待的空间。

"刚跟文化局的老同学吃完，饭桌上被灌了几杯酒，没醉，就是嗓子干得冒烟，感觉喝到了假酒，我也不好意思当面说。"顾词喝完水，去柜台结账，又拿了两包烟，老太太脸色才好些。

秦初晗听笑了：“改天来动物园，我拿秦园长珍藏多年的好酒招待你。”

顾词爽快地答应下来，拿着半瓶水和两包烟走出便利店，言归正传：“这个马戏团各方面看起来都很正规，但我还是发现了一个不容易注意到可实际上相当明显的问题。你只要抓住这一点，那个姓伍的总经理不管站在什么立场都百口莫辩。我待会儿把影印件发到你邮箱，你看了就明白了。”

秦初晗扬起眉：“要不我先请你吃个夜宵？”

顾词走在回家路上，好心提醒她：“你小号都快被大水淹了，还有心情吃夜宵？”

大约十分钟前，林笙火急火燎地给他打电话，说秦老师的小号的留言区突然变得乌烟瘴气，还有不少网友“慕名”来骂，俨然把她当成黑心动物园的狗腿子。

秦初晗正握着鼠标津津有味地看评论：“没事，我水性好。”

珑寻老师是游泳池冠军选手，日常一小时一千五百米，发挥得好能游三千米，解压塑形，预防心血管疾病，健康生活每一天。伍力文找的那些水军，还不够她畅游的。

“我有个开工作室的朋友，做网络数据一流，报我名字打三折。”顾词知道她这次回江城就是为了打妖怪，实质性的证据也帮她找齐了，就是不清楚她具体准备怎么做。此一时的舆论战，珑寻老师明显落了下风。

他和秦初晗同岁，为人老成，办事干脆利落，相当可靠。两人私下是朋友关系，刚到帝都那会儿就在老乡聚会上认识了，说话不用拐弯，需要帮忙直接开口就好。不过秦初晗盯着屏幕上不断刷新的留言，眉开眼笑地说：“暂时不用。有需要我会跟你开口。”

“好。”

结束和顾词的通话，秦初晗换上睡衣，敷好面膜，回到电脑前，十指相扣略做活动，开始反击——

“既然被你们发现了，我也没什么好隐瞒的，我确实是山海野生动物园的人。

“孟加拉虎刻板行为的视频是真的，对此，我们动物园难辞其咎，我本人对这件事也感到相当痛心。

“或许有人会觉得我在为动物园开脱，但太阳马戏团和山海野生动物园是合作关系，白纸黑字签的演出合同。这涉及一些利益相关方，我人微言轻，不能说太多。只能说事情爆出来前后，太阳马戏团真的不允许我们干涉丝毫。

“说一些我了解的情况吧。按照惯例，包括大舞台在内的区域会交给进驻园区的马戏团来管理，从一开始，太阳马戏团就拒绝了我园提供的动物医疗、饮食等条件，平时除了

表演时能看到他们的动物，其他时候动物被集中关在园内的中转场地，差不多在‘缤纷森林大舞台’左边的候场区，各个出入口都被他们把死了，动物园的内部人员也很难进去。所以我不禁怀疑，那段视频是怎么流出来的？看到这里，希望那位拍视频的朋友私下联系我，告诉我溜进去的诀窍，我和大部分网友一样，很担心那只孟加拉虎的健康状态。

“相信来过我园的游客都有体会，这么多年，山海野生动物园一直在不断完善，力求给动物最好的生活环境，不管是饲养员也好，管理者也好，我们都有用心对待。虽然不得不承认，动物园内部管理确实出了问题，我园正在积极解决，并不像有些人说的，官博发个敷衍的公告就完事了。

“其实我一直觉得人类很残忍，动物园的出现，源于人类满足私欲的收藏癖，本身的存在就有违自然。幸运的是，现代动物园已经在向保护动物、拯救濒危物种这些方向发展，山海野生动物园亦在其列。

“我们业内有句话很出名：公众的关注，是动物园前进的唯一动力。在此，我恳请大家继续关注我，关注那只孟加拉虎，督促我们去积极、努力地解决这件事。”

带节奏谁不会？眼下关注度在团宠君身上，根本不需要专门花钱找工作室跟伍力文请的水军斗。秦初晗说的每句话都是节奏点，都可以拓展发酵，让大众尽情展开想象力。今夜，她就是全网最靓的键盘侠！

次日中午，“动物园的标准是什么”“拯救孟加拉虎”“动物园团宠”等词条相继出现在热搜榜上，成绩最好的时候，一度冲到第十四名。山海野生动物园再一次出现在大众视野中。团宠君还因此涨了一波粉。

搞完铺垫，秦初晗不着急了，习惯性打开手机的飞行模式，宅在家里刷剧、画画、睡懒觉，优哉游哉地过了两天清净日子。

3

周四，工作日依然没多少游客。

清早，秦初晗跑去象馆跟饲养员打了招呼，陪夏天出来散步。

亚洲象是亚洲现存最大的陆生动物，随着生态的破坏，其生存空间不断受到挤压，加上偷猎行为屡禁不绝，现存野生亚洲象数量非常稀少。这些年，山海野生动物园一直在参与保护亚洲象的公益项目。夏天是山海野生动物园加入这个项目拯救的第一头象。它出生在云省南部与老挝相邻的边境，村民发现它时，它的家人已经全部死在偷猎者的枪下，不足一岁的它奄奄一息，依偎在父母身边。当地政府将它送到动物园，在医生和饲养员的精心照顾下，经过长达半年的时间它才逐渐恢复健康。秦怀远为它取名“夏天”，希望它能忘掉幼时经历的苦难，阳光快乐地度过这一生。而今夏天已经融入园中大象的家族里，还孕育了小生命。

大象怀孕是件辛苦的事，光孕期就有二十二个月，每胎只产一崽。小象出生后，母象会用母乳喂养三到四年。自从夏天怀孕，整个象馆为它忙里忙外，还开了每周四早上固定游园的特殊待遇——它是被饲养员养大的，再也无法回到野生环境，和家族里其他亚洲象比起来，它与人多了几分亲近感，要是其他大象怀孕，可不敢放出来，让其大摇大摆地和游客玩耍。

今天，秦初晗是它的陪护。

时近深秋，园里的枫叶褪去好看的红色，落得满地都是。一人一象悠闲地漫步在园区主干道上。许是天气凉爽，夏天的心情还不错，主动聊起那只孟加拉虎的八卦：“晗晗，你去看泰坦了吗？听说它可凶了，还吃过人呢！”

“马戏团的人不让进，防我跟防贼似的，没见着。”秦初晗走在它身侧，想起这两天数次突击失败，气不打一处来。

“要是谁把我当赚钱工具关在又黑又暗又潮湿的笼子里，关个十年八载，我有机会也要大开杀戒，咬死一个算一个。”夏天扬起长长的鼻子，“先把伍老头吃了。”

秦初晗嫌弃道：“他心眼那么坏，肉肯定是臭的。”

夏天觉得闺蜜说得有道理，改口道：“那就咬脖子，咬到断气再松口。”

“好主意，我心动了，晚点儿我去问问闪电有没有这意向。”秦初晗拿出手机，关掉飞行模式，信号接通，积攒了两天的信息开始疯狂弹出。

夏天探头来看：“谁找你呀？”它不认识字，但它知道这是人类用来互相联系的工具。

正弹着消息的屏幕忽然被一通来电显示取代，随之出现一个肥头大耳的 Q 版地中海人物。秦初晗给通讯录里的每个联系人都画了 Q 版，算是画家的任性吧，其中伍力文画得格外丑，也格外符合他本尊的形象。

伍力文和秦怀远差不多年纪，是空降的，一来就任总经理这一要职。园里什么事他都要插一手，有利可图的他占着，捞不着钱的他也不无视，隔三岔五挑刺找碴儿。公器私用、任人唯亲，抢功劳总能跑在最前面，职场上讨人厌的点他全占齐了。论恶心人的手段，纵观全园，他说第二，没人敢认第一。

这么个阴险狡诈的关系户，在电话里说要送秦初晗一份礼物，问她在哪儿，要亲自送

过来，就问一句怕不怕！

秦初晗看了看身边体长五米、身高两米的夏天，气定神闲地说："我在梧桐叶子湖，望月山这边。"

梧桐叶子湖是动物园最大的天然湖泊，从高空自上而下俯瞰，像一片五星梧桐叶，因此得名。秦怀远初任园长时，曾经得到山海集团大笔资金的支持，他亲自参与重新设计了这片湖的结构，充分利用自然资源，参考梧桐叶的叶茎，先搭建一条水上主道将湖一分为二，再以此为基础向四周拓展延伸。

这些游客走道之间建有十几座大小不一的人工岛群，环尾狐猴、短尾猴、滇金丝猴和黔金丝猴，以及少数猩猩、树懒占岛而居。根据它们的生活习性，设计师有针对性地对小岛进行升级绿化建造，力求让每个岛都形成独立的生态体系。另外，湖上分区散养着大型水鸟，游客沿着湖边散步就能看到它们。

原本还要在小岛上修建大型鸟笼，铺保护网，细分出四五间小房子，做成有玻璃门窗可观察的室内繁殖室，在展示动物的同时帮助它们繁殖个体，观察研究。毕竟人有千百种性格，动物也一样。比如白腹鹭这种已经被 IUCN（世界自然保护联盟）评估为 CR（极危）的水鸟，胆怯又机警，见人就躲，反应灵敏，飞得还快，放到动物园里就得有更好的配置和待遇。可惜改建还没完成，山海集团突然断了资金链，强行让动物园开启自负盈亏的困难模式。干实事的秦怀远都来不及伤感，顷刻投入到其他地方去，想方设法给动物们做丰容——有钱有有钱的花法，没钱有没钱的活法。

一晃十几年，梧桐叶子湖这片的建设从未断过，哪怕这个月给猴子们修座爬架，下个月给树懒弄个像模像样的吊床，都是进步。

山海野生动物园是座以动物为本的森林动物园，确实有不够好的地方，笼舍展馆的水平参差不齐，但只要来过一次，不会睁着眼睛说瞎话。网上那些喷子的言论，秦初晗毫无反驳欲望，单纯嫌弃伍力文找的水军不行。

望月山是梧桐叶子湖最大的人工岛，位于"叶子"正中的角的尖端，也是湖的中心。山上住着一群凶猛好斗的刚果山魈。它们是一个总共有近二十只的家族群体，在动物园待久了，在内有大王镇着，平时得饲养员管一日三餐，性格里暴躁的部分所剩无几，每天聚在一起凑热闹、聊八卦，"逗比"属性与日俱增，只在繁殖季节展露出几分原始野性。

秦初晗跟它们关系一般，主要是跟这代山魈大王不对付，小时候打过架，凭借人类幼崽的优势把同样年幼的对方碾压得哭唧唧……

不过今天情况不一样。秦初晗觉得，论群嘲效果，没有比望月山更合适的地方了。

到“山魈岛”时，猴子们刚吃完早餐，按家庭地位高低聚在山上开小会，日常琢磨怎么逃离动物园，冲向市中心，称霸全城，做人类的主宰……遗憾的是，这座四面环水的岛距离最近的岸有十几米远，岛周围还布置了防止翻越的设施。把它们的现状写成一本书，书名大概可以叫《关于山魈们吃饱喝足后的异想天开》。

秦初晗和夏天停留在宽阔的平台上跟它们对视了一会儿，就见伍力文从旁径直走来，手里提着两个白色的礼品盒。伍总经理人到中年，难逃地中海魔咒和大腹便便，人还没走近，先看到他肚子上一抖一抖的赘肉。

夏天实在搞不懂：“为什么销售部的恬恬姐愿意和他在一起？”它们亚洲象不是一夫一妻制，但人类是啊。而且发福的中年游客它见得多了，伍力文这样的实属罕见……是大象都觉得辣眼睛的程度！

秦初晗一脸真相道：“不在一起就做不了销售部主管了。”

夏天茫然地冲她歪了下头：“啊？”

说话间，伍力文来到她俩跟前。

秦初晗客套地叫了一声“文叔”，伍总经理绽出个虚假的笑容：“大小姐什么时候回来的，也不提前说一声，我好让阿衡去接你。”

“想回就回了，您也知道，我工作闲，时间多。”她说完，轻描淡写地耸耸肩。

伍力文知道秦初晗毕业后进了绘梦工作室，微博账号叫“动物园团宠”，那点儿粉丝根本不够看，也就最近这两天有了点儿水花，还都靠他私下“照顾”。这会儿，他对微博上的事只字不提，把手中精美的礼品盒递给秦初晗：“这不快到二夫人的生日了吗，就在周六，二老板要给她摆生日宴、办派对。这是给你和园长的礼品盒，邀请函都放在里面了。”

礼品盒包装精美，奶白色的底色上绘制着富贵的牡丹花和翩翩起舞的蝴蝶，边线还加了立体的金丝刺绣，光看表面，就知道里面的东西价格不菲。

秦初晗打量着礼品盒，话里带着令人玩味的意味：“这就是您要送我的礼物？”她二伯母过生日，让一个外人来转交邀请函，还是他们父女俩的，这是隔空施压呢，还是在搞什么不得了的暗示？

伍力文做恍然状：“你别想歪，我也是借花献佛！二夫人还特地让我转告你，这次二老板借她生日的名头宴请八方贵客，不少富家公子、名门之后会来，你应该趁此机会多结识。”

秦初晗不动声色地点点头，示意他继续。

伍力文叹了一口气，表情沉痛地说：“这些话本不该我说，但总得有个人说出来。园

长是老先生亲手带大的，集团内部的股东、元老都认园长这个养子。老先生还在世的时候，你不也跟少爷小姐他们一样‘爷爷’‘爷爷’地叫着？老先生这才仙逝不到三年，园长和秦家的人就生分了。”

老生常谈，秦初晗都不需要特别组织语言，笑道：“那不是怕外人说闲话，说我爸对集团有多余的想法嘛。”

“瞧你这话说的！”伍力文一双小眼睛里透出精明的光，“偌大个山海集团，大小姐和二先生也有顾不过来的时候，园长十年如一日地守着个破动物园，我一个外人都看不下去。”

秦初晗顺势问：“依您的意思？”

伍力文把礼品盒塞进她手里，委以重任似的按了按她的手背：“以园长的能力，只打理动物园可太屈才了！他不擅长交际，你来啊！趁这次二夫人生日宴之际把关系拉近了，一家人互相帮衬着把集团做好，很应该对不对？”

“确实有点儿道理。”秦初晗先是露出心动的模样，转而脸唰地冷下来，鄙夷地看着他，“伍力文，你是真傻还是当我太蠢？我要是把我爸说动心了，揽上集团其他职务，他就是秦宝珠和秦见山之间的炮灰！你能捞到什么好处，你倒是给我说说！”

伍力文愣了下，忙说：“我这还不是为了你和园长好，我能捞什么好处？！”

秦初晗开诚布公道：“别演了，谁不知道你是秦见山养的狗？没有他，你能在动物园为虎作伥这么些年？”

刚还无意中说山海野生动物园是个破动物园，心里肯定这么想很久了吧，不然也不会随口说出来。山海野生动物园虽排不进国内动物园前十，至少也在前二十之列！你才破，你就是个不可回收的垃圾！

“怎么说话呢你！”伍力文怒得提高嗓门，“别不识好歹！”

远处那群山魈闻声而动，齐齐涌到岛边，手舞足蹈地起哄：“打呀！打起来！秦初晗，揍他丫的！”

秦初晗把手从伍力文那双油腻的爪子里抽出来，再一松，礼品盒掉在地上，发出瓷器碎裂的声音。

伍力文气得眼珠子快掉出来：“秦初晗，你还真把自己当豪门千金，端上了是吧？你爸都不知道是老先生打哪儿捡来的野种，你别太……”

安安静静待在秦初晗身边的夏天突然动了，扬起象鼻指着他的脑门，象腿一抬，把他逼得步步倒退。

“你干什么？别动！给我站着！”伍力文哪里抵得过三吨重的大象，脸都吓白了。

夏天本来就烦他，这会儿听他竟然当它的面骂园长和它闺蜜，那个暴躁啊："有本事你别动，让我踩死你！你站着，给我站着不许动！"

秦初晗听得忍不住笑起来。

岛上的山魈更兴奋了，也在喊："不要放过他！踩！踩！一脚送他上西天！"

"扑通"一声，水花四溅。伍力文惨叫着在水里扑腾半天，好不容易扶住露台边缘，迫于夏天的威压又不敢爬上来，大半个身子泡在临近深秋的湖水里，稀疏的头发粘在脑门上，丑和惨成正比。

秦初晗走到他跟前蹲下，打开天窗说亮话："回来这几天，我玩得差不多了，给你个解题思路。一周内让马戏团走人，那只孟加拉虎我要留下，动物园的名声我也要恢复，你请的那些水军，让他们散了吧。"

伍力文空出手抹了把脸，笑得凶相毕露："我听你的？就凭你？"

"是，你做这些都是听我二伯的吩咐，可你别忘了，偌大的山海集团就这么一家全国都排得上号的动物园，老先生生前有多重视这个地方，有多稀罕园里的动物，还要我提醒你吗？我且不管你几次三番抹黑动物园究竟能捞到什么好处，拿着鸡毛当令箭使也得有个限度。秦宝珠，也就是我大姑母，她才是集团的董事长、决策人，她能眼睁睁看着她父亲的心血毁于一旦？你刚才说那么多废话，有一点倒是没说错，我爸是老先生的养子，我和我爸都姓秦，山海集团的那个秦，你不过是个外人！至于你为什么要听我的，"秦初晗打开手机，调出昨天顾词发给她的邮件，"真有意思，太阳马戏团居然是以文化交流的名头进驻我们动物园的，每场表演钱却照收着，你到底吃了多少回扣，偷了多少税？伍总经理啊，做人不能太贪心。"

伍力文彻底说不出话了。

秦初晗看他的表情转为同情："你说，我能不能凭这一点弄死你？"

梧桐叶子湖上，群猴激动。除了最能闹腾的山魈，隔壁几个岛上的金丝猴、短尾狐猴、巴西夜猴那是上蹿下跳，手舞足蹈地冲伍力文吆喝。还有单独住玻璃房舍的蜘蛛猿、皇柽柳猴这种胆子小的，听到响动，也好奇地凑了过来。不重样的猴脸贴到玻璃上，眼睛睁得圆圆的：快来看啊，伍老头被夏天怼进湖里了！活该！让他平时猖狂，早就看他不顺眼了！更有甚者，还叫夏天用象鼻子按住伍力文的脑袋，把他按下去多喝几口水。

这些声音飘进秦初晗的耳朵里，自动转化为她听得懂的语言，但在其他人听来，就是单纯呜呜哇哇的猴叫，高低起伏，错落有致，回荡在湖面上，比过年还热闹。

夏天两只芭蕉扇似的大耳朵呼扇两下表达嫌弃：猴子就是闹腾！

徐徐清风吹得湖水微波荡漾。卷羽鹈鹕拍打着翅膀专注地捉鱼吃，色彩艳丽的鸳鸯游来游去，白天鹅在靠近岸边的不远处勾起修长的颈项，姿态高冷地梳理羽毛。

伍力文勇夺“梧桐叶子湖狼狈第一人”的名号，在平平无奇的星期四实力出道了。

这个油腻中年人气得快要疯掉了，奈何被秦初晗死死按住命门，不敢冲她发作。他又极富想象力，知道除了这些动物，园区里的饲养员、志愿者、环卫工此刻一定躲在附近看他的笑话，说不定还会用手机拍下他的丑态发朋友圈，在一个个小群里传播……越想越气！

“闹什么闹？吃饱了撑的？！不许叫，都给我回笼舍去！”伍力文气急败坏地冲猴子发火，扬起手打出一层水花，但毫无杀伤力。

秦初晗居高临下地看着他，好像看着一只不通水性的变异胖企鹅。

同一时间，山魈岛左边的小岛上，时旭透过长鼻猴偌大的玻璃展馆，把伍力文落水的丑态尽收眼底。他笑得合不拢嘴，转身吩咐同样乐得停不下来的儿子：“待会儿你去生鲜市场买两斤虾，晚上加菜。”伍力文被夏天欺负成这样，只敢骂猴子撒气？那肯定被外甥女抓着把柄了。这可是天大的好事！秦初晗最喜欢吃白灼虾，必须安排一下！

时昊神清气爽地应罢，见伍力文还没从水里爬起来，便道：“我去给伍总经理搭把手，天凉水寒，弄生病了可多遭罪哇！”

时旭大手一挥，时昊便欢快地踱了出去。吃瓜第一线已经不能满足他，亲身参与更有体验感。

“祁教授，让您见笑了。”时旭想起身旁的男人，回头道，“落水的那位是我们总经理，我外甥女跟他闹着玩呢。”

这两天，时家父子一直带着祁应琛逛动物园。祁应琛看得细，每个场馆、每座展厅，小到一平方米的两爬类展箱都要逗留许久。时旭看得出来，他也是个不爱与人交际、沉迷于动物世界的。

“昨天下午见过一面。”祁应琛远远看着还泡在湖水里的油腻男，对此人天然无好感。

淡薄的视线向上稍稍抬，落在湖边的女孩身上。她今天穿了一件白色连帽卫衣、浅蓝色牛仔裤和运动鞋，脑袋上梳了个丸子头，一手亲昵地搭在身旁那头亚洲象的身上，人和象显而易见的关系好。

祁应琛也不知道自己怎么得罪她了，合作《游禽观察日志》时算得上愉快，他很满意她的配图，全都是按照他提供的图片资料和要求严谨地绘制的，不会为了炫技做多余的改动和添加，这份职业精神难能可贵。可合作临近结束，小姑娘突然翻脸不认人，又恢复到刚认识那会儿全程冷脸的状态，能用一句话表达的意思，绝不会多说第二句，到最后，连

《猛禽观察日志》的插画也说要考虑。这让祁应琛有点儿摸不着头脑。

来动物园这几天，除了第一天在熊猫馆见过她，直到今天才见上第二面。那个姓伍的总经理一看就不做实事，没准还和最近闹得沸沸扬扬的马戏团虐待动物的事有关，想必秦初晗急匆匆赶回来，就是为了解决这件事。刚刚见她蹲在岸边拿出手机，对油腻男说话露出的那股狠劲儿，怎么说呢，也是个有仇必报的性子。于是祁应琛更不敢贸然联系她了。

时旭见他还盯着那边，心想肯定不是在看伍力文，半截身子埋进土里的糟老头子有什么好看的？那答案就只有一个了：祁教授是在看他人美心善的外甥女！

时旭想了想，开口试探道："听我们家晗晗说，您上本著作的插画是她负责的？"

"没错。"祁应琛轻轻点头，"秦小姐很专业，就是不知道合作还能不能继续下去。"

"那有什么难的！"时旭大手一挥，"一回生二回熟，今天晚上到我们家吃饭，我给你们好好撮合！"

时旭高中没毕业就去工地搬砖供姐姐念书了，从普通工人做到包工头，特能吃苦。后来姐姐和秦怀远谈恋爱，他又跟着后者做学徒，进了山海野生动物园，如今和儿子一起管着园区的建设改造。他是个粗人，不讲那么多规矩，尤其感情的事，没个准的。况且这两天他反复套祁教授的话，虽然没得到正面回应，但这状态就不像有女朋友的人——动物园一逛一整天，都不见摸手机跟谁发短信，电话就更别说了，接起来的都在讲工作。时旭觉得外甥女信息有误！祁教授人好，有模样，有内涵，还有学识，不管晗晗怎么想，先给他们制造机会，万一成了呢？

祁应琛从他话里听出了点儿意思，俊朗的眉宇间波澜不惊："不了，今天下午要去海市参加一个座谈会，改天吧。"

时旭听出婉拒之意，觉得怪遗憾的。这墙脚够紧实啊，一锹下去，铁锹都断了，不愧是汗血宝马！他二次出击："那下周？您看哪天有时间？"

祁应琛没吭声，见秦初晗和那头亚洲象慢悠悠地走远了，视线转回到近处。这是一座长方形的展馆，面朝外岛的那边拉着细密的铁丝网，有效杜绝了游客向动物投送食物，靠里面这端安装了单面玻璃，方便饲养员进行观察，里面空间很高，地面上丰富的绿植和岛上的是相连的，树木爬架做得层次分明，还有给动物藏身的地方。可惜这么大的展馆，就住着一只动物，未免孤单——这是马来西亚的国宝长鼻猴，群居动物，根据生活习性来看，山海野生动物园给了它最好的环境，却还是没把它养好。

"您看这只成年长鼻猴有什么问题？"祁应琛突然向时旭提问。

"什么问题？"时旭思路被打断，耐着性子看猴子，"没问题啊，长得挺好，油光水滑，吃得肚子都大了！”长鼻猴馆是上个月才改建好的，论丰容，全园内排前十。他带祁教授来，主要就是为了显摆。

祁应琛却长眉微蹙：“它太孤单了，刚才那个总经理落水，其他动物都在看热闹，唯独它坐在那里发呆，动也不动，对外界丝毫不感兴趣。”

时旭面露难色：“您说的这一点我们也清楚，已经在申请给它找伴儿了，现在只能把它放到条件好的馆住着，调节心情。”

祁应琛脸色和缓了些：“那就好。还是要尽快，时间拖久了容易闹出心理疾病。我想去对面看看山魈，那一群就长得很好很健康。”说完，他先走一步，大步流星的。

“小子跟我玩战术呢？”时旭欲言又止，半晌才反应过来。

4

伍力文今天丢大脸了，被大象推下湖，让时昊那个臭小子捞起来，还被奚落了几句。浑身上下滴着水回到办公室，他叫侄儿送身干净衣服来，送了快一个小时还没来，更上火了。

秦怀远家这姑娘是个鬼灵精，打小心眼多、主意多，没少和他对着干。当初联系网络工作室的时候，他顺手把“动物园团宠”这个账号提供给对方，就是为了防一手。后来看到她在微博上回应，他可得意了，觉得自己预判准确。

按照他的设想，只要秦初晗发声，工作室立刻从中抓取有用的信息点，带起一波新的节奏，重新把动物园推向风口浪尖，线下再花钱雇几个人，隔三岔五在客流量大的时候到动物园门口举牌吆喝，把业绩做得稍微难看一点儿，最多两个月，也亏不了多少。等到年底山海集团开总结大会，他亲自出马以身殉“职”，向董事长承认自己工作上的错误，再把一切罪过推给秦怀远，治他一个经营不善的罪名，顺势把原先二老板最看重的游客与动物园零距离接触的高档森林酒店计划提上日程……

山海集团做酒店业发家，放着这么大的动物园不充分利用，有钱不赚王八蛋！这一切，他都是揣摩二老板的心思办的，只要把秦怀远踢出去，二老板肯定保他。到时候他是在园子里一手遮天，还是去隔壁新开的游乐场捞个肥差，岂不任他挑选？

没想到伍衡办事粗心大意，留下那么大的纰漏，还让秦初晗抓到。伍力文现在是有苦难言，得赶紧想办法把马戏团的事遮掩过去。

“叔！”伍衡莽莽撞撞地闯进来，“你怎么掉湖里去了？”

“你嚷什么？还嫌我不够丢人啊？！”伍力文冲没长进的侄儿吼道。

伍衡瞬间蔫儿了，反手把门轻轻关上，夹着尾巴走了进来。

伍力文从他手里接过干净衣服，边换边道：“马戏团交流演出的事被秦初晗知道了，你跟文团长联系下，让他收拾收拾准备走人。还有，那只孟加拉虎得留下，叫他开个价。”

太阳马戏团的团长是个大鼻子A国人，给自己取了个接地气的中文名“文爱华”，干的却是拿动物圈钱的缺德事，伍力文都瞧不起他。利用完了，钱也捞够了，这个团最好赶紧离开江城，免得夜长梦多。

“知道就知道了呗，老秦那个废物都不敢跟我大声说话，她一个小丫头片子能把我们怎么样？”伍衡站在叔叔身后，满肚子坏水翻涌起来，琢磨着给秦初晗使绊子。这园子地盘大，除了时旭父子俩和那群施工队的人，他手底下能做事的伙计也不少。

伍力文蓦地转身，扬起手就给了他一个大嘴巴子。伍衡被打得原地旋了半圈，脸上火辣辣地疼。

“她手里有文件的影印件，白纸黑字写着马戏团是来做文化交流演出的！知不知道什么叫文化交流？不收钱也不卖门票的那种！”伍力文揪着侄儿的衣领，咬牙切齿地压低声音，“这件事不能传出去，不然我们俩谁也别想在园子里待下去！”

不管放哪个年代，官场还是职场，中饱私囊都是致命的，更别说里面还涉及缴税的事儿了。伍力文头都大了：“当初让你追着姓张的把这件事办好、办稳妥，请他多吃几顿饭，好吃好喝供着，改个文件的事，对他有难度还是你马虎？”

伍衡大气不敢喘，这确实是他的疏忽。他也没想到……

“算了，事情已经这样，先想办法把秦初晗稳住。”伍力文发完脾气，心里舒服点儿了，“一定要让文爱华开价，你再把价格加一倍，去跟秦初晗哭穷。不！加三倍，告诉她马戏团坐地起价，看她怎么办！”

要把那只一身病的老虎留下，还要恢复动物园的名声？痴人说梦！

秦初晗猜到伍力文不会那么老实，也压根儿没指望他挽救动物园的名声，不过对付这只老狐狸，得多考虑几步，不能让他过得太舒服。

陪夏天散步结束，回家打开电脑，她以科普之名搞出一篇山海野生动物园发展史，重点交待老先生秦勉与动物园的缘分和情分，洋洋洒洒近万字。

午饭后，这篇名为《山海野生动物园的前世今生》的文章已经有两千多的阅读量。

但这还远远不够。秦初晗在微信上找到一个“传话筒”，把文章分享给她：“你看我写得怎么样，有错漏吗？”

很快，对方对她冷嘲热讽起来：“我是不想给你眼神的，写得再好，你也不是我们秦

家的人，劝你识趣点儿。”

秦初晗笑容满面地回复：“重点是‘写得再好’四个字，感谢秦家二小姐的肯定，周六二伯母的生日宴，我们不见不散。”

秦心玥就是个炮仗，一点就着：“既然你急着来出丑，我成全你！微博帮你转发了，开心吗？”

秦初晗要的就是这个效果，继续吹彩虹屁：“秦大明星霸气！”

秦心玥和秦初晗同岁，是秦见山的大女儿，从小顶着亲妈——影后关雪凌——的明星光环长大，如今是国内颇有名气的小花旦，加上货真价实的千金人设，在圈内混得还算不错，至于演技，不咸不淡吧。秦初晗和她还有她那废柴弟弟秦肃见面就打，谁也看不上谁，长大后几乎不联系，老爷子还在世时，过年遇到不得不互相送祝福的时候，他们也是在心里骂对方。今天秦初晗主动找秦心玥，图的是她的利用价值。

可惜秦心玥脑子转不过来，全当养子的女儿不安分，贪图与秦家的那层关系，本着戏耍的态度，用自己两千万粉丝的微博认证号转发了，还附言煽情：“祖父一生勤勉，心地善良。记得他还在世时，每年都在动物园住两个月，亲自照料动物。祖父去世后，园中上下秉承他的遗志，用心对待每一只动物，去过山海野生动物园的朋友都能做证，清者自清。”她想，我才是我祖父的亲孙女，你写得再好又怎样，还不是为我作过墙梯？

当红小花下场为自家动物园澄清，她的粉丝、圈中好友、经纪人、合作方，甚至山海集团的中高层管理者纷纷帮忙转发。同时这也引来对家黑粉和大量水军，新的舆论大战开始了——

“动物园到底有没有虐待动物？孟加拉虎刻板行为的视频是怎么流出来的？”

“既然他们集团二小姐都用大号发声了，那就听听怎么解释，怎么解决吧。”

明星效应还是有点儿用的，再加上没有伍力文的水军掺和，山海野生动物园的老游客现身说法，说动物们都很好，只是太阳马戏团的表演跟以前的完全没法比，不知道为什么这次会请个不入流的团……网友们冷静下来想想，觉得团宠君说得应该没错，动物园的内部管理确实出了问题。

“山海野生动物园”终于上了热搜前十位，事情越闹越大。

秦初晗午睡刚起来，伍力文就来找她哭诉了。

动物园的黑熊咖啡厅就在熊馆的隔壁。秦初晗两手揣在卫衣前的大口袋里，胸口假模假式别着“百鸟园志愿者”的牌子。李昂雄赳赳气昂昂地站在她左肩，一人一鸟进了咖啡厅，在靠窗边视野开阔的位子坐下。

伍力文趴在前台和年轻小姑娘逗趣，见人到了，满面笑容收了收，端起两杯咖啡走过去，殷勤地把其中一杯推到秦初晗面前："我记得你喝现磨不加糖，对吧？"

说真的，不要脸的人上哪儿都不会混得太差。因为他们不但没有道德底线，连尊严底线都没有。早上伍力文还凶神恶煞地骂她爸爸是野种，骂她是不识好歹的假千金，这还不到十二个小时，就捧着咖啡伺候到面前来，还记得她爱喝什么口味。秦初晗打心眼里想给他抱个拳。

"没错，是这个。"她淡淡牵了下嘴角。

伍力文露出个狗腿笑，忌惮地看了一眼那只紫蓝色大鸟，在秦初晗旁边坐下，还刻意凑近些许："大小姐您也是的，早上您提那些要求我都一一在办了，怎么您转头就写了篇长文，还让二小姐转发呢？"

他被那文章害苦了！秦心玥一呼百应的号召力搞得事情全网发酵，二老板也知道了，午饭的时候打电话来把他骂得狗血淋头，问他是不是脑袋有问题，是让他想办法挤走秦怀远，但不是把动物园的名声搞臭。可秦怀远是动物园的园长，舍不得孩子套不着狼啊！奈何二老板油盐不进，他怎么解释都没用。

"我跟你关系很好吗，靠那么近？"秦初晗朝对面的空位使眼色，"坐过去。"

伍力文套近乎失败，讪讪地坐到她对面。

秦初晗事不关己地道："我和秦心玥的关系也不怎么好。"言下之意，秦心玥转发那篇长文跟她没关系，帽子别乱扣。

伍力文急火攻心，嘴角不受控制地抽了抽。不是你去招惹秦心玥，她会知道团宠君？会转发？会闹得二老板看到这一连串的糟心事？我信了你的邪！他心中暗骂，面上却依旧保持笑容："是我误会你了。"

李昂张开翅膀搭腔："误会了，误会了，误会了。"

秦初晗拿起银色的小勺子在不加糖的现磨咖啡里搅，玩儿似的，就不搭腔。

伍力文看出小丫头在跟自己打心理战，换从前，他一定奉陪到底，但今天不行，人要活在当下。他双手交叠放在桌面上，像是在跟领导汇报工作似的："跟马戏团的合作已经终止了。"

秦初晗点头。

伍力文等了一会儿，见她没有主动问的意思，只好开口道："关于那只孟加拉虎，文团长开价一百五十万，你说这不是坐地起价坑人吗？！"

一般来说，动物园获取动物有四种渠道：第一种是通过动物商人在国际公约允许的贸

易范围内进行购买；第二种是与其他动物园进行互换；第三种需要动物园具备绝对的实力，加入濒危动物保护计划，以人为的方式帮助一些濒危物种进行繁衍，等这个物种达到一定数量，除了放归野生的部分，动物园可留下一些作观察研究；第四种情况比较笼统，比如市民在野外捡到野生动物幼崽或者受伤的动物，送到园中进行救助，等它们康复后，兽医若判定动物没有放归的可能性，就养在园里，让它们成为正式员工。

到处巡演的马戏团通常有动物商人的执照，可以向动物园出售自己的动物，至于他们的动物从哪里来，就不得而知了。

秦初晗可是在动物园长大的，这些外人不了解的行规，她能不清楚？老虎的一岁相当于人类的一到八岁，泰坦今年十二岁了，在马戏团的压榨下一身病痛。十二岁的它已经迈入中老年，急需体检和一系列有效的健康恢复措施，居然开价一百五十万？她都不用诈伍力文，都能猜到他肯定从中作梗了。

秦初晗天马行空想着，还是不应声。

伍力文存心刁难，但碍着二老板催促，事情还得尽快解决。他倾身向前，又补了一句："大小姐啊，这事儿你可得尽快，我们这边跟马戏团的合同一终止，他们就在打包收拾东西，最迟下周三走。"

秦初晗盯着被勺子搅起漩涡的咖啡，若有所思地点头："行，我知道了。"

伍力文拿不准她的态度。这是准备自己扛，还是在想对策？当插画家有这么赚钱吗？莫非她那已经涨到二十万粉丝的微博已经接到商务了？

秦初晗忽地抬起头看他："你至少得出一百万。"

伍力文一口咖啡喷出来："我哪儿拿得出这么多钱！要不，我再去跟文团长商量商量？"

"缤纷森林大剧院总共五千座位，结合 VIP 和看台最边角位置的票价，再除去人工、灯光这些费用，暑期旺季刚过，还有国庆长假，一场纯收入大概有四十五万。你怎么跟马戏团分账的我没兴趣知道，但按照动物园一贯的分法，这半年来你捞了不少了。"秦初晗算完这笔账，再给他拿主意，"你女儿今年考上帝都的大学，你立马在那边买了套房，那可是帝都啊，我奋斗这么些年，连首付都凑不齐呢。"

纠正一下，是凑不齐看得上的房子的首付。

伍力文以为秦初晗在举例说明自己有钱，可买了房子，不就恰好证明他穷吗？不过说起那套房子，他不免有些得意："那房子算公摊四十平方米不到，巴掌大点儿地方，为了这个女儿，我是倾家荡产哪！"

秦初晗想着自己的梦中情房，笑了声，道："把房子卖了吧。"卖了就有钱了。

李昂跳到桌面上，像只走地鸡似的来回踱步：“卖吧，卖吧，卖吧！”

伍力文真想拧断这只鸟的脖子！

秦初晗可不是在跟他商量：“我手里只有二十万，剩下的三十万，你去向财务说明。”

“就算我现在把房子挂出去，下周马戏团就走了，根本来不及！”伍力文急得唾沫横飞。

“那我不管。”秦初晗威胁他，“如果不能留下那只孟加拉虎，你猜我会怎么做？”

当然是公开他中饱私囊的事，让网友帮忙评理了。

伍力文现在不只想拧断那只鹦鹉的脖子，他还想一巴掌拍死秦初晗！一百五十万，自己出一百万，她只出二十万，剩下三十万还得从财务那里拿。财务王建平可是他妹夫。好在文爱华其实开价五十万，也就是一场演出的钱，他多报了，否则这钱不得他全出？

“孰轻孰重，你自己掂量。”秦初晗站起来，“我还有事先走了，这周之前，你找个时间带我去看看泰坦。”

伍力文正专注地算账，没听清楚她说什么：“泰坦……谁？”

“就是那只孟加拉虎。”说完，秦初晗就洒脱地走了。

李昂飞回她肩头站着，正对伍力文支棱着翅膀：“见孟虎，见孟虎！见孟加加虎！”

伍力文：“……”啊啊啊！气炸了！

秦初晗不打算掏一分钱，她有个更大更好的计划。

走出咖啡厅，她帮一对母女和李昂合完影，正好逛到黑森林馆外，索性去看看闪电。

别的动物园通常会把场馆造成下陷的坑式，游客能站在坑的边缘，居高临下地俯视动物。其实这样不好，动物是生灵，也有私隐。试想人一天十二个小时被一群猴子围观，长此以往，心理会出多少问题。所以山海野生动物园这几年新建的馆不再挖坑了，尽量修在平地，采用半封闭式，展馆用玻璃密封，馆内做到多层次丰容，力求让动物不想出来的时候有躲藏的地方。有时候游客想看动物，得花心思在树荫里、爬架后仔细找。

黑森林馆就是这样，馆内设了一大面玻璃，朝外的部分修了一条宽五六米的河，再拉上一层网，有效阻挡游客的投喂。下午的阳光暖意融融，闪电和皎月都从笼舍里出来了，正各自占据一方晒太阳。

秦初晗刚出现在外场的护栏边，闪电便抬起头来看了她一眼。女孩眉眼弯弯地笑着，懒洋洋地冲它挥了挥手，拿出手机，拨通了经纪人的电话：“我有个想法。”

陆禾正在打游戏，通话背景里充斥着“砰砰砰”的射击声。他像个没有感情的杀手，蹲坐在宽大舒适的电竞椅里，用脸颊和肩膀夹着手机，眼神冰冷地盯着屏幕上不断变化的

3D 画面，毒舌本色尽显：“请问你哪儿来的自信觉得我会耐心聆听你的想法，还帮你实现它？”阿拉丁神灯都会有不想营业的时候。

秦初晗对付他很有一套：“大家认识那么久，朋友之间帮个小忙都不行？”

陆禾冷笑：“当初我让你帮我拍十二月杂志封面，你是怎么回答我的？”

“怎么回答的？”秦初晗装傻。

“你没有回答，直接回了江城老家。”陆禾一枪击中目标，依旧面无表情。

“是这样吗？”秦初晗避重就轻，“我这边的事情差不多结束了，现在回来给你拍个够？”

陆禾冷笑了一声：“珑寻老师，麻烦您翻日历瞧瞧今天几号，等你给我拍，黄花菜都凉了。”提什么友谊，讲什么感情？成年人了，大家成熟点儿好不好？

秦初晗憋着笑：“你的杂志是月刊不是年刊，错过十二月，还有来年四月、金秋九月、银装十月……”她提的全是时尚刊最重要的几个月份。

陆禾放狠话：“行，给你承包《i》全年封面，十二个主题，整个团队就围着你打转，保证宾至如归，明天回帝都签约。”

“你说真的？”秦初晗不怕上镜，单纯嫌麻烦而已。

“行了，说正事，一个动物园成天占着热搜位，好意思吗？”陆禾退出游戏，改用手握着手机，整个人舒展在椅子里。事实上，这些天陆禾一直都有关注事态进展——珑寻是绘梦工作室第一人，动物园的事情一天不得到妥善解决，老师能安心搞创作？

“我们陆社长，面冷心善！”秦初晗不走心地捧了他一句，不给他开口的机会，迅速直奔主题，“是这样的，我记得年初《i》做了一期传统陶瓷工艺转型进军时尚界的主题，对吗？”

那家陶瓷厂曾经是业内老大哥，建厂四十余年，三年前遭遇史上最严重的倒闭危机。厂长破釜沉舟搞改革，以传统陶瓷工艺为基础，紧跟潮流和热点做出新奇有趣的摆件，开官博做推广，结合网店进行线上销售，现在名气大涨，特别是《i》的专访过后，已经开始尝试和时尚轻奢品牌推联名款，倒闭危机自然是顺利解除了。

“二月刊。”陆禾记得自己做过的所有内容，结合秦初晗问的点，脑子稍转，思路极清晰，“你想搞文创？”

文创是近几年才流行起来的概念，文化创意，顾名思义，是在文化的基础上做创意，出产品。

从微博上的信息来看，动物园想要扭转形象至少需要做到两点：结束与太阳马戏团的合作，以及拯救那只老虎，让它在园里过上好日子。结合秦初晗这通电话的意图，想必她已经做到了第一点。第二点也不难，就是得花钱。对自己家动物都不好的马戏团能是什么好团？所以在价格方面，他们趁火打劫的可能性极大。而秦初晗和陆禾是一类人，解决问题得一劳永逸。

现在很多博物馆、5A景区都在做文创，利用这次事件卖文创产品为老虎众筹“赎身钱”至少一举四得：省钱、重新博得公众好感、为动物园做一次免费大推广，最后也是最重要的，把文创的头开好，口碑做起来，以后的路就顺畅多了。有那么大一家动物园做后盾，换陆禾摊上这事儿，他也会这么做。

“目前只是有这个构想，能不能做成得看众筹结果。”秦初晗不敢把话说大，毕竟这不是她擅长的领域。

陆禾才不信她：“你都准备问我要那家陶瓷厂的联系方式寻求合作了，还跟我说只有构想？设计稿都出来了吧？找阿笙做3D效果图了吗？她是你的助理，我可没趁你不在的时候剥削她。”

秦初晗笑得差点儿一头栽进豹馆的河道里：“你真是我灵魂的小伙伴，一生的挚友！”

陆禾不想跟她贫：“现在就把厂长的微信推给你，我再跟他打个招呼，其他的你自己跟他聊。”

“好，就这样！”秦初晗准备收线，回家干正事。

“你等等。”陆禾叫住她，不满地“啧”了一声，“就算你不想上杂志封面，我们祁教授到你家动物园好几天了，还在微博上转发了你小号那篇破文章帮你澄清，你好歹略做表示，尽一下地主之谊？”

陆禾和祁应琛从小到大，家住两隔壁，一个是区域小霸王，一个是别人家的孩子，胜似亲兄弟。如果说祁应琛是陆禾的手心，那秦初晗就是他的手背。眼下手心手背都在距离帝都几千公里外的江城，却迟迟不完成终极会师，这让他莫名焦躁。

“祁应琛转发了我的长文？”秦初晗是真不知道，着实意外。

“没错，他转发了，之后一帮学术界好友纷纷帮你站台撑场面，开不开心？”陆禾靠在椅子里翻白眼，甚至有一点点说不清道不明的羡慕。

秦初晗愣了愣，扔下一句“我先回家了，晚点儿再聊”，结束通话。

祁应琛是在中午十二点十七分转发的，还附言：“刚接受山海野生动物园的诚挚邀请担任顾问，这几天都在逛园区，动物养得不错。遗憾的是，我想看那只孟加拉虎的要求被马戏团拒绝了。”

这段话的信息量极大。首先是用自己在业界的权威侧面帮动物园澄清虐待动物的事，

其次就是内涵了:一个顶级的动物学家想看只老虎都被马戏团拒绝了，天理何在！画重点，拒绝他的是马戏团，不是动物园。

祁应琛的微博只有寥寥五万粉丝，但里面几乎没有僵尸粉，含金量极高。他发声之后，业内人士纷纷转发，比如去过山海野生动物园的海洋学博士、生物学专家，最次也是动物保护协会的会长，一个个名字后面带着鲜亮的红色标识，舆论风向瞬间一边倒。

当然也有网民跟祁应琛抬杠：“都做了这家动物园的顾问了，赚黑心钱可不得积极着点儿。”

祁应琛简洁回应：“学术无价，分文不取。”

业内齐齐赞叹祁教授高风亮节业界楷模，顺便再夸一夸山海野生动物园——能和祁教授达成合作意向的动物园，必然有可取之处！

秦初晗都看傻眼了。知道祁应琛在他的专业领域厉害，没想到是制霸级，如今有他的仗义执言，自然是事半功倍，只是无端欠下他一个人情就……算了，先不想这个！

回到家，秦初晗抱着电脑在客厅坐下，先把前天做的设计稿发给林笙，让她按要求抓紧时间做好 3D 效果图，然后马不停蹄地联系陶瓷工艺厂的厂长。对方姓刘，很好说话的一个人。巧了，就在今年暑假，刘厂长还带着老婆孩子到山海野生动物园游玩过，尽兴而归。等秦初晗说明意图和想法，刘厂长没犹豫就口头答应下来。到了下午五点多，厂家那边发来草拟合同。坦白说，真是实在人、实在厂！秦初晗确认无误，签约过程顺利且高效。

六点下班前，伍力文来电，说是又找文团长讨价还价了一番，对方愿意再退一步，一百二十万不能再少了。至于见那只老虎的事，今天晚上七点过后可以带她进去，因为他自掏腰包，让伍衡带马戏团众人出去聚餐。

秦初晗懒得跟他废话，定好晚八点剧院 E 区入口见。争取了足足五天，她终于要见到那只传说中的孟加拉虎了。

晚八点，缤纷森林大剧院 E 区。秦初晗到的时候，伍力文已经蹲在入口边的大熊猫雕塑旁，鬼鬼祟祟，跟做贼似的。

时间有限，碰头后两人便走进剧院，打着手电筒穿过演出厅，来到马戏团关动物的中转间。门打开走进去的一瞬间，秦初晗差点儿被扑面而来的恶臭熏得晕过去！她很难形容这种味道，像一座几十年没有打扫过的笼舍，却常年住着活的动物，它们吃腐烂的食物，喝发臭的水，渐渐变得没有生气……太可怕了！

“不能开灯，不然这些家伙集体闹起来，没完了。”伍力文用手捂着口鼻，把手电筒塞给秦初晗，再用下巴给她指了个大致的方向，“尽头左角那个笼子就是。”

秦初晗接过手电筒，转身一扫，这才发现所有的笼子都盖着遮光性极强的帆布罩。难怪进来以后，没听到动物应该有的动静。

“看完赶紧出来，我在门口等你。”伍力文不愿在这里多待一秒，说完就迅速走出去了，还反手把门虚掩。

秦初晗确定好方向，屏住气，走到他说的那个位置，拉开厚重的帆布，周围有少许响动，或者该形容为对某种已知恐惧条件反射的战栗。

秦初晗全身都在发抖——她并不害怕，她很愤怒！她抑制着所有的情绪，将手电筒的光侧向一边，避免照进笼子里，然后安静地等待。

布满锈斑的铁笼里，出现老虎庞大且苍老的脸。

雄性的孟加拉虎通常肩高在一米上下，平均身长两米九，这样的体态无疑是强大的，具有绝对的力量。可秦初晗眼前的泰坦就像一潭死水。虽然看不清它的体态，无法判断它的体形，但这些都不重要，仅仅通过感觉，就能清晰感受到它身上散发的绝望气息。哪怕它是全世界最大的孟加拉虎又怎样？那双眼睛已经被悲伤填满，它疲惫不堪，心力交瘁，无暇顾及外在的威严。它的皮毛是灰色的，宛如粘上了一层轻薄的会吸光的蛛网，身上漂亮的斑纹因此黯淡无光，不具备任何骄傲的光泽。那网分明比蝉翼还薄，它却无法挣脱。它也有努力过，努力了很长一段时间……最后，它屈服于强大的威压下，成为命运的奴隶。当一眼就能看到生命的尽头，它无可挣扎，不再期待。

秦初晗从它脸上看到了苦难，却无法帮它承受，一时难受得哽咽，胸腔被莫大的哭意充斥。

沉默中，竟是泰坦先开了口：“我没见过你，为什么到这里来？迷路了吗，小姑娘？”它的声音低沉缓慢，在普通人听来，大概是从喉咙里挤出的低吼。它自然也不知道秦初晗能与自己交流，它只是太寂寞了……

秦初晗仓促地收起情绪，绽出笑容道：“我是专程来看你的，我叫秦初晗。”

泰坦露出一丝意外：“你……听得懂？”

秦初晗连忙点头，不自觉上前半步。泰坦明显抗拒，瑟缩着将身形后撤少许。

“你别怕，我不会伤害你。”发现自己的举动会给它制造更多的不安，秦初晗往后退开三步。

泰坦哑哑地笑了：“倒也不用这样。”它可是孟加拉虎，白肢野牛都在它的捕猎名单上。

秦初晗难堪地低下头：“抱歉啊，我没有冒犯你的意思。”

泰坦相当从容：“你能来看我，我很高兴。”活了那么久，它还是第一次遇到能直接与动物沟通的人类。

“不……”秦初晗摇了摇头，“我感到羞耻，为你遭遇的一切。”

“这不是你的错。”泰坦反过来安慰她，“我遇到过很多善良的人，你和他们一样，谢谢你的同情。”

可是很多事情，光有同情是远远不够的。

秦初晗走出剧院时，感知都已经麻木了。她站定，仰起头对着深蓝的夜空深深地呼吸，胸口的窒息感却越发强烈。

伍力文蹲在斜对面的花坛边抽烟，见她终于出来了，屁颠颠地跑过来：“看完了？怎么样？早让你别看，救出来再说，里面的情况那叫一个惨不忍睹！”

秦初晗侧首朝他凶：“惨不忍睹的情况出现在我们动物园，你不羞愧？”

伍力文被怼得一时没反应过来：“羞……羞愧啊……咱们不是正想办法解决吗？”

小丫头片子挺厉害，看一眼孟加拉虎，毛都奓起来了。不对，哪怕只论年龄，他也是她的长辈，怎么能冲他大呼小叫呢？伍力文看秦初晗的眼神略有变化，变得有计较，还有算计。

秦初晗很快意识到这一点，让真实的情绪外露本就不是她的处事风格，这样很蠢。不过单说眼前，她是不怕被伍力文记恨的。

“把动物园官博的账号和密码给我。”秦初晗不想和他有多余的交流，说话的时候干脆把脸扭开。有些人根本不配得到尊重！

“官博？”伍力文摆出一张失忆的脸，“你要这个做什么？账号我记得是……上次开会的时候交给哪个部门打理来着……”账号连同密码还有相关注册信息都躺在他手机记事本里，可这玩意轻易给出去，相当于交出动物园的对外话语权。

秦初晗才不管他是演的还是真不记得，看过泰坦后，她感觉糟透了，她想快点儿把这件事解决，想给泰坦一个安全稳定的居住环境，帮助它恢复健康。

“不给是吗？”她冷声问。

伍力文登时沉默了，纠结了大约三秒，认命认栽，点头道：“行，我微信上发给你。”

大剧院到北区有一段距离，步行少说也要二十分钟。秦初晗拿到账号后，独自往家的方向走。她气蒙了，去时骑的自行车也忘了骑回来，只沉浸在夜色里自虐似的快步走，思路是清晰的，情绪也波动得厉害。

她知道凡事都需循序渐进，可是还能不能再快一点儿？有什么办法能现在就把泰坦还有马戏团的所有动物都救出来？想要做得更多的心情变得前所未有的强烈，与此同时，秦初晗也意识到自己一个人的能力太有限。

她蓦地站定，周身僵硬得像块石头。之前不管不顾的快走快速耗尽体力，双腿的酸痛和气息的不顺阻挠她继续盲目前行，她原地蹲了下去，把脸埋在腿上，双手下意识环抱住自己，缩成一只没什么用的茧，压抑感让她连哭都哭不出来。

夜晚的动物园安静得令人不可避免地感到孤独。那么，动物们呢？

有节奏的脚步声由远及近，听上去不像保安巡夜，而是……夜跑？秦初晗的注意力被吸引了少许。

那阵算得上轻快的脚步声很快在她跟前停止，接着，来人斟酌着，温和地询问她："低血糖犯了？"

秦初晗自动脑补对方穿拉风运动装和潮牌运动鞋夜跑的画面——不愧是画画的，想象力就是丰富。不过正常的询问不应该是"你没事吧，怎么蹲在这儿"吗，上来就判断她低血糖，思路也挺特别的。

"没事，气的。"

秦初晗闷声答完，抬起头来。祁应琛正完成在她面前蹲下的动作，穿的运动套装和跑鞋居然和她想象中的差不多，一米八几的人自然地蹲成一大团。她也是没想到的，不禁愣了愣。

祁应琛蹲下来，跟她对上视线，客观地指出："眼睛有点儿红。"

秦初晗秒凶："我没哭！是气的！眼压大了所以才红！"

祁应琛蹲得比她稳多了，双腿前后错开，左脚脚尖点地，右脚在地面上踩实，一手垂在肩侧，一手扶膝，后背挺直像一面墙。他语气神色不变，予以充分肯定："嗯，你没哭。"

这人……秦初晗知道他为什么会出现在这里，看他这身装备也清楚他在锻炼身体。可是当他们交流起来，为什么会让她有一种"我是幼稚园小屁孩，他是理智的大学体育老师"的错觉？理智的大学体育老师又是什么鬼？

秦初晗抬起手"啪"地打了一下脑门，清醒过来了。她重新和面前的男人对上视线，道："我见到泰坦了，情况很糟糕。不，马戏团的动物都很糟糕，它们不仅被关在狭窄的笼子里，笼子外面还加盖了透气性和透光性很差的帆布罩。"

祁应琛脸色难看。这比他想象中的还要差……

"我进去的时候，没有一只动物发出声响。"秦初晗都没发现自己说这话时声音是有些颤抖的。

"把动物长期关在狭窄黑暗的空间里，可以最大限度消磨它们的意志力，让它们变得更顺从，很多不人道的马戏团都会这么做。”祁应琛道出更为残忍的事实。

就好比全世界存在着那么多动物园，有的动物园早早反思自身存在的意义，开始呼吁推广保护动物，而有的动物园，是动物们可怕的坟场。太阳马戏团不是个例。

秦初晗沉重地叹了口气：“如果可以的话，我真想把所有的动物都留下来。遗憾的是，我不是富婆，也当不了圣母，只能说……救一个算一个。”

“你已经做得很好了。”

祁应琛不是在安慰她。晚饭前他跟陆禾联系过，得知了她的后续计划。若能按照她的构想顺利进行下去，整个园区会变得越来越好，成为国际领先水准的动物园也不无可能。

“对了，早就知道你来做顾问，本来应该给你接风洗尘的。”说起这个，秦初晗面露尴尬，“还有今天中午，谢谢你帮我转发那篇没什么技术含量的长文。”

没什么技术含量……她倒是会说。祁应琛微微笑了笑：“举手之劳。”

“那么，”秦初晗双手撑膝，一鼓作气站了起来，“我先回去做事了，要尽快把泰坦从那个鬼地方弄出来，到时候还请你给它好好检查身体。”

祁应琛随之站起来：“应该的。”他是动物学家，更是一名专业的兽医。

秦初晗犹豫了一瞬，说：“改天我请你吃饭，这个周末怎么样？”

祁应琛看得出她无奈的客套，她已经很努力在和人类友好地打交道了，他亦不多作勉强：“近来海市有个为期十四天的学术研讨会，下午我都要过去，忙完这段时间再说。”

秦初晗如释重负地抿了抿唇，点点头：“那回见。”

到家已经十点过了，秦初晗先去书房和老秦进行了一番短暂走心的深谈，然后钻进卧室，登录团宠君的账号。她告诉自己别着急，按照计划一步一步来。

第二章

文创组成立

1

动物园团宠："各位朋友们，这几天有劳大家关注，现在就开始汇报这两天的进展。没错，有进展了！先分享一个好消息：动物园已经正式结束与太阳马戏团的合作！经过讨论，我们决定力保泰坦，给它一个舒适安定的家。但是马戏团方面开价很高，而动物园的可调度资金不够，于是我提出了一个大胆的想法，领导也采纳了，同意让我试一试，我和同事正在加班加点推进。明天，我们的官博会发布最新的公告。留言里的问题暂时不回答，最迟下周，一切都会清晰明了。私信我都会看，对我的鼓励我心怀感激，对我没道理的辱骂全部反弹！"

秦初晗坐在从高中时代用到现在的小桌板前，身体稍稍后仰，挺直了背脊，一副精神抖擞的备战状态。

其实这个步骤她考虑了很久，到底是由官博来公布，还是她的小号来发布？弄得不好，被网友解读为动物园借泰坦的名义圈钱，事情就难办了。秦初晗思前想后，决定还是用公众好感度高一点儿的小号来做铺垫，官博做最终拍板，这样比较有信服力。

她点击刷新，留言数噌噌上涨。有人夸她末尾那个"反弹"很可爱，也有人质疑她的身份，要她先亮出工作牌自证。不过这一点很快被其他网友反驳：你上网还把身份证号和

自家地址挂在个人简介上呢？秦初晗看乐了。

还有网友结合团宠君的职业，猜测她说的大胆想法可能是画画众筹，并表示如果是这样，愿意支持一波。泰坦的遭遇令人揪心，不管动物园拿得出多少钱，怎么解决资金不足的问题，都要比不作为好。

从大家讨论的内容来看，已经默认虐待动物的是马戏团，对山海野生动物园的印象逐渐改变。

这是必不可少的关键一步。秦初晗暗自松了口气。

搞完对外部分的“包装”，林笙那边发来产品的最终3D效果图：“老师你觉得怎么样？毫不谦虚地说，这可是我有史以来做得最好的一次！夸夸我吧！”

秦初晗只看了前面两套，已经相当满意：“做得很棒！辛苦了。”随后给她转去三千元。

林笙激动起来：“老师你要把我逐出师门吗？这是遣散费吗？我不收！我都没从你身上学到本事，打死我也不走！”

秦初晗：“……这不是公司的活儿，所以给你辛苦费，你不要我就去大群当红包发了，发完为止。”

林笙这次秒收：“谢谢老师！爱你哟！”

秦初晗无奈地笑了笑，叮嘱她点个外卖什么的。美术这个行业，跟朝九晚五不沾边，一旦投入进去，错过饭点是常态。

林笙非常感动：“老师怎么知道我还没吃饭？放心吧，交货前我点了超大份油爆小龙虾，现在已经吃上了。对了老师，你什么时候回帝都啊？”

秦初晗想了一下，反问道：“你想不想来江城发展？一边作为珑寻的助手，另一边也就是动物园方面，我想搞文创，现在急需像你这样的帮手。”

林笙：“我来！我愿意！！！”

秦初晗都能想象她拿着小龙虾蹲在沙发上手舞足蹈的样子：“不问问我薪资待遇？”

林笙一副很放心的样子：“老师你最护犊子了，当然是你吃什么我吃什么，你住哪儿我住哪儿。”

这话她倒没说错。秦初晗已经想好林笙的基础工资和待遇了，不过这些等正式拟合同时再说，便道：“那先这么说定了，周末之前收拾行囊来江城山海野生动物园的北区别墅，拎包入住。”

林笙：“我明天就来！”

忙了一整夜，秦初晗凌晨才睡，第二天不到七点自然醒来，成功打破“画家都是夜行动物”的魔咒。当她穿戴整齐地走出卧室，迎来了全家人诧异的目光——

时旭叹道：“晗晗今天起得很早啊……”

齐美娟连忙起身给她盛了碗热豆浆，让她快过来吃。

时昊嘴里那口包子嚼到一半，惊呆了：“姐？你是我唯一的表姐秦初晗吗？”

秦初晗拉开他旁边的椅子坐下，神清气爽地说：“我还是你唯一的祖宗。”

时昊一只脚踩着凳角，顺手递给她一根油条：“可以，保持这个气势，屠狗宝刀给你了，期待你手刃伍力文，斩下伍衡两条狗腿！”

秦初晗用看智障的眼神看了他一眼，接过油条，撕成一截一截再泡进豆浆里，先补充能量再说别的。

齐美娟想到昨晚的微博，忍不住问她：“晗晗，你说今天咱们动物园官博会发最新公告，是什么内容啊？”官博一直是伍力文的人在搞，他们根本没有插手的余地。

时旭不放心：“你是不是和伍总经理达成了协议？要是有拿不准的地方，跟我还有你爸商量，别闷头去做。”外甥女回来没多久，对动物园的里里外外了解不深。这些天虽然看着伍力文在她那儿吃了亏，但说不准什么时候她就着了道。

秦初晗点点头，觉得该向家人们交代了。她放下筷子，把豆浆完全咽下去，表情严肃地对大家道：“伍力文中饱私囊很久了，这次被我抓到把柄，只能听我的。我让他去和马戏团谈价，把泰坦留下，他中间使的弯弯绕先不跟你们说，总之我已经有了解决的办法，待会儿就开始操作。官博账号我也从伍力文那边拿过来了，以后都会由我来运营。”

周围忽然静止，众人被秦初晗信息量极大的话赋予了超强的提神效果！

“你抓到了伍老头的把柄？！”时昊对她佩服得五体投地，表情一变再变，“那不如直接摁死他得了！”

“你懂什么？”时旭拿筷子夹小菜吃，提点儿子，“伍力文是谁的人？二老板的人！咱们跟他斗了十几年，怎么说也是知己知彼，弄走他，下次来的狗腿子使什么招式套路你摸得清楚？”

秦初晗欣慰地说：“我也是这么想的，捏住伍力文这个把柄，至少能让他安分一段时间。”优势是怎么来的？当然要靠自己创造！

齐美娟见她胸有成竹，不免有些愧疚。这几天看她在园里打转，一会儿去招惹伍力文，一会儿又在网上发表些园区职工都不知道的言论，真担心她捅出娄子给园长添乱，所以她才给外甥女安排了一系列的相亲活动。她拿起鸡蛋在桌上敲碎，心里五味杂陈：“吃个煮鸡蛋，有营养，舅妈给你剥！”晗晗长大了，一个人办成了他们都没办成的事，后面那些

相亲，能推就推了吧……

时旭哼着《沙家浜》，钻进厨房拿出半瓶珍藏的好酒，这事儿必须喝一杯，提前庆祝！

时昊好奇地打听："姐，你准备用官博宣布什么好消息？伍力文因为能力太差，与总经理这个职位不匹配，特此宣布免去职务？"

"这多没意思。"秦初晗被蠢弟弟有限的想象力逗笑了。

正好秦怀远从书房走出来，手里拿着一张已经写上大半内容的信笺。秦初晗冲弟弟使眼色："瞧见没有，决定权在秦园长那儿。"

早八点，山海野生动物园总经理办公室。

伍力文焦躁地在办公桌前来回踱步。他的妹夫王建平鸠占鹊巢，占用了办公桌，用桌上的电脑玩斗地主。会客区的沙发上，伍衡吊儿郎当地瘫在一端刷微博，另一端坐着一位身着职业套装、年轻俏丽的美人。四个人各怀心思，也没有眼神交流。

片刻后，孙恬恬拿起茶几上的咖啡喝了一口，不走心地安慰伍力文："哎呀，伍哥，秦初晗真想把事情捅出去，早就干了，还能让你坐在办公室里着急？"

王建平优哉游哉地附和道："这次确实是咱们棋差一着，被她占了先机，不过都是暂时的嘛。"这十几年来，整个动物园一直是他们说什么就是什么，秦怀远为了那些个动物卑躬屈膝得都快给他姐夫跪下了，没道理秦初晗回来就彻底变天，"我已经在托朋友找马戏团了，等新的团进驻到园里，照样财源广进。"

孙恬恬瞄了眼缩着没吭声的伍衡，帮他道："再说了，文化局那边阿衡找人把洞补上，马戏团下星期就走了，就算秦初晗把这事告诉集团董事长，我们咬死她手里的影印件是假的不就行了。"

"账呢？"伍力文步子一顿，分别看了她和王建平一眼，"怎么平？"

王建平握鼠标的手一滑，点错了。孙恬恬露出个费力不讨好的表情，不再说话。

伍衡忽然从沙发上弹起来："秦怀远发声明了！山海野生动物园永久取消马戏表演，即日生效！"

此话一出，另外三人齐齐怔住。

伍力文急得瞬间涨红了脸，额头青筋暴起："他是疯了吗？！"

秦怀远这篇公告是用手写的，字体工整漂亮，内容情真意切。他先简单讲述了自己与动物园的缘分，然后总结这十几年来山海野生动物园的发展。无论哪个方面，他都一丝不苟，认真做好。选择了错误的马戏团，让大家看到糟糕的表演，身为一园之长，他难辞其咎。

马戏团背后令人痛心的真实情况在现代文明社会本不应该发生。而一家好的动物园，首先应该有保护动物的责任，要向公众推广正确对待野生动物的方式方法。地球不仅仅属于人类。在这个世界上，生活着成千上万的物种，不是把它们关起来，就叫作“保护”。训练动物，让它们违背自己的天性做出原本不会的动作，表演给人类看、取悦人类，这本就是不对的。最后，秦怀远以山海野生动物园园长的身份，宣布永久取消动物表演。

公告出来后，网上陷入热议——

“不是把它们关起来，就叫作‘保护’。说得太好了！”

“据我所知，马戏团表演是动物园收入的大头，园长很有决心和魄力啊。”

“得了吧，要不是这次闹得那么严重，动物园会痛下决心？”

“查了一下山海野生动物园的缤纷森林大剧院，几千个座位，某宝上位子最好的票价五六百一张，确实占收入的大头。”

“字写得不错，终于见到山海野生动物园的公章长啥样了。”

“当了十几年的园长，今天才取消动物表演，马戏团的动物都没您会演呢，恶心！”

“去年到江城出差，去过一次山海野生动物园。那天我在小熊猫馆前看了半天也没看见一只，这时有位和蔼的老先生站到我身旁，给我指了个方向，我才终于看到躲在树木后面用屁股对着我的小熊猫。当时是有些怨念的，为什么动物园把馆舍做得那么复杂？老先生解释说，动物也有心情不好的时候，也会想躲起来，我们得给它们这样的空间，这是现代动物园存在的意义。很久以后我才知道老先生名叫秦怀远，是山海野生动物园的老园长。”

“说秦园长演戏博公众好感大可不必，团宠君在《山海野生动物园的前世今生》里写得很清楚了，园长是秦家养子，从不参与集团事务，大学毕业后进园，从饲养员做起，真有那份心，谁会在动物园里一干十几年？随便选家山海集团旗下的酒店当踏板不是更好？”

“取消表演是好事，那泰坦呢？不会不管了吧？”

“山海野生动物园员工冒死发言，我们园长跟秦家早没来往了，尤其三年前老董事长病逝后。他就一成天在园子里转的清心寡欲的普通小老头。”

“和山海野生动物园有过短暂合作，他们那个姓伍的总经理，人心不足蛇吞象！后来才知道，动物园里分两派：跟着伍姓总经理就能搞钱，跟着秦园长只能闷头搞动物。”

“伍力文是二老板的人，懂的都懂！”

不到半小时，山海野生动物园再上热搜。

办公室里，伍力文坐立不安，那条指名道姓的留言更是唬得他眼珠子差点儿弹出来。

伍衡也看到了，龇牙咧嘴道：“这肯定是咱们园里的员工！别让我揪出来，否则……”

“行了。”孙恬恬打断他，“全园上下几百号人，每个人手机拿出来给你检查一遍？”这不招人恨吗？

对啊，说起这几百人，加上几千只动物，秦怀远怎么养活？取消马戏表演，说得倒是轻松。就靠那点儿门票钱，照这样下去，撑不了三个月！伍力文脑子一转，心情豁然开朗：“走，喝早茶去！”收起手机，他步履轻快地往办公室外走。

“早茶？”伍衡不确定地站起来。叔没事儿吧？气傻了？

孙恬恬看懂了，笑着起身：“走呀，喝早茶。”

王建平很自觉：“我就不去了。”这几天得把账做完，上头随时来人，到时候保证他们这边不出问题就足够了，秦怀远要自取灭亡，谁也拦不住。

伍力文跟他几个核心党羽开车离开动物园时，正好被时昊撞见。时昊以一敌三，耍了几下嘴皮子，得知他们准备去喝早茶，回头把这消息传递给秦初晗。确定了，这帮孙子真以为山海野生动物园失去马戏表演的收入支撑，就面临倒闭危机了。

秦初晗听笑了。先让他们沉浸在美好的想象里，快乐一小会儿。

晚上八点整，舆论发酵足足十二小时，团宠君上线做事了。

动物园团宠：“大家久等了！今天秦园长的公告有没有看？是不是没骗你们？山海野生动物园虽然还有很多不足的地方，但我们一直在努力变好，请继续监督我们！今天不少朋友在问，然后呢？泰坦怎么办？在这里我可以十分肯定地告诉大家，我们一直没有放弃对泰坦的营救。取消动物表演确实对我们动物园造成巨大的长久的损失，但这件事值得做，问就是不后悔！那么在自身经济窘迫的情况下，我们要怎么把泰坦的‘尾款’付清呢？我们园长说了，不用回报的募捐和要饭没有区别，不能这么做！阿宠不才，这次联合友谊陶瓷工艺厂，设计推出了一套以泰坦为主题的摆件，全套二十四件，陶瓷质地，泰坦主体可单独购入，二十三件附件随意拼配，首单送泰坦专属笼舍！以下是预览链接，点击可进入专属网页，为泰坦打造专属笼舍。我们的口号是：穷要穷得有尊严！自己的动物，跪着也要想办法养活养好！”

点开链接，读条结束后，全黑的屏幕中间首先探出一条老虎尾巴，左右摇晃试探着，最终把画面撑开，背景类似泥塑动画片，有一块草地、枝繁叶茂的树和几块平坦的山石，二十几样陶瓷小摆件不规则地散落在各处。跟随指引移动鼠标，单独点击这些摆件，可以把它们拖拽到你想要摆放的位置。爬架放到大树的左边，右边多加两棵姿态不同的树，前方再来一大片水塘，身为孟加拉虎，怎么能没有游泳玩水的池子呢？当用椭圆形的铁丝网通道连接起后舍和前展馆，后舍的空间也一并展现出来。最有意思的是，每次点击这些小摆件，它的作用、能给动物的生活环境带来怎样的改变，都一一显示在气泡框内。

做完全部的拼接，主角泰坦随之现身，大大圆圆的脑袋，壮硕的身形，顽皮翘起的长尾巴，呆萌的眼神，漂亮的斑纹……它或许不是太阳马戏团里的那只泰坦，但它会是山海野生动物园的泰坦。

单只泰坦仅售 28.8 元，其余二十三件配件价格从 8 元到 48 元不等。“森林之主”全套 688 元，送三面立体可拼接纸艺后舍。

动物园团宠：“明天上午十点正式开启预售，我们的目标是 20 万元，多余的部分将作为泰坦生活馆的丰容资金，全程公开，接受社会监督！”

新一代网红友谊陶瓷工艺厂转发了团宠君的微博，证实了合作的真实性。且因为这次时间有限，泰坦全套主题摆件会挂在友谊厂的官方店里售卖。刘厂长人太好了，还给了店铺首页最醒目的宣传位。

与友谊厂有过合作的时尚品牌也帮忙转发，表示主编将带领全社进行认购。

对于山海野生动物园的这次义卖，网友的褒多过于贬。688 元买一堆既能当玩具摆弄一阵子，又能为拯救泰坦出一份力，何乐而不为呢？

倒是伍力文听说后在朋友圈里酸：“年轻人就是有想法！”

秦初晗对这次的计划不但有想法，还十分有把握。毕竟占据着热搜，宣传效果已经到位了。刘厂长告诉她，预售消息发布后，以前的老顾客都在向客服询问相关信息，最终肯定能超过 20 万，而且是翻倍！秦初晗对此毫不怀疑，早早地睡了。

次日早起，她背上笔记本电脑，骑着单车直奔海洋馆——特别的一天，必须找大家伙一起分享胜利的喜悦。

山海虽然是家野生森林动物园，不过单说集团的名字，有了“山”，怎么能没有“海”呢？于是买下动物园的第五年，秦勉老先生就在园区南边修建了一座占地 15 万平方米，总建筑面积 5 万多平方米的内陆水族馆。馆内引入世界先进的维生系统，使用人造海水，饲养展示六百余种海洋生物，是整个动物园最特别的存在。

而说到水族馆明星，非海中大熊猫虎鲸莫属。山海这只虎鲸名叫北极星，雄性，今年二十七岁，是个悠闲自在白吃饭的家伙。饲养员很喜欢它，它也很喜欢自己的饲养员，并长期将其当宠物“放养”。秦初晗回来这些天，还是第一次来看它。

虎鲸馆的配置可谓奢华。北极星拥有一座直径近 50 米、深近 70 米的圆柱形水舍，这是它平时主要的活动区域和展示场所。柱形水舍内有多个连接口，可通往一个对外开放的生态展示区和两个对内的养护区。

即便这样，北极星还是显而易见的孤独。它在幼年期被捕获，被迫与家人分离，几经转手，如今养在馆内。偌大的水族馆里没有它的同类，饲养员更不敢贸然将它放进混养区……这家伙是海中霸王，海豚、其他鲸类，甚至大白鲨都在它的菜单上。把它放到混养区，相当于给它提供了安逸丰富的自助餐环境，其他海洋动物大写的“危”！

没办法，北极星只能做个孤单的王者，住着豪宅，享用着营养美食，把三名饲养员当宠物养。偶尔来了兴致，它会潜入相对较小的全封闭生态展示区，隔着玻璃看看其他鱼儿和海龟，吓唬从面前经过的鲨鱼之类的。心情不错的时候，它亦会大方地向游客展示自己，日子过得颇为骄奢。

秦初晗走进虎鲸馆时，饲养员阿洛正和北大爷做活动筋骨的日常小游戏。抛出去的球到达预定地点时，却见北极星灵活转身，一头扎进水底。

闹情绪了？阿洛摸不着头脑地挠了挠后颈，然后听到“扑哧”一声笑，见秦初晗走了过来，才反应过来是怎么回事。

“怎么样，最近还好吗？”秦初晗笑盈盈地跟他打招呼，习惯性地冲他扬了扬下巴。

这个女孩子很是特别，总是眉眼弯弯地笑着，目光灼灼，里面藏着一股不服输的劲儿，飒得很！阿洛被她这一笑弄得脸颊微微发烫，连忙移开视线，望向那片恢复平静的水面：“都挺好的，中秋节的时候，北极星突然凌空翻跃，溅起来的水花弄湿好多游客，还把旁边一个小游客吓得哇哇地哭。”

“那它一定更快乐了。”秦初晗停在饲养员才能待的平台边探头一望，捕捉到水底深处黑白相间的身影。小样儿，不就晚了几天，还跟她怄上气了。

“傲娇鬼。”秦初晗哭笑不得，“这儿交给我吧，我哄哄它。”

阿洛提了一桶新鲜的沙丁鱼放到她脚边：“这是游戏结束后的甜点，你来喂吧。”说到这里，似想起了什么，他补充道，“放心，在送来动物园之前，它们已经安详地去极乐世界了。”

秦初晗：“……我知道。”她看到混在沙丁鱼里细碎的冰碴子了。

阿洛鼓励地拍拍她的肩，回办公室写饲养员日志去了。

动物园为了养好动物，会定期拿一些活物喂养它们。这是秦初晗最怕撞见的一幕，参与就更不消说了。与生俱来的天赋让她能和动物们无障碍交流，可当弱肉强食的生物链直观地呈现在眼前，她却没办法无视注定被吃掉的动物临死前最后的挣扎和哀嚎……试想，水桶里的沙丁鱼都是鲜活的，它们该多害怕啊——

“怎么办怎么办，要被吃掉了！”

“好害怕呜呜呜，我还没活够。”

“啊，再见，世界，但愿来生不再遇到虎鲸。”

就……相当造孽。

如是自然法则，秦初晗能避则避。虽然阿洛不明白其中缘由，但见老一辈饲养员都会这样照顾她的情绪，便也当作传统照做了。每个人都有自己害怕的事物，这并不丢人。

秦初晗心怀感激，那么，接下来——

她从背包里拿出一件崭新的雨衣穿上，然后在饲养员专门用来和虎鲸互动的平台边缘盘腿坐下，双手扶膝，勾首望着水底：“出来透透气吧，水底下不闷吗？不枯燥吗？”

黑影一动不动。

秦初晗把头歪向左边，不走心地认错：“我错了，真的，你出来看看我，看我诚心悔悟的脸庞，聆听我充满悔意的心跳。”

黑影坚如磐石。

秦初晗只好使出撒手锏：“看来你真的不想见我，没关系，我不怪你，我回去反省了。”她微微侧首，视线落到那桶满满当当的沙丁鱼上，眼里露出一丝狡黠，故意提高声调，“看你闷闷不乐的样子，想必也没什么胃口，所以这些沙……”

黑影以迅雷不及掩耳之势从水底蹿了上来，几乎是用头撞破水面，发出“哗”的一声巨响。

秦初晗闭上眼，任由冰冷的人造海水拍打在脸上。没事，她顶得住！

北极星探出半个大脑袋靠在平台边，再往上蹿一点儿，能把她撞飞。但它不会那么做，生气和舍不得是可以并存的。

“沙丁鱼是我的。”霸总虎鲸强势宣言，黑豆似的眼睛直勾勾地盯着自小到大的人类玩伴，仿佛纠结了一瞬，勉强道，“你也留下吧，来都来了。”

秦初晗睁开眼睛冲它讨好地笑：“这么久不见，想我没有？来抱一下。”

手刚伸出去，北极星灵活地退开，在宽阔的水面上游来游去。

“这套对我不管用。”它声音闷闷的，带有些许鼻音，怄气的时候格外可爱。

“我最近一直在忙，水族馆离北区太远了，就偷了一下懒。”经过海水洗礼的秦初晗这才从背包里拿出笔记本电脑开机。

北极星闷哼一声，说：“你去大熊猫馆看了小团圆和它家那个爱哭鬼，陪夏天散步，跟伍力文喝咖啡之前特地去百鸟园把李昂接出来溜达，还偷偷摸摸溜进马戏团看那只孟加拉虎，你也不怕它吃了你！”

山海野生动物园里没有秘密，尤其是动物之间。它们共享同一个消息网。

“那只老虎叫泰坦，很快它就是我们动物园的一员了。”秦初晗架在腿上的笔记本电脑响起开机音。

北极星立刻好奇地凑近：“给我看看！”它知道这个东西很厉害，通过上面那一小块儿“窗户”，就能看到世界各地的景观。

秦初晗神秘地笑了笑，掉转屏幕给它看。屏幕上是泰坦的陶瓷摆件，半月形的卧姿，二十三件附件错落摆在它的周围。在它翘起的尾巴尖上，正在倒计时。还有五分钟就十点了，预售即将开始，真是令人期待！

北极星的注意力全在摆件泰坦上，它半张着嘴嫌弃地说：“这老虎怎么长得那么丑？”

“哪里丑了，多萌啊！”秦初晗早就发现人类的审美和虎鲸并不一样。

她把这几天发生的事，包括营救泰坦的计划，还有待会儿的预售都讲给它听。北极星很会抓重点，情绪顿时又高涨了：“你给马戏团的破落户设计产品，还卖钱？我呢？你怎么不看看我？！孟加拉虎很稀有吗？被你们人类吃到濒危了吗？值得你单独给它做这些小破玩意吗？”它立在水里扭来扭去，弄得水波荡漾，眼看就要掀起惊涛骇浪的势头。

秦初晗一脸无奈：“兄弟，你情绪不太稳定啊……”

“我想谈恋爱，我成年了，渴望爱情的滋润。”北极星贴在池边，认真地反问她，“你不渴望吗？”

秦初晗敛起笑容，坚定地摇头：“不渴望。”

“那你没救了。”北极星不看好她这状态，“一个对爱情没有憧憬的少女是苦涩的，没有生命力的。”

秦初晗：“……”

这时，北极星捕捉到某处细微的响动，自言自语道：“啊，我那不孝子来了。”

不孝子？谁？

秦初晗这才注意到伍力文刚从A入口走进来，两人隔空对视了一眼，确定了，他是专程来找自己的。

北极星在她旁边碎碎念：“几天不见，傻儿子怎么又胖了一圈？”

秦初晗压低声音道：“他那么招人恨，你居然……怎么想的你？”

北极星做什么事都有它的道理：“人情社会，我认个儿子方便走动。”

秦初晗不知道它需要走动什么，单说认儿子这个操作就很灵性。

伍力文一走近，北极星就积极介绍道：“小文，快叫人，这是你晗晗阿姨。”

秦初晗用眼神警告：你够了啊……

北极星觉得没劲，往水里沉入少许，貌似淡定的黑白脸上写着遗憾。

伍力文近来特别忌讳靠近水的这些地方。他止步在距离水池边还有三四米的平台上，探头探脑地看着秦初晗，还有那头老油子虎鲸，总觉得在自己来之前他们之间是有交流的。尤其秦初晗小时候总说自己能和动物说话，长大以后反而对这些只字不提了。真有那么玄幻的事？

秦初晗见他若有所思地盯着自己，不知在打什么主意，索性先开口："文叔，今天怎么有空到水族馆来？"

伍力文回过神来，虚伪面具戴上脸，笑道："听说你和网红陶瓷厂搞合作为泰坦卖周边产品，我专程去网店看过了，做得真不错，价格也合理！你看啊，688 元一套，扣除成本、人工和包装，200 块钱顶天了！一套赚 400 元，卖五百套就够数了，那多出来的……"

秦初晗打断他，以不容商量的口吻道："多出来的部分给泰坦的笼舍做丰容，它身体不好，精神状态也很差，除了吃的喝的，至少得两位专业的饲养员来照顾它。"言下之意，后期需要花钱的地方更多。

秦初晗开玩笑道："文叔不愧是生意人，大清早跟我这儿算泰坦的账，莫非是眼馋了？"

设计是她做的，陶瓷厂是她通过陆禾的关系建立的合作。为了防伍力文这伙人，秦初晗还特地拜托刘厂长把"森林之主"这套摆件挂在陶瓷厂的官方店售卖，流水也从陶瓷厂那边走。都做到这个程度了，伍力文居然还恬不知耻地跑她跟前刷存在感？

北极星在池子里游荡，叹气："不孝子，你给我过来，让我掐死你得了！给你脸了，居然想强占你晗晗阿姨的功劳？我怎么养出你这个孽畜！气死我了！"

一只长八米多、重近五吨的虎鲸在有限的水池里闹腾出的动静是绝对惊人的。伍力文眼见它激动起来，仿佛是因为自己对秦初晗不友好而生气，嘴里还发出颇为尖细的叫声，听上去高低起伏，铿锵有力，好像在骂他？

"它在闹什么？饲养员呢？"伍力文环顾四周，想找人过来管管这个大家伙。

秦初晗从桶里拿出一条沙丁鱼，随意往池中一抛。北极星张开嘴接个正着。

"今天的小鱼鱼真不错，鲜甜味美。"美食让它暂时忘记辱骂它的不孝子。

秦初晗没辙地笑了笑，又扔了几条给它。不管她从哪个方向扔，北极星总能精准接住，有时候还会跳起来接。一人一鲸玩得相当开心。

伍力文看得来了兴趣，也去桶里拿了条沙丁鱼扔给北极星，就见那条死鱼"扑通"掉进水里，往下沉了沉，最后漂在水面上。北极星甚至还往旁边躲了一下，故意避开。

伍力文不满地皱起眉："为什么不吃了？"

北极星露出小半截身体，忧伤地望着自己的傻儿子："没把你教育好，让你成天和你园长爷爷对着干，我还有什么胃口……"儿子不学好，它在整个山海野生动物园都抬不起头来！吃什么吃？它又不是无脑野山猪！

秦初晗差点儿笑出声。

"可能它吃饱了吧。"她随口解释，然后低头去看笔记本电脑。

十点整，预售时间到！屏幕正中央，泰坦的身上显示出一组即时数字，先是"12"，刷新一下变成"148"，再刷新一下变成"275"！这可是全套的销量，不是单件！秦初晗惊讶得口微微张着，然后指尖在回车键上轻轻敲击刷新——793！！！预售刚开始不到两分钟，破千就近在咫尺了？秦初晗激动得瞳孔放大、心跳加速，被压抑在身体里的那簇希冀的小火苗蓦地蹿起来，燃成熊熊火焰。她成功了！

其实从决定回动物园到开始实施计划，秦初晗十二万分的小心，在任何人面前表现出来的淡定或多或少有演的成分。她早就做好摆件卖不好自掏腰包的打算。这不是钱的问题，却是钱能解决的问题！

北极星察觉到她的情绪变化，游回池边，停在距离她最近的地方，没头没脑地安慰她："都会好起来的。"这是它的第一任饲养员常挂在嘴边的一句话。以前它不懂是什么意思，后来渐渐明白了。日子都是过出来的，今天糟糕一点儿，明天就会好一点儿。

秦初晗伸手摸摸它圆润饱满的脑门，对它笑了笑：没事呢，就是单纯地欣慰，她把第一步做好了。

"哟，这销量不错啊，真不错！"伍力文站在她身后，冒着光的小眼睛直盯着屏幕上的数字。刚开始就卖得这么好，赔钱虎瞬间变成赚钱虎，他心里的小算盘又打起来了。

秦初晗"啪"的一声合上笔记本电脑，扭过头慢条斯理地说："文叔，大概在一个月前，有人看到你在大熊猫馆新修的厕所后面跟一个游客交换了什么……好像是手机？"

伍力文脸瞬间沉了下来，矢口否认："听谁说的？什么大熊猫馆的厕所后面，我都没去过那儿！"

"我听谁说的，你想知道？"秦初晗垂下眼，盯着他一直拿在手里的手机。

伍力文连忙心虚地把手藏到身后去。然后他忽然意识到，她要有证据早就拿出来了！一个多月前发生的事，他选在那里交易，不正因为是监控死角？思及此，伍力文完全确定，秦初晗在这个节骨眼儿上旧事重提不过是想诈他。

"你是不是在想，我无凭无据，单凭几句话就想污蔑你，未免天真？"秦初晗轻蔑地笑了笑，"视频传给工作室总会留下点儿痕迹，还有相关的聊天记录，你及时删除了吗？"

伍力文这辈子都不会想到，秦初晗的目击证人是只四岁半的大熊猫。他匆匆离开水族馆，来时想的那些话基本没得到发挥。

秦初晗提起手机视频的事，特地强调在一个多月前，就是为了震慑他：我现在确实拿不出确凿的证据证明这件事是你做的，但我知道你脱不了干系，只要做了就一定会留下蛛丝马迹，指不定什么时候我又有新的发现了呢？这人哪，心中有鬼，他是过不安稳的！

之后的一天，秦初晗只剩下舒心。

截至晚上八点，泰坦的“森林之主”陶瓷摆件总共售出10341套，其他零售件共计3万余件，创下陶瓷厂联合出品的预售纪录！刘厂长高兴坏了，在微博上宣布启动三天六八折全店无差别优惠——秦初晗事先和刘厂长签了保底协议，订单累积超过2000套，自动转入分成，有钱大家一起赚。

秦初晗更高兴，预售情况远远超出预期，她对于接下来要做的事更有信心了。

与父亲一合计，她决定向马戏团多买几只动物。

2

晚饭后，秦初晗用动物园的官博做汇报。

为了保证“森林之主”的最终质量，购买通道暂时关闭，售出套件、自由选配和单件已经统计出来，具体到个位数，显示在原预售网页供大家查阅。陶瓷厂那边正在加班加点，动物园这边最迟周五能看到样品。刘厂长说了，每一道工序他都会亲自把关，厂里能往后推的订单全都给“森林之主”让道，争取在元旦前发货，让支持泰坦的朋友早点儿收到实物。

目前部分资金已到位，如无意外，明天园方将正式向马戏团方提出关于泰坦的交接。后续关于资金的支出、泰坦的安置、“森林之主”的进度，山海野生动物园都会及时用官博告诉大家。

评论是一水的好评——

“官妹儿是不是换人了？语气和以前完全不同，叙事条理清楚，让人看得很安心。”

“说以前操作官博的是没文化的抠脚糙汉，我是相信的。现在你跟我说管着官博的是可理智可软萌的小姐姐，我也信！”

“数据公开透明，参与‘饲养’泰坦的本铲屎官很满意。”

“希望明天能等到泰坦入住山海野生动物园的消息，求一切顺利。”

“粗略地算了笔账，这次‘森林之主’的预售至少给山海野生动物园带来五百万的纯

收益，还给动物园打了广告，一边接受赞美，一边把钱赚了，不比招人恨的马戏表演香？”

“感觉山海野生动物园平稳地度过了一次危机，整体勉强能算有惊无险。”

……

晚上十点，秦初晗敷着面膜坐在小桌板前看留言，回想刚回来那两天网上对山海野生动物园的风评，跟现在比起来确实是天壤之别。不过说到平稳度过危机，似乎并不是。只有她自己知道，赌一把的成分还是很高的。

这时，手机上忽然收到秦心玥的微信信息：“不是说要来参加我妈的生日派对吗，怎么？知道自己上不了台面，临阵脱逃了？”

秦初晗不解地歪了下脑袋，眼睛盯着屏幕缓缓打出一个问号。

秦心玥：“亏我还好心对我的朋友说我有个长得不错的妹妹会来，还想介绍你给他们认识。”

秦初晗：“……”哦，她想起来了。今天晚上是秦心玥那矫情影后妈的生日。母女俩都是戏精，搭个小台子能一人分饰五六七八角，演到地老天荒。

秦心玥还在自嗨：“你大概还不知道今晚错过了这辈子为数不多的或许能够进入豪门的机会。”

秦初晗：“……”我舅妈都主动延迟了帮我安排的相亲饭，你算哪根葱，要我纡尊降贵去贺寿？既然你迫切跟我这儿送人头，行吧，满足你！

秦初晗：“铆足劲儿准备了几天，发现我没出现，是不是很失落、很遗憾，心里空落落的，宛如失去灵魂般？推了几个通告啊？至于这个点儿还主动给我发信息询问我的下落？”

秦初晗：“还没弄清楚我上次找你是什么意思？”

秦初晗：“你是不是傻？那个 ×× 核桃露知道自家代言人是秦家的智商洼地吗？”

秦初晗：“算了，我直接公布正确答案吧，以你的智商，想到明年都不一定想得明白。”

秦初晗：“宝，我在利用你帮我宣传动物园好吧？不然你爸又怎么会知道他养在园里的狗咬错了方向，亲自出面教训呢？真以为我会紧抱你的大腿求你介绍几个战五渣负二代？省省吧，从小到大你身边都是些什么货，心里没点儿数？你的利用价值在我这里已经没了，从今以后自求多福，长长脑子，别我说什么你都信，到头来还不是一场空，咱俩没结果的，你死心吧。”

秦初晗：“没事少来烦我。”

珑寻老师学生时代除了画画还兼职写小说，打字用双拼，贼快！这一顿输出，秦心玥应接不暇。

过了大概十几秒，陌生的号码出现在秦初晗的手机屏幕上。她扫了一眼，拒听、拉黑，关灯睡觉，但愿梦里没有傻子。

第二天清早，秦初晗悠悠转醒，正抱着枕头跟睡神缠绵，时昊把她卧房的门敲得震天响——伍力文先一步跟马戏团完成交接，现在正打算把泰坦送进虎园的散养区，秦怀远和时旭他们都赶过去了。秦初晗的心都揪起来了，脸都顾不上洗，随手拿起件风衣穿在外面，换了双帆布鞋就急吼吼地冲出去了。

外面下着小雨，天是灰色的，地上被雨水浸透了。温度明显比昨天低一些，又潮又冷。动物们赖在后舍不愿意出来。

虎园是山海野生动物园最早进行升级的园区，目前有三只苏门答腊虎、四只孟加拉虎。除了各自的展示区和后舍，还有一大片散养区供它们活动。散养区的意义在于延续动物的野性，饲养员和管理人员还会开会商讨，定期在区域内给它们增加狩猎内容。

老虎是绝对的猛兽，接近十一月，马上要到它们的交配期，它们的性情会变得更逞凶斗狠，富有攻击性，这时候把遍体鳞伤的泰坦放进去，无异于送它去死！秦初晗在心里把伍力文的祖宗十八代反复问候了至少三遍：自己不想做人，我也只好拿你当个畜生了！

走到半路，她接到伍衡那孙子的电话。原来在祁教授的强烈要求下，泰坦没有被放进虎园散养区，而是送去了园区的兽医院做全方位检查。伍衡还特别解释，他叔不是故意的，因为平时负责的园务不同，不知道马戏团的老虎该怎么弄，然后就想着虎园的散养区环境好、空间大，泰坦又是孟加拉虎，园子里正好有几个同类，放到一起，没准能帮它尽快适应环境，找到家的感觉……还好有祁教授在，及时纠正错误。

秦初晗听罢冷笑："你们叔侄俩除了把动物们当捞金工具，确实什么都不懂。"

伍衡被她怼得大气不敢出，梗着脖子挂了线。

秦初晗得知新情况，暴躁的情绪总算平复了一点儿。料想伍草包有诸多怨气，也不敢在这节骨眼上使坏，他是真的不了解动物，才会做出这么愚蠢的决定。

兽医院在北区职工别墅楼的后面，是园区里相对偏僻的地方。医院总面积不大，统共两层的老式居民楼，电梯还是前年才安装的，但胜在房间整齐，每间都四四方方，采光也好。后院有一大片空地，连接着森林公园的山坡。在设计师的建议下，秦怀远请了专业的团队在这里增建了四座供受伤动物疗养的笼舍。院内再逐年有目标地购入设备仪器，现在的规格加上有祁应琛坐镇，已经满足为园内大部分动物做外科手术的条件了。

秦初晗到时，泰坦刚被转移到给猛兽检查身体的卫生室外，准备进行麻醉。意外的是，置身陌生的环境，泰坦并没有表现出丝毫的恐慌。相反它很淡定，好像去哪里都无所谓，平静得让人心疼。

秦初晗提出单独进去看看它，秦怀远自然是准了。

兽医院和普通医院一样，空气里弥漫着一股淡淡的消毒水的味道。秦初晗在门前做了次深呼吸，才走进中转间。泰坦还待在原先的那个笼子里。在移动它之前，不知是马戏团的人还是伍力文那帮没经验的废柴用清水将笼内冲洗了一番，虽然笼内干净了许多，异味也减少至最小，但泰坦身上的皮毛也被弄湿了一大片。可它毫不在意，也不显慌张，呈玄月状卧在里面，就像秦初晗给它设计的陶瓷摆件。只是比起那摆件，真实的泰坦与一潭死水无异。

“小姑娘，是你啊……”泰坦见到她，稍抬起头颅，没有光彩的双眼微微地动了一下。

秦初晗绕到它面前，强压下想要抬手放在铁笼上的冲动，对它挤出笑容：“是我，我又来看你了。”她顿了顿，莫名有些哽咽，“从今以后，你会经常见到我，希望你别嫌我烦。”

山海野生动物园真正的霸王是秦初晗，不管去哪个园区，都是横着走的。

泰坦愣愣地望着她，干枯的硬须轻微地抖动，一瞬间好像明白了什么：“谢谢你。”

简单的一句道谢，包含了太多意思。它知道她做的一切，感谢她所做的一切，否则它不会来到这里。可是，秦初晗受得起它的道谢吗？她蓦地转过身，背对泰坦，瓮声瓮气地说：“你一只孟加拉虎跟我那么客气做什么？我们关系又不是很好！”

泰坦缓缓站起，左前爪往上抬到与她肩膀等高的位置，看上去像人类一样要去触碰她、安慰她。但在下一刻，泰坦放下前爪，低低地笑了起来：“任何情况下都不要背对猛兽，这只会向我们传达一个信息：你是猎物。”

秦初晗闷笑着转回去面对它，抓紧时间交代道：“这里是动物园的兽医院，专门给你们检查身体、治病的地方，待会儿会有人来给你做麻醉，稍微有点儿疼，打完麻药你会慢慢放松下来，也可能昏睡过去，没有力气，不能站起来都是正常的，你别害怕，别挣扎得太厉害，不然医生只能再补一针，那你就会睡得更久了……给你做身体检查的是一位非常厉害的动物学家，和你以前遇到的那些坏人都不同！你可以相信他，做完检查我们就能掌握你目前的身体情况，以后为你做营养餐，安排恢复性训练。对了，你的新笼舍暂时安排在医院的后面，环境还不错，正式笼舍比那儿更好！总之，你要加油！”

泰坦见她小嘴不停地动，絮絮叨叨说了一大堆，对它非常不放心的样子，眼睛里也渐渐有了光彩：“嗯，我加油。”

今天是山海野生动物园难得的大日子。闹得沸沸扬扬的孟加拉虎事件，终于以动物园将孟加拉虎泰坦购人，画上阶段性的句号。

兽医院外来了不少主管，负责园区安全的、管着园内动物做统计的、搞营养搭配的、销售部卖门票的……几乎都到齐了，像这辈子没见过孟加拉虎似的。销售部的孙恬恬还联系了江城电视台的记者，恨不得搞个大场面。

秦怀远和祁应琛商讨待会儿给泰坦做体检的细节，秦初晗走出来，对二人点头示意一切顺利，然后在人群中找到伍力文。伍力文也有话要跟她讲，得了她的许可，主动挪到兽医院对面的花坛边去。

秦初晗一走近，他先愁闷地说："今早我还没出市区，文团长就火急火燎找我交易，我想啊，他一定是看到你在官博上发的那二十万的用途了。"

"不如我现在找文爱华当面问问，你跟他谈的最终价格到底是多少？"秦初晗说着就要去找人。

伍力文连忙拉住她："别别别，文叔年纪大了，给个台阶下。"

秦初晗连白眼都懒得翻，只道："我们打算再向马戏团买几只动物，这次由我舅舅亲自跟他们谈，你先和文爱华对好台词，别到时候露出了马脚，我舅可没我这么好说话。"

伍力文点头如捣蒜，要不是对话环境不允许，都想掏出香烟把她当上宾招待起来。

赶在记者来之前，秦怀远让围在兽医院外的大家都散了。今天周末，游客会比工作日多一些，不能因为从马戏团转来一只老虎就乱了方寸，泰坦交给兽医院和祁应琛就行了。

因为要检查的项目很多，麻醉是必须的。祁应琛跟泰坦的驯兽员了解了它的基本情况后，和兽医们商量，由他先单独进去。人多的话，怕泰坦情绪不稳定。

兽医院的王老头是山海野生动物园的老资历，从来不站队，也不爱搭理谁，凭本事吃饭，伍力文见了他也得客气点儿。祁应琛虽然是园长请回来的，但年纪轻轻的，穿得也干干净净十分讲究的样子，说什么海归动物学家、业界顶流，谁清楚？谁知道？反正王老头和他的一名同事、两个徒儿都不了解情况。不过既然祁教授主动要求单挑那么大一只成年孟加拉虎，王老头大手一挥——去！几斤几两，一试便知！

于是祁应琛拎着一支配好剂量的麻醉枪进了卫生室。

泰坦还在笼子里，见到陌生的新面孔，自言自语地说："我没见过你，是园里的人吗？"

祁应琛关上门，隔空看着它，回答道："姑且算是动物园的合作对象吧。"

泰坦吃惊得瞳孔微缩："你……听得懂？"

"是的，吓到你了吗？"祁应琛表现得很从容。至于友好，说不上。

泰坦见过很多人，一眼就判断出眼前的人对自己没有威胁："还好，前几天我见过一

个小姑娘，她也能和我对话。”它在笼子里站起来，“你就是来给我做检查的人，对吗？”那双兽眼紧盯着祁应琛手里的东西，露出几分难得的惧意。

祁应琛站在它跟前，索性把麻醉枪展示给它看，还故意问：“相信我吗？”

泰坦笑了，低下头，咧嘴露出锋利的牙齿：“我说不相信，你会终止这个行为吗？”

祁应琛遗憾地耸了耸肩，同时侧首看了眼室外：“不相信我的话，只能换兽医院的医生来做，不过待会儿还是由我来给你检查身体。”麻醉是必须的，他不指望这只大半生都在人类支配下活得毫无尊严的孟加拉虎理解。他只要确保它健康就可以了，它是否喜欢自己并不重要。

泰坦站在笼子里，笼底的高度让它能与祁应琛保持关系对等的平视，半晌它得出结论：“你真是个矛盾的人。”

麻药被推入身体时，确实有轻微的刺痛感。不过这点儿疼痛和训练时挨的毒打相比，根本不算什么。很快，泰坦感到晕眩，头变得很重。它不得不趴在笼子里，任由知觉一点一点地从身体里流逝。

“感觉怎么样？呼吸顺畅吗？除了无力之外，有没有哪里特别痛？”祁应琛双手抄在风衣口袋里，隔着铁笼肆无忌惮地观察它。

“还好。”泰坦只感到些许的不适，“我快要睡过去了。”它在和那阵来得强烈的睡意做抵抗。

“那就睡一会儿，检查很快就会结束。”祁应琛在门旁的窗台上找到钥匙，将笼子打开，拎着一个简易医疗箱，躬身钻了进去。他蹲在泰坦侧后方，将它的尾巴摆到方便自己操作的位置，扎上止血带，用剃刀剃掉部分毛发，消毒，抽血，一气呵成。

“不怕我咬你吗？”泰坦迟钝地移眸看他，说不抗拒是假的。麻药确实有效果，但并不表示它什么都做不了。

“你不会。”祁应琛盯着逐渐被血液填满的胶管，口气笃定。

是的，泰坦不会。好不容易脱离马戏团，更好的生活就在眼前，如果在这时候伤害人类，它会怎么样呢？最坏的可能是被执行安乐死。这些它都知道。泰坦还看得出来，这个来给自己做身体检查的家伙，对待动物的态度不像小姑娘那么友好。他是不喜欢动物的，甚至可能连人类都不喜欢。

“为什么？”泰坦问他，“你们人类有很多选择，你不喜欢我们，为什么要选择和我们打交道的职业？”

祁应琛愣了下，没想到自己竟然被一只老虎看穿：“官方的回答是：非要和外界打交道的话，在人和动物之间，我肯定选后者。”人性复杂，人心难懂，还是动物简单些。

泰坦好奇道：“听你的说法，还有另一种回答？”

“你刚不是说快要睡过去了吗？”祁应琛真心期待那一刻的到来。

泰坦发出低低的笑声：“我知道你这句话的意思，是逃避。”

祁应琛不置可否。过了一会儿，他淡然道：“也不是不能说，只不过想给自己寻找一个正确答案罢了。”

泰坦追问：“什么答案？”

祁应琛抽掉针管，用消毒棉按压在它尾巴的针口上，抬首注视着它的后脑勺：“能和动物交流，让我觉得自己像个……怪物？”他不是很确定。因为能和动物交流，同时也给了他职业上的许多便利。

泰坦确实没办法给他答案。或许是知道自己安全了，也或许是麻药发挥了作用，它越发放松下来，话也变得多起来：“前几天的一个晚上，有个小姑娘偷偷溜进来看我。我们对视的刹那，我在她眼睛里看到自责、愧疚，还有难过……她向我道歉，我反过来安慰她。富有同情心的人类我见得多了，她是其中一个。她也是特地来看我的，我一直在等她说出那句‘我一定会把你从这里救出去’，但是那天直到她离开之前也没对我说。我一直在想，她为什么没有说，明明都写在脸上了。直到今天，忽然出现了很多人，你们一起把我送到这里，中途还发生了几次争吵。但对我来说，结果是好的。我终于懂了……她当时不说那句话，是害怕自己努力之后还是做不到，她怕让我失望。可惜我没有刻意去记她的名字。我以为她会和以前那些人一样，只在我面前出现一次。对了，我有没有告诉你，她和你一样，能够跟我们对话？我打记事起就待在马戏团，第一任驯兽师对我很好，她就像我的母亲……虽然我并不知道我真正的母亲会怎样对待我。我想那种感觉是温暖的，就像琼陪伴在我身边一样。可惜很快，我被卖到现在的马戏团，境遇如何，你也看到了。我只是想说，活了那么多年，跟随马戏团在世界各地演出，见过很多人，但是能和我直接对话的，除了你，也就是那个小姑娘了。用你们人类的话来说，这应该叫‘缘分’吧……教授，你为什么不说话？嫌我吵了吗？抱歉，我今天太开心了，也太累了，我想我真的要睡一会儿了……”

祁应琛伸出手，像抚摸猫咪那样轻抚泰坦的背脊：“睡吧，你安全了。”

另一边，时家父子和马戏团经过一番讨价还价，最终以一百万的价格解救了三只动物：一头四岁的非洲象、一匹荷兰温血马和一匹平原斑马。

下午四点，秦初晗用官博公布了这个好消息，以及泰坦入园的第一次体检数据。

不少网友留言，要饲养员好好照顾动物们，并表示有时间一定会去山海野生动物园仔细观察每只动物的状态。

秦初晗还是那句话："欢迎公众监督我们！"

还有网友打听"森林之主"什么时候第二次预售。如果没有的话，动物那么多，有没有考虑做点儿别的周边？比如大熊猫馆的小团圆、梨花糖母女，比如黑森林馆那只高冷的黑豹，还比如水族馆里很会"撩人"的胖虎……

这些秦初晗早就在琢磨了，不过她一直没说，因为做出来的才算数。

3

五点多那会儿，林笙背着一只小挎包大摇大摆地出现在动物园东区正门口，保安拦着不让进，她就傻了巴儿买了张门票。进园后她又想，门票钱都出了，不逛岂不是浪费，于是逛了大熊猫馆和最喜欢的两爬馆才想起来跟秦初晗联系。她还纳闷，为什么有人会住在动物园啊，那亲友来看望岂不是每次都得花钱买门票？

对于助理呆萌老实的行为，秦初晗也是哭笑不得。她打电话召唤顾词，加上蠢弟弟时昊，晚上开派对庆祝，共商大计——过几天太阳马戏团一滚了之，山海野生动物园就是一家全国瞩目的没有马戏表演的正经动物园了，开文创店势在必行！

大家听了秦初晗的计划，干劲都很足。

狂欢一夜，第二天开始做正事。开店是个需要多方面整合的细致活儿，首先得有足够数量的产品，其次要办全若干手续——秦初晗负责产品设计，林笙做文案推广，相关手续由时昊和顾词去跑。

他们计划先做个十几样出来，玩偶、棒球帽、发箍、钥匙扣、马克杯等等，别的动物园、游乐场有的大众款，山海野生动物园也要有。除了设计上花些小心思赋予不同的特点，让顾客看一眼就喜欢，有购买欲望，质量也得有保证。一言以蔽之：实物要对得起价格！

线上销量是一部分，线下可以放在动物园现有的商品店进行售卖，把销量稳定住，再推陈出新。

这只是最基本的要求。文创店和普通的周边店不同，拿故宫的文创店来说，已然成为故宫的一张新名片。它所推出的商品，每一件都蕴含着深厚的文化底蕴，不仅由小至大向外界宣传了故宫，还肩负着文物保护推广和对大众解读历史的重任。山海野生动物园的文创店也要做到这样，让每一位来山海野生动物园的游客都喜欢上这里的动物，学会以正确的方式保护它们，同时让没有来过山海野生动物园的潜在游客在线上看了他们的文创产品，萌发“我想到这里走一走逛一逛”的想法。

文创店的收益将直接用于为动物们提供环境更好的馆舍、营养健康的食材和多种类的丰容……教育和探索，学术与保护，缺一不可。这才是现代动物园存在的意义。

筹备开店的过程中，秦初晗又招了两名员工：负责网页设计的高冷妹子盛呦呦，负责运营推广的幽默小帅哥司徒畅。大家年纪差不多，相处轻松愉快，工作上的沟通也没障碍。

集齐了人手，她特别向老秦申请了一间配置齐全的办公室，位置就在伍力文办公室的对面。哼，每天看着你，时刻看着你的一举一动，我才能够安心！

文创店挂靠在动物园名下，同样采取自负盈亏的经营模式，所得收益与动物园按比例分成。为此，秦园长还跟女儿打趣，亲父女明算账，要是亏了本，别怪他公事公办。秦初晗信心十足，保证不拖动物园的后腿。

每天起早贪黑、忙忙碌碌，十一月眨眼就过去了。十二月的第一个工作日，泰坦正式入住新馆舍。

清晨，秦初晗到兽医院后山的笼舍去看望它。

陶瓷厂那边的小赵刚好发来信息，第一批“森林之主”已经完工，如无意外，下午就能按照下单顺序发货。秦初晗站在兽医院的门口回复说辛苦了，还说正好今天泰坦搬新家，午饭后可以来一场联动宣传。回完信息，一抬头，她就见身着运动装的祁教授从梧桐叶子湖那边跑过来，终点与她的坐标完全一致。

十二月的江城，早晨有七八摄氏度。山海野生动物园位于郊区，旁边靠着一座天然的森林公园，气温还要更低些。前夜下过一场小雨，这时候地面泛起薄雾。风不吹来，那些如轻纱般的雾气长久地静止在原地，要等到温度上升，才能将它们蒸发得无影无踪。

秦初晗的视野里，英俊的男人每向前迈出一步，都会将身前的薄雾破开。他目不斜视，气息平稳，脚步也不显沉重。那头利落的短发几乎被汗浸湿，缠绕在脖颈上的卡其色毛巾有效缓解了秦初晗的轻微洁癖和强迫症。拼色的防水面料运动装也好看。动物园那个大群里，早就有保洁阿姨争相上传他在园里跑步的多角度抓拍了，她之前也顺便看了看……

听说祁教授每天都会在园里跑上五公里，白天若是忙得没时间，晚上也一定要补回来。年纪轻轻，自律如斯，秦初晗打从心眼里觉得他能长命百岁。如果现在他能从她身旁跑过去，再来个五公里，那她会诚心祝福他活满一百二十岁。遗憾的是，祁应琛已然开始减速，跑到她面前，干脆停下了。

“早。”他侧开脸去呼吸，炯炯有神的双眼看着身侧的兽医院。

“早。”秦初晗希望落空，只好硬着头皮和他寒暄，“好久不见。”

算起来，自从上次把泰坦送到兽医院，他们就没在园里碰过面。整个十一月，秦初晗每每想起，还感恩高度发达的现代社会赋予人类忙碌的生活节奏来着。

“好久没见了？”祁应琛语气认真，像是在计较，“我倒是每天晚上都能听见你们……”

听见也是“见”，形式不同而已。

秦初晗沉默了一会儿，问：“你在变相嫌我们吵吗？”

经过一个月的整合，六人组的山海野生动物园文创团队基本成型。为了尽快把店开起来，秦初晗自掏腰包向动物园租了一套别墅当宿舍，自己也搬进去和大家住在一起。一群平均年龄二十五岁的年轻人干劲十足，对未来充满期待，闹到后半夜是常有的事。而这套别墅恰好在祁应琛隔壁，也就顺便闹到了他。

“不是很嫌，但如果能在凌晨后适当降低分贝，我会感激不尽。”

“你这个人……”秦初晗欲言又止。

“怎么？”他寸步不让，洗耳恭听。

刚还离得老远的时候，祁应琛就看出她刻在眼珠子里的“你别过来”四个大字。拒绝和他交流的意图太明显了，让他不爽，必须过来打个招呼。此流程走到一半，祁应琛又觉得自己幼稚了，于是面无表情地收起心里的那些想法，换了个成年人应有的交流方式：“来看泰坦？”

秦初晗点头：“嗯。”她僵了一瞬，忽然有点儿在意，“你也来看泰坦？”

好的，如果刚才她只是把“你别过来”写在眼睛里，那么此刻她已经把“离我远点儿”表现得淋漓尽致。祁应琛被针对得来了脾气，口吻却温和得足以杀人：“是啊，这么巧，一起？”

秦初晗：“……”

走进兽医院的时候，秦初晗确定了一件事：祁应琛，表面温文儒雅，内里腹黑恶劣。不过想想他三十岁不到，站在学术领域的顶峰俯瞰众生，有点儿脾气也正常。

而祁应琛呢，原本以为一个月的时间，秦初晗对他有多大意见也该消化了，没想到今天一见，她依旧像躲瘟神一样躲着他。祁应琛觉得，对他有意见就说出来，没有什么不能解决的，他还等着她答应接手《猛禽观察日志》的插画。哪怕做不成朋友，他少说要在山海野生动物园待二十个月，同事之间心平气和地正常相处不难吧？

两人各自想着心事来到后山。兽医院笼舍的构造比较简单，泰坦住的地方大约有四十平方米，环境丰容的主体是几根固定的树干，右边三分之一的空间有个注入流水的小水潭。对于孟加拉虎来说，没有活水是很难受的一件事。笼舍左侧做了斜梯，中间用木板隔断，上面有一个类似树洞的干燥空间。泰坦不想待在后舍的话，树洞就是它最好的选择。

时间还早，阴沉的天色下，虎大爷侧身卧在树洞里，露了半个屁股在外面，正对来人。听到声响，它象征性地晃了晃垂在木板下的尾巴，表示"来了啊，本大爷知道了"，就算打过招呼。

这一个月它恢复得很好，身体各项指标都在向虎园里另一只和它年龄相仿的孟加拉虎靠拢。秦初晗蹲在笼子前，盯着它那根悠闲自在的尾巴，满心都是成就感。

"刚才陶瓷厂那边给我发信息，第一批'森林之主'摆件今天下午开始发货，厂家给我寄了两套过来，到时候送你一套！"她很大方地说。祁教授刚来动物园就为拯救泰坦出了一份力，理应对他有所表示。

祁应琛不是很想承她这份情："照你这个说法，王老头他们都该人手一套？"出力的人多了去了，这不过是他分内的事。

秦初晗老气横秋地叹了口气，说："你这人……给你就收着，当个纪念也好啊！"她对自己的设计可满意了，"你是我爸三顾茅庐请来的专业人士，多亏你在微博上帮我们背书，动物园的风评才好转得那么快。论专业性，还有个人影响力，王老头他们哪儿比得上你？"秦初晗觉得捧着他也是应该的，"还有小天真，刚送过来的时候不允许任何人靠近，不吃不喝不睡，眼看着瘦下去，站都站不稳了，还是你有办法。昨天我去看它的时候，它还用鼻子逗我来着……"

小天真是时昊他们从马戏团里买回来的四岁小象，名字是网友们取的。驯兽员没人性，不让它吃饱，也不让它好好睡觉，为了让它学会倒立，用尽残忍的方法训练它。秦初晗第一次去看小天真时，刚来到笼子外面，就听见它缩在角落里不住地小声哼哼："别过来，别过来……"哭得她心都快碎了。

象是十分有灵性的生物，非常聪明，是家庭观念很重的群居动物，会用树叶和泥土埋葬死掉的同伴，重情重义。马戏团对小天真造成的伤害，会成为它一辈子的阴影，多亏了祁应琛，短时间内重塑它对人类的信任。这一点，就算是能和动物沟通的秦初晗都做不到。她打心底里感谢他。

祁应琛能感觉到她对自己发自内心的谢意，虽然这是他职责所在，但往好的方面想，他们还是有共同话题的。

"对了，这个给你。"秦初晗伸手在外套口袋里摸了摸，摸出一串丁零零响的小玩意儿递给他。

祁应琛接到手里，发现是个钥匙扣，主体是一对大熊猫，大滚滚和小滚滚可以分开，也能合上。内置的磁铁把它们粘在一起后，小的就被大的抱在怀里。金属的材质，里面是空的，大约放了铁珠，轻轻一晃发出动人的声音，是颇为精巧的设计。

“送给我？”祁应琛盯着她，手里拎着这么一串儿萌得要命的钥匙扣，莫名觉得有些别扭，但心里是不抗拒的。

秦初晗蹲在他旁边，双手托着脸，亮晶晶的眼睛里含着笑，肯定地对他点头：“这是我设计的第一批文创产品里第一个到手的样品，怎么样，还行吧？”

祁应琛听她一说，再回想动物园现有的两个商品店里的劣质玩具，瞬间觉得手里这个都能当艺术品了：“谢谢，我很喜欢。”他面无表情地说完，顺手把钥匙扣放进运动外套的口袋里。

秦初晗相当怀疑他的“很喜欢”。

祁应琛完全不觉得自己这个回应有什么问题，他看着睡得安逸的泰坦，闲聊般问：“你的文创店做得怎么样了？”

“还行，挺顺利的。”聊这个，秦初晗的话可就多了。

从准备产品到第一次线上预告，全都在稳步进行中，除了给祁应琛的“母子连心”钥匙扣，她还特地为小天真设计了一顶“鼻子长长”棒球帽，找国内知名童装品牌做的联名款！为了说动品牌方，证明自己不是骗子，秦初晗他们轮流上阵，终于以诚意打动对方。

“夏天的预产期在月底，等它生了之后，我准备设计一套母子装，给它攒点儿奶粉钱。”她沉浸在对不久的将来的美好畅想里，反过来问身旁的男人，“你说夏天的孩子能和小天真玩到一起去吗？”

山海野生动物园共有十二头亚洲象，是个完整的家族。夏天被救助站送过来的时候，虽然也花了很长一段时间才得到它们的接纳，但结果是好的。最近秦初晗一直在琢磨，要是她能说动夏天把小天真养在身边就好了，不过这得等它顺利生产，恢复一段时间后再议。眼下，她需要祁应琛给点儿专业意见。

“夏天来我们园的时候还小，才一岁多。小天真已经四岁了。而且夏天它们是亚洲象，小天真是非洲象，会不会因为地域不同被排斥啊……”秦初晗担心着方方面面，回过神来，侧首一看，祁应琛正稳稳当当地蹲在她旁边，专注地听她说话，盯着她看。

沉默中，她呈静止状态，尽可能地只动眼珠子，以彼此的肩头为准，目测自己和祁应琛之间的直线距离。接着，她再不动声色地将身体向左倾斜，控制着呼吸，抬起脚，同样是往左边挪了一大步。全程在祁应琛的眼皮子底下进行，犹如完成某种必须保持距离的神秘仪式。当距离拉开后，她总算松了口气。

祁应琛眉头皱起来了 :“我有毒？”

“啊？你没毒啊……”秦初晗说完才开始慌了，“不是，我的意思是，您是个健康的自然人！”

祁应琛意见更大 :“您？”

“用这个字是想表达我对你的尊敬，山海野生动物园有了你这位业界顶级的动物学家坐镇，是全体员工的荣幸，更是动物们的福音！”她不自觉地给他吹彩虹屁，默默求放过。

祁应琛并没有放过她的意思 :“怎么又不用‘您’了？”

秦初晗顿觉心累，脸也垮了下来 :“你没毒，我也不讨厌你。”

祁应琛学着她刚才的样子，视线在彼此之间反复横扫，要多刻薄有多刻薄！

秦初晗张口想解释，他抢先问 :“我得罪你了？”

“没有。”她摇头。

“那你为什么躲我？别说你没有。我没估错的话，改变的节点应该在《游禽观察日志》的合作即将结束的那段时间，之后我们再见面，你的表现就很奇怪，让我觉得我是个当同事不够格、当朋友更没可能的……世纪渣男？”祁应琛说完，眉心的褶子随之加深，停不下来的自我怀疑。

“你不渣，你一点儿也不渣，你要自信！”秦初晗没法跟他面对面了，在身旁摸到一根树枝，在地上戳出一个小沙坑。

终于逼出她一点儿真实的态度，祁应琛的态度有所缓和 :“说说。”误会只有说出来才能解开。祁教授奉行今日事今日毕，这都拖多久了，有违他的行事风格。

其实他大抵能猜到一些。他们第一次见面并不是在绘梦工作室，而是更早之前——六年前的跨年夜，帝都当时很火的一家酒吧里，她化了精致艳丽的妆容，像个勾人的小妖精，他也很随意放松，被朋友指控整晚都在释放致命的男性荷尔蒙。再次见面，他们是即将展开合作的工作伙伴。秦初晗是个漂亮、正经、有能力的女孩子，她不主动提，祁应琛只好配合装失忆。如果当时秦初晗就对他的反应有所不满，等到合作结束时开始发作，祁应琛也能理解。但大家都是成年人，没必要把关系弄得那么僵。再说六年前的那天晚上，除了一个吻，别的他们什么都没做。

遗憾的是，此刻秦初晗跟他完全不在一个频道，想的全是发生在两个月前的尴尬一幕。至于六年前的跨年夜，她当然也是记得的。但人家祁教授都有同居女友了，提这个是想深度社会性死亡吗？！尴尬的一直是秦初晗自己，她不知不觉就开始逃避……

“让你有不好的感受，我很抱歉。”她郑重向他道歉，然后加了一句，“我承认是我的问题，但你能别问了吗？以后不会这样了，我会自己调整。”面对是解决问题、化解尴尬的最好方式。秦初晗悟了！

祁应琛半信半疑地望着她，半晌才决定今天先到这里，给她贴上“可长期观察”的标签。

“好。”他点头。

秦初晗如释重负：“好，好……”

两人身侧笼舍里的泰坦翻了个白眼：好什么好，难道他们没意识到越说越复杂了？

为了证明自己正在努力消除对祁应琛的偏见，秦初晗盛情邀请他去咖啡厅吃早餐。店里的手磨咖啡赞到爆，店长每天早上都会亲自烤奶油菠萝面包，现在去时间刚刚好。祁应琛刚跑了五公里，没理由拒绝。

两个人离开兽医院，闲聊着朝黑熊咖啡厅走去，快到地方，不约而同地停下了。只见咖啡厅外停着六辆十二座的观光电瓶车，车上堆满摄影器材、反光板，还有数个黑色的大箱子。工作人员穿着胸前印有统一标识的黑T恤，分散站在各处，有的蹲在树下闲聊，有的忙着清点车上的物件……还有个戴鸭舌帽、脑袋后面梳了个半丸子头的胖潮男，手里卷着厚厚一沓A4纸，似乎是台本。他跟前站着十几名扛着摄像机的跟拍大哥，一个个唯他马首是瞻。而光线充足的咖啡厅里，三个年轻的女孩子坐在落地窗中间的卡座里，喝着咖啡，不咸不淡地聊着什么。伍力文和伍衡侍候一旁，点头哈腰的模样令人恶心。

秦初晗望着坐在其中的秦心玥，遗憾地耸了耸肩：“看来早餐得换地方吃了。”

其实早餐吃什么、上哪儿吃，祁应琛都无所谓，只是眼前这阵仗……

“他们要在这里录节目？”

祁应琛来山海野生动物园前曾经了解过动物园的体系。它是山海集团下属的动物园，说得更直白一点儿，是秦家私有的，动物种类多，地方大，不缺钱，限制比官方动物园少，所以他才选择与之合作。但眼下，不好的一面也直观地体现出来了。集团大小姐要来自家动物园录节目，大门自然是敞开的。

“这事我爸不知道，我也没听到半点儿风声，伍力文先斩后奏了。”

秦初晗说话时，坐在咖啡厅里的秦心玥发现了站在外面的她。两人来了个远距离对视，前者受不了先转过脸，后者露出胜利的笑容，觉得自己示威成功。

祁应琛注意到她俩的互动，不解道：“你们关系不好？”上次她用小号发的长文，那位秦家二小姐不是还帮她转发了吗？

秦初晗直言：“她提防我靠秦家的关系攀附上流社会，我嫌她胸大无脑总爱发散思维。”

祁应琛颔首低笑，明白了。

这时，从东门那边又开来一辆观光车，车上坐着五位明星，一眼扫去，好家伙，两个影帝，三个顶流，大手笔哇！

祁应琛只觉得烦：“希望他们别惊扰到园里的动物。”

秦初晗不乐观地笑着摇头：“对比你，我的内心可真阴暗……”

祁应琛侧首：“怎么说？”

秦初晗正色道：“与其指望他们保持安静别惊扰动物们，不如期望园里的动物把他们吓得嗷嗷叫，以后都不敢来。”

祁应琛望着她，愣了愣，毫无痕迹地切换阵营：“好的，我也开始阴暗了。”

秦心玥参加的这档节目叫《加油，跑起来！》，是近年来最火的现象级综艺，已经录制到第三季，每期嘉宾九到十五人不等，分为两三个阵营，在有限的时间和区域范围内做任务，赚取积分，进行比拼对抗。因为节目环节设置得精彩有趣，秦初晗没事时也会追着看。

秦心玥是飞行嘉宾，这次加她总共十五人。录制范围是整个山海野生动物园，正式录制从下午五点开始，预计晚上九点结束。录制开始前的这段时间，用来给嘉宾熟悉台本、走流程，节目组也要根据场地修改调整游戏内容，比如在展馆里放些线索箱子之类的。

这些都是秦初晗回家以后看了伍力文发在动物园大群里的文档了解到的情况，文档写得很详细，应该和节目组沟通过一阵子了。目前看来，嘉宾的任务有给大象铲屎，投喂长颈鹿，去两爬馆为蜘蛛或蛇做环境丰容，潜入水族馆的混养区和鲨鱼合照，到百鸟园做鸟类科普，等等。最过分的是，泰坦今天入住新家也成了任务之一。

为了配合录制，伍力文特地把搬家的时间从下午三点改到晚上六点。那会儿天都黑了，不方便移动不说，孟加拉虎可是夜行性动物，经过这一个月的调养，泰坦要想扑个人真是易如反掌。

伍力文还在群里吆喝：“节目很火，播了就是山海野生动物园最好的广告，大家一定要全力支持！”

秦初晗看了只想骂脏话，奈何情况已经摆在眼前，心里阴暗的小期待是有的，但真要说的话，她更希望什么都别发生，平安度过就好。

秦怀远也是气急了，在群里放话道：“这么大的事我居然事先毫不知情，而且好多安全隐患，不出事则已，一旦出事，唯你是问！”

伍力文自知理亏，拿着秦心玥当挡箭牌开脱了几句，然后号召全体员工，尤其是各个馆舍的饲养员，充分发挥自己的专业特长，配合节目组安全录制。

秦初晗：都是放屁！

早上从开始就不美好，接下来自然过得没精打采的，下午秦初晗和陶瓷厂的小赵联系，委婉地告诉他泰坦搬家的事情得往后推一推，联动做不成了。小赵以为是泰坦情绪不好，担心地问了半天。秦初晗没好意思说节目组录制的事，含糊地混过去了。

官博改为预告小天真的“快快长大、鼻子长长”棒球帽。

再忙一些琐碎的事情，转眼就到了晚饭时间，秦初晗看着窗外的夜色，想来录制应该开始了，可别出什么乱子才好……刚想到这里，微信通知就疯狂弹出信息：两爬馆里那条珍贵的黄金蟒丢了！

黄金蟒是缅甸蟒蛇的白化突变种，属于非常稀少的变异品种，为我国一级保护动物。它是趁嘉宾做任务的时候越的狱，具体怎么越的、越到哪儿去了，监控愣是没拍到！

这条四米五的黄金蟒名叫欢欢，原先由江城一位姓姜的先生托关系从缅甸购入，悉心养在家里，宝贝得不得了。后来因邻居举报，相关部门出面对姜先生进行批评教育，将欢欢没收，送到山海野生动物园养起来。当时这事还上了地方台的新闻联播。

姜先生爱蛇如命，承认错误改过自新后做了山海野生动物园的志愿者，每周都来两爬馆义务劳动，给小朋友们科普两爬类知识，还和欢欢的饲养员成了朋友。他要是知道欢欢跑丢了，准要找人拼命！

已经是十二月初，入冬的时节，蛇类逐渐进入冬眠期，不受到过度打扰和惊吓，是不会离开生活馆的。欢欢性情温和，跑出去伤人倒不至于，就是不知道它会跑到哪儿去，万一离开动物园，被住在附近的村民捡到，将它剥皮抽筋，拿来炖汤进补……

事情一出，还在园里的工作人员全员出动，四处寻蛇。秦初晗也拿了个手电筒出去找。动物跟人不一样，你叫它，它就是听见了也不会应你，哪怕它就在园区里，在草丛中那么盘着不动了，想要找到它也是全凭运气！

两爬馆在山海野生动物园南侧，是一个全封闭的四方形展馆，外形上呈回字形，总共有六个进出口。节目开始录制时，只留了 C、D、E 三个门，但三个地方的监控都没捕捉到欢欢的踪迹。秦初晗猜测这家伙爬进了通风管道。

她能向动物打听，便没跟其他人结伴，但她不了解蛇类的习性，只好打电话向专家求助。

“天气凉了，它应该跑不远。最近晚上经常下雨，山地潮湿，它去山上和绿化林里的可能性不大，你想想附近哪里的环境相对来说比较温暖，去找找看。”祁应琛听说蟒跑丢了，拿上一件外套准备出门。他对那条黄金蟒印象颇深，他们之间发生过几次对话，它以前是住家的，经常和它的饲主一起看新闻联播、追连续剧，是个很有趣的家伙。

秦初晗想了一下，说：“该不会去河马馆了吧？”她跟那两只凶得要命的河马一向不对付，互相嫌对方丑不说，偶尔见面还会进行语言攻击。

河马怕冷，栖息环境和黄金蟒相似，而且河马馆是半开放式的，溜进去相对容易。但考虑到欢欢是一条有想法的蟒，祁应琛也拿不准："我不确定，但是可以过去看看。"

秦初晗有苦难言："我快到了。"

不管怎么样先去看一眼，最多跟珍珠吵一架，再跟玛瑙吵一架。反正很久没吵了，全当发泄排毒……秦初晗火急火燎地骑着自行车往河马馆冲。

附近某处忽然响起一声呵斥："你干什么？！从哪儿来的？退！退回去！"

用脚指头想都知道是节目组的人，秦初晗根本不理睬。快到岔路口时，前面突然闯出个人，她瞳孔微缩，双手握紧刹车，左腿支撑在地面上，抬起车尾往旁边一摆，冲刺的余力从转得飞快的后轮泄了出去。

从草丛里钻出来的男明星跟她对上视线，目瞪口呆："帅啊，小姐姐。"

秦初晗没工夫跟他瞎咧咧："让让，我赶时间。"

话刚说完，一群人呼啦啦从远处拥上来，扛摄影机的、明星助理、场控，还有伍力文……

"不知道我们在录节目啊？突然这么冲出来，伤了人你承担得起吗？"凶她的是个干练的中年女人，穿着一身职业裙装，大概是经纪人之类的。

秦初晗双手扶着自行车把手，侧首看着她，不带一丝情绪："因为你们录节目做任务，导致两爬馆丢失了一条珍贵的黄金蟒，要是找不回来，是不是由你负责？"

女人讶异得一时没接上话，看她的反应，显然是不知道这件事的。而她的第二反应是用眼神质问刚才从草丛里冲出来的年轻男明星。

这时秦初晗才认出他是宫桀，本年度最火的流量明星。但那又怎么样？到了山海野生动物园，我就是你们的祖宗！

宫桀接收到经纪人的眼神，连忙抬起双手否认："我没去过两爬馆，可能是阿潇。"

经纪人好歹松了口气。

宫桀的注意力重新放到秦初晗身上，笑眯眯地问她："你是动物园的工作人员？我帮你找蛇好不好？"

"不用了。"秦初晗调整车头，一看眼前被堵得寸步难移，道，"能别堵在这儿吗？"

场控骂了起来："你横什么？我们拍摄被你打断，连句抱歉都没有，有没有教养啊？"

"是我请你们来动物园录节目的？"秦初晗盯着那个骂她的人，又看了一眼故意缩到人后的伍力文，最后环视周围，快速平静下来，"你们是现在让出路，让我去找黄金蟒，还是非要跟我讨论谁对谁错该谁道歉？那我只好发个微博让网友来评理了。"

她戴着耳机，和祁应琛那通电话还没断。祁教授光是听个声儿都知道她以寡敌众，愣是靠气势把一大帮人唬住了。那画面，想想都喜感。

“发微博什么的，我可以代劳。”他清咳了两声，笑着问，“要发吗？”

秦初晗不动声色地挂了电话，问节目组的人：“怎么说？”对她来说，最坏的结果无非是欢欢找不回来了。到那个时候，她肯定要跟节目组讨个说法。

“要不各退一步，咱忙自己的去？”宫桀打圆场，言罢就遭到经纪人的眼神杀，直接被瞪老实了。

场控被秦初晗三言两语搞得下不来台。面子事大，哪儿肯轻易算了，他回头去找动物园的负责人，也就是伍力文。

这时候远处又来了一群人，秦心玥走在最前面：“怎么了，你们怎么都站在这儿？”

围住秦初晗的人像遇到了摩西分海，自觉向两边分开。

秦心玥见是她在这里，冷哼了一声，说：“我当是谁，原来是我祖父的养子的……刁蛮独生女。”

这弯绕得，旁人好歹是听懂了。假千金遇上真千金，还不得滑跪？

秦初晗耐人寻味地笑了：“大庭广众的，那么多摄影机怼脸拍，你这么嚣张真的没问题？”

秦心玥这才慢半拍地反应过来，她出道以来的人设一直都是温雅大方的千金大小姐，虽说娱乐圈里都知道是怎么一回事，可那么多镜头……为什么每次遇到秦初晗，那些话和态度收都收不住，就那么自然地流露出来了？！秦心玥僵在原地，止不住地头脑风暴：怎么办？被拍了不会传出去吧？要不要叫经纪人来处理？我和节目组的导演关系还不错，应该没事？

明眼人都看得出来，她被 K.O（Knock Out，拳击用语，指绝对胜利）得相当彻底了。

秦初晗一击把她拍死，和以前一样毫无快感。脑子是个好东西，可惜对方没有。

“喂——喂——听得见吗？”

园区里忽然响起诡异的广播，秦初晗听出那难听的声音来自伍衡。

“喂喂？哦，已经开了啊……打扰一下，告诉大家一个好消息，那个欢欢，就是黄金蟒，已经找到了！”伍衡坐在广播监控一体室里，拿着麦克风，生疏地指点江山，“真不骗你们，我正看着监控呢。就秦初晗那个小助理，叫什么来着？她刚从东门进来，迎面和咱们欢欢遇上，人蟒相视，小助理二话不说把欢欢抱起来就往园里走。嗯，没错了，小助理，山海野生动物园今晚因你而闪耀，哥佩服你！”

在场所有人："……"

刚走进东门，抱着欢欢吭哧吭哧往两爬馆走的林笙："……"

晚七点的两爬馆聚集了比白天更多的人。饲养员把欢欢重新放回它的展箱里，对林笙千恩万谢，差点儿跪下了，弄得林笙怪不好意思的。她不过是去市区玩了半天，回来就遇到一条金灿灿的大蟒迎面爬来，好像特地出来迎接她似的。

秦怀远让大家都散了，下班的下班，还没吃晚饭的去食堂把饭吃了，要值班的继续坚守岗位，今晚可不能再出任何岔子了。

等人走得差不多了，秦初晗溜进展箱，在几簇蝎尾蕉下找到蜷成一团昏昏欲睡的欢欢。

欢欢抬起脑袋，璀璨如红宝石般的眼睛盯着她看了一下，困倦地说道："我认得你，你是园长的女儿。"它来园里不足一年，跟秦初晗不熟悉，但常听别的动物提起，大家都很喜欢她，想来她人应该不错的。

秦初晗点点头，双手扶着膝盖，轻声道："很抱歉打扰你休息，以后遇到这样的事，能乖乖待在馆里别离开吗？动物园范围大、环境复杂，我差点儿去河马馆找你了！"能找到都是好的，找不到的话……哎，真不敢往那方面想！

欢欢悠哉地吐了吐芯子："我不会去河马馆，珍珠和玛瑙又凶又臭，还把水池弄得脏兮兮的，我躲都来不及。"

听它话里的意思，是有目的地溜出去的？秦初晗抱着试探的态度道："你爬到东门去了，差点儿离开动物园，外面的危险是你无法预料的，我们也没办法及时保护你。"

"我知道。"欢欢那双冰冷的红眼睛显得特别有数的样子，"我就是放心不下。"

秦初晗愣了下。

欢欢把蛇首转开，似是叹了口气："我担心老姜。前天他来看我的时候，我听见他跟饲养员说这周要做个手术，接下来一个月都不能来动物园，他还交代饲养员好好照顾我。"搞得跟交待身后事一样，它能安心才怪了。

秦初晗软下语气道："动物园在郊区，离市区很远，开车都要四十分钟，再说城市路况复杂，你很容易迷路的。"

欢欢早就想好计划："东门对面有公交车总站，我躲到其中一辆车上，天亮了，到上班时间，司机会开车载我回市区，我大致还记得以前小区的位置。我可以藏到门卫室后面，也可以躲在小区的花坛里，从保安或者跳舞的大妈那儿获取情报，总之我有很多办法。"

你可太聪明了！

欢欢还道："老姜是我唯一的亲人，虽然我现在住在动物园，但我的家在临江小区 5

栋 2 单元 3109 室。”

秦初晗真是被它感动得一塌糊涂：“这样，我帮你去看望老姜，你知道他做什么手术，在哪家医院吗？”

“没听清楚。”欢欢是条实在蟒，“你可以问问老韩，他肯定知道。”

“好，待会儿我跟老韩要医院地址，明天就去看老姜，你可别再乱跑了。”秦初晗习惯性地伸出右手，勾起小指头，“就这么说定了？”

欢欢抬高蛇首，保持静止状态盯着她看了半晌，愣是没回应。拉钩是人类发明的玩意儿，它不明白。

秦初晗被它像个傻子似的盯着，讪讪地把手收回，碎碎念着“明天去看老姜”，弓着身走了。她找到欢欢的饲养员闲聊，套到老姜的情况和做手术的医院，这才离开两爬馆。

4

秦初晗在动物园大群里问伍总经理在哪儿。很快，在咖啡厅打工的妹妹发出一张随手抓拍——从早八点营业到晚八点的黑熊咖啡厅一楼，笑容满面的伍总经理正捧着摆满好几杯咖啡的托盘，走向坐在卡座那边休息的秦心玥。如果要为这张照片取名，那必须是《狗腿》。

秦初晗回了个万能的微笑表情，蹬着自行车杀过去。到咖啡厅时，节目录制也进行到尾声，大批节目组的工作人员聚在那里，几个最先完成任务的明星坐在店里喝咖啡、吃蛋糕。玩着就把节目录了，玩着就把钱赚了，真叫人羡慕。

秦初晗懒得进去，打通伍力文的电话：“文叔，出来聊两句。”

其实让秦初晗来点评，她觉得最近这段时间伍力文表现得还行，每天在办公室里喝茶看剧，没刻意搞事情，存在感也极低。当然，今天过后就另当别论了。

伍力文也是心里有数的，他管十一月的沉寂叫“卧薪尝胆”。人不会一直倒霉，秦初晗更不可能一口气摁死他，这不，在二小姐的光环加持下，他等来了复出的机会。现在这综艺节目这么火，节目一开播，周六卫视黄金档将全方位展示山海野生动物园，说是史上性价比最高的广告也不为过。只用承担少许风险，就能换回巨大收益，值得！

节目里有好几个和动物互动的环节，都是在他的建议下加入的。说难听点儿，黄金蟒找不回来也无所谓。那种宠物蟒，没有人养着，到了野外根本活不下来，对人不会产生威胁，它怕人还差不多。而且全国收视率常年排前三的电视台在动物园录节目，还能敲锣打鼓地告诉全国观众他们把动物园的蛇弄丢了？不可能的，人家危机公关做得可好了。

伍力文就喜欢和这种有排面的合作方合作，只恨秦怀远杞人忧天，胆子小，死脑筋！导演已经亲口承诺他，会在后期加上“特别感谢动物园专业顾问伍力文先生”的字幕。这年头必须讲点儿虚名，不然你拿什么给老板看？

后面他早打算好了，既然秦初晗主动找来，那就先会一会。见她骑着自行车等在咖啡厅外的小广场边，他照例拿上一杯现磨咖啡端出去，端到她面前。

“在园区录节目的事，我半个月前就想跟老秦提，可你爸的脾气你是清楚的，一准不同意！”伍力文装出无可奈何的样子，回头看了咖啡厅里的秦心玥一眼，再扭回头来，一脸“我冤大头我跟谁说”的委屈，“二小姐那边我实在没办法回绝，我想着就一天的工夫，应该没问题，结果差点儿把乐乐弄丢了，哎……怪我、怪我……”

秦初晗不带任何感情色彩地纠正他：“那条黄金蟒叫欢欢，不叫乐乐。”

伍力文愣了愣，嘴角抽了抽，皮笑肉不笑地说：“你看今天这事儿，还好有惊无险！来，喝杯咖啡，现磨不加糖。”他跟没事人似的，咖啡往秦初晗跟前一送，再讨好地一笑。

脸皮厚就是好，不知道什么叫尴尬，永远把尴尬留给别人。

“我没吃晚饭，咖啡就不喝了，伤胃。”秦初晗没给他好脸色，“前几天我在微信里跟你提过，把园里两家商品店的经营权转让给我，你考虑得怎么样了？”

伍力文面露难色：“我老婆全职，双胞胎刚满一岁，每个月奶粉钱都要大几千。大女儿大学生活费至少三千吧？女孩子喜欢买衣服买化妆品，要是给少了不够花，她去搞网贷可怎么办？把店转给你，靠我那点儿微薄的工资，我们一家老小……”

话说到一半，他说不下去了。因为秦初晗根本没反应，只冷眼看着他，如同在看笑话。

那两家店地段好，店面大，从伍力文来到山海野生动物园那天起，经营权就在他手上。最重要的是，有那两家店在，真的方便操作——一个进价不到一块钱的毛绒钥匙扣报三十元、五十元，就算上面要查，账本翻烂了也查不出问题！要是店转出去，将来怎么办？

秦初晗知道那两家店对他来说意味着什么，但她需要考虑他的想法，顾虑他的心情吗？秦初晗耐人寻味地笑了笑：“文叔啊……”

伍力文被她突然的恭敬搞得头皮发麻：“行了，什么都别说了，两家都转给你，明天早上来我办公室办手续。”

“明早我有事，下午吧。”秦初晗脚后跟一踢，把自行车的支脚架踢上去，脚踏板一蹬，愉快地走了。

伍力文一路目送着，心中五味杂陈。

秦初晗言出必行，第二天早晨跟老秦拿了车，到市区第一人民医院看望欢欢的“爸爸”姜河先生。

姜河年近五十，是位园林建筑工程师，平时搞搞建筑设计，去美院给学生上上课，江城美术学院的国风馆就是由他设计并主持修建的。他家里还养点儿蜘蛛、蜥蜴、蛇什么的，个人爱好有些冷门。欢欢住进动物园后，姜河随之做了志愿者，给两爬馆的丰容改造提了不少有用的建议。这次他住院，做的也不是大手术，老毛病，胆结石，长期频繁发作，不能再拖下去了，得开刀把那堆大大小小的石头取出来。

秦初晗到了医院，在附近买了一箱牛奶和一个新鲜的果篮，直奔肝胆外科。

前台的护士告诉她，姜河先生昨天早上做的手术，恢复良好。刚才医生查房的时候发现他偷偷点了烧烤外卖，虽然没吃，但放在旁边闻了一晚上，弄得病房里怨声载道，病人们纷纷向管床医生告状。

事实证明这位姜河先生着实有一个有趣的灵魂。

秦初晗来到病房，道明来意，把昨天欢欢险些走丢的情况如实相告，态度诚恳地表达歉意。

姜河靠在病床上一脸愁苦地望着她，气若游丝地道：“找回来就行，它也就那样子能唬人，被动物园附近的村民捡到，轻则打残，重则炖了吃，蛇胆拿去泡酒，回头我还得给它料理身后事，真是个不让人省心的。秦小姐你帮我带句话给它，让它心里有点儿数，馆里好吃好喝好住，少折腾，多享受。”他当然不知道秦初晗能跟动物交流，只是他自己就是这样跟欢欢说话的，大家都是地球上的生灵，分什么高低贵贱，是不？

同一病房的病人大多是近期刚开了刀的“无胆英雄”，伤口还没愈合，动作稍大点儿，那叫一个疼啊，根本扛不住姜河的专场脱口秀。

姜河的伤口也疼，哎呀哎呀地叫唤，还不停地脑补：“好想吃烧烤，老板给我来十串肥牛、十串掌中宝，再来三串鸡屁股，辣椒多加，还有孜然和葱花……”

秦初晗哭笑不得，让他好好休养，注意饮食，出院了来动物园看欢欢。

探望姜先生的任务圆满完成，没想到等电梯时，意外遇到祁应琛。原来祁教授今天也来肝胆外科探病，他大学时的导师刚做完一个颇有风险的肝脏手术，昨晚他在班级群里看到消息，早上便过来探望。

秦初晗听他说着，心里有种“果然如此”的感觉。祁应琛骨子里是有些恶劣的，面冷心热也是真的，对待动物如此，对待他认为值得尊重的人类也是如此。

一看快到午饭时间，秦初晗主动提出请客吃饭。

第一人民医院位于老城区中心地带，附近错综复杂的巷子里藏着不少老字号美食店。秦初晗带着祁应琛步行走过两个十字路口，一头扎进曲曲折折的小巷子里，尽头是一家手工包子铺。店面最多十平方米，老板和老板娘齐上阵，动作麻利地包鲜肉包子，一只只珠圆玉润，放进摞得比人还高的蒸屉里，高温下，鲜美的香味持续不断地从缝隙里溢出。包了浆的木桌木凳在巷子过道一字排开，摆了四桌。桌子上盖了半圆形的纱网罩，里面有数只小碗，碗里准备了花生米、黄豆、香菜、葱花、豆腐乳这些蘸料，旁边油盐酱醋一应俱全。食客络绎不绝，大多打包带走，坐下来吃的是少数。

秦初晗随便选了张桌子坐下，祁应琛便坐到她的对面。她轻车熟路地要了四屉小笼包，再跟他解释说："一屉八只，我最高纪录是一次三屉！"所以待会儿那四屉，他们对半分。

祁应琛得出结论："看来这里的包子很美味。"

他今天的穿着一如既往的讲究，上身是毛衣和衬衣的搭配，下身是熨烫得笔挺的西装裤，外面一件柔软高级的黑色立领大衣，脖子上系一条英伦风羊绒格子围巾，再搭一双款式简单的高帮靴……坐在巷子里的小板凳上，感受着初冬的寒意，吃接地气的小笼包，怎么看怎么委屈了那双大长腿。

穿加绒卫衣、羽绒马甲外加运动鞋的秦初晗坐在对面看着，暗戳戳觉得画面颇有喜感。

祁应琛隐约察觉到她情绪上的起伏，问："你在得意什么？"

秦初晗摇头否定，带着笑意的眼睛扫着他："要是我到一个城市工作，本地朋友说请我吃饭，结果带我来路边摊，我多少会有点儿想法。"

祁应琛不愧是教授，高素质人才，表现完美，涵养顶好！

她补充道："我发誓没捉弄你，中午吃山珍海味太夸张了，我平时吃得比较简单，这家包子真的很美味！江城特色，上过《舌尖上的中国》，我常来！"

祁应琛是相信她的。再怎么说，她也不会把自己的午饭搭进去。

"你以前在这附近念书？"他不费力地猜测。

秦初晗点头，正好巷子里走来几个穿校服的高中女生，她轻轻扬下巴示意："实验一中，江城排名靠前的中学。"

她的高中生活过得不算平静，因为秦心玥也在实验一中，时常带着自己的小团体针对她。是故，秦初晗在学校里没有特别要好的朋友。她也不需要，一个人画画听歌，给动漫人物写同人小说，放学回家有动物们的陪伴……寂寞与她无关。到了高三，每天拼命刷题，一眨眼高考就结束了，她选了个看起来不太难、自己应该能顺利毕业的专业。而实际情况也与她预料的差不多。现在回想起来，二十多年的人生平顺安逸，秦初晗知足常乐。

“挺好的。”祁应琛道，“我高中念的学校也还不错。”

秦初晗好奇地问：“哪个学校？”

祁应琛：“人附。”

这叫还不错？国内顶尖了好吗？！秦初晗不死心地问：“当时在你们学校，你的成绩能排到什么水平？”

祁应琛语气淡淡的：“勉强能稳在前十，大家都很强，也很拼。”

秦初晗：“……”我怀疑你在凡尔赛，并且我有证据！

祁应琛见她表情变了，不禁愣住了：“我把天儿聊死了？”

秦初晗想着我正在尽地主之谊我要客气点儿，强行解释：“也……不算！毕竟这是你们学霸的世界，可能就跟富人日常开销一万块，我看着感叹‘哇！好奢侈’，但其实跟我一天花百来块差不多。”

祁应琛确定了：“好的，换话题吧。”

正好老板娘把热气腾腾的小笼包端上来，外加两只干净的浅口土陶碗。秦初晗收起纱罩，开始配调料：“油盐酱醋和辣度自己调配，一定要放豆腐乳！这是秘诀！”

祁应琛学着她的操作，给自己调了一碗，搅拌均匀，夹起一只包子，表皮放在蘸碟里轻轻碰了一下，抱着怀疑态度送入口中，慢慢地咀嚼。嗯，味道还不错。不对，得更正，是味道很不错！

他的对面，秦初晗已然沉浸在包子鲜美的滋味里，双颊撑得鼓鼓的，满足地发出被治愈的哼哼声，双脚不自觉在地上小频率地踩来踩去，以此表达内心的欢喜。祁应琛看得忍不住笑了，低声自语：“有点儿可爱。”

“什么？”秦初晗探询地看过去做确认时，对面的男人已经低头专注地吃了起来。

刚才祁应琛夸她可爱？不可能，一定是她幻听。有女朋友的人怎么能夸别的女孩子可爱呢？哪怕是朋友也暧昧得有些过界了。秦初晗刚对祁应琛的印象有所改观，内心是倾向于听错了的。她古怪地盯着他看了半晌，算了，还是吃吧。

简单的午饭结束后，两人返回医院停车场。

秦初晗回动物园，祁应琛要去机场接个人，虽然同路，但他们各自有车。

秦初晗请他吃完饭，尽了地主之谊，想着以后是同事也是普通朋友，正常相处就好。至于以前那些多出来的想法，那是因为不知道他有女朋友。毕竟俊俏的脸加上渊博的学识，还有一段数年前的缘分，总能轻易令女孩子心动。这是仅限于她一个人的尴尬，她能消化。

第三章

双向奔赴

1

回到动物园，秦初晗先去两爬馆复命。

如果蛇有眼皮，在秦初晗向欢欢转述姜河那番话时，后者至少能翻二十个白眼吧。

“我知道了，是我自作多情。”欢欢微微颤抖着，想必是气坏了。

秦初晗憋着笑安慰它：“他也是不想你遇到危险，你一条蟒在城市里活动，不方便。”

欢欢道：“我从小就在城市长大，周末老姜会带我去郊外野炊，我一直以为自己跟家养的猫猫狗狗一样。搬来这里之前，我都没见过同类。你看住我隔壁的那条响尾蛇，它连自己的名字都没有，‘响尾蛇’只是统称，可是我有名字，我跟你们那么熟悉，为什么不能在城市里活动？你说，到底哪里不方便？”把它带来城市的是人类，送到动物园的是人类，圈定它活动范围不许这样不许那样的，还是人类。

“你们人类好蛮横。”欢欢感到委屈。

熟悉的愧疚感涌上心头，不管多少次总能让秦初晗难受：“对不起，我们太自以为是了。”

“算了，谁让你们规矩多呢，到了你们的地盘，我也只能遵守。”

欢欢转问她老姜的情况，秦初晗连忙详细解说，胆结石手术是小手术，打个比方的话，大概和取掉蟒的几片坏掉的鳞片差不多，很快就能恢复。

正说到这里，秦怀远来电了。夏天要生了，比预产期早了十多天，又是头胎，现在情绪很不稳定，让她快过去。

秦初晗火急火燎地赶到象馆外，就见半月形的露天展区左侧，夏天焦灼地在泥沙地上来回打转，不时停下来，昂起头和鼻子发出一声痛苦的叫声。它之前没生过，只感觉身体里有什么在撑着它，像是要把它撕裂一般，痛得快要死过去了，只能靠快步走来缓解痛感。

秦怀远、王老头和他的两个徒弟，还有夏天的饲养员，全都站在十几米开外，稍微走近两步，夏天就凶他们，不让近身。

其他的大象被拦在左侧相对更大的馆，大家都围过来给它打气，劝它好好生，加油生，鼓起勇气大胆生！怀了两年多，不生那不是白怀了？

右边是非洲长颈鹿的散养区，长空站在石墙后面，脖子伸得比往常更长，紧张得鹿脸都僵住了。

秦初晗越看越着急，大声唤它：“夏天，夏天！你别害怕啊！我来了。”

夏天听到熟悉的声音，缓缓地转动身体，看到她的一刹那，眼眶都湿润了：“晗晗，我好疼啊，我不想生了，呜呜呜……”

“别哭别哭，快下雨了，去遮阳棚下面，那边有草堆，你不舒服就躺到那里去，好不好？”秦初晗双手扶在护栏上，恨不得长出翅膀飞进去，再变身大力士，把它抱到草堆上。

夏天眼巴巴地看着她，发现在这件事情上，晗晗并不能帮自己。都这样了，不生是不可能的，它只好强打精神目测草堆的距离：“呜呜，我试试吧……”

“加油！保持呼吸，别走太快！”秦初晗鼓励它，想等它走到棚下再绕到后舍进去陪伴，却见夏天忽然站住，笨重的身躯往旁边一歪，倒了下去……

“快！快！弄起来！不能让它这么侧躺着！”王老头脸色大变，顾不上危险不危险，冲过去想靠手上那点儿力气把夏天推起来。

他两个徒弟见状，只有跟着上。七八个成年男人使出吃奶的力气，去抬它、推它，可世界上现存的最大的陆生动物的体重摆在那里，根本推不动……

十几年前，象馆里也有过一次母象分娩，那时园里条件差，缺乏对动物深度养护的意识，眼见着一头母象的肚子缓慢隆起来，还以为是吃太多发胖了，谁也没在意。直到有一天饲养员早上入馆打扫，发现小象已经生下来了，跟在母象身边可可爱爱的。

秦怀远知道后，心有余悸了好一阵子。这件事给他敲了警钟，他开始逐年定期有目标地给园里的动物做体检，留意出现异常情况的个体。现在条件比以前好太多了，各种设备配置齐全。夏天从怀孕到预产期，几名饲养员轮流照料，除了特设营养餐，每周还要在园区里溜达，调节心情。为了确保它顺利生产，秦怀远甚至邀请了一位亚洲象专家来陪产做观察。结果夏天预产期提前，再厉害的专家也赶不上了。

夏天这是头胎，跟医院产房里第一次做妈妈的孕妇们一样，没有生产经验，疼得嗷嗷叫，力气很快就用尽了，它侧卧在泥沙地上，之前还能发出高亢凄惨的叫声，现在只能一阵阵地小声哼哼。

远处的母象也着急，扬着象鼻，朝它喊话："快站起来，躺着怎么生？""站不起来也要站！""夏天啊，听话，你先站起来。""生不出来可是会死的我告诉你！"

秦初晗跑进馆内，不敢碰它，蹲在旁边轻声细语："我们休息一下，试着站起来好不好？"

夏天可怜巴巴地看了她一眼，持续哼哼："晗晗，我好难受……我……我没力气，我真的……站不起来……"

秦初晗眉头发紧，这事难了。现场人太多，她不好明说，只对父亲和王老头道："我看夏天疼蔫儿了，得想办法帮它一把。"

秦怀远秒懂女儿的意思，和王老头对视一眼，两人不约而同想到一个人一件事。

"起重机！"王老头急中生智，"时昊呢？叫他把熊山那台起重机开过来！赶紧的！"

这一喊，大家都懂了。

秦怀远吩咐女儿："祁教授今天去市里办事，走之前跟我说过，你给他打个电话，看看他忙完了没有，请他赶紧回来。"在亚洲象专家来不了的情况下，祁应琛就是园里唯一能指望的专家。有他在，心里也踏实些。

秦初晗走到人少的地方拨通祁应琛的电话。对方接得很快，声音冰冷疏离："什么事？"

"没……"秦初晗愣了一下，硬着头皮道，"抱歉打扰到你了，你能不能现在回园里？夏天开始分娩了，但是……它生不出来！"

电话那端静默了两秒，祁应琛道："我马上回。"

时昊把起重机开到象馆外时，已经是四十分钟后。夏天侧倒在地奄奄一息，精神状况大不如前。

众人在起重机上绑了两股麻绳，绳子另一端从夏天的前肢下穿过、固定，启动机器，终于把它的身子调整过来。这时候祁应琛也赶到了，见他们用起重机帮大象稳住身形，失笑道："你们倒是会想办法。"

王老头被他说得眼神飘忽，愣是端不起架子。

祁应琛摇了摇头，不再多说什么，指挥大家把夏天的后肢往后拉，帮助它摆成后脚掌撑地的半弯曲姿势，便于它发力生产。跟着，他蹲到它正后方，戴上手套伸进去摸索，确定后说：“小象进入产道了。”手收回来的时候，他特地看了一眼，“没有绿色淤积物，说明情况良好，至少没有看上去的那么糟糕。”

这番判断得到王老头的肯定：“这才疼多久，小象都到产道了，很快就能生出来的。”刚才那是姿势不对，侧躺着肯定生不下来。

祁应琛镇定地看着这头被宠得娇滴滴的年轻母象，发话：“没事，生吧。”

夏天被起重机吊着，前半身微微悬空，后肢半跪半撑在地上，垂着大脑袋和长鼻子，漆黑的眼珠子就追着秦初晗走。

秦初晗总算意识到真正的问题所在，无可奈何地道：“加油！”

从白天到晚上，七个小时的煎熬后，夏天终于生出了小象。只见被一层白色薄膜包裹得如珍珠的圆润球体从它身体里流出，当“珍珠”落地，胎衣破裂，小象出现在大家眼前。

旁边的象群不约而同地松了一口气，有经验的母象连忙催促：“快踢它，踢！”

夏天挂在起重机上，勉强歪头看着自己的宝宝，听了前辈的话，茫然又有点儿生气：“我不，好不容易才生下来的……”

那头母象急得跺脚：“叫你踢你就踢！我还能害你啊？！”

夏天被它凶得快哭了：“可我现在……现在也动不了……”

好在祁应琛和王老头冲上去了，分别挤压拍打小家伙的腹部，直到小象张开嘴开始呼吸，自己挣扎着站了起来。

象馆内外，还有从下午到现在一直留在看台没走的游客，大家情不自禁地欢呼起来。

唯独小象宝宝刚来到这个世界上，什么都不懂，晃动着大大的脑袋，耳朵如同两只团扇，毫无章法地呼扇着。那双黑色的眼睛里，充满了疑惑和好奇。

秦初晗来到夏天身边，轻轻抚摸它的鼻子：“你做妈妈了，真了不起。”

夏天看着女儿，眼泪汪汪：“它也好勇敢啊……”

每一个生命都是奇迹，这一点是毋庸置疑的。

动物园有了新成员，必须庆祝！秦怀远拿主意去食堂聚餐，没下班的园区工作人员，还有全程陪同夏天生崽的游客都去。

说是食堂，其内部规格不亚于电视里常见的中型宴会厅。也只有到了这种时候，山海集团的财力才勉强窥见一斑。厨房的赵师傅曾在集团旗下最高档的酒店做主厨，不屑参与管理层的权力争斗，主动申请来动物园，是山海野生动物园里一大隐世高人。下午听说象馆那边有动静，他便带着手底下的人开始准备，中餐西餐都有，还有甜点、水果、缤纷饮料和冰激凌……你说想吃个回锅肉？没问题，赵师傅给你做！大家比过年还开心。

经此一事，王裕财主动去祁应琛那桌敬酒：“祁教授，上次你说得对！当时我没听你的，是我小家子气。这杯我干了，你随意。”

祁应琛入乡随俗，陪他喝掉一杯老白干，末了道：“这次只能说有惊无险，该买的器材还是要买，虽然冷门，不一定每天都用得上，一旦到关键时候，没有是真的不行。”

王裕财再也不跟他唱反调了：“你说得对！我支持你！”

旁边的秦怀远也连连点头，附和道：“该花的钱一定花！”

对面，秦初晗叼着块糖醋排骨看得似懂非懂，用胳膊肘拐时昊：“他们之前吵过架？”王老头那排外的臭毛病全园皆知，祁应琛也不是那种逆来顺受的软柿子，两个人之间必然撞出了不少火花。

时昊“啊”了一声，说：“祁教授刚来，我不是陪他逛了半个月的动物园吗？去象馆看夏天时他就说了，这头母象年轻，头胎没有生产经验，体形大，不好搞，它疼狠了一脚能踢死人，所以最好在它生产的时候想办法把它固定住，有效地控制起来，对人、对象都好。他还说E国去年出了一款针对大型动物搬移的装置，可分拆组装，方便好用，买一套回来，除了大象，熊啊河马啊，包括泰坦都能用。结果王老头强烈反对，说要那玩意儿做什么，一年用得上几次啊？浪费钱！祁教授也不跟他吵，只平和地说了一句‘早晚是要买的’。”

时昊当时记住了装置的名字，回去在网上搜索，那巧妙无比的设计瞬间征服了他这个半路出家的工科男。不过价格也确实美丽，让贫穷的他流下了心酸的泪水。

“没想到今天夏天提前生了，还差点儿难产。当时我接到电话，叫我把起重机开过去，我就在想，王老头脑子转得快啊，从原理上说，祁教授建议买的装置跟起重机类似，但相比起来，那装置就精巧太多了。”

动物身上存在诸多不确定性，何况夏天还是饱受疼痛折磨、没有生产经验的准妈妈。用起重机是没有办法的办法，如果有专门针对特殊情况而使用的装置，它能在更安全的环境下生下象宝宝。祁应琛预料到这种情况，提了建议，秦怀远和王裕财因为资金等种种原因没采纳，问题出在后者。秦初晗听完，又吃了块糖醋排骨，问：“那装置多少钱？”

时昊手舞足蹈地比画出一个数，加强语气：“欧元。”

秦初晗惊讶得“嚯”了一声，也怨不得王老头那么激动了。

说话间，她收到一条微信。伍力文回复她，说在办公室等。就这短短一行字，足以看出伍总经理即将割肉的无奈与心痛。

你以为今天夏天生崽，我就把你忘了？不可能的。秦初晗展颜一笑，拿个餐盒给伍总经理打包点儿吃的带过去。这种假惺惺的事儿，她也是会的。

伍力文看到秦初晗给自己打包的晚餐，别提多腻味。什么都别说了，赶紧的，交接！初始动物园下发的授权使用文件、钥匙、印章、店员档案，还有这些年的账本……总归是动物园内部移交，没那么复杂。

不过说到账本，伍力文就拿出七本，灰扑扑的，封皮上的字迹都模糊了。

秦初晗没想刁难他，真的是忍不住惊讶："这么多灰？"

伍力文嘴角抽了抽，解释说这只是最早的一小部分，其他的在电脑里，明天上班了让财务那边给她发邮件。

秦初晗想了想，连这七本都没要，让他自己留着，保管好。今天之后，两家店才归她管，之前的跟她没关系，就算哪天集团董事心血来潮要查账，有问题也赖不到她头上。

秦初晗提议写交接书，白纸黑字，一式两份，末尾年月日还有签名，一样都不能少。伍力文早知道这个小姑娘心思转得快，这些天领教了不少，既然店都割肉给了，那就签吧！

办完手续，伍力文也不要她从食堂打包的那些吃的。在动物园待了这么些年，黄鼠狼给鸡拜年的戏码演了不知道多少次，只不过这次他是鸡，他心里窝火。

两家店的交接过程比秦初晗想象的顺利。但太顺利了吧，她又有点儿担心伍力文在背地里使坏。她一时是摁不死他的，只能任由他和手下那帮吃干饭的碍自己的眼，不过转念一想，伍力文也拿她没办法，她把局势稳住了，隔三岔五恶心……不对，威慑他一下，足矣。

时间还早，秦初晗心里记挂夏天，走出办公室，直接去了象馆。

夏天生完以后很疲惫，原地躺了差不多半小时才慢吞吞移到原先准备好的草堆那边……继续躺。小象宝宝径自玩了会儿，钻进它怀里一并躺下了。

外面的空气比内舍好，几名饲养员把象馆打扫干净，拿出挡风的塑料布挂上，又给夏天准备了一些吃的，这才离开。秦初晗去的时候，馆里只剩下值夜小哥。她打了招呼，走到室外遮阳棚下。

年轻的象妈妈侧躺在干燥的草堆上睡觉，小象宝宝面朝妈妈，蜷缩着侧躺着，软软的鼻子含在嘴里，不时发出"呐呐呐"的奶音，可爱极了！秦初晗怕吵醒它们，站在五六米开外，打算看一会儿就回去。今天的陪产过程足够惊心动魄，直到夏天生了，母女平安，她回过神来才发现自己手脚冰凉。

秦初晗也不是不擅长和人类打交道，她只是……不知道如何去交朋友。错过了中学时代无拘无束单纯走心的交朋友时机，大学便延续了那份独来独往。夏天是她交到的第一个朋友，她们会分享彼此的小秘密，聊动物园职工的八卦，对鹿苑里喜欢欺负弱小的那头驼鹿恶作剧，还一起追过星。在秦初晗的心里，夏天和人一样，没有任何区别。她们是好姐妹，要做一辈子的闺蜜。

忽然，夏天睁开眼睛望着她："晗晗你来啦，快过来，我有好多话想跟你说。"就知道她肯定会回来的。

秦初晗没辙地笑了笑，走过去，蹲在它的大脑门前："今天辛苦你了。"

"还好吧……"夏天望了望怀里的小宝贝，"疼是疼得不得了，我长这么大，从来没那么疼过，不过只要看它一眼，又觉得……疼得还算值得。"

秦初晗想摸摸小象，伸出去的手悬在半空，犹豫半晌，又收了回来。

夏天鼓励她："你摸呀，它很乖的！"别人肯定不让摸，秦初晗又不是别人。

"还是不了，等它长大一点儿再说吧。"秦初晗想起人类宝宝的接触禁忌，加上动物的习性，要是沾染了人类的气味，不知道会不会被别的大象排挤。很多时候，当你不知道要怎么去靠近时，保持距离是最好的。

夏天不勉强："那你给它取个名字吧，上次我们一起想的那些，我觉得都好。"

白云、蓝天，还有小海洋、小松果……只要是大自然里的，都是美的。

秦初晗拿出手机刷微博："之前我让网友投票选，我看看啊，目前小松果排名第一。"

"我也喜欢松果，坚硬的外壳里包裹着香甜的种子。"夏天说着说着嘴都馋了。

秦初晗又去看留言，点赞最多的网友留言是："一人血书'小纯洁'，和小天真是不是很配？！"天真纯洁，跨越四岁年龄差，连接中非友谊的桥梁！

秦初晗："……"整挺好，CP都嗑上了。

不过说到小天真，秦初晗心生犹豫。

夏天见她若有所思，神情里隐约露出一抹担忧："晗晗，动物园不会把我的宝宝送走吧？！"它想偏了，自己吓自己，急得抬起头要站起来，戒备状态全开。

"没有的事，别瞎想，象馆好多年没有小象出生了，宠都来不及，怎么可能送走？"秦初晗打消了它的顾虑，眼睛盯着屏幕上网友的建议，试探道，"网友给宝宝取了个新名字：小纯洁。你觉得怎么样？"

"纯洁是什么意思？"夏天不是很懂。

"就是简单、纯粹，没有瑕疵，也可以理解为完美。"

夏天眼睛亮了："我喜欢。"它的宝宝就是完美没有瑕疵的！

"小纯洁，小纯洁……这个名字和马戏团那只象宝有点儿像呢！"它自己品出味儿来了。

秦初晗道："纯洁和天真在我们人类的词语中，意思有些许相近，都是很好的词，常常用在一起，你要是介意的话，我们给宝宝取别的名字就好。"

“嗯，好。”夏天还是有计较的。

沉默了会儿，它忽然道：“晗晗，刚才啊，我做了一个梦，我梦见我的爸爸妈妈了。”

秦初晗收起手机，双手抱着膝盖，把全部的耐心都给它。

夏天继续道：“我还记得那天很热，妈妈和其他大象带我们这些小象去瀑布边玩水，我很开心，在身上裹了厚厚的一层泥，忽然一声巨响，冲出来许多人，我们就跑散了……”它在森林里迷了路，过了好几天才回到瀑布边，“我的家人都死了，爸爸的象牙不见了，它们身上的血都流干了。我当时好难过，害怕得不知道怎么办，后来……”

后来夏天也不知道过了多久，村民发现了倒在父母身边奄奄一息的它，立刻对它实施救助，辗转送到山海野生动物园。

秦初晗安慰它：“都过去了。”

大象的记忆力很好，发生过的事情，无论好的坏的，都能记一辈子。

夏天说：“我遭受的苦难是短暂的，小天真就不一定了。它虽然有四岁，但是你们也不知道它到底在马戏团待了多久，吃了多少苦。”

秦初晗面露惊异之色。

夏天看懂了她这个表情：“我知道你想跟我提，又怕我拒绝。你们人类伤害过我，也保护了我，给了我新的家。晗晗，你是我在这个世界上最好的朋友，我怎么会拒绝你呢？放心交给我吧。”

夏天刚生了宝宝，在象群里的地位陡然上升，如果它接受小天真，其他的大象也会把小天真当自家孩子疼爱。

秦初晗直夸它，当了妈妈果然不一样，成熟了不少。夏天对此有异议，它才十三岁，是象馆最年轻、最有魅力的母象，没有之一！

聊了会儿，秦初晗让夏天好好休息，她也要回家准备明天的事了。这个月的目标是实现线上线下双营业！

离开象馆时，遇到祁应琛，他嘴上嫌弃夏天是头被饲养员宠得娇滴滴的母象，心里还是放心不下，特地绕回来交代饲养员如遇突发情况该如何应对。其实以夏天和象宝宝目前的状况来看，这些大概率是用不上了。

末了，秦初晗和他一起回北区别墅。专家在身边，秦初晗自然不会放过机会，轻松找到了话题，问他小天真融入象馆象群的可能性大不大。

祁应琛的回答竟然跟夏天的话如出一辙：“那头叫夏天的母象刚生产完，在象群中有了更高的地位，如果它先接受小天真，其他大象也会接受。”

秦初晗要的就是这句话："意思是，安排夏天和小天真碰一面就知道行不行了，对不？"

祁应琛点头："是的。"

"那你看这周行吗？"

"只要准备周全，明天都可以。"

"那太好了！"秦初晗高兴地扬起手，拎在手里的食盒差点儿飞出去。

祁应琛笑笑，没说话。他刚才进过象馆，在门口听见里面两个聊得开心投入，识相地没进去打扰。关于小天真的最终归宿，秦初晗和那头母象都商量好了，缺的只是他这个专家的建议，祁教授当然是顺势而为。

近来喜事多，秦初晗觉得跟祁应琛的相处也没那么尴尬了，见他手里也拎着个纸袋，去食堂前都没有的，便问："你拿的这是什么？"

祁应琛低头看了眼，语气变淡："没什么，一些简单的投喂食材。"

秦初晗："……"呃，想起来了，他今天去机场接女朋友。

"怎么？"祁应琛见秦初晗的表情明显跟三秒前不一样，难道对他说的"投喂"有意见？

"没什么。"秦初晗摇摇头。

她表面上沉默，想法藏在心里，可激荡了——你一个大男人，把女朋友扔住处就不管了？就算当时忙着帮夏天分娩，后来去食堂聚餐，为什么不把人接过来？在电影《东邪西毒》里，洪七公闯荡江湖还带老婆一起呢！秦初晗为这位素未谋面的女朋友鸣不平，和祁应琛相处时那种说不清道不明的违和感又冒了出来。

你要说他情商低，不懂为人处事，他又会去医院探望从前的导师。带他去吃小笼包，他也坦坦荡荡享受深巷小店里的美味。刚聚餐时，王老头主动敬酒，他起身回敬，一点儿不拖泥带水。前段时间合作《游禽观察日志》，他们在工作室加班到半夜，他还会主动点外卖，特别备注有几杯饮料给女生喝，请不要加冰。加了"请"字哦！可对女朋友怎么是……这样的呢？！自己吃完再打包带回去，被问起还用了"投喂"这种明显轻视的词语，并且听不出任何关心意味。这都晚上十点多了！难道说学识渊博、衣冠楚楚、风度翩翩的祁教授也难逃直男癌魔咒，认为女朋友是私人物品，不需要尊重？

不仅如此，秦初晗还陷入自我怀疑。祁应琛好歹也是令她心动过的，要不是发现他有女朋友，可能她已经有所行动了。如今见他对女朋友的态度，秦初晗是郁闷大过于庆幸。真那么渣？我曾经看上他，不就证明我看男人眼光差？开什么玩笑！我一个把伍力文玩弄于股掌之间的权力游戏的王者，年纪轻轻就有如此成就，看男人的眼光会不行？

秦初晗搞不懂了。人类果然是世界上最复杂的生物。

另一边，祁应琛敏锐地察觉到秦初晗在头脑风暴。又误会了？为什么误会？等一下，他为什么要加上“又”这个字？祁应琛看着手里打包的食盒，陷入沉默。

秦初晗看看自己手里用来恶心伍力文的食盒，再看看他手里的，持续沉默。

两个成年男女保持着一丢丢尴尬和谁也不要说话的默契，安静地回到北区。看到第一栋别墅的时候，两人都松了口气，开始酝酿礼貌的分别场面话。

就在这个时候，迎面走来一个人，性别男，大高个，步伐迈得相当有气势，连带着前后摆动的双手也充满力量感。最绝的是这都十二月初了，他竟然穿短袖T恤，脚上还蹬了一双……人字拖？

秦初晗不认识他，正纳闷，就听祁应琛不耐烦地“啧”了声，停住了脚步。

与此同时，来人边大步流星走来，边大嗓门地骂：“祁应琛你这个王八蛋，把我从机场接来这里就不管了！大象比我重要？！我五年没回国了，回国首选你在的城市先来看你，你就这么对我？！还把手机关机！臭渣男！”

秦初晗：“……”

祁应琛面无表情地转头对她道：“这是我朋友陈胜利，从小脑子就不太好使，他说的话不用当真，还请见谅。”

秦初晗：“……”

陈胜利来到两人面前，冷哼着对祁应琛翻了一个白眼，然后面对秦初晗，线条硬朗的脸上绽出个媲美烈阳的笑容：“美女你好啊，重新介绍一下，我叫陈胜利，耳东陈，是这个家伙的爸爸。”

祁应琛皱起眉头：“喂！”

“喂什么喂，你在跟我打电话吗？对不起我不接！”陈胜利被他晾惨了，还跟秦初晗找共鸣，“你知道这人多过分吗，为了头大象把朋友弃置不顾，我饿了五个小时，这破动物园连外卖都不能点，他居然还住下了！对了，还没请问，你贵姓？”

“免贵姓秦，秦初晗。”秦初晗脸上堆上假笑，“是这个破动物园园长的女儿，我也住在这里，刚才你说的那头大象名字叫夏天，我和它从小一起长大，它是我最好的朋友，你非要执着于自己和大象谁比较重要……想听答案吗？”

陈胜利呆了数秒，抖着肩膀笑着对她道歉：“无意冒犯，错了，错了。”他又挪到祁应琛身旁去，像犯了错的熊孩子寻找庇护，压低声音道：“小姐姐有点儿厉害啊。”

祁应琛把吃的塞进他怀里：“回去用微波炉热一下，把嘴堵上。”

陈胜利拉开袋口往里看：“就这么点儿？你为什么要用你的食量来衡量我？”

“不介意的话……”秦初晗把手里那份递给他，“从食堂打包的，很干净，没有人动过。”

陈胜利心直口快，还自来熟，大大方方从她手里接过吃的：“谢啦！”

他抱着两份食物，再打量面前二人，眼珠子一转：“先走了，你们慢慢聊。”

秦初晗盯了他一路，这才知道祁应琛说投喂的是陈胜利。男人对待兄弟和女朋友的方式肯定是不一样的，时昊跟他哥们还成天要死要活要当对方的爸爸呢。误会，都是误会……她看男人的眼光还是有的。秦初晗豁然开朗，下意识侧首，正对上男人深沉的眸光。

祁应琛一脸泰然地问她：“还有什么问题？”

“什么问题？”秦初晗先是茫然，接着反应过来了，抵死不认，“我没问题啊！不知道你在说什么，回家了，明儿见！”说完就溜了。

其实祁应琛也不知道问题到底出在哪里，但肯定是有的，刚才只是诈了她一下，明明露出马脚还不承认。果然，世界上最复杂的生物是人类。

2

第二天秦初晗起得很早，在咖啡厅买了两杯咖啡、四个新鲜出炉的奶油菠萝面包，去兽医院门口守株待兔。

近八点，祁应琛沿着老路线从远处跑来，身后跟着快要断气的陈胜利。

秦初晗连忙迎上去，先送上早餐，再道明意图：“祁教授，您昨天不是说夏天接受小天真，整个象群也会接受它吗？那还等什么呢，赶紧试试吧！”

祁应琛打心底里佩服她的行动力。他喝了她的咖啡，等王老头他们上班了一合计，就给夏天和小天真安排了一场相遇。场面是有些感人的。

小天真被运送到象馆，待在开了门的笼子里不敢出来，过了足足两小时，才探出脑袋观察外面的情况，确定安全后才小心翼翼地离开笼子，又被放在地上的新鲜水果逐步引诱到室外露天展馆。夏天等在那里很久了。

小天真看到陌生的大象，吓得不敢动，又见母象身后跟着一个小不点儿，围着妈妈的脚嗒嗒嗒地跑来跑去，摇头晃脑的，路都走不稳，一看就是刚出生没多久。母象也不是一直望着它，偶尔会分神去照顾自己的孩子，在它快要跌倒的时候伸出鼻子扶一把。小天真羡慕极了。以前它也是有妈妈的。它的家族很庞大，一家人在大草原上过着无忧无虑的日子，连最凶猛的狮子也无法打它们的主意。哎，后来……

小天真不过是走了一会儿神，母象竟然走过来了！它瑟缩着往后退，母象便停下脚步，

冲它示好地扬了扬鼻子。小天真看出母象没有恶意，不会伤害自己，鼓起勇气向前迈进几步。它们互相试探着，一点一点缩短彼此间的距离，直至面对面。夏天抬起鼻子碰了碰小天真，小天真走到它的身侧，将脑门贴在它粗糙的皮肤上轻轻蹭了蹭，安心地闭上了眼。

年轻的母象和四岁的非洲小象无声地靠近、交流，用肢体语言感动着周围无数双眼睛。顾词几人特地过来围观，没有一个不动容的。司徒畅来的时候还问过在现在的动物园工作有什么意义这种话，但看着发生在眼前的一幕，默默接过了秦园长递来的纸巾。嗯，今天风有点儿大，不小心被沙子眯了眼。

盛呦呦是个酷女孩儿，转过脸去感叹："动物比人有情。"

林笙忍不住嚷起来："我的眼泪不值钱，哺乳动物的互动怎么这么好哭啊！"她明明是冷血动物爱好者，最喜欢两爬馆的欢欢和那些色彩斑斓的小蛛蛛。

秦初晗看着自己的团队，心说等着吧，这才是初级的。况且你们只是看一看，没听到它们的对话。

最开始小天真是胆怯的，颤颤巍巍地道歉："对不起，我没想打扰你们。"

夏天很温柔地告诉它："没关系，我知道你会来。"

小天真感到困惑："你知道？"

"对呀。"夏天说，"我很早就听说你了，在马戏团的日子很辛苦吧？不过没关系，别害怕，都过去了。这里是象馆，是我们大象在动物园里的家，你想不想加入我们？"

小天真愣了愣，问："我可以吗？"

"当然可以！"夏天的回答是肯定的。

小天真依偎在它身侧，闭着眼道："你让我想起我妈妈了。"

夏天扭头看了站在参观区的秦初晗一眼，无可奈何却又宠溺地说："本来是想做你的姐姐，不过做妈妈也不是不可以，哎……"

秦初晗忍俊不禁，身旁的祁应琛也低声笑了起来。

"你笑什么？"她诧异极了。大家都在感动，她是听见夏天无奈的话才笑的，那祁教授呢？别说他也能听懂……

祁应琛稍敛起笑意，示意她看夏天的亲崽："还没起名字的小象吃醋了。"

秦初晗望过去，就见本来在草垛边用鼻子拽草玩儿的象宝宝发现妈妈和另一头不知从哪儿钻出来的小象亲昵地靠在一起，明显急眼了，歪歪扭扭跑到妈妈的鼻子下，急得发出奶音：求关注！

小天真无意跟它争宠，自觉向后退开，还没退远就被夏天用鼻子拉了回来，拉到它的女儿身边，让它们一起玩耍——从今天开始，我们是一家人。

秦初晗一阵感慨。夏天做妈妈以后变得成熟了许多，她也要更努力才行！

“棒棒的，完美大结局！”陈胜利是职业摄影师，听说这里有故事，扛着吃饭的家伙过来记录过程。

秦初晗还是觉得不圆满：“也不知道马戏团的其他动物怎么样了。”总共四十七只动物，他们只救出来四只。

祁应琛忽然道：“那种无良马戏团走不长远的。”

他说得太肯定了，秦初晗不得不怀疑：“你不是在安慰我吧？”

祁应琛反问：“我有那么圣母吗？”

“那倒是没有。”

好的，这天儿又聊死了。

秦初晗以为祁应琛那句话只是随口一说，是在当时的情景下，表达对作恶多端的马戏团没有好下场的期望。没想到午饭结束后，时昊推给她一则新闻，太阳马戏团在入境C国的第二天被当地警方逮捕调查，罪名是走私贩卖濒危动物。除此之外，团长文爱华及核心成员还面临敲诈、勒索、非法拘禁等多项指控。马戏团的动物们已经被送往C国国家动物园进行救治。新闻上说，早在半个月前，国际刑警就接到业界权威人士举报说这个马戏团暗中从事非法活动，希望能够彻查。这也是他们入境C国后，被一网打尽的原因。

时昊：“这叫什么？恶有恶报，大快人心啊！”

秦初晗无法配合蠢弟弟傻乐，在微信里找到祁应琛的名字，点进私聊页面打字：“你的嘴开过光？”

不行，不妥当。他们的关系还没好到能这样开玩笑的地步。于是她删掉这句，把时昊发给她的新闻转发给祁应琛，问：“那个举报马戏团的业界权威人士是你？”

过了会儿，祁应琛回复：“应该是有点儿权威的。”

秦初晗无语：“好歹也是人附的学霸，能不能好好抓重点了？”

祁应琛回复：“结果是好的就行。”

秦初晗满意地扬起嘴角：“你确实不圣母！”

祁应琛除了学术做得好，还是个实打实的行动派。秦初晗对他从心动到怀疑，到迷惑，最后是欣赏——同事和朋友之间的那种欣赏！不管他女朋友什么时候来，他们感情好与坏，这些都跟她无关。她只要确定自己在与业界顶级的祁应琛共事时不掉链子、不拖后腿，那就足够了，至于感情，强求不来。秦初晗依然期待真命天子出现，然后一心一意搞事业！

今天山海野生动物园的官博比往常热闹一些。购买了“森林之主”的网友陆续晒出收到的实物，都在夸做工精美，有收藏意义，给百分百好评。众人见参与的救助项目在短期内看到成效，从中获得的成就感也是无与伦比的。

同时，早上十点才上传的视频《初次见面，你好呀》转发三千多次、留言七千多条、点赞破万，夏天和小天真初次见面的情景把网友感动得一塌糊涂。

粉丝很自觉地催促：“宝，来抄作业，目前我能想到的有大象抱枕、母女装、天真纯洁情侣马克杯……其他的待补充。”

错过泰坦摆件的朋友也在打听：“什么时候再开放预售？答应我，别再悄悄摸摸放链接了，你是一家成熟的大型野生动物园，要学会给自己打广告。”

目前官博总共两万多粉丝，其中至少有一万五是一个月前为了每天能在官博下畅快辱骂才添加的关注，没想到现在大多变成了铁粉。所以不管做什么事，拿出足够的诚意准没错。

秦初晗刷了一中午的评论，觉都没睡，刷完又切到团宠君账号上刷留言，转发了一些特地 @ 她晒“森林之主”摆件的微博。

逛了一圈，她发现没有人提到太阳马戏团在 C 国落网的消息，略作犹豫，决定还是不分享这个喜讯了。太阳马戏团之前和山海野生动物园有合作，现在他们被逮捕，不就更说明动物园也有问题吗？！ C 国的国家动物园排在世界前列，前几年她还去逛过，对园里展示的一切羡慕不已，既然马戏团的动物们已经有了最好的归宿，别的就都不重要了。

到下午上班时间，秦初晗带着林笙和顾词去店里看情况。

山海野生动物园的两家商品店都具有相当的规模。大的那家直营店在东门入口的广场边上，统共两层，实用面积五百多平方米。相对较小的那家周边店在动物园的中心位置，大熊猫馆的隔壁，虽然不如东门广场那家大，但也足有三百平方米。因为靠着大熊猫馆，这家店有一半卖圆滚滚的周边，不过说到质量就一言难尽了，还卖得死贵。秦初晗去逛过几次，单说她自己，作为顾客是绝对不会掏这个钱的。店员也懒散，上班时间拿着保温杯凑在一块儿闲聊，拿着固定工资混日子。这种情况绝对要改！

两点零五分，秦初晗一行走进东门广场的直营店。店里没见几个人，前台的小姑娘抱着暖宝宝趴在桌上睡得可香了。楼上某处不间断飘出女人们毫无顾忌的笑骂声，跟居民小区晚饭后那些凑一块儿闲扯的阿姨们没有任何区别。

秦初晗站在店中央略做环视，不知道摆了几年的玩偶上明显落了一层灰，左边货架上的发卡摆放得杂乱无章。正前方不到一米的地上，竟还有个没盖盖子的酸奶瓶横在那里，酸奶都滴到地上了。白色的瓷砖上，随处可见结成块的污渍……

秦初晗皱起眉头，开始变得烦躁起来。

林笙和顾词站在她身后，感受到了珑寻老师的低气压。在帝都工作室赶稿的时候，哪怕三十个小时没合眼，也要保证绘画环境的基本卫生，吃完的外卖立刻拿出去扔掉，要是让老师看到，闻到异味，那就死定了。

秦初晗走到前台敲了敲桌子。小姑娘迷迷糊糊抬起头，看到一张年轻却又严肃得过分的脸，下意识张了张嘴。

秦初晗没工夫浪费时间："我是秦初晗，你们的新领导，去把店长和所有店员叫到一楼来，我有话要说。"

小姑娘似是刚来的，不认识她，揉着眼睛坐起来，道："没听过你名字啊，你真是我们新领导？"现在某音上很多博主会搞那种整蛊视频，专门选动物园、图书馆这些地方，装成领导对员工呼来喝去。眼前的女生气势是有的，但过分年轻，身后的两人也不像动物园的人……太古怪了。

秦初晗见她像块儿木头，无奈地摇头，转身走到店外广场的长椅上坐下，拿出手机在大群里找到"东门直营店店长闻晓叶"添加好友，随后又加了"熊猫馆周边店店长苏玉"。通过验证后，她直接给两人发语音说明情况，让她们两点四十五分在东广场集合，完了吩咐林笙和顾词："你们去买些咖啡、饮料和点心过来，大概三十五份，微信上跟我报账。"

两人不敢耽误，连忙去了。

秦初晗倾身向前，双手托起脸，对着空荡荡的广场叹气。跟人打交道，就一个字——累！

到了时间，人还没来齐。大熊猫馆那个周边店的一个没到，直营店来了十几人，稀稀落落站在秦初晗跟前，一口一个"妹子""小秦"，嬉皮笑脸地跟她闲扯，加微信，打听她有没有男朋友。特别有意思的是，她人一直在东门直营店外，店里的人愣是掐着点儿还要迟到几分钟。谁给谁下马威，简直不要太明显。

秦初晗也不生气，阿姨姐姐们跟她说话，她也笑着应。

等到三点多，人总算来齐了。

秦初晗做完自我介绍，简短地把她的改革思路告诉大家："在场诸位都比我有资历，店里的销售情况，不用我说你们也清楚，每天市里郊区两头跑，单程四十分钟到一个小时，每个月却拿那点儿死工资，没意思。想多挣钱，跟我一起干，如何？"

诱饵先抛出去，这年头谁还会嫌钱多呢？这些天她早就把这两家店的情况摸得清清楚楚，包括店长在内，所有员工走的都是三年五年的合同制。店长一个月工资四千八，员工三千五，外加两百块钱的补贴，五险一金是交全了，节假日加班额外有加班费，平时上下

班可以坐动物园的职工专线，午餐和晚餐也可以在园里食堂吃。这样的条件，在江城是足够生活的，但也仅仅是混日子。

秦初晗把早就准备好的电子版合同发给两位店长，让她们发到各自的工作小群里："你们可以先看看新合同，底薪加提成，不愿意改也没关系，还走老的那份。"

有人嘴快："那老合同到期呢？续新合同还是怎么样？"

秦初晗笑了笑："这得视情况而定。"

什么是合同工？就是你做不好，我随时安排你，都不需要等到期满。

大家议论纷纷，心情忐忑地去看新合同，然后发现底薪虽然低了，但提成比例高得吓人，而且分三个档次，销售额越高，提成就越高。

"小秦妹子，你是在跟我们开玩笑吧？"苏玉没把电子版合同转发到群里，而是自己先看了，笑着走上前来泼冷水，"你别怪我说话直，新合同一千八的底薪，5%、10% 和 15% 的提成确实让人心动，可我们整个店，淡季一个月的销售额都没有一千八呢！这合同谁敢跟你签呀？！"

苏玉是伍力文的小姨子，大学毕业就被塞进园里，平时正事儿不干，起哄瞎搅和的功夫一流。她这么一说，底下的人都慌了，纷纷叫嚷着不签。

秦初晗笑盈盈地对苏玉说："你要这么说，我就得把你姐夫叫来好好算笔账了，这两家店在伍力文手里十几年，昨天晚上我翻过流水，哪怕是旅游淡季，每个月都有好几十万的进账，逢节假日，破百万都是有的。"

苏玉的脸都吓白了："是……是吗……我也不是很清楚，刚才我说得不准确，我……"

"不用解释那么多，这部分可以先不说。"秦初晗不过是诈她，这会儿转头对其他人道，"新入园的那只孟加拉虎你们知道吧？当时园里没有多余的闲钱买下它，我呢，恰巧是搞美术的，灵机一动给它设计了一套摆件，具体卖了多少钱，你们可以上网看看。那只是第一次预售，像这样的设计，我一天能弄几十个，不敢保证每个都像'森林之主'那么赚钱，但总不会比现在摆在店里的那些差吧？线上旗舰店也在准备当中，手续都办完了，只等一个合适的契机官宣。"说得简单点儿，秦初晗想蹭热搜。前两天那个《加油，跑起来！》，她看着就挺好，挺有热度。

职场如战场，秦初晗是这么认为的，面对一件已经发生的事情，做不到逆转时空去抹掉它，那就充分利用它。节目录制那天晚上，她可不单只忙着找欢欢。伍力文先斩后奏，拿整个动物园当平台哄秦心玥开心，最后还想把功劳揽上身，将自己打造成山海野生动物园第一人？他想得美呢！

事先她就交代顾词四处转悠，寻觅机会向节目组的人打听消息，秦心玥录制的那期节目是《加油，跑起来！》本季度第五期，以动物为主题，整期节目的剪辑也会往“爱护动物”的方向靠拢，按时间推算，正好是元旦节的前三天播。偌大一个山海，绝不白给他们作过墙梯！

这边秦初晗不紧不慢盘算着，站在她面前的两店店长以及全体员工都看完了她拟的那份分成合同，又去刷微博。山海野生动物园官博置顶了“点击就看泰坦大爷如何养活自己收支开销一览表”，每周不定时更新。那流水，在山海野生动物园干了这么些年的人愣是没见过！

“前段时间是听说有这么一回事，我当时还想，几个陶瓷摆件能赚多少钱，真有得赚，夜市上摆地摊卖这个的早发财了，没想到这脸给我打得……”

“现在开网店可赚钱了！原来我家隔壁租给一个小姑娘，成天不出门，关在家里搞直播卖货，这才过了一年半，上个月在湖城美景买了套房，全款！”

“她一个人单干一年半就能全款买房，我们那么多人还能比她差？”

“这流水是真的吗？看着可太提神了！”

“应该假不了，陶瓷厂的店还有预售链接，点进这个页面……哎哟！四万多件！”

可不就是四万多件，好多网友还成天追着官博问什么时候开第二次预售。到底赚不赚，人人心里有杆秤。

秦初晗见诸位阿姨姐姐们心动了，趁热打铁道：“我刚决定，我们的线上旗舰店将在元旦当天试营业。”

大家一听，眼睛都亮了。

秦初晗特别留意了一下苏玉，嗯，看得出有想法。千万把这个日子记住了，回头告诉你姐夫！秦初晗默默对她委以重任。

直营店的店长闻晓叶问：“线上旗舰店主要卖什么呢？这个店跟我们又有什么关系？”

新合同上的分成确实包括线上销售，可她们都是门店营业员。线上？那也太虚无了……

闻晓叶今年三十岁，正当而立之年。她和苏玉不同，跟伍力文没有直接的裙带关系，是山海野生动物园唯一一次校园招聘招进来的，入园后从售票员做起，后来受老店长赏识，亲自提拔她做了直营店店长，一做就是七年，业绩说不上多好，倒也没出什么差错。

秦初晗跟舅妈打听过，说从来没见她议论过谁的是非，不站队，不挑事，但要有人主动招惹，她一准往死里怼回去，是挺有个性、也有自己的一套行事准则的人。特别值得注意的一点是，闻晓叶去年一声不响研究生毕业了，念的是国际贸易，还过了英语六级。没

人知道她是什么时候考的，园里一些无所事事的人还笑话她不谈恋爱死读书。

秦初晗觉得她很有想法。这些年伍力文拿两个门店做假账，不管闻晓叶有没有同流合污，在其手下艰难求存，想想都憋屈。婚姻还有七年之痒呢，这个时候的她，最缺的是机会。如果山海不给，她早晚会离开。

秦初晗对她示好地笑了笑，解释道："线上旗舰店当然是卖我们动物园的文创产品，类似周边产品，但比周边更有意义和价值。产品方面，我是主设计师，这段时间我们文创组做了不少设计，部分已经收到厂家发回来的样品。大家要是还摸不着头脑，可以去故宫的文创店和官博逛逛，我们大致上会参考学习他们的模式。"

说到这里，秦初晗又发了三张样品设计图、两张厂家样品照片给闻晓叶和苏玉看。熊猫铃铛钥匙扣、非洲小象棒球帽、长颈鹿分类书夹、麋鹿耳朵发箍，还有上班族午休黑豹小枕头……

"这些都是要放到网上去卖的吗？"闻晓叶心情复杂，要是直营店里卖的是这些文创商品，几十万的月销，她也想冲一冲！

秦初晗胸有成竹道："关于经营模式，我会根据商品的类型做分类。就拿泰坦的摆件来打比方，它总共有二十四件，是陶制品。游客来动物园主要是为了看动物，大多会带着小孩，而直营店在东门入园处，虽然有客流保证，但游客进来逛，就算看中摆件，也会因为不好拿而放弃购买。这时候身为店员的你们就可以向他们推荐我们的线上旗舰店，网上购物，送货到家，轻松游园无负担。"

闻晓叶和其他店员听了，不禁点头赞同。

苏玉挑刺道："说得轻巧，我在那么大的动物园逛一圈，累都累死了，回家谁还记得去网上下单？"

秦初晗眯起眼审视着她，露出嫌弃的表情："园区内下单享受八五折，刺激顾客的购买欲，这么简单的营销策略，你不会？"

苏玉被噎得说不出话，又找不到反驳的点，只好不甘地闭上嘴。

秦初晗无奈地叹了口气，不再理会她，转身面向大家："回答晓叶姐的第二个问题，这个店跟你们有什么关系？当然有关系，你们长年累月在店里上班，难道没发现人员明显过剩吗？"

这话一出，有人慌了："小秦妹子，你不会想裁员吧？！"

秦初晗望着那位大姐，没有直接说"是"或"不是"，只道："所以接下来的一个月，你们得接受网络销售培训，也就是客服。你们都在网上买过东西，买之前对商品有任何疑问，都会跟客服咨询对吧？这次身份调换了而已。”

大姐继续问：“那要是学不会呢？”

秦初晗没回答她，换了个遗憾的眼神望着她。

闻晓叶“扑哧”笑出了声，说：“不能与时俱进，那就走人呗。”动物园又不是善堂，还能白养你？

一些年纪大的阿姨有了新的顾虑，别的就不说了，打字都是一大难题。

“大家别担心。”秦初晗道，“我已经请了专业的培训老师，最迟后天到，只要认真上课，平时多加练习，是能熟能生巧的。诸位在山海野生动物园工作的时间比我长，这次在线上开旗舰店，线下对门店进行改革，少不了大家的帮助，不到万不得已，我不会放弃任何一个人，还请你们支持我！”说完，她诚恳地行了一个九十度的鞠躬礼。

这举动，当即给人整蒙了！山海野生动物园的门店就是个假把式，其他部门从不正眼看一眼，店里的人也破罐子破摔，得过且过。秦初晗是园长的亲闺女，今天来了没摆谱也不端架子，有事说事，有问必答，只要带了脑子，都能看得出她是真的想动物园好，想把两个门店做起来。不能因为人家初来乍到，年纪小，就放肆欺负她吧？

“小秦妹妹，”闻晓叶走过去把她扶起来，握着她的手道，“我相信你，不管是门店还是网店，我们一起干起来！”

有她发话，直营店的店员随之附和——

“千载难逢的机会，今天下班前就把电子合同签了，大家一起拼！”

“活到老学到老，不就是客服吗，这有什么难的？”

“面对面的线下销售都来得了，隔着个屏幕，顾客再刁钻，还能把我吃了不成？”

“以前上班总觉得没意思，每天过得千篇一律，看不到前景，更没有‘钱景’！现在好了，小秦妹妹带着大家把动物园做成品牌，把门店和网店做成动物园的盈利大户，以后上班，底气都要足些！”

气氛一下子调动起来了。秦初晗被直营店的店员们围在中心，边回答她们琐碎的问题，边用余光瞄圈子外的苏玉。后者仗着是伍力文的小姨子，拿眼神压制着自己的店员，不允许她们表态，可人心里早就动摇啦，哪怕是画饼，她们也想先吃一口，尝尝味儿！

这时，顾词和林笙从远处走来，身后跟着咖啡厅、小超市和甜品店的店员，每个人两只手里都拎着打包得干净漂亮的饮料和小甜点，看着就分量十足。

时间刚刚好，秦初晗朗声道：“好了，今天说得差不多了，我请下午茶，吃完之后大家要开始忙起来了。”

“小秦，你太客气了！”闻晓叶不扭捏，大方道了谢，招呼手下的人动起来，把吃的喝的分了。

眼看着直营店这边迈入全新阶段，周边店有个刚来上班不足两个月的女孩子站了出来，说：“不管了，我要签新合同，大不了换工作！”她年轻，机会多，不怕得罪人。

有她带头，其他店员紧随其后。天天守着个破店，拿几千块钱工资，还要看苏玉的脸色，她们早受够了！

苏玉见情况不妙，默不作声地退到一边发微信。用脚指头想，都知道在跟她的靠山请示下一步要怎么做。但还能怎么做？伍力文肯定会苦口婆心劝小姨子卧薪尝胆、忍辱负重，只有待在秦初晗这个敌人身边，才能时刻掌握她的动向。

果不其然，苏玉在第三次看手机时咬了咬牙，随后昂起头，挤开挡在前面的人，对秦初晗放话道：“行，我也签，我们跟着你干，要是做不好的话——”

“来，咖啡还是可乐？”顾词凑到她跟前，差点儿把手里一冷一热的饮品杵到她脸上。

苏玉吓得往后缩，惊恐地望着他：“谁啊你？！”

秦初晗顺势向大家介绍：“他叫顾词，本地人，是我们文创组的骨干之一。”

一听本地人，再看小伙子长得斯文，阿姨们围着他打听起来了。多大啦？哪个学校毕业的？家住哪里？有兄弟姐妹吗？最关键的一问来了，有没有女朋友？想清楚再回答，阿姨们眼睛毒着呢，可骗不了我们！

任凭顾词走南闯北搞新闻采访时舌灿莲花，也架不住这波强势攻击。

林笙躲在珑寻老师身后瑟瑟发抖，好可怕哇……

下午茶结束，秦初晗和店员们的关系更进一步了，接下来开始分配工作。首先是清点库存，包括摆在店里卖的部分，全部收起来装箱。苏店长那边辛苦一点儿，需要把周边店的商品全搬过来，搬不动就去交通组借几辆电瓶车。这些商品被均匀分配到每个售票处，从明天开始，给入园的每位游客随机发放，发完为止。

苏玉又有意见了：“这些都是真金白银进的货，就这么送给游客，你是拆迁户还是买彩票中了头等奖？”

秦初晗真的不想对她降维打击：“就这些商品，送给我都不要，不把货柜货架空出来，新品来了挂你身上卖？”

几个回合下来，苏玉彻底噤声了。

秦初晗重点对闻晓叶交代了几句，便将这边交给她全权负责。再看时间，下午四点，还早，于是她问祁教授要了陈胜利的电话，请他喝咖啡。

这杯咖啡是早上欠下的。秦初晗当时在兽医院门口堵祁应琛，没想到陈胜利半死不活地跟在后面，嚷嚷着见者有份，嚷到最后就分得半只菠萝包，还差点儿被噎死。

陈胜利是帝都人，家世背景了得。父母爷爷奶奶外公外婆不是在名校教书，就是在名校当客座教授。他自己也是名校高才生，可惜毕业后不务正业，扛着贵得吓死人的摄影器材满世界跑，作品多次刊登在《国家地理》上。这正是秦初晗看中的点。

下午五点，黑熊咖啡厅内，陈胜利望着面前香甜的焦糖玛奇朵，恍然大悟道："早上请我们家老祁喝咖啡，是为了让他说服兽医院那老头儿安排大象和小象相认。下午请我喝咖啡……小秦妹妹啊，不妨直言？"

秦初晗照例喝不加糖的手磨咖啡，店长亲自给她做的，色泽比平时更漂亮，一阵阵涌向鼻端的味道也更芬芳。每到跟人谈公事的时候，她总能给自己营造出一种胜券在握的气势，对方摸不清她的底细，也就越发落下风。

眼下陈胜利就属于这种情况，明明跟她无亏无欠，还隐约猜到她对自己有事相求，但坐下来之后，她却什么都不提，四平八稳，一口一口地喝咖啡。陈胜利出言试探，她只淡淡地扯了一句"今天天气不错，先喝咖啡，喝完再聊不迟"，就跟熬鹰似的。

陈胜利就是被熬的那只鹰，好奇心被一点一点地吊起，还不自知。他等啊等，眼珠子转也不转地数秦初晗到底喝了几口。数到第八口时，他忍不住了："啊……我受不了了！是不是想找我拍片？不用担心价格，我很实惠的，拍出来的东西保证让你满意！说吧，想拍哪个小动物？有什么特别要求？哥就是品质保证，全国范围内找不出几个我这样的了！"说完，他往齁死人的焦糖玛奇朵里加了两勺糖，随意地搅了搅，端起杯子一口气喝下去半杯，终于舒畅一点儿了。

远处，店长懒洋洋地趴在吧台上，无声地比了个大拇指：从业多年，很久没见到这么嗜甜的男人了。而通常这样的男人，心肠都是热的，人都是可爱的。

秦初晗决定结束对他的折磨，开诚布公道："我确实想请你为园里的动物们拍片，不是哪一个，是全部，包括十几个大馆，海陆空数千只动物。"

陈胜利沉默了数秒，见秦初晗不像是开玩笑，神色也变得严肃起来："有挑战性，我喜欢。"然后示意她接着说。

秦初晗道："你应该听说了，我正在做动物园的文创产品。今天你在动物园逛了一天，相信你也发现了，很多馆的动物介绍陈旧，游客大多走马观花，很少停留下来耐心去看。"

做文创产品，以动物为主题设计商品进行售卖，从而达到盈利的目的，这是一方面。另一方面是文化推广，所以秦初晗想为动物们出书，以图文并茂的形式，几张照片再配上

专业又有趣的文字，按物种分类做，就像祁应琛先出了一本《游禽观察日志》，之后开始准备《猛禽观察日志》。秦初晗稍微在网上查了一下，就了解到这是鸟类的六大生态类群，即鸣禽、陆禽、攀禽、游禽、涉禽、猛禽。而全部都要出观察日志的话，她还得跟他合作五次！珑寻老师纵是画技精湛，面对如此大的工作量，也实打实地㞞了。

比起累死累活给祁教授的书做配图，当然是给自家动物园的动物出图册更实惠。不过这点儿小心思她可得藏好了，不然陆禾第一个会打死她……

秦初晗道："你喜欢挑战，我的要求也不低。这可能是你人生中最漫长的一次合作，我希望你能尽可能拍下动物最自然、最美的一面，比如在夜晚活动的黑豹、掏蜂巢的熊、求偶的小天堂鸟。"

陈胜利不自觉将身体后仰，紧绷的后背靠在椅背上。从心理学上讲，这是一个拒绝的姿势。

"你说的这些太讲究时机了。"他跟世界顶级的动物拍摄团队合作过，深知其中难度。动物和风景可不一样，有极高的不可预测性，有些时机一旦错过了，几年都等不到。

这点秦初晗当然清楚："我知道我的要求有些强人所难，但这不正是记录者应该做到的？我们可以先设定一个大概的门槛，然后按那个要求做这件事。"

值得庆幸的是，动物园里的动物和野外的动物比起来，稍微多出一点儿可控性。这是动物园的唯一优势。

不得不说，这相当有挑战性，真的做出来，一定能成为他这辈子最具代表性的作品！陈胜利心动了，也萌生出退意："那个……"他又喝了一口咖啡，眨巴着他炯炯有神的大眼睛，"拍不完的话，你不会告我吧？"

秦初晗笑出声来："其实我还有一种选择，就是在特定时段请不同的摄影师来拍不同的动物。"但这样会缺少统一的美感。她在搞文创没错，但她也是一位艺术家，时刻都在追求美，追求极致。

陈胜利可太懂她了！在秦初晗笃定的目光中，他不淡定地连喝了好几口咖啡，心止不住地痒痒。纠结了大约十来分钟，他猛地一拍脑门，仰头舒出一口长气："行！这活儿我接了！"

秦初晗端起杯子小饮一口，微笑从脸上绽放出来："合作愉快。"

到了晚上，正常人的入睡时间，陈胜利才反应过来了——

"我竟然跟她签约了？无期限的合作？图册还随时更新？那不就是没完没了了？等于是说，哪个动物生了崽，我还得去给它拍套写真？！按照人类的臭毛病，还有百日纪念、三十岁生日、五十岁动物界奇迹？！再来一套全家福！啊……我要死了！

“除了这些，还有特别要求！你仔细看这个意向合同，园方根据动物情况向摄影师提前一周预约，随后摄影师必须在规定时间内入园进行拍摄。必须？！

“我上网搜过了，这破动物园居然养着两千多只动物，还有一个巨大的水族馆！虽然我是 Open Water Scuba Instructor（开放水域水肺教练），但这不代表我能在鲨鱼交配的季节拿着设备潜入水底把过程记录下来！我还在渴望一场轰轰烈烈的恋爱，不想英年早逝。

“琛琛，你怎么不说话？你是不是也被秦初晗那个小丫头的手腕震住了？”

客厅里，陈胜利拿着他特地打印出来的合约反复看，不断哀号，制造噪声。然后，他强行把合同塞到祁应琛面前。

祁教授不得不暂时中断给学生改论文，转而对陈胜利做科普：“想拍鲨鱼的繁殖行为，首先得等它们长到合适的年龄。拿柠檬鲨来打比方，这个品种需要十五年才性成熟，它们的繁殖效率也不高，有时一年一次，有时几年一次，具体还是要看品种。”

陈胜利脸一僵：“我的青春……”

祁应琛再慢条斯理地补充：“山海野生动物园的水族馆里有很多白斑角鲨，看起来都还小，它们要大约二十年才性成熟。”

陈胜利瞬间蔫儿了，暂时丧失了语言表达能力。

祁教授还在继续：“你去过梧桐叶子湖吗？那边有十几座小型人工岛，每座岛上都有不同种类的猴子，相当有意思。”

陈胜利下意识地问：“有多少？”

祁应琛颇有内涵地沉默了几秒，再开口就是要让对方心态崩了：“以群居之。”

陈胜利一头栽进沙发里：“啊啊啊，秦初晗到底是何方神圣，来个神仙收了她！还我自由！”

3

秦初晗大刀阔斧地改革门店这事，很快就传遍了整个动物园。

销售老师入住园区，大课上起来。门店的店员仔细听讲，认真记笔记。画面被秦初晗拍下来发官博上，配文：“请期待更好的我们。”

网友表示：“期待，赶紧的，元旦见！”

泰坦那套“森林之主”卖得太好了，在职场上，能赚钱的是大爷。大家说起她，不

再是不屑一顾的“哦，园长家闺女”，而是带着期待去聊：“你说元旦节那天秦初晗能搞出什么花样？”“你赌文创店首日销量能破多少万？”“咱们园里好些馆舍该修整了，缺钱哪！”……

秦初晗把滞销的商品放到售票口随机发放的举动，意外上了本地热搜。游客晒出赠品，一边嫌弃太丑，一边叹说好像丑得挺有味道。不少市民慕名前往，花钱逛动物园，带一个丑了吧唧的周边产品回家，回过神来，依旧讲不清楚是亏了还是赚了。

另一边，陈胜利连续沮丧了好几天，总算从悲愤中站了起来，扛起吃饭的家伙开始在园子里四处拍摄，找感觉。

其实那份合同对他的约束并不强，四个字就能概括：一切随缘。当然，工作量大也是实打实的。关于这一点，秦初晗给他指了条明路：首选有文创产品的动物，其次是园区热门动物。

有了目标，陈胜利很快鼓起干劲。毕竟那么多动物，每天盲选一个馆钻进去拍一拍都能有收获。他也逐渐从中获得新乐趣，适应了园区优于城市的生活环境。

日子过得很快，门店店员结束为期二十天的培训，陈胜利也超常发挥，完成大熊猫馆和象馆的阶段拍摄，山海野生动物园的线上旗舰店进入试营业倒计时。

与此同时，秦初晗迎来了她人生中第一次相亲。

相亲的事，确实是齐美娟惹出来的。那时秦初晗刚从帝都回来，直奔着园务去了，说要解决动物园的问题，扭转乾坤什么的。可齐美娟心里没底，担心外甥女好心办坏事，给姐夫添乱，再加上大姐去世得早，她这个舅妈可不得帮着张罗一下对象的事，哪怕能分散她一时的精力也是好的。要是早知道秦初晗这么有本事、有经营天赋，齐美娟才不瞎忙活呢。后来她也知道给外甥女添乱了，自觉把相亲从十月中推到十二月，等实在找不到借口推脱，才试探性地跟秦初晗提起——另一边的媒人是跟她有几十年交情的好姐妹，她推得对方都拿友情要挟了，不管成不成，必须见一面！

秦初晗一听：“嗐，多大点儿事，不就是吃顿饭吗？舅妈您别有心理负担，我来定日子，这周三晚上行吗？行就这么着！”

于是全园瞩目的星期三，下午四点，陈胜利扛着他的顶级单反从象馆那边来，刚走到家门口，就遇到管着动物们口粮的齐美娟和打扮得颇像样的秦初晗。

在园里住了些日子，大家都熟悉了，陈胜利先向二人问好：“齐阿姨，这就带秦初晗相亲去啊？”

终归是件喜事，齐美娟笑容满面：“你别嚷，小点儿声，嗓门怎么那么大呢！”

陈胜利一脸无辜:“相亲又不是坏事，成不成都能交个朋友，对吧，秦初晗？”天知道，园里的动物也知道，他多希望小秦妹妹来一场说谈就谈的恋爱，每天开机之前都诚心祷告，送上最真最纯的祝福。

秦初晗也知道，动物们都告诉她了，陈胜利一拍不到称心的照片就诅咒她早日嫁人。看来陈摄影师对爱情和婚姻的误解很深啊……

“这么早就收工了，又没拍到合意的照片？”互相伤害这种事，她挺在行的。

陈胜利难受地眨眼睛，不得不屈服于现实：“天光都没了，只能明天再接再厉，谁让咱是专业的，不出货，不放弃！”

秦初晗假惺惺地对他竖起大拇指。

他便堂而皇之地将她打量：及腰的长发，柔软的发丝下是一双勾人魂魄的杏眼，有卧蚕的那种，平时素颜已经唇红齿白，干净得很好看，今儿一化上妆，五官瞬间变得更立体，也更动人了；身材纤细，大约一米七的个头儿，头戴贝雷帽，穿款式简单的皮粉色羊绒大衣，加上一双黑色平底过膝靴，大衣里面应该是高领毛衣外加短裙之类的搭配，肩上斜挎一只链条水桶包，手上戴了和大衣同色系的皮手套，手腕边缘一圈灰白色的人造毛。

这一身看着就统一、简单，他这个用镜头捕捉美的摄影师也忍不住肯定：“不错，有品位！”

秦初晗走近他两步，小声道:“蹭饭也要有蹭饭的礼仪。”本来她想请客的，对方坚持，她只好恭敬不如从命了。

身后的齐美娟假意咳嗽，提醒她收敛着点儿。

陈胜利的八卦魂燃烧起来了，跟她打听：“上哪儿吃啊？”

秦初晗喜不自禁：“江城第一楼，四季好。”

“听说过！”陈胜利跟她搭台说相声似的，特别给面子地捧哏，“那可是个好地方啊，我认识个拍纪录片的朋友，吃遍大江南北，唯独对这四季好酒楼赞不绝口。”

“羡慕吧？”

“羡慕！”

“要不等你拍完了，我请你来一桌？”

“等我拍完，你打包到我墓前祭奠我吧！”陈胜利开起玩笑也是各种没忌讳。

齐美娟连忙呸呸呸打断他，还让他也跟着呸，完了拉上外甥女，回城相亲去了。

陈胜利五音不全地哼着歌打开家门，客厅里没开灯，昏暗中，余光瞥见左侧杵着个多余的东西，他被吓得“哎哟”一声直缩脖子，六位数的单反差点儿就砸地上了。

祁应琛站在窗前，手里端着杯咖啡，侧身嫌弃地看了他一眼，话都懒得说。

“干什么你！站在这儿冥想啊，还是特意吓我？！”

陈胜利嚷嚷完了，才发现面前的窗帘拉得，怎么说呢……严丝合缝是不存在的，恰恰相反，两道窗帘之间正好留了一指缝隙，人站在那里，足够观察窗外的一切。他眼珠子转了转：“莫非……难道……该不会……”

“没有的事。”祁应琛否定，转身回厨房给自己续下午的第二杯咖啡。

陈胜利小心放下吃饭的家伙，跟在他身后贱兮兮地逗弄：“我是想说，莫非……难道……该不会你也想去江城第一楼感受下用餐氛围，尝尝那边大师傅的手艺？你在否认什么？心虚什么？”

祁应琛站在新买的咖啡机前，忽然觉得机器配置还是低了点儿。

陈胜利见他露出明明内心已经屈服了、面上还死不承认的复杂表情，心想，秦初晗确实是他喜欢的类型：御姐的气质，清纯的长相，聪明独立，有大局掌控力，还特别能忽悠人，灵就一个字！可惜他家祁教授，瞧着是大局在握，其实连局都没入！

陈胜利决定推兄弟一把，他转身背靠厨台，抄起手：“你知道吗，小秦妹妹的相亲对象也是个教授。”

祁应琛眼皮跳了跳。

陈胜利继续道：“和你一样是海归，现在在江城一所大学教书，工作稳定，有车有房，父母都是文化人，怎么样，是不是越听越觉得这家伙是低配版的你？”

祁应琛转过脸，正视着他。

陈胜利松开才交叠起来的手，对他遗憾地摊开：“你说你，除了人闷一点儿，硬件软件都是顶配，为什么小秦妹妹要舍近求远，你好好反省一下。”

祁应琛嫌他烦：“你怎么那么八卦？”成天不做正事儿，净跟园里的饲养员、打扫卫生的阿姨和食堂师傅闲扯，他都看到好几回了。

陈胜利“啧”了一声，说：“那你还不是全听完了？”我们有什么区别？哦，还是有的，我对秦初晗没意思，至于你，兄弟，摸着自己的心好好问一问，它有没有意思。

祁应琛盯着他看了大约三秒，放下咖啡杯走出厨房。

“上哪儿去啊？”陈胜利抻长脖子瞪他，“说两句就搞冷暴力，当心我去居委会投诉你！”

祁应琛停在门前，回身发话：“四季好，我请客。”

陈胜利美了：“走走走，好兄弟，一辈子！”

江城是一座宜居的三线城市，消费水平不高，美食多，气候也不错，就是城市规划没做好，尤其老城区，五点多就开始堵车。秦初晗和齐美娟开车到四季好酒楼时已经六点多了。

这座楼是江城地标之一，据说建于清末，后来几经修缮，做成颇有档次的酒楼，历代大厨在国内甚至国外都是叫得出名号的。是故，一桌菜不便宜，小几千是要的。秦初晗不知道别人的相亲饭是什么规格，反正今天她这一顿绝对称得上高标准。对方特地要了可以看到江景的包厢，四个人，六菜一汤，一道饭后甜点，安排得十分妥帖。

相亲对象名叫林晨，诚如陈胜利所言，确实是祁应琛的低配版，连名字的字音都相近。或许是做学术研究的缘故吧，他身上散发着没有攻击性的书香气质，谈吐也不错。一顿饭吃下来，扪心自问，秦初晗对他有些许好感，觉得可以先当朋友相处看看。

上甜点的时候，齐美娟和她的好姐妹借口离开，然后发短信说不回来了，让他们好好相处，吃完饭去看场电影，增进了解。

所以说，老一辈的想法和年轻人真的有鸿沟。秦初晗觉得相亲就是在吃饭的时候先见一面，聊一聊，吃完了下次约会再议。她需要一点儿恰当的距离感，哪怕对方各方面都不错，发展得太快就不行。奈何舅妈一走了之，剩下她和林晨面面相觑，气氛陡然变得尴尬。

秦初晗拿出手机看了看："时间差不多了，走吧。"

林晨点头，就跟入席前一样，贴心地帮她挪椅子，还要为她穿大衣。后面的举动被秦初晗巧妙回避，好感度稍减。

两人走出酒楼，林晨提议去喝茶，对她表现出极大的兴趣。就像一只对雌鸟疯狂跳舞求爱的雄鸟，没有了遮掩之后，一顿饭培养出来的感情能有多深呢？

"抱歉，我还有事情，今天就到这里吧。"秦初晗转身欲走。

林晨抓住她，蛮横地往自己跟前拽了一把："你装什么装？我今天表现得够有耐心了，怎么，还跟我端上了？要不是你一拖再拖，我还真没兴趣看你是什么货色，欲擒故纵玩得确实不错，下一趴怎么说？"

秦初晗皱起眉，这人这么快就露出本性了？

"没有下一趴。"秦初晗道，"林先生，请你放手，否则我报警了。"

"报警？"林晨肆无忌惮地看了下聚在周围的人群，故意道，"几千块的饭都请你吃了，现在才来装矜持？"

正是晚饭前后，又站在四季好酒楼正门口，路人见他们穿着得体，起先以为是闹别扭的情侣，听林晨这么一说，异样的眼光立刻投向秦初晗。四季好一桌可不便宜，女孩子长得漂漂亮亮，没想到爱慕虚荣，活该被教训！

秦初晗简直气结："刚才结账的时候我不止一次说过 AA！"

林晨根本不让她说完，蛮横道：“任何事都是有代价的，今天你必须陪我喝杯茶再走！”

路人纷纷点头，默认男方只想稍微教训一下拜金女，带她去喝茶羞辱她，这都算轻了。

秦初晗一脸愕然。

林晨不给她反应的时间，拽着她往江边不远处那家茶楼走。突然左肩被人从身后按住，他下意识回头，还没看清来人的脸，衣领就被揪住，脸上猛地吃了一记重拳！这下打得实在狠，林晨闷哼了一声，不受控地倒在地上。

人群发出惊呼。

秦初晗看着突然出现的祁应琛，惊讶得说不出话。

“晗晗，对不起，我来晚了。”祁应琛抓住她的手，鄙夷地看了一眼倒在地上一脸震惊的林晨，“害你被家里安排跟这种垃圾相亲是我的错，你原谅我好不好？”

虽然祁教授说这番话时全程面无表情，可在旁人看来，完全可以有另一种解读：冰山款深情男！

不过在秦初晗看来，他就是一本正经地胡说八道。她愣住了，用眼神朝他狂打问号：你干吗？打哪儿冒出来的？你这样反常让我有一丝丝害怕！

祁应琛其实也很想笑，但俊朗的面容绷得死紧，又补了一句：“我再也不打游戏了。”

秦初晗：“……”

围观群众：哦，原来是这样。这峰回路转的剧情，好喜欢！

祁应琛的外表太具有迷惑性了，长相、气质、穿着、言谈，包括说话的声音和语气节奏，都碾压那个被他揍了一拳的男人，一出现，几乎是立刻反转了整个故事剧情。就连林晨都被整得一愣一愣的，脑子转不过弯来，只觉得这人好眼熟，好像在哪里见过。

祁应琛见他没有挣扎的意思，也就不再理会，温柔耐心且诚恳地向女孩子反复保证：“你相信我，手机里的游戏我都删了，游戏机也扔了。”

秦初晗脱口道：“真的？”

祁应琛重重点头：“真的！”此环节点到为止，他打算见好就收，“走，去你家，跟你爸妈说清楚。”

秦初晗接不上话，觉得那么多年的偶像剧和言情小说都白看了。

祁应琛也没给她留说话的机会，揽着她的肩，说走就走。

路灯把江城的环城路点缀得璀璨。直到车开过出城必经的大桥，秦初晗总算回过神来，扭头看了一眼旁边帅气的司机，不可思议地道：“没想到你还有演技。”他怎么出现的，她就不问了，八成是陈胜利拉着他来看自己的热闹，撞个正着。

祁应琛望着前方的道路，表情淡淡的："我参演过学校话剧，男主角。"表演经验？他有！

秦初晗信了。别的不说，他刚才感情流露得真是自然又充沛。

"演的什么剧，莎士比亚的吗？"秦初晗纯粹是好奇。在她的想象中，一群青春洋溢的大学学霸穿着做工考究的戏服，于夕阳西下时在剧场排练莎翁戏剧，哇，真美！

祁应琛公布正确答案："是格林童话，《小红帽智斗大灰狼》。"

秦初晗从美好的想象里回过神来："啊？"

祁应琛抽空看了她一眼，面不改色："小学三年级不就演这些？我是大灰狼。"

秦初晗接不住话了。

祁应琛明知故问："你幻想破灭了？"

秦初晗转开脸去笑："祁教授，有点儿东西啊……"

开过玩笑，放松了心情，祁应琛才对秦初晗道，以后遇到这种情况，尤其是一个人的时候，态度别太硬，圆滑点儿，见机行事，先脱困，确保自己的安全再说其他的。

秦初晗承认自己大意了，想到是舅妈和舅妈的好姐妹安排的相亲对象，又是教授，在江城大学教书，这顿饭吃得多不愉快也不至于。

祁应琛说教授只能代表他学历高，学历高的人渣更可怕。

秦初晗连连点头，表示受教了，又想到祁应琛那一拳的力道，不愧是每天雷打不动跑五公里的男人。可惜就是有女朋友了，哎！

回到动物园，祁应琛把车停好。秦初晗见舅妈把车开回来了，就停在隔壁，哭笑不得："我舅妈要失望了。"

祁应琛同情地望着她："你年龄也不大，家里为什么那么着急？"

"我也不知道。"秦初晗无解地耸肩，"老阿姨们也是好心，想着快点儿帮子女成家，趁自己年轻还能帮着带带孩子什么的。而且以林晨的条件，在相亲市场上确实抢手，三十岁不到的教授说出来很能唬人。"

祁应琛忽然想起陈胜利刺自己的那些话，半开玩笑道："我也是教授，三十岁不到，论级别含金量绝对比他高，你舅妈怎么就没考虑我？"

秦初晗看他的眼神变了，道："你一个有女朋友的人，说这话不合适吧……"

这下换祁应琛蒙了："我有女朋友？"

"你没有？"

"我没有。"

"是现在没有，还是来这里之前忽然没有，还是一直没有？"

“一直没有。”

“我读书没你多，你别诓我！”

“我要是少读点儿书，可能现在孩子都会打酱油了。”

“什么意思？”

“一直没时间谈恋爱的意思。”

两个人坐在车里，面面相觑。

来了那么久了，祁应琛终于全明白了！

“不是，你怎么认定我有女朋友的？”他单手搭在方向盘上，侧身面对秦初晗讨说法。

秦初晗也才在两秒前意识到问题所在，习惯性拿手捂眼睛。怪不得总觉得祁应琛分裂，在渣男和优质男之间反复横跳，敢情人家的优质是真的，渣是她误解的……是她误会了！

秦初晗张开指缝，从缝隙里偷偷瞄他。车里没开灯，密闭的空间里充满了尴尬。祁应琛的眼睛却亮亮的，仿佛把周遭所有的光都吸了进去，汇聚成微观宇宙，散发出星辉落在她身上，照得她无所遁形，只得老实交代：“就……有一次你把文件落在工作室，陆禾让林笙送到你家去。结果林笙突然接到电话，着急回去，我正好有空，就照着地址开车过去了。我到你家门口，按了门铃，开门的是个漂亮小姐姐，全身上下就穿了件男士衬衣，身材是真好……身后楼上，你好像在洗澡，还叫她快上去。”

之后小姐姐问她有什么事，秦初晗快尴尬死了，迅速说明来意，留下文件溜之大吉。她亲眼看见的，那还能有假？那天还下着特大暴雨，下午三点刚过，天黑得像末日降临。

“你找错了，我家在隔壁。”祁应琛一字一顿地说，“你见到的女人叫桑莜，是我发小，国家交响乐团大提琴首席，男朋友是乐团指挥，两人从大学恋爱到现在，奔着结婚去的。”

秦初晗：“……”

这下都对上了。送文件是九月中的事，正好他们的合作接近尾声，秦初晗对他态度大变也是那个时候。桑莜把文件转交给他时他也没多想，以为跑腿的是林笙。

“我搞错了？”秦初晗难以置信，“可小姐姐穿的衬衣，你有同款！”

衬衣是那种极浅的银灰色，内里混着不规则的暗紫色竖条纹，工作室的人都见过。陆禾羡慕得不要不要的，说他跟品牌方关系那么好都还在排队，祁应琛一个搞学术的居然先穿到身上了！

“那是桑莜送我的生日礼物。”祁应琛垂着眼无奈地说，“她就是这样，经常给我和她男朋友带同款，搞得好像我和她男朋友是一对。”

他本以为生日礼物该是单品了，穿了一次才发现桑莜又给男朋友买了，两个大男人站在电梯里面面相觑，打扫卫生的阿姨夹在中间笑。这找谁说理去？

最关键的是，现在秦初晗也不想跟他说了，就想溜，发自内心地想开溜。

陈胜利打来的电话救了她。

“你人呢？英雄救美救到太平洋去了？我没带手机，没带钱包，连身份证都没带！说好的请客，你连兄弟的单都逃！我太伤心了！你这么负我，我连我爸妈的电话号码都记不住，竟然能记住你的！祁应琛啊……你这个混蛋！”四季好酒楼前台，陈胜利拿着座机听筒哀号，情绪相当崩溃。

祁应琛要回城搭救陈胜利，秦初晗求之不得，连忙下了车。保持着基本的礼貌站在原地目送，直到祁教授才提没多久的新车消失在弯道尽头，她才站在夜色里回味刚才的对话。

他没有女朋友……

还有他和陈胜利的对话，这顿饭是祁应琛请客，莫非去四季好也是他的意思……

以前是她误会了，今天这情景加上他出现的时机，真的很难不发散思维……

再回想这几个月闹的乌龙，秦初晗不住地摇头，真的太憨了……

身旁的绿化林里忽然动了动，秦初晗蓦地回头看过去。闪电稍稍前倾，黑暗中，露出一双亮棕色的眼睛。

“开心得太明显了。”它正色提醒她，甚至有一丢丢替她难为情。

秦初晗觉得自己的反应是正常的，挺起胸膛理直气壮地说：“开心一下怎么了！”祁应琛又没有女朋友！

闪电直愣愣地看了她几秒，不易察觉地叹了口气，缩回林子深处，连日常斗嘴都不感兴趣了。

秦初晗主动蹲过去：“怎么今天出来得这么早？”九点不到，平时这个点儿，它还在后舍打盹。

闪电本来就郁闷，被她一问，嘴瓣微微抽了抽。

秦初晗瞬间懂了，抱着包包往前挪：“和皎月相处得不顺利？”

“别提了……”闪电这头年轻的帅豹，最近一段时间愁得狂掉毛，“它问我爱情是什么。这不是你们人类才有的东西吗？”

秦初晗同它探讨：“不能这么说，人类也不是想要爱情就随时随地可以拥有的，需要点儿运气。”

“爱情到底是什么？你有吗？”闪电来那么早，就是想向她请教。

“我现在还没有，我还在等。”

“等祁教授吗？”

“嗯……他算是一个不错的对象。”

“那他怎么说？”闪电急需参考。

“恭喜你抓到重点。”秦初晗道，“爱情是两颗心的双向奔赴。”

闪电想了想，没想明白：“祁教授有没有向你奔赴？”

“我不知道，但我对他有期待。”

闪电得出结论：“那看来我对皎月也有期待。”

秦初晗伸手挠它脖颈上的毛，鼓励道：“你加油！”

闪电一动不动地蹲坐着，心思写在脸上：“我可以用你刚才的话回答皎月吗？”

“可以。”秦初晗又道，“你回答完之后，可以反问它，它眼里的爱情是什么。”

闪电亮棕色的瞳孔微缩。半晌，它评价：“狡猾。”

秦初晗低笑，肩膀直颤：“所以我们人类想要得到爱情是难上加难。”

“那我还是直接点儿吧。”闪电起身要走，都转了一半了，又转回来问她，“你今天不是去相亲了吗，为什么会跟祁教授一起回来？”

秦初晗笑得神秘莫测：“因为我的期待得到了大概四分之一的回应吧。”

闪电完全听不懂了。呵，人类。

自从文创组成立，秦初晗也搬过来和林笙他们一起住，方便随时将突发的灵感具象化。这会儿回到家，顾词、林笙和司徒畅正坐在客厅地板上打游戏。厨房灯亮着，盛呦呦又在做甜品解压。空气里弥漫着专属于甜点的柠檬香，勾得秦初晗直犯馋，嚷着要吃两块。

大家问珑寻老师相亲结果，秦初晗站在长沙发背后，盯着电视上晃得人眼晕的3D画面，反问：“你们觉得爱情是什么？”

司徒畅的表达很诗意：“是三月的阳光，四月的风，五月还残留着春天最后的芬芳，六月里品尝越热辣的味道……”

顾词一桶冷水浇下来：“成年人哪里有爱情？”

司徒畅大笑：“所以我刚才都是瞎说的，哈哈哈！”

林笙分别敲了敲他俩的后脑勺，认真作答：“爱情，是神经病的理想！”

盛呦呦端着柠檬派从厨房走出来：“我们机器人的设定很简单，没有感情，更不需要爱情。”

秦初晗开始怀疑自己到底组了个什么样的团队。

晚上时间还充裕，秦初晗端着两块柠檬派上了楼，一边吃着甜而不腻的柠檬派，一边给闪电画了个四格漫画，主题是“爱情是什么”，画完用动物园团宠的账号发到了微博上。

留言五花八门，充满奇思妙想，总结下来竟然跟林笙他们说的差不多。更有了解山海野生动物园的网友开始打趣闪电：“冬天来了，合笼还没成功？你说，你是不是不行？！”

秦初晗不厚道地笑喷了。

这段时间，动物园团宠的账号保持每周至少两次更新，粉丝越来越多，等他们再到动物园游玩时，就会特地去看在四格漫画里做过主角的动物，以便更加了解它们。

就在她准备退出微博时，祁应琛转发了这则四格漫画，并做了回答：“至少在最初，应该是情投意合的双向奔赴。”

秦初晗心跳陡然加快！

4

消除了误会，秦初晗以为第二天会有个好的开始，结果祁应琛临时接到通知，国外研究所那边出了点儿问题，需要他回去主持大局，凌晨就走了。

秦初晗一觉醒来，奔赴点的坐标已然远离，只好转头搞事业。

近期厂家发的货陆续到来，二十七种新品，把东门直营店填满了大半，看起来总算有点儿样子了。秦初晗把二楼隔出来做网店客服平台，购入了一批工位，配上电脑和基础配件，看起来有模有样。培训做完，大家的精神面貌也焕然一新。趁着还没开业，阿姨、姐姐们每天轮流上机练习，你当客服我做顾客，互相提问，力求对所有产品的特点都烂熟于心，有问必答。

至于熊猫馆旁边的周边店，秦初晗另有打算，只交代苏玉和店员们每天去直营店上班，工作上如何分工，两个店长自己商量着办。闻晓叶本就是直营店店长，又有手腕，秦初晗丝毫不担心她会在店长之争中吃亏。反而是苏玉，没了伍力文的照拂，她才是真真正正的无脑软柿子。

临近元旦，秦初晗和友谊陶瓷工艺厂二度合作的“林间黑白色”陶瓷摆件即将开启宣传。这次的主角是山海野生动物园的全体熊猫，除了小团圆和梨花糖母女，还有横横大叔、酷宝和冰仔。五只熊猫各有特点，同样搭配竹林背景、轮胎摇椅和滑滑梯等拼装配件，支持单件购买，集齐全套更划算。

在这九百六十万平方公里的神州大地上，没有人能拒绝熊猫！

友谊厂自带流量，官博每天靠讲段子吸引了近百万粉丝，出的瓷制品质量好，做工精良，还时尚得不得了，不管买回家当摆设还是拿去送朋友都很合适。秦初晗跟他们的合作思路特别清晰，就出动物套件——购买“森林之主”的网友在收到货的时候也发现了，盒子里有一张类似扑克牌的塑胶卡牌，正面是泰坦威严的虎头照，背面印烫着它的基础信息和现居馆舍，在资料的正下方配备编号：001。

有一就会有二有三，把动物套件打造成山海野生动物园文创产品的代表系列，是秦初晗的野心。这件事在“森林之主”预售大成功后，她就开始着手准备了。

作为元旦期间的重头戏，这次“林间黑白色”库存充足，下单第二天就能发货。

元旦前一周，网店和门店进入开业倒计时，秦初晗总算能闲下来摸个鱼。

下午四点的考拉馆不时响起鸟叫声，显得整个环境更加清幽静谧。秦初晗蹲在一棵修剪得整整齐齐的桉树旁，握着手机，垂着头小声碎碎念：“他说‘至少在最初，爱情应该是情投意合的双向奔赴’。这我完全赞成，简直说到我心坎儿里！然后他就回国外研究所去了，一走就是那么些天，也不给我发个微信。”说到这里，她侧首问挂在树丫上睡觉的成年考拉，“周公，你有没有在听我说话？”

周公缓慢地将眼皮掀开一条缝，再缓慢地开口：“啊……”

秦初晗全当它在听，顺手从树上扯下一片叶子递给它。周公用爪子接住，凑到嘴边，咬着叶片边睡边咀嚼起来。动作全程如画面刻意均缓地延迟，跟树懒相比，有过之而无不及。

秦初晗早就习惯它这样了，草草投喂完毕，垂下头继续道：“你不知道，我跟他很早就认识了，确切地说是我大一的那个冬天，我们宿舍全体出动，去酒吧跨年。”

那也是她第一次去酒吧。六个年轻漂亮的女大学生本来自己玩得挺好，结果被一群喝得醉醺醺的男人找麻烦，硬要拼桌。就在她们打算报警时，又冲出来一群没喝醉、看起来素质比较高的男士们帮她们解围。十二点钟声响起时，两帮人在酒吧打成一团，慌乱中有人拉起秦初晗的手，头也不回地跑，像是去完成一场颇有仪式感的私奔。秦初晗至今还记得那个画面。

跑出酒吧的一刹那，高级的隔音门瞬间将身后喧嚣阻隔，面前是一条笔直的通道，他拉着她跑，厚而柔软的地毯吸掉了他们的脚步声，心跳和呼吸声变得格外清晰。身侧两端平滑光洁的黑墙玻璃上投影出她红色的裙、飞扬的发，还有男人潇洒的白衬衣和随意挽起的袖口下露出的一截肌肉紧实的手臂。他有一张宽阔的后背，并不显厚实，腿很长，穿着熨烫得没有褶皱的深卡其色休闲裤，皮鞋崭新，脚踝饱满得竟然有些漂亮。

一切发生得太突然了，秦初晗根本来不及看清他的脸。即便如此，她已经用自己超凡的想象力给他画了像。这一刻不管去哪里，她都心甘情愿。

等他们来到电梯前，两人脸上带着一丝劫后重生的兴奋和一丝对对方的好奇，侧首望去，秦初晗看到一张年轻英俊的脸，而他深邃的眼睛里只映着红色的衣影。那是她，也只有她。心跳接连漏了好几拍。“叮咚”一声，好像有什么提前敲开了她的心房。

面前的电梯门缓缓向两边开启，里面空无一人，却已载满期待。男人还牵着她的手，适中的力道带着轻微的坚决，她并不讨厌。

对视结束后，他们双双矜持地摆正头颅。秦初晗动作慢些，余光流连在男人精致的下颌骨线条，面上表情淡定，心里忍不住叫喊：极品！

“外面太冷，我知道顶楼有个相对安静的派对，可以看到不错的夜景，去吗？”男人从容提议。

她答应了。

时间回溯，空间重组，六年后的今天，秦初晗蹲在考拉馆内，仍旧对那个夜晚回味无穷。

“顶楼那个派对是不对外开放的，门口守着两个看起来很有派头的保镖，祁应琛把手机给他们看了下，竟然就让我们进了。现在回想起来，应该是电子请柬吧。当时我特别紧张，年纪小，没见过什么世面，大气都不敢出。他没跟别人寒暄，全程照顾我的感受，给我拿了好喝的起泡酒，带我去封闭的玻璃窗前看夜景，看近在眼前的紫禁城……我们聊得不深，没有打探对方的生活状态，可能是气氛太好了，我记得我一直在笑，他也是。派对上的灯光突然暗了下来，在我们周围、头顶出现了绚烂的裸眼 3D 画面。我们置身海底，巨大的座头鲸安详地从身边游过，很难形容那种神秘又有点儿惊悚的感觉。那一刻，在巨鲸的衬托下，我变得渺小极了，但庆幸的是，我不是一个人。后来……”

后来他们接吻了，是秦初晗主动的。那样的环境氛围，仿佛有什么推动她踮起脚尖、昂起头，轻颤着触碰男人柔软微凉的唇瓣。

然后他问：“满意吗？”

秦初晗故作镇定地点头：“勉勉强强，还好。”她停了半晌，忽然瞪大眼睛强调说，“是初吻！”

男人愣了愣，一本正经地说：“那可不能这么敷衍。”

他重新捧起她的脸，在海底听着鲸的吟唱，加深了那个吻。秦初晗活了十八年，第一次明白什么叫柔情似水，脑袋都缺氧了。

“那天分别的时候，他送我上出租车，说第二天要去国外研究所，有个新项目要展开，这个机会他等很久了。我听得懂他的意思，没有问他要联系方式，并祝他旅途愉快。”

秦初晗自认潇洒无比，没有遗憾，回想起来总是完美得令她感到满足。直到过了很长一段时间，拒绝了一个又一个她觉得其实还不错的追求者后，秦初晗才恍然明白，跨年夜的相遇太过美好，以至于后来的追求者全都黯然失色，无法给她心动的感觉。

可她也只能靠时间来淡忘了。

大学毕业后，陆禾抓她抓得特别紧，每天的工作都排得满满的。于是她又想，既然没恋爱可谈，那就搞事业吧。钱总是能满足人的大部分实际需求的。

“万万没想到，”秦初晗的表情蓦地变得紧迫，她加强语气，“就在六年后，他竟然出现了！”

周公挂在树丫上，毛茸茸的耳朵细微地抖动了一下，表示在听。

秦初晗的倾诉欲得到些许满足，精神百倍地盯着它继续道：“我这才知道祁应琛是动物学家，在业内相当有名气。最神奇的是他一开始念的是医科大，本来打算子承父业当外科医生，动物学部分只是选修，结果念到一半去国外研究动物去了。为爱发电的人，应该都是单纯善良的人，你说是不是？”

周公困得不行：“是、啊……”

回应得过于敷衍了，秦初晗垂了垂眼皮，进入最后的总结阶段：“虽然之前我们有点儿误会，他现在也不在动物园，出去那么多天都没有联系我……不过没关系，等他回来，我们有大把时间可以相处。”

周公：“嗯……”

秦初晗盯了它半晌，认真发问：“你到底有没有听我说话？”

沉默至少半分钟有余，周公爪子里抓着的那把桉树叶掉了下去。

秦初晗低头看了看它吃到一半的口粮，再抬起头看它，展现在眼前的，是考拉的标准日常。算了。她大老远跑来倾诉，图的就是周公不一定能听得进去，哪怕听进去一半，也不会转头告诉其他动物。所以它到底听了多少都无所谓，她说爽了就行！

不过这个角度，还有它趴在树干上的姿势……秦初晗看向远处，伸出手指组成相框，把周公框进画面里。新产品的灵感应运而生。至于刚才？那是怀春少女的无病呻吟，不重要！

“今天这趟真是没白来！我走了，改天再来看你，拜！”秦初晗双手撑膝站起来，一阵风似的走了。

许久，闭着眼睛的周公：“拜……”

第四章

用魔法打败魔法

1

秦初晗今天是带着素描本出来的，离开考拉馆，骑着自行车飙车到黑熊咖啡厅，点一杯现磨咖啡，坐下来开始搞创作。

周公斜着挂在树枝上打瞌睡的姿态，就像一只包包挂在人的身上。而且考拉的身材、大小都十分适合做周边同款包。她也见过其他动物园甚至童装品牌出过类似的，但他们犯了一个普遍的错误：缺乏设计感！

针对动物园的环境售卖特性，秦初晗做了三种设计。

第一种是针对小孩子的双肩包，外形上只要还原出考拉的经典挂姿就可以了。但选材要特别注意，身体灰色的毛不能太长，最好是类似珊瑚绒的短毛布料，手感好，耐脏，爪子用人造皮革做出质感，重点在那双毛茸茸的大耳朵上，萌感全靠它来突出。到时候放在东门直营店卖，直接给孩子背在身上再去逛动物园，还能装点儿小零食。

另外两款做手机链条包和长款钱夹，保留考拉的基本特点，放大设计元素，只要让顾客一眼看出这是考拉，其次还觉得时尚好看、想买，目的就达到了。这两样放在线上卖，主攻年轻女性消费群体。

半小时，一杯咖啡，秦初晗缩在椅子上给新产品做最后的细微调整时，陈胜利结束了

一天的拍摄，扛着照相机走进来。他还是按老规矩给自己点了一杯焦糖玛奇朵，然后驻足在她身后，盯着素描本上的草图，发出“嚯”的一声：“我看到了明年春季流行款？”

“承你吉言，大卖了请你去四季好。”秦初晗笔尖微顿，忽然灵光一现，在空白处几笔勾画出一对垂吊式耳环。耳环主体还是考拉，能看到光洁的切割面，每个平整的面相互连接，组成一只立体考拉。画完了，她在旁边特别写上“水晶”两个字。

陈胜利想象了一下，问：“戴在耳朵上，不嫌重？”就算只有指甲盖儿大小，也是有几分重量的。

“你不懂。”秦初晗皱了皱眉，耐着性子道，“好看就行了。”

陈胜利坐到她对面，双手交叠在桌面上，聊天兴致浓郁：“最近我家琛琛有没有跟你联系？”

秦初晗头也不抬：“没有。”

陈胜利脸上的笑容逐渐变质：“没有吗？哎……真是个死脑筋。”

秦初晗面无表情，心里很难不认同。

陈胜利又撺掇她：“他不联系你，你联系他啊！老话说得好，女追男，只隔一层纱。”

“忙着呢，没空。”秦初晗脑海里已经想象出拿苍蝇拍把他拍飞的画面。

陈胜利就是故意的，动物园里的生活还是枯燥啊，得给自己找点儿乐子：“小秦妹妹，你这态度不对，得端正！”他酝酿着感情，语气开始有所起伏，“你是不知道，虽然我们家琛琛沉迷于学术研究，但他也是有情感需求的正常雄性！我就听说过他的一桩风流艳事，发生在六年前的帝都跨年夜，你看这个时间地点，感兴趣否？”

六年前的帝都跨年夜？秦初晗放下笔，感兴趣地抬起头，微笑道：“来，跟我好好说说。”

陈胜利不愧是直男届的代表人物，任何唯美浪漫的爱情故事从他嘴里说出来，都变成灾难。在他的眼里，六年前的那个跨年夜，祁应琛在酒吧与一位拥有魔鬼身材天使面孔的蚀骨美人相遇，香醇的红酒，昏暗的光线，迷离的爵士乐，状态必须微醺……之后的故事，无须详加描述，成年人的夜晚都是走肾不走心的。

故事不可谓不美好，但在秦初晗听来，就是俗不可耐，还缺乏想象力。

“不是，你亲眼见到了吗，就坚持他那天晚上的对象是那样的？”她侧脸去看身旁的落地玻璃。灰色的天光下，玻璃上映出一张干净的面容。蚀骨是什么鬼？！再说那天晚上派对结束，祁应琛就送她上了出租车，超级绅士！

“我没见过。前年我跟老祁还有陆禾、桑莜和她家指挥家正好都在澳洲忙工作，就凑一块儿跨年，晚上坐壁炉边喝酒玩游戏，聊人生中记忆深刻的心动，我们轮番从他嘴里撬出来的信息，绝对真实！”陈胜利表情认真，眼神里透着真挚。

秦初晗觉得他脑补过多：“说完了？”就不该对他抱有期待。

“你吃醋了？”陈胜利看着她面无表情的脸，完全会错意。

“我没有。”干吗要吃自己的醋？就没法儿跟他交流，大家不在一个频道上！

“吃醋了就承认嘛，这又没什么。”陈胜利还帮她找补，“不过话说回来，你虽然和老祁这棵铁树的唯一一次心动对象不是一个类型，但是帝都那么大，几千万人，凑一块儿跨完年，第二天走进茫茫人海里，再遇到的机会有多大呢？”

爱情这破玩意儿，天时地利人和，缺一不可。

秦初晗充分赞同：“你说得很有道理。”

“是吧！”陈胜利获得了认同，没拍到好片子的郁闷终于有所缓解。

秦初晗顺势问：“你刚才说，那次跨年是祁应琛唯一的一次心动？”

陈胜利精神抖擞地拍了下桌子：“妹子，你可太会抓重点了！我们家琛琛，江湖人送绰号铁树祁。你品品！他爸妈得多糟心啊！有段时间我和陆禾都不敢上他家，知道为什么吗？叔叔阿姨怀疑他取向有问题！”

秦初晗默默为祁教授掬一把同情泪。

焦糖玛奇朵来了，陈胜利打开糖罐往里不要命地加糖：“总之老祁这人你放一百个心，和动物相处的时间比人多，生活圈子简单，脑子好使，洁身自好，不像我，臭毛病一箩筐……”

秦初晗打听得差不多了，敷衍地点点头，拿起素描本打算继续改改。这时，手机收到一条微信，打开一看，祁应琛给她发了张照片，画面背景类似医院，不过病床上趴着的却是一只体形庞大的棕熊，后肢被剃光了毛，进行救治的部位已经包扎完毕，前肢上还挂着输液瓶。秦初晗看得愣了愣。

祁应琛道：“坐了十几个小时的飞机，就是为了给这家伙做手术。”

他现在在C国国家森林公园的动物援救中心。这只体重四百多斤的棕熊受伤至少一个月，推测是在穿越公路的时候被大型货车撞到的。森林公园的守林员在巡逻时，发现它还没去山上冬眠，行动明显异常，便将情况通知给动物援救中心的人。检查之后，发现它双腿不同程度的骨折，伤口感染严重，再不进行救治的话，恐怕活不过这个冬天。祁应琛在C国的研究所待过两年，正好有为棕熊手术的经验，接到电话就立刻赶过去和当地的兽医研究手术方案，直至救助结束，给秦初晗发来这张照片——这几天的行踪、做了什么，一并交代完毕。

说不清什么感觉，反正秦初晗心里顺畅了很多。她给他发了一面动态锦旗，旗上绣字：医者仁心，救我熊命！

祁应琛又问：“你在做什么，还没吃晚饭吧？”

秦初晗抬头扫了下对面的直男届代表，想了想，坏心眼地在屏幕上敲字：“在咖啡厅，听胜利哥讲述你多年前在跨年夜和一位拥有魔鬼身材天使面孔的蚀骨美人发生的故事。”

祁应琛：“……”

太平洋只能拉开距离，无法阻隔尴尬的传递。

祁应琛：“我从来没这么形容过……”

祁应琛：“你。”

打字都不利索了。

秦初晗：“理解，直男的想象力都差不多。”

祁应琛：“我倒也不弯。”

秦初晗：“……”我也没说你弯啊！祁应琛这个人，看着挺持重，冷幽默说来就来。三年级扮演大灰狼的演技在二十多岁时还能收放自如，她是佩服的。

秦初晗转移话题：“准备喝完咖啡就回去吃饭了，明天要开始忙，得赶在节目开播之前把热度抢过来。”

《加油，跑起来！》这个节目火了三年，在山海野生动物园录制的那期，下周五的晚上就要播了。秦初晗得抢先机，如果节目先播，店后开，就会变成动物园蹭热度。

一群人来到动物园搅得天翻地覆，还差点儿弄丢珍贵的黄金蟒，节目宗旨倒是好得很。保护动物人人有责？观众看得乐呵，路人跟着叫好，粉丝感动得一把鼻涕一把泪，我喜欢的明星真是人美心善呜呜呜……秦初晗只想翻白眼。

还有伍力文，听说他连微博都认证好了，节目组特地给他做了几分钟的采访，准备放在官博里，只等节目开播，给自己塑造园里兢兢业业的老实人形象，打造山海野生动物园第一人的人设。这年头，知名度是可以变现的。秦初晗不会，更不可能给他这种机会。

真正的开店时间在明天，12 月 24 日，星期天！

祁应琛是聪明人，结合前段时间园区里发生的事，好奇地问：“你准备怎么抢？”

微博热搜向来是明星公司工作室的必争之地，就算是抢，也要讲点儿方式方法。

秦初晗回：“用魔法打败魔法！”

她回到别墅，把在咖啡厅画的考拉设计稿给林笙，让她把效果图做出来，不用赶时间，那是一月份的主题。

晚饭后，小团队聚在一起开了个会，确定次日作战计划，就早早地休息了。

第二天九点，秦初晗起床后，慢吞吞吃完早餐，在动物园门店群里发了一条信息："刚翻皇历一看：今日宜开业。所以我决定提前开店！ @直营店店长闻晓叶"

消息一出，群里沸腾了。直营店的货架早就被新品填满，店员们的销售模拟演练了无数遍，大家都摩拳擦掌跃跃欲试。

直营店店长闻晓叶："没问题，现在就开门。"

直营店店长闻晓叶："网店开吗？开的话，我让虹姐她们上机准备。"

秦初晗："旗舰店下午两点整开，官博会发微博宣传，到时候大家记得转发。"

众人兴奋极了，筹备了差不多一个月，必须支持，还要让亲朋好友也转发！

周边店店长苏玉："怎么说开就开？不是说好元旦的吗？"

秦初晗："嗯，我之前确实是这么打算的，可是最近越想越觉得来不及，再看大家都准备得差不多了，索性提前。"

直营店店长闻晓叶："是的，我最近也一直在想，元旦有三天假，根据往年的经验，到时候动物园的游客会比平时多出好几倍，当天开业，难保不出纰漏。现在提前一个星期，有个缓冲会好很多。"

秦初晗："英雄所见略同！"

苏玉气炸了！你们是英雄，合着我是狗熊？！这个周末调休，大家都在，她站在直营店门外给伍力文发消息通风报信。虽然不知道姐夫为什么要让她盯紧开业时间，但很明显，秦初晗和闻晓叶一直背着她有商量。

伍力文看到她的信息，反应竟然和她一样："怎么说开就开？那个网店确定是下午两点开？"

苏玉不确定，刚点进大群想问，却发现秦初晗在十几秒前扔了个链接出来，抱歉地跟大家解释："不好意思啊，技术员过于紧张，手一抖……就这样了。"

苏玉："……"这还能手抖？就上线了？说好下午两点呢？我怀疑你在耍我！

群里倒是欢呼雀跃，开工啦，大家打起精神来！

秦初晗还把旗舰店的链接发到了山海野生动物园的几百人大群里，喜气洋洋地打起内部广告："各位叔伯兄弟阿姨姐妹，咱们山海野生动物园的线上旗舰店今天正式开业啦！"

2

北区职工别墅五栋，二楼工作室里光线充足，弥漫着咖啡的香气。

秦初晗六人坐在桌前，面前电脑打开。

第一步：发官博！

司徒畅用萌萌的语气编辑好了微博，点击发送。秦初晗用动物园团宠的账号转发，广而告之。

林笙叼着棒棒糖蹲在椅子上，蓄势待发："好了吗？好了吗？我现在开始了啊！"第一次当水军，她内心满满都是兴奋呢。

顾词无奈叹息："没想到我顾某人有一天会沦落至此……"

盛呦呦滑动鼠标，反复确定旗舰店的页面："节约是中华民族的传统美德。"

秦初晗"哈"的一声笑："人啊，真是学坏容易，学好难……"

山海野生动物园开线上店了，点击链接进入首页，横幅是一张色调明快的彩绘动物群像，熊猫、长颈鹿、大象、黑豹等动物，方向一致探首观望，一条长长的红色围巾从页面的左端依次将它们的脖子围住，拉到最右端。

动物们的下方，"我们开业啦"五个主题字符被一群顽皮的金丝猴以不同形式推动、搬移到眼前。待这行字完成排列，锦旗"哗"的一下从字体底部拉开，不同面值的优惠券等待领取。

一大波优惠过后，就是本次的开店巨献:以大熊猫为主题的"林间黑白色"陶瓷摆件。它的宣传方式和泰坦的"森林之主"一样，五只姿态各异的熊猫及配件散落在以竹林为背景的次级页面里，初次触碰每个单件，会弹出弹框说明该摆件在现实中的作用，若点的是熊猫，出现的则是该熊猫的姓名、年龄、体重和性格特点等。

这次还加入了评分系统。完成所有摆放，点击"确定"，萌萌的梨花糖会告诉你摆放有哪些不合理，哪些地方值得肯定，对动物有什么影响和帮助……买不买另说，实际上科普目的已经达到了。

除了"林间黑白色"，店里还有三十余种商品，均做了分类，有预售，也有下单二十四小时内发货的。每个设计都以动物为主题，不管是 28.8 元的铃铛钥匙扣，还是 42 元的手机壳，在产品介绍上，除了用料材质，还会特别讲述设计灵感，附上提供灵感的动物简介，告诉每一位顾客，若你来到我们的动物园，去哪里能看到这只动物。

盛呦呦盯着网络数据，旗舰店的粉丝已经成功破两千，下单数量也在节节攀升，仅过去一小时，线上总销售额突破三十万。

比起其他旗舰店，这点儿销量微不足道。但对于山海野生动物园来说，这是一次全新的、大胆的尝试。显然，它成功了。

十点，山海野生动物园官博卖萌发布："各位正在逛线上店的顾客老爷们请听我说，由于现在咨询量较大，请给客服阿姨和小姐姐们一点点时间。她们都是我们实体店的员工，虽然经过一个月的培训，还是有诸多不足，请大家多多包涵，园妹在此鞠躬啦！"

动物园北区，五号别墅的二楼工作室里。"园妹"司徒畅不管是发微博还是回复网友，都要捏着嗓子完整地念一遍。众人饱受摧残，直呼恶心。

"同事之间能不能多一点儿包容？官博给我搞，网友也认定我是娇软园妹，我当然要拿出专业素养，有点儿情绪带入的！"司徒畅粗嗓门反驳完，迅速切换成园妹口吻回复网友："这位亲亲问到了重点，部分产品确实只在线上有售，请留意左上角的标识，只带旗舰店标识的就是线上款，如果同时带有我们山海野生动物园的标识，就表示门店也有售哦。"

还"哦"？盛呦呦抓起花豹纸巾盒的样品朝他砸过去："闭嘴吧你！"

司徒畅灵活躲开，还嘴欠："呦呦姐，前晚半夜你来敲我的门，让我帮你看代码的时候可不是这种态度哟。"

盛呦呦礼貌微笑，向他献上人类最朴实的问候："QNMD！"

林笙突然惊恐地叫道："啊！有变态！"

司徒畅配合表演："在哪里？！"

林笙："在我身边！"

司徒畅："你叫啊，你叫破喉咙也没有人来救你。"

顾词一脸无言以对的表情，看向秦初晗："管管他们……"

秦初晗靠在门边和闻晓叶发微信，头也不抬地道："畅，隔壁的书房归你了，抱着你吃饭的家伙过去，女装直播，自由飞翔。"

"我不！"司徒畅铿锵有力地回绝，"园妹要和大家在一起才有勇气。"

盛呦呦："你去死吧！"

林笙："西奈！"

顾词："我上辈子到底造了什么孽……"

秦初晗把闻晓叶发来的照片转给司徒畅，交代他："照片编辑一下发官博。"

"好嘞！"

司徒畅业务能力没得说，会作图，会编程，熟练运用各种办公软件，一个人能当三个人用，还兼职角色扮演。所以他爱演的臭毛病，秦初晗也只有忍了。

片刻后，山海野生动物园官博发了一组东门直营店二楼的客服现场图，总共六张照片，从不同角度展现阿姨和姐姐们坐在电脑前与线上顾客沟通的画面。

网友差点儿笑晕过去——

“想跟图三那位戴着老花镜、急得满头汗的阿姨说，您别着急，慢慢的，我妈也这样。”

“我体谅了，真的！”

“图五中间那个姐姐怎么红了眼睛呢？心疼，摸摸。”

“哈哈哈，对不起，在下有一个不成熟的想法，能出个客服摆件吗？”

“山海野生动物园网店的客服，目测平均年龄三十五起步啊，厉害了。”

“企业文化赞！”

……

秦初晗刷着官博，看到评论朝着预想的方向发展，回到自己的座位前，登录网页版微博。

一小时前，她用团宠君的账号转发了官博的旗舰店宣传。随后，林笙用两部手机和一台电脑操纵三个号，配合顾问那边的四个号，在这条转发下闲聊。这些账号里有铁粉，有路人，还有关注山海野生动物园官博的网友。

“我月初才去动物园，不是说元旦当天开业吗，怎么提前了？”

“准备好了就提前了吧，你看园妹放出来的照片，阿姨们打几个字满头大汗，确实得多练练。”

“这季《加油，跑起来！》在山海野生动物园录了一期，算算日子应该是下周五播，不知道动物园的管理层怎么想的，就算提前，周五开业，和《加油，跑起来！》来个联动，不是宣传效果加倍？”

“动物园开个网店还要去蹭娱乐圈的热度，总觉得哪里怪怪的……”

“综艺节目去动物园录才奇怪好吧，动物跟人又不一样。”

“拜托，《加油，跑起来！》专门录这一期就是为了宣传保护动物，怎么还成了打扰？”

“放个料，不管你们信不信，朋友在山海野生动物园上班，《加油，跑起来！》去录制的那天差点儿闹出大乱子。你们想啊，录综艺都是要做任务的吧，在动物园里怎么做？当然要加入动物元素！据说差点儿弄丢了两爬馆里的黄金蟒，就问这责任算谁的？”

“这事是真的，那天去动物园外应援的几家粉丝都听到广播了，过后他们还发微博庆幸没遇到，不然一准得吓死。”

“众所周知，山海野生动物园隶属山海集团，秦心玥是这期的飞行嘉宾，人家邀请节目组去自家动物园录节目，倒也合情合理。”

“No，No，No。秦老先生过世后，山海集团的实际掌权人变为他的长女秦宝珠。秦心玥一家还需要科普吗？她那废柴爹从来都没实权的好吧，也就只能欺负一下老实守着动物园的园长养子。”

“作为园内人，只说自己看到的。那天早上节目组浩浩荡荡地来，我们大部分在园里上班的人才知道这个事。后来在大群里也是总经理在吆喝，叫我们配合录制，由始至终，园长都蒙在鼓里。”

“编！接着编！堂堂大集团养子被一个总经理骑头上？我信了，我装的。”

“建议翻一下团宠君那篇长文，看看伍姓总经理是谁的人。山海野生动物园内部管理存在问题也不是一天两天了，和无良马戏团签合同赚黑心钱的是一拨人，自掏腰包搞文创赚钱救动物的是另一拨人，但凡你睁开眼看看……”

“新发现！团宠君在月初出的四格漫画‘欢欢出逃记’你们有印象吗？当时大家还说欢欢调皮，饲养员要被扣工资了，结合节目组的录制时间，我先预测，是某位明星做任务的时候吵到欢欢，它才被迫爬出去的。”

“既然聊到这个，我就不得不提去年《加油，跑起来！》来我们九龙山景区录制的事了，对我们当地人呼来喝去没有一点儿尊重，还封路，搞得一团糟，到处都是垃圾。还说是给我们宣传？谢谢！这样的宣传我们不需要，粉丝别来杠我，现场一片狼藉的图我有大把！”

“《加油，跑起来！》第一季第七期小鹿岛本地居民有个故事想讲一讲……”

“团宠君还说过，文创店是自负盈亏模式，跟动物园走分成，说不定就是不愿意蹭节目的热度才提前开业的。”

“要不你出来说几句？ @动物园团宠”

评论被聊出热度，出现在第一页的前排，被更多网友看到。

动物园团宠回复：“怎么说呢，节目已经录完了，只要结果是好的，能起到积极正面的宣传作用，那就可以了。”

不承认，不否认，让舆论发酵就对了。

于是中午十二点，“录一期加跑有多废场地”登上热搜第二十九位。

秦初晗捏着下巴，不是很满意地拧起眉头，位置略靠后啊……

这时，手机响了，久违的伍总经理来电了。

得知秦初晗提前开店，伍力文整个人都不好了。他就知道一定会出事！可他没办法阻止，也不知道秦初晗这次是从正面发起直攻，还是绕到后方展开打击。直到他接到《加油，跑起来！》节目组的电话，对方质问他有没有契约精神，再问他到底想不想合作，最后放话不管园里闹什么幺蛾子，尽快解决，让那个“动物园团宠”闭嘴，否则后果自负。

伍力文有口难辩，去微博上了解了情况，想登录官博发澄清声明，才发现密码和账号安全关联全改了，无奈之下只好联系秦初晗。

秦初晗自然是不认："文叔，你在说什么？我这儿线上线下刚开业，忙得都找不着北了，那节目不是早录完了，他们出问题跟我们有什么关系？"

伍力文坐在办公室里，一双眯眯眼盯着屏幕上团宠君那个让他心塞的回复，轻言细语道："不是啊大小姐，十点那会儿，你在微博上……"

"我一直在微博和网店来回刷，看大家的评论，紧张死了。"秦初晗根本不让他说完，"到现在我们所有人午饭都没吃，今天真的太忙了，有什么事过几天再说吧，先挂了。"

伍力文看着通话结束"嘟嘟"响的手机，努力平静了几秒，旋即爆发，骂骂咧咧，停不下来："揣着明白装糊涂！你行啊！真行！秦怀远还真是生了个好女儿！说得好像这个点儿我已经吃过了似的！"

工作室里，秦初晗乐疯了。她早就在等这通电话，也早就在酝酿不知道对方在说什么的糊涂状态。这一局，伍力文没资格跟她玩，无须浪费时间。

放下手机，秦初晗发话："吃饭去，食堂炒菜，我请客。"

午饭结束去黑熊咖啡厅二楼坐着开创作会议，定期留意旗舰店的数据流量就好。

全员统一表示：糖醋排骨，谢谢！

团魂终于体现出来了，是一家人啊！

秦初晗这边停了，不代表网上的言论会停，恰好相反，真正的节奏才刚刚开始……

娱乐圈光鲜亮丽，是非也多，每年能火起来的明星就那么几个，综艺节目也是。从前有多少人眼红《加油，跑起来！》的现象级流量，盼望着它早点儿寿终正寝把流量分出来，那么今天，就有多少水军在趁乱泼脏水。

其实也不能算泼脏水。《加油，跑起来！》以前的录制本来就存在问题，不注意环境卫生，去到一个地方不尊重当地居民，自认为高人一等，搞得怨声载道。可搁不住节目太有名气，为了日后的本土宣传，这才忍下来。秦初晗承认，这次是她投机取巧，给《加油，跑起来！》的死敌们开了个好头。

参加录制的都是圈内一二线明星，工作室眼见苗头不对，眼都不敢闭一下，紧紧盯着形势走向——是发声明支援还是撇清关系，时机很关键。

各家粉丝会意，开始入场控评。什么？是录《加油，跑起来！》出的纰漏？那好办，冲向他们的官博，相关负责人也不能放过，必须让他们出来给个说法。总而言之，我们家哥哥是敬业的，是无辜的，是节目组没安排好，害得哥哥们背负污名。

事情愈演愈烈，网友开始抵制观看《加油，跑起来！》。

下午四点多，话题“录一期加跑有多废场地”终于问鼎热搜第一，参与动物园那期录制的明星纷纷被捎带上，出现在热搜前列。其间，伍力文给秦初晗打了两次电话她都没接。

秦心玥发微信嘲讽她：“文创搞得不错啊，终于发现财富密码在动物身上了？”

秦初晗懒得理。说了这辈子她俩没缘分，怎么还觍着脸凑上来了呢？

下午五点，手机上弹出一条陌生号码发来的短信：“秦小姐您好，我是《加油，跑起来！》的总导演欧尚鸣，打扰了，请问您现在忙吗？可以的话，我想和您视频通话说明来意。”

你看，人家总导演这措辞、这姿态，就让人很舒服。

秦初晗的目的达到，回复道：“久仰大名，我是《加油，跑起来！》的忠实观众。您的节目做得太好了，我这就加您微信。”

欧尚鸣年近五十，是老江湖了，背靠财大气粗的A台，做出过多档王牌节目，收视率屡破纪录，受他照拂点拨红起来的艺人不在少数，在圈中很有地位。秦初晗和他打交道，不能用对待伍力文的那一套，诚意和敬意缺一不可。毕竟人不是傻子，顺藤摸瓜一查，就知道今天是谁开的头，要不是热搜压不下去，节目每个星期都得播，他才不会自降身份找到她这里来。

视频接通，欧尚鸣先代表节目组送上歉意，月初录制节目时导致黄金蟒差点儿丢失，是他们的疏忽。

这时候秦初晗代表的是动物园，道歉只能接受一半，说园方也有责任，大家以后多小心吧。

初次试探，欧尚鸣大概知道她的行事风格了。接下来进入正题，微博上的事情必须尽快解决，节目组希望动物园能配合发一份声明，后续互动尽可能地持续久一些。欧尚鸣还明示，元旦在即，山海野生动物园的线上旗舰店刚开业，《加油，跑起来！》可以请常驻嘉宾们补录一段祝贺开业大吉的视频，放在节目最后播出。

这样的宣传是前所未有的，秦初晗爽快答应下来。

欧尚鸣又问她还有什么想法，大可以提出来，都是可以商量的。

秦初晗不跟内娱老前辈打太极，想法是有的，很小很简单：“可以的话，能不能把节目里跟伍力文相关的内容全部去掉？《加油，跑起来！》官博也不要放出采访他的那些视频。”

欧尚鸣看似随意地问：“为什么，你跟他不和？”

“也不能说不和。”秦初晗打太极，“欧导您是职场老人，应该知道的，职场上总有几个人跟您不对付，您也不能说他就是大恶人，在他眼中，说不定您也是史上最强反派，对吧？大家立场不同，希望您理解。”

欧尚鸣被她这个小反派逗得大笑："理解理解！你放一百个心，还没问到你的联系方式前，我就让剪辑去做这件事了。"

节目组和动物园沟通不力，问题出在哪里？当然是不做实事的那个人身上。欧尚鸣只恨最初接触到错误的合作对象，从业二十多年，竟然栽在一个小姑娘手里，后生可畏啊！

秦初晗也好奇了："那您最后是怎么拿到我电话号码的？"

欧尚鸣提点她："除了园方，我们节目组这边，谁还认识你？"

秦初晗想了一圈，忽然想到了，"扑哧"一声笑了。不难想象秦心玥接到节目组电话时有多欣喜，怕是还以为又能做一期飞行嘉宾了，想得美呢！

欧尚鸣见她乐成这样，大致猜到了："果真不熟？"

"也就那样吧。"秦初晗没把话说死，转而道，"您能给我个地址吗？最好是电视台《加油，跑起来！》节目组的地址。因为这次事先没沟通好，给您惹出那么大的麻烦，我想送您和主创一份礼物。"

欧尚鸣很爽快："文创产品？可以啊，那个熊猫套件我喜欢，你单独送我一套，回头我发微博给你宣传。"

秦初晗喜上眉梢："我多送您几套，您自己留一套，剩下的拿去送亲友！"

欧尚鸣被她逗得开怀大笑，说要来江城找她吃饭。有能力，又懂语言艺术，还特别会来事儿，这样的后辈谁不喜欢呢？

周末这天，赶在晚饭前，山海野生动物园官博与《加油，跑起来！》官博发出一份联合声明，针对突然出现的负面传言进行澄清，重申节目宗旨，最后请大家共同期待下周五晚九点的《加油，跑起来！》，跟随常驻嘉宾们一起了解那些生活在山海野生动物园的动物们。

内容老官方了，明眼人一看就知道是怎么回事。不过《加油，跑起来！》还是做了反省，表示会更加严格要求整个节目组，借用山海野生动物园园妹常说的一句话："还请公众继续监督我们！"节目组难得地服个软，骂它的声音小了不少。

晚饭后，文创组的官博正式登场，还是司徒畅操作账号，先跟大家汇报业绩："咱们线上店开业第一天，截至下午六点，总销售额达到一百二十万！感谢来自五湖四海的朋友鼎力支持！更多好物，敬请期待！"

留言纷纷都在问："你是哥哥还是妹妹？"

司徒畅怪纠结的，都怪自己演技太好，官博那边园妹征服了广大网友的心，这边该如何是好呢？他得花时间琢磨琢磨。

夜渐渐深了，秦初晗处理完全部工作，换上一套休闲服，蹬着自行车离开北区，直奔位于园区西南侧的鹿苑。

山海野生动物园的鹿苑位置偏，是一个宽阔敞亮的大平层，散养着盘羊、马鹿、骆驼、牦牛等多种植食动物。每天饲养员会把它们放出来，任其在户外自由活动，入夜前，根据天气状况决定要不要人为干涉它们回后舍。

相较于其他馆，这里无论是整体环境还是设施配置，都只能在园区里排倒数。原因说来世故：养的动物太寻常了，缺少独一无二的特性，有些还在合法猎场的狩猎名单内。每次园里好不容易有点儿资金，都先拿去补贴更为珍稀的动物，提高它们的生活质量，像驼鹿、梅花鹿、蒙古原羚等，从一开始就是拿来凑数的。

但这不影响秦怀远对红斑羚的喜爱。它们是典型的林栖兽类，外形敦实可爱，行动敏捷，擅于跳跃、攀登，喜欢在悬崖峭壁上、深山幽谷里活动，以此躲避猛兽的捕猎。秦初晗到鹿苑的斑羚舍时，老秦正跟小家伙们聊着天儿。

鹿苑里统共养着十四只红斑羚，是一个小族群，年龄大一点儿的两只已经快到寿终正寝的年限，是饲养员的重点看顾对象，五只壮年的健康强壮，剩下一群小的活泼好动。秦怀远认得它们每一个。

小家伙们虽不珍贵，却极富生命力。喂点儿嫩草、树叶，偶尔加些坚果，它们已然满足。无论谁站近了去观察，它们都会停在不远处，睁着一双好奇的圆眼观望，简单得都不考虑这群两脚怪可能会对自己造成伤害这件事。

秦怀远羡慕它们。

他本家就姓秦，在他还没出生的那个困苦年代，秦家对秦勉有一饭之恩。后来秦勉发迹，回去寻找恩人，发现秦家只剩一个独苗住在乡间废弃的牛棚里，好心的村民想起就喂他一顿半顿，要是想不起就只能饿着。秦勉重情义，把那一碗饭的救命之恩全都回报在他身上。秦怀远被带回海市那年刚满七岁，和五岁的秦见山站在一起，后者比他还高出一截。

可惜这个事秦家的其他人不懂，也不愿意理解。秦勉的妻子只当这个孩子是丈夫在外和别的女人生的野种，秦宝珠和秦见山处处针对他。秦怀远是被欺凌着长大的。他从秦勉那里得到充足父爱的同时，也被秦妻、秦家姐弟伤害得体无完肤。

在他身上发生过许多荒唐事，多是来自外界恶意的揣测。哪怕他稍微流露出对养父的敬爱之情，都会被解读为不该有的贪婪。他心里有怨，曾经想过报复。集团里那些别有用心的股东、高层也不是没打过他的主意，他是多好的一颗棋子啊……可他又凭什么呢？要不是当年秦勉及时出现，他可能早就死了，更别说秦勉还让他吃饱穿暖，接受良好的教育，让他重获新生。秦怀远终究不能做忘恩负义之人。

秦勉在弥留之际曾经问过他恨不恨，他先是摇头，然后停了停，复杂地笑了下，隐忍地轻轻点头。

秦勉虚弱地将手覆在他的手背上，似宽慰，又似谅解地说：“我的好孩子……”

这也是秦勉临终前说的最后一句话。

在巨额的遗产里，秦怀远只得到了有生之年对动物园的管理权。只要他还活着，他就是山海野生动物园的园长。至于山海集团，乃至整个商业帝国，那属于秦夫人、秦家姐弟以及他们的子女后代。

一碗饭的恩情，拯救了秦怀远，也牵绊了他大半辈子。

动物园里有他和养父最好的回忆，有他向往的波澜不惊的生活，足够了。

今时今日，秦怀远有了自己的家，妻子虽早早病故，却给他留下聪颖伶俐的女儿，还有如他一般务实的小舅子一家。

再说动物园，起初交到他手里这十几年说不上十分好，但还是能看到好的改变。尤其是女儿回来后，只用两个月就解决了资金不足的问题，单说今天的线上销售总额，都是他以前想都不敢想的数字。

一百二十万对山海野生动物园来说是什么概念？打个最简单的比方，国庆节单日客流量最高的一天，动物园接待了将近一万三千名游客，哪怕全部算成人八十元一张的门票，也才一百零四万，这里面还包含了人工等各种费用。

秦怀远激动得说不出话来，首先想到的就是鹿苑的这群红斑羚。

“我要怎么跟晗晗提呢？她刚做出点儿成绩，我这个没用的老父亲就问她要钱给你们升级馆舍……”

怎么说怎么不厚道。

女儿喜欢动物，关系要好的是哪几个，他都清楚的。

今天这一百二十万，和动物园分成的部分要归入总账，之后大家开会商量怎么用，花在哪些动物身上。梧桐叶子湖还有一半馆舍没完工，象馆那边想给大家伙们修一座小瀑布，河马馆的恒温自净循环系统催好几年了，荒漠猫那边还想增一座大型爬架……处处都缺钱，鹿苑永远排最后，几乎都不在考虑范围内。可秦怀远就是上心了。以前他不敢想，现在……

“要不用借的？”秦怀远背靠木栅栏，像个孤独的精神病患者自言自语一阵，蓦地回头，“你们觉得怎么样？”

难得明亮的夜色里，秦初晗听见父亲身后那群红斑羚齐齐发出“哇”的一声，然后忙不迭跑远了——

“哎呀哎呀，怎么还看过来了？！”

“快走，别跟老秦对视！不然他又要说好久！”

“再陪他一会儿吧，怪老头孤零零的，也不给自己找个伴儿，挺可怜的。”

“要陪你自己陪！”

“那……还是算了……”

秦怀远看蒙了：“怎么一下子都跑了？困了？”

“它们嫌你话多，不陪了。”秦初晗笑着走出转角，来到父亲身边坐下，双手抱住他的手臂，亮晶晶的眼望着这不算太冷的寒夜，道，“明天就给红斑羚升级馆舍，修那种一层贴着一层、像峭壁一样的山体，让它们在上面跳个够！”

秦怀远愣了下，没接话。女儿能对他保证这些，证明早就来了。

秦初晗昂起脸冲父亲笑笑：“我开店挣的钱都孝敬您，随便您怎么安排，也不要您还。您又不是拿去做一看就亏的赔本投资，您花钱，我放心！”反正安排来安排去，都是补贴动物园。

秦怀远心里过意不去：“这怎么行？都是你辛苦挣来的，我不能全部拿走。”他今天特地去东门直营店看了，小闻跟在他身旁，详细解说每一件商品的设计灵感、来源和意义。这些奇妙的创意、精巧的成品，都是女儿熬了许多个日夜的成果。秦怀远深受触动，也更加自责。

“我说行就行。”秦初晗很果断，“您从小就教育我要独立，别总想着依靠别人，更别指望秦家，否则我就会像这园里的动物们一样，给什么吃什么，连最基本的自由都没有。”她有一技之长，画画是主业，小金库也在攒着。这园里有一半是她的亲友，它们没能力赚钱养家改善生活，那就让她来！

秦怀远在女儿面前抬不起头来：“有一点是毫无疑问的，无论是父亲还是园长，我都没当好……”

“大概您是道家中人吧！”秦初晗表情真挚地跟老秦开玩笑。

秦怀远思量半晌，表情变得耐人寻味：“你这算恭维我呢，还是讽刺我？”再说道家的“无为”不是字面上的意思，他也不是君主。

秦初晗窃笑着抱紧老父亲的手臂：“开个玩笑嘛，不过有时候看伍力文骑在您头上，我确实冒火的！气过之后又想，他只是贪，您把他稳住了，还能从他那儿抠钱来贴补动物园，要是您跟他斗个天翻地覆，大家都没安生日子过，就算把他斗跑，下次换个更难缠的来，

循环反复，什么时候才是头啊。”这也是秦初晗回来后没有一巴掌拍死伍力文的根本原因。孙悟空翻不出如来佛的五指山，伍力文连猪八戒都算不上，姑且留园观察吧。

“那对秦家呢？”秦怀远终于找到机会，问出多年想问又没有问的问题。女儿和他性格正好相反，秦家的孩子们欺负她，她有仇必报，绝不忍气吞声。或许正因为他表现得太懦弱，才养成她要强的性子——别人家的女儿都是捧在手心里娇养长大的，他只把自己那套道理和为人准则灌输给秦初晗，从来没问过她喜不喜欢。

秦初晗无所谓地耸了耸肩：“我一直记得您跟我说过一句话，可以在心里把秦爷爷当成自己的祖父，但是永远都不能表现出来，尤其是在秦家人的面前。我以前不懂，现在懂了，您是在保护我。”

秦怀远以前有很多机会可以留在集团里争，而秦勉未必不会给他机会。只是他从一开始就不想要，选了一条更简单也更适合自己的路。这样到底好还是不好，他也说不清楚。可如果再给他一次机会，他还会做出相同的选择。这份固执大概遗传自他的那个秦家。秦初晗亦然。

第二天，秦初晗从自己账上划了三十万给时昊，让他着手给红斑羚弄个漂亮的外场，后续的钱会陆陆续续到账，让他放心搞，大胆地搞！

鹿苑那边立刻忙活起来，准备把十几只红斑羚先挪去和驼鹿住一起。秦初晗骑着自行车过去帮忙，到了斑羚舍，发现陈胜利已经架好机器，镜头对准即将拆除的旧舍。

这有什么好拍的？

“我拍的是情怀！”陈胜利调着焦距，颇有感情地背道，“弯弯的彩虹，一头连着伤心崖，一头连着对岸的山峰，像一座美丽的桥。它走了上去，消失在一片灿烂中……”

秦初晗：“……”哦，懂了。

当年学《斑羚飞渡》这篇课文的时候，全班感动得不要不要的，就秦初晗无动于衷，读后感也写得十分朴实，其中有一句是：然而我认识的斑羚不会有这样的团队意识和操作。如今回想起来，只怪自己年少，没能理解艺术加工的美妙。

思忖间，陈胜利调好镜头，把她拉到相机前：“来，告诉我你在里面看到了什么。”

秦初晗弯下腰望进去，看到的是灰色的内舍外墙、两棵不怎么健康的树，以及一片散落着稻草的、坑坑洼洼的水泥地……在冬天阴沉的天色下，真是越看越破，确实该给它们改善下环境了。但鉴于陈胜利是跟《国家地理》合作过的摄影师，而自己也是业内小有名气的插画家，秦初晗铆足了劲跟他聊艺术：“看到了即将定格在旧时光里，凸显人类文明与残忍的刹那。”

陈胜利表情呆滞，眉心隆起两道深深的褶子：“什么？！”

“对不起，我表达得太深奥了。”秦初晗站直身体，转移话题道，“你是打算固定在一个点拍斑羚舍的变化吗？”

陈胜利已经把机位定好：“每天一张，看看最后能拍多少张。”

“有什么意义？”

“记录过程。”

秦初晗有点好奇：“这样的一套照片，在你们摄影界有收藏价值吗？一套能卖多少钱？”

陈胜利嫌弃道：“俗！叫你多想想艺术！你那些插画明明画得挺华丽唯美的，年纪轻轻一小姑娘，怎么就掉钱眼儿里了呢？”

秦初晗环顾四周：“朋友，这园子里几千孩子嗷嗷待哺！几百个家等着我赚钱搞装修！”蜘蛛侠的叔叔说得好，能力越大，责任越大。她现在恨不得自己多长几双手，一口气出它上百个新奇有趣的小玩意儿，用数量带起收益。就目前的商品，不够看……

听她这么一说，陈胜利没法儿挤对她了，实事求是道：“这种记录的照片，喜欢的老板不多，除非哪天我成了摄影大师，那我拍一坨大象的便便也能卖出高价，眼前嘛……不瞒你说，我就是打小喜欢推倒重建的过程，看着旧的没了，新的更好的一点一点完成，觉得特别舒服。”

秦初晗若有所思道：“也就是说，你能从这个过程中获得满足感？”

“对，满足感。”陈胜利站在相机前，按下快门。

秦初晗还停留在他们的对话内容中，捏着下巴思量：“那要是我把这个过程通过某种形式展现给网友看，他们会喜欢看吗？”

“不就是直播吗？”陈胜利歪头看了她一眼，忽然意识到她在盘算什么，“不是吧？”

秦初晗已经明显兴奋起来：“睡觉都有人看，我给我家红斑羚修新外场，多有意义！百万网友在线监工！咦，这棵树太丑了，换掉它！十个超级火箭够不够？不够再来一个法拉利车队！”

陈胜利嘴角轻微抽搐：“百万网友？醒醒啊朋友，那是大国工程！这外场，有两千网友成天盯着就不错了。”

秦初晗脑筋转得快：“我还有动物们呢，天真纯洁在线互动，圆滚滚排队玩滑梯，泰坦大爷的休闲生活，望月山上新一代山魈大王之争！”这样的项目，要多少有多少！

陈胜利的思路也跟着开阔了：“好像也不是不可以！”

“值得一试，对吧？！”秦初晗踮起脚尖给了他一个感谢的拥抱，“胜利，你就是我的灵感男神！”抱完撒手，她转身把自行车扶起来，蹬着就走了。

陈胜利站在原地发呆，觉得这姑娘想钱想疯了，然后还觉得自己竟然给人做了一回灵感男神，还自带印钞技能，真是棒棒的呢，必须炫耀！

陈胜利摸出手机给好兄弟发信息：“宝，告诉你件事，你别吃醋，也别介意。就在刚才，差不多四十五秒前，秦初晗说我是她的灵感男神。”

祁应琛：“？”

陈胜利：“会印钞票的那种。”

祁应琛：“？？”

陈胜利：“还给我了一个热情洋溢的拥抱。”

祁应琛：“？？？”

这几年，直播绝对是最火的行业之一，男女老少都在看，打开手机，随时随地观看，覆盖面太广了。

国内早就有做直播的动物园，还不止一家。她以前也关注过，久而久之都躺在关注列表里，再也没点进去。这些动物园直播有的注重专业性，但少了趣味；有的可以称为乏味，镜头角度都不换一下，能吸引到观众才怪了。

直播也是要讲目的性的，也就是看头。好比斑羚舍的拆旧建新，每天都看得到变化，这种变化会转化为陈胜利口中的满足感，达到观看目的。而动物直播也要有主题，比如饲养员的一天，比如给刚出生的小老虎体检，比如企鹅爸爸们排着队在“工位”上孵宝宝……这些景象不是每次来动物园都能看到的，可以抓住网友的好奇心，展现动物园的多面性。

秦初晗的想法很简单，盈利是次要目的，主要起到推广宣传作用。这件事还是交给司徒畅负责，选定平台，申请账号，完成认证，直播设备请陈摄影师帮忙选购了两台 GoPro（运动相机），线上用官博打广告引流——

山海野生动物园：“因为搞文创赚钱了，所以我们要给斑羚舍修个豪华的外场，准备通过直播向大家展示全过程，老资历饲养员倾情客串，讲述这些年鹿苑不为人知的秘密……直播平台：锄禾直播。12 月 28 日起，每天下午两点，欢迎大家来做监工！”

网友一看，不错啊，刚赚钱就干实事去了，而且我们有共同的回忆，我们都被《斑羚飞渡》这篇课文感动过，这个场子，给你捧起来！

另一边，《加油，跑起来！》开始为新一期节目做宣传，官博定时放出录制片花，带起话题之余，频繁和动物园官博互动，被网友笑称求生欲强。

周四这天下午，大明星又来山海野生动物园了。

宫桀、宋潇凌和罗恒都是这季《加油，跑起来！》的常驻嘉宾，三人正好在江城附近的城市出通告，这次特地空出半天，过来补录几段和动物的互动回访，以及拍摄祝贺线上旗舰店开业的视频。

在这三个人里，宫桀是这两年最火的顶流，没有之一，从下飞机到动物园东门，被粉丝跟得死死的。宋潇凌和他是电影学院同期毕业的，文艺片影帝，专业性强，性价比高。两人是睡上下铺的兄弟，最穷的时候共享一碗泡面，发达了不忘互相扶持。罗恒是老牌影视人，出道三十年，参演百余部作品，有着殿堂级的演技。

上次他们来的时候，伍力文还是园方负责人，秦初晗不便出面。这次不同了，接到电话，她立刻去东门热情迎接，开启本次“山海野生动物园星光特别行”。

第一站就是近在眼前的东门直营店。三位明星按照秦初晗的要求，站在一堆文创产品中间录完祝贺开业的口播。此过程大约耗时半小时。

第二站是上次嘉宾录制的各个场馆。

上次参与泰坦搬家的是罗恒，这次回动物园，他也想看看入住新家的泰坦适应与否，精神状态如何。坦白说，给老虎搬家这种体验太宝贵了，这次回访录制中，他坦言回去后在网上搜索了解了泰坦之前的经历，才反应过来自己做了什么。如果他早点儿了解到这些情况，那么他会毫不犹豫地放弃这项任务。因为在给泰坦搬家这件事上，他这个非专业人员的参与只会增加不必要的风险。为此，他和欧导都做了深刻反省。

在对待其他物种的时候，人类应该收起傲慢，承认自己的无知。

宋潇凌就是不小心放跑欢欢的粗心鬼，这次回访前，他做了大量的功课，走进两爬馆，立马化身纠错小能手，录节目的时候犯了哪些错误全都一一指出来，完了再做正确的参观示范。

巧合的是欢欢的前饲主姜河先生也在，宋潇凌慌了，对着镜头问：“我要不要给姜先生跪下认错？”

姜河背手站在欢欢的展箱前，正儿八经地说：“不用这么客气，我们家欢欢没被捉去取胆泡酒，我的胆也还在，你稳住，不要慌。对了，你的胆还在伐？”

场面一度十分喜感。

宫桀上次来时，接触的动物也是从马戏团救下来的，是一匹名为“阿尔卑斯”的荷兰温血马，目前养在鹿苑最大的混养外场，每天都要潇洒地跑几圈。

秦初晗带宫桀来到后，阿尔卑斯欢快地跑上前来跟他们打招呼：“晗晗，下午好。宫

桀先生，没想到你也来了，上次和你一起玩得很愉快，不知道今天还有这个荣幸吗？”

“晗晗，可以把我的意愿转达给宫桀先生吗？”阿尔卑斯向秦初晗发出请求，前蹄期待地在沙地上交错踩着，踢踏踢，踢踏踢。它想和宫桀一起玩。

秦初晗还在酝酿怎么开口，宫桀已经伸出手摸了摸它英俊的马面，笑得爽朗：“兄弟，我知道你在想什么，等我一会儿去换装备，咱们痛痛快快跑几圈！”

阿尔卑斯的鼻孔里呼哧呼哧地吐着气：“正合我意。”

它在马戏团的骑师说过，它已经习惯与人相处，最好每天都骑着它跑上一小段，那就是在同它玩。可惜动物园里没人会骑马，阿尔卑斯的饲养员只能给它装上马鞍，牵着缰绳，陪它在场中漫步。

秦初晗看他们无障碍交流，有些不可思议：“它很喜欢你。”

宫桀的目光全用来和阿尔卑斯对视了：“它是赛马，要不是被马戏团耽误，说不定现在已经是冠军了。”

秦初晗点头：“马戏团的骑师说过，它原先的饲主因为主业经营失败，连累马场倒闭，它才辗转被卖进马戏团。”

骑师人不错，见动物园对泰坦那么好，私下请求时旭把阿尔卑斯买下来……趁他们团长还不了解它真正的价值。

阿尔卑斯从旁附和道：“亨特先生是个好人，我非常感激他让我留在这里，过上富足的生活。”

这就算富足了吗？秦初晗开始心虚了。

宫桀道：“它还年轻，要是能找到好的训练师和骑手，应该还有机会重返赛场。”

“真的吗？我可以吗？”阿尔卑斯忽然昂起头，发出雀跃的嘶鸣。

“冷静点儿，我来帮你想办法，好吗？”宫桀安抚地挠着它的长颈，对秦初晗和在场其他人道，“我去换骑装，陪它遛几圈。”

待他走后，换秦初晗给阿尔卑斯挠脖子。她笑盈盈地问：“很喜欢他？”

“我们合得来。”阿尔卑斯很兴奋，转而反问，“那么宫桀先生是否是你喜欢的类型？恕我唐突，你们站在一起很相称。”

周围还站着工作人员，秦初晗没法儿回答，只能抿着嘴笑，继续挠脖子。

阿尔卑斯会错意：“为什么不回答？我的问题让你难为情了吗？”如果是的话，它会诚恳地道歉。

秦初晗实在拿它没办法，答非所问：“你再等等，待会儿就有大明星陪你玩了。”

阿尔卑斯只当她在回避："这种不明确的态度，我单方面认为你对宫桀先生抱有好感，不知道你有没有意识到？"

我不回应你，你可不就只能单方面认为吗！秦初晗招架不住这家伙，无奈摇头，笑着把脸转开。因为动作太明显，眼神过于闪烁，鹿苑的饲养员还以为她发现了什么不足之处，连忙追着问。结果她又解释半天。

不一会儿，宫桀换上一身帅气的骑装重新出现在镜头里。他亲自替阿尔卑斯装配马鞍，做完细节调整，双手抓住马鞍的前桥和鞍尾，单脚踩入马镫，同时用力一跃轻轻松松地骑了上去，阿尔卑斯便跑了起来，顷刻跑出老远。

冬日的下午，阳光忽然从灰白色的散云里钻了出来，洒满大地。宽阔的混养外场上，奔跑的阿尔卑斯漂亮极了。它有一身全黑的皮毛，柔顺的鬃毛和马尾随风飞扬，在阳光的照耀下，展现出高雅迷人的气质。

在场的节目组的工作人员和园方的人，一时间都被阿尔卑斯吸引住了。它是那么的活跃、快乐，同时又是那么温柔、友善……

混养场里，喜静的白唇鹿、暴脾气的鸵鹿、好动的斑羚，还有几只喜欢凑在一起闲话其他动物的斑马也都好奇地看着它，不知不觉获得了自由的感觉。

畅快地跑了好几圈，阿尔卑斯停在秦初晗跟前，宫桀动作娴熟地下了马，立在它身侧。

"晗晗，上来，我带你玩。"阿尔卑斯用鼻子拱她，呼呼地喷气。

秦初晗愣了愣，下意识往后退："你别指望我，我不敢……"

阿尔卑斯努力表现自己："别怕，我很稳的。"一般人它不带，晗晗不一样，每天都来看它，他们是好朋友，好朋友就是要在一起玩的。

"来来来，我帮你一把。"宫桀看出它的意图，把秦初晗推过去，"就试一下，你看它跃跃欲试的样子，你身体轻，它跑起来会更轻松。"

节目组的导演带头起哄："动物园的负责人不会骑马，这可不行！"

一群常住在园区里的麻雀停在最近的树上，叽叽喳喳跟着闹："阿尔卑斯可温柔了，你要相信它呀！"

秦初晗被推着上了马，视野一下子变得开阔，看得更远了，整个人的重心也跟着摇摇欲坠。

"稳住，别紧张。"宫桀拉着阿尔卑斯在前面慢慢走，教她骑马的基本要领。

秦初晗照他说的做，逐渐放松下来，就觉得……好像是有点儿意思？

这时，宫桀忽然提议："加个微信怎么样？"上次他就想认识她了。他原以为上次女孩子劲儿劲儿地骑着辆自行车冲出来，一个人单挑半个节目组已经是火力全开，没想到后来她还能让欧导亲自打电话致歉，叫他们几个专程过来，给动物园的线上旗舰店开业录口播。人才啊!

秦初晗却觉得麻烦,刚去东门接他们时粉丝那一声声“宫桀我爱你”“宫桀全宇宙最帅”,炸雷似的往她耳朵里扎,头疼。她装傻道:“微信？加过了啊,我还进了这期节目的大群呢！”

宫桀停下脚步，一脸遗憾地望着她：“要不要这样？”

“怎样？”秦初晗觉得他有后招，不由得挺直背脊，精神紧绷。

阿尔卑斯说出她最害怕的那种情况：“我觉得宫桀先生想追求你。”

“我看出来了，你对我们演艺圈有误解，必须让阿尔卑斯带你兜兜风清醒下。”宫桀在阿尔卑斯的翘臀上力道适中地一拍，“走着！”

“走着！”阿尔卑斯快乐嘶鸣，小碎步迈得优雅轻快。

秦初晗面部表情扭曲，嘴里发出“呜哇”的狼狈叫唤，除了努力保持平衡，别的都顾不上了。

宫桀站在原地，双手叉腰，像个恶作剧得逞的臭小孩，仰头大笑。笑了一阵，他还跟几步开外那只体形和鹿角都很大的驼鹿找共鸣：“你们动物园的秦初晗也太可爱了！”

这头驼鹿名叫李光荣，是园里的老人了，以前没少被秦初晗折腾，才不觉得她可爱。它呱唧呱唧嚼着嫩叶，然后嘴里飘出一个宫桀听不懂的单音：“滚。”

外场的另一头，秦心玥也来了。她今天来得晚了些，进园的时候，宫桀三人已经分开行动，她不愿给动物园的旗舰店录口播，又不想节目播出被网友说闲话，便打算去兽医院那边晃一圈做做样子，这一去，正遇到刚从国外回来的祁应琛。

早就听说园里来了位业界顶级的动物学家，没想到这颜值逆了天，哪怕放到帅哥美女扎堆的演艺圈里也不逊色。这不就有话题了吗？！秦心玥灵机一动，邀请祁教授和自己一起游园，聊聊现代动物园存在的意义。

王老头他们都在，但谁也不愿意抽空应酬这位主，几台摄影机跟着，万一说错话怎么办？正好她自己有了属意的对象，大家便将祁教授推了出去——您是文化人，见多识广、博学多才，这场面您绝对没问题!

祁应琛只好作陪。这一逛，就来到鹿苑最大的外场。两人在边缘站定，同时望着场中嬉笑的两人一马。

秦心玥不悦道：“那不是秦初晗吗？”为什么会和宫桀玩儿到了一起?

祁应琛长眉微蹙，不说话了。

接着就是宫桀拍马屁大笑，秦初晗骑在马上颠得慌张滑稽的一幕。阿尔卑斯跑得很稳，几只年轻的红斑羚蹦蹦跳跳地跟在它后面。女孩子逐渐放松，开始体会到骑马的乐趣，慢慢放松了表情，发自内心绽出笑容。

“一天到晚就会装！”秦心玥咬着牙低声道。

祁应琛稍稍回神，严肃地望向她，明显不满她的态度。

秦心玥使眼色让跟拍暂停，重新望向场内，故意道：“祁教授应该听说过我和她的关系，我们从小不和是有原因的。”

祁应琛还是不语，全无配合她倾诉欲的意思。

秦心玥对秦初晗是有执念的，不屑地哼笑着：“秦初晗从小就很怪，小时候常跟我们说她能跟动物们说话，一开始我也不信，直到有一次，我养了多年的狗在她的指示下狠狠地咬了我一口，把我的手都咬出血了！你说她是不是很可怕？从此以后，我对她有多远躲多远，像她这样的怪胎——”

祁应琛听不下去了，正要开口打断，就见她身后那棵树上的松鼠将手里的松果抛出，在空中划出一道优美的弧线，正中秦心玥的脑袋。

“哎呀，谁那么缺德？！”

秦心玥狼狈的叫声吸引了全场的注意。

秦初晗见祁应琛回来了，就站在她旁边，这还得了——松鼠都拿松果砸她了，肯定又在说自己的坏话！

“阿尔卑斯，我们过去。”秦初晗拉扯缰绳掉转方向，看起来已经有点儿样子了。

“去那边？”阿尔卑斯不太情愿，“没想到你喜欢祁教授那样的。”

秦初晗忍不住维护道：“祁教授那样的是哪样的？他对你不好吗？长得不帅吗？学识不渊博吗？”

阿尔卑斯立定四蹄，扭头看向站在远处的宫桀。

宫桀察觉到它的视线，笑着跟它挥手：“兄弟，快过来！”把秦初晗也带过来，我要跟她加微信了！

秦初晗勾首道：“你看到祁教授旁边的女孩子了吗？我和她从小争到大，她这会儿肯定在说我的坏话！”

阿尔卑斯那对竖得端正的耳朵抖了两下：“如果祁教授相信了她，证明什么呢？”

竟然还反问上了……秦初晗很肯定：“他不会相信的。”

阿尔卑斯不慌不忙：“那你还着急过去？”

“你对一匹母马抱有好感，这时候又有一匹公马在它身边哇啦哇啦地说你的坏话，你不上前阻止吗？”

“有点儿道理，可现在情况不一样。”阿尔卑斯心里偏向宫桀。

秦初晗看出来了：“说吧，你想怎么样？”

“我带你过去,但是你要和宫桀先生加那个什么……微心？”心就是心,为什么会微呢?人类就是喜欢把很多事情复杂化。阿尔卑斯想不明白，但既然是宫桀先生想要的，它想帮他一下。

“行！加,我保证今天一定跟他加微信。”秦初晗哭笑不得,“现在可以带我过去了吧？”

“好的，你坐稳了。”阿尔卑斯不再犹豫，踢踢踏踏地向祁应琛跑去。

秦心玥还在抱怨：“每次遇到秦初晗都没好事。祁教授，你最好离她远一点儿，她真的不……”

祁应琛见女孩子骑着骏马向自己这边奔来，冷着脸扔下句“失陪”，迎上前去。见阿尔卑斯在他跟前停下，秦初晗抓着马鞍尝试自己下马，他连忙伸手去扶：“小心点儿。”

秦初晗还挂在马背上，扭头跟他对视，弯起眼笑：“没事，阿尔卑斯很乖的。”

阿尔卑斯纠正她：“这个形容不准确，不是我乖，是我们之间建立了信任。”

到了这个时候，两个人类默契地假装听不懂它说什么。

阿尔卑斯：“……”

秦初晗站稳了，拍拍抓缰绳抓得有点儿发麻的手，口吻听上去随意得很：“什么时候回来的？”其实心里的微妙滋味，只有她自己知道。近距离望着男人干净俊朗的面庞，周遭的空气也说不清道不明地变得舒适了，无法形容的愉悦。

“大约两小时前。”祁应琛见到她，心情也是很好的，“原本想去兽医院打个招呼就来找你，结果……”

两人同时看向秦心玥，眼里的内容像是一开始就商量过。

这会儿秦心玥也看明白了，先前还觉得祁应琛帅气，浑身上下散发着精英光芒和学术气息，没想到和秦初晗是一块儿的。一对狗男女！

“喂，太明显了你。”秦初晗好心提醒她，“再不收敛，包月热搜的钱可就要浪费了。”

秦心玥扬起鼻孔冷哼，别开脸往节目组那边走，趾高气扬地碎碎念：“这个月没剩几天了，我明年重包！”实力演绎有钱任性。

等她走远一些，祁应琛忍不住调侃：“这就是你从小到大的对手？”

秦初晗实话实说：“你也看出来了，我的聪明才智基本是靠她衬托起来的。”

祁教授“嗯”了一声，点点头：“挺好的。”

阿尔卑斯喘着粗气向前几步，从中间把他们分开：“晗晗，别忘了你刚才答应过我，要和宫桀先生加微信。”

相谈甚欢的两个人类瞬间没那么欢乐了。保持相连的视线里，男人表现出了显而易见的质疑，女人开始心虚地躲闪。

阿尔卑斯注意到另一个问题：“我怎么觉得祁教授听得懂？”

秦初晗下意识地否定：“怎么可能？！”

祁应琛困惑地望住她：“什么？”

看吧，他听不懂。秦初晗连忙摇头：“没事！没什么！”

阿尔卑斯不吭声了，友善的大眼睛盯着给自己做过身体检查的男人，决定保留意见。

祁应琛知道它有主见，爱表达，于是防了一手，没放开跟它交流过。这会儿他任由它盯着，像平常那样伸出手挠它的颈侧，以动物学家专业的眼光对它略做审视，随后露出满意的表情：“精神状态比前段时间好很多。”

阿尔卑斯傲娇地昂起头颅：“那当然，我可是有冠军相的赛马。”

见宫桀带着节目组的人向他们走来，阿尔卑斯抓紧对秦初晗表态：“我觉得宫桀先生真的很好，如果他追求你的话，希望你给他个机会。”

秦初晗：“……”

祁应琛：“……”

这天剩下的时间，大家一起逛了逛。

宫桀找机会问秦初晗加微信，她不再婉拒，大大方方通过申请——既然答应了阿尔卑斯，就要做到。

晚饭在食堂里吃的，明星们对园区员工的合照请求来者不拒，亲和力十足。你敬我一杯，我回你一个，气氛好得不得了。

宫桀当场宣布要带阿尔卑斯参加明年开春的星运会，报高端大气上档次的马术表演，回头他就请教练，安排时间，每个月都来。不，训练量按月算不太够，最好是每个星期！

这番话成功引起祁教授单方面的重视。

赵师傅出神入化的厨艺征服了包括罗恒在内的所有人。宋潇凌嘴里叼着从宫桀筷子下抢到的最后一块红烧排骨，向老赵发出请求：“要是我哪天爆出黑历史被迫退圈，师傅您收我做徒弟吧！给您刷碗都行！”

助理在旁边听得龇牙咧嘴：闭嘴！你没有黑历史！你能给美白护肤品做代言！

3

送走了《加油，跑起来！》一行人，祁应琛被王老头拉去兽医院看设备。上次夏天生崽最缺的那套大家伙买回来了，正等他一起拆封组装，研究怎么使用。

秦初晗一看没有自己发挥的余地，加上先前当着祁应琛的面和宫桀加了微信，她这心里到底缺了点儿直面他的勇气，直觉告诉她得避避。于是她很直接地溜回家了。

旗舰店开业四天，销售额达到两百九十万。前面两天均突破百万，后面两日呈递减状，逐渐显出疲态。这个情况是她早就预见到的。说到底还是商品种类不够多，顾客选择少，逛几分钟就没了，提不起购买欲。线下实体店也需要源源不断的货源，这事儿急不来，得花心思琢磨。

今天她又有了一个新的灵感：马在中国传统文化里自来被视为能够带来祥瑞的动物，阿尔卑斯长得这么俊，给它出个包包挂件吧！

秦初晗用了偏向 Q 版的设计，鬃毛和尾巴的手感必须好，大脑袋带一点儿萌态，双眼有神，身躯不能太瘦，更不能一味追求不符合它身材特点的可爱胖乎乎……总结下来，各方面比例适中，达到统一才行。

定下最初的外形比例和材质后，秦初晗在马的身体两侧各加上一组词：稳健、走着。这两个词要好好做一下字体设计。阿尔卑斯的毛色是深黑略泛棕红，在字体颜色的搭配上，紫色系是最佳选择。

秦初晗决定了，这款挂件争取在年前做出来。

宫桀已经明确表示要带阿尔卑斯参加明年春天的星运会。这款挂件一出，他能不用？他要是用了，能不被站姐拍到？站姐拍到了，他的粉丝能不跟风买？宫桀可是近几年红到发紫的顶流小生，微博粉丝将近八千万，就算只有八百万粉丝买，秦初晗都能给阿尔卑斯建一座供它撒欢的专业马场。

不过她有职业道德，不会把宫桀先生的粉丝当羊毛可劲儿薅。一个人造皮带刺绣的吉祥小马挂件，四季百搭款，考场职场通杀，单价 68 元，不过分吧？！

秦初晗越画越来劲，越想越美。

“哐、哐哐……”

有什么东西砸在房间阳台的玻璃上，秦初晗回过神来，侧首看过去，只见一只体态丰腴的成年松鼠站在半月形的护栏上，那双圆溜溜的眼睛一个劲地望着她，目标明确得很。

是下午帮她教训秦心玥的小家伙。

秦初晗开门走出去，弯腰捡起它刚才用来敲门的松果，递还给它："你是特地来找我的吗？"

松鼠用可爱的前爪拿回松果，对她道："刚才我听见两个人说，要弄坏熊馆外场的防护网，放它们出来。"

秦初晗心里微惊："你在哪里听见的？确定只有两个人吗？"

松鼠很肯定："我看见的只有两个，他们很生气，说最近过得太差了，要想办法搞臭动物园，给谁制造麻烦……我认识他们穿的衣服。"

松鼠最怕的就是熊了，冬天找不到吃的，宁可去狮子老虎的领地，也要绕开熊山、熊外场和熊的散养区。秦初晗毫不怀疑小家伙的话。

员工对福利待遇有意见就把猛兽放出来泄愤？简直是胡来！弄不好可是会出人命的！秦初晗连忙告诉秦怀远，随后叫醒时旭和齐美娟，还有游戏打到一半的时昊。一家人略一合计，对外就说秦初晗睡不着在外面散步，发现熊馆的防护网破了个大洞，急忙回来报信，先召集人手把熊馆所有有防护网的地方检查一遍，再做进一步的安全保障。要是对方还没来得及下手更好，大不了就说夜太黑没看清楚，闹出乌龙，回头请大家吃饭。

定下方案，时昊电话通知兽医院值班人员带上麻醉枪到熊馆正门口集合，秦怀远联系安保部，时旭直奔监控室。齐美娟不让秦初晗跟着去，把她摁在家里和自己一起等消息。

熊馆里那十几只大家伙各有各的脾气，平时饲养员都得时刻保持警惕，小心伺候。秦初晗打小跟它们不熟，曾经发起友好沟通，被一只名叫"佐罗"的成年黑熊近距离贴面嚎了一嗓子，把九岁的她直接吓蒙了，从此视熊馆为禁区。

都是黑色的煤球，还是闪电可爱。

糟了，闪电！秦初晗蓦地从沙发上弹起来，再看墙上挂钟，十二点刚过，闪电该出来放风了，万一跟找熊的人遇上，对它来说岂不是无妄之灾？！

"舅妈，我先回隔壁了，林笙他们都没睡，我跟他们交代一声。"秦初晗留下句话，溜了出去。

后半夜的园区，寂静中透着一股子非同寻常的紧张。秦初晗握着手机走在大路正中央，一步一步，急切又小心。

黑森林馆并不只住着闪电和皎月两只黑豹，还有波斯豹、美洲豹、阿拉伯豹和濒危的斯里兰卡豹。在种类方面，山海野生动物园早年和其他动物园一样，重在收集，饲养质量反而是其次。熊馆的情况大致上差不多，十三头熊里包含了马来熊、科迪亚克岛棕熊、美

洲黑熊和西藏棕熊。平时它们住自己的馆舍，即便在散养区活动，也互不打扰。

熊馆和黑森林馆同属于猛兽区，中间隔着个狮园。秦初晗运气好，刚走到能看见黑森林馆的主馆建筑时，身侧那一小片绿化林里就飘出个熟悉的声音：“你去哪儿？”

她停住脚步，注意着附近的监控，一头钻进林里，几乎是摸索着蹲下，搂住闪电的脖子：“看到你真好，真有安全感！”她总算松了口气。

闪电想吐槽，又见她一副真实在害怕的模样，只好问道：“发生什么事了？”

“早先松鼠来跟我报信，有两个员工打算破坏熊馆的防护网，这会儿我爸他们正过去排查，今天晚上园区里不会安宁，我担心你被发现。”秦初晗说着抬起头，发现它身后还有一双金棕色的眼睛平静地望着自己，是皎月，她表情变了变，眼里溢出笑，“在约会啊？”

闪电移身挡住她的视线：“知道了，我们这就回去，你自己小心点儿。”

熊馆里那一群，随便一个都是重量级的，今晚的情况算得上园里十年难得一遇的大危机了。

秦初晗捧着它的脸颊没让它转头：“先等等，多聊两句，你们进展到哪一步了？”末尾这句话，她用了超低音量。

闪电有些无语：“我们豹子的听觉很灵敏。”

“我知道啊！”

“……那你还问？”

“关心你嘛！”秦初晗把它碍事的大脑袋推开，冲皎月友善地挥了挥手，“对不起啊，打扰你们约会了。”

皎月优雅地向前迈进一步：“没关系，谢谢你特地来通知我们。”

秦初晗收到小姐姐的回应，开心得眯起眼，一时忘了附近的潜在危险。

“行了，你快回去吧，忘了小时候是怎么被黑熊吓哭的了？”闪电挣脱她的手，用脑袋将她拱了拱，以示催促。

秦初晗不情愿地站了起来：“那时你都还没出生，还不是从我爸那儿听来的……”

“有人来了。”闪电机敏地察觉，带着皎月钻进了林子深处。

秦初晗的八卦心没得到充分满足，摇着头走出去，跟伍衡撞了个正着。后者披了件老式军大衣，里面穿着一套格子棉睡衣，脚上也是同款棉鞋，左手拿着手电筒，右手拎了个电棍，像是从北区那边来的。

“你怎么在这儿？”两人望着对方，不约而同地问道。

没等秦初晗解释自己为什么会从身后那片平平无奇的树林里钻出来，他先嫌麻烦似的

“啧”了声，交代她：“熊馆那边出了点儿问题，熊可能跑出来了，你赶紧回去，别在外面晃。”他是安保部门的小头头，常年住在园区里，接到值班室的电话，心都凉了半截，自然顾不上平时和秦初晗结的仇，只盼着赶紧找到那洞补上。

秦初晗被他那手电的光晃得眼睛疼，抬起手挡了挡：“防护网的洞是我发现的，当时我太紧张了，没留意位置。”

伍衡一听，皱了下眉：“你发现的？还太紧张？”她秦初晗不是一向跟那些个动物关系好吗，怎么突然害怕起来了？

“你刚在林子里做什么？”伍衡走到她跟前，高光手电筒朝她身后的林子扫了一圈，没发觉异样。不过话说回来，真给他扫出点儿风吹草动才要命。

秦初晗随口扯道：“我出来找我小时候埋的时光胶囊行不行？”

“时光胶囊？”伍衡一字一顿，轻哼一声，“不拿把铲子，你用手刨啊？”

他越看越觉得可疑，这丫头片子一贯机灵，眼下怎么看怎么古怪。伍衡怀疑地瞅着她：“熊馆的防护网不会是你破坏的吧？”

秦初晗正色道：“你有这闲工夫怀疑我，不如仔细查一查手底下的人。我可听说你们部门的人近来一直不满，说是在园区里没有油水可捞，生活大不如前。”

伍衡神色微变，压低声音：“什么意思？”

“我说得还不够明白？”秦初晗轻描淡写地笑了笑，“有些人就像狼，你明知道喂不熟，还顿顿给他们新鲜肉，突然有一天换成炖烂的骨头，他们可是看不上的。”

园区里统一制服的部门一只手都数得出来。营销部都是女性，这会儿早就下班了。卫生部活动范围虽大，男女员工对半开，但和营销部一样都是六点下班，就算真有点儿想法也不会刻意留到入夜来动手。算来算去，数他们安保部最可疑：制服统一，二十四小时有人轮班执勤，园区任何犄角旮旯都会去到。

当初伍衡拿着伍力文给的鸡毛当令箭，把整个安保部大换血，说是自己人，其实都是以前和他一起混日子的难兄难弟，再从附近招揽些游手好闲的年轻村民，组了那么个流氓部门。这么多年没出纰漏，离不开一个“钱”字。如今山海野生动物园取消马戏表演，断了伍力文的财路，他自己的饭碗都端不稳，哪里还顾得上侄子手底下这帮养刁了胃口的废物？

秦初晗不过随口说几句，伍衡就气短，不吱声了。

这个时候，他手下打来电话，咋咋呼呼说不好了，谁谁跟谁谁吵了起来，这会儿闹着要进哪儿去做确认，让他赶紧过去。伍衡听得额角青筋突突直跳，警惕地盯着秦初晗，对电话那边交代道："行了，我现在就过来，你千万给我把人摁住！"

挂断电话，他催促秦初晗赶紧回家，见她除了手机什么也没有，想了想，心烦气躁地把手电筒塞给她，匆匆离去。

秦初晗被动地接受了他的好，望着手里沉甸甸亮堂堂的手电筒，再看向走远的人，心里有个预感十分不妙，总觉得这家伙是去送死呢……

秦初晗给时昊发短信："情况怎么样了？"

时昊回了她一张照片：熊馆散养区某处被照得灯火通明，绿化队的两名老师傅正弓着背修补破了个大洞的防护网，其他人站在旁边策应着，王老头和徒弟们拿着麻醉枪环顾四周，今晚留在熊馆值班的饲养员时刻盯着防护网里面，秦怀远站在一侧，表情凝重。

时昊："不知道别处有没有问题，我们正准备分组做排查。"

秦初晗抬头看了一眼，伍衡已经走出去老远。她叹了口气，边回时昊信息，边追了上去。

山海野生动物园的熊馆是在老馆的基础上扩建的，后舍由几座相连的平房组成，一间是给熊老大们准备食物的厨房，另外三间作为中转房，房内各扇门连接着不同的熊舍。

伍衡进去找了一圈，竟然一个人都没有，然后发现中转房其中一扇门半掩着，联想之前那通电话，当下慌了神，喊着两个名字冲进去寻人。

秦初晗在后面叫他，没叫住，前脚刚跟着跨进去，身后就传来"砰"的一声响——门被人从里面牢牢关上。秦初晗脑子里"嗡"的一声，整个人蒙了！

伍衡听到关门声，隐约意识到情况不妙，转回来一看，门确实关上了，旁边用钢筋焊死的窗户里站着个人，正是他多年的好兄弟张杨。

"你什么意思？快把门打开！"伍衡凶神恶煞地瞪着他，边说边用手反复扳门把手。

张杨站在安全的中转房里，一脸阴沉："伍少爷，都什么时候了，还跟我这儿摆谱呢？"

秦初晗回过神来，想打电话求救，却发现手机没信号！

"我用了信号屏蔽器。"张杨特地向他们展示了一下手里的小玩意儿，"网上买的，想不到还挺管用。"

伍衡气得眼珠子都要爆出来了："你——"

"小点儿声。"张杨故意看向他身后。

伍衡瞬间意识到自己的处境有多危险，紧咬牙关，屏住呼吸，僵硬的喉结缓慢滑动，内心的惊恐却怎么都压不下去。

"这就对了。"张杨很满意他的表现，转头对着秦初晗假惺惺地道歉，"本来这是我和他的私人恩怨，谁让你要跟着来呢？这会儿人都在外场，全看你们运气了。要是运气好，人来得快，你们把我供出去，我进牢里蹲着。要是运气差，你们被熊咬死了，最多头七那天我给你们多烧点儿纸钱，大家也就两清了。”

“我清你大——”伍衡没骂完，自动噤声。

张杨幸灾乐祸地笑了两声，边欣赏着好兄弟临死前的表情边往后倒退。最后，他把屏蔽器放在中转房的壁柜上，退出了中转房。

秦初晗头皮发麻，全身都凉透了：“但凡我多来熊馆转转，也不至于认不出这里的中转房……”否则，她能跟在伍衡屁股后面，盲目地一头扎进来送死？

他们站的地方已经完全属于熊的活动范围，年初刚做过升级。说是内舍，其实是半封闭式的馆舍，用钢化玻璃封了三分之一的墙面和顶，地面做了层次，丰富了绿植，一条溪流从左向右蜿蜒而过，流向更宽阔的外场。近处的露天部分有利于攀爬的山石，山石刻意做成中空状，里面铺上树叶和杂草，就成为熊大佬的窝。如今，这窝距离他们大约有个十几米吧……

夜深了，地势颇为复杂，秦初晗看得不是很清楚，索性把手电筒直接关了，生怕光源把不知道在哪儿的熊给刺激到。

“对……对不住啊，拖累你了。”伍衡警惕地环顾四周，颤巍巍地向她道歉。比起刚才那个畜生，他还有人性和底线。

秦初晗心知怪他也没用，小声道：“我跟上来之前给小昊发过信息，他应该很快就会过来。”

听她一说，伍衡表情放松少许。

两人被困在这儿，怕是怕，慌归慌，心里还是抱着侥幸的。以前熊馆还没改建的时候，最大的外场是个熊坑，曾经有游客作死翻进去，被两只熊前后夹击，拿爪子刨了几下就懒得再搭理了。在动物园待久了的都知道，就算是猛兽，圈养一段时日，野性是会被消磨掉一些的。只要你管好它的一日三餐，它想尝你是什么滋味的概率小到可以忽略不计。不过陷入眼下这种境况，就说不清到底是谁在伤害谁了。

伍衡用背抵着门，一双惊惧的长眼直勾勾盯着舍内最黑的地方：“你知道这里面住的是什么熊吗？”

秦初晗站在窗口，摇头道：“不清楚，我跟园子里的熊还真不熟……”

伍衡听得笑了：“还有你不熟的。”想了想，他抱着一丝希望道，“要是是马来熊就好了。”

马来熊是所有熊中体形最小的，遇上它们，伍衡还能壮起胆子打一架。要是别的熊，那没戏了，等死吧……

秦初晗还能不知道他的心思？然而这情形他们左右不了，就跟拆盲盒一样。非要秦初晗表态，她不想拆！一个都不想！

伍衡大约是太紧张了，又问："那熊晚上活动频繁吗？我看它们半天也不怎么睡。"

秦初晗从牙缝里挤出一句话："你能不能别说话！"

伍衡被她凶得缩起脖子，委屈巴巴的："我都没发声。"气音也不行啊？他平时说悄悄话都比这大声。

"动物的听觉比你强多了！"秦初晗只想拿手电筒把他的嘴堵上。

说不清为什么，两个人交流得越多，周围的恐怖氛围就越重。终于，不远的某处传来响动。秦初晗和伍衡登时屏住呼吸，望向发声处。庞然大物慢慢悠悠地从黑暗中走来，先露出它几乎被深棕色长毛掩盖的五官、锋利的长爪，然后是肥硕的身躯……

停在他们眼前的，是目前世界上体形最大的棕熊亚种，科迪亚克岛棕熊。养在这里的这头体长两米四，体重逼近六百公斤，毫无疑问是熊馆的老大！祁应琛飞去C国做手术的那头棕熊已经足够大，大到能在那片山脉当个大哥，但和眼前这头比起来，给它当端茶小弟说不定还会被嫌弃。

秦初晗心跳剧烈，紧张得快不会呼吸了，她扭头看伍衡，对方已经贴着门像摊烂泥似的滑下去，脑袋一歪，昏过去了。不是吧？！她转回头，看着与自己不足一米距离的熊老大，为自己打气：冷静，别慌，慌也没用……

秦初晗记得它叫李奉献，和李昂，还有鹿苑那头叫李光荣的驼鹿，都是园里"李"字姓的老居民。因为第一任园长姓李，任职期间给所有新生的动物都冠了自己的姓。李奉献在李园长退休那年出生，算下来没有二十岁也有十七八岁了，相当于人类五十五岁上下，战斗力毋庸置疑。

秦初晗心想它在动物园住了大半辈子，应该不会故意伤人，思量之下，主动开口道："不好意思啊，无心打扰，请您多包涵，我弟马上就过来给我们开门。"

李奉献四脚着地，脑袋轻轻昂起，不费力地跟她平视："你是秦园长的女儿？"它的声音就跟它的体形一样，浑厚、庞大，威压感十足。

秦初晗老实巴交地点头，浑身都在抖。

"原来它们说的是真的，你听得懂。"李奉献第一次跟人类顺畅地交流，倒是稀奇。

秦初晗硬着头皮跟它闲扯："是啊，这算个天赋吧，要是园里有哪个动物反常，兽医找不到原因，我爸就让我当交流大使去关怀，对症下药。"千言万语只有一个意思：我有用！

李奉献不是很感兴趣地"嗯"了一声。

秦初晗只恨自己心理素质强，没有早点儿昏过去。

“难得我们今天遇上，一时半会儿我也走不了，还得在这儿打扰你，不如……你说说对咱们园区有什么诉求？你有吗？”她尝试着问。

“诉求？”李奉献想了想，还真有一个，“假山里那个熊洞漏水，下雨天里面还会积水，我住得不太舒服。”

“懂了懂了，明天就让人来修。”秦初晗对人都没这么殷勤过，“我表弟是绿化队的，园里修修补补的事，都归他管！”

李奉献点了下头，说：“挺好。”

然后，就没有然后了。

秦初晗靠在窗户边，眼睛偷瞄中转房，怎么还不来人啊……

“那吃的呢？”她随口问，“还满意吗？”问罢才反应过来，她一个在对方菜单上的人类，问点儿什么不好？秦初晗欲哭无泪。

李奉献淡然地盯了她一会儿，说：“吃的一直不错，不至于吃人。”它停了下，看着她的目光变得意味不明，“你看起来也不怎么好吃的样子，瘦得跟猴似的。”

秦初晗：“……”好吧，谢谢您嫌弃我！

身后中转房传来急切的脚步声，李奉献抬头看了一眼，自觉转身，隐没到黑暗中去。

时昊他们终于赶到，见秦初晗和伍衡被锁在熊舍里，也吓得不轻，连忙把人弄出来、报警，继续巡夜。

天快亮时，警方在张杨家小区外将其抓获，随后根据张杨的交代，依法拘留了破坏熊馆防护网的两名嫌疑人。

秦初晗天亮睡下，噩梦连连，根本睡不踏实，中午才爬起来，边吃午饭边和林笙他们开了个节前小会，之后穿上一件贼有安全感的羽绒大衣，晃到黑熊咖啡厅。今天破例喝焦糖玛奇朵，生活太苦了，需要补充一点儿甜。

祁应琛听说她起来了，特地过来作陪，陈胜利死活跟着当电灯泡，顺便向秦初晗承认错误：“昨晚赖我，节目组那个萍导是我师兄，他说去城里续摊，我推托不过，跟他们喝到凌晨，琛琛开车来接我，正好和你的危急时刻错开。琛琛没能英雄救美，你别怪他，要怨就怨我！”诚恳说完，还向祁应琛询问，“我态度还行吧？”

祁应琛烦躁地看着他：“你能不能走？”

秦初晗缩在老板特地搬出来给她坐的黑熊懒人沙发里，双手抱着咖啡杯，不给他们任何眼神：“喝完这杯咖啡，我走，祝你们一生幸福。”

秦初晗还没喝完咖啡，陈胜利就扛着他的宝贝单反先走了。最近黑森林馆那两头黑豹比他刚来那会儿亲近多了，他得重点关照。

超强电灯泡一走，秦初晗和祁应琛下意识对上视线。前者蔫了巴儿的，没睡好不说，熊老大的余威还残留在她破碎的灵魂深处，需要更多时间缓和。后者关心的意味也不明显，至少没有陈胜利明显。所以忽然之间，气氛反而没有先前三个人坐一块儿斗嘴时轻松。

秦初晗主动收回目光，幽幽地叹出一口气。哎，不是她单方面认定男人靠不住。昨晚那种情况，祁应琛一个搞学术研究的斯文人从天而降也是被熊大佬震慑的命。期望他出现，不如期望奥特曼奇迹闪现。理智上，她知道自己不能去怪他什么，但情感上多少有些过不去。

祁应琛对她的心思洞察到位，不动声色地从口袋里拿出一个密封罐装的小瓶子，放到她面前。

秦初晗没动，漫不经心地扫了一眼，很小的一个，目测跟她的巴掌差不多大，罐身上全是英文，标识还在另一面。

“这该不会是……”秦初晗灵机一动，稍稍坐起。

祁应琛郑重点头："防熊喷雾，澳洲产，这支能喷三次，我还没用过。"

秦初晗望着他："你也太实际了吧！"他说"还没用过"，也就是说，这本来是他买来准备自己用的。

“不然呢？”祁应琛将十指交错，舒服地窝进沙发里，浑然天成的学术派，“你看我的眼神已经把我做了归类，我只能尽我所能。”他做不到在她每次遇到危险的时候都及时现身，她得学着保护自己。

“有点儿道理。”秦初晗几乎被说服了，放下咖啡，拿起那支喷雾反复打量，“这真的有用吗？”在国内野外，遇到熊的概率并不大。

“比枪有用。”祁应琛道，“根据 A 国鱼类及野生动物管理局在前年出的报告来看，野外遇到熊并遭到攻击后，用枪自卫的生还者中，50% 的人受了伤。相比之下，用防熊喷雾的生还者中，受伤的很少，而且伤情不重。还有数据表示，在 92% 的案例中，98% 的人在和熊的近距离接触中，用防熊喷雾成功逃离。”

秦初晗点了点头，再看手里这一小罐轻巧便于携带的喷雾，忽然感到安心很多。接着她后知后觉地意识到，其实昨天离开熊舍，她就彻底安全了，以后类似的事情发生在她身上的可能性微乎其微。她惜命，还有记性。祁应琛送她喷雾，她是用不上的。但这支喷雾让她重获了安全感。这点很重要。

半晌，秦初晗开朗不少，决定收下这份礼物："谢谢，我很喜欢。"

祁应琛见她有了结论，不再多说什么，勾唇笑笑，埋首翻看国外研究所发来的文件。

秦初晗也不打扰他，喝着齁甜的焦糖玛奇朵，缩在懒人沙发里，明目张胆地打量他。男人确实长得标致，气质出众，随意在咖啡厅里一坐，像一幅用色清新的水彩画，薄薄的一层颜料，深色在哪里，高光在哪里，你能一眼看清。不像厚重的油画，画布上反复叠加十几层，早就遮盖了最初定下的色调。同时你还知道，他不是那么简单的人，只是在你面前做到了表里如一，宛如某种承诺。

“怎么？”蓦地，祁应琛抬头看向她。对方的视线在他身上停留得太久了，让他有些不自在，无法集中注意力。

“你没发现吗，祁教授？”秦初晗把心底那丝慌张藏好，露出个与他说笑的表情，“你身上有个显而易见的特质。”

祁应琛更茫然了，摸不清她的套路。

秦初晗神秘兮兮地抿唇笑，亮晶晶的眼睛里闪着顽皮：“赏心悦目啊……”说完自己也有点儿不好意思了，连忙把脸转开。

祁应琛愣了下，望着女孩子微微泛红的脸颊，想要做个确定。很快，他确定了，继而是无可奈何的笑。看吧，随便多久都行。他不问了。

咖啡厅外，林笙和顾词坐在小型观光车上，车后排堆满了刚从厂家那边发来的样品。他们本来想买几杯咖啡带回去，看情形还是别进去打扰了。

但林笙有问题：“回答我，他们这算是开始了吧？”从夏天到冬天，从帝都到江城，小助理盼望着珑寻老师和祁教授的恋情开出繁花，结出一串儿丰盈的果实。

顾词道：“最多算暧昧。”

林笙嘴角微扯：“那这个暧昧也太一目了然了吧？”头顶上那群叽叽喳喳的小麻雀都看得出，萦绕在他俩周围的气氛色彩是情人节限定的粉红色啊！

顾词耸肩：“这不挺好的。”

“好什么好？有什么好！”不远处，齐美娟拧着时昊的耳朵骂，“让你把你姐叫出来，推三阻四什么意思？不知道祁教授有女朋友啊？两个人这样像什么话！”

时昊疼得龇牙咧嘴：“朋友面对面坐一起喝个咖啡哪儿不像话了？”

“我还没瞎！”齐美娟不仅拧耳朵，还用脚踢，这儿子一看就是亲生的。

“姐都那么大个人了，她自己心里有数。行了，别拧了……车快来了，我陪你去搬货。”时昊反手把母亲圈住，半拖半抱着往北门走去。

林笙和顾词坐在观光车上，面面相觑。祁教授有女朋友了是什么时候的事？看着不像啊……

秦初晗偷了小半天的闲，晚饭特地回家吃。时旭做了一桌好菜给外甥女压惊，还叫上林笙他们四个。陈胜利听说这边有好吃的，拉着祁应琛过来凑热闹。一大群人围在餐桌前，边吃边聊昨晚的惊心动魄。

四名涉事人都是园区安保部的保安，张杨是主谋。他跟伍衡是多年好兄弟，在园里干了五年多，为人寡言务实，平时除了例行巡逻，谁找他帮忙他都会去，还给人办得妥妥帖帖。可惜好端端一小伙子不知怎么染上了赌瘾，欠下一屁股债。伍衡对他够意思，前后帮他还了三十几万，奈何他执迷不悟，整个人陷进去了，根本出不来。

这事儿被伍力文得知，下了死命令：张杨必须走！伍衡实在保不住这个兄弟，自掏腰包给他补贴了半年工资，承诺在城里给他找份工，前提是必须把赌戒了。张杨非但不感激，还因此怀恨在心。正好山海野生动物园取消马戏表演，伍力文财路被断，不能像以前那样每个月给手下的人分红，弄得怨声载道，张杨借机怂恿安保部另外三人搞破坏，明面上是给伍家叔侄俩施压，实际方便自己暗中安排。

昨晚就算松鼠没来给秦初晗报信，熊馆防护网被破坏的消息也会“走漏”出去——制造混乱后，张杨给伍衡打电话，说安保部这边的人和秦园长他们发生了争执，一个暴脾气兄弟赌气跑进熊舍。伍衡重义气，不问清楚，也不怀疑，心急火燎赶过去，中了圈套。

张杨故意杀人未遂，是重罪，目前已经被刑拘。另外三个受到他的挑唆，念在是初犯，而且没有造成实质性的严重后果，大抵能够从轻发落。不过动物园肯定不能再留他们了。

总结下来，伍衡对兄弟是没话说，可惜是伍力文的亲侄儿，没救了。

秦初晗听着，结合昨晚他在熊舍里怕得都快哭出来还不忘跟自己道歉，就觉得这家伙其实还可以抢救一下。把他这棵苗子扶正了，不就相当于断了伍力文一条手臂？对此，她已经有了大概的构想。

秦初晗还没忘记交代时昊，李奉献内舍那座假山漏水，赶紧给熊大爷修好，别影响人家冬眠。

说的时候，林笙还奇怪：“老师您怎么知道假山漏水啊？”

秦初晗盯着筷子上那块鱼肉，心有余悸地开玩笑：“昨晚被关在里面太无聊，我爬进去玩儿发现的。”

林笙不知情，听得连声叹息：“珑寻老师好胆量！”

知情如秦怀远等，心思那么一转，就猜到那肯定是李奉献亲口告诉她的。一个体重不过百的年轻小姑娘面对一头六百多公斤的熊，想想都令人窒息……

时昊把他觉得好吃的都往表姐碗里夹："您受苦了！"

饭后，他们打开电视看这一期的《加油，跑起来！》。不得不说，剪辑真的神，明明录制的时候不是那样，后期却能做出自然流畅的效果。还好秦初晗果断出手，否则这次录制风波还不知道怎么被网友编派。

之后没再聊工作，齐美娟切了超豪华的水果拼盘张罗大家吃。这个夜晚，除了齐女士偶尔搞突然袭击，提起年轻人工作要做好，对象也不能不找，而找到了对象更不能三心二意吃着碗里看着锅里……总体来说，过得颇为平和。

只是祁应琛总觉得这话意有所指，但实在找不到机会确认或者解释什么。

次日清早，还是在黑熊咖啡厅，秦初晗将一份直播授权协议推到伍衡面前："你先看，然后我们再慢慢谈。"

线上的旗舰店刚开业，线下的东门直营店做得如何，得等元旦时来验证。还有熊猫馆的周边店，想打造成更高级的概念体验馆需要累积一定的资金，用真金白银把效果做出来。除此之外，陆禾那边安排的插画工作一直没间断。秦初晗分身乏术，思来想去，直播这块儿只能转出去。至于选伍衡的原因，昨晚跟顾词、司徒畅他们一起拟合同的时候，她就说得很清楚。这一点是先得到团队一致同意的。

如今直播行业火爆，动物园是现成的大平台，只要肯花心思，一定能做出成绩。秦初晗也不坑他，更不是给他设陷阱。合同写明了，等到单日纯收益超过三万，并且保持一个月，她再按比例进行分成。在此之前，随便他怎么折腾，她都不管，还免费提供注册好的运营官博、两台 GoPro 和一些拍摄主题，外加摄影大师陈胜利的技术支持。赚钱的大好机会摆在眼前，要不要都随他。

伍衡看完合同，陷入沉默。

秦初晗给足他时间考虑，慢条斯理地喝着咖啡。状态调整回来了，今天是不加糖的香醇手冲。

大约过了三分钟，伍衡把放桌上的合同重新拿起来，反复翻看，嘴里抱怨道："你这不是把我架在火上烤吗？"

秦初晗无声地勾了勾唇："带你赚钱，怎么还成烤你了？"

"秦初晗，别以为我不知道你怎么想的。"伍衡好气又好笑，"你分我十杯羹，我也不会站到你这边来。"

秦初晗似笑非笑地望着他："所以你也认为直播是能够赚钱的。"

伍衡沉默了。

秦初晗给他出主意：“你大可以把做直播赚的钱拿去孝敬伍力文，我又不限制你。”她就不信伍力文那么有骨气，还会拒绝自己的亲侄儿。谁还能跟钱过不去？

“我是真的顾不过来，不然也不会找你，非要问为什么是你……”秦初晗换了个亲切的坐姿，跟他推心置腹，“昨晚你去熊舍的路上，把手电筒给了我，后来我们被关在熊舍里，你吓晕过去前特地跟我道歉说连累我了，这两个细节让我看到了你人性里潜藏的宝贵品质。”

伍衡恨不得钻进地缝里：“行了，你别挤对我了。”

天亮时他在医院醒来，还被隔壁床位吃坏肚子的小朋友笑话：“哥哥你昨晚做了一晚上噩梦，手舞足蹈地哭喊着‘别吃我’。”他伍小爷，一米九的运动员身材，顶天立地真男人，竟然被一头熊吓出了熊样……脑海中忽然飘出李奉献的形象，伍衡忍不住打了个冷战。这是一般的熊吗？！

秦初晗看出他动摇了，冷不防问：“最近怎么没见你女朋友来找你？”

伍衡回过神来，人都蔫儿了。他女朋友是江城本地人，父亲是机关单位的小领导，母亲在闹市有一家水果店，家境实属不错。女友大学毕业后，在城里一所小学当语文老师，性格温柔，长得也好看。两人谈了多年，隔三岔五在园里手牵手约会，任谁看了都要在心里嘀咕一句“鲜花插在牛粪上”。伍衡心里清楚，能追到宝贝女友是他这辈子最大的福气。可惜他俩差不多要黄了……

“是因为张杨吧？”秦初晗闲聊般道，“我听说你前后帮他还了三十多万的赌债，这个数，在江城城区内正好能付个首付。”

本来他出身就不好，职高毕业，乡下的父母指望他每个月寄钱回去，女朋友家肯定有意见，现在为了兄弟把老婆本搭进去不说，还差点儿被害死……

但秦初晗就看中他身上这点儿义气：“我也不是在拉拢你，找你合作的原因先前已经说得很清楚了，能不能做起来全看你的能力。从现在山海野生动物园的情况来看，就当给自己谋条出路吧，我建议你接受。我跟你叔那点儿矛盾都不能称为矛盾，职场争斗嘛，输赢很正常，指不定哪天他又找到机会得了势，重新把我踩在脚下呢。到那时候你还是他亲侄儿，这一点是任何时候都不会改变的。你想清楚了，元旦前给我个答复。”

还没到午饭时间，伍衡就给秦初晗答复：直播这活儿他接了！

秦初晗立刻交代司徒畅带人去鹿苑，先让他熟悉熟悉，等上手之后再加入其他主题。

第五章

拥抱天赋

1

临近元旦，连续十天不间断的工作格外让人疲惫，动物园也在紧锣密鼓地做准备。

《加油，跑起来！》播出后，山海野生动物园就一直在热搜上，保护动物的主题再一次引发全网热议，节目最后放出的常驻嘉宾祝贺山海野生动物园的线上旗舰店开业的视频，更是让擅于带节奏的营销号直呼有面子。之后欧导带头在微博上晒出“林间黑白色”，节目组陆续晒出其他产品，从靠枕到马克杯，再到文具套件，每张图都能直接拿来当广告图，让人一看就有购买欲。想来这个元旦山海野生动物园将迎来史无前例的游客量。

下午，秦初晗抱着素描本，去熊猫馆跟小团圆聊天。小团圆是梨花糖的妈妈，秦初晗跟它和夏天的关系是最亲密的。

今年九岁的小团圆是山海野生动物园大熊猫馆标准的园二代，性格温驯，新来的工作人员都能照着脸狠狠地揉个够，又因为不挑食、爱吃，成了没素质的游客的重点投喂对象。国庆节的时候，小团圆误食游客扔进外场的辣烤肠，引发急性出血性肠炎，可把馆里的工作人员吓坏了。好在发现及时，治疗手段恰当，它除了最初几天有些虚弱，如今已经完全康复了，准备在元旦当天重新开始营业。秦初晗奉了老秦的命令，特地过来跟它打招呼。

“后天去外场，可不能再乱吃东西了，你肠胃本来就不好，辣肠都敢吃，还要不要命了？”

“嗨呀，我怎么知道吃了会坏肚子，以后不会了……”

“不是不会，你得给我保证，除了饲养员给的，其他吃的再怎么惹你馋，都不可以吃！”

“嗯……好吧，我保证。不过那个叫作辣肠的东西真香啊，刚吃进嘴里时，有什么忽的一下弄得嘴巴有点儿疼，还没疼完，就变成了香……”

“团圆？”

“嗯嗯，知道了，晗晗你别说啦……”

舒适的内舍里，白色的四壁上贴着可爱的熊猫贴纸，地上铺了柔软的地毯，几样玩具散落各处，墙角放了一个无菌水槽，看起来就像是某个土豪为爱宠准备的房间。女孩子靠墙而坐，屈着双腿，把素描本放在膝上，手里的碳素笔在本子上描描画画，神情专注。在她身旁，坐着一只体态圆润的成年熊猫，任谁从外面经过，不注意的话，定会以为那熊猫是个大尺寸的毛绒玩具。

秦初晗画累了，身子一斜，歪在它毛茸茸胖乎乎的身上，深吸一口气：“有点儿香呢……”

小团圆嘿嘿一笑：“被关了两个月啦，等我出去玩一圈，回头你该嫌我臭了。”

“等你营业了，我就不靠着你了哈哈哈。”秦初晗不小心说出大实话。

小团圆张着嘴，看起来像是在笑，谁知下一秒，用爪子蓦地伸出去推了她一把。秦初晗被推得“哎哟”倒地，它却跟没事似的四平八稳地靠在墙上，饲养员小哥哥听见动静，站到观察窗外往里瞧，它还装乖跟他对视。这腹黑的大熊猫！

“画的是什么，我吗？”小团圆又去看她掉在一旁的素描本。

秦初晗坐起来，理了下有点儿乱的头发，拿起素描本跟它讲解：“这是以你为主题设计的雨衣。”熊猫本身的毛色就很无敌，无须加以改变，她在雨衣前身做了一道横幅设计，上面写着霸气的四字标语：拒绝投喂！

小团圆听她说完，失落地叹了口气：“大家都是杂食动物，为什么我不能吃辣肠呢？”

秦初晗纠正它：“你应该问，为什么你吃辣肠会上吐下泻。”

“哎……”太悲伤了，小团圆决定换个话题，“你和祁教授发展得怎么样了？”它从出生到现在一直住在动物园，和人类亲近，知道的也比其他动物多。

秦初晗抬起头，目光从素描本移到小团圆一本正经的黑白脸上：“你又知道？”

小团圆摊开的后肢一晃一晃地绕着圈：“动物园里哪里有秘密，我还知道闪电和皎月天天约会，从马戏团来的那匹叫阿尔卑斯的马想撮合你和一个男明星。虽然我没见过那个明星长什么样子，但我喜欢祁教授呀，他说话好温柔，和他谈恋爱一定很舒心吧。”

好的，祁教授得一票。秦初晗笑笑，手机里忽然弹出诡异的新信息，一条接着一条。

林笙："老师，那个热搜……"

秦心玥："虽然这件事跟我无关，但我建议你尽早澄清！"

陈胜利："真没想到，我们家琛琛的竞争对手是娱乐圈的顶流。"

宫桀："要不直接官宣吧，哈哈哈！（不是，在处理了，别担心。）"

祁应琛："既然事情已经这样了，不如一件一件地解决，先跟你舅妈他们澄清我没有女朋友这件事如何？"

秦初晗："……"这样是怎样啊？！

很快她就知道了，她上了热搜，和宫桀一起。

昨晚最新一期《加油，跑起来！》播出后反响热烈，山海野生动物园、节目组常驻嘉宾、总导演欧尚鸣和节目组一直在话题榜，热度居高不下。网友都夸这期节目做得有意义，旗舰店的销量也节节攀升，江城乃至周边城市的居民都表示假日要来动物园看动物。

然而下午三点多，宫桀的超话里一位名叫"宫桀圈外女友"的粉丝突然发万字长文，声泪俱下地指责宫桀辜负了她的期待，公然和动物园高层恋爱，不考虑粉丝的感受。

营销号闻风而动，宫桀的站姐和资深粉丝随之冒头，怒斥这名粉丝胡说八道，宫桀一年行程排满三百六十天，剩下五天在家陪爸妈，平时打游戏冲排位的时间都靠挤，哪里有时间谈恋爱？

"宫桀圈外女友"相当给力，面对诸多谩骂，直接甩出一段节目组没放出的视频，近三分钟的视频中，身着帅气骑装的宫桀骑着黑色骏马，直接奔到场边一个年轻女孩跟前，两人看起来相当熟悉，笑着聊了几句后，宫桀下马，将女孩扶到马背上坐稳，亲自牵着缰绳在场内漫步，周围配着鹿和羊这类无害小动物，看起来跟偶像剧没什么差别。

宫桀圈外女友："这都开始谱写冬日恋曲了，你跟我说他们只是普通朋友？"

以这段视频为线索，粉丝很快查出女方身份：动物园园长秦怀远的独生女秦初晗。

营销号趁乱煽风点火，说原来是山海集团养子之女，四舍五入也算豪门千金。视频虽然是手机拍的，远景糊成一团，但就是这样，也能看出秦初晗的气质和身段。这几年山海集团陆续投资了一些影视项目，眼光准、回报率高，成立影视公司的声音越来越高，宫桀和这位豪门千金走得近也不稀奇。年纪轻轻血气方刚，不跟千金小姐谈，难道跟你们这些动辄就要死要活的粉丝谈吗？

至此，大部分宫桀的粉丝都无法淡定了，闹着要工作室和经纪人出来说清楚，有个别极端的还晒出割腕照……

众所周知，粉丝发疯最为致命。这一次，秦初晗是被重点"关照"的对象。粉丝挖掘

半天没找到她的微博，就冲了山海野生动物园、文创组和动物园团宠这三个账号。旗舰店在短时间内遭到报复性下单，都是最便宜的小玩意儿，同一个地址单独下好几次，用意十分明显。更有粉丝发起抵制山海野生动物园的话题，炮制一些子虚乌有的黑料进行抹黑。

下午六点，宫桀的经纪人刘轻在微博上澄清，只有四个字：没有的事！

接着，《加油，跑起来！》节目组放出未公开视频，宫桀牵着马带秦初晗在场内漫步的时候，场外几十名工作人员围观，一大堆镜头无差别捕捉。

欧导也在自己的微博下回复宫桀粉丝，力证两人在节目录制当天才有的一面之缘，此前从无交集。前日节目组回访，秦初晗作为园方接待陪同游园，宫桀为了向园方证明阿尔卑斯是匹优秀的赛马，才坚持让秦初晗尝试骑马，感受阿尔卑斯的稳健。目前宫桀已经报名参加来年春天星运会的马术表演项目，阿尔卑斯是他的搭档。

这些消息随后得到证实，大部分粉丝总算消停。但宫桀的超话里，部分粉丝还在出攻略，教其他人在山海野生动物园的线上旗舰店里用最低的价格买最便宜的商品，还声称只要店家敢发货，立刻点收货，打差评，损失的那点儿钱就当给动物园长教训了——不是谁家的热度都可以蹭，请你们那位养子之女离宫桀远一点儿！

晚饭时间。

今天的蹭饭阵容和昨晚一样，不过话题变了：秦初晗喜提热搜，被指与内娱顶流谈恋爱。

说起这个，大家都喜气洋洋，精神百倍。主要还是宫桀的粉丝给力，为了给旗舰店刷差评，先把店里最便宜的钥匙扣挂件买到断货，之后按照价格从低到高向上扫射。刚开始，秦初晗也挺担心，后来一看突破开店第一天的销售总额，瞬间乐了。

“我果然是个俗人。”她一边扒饭，一边做美好的自我总结，爆棚的喜悦之情从内心源源不断溢出，表现在面上，收都收不住。不就是背负下骂名吗？路人和真正关心山海野生动物园的网友清楚是怎么回事就行了。

时昊不明白：“前几天你们用几台电脑几部手机就把节目组搞得焦头烂额，今天怎么不发力？”

这话正好问到点子上，秦怀远用眼神询问闺女：那么多人骂你，你不难受？我这个当爹的还心疼呢。

秦初晗洒脱道：“那部分粉丝都是疯的，宫桀的工作室都管不住。节目组是让我钻了空子，利用了舆论，可谓是天时地利人和。今天的情况，你就算给我两千万现金，我都不知道上哪儿找公关团队摆平这事。”

林笙真诚地望着她：“老师，您要找吗？我可以帮您联系的，跟顾词那个小作坊不一样，我有熟人，照样能打折！”

顾词表示怀疑：“说话之前先打打草稿。”

林笙咬着筷子：“是真的……”

秦初晗慈爱地摸了摸她的脑袋：“不用，就这样吧。”

陈胜利忍不住吐槽：“就算给你老师两千万现金，她也不会拿去公关。”

“对啊，两千万呢！”秦初晗陷入美好的想象，“给我们家夏天修个人工瀑布，旁边挖个泥潭，堆满巴西进口红泥，让它们在里面滚个够！”

时旭纳闷，转头问儿子：“巴西进口红泥，我怎么没听过？跟我们本地的泥有什么区别？大象更喜欢？”

时昊茫然地耸了耸肩，他也没听过。

祁应琛埋首低笑，哪儿来的巴西进口红泥？只要是泥，大象都不挑。

秦初晗见他一个人闷着偷笑，证明她的幽默还是有人懂的，黑白分明的眼珠子滴溜转，更加乐在其中。

司徒畅边吃边刷微博，声情并茂地念出“宫桀圈外女友”那篇万字长文的最后几句：“初见时倾心，九百二十八个日夜的陪伴与守候，我心无旁骛，如今累了，决定放手了，就这样吧，爱过，不悔。”

众人大呼受不了，严重影响食欲，连秦怀远都不理解地皱起了眉。

齐美娟直接代入追星女孩父母的身份：“搞不清楚现在的小姑娘是怎么了，年轻漂亮，有钱还有闲，正儿八经谈个恋爱不好吗，非要追星找虐。”

盛呦呦不想听司徒畅在旁边转述，一把夺过他的手机，手指在屏幕上划，刷新的页面又是新的热点——秦心玥力证妹妹恋情，一切都是乌龙！

秦初晗嘴里叼着只虾，用眼神缓缓打出一个问号。

本来秦心玥不想管闲事，是宫桀的粉丝闹到她的微博下，连她一起骂，没完没了。她那个窝火啊！正好昨天她也在，跟拍拍下很多不能用的素材，其中就包括秦初晗和祁应琛相谈甚欢的一段，索性就帮这对狗男女做个澄清，用赌上一生演技的口吻说：“如大家所见，这才是我妹妹的男朋友，两人都在动物园工作，感情很好很稳定，请大家不要以讹传讹。山海野生动物园是一家优秀的动物园，或许我们不是最好的，但我们一直在努力。”

她还带着她用真金白银堆起来的团队，同样用视频作为还击，刚好是宫桀为秦初晗牵马之后，只见节目组的高清镜头下，女孩骑着马，生疏地靠近外场，身着灰色羊绒大衣的英俊男人自然迎上前去，将她扶下来，两人面对面愉快地聊起来。周围一个多余的路人都没有，宫桀也不见踪影。其间阿尔卑斯不识相地探头从中间把他们分开，两人动作一致，先战术后仰，再抬步向左移，全程对对方展颜微笑，眼神没分开过。

对此，网友必须进行点评——

“这男的是谁？帅到我了！十分钟内，他的全部资料必须摆到我的办公桌上！”

“我看到了，全是粉色的心形气泡。”

“所以这个才是秦初晗的正牌男友？也太帅了！”

“没想到在这里吃到我们教授的瓜，隆重为大家介绍：享誉国际的知名动物学家祁应琛。推荐他的著作《游禽观察日志》，配图是珑寻老师画的，质量很高，其他的著作就不推了，专业性太强。”

“这位祁教授真是好容貌啊，内娱一众顶流无不黯然失色。”

“哈哈哈，我要笑死了，就想给宫桀的粉丝出道题：假如你的男朋友是这么帅的教授，你还粉宫桀吗？”

……

秦心玥的澄清有视频为证，还是高清的，效果立竿见影。不少网友揣测她在开口之前应该征询过素人妹妹的意见，结合上次她转发“动物园团宠”那篇长文，姐妹俩的感情怕是不似传闻中的那么差。宫桀粉丝见是这个情况，彻底消停了。资深粉丝带头删博，发致歉信，表示收到商品后一定给好评。部分粉丝还私信动物园、文创组和团宠君道歉。

坦白说，秦初晗对这些无感，真正松口气的是她的家人。秦怀远他们都清楚，秦初晗跟宫桀至多算萍水相逢，根本不熟，无端被骂一天，身份证号和手机号都被曝光了，疯狂得令人胆寒。如今秦心玥虽然是用编造另一个谎言的方式来平复这些血雨腥风，但总归结果是好的。

秦初晗用微信通知闻晓叶危机顺利解除，明天上班通知工厂那边照常发货。

齐美娟照例去厨房切了漂亮的水果拼盘，拿出来招待大家，末了站在旁边，两手搓着围裙，目光在祁应琛脸上打转。

秦初晗看出舅妈的心思，再看看斯文吃梨的祁教授，下意识往沙发里缩。

时昊起身去亲妈跟前，想帮姐姐和祁教授挡一挡。

齐美娟向来彪悍，这一挡，反而给她挡出了脾气，不由分说把儿子推开到一边，直言道：“今天这事儿来得快，去得也快，就是委屈了祁教授的女朋友，莫名其妙在网上看到自己的对象跟别的女孩子好了。小祁啊，回头你可得好好解释，你跟我们家晗晗是假的！这叫什么……哦对，权宜之计！不能作数的！”

众人之中，最茫然的是陈胜利："女朋友？"他转头望着从小到大的好兄弟，"你什么时候交了女朋友，我怎么不知道？"

祁应琛扭头看向当缩头乌龟的秦初晗："这就要问送文件敲了隔壁门的珑寻老师了。"

其实关于秦初晗走错门这事，还有个后续——地址本身就是错的！林笙后来掏出手机翻出记事本跟祁应琛一对，才发现原来是3902室，不是3903室，那天换作她去送文件，也是要按错门铃的。

秦初晗："时隔四个月，你才发现自己记错了？糊涂小助理，险些误我大事！"

这会儿趁机说开后，秦怀远默默绽出会心微笑，时旭用胳膊肘捅儿子，齐美娟看祁应琛的眼神又变了，那是丈母娘看好女婿的眼神，百分百满意，十成十稀罕，谁敢跟她抢女婿，她跟谁战斗到底！

秦初晗觉得今天差不多了，再不走，只怕舅妈要拉着她和祁应琛商量日子，挥舞小皮鞭强烈要求三年抱俩什么的了……

离开北区九栋，大部队向左转，陈胜利跟顾词他们去五栋玩儿。

祁应琛伸手揪住女孩子厚厚羽绒服的帽子："聊两句。"

秦初晗表情愁苦："行，聊……"

江城的冬天不算太冷，即便在十二月的尾巴，只要不下雨，保持空气的干燥，夜里室外并没有太多寒意。秦初晗把自己裹得严严实实，纯白的羽绒服像一片足够遮挡天空的云朵，她藏在里面，还把帽子拉起来盖着脑袋。祁应琛和她并肩走着，总觉得身旁站着个卖轮胎的米其林宝宝。一时之间不知道从何说起，两人走出北区，漫无目的地在园区里闲逛。

秦初晗本来还主动酝酿开场白来着，却被秦心玥一条微信霸道打断。

秦心玥："不谢！"

好像她多仗义，不求回报帮忙解决了多大麻烦似的。秦初晗的小宇宙立马燃烧起来，露出半截手指，淡定打字："最开始是不是羡慕得要死，为什么和宫桀爆出绯闻的不是你？"

秦心玥："你别不识好歹！"

秦初晗："不然呢？你不是活雷锋，我也不会对你感恩戴德，今天大家都累了，跪安吧。"

秦心玥那边"对方正在输入"的状态持续了至少三十秒，最后发来一条幼儿园级别的诅咒："你怎么不去死！"

秦初晗不厚道地笑出了声。我死了，你岂不是会寂寞？别的她不敢打包票，但这辈子吧，她永远有能力用一秒钟的时间把秦心玥搞得仰头尖叫，仪态全无。

"你看秦心玥又崩溃了。"秦初晗得意扬扬，转头跟身旁的男人寻求共鸣。

祁应琛稍稍扬眉，含着笑的眼色里更多的是恰到好处的调侃，用来总结她的得意忘形。

秦初晗连忙将手机揣进口袋里，目视前方，做老实状。

祁应琛发现一个问题："你好像玩得挺开心的。"

今天一天她都挺开心，仿佛停用了被曝光的那个手机号，网上的谩骂便与她无关，心理素质好得不得了。祁应琛很好奇，她是真的如表现出来的大大咧咧，还是把自己伪装得足够好，习惯用一副"言语根本无法伤我"的勇敢模样示人。

前面就是小熊猫馆了。这个馆是园区里优化得最好的展馆之一，外场用钢化玻璃做防护，既能有效阻止游客投喂，又能充分展示整个区域。展馆内部模拟了云省和缅甸边界的生态环境，新鲜的苔藓、茂密的红椿，以及贴近自然的大型爬架。

秦初晗走过去，隔着玻璃静静注视着里面，脑海中浮现出可爱的小熊猫躲在某处和自己对望的情景，然后再来复盘今天的事件过程。

"怎么说呢，上热搜的时候我在大熊猫馆，刚给小团圆设计了一件'拒绝投喂'的雨衣，还在想这种基础款能走多少量，要不要再加点儿新鲜元素。忽然大家都给我发微信，再过几分钟，无数的陌生号码涌进来……"

那种情况，不慌张是假的。

"我知道自己并没有做错什么，更没染指她们的哥哥，但在那一刻，还是有几秒钟让我觉得我是世界上唯一的罪人。"

秦初晗觉得毛骨悚然。不过，当目光落在男人俊朗从容的面庞上，内心悄然获得治愈，她便也能够坦然地笑出来了。

"好在都过去了！"

这一刻，祁应琛完全确定了心里的某个猜想。

秦初晗察觉到他的眼神变化，不禁往后缩了下："你干吗这么看着我？好像我是被主人遗弃在路边的小猫小狗，你刚好路过，蹲在我跟前想要给我一个安抚的拥抱……"

祁应琛失笑："描述得很精准。"

秦初晗是拒绝的："……没有这个必要吧？"

祁应琛大方展开双臂，伸出手："要不要试一下？"

"这种情况下，我要是拒绝，会不会显得很屄？"

"大概还是会有一点儿的。"

"既然你都这么说了……"

秦初晗迈开步子走近，一头埋进男人宽阔的怀里，闭上眼，深呼吸，什么都不想。

四周很安静，今夜没有想象中冷，祁应琛的怀抱却不如她猜测的……温暖。毕竟是大衣外套。当然了，面料是亲肤柔软的，她脸颊贴上去，很快就生出暖意。

她不自觉地放松下来，想象自己被圈在一个狭窄的空间里，就像一只得到了盒子的猫，钻进去以后，才发现内心有多渴望。这个盒子里充斥着清爽自然的味道，像大雪过后放晴的清晨，像暴雨停歇的夜晚……一切都在这个拥抱中归于平静。

不知道这样抱了多久，秦初晗站得腿都有点儿僵了，头顶飘出男人低沉的笑语："还不错吧？"

她抬起头，视线从他线条优美的下巴掠过，对上一双深深的眼眸。她可以在里面放肆徜徉，也可以当作避风港湾，钻进去长时间躲着不出来。

"你这样就太犯规了……"秦初晗这才又意识到自己感情经验不丰富，不知道祁教授之前谈过几个？

祁应琛笑了笑，没说话，只是眸色变得更深了一些。

怎么办呢？要吻吗？

秦初晗有这个冲动，但是又觉得两次都是自己主动，不太矜持。

祁应琛也在犹豫，这个节骨眼吻下去，似乎是占了她的便宜的。

两个人各有各的迟疑。

小熊猫馆里传来轻轻的对话声——

"他们要亲啦！"

"别动，别挤！别推我！我都要掉下去了。"

"跳，你妈在瞪着你呢。"

"哎呀，再让我看一会儿，到底亲不亲啊……"

"人类真磨叽！"

秦初晗、祁应琛："……"

尴尬蔓延开的时候，宫桀给秦初晗发消息了："告诉我，你和那个教授不是真的！"

这天的高潮部分是宫桀亲自下场。原来"宫桀圈外女友"是骚扰他近三年的疯狂粉丝，所谓的"九百二十八个日夜的陪伴"其实是防不胜防的尾随，是不择手段获取他的行程，坐飞机也在他旁边用手机怼脸拍照，是蹲守他家楼下连他扔的每袋垃圾都要从里到外翻个遍……宫桀气炸了，他无论如何都没想到这人会混进动物园拍下那段视频，还搞出那么大的乱子，更气的是秦心玥擅自发布另一段视频，把他的心上人和动物园的兽医摁头配对了！

可他能怎么办？从今天开始，以后每一天的晚上十一点，是宫桀的心碎时间！

将近十二点，祁应琛将秦初晗送到家门口。两人正常地互道晚安，还说了“明天见”这种多余得要命的废话，随后，秦初晗在男人平和专注的目光下进了屋。在她的想象中，自己的背影应该是矜持的、淑女的。

客厅里光线充足，林笙他们在看恐怖片，把所有灯都打开了。秦初晗从外面走进来，在玄关稍事驻足，四个胆小鬼整齐划一地扭过头，跟她完成目光对接。

胆小鬼们的脸上齐刷刷地写着：约会回来啦？

秦初晗站姿挺拔，一脸淡定，反手把门关上，余光向身侧的窗户一瞟，直到外面那道人影移步离开，才一个箭步冲到茶几前，抓起遥控器关电视，化身标准的吸血资本家，跟手下仅有的四名员工击掌，强行唤醒他们对工作的热情：“加班了！天亮前把阿尔卑斯好运挂件做出来！上午联系厂家，争取半个月内出货！”

林笙完全没反应过来：“怎么突然那么着急的……”

顾词懂了，笑个不停。八千万粉丝的内娱顶流又如何？博学俊朗的业界权威动物学家又怎样？在珑寻老师心里，他们都没有钱香！

司徒畅是最配合的，弹簧似的站起来：“好嘞！走着！”

盛呦呦叹出一口长气：“虽然……但是……你刚跟祁教授约会回来没错吧？”加班没问题，能不能先满足一下我们八卦的好奇心？

室内暖气太足了，秦初晗脱掉羽绒服外套，像个威武的压阵大将，走在四人后面：“园里随便逛逛算什么约会。说正事，宫桀发的微博你们看了吗？他说要带我们阿尔卑斯拿冠军！他的粉丝跟着支棱起来了！直觉告诉我，好运挂件一定会大卖！”

次日早上九点多，顾词去食堂打包带回早餐，秦初晗才想起还没回宫桀信息，进入聊天页面一看，又觉得跟祁应琛是真是假好像不需要跟他交代，而且都隔夜了，有些消息当时不回，过一段时间怎么回都尴尬。思来想去，她以分享之名把阿尔卑斯挂件的最终设计图发给他：“昨晚的战果！”

宫桀也不是傻子，秒回：“你回避了我最初的问题。”

秦初晗：“……”

宫桀：“挂件挺好看，我先预定三千个送粉丝。”

秦初晗：“！！！”

宫桀毫无预兆地开始自我推销：“我今年二十四岁，虽然比你小五个月，但年龄不能代表什么，长不大的男人活到八十岁也是个妈宝。我不是。我有车有房有存款，连驾照都是A类的，比那个手无缚鸡之力的兽医好。姐姐，考虑一下我！”

秦初晗只好继续："……"

宫桀不缠人，出完连招主动上结束语："中午要拍戏，我先去睡一会儿，有空再聊。"

秦初晗总算松了口气。

林笙蹲在她身后明目张胆地看聊天记录，头疼道："换我也会左右为难。"

"不是……"秦初晗想解释，她对宫桀没那心思。

司徒畅"噗"的一声笑得肩膀直颤："要我说，干脆让他们PK(Player Killing，比赛，挑战)，一人一个直播间，给我们带货，规定时间内谁销量高，就给谁记上一票，五局三胜制，老师您看可以吗？"别扯什么一局定胜负，不可能的！羊毛得可劲儿地薅！

顾词奚落他："你干脆包年算了。"

林笙觉得赛制不公平："宫桀粉丝那么多，随便买一买，祁教授根本招架不住。"就说昨天那一波报复性下单，总销售额轻松突破三百万，宫桀不愧是顶流！

盛呦呦笑着冷哼："这还不好办？直接告诉宫桀的粉丝，他是为了追我们老师才去直播的，你看他还有多少号召力。"

顾词接道："没准粉丝因爱生恨，跑去祁教授那边把销量冲起来呢？"

司徒畅总结："无论哪种结果，旗舰店都是最大赢家。"

秦初晗很是欣慰，在她英明的领导下，孩子们都上道了！

2

年底了，气温一天天降下来，动物们都越发懒散，不如春季躁动，脾气也不似夏季火爆。这个时候最适合给它们做体检。

王老头带队，祁应琛尽可能不上手，在旁边做口头指导。兽医院这边有自己的考量，祁教授又不是一辈子待在动物园，所以他在园期间，大家一心一意跟他学技术，光想着依赖他是不行的。

下午他们来到梧桐叶子湖的大猩猩馆。这个馆独占一岛，半封闭式露天展馆，展窗采用超厚的复合玻璃，最大限度保证安全，游客站在护栏外，就能清楚地观察动物的日常活动。

馆内生活着一个西非大猩猩家族。爸爸名叫游夜，今年十七岁了，是这个家的一家之主。它有三个妻子：十六岁的繁星、十五岁的薄荷，以及十三岁的安吉拉。它们共育有四个孩子：十一岁的含香、八岁的洛凡和北斗，以及还差四个月才满三岁的荞麦。一家八口各有各的秉性，在动物园里相当有名气。

大猩猩是现存所有灵长类中体形最大的物种，拿游夜来说，成年后的它直立身高接近一米八，毋庸置疑的庞大，哪怕平时在外场坐着不动，都能源源不断地散发出压迫感，控场效果超强。但这样的大家伙却只吃素，在野外主要以野果、树叶和昆虫为食，最害怕流感以及其他病毒引起的呼吸系统疾病。冬天是这类疾病的高发期，得提早预防。

游夜一家是园里的常住居民，跟饲养员关系亲密，对王老头师徒几人亦不陌生。天一降温，它们就见去年那几个人又来了，只要配合他们做完奇奇怪怪的举动，晚上就有加餐。

伍衡听说这边给游夜全家做体检，拿着 GoPro 过来拍。虽然看直播的观众不多，但经过两天的摸索，他已经有些心得。

祁应琛站在岛外，隔着一片湖水观望，成功引起了猩猩们的注意。

含香先往前走了两步：“那个人类是谁？长得挺好看的。”

洛凡坐在旁边轻哼：“这叫好看？我觉得他丑。”

含香不高兴地推了蠢弟弟一把。

薄荷道：“跟王老头他们一起来的，应该是兽医。”

含香很执着：“那也是兽医中长得好看的！”

安吉拉表示赞同：“我听鹈鹕说，这个新来的兽医是个海归，学历高，长得嘛……也还将就，不知道家里有几个钱。”

薄荷画重点：“你看他的手表，是百达翡丽！不管他自己有没有钱，家里肯定是有钱的。”

祁应琛：“……”懂得还挺多。

北斗四肢并用走到亲妈旁边：“我还听鸳鸯说他跟晗晗谈恋爱，昨天晚上还亲嘴了！”

安吉拉看了儿子一眼：“真的吗？”

繁星加入群聊：“没听晗晗说过啊……”

游夜稳稳当当地坐在老婆孩子身后，发话道：“等她下次来，好好问一问。”

大家都很关心动物园的园宠。

荞麦爬到游夜背上撒娇：“爸爸，待会儿王老头拿针扎我，你可不可以帮我打他？”

游夜把小女儿拎到跟前，让它坐好，也不知道是跟饲养员还是跟谁学的，用宠溺的口吻说：“不可以，给王老头扎针针才会好，荞麦听话。”

这大家长竟然会用叠词。祁应琛无声地勾了下唇，有点儿意思。

“晗晗惨喽，找了这么个丑八怪，以后生的小孩肯定丑得不得了！”洛凡说着，忽然直立起来，手舞足蹈地冲祁应琛比画，一阵鬼吼鬼叫。

湖对岸的男人无动于衷。可以确定，这只大猩猩非常之健康。

含香对兽医好感倍增，帮他反呛："我们家最丑的就是你！"

洛凡还会给自己找对比，直勾勾盯着伍衡："那我也比他好看！"

猩猩们一齐看向正在调整镜头的伍衡，笑了起来，发出沙哑的"哧哧"声。

伍衡被这些个大家伙整齐的反应闹蒙了，走到祁应琛旁边请教："祁教授，我怎么觉得它们在笑话我？"

"正常的。"祁应琛抄着手，站姿挺拔，望着对面悠闲自在的一家子正色道，"大猩猩是智商很高的动物群体，家族之间交流频繁，和人类一样好奇心旺盛。好比我们俩现在站在这里，大概率会引发它们讨论，左边这个人类长得不错，右边那个还不如我好看。"

伍衡："……"

直播着的手机屏幕上忽然热闹起来——

"哈哈哈哈哈，笑死过去！"

"快给我看看人间绝色祁教授！"

"一时竟分不清楚祁教授是在胡说八道还是在正经科普……"

"渊博的学识，有趣的灵魂，爱了爱了。"

伍衡本来挺委屈的，一看弹幕多起来，还有人送火箭，大猩猩也不拍了，追着请祁教授多说几句。人间绝色怼脸直拍，请观众老爷们看个够！

祁应琛发现自己成了这家伙的新财富密码，面沉似水，借口离开。

昨晚分明跟秦初晗说好今天见，下午四点了也没见着。还有鹈鹕和鸳鸯，到处散布他们接吻的假消息。祁应琛觉得得找个机会把假的落实成真的。毕竟动物们那么可爱，怎么可能说谎呢？

秦初晗一觉醒来，正好是祁应琛离开梧桐叶子湖的时间。她知道今天兽医院全体出动，给游夜一家做体检，就把自己收拾好，随便吃了点儿东西，夹着素描本去了岛上。

五点过后，天开始黑了。猩猩们大多做完检查，在饲养员的引导下回后舍休息。唯独荞麦趁大家都没防备，迅速爬上外场人造树冠的顶端，坐在藤蔓上一脸倔强。

王老头拿着两根香蕉站在树下，先是轻言细语地哄，发现这招没用，急得吼："你给我下来！"

"我不！拿走你的臭蕉蕉！"荞麦歇斯底里，"爸爸，我不扎针针，呜呜呜……"

王老头见它哇啦哇啦地冲自己叫唤，自动理解为叫骂，更气了，吩咐徒弟去搬梯子，拿麻醉枪。你爹都乖乖配合了，我还治不了你？

饲养员心疼荞麦还小，想着是年初生病那回扎针扎出阴影了，要不改天再抽血，先让它缓缓。王老头觉得权威受到了挑战，作为园里的老倔强，说是今天就必须在今天！

秦初晗老远就听到他们在吵，轻车熟路绕进内场，隔着顶墙的铁栏杆打招呼："这么热闹啊……"

内场和外场空间一样大，为了方便工作人员观察，做了特别的门和窗。这会儿馆里的人关注点全在荞麦身上，内场无人，正好方便秦初晗跟游夜它们闲聊。

繁星听不得荞麦哭，喊话亲妈："你过去，站边上让它看一眼，它心里踏实点儿。"

秦初晗也道："老王可是来劲了，脸红脖子粗的，最好想办法把荞麦哄下来。"

薄荷一点儿不担心："别管，让它挨两下就好了，谁不是这么过来的，又不是害它。"

洛凡走到秦初晗跟前跟她打听："晗晗，鹈鹕说你和那个新来的兽医谈恋爱，鸳鸯说你们昨天亲嘴了，是真的吗？"

秦初晗下意识地否认："没啊……"恋爱关系还没确定，昨天也没亲，只是很纯洁地抱了一下。嗯，她没说谎。

铁栏杆内，以游夜为首，一家七口齐齐松了口气。

"再看看，不着急。"安吉拉劝她，口吻跟小区里热心肠的阿姨没两样。

秦初晗笑着点头："好，再看看。"

游夜看她腋下夹着个小本子："这是什么？"

秦初晗就是为这个来的："我给你们做的设计，叫拟人化形象。"她打开本子，展示给它们看，"如果你们是人类的话，这个模样满意吗？"

身躯庞大的猩猩们好奇地挤到秦初晗跟前，探头看她素描本上的小人儿。

有些许糙感的纸张上，游夜大叔有着优越的头身比例。他留着一头轻微卷曲的黑发，长度刚到肩膀，为自身增添了几分不羁的气息。宽厚的肩上披着时髦的军装风外套，里面穿一件纯黑色的衬衣，显腿长的牛仔裤，夸张的皮带上有个金属大猩猩标识，脚上一双系带靴，从头到脚的黑色系。大叔目测三十多岁，脸上的络腮胡搭配迷人的笑容，浑身散发出成熟男性的魅力。

繁星女士通身优雅范儿，头戴宽边羽毛帽，身着改良自中世纪欧洲贵族女性的长裙，交叠在身前的双手握着一支华贵的权杖，杖头是一个白水晶质地的大猩猩头颅。

薄荷打着一把黑伞，伞柄也用了大猩猩的元素。她坐在藤蔓上，穿黑牛仔露腰套装，手上还要戴露指的手套，笑容甜美，亲和力十足。

安吉拉同样是复古装扮，头戴男士圆顶礼帽，穿耸肩收腰小西装、黑灰格子裤和帅气的马靴。礼帽上有一个夸张的黑绸缎蝴蝶结，结心也是大猩猩标识。她背靠树干，扬手撩起一头柔顺丝滑的长发，质感好得像是洗发水宣传海报。

含香穿性感的露背连衣裙，坐在几只叠在一起的大轮胎上。裙摆飞扬，她自信地昂起脑袋，笑得甜美动人。

洛凡和北斗骑一辆未来感十足的机车，兄弟俩穿同款皮夹克，背靠背，单腿支地，摆出酷酷的表情和动作。

荞麦是个六岁的哭包，孤零零站在一片巨大的芭蕉叶下，手中拎着一只大猩猩玩偶，小可怜眼里噙着晶莹剔透的泪水，幽怨地瞪着画面外全部的人，口号都可以喊起来了：我不打针针，拿走你的臭蕉蕉！

以上，就是游夜全家的拟人形象。

元旦过后，没多久就要到春节了。中国人最重视家庭观念，秦初晗想在春节期间推出一套纪念玩偶。园中以家庭为单位的动物，最具代表性的就是大猩猩一家，按身材比例做八个手感好、质量佳的毛绒玩偶，围上喜庆的红围巾，寓意整整齐齐一家人。

有了最初的构想后，随之而来的是一点点担忧。大猩猩在外形上是有些吓人的，摸着良心讲，虽然属人科，却没长在人类的审美点上。而且市面上早就有各种各样的猩猩玩偶，哪怕把质量做到极致，也无法最大限度调动顾客的购买欲。秦初晗琢磨了很久，终于让她想到给游夜一家设计二次元形象这个办法！万物皆可拟人化，一只平平无奇的茶杯一旦有了人物形象，性格和喜好便有了想象空间，哪怕一个微表情都能立刻鲜活生动起来，让人理解和接受。她能与动物们沟通，这份先天优势再加上扎实的画功，把游夜一家的日常画下来一定能引起共鸣。如此一来，大家也会慢慢喜欢上大猩猩，甚至去主动了解它们。

省略掉“如何让你们更讨喜”的部分，秦初晗把自己的想法讲给大家听，交谈过程中，对它们的人物形象做细化修改。

晚上回到五栋，秦初晗叫上小伙伴们去二楼工作室开会，确定一月份要出的几个产品，包括春节主打为“整整齐齐一家人”大猩猩玩偶，再制订一系列的宣传计划。十点整，会议结束，明天元旦，放假半天。

连轴转了许多日，昨晚还熬夜工作了，这天大家都睡得特别早。秦初晗刚钻进温暖的被窝，就收到祁教授发来的信息，对方问得理直气壮：“今天还见不见了？”

她呆了呆，没想明白：“就……有什么需要见面的特别理由吗？”

祁应琛给出提示：“昨晚送你到家门口时，我们是怎么说的？”

秦初晗想起来了，他们互道晚安，还说了明天见……那她也没想到住在隔壁，活动范围就是动物园的几个点，竟然都没碰上啊！

祁应琛："成年人，说话要算数。"

秦初晗和被窝缠缠绵绵，冷酷打字："然而，我已经，睡了……"为了降低祁教授的失落感，她最大限度博取同情，"昨天全体加班，早上九点半才合眼，下午跑去大猩猩馆忙到晚上，开会到十点，陆禾那边还欠着两张电影海报的宣传画，他已经丧心病狂到在微博上给我发私信催稿，赚钱好辛苦，要盘活一家动物园太不容易了，呜呜呜。"

晚饭过后，和国外研究所的同事开视频会议忙到很晚的祁应琛回过神才发现，真正想见的人竟然没见上，明明直线距离不超过五十米……他索性发一条信息问问她在做什么。收到反馈后，祁应琛理智地思考起来：秦初晗虽然比他小几岁，却比同年龄的女孩子懂事许多，事业心强，对动物们责任感重，网店刚起步，明天还是门店冲销量的日子，精神压力或多或少都会有一点儿，早点儿睡是对的。于是他善解人意地回复："晚安，做个好梦。"

秦初晗有种被放过的轻松感。真的谢谢，谢谢祁教授您没有再说那句该死的"明天见"！

冷不防地，祁应琛忽然似不经意地对她道："对了，今天正好和研究所的同事聊到春节，他在国外开有一家电子公司，做系统基础芯片，公司有几百人，今年他想给每位员工准备一份中国风的新年礼物，你可以接单吗？我想了想，觉得挺合适的。"

你要说这个，我可就不困了！秦初晗眼睛一亮，爬出被窝，靠在床头打字："当然可以！几百人的公司，规模很大啊！高层和普通员工的礼盒要分开吗？你那位同事明天有时间吗？我们一起选品怎么样？"

祁应琛放下"明天见"的诱饵，从容道："不着急，明天慢慢商量。睡吧，好好休息。"

"这个人……"秦初晗意犹未尽，没有去隔壁直接敲门是她最后的理智！

她打个哈欠，睡意袭来，手机还没放下，又收到一条新信息。宫桀神清气爽地冲她"摇尾巴"："收工！明天有半天假，我可以来动物园找你玩吗？"

屏幕淡淡的光笼罩在秦初晗没有表情的脸上，她像个冷酷的女杀手，漠然打字："不可以。"朋友，请你在说这话之前，先打开微博看看你的粉丝数量，心里有点儿数！

宫桀不放弃："那我可以来找阿尔卑斯玩吗？"

女杀手言简意赅："随你。"

宫桀使出撒手锏："早上预订三千个阿尔卑斯挂件，我想了想觉得不够，能不能改成三万个？"

三万个？！秦初晗从床上弹起来，深呼吸，切换成客服模式："老板，明天几点到？我派专用观光车去接你，好不好？"画重点：把三万件阿尔卑斯好运挂件的合同准备上！

宫桀却改变了主意："我想了下，明天游客应该会很多，我还是在酒店打游戏吧，等节过了再来找你玩。”

秦初晗：“……”

宫桀还道：“姐姐财迷的样子好可爱，虽然没亲眼看见，但是脑子里已经想象出来了。”

秦初晗：“……”

哦，你才想象出来？住在我隔壁的那个男人刚用过这招，你晚了一步，你是弟弟！

这些男人，一个两个都是狗吧？是狗啊！啊啊啊！

元旦这天，秦初晗醒得很早，刚过七点，天还没亮。她望着天花板，开始琢磨司徒畅关于祁应琛和宫桀开直播间 PK 的提议。如果祁应琛那位同事最后没有在她这里下订单，宫桀也没有要买三万个阿尔卑斯挂件，她会报复他们的！

外面已经有些说话声，个个兴高采烈的——

“起啦，这么早？”

“一起去食堂吃个早饭，早点儿开工。”

“今天动物园的游客一定很多，说不定会创下纪录！”

秦初晗听着这些声音，心里开始期待起来。尽情战斗吧！肆意燃烧吧！快乐赚钱吧！

3

早上八点的黑熊咖啡厅，空气里弥漫着浓郁的香味儿。

林笙、顾词、司徒畅和盛呦呦坐一张小圆桌，喝咖啡，吃从食堂打包来的小笼包。陈胜利跟祁应琛刚跑了五公里，前者摊在椅子上要死不活，后者大气不喘，汗都没流一滴。

祁应琛咖啡还没点，就先有意无意用余光扫着外面了，不一会儿果真看到秦初晗从远处走来，夹着素描本，慢慢悠悠，像极了每个没下雨的清晨到公园遛弯儿的老大爷。最绝的是，她肩膀上站着一只毛色健康漂亮的紫蓝金刚鹦鹉。他认得那只鹦鹉，园区“李”字姓的老员工，话很多，嘴很碎，滑头得很。

陈胜利在旁边说：“你看秦初晗肩上那只鸟，镜头感特别好，活成精了都！”

祁应琛笑笑，表示认同。

陈胜利又用手肘拐了他一下：“今天跟我去水族馆？那混养缸大得我头晕，海洋生物我也不熟悉，没你在旁边讲解，兄弟我可太难了！”

山海野生动物园的水族馆是一绝，尤其是最大的混养缸，最大程度模拟了海洋环境，珊瑚都有好几种，长得可好了——海域健康的最好证明！水族馆的饲养员都有潜水证，建议陈胜利潜下去拍，这种近距离接触的机会可不多。但胜利老师很抗拒，他小时候看了太多深海怪物、变异鲨鱼的电影，留下不小的心理阴影，也是最近才发现自己有深海恐惧症呢，哪怕他拥有一个最高等级的潜水证……

祁应琛望了他一眼，懒懒地提醒：“今天元旦。”祁教授想给自己放个假的意思。

陈胜利看到秦初晗朝店里走来，照他脸上“呵”了一声：“元旦有二十四小时，分你四个小时的零头不过分吧？”昨天水族馆对缸壁做了全方位清洁，便于拍摄。今天游客多，得早点儿去，中午之前拍些样片出来看看效果。

这时，祁应琛那边有通工作电话，敷衍了一句“待会儿再说”，不再理他了。

等秦初晗晃进来的时候，他电话也讲得差不多了，只见她目标明确，拉了把椅子在他身旁坐下，笑眼弯弯地说：“你的同事回国了吗？”当面谈，她可以打折！

李昂展开翅膀扑腾到桌上，黑色的豆豆眼里闪过一丝灵光，忽然咋呼起来：“元旦节！元旦！”它在提醒秦初晗，既然过节就该好好放松，不谈工作。

秦初晗把它扒拉开，用行动表示：你不懂！

红斑羚外场那边刚动工，上次给时昊的三十万最多堆一个小土坡。说好追求层层叠叠错落有致的自然效果，地面还要做绿植，重新种上花花草草和树，这就跟人类买房装修一样，不能省。秦初晗很想谈成祁应琛同事的这笔大订单。

陈胜利见她跟自己抢人，挤过来强调：“四个小时！”

秦初晗斜眼表示不满：“你能不能让我先跟他说完？”

陈胜利分毫不让：“麻烦你讲讲先来后到。”他今天可是豁出去陪老祁跑了整整五公里！

两个幼稚的小动物先以眼神交锋，打了个平手之后，同时看向祁应琛：选吧，我还是他？

“是这样的。”祁应琛放下手机，从椅子里坐起，伸手把陈胜利的大脸推出他和秦初晗的中间，“不用那么麻烦，朋友委托我全权负责，你跟我商量就好。”

秦初晗顿时做舒心状，向竞争对手昂起下巴：“建议改名叫陈失败！”

陈胜利也是个爱演的，脚后跟杵地，推着椅子往后退出三四米，捂着胸口道：“我终究是错付了！”

祁应琛受不了，摇摇头，拿起桌上的 iPad 进入动物园的线上旗舰店页面，开始浏览。

秦初晗连忙道：“你朋友有什么具体要求？送股东、高层、普通员工，还有合作伙伴的礼品，可以做个限定版和基础款的混搭。现在市面上流行开盲盒，我是想不管哪个档次的新春礼盒，都可以随机配一个动物玩偶，给大家一点儿新鲜感。产品质量上你绝对可以放心，都是一个厂家生产的，不会出现残次品，或者同一件产品做工不同的问题。”

祁应琛很是享受她全心全意与自己交流的状态，哪怕只是谈公事。他稍稍扬眉，笑着问："合作伙伴也要送吗？"

"不送吗……"秦初晗略感遗憾。

祁应琛又不忍心拒绝了："倒也不是不可以送。"公司有他的股份，还不少。这种程度的问题，他自己做主就可以了。

"那就先假设合作伙伴也送。对了，店里除了现在上架的部分，一月份还会推出保温瓶和象馆主题灰陶茶具，我这边有样品图。"秦初晗不放过任何机会，拿出手机打开相册。

"我看看。"祁应琛低首靠过去。

两个人脑袋都快凑到一起了，那就是个鼻息相缠的距离！

陈胜利坐到隔壁桌，就此点评："这叫什么？只见新人笑，不见旧人哭！"

司徒畅、林笙等人面面相觑，不知道说什么好。祝福胜利老师早日战胜对"深海"的恐惧吧！

秦初晗和祁应琛聊完已经是两个小时后。林笙他们早就离开了，陈胜利也扛着吃饭的家伙自觉开工。十点钟的光景，外面游客逐渐多起来。

秦初晗的素描本上写得满满当当，都是和订单有关的细节。她还在交谈过程中随手设计了三款礼盒的外包装，祁应琛觉得都好。只要是珑寻老师的画，他都不挑。

"那就先这样，我让呦呦尽快把合同拟出来，预付款是全款的 20%，没问题吧？"她说的时候，专注地看着素描本上记下的要点，手里握着笔，每看一行笔尖就在末尾点一点，特别认真。

祁应琛坐在旁边静静注视，二十四岁的小姑娘对工作的严谨态度，他在几个月前就有所领教。刚才那两小时，本是借口和她相处的，没想到谈到最后，他对动物主题的新春礼盒也有了期待。如果他开盲盒，希望开到水族馆那头叫作"北极星"的虎鲸。

秦初晗这边没收到反馈，抬起头茫然地望了他一眼。

祁应琛回过神来，歉意地笑笑："我一直有个问题想请教你。"

秦初晗还在面对客户的工作状态，不由得端正坐姿："你说！"

"在你发的那篇《山海野生动物园的前世今生》的长文里提到过，你和园长没有这家动物园的继承权，只有管理权。而你现在无论是开网店还是改革线下门店，绝大部分收益都用动物园上，并没有给自己留下多少。别人挣钱都是为了换一套更大更舒适的住宅，去旅游、看世界，你好像都不在乎。你就没有想过园长退休后，动物园会迎来新的管理者，也许他的管理理念与你不同，甚至剥夺你对店面的经营权，收回文创产品的授权？到那个时候，你甘心吗？”祁应琛的语气听似柔和，实则暗藏着重击，不小心就会将她伤害。但他是困惑的，每每思及此，就会为她担心不已。

秦初晗努力去谈每一笔订单，把自己当潜在客户来争取，拼尽全力的模样，让存着私心的祁应琛自惭形秽。即便能和动物们无障碍地交流，他也不会允许自己对它们产生多余的、不必要的情感。就像医生在面对每一位病患的时候，努力救治对方就好，投入过多的私人感情，到头来只会扰乱心神。消极的感情是这世上最无用的东西。

对待这份正常人没有的天赋，祁应琛在大多数时候选择回避，假装自己听不懂，是个普通人。秦初晗和他完全不同，她好像不怕异样的眼光，不怕受伤，也不怕失败。她尽情利用天赋，去做自己认为正确的事，在祁应琛看来，真的很勇敢。

“你说的那种情况，我也不是没想过。”事实上秦初晗想过很多次，尤其是回来的这几个月。她试图去想出个什么办法，让自己完全拥有动物园，可是她想不到……

“走吧！”秦初晗站起来，对祁应琛绽出个阳光的笑容，“出去逛逛。”

咖啡厅外是一个圆形的小广场，供游客短暂休息，同时也是连接去往各个展馆的路口，最近的就是熊馆。这是山海野生动物园数一数二的大馆，其中一个外场是建园初期最老式的熊坑。熊馆里的几头熊会根据安排轮流在没有任何遮挡的下沉式熊坑里“展览”。而游客站在偌大的“坑”的边缘居高观赏，向坑内投掷各种食物，严重干扰熊的生活。

但现在好很多了，熊坑中间修了一座可以攀爬的假山，山里有中空的洞供大家伙们藏身。地面做出轻缓起伏的坡度，种上生命力顽强的草木，一侧还开凿出一个半月形的水潭，给熊挠痒痒的木桩、玩耍的轮胎等一应俱全。定期来这里营业的熊一会儿玩水，一会儿爬山，一会儿靠在木桩上妖娆扭身，展现出更丰富的行为，游客看得也有趣。

秦初晗先带祁应琛来到这里。好巧不巧，今天在外场营业的，正是当年一嗓子把她吓得崩溃大哭的佐罗。

李昂站在秦初晗肩上咋咋呼呼：“黑瞎子！黑瞎子！”

“它叫佐罗，今年十九岁了。”秦初晗双手交叠搭在石围栏上，眯着眼笑着，看它慢悠悠爬上假山，爬向饲养员故意摆放在山体缝隙里的蜂巢蜜。这是食物丰容的一种形式：饲养员将食物放在一些需要花点儿心思和力气才能拿到的位置，让动物自己想办法获取。

佐罗是头亚洲黑熊，耳朵大大的，有点儿像米老鼠，胸前有白色的 V 领。熊的十九岁相当于人类六十岁左右，它虽然健康好动，但老态也是显而易见的。行动迟缓，嗅觉减退，这些都是不可避免的问题。饲养员没有太为难它，那块蜂巢蜜被放在假山的半山腰上。

外场的游客全神贯注地看着这头老年熊缓慢爬上山，伸出爪子，把蜂巢蜜从石缝里抠出来，叼在嘴里，平稳地回到地面上，齐齐松了一口气，为它鼓掌叫好。

秦初晗和祁应琛却见佐罗扭过头来看了一眼，含糊而温暾地嫌弃人类大惊小怪，两人忍俊不禁。

秦初晗道："我九岁那年冬天跑到熊馆不对外开放的内舍去玩，佐罗卧在它的单间闭目养神，我站在铁栏杆前和它说话，想跟它交朋友，结果它醒了，从地上爬起来，十分平静地走到我面前，深吸了一口气，冲我咆哮。"佐罗尖利的牙齿仿佛近在眼前，腥臭的口气一阵阵扑在她脸上，像是要将她的脸皮撕扯掉。

"吓惨了？"祁应琛同情地望着她。

秦初晗抿着唇，表情精彩："因为那声咆哮，它荣登我在动物园最讨厌的动物名单榜首。"

直到佐罗原先的饲主来动物园看望它。那是一位善良的刘姓先生，在山里捡到佐罗的时候，还以为是只毛茸茸的可爱黑小狗，带回家越养越觉得不对劲。确定是黑瞎子的时候，他已经舍不得了，于是改为偷偷摸摸地养，一养就是两年多。当地林业局听说这件事，到家里一看，可不得了，这不是亚洲黑熊吗？！

"刘伯钱多，不怕花钱，把国内他知道的动物园对比了一遍，最后把佐罗送到了这儿。"

土豪老刘每隔半年会来看望佐罗一次，在秦初晗被吓没多久，他又来了。大家一起到城里吃饭，老刘听说秦初晗的遭遇，很耐心地告诉她，佐罗不是故意的，它只是日子过得太闷太无趣了，脾气才会变得那么古怪。

"你想啊，把人放在一个坑里，让一群猴子站在坑边指指点点，还没有遮挡躲避的地方，不疯才怪。"

那之后，老刘给熊馆捐了一大笔钱。就是这笔钱让熊馆焕然一新。居住环境得到改善后，佐罗再也没有冲谁那么歇斯底里地嘶吼过了。

"很久以后我才知道，刘伯跟风炒股，几乎一夜之间赔光所有，重修熊馆的钱是他最后的一点儿积蓄。"

从那以后，土豪老刘再也没有出现过。

时至今日，秦初晗每次经过熊馆，又怕，又要往里头瞄几眼，看着里面的大家伙优哉游哉地玩水、晒太阳、打盹儿，就会想起老刘。不知道他这些年怎么样，在哪里过着是否还满意的生活。

"我会想，他是东山再起还是一蹶不振？如果是前者，为什么他不来动物园看看佐罗？要是后者，他会后悔把最后的家底全部用来给佐罗改善生活环境吗？这些问题，曾经我以为我一辈子都不会得到答案。"

秦初晗说完，示意祁应琛看佐罗。年迈的亚洲黑熊叼着蜂巢蜜在场内寻寻觅觅，终于给自己挑了一处长有些许杂草的平坦沙地，背靠树干坐下，前爪捧起美味，边舔食着蜂蜜边发出叹息：“舒坦，真不错……”

祁应琛不禁莞尔。

秦初晗也笑，心里涌起某种难以言喻的满足感。她开口道：“然后有一天，我发现答案就在我眼前。”

老刘以前不放心孤零零待在熊坑里的佐罗，所以常来。熊馆改建后，他知道佐罗和其他熊过得很好，便没有再来的必要了。

祁应琛看着年迈却健康的黑熊，道出一个美好的期待：“也许还有另一种可能，他来过，像其他游客一样站在这里看望他的老朋友，然后安静离开，不止一次。”

秦初晗欣喜地看着他。这个说法更好，她更喜欢！

祁应琛俊脸坦然。

不一会儿的工夫，佐罗吃完香甜的蜂巢蜜，游客见没了看头，便向其他馆缓缓移去。

秦初晗提议：“我们去看泰坦吧！”

虎园在熊馆隔壁，连同狮园、黑森林馆都在这一片。四大馆各有各的看头，后舍均与散养区联结。不过现在是冬季，猛兽也怕冷，不爱在户外活动，部分还有冬眠的习性，因此这边的散养区是关闭的。

泰坦大爷的新家是有山有水有层次的顶配豪宅，全封闭式的生态馆，内部自带可调节恒温系统，哪怕如今室外是五六度的寒冬，它却置身模拟热带季风气候的舒适环境里，一如它出生的地方。生态馆近百平方米，高八米多，空间内做了真假参半的阔叶林，爬架位于五六米的高处，地面草木丰茂，遮蔽多，还有一个带自净循环系统的水潭。这也是山海野生动物园除了水族馆之外，第一个带自净循环系统的生态馆。刚建成还未投入使用的时候，河马馆的几个饲养员每天都要过来看几眼，馋哭了……

从游客步入内馆参观区的那一刻，长达二十米的复合玻璃像一面巨大的落地窗向前无限延伸，瞬间最大限度地打开了视野。其中有大约七米的玻璃在水的那一面，游客运气好的话，能清楚地看到泰坦大爷在水潭里游泳玩耍的全过程。

内展区的空间很大，观看玻璃的内侧和对面均设有休闲座椅供游客休息。几台科普孟加拉虎的点触式屏幕机分散摆放，一侧的墙上挂着泰坦的生平简介，以及它促成山海野生动物园永久取消马戏表演的始末。考虑到这位上了年纪的虎大爷在马戏团待了半辈子，丰容玩具比其他馆舍的孟加拉虎多一些，也更直观。

因为之前的微博效应，好多游客入园后直奔孟加拉虎生态馆，就为了看一眼泰坦。秦初晗和祁应琛到时，泰坦正躺在水潭的边缘，四肢朝天，灵活悠闲地滚动着一只和瑜伽球差不多大的玩具球。游客们大多站在玻璃展墙前，用手机拍下这段有趣的画面。内展馆欢声笑语不断，气氛大好。

秦初晗走得有点儿累了，在靠墙的空座坐下，听到旁边的小女孩问妈妈："为什么泰坦会滚球，其他的老虎都不会？"

年轻的妈妈被问得一愣，不知道要怎么回答，局促地环顾四周，似是在找工作人员。

"祁教授，快解释下！"秦初晗兴致勃勃地扯他的外套袖子，让他表现。

祁应琛被她赶鸭子上架，在小女孩一家人的注视下，难得地露出几分局促。

"你是那位很厉害的动物学家？"小女孩的爸爸认出他来，再去看秦初晗，一脸惊奇。

秦初晗连忙伸出食指求他们别大声。

年轻的爸爸妈妈露出同款保密表情，六七岁的小姑娘搞不清状况，也学着他们的样子用小手把嘴捂住。

祁应琛笑笑，侧蹲在小姑娘面前，看着馆内把滚球当每日运动的泰坦说："泰坦原本住在印度半岛的枯山上，或者喜马拉雅山茂密的针叶林地区，那时它还小，每天跟在妈妈身后学捕食、游泳，快乐地玩耍。突然有一天，一群人类闯入它的栖息地把它捉走，卖给了马戏团。在那里，驯兽师对它进行残酷的训练，教它倒立行走、跳火圈，还有滚球。一开始它是不愿意配合的，它想念自己的故乡，怀念从前无忧无虑的日子，遗憾的是，它再也回不去了。驯兽师有一套对付它的办法，不倒立就不给它饭吃，不从火圈里钻过去就鞭打它。它为了生存下去，只能屈服，学会人类强加给它的一切。"

温柔轻缓的讲述里，早已展现了人类的残酷，周围的大人和孩子不知不觉被吸引过来。大家都在听，表情都带着些许严肃。

祁应琛继续道："泰坦在不间断的训练中学会了驯兽师要求它做的一切，也长大了，开始登台表演，获得掌声，成为马戏团的明星……"

慢慢地，就连它自己都忘了儿时那段在野外无忧无虑的日子。它忘了怎么去追逐蝴蝶，忘了躲在草丛里吓唬小兔子而不是真的要吃它，忘了山间清澈的溪流，忘了腐烂的树叶是什么味道，忘了阳光穿过密林形成的漂亮的斑驳光点……它开始习惯日复一日地表演，习惯掌声和欢呼。可是它会老，会疲惫。当有一天，它发现自己不能灵巧地穿过火圈，每一次倒立都比上一次更吃力，甚至听到驯兽员们商量着购买新的年轻的老虎，不知道该如何处理它……它要怎么办呢？这时候的它已经不具备在野外独立生存的能力了。

“我来山海野生动物园的时候，刚好是网上对动物园声讨最厉害的那段时间。园方迫于压力，必须正面解决这件事，在资金紧张的情况下，他们想到用文创产品来填补资金空缺，终于与马戏团谈妥，买下包括泰坦在内的四只动物，促成了如今这样不错的局面。随后，山海野生动物园宣布永久取消马戏表演。”

泰坦不知何时停止了滚球，来到玻璃前，安静地与内展馆区的游客对视，似在和他们一起聆听祁应琛的讲述。经过两个月的休养，它的身体状况好了很多，皮毛焕发出健康的光泽，尾巴骄傲地扬起，周身散发出森林之主的气息。

“回答你最初的问题。”祁应琛对小姑娘道，“泰坦在野外生活的时间太短，在人为干涉下形成了有违本身习性的行为习惯，而比起其他高难度的动作，滚球对于泰坦来说相对轻松，它需要每天重复这个动作当作放松。”

其他的孟加拉虎不会发生这种行为，它们的生活更加悠然自得。而养在动物园里的动物，远不如野外的动物自由。那么问题来了：为什么会有动物园这种禁锢动物天性的存在呢？这个话题太深了，在元旦说总是有些煞风景的。

将近午饭时间，游客散去许多。秦初晗来到观展玻璃前，看泰坦灵活地爬上爬架顶端，找到饲养员绑在藤蔓上的午餐。

她斜眼看了看站在身旁的男人：“没想到祁教授讲故事的功力深厚。”她突然给出难题的时候，想着祁教授要开课了，得多难啊，没想到他讲得通俗易懂，还顺带做了潜移默化式的保护动物教育——真的爱它们，就跟它们保持距离，不打扰是最好的爱护。

祁应琛道：“本来还想讲一下现代动物园存在的意义和将来发展的方向，但内容太多了，这方面还是留给你们来做吧。”说一千道一万，他只是搞学术研究的孤家寡人，或许在业界有几分名气，但术业有专攻，一个人能力终有限。动物园每天都会接待游客，只要园方愿意去做，推行野生动物的保护教育不过是举手之劳。

沉默了一会儿，他补充道：“就目前而言，山海已经在进步了。”

正午出了点儿太阳，阳光穿过生态馆的玻璃落在秦初晗的脸上，晒得她舒服无比，不由得展开双臂伸了个懒腰：“多谢夸奖，我会努力的。”她不谦虚地把夸奖收下，又纳闷道，“说起来你这个人好奇怪，动物学家在讲自己专业的时候不该如数家珍神采飞扬吗，可你说起动物的时候格外冷静，像个……斯文的屠夫？”

祁应琛面色沉了下来，然后无奈地笑了笑：“下一站？”

象馆外是美食一条街，长约六百米的步行街用彩色的长砖铺就，错落摆放着比人还高的动物卡通石雕，是打卡照相的热门地点。街道两旁，自由搭配的手抓饼、软糯喷香的章鱼小丸子、肉汁鲜美的汉堡包、热腾腾的牛肉面、各类烤串儿应有尽有。

秦初晗请祁应琛吃手工牛肉汉堡。这家小铺在动物园开了好多年，老板刚进驻的时候还没结婚，现在孩子都快念初中了。

两人坐在美食街的长椅上吃完美味的洋葱牛肉汉堡，又买了热乎乎的红豆沙，一路走到象馆的外场，就见几名饲养员正将搭配好的水果玉米分别倒入与成年大象高度相符的几个食槽。食槽固定在用棕榈叶层层铺就的伞的柄部中段，夏天以及其他几头在户外活动的大象见开饭时间到，纷纷走了过去。小象的食槽是放在地上的，不过小纯洁对自己的饭不感兴趣，晃着一对可爱的大耳朵嗒嗒嗒地跟过去，在妈妈身旁蹭过来绕过去。夏天用鼻子拨了它几次，让它去吃自己的，它偏不，就是要和大人们在一起才吃得香嘛。

小纯洁撒泼的样子和大多数熊孩子是一个路数，它扬起软软的鼻子去勾妈妈，得不到想要的回应，急得在原地打转，摇头晃脑地发脾气。它还小，重心不稳，不小心一屁股往后坐下去，整头象都傻了，愣了两秒，小长鼻子扬得更高了，发出又尖又奶又委屈的叫声。

游客的心都被萌化了，小纯洁好可爱啊！

而在秦初晗和祁应琛听来，那是相当歇斯底里的一声“妈”。两人同时笑了起来。

夏天快烦死了，起初还能坚持原则，采取无视外加阶段性驱赶的招数，结果完全没用。这会儿赶又赶不走，打又舍不得打，和许多新手父母一样，那个烦躁呀！

其他大象都抬起头，似在跟夏天交流：管管你家小纯洁，太能闹腾了！

亲生的，哭着也要养大。夏天实在被闹得没办法，用鼻子卷起半个苹果递给它。小纯洁立马不闹了，昂起小脑袋欢喜地接住，塞进嘴里吧唧吧唧地咀嚼。等吃了妈妈吃的饭，感觉自己又长大了许多，才心满意足地回到自己的食槽前埋头干饭。

整个外场只有小天真还在周围闲逛。你要说它没有食欲，它走两步就会转头去看小纯洁它们吃得怎么样了，吃得香不香。

旁边有对游客母子在交流。小孩问：“那头小象为什么不吃饭？”妈妈回答说：“因为它不乖，该吃饭的时候不吃，回头饿了，会被饲养员打屁屁的。”

才不是这样。秦初晗心里做着否定，她看着当了妈妈的夏天，想起了过往。

祁应琛忽然开口问：“你觉得小天真为什么不去进食？”

“考我？”别的秦初晗不清楚，关于这点，她还真知道正确答案，“大象群体之间有严格的等级观念，小天真是后面才加入的，各方面没有优先权，进食的时候会自觉等其他象吃完再去。”算是一种让人心疼的自知之明吧。

祁应琛颔首表示认同。

旁边的一个中年游客听了，搭腔道："母系社会就是这样的，孤苦无依的小公象能被现在这个群体接纳都不错了。"

"这个说法不严谨。"祁应琛纠正道，"象群并不是纯粹的母系社会，它们的群体多数由母象和小象组成，是因为公象在成年后会离开，寻找新的群体进行交配繁衍。这一点，不管是在亚洲象群还是在非洲象群身上都有体现。我有一位专门研究非洲象的朋友，通过近二十年的观察，发现雄象也会建立起群体，在它们当中会产生一头首领象，就像国王，它会维护群体之间的秩序，惩罚犯错的大象，决定行进路线，同时拥有第一个享用水源、选择配偶等特权。而其他普通大象则通过与国王交情深浅，来决定在象群之间的地位高低。"

中年游客被祁应琛说得一愣一愣的，还被妻子和孩子笑话："让你不懂装懂，遇到专家了吧？"

他不服气，鼻孔朝天冷哼："谁还没几个厉害的朋友！"

祁应琛不跟他置气，望着徘徊在外的小天真，继续道："不过有一点您蒙对了，它被现在这个群体接受，多少和母系沾点儿关系。夏天，也就是小纯洁的母亲，为整个动物园的象群注入了新生命，地位得到全面提高。随后在工作人员的安排下，夏天和小天真进行接触，前者接受了后者，那么小天真也就得到整个象群的接受。"

秦初晗好奇地问："这么说，夏天很有可能成为象群首领？"

"这要看它自己怎么想了。"祁应琛可不盲目打包票，"我记得你说过，夏天被送来动物园的时候还不满一岁，很孤单吧。"

秦初晗表情变了变，有那么一个微小的瞬间，心里被什么刺了一下。

祁应琛察觉到了，关心地问："怎么了？"

秦初晗仓促摇头，勉强挤出一丝笑："没事。"

这时，小纯洁吃到一半，想起小天真，扭头去唤它，奶声奶气的："你来呀，快来，一起吃香香！"

小天真总算被想起来了，亦步亦趋地靠近，终于和小纯洁站成一排，埋头吃起来。

游客之间爆发出兴奋的呼声："哇！天真、纯洁同框干饭了！小尾巴晃的节奏都是一样的！超级可爱！萌！"

秦初晗满心满脑都是与夏天初见的情景……

那年秦初晗十二岁，还在念初中。刚入秋，天微微有些凉，她背着书包，坐往返于动物园和城区的职工专线回家，刚走进北区大门，就见秦怀远站在那里等她。今天园里来了一头小象，爸爸妈妈都被偷猎的坏蛋害死了，很可怜，早上被送过来之后一直缩在内舍角落的草堆里，一动不动的，吃得也很少。秦怀远希望女儿陪那头小象说说话，要是能让它多吃点儿东西就更好了。

秦初晗对这类委托驾轻就熟，点点头，把书包交给父亲，骑着一辆双人座的小型观光车直奔象馆。到了小象独处的内舍，还没走进去，她就听到细微的哼哼声。她听得出那是哭声，和人类的小孩有一定区别，只是她没办法形容出来，非要找个相似的声音，大概像现今流行在网络中病娇搞怪的“嘤嘤嘤”。但小象的“嘤嘤嘤”一点儿都不傲娇，那是源自心底深处最真实的悲伤。

内舍构造简单，墙和地板是水泥的颜色，除了水槽之外，宽绰得过分。因为是给大象活动的馆舍，空间十分宽裕，顶很高。这显得缩在墙角的小家伙格外渺小。秦初晗站在工作人员进出的那道门前探头往里看了一眼，要不是墙角堆着稻草，都不能一眼发现它——真的好小，还没有她高。在秦初晗的印象里，动物园里的大象都是庞然大物，她从来没在现实中接触过那么小的。

它还在哭，像人类幼崽，不会对外表达，但哼哼的续航能力超强，没完没了的。一时半会儿，秦初晗也不知道怎么打开话题。她站在数步外观察了一会儿，叹了口气，走到它旁边干燥的草堆上坐下，后背抵墙，双臂抱膝。哭吧，我陪你。

小象却不买账，歪头看过去，不满道：“什么呀，这么小……”

居然看不起她！秦初晗忍不住白了它一眼：“我十二岁了，比你大。”

小象哼哼唧唧地说：“不是，不是这么算的。”人类和大象的寿命又不一样！

“懂得还挺多。”秦初晗夸了它一句，对它另眼相看。

小象微微愣了愣，仿佛反应过来什么，转头对着墙继续哼哼：“你谁啊，我们很熟吗？别烦我了，让我哼我的……”

秦初晗直言：“哭没用，哭瞎了你爸妈也活不过来。”这是个现实问题，越早认识到对它越好。

“都是你们！你们坏！”小象冲她发泄恨意，气得屁股都扭了扭。

“我们也有好人的，不然你也不会被送到这儿来。”秦初晗想摸摸它，手伸出去又停下了，迟疑着收回。她不确定自己是否有安慰它的资格，因为她是复杂的人类。

约莫小象觉得她说的有几分道理，毕竟另一群人找到它的时候，它都快没呼吸的力气了。人类好奇怪，害了它们，又要来救它们……

“那这里是哪里呀？”小象讷讷地问。

“动物园。”秦初晗尽量往好的方向描述，“就是我们人类为你们动物专门修的住宅，

这里面什么都有，住在这里，你不用担心吃的，也不会遇到猛兽袭击，你会很安全。”

“我不喜欢！”小象迅速看了她一眼，嗖地收回眼神，还是对着墙舒服。

“我不喜欢……”它换了个沮丧的口吻，“我想回家。”

“得了吧，想想可以，真放你自己回去，你活得下来吗？”秦初晗小小年纪，毒舌功力一流。

小象又开始嘤嘤嘤了。

晚霞散去，夜幕降临。饲养员大叔站在门口唤秦初晗：“先去吃饭吧，天都黑了。”

秦初晗呆坐太久，心思早就飘散开，闻声回过神来。周围陷入无边的混沌灰暗色调里，任何事物都变成模糊的一片，一束黄色的灯光从工作人员通道外投射进来，在快碰到秦初晗和小象时逐渐消失。她们像一对被世界遗弃的可怜虫，但庆幸的是，还有彼此陪伴。

秦初晗望着饲养员大叔，余光瞥着小象。她肚子早就饿得不停咕咕叫了，发呆的时候一直被旁边不间断的嘤嘤声搞得频频皱眉，心生烦躁。可奇怪的是，就在这一刻，她忽然放不下它。它的眼睛好亮、好漂亮啊，圆润的形状，黑漆漆的瞳眸里带着一丝紧张，还泛出灼人的光。

“我还不饿，待会儿再去。”秦初晗听见自己干巴巴地说。

饲养员大叔点点头：“那行。”他都要走了，忽而停下再问，“我给你把灯开了啊？”那么大的内舍，说话能听见回声，别说突然蹿出个人了，外面谁路过，晃道影子进来都能把人吓得不轻。她一个十几岁的小姑娘，能不害怕吗？

秦初晗却忙不迭地摇头：“别别别，这样挺好的，我不怕，在自家地盘上没什么好怕的。”

饲养员大叔被她这通老成的话语弄得哭笑不得，也看出来了她是在照顾小象的情绪，真是个好孩子。

外面几位饲养员闲聊着离开，去食堂吃饭。内舍里只剩下秦初晗和小象。

入夜后的动物园安静得不像话，空气仿佛都静止了，小象的心思却活络起来。身旁的小姑娘可真能坐啊，她颔首把下巴搁在膝盖上，保持蜷缩的坐姿，像块儿石头。好几次，它差点儿没忍住去碰她，看看她是不是睡着了，还想问她饿不饿。

蓦地，某处响起一个古怪的叫声，不注意听的话，像夜猫子懒懒地拖着嗓子叫唤，不具备任何威慑力，再去专注仔细探究，又像小孩子轻哼，有点儿奶，有点儿软糯。它接连叫了几声，秦初晗和小象都听出来了。

小象先开口道：“我认得这个声音，在我家乡也有这种鸟。”

“嗯。”秦初晗点点头，“它的学名叫红腹角雉，棕红色的羽毛上有很多珍珠一样的漂亮斑点，胸前和颈上的毛色更鲜亮些，是橘黄色的，头顶羽冠和脸周围的毛黑得发亮，而羽冠的两侧长着一对奇怪的钴蓝色肉质角。”

小象听了她的形容，反而茫然：“是吗？在我看来，它就是一颗橘子胖球。”

秦初晗“扑哧”笑出声，也想起来了，大象的视觉很差，好在嗅觉不错，占着体型优势，出门都是整整齐齐一家人，在野外不容易受欺负，向来都是它们横行无忌的。那就是家族的力量。遗憾的是，身旁这头小象失去了它的家人，失去了可依赖的对象……

“不过你说得也没错，它们就是橘子胖球。”秦初晗有心附和道。

小象发出得意的轻哼，听上去心情好了很多。

秦初晗歪过脑袋打量它，它也侧头来跟她对视。过了一小会儿，秦初晗先问：“你想好了吗，要不要住下来？”

小象支吾起来：“来的路上，有个温柔的人类姐姐跟我说这里还不错……”

秦初晗趁热打铁：“非但不错，还有其他大象，十几头那么多！”

“真的吗？”小象激动得站起来。但很快，它就又蔫儿了下去。

“又怎么了？”秦初晗是带着任务来的，得给它说通才行。

“它们不会要我的……”小象垂头丧气。

大象爱抱团，团结是真的，排外也是真的。秦初晗想了想，给它了条出路：“你年纪小，有优势，它们那一群好多年都没宝宝出生了，回头你养好了，吃得白白胖胖的，找个机会蹭过去撒撒娇，它们会很喜欢你的。”

“会吗？”小象不确定，“我想我爸爸妈妈……”

哎哟，怎么又绕回去了！秦初晗头疼地拍了一下脑门，起身扶着它的大脑袋，让它跟自己对视：“你看着我，好好听我说。在我们人类这里有句话叫‘人死不能复生’，你们大象也是一样的。我知道你很难过，但你还活着呀，你身体里流着爸爸妈妈的血，只要你好好活着，它们会在某个地方陪伴你的。”

“真的吗？”小象将信将疑，“那要是这里的大象不接纳我怎么办？”到头来，它还是孤家寡象，可怜兮兮。

“这好办！从今天开始，从现在开始，我就是你在动物园的第一个家人！”秦初晗自信心满满，还搬出自己的身世安慰它，“我妈很早就过世了，说起来我们也算同命相怜。”

这果然引起了小象的注意：“你也没有爸爸妈妈啊？”

“我爸还在……你应该已经见过他了，他是动物园的团长，人挺随和的。”秦初晗有一说一，“不过我爸比较忙，每天为住在园里的动物操碎了心，几乎不怎么管我。这么说起来，

他更像大家的爸爸。你看啊，你一下子有了姐姐，又有了爸爸，两个家人呢！开不开心？”

“姐姐？”小象先是迷茫，随后反应过来了，对排位有些许不满，“还好吧……为什么你是姐姐？”

秦初晗理直气壮：“说了我比你大，我都十二岁了，你才一岁。而且做妹妹比做姐姐好，大的要疼爱小的。”

小象不是很相信：“你让我想想……”

秦初晗收回手，坐回原位：“行，你想吧，快点儿做决定啊，过了这村没这店了。我秦初晗在动物园可是很有地位的！”主动认亲，居然还要想？我不要面子的啊！

相处了这么一会儿，小象觉得她人还不错，也是真的害怕她反悔，滑头地说：“我说的是谁做姐姐谁做妹妹要考虑，做家人……我同意了。”

嗯，你同意了，我谢谢你啊！秦初晗腹诽着，面上却摆出姐姐宽容大方的模样，伸出手像揽人那样，勉强将小象揽住：“这就对了嘛，你记住了，这儿是山海野生动物园，园长是你……是咱爸！我们是相亲相爱两姐妹，谁欺负你，我们一起打回去！”

小象重重应声：“嗯！”

“来，拉钩！”

“啊？怎么拉啊……”它又没有手。

“鼻子伸出来。”秦初晗用手轻握住它柔软的鼻头，在空中似模似样地晃了晃，再用大拇指在它鼻尖轻轻点了下，“这是盖章，成了！”

夜色渐浓，适应黑暗的双眼看清了更多。那束从门外射进来的光也还在，像通往美好世界的阶梯。只要她们愿意，再努力一点儿，加把劲，一定能够获取幸福。

秦初晗回忆结束的时候，大象们的午餐也告一段落。饲养员又拿出其他水果挂在外场各处，让它们分散活动，想办法取到位置放得刁钻的食物。

小纯洁全场最矮，站在一挂香蕉下面，伸长了鼻子，好几次抬起前肢，还是够不到。夏天见状，迈开步子走过去准备帮女儿拿。没想到小天真先一步来到小纯洁身侧，抬起头看了看高度，伸出鼻子不费力地把香蕉取下来，送到它面前。

现场一片满足的叹息，还有个年轻的男游客直接喊话：“妈妈同意你们在一起了！”

夏天动了动耳朵，扭过头来看向游客区，不满地发出高亢的叫声。

秦初晗清楚地听到她说：“我还没同意！”

男游客竟然把话接住了，躲到女朋友身后：“行行行，你是亲妈，你说了算。”

气氛大好，秦初晗也跟着笑起来。

夏天在人群里看到她，凶巴巴地冲她吼："你不许笑！"

秦初晗赶紧把嘴闭上。懂的，姐姐要有姐姐的样子。她把手懒洋洋地搭在护栏上，握拳的左手勾起小拇指晃了晃，再探出大拇指虚空地摁了一下。

夏天凶完了，见她嬉皮笑脸的，手上还比画小动作，它是一点儿都不想配合。可是站在原地纠结半晌，最终它还是无可奈何地冲她站立的方向抬起鼻子，在空中弯出漂亮的弧度，先是上下晃动两下，接着鼻尖再往前轻轻点了点。

拉钩，盖章。它都记得的！

祁应琛把她们的互动看在眼里，接触到女孩子主动望来的视线，便笑言："感情真不错。"

"那是自然了。"秦初晗全当他是动物学家，对动物的观察力自然是一流的。而大象本就是记忆力很好的动物，她们从小一起长大，彼此间有默契的小动作实属正常。

4

两人在象馆稍做逗留，向最具人气的展馆走去，片刻来到大熊猫馆的外场。游客里三层外三层聚集在围栏边，举着手机对外面活动的滚滚们拍个不停。

吃过午饭没多久，小团圆坐在爬架顶层对天发呆，横横大叔优哉游哉地散着步。梨花糖和酷宝站在最高的那棵树下，都说自己才是最快爬到顶端的滚滚。

冰仔趴在不远处看他俩斗嘴，忍不住道："你们倒是爬啊，光用嘴说谁不会。用嘴说的话，我现在已经坐在顶上看风景了，你们都不行！"

外场的树好高好高，爬上去就是勇气的证明。梨花糖自己都忘了上次是怎么爬上去的，今天再出来一看，哎哟嘿，原来有这么高啊……

酷宝见它从早上开始时不时去蹭最高的那棵树，还昂着脑袋往上看，跃跃欲试的模样，心想：爬吗？行不行你先爬上去试试？不要怂！给我爬！

然而每次梨花糖都只是站在树下，眼巴巴地看几眼，又转悠到别处玩儿去了，跟没事熊似的。酷宝快被它急死了！

终于到了午饭后，梨花糖再一次站到树下，酷宝抓住机会嘲讽它："这么高的树，你也想爬上去？"

梨花糖道："我爬上去过，还看到伍老头和一个游客在房子后面说话，我把这件事告诉了晗晗姐姐，她就夸我，说在她心里，我是最可爱最漂亮的熊猫，你要不信，下次她来熊猫馆，你问她。"

秦初晗在山海野生动物园的动物心里，地位不必多说。酷宝自然不会找她确认，不过梨花糖爬上去过的话确实因此增加了几分可信度。

“那再爬一次？”它撺掇。

梨花糖发出长而严肃的一声“嗯”，抬头向上看，藏在黑圈圈里的眼睛流露出怯意：“上次一口气就爬上去了……”

酷宝哼哼着笑：“这次也一口气怎么样？”

“你不觉得这棵树很高吗？”梨花糖反问完，忽然意识到一个问题，“我从来没见你爬过这棵树。”

“你见没见过跟我有没有爬上去，有关系吗？”酷宝是只思维逻辑能力强的熊猫，平时最喜欢跟科研姐姐待在一起，看她用那个叫作“电脑”的东西和其他动物园的人对话。它听得多了，自觉比其他熊猫更有文化。

“没有关系啊。”梨花糖实话实说，“可我确实没有见你爬过嘛，你那么凶做什么！”

“谁……谁说我凶了？！”酷宝梗着脖子强辩。

“我说的，不行吗？不行就算了，你说没有就没有吧。”梨花糖一门心思都在眼前的树上，反而不在意和酷宝争论输赢。

这下，酷宝不得劲了。既然我没办法吸引你的注意，我和你一起研究这棵树总行了吧？它也来到树下，昂起头向上看：“是挺高的。”

梨花糖斜眼望它，心思轻微一转，原话奉还：“再爬一次？”

酷宝先把话撂下：“我要爬的话，肯定是全馆最快的！”

梨花糖不服输：“不一定，我上次就爬得很快。”

它们身后的冰仔哈哈笑着嘲讽道：“不敢就承认，喏，那边还有好多竹子，去吃给游客看，一样的效果。”

爬树和吃竹子怎么能一样？前者是勇气和能力的证明，后者不就是拼饭量？在滚滚圈，谁还不是个饭桶……

梨花糖喊话冰仔：“你过来，爬一个给我看看。”

酷宝也道：“胆小鬼就闭嘴吧！”

冰仔默了默，再象征性地稍稍抬头，接着勇敢地站了起来。它站在原地，看着那树……

“算了。”它果断放弃，“还是趴着舒服。”

梨花糖、酷宝：“……”这家伙还真是一点儿斗志都没有。

梨花糖忍不住说它：“冰仔你得动动，我听见饲养员哥哥他们说要帮你减肥呢！”

酷宝也道："吃得多，动得少，便便都不通畅，难受死你。"

冰仔打了个哈欠："别管我，你们爬你们的，加油啊。"

梨花糖、酷宝："……"确定没救了哎！

观展区，见冰仔没有上前的打算，游客们发出叹息：遗憾！

自从文创组推出"林间黑白色"主题摆件，网友对居住在大熊猫馆的五只滚滚有了更细致的了解：小团圆是山海野生动物园标准的园二代，横横大叔是它成年后专门从其他动物园引入的"女婿"，两只滚滚不负众望，成功孕育出娇俏可爱的梨花糖；酷宝和冰仔跟横横大叔来自同一家动物园，是山海野生动物园用黔金丝猴幼崽换的。

秦怀远虽然"宫斗"不行，战斗力小于等于零，但在管理现代动物园方面，理念非常超前。成为园长的第三年，他力排众议，宣布从此以后不再通过动物商人渠道购买任何一只动物，改为以野外救助、加入公益保护项目、与其他动物园交换等方式丰盈山海野生动物园的动物数量和种类。大熊猫馆就是在这样的大前提下发展至今天的规模。

元旦佳节，五只滚滚同时营业，机会难得，从早上开始，大熊猫馆一直人声鼎沸。

横横和小团圆是一对，那么梨花糖会和谁成为一对呢？刚才三小只的互动，在游客看来是这样的——

梨花糖和酷宝在树下两小无猜，有萌萌的对话。

梨花糖："这棵树真高。"

酷宝："我爬上去过！"

梨花糖："酷宝你好厉害呀！"

酷宝："那当然！"

梨花糖："嗯……我也想试试，不会爬树的熊猫不是好熊猫。"

酷宝："你爬，我在旁边保护你！"

梨花糖："酷宝你真好！"

这时，冰仔欲上前加入，几次鼓起勇气终于站起来，也仅仅是站起来。梨花糖和酷宝相处得太好了，它望而却步，不忍打破它们之间和谐美好的氛围。它退缩了，放弃了，重新趴了回去，接受命运的安排。

游客们看得心都揪成一团：冰仔你要加油啊！为爱坚强，勇敢争取，我们支持你！

秦初晗和祁应琛站在场边，还听到一群大学生为"梨花糖该选择酷宝还是冰仔"展开激烈辩论。还有第三种声音说，无论在国际上还是我们国内，没有哪条法律规定滚滚必须一夫一妻，万一梨花糖两个都喜欢呢？于是第四种声音加入了，那要是冰仔和酷宝都不喜

欢梨花糖，你说多尴尬！

大家哈哈大笑，今天也是被滚滚治愈的一天呢！

秦初晗也笑了，不过是被游客丰富的想象力逗乐的。

祁应琛看着场中的三小只，忽然问："你觉得梨花糖会和谁在一起？"

"不好说，它们都还小，现在至多算玩伴。"秦初晗先假装客观，再道，"酷宝的赢面大一点儿。"

祁应琛追问："怎么说？"

梨花糖因为酷宝夸别家动物园的熊猫，难过得饭都不好好吃了……这种超出常人理解的事，也不知道要怎么说，于是秦初晗乱扯："我回来这段时间，每次到大熊猫馆，都见梨花糖和酷宝玩儿在一起，冰仔大多数时候不是吃就是睡，相当佛系。"

"你确定不是懒？"祁应琛锁定冰仔，专业审视了一番，"这体形，得人为控制一下了。"

祁教授入园做针对动物园动物的行为研究，园方对其也有要求，其中一条就是对动物们的健康状况做评估。他说该控制冰仔的食量，让它多动，那接下来的日子，它必是大熊猫馆重点关照的对象。

熊猫的一岁相当于人类的三四岁，这样算起来，梨花糖和冰仔正好处在十四五岁的青春期，酷宝比它俩大一些，十七八岁，是正准备参加高考的小哥哥。在外形方面，梨花糖和酷宝都没问题，冰仔却胖得过分了。试想刚成为高中生的男孩子身高一米七五，体重直逼两百斤，换谁做家长都着急。

秦初晗心里想着，余光中正好看到一个小胖子，一米四的个头儿，胖得脸都变形了，还在咔哧咔哧地吃薯片，吃就算了，还往滚滚的外场里扔！

秦初晗回过神来，惊诧地望着他，只见小胖不断地把手里的薯片扔向外场，奈何力气小，扔不到位，每次都掉在防护网上，但即便是这样，也很快吸引了滚滚们的注意。三个小的见有游客往里面扔吃的，好奇地聚拢过来，惹得场边一阵沸腾。

小胖的爸爸也来劲儿了："儿子你不行啊，看爸爸的！"他拿过薯片，在手里掂了掂，确实太轻，不好扔，索性将桶盖合上，打算一并扔进去，"咱们刚在大熊猫馆的科教馆里学到的，这叫食物丰容，就看熊猫们能不能将薯片桶打开，吃到里面的食物，这样说不定还能帮助它们锻炼、多动，丰富它们的日常！"

周围的游客都看着，没有一个人出来制止。

蓦地，秦初晗扬声夸张地说："你们不怕赔钱啊？！"

熊家长投掷的动作停下来，和老婆孩子一起转头望过来。

秦初晗环顾四周，找到一台监控，示意大家看：“国庆节有个游客往里面扔了根香肠，小团圆吃了以后上吐下泻，休养了两个月，今天才给放出来亮相。不过这都不是重点，重点在于你们知道那个投喂的游客最后赔了多少钱吗？”

熊家长在她说话的过程中还想打断，听到最后面露迟疑。

祁应琛双手揣在羽绒服口袋里，面带微笑，配合地问：“赔了多少？”

秦初晗没有直接说出数字，只抿着嘴摇摇头：在场各位，请尽情发挥你们的想象力。熊猫哦，国庆节到现在整整三个月，耗费的物力就不说了，这当中围着它团团转的兽医、专家、饲养员、科研人员，还有若干工作人员，哪儿哪儿都是钱。谁投喂，谁负责！

一位阿姨心疼地叹道：“哎哟，那应该要不少钱吧……”国宝呢，可不得了！

李昂站在秦初晗肩膀上学舌：“不少钱！不少！不少钱！”

熊家长望了望羽毛鲜艳的大鸟，这才注意到秦初晗左边胸口那块“百鸟园志愿者”的牌子，仿佛找到突破点，眼睛一亮，委屈上了：“你是动物园的员工，随你怎么说都行。”规则都是人定的，他们一家在别人的地盘上，有理说不清。

有些人就是这样，明知道自己错了却死不承认。刚才以“滚滚三角恋”为题激情辩论的大学生里，有个戴眼镜的女孩子站出来道：“动物园本来就禁止投喂，有工作人员在旁边提醒您是好事，要是等您把大熊猫喂坏了，饲养员心疼，您的荷包也疼。还有，您刚才提到的那个科教馆，我们也去了，最先讲的就是在动物园里投喂动物的危害，要是您和小孩儿没注意看的话，建议回去再看一遍，很有意义，放全国哪个动物园都适用。”

周围的游客频频点头赞同，不愧是大学生，说话条理分明，有礼有节的。你出门遛狗，遇上个乱拿小零食喂的路人，心里都烦躁，担心狗子吃坏肚子，动物园的员工还不能维护自己家动物了？你们就庆幸吧，被及时制止了！

熊家长遭到教训，木着脸把薯片桶塞回儿子手里。间隔两秒，他皱着眉头补充交代：“自己留着吃吧，那大熊猫也不缺咱们这点儿吃的。”

秦初晗感激地冲那群大学生笑笑，得到友善的回应。

李昂很快吸引到大部分人的注意，有人问能不能合照，秦初晗笑着说可以，但是不能用手碰它，更不能扯它的羽毛。她引了部分游客到旁边宽阔的地带去照相，顺带跟小朋友和家长讲李昂的故事，以及山海野生动物园李氏家族的由来。祁应琛在旁边配合，科普一些鸟类基础知识。年轻游客对李氏家族表现出极大的兴趣，问有没有周边卖。秦初晗遗憾地摇摇头，答应会把这份期待向文创组转达，让他们搞快点儿。

第六章

我还是很喜欢她

1

在大熊猫馆逗留了差不多一个小时，游客也差不多换了一批，正好遇到一辆还有空位的观光电瓶车，两人坐上车，把李昂送回百鸟园。

百鸟园在梧桐叶子湖的右岸边上。园子三分之一临水，养着安第斯红鹳、卷羽鹈鹕、疣鼻天鹅、东方白鹳等好看的游禽和水禽，确保它们有足够的水域活动。另外三分之二的地盘，有设计得巧妙非常的混养区，亦有细分的十几个单独的展馆，可以看到双角犀鸟、花冠皱盔犀鸟，还有虎头海雕、红腿小隼、海东青等。每一处都相当有看头，场馆内的设计也颇有特色。祁应琛初来时，逛到这里，就断言秦勉老先生是个爱鸟之人。

值得一提的是，在百鸟园的东面设有专门的放飞区：一片四周林木环绕、中间宽广的平地。市民在郊外捡到受伤的鸟类或雏鸟，只要送到山海野生动物园来，经过一段时间的救助，等它们彻底康复，判定能够回归野外，就带到这边进行放飞。

混养区位于百鸟园的中心，是个全封闭式的花园，半圆形的穹顶，最高的地方将近四十米。花园内部结构多样，草木繁盛，还有一条从湖里引来活水造的溪流。露天的部分铺拉开细软的铁网，一方面可以防止原住民们出逃，另一方面也能有效阻挡麻雀和乌鸦这些不讲道理的干饭王成群结队进来抢吃的。

这里的鸟类不怎么怕人，游客沿着石子小径漫步，抬头就能看到眼神呆呆的噪犀鸟一动不动地蹲在树上跟你对望，再一侧首，一群小小的喇叭鸟隔着网冲你大呼小叫，似是要冲出来跟你干架，相当有气势。

李昂在园中有专门的小木屋，隔壁住着其他种类的鹦鹉。那片区域是混养花园最闹腾的地方。游客也喜欢长时间驻足，在工作人员的引导下和爱学舌的家伙们互动，有意思极了。

秦初晗因为给祁教授的《游禽观察日志》配过插画，对不少游禽有细致到位的了解。中途祁应琛几次考她，她都答得似模似样的。

两人走马观花逛了一圈，停在安第斯红鹳的展区外。

安第斯红鹳又名安第斯火烈鸟，和其他种类的火烈鸟相比，它们的羽毛是柔和的浅粉色，嘴端和尾羽为深黑色，性情温和但机警，是一种相当有外形特点的大型涉禽。住在这里的有三十多只，自有一片近四百平方米的浅水域，隔壁住着相应数量的卷羽鹈鹕。

冬天室外寒冷，这处临水，游客并不多。一对四五岁的龙凤胎穿着可爱的小恐龙套装，围在爸爸腿边问："为什么这个鸟是红色的？长得好高，它们吃肉吗？会不会吃人啊？"

吃人是肯定不吃的，至于其他的，爸爸答不上来，只好向坐在长椅上的妈妈求助。妈妈不帮忙，尽管看丈夫的笑话。这位爸爸还是有办法的，拿出手机一顿搜索，把正确答案加工修饰了一番，用儿女们听得懂的语言做描述，末了，满足了孩子的求知欲的年轻爸爸昂首挺胸："爸爸什么都知道，是不是很厉害？"

没想到女宝宝追加提问："那它们为什么不飞走？"

爸爸又答不上来了，一脸尴尬。

最后还得靠妈妈出来救场："走啦，我们去看大猫猫！"

一家四口渐行渐远，秦初晗在他们刚才坐过的那张长椅上坐下，伸展双腿，手揣进暖和的口袋里，望着在浅水中踱步的火烈鸟。

祁应琛在她身旁落座，给了她一个明示的眼神：为什么这群大鸟不飞走？

"翅膀的羽毛被剪掉了。"秦初晗不情愿地道出真相，忍不住问他，"你是以动物学家的身份质疑动物园的做法，还是……我小心眼儿想多了？"

几乎全世界的动物园都会定期给涉禽修剪羽毛，否则到季节它们会飞走。如果不剪羽毛，就得养在室内封闭式展馆，那样太憋屈。

"无意刁难。"祁应琛聊表歉意，然后才道，"如果你是以动物园园方的身份问我，那也不算想多了。"

秦初晗沉默片刻，咬牙认了："你有道理！"

动物园本身就是有违自然法则的存在，就算做得再好，面对这种来自灵魂深处的考问，身为园区的一员，谁能做到真正的问心无愧呢？

“不过，”祁应琛用他专业的角度肯定道，“山海是一家充满人文关怀的动物园，我很喜欢。”

秦初晗先是因为“人文关怀”这四个字苦笑着弯身把脸埋进腿里，又因为他个人情绪饱满的“我很喜欢”得意得悄悄翘起尾巴。不管了，这就是知名动物学家对山海野生动物园的肯定！

祁应琛忽然问：“对了，你还没说投喂小团圆那名游客最后赔了多少钱。”

“你猜。”秦初晗直起身，终于轮到她了。

祁应琛长腿交叠，坐姿自然优雅，冬日灰色的天光下，像油画里安静坐着的俊朗男人。他先问：“可以说说那名游客的特征吗？比如年龄、性别、从事的职业。”

秦初晗道：“海市工业大学的大一新生，男孩子。”

祁应琛略做思索：“那应该象征性赔偿了几百块，写一份保证书，说明自己犯的错误并做出深刻检讨，最后周末过来当几天志愿者，教育为主，劳动为辅？”

全中！秦初晗得出结论：“看来你也看过不少这样的事。”

祁应琛无奈地笑着耸肩：“孩子还小，不懂事，相关法律法规不完善，动物园轻易放过会被爱护动物的民间机构谴责，但假若追责到底，又会被扣上‘不近人情’的帽子，说不定还会毁了大学生的前途。”

秦初晗道：“那天我爸在电话里跟我说小团圆吃坏了肚子，我气得快疯了，还特地搜索了一下帝都最好的律师事务所，打算第二天去做法律咨询。”

都迈入大学校园了，小吗？就算不懂事，动物园禁止投喂的警示语贴得到处都是，是瞎还是装作看不到？她是想抓个典型出来，把过程做成视频放在网上，给那些不把动物当回事的游客看看。结果第二天，大学生和家长一并来了动物园，放低姿态求情认错。

“这件事，最生气的是把小团圆带大的饲养员老何。”

老何对小团圆比对亲儿子还好，秦初晗这个闺蜜在他跟前，都只能自认对小团圆第二好。刚开始他是不愿意和解的，一定要那个学生负责全部的治疗费用，还要承担相应的责任。事情闹了好几天，学生所在的学校也出面求情，希望园方能给孩子一个改过自新的机会。那时候泰坦刻板行为的视频正在网上疯传，网友对山海野生动物园的声讨愈来愈严重，秦怀远只能大事化小。最终商量下来，大学生这边赔偿五百元，写一份三千字的保证书，和解之日起，每周末到大熊猫馆做义工，听从饲养员安排进行义务劳动，直至小团圆完全恢复健康。

祁应琛听得眉头皱起来。伤害动物的成本真的太低了。

秦初晗可太理解他这份迟来的感受了。她叹了口气，展颜笑笑：“好消息是，小团圆恢复得很快，还长记性了，放它出来营业前，老何对它花样测试，用细线穿着薯片、辣条去招惹它，它愣是没敢吃。”

祁应琛也笑了。不知道是不是他的错觉，住在山海野生动物园里的动物似乎比其他动物园的动物更有灵性，跟人的关系也更和谐。

秦初晗接道：“好在那名大学生本质不坏，在大熊猫馆当义工那段时间任劳任怨，刚开始老何处处刁难他，后来也不忍心了。小团圆康复后，他报名成为园里的志愿者，继续给老何打下手，听说他还在学校里创建了‘守护圆滚滚联盟’，发展了好多熊猫同好，定期开展爱护动物的线下活动，挺好的。”

“是很不错。”祁应琛点头认可。

他在世界各地的大学讲过课，专业类和非专业类的学生在对待动物的态度上差别很大，保护意识亦然。想要推行贯彻“爱护动物，人人有责”的意识，最终需要靠人与人之间相互传递影响。现代动物园就是这样一个场所，承担着让更多人用正确的方式去关爱野生动物的责任。一开始秦初晗说找帝都最好的律所打官司，自然能起到威慑的作用，但无疑会把游客和动物园放在对立面，带来一些不必要的矛盾。犯错的大学生改过自新，成为保护动物的一员，是最好的结果。不过话说回来——

“之前在大熊猫馆外，你咋咋呼呼让大家猜赔偿数额，原来是虚张声势。”祁应琛这才反应过来。

“我有什么办法！”秦初晗从长椅上弹起来，“科教馆滚动播放投喂动物的危害的视频，游客几乎都选择性忽略，只有说到钱，让这些跃跃欲试的人清楚地认识到投喂动物是会赔钱的，有损自身利益，他们才会停止。”

提钱谁不精神？人性啊！秦初晗发出连声叹息。

祁应琛看着义愤填膺的女孩子，满眼打趣意味。她就是个小财迷，不然也不能精准把握那些游客的心理。

秦初晗读懂男人眼里的调侃，昂起下巴，一脸傲娇：“我是在动物园长大的，思想觉悟比一般游客高。至于说到钱，谁不喜欢呢，钱可以买到一切我想要的东西：梦中情房、粉钻、黄钻、蓝宝石、红宝石，再来个水头看起来不错的飘花翡翠镯。”帝王绿就不追求了，她年纪轻轻的小姑娘，戴着像塑料不说，她会心颤，外加手抖……

秦初晗沉浸在被五颜六色的宝石包围的美好想象里，忽听祁应琛道："其实现在的你已经有足够的能力满足以上你所期望的那些。"他的声音从身后飘来，是平静的、柔和的，夹杂着一丝不易察觉的循循善诱，像住在伊甸园的蛇，不动声色地蛊惑落单的夏娃。

"你在给我下套？"秦初晗扭身向他看去。

"算吗？"祁应琛认为自己不过是说了一句实话。

文创店开业这些天，线上线下总销售额已经突破千万。秦初晗用自己的设计卖钱，与动物园分成，花十万块买一颗漂亮的小石头奖励自己并不过分。若是她再自私一点儿，明年的这个时候，她能躺在梦中情房看书、听音乐、对着窗外的小雨发呆，或是约上三两个闺蜜喝下午茶，享受惬意时光。于是又回到今早他在咖啡厅问她的问题：毫无保留地为动物园努力付出，不怕失去吗？如果有那一天，真的能甘心拱手让出这一切？

秦初晗展开双臂，示意他看周遭："你看，我是在这里长大的，和园里的动物们一起，我不会把它们和人类区别对待。但不能否认的是，它们和我们是有绝对区别的。人能主宰的东西太多了，往大了说，这是人类文明发展的必然，可是人类在发展，动物呢？活该被人类支配？"

人们总是高谈阔论，要保护其他物种，以高高在上的姿态，简直可笑！

"我在江城最好的地段有两套房子，十几年前拆迁补偿的，一套长期租出去，一套装修好了，长期空置。梦中情房在帝都，以我目前的经济实力……只说插画部分，首付还差一点儿，也只差一点儿了。"

所以她不着急。那些昂贵的小石头是很漂亮，对她有致命的吸引力，但拥有了又如何呢？不过是短暂满足一下她的虚荣心，然后就没有然后了。

"我有能力让自己过得很好，住在这里的动物不行。"

长大后，秦初晗每次回来，看到动物们困在一隅，相信那就是世界的全部，她说不出心里是什么滋味儿。

山海野生动物园占地七十多万平方米，背靠 4A 级月夏湖景区，园内绿化覆盖面积达 83.2%，园区条件在国内能排进前十，可即便如此，还是有很多不足的地方。动物们的习性不同，对栖息环境的要求更是大相径庭，秦初晗曾亲眼看着园里唯一的一头北极熊在炎炎夏日绝望地死去。

大家都认定它是老死的，二十四岁算高龄了，园内尽了最大努力给它最好的，甚至是一堆真的雪。然而只有秦初晗听到它在咽气之前向往故乡而发出的喃喃轻语：我怀念那漫长的冬季，我看见了纯白的雪。寒风从我的毛发里穿过，我丝毫感受不到寒意。我在冰海里畅游，捕猎海豹和海鸟。我在浮冰之间往来，白鲸见了我也要游远一些。我怀念那儿的一切，我回不去了……

“我从来不觉得自己是个高尚的人，我只是想在力所能及的范围内，让家人们过得好一点儿。你说的那些将来可能发生的事，我想过，不甘心也是一定的。或许是这些顾虑一直都在，催促我更努力地去赚钱。因为我还会想，要是有一天我真的被赶走了，就没办法为它们做任何事情了。这个回答，祁教授满意吗？”秦初晗一脸坦然，笑着问他。

“人之常情。”祁应琛模棱两可地说着，看了眼腕表上的时间，忽然道，“陈胜利说东门广场那家甜品站的彩虹棉花糖很好吃，我请你？”

秦初晗愣了愣，眨眨眼：“好！”

来到东门广场时，天色已经渐渐暗了下来，快到闭馆时间，东门广场人山人海，相当热闹。直营店里灯光充足，门口有秩序地排着蜿蜒长龙。闻晓叶拎着热水壶和一次性纸杯，挨个问游客需不需要喝热水。几名店员均匀地分散在队伍之间，拿着手机向游客介绍文创产品——园区内下单，可以领到大额优惠券和限量版赠品。

秦初晗远远观望，默默给闻店长点赞！

祁应琛去甜品站买回两朵云似的彩虹棉花糖，让她从中选一朵。秦初晗挑了不规则的那朵拿到手里欣赏，把心形的留给祁教授。

祁应琛拆掉塑封，张开嘴把心咬出一个缺口，严谨地点评道：“橘子味，还加了柠檬，是我吃过的棉花糖里味道不错的。”

“你竟然真的吃了。”秦初晗诧异道。

“不能吃吗？”祁应琛反而被她的反应弄得有点儿蒙。

“不是，没有，棉花糖就是用来吃的。”秦初晗愣愣地看他吃掉那颗蓬松的心，总觉得这些年的言情小说都白看了。男主角不都是厌糖一族吗？但看祁应琛一本正经地吃棉花糖，还做点评，也不能说不好看，对吧？

“你到底想说什么？”祁应琛被她看得不好意思，笑得很是局促。

“没……”秦初晗连忙将目光收回，拆掉自己那份吃起来。嗯，是橘子味，带一点儿青柠的酸，入口即化的棉花糖让心情也变得美妙起来了。

2

元旦这一天，山海野生动物园接待游客两万六千人次，突破历史最高纪录。线下的东门直营店单日销售额超三十万元，线上的旗舰店销售额三百多万元，收获好评无数，无数网友写下游园心得，提出许多宝贵的意见和建议。

晚上九点，园妹在官博做抽奖活动，奖品是包括“森林之主”和“林间黑白色”主题套件在内的若干文创产品，随机送八十八张门票。微博转发轻松过万，凭自身热度上了一次热搜。沉寂半年的山海野生动物园终于打了一场漂亮的翻身仗！

节后，秦初晗马不停蹄地发布了为游夜一家设计的拟人形象，华丽的造型，流畅的线条感，人物之间的眼神互动生动有趣，极具故事性，这样的水准，出漫画集都不成问题。

网友直呼内行：你已经引起我们的注意，说吧，这次想怎么玩？

秦初晗没藏着掖着，当晚八点公布全部信息，山海野生动物园文创新春主打以大猩猩为原型的“整整齐齐一家人”主题玩偶。首先展示的是游夜的二次元形象：留着山羊须、笑容温和迷人的帅气爸爸。正下方记载了游夜的年龄、性格、入园时间、与大猩猩馆诸位饲养员的关系，以及在园中经历的特别事件。再往下拉，游夜现实本体出现了：灰黑色的皮毛，灰黑色的脸，一对很大却没人敢贸然开玩笑的鼻孔，厚实的肩膀，强壮的手臂，站立时接近一米八的身高！

结合图片上方的二次元帅大叔形象，一时间把网友给整蒙了——

“很好！很有气势！”

“最后的本体……我得缓缓。”

“元旦才去看过它们！这一家超可爱！小女儿叫荞麦，是个傲娇鬼，在游夜身上爬来爬去，还揪它脑袋顶的毛，给它揪下来一撮。游夜就特别无奈地看着荞麦，小眼神太喜感了。父女俩对视几秒，爸爸把女儿捞怀里抱抱，是亲生的！”

“二次元设计我非常认可！看了下主题玩偶，除了统一戴红围巾，和其他的猩猩玩偶差不多……单说我自己，不是很有购买欲望，期待更多特色元素。”

“讲真，大猩猩真的不在我的审美点上，但是很奇怪，本体照片越看越有味道，结合二次元形象，甚至有点儿心动！”

“没人注意游夜的性格描述吗？外表冷酷霸道，内心温柔顾家，时常因为无法融入三位妻子的日常交谈，显得在这个家庭中毫无地位……哈哈哈哈哈哈哈，笑哭了。”

“这个二次元拟人形象水准真的很高，考虑出漫画连载吗？”

“游夜一家是国内动物园极少的大猩猩家族，值得一看！”

“恕我直言，太丑了，对这种又丑又凶残的动物不感冒！下期再会吧！”

“说大猩猩丑没问题，个人审美不同。可是有些人知道吗？大猩猩是一种相当温和的大型素食动物，只有自身和幼崽受到威胁、挑衅和攻击时，才会有所反应。凶残的是黑猩猩，体形不如大猩猩大，杂食、吃肉，野外群体还会合作捕食其他猴类。”

“我能理解文创组的用心，如果只出熊猫、大象、长颈鹿这些长在人类审美点上的动物周边，确实能迎合主流消费群，可那些长得丑的动物就彻底失去登场资格了吗？这应该是文创团队在新春把大猩猩一家推出来的真正原因，加了好看的动漫形象，也是为了让大家更直观地接受大猩猩和了解它们。价格适中的话，我会买一套支持。”

最后这条评论得到文创组官博的流泪转发："之前开创作会议的时候，我们就提出这套玩偶可能不赚钱，春节继续把‘林间黑白色’当主打就够了，但是老大说不行，一定要把大猩猩做出来！如果连我们都不给自己的动物创造让大众了解的机会，这件事就不会有人去做了，感谢理解。”

不过针对网上的部分留言，秦初晗这边也做出了调整。既然大家都喜欢二次元形象，那就给游夜一家的玩偶增加人物挂件，钥匙扣大小、类似手办的塑胶材质，挂在玩偶上一起卖，这样就能分辨出玩偶是谁了。

除此之外，她还有个不成熟的想法：出连载漫画！人设是现成的，剧情走日常向，秦初晗也可以负责。就是绘画需要耗费时间和精力，无论是她、林笙还是顾词，肯定是顾不过来的，得外包出去。这就涉及一个更现实的问题：开销增加。按照现在的行情，优质画手大多跟漫画品牌签了死合同，披着马甲也不一定画得过来。而具有专业素养的新人画手可遇不可求，合同对他们也没有太大约束力，经常画一半跑了……

没想到，就在秦初晗举棋不定时，机会主动出现在了她跟前。

江城美术学院的动画系在国内颇有名气，系主任周斯延年少成名，曾在国外知名动画公司实习，审美独到，履历完美，如今年近四十依然心怀梦想——他成立的老孩童工作室高手云集，数年来参与过国内外多部动画作品的制作，是时候推出自己的作品了，如今正四处物色题材，打算先做十集左右的泡面番试一试。

泡面番不同于单集二十四分钟的动画，加上片头曲和片尾曲，一集总共只有五分钟左右，正好是泡好一碗泡面的时间，因此得名。因为时间短，极大缩减了制作成本，不少动画公司在成立之初、资金有限的情况下，都会选择先做一部高质量的泡面番在业界打响名头。而内容上同样受时长限制，剧情多是日常生活，单集一两个话题，简单明了，轻松有趣。

这次山海野生动物园文创组发在微博上的动物拟人内容引起了周斯延极大的兴趣，游夜一家正符合他们的条件。于是他通过私信联系，表达了合作意向。

对于秦初晗来说，漫画直接升级做泡面番简直求之不得。星期三下午，她亲自带周斯

延和两名团队主创游园。

工作日游客不多，她和司徒畅先带周斯延几人去了东门直营店，讲了讲自己做文创产品的初衷，也听周斯延聊了聊对动画的一片痴心。努力去实现梦想的人总是能轻易产生共鸣，来到大猩猩馆时，双方已经达成基本的合作意向。

今天天气不错，游夜一家都在外场活动。新晋直播达人伍衡正站在视野广阔的观展玻璃外，将 GoPro 对准一家八口，平稳地移动镜头，解说也相当熟练——

“各位朋友下午好，相信大家昨天已经看到我们文创组和动物园官博新发布的内容了，还没看的赶紧去补课啊，因为跟接下来要展示的内容息息相关。好的，废话不多说，我们现在所处的位置是山海野生动物园的梧桐叶子湖人工群岛，大猩猩馆外场最舒适的观看区。你们现在看到的就是游夜家族。

“首先我做个科普，我发现大部分人分不清黑猩猩和大猩猩。最简单的辨别方式是体型，黑猩猩体型小，它们和倭黑猩猩是最接近人类的灵长目，也是电影《猩球崛起》的主角。而展现在诸位眼前的大猩猩也当过电影主角，《金刚》有没有看过？还有那部《哥斯拉大战金刚》，很火的！不过我们游夜一家是大猩猩模范家庭，不打架，更不会加入斧头帮这种奇奇怪怪的组织。

“大猩猩是最大的类人猿，游夜一家来自西非，随着年龄的增长，后背的毛会逐渐变成银灰色，所以也叫银背大猩猩。它们是吃素的，但在森林里几乎没有对手，狮子、豹子遇到它们也得绕着走，就问一句厉不厉害！”

其中一只大猩猩注意到伍衡，好奇地来到离他最近的玻璃前，放肆地打量他。

伍衡顿时来了精神：“各单位注意！现在向大家走来的是含香大小姐，芳龄十一岁，是游夜和发妻繁星的第一个孩子，漫画形象是穿露背连衣裙、坐轮胎上摆拍的那一位。”他看了下手机屏幕上飘过的弹幕，纠正道，“也不能说繁星是发妻，繁星、薄荷和安吉拉都是游夜的妻子，都是共建美好和谐大家庭的夫妻关系！”

“那边在爬架上玩的是二少爷洛凡，向它走过去的就是北斗。这俩一样大，我问过饲养员，经常干架。欸，洛凡把秋千让给北斗了，这个行为不代表它爱护弟弟，而是因为在这个家族群体里，北斗的地位比洛凡高。”伍衡低头迅速看了一眼手里的小抄，确定自己没讲错，放心了，继续道，“再给大家看看荞麦，我们的小哭包。”

镜头移向游夜怀里，荞麦正被爸爸摁着梳理毛发，几度想逃脱出去玩，前肢刚触地就被捞回来。如此反复五六次，小的不耐烦了，爪子一舞，在爸爸脸上胡乱挠了一把。游夜没避开，似是被女儿挠痛了，冲它瞪眼。

伍衡配音："反了你了！爸爸的脸也挠，毁容了怎么办？被妈妈们嫌弃怎么办？"

约莫是他太投入，嚷得太大声，游夜和荞麦齐齐向他望来，下一秒，荞麦扒着游夜的肩膀，藏到它身后去了。

弹幕纷纷刷着："这怕不是有什么大病，妈妈，这里有怪人！"

荞麦在爸爸身后躲了不到五秒，就被游夜抓回怀里，转个身，继续淡定地梳理毛发。父女俩坐的位置有点儿偏，背靠爬架，头顶和身侧都有大片遮蔽物，拍摄找不准角度就会变成黑漆漆的一片。伍衡为了给观众老爷们看这一幕，不断调整站位，最后直接扎了个马步，半身后仰，举着 GoPro 的手伸长一点儿、再伸长一点儿……

荞麦被游夜箍在臂弯里，时不时转过头，拿眼神瞟他，相当在意："爸爸，那个人好奇怪呀！他手里拿的什么东西？可以吃吗？"

游夜哄着宝贝小棉袄："不能吃，别理他，不要看，他有病病。"

荞麦听话地"哦"了一声："那他有点儿可怜呢……"生病了就要扎针，它在这方面可有心得体会了！

游夜记得伍衡，跟伍老头是一伙儿的，最近也不知道抽什么风，拿着一根绑个黑色小玩意的长杆在岛上窜来窜去，不知道在使什么坏，回头等晗晗来了，得提醒她一下才行。想罢，它对女儿交代道："认准这个人的脸，他最喜欢打针针了，离他远一点儿。"

荞麦闻针色变，瑟缩着往爸爸怀里钻，看伍衡的眼神都变了："大坏蛋！我不打针针！"

"有爸爸在，谁也不能给荞麦打针针。"游夜柔声细语地给女儿做保证，反正已经打过了。

"爸爸最好啦！"荞麦年纪小，就是好哄。

游夜给小棉袄做完梳理，略做端详，将它放到一边："好了，叫你哥哥过来。"

荞麦灵活地爬上爬架，窜到两个哥哥跟前。

北斗自觉地让出藤蔓秋千，唉声叹气地来到老爸跟前，弓着背，垂着肩，一脸不情愿："我都多大了，还给我理毛……"

游夜慢条斯理地上手："只要我还没死，就得给你理，理干净点儿才漂漂。"

北斗就跟处于十几岁青春期的叛逆小伙一样，发出受不了的哀号："天啊，别跟我说叠词，我求求你了，啊啊啊！"

不远处，繁星、薄荷和安吉拉坐在一块儿吃浆果，唠嗑。含香年纪不小了，这几天老听饲养员说在跟其他动物园联系，争取明年给它找个丈夫，就是不确定是把含香送过去还是将它的准丈夫接到园里来合笼。

繁星觉得都行。跟它们住在一起，游夜肯定不能让大女儿受委屈。要是送去别的动物

园，希望园里给它找个不错的大猩猩，最好是首领，可靠！

薄荷看着在藤蔓里玩耍的心肝小宝贝，心都快化了:“不知道荞麦什么时候才能长大。”

“很快的，快得你都来不及反应。”安吉拉望着被游夜摁着的心不甘情不愿、有点儿想反抗的蠢儿子，不由得担心，“再过两年，北斗也要长大了。”它这个情况，肯定是要送去其他动物园的，要是那边的首领给它梳理毛发，它还是表现得不耐烦，一准挨揍！

繁星望着玻璃前呆坐着的含香，忧虑得不行：“我们家含香啊……”

薄荷安慰它：“等晗晗来了，你跟她打听看看，她那么护着园里的大家，在含香的事情上肯定不会马虎。”

安吉拉这才发现秦初晗早就来了，正跟几个脸生的人站在边上，一直聊着什么。

临湖的观展区，秦初晗老远就听到伍衡的大嗓门，讲得心潮澎湃，还提前做了功课，准备了小抄。等走近了，就见冬日的下午，他头戴东门直营店昨天刚上新的泰坦大王帽，穿一身居家灰白格子棉服，同款棉鞋，外面套一件军大衣，拿着设备，兜里揣两部手机，一块大功率充电宝……如果山海野生动物园要评选出“不修边幅第一人”，伍衡当之无愧。

秦初晗笑着跟周斯延介绍：“那是我们的安保大队队长伍衡，现在兼职在锄禾做直播，平时没事就在网上带大家逛动物园。”

周斯延点点头，笑道：“我可是最早一批红斑羚外场施工地的监工。”

秦初晗面露诧异：“是吗？那待会儿我必须带您去现场看看进度。”

直播全权交给伍衡后，他很快就上手了。每天早上他只在红斑羚外场花二十分钟时间，给大家看今天修了哪儿，再说说明天打算弄哪儿，顺带吐槽文创组那边不给力，资金没完全到位，然后以催促之名号召大家去店里买一波。接着他就这个园、那个馆四处溜达，丰富直播看点，午饭前或者下午冷不防返回红斑羚外场搞突然袭击，看时昊他们有没有偷懒。

时昊快烦死了，几次夺走直播设备，镜头怼着脸，跟观众老爷告状：“给你们做直播的家伙不是什么好人，他说的话随便听听就得了，别当真！”说着把镜头往伍衡那边移，吓得他赶紧拿手挡，不让自己的脸暴露是他最后的倔强！

红斑羚的外场预计四月完工，时昊和伍衡两人的关系倒是越来越好了。资金不足的问题也在元旦后基本得到解决。剩下最后的一小部分，就要靠游夜一家发力啦。

周斯延见伍衡那马步扎了少说有五分钟了，啧啧称赞：“年轻小伙的腰是真不错！”

秦初晗只觉得他这个站姿实在是丑，还有这一身装扮，真的是忍不住。她拿出手机悄悄拍下他的背影，登录“动物园团宠”的账号，使坏的小手轻轻地点击发送：“展示一个不修边幅的播叔。”

现在山海野生动物园直播的微博也是伍衡在打理，他对观众自称“播叔”，一口带有江城本地特色的普通话，对标司徒畅倾情饰演的“园妹”和“创妹”，多了接地气的天然亲和力，迅速征服了网友们的心。

发完微博，秦初晗把手机揣回口袋里，佯装无事地跟周斯延介绍游夜一家：好脾气的温和爸爸、性格各不相同的三位妻子，还有它们的四个孩子……八口之家，每天都有值得记录的互动。

周斯延见到本体更加感兴趣了，当下敲定合作，只不过——

“虽然是泡面番，角色设定也是现成的，但是很遗憾，我们实在是经费有限，以目前的情况来看，大概五分钟的长度，只能做三集，片头曲和片尾曲还得另想办法。”周斯延道出难处。

三集，片头曲和片尾曲还得另想办法？司徒畅脸色都不好了。你们主动要求合作，热度也是现成的，动物园官博、文创组和动物园团宠的粉丝加一块儿快突破百万了，这就是摆在眼前的流量啊！

秦初晗微愣，脑子飞速运转，挤出一丝笑，体谅地说：“明白的，做动画不容易。”

按照她从陆禾那边了解的行业报价，三集怎么也得烧个几十万才能做出点儿样子。而片头曲和片尾曲要作词要写歌，哪怕请小有名气的唱歌主播也是一大笔开销，没准这部分还占大头。所以说，这一行真是为爱发电。

周斯延见秦初晗没有立刻拒绝，似是松了口气：“我们可以先做十几秒试试效果。”

“不用了。”秦初晗干脆道，“三集可以的，哪怕只有一集都可以！回头我们试试招商、拉赞助，说不定被有钱又闲的大佬看到，不求回报地资助我们呢。”

只要能做出来，对于动物园和周斯延来说就是胜利。至于它的价值，总会有人发现。

周斯延大喜：“没错，没错，先做出来再说！”

做事业，尤其是自己热爱的事业，是需要一点儿冲动和热血的。

晚饭在城里的火锅城吃，两边团队全员到齐，快乐地涮毛肚、肥牛、羊肉、五花肉，大口喝冰啤酒、凉茶、鲜榨果汁，勾肩搭背地聊梦想。搞创作的人，永远有一颗不灭的童心。

晚上十点多回到园里，秦初晗想起下午去大猩猩馆时，繁星几次靠近自己，好像有话想说。她实在放心不下，一个人摸到岛上，到了以后才想起大猩猩是昼行性动物，作息比她可规律多了。行吧，明天再说。

不过秦初晗来的时候走得急，这会儿有点儿累了，酒意上来，烘得她像个被炭火烤得发烫的小火炉。于是她走到外场正对面的长椅上坐下，在夜色里晕晕乎乎地发呆，好像随

时会飘起来。

这时，身后有脚步声由远及近，估摸着是巡夜的保安。她没想理，一动不动地坐着，直到“保安”在身侧止步，手电筒不客气地往她脸上照。

“别烦！是我！我坐会儿就走，巡你的去，不用管我。”秦初晗被强光晃得愁眉苦脸，抬起手挡也挡不完全，火了，“你这人有什么毛病？！”

祁应琛笑出声，垂下握手电筒的手：“喝得不少啊。”喝完了还不回家，跑大猩猩馆外坐着，杀气腾腾的。怎么着，想找它们家谁打一架？

听到男人的调笑，秦初晗打了个激灵，脸皮绷起来——矜持！

祁应琛视力好，不拿手电筒照都能把她的表情变化看得一清二楚。看来是醉得不厉害，这种程度可以称之为有点儿飘。

“这么晚了，你怎么在这儿？”秦初晗先发制人，身体前倾，双手扶在长椅边缘，十指不自觉地往里扣。她最不想让他看到自己醉醺醺的样子了。

祁应琛侧首看了眼身旁黑漆漆的大猩猩外场，再转回来看着她，轻描淡写地说：“睡不着，出来散步。”

晚饭后他被陈胜利缠着去了狼谷，今天那边的饲养员给狼群安排了一场围猎，九匹狼逮了两只兔子、一头小山羊，好像还有一只走地鸡。胜利老师拍到了不少精彩画面，但直到此刻，祁教授的脑子里还回荡着兔子和羊临死前的哭嚎——自动转换为人类语言的那种。

类似的事情在野外、在森林里、在非洲大草原上，每时每刻都在发生，可是经由人为操控，说不出哪里奇怪。祁应琛自认在这方面分得足够清楚，可身临其境还是免不了糟心。离开狼谷时，正好遇上从城里回来的林笙一行人，得知秦初晗无论如何今天晚上一定要去一趟大猩猩馆，他特地过来找她。

“出来散步。”秦初晗逐字重复他的话，眼睛像扫描仪似的在他脸上扫来扫去，得出结论，“心情不好？”

“有一点儿吧。”祁应琛关了手电筒，在她旁边坐下。

视线正前方的外场在夜色笼罩下显得诡谲至极，像真正的野外，猛兽正蛰伏于草丛间、林木里、山石的某处……平静地注视着你。是否将你判定为猎物进行捕食，全在它的一念之间。但事实上根本不是这样。这里是动物园，场馆对野外环境模拟得再逼真，也代替不了真正的野外。所以祁应琛一直认为，动物园是讽刺人类文明的存在。

“心情不好啊……”身旁飘来个慢条斯理的声音，女孩子肩膀左右轻晃，似在做某种思量，“那我给你讲个笑话吧！”

祁应琛把分散的思绪回拢来，转头对上她亮晶晶的眸子："讲讲看。"

秦初晗跟他保持对视，先发出一阵贼兮兮的笑，自顾自地乐了一会儿，才清了清嗓，说："来了啊，第一个！动物学校考试，小鱼因为不会，就抄了同桌的答案，老师抓住它问：'小鱼，这题你抄了谁的？'小鱼支支吾吾回答说：'嗯……我抄蚌的！'讲完了！"她抿唇，本意是想克制，奈何根本做不到，笑得停不下来。

祁应琛面无表情地望着她，沉默了。

"我超棒的！"秦初晗表情丰富地重复道，"你没听懂吗？"

"听懂了……"祁教授就很无奈，"很冷。"

"那我再给你讲一个。"秦初晗有一系列此类笑语，并且十分乐于分享，"动物学校里，麋鹿和长颈鹿是好朋友，有一天它们约在森林里见面，麋鹿走啊走啊，不小心迷了路，就给长颈鹿打电话：'长颈鹿啊，我迷路啦！'"

祁应琛："……"

秦初晗笑得上气不接下气："长颈鹿还傻乎乎地接：'我造啊，我长颈鹿啦！'"

祁应琛："……"根本不想回应。

秦初晗用手扒拉他，拽着他羽绒服袖子："这个笑话的精髓在哪里你知道吗？"

祁应琛配合点头："口音。"

"还是不好笑？你笑点也太高了！"秦初晗松开手，靠进椅子里舒出一口气，又想到一个，"小麻雀第一天上学，妈妈问她：'你今天想梳个什么发型呀？'小麻雀回答：'鬏鬏！'"

祁应琛："……"

秦初晗抓起两绺头发举在相应的位置，不依不饶地冲他比画："鬏鬏！啾啾！"

祁应琛维持着成年人的体面，不苟言笑地问："还有没有别的？"

"我再想想啊，最后一个。"秦初晗低头想了几秒，把外套拉链拉开，露出卫衣上的皮卡丘，"你知道皮卡丘站起来会变成什么吗？"

"变成什么？"这种需要开动脑筋的题，祁教授总算提起了一点儿兴趣。总不能变成变形金刚吧？

秦初晗又笑了，是那种"你终于还是落入我设下的圈套"的戏谑笑容："站起来会变成皮卡兵！"

祁应琛僵了一瞬，貌似严肃地转开脸，"扑哧"一下笑了出来。

秦初晗更乐了，成就感爆棚！得劲儿！

两人傻不楞登地笑了会儿，平静下来，重新陷入安静得过分的冬夜里。

“好累啊，早知道不来了。”想到从这边走到北区少说四十分钟，秦初晗就后悔，非常后悔，早知道在东门开一辆两人座的观光车过来了。

“来这儿做什么？”祁应琛问得随意。

“江美动画系的系主任周老师有个团队，想给游夜一家做泡面番，今天来园里，我带他们过来看了看。”秦初晗慢吞吞说着，思路是有的，但随时处于崩的边缘，“到了这边还遇到伍衡直播，我跟周老师聊了很多合作的事宜……对了，我好像没跟你说过，已经确定要合作了，就是缺钱，只能做三集，一集不超过五分钟，太惨了……祁教授你能问问你那位在国外研究所的同事有没有兴趣投动画片，为国内动画产业发展贡献一份绵薄之力吗？”

祁应琛认真地点头：“回头我问问他。”

“真的吗？”秦初晗仿佛看到一线希望。

祁应琛把话题引回去：“你还没说来这儿做什么。”

“哦，对。”秦初晗继续，“下午我和周老师在这儿停留了挺长时间，我总觉得繁星有话要跟我说，来来回回在我跟前晃了好几次。”她实在放心不下。毕竟动物园里能跟它们交流的只有她，她是大家的希望。

“繁星有话跟你说？”祁应琛一字一顿，目光专注地望着她。这姑娘怎么不按常理出牌？祁教授忽然拿不准她是醉了还是有点儿失控。要不要提醒一下，对于能和动物交流这件事，你从没跟我做过任何铺垫？

秦初晗好像完全没意识到，昂着脑袋叹了口气：“其实我大概知道它想跟我说什么，含香已经十一岁，该找配偶了，这得跟其他动物园沟通，当中又涉及含香的去留问题。”

留下的话，就是从别的动物园引入雄性大猩猩与它合笼。但是纵观国内动物园，有大猩猩的本来就不多，有的动物园就一个独苗苗，哪怕只是送来山海野生动物园一段时间，人家也不乐意。所以，含香被送出去的可能性极大。人类嫁女儿，父母都会不舍得。大猩猩跟人类是近亲，感情丰富，同样不舍得。

祁应琛从客观角度分析：“不考虑途径的话，从外向内为含香引入配偶，还会涉及另一个问题。这头正值壮年的雄性大猩猩很可能会挑衅游夜，动摇它族长的位置，一旦它成功篡位，整个家族的结构会被颠覆，到那个时候，包括含香在内的所有雌性都会成为新王的配偶。”

秦初晗“嗯”了一声，用力点头：“明天我会好好安慰繁星的。”含香的终身大事，她一定严格把关，绝不含糊！

祁应琛见她有了结论，不再多说什么。

夜又深了一些，湖面上泛起薄雾，寒意入侵。秦初晗歪着脑袋径自想了会儿，超长的反射弧抵达落地点："好奇怪啊……"她直勾勾盯着祁应琛的侧脸，"我跟你说了这么多，你都不问我怎么安慰繁星，又是怎么知道它下午有话想对我说的？"

因为你是动物学家，所以你能理解我？想了想，秦初晗还给他吹彩虹屁："你们动物学家也太善解人意了！"回头她要多认识几个，扩展朋友圈。

祁应琛眉开眼笑地回望她，顿了顿，用那种很随意的口吻道："有没有一种可能，我和你一样，也能跟动物无障碍沟通呢？"

3

早上十点，一缕阳光穿过窗帘的缝隙，不偏不倚落到秦初晗的眼睛上。她烦躁地抱着枕头翻个身，渐渐清醒过来。

昨天晚上，在大猩猩馆外，她和祁应琛相谈甚欢。

"我讲了几个冷笑话来着？"秦初晗最先琢磨这个。

通常她用两个冷笑话就能把对方逗笑，祁应琛也太难搞了。但最终结果是好的，她记得他憋不住笑了，肩膀一颤一颤的，看起来终于有点儿二十多岁年轻人的样子。

然后……

"然后我们聊了什么来着？"秦初晗揉着乱糟糟的头发坐起来，盯着天花板看了半晌，随着记忆的复苏，表情逐渐变得慌乱，"我的天，不会吧……"

这一整天，秦初晗过得心神不定。

午饭前她去东门直营店看了看上新状况，饭后和大家在工作室开了个简短的创作小会，下午去大猩猩馆和繁星深入且严肃地聊了聊含香的配偶问题，末了一看时间还不到两点，又骑着自行车在园里四处逛，看似漫无目的，实则心里是一半期待一半……尿。

她也不知道真的遇上祁应琛，是骑着车掉头就跑，还是冲上去把他堵住，跟他说清楚。要是她听错了，或者那根本是她梦里的剧情，场面毫无疑问会很尴尬。

秦初晗持续纠结，后来又推演出另一种可能性：会不会是她跟祁应琛说了类似"我能和动物沟通"的话，他压根儿没信，开玩笑说"巧了，我也能和动物聊天"？毕竟他是动物学家，拥有这项天赋比她合理多了！

五点，她来到黑熊咖啡厅。胜利老师已经结束这天的工作，正坐在老位子上享受放松身心的咖啡。秦初晗一声不吭在他对面坐下，双手在桌面上交叠，弓起背，直接趴下了。

陈胜利眼眉微微一动，嘴角勾起坏笑：“珑寻老师，今天情绪很低落啊？”

“有吗？”秦初晗木着脸，看了眼窗外昏沉沉的天，叹气，“人类以前也冬眠的吧，现在这种返祖现象反应在我身上，我太难了。”

陈胜利喝着咖啡：“我们家琛琛不在园里，你想怎么扯都行。”

秦初晗一脸茫然：“他不在园里？”上哪儿去了？别告诉她昨晚在大猩猩馆外面聊天的事都是她的想象，那可就惊悚了啊……

陈胜利反而纳闷了：“说是参加年底最后一个学术交流会，类似业界总结。昨晚他特地去大猩猩馆找你，没跟你说吗？”

“是这样？”秦初晗仔细回想，昨晚聊得很愉快，讲了至少三个冷笑话，还……互相交换了人生中最大的秘密？

思及此，她干脆向陈胜利打听：“祁应琛在业内是顶尖的，应该是从小就对动物感兴趣吧？”

陈胜利坐正，露出一个知无不言的表情，转而又不知从何开始讲起：“倒也不是……”

秦初晗眯起眼，语气变得危险：“我手里还捏着你的卖身契。”请你在说话前过过脑子，稍微组织一下语言。

陈胜利佯装害怕地缩了缩脖子，在脑中检索出关于祁应琛这个发小的全部：“这家伙吧，怎么说呢，很难用几个简单的词去定性。比如陆禾，偏执、审美独到，会投资，时尚嗅觉敏锐。再比如我，风趣、乐观、好相处，还话痨。祁应琛不是这样的。”他举例说明，“我就跟你说一件事，那会儿刚升初中，陆禾家的狗生崽了，伯恩山，特别大，特别温顺，特别招人喜欢！陆妈妈人也好，就让我们一人抱一只回家，可祁应琛死活不愿意。”

秦初晗猜：“家里不同意？”

陈胜利摆手：“刚开始大家都是这么认为的，陆妈妈还专程找祁妈妈单独聊，祁妈妈说哪儿能拦着啊，家里从来不限制这些，然后就把狗崽带回家了。结果第二天，祁应琛把狗转送回了陆家。”

这很明显是个人行为。秦初晗不说话了。

陈胜利料到她是这个反应：“他的理由是怕那只大狗子一下子失去全部的崽太难过，倒也还算合理。但是我们每次去陆禾家玩儿，祁应琛跟他家那狗最亲近，经常一人一狗坐在院子里交头接耳。”

交头接耳……秦初晗觉得这词儿绝了！

不过这件少时的旧事，搭配祁应琛动物学家的身份一起消化，实在是很微妙。他对待动物的态度，很难直观看出是喜欢还是不喜欢。

秦初晗追问："除了陆禾家的狗，你见过他跟其他动物亲近吗？"

"没有。"陈胜利主动替兄弟找补，"但你也不能说他看起来跟动物不亲近，现在做了动物学家就很奇怪，是吧？"

秦初晗赞同这个说法，点头道："我只是单纯好奇，他给人的感觉就不像是对动物感兴趣、专门去研究它们的人，我觉得他应该做个外科医生。"

"你还真没想错。"陈胜利补充，"原本我们家琛琛是学医的，在国内顶尖医学院读了半个学期，一声不吭转了专业，给他家老爷子气得脑袋冒烟儿！"

秦初晗意外了："临时改的？"祁应琛这个人完全冷静范儿，说话做事心里可太有数了，"临时起意"在他的人生字典里不该存在。

"没想到吧？我们所有人都没想到！"陈胜利摊开手表示不解，"谜一样的男人，摸不清他的想法。"

秦初晗"嗯"了一声，靠进椅子里。不谦虚地说，她有点儿头绪了。上次《加油，跑起来！》回访时，阿尔卑斯说总感觉祁应琛听得懂它在说什么。还有元旦那天他们一起逛动物园，夏天和她的互动，他全程淡定旁观，眼睛里写的就是"我早已看穿一切"……祁应琛应该和她一样可以直接和动物们交流，突然换专业，或许正是想在这个过程中为自己寻找答案。年纪轻轻成为业界顶级学者也就都说得通了，比起其他人，他有先天优势。同理，秦初晗去学动物专业也能拿高分。

隔着白色的小圆桌，陈胜利凑近："珑寻老师，你表情不太对啊！"

秦初晗哼了一声，又埋进桌子里，两腿直蹬。失策啊！竟然先跟他交了底！祁应琛趁她半醉半醒，稍微附和了一下，说得模棱两可，可以承认也能反悔。最气人的是，她一觉醒来，他居然走了，去开学术交流会，太狡猾了！

"我们家琛琛是不是怎么你了？"陈胜利见她悔恨交加的模样，不乐观地猜测完，连忙撇清，"事先申明，我和祁应琛虽然是好兄弟，但兄弟的个人行为我是不买单的！"

"你在胡说八道什么？"秦初晗抬起头嫌弃地看了他一眼。

这时手机响了，是周斯延。秦初晗连忙调整好情绪，坐起来接电话。

周斯延为她带来了一个谁也没想到的绝好消息：就在今天下午，国内知名游戏公司主动投来橄榄枝，表示出强烈的投资意愿。

当时周斯延正上着课呢，接到电话还当着学生的面说："年底了，骗子都在努力营业，你们还不给我好好学。"

就这样对方都没生气，稍后用官博给他发了私信。周斯延简直惊呆了。

省略掉后面接触的过程，此刻周斯延的老孩童工作室账户上有两千万的项目启动资金了。注意，是启动，不是项目的全部！

秦初晗听完也是蒙的："那这意味着什么呢？不是，我好像应该先问是哪家游戏公司，也太有钱了吧？！"

"是 CHAOS（卡俄斯）。我刚问过行业内的朋友，他们旗下最不赚钱的游戏，每个月流水都有几千万。"周斯延说话声音都是抖的，"不过这不重要，我想说的是，秦初晗小友，我们有钱做游夜一家了！放开了做，精益求精地做！请知名声优，片头曲和片尾曲也要好好搞一搞！争取一炮打响！一鸣惊人！一战成名！"

秦初晗激动得直发抖，缓了好一会儿，感激道："周老师，您突然得到那么大一笔启动资金，最先想到的还是我们园的大猩猩，我真的替它们全家感谢您！我得多请您吃几次火锅！"

周斯延大笑："不瞒你说，我觉得这跟你有关。最近你有没有跟哪位土豪朋友提过这个项目？说不定是对方在暗中帮你穿针引线。"他都不惑之年了，能忽悠的有钱朋友早就忽悠了个遍，当初一起做动画的同龄人，改行的改行，只剩自己还坚守阵地，初心不变。

"没啊……"秦初晗下意识否认，然后想起一个人，"不会吧，我昨天跟他提了？"该死，她一点儿都想不起来。

周斯延听她支支吾吾，就知道她昨晚是喝到位了的："这周找个时间开创作会议，人设不变，脚本方面估计还要麻烦你。"

"不麻烦，我的分内事。"

周斯延还在学校里忙，秦初晗和他聊了几句，定下开会时间，懵懵懂懂地挂断电话。放下手机，她抬起头去看陈胜利，想了想，用求教的口吻说："我就直接问了，你们家琛琛有很多关系很好的土豪朋友吗？打个招呼就能掏出两千万去投资，打水漂也无所谓的那种土豪。"

胜利老师浮夸地"嗐"了一声，摆出"我家孩子全世界最优秀"的嘚瑟嘴脸："你这问的就不对，我们家琛琛家境优越，父母各有各的研究室，各有各的专利，头上俩哥哥开着各自的公司，不夸张地说，他是他家赚钱能力最菜的！我要有他那条件，还摆弄什么镜头，让我妈给我买座顶配天文台，我观星去！"

纵然知道私下调查是不对的，但人类的好奇心一旦爆发，谁能抵挡得住呢？秦初晗无法战胜，只能任由它驱使。晚饭过后，她回房间抱着笔记本电脑输入"CHAOS"，点击回车键——

这是一家上市公司，市值几百个亿……美元？！在国内拥有十几座游乐场、几十家酒店和一家动物园的山海集团只值它的三分之一！秦初晗大学时迷恋的一款养成游戏就是CHAOS出的，那是她这辈子最真情实感、真金白银投入的游戏，同时也是她情感经验的主要来源……这句画掉，不能让别人知道！

再看CHAOS的创立者、董事会主席兼首席执行官祁敬承，出身书香门第，家里排行第二，名校毕业，在校期间一手创建ZEUS，也就是CHAOS的前身。回国后，他在高校挖掘人才，组成一支全部是华人的团队，只用了不到四年，就凭借出色的制作和能够与游戏巨头比肩的水准跻身国际一线行列。

像这种财富榜上杰出的青年企业家，网上新闻照片有一堆，秦初晗都没有刻意去搜，它自己就弹出来了。最近一次活动是两天前，祁敬承在G国出席三年一度的全球游戏大会，穿着运动装，左手插着裤袋，右手拿着话筒，站在舞台中央跟在场几千人分享自己的人生经历——除了发型有少许不同，修长漂亮的手指上戴着银质的装饰戒指，那脸、那身段，包括运动装的款式，都跟每天在动物园晨跑的祁教授有九分相似！

这就是给老孩童动画工作室两千万项目启动资金的幕后神豪，祁应琛的亲二哥！

秦初晗合上笔记本电脑，身子往后仰倒，睁大眼睛望着天花板，心情有些复杂。

十几分钟后，她觉得这个事情不能含糊过去，拿起手机给祁应琛发过去一条信息："你这么配合，我想代表山海野生动物园全体动物给你磕三个响头……"

秦初晗承认，对于文创增收这方面，她有些急功近利。虽然出发点是好的，她也没贪一分钱，可祁应琛跟动物园是什么关系？就连陈胜利都不确定自己这位发小对动物们的感情究竟有多深。这个世界上有不求回报的付出吗？她不知道要怎么还祁应琛这份人情。要是他说不用还，她更难受……可他真开口跟她要点儿什么，她又不确定自己是不是给得起。

祁应琛一副很懂的样子："让你感到压力了？"

秦初晗如实道："有一点儿。"其实远不止一点儿。

祁应琛那边陷入沉默，犹如突然中断的信号，屏幕顶端连暧昧的"对方正在输入"都没出现。秦初晗捧着手机等了好一会儿，就在她越发忐忑时，聊天框里突然弹出新的消息。

祁应琛说："无关其他，这只是同类之间的示好，看来方式有些笨拙，需要改进。"

同类？示好？秦初晗起初没想明白，但很快就悟到了。"同类"指的是他们都能和动物交流这件事。他承认了，用这样一个很委婉、很含蓄的陈述句。而"示好"的意思，自然是通过他研究所的同事为文创组增收，拜托他的亲兄弟给周斯延投资。这对于他来说，或许就是一句话的事，但对秦初晗却很重要。祁应琛在她实现梦想的路上，为她搭了一座便捷的梯子，减少了圆梦的难度。

最绝的是，做完这一切，他竟然以自省的态度向她道歉："是我唐突了，希望没有冒犯到你。"

秦初晗陷入柔软的床中央，面无表情，任由心潮汹涌。良久，卧房里响起少女的烦恼："救命啊……"

次日一早，大熊猫馆。

降温了，外面好冷好冷，两大三小都在不对外开放的公共活动内舍里玩耍。

小团圆听了秦初晗的倾诉，害羞得双爪捂脸，低下头一阵羞涩："换我也心动得要命。"那可是祁教授呀，给它做体检的时候最温柔了，"我还记得上次他来，问我最近胃口好不好，我说一般吧，他就追问为什么，是吃得不香呢，还是用餐前后有哪里不舒服。他问的时候看着我的眼睛，我觉得我是他的全世……"

秦初晗打断它："等一下，你说祁应琛上次来看你，跟你对话了？"

小团圆毛茸茸的熊脸一僵，半张着嘴："啊呀，说漏嘴了……"

本来挂在侧边的爬架上看她俩闲聊的横横也心虚地扭头回避：看不见我，我什么也不知道，我跟这件事无关。

秦初晗："……"好的，看来它们都知道，就自己被蒙在鼓里。

小团圆老实靠墙坐着，跟她商量："嗯，能不能看在我勇敢面对的分上，这次就算了？"

秦初晗摇了摇头，做伤心状："我们从小一起长大，你从怀上梨花糖到生产，我全程陪同。我回来开店，给你出主题摆件，出同款雨衣，把你的脸印在咖啡杯上……结果你就是这么对我的？"

小团圆无言以对，心虚地低下了头。它一只遭受人类道德绑架的熊猫不知道如何处理这样的局面，只能期望秦初晗快点儿去忙别的，放过它。

大抵老天听到了小团圆的心声，秦初晗接到林笙发来的信息："准备好了，随时出发。"

今天他们要去江城美术学院，和周斯延及老孩童工作室全体主创就《游夜这一家》进行第一次创作会议。

保底两千万的大项目呢！冲！

秦初晗回信息说马上来，然后伸手揉了揉小团圆的大脑袋："我去忙啦，过两天再来看你。"

刚站起来，小团圆探身抱住了她的腿。

“怎么了？”秦初晗转身望它，下瞄的视线里，成年大熊猫又萌又委屈。

小团圆昂着头，黑漆漆的眼睛望着她：“晗晗，祁教授请求我不要告诉你，我问为什么，他说想自己找机会跟你坦白呢。我觉得他是个好人，你不要生他的气哦，给我个面子。”

小团圆的面子，秦初晗是要给的。再说她也没有真的跟祁应琛生气。在遇到他之前，在他们说开之前，秦初晗一直以为自己是人类史上奇葩的变异种，不敢与其他人分享这个秘密。她懂祁应琛的谨慎，人心难测，不是所有人都会像家人那样包容她、理解她、保护她。

比起责难，秦初晗更想找个机会和他当面好好聊聊“能和动物对话”这件事。所以在祁教授回动物园之前，专心工作吧！

结束与周斯延及其团队的第一次会议，秦初晗便投入到角色创作里。

泡面番暂定名《游夜这一家》，第一季体量为十二集，故事围绕游夜大叔和它的家人展开，故事背景是整个山海野生动物园。这是动物们的世界，动物们的江湖。

有了钱，周老师的野心也变大了，决定多弄几个角色。游夜一家是主角，配角在哪儿呢？当然从动物园里找！秦初晗立刻想到李氏家族：暴脾气的驼鹿李光荣是鹿苑老大，了解山海野生动物园的整个变迁史，是山海野生动物园的见证鹿；八面玲珑的李昂掌管整个动物园的消息网；两爬馆的李富强是一只被专家鉴定活了六十多个年头的扬子鳄；而熊馆的李奉献以绝对的实力威震四方，没有哪个动物敢挑战它的权威，人也一样；住在象龟馆的李敬业据说每当山海野生动物园遭遇危机时，它就会脱下重重的龟壳，变身超级英雄龟，维护正义与和平……

一月中旬，动物园官博、文创组联合周斯延的老孩童工作室宣布：我们要做动画啦！宣传图上除了游夜一家之外，还有数个剪影站成一排。

对游戏有所涉足的网友在标题旁看到 CHAOS 的标识，直言：“好家伙，这是盘大棋啊！期待，麻烦搞快点儿！”

有了 CHAOS 这块金字招牌，一小时留言已经有数千条，点赞轻松过万，更多的品牌方主动找来，表达合作意愿。秦初晗每天都要跟不同的工作对象接触，在交谈中获得了更多的创作思路，忙得晕头转向。

年前线上线下最后一次上新，梦幻的“周公与蝶”系列、绝对满足两爬爱好者的“蛇蝎”系列，还有各类挂件、生活用具，以及最重磅的“整整齐齐一家人”大猩猩玩偶，包括第一次尝试与海市老字号酥饼铺合作推出的“可爱的动物们”主题饼盒，都大获成功。

还有一周就要过年了，上班族们都在做年前最后的冲刺。秦初晗也一样。下午三点从城区回来，还在车里，她就催促林笙：“赶紧收拾东西回帝都，来回机票我报销，再拖下去，

是准备在江城陪我和动物一起过年吗？”

林笙对着手指头小声嘟囔：“倒也不是不可以……”

秦初晗好气又好笑地看了她一眼。

林笙可怜巴巴地说：“我家人今年出国旅游，要是想跟他们碰头，得飞差不多二十个小时……要是回帝都，家里就我一个人。”还不如留在江城和大家抱团。

司徒畅从后座钻到前面来：“林妹妹有没有考虑过嫁到我们江城？我大学的好哥们都单着，有创业的，有回家继承祖传店铺的，还有作风优良勤俭持家的拆二代，我这儿有照片，先给你过目怎么样？”

林笙犹豫了：“实不相瞒，我家里给我安排对象了，指腹为婚那种。”说起这个，她更不想回家过年了，发自肺腑地叹出一口气，难啊……

司徒畅表情夸张道：“家里给安排对象，这不是妥妥的豪门剧情吗？！林妹妹你觉得我怎么样？”

林笙连眼神都懒得给：“园妹你想什么呢？打开微博看看你的‘老公们’，摆正自己的位置！”

司徒畅嗖地一下缩回后座，哀号：“说好线下不提‘园妹和她的老公们’，怎么不讲武德呢！”

秦初晗和林笙异口同声：“谁跟你说好的？”一日是园妹，终生是园妹！

车刚开进北门，王大爷就拉开门卫室的窗，从里面探出身来，喜气洋洋地跟她喊话：“小晗，快去黑森林馆，闪电成啦！”

秦初晗一脚踩在刹车上，就……成了？！

黑森林馆外停了不少车，横幅已经拉起来了，就挂在正门入口上方：备战除夕，喜迎新生，皎月妈妈辛苦啦！闪电爸爸棒棒的！足足两行字呢，过年的氛围相当浓郁。

秦初晗看得直乐，吩咐身旁的“园妹”拍照发微博，给关心这事儿的网友们报喜。

司徒畅“嘤嘤嘤”地掏出手机，投入到工作里就变得专业起来，哪怕拍个横幅，也要拍出巨额投资、众星云集的大片效果。

这时，伍衡扛着直播器材满面春风地走出来，见文创组的人才出现，傲娇得直翘尾巴：“来啦？我刚收工，已经把这个喜讯分享给网上的朋友们了。哦，你拍照啊？那我们不一样，我拍的是会动的那种，园长特许的近距离接触！你慢慢忙，我先走一步。”

司徒畅气得不行。直播了不起？是你对自己颓废大叔的魅力过于自信，还是低估了我“园妹”的影响力？双面人最讨厌了！

秦初晗和林笙站旁边看着，一时之间竟然不知道要说什么。

黑森林馆前身是一座模拟热带湿地森林环境的体验馆，里面养着闪电的爸爸和几只美洲豹，活动范围很小。经过翻新扩建，这里被打造成便于管理和参观的对称式专业馆舍。山海野生动物园后来的馆舍改建，整体结构和布局几乎都参考了它的模式。

室内操作区位于馆内中心区域，不对外开放，是饲养员和工作人员平时活动的主要区域。此刻这里聚集了比往常更多的人。秦怀远、王老头和他的徒弟们，还有闻讯从市里赶来的专家和领导，人手一个保温杯，站在内舍的单面玻璃前，看着里面一家三口轻声交谈。这群平时说话铿锵有力的中年人压抑着喜悦之情小声说话的样子，怪可爱的。

单面玻璃具备一定的隔音功能，但对于听觉敏锐的黑豹来说，作用并不太大。秦初晗刚靠过去，原木卧在一根横木上的闪电就动了动耳朵，抬起半身，看向她站定的地方。一人一豹对视数秒，闪电卧回原位，慵懒下垂的尾巴吊在空中有一搭没一搭地轻晃着。看来新手爸爸的情绪还算平稳。皎月被安排在它隔壁的笼舍，环境是相当不错的。

因为外人多，秦初晗没进去跟它们闲聊，转头跟饲养员了解情况。

黑豹在两三岁性成熟，最佳合笼期为每年十月至次年四月。目前皎月怀孕约五周，可以确定的是，这一胎有两崽，对于初次当妈妈的它来说会很辛苦。而黑豹的妊娠期在九十六天左右，也就是说，它将在两个月后生产。有夏天险些难产的先例，园里上上下下高度重视此事，黑森林馆也打出全力备战的口号。

仔细算算，闪电和皎月应该是在十二月初就合笼成功了。可十二月中旬，忧郁闪电还向秦初晗请教爱情是什么呢。当时秦初晗也一本正经地回答它："爱情，是两颗心的双向奔赴！"结果呢？那时候闪电都和皎月生米煮成熟饭了，而至今秦初晗跟祁应琛的双向奔赴快变成了环城马拉松！

林笙在旁边和司徒畅小声嘀咕。两个月后闪电和皎月的孩子就要出生了，不知道到那时老师和祁教授能不能有点儿进展？祁教授也是真行，明明去隔壁海市开年终学术总结会，转头上了回帝都的飞机，要待到年后才回，当真不怕珑寻老师把他淘汰呢！

情景使然，再结合前情提要，秦初晗想着进度超快的闪电，莫名有点儿生气：弟弟，你不老实……

4

这天帝都的天气不错，从清晨到下午三点，阳光一直没间断过，室外温度虽在零度上

下，却未妨碍它的风和日丽。麻雀成排停在电线杆上，叽叽喳喳聊明星近况，谁和谁谈恋爱啦，谁跟谁已经离婚啦，还有谁和谁是那种关系……千万别小瞧这张消息网，但凡常住帝都的明星都难逃它们的法眼。

午饭后，祁应琛陪奶奶在玻璃花房里料理花草，搬动位置、除去杂草和修剪枯枝，这一忙，就到了现在。

花房的门半开着，麻雀们吵闹的声音传了进来。程洁戴着老花镜，眯着眼扭头去看了会儿，温和地笑着道："天气好了，这些小雀崽也活泼得很呢。"

祁应琛附和道："确实很活泼。"就他这两小时的旁听量，够娱乐记者吃三年了。

程洁又望回寡言的孙子，不得劲地撇了撇嘴。午饭到现在，刚刚那句是祖孙俩说的第四句话。明明是最小的一个，性子也太稳了，稳得她这个见多识广的老太婆都找不到突破口……哎，白长了好模样，性格那么闷，难怪找不到对象！

祁应琛没察觉老太太怨念的眼神，思绪不知不觉被蹲在院外电线杆上的麻雀给带跑了。他想起那天晚上在大猩猩馆外，秦初晗跟他讲的其中一个笑话，髹髹，啾啾……冷不防的，他"扑哧"一声笑出了声。

程洁停下剪花枝的手，一脸探究地看他。

祁应琛意识到自己失态了，在老太太那双慧眼下，想糊弄过去是不可能的，又见她袖套上的皮卡丘经典形象，心生一计："奶奶，您知道皮卡丘站起来会变成什么吗？"

程洁一下子被问住了。虽然老太太上了年纪，却不妨碍她喜欢宝可梦。就连程洁的学生都知道，老师有生之年最想养的宠物是皮卡丘，家里收藏了各种周边，今天戴的袖套也是。可是，皮卡丘站起来会变成什么？程洁被孙子整不会了："那它站起来也还是皮卡丘啊！"

"不。"祁应琛轻轻摇头，道，"皮卡丘站起来，就变成皮卡兵。"

程洁先是露出困惑的表情，但很快反应过来了，"扑哧"一声笑弯了腰，单手撑在花台上，停不下来。

祁应琛连忙把老太太扶到边上坐下。要是她因为这个笑摔了，全家别想好好过年了，而他是主要责任人。

程洁笑了足足三分钟，肚子都笑疼了，还问孙子："怎么能那么好笑……哎哟，乐死我了。"

祁应琛也没想到这个笑话对老太太颇具杀伤力，看来没讲错。

"我家小琛居然会说笑话了。"程洁拍拍他的手背，转头盯着孙子恢复如常的脸，"是女孩子跟你讲的吧？哪儿人？怎么认识的？进展到哪一步了？快跟奶奶说说，我保证不告诉咱家其他人，连你爷爷都不说！”

祁应琛不太想说，余光瞄着外面那群麻雀，商量道：“要不我告诉您咱家的邻居昨晚发生了什么事儿？”

“就那个为老不尊的演员，我才不爱听他的事！不是上了年纪就算老戏骨的，他肯定又骗小姑娘了，造孽哟！”程洁嫌弃得直摆头，然后顺势拉回正题，“女孩子可爱吗？”会讲皮卡丘的笑话，一定很可爱！

所以说，用一个问题去解决另一个问题，只会带来更多的问题。祁应琛决定让事情变得简单点儿：“多年以前有过一面之缘，直到今年工作上有了接触。就是帮我那本《游禽观察日志》配图的那位插画家。”

“我是觉得你那本书的插画和其他同类型的书不太一样。”程洁在学校教书，干了大半辈子的翻译，孙子的著作她自然是看过的。

老太太接着又问：“画画的呀，那性子是不是很文静？”

“倒也没有……”祁应琛脑中自动浮现出女孩子灵动的模样，尤其是对付伍力文时那耍狠的劲儿，使的招儿也绝，会画画的姑娘不一定都文静，秦初晗就是他心里最与众不同的那一个，“性格很活泼，除了画画得好，还做设计，给动物园开文创店，冷笑话张口就来，而且——”

她和他一样，可以和动物们说话。

“而且？”程洁似笑非笑，“我可是这一片儿最明事理的奶奶，你不想说，我绝对不追问！”

好了，现在变成祁应琛到底要不要做个孝顺孙子，满足一下老人家的好奇心，以及对这份关爱之情的回应。

“您不追问，直勾勾盯着我是什么意思？”这眼神，他可招架不住。

“主动讲两句？”程洁抓着大孙子的手，姿态都放低了。

“行！”祁应琛勉强点头，再一思量，就有些露怯了，“其实我跟她相处的时间很少，在动物园里，她比我忙。”

因为秦初晗忙得找不着北，他都不好意思提《猛禽观察日志》的合作。陆禾想帮他催，他还装作没事人似的说不急，慢慢来。决定提早回帝都的理由也一样，留在动物园也见不到秦初晗，不如等她忙完这一阵，年后他们还有很长一段时间相处。

程洁却听得着急：“那动物园外呢？”

祁应琛笑着答：“平时吃住、工作都在园里，不用出去。”

哦，好歹有共同的活动范围。程浩又问："多大的动物园？"

祁应琛想了想："我看官方主页上写着，实际占地面积有七十多万平方米。"

程浩表情变了，整个人逐渐被阴霾笼罩："这么大呀……"只比他们这儿的动物园小那么一丁点儿，她跟老祁逛了那么多次，可从来没有一次完完全全地逛下来过。

祖孙聊到这儿，祁应琛收到微信。时昊给他发了一张照片，是站在黑熊咖啡厅外面抓拍的。照片里，秦初晗让老板把黑熊懒人沙发搬出来了，她坐在里面，弓着背，双手捧着咖啡杯，用嘴咬着杯沿，眼皮向下耷拉着，鼻尖轻微泛红，蔫了巴儿，委委屈屈。

时昊："从黑森林馆出来就这样了。"

祁应琛："为什么？"

时昊又给他发来第二张照片，展示拉在黑森林馆大门口的横幅。

祁应琛明白了。

时昊："我也看不懂你跟我姐到底算怎么回事儿，连王老头都跟我打听你俩的进展。问题是你俩根本没进展啊！你也知道我姐是事业型，但是我们全家总不能眼睁睁看着她把一生都奉献给动物园，所以我就想问问你这边到底有没有想法，没有的话，我妈随时出动，不说找个你这样多边形完美战士，找个对我姐好的，专一、老实又心甘情愿给她欺负的，难度不大！"

祁应琛："……"这就下最后通牒了？

程浩凑过来，正好看到这条超长信息。

祁应琛没跟老太太藏着，只道："应该不是秦初晗的意思。"

"秦初晗？名字真好听。"程浩扶了扶老花镜，"不是女孩子的意思，那就是她家里急了。"

祁应琛点头表示赞同。

程浩坐正，忽地叹了一口气："我家也急呀！你二哥好歹还谈着呢，就你，好不容易有点儿眉目，还有一个星期才过年呢，你回来做什么？"

祁应琛一脸蒙："回来陪您和老爷子，不然这么大的花房，您一个人得弄多少天？"

"我是没钱还是缺孙子陪？我自己弄不完，难道不会请个花匠？"程浩暴躁了，拽着孙子把他往外面推，"你现在给我回去，回江城！"

祁应琛哭笑不得："回去做什么，快过年了……"

"是你自己说女孩子平时忙，过年总能得两天闲吧？那就是你表现的机会！你走，赶紧的，今年我们家年夜饭没你的份儿。"程浩边推他，边拿手机给祁家老二打电话，"借你二哥的飞机，现在去机场，没准能赶上晚饭。对了，前天我学生来看我，送了我一本相册，你给女孩子带去当谢礼。"

祁应琛认命了，搀着老太太的手走出花房，往屋里走："什么谢礼？"

"皮卡兵的笑话，我喜欢听。"

晚饭时间，陈胜利去农贸市场买回一堆食材，招呼大伙儿吃火锅。他是个常年不着家的野人，自从妹妹结婚生子，家庭地位一落千丈，留在动物园过年的决心最大。

林笙也坚持留在园里跟大家一起，顾词、盛呦呦和司徒畅都是江城本地人，他们捂着心口对珑寻老师发誓："只要您一声吆喝，我必随传随到！"

秦初晗兴趣缺缺地点头，拿着筷子示意大家吃起来。

饭后陈胜利把网购的家庭影院搞起来，还在客厅里挂了花里胡哨的小彩灯，年轻人欢乐 KTV 时间到了。秦初晗嫌吵，待了一会儿就回了隔壁。

入夜后，江城下起小雪，雪花洋洋洒洒地从夜空飘落下来，给动物园铺上了一层纯净的白色。整个园区安静极了，像童话故事里的场景。

入冬时秦初晗买了一张日式暖被桌放在卧室里，这会儿接通电源，笔记本电脑放在桌上，腿伸进暖烘烘的桌子里，全身都不冷了。

今年的第一场雪激发了她的创作欲，"雪系列"四格漫画应运而生。虽然秦初晗稍微有一点儿生闪电的气，但不妨碍她把它当作创作主角。在确定皎月怀孕的这天下了雪，真是个不错的好兆头呢，明年的这个时候，就是一家四豹一起看雪啦！

正津津有味地画着，落地窗外忽地传来很轻的声响，好像有什么不显重量的东西掉落在小阳台上。秦初晗探身一看，一张黑色的豹脸怼到玻璃上，鼻头都变形了。

"你胆子也太大了，怎么上来的？"秦初晗连忙把双层的玻璃门拉开，让它进来，再扭头看外面，雪下得越来越大了，除了阳台护栏上被擦掉了一点儿积雪，楼下倒是没见到它的脚印。

"我会爬树。"闪电蹿进卧室，抖掉身上的雪。

秦初晗抬起头才注意到离阳台最近的那棵树，树干已经长得很结实了，隐约能见到上面的积雪有圆点点脚印。想起来了，豹子可是全能冠军，能爬树能游泳，原地起跳能跳出五六米远。行吧，你能耐大！她把门拉上，回头一看，黑豹弟弟正端立在暖被炉前，试探地将左前爪放在桌面上。

咦？好暖和！一丝惊诧从闪电亮棕色的眸子里闪过，连带着长须也跟着抖了两下。

秦初晗忍不住笑了："这是暖被炉，很舒服的，你钻进去暖一会儿？"

“不用，我不冷。”闪电选择了矜持的蹲坐姿势。这还是它第一次找到秦初晗的房间里来。它又不像李昂，体积小。

看着黑漆漆的一颗大煤球安静地坐在床边地毯上，端端正正对着暖被炉，秦初晗有个错觉：我是不是要给它倒杯茶？

要是这会儿林笙他们谁回来，打开门看一眼，一准吓得尖叫。还好隔壁正激情 KTV，不知道陈胜利还是司徒畅歇斯底里地唱着：“最爱你的人是我，你怎么舍得我难过！”

闪电都听不下去了，朝音源方向看了一眼，扭头道：“好吵。”

秦初晗打消给它倒茶的念头，缩进自己的位置里：“你怎么来了？外面下这么大的雪，也不陪陪皎月？”而且现在还不到十点，跟它平时的活动时间对不上啊。

“它不用我陪，我是专程来找你的。”闪电望着秦初晗说，“你不对劲。”

秦初晗愣了一下，笑了：“我哪儿不对劲？”

“今天你来看我那会儿，馆里人太多，没有进内舍说得过去，但是晚饭后你也没来，我等得有些着急了，只好来找你。”闪电有理有据地说完，问，“为什么？”说好一起分享快乐的，小团圆和夏天从怀孕到生产，哪次秦初晗不现身跟它们腻上好一会儿？怎么到了它这里就变得冷淡了？因为生崽的不是它？

秦初晗抱着手，回望着找到跟前讨说法的臭弟弟：“因为你不老实。上次你问我爱情是什么的时候，都跟皎月合笼成功了，还跟我唉声叹气！”

卧房内静悄悄的，源源不断的暖流从暖被炉没捂严实的缝隙里钻出来，往闪电那张貌似严肃的豹脸上涌。

隔壁又换歌了，这次还是大合唱：“死了都要爱！不淋漓尽致不痛快！宇宙毁灭！心！还！在！”

都死了还怎么爱？人类太复杂了，闪电真的搞不懂。但好在它还能和秦初晗沟通。

“我还以为是什么事……”闪电明显松了口气，甚至坐姿都松懈了。

秦初晗瞪眼睛：“什么叫‘我还以为’？你这个口吻很有问题我告诉你！”

闪电不清楚她为什么那么在意，只好解释：“合笼是饲养员安排的，到了时间，我会想，皎月也想，这件事在一个早晨自然而然就发生了。”换言之，合笼和感情没有太大关系。

秦初晗是人类，在她的惯性思维和对感情的认知上，需要感情先发展到一定程度，才会在身体上有更进一步的关系。但闪电和皎月是豹，到了年龄被人类安排，遵循本能繁衍后代倒也可以理解。不过她还是有疑问：“那你为什么不早点儿跟我说？每次碰面都给我营造一种皎月不搭理你，你对它求而不得的惨样，结果现在皎月怀孕都五周了，还是一胎二宝！”合笼成功的喜悦也可以分享啊，对不对？这么算起来，原本她在十二月月中就可以收获的快乐，硬生生被推迟到今天。

闪电累了，平静地望着刁难自己的臭姐姐，冷不防问：“祁教授什么时候回来？”

“怎么问起他？！”秦初晗身体斜着往后缩，还下意识抓起一只大猩猩玩偶抱在怀里。看玩偶的尺寸，不是洛凡就是北斗，鼻孔跟它们爸爸的一样大！

闪电也觉得大猩猩丑，虽然大家都是黑色系……

秦初晗被戳了脊梁骨，表情语气都不自然，小眼神在房间里乱飘：“他早就回帝都了，年后才回来，建议你打消请他从专业角度帮你开解的念头。”

“我不是这个意思。”闪电的尾巴从地上抬起来，在身后晃了晃，落在右侧，宛如某个心思起伏的轨迹。

秦初晗满脸狐疑：“那是什么意思？”

怕它说出正确答案，又有点儿期待它说出来……

闪电沉默了两秒，对她坦白：“皎月不喜欢我，至少没有我期望的那样喜欢。”

这倒是让秦初晗意外了：“它告诉你的？”

“嗯。皎月有试着了解我，每天晚上和我一起在动物园散步，和我溜进鹿苑假装捕猎，吓唬鹿和山羊，一起挨李光荣的骂……”

闪电是很喜欢皎月的，第一次见到它的时候，就觉得它很特别，聪明、果敢、有主见，还总能让人信服。和它在一起的时候，日子过得很轻松，曾经困扰它的那些烦恼也不知不觉消失了。但很遗憾，这段时间的相处并没有让它们的感情更近一步。

“你们有好好谈过这件事吗？”秦初晗抱着大猩猩玩偶，身体像不倒翁似的往前倾。

她以为合笼成功，皎月有了宝宝，闪电和它会组成全新的、稳定的家庭关系。这也是秦初晗站在柠檬树下发酸的原因：你都幸福地泡在蜜罐里了，还跟我装忧郁，我不生气才怪。没想到合笼成功是结束的开始，这就很难受了。

“谈过的。”闪电如实道。

“它的想法很坚决？”

“与其说坚决，不如说是让我感到怎么努力都没用的平静。”天生的面黑都无法帮闪电掩饰它的烦恼，“皎月说它本来就是从 A 市动物园借来合笼繁衍后代的雌豹，那么巧这次怀了两胎，连饲养员都在高兴，说这样方便动物园分。”

山海野生动物园和 A 市动物园有协议和计划，皎月长期住在黑森林馆，第一胎先给 A 市动物园，二胎留在山海野生动物园。等完成繁育计划，A 市动物园再将皎月接回去。

这个过程至少也要三五年。结果如今一胎二宝，一步到位，最多拖到明年年中，皎月和其中一头小豹子就要离开这里了。

“所以皎月不喜欢你的主要原因，是它早晚会离开这里，和你分开？”秦初晗试图帮蠢弟弟从根本上解决问题，如果解决不了，听它倾诉一下也不错。

“我这样问过，它说不是的，主要还是感受不到我说的那种喜欢。它说我们豹子和人类不一样，一生中可以有很多配偶，只有我一个，或者我只有它，太单调了。它还说我是一头很好的豹，让我想开一些，不要被人类那套规矩束缚。”闪电说着难过地低下了头。

秦初晗移身靠过去，伸出双臂把它抱住：“我们人类也没有太多人能做到从一而终，皎月不喜欢你，不是你的错。有一点它没说错，你是一头很好的豹！”

“我知道。”闪电说，“我努力争取过了，也没觉得从一而终有什么不好，也许以后动物园还会给我安排其他雌豹，我们不会互相喜欢，但会为了繁衍后代努力合笼。”

“倒也不用那么努力……”秦初晗有些汗颜，臭弟弟可太有责任心了！

闪电反问：“为什么？”

“比起自己的感受，繁衍后代没那么重要，不必强迫自己跟不喜欢的雌豹合笼。”

“你要这么说的话，我也没有强迫自己，我觉得那一下还蛮过瘾的……”

“是……吗？”

“嗯，是的。”为了增加可信度，闪电继续说，“皎月虽然不太喜欢我，但在合笼的时候也是很享受的。”

好吧。秦初晗松开怀抱，坐在闪电身旁，一只手还搭在它后背光洁柔软的皮毛上。

对视片刻，她主动道歉：“对不起，我不知道你和皎月是这样的情况，还跟你闹别扭。”

闪电嘴轻微动了动：“没关系，我就是为了和你讲清楚才来的。”

误会解除，还是感情好的姐弟俩。秦初晗绽出灿烂的笑容：“那再抱一下！”

刚探身靠近，闪电起身灵巧避开，转头去打量人类的房间：“你住的地方好小，都没有爬架。”要是让它住在这种地方肯定会闷死，都舒展不开。

秦初晗扑了个空，双手撑在地毯上，一脸狼狈地瞪它：“自然界像你这样能上蹿下跳的不多，况且给我装了爬架我也用不上。”

闪电叹着没劲，来到阳台的玻璃拉门前：“我该回去了，帮我开开门。”这种拉门，它没办法打开。

外面大雪纷飞，呼呼的寒风吹得越发有气势。隔壁KTV欢乐依旧，但秦初晗已经不太能听得清他们唱的是什么了。这样的夜晚，孤单会加倍……

“你再陪我一会儿吧，晚点儿我开观光车送你回去，可以吗？”秦初晗趴在暖烘烘的桌面上，发出惨兮兮的请求。

闪电定定地望着她，半晌，没辙地叹了口气，回到姐姐身边，卧成一道黑色的月牙。

秦初晗趴在桌上，把电脑移到面前，再看先前给闪电画的四格漫画，就多了几分怅然。人生不如意事十之八九，豹也一样。

闪电忽然道：“隔壁好热闹，不想过去和他们玩吗？”

其实它想问的是：还没学会好好和人类相处吗？

“不了。”秦初晗兴趣缺缺。

是的，没错，还没学会。她可以和陈胜利、林笙、盛呦呦、顾词，还有司徒畅配合很好地一起工作，却无法完全放开了玩在一起。问题在她，她心里是很清楚的。

“没关系。”闪电卧在地毯上，舒服地眯起眼睛，“你还有我们。”

秦初晗心满意足地勾起嘴角：“我也是这样想的。”

“不过——”闪电还是决定说出来，“我喜欢皎月，我会争取，你很喜欢祁教授的话，也要为自己争取一下才行。有些陪伴不能代替，他不错，你也很好。”

秦初晗眼波流转，指尖轻轻颤动着收缩了一下：“嗯，我会的。”到了这个时候，没办法继续逃避了。

闪电也知道主动和人类交流这件事对秦初晗来说还挺难，决定推她一把：“那你要不要现在和他联系看看？趁我还在。”黑豹闪电在线营业，专业壮胆！

“现在吗？”秦初晗犹犹豫豫地坐起来，目光落在手机上。

闪电搬出最近听饲养员们闲聊的那一套：“正好我在，正好你有空，你还可以把我和皎月合笼成功的事告诉他。”

秦初晗把手机拿起来：“快十一点了，会不会打扰人家？”

闪电抬起前爪搭在她手臂上，亮棕色的瞳孔里满是鼓励：“加油！”

秦初晗登时就被蠢弟弟蛊惑到了，她深吸一口气，解锁屏幕，还没来得及调出祁应琛的电话号码，屏幕上先弹出来电显示，“祁教授”三个字出现在屏幕正中！

秦初晗本来就㞞，手一抖，手机掉在地毯上之前无意中触到了接听键。她和闪电面面相觑，再凑近去看开始计时的手机……为什么这么安静？

电话里飘出男人带着笑意的声音，他也问：“这么安静的？”

祁应琛这句话说得也太随和了，以至于秦初晗差点儿就礼尚往来地回说“我准备睡了”，还好，她稳住了。她握着手机，背脊挺直，端端正正面对待机状态的笔记本电脑，四平八

稳地说："我在画画。"

祁应琛保持惯有的涵养："没有打扰你吧？"

"没有没有！"秦初晗跟着礼貌起来，"这么晚了，找我有事吗？"

说来也是奇怪，两个人明明是情投意合，彼此之间还有共同的秘密，可几天不联系，说不清道不明的生疏感越发强烈，一时间连人类最基本的情感表达都不会了。

闪电贴在她旁边，抬起前爪想去触碰桌上那块薄薄的黑色的东西。到底是第一次来人类的房间，它看什么都新鲜。

秦初晗余光盯着它的一举一动，在长甲即将划到数位板的前一刻猛地给了它一下。闪电被打得直缩脖子，勾着头蹲坐回原位，眼含怨念地看着秦初晗，喉咙里发出咕噜咕噜的不满声，像是随时准备对臭姐姐发动绝杀攻击。秦初晗是不怕它的，瞪起眼睛凶回去。

手机里，祁应琛慢条斯理地道："方便的话，能不能帮我开一下门？"

秦初晗满心诧异："你……你在外面？楼下？！"

"那惨了……"闪电不费力地说着风凉话，"突然袭击，最为致命。"

秦初晗根本顾不上它，扭头看了楼下正门方向一眼，手忙脚乱地爬起来，冲到梳妆台前，镜子里的女人头发好油，皮肤好干，眼睛里一点儿神采都没有，衣服倒还是今天出门那身，低下头一闻，全是火锅味！

她对电话里的男人使出拖延大法："真的回江城了？"再有六天就过年了啊！

闪电安逸地卧在地毯上，晃着毛茸茸的粗尾巴："别挣扎了，不可能不见的。"

祁应琛的语气变得有些艰难："说来话长，但确实回来了，可以先开门吗？有东西要给你。"

"你等等！马上！我很快！"秦初晗仓促挂线，转头去看闪电。

闪电自觉抬起前身，跟她对视："所以我该回去了吗？"看来坐观光车的待遇，至少今晚是没有了。

秦初晗是有原则的："外面白茫茫的一片，能见度比平时高，你目标太大了，还是我送你回去吧。你先在房间里待一会儿，我去搞定祁应琛，很快！"

闪电对她做全身扫描："不换衣服？"

秦初晗一脸放弃："我们人类有句话：喜欢一个人就会忽视她的缺点。"

门关上的刹那，闪电淡淡地送上祝福："最好祁教授能忽略你身上的食物味道。"真的，太重了……

楼下，秦初晗打开门，寒风裹挟着雪片从祁应琛的身后涌来，冻得她直缩脖子。

祁应琛穿着一件很有太空感的长款拼色羽绒服，左手拎着两个精美的礼盒，右手扶着中号行李箱。他的短发被风吹得有点儿乱，鼻尖冻得微红，唯独眼神平静得不起一丝波澜，专注地望着给他开门的女孩子。

四目相触的一瞬，秦初晗就不太行了，心咚咚咚跳起来。

隔壁很清楚地传来陈胜利的歌唱："夜太美，尽管再危险，总有人黑着眼眶熬着夜！爱太美，尽管再危险，愿赔上了一切超支千年的泪！"唱得那叫一个铿锵有力，字正腔圆。

秦初晗和祁应琛听得齐齐露出无奈的笑，隔壁那氛围确实跟他俩不搭，先进屋再说吧。

类似"我们家老太太听说我有心上人于是把我赶回来和她持续发展"的实话，祁应琛是说不出口的。在飞机上，他就给自己找到了合理的借口。

"国外研究所有突破性进展是好事，不过就是辛苦你了，不能和家里人一起过年。"秦初晗去厨房泡了一杯热茶，放到他面前。她没怀疑，还替祁教授遗憾。

祁应琛坐在长沙发的一端，伸手将茶杯拉近一些："大部分研究数据和资料都在这里，回来也好，可以专心工作，留在家里的话，光是我大哥家那三个小魔怪都能完虐隔壁那几位。"

秦初晗捧着杯子附和，在他旁边坐下。两人中间隔着能塞下两只闪电的距离。

一阵尴尬的沉默后，秦初晗忽然想起来："对了，你吃饭了吗？"

祁应琛下意识地回答："吃过了。"

其实并没有，他六点到帝都机场，在星巴克坐了会儿就登机了。飞机餐难吃至极，他也是有些挑剔的。但因为之前想着没多久就可以见到秦初晗，内心那种无法形容的期待越发强烈，他一直保持着兴奋状态，此时真的见到了，竟连正常的侃侃而谈都做不到。这是他二十多年从未有过的状况。

"哦，吃过了啊。"秦初晗点点头，一脸的若有所思。

祁应琛从混乱里捋出一丝头绪，把老太太交代的礼物拿起来："我奶奶很喜欢你的插画，这是她特地让我带给你的。"

秦初晗放下水杯，双手接过两个沉甸甸的礼盒。一个盒子里装的是知名摄影师席俞的二十年纪念作品集，扉页上还有摄影师亲笔写的寄语，珍藏价值不言而喻。另一个盒子里的就很玄妙了，是一大团包装异常讲究的普洱茶饼，秦初晗不懂茶，闻着味儿觉得应该是好东西。

祁应琛看她表情就知道，她被两样毫不搭界的礼物弄蒙了："席俞先生是我奶奶的学生，至于这团普洱茶，是我爷爷见奶奶给你准备礼物，非要我一并带来的。"

秦初晗点点头，把影集和茶分别收好，挪到茶几一侧摆放，转而重新拿起水杯，眼神审视着过年不跟家人在一起突然出现在自己眼前的男人，冷不防发问：“你是被家人赶回来的吧？”

祁应琛愣了下，艰难地从喉咙里挤出个单音：“是。”

秦初晗扬了扬眉，继续道：“为什么这么久不给我打电话，连条短信都没有？”

问得那么直接，算是正式步入正题了。祁应琛双腿交叠，靠入沙发里，变得理直气壮起来：“没记错的话，在我向你发完那条同类的信息后，你就没有任何回应，我不确定是吓到你了，还是被你拒绝了。”一直在等回复的人，是他。

秦初晗仔细在脑中搜索，发现确实是这样，随之对他绽出歉意兼讨好的笑：“对不起啊，最近有点儿……忙。”

当然，不忙的时候她也会琢磨：祁应琛在干吗？为什么不给我发信息？我要主动给他发吗？发什么好？同时脑海中浮现祁教授那张冷淡的脸，帅是帅的，就是缺了点儿人类的感情。但往往没等秦初晗想到合适的信息内容，就又开始忙起来了。

“我知道。”这次换祁应琛点了点头，然后问，“所以在你不忙的时候，有没有想过给我的回复？”

好的，关键的来了！

秦初晗几度张口，有很多想表达的内容，却说不出一个字……

祁应琛看她来回折腾，也有点儿急了。随便说点儿什么吧，他都能帮她找补上，然后开启人生新阶段，结束这糟心的单身生活，携手过个好年。他就是为这个回来的。

就在这时，隔壁传来整整齐齐的大合唱：“就是开不了口让她知道，就是那么简单几句我办不到，整颗心悬在半空我只能够远远看着——”

秦初晗：“……”

祁应琛：“……”

这么应景，干脆站到我们后面来配 BGM（背景音乐）好啦！

气氛既尴尬又莫名的紧张。

祁应琛先舒出一口气，笑了：“不如让事情简单点儿？”

秦初晗咬着杯沿，点头。

祁应琛坐起来一些，再靠近她一些，刚做完一个深呼吸，就听“吧嗒”一声，客厅的灯全灭了。两人陷入一片黑暗，齐齐愣住。

隔壁的唱歌声也戛然而止，陈胜利扯着嗓子号：“干吗啊？是跳闸还是烧保险丝啊？

能不能有点儿眼力见啊？爷的金曲没唱完啊！”

北区这边啥都好，就是日常爱跳闸，今天晚上大降温，用电量肯定超负荷了。

“大概是电压过大，我去看看。”

“手电筒我放在厨房了。”

祁应琛和秦初晗各自说着，同时起身，黑暗中互相碰了下脑袋，不是很痛，就是尴尬……非常尴尬！

秦初晗忙不迭地往后退开，沙发垫太软，她失去平衡，双手握着大半杯薰衣草花茶往前一栽……祁应琛发出闷闷的声音，怀里栽进个人，接着，也仰倒进沙发里。

外面风大雪大，客厅里静得如世界诞生之初。

祁应琛：“……”

秦初晗：“……”

累了，不如一起毁灭？

秦初晗双臂屈在身前，两手几乎是以一种占便宜的方式，触碰着男人比想象中更加结实的胸膛。就是触感不太好，是湿的，还隐隐散发出薰衣草花茶的味道。

“我的茶好像全洒在你的毛衣上了？”秦初晗不确定地问着，心里已经在回想着茶泡好后自己到底喝了几口。五口？好像没那么多……

祁应琛上半身完全平靠在沙发里，在稳稳接住秦初晗并成为她的肉垫后，两只手十分绅士地松开，半举起来。他冷冰冰地回应：“自信点儿，把‘好像’去掉。”

秦初晗先是愣了下，旋即不厚道地笑出声，根本不信他会生气。

然后祁应琛也笑了，拿她没办法地笑。

半晌，她想坐起来，手掌刚发力，祁应琛察觉了，放下双臂，很轻地将她拥住。秦初晗立刻不再动。

祁应琛顺势道：“聊两句？”

秦初晗在黑暗里干瞪眼：“用这个姿势？”

没错，用这个姿势。祁教授那颗常年被理智和学术占据的脑袋里，此时清晰地响起陈胜利老师亲自撰写的《追女宝典》中的一段话：追女孩子不仅要大胆，更要脸皮厚，尤其当你知道她对你也有意思的时候！这种情况下，可以牵手就不要在旁边干坐着！牵上手就想想怎么才能拥抱！抱上了就琢磨怎么可以亲一下！亲了第一下，就有两下、三下、四五六七八下！嘿嘿……

忽略胜利老师猥琐的笑声，祁应琛收回思绪，占着大优势的他决定不花时间解释，抑

或和秦初晗就着“我们到底要不要这样继续抱着”多做探讨，这些都是无意义的。略做酝酿，他道：“六年前的跨年夜，我在酒吧遇到一个女孩子，她穿着一条有很多流苏的红裙子，长发长而浓密，五官也是很漂亮的，在晃动的灯光下，清澈的眼里隐隐露出一丝烦躁。”

秦初晗认得他说的女孩子。那是她，时时刻刻努力假装热爱着这个世界的厌世少女。

祁应琛轻易就能想起她当时的脸色和眼神，分明烦透了，还强颜欢笑，应付朋友凑过来的酒杯，附和她们的笑。

谁规定跨年夜就一定要约上一大群人，来这种闹哄哄的场所，不停喝酒，大声说话，挤到舞池里乱扭一通，和不相识的人相互挤作一团，临近十二点，大家一起像傻子似的齐声倒数？帝都的冬天又干又冷，酒吧里吵到身体都快裂开了……祁应琛也觉得烦。

“后来女孩子和她的朋友遇到一点儿麻烦，我的朋友们加入混战，我趁乱把她拉走了。我们去了一个还算清静的环境，之后的相处我很享受，看得出她也一样。”

秦初晗听到这里，心跳陡快。

“那天凌晨派对结束，我送她上了一辆出租车。在我们最后一次对视中，我很想告诉她我的联系方式，但同时我又想到国外刚成立的研究所……”

祁应琛不确定自己什么时候才能回来，更不确定忙起来是否还有多余的时间分给一个女孩。女孩子风华正茂，人生刚刚开始，充满无限的可能性，他要是给耽误了，那就太浑蛋了。所以他选择用成熟男人解决问题的方式，潇洒地画了句号，不给她留一点儿期待，也断了自己的念想。

“之后我到了国外，用三个月的时间让一切步入正轨，闲下来的每一个时刻我都会想起她……”

祁应琛后悔了。他很频繁地想起，很深刻地后悔，很投入地回味……直到女孩子化作他记忆里能够代表“美好”的符号，一个更美好更鲜活的她出现在他面前，像一片明媚的阳光，无可阻挡地照进他冷静的里世界。

“我还是很喜欢她。”

喜欢她小鹿般清澈灵动的眼睛，喜欢她伏在案上勾勒线条的专注，喜欢她抱着奶茶吸得鼓起脸颊还要含糊着吐槽纸吸管抽离了珍珠奶茶的灵魂，还有她怨念十足的表情，真是可爱极了。他对她的喜欢有增无减，喜欢到对待她和她的一切都过分小心翼翼，生怕哪里出了错，又总是不小心出错……

“我一直想找机会问问她，如果时间倒回到六年前，还愿不愿意和我交换联系方式。”说完，祁应琛垂首望着怀里的女孩子。

秦初晗在他温缓讲述的过程中完成了从激动不已到安宁平静的心路历程，此时内心充满喜悦："回不到六年前了……"她轻声嘟囔，"也没必要回去。"

"好巧，我也是这样认为的。"祁应琛狡猾地笑笑，提出最后一个问题，"可以做我女朋友吗？"

秦初晗正要开口，都发出"可"字的音了，"啪"的一声，客厅里的灯重新亮起，空调发出尖锐的"哔"的启动音。

视线毫无征兆地相触，祁应琛注意到秦初晗有点儿油的头发，这与他记忆中漂亮的黑发多少是有点儿出入的。而秦初晗盯着他被薰衣草花茶泼得湿透了的毛衣……虽然两人还是保持着相依偎的亲密姿势，但黑暗中的浪漫气氛荡！然！无！存！

为了缓解尴尬，秦初晗先道："对不起，你特地赶回来，我却泼了你一身茶。"

祁应琛接地气地问："你们晚饭是不是吃火锅了？"进门后总有一股香辣的味道飘在他的鼻端，在他们相拥后，他确定火锅味来自秦初晗的衣服、头发，以及全身上下。

"熏到你了吗？"这种突然袭击，她很幻灭啊！

"其实我没吃晚饭。"祁应琛本来抬着头回视她，灯亮起来之后，光线冲散了所有美好的想象，他放弃地瘫在沙发上，"你身上的火锅味很真实地馋到我了……"

秦初晗开他玩笑："祁教授，欢迎下凡。"

两人有来有回地聊到这儿，在余光中发现茶几另一端和电视机之间多出个不和谐的黑影，侧首一看，闪电弓着背，夹着尾巴，左前爪甚至没来得及落地——灯亮了，它无所适从地定住，被动听人类谈情说爱。

祁应琛："……"

秦初晗："……"

两个人再去看对方，似乎在互相征询处理办法。下一秒，秦初晗手忙脚乱地坐起来，还心虚地理了下耳边的碎发。祁应琛随之起身，手放在唇边清咳了两声，缓解尴尬。

闪电蹲坐着，老老实实地正对他们，送上歉意："对不起，我只是路过，没想打扰你们，可以的话，能当我没来过吗？"

秦初晗只想知道："你怎么出来的？"

闪电如实回道："那种把手，我可以开。"

它在楼上待得太无聊了，一片漆黑更方便它这个夜行动物活动，于是它就想看看楼下这道门是不是能开，不能开再原路返回。谁知道……

祁应琛也有问题："我来之前，你们在楼上开茶话会？"

闪电无奈地晃了下尾巴:“倒也不算……”它反问,“祁教授,你要留在动物园过年吗?”

祁应琛点头:“是的,听说你和皎月合笼成功了,恭喜。”

眼见他们热络地聊起来了,秦初晗忽然又有了问题:“等一下,今天之前你们有像这样交流过吗?”如果有的话,她岂不是被蒙在鼓里?

闪电和祁应琛不解,但很快反应过来——

祁应琛:“没有,我知道你们关系好,和它交流等于间接让你知道我能和动物沟通。”

闪电:“我对顿顿喂肉的饲养员都很高冷,就算祁教授主动跟我说话,我也不会理他。当然,那是以前。”至于以后,他俩的关系就得另说了。

秦初晗探究的眼神在他俩之间来回移动。

与此同时,隔壁的几人聊着天出来看情况,在门口和对面过来的秦怀远他们遇上。

时旭说:“跳闸了,刚弄好,应该能撑一晚上,明天再换。”

陈胜利说:“那敢情好,我们准备玩剧本杀,林笙当主持人,您二位加入吗?正好差两个人。”

秦怀远好奇地问:“剧本杀是什么?晗晗呢?”

司徒畅唉声叹气地说:“珑寻老师最近忧郁着呢,我们没能博得她的欢心,实在太对不住了!”

陈胜利哈哈大笑:“等着,我给那个谁打一个电话啊!”

客厅里,祁应琛的手机在羽绒服口袋里震动起来,同时门口传来钥匙插入锁孔转动的声音。

秦初晗弹簧似的站起,伸手比画:“快快快,先回我房间!”

闪电转身过猛,狼狈地滑了一下,然后撒丫子往楼上跑:今晚我为什么要来这里?为什么不早点儿走?为什么要从楼上摸到楼下?累了,毁灭吧……

第七章

最大的私心

1

客厅门打开，众人一拥而入。看到祁应琛和秦初晗并排坐在沙发上，空气里弥漫着被打扰的尴尬，大家是又惊又喜，又有一丢丢“你们终究还是走到这一步”的小躁动。

陈胜利“哟呵”一声，大步流星迈到二人跟前，脑子里还在酝酿宇宙级骚话，眼睛往放了很多东西的茶几一侧随意一扫，就扫到席俞老师的二十年纪念作品集，当下别的都顾不上了：“回来就回来吧，带什么礼物！”他拿起作品集，稀罕地用手在封面上摩挲，“My precious（我的宝贝）！”这是他今年最想要的新年礼物，没有之一！他抽空夸祁应琛：“我就知道你心里是有我的！”望过去的眼神，那叫一个柔情似水。

“哎，你毛衣怎么湿了？”陈胜利凑近了去仔细瞧。

祁应琛侧身避开，很有原则地纠正道：“不是给你的。”

陈胜利眼睛瞪得比铜铃还大，扫到一言不发只管抿嘴笑个不停的秦初晗，顿时什么都明白了。但他爱演，提高声调质问：“我这么快就不是你的宝贝了？！”

“从来都不是。”祁应琛从他手里夺回摄影集，交到秦初晗手里，“奶奶给你的，你自己收好了。”

后面这句话有一锤定音的效果，在场所有人互相看看，心里的某个猜测化作确定。

司徒畅从茶几底层拿出一盒剧本杀，向雪夜里刚诞生的这对恋人发出邀请：“玩吗？给你们安排情侣身份。”

“剧本杀？可以的，不过我得先换件衣服，顺便解决温饱问题。”祁应琛以前玩过一次，还挺有意思。

秦初晗立刻道：“我去餐厅给你拿点儿吃的。”这样就能送闪电回黑森林馆！

“还是我来做吧。”陈胜利嫌麻烦，一口否决了，“海鲜面吃不吃？不吃拉倒。”

祁应琛不挑：“可以。”

林笙站在一侧自顾自地低头琢磨：“老师和祁教授的份子钱得随多少啊……”

盛呦呦无奈地看了她一眼：“现在说这个是不是早了点儿？”

林笙有理有据：“不早，你看闪电，黑森林馆的饲养员都预计它和皎月开春才可能合笼成功，可是等开春小黑豹都出生了。”

时昊抱着手咧嘴笑开了。眼看着没几天就要过年了，祁教授成了他的姐夫，那以后表姐开文创店赚钱养动物园，表姐夫就管着园里动物们的健康，妙啊！

顾词正好收到陆禾的催稿信息，顺手拍了一张秦初晗和祁应琛同框的照片，熟练地帮老师拖延：“恋爱了，刚官宣，对象您认识的，这应该能请三天假吧？”

陆禾疯了：“拆散他们，事成之后，必有重赏！”

顾词看着这条作孽的信息思量，教他画画技术的是珑寻老师，带他开文创店赚第二份钱的是秦初晗，好像没陆禾这个名义上的老板什么事儿，于是不再理会。

祁应琛回隔壁换衣服，陈胜利跟在他身后感情饱满地持续输出：“在你饿肚子的时候秦初晗只能去餐厅给你拿大家吃剩下的，唯独我能给你煮热气腾腾的完整的海鲜面，你却连我最想要的摄影作品集都要拱手送给别的女人！”

“说什么别的女人。”祁应琛不回头，声音懒懒的，“媳妇儿当然比兄弟重要。”

陈胜利没听清楚：“什么？你再说一遍。”

楼上逃过一劫的闪电听到了。它趴在木地板上，竖起两只耳朵听了好半天。人类真吵，对话也莫名其妙，然而它只想晗晗快点儿脱身，开那种成天在园里窜来窜去的白色小车送它回去，它长这么大还没坐过呢！这么想着，闪电悄摸探出脑袋，从扶手底座的缝隙里向下看去。晗晗背对它坐在沙发上，认真翻看着手里的什么东西，不时还和那个最喜欢两爬馆的小姑娘交流。不过这种交流持续没多久就被园妹强势打断了。

虽然闪电不想承认，但事实是，晗晗已经忘了送它这件事。算了，豹子有四条腿，坐什么观光车，它不配！

第二天清早，雪停了，两个好消息在园里传开：首先，祁教授归来，今年要留下来和大家一起过年；其次，经多位知情人证实，祁教授与秦初晗确定恋爱关系。综上所述，让我们恭喜秦园长喜提准佳婿一名！

喜事总能让人心情愉悦，加上快过年了，整个动物园都沉浸在喜气洋洋的氛围里。

十点多那会儿，伍衡和时昊分别领着一帮人在黑熊咖啡厅外打雪仗，战斗正激烈时，咖啡厅的老板带上数名店员加入混战。这场雪仗全程直播，还短暂地上了热搜。网友们都说，在动物园工作一定很快乐。

秦初晗就不太好了，一觉醒来已是午后时分，饭都顾不上吃，很自觉地去黑森林馆道歉认错。大概是皎月在场的缘故，闪电表现得相当大度，优哉游哉晃着尾巴说没事，不用道歉，昨天那样的情况，都是能够理解的。秦初晗以为哄好了，放心去工作了。

等到下午皎月到外场活动时，正好祁应琛来探望，哪壶不开提哪壶地问弟弟："昨天那么大的雪，回来的路上没被发现吧？"

闪电转开大脑袋轻哼："要是让人发现了，你还能在这儿看到我吗？"

祁应琛看出它有情绪了，伸出手给它挠下巴，帮女朋友解释道："别生气，晗晗有时候是这样的，事情太多，难免有顾不过来的时候，不表示你在她心里没地位。"

闪电将祁应琛打量了一番，想到他从今往后也要在臭晗晗心里抢地盘，又哼了一声："我不知道晗晗是这样的吗，要你帮她解释？！晗晗……喊得可真亲热。"

祁应琛见它吃醋了，心念一转："你知道吗，在自然界里，几乎所有的雌性在分娩前后都会发生一系列母性行为，尤其完成生产，她们最在意的是孩子，自己都排在孩子之后。"

闪电兴趣缺缺："所以呢？我又不能生。"

"我的意思是，皎月生产后会受母性行为的影响，很爱很爱小豹子。"祁应琛给它支招，"假如你能努力和小豹子们建立起良好的关系，得到皎月的肯定，甚至是依赖，它可能会再次倾心于你。"

"真的？"闪电抬起头，亮棕色的瞳眸里晃过一丝光。

祁应琛笑着道："这个办法有点儿狡猾，你实在舍不得它的话，可以当作最后的争取。"

闪电沉默了片刻，似在消化，然后很快有了决定："我知道了，谢谢你告诉我这些。"

"能帮到你就好，明天我再来。"祁应琛不多套近乎，说完起身就走。

"你等等。"闪电叫住他，"祁教授，你人是不错的，勉强配得上晗晗。我看得出她很喜欢你，所以也暂时接受了你，要是你对她不好——"话到这里，请自行展开想象。

祁应琛还就想听它说完："我要是对秦初晗不好，你会怎么做？"

闪电站起来了，缓慢向他逼近两步，危险地压低前身：“你觉得我能扑杀你吗？”一击必杀，这可是猎豹的捕猎本能。

祁应琛点头，给予它充分认可：“能的，不过我不会给你这种机会。”

不等身后这头年轻的黑豹恢复身姿，他扭头就走。这让闪电感到挫败，这个人类太自信了，居然不受它威胁。因为他是教授吗？还是仗着晗晗的宠爱为所欲为？

“我还没说完，你要是对晗晗不好，去象馆会被夏天踩，长空还会在旁边朝你吐口水；去鹿苑会被李光荣用鹿角顶死，羊驼也会吐你满脸口水；去水族馆，北极星会拿出它所有会的脏话问候你全家，还会找机会溅起水花弄湿你全身；要是去百鸟园，李昂会往你头上拉臭臭，小团圆它们见到你就躲得远远的，一个都不给摸！我还没说完，你别走！”

祁应琛：“……”山海野生动物园的几千只动物，等你说完都到明年了。

2

按照惯例，山海野生动物园只在除夕和初一全天闭园，初二开始，从早上七点到下午四点正常营业，每天都有不同的活动，其中斑嘴环企鹅游园最受游客欢迎。因此年前这几天，大家都在为年后开园一心一意地忙碌着。

有意思的是，祁应琛和秦初晗确定恋爱关系后，就像达成了某种成就，双双满足于现状，开始停滞不前，每天各忙各的，最多早上或者下午一起喝杯咖啡，晚上再一起吃个饭，还都是集体活动。

除夕的前一天，准备工作都做得差不多了，秦怀远一早就给女儿开了一张年货单，麻烦她去市区一趟，完成采购任务，如若觉得单独前去有些吃力，允许邀请一名小伙伴一同前往。

江城是座人口不过百万的宜居小城，因为挨着国际化的海市，科技、文化和经济的发展都很不错。每年春节前后，会有几个大的年货市场供市民挑选购买，春联福字、日历挂历、电子鞭炮、五花八门的年画、喜庆的窗花……应有尽有。秦怀远有心给女儿和祁教授制造独处的机会，给她列的那张年货清单没超过十条，随便哪个市场都能买到。秦初晗心领神会，在男朋友晨跑的路上把人堵住，拿上外套，开着车离开动物园。

回市区吃了一顿正宗的江城早茶，九点多抵达最近的年货市场，两人迅速完成购买任务，再一看时间，才十点半。想去看电影，可院线的几部片子都是元旦剩下的，贺岁档全挤在大年初一。商场似乎也没逛头，秦初晗和祁应琛都是物欲很低的人，购物都在网上解决。于是两人把年货放进后备厢，坐回前排，扣上安全带，再侧首望向对方，确定了彼此眼中“我想回动物园”的强烈意愿。

祁应琛不可思议地感叹：“很奇怪，以前我从来没有这种很单纯地想待在一个地方的冲动。”哪怕只是坐在园里某个角落，什么也不做，呼吸那里的空气，听馆里的小动物有趣的对话，他心里也是踏实的，光这样想想都踏实。

秦初晗握着方向盘，扬了扬眉，笑着道：“我管这种冲动叫归属感。”

祁应琛更意外了：“是吗？”

“应该是的吧。”她不帮他肯定。有些事，有些感觉，别人说的都不算，得靠自己去确定。

回去的路上，两人的交谈明显多了起来。

昨天下午祁应琛和陈胜利去东门直营店逛了一圈，进门最显眼的展台上错落摆放着游夜一家的玩偶，周围的装饰元素也和大猩猩馆相契合。胜利老师将口是心非演绎得淋漓尽致，一边叹说“好丑好丑”，一边让闻晓叶给他打包。他要消费，要买游夜全家，包括展台上那棵造型独特的布艺装饰树。结果闻晓叶连片叶子都没卖给他。

“原话是‘网店产品更丰富，园内下单享八八折优惠’。”祁应琛复述完毕，对惨遭拒绝的胜利老师聊表同情，“晚上那家伙在网上报复性消费，买完了还很嘚瑟地向我宣布他是山海文创店第994名白金顾客。”

秦初晗乐出了声：“白金顾客要一次性消费满5888元，他应该把店里能买的都买了一遍。”甚至部分商品买了好几件，区别在于颜色和款式的不同，真是难为他了。

祁应琛淡淡道：“无妨，胜利老师拍的照片光版权费都够他躺着享用几年。这几个月，吃住都是园里免费提供，他给你拍动物，你也要付他钱，我看他那钱攒着也是攒着，不如给动物园增收。最多回去你请他喝杯焦糖玛奇朵，感谢他成为网店大客户，没准他今天晚上再来一单。”

秦初晗被说服了：“焦糖玛奇朵，可以的，多加点儿糖！”全园都知道胜利老师嗜甜！喜欢吃甜食的男人能有什么坏心眼呢？

这边两人正快乐地合计着如何把胜利老师当头号羊毛可劲儿地薅，那边陈胜利很有良心地向祁应琛通风报信：“在哪儿呢？我发誓我真的不是存心打扰你们约会，山海集团那边来人了，秦见山！就是那个刁蛮女明星的亲爸，伍力文的最大后台！这会儿园长、旭叔、美娟姨和园里所有部门的头头都被叫去开会了，听说我给动物们拍照，还叫我一起。我才不去呢，去了给他们当枪使吗？我又不蠢！总之你们赶紧回来，秦见山可是来势汹汹，带着律师、秘书一大帮人，这阵仗，园长肯定招架不住！”

山海世界主题游乐园是目前山海集团投资最大、占地最广、游玩设施最多的主题乐园，六月中旬开园，只用了短短半年时间就晋升国内一线游乐园，营收累积超十六亿，成为集团盈利的重中之重。是故，年会选在游乐园的城堡餐厅中举行，时间定在今天下午。

秦怀远早早收到邀请函，准备和时旭礼貌出席，混个饭就走。这是每年的保留鸡肋节目了。集团总部的人事一定会给老先生的养子和动物园方发出似模似样的邀请，安排的位置却总是不起眼的角落，全程摄像不会给镜头，秦怀远也不稀罕争这种露脸的机会。大家心照不宣把流程走完，又熬过一年。

游乐园就开在动物园对面，对于秦见山的突然袭击，秦初晗早有预料，看来二伯没打算让老父亲出席今年的年会。好吧，咱们走着瞧。

回到动物园已经十一点了，时昊等在北门给秦初晗报信："还在办公楼最大的会议室呢，秦见山要姑父交出网店和东门直营店的经营权，姑父气炸了，这次特别硬气，跟他吵得不可开交，说要经营权可以，拿集团总部的文件来，文件上得有董事长的签名，不然天王老子来了都不认！"秦见山仗着是老先生的亲生儿子，带着他平时养着的那群人到园里装腔作势，真当自己能绕开集团，为所欲为了？

"我知道了。"秦初晗交代时昊，"你到餐厅跟老赵说一声，让他准备一桌酒菜，招呼集团来的贵客。"

时昊毫不怀疑表姐的决断："好嘞，这就去！"

末了，秦初晗侧首看端立在身旁温文尔雅的祁应琛，想想道："我自己去就行了。"她倒不是怀疑他的职场战斗力，光靠学识可不能在国外研究所混得风生水起，没准祁教授的段位比她还高呢。只不过今天这样的场合，就算他去了也没有发挥的余地。

祁应琛深谙其中道理，拎着两盒喜庆的动物窗花，说："我去找陈胜利。"停了一瞬，他看着斗志昂扬的女朋友，笑着问，"需要我为你打气吗？"

秦初晗摇头，坚定地摆了摆手，还顺势抬起来在男朋友的肩膀上很有数地拍了拍："不瞒你说，我等这一天等很久了。"

秦初晗开着辆两人座的观光车，穿过大半个动物园，来到位于东门售票处旁的办公楼。隔了老远，她就看到伍力文在门口慢悠悠踱步，伍衡跟在他身后说着什么，他听烦了，扭头恶狠狠地瞪了一眼，还上脚踹伍衡的腿弯子，差点儿把人踹跪下了。等伍力文再扭过头，就见秦初晗神清气爽地开着车过来了。他换上假惺惺的笑脸迎上前。

"文叔，怎么发那么大火啊？"秦初晗把车停下，同情地看了伍衡一眼。

伍衡在接下直播这活儿的时候就料到会有这天，但他怎么也没想到会是除夕的前一天，存心不让人过个好年啊……不过他也早就琢磨明白了，黎明前的决战时刻，他支持正义的一方！想到这里，他往后退开数步，站在亲叔的身后对秦初晗使眼色：请您老随意发挥。

秦初晗就欣赏他回头是岸的态度。

伍力文两手笼在袖子里，腰板儿挺直了，昂起下巴指桑骂槐："还不是因为他成天不务正业，不好好把园里的安全工作抓起来，分心去搞什么直播，二老板训斥他，连带着把我也训得灰头土脸的。所以这人啊，就得安分守己。大小姐，您说是吧？"

"那也不一定，这人要没点儿奔头，岂不白活了？"秦初晗笑着道，"您看您上次给我抓住中饱私囊的把柄，我还以为您就此消沉一蹶不振了，没想到卧薪尝胆这么些天，重新赢得二伯的信任，还亲自给您要经营权来了，厉害，佩服！"

伍力文在她提到"中饱私囊"时，脸上的假笑就烟消云散了："那件事是我做得不对，我已经向二老板深刻检讨，他也原谅了我，愿意给我一次重新再来的机会。"这话的意思就是说，不怕秦初晗拿这件事来做文章。况且隔了那么长时间，他早就把账面做得滴水不漏，就算他们闹到董事长和集团大股东的面前，他也是不怕的。

山海野生动物园的办公楼不大，只有三层，一楼最大的两间房还给直营店当仓库用了。这会儿二楼会议室里不断传出争吵的声音。

秦怀远气急了，拍着桌子吼："网店和东门直营店里卖的每个商品都是我女儿做的，挣的每一分钱都花在动物园的动物身上，你说交就交？凭什么？你算老几？！你有什么资格让我交？！"

约莫还没见过暴跳如雷的秦怀远，秦见山也情绪失控："就凭我是我爸亲生的！"

这……中年小学生吵架？

伍力文凑近秦初晗，用那种息事宁人的语气说："要不你上去劝劝你爸？收养的跟亲生的斗，斗不过的！"

"有道理。"秦初晗认同，"咱们一起上去劝？你跟我二伯可亲近多了。来前我已经交代老赵准备好酒菜，先把午饭解决了，给呦呦和晓叶姐她们一些整理账本啊那些杂七杂八东西的时间。"

伍力文不信她："大小姐，拖到明年也得交。"

秦初晗笑眯眯点头："懂的，我真不挣扎。"

会议室里，秦怀远见到女儿出现的那一刻，心里五味杂陈。他知道伍力文是秦见山安排在园里的，时刻针对他、制约他，也知道这事秦宝珠是默许的，毕竟总要有双眼睛牢牢地盯着他，不然他们不放心。以前他一直觉得只要自己不去争、不去抢，安安分分把动物

们照顾好，就能将日子平稳地过下去，因此处处忍让，哪怕条件有限，哪怕大家都在背地里笑话他没种，哪怕连他唯一的女儿都忍不住流露出对他的轻视……可他错了，他们贪得无厌、得寸进尺，不会因为他一再低头而放过自己。这一次，就算和整个集团对簿公堂，他也绝不退缩半步！然而他斗志如此高昂，却在看到女儿的刹那轻易破防。

秦初晗像颗太阳似的站在门口，笑盈盈地说："这么热闹啊，聊完了吗？"

乌烟瘴气的会议室顿时安静下来。大家面面相觑，一时谁也没接话。

秦见山靠坐在椅子里："哎哟，我的好侄女来了，你的文创店做得可真不错，二伯代表集团表扬你！"

表扬完了，就该明着要了。秦初晗礼貌地冲秦见山笑笑，没接这话。

秦怀远原本就站着，因为激烈的争吵，全身控制不住地发抖，手里还捏着随时准备砸出去的保温杯。这会儿他走到女儿跟前，努力挤出一丝难看的笑容，哑着嗓子轻声问她："怎么回来了？不是和小祁约会去了吗？"言罢，他布满血丝的眼睛迅速蒙上一层水雾，淡化了眼里被逼出来的戾气，变得极其哀伤。天底下没有哪个父亲能眼睁睁看着自己的孩子冲出来，化作尖锐的矛去迎敌。秦怀远从来都是很温和的一个人，对动物们都不忍大声说话，又怎么愿意让女儿去冲锋陷阵？这些不该由她承担。

只需要一个眼神，秦初晗就读懂了父亲心里所有的想法。其实，她从来没有看不起他……不过眼下不是父女情深的时候，她迅速收拾好情绪，安抚地拍拍父亲的手背，用了一个相当随意的口吻说："不用担心，他跑不了，这会儿跟陈胜利在两爬馆贴装饰窗花呢。"至于这边，她来应付，绰绰有余。

秦初晗看向秦见山，开口道："二伯难得来园里，我让食堂准备了午饭，不如先吃饭？网店和东门直营店那边，我已经吩咐人做交接准备了。"

秦见山没想到她那么爽快，也不信她会那么爽快。不过他今天人在这儿，随行的还有山海集团的首席法务，就算秦初晗是孙悟空，也翻不出他这如来佛的手掌心："可以，吃完饭，我要看到全部的交接内容。"

午饭时，标准的二十人大宴会桌上坐着动物园园长、山海集团最游手好闲的二老板、集团首席法务、动物园若干主管，以及祁应琛和陈胜利这对好友，气氛诡异到了极点。

本来秦初晗给这顿午饭的定义是"人生十大奇葩饭局前三名"，但因为有了男朋友和胜利老师的加入，她决定将之重新定义为"人生十大值得回忆的喜感饭局之一"。

陈胜利全程努力张罗大伙儿吃饭夹菜："在座各位四舍五入都是一家人，谁也别跟谁客气，好好吃，多吃点儿！明天就是除夕了，我在这里提前向大家送祝福，预祝各位新年快乐，龙马精神，万事胜意！好的嘞！我先走一个！”

吃完饭，陈胜利把额头的冷汗抹掉，拉着秦初晗小声问：“怎么样？我表现得还可以吧？没给咱动物园丢人吧？”

秦初晗给予高度评价：“可以，但没必要。”

陈胜利愣了愣，裂开了……

祁应琛勉强摆脱身后那堆应酬，走上前和好兄弟并肩，也是一脸木然：“我之前说什么来着？”

——在食堂门口遇到秦初晗，尤其当她主动提出“大家一起吃”的时候，别去，那样的场合不适合他们！

胜利老师不信邪，不就是一起吃顿饭？他在非洲还跟好多部落族长同席呢！怎么，山海集团二老板那么高不可攀？况且他看中的是这点儿关系吗？他看中的是赵师傅的厨艺！

结果秦初晗直接把他俩当工具人使：“这位是著名动物学家祁教授，知道市值七百亿的 CHAOS 吗？那是他亲二哥创立的。还有坐在他旁边的这位，曾为多国《国家地理》供稿的摄影师陈胜利老师，同样出身帝都书香门第……”

祁应琛受教了，女朋友是个狠人，他能怎么办？只能拿出风度与气度，很高兴为你服务，给你撑场面是我的荣幸，期待下一次的被使用。

陈胜利眼见着秦初晗走出食堂，奔赴下一个战场，感觉自己这个氛围大师做得毫无成就感：“这就完了？”他频频看身旁，眼珠子一转，怂恿道，“你这个男朋友不跟上去保驾护航？”刚秦初晗只点了祁应琛二哥是谁，这不还有大哥没介绍呢？集团名字甩出来，秦见山能当场跪下叫爸爸！

祁应琛烦躁地“啧”了一声，收回目送女朋友的视线：“你觉得她需要我保护吗？”

陈胜利乐疯了，复述秦初晗刚才敷衍自己的那句话：“可以，但没必要。”

话虽如此，午饭时多亏了陈胜利搞气氛，加上祁应琛从中周旋，秦怀远的心态总算是调整过来了。他相信女儿早就有应对的办法。他也为此自省，以后不能那么被动了。

来到东门广场，秦初晗没让大家再回沉闷封闭的会议室，直营店二楼环境不错，上那儿坐会儿吧。

这正合秦见山的心意。他本就是冲着两家店的经营权来的，便摆出正主巡店的派头，大摇大摆走在前面，上了二楼，看到坐在其中一个工位前的秦宝珠时，顿时傻眼了。

秦宝珠四十有九，就跟她的名字一样生得珠光宝气、雍容端庄，因为保养得当，瞧着最多三十五岁，却又比真正三十五岁的女人多了几分处事的从容。秦见山打小跟这位长姐

斗，从来没斗赢过，对她打心底里畏惧。

秦宝珠身边只跟着个秘书，她一个眼神过去，笑着问：“见山，你怎么来动物园了？今天年会在对面乐园的宴会厅，是不是走错了？”

软刀子杀不死人，让人难受却是真的。秦见山定在原地，不敢再往前半步，皮笑肉不笑地说：“我心说这都到门口了，过来看看老三，姐你不也来了吗？”

“哦，原来是这样啊……”秦宝珠语速缓慢，字里行间透着对大局的掌控力，“可我是听说你在这儿才专程赶过来的。听说集团的刘法务和你同行，我以前都不知道你们关系那么好。对了，你应该知道这家店吧，晗晗把它做得真好，还有文创这一块儿，十月份她亲自找到我，把详细的计划书送到我面前，保证动物园扭亏为盈，从那时候起，我就在期待她能做成什么样子、做到什么程度。今天过来一看，我真是满意得不得了，你呢，有什么想法？”

线上旗舰店、东门直营店，包括闭店至今的熊猫馆周边店，是秦宝珠在相关文件上签字授权批准给秦初晗经营的。秦初晗背后最大的支持者，是山海集团的董事长。秦见山是老先生的亲生儿子又怎样？不过是没有实权的废物罢了。

这天秦宝珠只在东门直营店待了十分钟，所有事情就都解决了。秦初晗继续经营山海野生动物园文创品牌，并拥有线上和线下共三家店的全部经营权，非要给个正式的职务的话，就叫创意总监吧。秦见山对此不敢有任何异议。至于伍力文，每个事件在结束时都要有个承担责任的人，他以绝对的实力背负下所有，卷铺盖走人了。秦初晗顺理成章顶替他的职位，成为山海野生动物园的新任总经理。

秦初晗身兼两职，精神抖擞，明天可以快乐过除夕了！

下午两点多，秦初晗送秦宝珠出东门。广场旁的马路边停了一溜儿黑色豪车，里面坐着出席年会的集团大股东——山海野生动物园这边的小插曲，用不着他们登场。

秦宝珠上了车，又拉住秦初晗的手叮嘱道：“待会儿的宴会你也过来吧，带上你那位动物学家男朋友，吃点儿东西，跳几支舞，和家里人聚一聚，别跟你二伯置气，他就是太闲了。”

秦初晗微微弯腰，犹豫地笑着说：“我尽量吧，店里还有一堆事没忙完。要不我让祁应琛代表我？他能陪您跳舞！”

秦宝珠低头浅笑：“你就是太见外了，跟你爸学的！”说到这儿，她抬头，特意去看站在更远处的秦怀远。这一看，却触动了秦宝珠某个隐晦的心思，她的表情变得复杂起来，说不上是喜欢还是厌恶。或许都有吧……

秦初晗见秦宝珠直勾勾盯着父亲陷入深思，不敢说话，不敢打扰。秦家这一代的传言可多了，她从小听到大，现在张口都能随便扯出一句，比如秦勉原本打算让亲生女儿嫁给养子什么的……要命不？！

半晌，秦宝珠回过神来，望着还被自己拉着手、被迫躬身的秦初晗，脸上浮现出些许意外和歉意：“你这孩子。”都不知道她是太老实，还是太不老实，但终归是招她喜欢的。

秦初晗绽出个纯粹的憨憨笑容：“您难得来一次，我也没好好招呼，还要您帮我解决这些事。”

“都是一家人，不说两家话。”秦宝珠轻描淡写地将今天的事定性为家庭矛盾，顺便拉近了彼此的距离。

对于秦初晗来说，结果是自己期望的那样，现在随便怎么说她都认。

秦宝珠看出她这点儿心思，又以闲聊口吻说：“你也不容易，你爸那榆木脑袋，从来不懂得变通，不然也不会辛苦你，开店的同时还要从中周旋，中午那顿饭还得搬出有背景的男朋友来压一压见山，让他晓得忌惮。”

这话信息量可就太大了。换言之，今天午饭的饭桌上有董事长的眼线，时刻向她汇报情况。当时秦初晗的关注点都在努力搞气氛的陈胜利身上，压根儿没仔细观察跟秦见山来的那一行人，如今经秦宝珠提点，周身泛起一阵寒意。怪不得父亲要与秦家划清界限，几次三番叮嘱她不要跟那个家的任何人讲亲情，豪门里的争斗真是可怕又冷血。

秦宝珠还握着她的手，佯嗔道：“叫我一声姑妈有那么难？”打一巴掌再给颗甜枣，是恩威并施的常规手段了。

“倒也不是难，就是有点儿……”秦初晗期期艾艾地回应，“有点儿不好意思。”

秦宝珠更加不肯轻易放手了，憋着笑逗她：“不管你今晚来不来，先叫声姑妈听听。”

换平时，秦初晗只要施展出那套见人说人话见鬼说鬼话的功夫就足够了，但对秦宝珠不行。配合着董事长的好心情，她酝酿半晌，怯生生唤了一声：“姑妈。”带着明显的尝试意味，好在不失真诚。

“好了，开年会之前还有股东大会，有时间我们再好好聚。”秦宝珠松开她的手，关门之前想起了什么，说，“听说你承包了一家公司的新年礼品？”

秦初晗茫然地点点头：“嗯，是的。”就是不知道特意问起的意思是……

秦宝珠见她小心对待自己的模样，到底是相处得少了，于是转而吩咐坐在副驾驶的总秘：“你和晗晗加个微信，以后方便联系。”

秦初晗还是没闹明白，那位级别相当于山海集团大管家的总秘已经走下车来，毕恭毕敬地打开微信跟她扫码。

“董事长很喜欢你送的那两套动物摆件，你要做新年礼品，怎么不先问问自己家？”加完微信，总秘好心提醒她。

秦初晗恍然大悟，再去看秦宝珠，车窗已经缓缓升起，只捕捉到她红唇微勾、志在必得的笑容。秦初晗再看总秘，讪讪笑着，不抱希望地问：“那……今年还来得及吗？”

“年后董事长要在家里开酒会招待秦家世交好友和生意上的伙伴，你可以从这方面入手。”总秘四十出头，大学毕业就跟在秦宝珠身边做事，说的话是能够作数的。

秦初晗陷入沉吟：“如果是世交和生意伙伴，就得做出顶级的档次了。”

总秘赞许地对她点点头：“有想法随时联系我，全天二十四小时，任何时候都可以。”

这天晚上的集团年会，时旭和时昊来了精神头，秦初晗在园里有正式职位了，伍力文也滚蛋了，天大的喜事啊！年会？走着！

父子俩翻出压箱底的西装，还不要齐美娟帮忙，自己熨烫整齐，打领带，搞发型，皮鞋擦得锃亮。他们甚至不许秦怀远敷衍，收起棉夹克衫，不穿西装不带你玩！就算是坐在角落里，我们也要当暗夜中最闪亮的那颗星！

齐美娟怕他们太招摇，找了条勉强算是华丽的裙子穿上，戴起金饰，披上人造貂，跟过去盯着。

秦初晗全程围观凑热闹，待家人走了，她靠在窗户边，打开微信给陆禾发不走心的新年祝福：“新春佳节在即，秦初晗携山海野生动物园全体动物给您拜个早年！祝您新年快乐，身体健康，万事如意！”

陆禾对她这一套早就麻木了：“说吧，这次是什么事？”

秦初晗笑弯了眼：“我全家除了我之外，都缺一套出席宴会的礼服，这不是您老的专业吗，所以……”

陆禾：“行了，把你家人的数据发过来，身高、体重，最好配上站立和端坐的生活照。”

秦初晗：“社长，您是个好人！”

陆禾：“我上辈子欠你的！”

秦初晗：“对了，我们文创店你逛过没？好多产品，尤其蛇蝎系列，一定对你胃口！线上下单，报我名字打九五折！”

陆禾不再理她了。

这时，林笙过来敲门叫一起去食堂吃饭。赵大厨和往年一样直接把老婆儿子叫过来过年，顺便帮他打打下手。这一家子的厨艺可都是神级的！

动物园和别的单位、企业都不一样，里面住着几千只动物，别说明天除夕，就是天天过年，也要先安排好它们的一日三餐。尤其是每个馆舍的饲养员，一入园就开始照顾它们，早就有了感情，出差几天都惦记得不得了，到了过年放长假的时候更是各种舍不得，回来都是飞奔的。

山海野生动物园就是这点儿好，虽然总有几个不和谐的存在，但人情味甚浓。

秦初晗一行人走进食堂，打眼望去，竟然还有百十来号人，比往年多了至少三分之一！难不成她搞走伍力文，极大激发了全园员工的工作热情，大家都主动留下来加班？

两爬馆的老于端着丰盛的餐盘从她跟前过："你还没看大群啊？园长发话了，今年除夕夜到初三给五倍加班工资！那些回外地老家过年的都恨不得买机票回来呢。"

秦初晗听得一愣一愣的。五倍？老秦豪横啊！

陈胜利送上情报："下午伍力文一走，销售部的恬恬姐和王会计就灰溜溜摸进园长办公室投诚了，估计还剩下些余粮没被老鼠糟蹋。"

秦初晗点点头，迎上司徒畅几人炙热的小眼神，立马心领神会："我们人少活多，这几个月大家身兼数职都辛苦了，就六倍吧，图个吉利，外加新年开门大吉红包！"

司徒畅高举双手欢呼，林笙忙不迭地给已经回到市区家里的顾词发信息显摆。

顾词回了张家里饭桌上吃到一半的照片，说："等着，吃完就回来！"还强调这不是钱的问题，是集体荣誉感。

秦初晗见他们欢欣鼓舞，心说自己还是迟钝了，应该早点儿宣布的。

身旁的祁教授笑着问她："你给文创组的人发开门大吉红包，我给你发个什么样式的红包呢？"

秦初晗的眼珠子俏皮地转了转："你可得好好想想。"

这种题，她向来不给正确答案，任男朋友发挥。

3

绝大多数动物在冬季不爱活动，缺少一定的看点，这就需要工作人员做些提示。比如两爬馆，饲养员们会在展箱的玻璃上贴一些小巧可爱的标语，让游客了解这个时节展箱里的动物会表现出哪几种特性，如果想要看到它们，请跟随玻璃上的几个贴纸箭头找找看。

不过也有冬季活跃的动物，比如小熊猫。一场大雪过后，小家伙们都精神起来了，每天抖着身上厚实的皮毛，干架、玩耍，上蹿下跳。

这个馆本来有六名饲养员，因为这样那样的关系，两名离职，两名家在外地的赶了下午的高铁回了老家，眼下就剩两位刚入职的新人守馆，根本镇不住这帮顽皮的毛茸茸。于是秦初晗他们特地过来帮忙。

正好是小熊猫的放饭时间，就见展窗里，跳跳带领一干兄弟们把脾气最好的那名饲养员围攻了——

“浩克你别在后面，去她正面抱她腿，她不敢踢你！”

“点点别抓她头发，待会儿给她抓哭了不好哄……”

“也别抓她脸啊！抓坏了可是要对她负责的！”

“快快快，老萍要来啦！把娇娇拿下！”

身材娇小的女孩子站在外场靠近饲养员进门的地方，缩着脖子，护着食盆求饶：“等等，等等……你们别急，都有的，别急啊……”

陈娇是江城农业大学动物科技学院毕业的，大二就开始在山海野生动物园做志愿者，今年毕业后得到老饲养员的联名推荐，成为园里的正式员工。她的专业是动物营养与饲料科学，作用大着呢，不过因为小熊猫馆这边缺人手，就先把她安排在这里。小姑娘九月入职，不知道是性子太软还是个头太娇小，进到小熊猫的活动范围必被围！

一番混战中，点点忽然茫然了：“我有个问题，为什么要欺负娇娇啊？”

跳跳站在木箱子上，斗志昂扬地翘起它几乎与身体等长的尾巴，很有原则地发言：“谁说我们欺负娇娇了？我们这是在用行动让她知道，谁才是小熊猫馆的老大！”

点点抱着娇娇的左脚，坐在她的脚面上，扭头问：“那谁是我们馆的老大呀？”

跳跳超大声地说：“当然是我！”

浩克蹲在陈娇的肩膀上，哼哼着说：“得了吧，你忘了你那门牙是被谁揍缺的了？”

这话一出，跳跳身上的毛都抖了一下，下意识扭头看向场内的其中一棵树，托尼正挂在树枝上打盹，尾巴和四肢都垂下去了。好的！最强竞争对手在偷懒打盹儿，它跳跳又可以了！

“门牙是我自己磕掉的，关尼尼什么事？！”跳跳气势十足，后肢蓄力，像颗毛球似的弹向陈娇，扑进她怀中的饭盆里。

遭到夹击的陈娇本就应接不暇，冷不防见第三只向自己发起正面袭击，手一抖，饭盆掉在地上，新鲜的嫩竹叶和水果撒了一地，唯独跳跳还趴在她身上，瞪着一对圆眼跟她对望，像是在向她讨抱抱。陈娇欲哭无泪，一只手托起跳跳的屁股，一只手在它脑袋顶轻轻地拍了拍，再用手指给它挠了挠。

跳跳：脑袋顶真舒服，下巴也舒服了，别停啊，再给小爷挠两下。

它就这样被驯服了……

浩克和点点看到地上那一堆好吃的，停止对娇娇的例行“进攻”，纷纷落地去觅食。在小熊猫的世界里，没有什么事比吃饭更重要！

挂树上的那位早就醒了，见它们闹完，从树上爬下来，优哉游哉地来到那摊散落在地的晚饭前，似是嫌弃地叹了口气，然后无可奈何地抓起一颗葡萄塞嘴里咀嚼起来。吃吧，难不成还能绝食吗……

小风波才刚平息下来，另一位饲养员刘萍萍从隔壁过来，见吃的掉了满地，都不用问，直接朝着陈娇怀里陶醉于挠痒痒的家伙大喝：“又是你带头使坏！”

跳跳惊得耳朵直抖，还没来得及跑，就被刘萍萍伸手揪住后颈，整个儿提起来，往旁边的爬架上扔去。它“哎哟哎哟”地叫唤着，灵活地在半空中转了半圈，稳稳当当地落在竹子造的爬架上。

这种互动是相当有技巧性的——刘萍萍知轻重，而跳跳也清楚该怎么落地。但这不表示它这个小熊猫馆的霸主可以被饲养员扔来扔去！跳跳站在竹爬架边缘，踮起脚，前爪高高举起，认真地举过头：“来啊！打一架！我比你高！你怕不怕？！”

刘萍萍眼一瞪，挽袖子：“给你扔来劲儿了是吧？”

“算了算了。”陈娇连忙拉住她，“让它们先吃饭吧。”跟动物界的熊孩子没办法说理。

陈娇拉着刘萍萍离开外场，到后舍去收拾厨余，填写饲养员日志。

身后，跳跳还站在爬架上耀武扬威：“怕了吧？赶紧跑吧，别等小爷真的发了威，拿你们来下酒！”

秦初晗站在馆内展区的边上，闻言对身旁的男人道：“最后这句肯定是跟宋老头学的。”

祁应琛笑着点头：“猜得出来，他不止一次邀我去喝酒。”

老宋是资深饲养员，对动物的了解程度在园里数一数二，就是贪杯，如若没人看着，早中晚都要拿酒下饭。半个月前，他到底因为喝酒出了事，把自酿高度酒倒进了馆里唯一的成年小熊猫小九的午饭里，幸亏陈娇及时发现，抱着醉死过去的小九冲到兽医院，才捡回一条小命。眼下老宋痛定思痛，在家里悔过外加戒酒呢。

小九是跳跳和点点的亲妈，醉酒事件后，一直待在不对外开放的封闭式内舍休养，再加上馆内就剩下好脾气的陈娇和凡事靠吼却不一定能镇住场面的刘萍萍，可不就是跳跳称王称霸的大好时机吗？秦初晗早就听说这帮小的最近有翻天的趋势，今天特地过来，作为人类代表跟小熊猫讲讲道理。

等四个小的吃完晚饭，秦初晗和祁应琛来到外场。

跳跳一见到他俩，立刻来了精神："秦初晗，你来啦！"它窜到二人跟前的木桩上，有心炫耀地把丰满的尾巴高高翘起，"听说你最近发财了，怎么，终于想起小爷我了？"

这小家伙，外形是可爱的，就是说话太社会了。

秦初晗环抱双手，似笑非笑地瞅着它："你最近风光得很嘛，成天欺负我们饲养员，你妈不在，没人揍你了是吧？"

"可别这么说，刘萍萍她每天都想揍我，可我是保护动物，受国家保护的！"跳跳就跟七八岁的熊孩子一样，说话老气横秋，觉得自己什么都懂，还有一套自圆其说的大道理。

"确实。"秦初晗像是拿它没办法，但没等它得意起来，忽道，"那我找另一个保护动物来揍你不就完事了？"

祁教授在旁温馨提醒："小熊猫是二级保护动物。"

秦初晗看它的眼神儿变得嫌弃："你一个二级跩什么跩？"

祁应琛补充："它们最怕豺、青鼬和豹子。"

跳跳吓得脸上的毛都奓开了。

"那好办。"秦初晗口吻轻松，"闪电每天晚上都要在园里遛弯儿，我给它留个门，你猜它会揍掉你几颗牙？"

跳跳傻住了，在不远处喝水的点点几乎被吓哭，在水边瑟瑟发抖："晗晗姐姐，别给闪电留门，它会吃掉我们的，一口吞下去，毛都不吐一根。"

浩克听它这一通生动描述，吓得从悬挂的轮胎秋千上掉了下来。

只有回到树枝上挂着的托尼最淡定，闭着眼睛说："那豹子要是能把我一口吞了，我算它狠。"

跳跳扭头分别将小伙伴们看了一眼：大难临头了，居然一点儿都不团结！

"就这么决定了！"秦初晗转身就走。

祁应琛落后半步，用耐人寻味的眼神看着跳跳，道："你好自为之。"

见两人快步走到中转间的门前，跳跳撑不住了，爬下木桩追上去："等等，把话说清楚再走！大过年的，你放豹子来吃我，过分了啊！"

"大过年的，你指挥点点和浩克欺负我们饲养员就不过分了？"秦初晗蹲在它面前，双手扶着膝盖，稍稍向它倾身，给它制造一种"庞然大物向我袭来"的恐惧感。

跳跳缩着脖子往旁边避了避，终于软下来："那……不先示威，以后她反过来欺负我们怎么办？！"

秦初晗费解地眯起眼："陈娇为什么要欺负你们？还是说，馆里哪位饲养员明着暗着欺负你们了？你妈醉酒那次不算啊，老宋已经在深刻反省了。"

跳跳低下头，倔强地说："我不想说。"

"哦，不想跟我说是吧，那你跟闪电说吧。"秦初晗作势站起来。

"等等，我说！我跟你说还不行吗？！"跳跳急眼了，伸出它毛茸茸的小爪子搭在她膝头上。豹子对小熊猫的威慑力是绝对的！

秦初晗冷眼瞅着它："你只有一次机会，想好了再开口。"对付熊孩子，一定要找准它的死穴对症下药，光让它知道怕还不行，得让它改！

"就是……"跳跳扭头看了一眼跟浩克抢轮胎秋千的点点，垂头丧气地说，"园里的乌鸦说我们馆是孤儿馆，我和点点只有妈妈，爸爸早就不要我们了，浩克和托尼的爸爸妈妈都死了，所以才送到这里来，大家抱团取暖。"没有爸爸的孩子是会被欺负、被瞧不起的，它们必须先发制人。它是哥哥，是家里的老大，有责任和义务挑起这个家的重担，做顶天立地的小熊猫，做这个馆的支柱！

秦初晗一巴掌往它脑袋上拍去，不重，但还是拍得它"哎哟"一声。

"你居然打我！"它是二级保护动物呢！

"谁让你蠢！谁说浩克和托尼的爸爸妈妈死了！谁说你爸不要你们了！那群散养乌鸦的话你都信，你是不是傻？"秦初晗好气又好笑，还有点儿心疼。

跳跳不说话了，负气蹲坐，鼻子里哼哼的。

"这里可不是孤儿馆。"秦初晗道，"除了大熊猫馆，还有虎园那个生态恒温馆，就你们这儿环境最好了，因为你们可爱，人类都喜欢你们，闪电也是舍不得吃你们的。你们要是对饲养员撒气，就中了乌鸦的计了。至于你说的没爸爸的事儿，我来想办法。"

跳跳和点点的爸爸拾一在海市动物园，和闪电、皎月一样，属于借换交配。三年前，小九顺利生下包括跳跳、点点在内的四只小熊猫。目前拾一带着另外两个孩子在海市动物园住着豪宅，享受饲养员精心的照顾，是那儿的明星动物，在园区里还拥有专属铜像。

"可能分开的时候跳跳它们太小了，对这些事情没有一点儿印象，那些乌鸦嘴碎，没事儿就站在馆边逗它们，它们给听进心里去了。"走出小熊猫馆，秦初晗推测道。

祁应琛问："你打算怎么办？"

秦初晗头疼地耸了耸肩："胡乱想了几个方案，但是觉得都不靠谱。"

"说来听听看。"专家就在身边，聆听你的烦恼，给你最好的建议。

"在动物园工作，找个动物学家做男朋友，真是好占便宜。"秦初晗美滋滋地叹了一句，

转入正题，“一开始我想能不能和海市动物园那边商量，把它家小熊猫送过来住一年半载，我再把我家的送过去住两三年，但是这会引起它们的应激反应吧……”

皎月初来山海野生动物园，在笼舍里不吃不喝足足三天，之后才开始少量进食，慢慢好转适应。毛茸茸们可经不起频繁转场的折腾。

祁应琛点头道：“很高兴你能意识到这一点。”想法是好的，遗憾的是并不现实。

秦初晗撇撇嘴，继续道：“然后我又想，用别的动物跟海市动物园换拾一，且不论他们同不同意，这样一换，那边的两只小的又没爸爸了。”无论如何都不圆满。

“你能给我出个主意吗？”这是来自女朋友的请求。

坦白讲，祁应琛也很高兴找了个在动物园工作的女朋友，不然身为动物学家的他，真的很难在生活中好好体现男友力，施展专业才能：“其实根据野外小熊猫的生活习性，母兽产子后，会将幼兽带在身边生活大约一年。”

“为什么是一年？”秦初晗还真没了解过这些方面。

“小熊猫的繁殖能力很强，到了次年，成年的母兽会再次进行交配，它们通常会在临产前将幼兽撵走。”换句话说，野外小熊猫为了生存下去，必须早早独立起来，学会生存。馆里的小熊猫无须担心三餐，也不用提防来自外界的威胁，可不就有时间想东想西，乌鸦逗它几句就上头，还计较起来了。

“所以你的意思是它们太闲了？”秦初晗忽而止步，自言自语，“难道真的要闪电隔三岔五演一演‘我要来吃你们’的戏，转移一下注意力？”

祁应琛无奈道出最有可能导致的后果：“会应激的。”

秦初晗仰天长叹：“那要怎么办啊，我都答应它了！我为什么要答应帮它找爸爸？因为它叫小熊猫，我就把它当个毛孩子疼爱了吗？我心太软了……”

两人正好停在狼谷的外场边，隔着结实的防护铁栏，里面黑漆漆的一片。不远处杂草丛生的半山腰上，去年刚登基的狼王君临带领它的族群蛰伏其中，静待饲养员投放今天的美味，老远就看到秦初晗和祁应琛边说话边走过来了。它们认得他们的声音，听得出他们的脚步声，甚至能分辨他们身上不同的气味。大家各自维持着狼的高冷，直到秦初晗没形象地嚷起来。

“好吵啊，从小到大都这样，一点儿长进都没有。”

“爸爸，你不是说人类的女孩子很安静很矜持很美好吗，为什么秦初晗可以这么吵？”

“就这样都找到对象了，祁教授也不再挑挑！”

“其实我觉得晗晗挺好，身上香香的，一定很好吃……”

“我就觉得祁教授比较好吃一点儿，长得斯文英俊，身上的味道比其他男人淡。”

“喂……”

“说好了不吃人的。”

“你们这个思想很危险。”

“我知道。”

“我克制。”

秦初晗沉着脸转身看过去：“我都听见了啊。”

祁应琛似笑非笑地看着那边：“我也听见了。”这不是他第一次听食肉动物鬼鬼祟祟商量着怎么吃他，猜测他到底好不好吃，不该有的念头早点儿灭掉，对大家都好。

半山腰上的草丛有些许晃动，一匹灰白色的狼忽然站了起来，一双眼睛在夜色下发着冷冷的光，直视防护铁栏外的两人。君临：但凡你们敢走进来，猜我吃不吃？

秦初晗被这眼神逼得不由得后退，但很快，她昂起脸，鼻子里发出轻哼：“吃人什么的，最好想都不要想，否则以后你们连兔子腿都没有！听明白了吗？”

君临直勾勾地盯了她好一会儿，半晌转身下山，带着它的狼群奔进夜色里。

秦初晗再去看身旁的男朋友，张口想解释什么，被祁应琛打断：“一会儿再说。”

狼的听觉太敏锐了，两人保持沉默，一口气走到象馆外面才齐齐止步，同时回身望去。嗯，走那么远肯定听不见了。

秦初晗一屁股在长椅上坐下，叹气：“那一眼瞪得我差点儿跪下。”

祁应琛短暂回味了下狼王的威压，不可思议地道：“这居然是动物园的狼……”野性保存得太完整了，把它们群体放归，也能在野外占山为王。

刚才走得太快，秦初晗全身发热，腾出手来朝自己脸上扇风：“我不是故意跟它们呛，打击它们的尊严。”

“我知道，那群狼有机会接近人类，要是发生伤人事件，最后遭殃的还是它们。”祁应琛完全理解她那番话的用意。偌大的山海野生动物园，秦初晗不一定跟每只动物都保持亲密友好的关系，但她总不会存了心去伤害。

夜很静，空气清新，并不感觉冷。祁应琛走到她身旁坐下，一时间，两人都没说话，还对刚才君临的王者气势心有余悸。

安静了一小会儿，想起身旁有个人，秦初晗转头先问：“请你从专业的角度出发，评价一下我们动物园的动物的整体情况。”

祁应琛知道她想听什么：“养得很好，能看到很多自然行为。虽然饲养员的整体水平

还有待提高，但就目前而言，已经在向世界级的先进动物园靠拢。”

秦初晗心里美了，高兴地翘起那条看不见的小尾巴。

看着她心满意足的模样，祁应琛顺势想到白天发生的一切，问：“突然多了两个头衔，有何感想？”

秦初晗敛起有点儿傻的笑容，品味了几秒：“还行吧，总归是在往一个好的方向前进，不过——”送秦宝珠离开时发生的那段对话比刚才狼王的眼神更具备杀伤力，她想不明白，“她想听我喊她‘姑妈’，还故意透露她在秦见山身边安插了眼线，他们可是亲姐弟，在庞大的家产面前，血缘亲情都不值一提了吗？”

祁应琛只能说：“人和人是不一样的。”

秦初晗无奈道：“过了这么多年，我还是学不会和秦家的人打交道。”小时候她不懂那么多，见了长辈只管笑着喊就完事了，但秦心玥和秦肃欺负她，她是一定要欺负回来的，她惯来不是能忍让的主儿。现在，他们的关系反而越来越复杂。

“今天秦宝珠让我去参加年会，我自始至终都不想去，只是在刚开始的时候不太敢忤逆她……”秦初晗怕违背了秦宝珠的意愿，她将经营权收回去，“后来我再一想，动物园的存在太特别了。大股东们要看业绩，还要看领导者有没有人情味，而山海野生动物园是老先生的心头肉，对待动物的方式最能体现人性了，秦宝珠一时半会儿不会打破山海的状态，现在的她对我充满期待。”想清楚这一层，她干脆选了食堂。需要周旋的年会太累，那不是她的战场。

秦初晗看着身旁的男人，想起元旦那天他对自己提出的尖锐问题：“也是今天经历了这些我才清楚地认识到，秦宝珠可以随时剥夺我将动物园变得更好的权利，而她就算不这么做，等我爸六十五岁退休那年，我还是会失去。”

祁应琛握着她的手作为鼓励：“想好了？”

“我想好了。”秦初晗不再动摇，她不想失去，“不管用买的还是别的什么办法，我一定要拥有这家动物园。”

这不是私心，却也是她最大的私心！

4

除夕，动物园闭园一天。秦初晗却觉得这天比往常更加热闹。

早上天边刚有些许亮色，她就听见赵师傅一家和隔壁王老头在门口说话的声音。

老王问："今天年夜饭都有些什么好吃的？"

老赵慢条斯理地道："我准备搞十几种馅儿，你们下午忙完了到食堂来包饺子，想怎么吃就怎么包。"

老王又问："你那厨房给我用用行不行？"

老赵知道他想亲自下厨："行！我那厨房全年就今天对外开放。"

不一会儿，秦初晗又听见老父亲和舅舅、舅妈、时昊一起出了门，商量着今天要先把所有馆舍逛一遍，确保不出纰漏。

齐美娟嫌弃儿子："晚上不睡，白天不起，现在你们年轻人的惰性实在太大了，跟我们那会儿完全不能比！"

时昊委屈巴巴地喊"今天是除夕"。经过秦初晗门口时，他念叨着"那我顺便把姐也叫起来"，掏出手机就要打电话。

齐美娟朝他脑袋上就是一巴掌："现在还早，天都没亮透，把你姐叫起来做什么？让她多睡会儿！"

时昊都蒙了："我才是你亲生的！"

秦怀远心疼外甥："要不你回去休息吧，过年嘛，孩子们就是吃吃喝喝通宵玩儿。"

齐美娟不同意："多大了，还孩子呢？必须跟我走，听我差遣。"

时昊愁眉苦脸地跟着："好的大王，大王您尽管吩咐。"

秦初晗抱着枕头翻了个身，默默感受了一下舅妈的关爱，幸福！

没过多久，她听到楼下陈胜利嚷嚷："祁应琛，来决战吧！今天我和你必须决出胜负！"

祁应琛做完热身，站起来淡漠地看了他一眼，沿着老路线跑起来，眨眼间跑出几十米。而陈胜利还在家门口不紧不慢地做拉伸："让你先跑！"

伍衡拿着直播器材出门，撞见这一幕，笑说："胜利老师，我特别佩服您的体育精神。"

"是吧？"陈胜利挺得意。

"可不是。"伍衡接着说，"天天被祁教授碾压，天天跟他一起跑，从不轻易言弃！"不放弃，不气馁，这不就是体育精神的核心吗？！

秦初晗"扑哧"一声笑了。

陈胜利两手叉腰："伍衡大兄弟，你在讽刺我？"

"那不能！"伍衡一脸耿直，顺手打开 GoPro，镜头对着前方的路，边走边开始他的表演，"各位朋友早上好，没想到播叔这么早就营业了吧？你们这些在线的昨晚肯定熬大夜刷剧刷到现在，别跟我说什么比我起得早。播叔最近也在追剧，就那个《他站在你的背后》。

哎哟，那个瘆人啊！编剧真有水平，给我一个大老爷们儿看得毛骨悚然……好的，言归正传，今天除夕，我先带你们随便逛逛。什么？要当监工？工人都回家过年了，初十才回来，红斑羚那个外场四月一准完工……”顷刻，跟网友唠着嗑走远了。

陈胜利独自站在原地发了会儿呆，半晌回过神来，嘴里念叨着“糟了糟了，让多了”，赶忙去追祁应琛。

看来今天也是胜利老师被我男朋友碾压的一天。秦初晗得出结论，起床把自己收拾干净，骑着自行车出了门。她抱着随便去看一眼的心态来到黑熊咖啡厅，没想到店里和往常一样，整个一层被温馨的灯光包围，玻璃门的扶手上挂着“正在营业”的木牌子。一位精神矍铄、头发花白的老者站在操作台前，用干燥的毛巾耐心细致地擦拭桌台和机器。那是老店长何伯，当年极力劝说秦勉买下动物园的最大功臣。

秦初晗一头钻进店里，亲热地打招呼：“何伯您回来啦？奶奶呢？小店长呢？新年快乐呀！”

老何笑着应她：“新年快乐！他们都还没起呢。听说你升官啦，好好干，我看好你。”

秦初晗在店里停留片刻，拿上一杯老店长做的手冲咖啡直奔考拉馆。在这辞旧迎新之际，她决定做一个完整的端正的自我总结。

考拉馆的绿植丰容一直做得很好，里面混养着一些性情温和的鸟类和安哥拉长毛兔。隔壁偶尔会放出几只体型较小的灰袋鼠过来串门溜达，不过无论闹出多大动静，都不妨碍考拉们睡上十几二十个小时。早上十点的馆内空气清新，鸟语花香。一棵较高的桉树上，周公背对全世界，侧脸和前身贴着树干，前肢后肢呈下垂状，睡得天昏地暗。在它身侧左斜后方，秦初晗这个奇怪的人类骑在一座一米九高的A型梯上，双手扶着梯面较窄的一端，认真且专注地对它说着什么。

“今年上半年没什么好说的，陆总给我安排的工作都圆满完成了，虽然他一如既往的毒舌，但我知道他是爱我的。毕竟珑寻老师是‘绘梦’最能打的，没有之一！最意外的就是和祁应琛双向奔赴了……七月份陆禾跟我提要不要试试给专业类书籍配图，我还犹豫了挺久。说出来你都不信，我决定接这份工作，是觉得祁应琛这个名字很好听，三十岁不到做了教授，就好奇想看看本尊。我还从没见过活的动物学家呢……”说到这里，她笑了笑，对当时在工作室的正式见面略做回味。

陆禾把工作室开在西城区寸土寸金的一座四合院里，背后就是什刹海。那天很热，阳光很足，夏蝉藏在草丛里放肆地叫着。秦初晗被闹得无心作画，拿着一把开裂的破蒲扇站在院子里的树荫下扇风，等外卖送来冷饮。正当她的焦虑即将达到顶峰时，祁应琛迎着阳光跨进院门，一回首，四目相对，两个人都愣住了。

秦初晗发出满足的叹息：“缘分真是妙不可言，你说对不对？”

周公努力将眼睛睁开一条缝，看了她一眼缓缓地说：“对哦……”

得到回应，秦初晗继续道：“合作之前跟你说过，虽然你已经忘了，但没关系，感情方面我没问题的，相信我，真的可以！”今天来这一趟，主要是做工作汇报。

周公：“信哦……”

秦初晗刚爬上梯子的时候还有点儿畏高，聊了一会儿，很快放松下来。她将双手习惯性地环抱在身前，双肩轻微下沉，脑袋歪向一边，快速复盘昨天的“宫斗”。总的来说，结果是好的。

“我说要拥有动物园也不是在说大话。虽然听起来很像大话……参考 Z 市还在建的那座动物园，光投资都二十多个亿，他们那儿的地盘还没我们山海大呢。”

秦初晗啊秦初晗，你可真敢说，哪怕每天中五百万，连续中一年都攒不到二十亿！

“这件事不着急，我们慢慢来。我还年轻，先把文创品牌做出来，做得非我不可，做得声势浩大……”话说到一半，秦初晗不说了，放在心里想。想要拥有动物园，不但要财力，更需要实力，她得努力往上爬，获得集团股东的认可，最大限度地拿到话语权。这很难，但她必须去做。

秦初晗骑在梯子上，不知不觉想深入了。她以为周公和从前一样，对自己的碎碎念左耳进右耳出，睡觉大过天，却在这时听到一声轻轻的鼓励。

周公轻而缓慢地说：“加油哦，你可以的，要加油……晗晗最棒了。”

秦初晗回过神来，见它闭着眼睛，仿佛电影慢镜头一般抬起左前爪，在毛茸茸的脸颊挠了挠，再慢慢放回原位。

“安心睡吧，其他的事情交给我。”秦初晗伸手帮它挠痒痒。这里的一切都值得她用尽全力守护！

祁应琛和王老头进来找兔子的时候，正好看见秦初晗骑在高高的 A 型梯顶端，望着树上的那只考拉，不停地说着什么。

王老头看乐了：“敢情好，又来了。那只考拉叫‘周公’，你女朋友打小有什么心事，就跑来这儿跟它说，我琢磨着，今天应该是来做年度工作总结的。”

祁应琛远远看着，女朋友对一只考拉专注地倾诉，画面整体是可爱的。正巧家里的微信群里有人 @ 他，问他怎么今年被奶奶发配边疆了，连年都不让在家里过，很同情他。祁教授笑着打开相机把女朋友拍下来，发到群里：“正式介绍一下，我女朋友。”

祁家大群里沉默三秒，之后开启刷屏——

刘敏："吾儿终于开窍了？！"

祁雁城："她是在跟考拉说话吗？"

宋雪桦："@CHEN 是山海野生动物园文创店的主设计师吗？我好喜欢蛇蝎系列那个项圈，你帮我问问还有没有存货！"

祁衍："小承都跟我们说了，女孩子很好，你要抓紧了。"

祁敬承："奶奶让我转告你，把结婚证领了再回来。冷漠脸.jpg"

祁应琛觉得家里人对他恋爱的事情过分大惊小怪。他又不是石头人，以前也从没说过类似"我没有世俗的欲望"的话，不过趁此佳节宣布恋情，一个两个激动成这样，至于吗？

祁应琛思绪万千，很克制地回复："既然奶奶都这么说了，我尽力吧，大家新年快乐。"

祁衍："几个意思？"

刘敏："那爸爸妈妈来动物园看你总可以吧？"

宋雪桦："我又认出来了！照片里的考拉是周公对不对？！我买了同款水晶耳环！"

祁雁城："老婆，咱们低调点儿好吗，你看老三都嘚瑟成什么样儿了。"

祁敬承："看来我那两千万没白投。"

祁雁城："你拿两千万投什么了？"

祁敬承："老三居然没问你要钱？你这个大哥当得太没存在感。"

祁雁城："……"

祁应琛结束家庭群聊，再去看女朋友，她正伸手给周公挠痒痒。她坐在高高的梯子上，看得出她是有些怕高的，不然也不会一只手牢牢地扶着梯面的边缘，用力得指尖发白。但她心里又是充满勇气的。她给自己制订了一个看似不可能达成的目标，不管中途会付出多少，不论遇到怎样的困难，都会勇往直前。祁应琛愿意一直陪在她身边。

王老头见他眼里就只剩下一个人，勉强再装下半只考拉吧，心想，大过年的，少工作半天不妨事，就几只兔子，自己应付得来，便说："去吧，给她扶着点儿。"

祁应琛道了声谢，移步走过去。

秦初晗做完总结汇报，拿出手机给男朋友发信息问他在哪儿，然后就听到身后响起收到消息的提示音，她回头一看，瞬间就局促了："什么时候来的？"

"放心，一个字都没听见。"祁应琛站在梯子边，扬起脸笑着看她，顿了下，移眸看睡得正香的周公，寻思着问，"王老头说你有什么心事都跟它讲？"

秦初晗梗着脖子否认："没有！"

尾音还没完全散去，周公开口了："对啊……"

祁应琛意味深长地冲女朋友扬了扬眉：你不老实。

秦初晗相当无奈，对周公道："专心睡觉，别说话！"

"嗯？"周公竟然把眼睛完全睁开了，和站在树下的男人主动打招呼，"祁教授，你好啊。"

"你好，新年快乐！"祁应琛彬彬有礼地走上前。

"新年？嗯……我不过年的。"周公明显没那么困了。

秦初晗诧异至极："我来那么多次都不给我一个眼神，你是不是在敷衍我？"

周公在她控诉自己的时候再度闭上眼，又恢复懒懒的语调："睡了哦，安……"

天刚亮，安什么安？！秦初晗手舞足蹈地要把它逮过来说清楚，却忘了自己还坐在梯子上，屁股底下一滑，要不是祁应琛随时准备着，把她稳稳接住，她这个年恐怕不太好过。

"我在澳洲跟那边的考拉打交道时总结出一个经验，"祁教授抱着女朋友，对她道，"永远别尝试和装睡的考拉讲道理。"

秦初晗倒在男朋友怀里："算了，我都有公主抱了还跟它计较什么。"

陷入睡梦的周公："公主抱，不错的……哟。"

离开考拉馆，秦初晗和祁应琛又去水族馆陪北极星玩了会儿。这个大家伙向来会给自己找乐子，最近还学会用自己的声呐系统给住在隔壁的鲨鱼立规矩："看到我要停下来说'大哥好，大哥辛苦了，大哥我们永远爱你'，不照做的话，我就撞破这层玻璃纸，吃掉你们的肝脏！"

柠檬鲨和斑白角鲨还好，都是群居，可以抱团。那条刚成年的长吻锯鲨可苦了，本来胆子就小，被北极星一吓，成天躲在珊瑚群里不肯出来。海星都嘲笑它是水族馆第一座活体长吻锯鲨水底雕像。

北极星给秦初晗讲起它近期专注的"事业"，那是相当有成就感。

秦初晗知道它皮，没想到它皮得越来越没底线……算了，反正我跟那些鲨鱼也不熟，你开心就好。

离开水族馆，秦初晗拉着祁应琛问："你给我详细讲讲，野外的虎鲸也那么……流氓？"

祁教授用了四个字来概括："海上霸王。"

秦初晗沉默了。

"在鲸类当中，座头鲸是歌声优美的歌唱家，白鲸是珍贵的海中金丝雀。"

"那虎鲸呢？"

"蛮横的话痨。"

“……”

祁应琛笑着道：“根据现有研究数据来看，虎鲸能发出六十二种不同的声音，调皮是天性。它们擅长团体作战，有时没来由地富有正义感，会帮助被鲨鱼追捕的其他海洋动物脱身，有时又毫无征兆地向某个对象发起袭击，理由可能只是突然看对方不顺眼。”

秦初晗直点头：“北极星的一些行为确实很无厘头。”总结下来，就是过分随心所欲。

祁应琛回头看了一眼，流露出些许复杂的情绪：“它是我在水族馆中见到的养得最好的虎鲸，不用做训练表演，有吃有喝，住的水舍也很宽敞，四名饲养员轮流陪它玩，还有专门和混养区交流的窗口。”

虽然它不可能撞破它口中所说的那层“玻璃纸”，不过吓到那群鲨鱼就是赢。它在这里住得很开心，日子过得无忧无虑。

祁应琛说：“北极星的心态很健康。”

秦初晗听出一丝异样：“我怎么觉得你这话更像是在不解北极星居然没有心理疾病？”

祁应琛反问她：“你知道野外虎鲸的平均寿命吗？”

秦初晗摇头。

“雄性虎鲸普遍在四十年左右，雌鲸比较长，尤其生育过的雌鲸，寿命可达八十到九十年。”祁应琛道，“但是被人类圈养的虎鲸，平均寿命几乎折半。”

秦初晗被这组数字对比吓到了：“北极星快满二十八岁了……”

祁应琛换了温和的口吻：“那些只能活二十多岁的虎鲸，生活的水舍环境很差，它们又是情感相当丰富的海洋动物，和大象一样家族观念强，记忆力很好，在承受巨大压力的同时，几乎每天都要做表演。在此过程中，它们越发怀念大海里的家人，多半会患上抑郁症和肺部感染等疾病，所以才会早早死亡。”他没有在北极星的身上看到消极的行为，根据上一次的体检报告看，它的身体也相当健康，“保持目前的状态，北极星活个四十年应该不成问题。”

在了解了野外虎鲸的生存状态后，秦初晗怎么都觉得北极星受委屈了。

祁应琛问她：“想不想听专家的建议？”

秦初晗连忙点头。

“它还年轻，有机会的话，放归它。”

虎鲸的家庭关系十分紧密，通常不会离群。它们一起旅行，一起捕猎，分工明确，感情深厚。

“你认识这方面的海洋机构或者组织吗？”秦初晗见过放归野猪，也亲自尝试放归过好几种鸟类，但对虎鲸的放归还真没头绪。

女朋友的行动力太强，祁应琛有些头疼："这件事得慢慢来，我先联系研究海洋动物的朋友了解看看，在此之前……"他反手把急得想立刻将北极星扔进太平洋还它自由的秦初晗拉住，往隔壁的企鹅馆走，"环嘴斑企鹅的游行预演马上开始了，昨天晚饭时你亲口答应要过去帮忙。还有，跳跳那边你想好怎么跟它说了吗？"

"你爸是不可能从海市动物园过来陪你的，那么大个小熊猫了，懂事点儿好不啦？"这么跟它说的话，跳跳应该会把她视为此生永恒之敌吧……想到这儿，秦初晗万念俱灰，任由祁应琛拉着往前走，昂起头没形象地哀号："任重道远，我太难了！"

好在遛企鹅的环节进行得不错，饲养员还发给他们一人一套企鹅玩偶服，意思很明确：初二到初九这几天，欢迎加入我们的队伍一起游园！

秦初晗和祁应琛在园里玩到下午三点多，去食堂参与新春必不可少的活动：包饺子。

今年山海野生动物园的除夕热闹极了，各馆的人都在，统共五六十号人，你出一道拿手好菜，我试一个刚学的新花样。陈胜利还把投影仪扛到食堂来，等八点整的春节联欢晚会。

饲养员们却根本坐不住，一看时间，这个点儿要去看看自家毛孩子，除夕夜给它们来个高难度食物丰容。大家来来回回在园里转悠，就好像村里还没通网，一定要挨家挨户走到位才行。

晚上十一点，秦初晗换上头罩有粉色蝴蝶结装饰的企鹅玩偶服，用心挑选了一辆最好最新的双人观光车，来到黑森林馆的外场正对面，拿出对讲机，按下 PPT 键："这里是特别行动组 1 号，2 号你那边准备得怎么样了？ OVER。"

不一会儿，祁应琛冷冰冰的声音响起："现在监控室只有我一个人了。行动之前先说两件事，我不当 2 号，也不会在对话末尾加上'OVER'。"这很蠢，祁教授的内心和脸上满满都是拒绝。

秦初晗"哧"地笑了："那我怎么知道你到底说完了没？"

祁应琛："……我说完了，OVER。"

黑森林馆共有三个外场，皎月来之前，闪电独占其一。那个外场虽然不大，却是有山有水，环境优越。从兽舍通道出来，脚下是一片绿植丰富的小坡，造型好看的山石错落堆砌，栖架便搭在这些石头上。坡底是一个半圆形的水潭，最宽的地方将近五米，另一端是立着玻璃幕墙的观展区。从高度上来看，小坡高三分之一处正好与观展区持平，而水潭边缘宽度最多一米。

差不多两年前，秦初晗发现了这个外场的设计漏洞。

那会儿她大学刚毕业，在陆禾的安排下为国内著名导演的暑期电影设计了数张堪称惊艳的概念海报，随后发行第一本个人作品画册，卖到脱销，收获业内一致好评，就此一跃成为国内一线插画家。在不少应届生们还在为就业问题烦恼时，秦初晗已经忙着辗转国内外各个风景区打卡，等回到山海野生动物园已是九月末。

迈入人生新阶段，秦初晗决定留在帝都发展，住的地方也租好了，这次回来是看看动物园的家人朋友们，待几天就走。那天她像过往任何一个寻常的日子一样在园里闲逛，然后就发现黑森林馆外场的不寻常之处。但她没有将这处纰漏告诉父亲，而是问闪电，原地跳跃的话，最远能跳多远。

两岁零四个月的闪电已经是头风华正茂的年轻豹了，它眯起金瞳看着远方，保守估计道：“五米是没问题的。”要是有一段俯冲的助跑，它能跳得更高、更远。

秦初晗向它使眼色：“你看外场左边靠近坡底那块大石头，你从坡顶冲下去，以石头为落脚点，能不能跳出玻璃幕墙？”外面的落地点正好是个监控盲区。

闪电一眼看过去，脑子里试演了一遍，沉默数秒，稳重地说：“今天半夜我试试。”

秦初晗提醒它：“出去后，你可以先钻进左边的林子里，千万别到观展区晃，会被监控逮到的。”

闪电知道那玩意儿，轻哼了声：“你当我傻啊！”

秦初晗不过抱着“这样好像挺有意思”的想法，却给它开辟了新思路。那天半夜，一跳便成功了，从此闪电成为动物园的隐形安保员，每天深夜都要溜达几圈，刚开始只在黑森林馆附近，后来范围逐渐扩大，还跨界交了不少朋友，也因为年轻气盛得罪过虎园的老大，惊扰过犀牛馆的暴暴……

之后秦初晗离开，展开双臂去拥抱崭新的人生，寻找更多可能，探索更广阔的天地，直到年末再次回到熟悉的动物园。闪电告诉她自己每天都要溜出去玩耍，除了东边的水族馆，几乎逛了个遍，原来动物园那么大，住着那么多动物，难怪人类都喜欢动物园。秦初晗这才后知后觉，在外面尽情活动的闪电是那么的自由、无拘无束，它一天当中最享受的时刻是从越过防护栏那一刻才开始的。

秦初晗为此感到羞愧。

寒意从身后缓慢地涌来，冻得她打着冷战回过神来。她很干脆地把企鹅头罩戴上。

对讲机里，男朋友提醒她：“闪电离开内舍了。”

只见一道黑影出现在外场坡顶，它一眼就看到坐在车上的女企鹅，不禁愣了下。

秦初晗担心它认不出自己，将头罩摘掉，笑容灿烂地冲它挥手：来啊，姐姐带你去兜风！

对讲机里响起祁教授的调笑："换位思考，我要是闪电，可能今天不太想出来。"停顿两秒，他故意补了一句"OVER"，低沉的嗓音，缓慢的语调，略带些许暗哑质感，调侃意味十足。

要是在平时，秦初晗肯定会毫不吝啬地夸一句"性感好听"。今天？算了，没有那种夸赞的欲望。她将对讲机凑到嘴前，面无表情地道："别以为你穿着玩偶服站在监控室就不羞耻了，专心放哨，OVER。"

祁应琛果真沉默了。

外场这边，闪电轻车熟路地越过幕墙，出门左转，一头扎进小树林，然后转过身来，在黑暗的边缘露出它黑漆漆的豹脸，眼睛一眨不眨地和秦初晗隔空对望。

"过来呀！"秦初晗对它招手。

闪电持续盯着她，坚决不动。山海野生动物园有多少摄像头，分别在哪个位置，扫射范围有多大，它了然于心。每一次夜巡，它的心神一半在享受，一半用来警觉——不能犯错，只要错一次，就会失去这个乐趣。

秦初晗意识到它的顾虑，把车开到那片林子前，这样的距离，总算能看清藏在暗处的黑色大猫。

闪电将她打量了一遍，不留情面道："好丑。"动物园里能让它夸赞长得好看的动物不多，走路左摇右晃的企鹅绝对不在这个范围内。

秦初晗绽出个神秘的笑："这叫'萌'，以后你慢慢会体会到的，来，上车！"她拍拍身侧的空座，一脸嘚瑟。

闪电都做出起跳的动作了，忽然迟疑地看向最近的一个监控摄像头，上面有个红色的点持续发亮，正在运作。它收回姿态："算了，不安全。"

"我办事你还不放心？"秦初晗道，"监控室只有祁应琛在，今天晚上他给我们放哨，闪电号游览专车竭诚为你服务！"

闪电的长尾立起来了，跃跃欲试："你最好别骗我。"

秦初晗发了个狠誓："骗你我就到黑森林馆住一年，连外场都不去，就在内舍窝着！"

"既然你都这么说了……"闪电灵活一跃，跳到白色的观光车上，面朝前方，端正蹲坐，那双亮棕色的瞳眸里带着快要溢出来的好奇，不允许自己左右张望，然而身后的尾巴已经按捺不住了，先放到左边，再换到右边……

片刻后，秦初晗问："感觉如何？"

闪电昂着头："还行，我准备好了，开车吧。"

还行是吗？秦初晗憋着笑，双手握住方向盘，油门踩到底："出发！"

小白车飙出去的那一刻，闪电的面部表情持续紧绷，嘴瓣的缝隙都快看不到了，但很快它就适应了移动速度，放松下来，微微张开嘴，好奇地张望。啊，这里是大熊猫馆，周边店还没开门。这么快就到象馆了？也不知道夏天家的小姑娘长多大了，八成比它大……

隔壁长颈鹿的外场上，长空独自站在遮阳伞下，优哉游哉地吃着夜草，看到秦初晗开车载着闪电一晃而过，惊讶得下巴都合不上了。

"它傻眼了。"闪电坐在车上，发出像猫又似狗的笑声。

秦初晗移眸望了它一眼，和它一起笑。

从直营店的正门前经过，穿过广场时，闪电忽然说："晗晗，我们来比赛吧！"说完跳下车放肆奔跑起来。

豹子的时速可以达到每小时七十公里，秦初晗根本追不上它，甚至眨眼就找不到撒欢的黑团子了，只能靠身在监控室的男朋友做控场指挥。

到了梧桐叶子湖边，闪电蓦地从树上跃下，轻盈地落在观光车的顶棚上。秦初晗被吓得直缩脖子，它却意犹未尽地在她头顶下命令："开车！出发！开到最快！"

好，开到最快！

旅途是短暂的，快乐却可以无限延长。

好巧不巧，观光车偏偏在来到小熊猫馆时耗尽电量。跳跳这群熊孩子还没睡，托尼一脚把浩克踹下轮胎秋千，刚荡了两下，抬起头就跟站在玻璃墙外的黑豹四目相对。

托尼是稳重的，半信半疑地对大家说："我眼花了？"

浩克被它踹疼了，一动不动地瘫在地上："那你把秋千让给我荡啊，我眼不花。"

点点顺着托尼的视线扭头一看，发出惊惧的"哇"的一声，奓着毛从地上跳起来，没命地往内舍跑，吓哭了……

秦初晗根本没找到跳跳在哪儿，只听见它扯开嗓门对自己放狠话："秦初晗我记住你了！你给我等着！"

瞬息的工夫，四只毛孩子夹着尾巴回了内舍，今天晚上怕是彻夜难眠。

闪电云里雾里的："它们好像很怕我？"小熊猫多可爱，它还想跟它们亲近亲近。

"这件事说来话长。"秦初晗站在臭弟弟旁边似笑非笑。

闪电明白了："你是不是又拿我吓唬它们，类似'不听话就叫闪电把你们吃掉'？"它都快成动物园一霸了，它哪儿有那么可怕！

秦初晗穿着玩偶服，蹲不下去，只能垂头望着它，嬉皮笑脸地说："谁让我们关系好呢。"

说完伸手在它的大脑袋上挠了一把。

她穿着笨重的企鹅玩偶服，还戴着做工略显粗糙的头罩，但闪电就是能想象出她此刻的表情：笑容一定是没心没肺的，带着求和的讨好，还有一丝丝敷衍了事——走个过场而已，你不是真的生气，我心里也清楚。

配合演戏，点到为止，闪电也不知道自己在坚持什么。想坐观光车的心愿达成了，它其实是很开心的……

"哎，算了。"闪电放弃计较。

头顶粉色大蝴蝶结的企鹅玩偶里飘出秦初晗大忽悠的声音："你要这样想，你在园里有地位，给豹子长脸，我在园里走动时只要报出你的名字，大家多多少少都会给点儿面子。"

"会吗？"闪电扭头看了一眼没有小熊猫的小熊猫馆外场。吓唬几个熊孩子，它就有威严了？它为什么要信秦初晗的鬼话？

为了加强自己这番话的可信度，秦姓女企鹅还道："你是不知道，昨天我和祁应琛经过狼谷，被君临一个冰冷的眼神吓得魂都差点儿没了。"

"那肯定是你先招惹它了。"闪电和君临关系不错，能聊到一起，对这个结拜兄弟还是有所了解的。

女企鹅戏很多地往后撤了半步："你居然帮它说话，不帮姐姐？"

闪电嫌弃道："我没有企鹅这种莫名其妙的丑亲戚。"

"那我呢？"秦初晗摘下头罩，眼神真挚地盯着它，"来，大声告诉姐姐，今天晚上开不开心？"

闪电像个叛逆的少年："好想一口咬死你。"

好吧。秦初晗沉默地将头罩戴了回去。

闪电望着她，淡淡道："忽然觉得你这样还挺顺眼。"

什么意思？说她人类的本体丑？！女企鹅怒了，扬起手作势要揍它。闪电先发制人，一个原地小跳，从正面推了她一把。秦初晗狼狈地"哎呀"一声往后仰去，屁股先着地。她本能地想要立刻坐起来，却发现起不来了。

玩偶的身体里加了鸡蛋形状的硬塑料模板支撑，外面包裹了一层厚厚的绒面布料，尤其是底座和两只脚，与企鹅的外形完全相似，人在里面根本迈不开腿，只能像企鹅那样左右晃着肩膀前行。秦初晗腿不能动，手收不回来，勉强把头和前半身往前抬起，抬到一定的角度就会被模板的拉力拽回去。她倒在地上折腾了一会儿，变换思路将身体转向一侧，用手将自己慢慢撑起来。就在她快成功时，闪电灵活地从背面发起袭击，又是一个小跳加

前扑的动作。秦初晗再度倒下。

“你这样是会失去我的。”她躺着不动，望着除夕夜的天空喘大气。

闪电的脸出现在她上方，遮挡住她大部分视线：“回答你刚才的问题，今天玩得很开心。”

秦初晗：“你走，今年我都不会再和你多说一句话了。”

闪电被她唬得愣了半秒，亮棕色的瞳眸紧缩了一下，但它很快发现了这话的妙处——今年很快就要过去了，或许在下一刻，总之很快，但是明年很长，有很多天，晗晗可以在明年对它说很多很多话。

秦初晗在这一小会儿的沉默中变得正经起来：“还有一会儿就是明年啦。”

闪电不自然地发出哼哼：“就算你对我示好，我也没办法扶你起来。”

这次换秦初晗愣了两秒，干巴巴地笑。

这时，放在观光车座位上的对讲机里响起祁应琛笑意明显的声音：“值班的人吃完夜宵回来了，大概还有五分钟到监控室。闪电可以先撤了，类似活动加入套餐，改天再会。至于那只笨拙的企鹅，起不来没关系，我来搭救你。”

秦初晗找到最近的那个监控摄像头，抬起胖乎乎的企鹅小短手挥了挥：“快点儿，穿着你打蓝色领结的企鹅玩偶服来接我。”不穿她就躺着不起来了，躺到明年！

闪电还是有良心的，祁应琛来之前，它藏在距离秦初晗最近的草丛里，眼一眨不眨地望着她，和她说话解闷：“不管你和君临有什么误会，回头我会跟它解释，让它别放在心上。我相信你做事都有道理，总是向着我们，为我们好的。”它望了望早就没了动静的小熊猫馆，又说，“熊孩子们只是看着小，在我们动物界已经成年了，不用拿我吓唬它们，你在园里也很有地位的。”

半晌，它冷不防问女企鹅：“你是不是睡着了，为什么都不反驳？”

企鹅无奈地晃动身体，说：“没有，觉得你说得有道理，我在沉思。”

闪电“嗯”了一声。

企鹅歪头看它：“不信啊？”

“不是，我信的。”闪电道，“就是觉得你成熟了，不会像以前一样，明知道没道理，还要坚持自己是对的。”

“那你喜欢现在的我，还是以前的我？”

“现在的你可靠，以前的你可爱，我都喜欢。”

远处有灯光晃过来，企鹅王子来搭救企鹅公主了。

“我走了，你们约会吧。”

秦初晗注视着那片发出轻微响动的草丛，待那处恢复如初，祁应琛开着辆四人座的观光车出现了。玩偶服放在后座，他穿着清爽的防风运动套装，外面一件白色的羽绒服，还很拉风地不拉拉链。

女企鹅气得用宽大扁平的手在地上拍："你为什么不穿玩偶服？你没有信仰！"

祁应琛把车停稳，好笑地看了她一眼，拿起企鹅头套罩在脑袋上，走到她身侧："这样可以了吗？"

秦初晗决定诚实："坦白说，有点儿诡异。"

"穿企鹅服不方便操作，待会儿要是两只企鹅倒在这儿，别人我不敢肯定，陈胜利至少能笑一年。"祁应琛弯腰把女朋友拉起来。

"有道理！"秦初晗被说服了。

站起来后，她摘下闷得要命的头罩，原本束起的长发随之散开，不经意间勾出她脸容的轮廓，朦胧的夜色里，仿佛变得更明媚了。

刚把头罩摘下来的祁应琛看得一愣，旋即露出与他沉稳外表不相符合的……羞涩？

秦初晗迅速识别出这两个连贯的表情意味着什么，得意地笑着，昂起脑袋："闪电刚才也夸我了，说以前的我可爱，现在的我可靠。"所以你看我看得失神是可以理解的，不用不好意思。

祁应琛一想，确实是这么个道理："竟然被小我好几岁的女朋友开解，看来我还是缺乏恋爱经验，不够老到。"

"说得好像我经验丰富似的，你是不是在试探我？"秦初晗说着抬起手推了他一把，结果忘了自己这身行头，差点儿历史重演。

祁应琛把她拉稳站好，双手扶在她玩偶服的肩膀上方帮她做固定，目光温和地打量她片刻："没有试探你的意思，觉得自己缺乏经验也是真的。"

"我是你第一个女朋友？"女企鹅的好奇心可重了。

"严格来说是第二个，不过第一个也不能算作真正的女朋友。"

"为什么？"

"她无意中发现我能和动物沟通，把我当研究对象，刻意接近我。"

那是祁应琛大学刚换专业时发生的事，对方是大三的学姐，很有魅力，也很……可怕。

秦初晗本来想打听男朋友的恋爱史，没想到听到的是一段心惊肉跳的虐心史。她撇撇嘴，问不下去了："那是有点儿遗憾……"

"是学校里的猫告诉我的。"祁应琛对她知无不言，"我是觉得很奇怪，为什么沉迷动物心理学研究的学姐突然对我感兴趣，主动提出和我约会。”他永远都忘不了得知真相后毛骨悚然的感觉，他恍然想起学姐看自己的眼神，跟看那些待解剖的动物没有任何区别……

秦初晗追问：“后来你是怎么摆脱她的？”

“先是彻底断掉联系，通信方式全部删除拉黑，在学校里尽可能避开，然后申请了国外的学校，利用了家里的一点儿关系得到额外面试的机会。”祁应琛抓住了那个机会，“三个月后，我去了 C 国，至今再也没见过她。”

秦初晗默默为男朋友捏一把汗。

祁应琛冲她笑道：“告诉你这个经历，是想让你知道，防人之心不可无。”在山海野生动物园这半年间，他发现秦初晗能和动物沟通这事早已不是秘密，园里的每个人都或多或少听过一些，无论信不信，说起来都能津津乐道说出一两件有趣的事情。其实这是很危险的。

“好，我知道了。”秦初晗先作老实状点了点头，然后问，“为什么我男朋友要在除夕夜给我上课啊？这么浪漫的时刻，难道他不应该表示一下？”

这时，对面的游乐场响起音乐，绚烂的灯光相互交错着照亮夜空，新的一年到来了。

其实零点刚过时，秦初晗想跟祁应琛要一个拥抱。当然，恋人之间甜蜜的亲吻也是可以的。没想到祁教授从羽绒服口袋里摸出一个红包给她，并真诚地对她说“新年快乐”。这么谦谦君子，她实在没办法世俗了……接受这个八百元巨款的红包，新年快乐！

第二天早晨，秦初晗才发现红包里还有一张心愿卡。

这是“园妹”司徒畅强烈要求的新年必出赠品，在店内任意消费满十八元就送。卡片正面精选各馆舍动物们的独照，从胜利老师耗时数月拍摄的照片中挑选，背面有简单的动物元素边框，框内空白处用来写心愿。

祁应琛用的这张是北极星的靓照。广阔无边的深海中，一束阳光倾斜着投射进来，形成亮色调的长形通道。虎鲸自海底深处游来，流畅的身体曲线呈优美的半月形，将将用前喙触碰到光的边缘。为了这张照片，陈胜利穿上全套潜水设备潜入它的水舍，在水里耗了三个氧气瓶。不过就结果而言，一切都是值得的！

祁应琛在心愿卡的背面一本正经地写着——

使用时，需将此卡拿出，对赠卡人发出正式的许愿要求。许愿内容不设限制，使用期为本年度任意时刻。

祝，获得愉快的体验。

特别声明：此卡仅限我的女朋友秦初晗小姐个人使用。

祁应琛

字写得很漂亮，笔触内敛，笔法苍劲，想必学生收到他批改的作业都是一种享受。

秦初晗拿着这张最大限度留白的心愿卡，内心感受是以前从没体验过的奇妙，她抓起手机看时间，现在是大年初一的早上七点四十八分，全世界都还在沉睡。

怎么形容此刻的心情呢？秦初晗相信，不管她许什么愿，哪怕不在祁应琛的能力范围内，他也会想方设法帮她实现。但这种直白的表达方式又实在幼稚得可爱。

相较多年前的跨年夜，祁应琛的完美表现才是他伪装出来的，是所谓的成年人应该有的样子。还有上次她被困熊舍，他没有过多安慰的话语，就送给她一支防熊喷雾。虽然缺了点儿浪漫，但不说废话只干实事的态度令她在安心踏实之余顺带做了个自我反省。

这次的心愿卡，让男人在她心里的原有印象完全颠覆——祁应琛是沉稳的，对待感情却生涩不擅长，跟他的年龄不符，与他斯文中隐隐流露出的风流气质更不符，他会挖空心思将最好的、她需要的奉上，却无法在新年来临的那一刻给她一个吻。

秦初晗完全明白了，既然大家都是新手，那她也直接点儿吧。

用手机拍下心愿卡背面，秦初晗给祁教授发信息："又玩那么大？"

祁应琛刚结束晨跑，秒回："不要尿。"

想要动物园，他就给祁家老大打个电话，由祁雁城出面，秦宝珠应该会给这个面子。这是祁应琛能想到的最快、最便捷、最一劳永逸的办法。动物园在祁家人手里，总比在秦家要好。

秦初晗很难不动心："想想还挺过瘾……"

祁应琛对她循循善诱："只是想想吗？"从想象到实现，只需要她一句话。

秦初晗问："你就不担心我们之间因为掺杂这些外界因素出问题吗？或者将来我们分手以后，就算你不问我要，我也不知道该怎么还你。"

祁应琛直接打来电话，条理清晰地道："我很喜欢这家动物园，这是前提条件。而假设我们只是单纯的同事朋友关系，在我力所能及的范围内，我也是乐意帮忙的。类似的事情以前也发生过，不止一次。之后朋友们的公司步入正轨，每年都会给我一大笔丰厚的分红，甚至给我一种他们在为我打工的错觉。"

秦初晗忽然想起来，问："那家基础芯片公司也是其中之一？"

祁应琛没有否认："当然，我的兄长们确实都比我有钱，在我有需要时，我会向他们开口，他们也乐于帮我。钱这种东西挣来就是要花在有用的地方，而我帮你就是在帮动物园的动物，那我为什么不这么做呢？"

秦初晗没有立刻接话。

"好好考虑。不是因为我们是恋爱的关系，我才有此提议，而是经过我个人的考量，我想通过帮助你，做一件我认为做得对的事。"

秦初晗深吸一口气："我想好了，下午去城区约会，吃饭看电影！"

祁应琛愣住："我被拒绝了？"

秦初晗笑得狡猾："倒也没有，我想先自己努力看看。而且我相信，等我真的向你开口时，不管你还是不是我男朋友，还在不在山海野生动物园，你都会帮我做这件你认为对的事。最多到时我也努力赚钱，每年给你丰厚的分红就好了。"

祁应琛沉默片刻，失笑道："给你这张心愿卡是有点儿为难你的，没想到被反杀了。"

成熟男人是动了小心思的。六年前他错过过一次，六年后，他不允许自己再犯同样的错误——女孩子欠了他那么大的人情，这辈子无论如何都不会断掉联系。归根结底，还是因为太喜欢了吧……

秦初晗顺势恭维："男朋友有学识不缺钱，还这么体贴我，压力好大。"她故意加重"体贴"这两个字的字音，有没有察觉对方的心思，请自行体会。

祁应琛只管识别字面上的意思，提出异议："不英俊吗？"

"你的英俊还需要强调吗？"

"确实不需要，我没有问题了。"

玩笑结束，英俊、有学识、不差钱的祁教授向女朋友发起邀请："吃早餐吗？我在咖啡厅，小老板今天烤了羊角面包，卖相很不错。"

秦初晗挠着乱糟糟的头发，拒绝道："不了，要是从早上就开始见面，一起吃晚饭看电影的约会还有什么意义？"

祁应琛听她这么一说，确实是这样，再一想，今天是大年初一，动物园闭园，女朋友肯定会围着动物团团转，除了关系好的那几个，她最有可能去的地方是——

"那男朋友给你一点儿专业的建议，需要吗？"

秦初晗承认，有万能的祁教授做后盾，她底气足多了。

说起来，他们这恋爱谈的，最亲密的接触还止步于牵手，对话内容却已经发展到开口谈几十亿的大项目，就跟说中午上哪儿吃一样寻常……

一半纯洁，一半成熟。

绝了！

第八章

宝藏与惊喜

1

初一早晨，秦初晗吃完早餐，换上舅妈买的新衣服，直奔小熊猫馆。

山海野生动物园安静得仿佛与旁边的森林公园融为一体。天完全亮起来的时候，阳光也尽情绽放出来，为新的一年开了个好头。

动物园里起得最早的依旧是饲养员们。他们打扫笼舍，给毛孩子们准备早餐，个别情况特殊的还要特殊对待。比如跳跳，许是听了乌鸦们太多谗言，弄得火气大，持续便秘。陈娇在它的早餐里加了火龙果等通便的水果，促进它排便。

小熊猫是极爱干净的，通常它们会给自己的活动区域分出专门的如厕区。秦初晗到了之后，跟陈娇确定了它们平时上厕所的位置，然后就在中转间的玻璃窗内耐心蹲守。大约过去了二十分钟，只见爬在木桩上的跳跳忽然警醒地站起来，接着一个俯冲顺着木桩爬到地面上，直奔外场角落里的那棵矮树。

就是现在！秦初晗快步冲进外场，在跳跳刚撅起屁股准备拉臭臭时来到它的面前，抓住它的前爪。别说跳跳反应不及，点点和浩克看得都傻眼，一时间忘了去拿挂在高处的食盒。

托尼由衷地发出叹息："这女人太可怕了……" 山海秦初晗，果然惹不起！

"秦初晗你干什么？！" 跳跳的毛都奓起来了，"你居然在这种时候偷袭我！你……你

不要脸！”

“别这么说。你千万别动气啊，本来就上火，拉不出臭臭很难受的！”秦初晗先发制人。

“嗯……你要是不出现，我已经拉出来了！”跳跳又急又气，又难为情。

“那你拉，边拉边冷静地听我说，怎么样？”秦初晗从口袋里拿出一块从齐美娟柜子里翻出来的老式丝巾，拧成一股绑在鼻子前，准备开始谈判。

跳跳介于“超级想拉臭臭”和“好难受拉不出来”之间，再有一个没羞没臊的秦初晗蹲在面前，它进退两难，只能直面……卑鄙的人类啊，还叫它不要生气，它快气死了！换作平时，它已经跳起来和秦初晗拼啦！眼下偏偏跟平时不一样，非常不一样！

“有什么事情，不能……不能等我拉完再说吗？”跳跳的四肢是向一个点收拢的，锋利的爪子紧抓树干，保持撅屁股的姿势，憋了一口气和面前的疯女人打商量。它现在只想专心拉臭臭！

“不行。”秦初晗想都不想就否决，“不瞒你说，我早就来了，特地等这个时刻找你谈。”

“你……”跳跳毛脸一紧，力气全集中在一个地方，实在分不出更多心思应付她，不到一秒就泄了气，“行吧，你说。”

秦初晗计谋得逞，绽出舒心的笑容，然后表情变为歉意：“我要先向你道歉，我不能把你爸爸接到园里来跟你们团聚，我说大话了，对不起。”

跳跳起先还没反应过来，反而是旁边看戏的浩克它们先整齐地呆住了，担心地看着跳跳，再去看坐在水边洗脸的点点。点点失望地低下头。见不到爸爸了，它有一点点难过……

“哦，所以呢？”跳跳逞强道，“我又没把你的话当真！”

不过它忽然理解秦初晗为什么挑这种时候找它谈了。自己主动答应的事情又做不到，要不是它在拉臭臭，它早就走了。跟人类打交道果然是浪费时间，不如回内舍睡觉！想到这里，拉臭臭的意愿彻底没了，跳跳收起拉屎的姿势，蹲坐在树干上，烦躁地把脸撇开。

“我当真了。”秦初晗诚恳地说，“我想了好几个方案，都不现实。就拿皎月来说，这次它过来和闪电合笼，等它生下小豹子，也要跟其中一只宝宝回A市动物园的家去，你和点点的爸爸就属于这种情况，它一直是海市动物园的明星。”

跳跳虽然生气，但还是在听她说。它想知道爸爸的情况，它和点点也不是没爹的孩子，情况特殊而已。

“我知道了，你说完了吧？”跳跳不耐烦地问。

秦初晗耐心道：“我只是想让你知道，拾一没有不要你们，你和点点还有两个兄弟，现在和它住在一起。”

跳跳没忍住，问："真的吗？"

点点也扭头看过来。原来它还有兄弟哦，是哥哥还是弟弟呢？

秦初晗冲它温和地笑了笑："是真的。一只叫铛铛，一只叫锵锵，你要是不信我，等你妈妈康复了，你可以问问它。"

"铛铛、锵锵……名字很一般嘛。"跳跳轻哼，"不过，一听就是我们家的。"

点点也跟着一个劲地点头，它们一家的名字都是叠词。

秦初晗再道："不管怎么说，我在没把握的情况下答应你，最后却没办到，让你空期待一场，是我不对。"

"行了行了，我也不是小气鬼。"作为小熊猫馆未来的支柱，跳跳只好原谅她了。

"那我以后能经常来找你玩吗？"

"你把动物园翻过来都成，我可拦不住你。"

"我说真的，你要是不想见到我，那我就不来碍你的眼了。"

跳跳被秦初晗架在火上烤，看样子，不跟她讲和，传出去还成它欺负她了！它可不是蛮横不讲道理的小熊猫："你这个女人怎么那么麻烦！想来就来，大不了我陪你玩总可以了吧！"它蹲坐在树上，急得手舞足蹈。

"好的，从今天开始，我们就正式成为朋友了。"秦初晗把丝巾摘下来，昂首挺胸站在它面前，"作为朋友，我给你提一点儿建议，希望你能接受。"

跳跳哼笑了一声，就知道这个女人还打了别的主意："说说看。"

秦初晗换了副严肃的表情，跟领导视察似的，朗声道："按照你们小熊猫的年龄，再过几个月你就成年了，像现在这样被乌鸦招惹几句就发脾气，哭着喊着要爸爸，像什么话？"

"谁说我哭着喊着要爸爸了？我只是……"跳跳词穷。

浩克站在不远处的爬架上说："别嘴硬了，急得屁屁都拉不出来，还成天嚷嚷说一点儿都不在乎。"真不在乎，又怎么会一直挂在嘴边？

跳跳被戳穿了心思，缩着脖子对秦初晗嚷道："园长就是你爸爸，你们住在一起，想见就能见，我们不一样！"

"我妈妈在我很小的时候就过世了，过世的意思你懂吗，就是死了，不在这个世界上了，永远都回不来了。"秦初晗道，"可我知道她很爱我，我也爱着她。家人不能时刻陪伴在一起，但这不表示我们不关心对方，不爱对方。我们都是要长大的，你得明白这个道理。"

点点爬上"臭臭专用树"，对哥哥表白道："永远爱你哦！"

跳跳被妹妹暖到，一下子变温和了，整个身子一松，拉臭臭的感觉又涌上来。它不由

自主地撅起屁股，昂首问秦初晗："说完了吗，嗯……"

"最后一件事。"秦初晗不紧不慢地放出大招，"刚说到你快成年了，到时候园里会开会讨论给你找雌小熊猫合笼的事，别说我这个朋友不照顾你，你有什么想法，尽管跟我说说看，我会帮你转达的。"

说到合笼，跳跳又奓毛了："怎么……怎么那么快？！那托尼和浩克呢？我们差不多大！"它还不想那么快合笼。

秦初晗笑而不语，转移视线看了看点点。

点点分别看了托尼和浩克一眼，难为情地跳到叶子更密集的顶端去。女孩子拉臭臭的样子不可以给男孩子看到的。

跳跳注意到浩克冲妹妹傻乐，托尼更是认可地轻哼了一声，两个小家伙无意中发生眼神接触，气氛顿时有了些许火药味。

秦初晗做总结发言："你妹妹的选择比你多。"

我妹要在胖浩克和打断我一颗门牙的托尼之间选一个？跳跳用力一蹦："我不同意！"说着，一串儿硬邦邦的圆粒状屉屉从它尾巴下拉了出来，掉到树下，成为最好的肥料。

秦初晗连忙用手捂住口鼻："好臭！"

跳跳通身都舒畅了，得意地发出"呵"的一声笑："以后继续在我拉臭臭的时候来找我玩啊。"

秦初晗离开小熊猫馆的时候，听到跳跳假威风地给托尼和浩克放狠话："我告诉你们，想要跟我妹妹合笼，得经过我的考验，得到我的认可！"

胖浩克是老实一类的，狠狠点头表决心。

托尼很酷地问："怎么样才算认可？再打断你一颗牙？"

秦初晗笑出声，看来短时间内，跳跳是顾不上想爸爸了。这大概就是成长的烦恼吧！

解决了这一件事，秦初晗神清气爽，一看时间还早，正思索上哪儿溜达，就接到伍衡的电话，说发现了不可思议的事，让她赶紧到中心停车场集合。

中心停车场就在黑熊咖啡厅旁边，观光车大多停在这里，有专门的充电桩进行充电，白天上班时间或者工作人员有需要时，刷特别的交通卡开走就行。秦初晗赶到时，发现时昊、林笙、盛呦呦、司徒畅、陈胜利和祁应琛都在。伍衡站在他们跟前，唾沫横飞地说着什么。除了自己男朋友表现得和平时一样淡定，包括陈胜利在内的其他人都听得很专注。

秦初晗走过去一问，才知道情况是这样的：伍衡今天照旧雷打不动地直播，给网友展现大年初一的动物园，经过咖啡厅时，弹幕忽然说"播叔天天带我们逛动物园都是用走的，今天能不能开观光车在园里绕几圈"，于是伍衡说"好啊"，带着网友们去选车，然后发现其中一辆双人座的观光车的车顶出现了猛兽留下的爪痕！

"你来看，就是这辆。"伍衡把秦初晗带到事件车的跟前。可拆卸的车顶已经被他卸下来靠在车头上，光洁的白色漆面上，几道爪痕清晰可见。

伍衡好似被福尔摩斯附体，头头是道地分析起来："总共十九道爪印，痕迹还很新。你看这几道最深！不得了，划出来的口子将近一厘米深了吧？我琢磨啊，按照这个爪型的尺寸，不是狮子就是老虎，还有可能是豹子！"

"有道理。"秦初晗望着那划痕明显的车顶点点头，再去看祁应琛。这辆车就是她带闪电兜风的那辆，在梧桐叶子湖边，臭弟弟从树上跳到车顶，划痕应该就是那时候弄出来的。后来祁应琛用他开过去的那辆将这辆拉回来充电，就和秦初晗回北区跟大家玩桌游去了，也没注意车顶，没想到居然留下了证据。

因为伍衡的惊天发现，午饭气氛在小范围内变得神秘莫测。大家打完饭坐在一起，各种停不下来的揣测和猜想……

"不会真的有猛兽溜出来了吧？"司徒畅连最喜欢的生煎也顾不上吃了，抻着脖子小声问。毕竟这是动物园，平时措施做得再好，难免有个出纰漏的时候。就拿昨天晚上来说，园区大部分人都聚在食堂看春节联欢晚会，在这个过程中，这个馆的饲养员离开一下，那个馆的饲养员又突发奇想给自家毛孩子做丰容，来来回回两头跑，可不得出事吗？

"可能性不大，基本可以说没有。"伍衡作为安保队长，对动物园的排班、巡逻路线等情况了然于胸，"山海野生动物园的基础运作一直是园长在把控，秦园长每天起来第一件事就是把整个园区查一遍，晚上睡觉前再查一遍，各大馆小馆的工作人员在他的带动下，做事都很细致。"他说完看了秦初晗一眼。

伍衡虽然以前跟着伍力文做事，但对秦园长，他打心底里佩服——在认识秦怀远之前，他真没见过这样一门心思对动物好，很少会想想自己的无私的人。以前伍衡不了解这种无私，干了一段时间直播后，逐渐喜欢上园里的动物们，在网友的带动下发现它们的好、它们的可爱之处。这半年他变化很大，重新找到了工作的热情，生活方方面面走向正轨，感觉新的人生开始了，有了奔头和冲劲。可偏偏在这时候让他发现车顶上的蹊跷……可千万别出事啊！伍衡心里默默祈祷。

秦初晗心不在焉地点了点头，没有发言的欲望。

伍衡继续道："猛兽馆每天下班锁门前要确定每只动物在哪里，在做什么，并写在日志上。而且实行的是连带责任制，三人或五人一组，不管开哪道门做什么，都要先告诉同

组成员，完事儿了全部写进日志，还要组员签字确认。”

“那这么说，事情就很诡异了。”林笙提出一个关键问题，“总不能是猛兽趁饲养员不注意，偷偷溜出来玩儿一圈，在车顶留下爪印，然后自己又回去了……”

秦初晗被她说出一身冷汗。

祁应琛端起碗，沉默喝汤。

盛呦呦无奈地看了林笙一眼：“少看点儿玄幻小说，相信科学。”

顾词刚从家里过来，了解了事情的来龙去脉，问身旁的专家：“祁教授，那些爪印有没有可能是人为的？”他想得比较简单，既然园区在这一块儿抓得严，动物溜出去自己玩儿够了再原路返回更是扯淡，那就回归问题本身。

祁应琛淡定地放下汤碗，道：“当然有可能。一般的机修工、涉及相关专业的学生都能做到，材料也都能在市面上买到。”

“就是做手工，我都可以。”时昊拿出手机，把现场拍的车顶爪印照调出来，放大了端详，“有深有浅，边缘的糙感也很自然，凭肉眼不好分辨。”

伍衡也点头道：“叫你们来之前我就仔细看过了，如果真的是人为，那得是大师级了。”

他俩在动物园待了那么多年，这点儿经验是有的。但顾词坚持：“我倾向于人为。”

林笙瞅着坐在不远处的秦园长等人：“要不，还是跟园长、旭叔他们先打个招呼吧？”不怕一万，就怕万一呢。

盛呦呦忽然道：“会不会是外面来的？”

隔壁就是4A级月夏湖森林景区，足足有七个山海野生动物园那么大，经常跑出来野猪、狐狸、貉……住在附近的村民都不稀奇了。林业局的专家还在深山里发现过熊的踪迹，不过那至少是二三十年前的事了。如今嘛，不好说。但盛呦呦的推断可以当作一个思路。

“我还有个想法！”司徒畅兴致勃勃地问祁应琛，“祁教授，兽医院那边能不能做实验？就像电视里那样，在爪痕上提取样本，看看里面有没有动物的组织、DNA什么的？”

时昊眼睛都亮了：“这个思路不错！”

没等祁应琛找机会敷衍过去，伍衡先肯定道：“可以可以，小刘跟我说过，特别简单！他那儿攒了好多样本！这事儿都不用麻烦祁教授！”

小刘是王老头的首席爱徒，毕业于海市农业大学动物医学专业，这样的小实验，在学校的时候就在做了。

伍衡偷瞄独自坐在对桌吃饭的王老头，压低声音道：“不过得瞒着老王，他可宝贝自己那些器材。”

林笙他们连连点头，已然确定下一步作战计划，甚至还开始研究战术战略。

这边伍衡给小刘发微信，那边司徒畅跟祁应琛说："要是下午王老头在兽医院，您帮忙把他支开成吗？"

祁应琛犹豫了下："不如你们想办法把他支开，我来做实验，我动作快。"要是他来做这个实验，就可以主导事情走向。

大伙儿互相看了看：这点儿小事情怎么能劳烦您亲自动手？不行不行，您在旁边看看就好！

祁应琛一时没辙了。

眼看着事情朝着一个极其清晰且正确的方向发展，秦初晗拿起手机佯作看亲友的新年祝福短信，表情自然地打字："昨晚开小白车带闪电兜风，不小心留下犯罪证据……就想问问以前我们经常玩的寻宝游戏，您那儿还有存货吗？速回！昊昊他们已经聊到要去兽医院做实验了！"

不仅要做实验，还分工合作，吃完饭，林笙和司徒畅负责去调昨天晚上的监控。秦初晗听得心惊肉跳，都不敢跟他们对视。

林笙兴奋道："我感觉真相离我们不远了！"

幸亏老秦反应快，收到女儿的信息，结合现有情报迅速做出安排："你把那帮小的安抚好，给我半小时，车的具体位置也发给我。"

秦初晗心里踏实多了，放下手机，清了清嗓子，吸引大家的注意后开始表演："行了，别商量了，本来想给你们一个新年惊喜活动，这还有点儿后续工作没弄完呢，播叔你那么善于观察，真的让我很为难！"

此话一出，众人果然蒙了。

秦初晗无奈地看了男朋友一眼："昨晚白忙活了，春晚都没看全。"

祁应琛秒懂，放下筷子叹气，用那种带着明显责难的口吻问伍衡："怎么就想到去看车顶的？"

"不是……我这个子，走过去就看到了。"伍衡倍感委屈，但他更好奇，"这事儿是你和大小姐做的？"

秦初晗抢答道："爪痕是我爸做的，监控室你们也不用去了，昨晚在做布局的时候，部分监控已经被我们删掉，为的就是防止你们在探秘过程中突发奇想去看监控。"

时昊回过神来，一脸恍然地拍桌子："我就说嘛！那爪痕那么新，做得太真实了，不愧是姑父，宝刀未老啊！"随后，他的表情变得和秦初晗一样神秘莫测，"时隔多年，寻

宝游戏重出江湖了？”

“先吃饭，吃完再说。”秦初晗避而不答，把大家的好奇心调动至最高。

寻宝游戏是秦怀远和女儿之间特殊的亲子游戏。以整个山海野生动物园为范围，老秦亲手绘制藏宝图，设计解密关卡，将不同的线索放在各个馆舍。秦初晗得到藏宝图后，按照上面的提示展开寻宝游戏。这是从小学开始，每年寒暑假的例行活动，时昊也会参与其中，通过解密获得不错的奖励，有趣极了。

恰逢大年初一，得老秦加盟，加上时昊对从前寻宝游戏绘声绘色的讲述，盛呦呦一干人等被勾得玩心大起。至此，午饭主题成功转变为：关于饭后该如何在动物园正确地开展寻宝活动。

秦初晗顺势扔出提示：“鉴于你们已经发现车上的爪痕，不妨还是从那辆车查起。”

差不多一个小时后，由时昊和伍衡大队长领头的“山动寻宝小分队”正式成立，众人回到停车场对那辆小白车进行地毯式搜索，于坐垫下、夹层里、刹车器等地方找到数张残破的藏宝图。

秦怀远去咖啡厅续了杯热水，端着保温杯现身，宣布规则：范围是整个动物园，获胜者只有一个，奖品也只有一份。

于是问题来了，现在人手一块残缺的地图，是为个人而战，还是集体最大?

小分队组得仓促，散得迅速。

等众人拿着自己那块残破地图开着车奔向提示点，秦初晗对老父亲竖起大拇指：“以后谁再说您不会使离间计，我第一个站出来反对！”

“每个人虽然都是独一无二的个体，但大家住在一起，是群居动物，还是要团结才能共建和谐美好的社会，但玩游戏又是另一说了，大家开心尽兴，享受过程就好。”说完，秦园长背着手，拎着他的保温杯，慢悠悠地逛他心爱的动物园去了。

祁应琛目送着他：“忽然觉得你爸像少林寺的扫地僧。”

秦初晗扬了扬眉：“我们动物园的扫地僧可多了，我爸嘛，只是个普普通通的住持。”

祁应琛补充道：“那也是心怀慈悲、广结善缘的住持。”

秦初晗打量着男朋友，笑着问：“被我爸身上宝贵的品质打动了？”

祁应琛点头：“人的一生说长不长，说短也不短，却没有几个人能做到几十年如一日，初心不变。”

坚守初心是一件极其考验人性的事。漫长的过程中，或许会失败，会遭受尖锐的质疑，还有更多想象不到的磨难和伤害，可秦怀远都不为所动。一旦确定了那个目标，他就一门心思地朝目标前进。前面是刀山，他翻过去。遇到了火海，他游过去。受点儿伤也没关系，从一开始他就选了没那么容易的人生，他是不后悔的。

“有时候我觉得我爸像一棵大树，有人靠着他乘凉躲雨，有人砍他的树枝去生火，还有人想推倒他占据他生根的土地……这些他都扛下来了，无怨无悔，从不解释，也很少去寻求他人的理解。温和而固执，我爸就是这样的人。”

寻宝游戏展开得仓促，还有许多细节需要完善。而且为了防止伍衡他们谁脑子一抽，真的剥一点儿爪痕去化验，车顶得赶紧处理，送到园林绿化部那边，喷漆补救一下。于是秦初晗和祁应琛分头行动。

根据老秦写的游戏提示，需要将线索卡分别藏到园区的馆舍内。这些手写的卡片设计得很有意思，有些是谜语，有些是一组特别的数字，或者干脆画几只小动物的简笔画，让你看图猜意思。而秦园长的灵魂画作，秦初晗都扛不住。这使得藏的过程也很好笑。祁应琛时不时就拍张照片问女朋友，这个是什么意思，那个又是什么意思。虽然他现在只是动物学家，但好歹从小聪明，类似的解密游戏玩过不少，秦园长的设计也太意识流了……

秦初晗给解题思路：“别动脑，充分发挥想象力，越天马行空越好。”

她小的时候玩，都是一半靠蒙，一半靠猜。一张藏宝图就够她消遣整个暑假。当然，秦怀远给女儿做这个不是为了虐她，会及时根据她的状态在暗中调整难度。而今天这场寻宝游戏加入多人战环节，每个人手里的地图和情报都不完整，不团结一心很难找到宝藏。

祁应琛：“那么宝藏是什么？”

秦初晗：“……你问倒我了。”

这是老秦的坚持——可以降低难度，绝不提前公布答案。

祁应琛：“我才发现园长有个有趣的灵魂。”

秦初晗：“我爸很全能的，不但了解动物，植物方面的知识也很丰富，从小念书第一名，还代表江城大学在大学生运动会上拿过三千米长跑的冠军。我和昊昊小时候从来不稀罕参加学校组织的夏令营、冬令营，都是我爸和舅舅背着帐篷、炊具带我们去月夏湖景区里露营，捡好看的花、草、树叶回来做标本，回头给你看我的标本集。”说起来，她的童年过得无忧无虑，随便回想哪个部分都是美好大过于遗憾。这一点，老秦功不可没。

秦初晗忽然有了一个念头：“男朋友，可以帮我设计几个和动物相关的谜题吗？不用太难，最好方便我画下来的那种。”

她想给老秦也设计一个寻宝游戏，以此表达女儿对老父亲的尊敬与爱。不知道从什么时候起，他们之间的沟通越来越少。以前秦初晗以为这就是成长，现在她不这么想了。感

情是要用心去维系的，哪怕他们是父女。不，应该说正因为他们是父女，更需要多建立一些这样的链接。

祁应琛立刻明白了她的想法："乐意为女朋友效劳。"

秦初晗看了看时间，还不到两点："我快到鹿苑了，藏好最后一个线索卡就去咖啡厅等你，五点回城吃饭看电影，怎么样？"

祁应琛对此安排甚是满意。

今天天气很好，阳光普照，微风和煦，有春天的味道了。

鹿苑最大的外场除了日常活动的动物们外，宫桀大明星也在。他穿着整洁漂亮的骑装，骑在阿尔卑斯背上，边听一旁的教练讲解，边对阿尔卑斯发出一些简单的指令。停止，慢步，后退……阿尔卑斯统统做到了，动作干净漂亮，相当赏心悦目。一人一马配合得可以说是天衣无缝，看起来有点儿样子了。

宫桀言出必行，元旦后每周都要来一到两次，有时是晚上十一二点，有时是还没开园的凌晨五点多。来的次数多了，鹿苑的主管跟他称兄道弟，饲养员们成了他和阿尔卑斯的后援团，等星运会开始，要组团去给他拉横幅打气。

秦初晗很欣赏他的行动力，最开始还以为他为了追自己才这么做，现在想来，倒是她格局太小，瞧不起人了。

两人远远地打了招呼，秦初晗走到场中的一棵枣树前，把情报卡片藏在裂开的树皮缝隙里，很自觉地拿出手机跟男朋友报备："在鹿苑，大明星来遛阿尔卑斯，我和他聊两句，送个新年祝福，不过分吧？"

祁应琛回："不过分。"

秦初晗看着简短的回信，心说这是真大方还是假装大方，就见祁应琛又发来一条："可能以前没告诉过你，其实在感情方面，我并不是个大方的人。"

秦初晗："……"巧了，我也不是。不过今天我不占理，让你先得意一会儿。

身后，轻快的马蹄声嗒嗒嗒地靠近。

"藏了什么？"宫桀骑在阿尔卑斯背上，好奇地探头打探。

"我爸做的藏宝图线索，待会儿有人过来找，你可别直接给提示。"秦初晗说着回过头，看着面前的骏马和俊男，纳闷道，"大年初一不在家里休息，陪陪家人，到这里来做训练，太努力了吧？"还害我看男朋友的脸色，你这个顶流卷到我们动物园来了，过分！

宫桀眉开眼笑，好像知道她心里正在想什么："昨天在家吃的年夜饭，刚从帝都飞过来，下午在海市宣传贺岁电影，接下来半个月都没时间，只好今天过来了。"

阿尔卑斯帮腔道："小桀很努力的，他是我的骄傲！"

以前你可是叫他宫桀先生的！秦初晗抿嘴冲它笑笑，转头四下环顾："怎么没见助理？"

"你也说今天是大年初一了，让他们回家过年了。"宫桀笑着瞥了一眼远处站姿挺拔的教练，"那是我堂兄，被我忽悠过来的。"

"这样啊……"秦初晗点了下头，思量了一瞬，重新抬起头对他道，"不管怎么说，先祝你新年快乐吧！"

宫桀牵着缰绳，学她不走心的口吻："那我也祝你新年快乐吧。"

好的，原来是这种明显忽视的感觉……秦初晗体会到了。

阿尔卑斯遗憾地连连叹息："虽然你和祁教授恋情发展顺利，但我多想你和小桀在一起啊！"

秦初晗伸手温柔地摸摸它英俊的马面，想安抚它一下。这家伙居然侧首躲开了，还说："对不起，我有点儿别扭。"

秦初晗："……"知道自己闹别扭还躲开我？行，回头找个没人的时候，我再来安排你！

宫桀见她对动物充满耐心，对自己爱搭不理，只好主动问："你和那个兽医怎么样了？"

秦初晗一脸维护："不是兽医，是动物学家！"

"行行行，你跟动物学家怎么样了？"宫桀就想打听个后续。

"挺好，他在咖啡厅等我，下午我们准备回城里吃饭看电影。"秦初晗说着还朝咖啡厅的方向看去，那一眼，满满都是欢喜。

宫桀一听，再看她这样，昂起头对着天空叹气："得嘞，没戏了！"

秦初晗被他这反应惹笑了："你放心，感情没有，但买卖还在，保质保量，最迟月底交货！"她说的是那三万个阿尔卑斯好运挂件。

"那就好。"宫桀决定接受现实。做人嘛，事业和感情总得图一样。

道理秦初晗都明白，可宫桀是演艺圈的，她搞不懂："我特别好奇一件事，你们顶流现在都那么放飞自我，自由恋爱？不怕掉粉啊？"

宫桀皱起眉头："大过年的怎么骂人呢？谁跟你说我是靠流量了？在你面前的可是十七岁就提名三大的影帝，靠实力吃饭的好吧！而且我从来不营销单身人设，品牌方都不约束我，你倒先担心起来了。"

秦初晗还真没了解过他的实绩，只知道他家粉丝厉害。

宫桀也清楚这一点，把脸转向一边，有点儿烦躁："不过人红了，顾虑也多了，你追求安稳的生活，选动物学家是对的。"

秦初晗头疼：“就算你是没人认识的十八线糊咖，我也不会选你……”

宫桀愣了下，自言自语：“我这么有实力，怎么可能是没人认识的十八线糊咖？”

这时，堂兄教练接了个电话，在原地唤他。宫桀探身挠了挠阿尔卑斯的侧颈，翻身下马，对秦初晗留下句“帮我陪它一会儿”，就走过去了。

等他走远了，阿尔卑斯道：“我也不是在生你的气，就是觉得小桀太孤单了，除了那三个助理，还有讨人厌的经纪人，连个朋友都没有。”

秦初晗点点头：“这大概就是成名的代价。”

她也不觉得宫桀对自己有多喜欢，顶多算好感吧。一个人如果寂寞得太久，就会想找另一个人取暖、分担，抑或是分享。宫桀需要的是陪伴，并不一定是恋人。

手机收到信息，正在东门广场做任务的伍衡向她请示：“大明星是不是在咱园里？在门口遇到几个他的粉丝，抱着亲手包的饺子过来碰运气，太真诚了，我实在拒绝不了。”

秦初晗看完短信，再抬头去望远处的宫桀，说：“他只是没发现，就在他身边不远的地方，一直有人在守护他、珍惜他。”

自从宫桀宣布将和阿尔卑斯一起参加三月的星运会，每天动物园的游客里总有他的粉丝。她们大多是年轻的女孩子，有上班族，亦有高校学生，沿着那一期节目中宫桀的录制轨迹逛动物园，在他坐过的椅子上停留片刻，去他驻足过的咖啡厅、动物雕像前打卡，还一定要看看那匹即将与偶像征战运动会的骏马，远远地跟它合照。做这一切时，她们心里抑制不住地欢喜。

秦初晗遇见过她们很多次。有的女孩对她充满敌意，恶语相向，生怕她将宫桀抢走。更多的女孩会为前者买单，送秦初晗一堆进口小零食，附赠手写的道歉卡，还保证以后一定会多加注意。甚至她们当中还有人成为动物园的志愿者，就像她们喜欢的人那样，以前并不关心动物如何如何，现在会想要为它们做点儿什么，尽一份自己的力。今天来动物园碰运气的三名粉丝都是江城本地人，刷脸的次数多了，伍衡都有印象。

明星见什么人，要不要收粉丝的礼物，经纪公司都有严格规定，秦初晗本来是无权做主的。可今天是大年初一，粉丝们开着车送来自己亲手包的饺子，能有什么坏心思呢？她让伍衡开辆观光车把人带进来，谁知三个姑娘很干脆地摇头拒绝，说大过年的就不打扰了。

不一会儿，伍衡带着宫桀先生的第一份新年礼物来到鹿苑。跳下车，他先纳闷地问：“来都来了，机会难得，好歹过来合个影吧，你说她们到底图啥？”

秦初晗从他手里接过包裹严实的袋子，朝里望了一眼，四个崭新的保温食盒，里面满满都是心意。食盒的表面还贴着便笺，其中一张写着：开工大吉，但是也要记得按时吃饭！

女孩子们对偶像的喜欢，大概是世界上最勇敢的单恋。

秦初晗望着场中的大明星，耸肩："我也不知道。"

宫桀见她没走，反而还叫人送来了什么东西，于是一溜儿小跑来到场边："你可千万别在给我发了好人卡之后，立马送我一份新年礼物。"他垂眼瞅着秦初晗手里的纸袋，说完做出个冷漠傲娇的样子。

阿尔卑斯发出一连串的响鼻，哼哼。它追的 CP 彻底无望了……

"这种掐灭你的所有希望再给你一束光的造孽事，我做不出来。"秦初晗将纸袋递给他，"拿着吧，粉丝送你的慰问品。"

宫桀面上闪过一丝意外："粉丝送的？"

伍衡见他不太相信，大嗓门道："那可不，三个小姑娘开车从市区来，我说带她们进来看一眼还被拒绝了，说不想打扰你。看一眼能有多打扰？"

宫桀默了默，对秦初晗道了声谢，接过纸袋，从里面拿出一个食盒，读完便笺上的内容，整个人都变得黯然。

伍衡看不懂，直来直去道："怎么还不高兴了呢？"

"没有不高兴。"宫桀连忙挤出一丝笑，转而垂下头去，望着手中沉甸甸的心意，道，"我一直以为她们喜欢的是想象中那个光鲜亮丽的我，而且这种喜欢在她们发现我并不如想象中完美时是会转移的。"所以大多数时候，他感谢她们的支持，保持最好的工作状态，拍好每一部戏，足够了。成为演员是他的梦想，演好戏是他的本职。至于粉丝……宫桀一直坚称自己是实力派，流量都是附带的。

秦初晗道："至少在今天，在给你送饺子的这一刻，她们对你的关心是真的。"

"说得没错。"宫桀被暖到了，释怀不过是一瞬间的事。

堂兄走过来，问他收到什么新年礼物。他立刻嘚瑟起来："粉丝亲手包的饺子！"

堂兄不解："以前也送过吃的，没见你这么高兴。"

宫桀强调说："今天不一样，今天是大年初一！"撤除了那道害怕粉丝希望落空的心理防线后，他完全放松下来了。原来他还是很在意的。不想失去，那就努力成为值得她们喜欢的人吧。

"都是年纪轻轻漂漂亮亮的女孩子，大过年的，从城里开车来动物园碰运气，对你是真不错。"堂兄说了句大实话。

阿尔卑斯好奇得前蹄在地上交错踩了踩："忽然有点儿想见见她们。"对小桀好的人，一定是善良的人。

宫桀竟然跟它一唱一和，还问秦初晗：“你怎么不帮我留一下？”

伍衡抢白道：“你的粉丝觉悟太高，还反过来叮嘱我们别在微博上提这事，免得其他人有样学样天天来，给动物园添麻烦。”

“放心吧，没让她们空手走。”秦初晗道，“特地让东门直营店的店长开了门，送给她们一人一套游夜全家福玩偶，幸亏是开车来的，不然还装不下。”

宫桀听她一说，又有意见：“多少钱？记我账上。”粉丝都不给动物园添麻烦，他也不能占动物园的便宜。

秦初晗笑着点点头，给伍衡使眼色：办事了。

伍衡大摇大摆走上前：“老板，刷卡还是扫码？”

宫桀理直气壮地看堂兄，堂兄先没反应过来，等到宫桀二次瞪眼暗示，才意识到自己工具人的属性，认命地叹口气：“扫码吧……”

秦初晗在鹿苑待了一小会儿，便回咖啡厅和男朋友碰头。祁应琛已经罗列出数十种自然界中雄性动物对待孩子的典型例子。比如主动帮雌性分担孕育重任的雄海马，会为伴侣挖掘分娩洞穴的金豺，把卵和幼蛙塞在自己声囊中以保护的达尔文蛙，努力孵化宝宝、不吃不喝不眠不休两个月的帝企鹅……生命的奇迹处处可见，奶爸们也是很拼的。

秦初晗却不是很满意：“我想要的是跟动物有关的谜题，你这个也太直接了……”

祁教授端着咖啡靠坐在小沙发里，一点儿都不盲目宠溺：“素材已经给你了，开动脑筋好好想。”给亲爹的心意，当然要自己想。

“所以我拥有一个学识丰富的男朋友有什么用呢？”秦初晗小声嘟囔着，打开速写本随便画画找灵感。

祁应琛淡定喝咖啡，从容道：“好处可太多了，一时之间不知道要从何说起，只看你能领悟到多少了。”

秦初晗懒得抬头：“闭嘴吧你！”

两人坐在咖啡厅的落地窗边，明媚的阳光洒在他们身上。男人看似淡漠，说话时唇齿张合的幅度都不大，无形中给人一种矜贵疏离的刻薄感。坐在他对面的女孩子也不是吃素的，眉目漂亮得有些尖锐，尤其是随时拧起的那对柳叶眉，对任何事物和任何人都保持绝对的高要求，好像是在说：做不到就滚，我身边没有废物！

然而就是这样的两个人，面对面坐在一起喝咖啡，做着自己的事情，形成势均力敌的态势，偶尔偷瞄对方的眼神却又温和充满爱意。

宫桀站在咖啡厅外看着，打消了进去买一杯手冲咖啡的念头。只要是亲眼见到那样的氛围的人，谁都不会想去做个破坏者。

身旁，堂兄随口问：“真喜欢那个女孩子？”

宫桀很干脆地摇头，笑道：“是我喜欢的类型，但不是非她不可。”

况且他现在有新方向了，哪怕是为了粉丝也要努力搞事业。要让她们某个时刻想起自己，觉得“不愧是我憧憬的男人，我没喜欢错”！这大概是身为偶像的自觉和素养。啊，他终于活成了自己最讨厌的样子……

不过，这天的宁静温馨中还夹杂着专属于几个聒噪家伙的喧嚣。顾词等人忙活小半天，谁也没找到终极宝藏，看着手里一大把线索卡更迷茫了。

秦怀远建议他们合作，陈胜利首先跳出来反对：“绝对不行！宝物只有一个，它只能属于我，不然我以后就改名叫陈失败！”

林笙他们纷纷给予白眼：“现在就改吧，让谁胜利都不会让你。”

最绝的还是秦初晗和祁应琛，在咖啡厅一坐就是一下午，画画，看书，闲聊，回过神来都到饭点了。打开订票软件一看，电影场场爆满，剩下边角的位子还没有挨在一起的。

两人以眼色互相传递信息：似乎、好像、仿佛、应该……你也不想出门吧？

于是他们在食堂吃完晚饭，接受咖啡厅小老板的邀请，在二楼玩桌游、弹吉他，听老店长讲年轻时组乐队玩摇滚的事，顺便看几个沉迷寻宝的家伙开着观光车在动物园绕圈。

在某个无人发现的地方，闪电叼着放在细竹筒里的最关键的情报，四处踩点：今天先暂且放李昂的家里，让它帮忙保管，明天再换个更好的地方藏，总而言之，谁也别想轻易找到，宝藏最后都是我的！

2

正月初二，山海野生动物园开园啦！

早上天还没亮，各馆舍的饲养员们就已将笼舍打扫干净，随时准备放毛孩子们到外场和展馆活动。黑熊咖啡厅、东门直营店、雕塑美食街的小摊铺亮起灯，园区的工作人员迫不及待进入工作状态，志愿者们也去到各自的岗位上待命。

七点左右，第一批本地游客率先来到东门广场，拿出豪横的包年门票卡刷卡入园。这部分是动物园的老熟人了，几乎每周都要到动物园来看一看自己喜欢的动物，不但能准确地将它们分辨，还叫得出它们的名字。

业余摄影爱好者协会是包大巴来的，二十来人，最小的不到十三岁，最大的八十一了。

相同的爱好把他们聚集到一起，山海野生动物园是他们施展的舞台，进园先按照惯例在广场上来一张大合照，然后根据年前开会拟订的路线，热热闹闹地开始今天的拍摄活动。

江城红岩合唱团把今年第一次团建地点定在山海野生动物园。相较摄影协会，他们就松散悠闲多了，今天的目标就是尽兴打卡、拍照、发朋友圈，一个环节都不能少。

众人入园后先去东门直营店扫货，买新品，询问部分缺货商品什么时候能补上。千万别小看叔叔阿姨们的购买力，不到半小时的工夫，已经为门店带来一笔不菲的收益。

九点多，游客陆续多起来。

园里也安排了满满的活动，其中斑嘴环企鹅巡游是每年的重头戏。

水族馆内住着这么一群可爱的小家伙，它们是企鹅中体型较小的一类，身高大约在六十五厘米，背部羽毛为黑色，胸部和腹部为白色，并带有少量黑色的斑点和斑纹。每一只斑嘴环企鹅的斑点都是独一无二的，而它们共同的特征是两条马蹄形状的色带，一条长在前身，呈马蹄形的白色宽带，从下颏到喙绕至眼睛，另一条马蹄形黑带自胸部穿过，为它们划出椭圆形的白色肚皮。从体形上看，雄鸟要比雌鸟明显大一些，鸟喙也更厚、更结实，很好分辨。野外的斑嘴环企鹅主要生活在非洲西南部海岸线上，在纳米比亚至南非近伊丽莎白港的阿尔哥亚湾的二十四个岛上都有栖息地，属于濒危物种。

山海野生动物园总共有三十三只斑嘴环企鹅，巡游时间分别在上午十点和下午四点。作为春节期间的热门活动，每次巡游都会吸引大批游客聚集到路线两旁，近距离观察这群可爱的小家伙。

这天秦初晗和祁应琛穿上企鹅玩偶服，全程跟随队伍，维护秩序，充当吉祥物和小朋友们合影留念。对于他俩来说，这个过程是很有意思的，因为可以听企鹅们唠嗑，大多是家长里短，比如我家老大要找对象了，你家那口子该怀上了吧……

对了，斑嘴环企鹅的繁殖期从每年二月开始，也就是近期，所以雌鸟大多不在巡游之列。出来溜达的雄鸟们对游客早就不新鲜了，偶尔还会反过来对他们评头论足——

“哦哟，那老大爷今年又来了。手里拿着的是什么？一直冲着我，搞得我好紧张……”

“冷静点儿，不要慌，那叫照相机，可以把我们拍下来，前面那坨越大越值钱！”

“怎么拍下来？从我头上拍吗？疼不疼？”

“……跟你说不清楚。”

“人类的幼崽可真大，话都不会说几句，就长得比我高了。”

“那个不值钱，你看成年的人类多高？越高越大越值钱！”

“这么说起来，我算咱们当中比较值钱的那一个了。”

“就你？兄弟，你回头看看秦初晗和祁教授，那才是咱们企鹅界的庞然大物！”

“看起来很蠢的样子……”

“他们为什么要穿成那样？”

“可能是发现做人不如当企鹅好吧，我们斑嘴环一族比帝企鹅可爱，比王企鹅灵活，比带帽企鹅更耐高温，还受人类欢迎。”

“有道理。”

“一定是这样的。”

“他们待会儿不会跟我们一起回去吧？”

“育儿室都分好了，来干吗？”

“人类不需要育儿区吧……他们又不会下蛋。”

“总之不管，来了也不要！”

“对，不要！”

秦初晗和祁应琛不禁对视了一眼，真不知道是谁给它们的自信……

这群企鹅在山海野生动物园住了许多年，巡游从不怯场，一摇一晃，迈着自信的步伐，不掉队，不离队，很是让人省心。走了一会儿，来到梧桐叶子湖北面，中间叶尖正对的小广场上，讲解员小姐姐停下来，对游客们详细介绍斑嘴环企鹅的生活习性。

这也是专门预留的拍照环节。真的企鹅只能看不能碰，穿着玩偶套装的工作人员就不一样了，那就是纯粹的合影工具，请尽情利用。

秦初晗的女企鹅扮相深受孩子们欢迎，身为动物园老资历，她对此驾轻就熟：拍照要比耶或者捂住双颊，这样显得脸小；对乖巧羞涩的孩子摸头鼓励，遇到性格外放、尝试跟她皮的熊孩子就比对方更皮，倒地打滚蹬小腿儿，秦怀远见了都要转身装作不认识。

一通玩闹，企鹅继续巡游，家长和孩子们跟了上去，把她抛在身后。秦初晗躺在地上喘气：“好累，好热，被掏空了，想吃火锅……”

眼前出现一只打领结的男企鹅，一双冷淡的眸子通过头套上的两个窟窿向外散发一言难尽的光。

女企鹅向他伸出手：“拉我起来。”

确切地说，那是企鹅的鳍状肢，和玩偶服的躯干连接在一起，手指勉强从鳍尖尖那里露出来，不是很方便。祁应琛也不是很想拉她起来。至少这会儿，他觉得女朋友跟地板挺相称。

女企鹅看出他的心思，“手”坚持抬着，重复要求，并撒娇：“拉我一把，求求你了！”

正好旁边有家长带着孩子路过，小孩很担心地问："企鹅姐姐怎么了？为什么不站起来？她生病了吗？"

年轻的妈妈还没来得及做善良的解释，爸爸就在旁边抢答："这个企鹅姐姐一看就是过年的时候太贪吃，胖得摔倒在地上，没人拉她就起不来。"

看上去最多四五岁的小姑娘闻言低下头，隔着羽绒服摸了摸自己圆滚滚的肚子："嗯，那我今天晚上少吃点儿吧。"

爸爸可欣慰了："这才对嘛，我们公主吃饭，点到为止！"

小姑娘很聪明，立马就领悟了："企鹅姐姐吃多多，太胖了，不好，会进医院的！"

爸爸大笑，把女儿抱起来。

女企鹅听到了，伤心得又开始蹬腿捶地："啊啊啊，我不管，我今天晚上就是要吃火锅！胖十斤也要吃！"

男企鹅都听笑了："自己站起来就带你去吃。"

女企鹅原地打滚："起不来，你们欺负人！"

那位年轻妈妈连忙走到她跟前，蹲下来对她解释："我家姑娘除夕那天贪嘴吃坏肚子，去医院挂急诊，弄得全家都没过好年，她爸爸逮着机会给她讲道理，你别介意啊！"

"不介意，没关系，宝宝健康就好。"女企鹅把鳍状肢抬起来，可怜巴巴地伸向这位身材苗条的年轻妈妈，"你拉我一把，日行一善，好人会有好报的。"

围观的游客们乐得要昏过去：哪里来的喜剧演员，好想天天请她吃火锅，吃到正月十五！

年轻妈妈试了两次，没把秦初晗拉起来，也不知道是不是她皮上瘾了，故意留着劲儿。最后还是男企鹅出手相助，将她和地面分开。

为了答谢这位善良的妈妈，秦初晗送了她一张 1.8 折优惠券，门店和文创店均可使用，算是小秦总经理给游客们的春节彩蛋了。

大家一看这企鹅还会发券，折扣力度大得令人咋舌，纷纷围上去讨要。

赶在人聚集得越来越多之前，男企鹅和女企鹅在玩偶服的条件限制下手牵着手，左右晃动肩膀，小碎步落荒而逃，后面还跟着几个穷追不舍的小屁孩，喜剧效果爆棚。一路跑到百鸟园，停在人少的地方，两人才摘下头套喘气，看到对方被捂红的脸，同时露出憨憨笑容——有时候快乐就是这么简单。

"好玩吗？"秦初晗问男朋友。最开始把玩偶服摆到祁教授面前时，他满脸写着"拒绝"。

"好玩。"祁应琛对过程略做回味，脑中的画面停留在女企鹅和熊孩子互相发起"攻击"

的那一段，忍不住又笑了起来。

“你笑什么？”直觉告诉秦初晗，男朋友在笑话自己，“你不觉得我的表现很完美吗？”反而是他放不开，全程旁观，一点儿参与感都没有！

秦初晗对他发出灵魂考问：“你身为男主角的演技呢？”当初那个把她从相亲对象手中抢出来，回动物园路上开着车目视前方，一本正经说着“我是学校话剧男一号”的闷骚男人到哪里去了？

祁应琛看了看手中的企鹅头套，通身温润柔和的气息：“只钻研过大灰狼，企鹅还得再练练。”

这是很正经的回答，更像在承诺：下回你放飞自我的时候，我一定会跟你打配合。他看秦初晗的眼神也格外纵容，让她有一种“我可以随意欺骗他，把他卖掉他还会给我数钱”的安全感。他给予她对自己放肆的特权。

然后秦初晗就发现，原来这个男人是这样的：跟半生不熟的人相处能装得很好，偶尔皮一下也无所谓，反而跟熟悉的人在一起，尤其对她，却变得小心翼翼。因为太在意了吗？那么，哪个是真正的他？或者两个都是？扪心自问，她比较喜欢哪一个呢？好像都喜欢……

祁应琛确实方方面面都出挑，连房间都收拾得一尘不染，在隔壁陈胜利的衬托下，简直像顶级白玉一样完美。只不过秦初晗始终有点儿困扰。虽然她和祁应琛正式交往的日子短，可认识的时间长啊，特别是最初的相识，教科书式的美好。反观现在，他们都成为情侣了，最亲密的举动却仅限于牵手，亲吻是没有的。这不符合规律……她弄不清楚祁应琛是在等美好的一瞬间，还是有别的顾虑，她就不懂为什么当年那个吻技精湛得让她丝毫不怀疑他是个花花公子的男人，如今正人君子得像是变了个人。但她也不敢问。毕竟总是想着这一点，总是心怀期待的她像是……挺猴急的？

秦初晗眼睛眨也不眨地盯着祁应琛，明目张胆地打量他，跟他对视，恨不得望进他眼底，再钻进他心里去一探究竟。

“怎么了？”祁应琛侧开脸笑了笑，被她突如其来的直盯搞得有点儿不自然。

秦初晗摇摇头，忽然要求道：“你把眼睛闭上。”

祁应琛愣了下，不解。

她还怪不耐烦的，轻啧了声：“把眼睛闭上，让我亲一下。”

祁应琛：“……”

两人斜后方的树上，李昂瞪大了眼睛，差点儿一口气没上来。

秦初晗把此刻心里最想做的事说出来之后，就懒得去顾虑那么多了。如果他真的是当

世唐僧，那就让她成为想吃唐僧肉的小妖精。这个世界是很公平的，不是你渡我，就是我吃你。

祁应琛似笑非笑地向女朋友确定：“你再说一遍。”

“你明明都听到了，还要我说几遍？”秦初晗从小艮到大的，双手拽住男人玩偶服上的鳍状肢，踮起脚尖就要去占他的便宜。啊呸！亲男朋友不叫占便宜！

靠过去的时候，祁应琛还好奇地盯着她，好像想看看她到底有没有胆子这样做。秦初晗严肃地皱着眉，再拉近少许距离后停下来，命令道：“闭眼！”

祁高僧乖乖把眼睛闭上了。秦小妖精总算绽出还算满意的微笑，视线落到男人唇形性感的嘴唇上，到底还是不是当初跨年夜的那个感觉，亲一下就都知道了！她舒心地笑着，靠近，再靠近……彼此的玩偶服贴在一起，成为他们之间最大的障碍。

祁应琛意识到发生了什么之后，不厚道地笑了，弄得她相当没面子。

数秒过去，秦初晗放弃了，后脚跟平稳落地。

祁应琛很讲信用，不叫他睁眼，他就一直闭着。

“这样……”她酝酿着，用那种很平静的、就当什么都没发生过的口吻说，“我先回水族馆了，你过几分钟再来，看到我走在前面也不要叫我，就这么说定了。”她拍拍他身上硬邦邦的玩偶服，委以重任。

祁应琛点头：“好。”

秦初晗郁闷得拳头都硬了，也不知道是想揍那个两分钟前的自己，还是想把面前淡定的男人暴打一顿。最终她什么也没干，从地上捡起头罩戴好，灰溜溜地朝百鸟园的某个出口走去。

李昂看准时机滑翔着落到她脑袋上，因为没打招呼，给她吓得“哎哟”一声缩了缩脖子。

“女孩子家家，要矜持！”李昂着急地说。别人都是怕闺女被猪拱，它家这个怎么还主动……也不能说祁教授是猪，但就是不妥！它第一个不同意！

“怎么了嘛！”女企鹅有小情绪了，停顿半晌，左右扭着发泄坏脾气，还特别有理由，“他是我男朋友，不给我亲，难道给你亲？”

李昂脖子上那圈毛都奓起来了：“你是女孩子！”

女企鹅边走边跟它犟嘴：“我是女孩子啊，我就问问你，我亲我男朋友有什么问题？”

李昂还没来得及说什么，就见一群游客沿着石子小径走来。它先是僵了下，然后干脆地扯开嗓门，像个大喇叭复读机似的：“气死我啦！气死我啦！气死我啦！”

祁应琛还站在原地，听他们吵了一路，最后女朋友占上风，却不见得多开心。对不起，他的错。至于刚才让他闭眼的初衷，最初是不好意思，后来是无言以对——秦初晗真的很好懂。女朋友太可爱了，以至于不知道从哪个角度切入，太想面面俱到，实在是要不得，看来该改变战术了。

祁应琛这边在认真做反省，那边秦初晗忽然厌战，接连几天，除了上午和下午的巡游，其他时候以忙工作为由，光明正大地单方面冷落男朋友：做个独美的小妖精，沉迷赚钱，也没什么不好的。唐僧肉？不吃了，没兴趣了，还是钱更香！

祁应琛明显察觉到苗头不对，想努力补救一下，可惜发短信不回，打电话不接，承诺请她吃遍全国各地特色火锅都不理。要是在食堂或者别的地方遇到，秦初晗会给他一个幽怨的眼神，溜得飞快。碰面的机会是绝对不给的，有预谋地堵了她几次都未果，毕竟论对地形的了解，以及情报人员的数量，祁教授确实不如女朋友。

特别应景的是，山海野生动物园的企鹅 CP 忽然上了热搜，并持续受到关注。

视频中，女企鹅躺在地上耍赖闹着要吃火锅，然后被男企鹅拉起来，两大只双双被游客围着要优惠券，于是手牵手笨拙跑路。一系列剧情式的发展引起了网友的注意：这是什么绝世大可爱！有下集吗？麻烦开连载！

园妹还转发原博，做出回应：“这二位在现实中是真情侣。”

这一点极大地满足了网友对美好爱情的憧憬，山动企鹅夫妇就此诞生，网友们强烈要求周边安排一下。

秦初晗没想到有一天还能给自己出新品呢，可惜根据目前的情况来看，只能让广大买家暂时失望了。因为她发现躲猫猫还挺有趣的。她躲得越厉害，祁应琛对她追得越紧。这种被追赶的感觉对她来说既刺激又享受……李昂的话也没错，女孩子还是要矜持点儿。秦初晗决定将此状态延续一段时间。

很快，随着越来越多游客拍到企鹅 CP 上传微博，网友发现他们出了问题——巡游的时候，男企鹅再也牵不到女企鹅的手了，只能眼巴巴跟在她身后当跟屁虫，一旦靠近一点点，女企鹅就戒备地瞪他。为什么会这样？压岁钱没分配好，闹别扭了吗？众筹请你们吃火锅好不好？男企鹅加油啊！

祁应琛看着网上的留言，相当无可奈何。他原以为女朋友气一阵子就会好。不过他也给自己定了期限，最多初六，秦初晗再不回应，他就直接去秦园长家提亲。

万万没想到，造化弄人，初六这天，秦初晗接到海市动物园的邀请，开着她的小商务车走了，出差三天。

海市动物园有三只成年大猩猩，都是雄性，看到山海野生动物园文创店新春主打的游夜一家，并了解了这家子的成员组成后，他们主动联系山海动物园，为的还是合笼的事。

秦初晗是拍着胸口承诺繁星要给含香找个好丈夫的，早上听老秦一说，便将去海市的活计揽了下来。她能和动物沟通，再加上两家动物园多年来一直保持着合作，秦园长大手一挥，让女儿放心去做。

就这样，初六早晨天刚亮，祁应琛连晨跑都没跑，去咖啡厅买了女朋友最钟爱的手冲咖啡外加新鲜出炉的奶油菠萝包上门求和，结果……

陈胜利对发小无情嘲讽："寂寞了吧？前几天叫你扛个梯子去翻她小阳台，摁着一顿亲，什么别扭都没了，总比现在好，人直接跑没影了，今天企鹅 CP 彻底翻车了，要不我委屈点儿，假装一下女企鹅？"

祁应琛垮着脸来到他面前，把咖啡和菠萝包塞给他："丑拒！"

去海市了？他追过去不就完事了！

海市离江城很远吗？我和我女朋友的问题，是两百公里的问题吗！

3

海市动物园是全国十佳动物园之一，占地面积近八十万平方米，共展出四百余种动物，五千多只。建园至今已有四十余年，拥有先进的管理理念和对动物超前的保护意识，是国内最早开始革新并收到显著成效的动物园，在动物知识普及、科学技术研究等方面也做得非常好，一直是山海野生动物园学习的榜样。

两家动物园保持着长期合作关系，工作人员因为自家毛孩子常有联系，相互都很熟悉了。秦初晗更是海市动物园的周园长看着长大的，人一到，就受到热情接待。

动物园这行不能称为夕阳产业，但上限摆在那里，想做出什么不得了的成就是天方夜谭。可自从秦初晗的文创店火了以后，业内发现原来动物园除了收门票钱，除了动物表演，除了一年开不了几次的青少年儿童科普体验活动，创收的方式五花八门。看看人家山海野生动物园，每个月都有新花样，还要出动画片呢，尤其是跟陶瓷厂合作的摆件，宣传网页太有意思了，点进去玩一会儿差不多就能知道是怎么回事，那感兴趣的不就得买一套？

动物园有了这部分收益，就能给毛孩子们丰容，创造更好的生活环境，购买先进的设备。像山海野生动物园，官博如今已经有九十多万粉丝，隔三岔五上热搜，这就是最好的宣传手段，各种投资方会被吸引来，新的合作源源不断，就此进入良性循环。绝了啊！

整个上午秦初晗都在逛海市动物园，和各个馆的工作人员交流，获取灵感。饲养员的想法总是很多，且都以动物为出发点，最疼爱崽子们了。

到了午饭时间，秦初晗没让人陪着，轻车熟路去食堂打饭，随便找个位子坐下开动，完美融入大集体。出来小半天了，也不知道自己家动物园怎么样了，她拿出手机刷微博。

司徒畅运营账号是王者级别的，除了保证每天早中晚的三次更新，还会不定时发布一些园区内发生的趣事，汇报各展馆近况，积极和粉丝互动，保持账号的新鲜度。近期最火的非企鹅 CP 莫属。司徒畅见大家都喜欢看，自然而然加大更新力度。身为女企鹅本尊的秦初晗想知道，今天她不在，谁来充当临时演员。

官博第一条内容就是上午企鹅巡游的视频，已经有几百条留言和近三千点赞，点击播放，画风顿时变了个味儿——巡游队伍的尾巴上，女企鹅和男企鹅互相推搡打趣，一会儿比心，一会儿小拳拳捶胸口，甜腻得吓死人，末了手牵着手蹦蹦跳跳跟上队伍，女企鹅还回过头和游客互动，男企鹅明显吃醋，捧起她的脸颊……

网友被整幻灭了，纷纷留言——

“这不是我要的企鹅 CP，把我的梦还给我！”

“应该是换人了……吧？女企鹅比前几天高出一大截，男企鹅也没那么深沉有趣了。”

“寡人就直言了，厚葬这对冒牌货，把正主抬上来！”

“啊啊啊我想看的和好是有层次的，有起承转合的，不是一上来就给我无脑甜甜甜，我都快被甜成三百斤的胖子了！”

“今天这段看完以后，很想去动物园把它们打一顿！下午的巡游是几点来着？”

别说网友看得想打企鹅，秦初晗都有动手的冲动。她在微信上问司徒畅：“上午巡游的那两个穿玩偶套装的演员哪里请来的？”就男企鹅那油腻的表现，绝不可能是祁应琛！

司徒畅没察觉她的情绪，应该是忙得还没看留言，陶醉地反问她：“是不是很专业很敬业？”

秦初晗琢磨出点儿意思来了：“说吧，哪个是你？”

司徒畅：“小的不才，上午顶替了您老的位置。脸红 .jpg”

秦初晗闭了下眼，平复内心的激荡情绪。

司徒畅还觉得他完成得挺好：“鸡腿就不用加了，初一那个红包款式我超爱的，还有的话，大年再来一个，多多益善！”

秦初晗冷笑了声，猜道：“男企鹅是胜利老师？”

司徒畅：“您真是火眼金睛！”

秦初晗在冷笑里逐渐露出杀意：“你们俩……怎么想出这种油腻的表演的？”

司徒畅浑然不觉："秀恩爱不都这样？"

秦初晗："我和祁教授是这么秀的？"

司徒畅："全园包括动物都知道这几天您老人家跟祁教授闹别扭，那正好你俩都不在，我跟胜利老师就担下表演重任，设计和好如初的恩爱环节，作为对你和祁教授新年伊始的美好祝福！别生气啊，下午我收着点儿。"

还新年伊始的美好祝福？秦初晗气不打一处来，还莫名觉得好笑："老实做鹅，别搞多余的操作，官博发公告解释下这两天本尊不在，过几天回归。"

司徒畅觉得还不过瘾："老师您这是否定我的表演？"

秦初晗："我在保你的命。这边建议你看下微博留言，你跟陈胜利再骚下去，网友组团来暴打你们，我只会在旁边喊加油。"

司徒畅："……那您想知道祁教授上哪儿去了吗？狗腿.jpg"

秦初晗不回复他了，退出微信，放下手机，专心吃饭。祁应琛去哪儿了？这种问题需要问吗？

"在动物园里都没堵到我，来了其他动物园，我就会给他机会吗？"秦初晗问筷子上那块泛着油光的红烧肉，然后笑着摇头，"我不会！"

吃完饭，正式步入今天的正题。

海市动物园有三只雄性大猩猩：八岁的小岸和黑骑士，以及十一岁的大西北。小岸和大西北是亲兄弟，爸爸妈妈住在G国的首都动物园。五年前，兄弟俩作为城市友谊大使来到这儿。黑骑士是去年来的，来源于匿名富商的赠送。这家伙很凶，也很有力量，一来就和大西北打了一架，成功上位，目前是大猩猩馆的首领。

秦初晗记得黑骑士，因为最开始富商先派人联系了山海野生动物园，老秦担心它会打破游夜一家的平静，没答应，帮着跟海市动物园牵了线。按说含香融入它们的群体，肯定会和黑骑士孕育下一代。但秦初晗答应了繁星，要给含香把把关。

海市动物园情况特殊，野外大猩猩过的都是一夫多妻制的群居生活，这边三个小伙子都有需求。含香的出现肯定会再次打破现有结构，激发它们的胜负欲。大猩猩打起来，那是头破血流。为了减少这种争斗，商量下来，决定由山海野生动物园为含香选定目标夫婿，单独分出一个馆舍给它们居住，观察情况，不行再换。这次秦初晗来，就是为了挑出一个来。

大猩猩馆的游人不多。秦初晗在饲养员的安排下来到不对外开放的内舍，隔着结实的铁栏杆逐一和小伙子们建立联系。

首先从黑骑士开始，毕竟要给大哥充分的尊重。

这家伙走进来的那一刻起，整个内舍的氛围都变了。秦初晗明显感受到它身上那种王者的压迫感，不由得咽了口口水——不是她看不起自家的崽，洛凡和北斗也八岁了，要是送到这边来，黑骑士单手就能把它俩收拾得服服帖帖。

黑骑士来到铁栏杆前，前肢撑地，呈标准的蹲坐姿态，然后就不动了。对视片刻，大哥先开口：“有事？”它也在观察来人，眼神很坚毅，对人类的态度不卑不亢，酷得一塌糊涂。平时这个时间，它们会在外场进食、活动，直至闭馆前，饲养员才会让它们回内舍。今天不一样。

来之前，秦初晗还抱着“我是面试官，我来给含香海选”的心态，眼下，她特别想冲黑骑士竖个大拇指！

打消脑子里莫名其妙的想法，她清了下嗓子，道：“你好，我是山海野生动物园的工作人员，我叫秦初晗。”

黑骑士愣了下，或者说，小小地惊讶了那么一下。

秦初晗冲它善意地笑了笑：“没错，我能和动物沟通。”小声说罢，她四下张望了一番，确定自己背对监控，且没有拾音器，才转回头去。对负责人提出单独和猩猩们相处的要求已经够奇怪了，要是让这里的饲养员看到她跟它们说话……还是小心为上。

“有点儿意思。”黑骑士看她的眼神变了，也没有刚才那么戒备了，“有什么是我可以帮到你的吗？”

啧，这大哥，没有想象中那么难相处啊！秦初晗舒心地眨眨眼：“是这样，我来寻求一个双赢局面。”

“双赢？”黑骑士听不太懂。

秦初晗向前半步：“我在促成一件对我们大家都有好处的事，不过在这之前，我需要对你、大西北还有小岸做一些了解。”

黑骑士还是弄不清楚来人到底想干什么，只觉得她狡猾。但它是大猩猩，人科的，它也很狡猾。它有所保留地问：“比如？”

秦初晗面无表情，心里吐槽欲望爆棚，合着她是遇到大猩猩样的祁应琛了啊，不显山不露水，太能端着了吧？还让她举例说明？一时间反而是她没接上话：“什么比如？”

黑骑士提醒道：“你想了解哪方面？”

哦哦，对……秦初晗意识到自己有点儿乱了方寸，稍做调整，开始提问：“你最喜欢吃的水果是？”

“梨。”

还行，含香也喜欢吃梨。秦初晗继续问：“平时会花多长时间给家族成员梳理毛发？”

“看心情。”

秦初晗微愣：“这么任性？”

“不是这么说的。”黑骑士道，“这个馆舍只有三只大猩猩，大西北和小岸是同胞兄弟，平时它们要是老实一点儿，我会尽量表现得温和些。”

首领为成员梳理毛发，是显示权威地位的方式之一。喜欢你、重视你，才会花心思给你整理得干干净净漂漂亮亮。要是讨厌你，摁着一顿揍都是轻的。

没想到这大哥还懂得怀柔手段。秦初晗点点头，在手机记事本上记下，再问：“对配偶方面有特别的要求吗？比如你期望它性格是温柔多一点儿，还是活泼多一点儿？是安静一点儿，还是话多一点儿？就你自己而言，你喜欢活泼可爱的伴侣，还是柔情似水的伴侣？”

黑骑士听到这里，移身向前，朝她逼近些许：“你是来给你们动物园的雌性大猩猩找合笼对象的，对吗？”

秦初晗没打算藏着掖着：“没错。你、大西北和小岸都在考虑之列。”

雄性大猩猩通常在十一岁到十三岁之间性成熟，论年龄，大西北是最合适的。但雌性大猩猩通常终生只跟随一头雄兽，从这一点出发，代表动物园方的秦初晗才想尽可能地谨慎选择。

“不用考虑了，只能是我。”黑骑士非常笃定。

“你说的可不算。”秦初晗撇撇嘴，再望着它否定地摇头。

黑骑士眼里露出不悦：“没有我的允许，它们成不了。”事关首领的尊严，它绝不让步。

秦初晗把手机放回口袋里，双手环抱在胸前：“你没有选择，选择权在我手里。一旦我选定对象，它们会住到别的馆舍去，你连面都见不到，怎么阻止？”

黑骑士不说话了，把“本王不高兴”写在脸上。

秦初晗不是第一次跟动物打交道，没在怕的：“等我见完大西北和小岸，综合判定你和含香匹配度最高，那么恭喜你，你将有机会得到世界上最好的配偶。”

“世界上最好？”黑骑士表示怀疑，“那你说说，那个叫含香的喜欢吃什么水果，性格是活泼还是安静？至于好不好看，那得等我见了再说，你说的不算。”言罢，它就地坐下了。

好家伙，很淡定嘛。秦初晗不为所动，点了点头，手一挥：“行了，我没问题了，你回去等通知吧，叫下一个来，或者我去跟饲养员说一声也行。”

黑骑士：“……”

秦初晗故意道：“你也还小，我们家含香十一岁了，没准它不喜欢弟弟。”

弟弟？黑骑士气得身上的毛都在晃，骇人的鼻孔喷出粗气：“我还会长，并且会越来越强壮。”

“看得出来，我没怀疑你的体魄和健康程度。”秦初晗敷衍地点点头，也没把话说得太绝，“你还是有机会的，这次不成，等你长大一点儿，我们家还有个妹妹，再过两年也长大了，那可是首领的掌上明珠。”还是超级撒娇包，一天哭三顿，嚎到你头疼，“到时候你再好好表现。”

黑骑士轻轻哼了一声，转身向外场方向走了几步，忽然停下，回头道：“大西北是个爱哭的，我都没怎么跟它动手，最多扒拉两下，它就认我当了大哥。小岸没主见，说什么它都信，你放心把含香交给它们吗？”

秦初晗：“……”

黑骑士：“还有，你说你们动物园的大猩猩首领有个掌上明珠，那肯定是宠得不得了，你放心把它交给大西北或者小岸？”

秦初晗：几个意思？

黑骑士：“提醒你一下，我们雄性大猩猩可以和很多雌性在一起，向来就是这样。”

秦初晗鼻孔气歪了：“你做梦！”

黑骑士：“祝你好运。”

听黑骑士的意思，姐姐它想要，妹妹也提前预订了？呸！全世界那么多动物园，那么多大猩猩，我们家含香和荞麦才不是非你不可呢！

后面的两个面试，秦初晗格外严谨对待，没想到黑骑士说的是真的。大西北是个内心温柔得不像话的细腻家伙，话没说几句，先担心自己照顾不好含香，又怕见面被嫌弃，再说下去就要嘤嘤嘤了。小岸简直是个纯真天使，你说大象会在天上飞，它都用真诚的眼神望着你，附和地说好厉害啊。难怪黑骑士小小年纪，一来就做了老大。

黑骑士还真是最合适的人选，没有之一了……可一想到它最后说的那番话，秦初晗就没法翻篇，气死晗了！

（上册完）

我在动物园搞文创②

我是宝的贝儿◎著

My Dear Animals

中国致公出版社　知音动漫

知音动漫图书 · 漫客小说绘出品

目录

contents

第九章

行业聚会

1

离开海市动物园是下午四点多，秦初晗联系了秦宝珠的总秘戴骏。

年前那次小风波，秦宝珠在走时特地对她提起过文创店做新年礼品的事：偌大个山海集团在眼前不争取，有近道不抄，是不是傻？动物园是秦家的，秦初晗在园里做事，逃避的后果就是失去。她觉得该积极向上了，哪怕只是为了自己，也要努力争取点儿什么。

总秘提点过她，年后秦宝珠要在家里招待亲朋好友，日期大概定在三月初，还有差不多一个月的时间来准备。这些天秦初晗一直没闲下来，在现有产品的基础上做了调整，随后联系厂方和珠宝加工厂，打算先做出一批工艺精湛的轻奢样品。

其实文创店也可以开轻奢线，甚至专门的珠宝线、服装线，出各种限量单品。这次秦家年后的招待酒会正好可以当作一次试水。

戴总秘接到秦初晗的电话，听闻她的来意，很是欣喜。恰巧今晚是海市商联会一年一度的慈善晚宴，秦宝珠希望秦初晗能和自己一起出席。虽然这个商联会只是市级的，可前面再加个“海市”就完全不一样了——在海市这种富商云集的地方参加晚宴，身家没个百亿都不好意思去坐前排。

秦初晗想着过年嘛，就当去见见世面，遂将此事答应下来。接着就该去挑礼服了，这方面还得向专业人士请教。

陆禾接起电话，先发制人，把话说得很绝很不留情面：“虚情假意的拜年场面话就免了，忙着，说重点。”

秦初晗嘿嘿嘿地笑得停不下来：“也没什么大事。人在海市，晚上要参加一个超级奢华富贵的宴会，能找个团队来收拾我吗？”

熬夜打游戏的陆总瞬间满血复活：“我就在海市，到我朋友的店里来，地址微信发你。”

陆禾的朋友非富即贵，开的店在海市商务中心区最核心的地段。秦初晗依旧抱着开眼界见世面的良好心态，开着她十来万的小商务车，穿着几百块的羽绒服，把车停在一众超跑中间，搭专用电梯进店，差点儿被服务员礼貌劝退。幸好陆禾想起珑寻老师冬天恨不得把电热毯披身上的怕冷劲儿，叫店长出来接了她一下。

一群海市和帝都的贵公子们闲散地坐在珠光宝气的店里，闲聊、打游戏、醒酒……有一搭没一搭地商量着晚上去哪儿找乐子。素面朝天的秦初晗走进来，自带过年喜庆氛围，像是被家长使唤出来买两棵新鲜大白菜，不小心走错了地方。

最矜贵的陆禾起身相迎，垮着个脸，让开店的那位带她去做造型，再挑一条显身材的裙子，还要一双跟高最少十二厘米的高跟鞋。别问，问就是上辈子欠了她的，这辈子来还债。

秦初晗能算出陆禾内心的阴影面积。好在她是个争气的，完成变装从化妆间走出来，坠感十足的珠光长裙勾勒出曼妙身材，高跟鞋驾驭起来根本不是问题，一步一步就跟超模走 T 台没差别，一头自然卷曲的秀发和裙摆一起摇曳着，整个人都在发光。

进店的时候是毫无特色的普通女孩，从化妆间走出来就成了女王，王子只配给她提鞋。之前那群斜眼质疑她的富家子们被彻底征服。几个按捺不住的已然众星捧月地围了上来。

“姐姐你是仙女吗？”

“我心动了！我真的心动了！”

“欢迎来到凡间。”

“人类很危险的，让我保护你吧！”

“姐姐你怎么这么好看，刚才是小的有眼无珠，没看出您光芒万丈的真身！”

“要不，咱们先加个微信？”

“今晚打算上哪儿征战啊？我给您护驾，指哪儿打哪儿！”

陆禾瘫在沙发上，一脸厌世地强调：“是我债主，有男朋友了，还要我说几次？”

秦初晗早就预料到这种结果，淡定地站在穿衣镜前自然地摆着造型，欣赏自己，对围在身旁的小崽子们爱搭不理。她打小就特能装，不管置身怎样的场合，心里明明慌得要死了，面上都是一副云淡风轻状。而且她看得出来，这群人是以陆禾为中心的，那就更没有周旋的必要了。

秦初晗本身就有八分底子，素颜干净自然，骨子里又透着一股不服输的倔强劲儿，可塑性是很强的。陆禾还记得当年拿着合同去找她签，第一眼看到本人，心就波动起来了。这姑娘能在绝世妖姬和清纯小白间随意转换，充满许多可能性，再加上一双故事感拉满的眼睛，真的很绝。只不过他也清楚，想签的是插画师珑寻，封面模特只能放到次位。这些年他旁敲侧击，逮着机会试探，每次都被秦初晗糊弄过去，久而久之也懒得坚持了，没想到秦初晗也有需要正儿八经展现美貌的时候。

海市商联会慈善晚宴是吗？这个热闹，必须去凑一凑！

陆禾拿出手机给助理发信息，确定出席的事宜，再抬头看正对着镜子戴首饰的秦初晗。那是她自己带来的，纤细的铂金链子，次端挂着一粒圆润的珍珠，主端连着的吊坠是一块银币大小的珍珠母贝，底色匀称，不规则的边缘用碎钻拼出海浪的形状。将两端在纤细的颈项上随意相缠，就成了项链，刚好与她身上珠光白的长裙相衬。她还有一对同款母贝耳环。

陆禾越看越觉得自己有眼光，打开相机，把这个让他又爱又恨的女人拍了下来。

那么巧，祁教授的消息弹了出来："在哪儿呢？晚上来我大哥家吃饭。"

陆禾烦躁地"啧"了一声："不来，别以为我不知道你们家集体叛变的事，你也不是什么好东西。"

祁应琛："阿姨委托我大嫂给你找对象，安排你们吃饭见面，怎么能是叛变呢？"

陆禾抬头看了一眼光彩照人的秦初晗，又笑了："你还是担心担心自己吧，别以为有恋爱谈着就稳妥了，跟秦初晗联系了吗，知道她在哪儿吗，就想来安排我？"

祁应琛："？"

陆禾直接把一分钟前拍的照片发过去。

他堂堂时尚杂志大主编，审美好，拍人的技术比陈胜利略胜一筹。就拿这张抓拍来说，明亮的几束光从头顶落下，汇聚在秦初晗的身上，她正对着镜子，弓腰倾身，给自己戴耳环，秀发垂在她身后，沿着纤细的肩头滑落，她将头轻轻抬起，下巴向前微伸，像一只高贵的白天鹅，无意中舒展着自己的颈部线条，又因为穿着高跟鞋，腰线下的双腿匀称笔直，漂亮的曲线若隐若现。周围几个谄媚的富家子兢兢业业地给她当背景陪衬，氛围感十足。

陆禾还强调："本人开年新作，名为《危险》。"

祁应琛："？？？"

陆禾开心了，优哉游哉地打字："先声明，不是我要求的，是她主动的，我只是向她提供了变身的场所而已。”

大约过了五分钟，祁应琛才回复：“吃饭的事我帮你推了，以后我大嫂不会再给你介绍对象了。”

陆禾满意地扬起一边嘴角，将秦初晗晚上的行程安排发过去，还贴心地问：“要我带你入场吗？”

祁应琛不是吃素的。那张照片已经成功给他心头点上一把火，并迅速蔓延，在他心肝脾肺肾上旺盛地烧起来，再面对陆禾这个从小一起长大的臭弟弟，自然没有好态度：“不必。刚才忘了说，为了尽快帮你解决麻烦，我用了一个善意的谎言。”

陆禾：“？”

祁应琛：“我说你对女孩子似乎不感兴趣，毕竟常年在时尚圈……你懂的。”

陆禾蓦地站起来，还没来得及说什么，就见手机屏幕上显示三个让他头疼的大字：陆夫人。他转头望了望不远处的秦初晗，看热闹的心情一下没了。

陆禾深呼吸，走到角落里接起电话：“不是，怎么可能？他污蔑我！妈，你能不能先听我说……我没有！”

夜幕降临时，秦家的车来将秦初晗接走。陆禾站在落地窗前目送，脑海里还回荡着亲妈长达二十分钟的魔音轰炸。

一个穿着嘻哈的男生蹭到他旁边：“陆哥，小姐姐真的有男朋友了？综合素质高吗？跟我比怎么样？我要是撬墙脚，能撬得动吗？我撬不动，阿林他们呢？”

陆禾收回神思，扫了娃娃脸一眼，目光瞬间变得慈爱：“性别女，年龄二十四，处女座，目前有两个比较主要的身份，其一是我工作室的首席插画家珑寻，其二呢，是山海野生动物园文创店的创意总监，真名叫秦初晗。”

娃娃脸恍然大悟：“是说好像在哪里见过，她男朋友不就是个动物学家吗？”

“没错。”陆禾不怀好意地笑了，“一会儿那个慈善晚宴，珑寻会拿出作品参与拍卖。”

娃娃脸打了个响指：“拍下在场作者的作品，就能获得与本人跳舞的资格！”

陆禾欣慰地点点头，大度地挥手：“去吧。”

说完，他给助理打电话交代：“去我家一趟，二楼禅室里挂着的那幅画给我送去晚宴登记。”

没有惊喜和意外的晚宴是无趣的。给祁应琛添乱，他是专业的。

晚宴在海市刚落成不久的艺术会展中心举行，流程很简单：吃饭，看表演，听司仪讲解，进入拍卖环节，最后是社交舞会。

秦初晗小时候参加过很多次，穿着漂亮的洋装，打扮得像个精致的洋娃娃，跟在老先生的身边，走进这五彩斑斓的花花世界。这里有喝不完的甜丝丝的饮料，有漂亮得她不忍心弄坏的蛋糕甜点，像童话梦境般美好。她备受瞩目，丝毫不怯场。可当宴会正式开始，当她卸下防备开始沉浸于这一切时，秦心玥总会从某个地方钻出来，掷地有声地对其他小孩拆穿她养子之女的身份。后来，秦初晗再也不愿到这种地方来。她受不了那些质疑的眼神，她也不属于这个璀璨的世界。那是她和祖父疏远的开始……

会展中心三楼主宴会厅内，衣香鬓影，名流云集。秦初晗到了才发现，今天的活动秦家举家出动，由秦宝珠这个大家长领头，吃软饭的丈夫季国平和儿子秦励陪伴在侧。

秦见山跟没事人似的笑着同她打招呼，影后妻子关雪凌上前来，亲昵地拉住秦初晗的手，让她没事多到海市走动。

秦肃在旁边阴阳怪气："今天这样的宴会可不多，你倒是会挑时候。"

秦心玥昂起头冷哼了一声，然后就找她平日交好的塑料姐妹花抱团去了。

秦初晗忽然发现她才是秦家最真性情的那一个，至于自己，确实是怀着那样的目的才来的，没什么好解释的，于是假笑面具往脸上一戴，义无反顾地走进成年人的社交场。

有钱人之间的鄙视链更直接，也更尖锐。场内的座位上虽然没贴人名，但坐在哪儿，和谁坐在一块儿，都有讲究。山海集团虽然做得不错，秦家在海市却只能算新贵，往下是一夜暴富的暴发户，往上是底蕴深厚的世家豪门。

秦初晗是秦宝珠邀来的，自然不会不管，所以带她的重任落在了秦励身上。秦励是秦家第三代，山海集团公认的继承人，拥有完美的人生履历，目前任国外知名互联网公司的执行总裁。秦初晗跟这位名义上的大哥并不熟，她好歹还有秦心玥和秦肃的微信，跟秦励是真没多少交集。

待秦宝珠挽着丈夫的手去跟老友打招呼，秦励转头望了一眼名义上的妹妹，眼底有不加掩饰的欣赏："这身挺好看。"夸得很直白。

秦初晗干巴巴地道了声谢。

秦励问得也直接："想从哪里开始？"

秦初晗愣了下，干脆道："我想认识几个珠宝设计师，还有对时尚感兴趣的名媛，最好她们平时会参与一些与动物相关的公益活动。"

秦励边听边点着头思量："想找名媛帮忙带货？"

"嗯，还想开动物主题的轻奢饰品线。"

秦励抬头看着满场的人，嘲讽意味明显："你放心，这里没人不喜欢动物，说起公益都积极得很，不然你以为他们来这儿是做什么的，互送新年祝福？"

所以你连自己都骂了吗？秦初晗只能沉默。

"行，走吧。"秦励话不多，抬起手臂示意她挽住。

秦初晗看了一眼，心里莫名咯噔一下，脑中飘出男朋友冷淡的帅脸。嗯……没事，他不在，不怕，不要心虚，她是来做正事的！

秦励真的给力，晚宴正式开始前的一小会儿工夫，秦初晗这只菜鸟就在他这个王者的带领下结识了不少真正的名媛。对方听说她就是秦初晗，立刻表示早有耳闻，兴致勃勃地向她打听动物们的消息，问她文创店里缺的货什么时候补上，问她是否参与过与动物相关的慈善基金会，有没有兴趣加入自己的基金会……末了，还主动要求互换联系方式。

如此顺利，秦初晗完全没想到，刚走完过场，微信好友的含金量已陡然增加一大截。她之前还担心人家问她要电视里那种镶金边的名片，她拿不出来怎么办……

秦励也是真受欢迎，不少长辈见他身旁站了个漂漂亮亮的小姑娘，要么直接上前，要么派平辈的小子来打听。听说是家里的妹妹，这才放下心来。

"感觉如何？"秦励递给她一杯香槟，一手抄在西装裤的口袋里，淡漠地望着眼前的一切。

"好像比我想的容易一些？"秦初晗也不确定，也许真正的难点在后面。她接过香槟，浅浅抿了一口，发现里面装的是苏打水，一愣，露出茫然的表情。

"我让服务生倒的。"秦励冲她皱了皱眉，无奈道，"瞧着人是挺机灵，谁跟你碰杯你都喝，拍卖还没开始，眼神儿就已经涣散，这么耿直做什么？这里没人跟你真心换真心。"

"是吗……"秦初晗干巴巴地笑。

秦励见她云里雾里的，加深语气对她强调："女孩子出门在外警醒点儿，先把自己保护好再谈其他。"

秦初晗连忙小鸡啄米般点头，捧着香槟咕噜咕噜喝。其实她酒量还行，不知道宴会上用的是什么起泡酒，劲儿劲儿的，要不是秦励提醒，她都没反应过来自己已有些微醺。

现场灯光逐渐暗下来，几道追光灯汇聚在主舞台那边，主持人拿着串讲词站在旁边候场，宾客们也陆续就座。

宴会厅的布置呈半圆形，以正中央的舞台为圆心，台下正前方是一个略小一些的圆形舞池，宴会桌沿着舞池有序摆放，由内向外层层散开，不大，一张桌最多坐五人。不出意外的话，秦初晗应该和秦家的平辈坐一桌。

身旁的秦励开口道："待会儿你跟我、心玥、阿肃坐一块儿，我妈他们坐隔壁桌。"

秦初晗老实巴交地点头，看宾客们就座——先入座的都是真正的大佬，经常出现在国际级别峰会上，旁边全是保镖。她看了会儿新鲜，疑惑地道："前排的桌子还没坐满，怎么就往后坐了？鄙视链这么严重的吗？"

秦励轻飘飘地笑："新年应酬多，有些大佬还在别的饭局上，得晚点儿到。"

趁着还没就座，他抓紧时间提点她，刚才加微信的那些平辈的哪些可以往来，哪些邀约圆滑点儿拒绝，哪些千万不能得罪。秦初晗赶紧拿出手机在联系人后面做备注，也不怕秦励笑话。至于长辈，尤其是有钱又闲的富太太，聚会大多可以参加，是她推销拉赞助的大好时机。不过要是哪个不正经的叔叔伯伯糟老头子约打高尔夫……

"我不会去的！"秦初晗整个人都凛然起来了。

秦励满意地冲她点了点头，追加道："我的关系可以随便用，介绍对象的饭局别来烦我就行，如果我的朋友想追求你……"刚才已经有好几个跟他称兄道弟的蹭过来加了秦家妹妹的微信。

秦初晗连忙道："我有男朋友了！"

"我知道。"秦励垂着眼瞟了她一眼，又露出那种欲言又止的复杂表情，"算了，凡事还是要靠自己，能意识到这一点，很不错。"

什么意思？莫名其妙被夸了？秦初晗起先没听明白，静静琢磨了会儿，懂了。秦宝珠对她的近况和动向掌握得清清楚楚，秦励又怎么可能不知道？恐怕今天肯带她出来社交，都有考量到她交了一个家底殷实的男朋友，日后秦家能靠她搭上一条线。这会儿秦励是话中有话：你都有个这样规格的男朋友了，还要我带你交际？不过，靠自己总是没错的。

说话间，小圆桌上陆续坐了三分之一的人。

"走吧。"秦励见母亲从另一端向场内走来，带着秦初晗就座。

秦初晗提着裙摆，埋头跟在他屁股后面，学着他刚才夸自己的口吻啧啧叹道："秦家坐中间靠前，还是有点儿地位的嘛，嗯，很不错！"

秦励扭头瞅了她一眼，好气又好笑。

秦家算上秦初晗正好八个人，座序就跟秦励说的一样，长辈和小辈们各一桌，挨在一块儿。桌子小，间距不大，前后左右说话都方便。

拍卖手册放在桌上，但因为没钱参与，秦初晗提不起任何兴趣。对于她来说，新春KPI（关键绩效指标）已经超额完成，可以躺平了。当然，遗憾也是有一点儿的。说好了是晚宴，全程没个正经上菜环节，餐桌上那些大龙虾、帝王蟹、鲍参翅肚全是摆设，不能像小时候那样从头吃到尾。拍卖前还有表演，但秦初晗已然打起提前离场的算盘。

这时，秦肃忽然兴奋地向秦见山展示手机的内容："陆家那位拿了一幅插画出来拍卖，是珑寻的《鲲鹏》。珑寻是他名下工作室的首席插画家。"

秦初晗憋了口气在胸口：秦肃戳我脊梁骨？谁给的机会？陆禾！

"给我看看。"秦见山把儿子的手机拿过来，盯着屏幕一顿瞧，确定后欣喜地笑道，"确实是他，这是个好机会。"说完他去看大家长的脸色。平时不管私下搞什么小动作，人前，他对长姐倒是老实又恭敬。

秦宝珠目不斜视地端坐着，斟酌着发话道："既然是机会，那就好好把握一下吧。"

秦见山对儿子使眼色："陆家小少爷的人，价格只高不低。"

"放心，我知道。"秦肃埋着头，边用手机操作边道，"珑寻在微博上有百来万粉丝，经常跨界搞合作，是绘梦的金字招牌，而且早就有传言说幕后老板是陆禾本人。今天不管能不能中标，被拍卖作品的作者只要在现场，都要和中标者跳舞。"

秦见山笑呵呵地望了一眼貌美如花的女儿："如果珑寻真的是陆家公子，我们又恰好中标的话，这支舞就让玥玥去跳。"

秦初晗听得发蒙，顾不上别的，插嘴问道："这是什么活动？"手机下单有优惠？陆禾要是敢拿她的画作来这里打折贱卖，杀了他！

秦心玥轻哼一声，懒得解释。还是秦励回身解释给她听："这是主办方今年想出来的新花样，拍卖分为线下和线上两个部分，线下固定十五件竞拍品，当场叫价，至于线上活动主页上，今天在场的所有嘉宾都可以拿出一件物品放到上面竞拍，每人只能叫价一次，不能更改，也看不到别人的价格，晚九点截止，当场公布竞拍结果。"

秦初晗追问："那跳舞又是什么说法，被竞拍作品的作者必须跳吗？"

秦励露出"你怎么会问出这种问题"的一言难尽的表情："这是社交晚宴，别人花大价钱买你的作品做慈善，邀请你跳一支舞，你确定要拒绝？"

秦初晗瞬间领会到精髓："这个……应该要跳的……"

秦心玥轻哼了声："你还挺会代入啊，不知道团宠君想和在场哪位共舞一曲？"

秦初晗压根儿没心思跟她斗嘴。看秦家所有人的反应，包括自认对她了如指掌的秦宝珠都没发现她的大马甲，别待会儿秦肃真的中标了，追光灯扫到她这里，可就太尴尬了！这件事也不用多想，一定是陆禾见她要参加晚宴，把她的画送过来参与竞拍，看热闹不嫌事大，回头再跟他算这笔账！

秦心玥好奇地跟秦肃打听他给了什么价，秦肃捂着不说，就问她想不想和陆家少爷跳这支舞。姐弟俩聊得开心，连带着秦宝珠脸上也隐隐露出一丝期待。

秦初晗左思右想，觉得瞒不住了，反正也不是大事，主动招了吧。她坐在自己的位子上，自言自语地说："那个实不相瞒，我就是珑寻，不过我不知道自己的画被送过来拍卖这件事……"

秦励表情变了，秦宝珠等人侧首向她看过来，脸上表情很精彩。

秦心玥不信，笑着奚落她："你就是珑寻？你马甲挺多啊，忙得过来吗？"

秦初晗心累地叹了口气，拿起手机打开微信，给一位名叫"陆禾"的好友发信息："你搞什么鬼？都不跟我说一声就把我最得意的画拿出来拍卖，你礼貌吗？"

陆禾秒回："真正的惊喜在后面。"

2

"你就是珑寻？什么时候和陆禾签的约？他主动找的你？你们私底下关系如何？你知道他家主要是做什么的吗？所以赴宴前，你一直跟他在一起？你怎么会是珑寻呢……"

晚宴的第一位特邀嘉宾登台表演时，秦见山先忍不住了，频频探身对秦初晗发问。

秦初晗被问蒙了，这件事说起来的确不可思议，可她确实是。为了增加可信度，她还大方地向"家人"们展示了珑寻百万粉丝微博账号。

秦心玥对她另眼相看，毫不吝啬地夸她："真有你的！以前是我有眼无珠，没能瞧出你的本事。我认可你了，你确实有跟我较劲的资格。来，互关一下，当作奖励。"

秦初晗在她的眼神胁迫下只能回关。

关雪凌最假了，慈爱地看着女儿和八百年不关注一次的侄女，欣慰道："你们姐妹俩虽然打了那么多年，其实感情是真不错呀！"

秦见山皮笑肉不笑，诸多确定过后，彻底失去表达欲望。

秦励带秦初晗搞了整晚社交，到头来发现这妹妹有他们秦家绞尽脑汁想要攀附的关系——男朋友是祁家最得宠的小儿子，上头那两个哥哥随便一个出现在今天的晚宴上都是焦点。这就让人很难受了……

秦宝珠握住秦初晗的手，笑得耐人寻味，对她连说了两个"很好"。

季国平最直接："陆家准备在裕兴湾百年大道上建一座大厦，到时候肯定会成为海市的新地标，这个项目应该会由陆禾负责，你能……"

话还没说完，秦宝珠狠狠地瞪了丈夫一眼，回头温和地笑着对秦初晗道："没事，先看表演。”轻描淡写地将季国平提到的事遮了过去。

秦初晗点点头，刚准备将目光移向舞台，就见秦肃把手机凑到她跟前，诚心请教：“这个数你觉得可以吗？”

她垂眸一望，心脏漏跳半拍。插画和国画、油画这些不一样，业内顶级也叫不上价，珑寻的商业价值都是陆禾一手运作上去的，要是她的插画真能卖那么多钱，还搞什么文创……但是今天这样的场合，竞拍品虽然是她的画，竞拍的人却是看在陆禾的面子上，最后会出到多少真不好说。秦初晗只能实话实说：“高出正常价格。”

她和陆禾明面上是画家和社长的签约合作关系，私底下是可以互损的朋友，但也没好到节假日要泡在一起玩的程度。今天之前，她根本不清楚陆禾家底有多厚，也不会去刻意了解。只知道他比自己大几个月，是帝都有钱人家的小孩，平时正事不干，主业打游戏，手里一大堆副业，还打理得有声有色的。如今秦家这样的反应，让秦初晗感到意外。裕兴湾百年大道是国内最繁华的地段之一，陆禾能直接主导这种项目，该不会是她常常在新闻上看到的那个陆家吧？秦初晗莫名忐忑，想起林笙是陆禾介绍来的，还特别招呼过要对她好一点儿，便用手机给小助理发信息：“你和陆禾早就认识？”

林笙轻微颤抖：“老师您怎么突然问这个？”

秦初晗：“我在海市参加一个慈善宴会，从别人口中听到他的事，比我想象中厉害许多，就……大受震撼。”

林笙：“……”

秦初晗：“所以陆禾的那个‘陆’，是我经常在新闻上看到的那个‘陆’？”那个房地产大鳄，商场开得全国到处都是，还参与过国家级基建项目的知名企业？

林笙：“嗯，是的……起初我以为你知道，观察下来发现你不知道。陆禾让我别告诉你，说难得有一个像你这样傻乎乎的朋友，挺有趣。不过他是很珍惜你的。”

秦初晗：“……”

林笙主动问：“那你想知道我家什么情况吗？”

秦初晗抬起头看了看舞台上唱昆曲的艺术家，眨眨眼，低头打字：“起初我以为你那些名牌包、名牌鞋、名牌衣服都是高仿，现在想对你说一声失敬。”她也是个有眼无珠的！

林笙继续坦白：“龙麟集团您听说过吗？我是家里最小那个，比较得宠，而我传说中的未婚夫是陆禾的亲小叔……”

在娱乐、游戏、电子科技和医药方面均有涉猎的传媒业巨头龙麟集团，秦初晗大学暑假时还曾被室友拉去他们子公司给芬兰来的高管当翻译！

秦初晗："没想到你辈分这么高。"

林笙："我跟那位不来电，家里强逼着没办法，所以先拖着，实在不行就结婚，过两年技术性离掉。"

秦初晗不知道说什么好了："祝你们最后都能得到自己想要的。"

至于我呢，我能不能跟你们一人借几个亿，先把动物园买下来？

世界真奇妙，我男朋友家有钱如斯，社长兼损友家底雄厚，就连我的助理都是传媒业的小公主……原来最菜的人是我？今天不会是"世界掉马日"吧？

林笙揭了自己的老底，开始担心被秦初晗开除助理籍："老师你不会生气吧？我是真心想跟在你身边学画画的！"

秦初晗深呼吸："我的荣幸。"

林笙："QAQ 是不是秦家的人欺负你了？别的我做不了，要不我帮你封杀秦心玥，给你解解气好不好？"

秦初晗余光扫到身旁不可一世的那位，忽然又觉得全都不是事儿了。她回复："不用了，我是那么好欺负的吗？好奇问问而已，你别多想。"

陆禾的做法是对的。人与人之间的交往，若是存心攀附，关系会变得不纯粹。她刚得知林笙和陆禾的真实家境，就不由自主地萌生出借钱的念头，实在要不得。哪怕她不会去开这个口，光是察觉到这种小心思都让她感到羞愧。努力吧，要靠自己呀！

林笙发来一个摸胸口的庆幸表情，忙不迭做汇报："祁教授去海市堵你了，早上去的。我见他大嫂发朋友圈说留他在家里吃午饭，他们还准备在吃晚饭的时候安排陆禾相亲，但是好像没成。我琢磨着祁教授晚上会去慈善宴会，老师你小心点儿。"

好家伙，你还有祁应琛大嫂的微信呢？秦初晗哭笑不得："你放心，我有心理准备了。"

舞台上，最后一个表演结束，主持人风度翩翩地走到台中央念开场白，一旁的拍卖师已做好准备。

秦初晗借故去卫生间，暂时离场，给男朋友发消息："虽然交往不久，但还是希望接下来我们能真诚一点儿，所以你在哪儿？"

祁应琛早就开启守株待兔模式："二楼 C 区楼梯间。"

主宴会厅在三楼，秦初晗出去后，绕了一大圈才找到 C 区标识。顺着楼梯走下去，二楼的感应灯是坏的，不过借助上一层的灯光，她看到西装笔挺的祁教授站在那里打电话，语气严肃地讲着她听不太懂的专业领域的事。

男人听到高跟鞋的声音，回头面无表情地望了一眼，对电话那端道："我知道了，晚点儿在视频里说。”说完挂断电话，将手机放进口袋。

秦初晗老实巴交地在他跟前站定，刚开口说了个“我”字，楼上的灯灭了。她犹豫着要不要“嘿”一声重新叫亮，又觉得有点儿幼稚。

面前的男人在这个时候发出轻叹，用那种有点儿责怪、更多是吃味的调调说：“穿得也太性感了……”

秦初晗茫然，脑袋空白了那么两秒钟。这是夸她呢，还是别的什么？

祁应琛无可奈何地叹了口气，忽然道：“让我亲一下。”

“什么？”

秦初晗只感觉手臂被钳制住，被带着旋了半圈，旋即抵到身后那堵墙上。祁应琛倾身贴近，随之而来的是一个从试探迅速发展为狂热掠夺的吻。秦初晗根本招架不住，心跳陡然加快，呼吸也急促起来。这方面，她还是个菜鸟啊……

背后的墙壁是冰凉的，面前的男人是一团炽烈的火焰，将她点着了。电流从脚底蹿起，沿着她的皮肤扩散开，和祁应琛的气息一起，把她牢牢困住，让她全身酥麻。所有的感知一瞬间被放大，在下一瞬消失，如此反复。她渐渐忘了自己是谁……

楼上宴会厅响起一阵热烈的掌声，刺激了三楼的感应灯。昏黄的光洒下来，秦初晗把祁应琛有些放纵的脸望得一清二楚，就……肉眼可见的欲，眼神冰冷又炽热，分分钟要她命。

祁应琛用手将她耳边的碎发拨开，发烫的掌心就这么捧着她的脸，眸色深沉地盯了她一会儿，似是平复下来了，开口却还是叹息：“我对你不是没有想法。”

他这是在解释？但这种情况，秦初晗哪敢吭声啊，弱弱地用眼神打出一个问号，呼吸都是敛着的。交往到今天，突然就体验升级了，她还没缓过神来。

祁应琛继续道：“是想法太多了，怕吓着你。”

秦初晗看祁应琛的眼神里都露着怯，很明显被这一通操作给镇住了。她是真的没有预料到，谦谦君子祁教授也有失态的一天。但想到这都是被她招惹到的，她又不禁有些得意。

上翘的嘴角被祁应琛捕捉到了，额头抵上她的，问：“得意了？”

沙哑含混的嗓音撩拨得她腿软，秦初晗把脸别开，靠眨眼睛来缓解还在狂跳的心：“还好吧。”

“只是还好？”祁应琛觉得自己表现不错，想等一个夸奖来着。

楼上的感应灯像是在跟他们开玩笑，亮了一会儿，又忽地灭掉。秦初晗正琢磨说点儿什么来应付这个蠢蠢欲动的男人，发现再度失去光，心头倍感不妙。

果然，祁应琛意犹未尽地说：“再亲一下？”

没等秦初晗同意，他又贴了上来，温柔而坚决地将她吻住！

秦初晗反抗未果，脑子里发出“叮”的一声脆响：恭喜解锁成年人谈恋爱的正确方式。

坦白说，这确实是她想要的……楼上第三次还是第四次响起竞拍成功的掌声时，秦初晗发现自己不知道什么时候主动搂住了男人的颈项。

两个人略略分开，秦初晗脸颊烫得厉害，看祁应琛的眼神不住闪烁着，有祈求也有商量：差不多行了，再不停要出事了啊……这一整晚，她就喝了几杯起泡酒，吃了三颗葡萄。这会儿脑袋晕晕的，肚子也不停叫唤，催她快去觅食，再不补充能量身体就要罢工了！

祁应琛在女朋友眼里接收到求救信号，点点头，变戏法似的从西装口袋里拿出一个看起来非常丰富的塑封包装完整的三明治：“没吃晚饭吧？”说着又从另一边口袋里拿出一罐 330mL 的甜橙味儿汽水。

秦初晗看得眼发直：“你发展得这么全面，我很难放过你啊！”

“所以对刚才我的表现很满意是吗？”祁应琛笑着拉她在楼梯间坐下，把外套脱下来给她披上，“说得好像我会放过你一样。吃吧。”

秦初晗接不上话了，还是老老实实吃吧。至于刚才，她觉得自己的表现也还行。

祁应琛其实早就来了，一入场就看到了跟在秦励身边的女朋友。见她努力去结交阔太太、千金名媛，笑着跟她们碰杯，互换联系方式，全程仪态大方、从容自若，他的心里有一个声音在怂恿他：那可是秦初晗，你心心念念了六年才得以重遇的女孩子，放任她依附着秦家去交际，你忍心吗？现在过去对全场公开和她的关系，把这场慈善晚宴变成山海野生动物园的招商引资大会都可以。祁家的祁应琛比秦励有利用价值，这一点是毫无疑问的。

可同一时间，他的心里还有另一个声音在说：就让她努力看看吧，你比任何人都希望她用自己的力量去获得她想要的一切，在她向你开口之前，站在终点等她就好了。

“你什么时候来的？”身旁的秦初晗忽然问。

祁应琛从复杂的思绪里回过神来，望着身旁眼睛明亮的女朋友，温和地说：“来得比较晚，台上正在唱昆曲。”

秦初晗没怀疑，“哦”了一声，点点头，想起陆禾把她最得意的插画拿出来拍卖，又换了个委屈的语气跟男朋友告状。《鲲鹏》是她画的“山海经系列”中的一幅，画风复古，色彩艳丽，每一根线条都是匀称细腻的，是她心目中近乎完美、画了整整半个月的心血！

“我知道。”祁应琛反应很淡，“我也竞价了，一定帮你拿回来。”

秦初晗咬三明治的动作停住，瞳眸轻颤。他说，一定……

“其实也不是什么特别了不起的作品，没有必要花太多钱。”她掂量着说，“虽然它能代表我目前的水平，但以后我肯定会超越的。”

祁应琛笑着摸摸女朋友的脑袋，指尖插入她细软柔顺的长发：“没关系。”

拍这幅画的人都是冲着陆禾去的，都想从陆家的项目里分到一杯羹，那幅画最后的价格肯定很惊人。作为画师来说，能抬身价给事业镀金的事，她自然不会说什么，可要是被祁应琛拍中，就是另一回事了，她已经开始心疼了。有这个钱，留着给毛孩子们买点儿什么不好？秦初晗早就答应河马馆那边，今年有钱先给它们的外场换最高科技的自滤系统！

祁应琛等她急了会儿，才笑了两声说：“我刚是不是忘了说，大哥也来了，宴会厅里坐着呢，今天不管买什么都是他买单。”他是家里最小的，也是挣钱最少的，有兄长在的场合，早就躺习惯了。

秦初晗心里稍微好受了一点儿，但还是忍不住问：“所以你填了多少？”

祁应琛回答得相当巧妙：“大概能把体验馆做起来，做出思想超前、内容丰富的效果。”

他指的是至今还在闭店的那个大熊猫周边店。秦初晗一直想把这个店做成体验馆，向游客展示山海野生动物园的经营理念，推广各种爱护动物的主题，同时展示文创产品，说白了就是花钱做展览，非但没有收益，还要定期维护。她粗略地计算过，没有几百万根本做不出来。按照祁应琛的说法，还要思想超前、内容丰富，那得是千万级别。

秦初晗愣了愣，装作淡定地点头：“有钱真好。”她发自肺腑地叹道，“我男朋友有个超有钱的亲大哥，羡慕哭了。”

祁应琛更正：“是两个，都比我有钱。”

秦初晗：“……”可恶，又被秀到了！

稍微补充了点儿能量，秦初晗和祁应琛一起回到宴会厅。她是跟秦家的人来的，自然回老位置坐。坐下来才发现，男朋友坐第一排C位的小圆桌，旁边那个成熟的后脑勺就是他一手创建庞大商业帝国的亲大哥祁雁城，今天专程来给弟弟当ATM机的。

祁雁城见弟弟归位，特地回头看过来，温煦地冲她点头笑笑。这是来自当代最具影响力的商业巨子的注视，秦初晗肃然起敬。

秦心玥眼尖地认出祁应琛，又见他和祁家那位坐在一起，猛然意识到什么，半张着嘴愣了许久，仿佛骂了句脏话：“这都让你遇到了……”

秦初晗谦虚地笑笑：“祁应琛是他们家最没本事的，只会蹭他大哥二哥的。”

秦心玥：“……”可恶，被她秀到了！

秦初晗很快意识到自己有些张扬了，连忙做肃然状，看着在场的大佬们为一幅水墨画举牌厮杀。

九点整，线下拍卖正式结束，线上共计三十九件拍品停止叫价，并在十五分钟后刷新出结果。主办方很贴心地照顾了在场每位参与者的心情，按照竞拍价格从高到低排列出竞拍品，并用竞拍数字含蓄地替代了竞拍者的名字。珑寻的《鲲鹏》以夺目的八位数价格稳居第一，震惊全场。

到了万众瞩目的舞会环节，追光灯在场内找了又找，可惜珑寻老师早已悄然离场。

陆禾站在角落里翻白眼：跑什么跑，他精心策划的名场面就这么没了。

剩下一众冲着秦初晗小姐姐来拍画的纨绔子弟，凑一块儿哀号：怎么回事啊？人家明明已经很努力了好吗！谁标的八位数？有钱了不起啊？！有钱就可以任意妄为伤害我们这些败家子脆弱的玻璃心吗？太过分了！

离开会展中心，祁应琛带秦初晗去吃火锅，饱餐一顿后坐祁家老大的劳斯莱斯回江城。两人都惦记着明早的企鹅巡游，怎么样都行，总之不能再给陈胜利胡搞乱搞的机会……

回到动物园已是后半夜，司机不清楚北门路线，把车停在东门入口处。秦初晗在车上眯了一会儿，醒来正在精神头上，非要拉着祁应琛去小熊猫馆。

她之前到海市动物园的第一时间，就先去看了跳跳和点点的爸爸拾一。拾一听说她是山海野生动物园来的，主动向她打听老婆孩子的近况。秦初晗说都好着呢，还把跳跳闹别扭的事说出来，把拾一给气笑了。

锵锵和铛铛也追着秦初晗问："弟弟妹妹还好吗？点点是不是山海野生动物园最可爱的？跳跳有没有称霸小熊猫馆？还有妈妈，康复了没有？"

秦初晗耐心回答了，还问它们有什么话让带回去。

做信使，宜早不宜晚！所以这会儿她决定先去小熊猫馆传话。祁应琛拗不过她，被她拉着兴冲冲地往小熊猫馆走。至于为什么不开一辆观光车？因为吃火锅吃到撑，必须多走几步消食……

两人刚来到梧桐叶子湖左岸的栈道上，闪电冷不防从小树林里钻出来，吓得秦初晗发出尖叫，缩到男朋友怀里。

"是你们啊……"闪电把叼在嘴里的竹筒放到地上，用前爪推向他俩，"来得正好，帮我藏一晚，明晚我来找你拿。"

不远处，也不知是陈胜利还是谁扯着嗓子号："在那边！有人声！"

秦初晗、祁应琛："……"还在找啊？你们也太有毅力了！

闪电把宝藏线索卡托付给秦初晗和祁应琛，就扭头钻进旁边的小树林，几个纵步爬到树上，安静地卧下了。轻微的晃动结束后，它与光秃秃的树干融为一体，只剩下那双微微泛着金色的瞳眸，直勾勾盯着栈道上的两个人，生怕他们出错，影响自己发挥。

祁应琛没辙，叹着气弯腰将还没有他手掌长的细竹筒拾起，自然地放进外套口袋里。

秦初晗笑着打趣道："要是情况允许，我真想送它去清北旁听。"

祁应琛认同地点点头："孩子被耽误了，我们都有责任。"

闪电趴在树上小声喊话："别说些有的没的，他们快来了！"

敌方即将抵达战场，两人连忙做肃然状。很快，陈胜利等人兵分两路，从前方和背后包抄过来，发现是秦初晗和祁应琛，大失所望。

从大年初一到此时此刻，数日的怀疑试探后，寻宝七人组终于放下戒备，决定共享情报。然后他们就发现，原来终极藏宝的地点是会变化的。咖啡厅的小老板每天早上都会发布一张新的线索卡，大家需要根据更新的线索进行寻找。他们就像一群被流放到孤岛的可怜虫，被告知岛上某处藏了一艘船，找到它就能回到文明社会。可是他们找不到，无论如何都找不到。

秦怀远这个老头，平时看着和蔼可亲，没想到是个狠角色！可恶！

腹诽完毕，他们打着手电，拿着对讲机，研究着天亮就要失效的线索，对秦初晗和祁应琛这对刚和好并才从外面浪回来的情侣丝毫不感兴趣。找吧，赶紧的，不然明天又是被老秦完虐的一天……

等人走远，闪电从树上跳下，头疼地叹道："有点儿难缠。"其实它今天是出来遛弯的，没想跟他们正面刚。

秦初晗笑了笑，蹲在它跟前给它挠脖颈，提醒道："别太过火了，被发现可是会出大乱子的。"

闪电很执着："我跟园长约好要拖到十五，不能食言。"

现在是初七的凌晨一点，距离十五还有整整八天……秦初晗和祁应琛对视一眼，一时间不知道是同情盲目的寻宝人，还是担心臭弟弟暴露行踪。

闪电见他俩对眼神，怕被说教，连忙道："祁教授，明天你直接把线索卡交给秦园长吧，我回去了，不耽误你们约会。"说完掉头钻进小树林，赶紧溜了。别以为它刚才没听见，说什么要送它去哪儿学习，它一头年纪轻轻的豹，学什么习！

秦初晗无奈地笑："我还没说完呢，这种时候跑得倒快。"

她侧首看男朋友，想跟他求个共鸣，却见他嘴角上扬，神情一半欣慰一半庆幸，便问："怎么了？"

"没事。"祁应琛回过神来，兴致勃勃地反问她，"你有没有觉得刚才发生的一切显得很和谐？”

行走在夜晚的动物园里，闪电突然跳出来将他们吓了一跳。它将竹筒交出，请他暂时保管。随后，陈胜利一行人闻声冲来，扑了个空，转到别处继续寻宝。闪电再优哉游哉地现身，对他们叹：好麻烦啊……

“整个过程里，人和动物之间的物种区别被缩至最小。”祁应琛一脸不可思议地道。

秦初晗顺着他的思路一想，确实如此：“因为有我们两个在？”

“这只是其中一个原因。”祁应琛道，“我去过很多动物园，从来没有像待在这里这么自在。”这里的所有都是为动物服务的，包括傲慢的人类。

“评价很高啊祁教授。”秦初晗尾巴都要翘上天了，“我以前以为你不喜欢动物，现在看来，不是不喜欢，是不敢把对它们的喜欢表现出来。”

祁应琛被女朋友说得不好意思了：“看破不说破，好吗？”

“好。”

“去小熊猫馆？”

“去。”

片刻后，他们来到小熊猫馆的外场，透过玻璃向内看去，里面寂静无声，一派祥和。

“孩子们呢？”秦初晗凑近去找，脑门都要抵到玻璃墙上。它们哪天不是蹦跶到半夜两三点还精神抖擞？今天睡那么早，她是不信的。

祁应琛这才想起来：“小九回来了。”

当然，回归的还有真正能控得住场的王牌饲养员！

秦初晗想到跳跳被小九眼神压制的画面，“噗”地笑出声：“人小鬼大，明天我再来嘲笑它。”你不是能耐大吗？怎么，你妈一回来，晚上都不敢熬夜了？

祁应琛望着执着于跟小熊猫较劲的女朋友，想了想，决定还是看破不说破吧。

熊孩子不在，不影响秦初晗借着夜色欣赏漂亮的外场。她径自望了一会儿，跟男朋友分享道：“我有个好消息带给它，海市动物园那边有意把拾一送过来跟小九合笼。”

开春之后，很多动物会进入繁殖季，自身也有那方面的需求。海市动物园主动提这件事，自然是再好不过的。

祁应琛道：“这是好事。”

“嗯，我也觉得。”秦初晗笑着点点头，“我昨天还试探过拾一，问它想不想来看看老婆孩子。它懒懒地晃了下尾巴，假装淡定地说想肯定是想的，又说它在海市动物园没办法过来，也只能想想而已。”

祁应琛学着女朋友找动物的呆萌样子凑近玻璃墙，明知道毛孩子们都睡了，还要望进去：“你对跳跳也算有个交代了。”

“我以为自己做不到，愧疚了好一阵子。”也是外场无熊，秦初晗才跟男朋友说了实话，“早知道就不跟它道歉了。”小熊猫拉出来的屁屁是真的臭！

别人不知道，祁应琛这个动物学家可太清楚了，不由得失笑。

两个人傻傻地站在外面看了一会儿，不自觉望向对方，然后在对方的眼眸里找到了相同的色彩。寒夜里那份说不清道不明的孤寂感被轻而易举地驱散了，祁应琛忽然想到一个词：心之所向。

秦初晗下意识垂眸，望住他的唇。

两人向着对方靠过去，就在快要吻上的那一刻，远远地传来蹬自行车的声音，还是那种老式自行车，齿轮生了锈，边转动边发出咯吱咯吱的噪声，在夜深人静的动物园里显得格外清晰。秦初晗和祁应琛双双回过神来，机械地收回索吻姿态。

秦怀远蹬着自行车转过弯，就见女儿和祁教授肩并肩站在小熊猫馆外场的玻璃幕墙前。都这么晚了还不回家，老秦心里说不清是什么滋味。

到了跟前，他随口问：“你俩在这儿做什么？”还能做什么，当然是谈恋爱。他也是年轻过的。但都碰见了，又不能无视，只能过来打个招呼，老秦也很尴尬。

秦初晗回过头，一五一十地交代：“海市动物园想把拾一送过来和小九再合一次笼，我来把这个好消息告诉跳跳，谁知道它已经睡了。”

“你也不看看现在几点，还来找跳跳。”秦怀远心里别扭，语气不是很好。他刚才在东门广场把时昊他们几个闹得凶的赶回去睡觉，掉头来到这里，就遇见女儿跟祁应琛鬼鬼祟祟两个人。这祁教授吧，当初是他三顾茅庐请来的，专业没得说，和女儿谈恋爱，他也是高兴的。可高兴是一回事，亲眼看到就是另一种滋味了。

秦初晗顶着老父亲难得施加的眼神威压，再一想，不对啊：“这么晚了，您上哪儿去？”

“给阿尔卑斯喂夜草。”过年期间，各馆舍都缺人手，像晚上这种活计，秦怀远能做的就自己去做了。

“哦，这样啊……要我们帮忙吗？”秦初晗问得小心翼翼。

老秦皱着眉头，把打扮得很是漂亮精致的女儿上下扫了个遍，烦躁地一挥手，跨上自行车，往鹿苑那边去了，话都懒得说。

秦初晗眼神怯怯地目送，直到老秦和他那辆破车完全消失在视线里，才拿胳膊肘撞了撞男朋友：“长那么大，第一次那么怕我爸。”她那么大个人了，居然还有这种被抓现行而心虚的感受。

祁应琛怀着复杂的心情，似笑非笑地瞥了她一眼：“实不相瞒，我也是。”

3

第二天中午，祁应琛才想起把竹筒交给秦怀远。

老秦拿着诸多齿印的情报竹筒，表情严肃地做着思量，想是在憋跟寻宝完全无关的大招，昨晚到现在还没回过神来。

秦初晗先发制人，数落道：“您也是的，明知道这几天陈胜利他们到处找宝藏，还跟闪电说什么要拖到大年十五，万一它被监控拍到，这次您打算怎么帮它蒙混过去？还有，这竹筒上都是闪电的齿印，赶紧换掉，记得毁灭证据！”

说完，她赶紧牵起男朋友的手钻进食堂。等老秦回过味来，女儿和祁教授早跑没影了。

旁边一众动物园的老人调侃他：“女儿大了，谈恋爱啦，睁一只眼闭一只眼吧！”

午饭过后，秦初晗去大猩猩馆复命——关于含香的“婚事”，虽然她对黑骑士意见很大，但综合考虑下来，这位大佬确实是最合适的“猩”选。

游夜和繁星听她说了情况，满意得直点头。人类讲究门当户对，它们这些住在动物园的大猩猩也是要讲一下的。游夜是山海野生动物园大猩猩馆的 Boss（头目），长女去海市动物园，当然要那边的首领才配得上。从年龄上看，含香十一岁，黑骑士八岁，三岁的年龄差反而是好事。含香过去以后，在黑骑士性成熟前，它还有机会和它们整个群体相处，以便将来更好地融入集体生活中。

再问含香有没有意见，它羞羞地转过身：“别问，不知道，你们拿主意就好。”

北斗鬼吼鬼叫地在旁边翻译：“意思就是满意得不行了！”

秦初晗见这一家子其乐融融，任务完成得不错，心里也美。

之后和海市动物园的沟通很是顺利，对方早就选好几个不错的日子，表示随时可以过来接含香，单独的内舍也准备好了，绝不让猩猩馆的大小姐受半点儿委屈。

除了这件事，他们把拾一送来山海野生动物园的意愿也很强烈。锵锵和铛铛大了，再过一年半载，海市动物园就要着手为它们寻找配偶，总跟年轻有魅力的爸爸待在一起是长不大的。秦初晗求之不得，把这事交给小熊猫馆的老宋，让他们自己商量——小秦总经理如今身兼两职，还要在企鹅巡游中做客串，忙得像个团团转的陀螺。

春节期间，动物园持续迎来游客高峰，文创店的销量也在节节攀升，每天晚上看着店内后台的单日销售总额，感觉就像在做梦一样……秦初晗不敢松懈，初九开了年后第一次创作会议，确定四月主打产品，还有一系列赶在三月中上新的产品需要反复修改、调整，力求完美呈现。

不过由陈胜利老师掌镜拍摄、祁应琛教授亲自编写的《山海野生动物园图鉴》第一册《大熊猫馆的圆滚滚们》，已经完成终校，只等春节假期结束，印刷厂那边就开始印刷了。秦初晗已经收到样书，总共九十八页，全彩精装，图文清晰，纸质优良，定价三十二元。

图书配以陈胜利多角度拍摄的大熊猫靓照，图文并茂地介绍了山海野生动物园大熊猫馆的历史和生活在这里的历代滚滚们，从出生年月到成长趣事，最后延伸拓展，让读者得以了解这个物种的发展历史、生存现状等等。不见得多赚钱，却是件值得花时间花心思去做的有意义的事。

文字编纂部分本来该由司徒畅协助陈胜利完成，可两个人偷懒，求到了祁应琛那里去。祁教授觉得这根本不是个事，在资料室翻了翻大熊猫的资料，几天时间就弄出来了。有他这个专家执笔，倒是给这本趣味图册增加了更多专业性的科普知识。

陈胜利打算攻陷的下一个馆是黑森林馆。说不清什么原因，总之那头叫闪电的豹子格外吸引他。第一次见到它的时候，他就觉得它很灵，像能听得懂人类说话。他把这个想法告诉过祁应琛，结果遭到无情嘲笑……即便如此，陈胜利还是坚信这家伙快成精了。而且年后这段时间，不管他什么时候过去，只要跟闪电对上眼神，内心深处就会生出一种命运宿敌之感。胜利老师想通过镜头为自己找到答案。

所以，今年就在这家动物园快乐地耗下去吧！

忙碌中，元宵节到来，祁应琛终于得到老太太的召唤，飞回帝都和家人一起过节。

男朋友不在身边，秦初晗也没闲着。在她的提议下，山海野生动物园尝试开展了建园以来第一次“正月·夜游园”活动，通过微博征集百名体验官携家人朋友前来游玩——入夜先在食堂用餐，七点半开始，可根据园内工作人员的指引进行游园，重点展示园中的夜行动物。

现代动物园有三大目标：首先是保护珍稀动物，通过人工繁殖增加它们的数量；其次是想办法增进人们对动物的了解；最后是充分利用园区条件，对公众进行自然教育。近年来，国内的一些先进动物园先后开展了这样的活动，让人们更进一步了解动物们的习性。秦初晗深以为然，并以此为方向努力着。

这天晚上十点，夜游园活动圆满结束。游客离开时，一位年轻妈妈握着老秦的手，颇有感触地道：“我从小学三年级开始，每年春游秋游都是来这儿，年年都是那个样子，动物虽然多，但死气沉沉的，所以升初中后就再也没有来过。直到我老公被选为体验官，今天我们一家人来游园，才发现变化太大了，到处都是绿植，动物们也很健康自在，我女儿非常喜欢，我也是！谢谢您把动物园经营得这么好！”

秦怀远被夸得不好意思，眼神不住地游移着，说：“都是大家的功劳！”

游客们这才发现，原来这个穿着灰色棉夹克，一直站在出口通道对大家说“辛苦了，欢迎下次再来”的老头就是园长！大家纷纷驻足，围着他抒发游园心得。之前他们经常看到山海野生动物园上热搜，刚开始还全是负面新闻，后来停止动物表演确实赢得了一些好感，文创店开得有声有色，说到底还不是为了赚钱？不管网上如何夸，本地人大多不看好，毕竟十几年前来过的，不就那个样子？没想到今天不抱希望来参加活动，无论是观感还是体验感受都超棒！还有食堂的饭菜，味道就一个字：赞！大家都说晚上这几个小时没逛过瘾，趁着假期还没结束，明天带上家人，叫上朋友，一起再来好好地逛一逛动物园！

老秦收到一堆好评，高兴坏了，到最后只会笑着点头说“好”“谢谢”。埋头苦干大半辈子，一切都变得值得了。

送走全部的游客，秦怀远又被陈胜利几人围住。从大年初一开始，他们使尽浑身解数，拿出看家本领，统统不管用，宝藏是真的找不到了，也不消想去拥有它了：“您大发慈悲，拿出来给我们看一眼吧。”

秦怀远很是满意后辈们的态度，神秘地笑了两声，公布最后一条线索：“黑森林馆，闪电那个外场，栖架左侧比较粗一点儿的木头里。”

众人大呼超纲！虽然线索一直提示猛兽出没、暗影闪烁什么的，可是放到豹子住的地方，谁敢去找啊！

时旭站出来帮姐夫说话：“饲养员每天早晚都要打扫外场，那个时候，动物都在内舍休息，自己脑子不灵光，怪谁呢？”

秦怀远也解释道：“最初做了那么多爪印，就是比照着闪电的爪子做的，怎么玩到最后，你们反而忘了是怎么开始的？”

寻宝小组：“……”好狡猾的老头子！今年我们认输了，明年再战！

陈胜利特地开一辆复古小火车外形的观光车，载上小伙伴们，去黑森林馆拿那条至关重要的线索，一起开宝箱，共享宝藏。

时旭评价孩子们：“不错，至少更团结了。”

秦初晗背着手，上前跟老父亲打听：“宝藏到底是什么？”

秦怀远卖关子：“自己跟上去看看不就知道了。”

秦初晗摇头拒绝："您这藏宝游戏，最有意思的部分就是找，宝藏都特别平平无奇，小学门口买的宝石糖、山寨美少女战士变身棒……您妥妥的糊弄学大师。今年参与的人多，延续时间长，您肯定会弄一些跟动物园相关，看起来比较有纪念意义的东西。我猜是您刚做园长时在动物园里拍的那些照片？"

时旭转过身去，笑得肩膀直颤。

秦怀远被女儿无情拆穿，成就感顿时少了一半："十几二十年前的动物园照片，没有意义吗？"

秦初晗在园里长大的，本身就是见证者，不过："有啊，陈胜利肯定当宝贝。"她将藏在身后的第一张线索画拿出来，交到老父亲手里，"给您特别设置的惊喜，我的智商只能做到这个程度了，您别嫌弃，花不了多长时间，请根据图画上的指引找到您的新年礼物。"

时旭眼馋了："没有舅舅的份吗？"时昊那个臭小子沉迷于寻宝，都没想着准备点儿什么孝敬爹妈，还是女儿好啊！

秦初晗耸肩："要不您先回家看看？"

于是正月十五的这天晚上，老秦骑着他几近报废的自行车，根据女儿的图画提示穿梭在各个馆舍里。

秦初晗设计寻宝线索的能力确实不行，基本直来直去，努力孵蛋的企鹅、不管上哪儿都要叼着崽的花豹、用自己的血液当营养喂给雏鸟的红鹳……每一张都在讲述动物养育孩子的辛苦。不过胜在画得好，彩色的铅笔素描，每张都可以裱起来挂在家里做装饰。

最后，秦怀远在水族馆的虎鲸水舍找到了女儿准备的新年礼物——一台他想了很久、一直没舍得买的单反相机。相机下面还有一张卡片，上面写着：很荣幸成为您的女儿。老秦，你永远是我的骄傲！比心，爱你哟！

4

二月过得很快，上班族回到朝九晚五的上班状态，学生也快开学了，动物园的热度慢慢降下来。

倒是秦初晗这边，各种社交活动越发频繁，光是来自海市阔太太和名媛的派对邀请函就收到了十来封，真的很夸张！

"那你去了吗？"早上九点，祁应琛结束晨跑，在早餐时间和女朋友打电话。

秦初晗发出咬牙切齿的哼笑："去了，都去了。我以为自己是个大忽悠，能哄得有钱太太小姐们加入我的项目，去了之后才发现，她们早就有相关方面的想法，还都想借用山海野生动物园的名气。”秦励说得没错，有钱人真的好喜欢做慈善，尤其是有关小动物的慈善，显得自己特别有爱心还是怎么的？

祁应琛给她捋思路：“你把山海野生动物园的名气借出去，有钱太太和千金小姐出钱出力，不是很好吗？”

“不好。”秦初晗想都没想就拒绝了，“聚会上我试探过她们，空有一腔热情，觉得把钱花到位就可以了，对动物园的现状毫无了解，几年都难得逛一次。跟她们合作是可以的，但主导权必须在我手里，不然我无法确定她们会拉什么乱七八糟的合伙人进来，哪一环出问题，后果都会由动物园来承担。”

有钱人做投资不过是打发时间，他们家底雄厚，容错率高，几百万对于他们来说可能还不够一年的零花。但秦初晗没这样的本钱。她抛头露面搞社交，把自己一个社恐深宅硬生生逼成派对小达人，图什么？

三十岁目标：累积，不断地累积，想方设法累积，直至在山海集团的年终总结大会上坐到第一排！到时候再来谈山海野生动物园的股权，看似不可能的事也就有了实现的可能。

“不过我还是有收获的。”秦初晗跟男朋友做近期聚会小结，“经过我的不懈努力，终于在这些五花八门的聚会上认识了一位非常有才华的珠宝设计师，世界顶级艺术大学毕业，给大奢侈品 H 家的首席设计师做过实习生，在橙色软件上有自己的品牌店，我去逛过，每件首饰都很巧妙，而且没有一味追求珠宝的奢华昂贵。”这很符合她做轻奢饰品线的理念。

祁应琛只问：“需要投资吗？”

秦初晗愣了下，无意中扫到后视镜里自己有些局促的脸。她装作不以为意地洒脱笑笑，反过来安慰对方：“对你女朋友有点儿信心，想跟我合作的人多着呢！”

祁应琛不勉强。反正他一直在，随时提供专业的动物知识，还有源源不断的资金支持。

秦初晗抬头看了一眼近在眼前的机场，对他交代了一声：“江城到南城，飞行时长一小时五十分钟，不远的。”

祁应琛让她平稳降落后给自己发个信息，当然，打电话就更好了。

秦初晗口无遮拦地开玩笑：“要是降落得不平稳呢？”怎么样才算平稳啊？机轮触地的时候总是要震几下的。

身在帝都的祁教授立刻垮下脸来。

车里，坐在后排的司徒畅和林笙，以及开车的顾词，整整齐齐地嚷：“珑寻老师，开年第一次公费出差，求求您，说点儿好的吧！”

动物园也是有协会的，而且定期举办活动、开名家讲座，给各园的饲养员做培训。每年年初，动协都会组织一次业内聚会，以便经营动物园的大家交流经验，互通有无。这次聚会定在南城，由当地的动物园方安排食宿和三天两夜的行程。

往年山海野生动物园的代表都是时旭和时昊父子俩，今年协会主席亲自致电老秦，说什么也要见见他化腐朽为神奇的亲闺女。秦初晗压根儿没推托，到了日子，就带上文创团队的三人前往。这可比富太太的社交派对有趣多了。南城位于西南地区，山清水秀，5A景区几乎把这座城包围，到处是玩儿的地方，权当年后给自己放小假了。

林笙他们也挺兴奋的，飞机上一直在聊，从山海野生动物园隔三岔五上热搜，到文创店有声有色的进展，再到前些天泡面番十三秒预告燃到出圈，几个大的视频平台陆续有接触，想要独播权……闹腾得不行，还说这次去南城，到了聚会上肯定是焦点，最后的大合照还要站C位。

秦初晗示意他们低调点儿，国内多的是优秀动物园，远的就不说了，就说江城隔壁的海市动物园，那可是山海野生动物园永远的老大哥！

大家都在寻求改变，想把自家动物园做好，养好园里的每一只动物，给每一位游客留下深刻的美好的印象。只要是奔着好的方向去，秦初晗很愿意分享她这半年多累积的经验。

临近中午，飞机在南城降落。

主办方派了一辆小巴来接这个时间段从全国各地赶来的同人们。秦初晗他们上了车，周围全是熟面孔。

海市动物园的园长周书铭稳稳当当地坐在里面，问她："老秦呢？"

秦初晗撇撇嘴，答："看家呢！对不住了各位，今年小秦当代表和大伙儿聚！"

南城是座内秀的小城，常住人口百万，城建做得极好。动物园位于城西大道旁，从市中心步行过去用不了十分钟。全园占地面积不足十万平方米，只有山海野生动物园的七分之一。但它有个优势是其他动物园不能比的，全国数一数二的金丝猴研究基地就在这里。

因为南城附近有多个5A级景区，旅游业发达，这次又得到当地房地产开发商资助，主办方便包下了位于城郊半山上的度假酒店给大家住。酒店设施一应俱全，站在任意房间的阳台上，不但可以看到半座城市的风景，还能将山脚下的动物园尽收眼底。

秦初晗和林笙住一个标间，顾词和司徒畅住隔壁。

放好行李，在二楼餐厅吃完午饭，距离下午五点正式集合还有好几个小时，海市动物园的周书铭就按捺不住了：走，逛他们家动物园去！

不过林笙馋酒店的天然温泉，顾词和司徒畅想去赶个贺岁档的尾巴。秦初晗也不勉强他们，挥手放行，陪老头子逛动物园这么枯燥乏味的事，就由她独自承担好了。

阴雨天持续了半个月，细雨绵绵不绝，将这座小城包裹起来。空气里弥漫着寒冷的雾气，倒春寒的威力不容小觑。也就秦初晗和周园长这样的动物园从业者，会选在冷冰冰、湿漉漉的日子游园。

南城动物园是一座园中园，外面为市民活动的开放式休闲公园，想进动物园得往深处走。园门不大，不注意的话很容易错过。单人票价十元，相当低廉。秦初晗用微信扫码，比掏钱包的周书铭动作快。

进了园，首先映入眼帘的是一条宽约五米的走道，两侧是宽阔的草坪，种着树，边缘用一米多高的木栏围了一圈。从简介栏得知，这是梅花鹿场，就这一个品种，混着两匹不知打哪儿来的斑马。这会儿天太冷了，还下着细雨，估摸着鹿和马都在内舍挤着取暖呢。

周园长送上专业点评：别的不说，这绿植是很不错的。

秦初晗只管点头。逛小城市的动物园，不用抱太大的希望。南城动物园的规模摆在这里，来之前她就问过酒店前台，园内最大的看点是孔雀园和金丝猴馆，至于猛兽嘛，只有一头黑熊，老虎前年就死了。

穿过梅花鹿场，一路上都是老旧的笼舍，里面养着单只的动物，黑叶长尾猴、珍珠鸡、长尾豪猪、狐獴……杂七杂八的，完全不做分类。大部分笼舍还是四四方方的单间平房，面朝游客的那一面用实心铁栏杆焊死，冬天冷，夏天热，挡不了风，下雨天还会积水……这种落后的居住条件，随便什么动物都不可能住得舒服。动物们的状态很差，加上气温低，它们几乎都缩在角落里一动不动，连取暖的稻草都没有。

周书铭最见不得这个，频频皱眉，手背在身后，看一间就摇一次头。

秦初晗跟在身后不敢说话，也不愿意往笼舍里多瞄——赶上阴雨天，这画面要多压抑有多压抑。她甚至听不到它们哼哼。可这就是绝大多数小城市动物园的现状。常年拉不到投资，靠政府补贴过活，人都没有太多的盼头，更别说动物们了……

好在过了这个区域，来到金丝猴馆，馆舍环境明显好了起来。不，应该说放到国内都是先进水平。非要找个对比的话，秦初晗觉得眼前这座层次分明、宽大敞亮、外部还有三分之一复合玻璃面的全封闭馆，足以跟山海野生动物园的小熊猫馆比肩。馆里养了一群毛发健康的金丝猴，它们在栖架上、假山上、树上玩耍和进食，惬意得不得了。

周书铭面色稍缓，这才想起身后还跟了个小友，回头看去，想用缓和的语气建议说“进去看看”，就听到远处传来急躁的呵斥声——

“老张，你给我出来！快出来！怎么说不听呢？熊坑是人能进去的？！”

人跑进熊坑里了？这弄不好可是会出大事的！

"去看看！"周书铭刚舒展的眉头重新拧起，循声快步走过去。

听到"熊坑"两个字，秦初晗几乎是条件反射般地，脑子里立刻浮现出直面李奉献的情景。她和伍衡还情有可原，是被设计的，今天又是怎么回事儿？这人啊，就是太嚣张傲慢了，总往危险的地方钻，觉得没事，全世界我们人类最猛最强！秦初晗跟在周书铭身后，腹诽了一路。

熊坑在金丝猴馆斜对面，两边直线距离最多不超过一百米，环境却是天差地别。它和山海野生动物园最老的那个坑如出一辙，只规模稍小一些，是完整的下陷式圆形坑，对称的两端各开了一个半圆形的门洞，一边是饲养员进出口，另一边是熊的内舍，门洞上还安装了结实的铁门。这两道门很好区别，要是熊在外场，打开铁门的那边就是它的内舍，关闭的那道铁门里面就是饲养员的操作房。这样的设计其实存在很大的风险，总会有人和熊共处一室的时候。

秦初晗和周书铭走过来，往下一看，圆坑里，粗制滥造的水槽和搪瓷盆贴墙摆放，唯一的丰容是一个锈迹斑斑的跷跷板，一位看上去四十多岁的中年男人正躬身站在内舍的门洞下面，将一捆干燥的稻草打开铺好，而他的身后跟着一头黑熊，目测站起来肯定比秦初晗高！然而中年男人当黑熊不存在，专注地铺着稻草。黑熊跟在他屁股后面，一会儿用鼻子碰碰他的雨靴，一会儿探出几厘米长的爪子玩儿似的戳一下他腋下的痒痒肉。

他们的身后，饲养员进出口那端，一个年轻人站在铁门里心急火燎地冲他喊："老张，你给我回来！出事了谁负责？！"

人和熊都没搭理年轻人，头都没回。

秦初晗还听见中年男人对黑熊说："成天担心出事，出事了上个新闻给你们热闹热闹，没准还能吸引游客呢，是吧？"说完回首看了身后的大家伙一眼。

黑熊冲他昂脑袋，闷声反驳："胡说什么呢，我还能害你啊？！"

中年男人自言自语道："这几天降温，我特地去乡下给你找的干稻草，高兴吧？再过段时间，我就不能来看你了，你要好好照顾自己。这次动协聚会在我们园办是有原因的，等其他园的领导们来了，你乖一点儿，好好表现，没准被哪个大园看上，以后就能过上好日子了。"

黑熊低下头，脑门贴在他的小腿肚上，说："我哪儿也不去，就在这里，你要好好的，等你康复了，还回来管我。"

秦初晗看清楚了，也听清楚了，人和熊是有交流的，语言不通，感情却很深。

身旁，周书铭观察了一会儿，悬着的心稍稍放下，对她道：“这饲养员和熊很亲，没准是一手带大的。”

小城市的动物园就是这样，饲养员自觉和动物熟悉了，不会完全遵照相关操作守则来。

秦初晗点头说“是”，又向老周打听：“这次活动办在南城，是有什么特殊原因吗？”

往年的聚会大多在大省省会城市——一群业内人士聚在一起，逛动物园是必不可少的项目，好的动物园通常都在省会城市，逛着也舒心惬意——今年却选择了各方面不咋的的南城。虽然四周都是5A级景区，但他们也不是专程来旅游打卡的呀。

“我还以为你不会问。”周书铭还真知道些许内情，“今年选小城市，是协会的陈会长要求的。你也看到了，小城市的动物园普遍是这个样子，南城还算好的，有个金丝猴研究基地，小猴子养得是真不错，环境也好，时时有科研人员照顾着。其他的笼舍简直没眼看，就面前这个，你多久没见过这样的熊坑了？”

秦初晗被问住了，结结巴巴道：“我们家熊坑也还在，不过……”

托土豪老刘的福，熊馆是改了又改，建了又建，丰容都做了好几轮。跟这儿比起来，山海野生动物园的熊坑简直是天堂！

周书铭扬起灰白色的眉毛，加重语气：“他们穷啊！”

陈会长去年几乎跑遍了全国的动物园，发现小城市动物园的情况很糟糕，天天都面临着倒闭危机，动物们活得那叫一个水深火热。

“年前老陈在电话里跟我说了他的想法，咱们这行跟其他行业不同，不存在特别激烈的竞争关系，能进这一行，还能干得长久的，都是心中有爱。所以这次安排在南城，就是为了开个头，想着家大业大的帮帮这些小动物园。”

在来南城前，陈会长已经和南城的领导以及动物园方沟通好了。最好的情况是，南城动物园只保留门口的梅花鹿场、金丝猴研究基地和孔雀园，其他的动物都转移到条件好的动物园里去。这样一方面能减轻动物园的经济压力，另一方面，现在都在提倡不买动物、少买动物，有这么个现成的渠道扩充动物园的看点，一举两得不是？

秦初晗反应过来了：“怪不得吃完饭您急匆匆拉我来这儿。”

“我在老陈那儿领了指标，不完成，回头他得批评我。”周书铭似笑非笑，眼里有着光，侧倚在熊坑边的石护栏上，用下巴指了指坑里那头黑熊，“运送动物的费用咱们自己出，你年纪小，让你先选。”

山海野生动物园有钱，文创店开得有声有色，线上收入保守估计天天过百万，还跨界做了动画片，一众搞动物园的老同志难望其项背，只有羡慕的份。

秦初晗干巴巴地笑了两声：“合着您是拉我来当冤大头的！”

“别这么说。”周书铭一脸淡定，表情就跟她在派对上想方设法忽悠富太太给自己投资的时候一模一样，“这园子咱们也转了大半，我瞧着那两只黑叶长尾猴还不错，你可以放到你们那小岛上，我没记错的话，有个单独的狐獴岛对吧？岛上那群排外不？还有珍珠鸡，散养在鹿苑里绝对好看！哦，差点儿忘了，你们那百鸟园搞得是真好！”

秦初晗连忙打断：“您等等，再让您说下去，这地儿都让我包圆了，也得给其他动物园表现的机会对不对？”

“有道理，咱们去看看孔雀园？”

“不是说孔雀园要保留下来吗……”

“他保留他的，不影响我们看啊。我跟你说，这园子里有两只白孔雀，你们那儿没有吧？我们园里也没有！”

秦初晗被周书铭拽着臂膀，非要到孔雀园看个新鲜。

离开熊坑时，那位张师傅抱着稻草直接钻熊舍里去了，黑熊坐在门口，像在帮他守门。先前着急上火不停嚷嚷的年轻人不见了，大抵去叫帮手了吧。秦初晗瞥着，想起刚才人和熊的对话，总是有些放心不下……

下午五点，聚会人员全员到齐。七八十位动物园从业者在酒店的会议厅打了照面，加了微信，聊自家动物园春节期间的客流营收。

南城的领导相当重视这次活动，给在场每人都发了南城宣传手册和金丝猴基地的简介。那宣传手册做得跟旅游指南似的，写的都不在重点上。

今天主要是签到集合，正式活动明天早上才开始。秦初晗婉拒了周书铭的茶局，抱着一堆零食去泡露天温泉解乏，顺便跟男朋友打电话吐槽：“晚饭时见到了南城动物园的园长，特别精明的一个人……那金丝猴馆跟我们小熊猫馆有一拼，还有建在馆后面的研究中心，外观高端大气上档次……稍微拨点儿钱给其他动物弄个爬架，把观展那一面换成玻璃，不难吧？我跟老周在园子里逛了一个多小时，只在熊坑见到饲养员。可能其他人知道要把动物送走了，都懒得再花心思了……其实我也觉得他们动物园做这个决定是对的，我心甘情愿当冤大头，那些动物的情况太糟糕了！我就是有一点弄不明白，也没来得及问，长尾猴的栖息地在热带雨林、狐獴住在非洲，我没记错吧？还有，你绝对想不到，这巴掌大的动物园居然有只大食蚁兽！到底怎么弄过来的？你说你有本事把动物天南海北地攒到一个地方，你倒是给我好好养啊！！！”

“小城市的动物园都是这样，国外的一些私人动物园更离谱。”祁应琛看得太多了，已

经学会让自己尽量平静地去面对这些，愤怒改变不了任何事。

秦初晗拆了津威的塑封，一口气干掉两瓶，打出一个嗝，胸口没那么堵了。然后她就想起那头黑熊："以前总说人和动物要保持距离，那样对动物好，可是今天看了那头熊……怎么说呢，饲养员是它唯一的指望，可他们必然会分开……真够虐心的。"

秦初晗大学考到帝都后，没事就去逛动物园。那是国内首屈一指的动物园，园区环境、动物种类、科研保护等方方面面都保持着世界领先水平。还有海市动物园，业界的标杆，她常去，老周待她就跟亲闺女似的。秦初晗始终生活在这样的环境里，和动物园分不开。

她其实一直知道，有那么一批不好的动物园，环境简陋，设施陈旧，一年四季被死气沉沉的阴霾笼罩，住在里面的动物整体不健康，比死还难受。但她管不了那么多……山海野生动物园看上去很好，集团旗下的动物园，占着那么大的地盘，却仍然有这样那样的不足。自己家都顾不过来，哪儿有多余的心思去扶贫？她扶得过来吗？

本以为这次动协聚会重在经验交流，秦初晗打定主意来吃吃喝喝，还准备活动结束后去周边景区玩个痛快。没想到陈会长把这次聚会当帮扶试点。

有能力的大园帮濒临倒闭的小园分担，这无可厚非。如果他们自己都藐视动物的生存境况，那可真是离完蛋不远了。真正让秦初晗气愤的是这些小动物园的不作为！这么冷的阴雨天，只有一位饲养员想着弄点儿干燥的稻草给黑熊取暖，其他人哪儿去了？南城动物园的领导有能力把同僚们安排在全市最好的度假酒店居住，却没办法给动物们创造稍微舒适一点儿的条件？不，他们可以的，只是选择性忽略了。就跟秦初晗有选择性地逛好的动物园一样。可是，坏的那部分，只要不看到，就可以当作不存在吗？

"我和帮凶有什么区别……"她搞不懂了，为此感到迷茫和沮丧。

电话那端，祁应琛沉默了很久，开口道："人都会有逃避心理，明知道那些动物园不好，自己又无法改变什么，就算勇敢地直面它，花一整天时间去逛完那里，除了难过，除了徒增负面情绪，没有任何意义。很多事情不是一个人能左右的，你已经做得很好了。你要清楚，这不是你的错。"

秦初晗调整了一夜，第二天就把心态摆正过来了。这确实不是她的错，这是人类的贪欲和不作为导致的糟糕结果。不过既然她来了，看到了，她就不会视而不见！

吃早餐的时候，林笙提醒她上午的经验交流座谈会要上台发言，问她准备好了没。秦初晗先是愣了下，抬头一望，正好看到南城动物园的王园长带着两个下属走进来，西装笔挺，笑容灿烂，像朵沐浴着残阳的交际花，挨桌问大家吃得怎么样，昨晚休息得好不好。

秦初晗：你怎么不关心关心你家动物昨天晚上睡得好不好？这个点儿，老秦都在园里逛了大半圈了！这才是动物园园长正确的打开方式好吗！

“放心，我心里有数。”赶在王园长走到自己这桌前，秦初晗把筷子啪地拍在桌上，站起来走了。

顾词被她这一下拍得直缩脖子:“不对劲啊小伙伴们,咱们小秦总监杀气十足有没有？”

司徒畅正在微信上催伍衡拍点儿今天的园中动物美照，一会儿发官博，就见伍衡问他出差顺利否，小秦总监有没有暴怒，好像早有预料。

司徒畅纳闷：“刚怒了，你怎么知道的？”

伍衡：“南城这个园长我刚好认识，跟我叔一个型儿的，以前动协聚会都在有大动物园的城市，这次安排在南城，肯定有别的目的，再加上一群人搞虚假商业互吹，秦初晗最见不得这些，你看着吧，她肯定炸，而且专挑隆重场合炸。”

司徒畅：“……”

吃完早餐，大家照例先逛本地动物园。今天依旧是阴雨天，动物园和昨天一样了无生气，一个游人都没有。不过与会人员所经之处还是带起了一片欢声笑语。粉饰太平谁不会？把问题说出来还得罪人，何必呢？

直到到了金丝猴馆和孔雀园，话题才终于回归动物本身——

“看看这些小猴子，一个个活蹦乱跳，可爱非常！”

“养得真好啊……”

“好家伙，绿孔雀是真好看！”

“白孔雀的羽毛打理得干净漂亮，平时一定上心照顾着吧？”

……

秦初晗像个异类，全程走在队伍最后，跟谁都聊不到一块儿。

看完了，众人启程回酒店，宴会厅里拉了“动协第 ×× 次经验交流活动”的横幅，每张桌子上都准备了茶水和点心，还摆放了动物主题的玩偶，搞得挺像那么回事儿。

会长、副会长、几个大动物园的管理者、正儿八经的动物园设计师依次做了发言后，轮到秦初晗这个后起之秀上台讲话。她不推辞，亦不窘迫，在一阵热烈的掌声中面带笑容地走到发言台前，双手撑着台边，慢悠悠地讲起来——

“诸位都是老前辈，还有看着我长大的，我也不敢班门弄斧，就说说我的入行体验吧。准确地说，我是在去年十月正式进入动物园这一行的。原因大家都知道，过程我就不赘述了。

“我觉得动物园这一行真难，要实现盈利，要让游客逛完了觉得意犹未尽下次再来……但最重要的，还是把动物养好。

“文创店的收益稳定下来了，攒一部分存着应急，攒一部分留着装修体验馆，剩下的大半都要花在刀刃上。昨天在飞机上，我就拿着记事本排先后顺序。

“首先是河马馆的恒温自净循环系统，答应了好多年，这件事必须在三月份搞定。然后是象馆，得赶在夏天来临前把人造瀑布修起来，瀑布边上再造一个泥潭。想到小纯洁在泥潭里打滚撒欢的样子，我就忍不住姨母笑。哦对了，小纯洁是去年秋天出生的小象，很可爱，大象皮肤厚，褶皱多，就靠滚泥来驱虫……我又班门弄斧了，这些知识，在座各位肯定比我清楚。我这叫家长心理，好不容易挣点儿钱，就想把最好的给孩子。

“继续说啊，我们狮园外场的绿植是时候重新丰富一下了。听那边的饲养员说，最近它们那群动静挺大的，兴许过一阵子会传来好消息。我想着，要是真有狮宝宝就好了，如此一来，我又有借口出周边，光明正大挣奶粉钱……

“还有我们那个梧桐叶子湖，九座小岛处于待开发状态，岛上安置哪些动物是早就定下来的，奈何拿不出钱修建馆舍，只能先摆在那里。

“其实早在十几年前，山海野生动物园就实现自负盈亏了，集团是不管的，凡事得我们自己想办法。我爸常跟我说，没有条件，就想方设法去创造条件，总靠别人，能靠到几时呢？所以在我爸的带领下，他们那一代老山动人的动手能力特别强。打个比方，狮园第一座栖架用的是园里的一棵老树。树被虫蛀死了，饲养员把它连根拔起，做完驱虫，修修剪剪弄出样子，摆到外场，现在那还是狮王的宝座，别的公狮靠近会被打。

“每年市里的部分中小学会组织来动物园春游，他们也是一部分潜在劳动力。我爸跟学校沟通过后，校车会先把孩子们载到隔壁的森林公园，在老师的带领下捡树枝、落叶、形状好看的小石头。做什么呢？拿到动物园来，那些都是丰容材料。

“我们还去过汽车修理厂，用最低的价格买一大堆废旧轮胎回来，做秋千，做痒痒挠，做爬架装饰……办法是人想出来的嘛。我在我爸身上学到很多，最受益的一点，就是不能忘记初心。

“我呢，自己会画画，借着去年动物园发生的风口浪尖的那些事，把口碑逆转过来，都是耍小聪明。唠叨这么多，我就是感叹，毕业以后入了社会才知道大风刮不来钱，何况还是动物园这一行，没点儿信念真做不下去。而要是缺乏信念，我认为是不配做这一行的。动物们一开始各有各的栖息地，我们通过各种途径把它们弄到动物园里，我们就成了它们唯一的指望。

“这半年多，山海野生动物园总上热搜，同行看我都会说，秦初晗你能耐了，搞文创赚了不少钱吧？但赚钱没有错，大家都想赚钱，有钱才能把动物园搞得有声有色。

“总结下来，就是做动物园要以动物为本。帝都动物园的一位老师曾经说过：‘动物园的核心目标是物种保护，核心行动应是实现积极的动物福利。’我入行时间短，但一直把这句话当作职业座右铭，分享给大家共勉！

“我说完了，谢谢。”

秦初晗这番话表达了三个意思：首先，我确实能赚钱，但我自己家孩子都不够用；其次，我们家也穷过，但穷的时候也没忘记给动物们创造条件，那是想方设法竭尽所能；最后也是最重要的一点，以动物为本，坚守信念，勿忘初心！

她一身坦然地走下台，回到自己的座位上，目不斜视，坐姿端正。

全场静默好几秒，周书铭忍着笑带头鼓掌，其他人回过神来，也跟着鼓掌。啪啪啪的掌声像在抽耳光，不知道谁被打疼了，谁被打了还不自知。

陈会长到底是见惯风浪的人物，走到台上拿起话筒，顺势把话题往行业内一带，说环境艰难，大家更要互相帮助，南城动物园的现状都了解了，眼下还有这么一个情况……

秦初晗一通发言把人全得罪完了。到了午饭时间，她还特地让顾问他们三个找地儿坐，她自己给餐碟堆满吃的，在窗边的卡座潇洒地落座——坐等正义之士和她共进午餐！

周书铭懂她的意思，拉着明显不乐意的陈季游坐到她对面，笑着调侃：“你可真行啊，一上去就把我们全部的人训得灰头土脸的。”

秦初晗拿牙签戳了一块梨塞嘴里，嚼啊嚼：“我年轻气盛。”

周书铭被一口茶水呛得直咳嗽，陈季游脸色也更难看了。这位也是看着秦初晗长大的，面冷心热届的代表人物。

秦初晗瞥了陈会长一眼，眼里带着怯：“没有训谁的意思，我有什么资格训别人啊……我就是生气！”

陈季游垮着脸问：“说说，气什么？”

“气大家和稀泥的态度。”秦初晗气鼓鼓地垂着眼，“还有南城动物园那个王园长，左右逢源，整个一重利的奸商！这种人，不管给他多少钱，他都不会用在动物身上。别的就不说了，我们住酒店，标间一晚上六百八十八，自助餐单人一百八十八，明天还要去景区爬山采风，七八十人三天的总开销算下来也是好几十万了！有这个钱，为什么不给他们家动物搞搞生活环境？我们是动物园协会，又不是作家协会，采的哪门子的风啊？爬完山还得回来写篇游记抒发感想，说山里风景确实好，就是没看到动物们出来活动有点儿遗憾呢！假不假？有意思吗？随处可见的问题没提出来，这叫助纣为虐！”

她一口气说完，心里总算痛快了点儿，抬起头看对面那二位，反应过来了，脖子一缩，小声叨叨：“这可是您让我说的……”本来没想说，她自己憋着消化呢。

周书铭见她这个样子，转开脸去笑。确实没说错，每句话都说在点子上，他们这些当领导的都视而不见，可不就是助纣为虐吗？

陈季游也快绷不住了，演了许多年的大黑脸今天怕是要栽啊……

秦初晗审时度势，脸上堆出讨好的笑，先给自己邀个功：“后来您说要认领他们动物园的动物，我多积极啊，第一个响应，连他们饲养员我都愿意接过去，包食宿，缴齐五险一金，不定期提供免费培训，还有各种补贴，年终奖丰厚！”

周书铭一语道破：“你是看上昨天在熊坑里铺稻草的那位老师傅了吧？”

“老师傅有经验！”秦初晗理直气壮。

陈季游“啧”了一声，欲言又止。

周书铭当他的代言人，把问题点出来：“你擅自把饲养员的门槛提得那么高，让其他条件没那么好的同行怎么办？你知道你陈伯伯为了促成这件事花了多少心思，做了多少准备吗？大家一见是这么个情况，下次不来了怎么办？”

秦初晗抿着嘴，不甘心地忍了忍，还是忍不住：“南城这个动物园，动物们逐一送出去之后，就该裁员了。老张师傅打心底里记挂着那头黑熊，那就是信念，是初心！要是这么好的饲养员都不配享受好福利，还做什么动物园？”她就是要卷起来，“我觉得，想要整个行业越来越好，就得做出典范，打破公众对我们这一行又苦又累为爱发电的刻板印象，让大家知道，进了我们这一行，只要做得好，也能年薪几十万，有车有房，让从业者有个奔头。我不怕当出头鸟，你们当众批评我，拿我当反面教材，说我挣点儿钱就飘了，狂妄不知天高地厚都行……只要你们舍得吧。”

“舍不得，舍不得。”周书铭亲自给世侄女倒茶，对身旁那个黑脸的表态，“我已经被说服了。”

实则，秦初晗每句话都说到了陈季游的心坎儿里。这么些年，孙子似的哄着这些业内大头，他也累了，不如就像秦初晗说的那样，直接卷起来。以后要是还有这种大园帮扶小园的活动，爱来不来！回头发微博表扬一下，让公众和网友看看清楚，哪些人在做实事，哪些人在和稀泥。

他低着头，神情复杂地思量着，许久，嘴一张，愤愤地说：“不说了，就这么办！”

秦初晗和周书铭面面相觑，就这么办是怎么办？

陈季游拿起筷子，把餐碟里最靓的一块红烧排骨夹起来，放到世侄女的碟子里：“吃！”

这天之后的活动比较松散，就在酒店里展开小座谈会，搞经验交流，其实就是找个茶室、禅房、清静的小院子坐下来泡杯茶，边喝边聊。秦初晗对这种扯淡的活动丝毫提不起兴趣，加上早先那番发言确实得罪人，也没人主动邀请，她倒乐得轻松。

午休时间，她跟老秦联系，汇报工作，忽略自己怼了全世界的那部分，只说动物移交。

年前陈季游就给秦怀远打了预防针，这事他是知道的。他在电话里吩咐女儿好好做，不要挑动物，馆舍安排他这边会协调好。

秦初晗："您放心吧，我多理智的人，服从集体，融入集体，跟大家相处得别提多愉快了！"

秦怀远也没怀疑。

下午雨停了，秦初晗本来想去看看那头黑熊，要是能遇到张师傅就更好了。刚到酒店大厅，她接到陈季游的电话，让她到酒店四楼的小花园喝茶，顺便跟其他园的领导聊聊动物们分配的问题，还是周书铭那句话，她年纪小，让她先选。

会长亲自致电叫参加活动，明着给她撑腰，这面子必须给。秦初晗去之前还特地跑到餐厅买了几份点心水果，笑呵呵地走进花园里，叔叔伯伯地叫一叫……俗话说得好，伸手不打笑脸人，她先把表面工作做到位了，再跟她一个晚辈计较，反而显得老家伙们心胸狭窄。

明面上，陈季游一碗水端得平，把工作安排妥善，又讲了几句场面话——

"动物园员工的福利确实该搞一搞，总是为爱发电，都没有年轻人愿意干这个，行业要是断层的话，只会越做越差。也别总喊穷，全世界那么多家动物园，为什么有的能做成行业先锋，就你年年亏损？时代在进步，我们这些做动物园的要与时俱进，推陈出新，不要怕失败。

"这一点秦初晗就做得很好。别看她开文创店就只盯着她赚了多少钱，文创文创，要有文化创意！那店里每样设计都和动物有关，尤其是陶瓷摆件，都是有科普意义的。这钱挣之有道，该她挣！但是小秦你那脾气也得改改，不是所有动物园都有你们山海野生动物园那样的底子，就算你们集团放手不管，单论规模，也是全国数一数二的。

"把大家聚在一起，就是为了互相学习进步。动物和人一样，你得用心对待。有一句话秦初晗说得很对，它们在动物园里，你作为动物园的管理者，就成了它们唯一的指望。这个行业不同于其他，要对得起自己的良心。"

下午的经验交流搞得还算圆满，南城动物园两百多只动物有了新的归宿，山海野生动物园的熊馆条件好，饲养经验丰富，那头七岁的黑熊就归秦初晗管了。至于老张还有其他饲养员，陈季游已经让人跟王园长接触，全看个人意愿。

第二天协会组织去市郊的5A风景区游玩。南方的山和水真不是吹的，放眼望去全是层层叠叠的绿，美得磅礴大气，缆车就在缭绕的云雾间穿行，犹如置身仙境。

玩了一整天，大家都放松下来，不像前两日那样拘谨。直到离开景区，坐上回市区酒店的大巴，全程陪同游览的王园长突然接到电话，说是不好了，出大事了，还上了微博——熊吃人了！

山里信号不好，秦初晗他们坐的大巴快到南城时，手机才连上网络，看到那段传疯了的视频……

5

阴沉的天空下，饲养员老张于下午五点准时来到熊坑，他穿着雨靴，拿着长扫帚，开始打扫。年轻健康的黑熊跟在他屁股后面，一人一熊保持着不到一米的距离，不难看出两者的关系是和谐的，连潜在危险都不存在。

老张从进到熊坑开始，一直在对熊说着什么，或许是日常唠嗑吧。他神色温和，打扫的动作不急不躁，对一切都很有数的模样，连带着那头黑熊都格外温顺，看起来很喜欢与他待在一起。老张不时会回头看看它，像是确定它有没有在听。可是说着说着，他的表情陡然变得悲伤，似笑似哭地望着熊——欣慰的笑容是给它的，欲哭无泪的原因则在于自己。

黑熊昂首凝望他，专注地听他说着，眼里隐约起着变化。

老张说完了，抱歉地冲它笑笑，仿佛在说“对不起啊，又对你诉苦了”。然后他拿着扫帚转过身，弯腰去扫地面上的积水。

就在这时，黑熊忽然站立起来，一步一步向他靠近。

老张转过身，和熊面对面，形成对峙的局面。

但是很奇怪，画面中看着根本感觉不到任何危险。

老张看黑熊眼巴巴地望着自己，并未表现出任何害怕的样子，先是愣了愣，旋即弯起眼对它笑，还伸手挠着它皮毛厚实的侧颈。然后他收回手，做了个深呼吸，对它说了句什么。下一刻，黑熊忽然仰头咆哮，猛地伸出前肢将他扑倒！

老张向后仰倒，头磕在身后那座爬满铁锈的跷跷板的尖锐部分。刺目的血液从伤处缓慢向外蔓延开，他瞪大眼睛，半张着嘴，不住地抽搐起来。

黑熊来到他身侧，不断用鼻头触碰他的脸。它无措地摇头晃脑，围着老张绕圈。

就这样过了大约三分钟、五分钟……或者更长的时间，天色由灰到黑，熊坑边缘的路灯亮起，终于有人发现这里出了事。越来越多的人赶过来，越来越多的人影在周围晃动。

黑熊瞬间醒神，张开血盆大口咬住老张的手腕，狠狠地用力撕咬、拉扯……在几乎要将老张的手成功咬断前，它又松了口，收回猛兽可怖的姿态，像只忠诚的乖狗狗，安静地趴在他身边。

这一刻，世界静止了。

忽然流出的熊吃人视频一下子就在网上发酵开了。更有本地人直言，这个动物园就是个老破小，长期存在诸多安全隐患，到今天才出事算他们运气好！

可看过视频后，人们又觉得事情没那么简单。那头熊和饲养员是有交流的，先前的相处那么和谐，怎么会突然发起攻击呢？还有，这也不能算真正意义上的吃人，熊在扑饲养员之前明显看得出在迟疑，在看饲养员的脸色，当把人扑倒后，它也没有表现出野兽对血腥味的兴奋，反而茫然无措，甚至试图求救。

至于最后咬手腕的行为，微博上有位动物行为学家直言："你们可以觉得我疯了，可视频我反复看了很多遍，最后只得出一个结论：这头熊在单纯求死。"

晚八点，南城公安局发布警情：今天下午 5 点 14 分，南城动物园饲养员张某在入熊坑打扫时，突然遭到黑熊袭击，后紧急送医，不治身亡。黑熊攻击张某的原因，目前还在进一步调查中。

网友一片唏嘘，都在问那头熊该怎么处理。

晚九点，大巴车停在酒店门口，来自全国各地的动物园从业者一言不发地下了车，夜色遮去了他们复杂的脸色，气氛压抑至极。

陈季游让大家回房休息，暂时不要在公众平台上对此事发表言论，一切以警方的调查结果为准。

王园长则着急忙慌地拦住秦初晗，希望她帮忙做危机公关。回来的路上，他的手机快被打爆了，此刻动物园外聚集了大量记者，老张的家人也在其中，哭喊着要讨个说法。

"那个老张，目无章法，从来不把动物园守则当回事，每次打扫前都不把熊关进内舍！早知道是这样，我应该早点儿叫他走人！"王园长气急败坏，骂骂咧咧，看起来哪儿有动物园园长的样子，说他是个屠夫还差不多。

"你叫他走人了？"秦初晗就听进这一句。

"是他不守规矩，违反章法在先！"王园长眼神闪烁，不等她追问，就转向陈季游央求道，"会长，我们准备了那么久，好不容易给园里两百多只动物找到新归宿，要是在这里出了岔子，以后的帮扶活动还怎么展开？小秦年轻，对网络熟悉，去年三言两语就把动物园的口碑扭转了，这次你们一定要帮帮我！"

他说得句句在理，但给人的感觉像在掩饰什么。南城动物园出了熊吃人的事，就算网上一股脑地骂，也不影响大动物园帮他们分担养动物的压力，可如今却一门心思想着做危机公关，不顾人命。还有网上那段视频，分明是有心人放上去的，不先查查背后是谁在操作吗？

陈季游拿不准，觉得眼前一团乱麻理不清，只好把决定权交给秦初晗：“你的意思呢？”

秦初晗答应帮忙，但她有一个条件，她要单独见见那头黑熊。

王园长把她当救命稻草，忙不迭地答应下来，立刻带她进了园。黑熊被麻醉枪制服后，动物园里的人你看看我，我看看你，想说总不能把它送派出所吧？外面没有适合它的地儿，最后还是把它关后舍了。

夜里的动物园总是有种危机四伏的恐怖之感。熊坑里那座跷跷板被吊车吊走了，老张流的那摊血也已冲刷干净，只留下一大片不规则的水痕。秦初晗打着手电从旁边绕过，来到内舍的铁门前，往里一照，就见黑熊缩在角落里动也不动，死了一般。可秦初晗能听到它的抽泣，很粗，呼哧呼哧的，喘不上来气似的。

它很难过。

秦初晗脑中浮现出看过的视频画面，长长地叹了一口气，关了手电，直接开场：“聊两句吧，我能和动物说话，为什么扑老张？”

内舍里的抽泣戛然而止，黑熊回头看了她一眼：“你是谁？”

“另一家动物园的管事的，如无意外，你本来是要去我们动物园，在那里开始新的生活。”

可是现在意外发生了，它的将来会是什么样子呢？秦初晗不确定。

黑熊起身，缓慢走到铁栏前，夜色下，它面庞的毛发上还粘着干了的血……

“去你的动物园，过新的生活，你有没有问过我？”它很凶，杀气十足。

秦初晗逼问它：“这就是你扑老张的原因？”

“当然不是！”它眼睛湿了，涌出热泪，伴着艰难的哽咽，“老张啊，他就像我的爸爸一样……我怎么会害他呢？”

夜又深了一些，外面下起淅淅沥沥的雨，南城被包裹在白茫茫的水雾里，像是陷入难以挣脱的绝境。

祁应琛赶到酒店的时候，已经是后半夜了。林笙在大厅接他，直接把他往楼上的室内游泳池带。

“本来我们今天玩得好好的，离开景区的时候听说动物园出事了，然后网上还传那个熊吃人的视频……回到城里，王园长希望老师帮忙做危机公关，老师也答应了，但是她要先去看那头熊。她自己去的，回来以后整个人都不对劲，丧得我心肝颤！我就拉她去游泳解压，畅畅买的酒，老师坐下就开始喝……一直到现在。”电梯里，林笙颤巍巍地汇报情况。

祁应琛听得直皱眉头：“喝到现在？”

林笙快哭了：“本来只有几罐的，老师喝完了，就命令我们去买。没人敢忤逆她，阿词说不如让她喝醉了舒服点儿，可是老师也喝不醉，还边哭边喝。我从来没见她这个样子，您能来实在是太好了！”

“行了，我知道了。”祁应琛沉吟着，预感不妙。熊扑人的视频他看过了，结合网上最新爆料出来的信息……真相往往更让人难以接受。

电梯停在四楼，走出去就是游泳池。偌大的空间，秦初晗孤零零地坐在落地窗前，两侧散落着啤酒罐，有的还没打开。她耷拉着肩，望着窗外烟雨中的南城，一口一口地把酒往肚子里灌。

祁应琛走过去，在她身旁蹲下。她侧首望到他的脸，怔了怔，眼里的情绪更加汹涌。她用力吸了吸发红的鼻子，开口自嘲：“我还以为我酒量惊人呢，这都……出现幻觉了。”

“我本来是真的打算给你个惊喜。”祁应琛绽出个不具备任何意义的笑容，语速慢而温和，生怕不小心触动她此刻脆弱得不堪一击的神经。

崩溃只在瞬间，秦初晗频繁地眨巴着眼睛，想把模糊视线的眼泪挤出来：“原来……是真的啊……”等泪珠子夺眶而出，从脸颊上滑过，她又连忙用手拭去。

她倔强地抿着唇，连表情都在克制。手里那罐酒在她越发用力的紧握下慢慢变形，发出“咔咔”的声音。祁应琛伸手去拿，她蓦地侧身避开，浑身上下都写满拒绝。

“能不能……别管我……”秦初晗对他请求道，说到一半，又哽咽了。

祁应琛状似平静地望着她，也只能勉强做到状似平静。在安慰人这方面，他是笨拙的。而秦初晗又是那么要强的人，大概最讨厌掉眼泪了。她愿意和他分享胜利的喜悦，却无法对他展现脆弱。她想靠自己把事情做好，可是这次她搞砸了，彻彻底底地砸了……

祁应琛在她旁边坐下，尽量用轻松的语气说：“你都绝望成这样了，我要是不管你，我还是个人吗？”懂事的人永远不会让家人朋友担心自己，因为他们懂事。不想要他陪伴，不想被他烦，那就赶紧振作起来。

秦初晗都半醉了，天旋地转的，竟然秒懂他的意思。她垂下头去，干巴巴地笑了一阵，又忍不住抽噎：“它说，它叫小黑，老张起的名字，是不是很随意？老张啊，就是它的……饲养员。”

祁应琛点头，望着面前的落地窗。窗外是半座陷入水雾的南城。深夜，山间小城里错落地闪着星星点点的霓虹灯，光晕意外的温柔。

秦初晗总算起了头，后面的讲述就变得稍微容易了一点儿——

“小黑说它不是故意的，却也是故意的。老张病了，是晚期。小黑也不知道晚期是什么意思，它以为，他是会好的。直到今天下午，他来跟它道别。他对小黑说，它有了新的去处，特别好、特别大的动物园，就是我们那儿……老张说他的病治不好了，慢一点儿能拖一年半载，快的话就是几个月的事。他安慰小黑，让它别难过，到了新的动物园就把他忘了，把南城也忘了。这么破的动物园，就该早点儿关门……

“老张有个女儿，今年参加高考。小黑也不知道高考是什么意思，不过它见过他女儿，把她当作自己的姐姐。老张想趁自己还没病入膏肓，多攒点儿钱给老婆孩子，等他死了，动物园还会发一笔抚恤金。谁知道就在今天下午，他被开除了，理由是长期不遵守饲养员操作规程……老张突然没了盼头，就跟小黑开玩笑，说：‘跟你说那么多你也不懂，也不能帮我，除非你把我咬死，这样动物园就会赔偿家里一大笔钱。可我知道你不会的，你那么乖，你是我养大的，你也是我的孩子。’小黑说它可以的，然后它站起来，走到老张身后……老张转过身，看到小黑站在自己身后，就像视频拍到的那样。

“就在那个瞬间，他们突然可以交流了。那一刻，小黑害怕极了，它其实根本不知道后果是什么。它只想帮老张。老张就笑着对它说：‘别怕，扑过来就好了。’它就真的扑了过去……

“老张在弥留之际安慰小黑，对它说谢谢，夸它是个好孩子。他还叮嘱它，千万不要咬自己，监控拍着呢，要是被定性为熊吃人，可能它也活不成了。直到老张咽下最后一口气，小黑才意识到原来这就是死亡。原来死的意思，就是那个人再也回不来了。那他去了哪里呢？小黑想和他一起去，所以它咬了他……”

这就是真相，荒谬，不可思议，发生在文明社会的惨剧！

祁应琛还在飞机上时，最初那个放出视频的微博小号还将老张的家庭情况和被辞退的始末爆出，想来应该是动物园的某个工作人员刻意而为。在舆论压力和公众督促下，老张的家人一定会顺利拿到赔偿。

他把这些情况说给秦初晗听，希望她能好过一些。然而并没有，秦初晗活了二十多年，从来没有像今天这样无力，这样痛恨自己。她明明可以阻止的！

“我想把老张请到我们动物园去的，包食宿，缴五险一金，还有补贴和年终奖……他还能一直照顾小黑。”秦初晗一样样地数着，手足无措，“就算病了也没关系，绝症又怎么样？现在医学那么发达，尽力去治，总会好的……我赚了那么多钱，还不能为一个那么好的饲养员做点儿什么吗？我应该早点儿告诉他们两个我都要了，我只要早点儿告诉他们……这次，你总不能说不是我的错了吧？”

祁应琛怔了下，没想到她做了这样的决定。可是晚了就是晚了，一步、一秒、一个瞬间……足以令人后悔一辈子。

第二天，秦初晗很早就醒了，睁开眼发现自己在陌生的房间里，窗帘没拉，天色灰暗，今天依然是沮丧的阴雨天。浴室里亮着灯，水声忽地停了，片刻，祁应琛走出来，他穿着深蓝色的浴袍，头发湿漉漉的。

秦初晗坐在床上，肿着一双金鱼泡泡似的眼睛跟他对视数秒，再低头看自己。身上这套睡衣是新的，到南城后一直放在行李箱里没拿出来，现在穿在她的身上，连领口的扣子都扣到最上面那颗。

祁应琛问："需要解释吗？"

秦初晗摇头："大概知道是怎么回事，不过……"停了一瞬，她用哑哑的声音叹道，"为什么会是这种奇怪的开场？"奇怪得她都没那么悲伤了。还是说，她其实是只白眼狼呢？

祁应琛走到吧台前，给她倒了半杯柠檬水，送到床前："早上刚泡的。隔壁次卧的花洒坏了，我以为你不会起那么早。"

还是同一家酒店，祁应琛开了商务套房，方便照顾她。睡衣是昨天晚上林笙帮她换的。

秦初晗接过水杯，仰头喝完，干得冒烟的嗓子总算得到缓解。昨天她没出息地窝在祁应琛怀里哭啊哭，没完没了的，最后不知道是缺氧晕厥过去还是因为困直接睡着了，醒过来人已经在这里。此刻再抬头看男朋友，她一时不知道从何说起。

祁应琛主动把空杯取回，问："还喝吗？"见她继续摇头，他站在她跟前道，"不用过分在意昨晚在我心里留下的是什么印象，非要我说的话，比想象中好一点儿，可以接受。早上好好休息，别出门了，吃点儿东西，喝杯咖啡消肿，微博上的消息可以看一下，最后——"

祁应琛在床边坐下，做了两个深呼吸，还是不知道要怎么开口。

秦初晗自己猜出来了："动物园那边是不是希望你来给小黑做……安乐死？"

在她很小的时候，老秦给她讲床边恐怖故事，说山里的老虎吃了村民，大家一起进山杀虎，否则村里就不得安宁。为什么呢？因为人是杂食动物，油脂丰富，而人类在行动上不如其他动物灵活，不但好吃，在猛兽眼里还会被归类为"易捕食"。所以得手一次，它们会接二连三地再犯。动物园里吃过人的猛兽就更没有例外……

祁应琛沉默着点头。金丝猴研究基地有他的旧识，来之前他打过招呼，说是晚上一起喝两杯，带上彼此的女朋友，好好聚一聚，没想到会发生这样的事。动协的领导、来自全国各家动物园的管理者虽然都在，可论及专业，没有人能比得上祁应琛。由他这个专家亲自给吃人熊做安乐死，无论哪一方都没话说。

秦初晗垂下眼：“你没必要承受这些，会被骂的……”

祁应琛安抚地握住她的手：“这件事，我和你一起分担。”

等他离开，秦初晗也起来了，把自己收拾出人样，叫了早餐和咖啡，打开微博，面对现实。

熊吃人事件在网上发酵得很厉害，微博上都在骂南城动物园黑心，动协不作为。还有网友创建了“国内动物园动物生存现状”的相关话题，以前做过饲养员的，还有各地在动物园、动物救助中心工作的志愿者纷纷出来讲述这一行的黑暗面。

动物园最丑陋的部分被摆到公众面前，一时间，所有的从业者都承受着巨大的压力，不知道如何打破这样的局面。

“行业资深中层管理来说一说，做这行真的全凭良心，绝大多数人到最后都会成为剥削者，不会说话的动物就是他们压榨的对象。”

“在动物园里看到那种五十块钱抱小老虎、小狮子照相的项目，请抵制到底！动物园为了赚这个钱，导致它们出生不到一个月就和母亲分离，你的拥抱、抚摸以及小心翼翼的触碰，对它们来说都会造成极大的心理压力！”

“说起和猛兽合照，部分动物园为了避免动物伤人，还会拔掉它们的牙齿、剪掉它们的利爪，C 城动物园现在还是这样。”

“著名的尚野动物园，大熊猫的坟墓！”

“说点儿饲养内幕，散养在自驾区的狮子、老虎、熊这类猛兽如果吃太饱，就不爱动了，所以为了保持动物的活力，让游客觉得有趣，有些动物园是不会让它们吃饱的，尤其是旅游旺季，每天能吃个半饱就不错了。这些动物常年处于饥饿状态，其实非常危险。想要判断一个大动物园有没有良心，看他们散养区的猛兽状态，基本能看出大概。”

“这个话题本身就很讽刺，原本动物好端端地在野外生活，人类偏要把它们抓起来关在一个园子里，以此炫耀自己可以支配其他物种，盲目又自大，早晚孽力反噬。”

“从今以后再也不去动物园了！”

“小城市的动物园真的没眼看，设施老旧，不思进取，对于他们来说，管一日三餐就叫养动物了。”

“一日三餐？想多了吧，至少在我们家这边，想到就喂一下，老虎都瘦得皮包骨了，在笼子里焦虑地转圈圈，真的很可怜。”

“坐标二线城市，做过志愿者，我们这边的动物园就在市区，绿化做得好，还有片湖，住在附近的大爷大妈爱来晨练，还有的特别喜欢来占地盘跳广场舞，早晚都要来，音量开得超大，弄得动物各种焦躁，说也不听，还骂我们事多。因为这些噪声，鸟园的雏鸟经常突然死亡。”

“一些游客的素质也堪忧，投喂屡禁不绝，散养区里让孩子骑在鹿背上照相、扯孔雀的羽毛……只有想不到的，没有他们做不出来的。”

“我们这儿有个黑熊救助中心，住在里面的熊绝大部分是吃素的，为什么呢？因为在它们很小的时候胆就被取走了。还有的熊在成年期被捕捉，奸商为了让它们持续分泌胆汁，那个部位常年保持新鲜的伤口。它们受过很多苦，承受了很多的痛苦，人类，呵呵。”

“每次看到这种话题都很绝望，可是错误已经犯下了，把动物园里的动物送回野外，它们能好好生活吗？并不能！”

“其实国内也有好的动物园，对动物保护宣传和科普教育做得都很好，这些还是要支持的。”

“骂动协不作为的建议省省力气，协会是没有太大权力的，平时组织点儿经验学术交流会已经不错了，这次去南城，他们有做帮扶活动，包括山动、海动这些大动物园都无条件帮南城分担养动物的压力，自掏腰包把动物运到自己家养，很够意思了，谁想到南动的园长不做人，转头就把饲养员开除了。”

“相关部门可以查查南动那个园长吗？这种情况，一查一个准。”

“那头黑熊最后会怎么样？我总觉得它做了件好事……”

“坐标十八线城市，我家动物园情况和南城一样一样的，住在里面的孩子太可怜了，求眼神！ @动物园协会官博 @山海野生动物园 @海市野生动物园”

“道理我都明白，所以南城动物园今天给张师傅家人赔偿了吗？”

……

秦初晗花一个小时看了微博上的热评，又跟陈季游、周书铭分别通了电话，表达了自己的想法，并得到支持。随后她向酒店借了一间小会议室，叫上林笙他们，一边查资料，一边联系国内相关方面有经验的律所和集团法务。

正午时分，秦初晗用“动物园团宠”这个账号发布了一条微博——

“很遗憾以这样的方式再次受到公众的关注。此次动协聚会，我亦有幸参与，对于昨日南城动物园发生的惨剧深表痛心！毫无疑问，张师傅是一位非常优秀的饲养员，他的离去是业界的重大损失。身为业内的一分子，我认为是时候做点儿什么，为这个看似已经走向末路的行业，为逐渐对动物园失去信心的公众，也为了我们自己。

“这个阴雨绵绵的早晨，在动协诸位领导的全力支持下，经过反复的探讨和商榷，我们决定成立‘张钰诚公益基金会’。这个基金会主要用来保障动物饲养员及相关业内人士的权益，为他们和他们的家人提供所需的法律援助和生活援助。我也将以个人名义资助张师傅女儿的学业，直至她大学毕业。

“大家一直在问：动物园存在的意义究竟是什么？小时候我也问过我父亲类似的问题。父亲告诉我，最开始，动物园是满足人类自私欲望的收集展示场所，发展至今，它的存在有了新的意义。一座真正的现代动物园，应该致力于保护野生动物，保障它们生存的权利，帮助濒危物种生活下去、繁衍后代，并通过宣传、展示，让游客意识到保护野生动物的重要性。

“人类主宰着地球，可地球上还生活着成千上万的物种，我们的生活环境是互通的。北动的一位老师曾经说过：‘动物福利是动物园一切运营活动的基础。’明白了这个道理，就不会再用各种理由糊弄公众；明白了这个道理，就会踏踏实实地去改善园里的动物福利。而‘张钰诚公益基金会’所保障和保护的，正是在动物园这个没有硝烟的战场上，时刻守护动物们的战士！

“现代动物园承载着这样的使命和责任。我们需要千千万万如张钰诚师傅这样的饲养员。我们还做得不够好、不够多，请公众继续监督我们！”

秦初晗做公益基金会的决心很大，算是给业内打了一剂强心针——虽然没有做好，可总要让大家知道在动物园这个行业里，有那么一群人在默默努力着。也许盲目，也许希望渺茫，也许耗尽大半辈子都做不出所谓的成绩，可他们绝不会放弃。

消息一经发布，舆论风向明显有所扭转。

换作以前，秦初晗会很关心这个东西，经过这次的事，好像都无所谓了。用一句很俗的话来说，她只是做了自己认为应该做的、也是必须去做的事。而且做得再多，张师傅也回不来了……

南城动物园的赔偿很快落实下来，总共赔了七十多万，动协也组织了内部捐款。

下午，秦初晗和陈季游他们一起去殡仪馆吊唁，见了张师傅的家人。

张师傅的妻子还是明事理的，没让亲戚们继续闹下去。人都死了，还有什么好闹的呢？女儿还在省城的寄宿学校，才跟校方确认过，还瞒着没跟她说。她还没想好要怎么说，什么时候说……

得知秦初晗就是孩子学业的资助者，张妻含着眼泪对她道谢，说她会有好报，又问她那头黑熊怎么处理，它咬死了人，不能让它活着！

秦初晗想解释，却不知道从何说起，被她紧紧抓着手臂，沉默得几近窒息。

后来王园长来了，张妻扑过去与他拼命，咒骂他没人性，就是他把老张逼死的，他不得好死！在场的人有的劝，有的拉，有的拳脚招呼上去，乱作一团。

秦初晗被顾词护到角落里，看着眼前晃动的人影，脑袋里全是尖锐的嗡嗡声。

从殡仪馆回到酒店，她就在卧室里躺下了，睡了一会儿，又被雨声惊醒。南城的雨变大了，噼里啪啦地砸在窗户上，汇聚成一道道的水痕向下滑落。秦初晗觉得，这座城市从里到外都透着悲伤，好想看看它放晴是什么样子……

动协那边，陈会长他们大多订了明天的回程票，问到秦初晗，她说还要多留两天。他们知道她的心思，劝她想开点儿，没必要事事都逼自己面对。

快八点的时候，祁应琛回来了，在卧室门口停留了一会儿，犹豫要不要进去。他跟省林业局的领导开了一整天的会，扯了一整天，还是要等结果。

秦初晗先说："你进来吧，我醒着的。"

祁应琛宁可她睡着了。

他走进来，在床边坐下，就着门外的灯光，看见女孩子憔悴得明显的脸，问："饿不饿？"

秦初晗根本没胃口。从小到大，她也是才发现自己有那么丰富的感情呢。

"以前有很长一段时间，我坚定地认为自己是个没心没肺的白眼狼。"她强打精神坐起来，冲帅气的男朋友笑笑，"我们去餐厅吃饭吧。"吃饱了才有力气做事。

这时，林笙给她发来短信，就在刚才，南城警方联合林业局发布了一则信息，决定对攻击张某致死的黑熊实施安乐死。

第十章

必须去做的事

1

来到南城的第五天，雨终于停了。清晨的云像薄纱一样淡，阳光轻易穿透它们，用耀眼的光笼罩住整座城市。

今天是周六，惬意的休息日，未到八点，酒店大厅已经热闹起来。附近念大学的学生、热恋中的情侣，还有开着好几辆车出游的大家庭……不管认不认识，都怀着一份出游的好心情互相攀谈。

秦初晗跟在祁应琛身后从餐厅里走出来，整个人灰头土脸的，像是叠加了灰白滤镜。

经过大厅时，热聊中的游客不约而同地看向她，投以不解的目光，再结合走在她前面、对她爱搭不理的帅气男人，一切似乎有答案了。

来到酒店外，祁应琛蓦地止步。

秦初晗一头撞上他的背，愣了愣，抬起头："怎么不走了？"

他回身，双手扶住她的臂膀："今天天气怎么样？"

"还不错啊。"秦初晗不在状态，被阳光晃得快睁不开眼了，脑中还被阴霾充斥着。

祁应琛忽然问："我帅不帅？"

秦初晗掀起眼皮："你问得那么直接，显得不太聪明的样子。"

祁应琛坚持："你只用回答'帅'或者'不帅'。"

秦初晗勉为其难："帅……"

祁应琛继续问："你觉得自己漂不漂亮？"

秦初晗本来心里就不痛快，被他问得有点儿恼了，尖锐反问："我不漂亮你会对我念念不忘那么多年？"

祁应琛通身好脾气："我承认我对你一见钟情，视觉上先占了上风，但这不是我提问的初衷，现在请你平心静气地回答我，你觉得自己漂亮吗？"

秦漂亮理直气壮地瞪大杏眼："那当然！"

"好。"祁应琛做完铺垫，抬头看向刚才经过的酒店大厅，"你知不知道刚才大厅里的人看我们的眼神里充满了故事性？"

秦初晗的耐心快磨没了："正式提醒你，我不但漂亮，还很暴躁！"

祁应琛如沐春风般笑着："帅气的我和漂亮的你貌合神离，在分道扬镳的边缘徘徊，而你满腹委屈跟在我身后，我不管不顾走在前面……像个不负责任的渣男。"

"秦委屈"云开雾散地笑了："是这样？"

"祁渣男"诚恳点头，薄唇抿起，聊表遗憾。

秦初晗很快端正态度："对不起，让你无端遭受这种眼光……"

祁应琛顺势把话往真正的重点上带："不如你回酒店休息，做SPA、游泳、睡回笼觉，或者刷几集剧……我很快就回来。"

秦初晗狂摇头："不行，我要和你一起去。"今天是给小黑做安乐死的日子，没到最后一刻，她不想放弃。

祁应琛也想出了应对办法：通过C国国家森林动物园的关系，以科研理由要下小黑，并给予动物园一定的经济补偿。当然，这笔开支实际上是由他来承担的。只要园方肯答应，一切都不是问题。最后也是最关键的一点，要以小黑的意愿为主。

"我可以说服它的！"秦初晗势在必行，"人死不能复生，要是老张在天有灵，也会希望它好好活下去。"

祁应琛顺着她的想法问："让它在我们山海野生动物园过上无忧无虑的生活？"

秦初晗用力点头。

"你有没有想过，选择死亡，也是它的权利。"

九点，南城动物园，金丝猴研究基地。

来接祁应琛的是他国外的校友王曦，专攻灵长类动物脑部结构方面的研究。两人在门口碰面，边聊边往一楼尽头的实验室走。

“网上早就没热度了，要我说，这事不如就算了！这么年轻的一头熊，养得特别健康，就这么弄死多可惜。”王曦穿着白大褂，双手插兜，吊儿郎当地在前面领路。

祁应琛没接话，脑子里还想着刚才的事——走到动物园门口后，秦初晗停了下来，在门边的长椅上坐下，对他说“我就在这里等你，你进去吧”，然后弯起眼睛，努力对他挤出笑容。阳光下，她是明媚的，也是憔悴的。

祁应琛变成她唯一的指望，不禁起了恻隐之心，想要带给她一个好消息。死亡并不难，眼睛一闭，呼吸一断，心跳一停，一切都结束了。对于需要接受那个谁死亡的人来说，才是痛苦的开始。

王曦见校友若有所思，眼珠一转，故意提高音量：“说来也是好笑啊，这头熊以前都是荤素搭配着吃，素菜占八成，荤菜占两成，自从前天局里决定让它安乐死，一日三餐全是肉，猪牛羊换着来。就那饲养员主管老邱还来问我，要不要搞只活鸡给它调剂调剂。没几天活头了，好的全给它安排上，你说说，虚伪不虚伪？”他们这些动物相关专业出来的，尤其是领域里的佼佼者，向来不看好人类这种复杂的生物，疯起来连自己都骂。

祁应琛无奈地笑了笑，又摇了摇头，都是形式主义，见怪不怪了，国外也这样，自我感动很有一套。

王曦继续道：“这熊是真够意思，老张被它差点儿咬断的手腕，是它尝过的最后一丝血腥味儿，这几天滴水不进，绝食了！”

祁应琛天天都来看，对小黑的情况了然于心。

王曦又想起最初流传出去的视频：“我们同学群里凡是看过那段视频的，都相信这熊一心求死，那个心疼啊！个别知道我在这破地方窝着的，专门私信我，让我好好送它最后一程。我说你在呢，轮不到我上场，我就负责把那些闲杂人等支开，做个清场小弟。”

来到走廊尽头，面前两扇灰绿色的大门紧闭，里面依稀传出电子仪器的声音。

王曦冲祁应琛扬扬下巴：“家伙什都准备好了，早上我们一伙人去搬熊，我见它死气沉沉地趴在地上，实在于心不忍，就象征性地给它打了一支麻醉剂，那点儿剂量肯定不够，它待会儿要是反悔了不想死，挣扎起来，你就摁红色的电击按钮，记得戴手套。”说着，他从口袋里掏出一副还没拆封的医用乳胶手套。

祁应琛沉默着接过，推开门走了进去。

王曦在后面喊：“悠着点儿啊！”

祁应琛是真的没心情，不然真想介绍陈胜利给他认识。

实验室里充斥着消毒水的味道，和人类的医院没太大区别。小黑趴在宽大的金属台上，四肢被绑上皮带，颈部用半圆形的金属项圈固定住，项圈上安装了电击装置，台边的红色按钮体现出人类邪恶的一面。但他们会说，那是必要的防护措施。

祁应琛走到小黑正对面，弯腰与它平视："感觉怎么样？"

小黑轻轻地笑了一声："我以为我会害怕，或者恐慌。"

"其实呢？"

"并没有。"它很平静，甚至有些期待。

祁应琛把昨天下午去看它时对它说的那个提议复述了一遍，然后摘下腕表，看着表盘上的时间道："你还有大概十分钟的时间可以考虑。"

"十分钟是多久？"小黑好奇地问罢，又道，"不用解释了，我也不是很想知道。"

十分钟、十天、十个月、十年……对它而言都是一样的。

祁应琛把腕表放在桌台上，穿上手术服，到水池那边洗手，戴上乳胶手套。完成一系列的准备工作后，他重新回到小黑面前："真的想好了？"

小黑勉强抬头跟他对了一眼，同他开玩笑："你女朋友会不会嫌你啰唆？"

祁应琛失笑："会，来的路上还被她瞪了。"

"她人不错。"小黑得知秦初晗为老张做的事，对她印象好极了。

在祁应琛的心里眼里，秦初晗岂止不错？他对小黑循循善诱："我的女朋友聪明美丽、勇敢坚强，并且不会盲目善良，这一点是我最欣赏的，骨子里倔强的部分也很可爱，和我一样能跟所有动物交流，却远比我做得好。怎么样，想不想重新认识她，和她做朋友？"

"你在劝我活下去吗？"

"是的。"

"为什么？"

"出于私心。"祁应琛说，"我的女朋友不想你死，她想带你离开这里，给你一个新的家。"

小黑眼里仿佛有光泛起："是什么样子？"

祁应琛描述道："很大，还有你的同类，不过你放心，你会有一间舒适的内舍，内舍里永远都有干净干燥的稻草，宽敞的外场有山有树，有轮胎做的秋千，有至少双层的爬架，有让你欲罢不能的痒痒挠，还有干净的水潭……"

"那确实很好。"小黑似乎心动了，可它忽然想起什么，问他，"那里还是动物园吗？"

祁应琛哑然，毫无准备地被一头年轻的没有见过世面的黑熊将死了。

“看来还是了。”小黑有些失望，旋即洒脱道，“你是不是要说动物园也有好有坏？算了吧，对我来说都一样。我准备好了，来吧。”

它说它准备好了，祁应琛却迟疑了。他以为在这件事情上自己可以做得很好，很洒脱地承担这份罪恶，甚至以乐观的心态去面对。毕竟每一个生命都值得尊重，至少这是小黑的选择。不对，不是这样的……当他向它描述另一家动物园的熊舍环境有多么好时，他和那些残忍的同类有什么区别？这个结果是人类造成的，他身为文明社会的一分子难辞其咎。

“祁教授，你怎么又发呆了？”小黑趴在冷冰冰的金属台上，十分顺从，“不用难过，这几天我想得很多，觉得活着确实没什么意思，或许只有死亡能带给我真正的平静。非要问我有什么想要的，这就是我想要的。”

祁应琛从窒息感强烈的胸腔里颤抖地舒出一口长气：“对不起，对不起……”他放下手里的注射器，沮丧地垂下头，感觉从未如此无力！没有别的办法了，局面早就无法挽回了……原来这才是那天晚上将她击溃，让她崩溃号啕的真正原因。

“不用道歉，以前经常来看我的燕子妈妈说过，你们人类很复杂，很难用好和坏去定义，有的人会爱护我们、竭尽所能对我们好，有的人连同类都伤害，对我们就更不消讲了。我分辨得出来，你是对我们好的人类，这不是你的错。”

这不是你的错……祁应琛哑然失笑，他在不久前对心爱的女孩子说过这句话。现在才发现，这都是无用的开脱。

小黑忽然担心起来：“你不会下不了手吧？”祁应琛是它心目中做这件事的最佳人选，研究所里那个话很多的小哥哥也是这么告诉它的。

“如果这是你希望的，”祁应琛从无法言说的情绪里抽离出来，“我会做。”

小黑松了口气：“可以开始了吗？”它真的已经准备好了。

“好。”祁应琛的态度，说是言听计从都不为过。

将小黑左前肢的毛发剃掉一块，露出一块皮肤，他重新拿起注射器。

“祁教授，死亡是什么样子？”

“像睡着了一样，你想要的平静，也会有。”

“会做梦吗？”

“我不知道，你想做个怎样的梦？”

“你问到我了。等结果的过程忽然觉得饿，我后悔了，这两天那么多好吃的放到我面前，为什么我不吃点儿呢？你说，我能在梦里吃回来吗？”

“当然可以……你能在美梦里做一切你想做的事。”

“太好了，别人说的我都不信，但你是教授，你说的话我还是信的。”

“谢谢。”

“这有什么好谢的？你懂得比我多，不嫌我烦，能告诉我这些，我应该谢谢你才对。嗯……有没有觉得我是一头很有礼貌的熊？”小黑问完，憨憨地笑起来，半张的嘴发出沙哑的哧哧声，可爱极了。

祁应琛也笑了起来，望着它点头，缓慢而用力地点头，眼睛忽然变得很热，逐渐模糊……

药剂注射完毕，小黑一点儿感觉都没有，它好奇地盯着旁边空掉的注射器："这么一点点，真的能杀死我吗？”它没有发现，自己说话的语速慢了很多，声音也轻了很多。

祁应琛眼神复杂地注视着它，无法回答这个问题，只好道："累了吗？闭上眼睡一会儿吧。”他摘掉手套，探手摸摸它的头，挠它毛茸茸的侧颈。

“真舒服。”小黑安逸地闭上眼睛，“祁教授，能跟我说说野外吗？就是熊生活的地方。”

祁应琛温柔地描述起来："那是一片广袤的森林，有绵延的群山，有蜿蜒的河流，放眼望去全是绿色，最炽烈的阳光也无法完全将它们穿透。你在林间悠闲漫步，逗逗松鼠，吓吓兔子，在铺满落叶的松软的草地上打滚。偶尔你会爬到高高的峭壁上摘蜂蜜，还会下河捕鱼，在入冬之前吃到行动迟缓、体形庞大笨重。但这些都没关系。你自在快活极了，在那里，没有什么是你的对手，谁也不能约束你，那里的一切、那片天地，全都属于你……”

动物园外，阳光很温暖，秦初晗坐在长椅上，戴着耳机，闭上眼，听来自森林里的声音。清澈的泉水顺着峭壁的缝隙自上而下流淌跳跃着，发出欢快的叮咚声，鸟儿在枝头唱着歌，树影斑驳，空气里弥漫着泥土和花草的芳香。

祁应琛就在这个时候从她身后的动物园走出来，驻足在她身侧，犹如一片阴云。

秦初晗睁开眼，见到一张丧失自信的面庞，往日的意气风发全然不见。她茫茫然地摘下耳机站起来，蓦地被拥入怀里。这是一个很用力的拥抱，几乎挤压掉秦初晗胸腔里赖以生存的氧气。她心跳跌宕，表情和眼神都僵滞了一下，感到莫大的悲伤……

“对不起。”祁应琛嗓音低哑，不知道在对谁抱歉。

秦初晗愣了愣，抬起双手将他回抱住，想告诉他没关系，已经做得很好了，我们尽了最大的努力，不是吗？可这根本不够，远远不够……

2

两人没在南城多留，回酒店办了退房手续，拉起昨晚就收拾好的行李箱，打车去机场。

南城离省会不远，机场修得很大。走进大厅，面前一片人来人往的忙碌景象，秦初晗不适应地停下脚步。祁应琛随之停下，探询地望她。

秦初晗苦涩地笑了笑："本来这次动协聚会就是大家聚在一起开几个交流会，吃吃喝喝，再到景区玩耍一番，没想到短短一周发生了那么多事情，陈会长他们都夸我做得好，我却觉得自己……"

祁应琛："搞砸了？"

秦初晗微怔，咬着唇，点头。没错，搞砸了，活了二十多年，她从来没这么失败过！

祁应琛打量着她，斟酌着说点儿什么安慰她的话。

秦初晗连忙道："我没事！"这些天，安慰的话已经说得足够多了。

祁应琛停了一瞬，抬眸环顾周遭，锁定一家环境看起来还不错的中餐厅："时间还早，先吃点儿东西。"

进了餐厅，完成点餐，祁应琛问她喝不喝咖啡，他去星巴克买。等他走了，秦初晗泄气地趴在桌上，露出一脸颓丧之色。不是说了没事就能没事的，她还是需要一个释放的过程，一个逃避的阶段……

手机响起短信提示音，是林笙问她和祁教授是不是今天回，陈胜利他们正在张罗火锅派对，明天还打算去对面的游乐场玩。

秦初晗耐心回复，说只有她自己回，祁应琛要去连城。

林笙还蛮遗憾的，又请示她，要不等祁教授忙完连城的工作了，大家再挑个时间一起去游乐场，人多热闹点儿。

事实上，秦初晗无心热闹。她心不在焉地退出聊天页面，两个置顶信息里有一个是老秦前天打的一篇小作文，前半部分夸奖，后半部分宽慰。秦初晗想装作没事人似的回应，都被老秦用一句"知道你忙，不用回了"挡回去，方方面面替她考虑周全。另一个置顶的是帅气又博学的男朋友，信息还停留在一周前，祁应琛问刚到南城的她住的地方好不好，打算去附近哪些景区玩。秦初晗同样没来得及回，被周园长拉着逛动物园去了，后来……

秦初晗点进私聊页面，脑袋放空，茫然地打字："哪儿都没去。"打完了又删掉，觉得此行为有点儿蠢，却又忍不住继续，"南城整天下雨，我一点儿都不喜欢这里。"这句依然删掉。如此反复了一会儿，也算发泄了。

估摸着祁应琛差不多买好咖啡要回来了，秦初晗输入最后一句："我不想回江城……"

一不小心，这条本该删除的信息发送了出去。她吓得手忙脚乱地撤回。

很快，祁应琛回了她一个问号。

秦初晗连忙解释说发错了，对方没再追问，应该是只看到一条撤回提示。

一通无意义的操作之后，秦初晗把自己玩累了，放下手机靠进硬邦邦的卡座里，长长地吁出一口气：我到底在干吗？快点儿振作起来啊！然而心理暗示也不管用，她重新趴回桌上，蔫儿得彻底。

祁应琛这两杯咖啡买得够久的，去了将近半小时，菜都上了，他才回到餐厅。

“咖啡呢？”秦初晗见他两手空空，不禁疑惑。

“没来得及买。”祁应琛立在她身旁，“给你把回江城的机票退了。”

“为什么啊……”

“和我一起去连城。”

秦初晗不说话了：倒也不是不可以。总之，她还不想回家。

“不问为什么？”祁应琛想让她知道缘由。

“你看到我那条信息了？”也只有这个可能了。

“嗯。”祁应琛点头，在她旁边蹲下，抓起她的手凑到唇边，说，“其实这种时候，我也不想和你分开。”这种时候，他也是需要她的。

秦初晗沉默了一会儿，眼神游移：“你能不能站起来，别弄得好像在跟我求婚一样……”

连城是著名的港口城市，海域广阔，海洋环境优越、物种丰富。这次祁应琛受连城大学海洋生物学专家的邀请，作为顾问参与一个持续多年的科研项目，为期六天。也是到了连城，秦初晗才得知男朋友将随科考船出海，且明天一早就要出发的事实。

“所以从明天开始，我一个人自由活动？”去酒店的车上，她合理提出异议，眼睛都瞪大了。

“开不开心？”祁应琛笑得温和从容。

秦初晗不说话了，瞪了他一眼。她确实想找个地方稍微逃避几天，只要不回动物园，去哪儿都行！在此前提之下，祁应琛是可以在她的小世界里待着的。结果这个男人把她诓到连城，自己却要出海搞科研考察？去整整六天，还问她开不开心？

“六天之后你可能就没有女朋友了。”秦初晗感觉受到了欺骗，实在气不过，补了一句狠话。

祁应琛很懂地问：“买家秀和卖家秀的区别？”

秦初晗憋着笑，把脸转向车窗那边。摸着良心说，他这个买家秀倒也不算差……

科研所的研究员赵新恒充当司机，听后面好像闹意见了，瞄着后视镜，小心翼翼地帮腔：“秦小姐您别生气，六天只是预计的最长时间，按照往年的情况看，最多四天就能回来了，您多包涵！”

秦初晗被他一通道歉弄得不好意思，连忙解释：“我没生气，科学研究肯定是最重要的！”

“您不但漂亮，还特别有气量！”小赵是千穿万穿马屁不穿，“我们这个项目持续十七年了，每年就这几天盼头，还有祁教授的鼎力相助，没有他真的不行！”

秦初晗斜眼瞥男朋友：“这么厉害的？”

祁应琛嘴唇微张，想往专业上面做解释，却被赵新恒强势打断，开启彩虹屁模式，吹了一路，连带着把秦初晗也捧到天上去。等到了住的地方，他已然亲切地称呼秦初晗“姐”，两人互加了微信，秦初晗还承诺送他一套听说现在市面上很抢手的“森林之主”摆件。不过赵新恒极有眼力见，把人送到，留下句“祁教授，我明早五点来接您”，就麻溜地走了。

待车开远，秦初晗欣赏着阳光下男朋友英俊的脸：“明早五点？”

祁应琛求生欲极强：“卡给你，随便刷？”

秦初晗一脸古怪：“哪里学来这种不正经的霸总言论？”

“不正经吗？”毕竟人都被他拐到这里来了，他虚心求教，“正经的霸总会怎么说？”

秦初晗摇头：“没遇到过，遇到了也不会搭理我。”所以她是真的不知道。

祁应琛被短暂难住了一下，很快发现漏洞：“你既然没有遇到过正经霸总，又从哪里判定我那句是不正经的霸总言论？以及，男朋友把卡给你刷，不能让你开心吗？”

秦初晗被说服了：“刷卡还是很开心的。”全国最大的免税店就在连城，那里面有逛不完的衣服、鞋子、包包……没有女人能拒绝，没有！

“好的，我们就这样愉快地说定了，主卡给你，随便刷，我出海几天就回来。”祁应琛一手拖着她的行李箱，一手牵着她，走进酒店大堂。

秦初晗后知后觉：“我被套路了？”

男人头也不回：“有卡刷，不亏。”

这次出差入住的地方是祁应琛拿主意定的，有一大片私人沙滩的度假酒店，套房位于风景极佳的高楼层，随便站在哪个阳台上都能看到连城最美的日出。海岸线的尽头有一条百米长的网红栈道，若是运气好，能看到海豚。

祁应琛相当狡猾，早就预料到女朋友会对自己出海科考的事不满，特地给她请了一位管家，用专属手机拨打“1”，二十四小时随叫随到，安排她的衣食住行，满足她的一切要求。

“这是……这是卫星电话？”秦初晗拿着黑色的直板手机，打量着上面看起来相当老式的屏幕，内心大为震撼。

“我也有一部,这几天我们主要靠这个联系。”祁应琛解释道,“不过得在特定的时间段。”

秦初晗顿时就懂了:“我不能给你打,只能你给我打。”

“没错。”忽略掉在海上和女朋友用卫星电话联系要向上级打报告这一点,这是祁应琛能力范围内能做到的极限了,他在女朋友旁边坐下,“我现在教你用。”

秦初晗看似害怕地往沙发里缩了缩,滴溜溜转的眼珠子已然打起别的主意:“这么强势的吗?”

祁应琛失笑,配合地展现出霸总应有的姿态:“乖一点儿,要是我回来的时候发现你人不见了——”

“捉到之后,腿给我打断?”

“还要关在祁家的小岛上,关一辈子。”

秦初晗大为诧异:“你们家还有岛?”

祁应琛侧倚在沙发上,懒洋洋地伸出手臂搭在她身后,淡淡的口吻里透着阴鸷冰冷的霸道:“为你买一座,值得的。”

秦初晗没辙地摇了摇头,发出无可奈何的叹息:“古早霸总囚禁文学害人啊……”

祁应琛的周身气质瞬间变随和,没事人似的继续向女朋友讨教:“这次演技怎么样?”

“进步很大,但是不能骄傲。”

“我会努力的。”

在酒店稍作休息,两人去了酒店附近最大的综合商场。祁应琛要买一些在船上用的生活必需品,秦初晗准备弄一大堆零食,开启睡觉睡到自然醒的刷剧模式。

现在是连城一年当中最好的季节,室外气温在 25 摄氏度上下,他俩却是直接穿着冬装过来的,衣服也得现买。秦初晗先在女装区迅速搞定一套海边度假风的衣服,随后又陪祁应琛去楼上男装区买了几件款式相同颜色不同的 T 恤、休闲裤、运动裤、防滑的运动鞋、全棉的袜子,还有冲锋衣……最后这样是为了防止在海上遇到突发的降温天气。

连城的海洋生物研究所成立于上世纪八十年代,是国内最早的海研所之一,拥有国家级的动物实验室。这些年,海研所的专家们专注于海洋生物项目的研究发展,以海洋生物物种的保育、海洋环境的修复等为重点,还负责一小部分暂时不对外公开的医学向的研究。而祁应琛受邀作为顾问参与的项目,就属于后者。

去年海研所联合省海洋水产科学研究院等多家机构和企业,成立了海洋生物野化基地。秦初晗关注过这则新闻:“说是会以星辰湾水域作为基地,保护生活在附近的斑海豹群体?”她对海洋生物不熟悉,只能记得大概。

祁教授笑着表扬女朋友："你还知道斑海豹。"

秦初晗轻哼："我是在动物园长大的，这话都说累了！我还知道斑海豹也叫大齿斑海豹，沿海和海岸生活的海洋性哺乳类动物，在我们国家主要生活在渤海和黄海北部，会洄游！"

山海野生动物园的水族馆里以前养了一只斑海豹，名叫阿豪，是个脾气很臭的老头子，要是哪天的伙食不太好，它还会扇饲养员呢。但是对秦初晗，它格外有耐心，会跟她描绘自己长大的地方，讲它在洄游路上的所见所闻，绘声绘色的，精彩至极，就像一本彩色的冒险故事书，无论听多少遍都不会腻！秦初晗对斑海豹的所有了解，都来自它。遗憾的是，后来豪大爷上了年纪，在动物园里老死了……

说起连城的这个海洋生物野化基地，她颇感兴趣："这好像是国内首家？"

"不止这样。原来海研所以被动救助为主，现在往主动野化方向发展。斑海豹是唯一能在我国海域繁殖的鳍足类动物，由于上世纪八十年代的过度捕杀，还有近些年海洋环境持续恶化、浅海区食物减少等种种原因，它们的数量急剧减少。"祁应琛道，人力参与的保护和繁殖刻不容缓，"现代野生动物的保护讲求以保护一个物种为基础，连带这个物种的栖息环境和周边共同发展起来，形成长期稳定的良性生态链，以此带动其他物种的共生，所以这个海洋生物野化基地很有必要，毫不夸张地说，它以一己之力提升了我国在海洋生物保育技术上的专业性。"

两人正好来到负一层的超市门口。秦初晗微笑地望着他，眼里有小星星在不停地闪烁。那是相当直白的崇拜目光。

"怎么了？"祁应琛被她望得不好意思。

"没事。"秦初晗摇摇头，"一直知道我男朋友是动物学家，很厉害，但具体厉害在哪儿，总觉得问了，你解释了，我也未必能听明白。刚才听你说那么多，忽然发现原来是我想得太复杂了，我完全可以跟你了解最基础的部分，而你也能讲得浅显易懂。"

原来这对她来说是个问题？祁应琛乐了："所以呢，不知道我女朋友想了解什么？"

秦初晗对他的专业性好奇到极点："你这个动物学家到底专攻哪方面？"

其实长期以来，秦初晗都给祁应琛这样一种感觉：在我眼里心里，你是博学的、英俊的、富有涵养的、家教良好的，和你相处，我们彼此都很舒服，但我并不是非你不可。她有自己的目标和人生理想，从来不寄希望于他人来实现，更不会心安理得地接受他的馈赠，哪怕他是她的男朋友，哪怕他们有能和动物交流的共同天赋。祁应琛对秦初晗的数次出手相助都带着些许强加，他很清楚，一旦越界，他们连恋人关系都很难维系下去。

那么问题来了：如果你的女朋友不怎么依赖你，说明什么？

答：她可能没那么喜欢你。

假如她对你做什么、你平时的工作、你的事业发展几乎不闻不问，这又代表什么？

答：她可能没那么喜欢你。

所以当秦初晗闪着憧憬的星星眼望住他，向他打听，那颗长久悬在祁应琛心里的大石头终于落地了。他由衷地绽出迷人笑容："很高兴你对我的专业领域产生更进一步的兴趣。"

这个笑容和平时是不同的，秦初晗一眼看出区别："你在欣慰什么？"她不能好奇他是做什么的吗？怎么会是这种奇怪的反应……

祁应琛哪里肯把此时的心情说出来，轻描淡写地道了句"没有什么"，转而解释道："是动物生态学，生态学的分支，由动物学与生态学等交叉形成的学科，我主要研究动物个体或种群与环境的关系。"

"怪不得会到动物园来。"秦初晗一直纳闷，什么样的动物学家需要研究动物园里的动物，说起来，动物园也是一个相当典型的环境了，她越想越感到奇妙，"最开始我还以为你是专攻鸟类的学者，出的观察日志也是这方面的，后来才发现跟我想的完全不同，你涉猎也太广太全面了，细分下来好像又很细致，像本没有储存上线的动物百科全书……有点儿可怕。"

祁应琛失笑："我就当你在夸我了。"

秦初晗还是想不通："大家都有外挂，为什么你用得那么好？"

"你确定想知道？"

"展开说说。"

"归结下来，大概还是我基础好吧。"

"基础？"她一个在动物园住到大、成天和动物打交道的人，难道基础就差了？

祁应琛抬起手，指了下自己的脑袋。

秦初晗陷入沉默……有被内涵到。

祁教授好心情地问："还有什么问题？"

面对一个秀而不自知的男朋友，秦初晗本来想让他把卡交出来，他们暂时分开。但为了显示自己的大方，她选了更深层次、更有技术含量的话题，猜测道："这次你作为顾问跟科考队的船出海，和斑海豹的栖息环境有关？现在用卫星地图就能看遍全世界，小赵又说没有你不行……到底哪方面非你不可？"

祁应琛为难地停顿了下："抱歉，机密内容不能透露。"

秦初晗露出难以言喻的复杂表情……

“怎么了？” 祁教授难得感受到女朋友的重视，实在不想让她失望。

秦初晗抖着肩膀笑出声：“我的问题，跟你聊什么知识点，愉快地刷卡不就好了？”说完，摇头否定自己刚才多余的心理活动，转身走进超市。

祁应琛半晌才领会到女朋友的纠结点，笑着迈步跟上。

这家超市很大，秦初晗主攻零食区，祁应琛去生活区采购。四十分钟后到收银台会合，祁教授买单。

到了晚饭时间，两人默契地决定在酒店餐厅里吃。虽然来到著名的港口城市，但海鲜大排档是他们在有选择的前提下绝对不会去的地方。试想，站在一堆新鲜的海产面前，听它们呜呜哇哇哭着求你别吃，或者骂骂咧咧问候你全家……还能有多少胃口呢？

饭后他们看了一场无病呻吟的爱情电影，沿着被霓虹灯点缀得浪漫至极的海岸线漫步。

这时候，祁应琛就开始忙了，海研所的电话一个接着一个，确定这个，修改那个。秦初晗只能保持安静，做个懂事的女朋友。

回酒店还不到十点，祁应琛拿着路上就保持通话的手机进了书房。

秦初晗在客厅看了会儿电视，意兴阑珊地睡了。一觉醒来，灿烂的阳光穿过半透明的窗帘，在卧室的木地板上洒了一层漂亮的淡金色。她侧卧在床上，竖起耳朵仔细听了会儿，外面一点儿声音都没有。这个点儿，祁教授的船都驶离港口了吧？

昨晚祁应琛在隔壁书房打视频电话，隔音效果不是很好，秦初晗断断续续听到一些，全当助眠。说是未来半个月的天气是近十年来最好的，科考船会尽可能在某片海域停留更长的时间。祁教授表示没问题，一切以完成本次出海任务为主，其他都是次要的。后来他们又聊到了专业相关问题，涉及海洋生物细胞再生还是什么，用了好多英文术语，秦初晗这个大二就过了六级的人竟然一点儿都听不懂，只叹自己和学神们生活在同一片天空下，却不在同一个世界。

起床，蹲到摊开的行李箱前，她从一堆衣服里拿出一个崭新的包装盒。盒子上还贴着林笙手写的便笺——制胜法宝！里面是一件黑色的丝绸睡衣，性感得不得了，还有蕾丝边点缀。秦初晗是在收拾行李离开南城前发现的，当时内心隐隐地嫌弃了一下，紧跟着难为情了一下，在经过一千多公里的航程发酵后变成了期待。

“结果根本没用上……” 她把睡衣放回原位，摇着头盖上盒子，回想昨晚祁教授的工作状态，只觉得自己到底是个俗人。

秦初晗决定从吃一顿丰富的早餐开始，给自己的假期开个有品质的好头。

洗漱完毕，换上漂亮的度假风大花裙子，来到客厅，她在茶几上发现一个崭新的素描本和一盒还没开封的彩铅。祁应琛用酒店的信笺给她留了话，短短的一行字：我想我不在的时候，你应该需要这两样东西。

她是一名插画家，还是山海野生动物园文创团队的主心骨。关于创作这件事，尤其是为了动物们而创作，无论发生什么事，遭受怎样的打击，她都不会停下来。她可是山海野生动物园最大的指望。

秦初晗面无表情地翻开素描本，用指腹摩挲着，轻哼："又厚又糙……也就画画水彩还行。"再拿起彩铅盒子看了下包装上的生产厂家，嫌弃道，"小学生都不用这个牌子，颜色过于鲜亮，上色也不均匀。算了，他一个动物学家哪里懂这些。"

就算你不帮我准备，我今天也要去买一套工具，到处转转，找找设计灵感。要你多管闲事！

接下来的几天，秦初晗过得轻松又惬意。

这是她初次来连城，可以玩的地方有很多。她先去了博物馆，规模不限——这是了解一座城市最快的方式。然后她去尝了尝特色小吃，看了一场具有本土风的话剧表演，去年轻艺术家云集的新区走走逛逛，或者融入其中，免费为游客画一张肖像画。每天晚饭后，必须找个地方小酌一杯，开在海边的小酒馆、网上吹爆的网红店……小饮怡情，不贪杯。

秦初晗还通过酒店报了海上游玩项目，浮潜、滑翔伞冲浪、摩托艇……买了一堆专业的设备，刷男朋友的卡。

一个偶然的机会，她甚至加入了一个平均年龄在六十五岁的老年人的冷笑话聚会。那天下午她笑得头都要掉了。

来到连城的第四天晚上，秦初晗做了一个梦。在梦里，黑熊在草地上自由自在地奔跑着，她在后面追，说："你等等我呀，我们做朋友好吗？我带你去个好地方！"黑熊却跑得更快了，逃命似的，边跑边哭喊："我哪儿也不去，这里就是我的家。"她驻足在原地，意识到自己想把黑熊关进动物园，心被狠狠地刺痛！她到底在做什么……

次日醒来，秦初晗决定开始工作。

早上八点，她搞了个突然袭击，在文创工作群发消息说十分钟后开会。没想到十分钟后全员到齐，视频那端人手一杯咖啡，背景是黑熊咖啡厅。

创作会议主要讨论样品修改细节，然后是三月的重头戏——阿尔卑斯好运挂件的预售。

3 月 27 日，星运会将在海市国际体育馆的主会场举行盛大的开幕式，宫桀预订的三万个挂件已经完成包装，只等秦初晗拍板，随时发货。除了这部分，挂件具体的线上售卖时间也需要她来决定。宣传物料都准备好了，林笙做了四套方案，卖点各不相同，但每一套都拿得出手。即使秦初晗不在，大家也没有懈怠分毫。

最后是四月的主题：以闪电为创作核心的琉璃摆件，暂定名为“黑色魅影”。设计稿由顾词主笔，山海野生动物园的园长秦怀远担任设计顾问，给予专业意见。合作方还是老朋友友谊陶瓷厂，不过在制作工艺上，决定选用他们厂新研发的琉璃制造技术，琉璃的通透和斑斓的折射光能更好地展现出摆件的质感。下周就可以看到样品了，秦初晗觉得名字还可以再想想，其他都是很好的。

除了这些，他们每个人都有新的点子，争着跟团队的灵魂人物做汇报。两边不断沟通，交换意见，一忙就忙到午饭时间。

司徒畅捧着手机，埋头编辑微博，随口问：“老大你什么时候回来啊？不光园里的动物们想你了，我都想你了！”

秦初晗明显愣了下，就在这一刻，她察觉到内心深处那明显的逃避情绪。南城那道坎，她还没完全跨过去……

林笙照着司徒畅的后脑勺猛地一拍，把他拍得嗷嗷惨叫，手机都掉地上了。

顾词漠然看了他一眼，非但不同情，还冷言冷语：“活该，让你多嘴。”

秦初晗有些涣散的眼神迅速聚焦，对大家笑道：“最近都辛苦了，再过几天我就回。”

时昊激动得站了起来：“姐，你好好玩，不用急着回来，园里一切都好！”

陈胜利坐在镜头外，跷在桌上的脚在镜头内很嚣张地抖啊抖：“还要几天啊？别等你俩回来的时候，孩子都会打酱油了。”

林笙吐槽他：“胜利老师，你好酸哦！”

陈胜利戏瘾大发，捂着胸口一字一顿道：“我就是气不过！我一个孤家寡人，成天扛着几十斤的家伙在动物园里奔波，那两个人却在连城漫步沙滩，搞浪漫！我的最佳繁殖期都快过了！”

秦初晗头疼，实话实说：“我们来连城的第二天早上，大概五点吧，祁应琛就跟科考队出海了，我跟他一直处于断联状态。”那个看起来很能唬人的卫星电话没有发挥任何作用，每天装在包里甚至有点儿占地方。

陈胜利的脸突然占满屏幕：“都这样了你还不回来？想在连城港口化成一块望夫石？”

林笙挤开他，很紧张地问：“我给你准备的制胜法宝呢？用上了吗？”

身后一群人听到这个，可不得了了，连咖啡厅的小老板都过来凑热闹：“什么法宝，快拿出来给我们看看！不是我们好奇啊，就是单纯地关心珑寻老师的幸福！”

林笙着急忙慌地解释：“女士睡衣，不许发散思维！”

“哦，原来如此……那还是想看看！三个臭皮匠顶个诸葛亮，我们人多力量大！祁教授那样清心寡欲，普通款式真拿不下他！”

秦初晗无言以对。

时昊都震惊了：“你跟祁教授的进展也太慢了！昨天姑父跟我爸妈都聊到你们的孩子叫什么名字，老大是男还是女，结果还没上本垒？我代表全家表达三个字：搞快点！”

陈胜利大喇叭似的在那边嚷嚷：“我下午就搬家，祁应琛被我正式开除室友籍！”

秦初晗更头疼了，面有菜色地结束这通开始很正式、末尾歪到了火星的视频会议。

客厅里瞬间安静下来，海风吹拂着窗帘，海浪声沙沙地响着，海面上空堆叠着层层浅灰色的云，连带着大海的颜色也不如前几日好看。

这样的天气，总是让人提不起精神。秦初晗抱着柔软的抱枕靠进沙发里，平稳地呼吸着，试着回想在南城发生的一切。老张的死，小黑的结局，是毫无疑问的悲剧。如果提早一天让他们知道自己的决定……不，现在再想这些都迟了，未来才是关键，该振作起来了。

她一鼓作气站起来，回房间拿出了刻意收起来的素描本和彩色铅笔。

受到小伙伴们的召唤，秦初晗的思路一下子清晰起来了。

往好的方面想，目前公益基金会运转顺利，需要帮助的业内人士只要点击官博置顶的链接，填写自己的信息就会进入流程。还有那帮海市名媛和阔太太，年后的派对都不怎么搭理她，南城的事情一发生，好多人主动联系她，想要为这个行业做点儿事。不管是偏向于抓热点凑热闹，还是出于真心，有她们相助，秦初晗以后在富贵圈中走动会容易很多。还有大前天，秦宝珠在豪宅里办了招待酒宴，赠礼用的是秦初晗精心准备的文创礼盒。过后戴总秘告诉她，集团股东和常年与山海集团保持商业往来的合作方都很喜欢这些动物主题的礼品。把人脉一点一滴累积起来，就是她拿下山海野生动物园的最大筹码。

现在还有那么多事没完成，她不能停留在原地！

3

下午，秦初晗来到酒店沙滩那条著名的百米栈道，天高云阔，视野所及是一望无际的大海，因为是旅游淡季，有一种包场的豪横之感。

她打开素描本，拿出彩铅，回归老本行。

文创团队组成初期有规定，团队内成员每个月必须拿出两到五个以动物为主体的设计创意，没有绘画基础就用文字描述，越详细越好。月底汇总时，要是创意少于两个，或者

在会议上被大家一致认为过于敷衍，就得接受扣工资惩罚。此条对秦初晗同样具有约束力。这会儿已经是二十六号了，团队老大还没拿出像样的内容，就……不太像话。

本月的设计主题为“安全感”，动物元素是熊。

第一件是防狼手电警报器。巴掌大的小熊呈半坐的姿态，怀中抱着可以照明的手电筒，底座设有一个拉环，一旦拉开，即刻响起超大声警报，直至电池耗尽。小熊按照现实中熊的种类出，身体肥硕的棕熊、胸前有白色 U 领的马来熊、浅褐色 V 领的亚洲黑熊……总要让购买者了解一些相关知识。

第二件是小熊夜灯，分为两个款式：其一为小熊安逸地趴在圆形的月亮球体上，其二为小熊悠闲地仰卧于弯弯月牙中。发光部分均在月亮上。整体采用透光性强的胶质模具，表面以柔软的丝绒覆盖，灯光不需要太强烈，能照亮门廊或房间转角就好。

完成之后，秦初晗把几张设计稿拍下来发给林笙，让她联系合作厂家打样。

林笙是个耿直的，径自纠结了一会儿，选择实话实说：“老师，只看设计原稿很可爱，但也只有可爱，设计方面太简单了，会扣钱的……”这两个东西，在某宝上随便搜索都有成千上万的选择。从商品本身来讲，没有突出卖点，不具备市场竞争力。

秦初晗想了想，确实如此，决定退而求其次：“只做样品就好了，钱照扣。”

林笙懂了：“你还在自责啊？”估摸着这话太直接了，她又补充，“老师，你真的不用这样，你已经做得很好了！谁的人生都会留下一点儿遗憾的！”

虽然林笙给秦初晗做了好几年的助理，她们私下的交集却不多。一直到去年十月，林笙来到江城住进动物园，与大家朝夕相处，感情才日渐深厚。她很清楚秦初晗在和人类交往方面始终有着无法拉近的距离感。但这没关系，她也有不愿意为外人道的小固执、小坚持，还有说出来大概率会被笑话的小纠结。

林笙：“道理我都懂，就是希望你能敞开心扉跟谁聊一聊，祁教授太忙的话，我不介意做你的备选。我永远为老师亮灯！”

秦初晗被成功暖到，坐在栈道尽头埋首打字：“知道要向前看，只是想留下点儿什么提醒自己别忘记。”

这句发出去后，她滑动屏幕看了下前后的内容，发现林笙每次跟她说话都会以“老师”为开头。明明她们认识那么久了……

秦初晗：“说这些的时候就不用叫我‘老师’了吧，怪有距离感的。做绘梦那边的工作时，我才是你的老师，而且你早就具备独当一面的能力，完全可以出师了。”

林笙：“啊啊啊啊啊啊啊！！！”

秦初晗："？"

林笙："所以现在我们是朋友了对吗？刚才你主动向我抛来象征友谊的橄榄枝？"

秦初晗："是……毕竟我人生中最糟糕的那个夜晚，你豪掷千金包下酒店泳池那一层，就为了让我痛痛快快地喝酒发泄，还不被路人看到丑态……"

林笙："很高兴你喜欢我的钞能力。脸红 .jpg"

秦初晗低头笑出声。性格温软可爱，还附带钞能力的女孩子，谁不喜欢呢？

林笙："既然我们是姐妹了，这个月的设计创意我帮你遮过去，厂家那边我也会联系，让他们好好做。"

秦初晗觉得有哪里不对："这……不太好吧。"

林笙虎起来了："没事，不怕，交给我！"

秦初晗："那就拜托了，我再在连城待两天，要是祁应琛还不露面，我就先自己回来。"算了，就任性这一次。

林笙："介绍你认识我们传媒界冉冉升起的未来之星——我哥！"

秦初晗："……"

她放下手机，抬起头，海面上出现了漂亮的景致。云层形成不规则的洞，大片的阳光洒落，将那片海域照得波光粼粼，璀璨得犹如星空。秦初晗心里的阴霾似乎也随之消散了。

"看来还是要拥有人类的朋友才行。"她傻乎乎地自言自语。

这时，面前的海水中隐约浮现几道大鱼的身影，游得快极了。然后，水面上露出灰色的鳍……秦初晗盯着那快探出海面、不断划出水纹的灰鳍，疑惑地眯起眼。是鲨鱼吗？不对，鳍太小了，位置也不太一样……她仔细回想水族馆里那群斑白角鲨的样子，跟眼前这个晃来晃去的比较起来，表皮颜色的确很相似，但身长就差得远了，而且鳍的形状也略有不同。

她站起来，让视线更广："灰海豚？"

话还没说完，海面下的影子蓦地停顿了下，随后发出有些沮丧的声音："啊……被发现了……"

是个年轻的男声。

秦初晗抿着嘴笑了笑，佯作不察，坐回原位，拿起手机打开摄像头，装模作样地拍远处难得一见的绮丽景致。

没过多久，她听到了对话声——

"这个小姐姐长得不错，是我这个月见过最好看的。"

"我也这么觉得。"

“你们觉得好看有什么用，都没有人陪她！我妈妈说两脚怪最喜欢抱在一起，孤零零的两脚怪肯定不是什么好东西！”

“你懂个屁，我爸还说了，两脚怪的女孩子很难追的，越难追越珍贵，才不会轻易和谁抱一起！”

“哦，那你去追啊，你看她搭理你吗？”

“她跟我们又不一样，只能待在陆地上，我要追到她又抛弃她，对我们海豚影响不好，惹两脚怪恨，我何必？”

“你说什么就是什么，反正道理总在你那边。”

“毕竟我是这片海域的王者！”

“得了吧……”

“你继续吹，我就当没听见。”

“怎么是吹了？请你们举例证明，我哪里不行？”

秦初晗听得嘴角上扬，这海豚是个辩才啊，清华北大要开海洋动物辩论班，一准能进，说不定还能进入首发阵容。

这条网红栈道很长，走到尽头，海水已经相当深了，此刻在她眼前玩耍的海豚共有三只，两只雄豚，一只雌豚，听声音应该都不大，以人类为标准判断，大约处于无忧无虑的青少年时期。

祁教授在走之前那天有科普，灰海豚的分布很广，具有远洋习性，喜欢水深大于180米、水温高于10℃的水域，有时也到水温为5℃~6℃的海域里活动。从外形上看，豚身呈纺锤形，头部钝圆，鳍肢狭长，体色基本为灰色，腹部要稍微淡一些，背部会透出些许蓝灰色调，部分老年个体的体色会逐年变淡。

秦初晗慢条斯理地做着知识回顾，水里那三只已然形成二对一之势，展开激辩——

“我觉得你哪里都不行。”

“没错，游得慢，吃得多，还喜欢盯着漂亮的两脚怪看。”

“单论长相，也不是我们当中最好看的。”

“你们吃得少了？”

“嗯……”

“是！我承认我丑！不过今天提议来看两脚怪的好像不是我？”

“呃……”

“谁说我游得慢？我也有比你们都快的时候好吗！”

"什么时候？"

"就上次……遇到那群虎鲸。"

"逃命啊兄弟，谁不是拼了命地游……"

"说起来那群虎鲸真讨厌，净追着我们吃，附近鲨鱼也不少啊，它们偏偏视而不见。"

"哎，能逃掉就好，我妈妈说过虎鲸的脑子不太好，又凶又蠢，行踪飘忽不定，对大家都不友好，不如我们海豚心思活络，懂得变化。"

"也有好的虎鲸，和我们一样会远洋，还合作捕猎鲑鱼来着，记得吗？"

"记得记得，它们家有个妈妈疯疯癫癫的，逢鱼就问有没有见到它儿子。全大海的虎鲸不都长得一个样，就算见过我也认不出来啊。"

"别这么说，那个虎鲸妈妈怪可怜的，儿子生下没多久就被坏两脚怪抓走了，现在……"

三只小海豚纷纷叹气："世界真凶险，两脚怪真可怕！"

秦初晗不淡定了。她听北极星说过，离开大海来到内陆前，它所在的鲸群就是专门捕食鲑鱼的远洋鲸，直到现在，它还能区分出海里的鲑鱼和饲养员喂它的鲑鱼之间微乎其微的鲜味差别。虽然那时它还小，虽然大海是那么的大，可万一呢？

"我们回去吧，被发现又要挨骂了。"

"再等等，小姐姐还没喂我面包。我要吃面包，我的面包……"

"馋死你得了。"

"我也想吃面包，太美味了。"

冷不防地，秦初晗抬起头，对三个小家伙所在的那片海水道："对不起，我没有带面包过来，如果你们能回答我几个问题，我现在就去买，可以吗？"换作以前任何时候，她都不会主动和野外的动物交谈，更不会承诺以面包作为情报交换，但今天情况不一样。

那片海域陷入短暂的沉默。除了阵阵海浪声，在水面下，在海底深处，似乎什么也没有。然而没过多久，可爱的窃窃私语重新响起——

"我的妈呀，这个小姐姐听得懂我们说话？"

"还说要给我们买面包吃……"

"什么是买？"

"不重要，那是她的事，我们只要决定吃不吃就好！"

"可她想问我们几个问题……"

"要出去吗？"

"我想出去！我想吃面包！！！"

“你先别激动，我们商量一下……”

“这个两脚怪看起来不坏。”

“你刚还说她孤零零的肯定不是好东西！”

“刚才……刚才她又没说要给我们面包吃……”

“也对……”

看着小海豚们跃跃欲试，秦初晗不由自主地想象着水里的喜感画面。也不知是哪个作孽的人类给它们吃过面包，让它们至今都念念不忘……投喂这件事情，不管是在动物园还是在野外，都是不对的！

大约过去一分半钟，平静的海面上率先探出一颗表皮光滑、钝圆可爱的脑袋。接着，两名同伴出现在它身旁。三个小家伙呈一字排开，就那么定在水里，齐刷刷地向秦初晗行注目礼。

中间那个先开口，装腔作势地问：“人类，你听得懂我们说话？”它就是最开始装鲨鱼吓唬秦初晗的臭屁小鬼。

左边的雌豚转身看了它一眼，黑玻璃珠子似的眼睛里露出明显的嫌弃：“你都跟她聊上了，你说她能不能听懂？”

右边的雄豚直叹气：“这个傻子哟……”

夏天曾经说过，在野外生活的动物们是没有名字的，它们有一套识别同伴的方法，每个物种和群体都不同。为了方便自己和小海豚们交流，秦初晗决定管臭屁小鬼叫“臭臭”，刚才联合起来呛它的男孩子叫“静静”，冷静的那个静，女孩子就叫“美美”吧！

她半跪在栈道尽头，俯身跟它们打招呼：“听得懂，我叫秦初晗，很高兴认识你们。”

静静的警惕性很高：“有什么值得高兴的？”

秦初晗：“在我们人类中有个说法，来海边看到海豚，就会收获好运。”

美美立刻发现话里的不对：“不是要看到粉色的海豚才会有好运吗？”

静静对她发出奶凶奶凶的告诫：“人类，你可别诓我们。”

臭臭也横起来了：“没错，别以为几个面包就能把我们收买了！”

哦，对，面包……秦初晗表情微变。

美美意识到不对，小声提醒：“别说出来呀，你个大笨蛋！”

静静再次无可奈何地叹出一口气。

秦初晗笑眼弯弯，和颜悦色地问：“你们想要几个面包？”

臭臭是个憋不住心事的：“她居然问我们要几个！”发了啊！

美美连忙表示："我想吃那种叫作'方砖'的面包。"

静静有些为难："我想要里面夹着草莓果酱的……"

臭臭不挑："我都可以。"

三个住在海里的小东西居然连草莓果酱都知道，知识面也太广了……秦初晗不等它们商量好，直接拍板："一个方砖面包，你们三个分，只要回答我几个问题就可以了。"随后追问，"谁给你们吃过面包？"

"就是你们人类啊。"美美游上前，不自觉靠近她一些。

"能不能说得详细一点儿？是我这样的路人，还是船上的人？"

静静也游上前来："我们是在离这里很远的海上遇到那个人的，他住在一艘很大很漂亮的船上，每天傍晚都到船尾给我们面包吃，和我们说话。"

美美抢答："他还说他是，嗯……在人类当中专门管吃的！我们跟了他好多天。"

秦初晗大概知道了，应该是游轮上的厨师。

臭臭游到小伙伴的身边，直入主题："别废话了，面包呢？"还讨价还价，"一个也太少了，至少要三个，这才方便我们分。"

美美和静静随之附和，赞同它的话。面包的魅力，不容小觑！

秦初晗双手环抱在身前，垂眼睨着三小只，冷面冷声："豚小肚皮大，面包只有一个，成与不成，给句准话！"

臭臭："可恶，你们两脚怪太狡猾了！"

静静："一个就一个吧，现在就要，不能再耽误了。"

美美："……"

秦初晗勾唇笑，把它们拿捏得死死的！

她怎么也没料到，来连城那么多天，第一次召唤祁应琛给她安排的二十四小时管家，会是请人家帮忙买一个方砖面包，带到栈道上来。考虑到海豚的健康，她还特地叮嘱要买最好的，用最新鲜的原料烘焙，不能有任何添加剂。

挂了电话，美美它们追着她问："原料是什么，添加剂又是什么？"

关于"新鲜"就不用解释了。在海上遇到死鱼，它们连碰都不会碰一下。海豚在口粮方面有超高的要求！

秦初晗正愁怎么让小家伙们明白接受人类投喂的危险性，既然它们主动问了，秦老师"海洋动物自我保护"小课堂自然正式开课："原料就是制作面包的基础食用材料，原料越好，做出来的面包越香。添加剂就不是什么好东西了，它明明不是吃的，却能让吃的变得更香、色泽更好看、保存时间更长。打个不恰当的比方，你们在海上遇到一条死了很多天的鲑鱼，肚子都烂空了，闻起来却很新鲜，吃起来好像也没什么问题，那它一定用了添加剂。这种东西对你们危害很大，吃了会短命、变丑、变笨……这些情况都算轻的，要是吃到添加剂很多的食物，说不定会死！”

她绘声绘色，表情丰富，成功把三只小海豚吓得愣作一团。

臭臭勇敢地站出来辩驳：“你……你别夸张了！你们的东西我吃过好多次，而且大家都在吃，从来没见谁吃了什么立刻就死掉的！”

美美瞬间和它结成统一战线：“你就是不想我们吃掉太多面包才这么说。”

“面包在我们这里又不是特别珍贵的食物。”秦初晗无所谓地耸了耸肩，“非要说珍贵的话，海鲜勉强算我们人类食谱上比较贵的，不过也分地域，我个人比较喜欢大龙虾、帝王蟹、鲍参翅肚……”说到这里，她望着水里三只小海豚，露出馋相。

静静义正词严：“我们海豚是保护动物，吃我们是会受到惩罚的！”

“你懂得还挺多。”秦初晗夸了它一句，却不害怕，“可我现在抓你们回去吃掉，谁能看见呢？没有其他人做证，吃了也就吃了，我说得对吗？”

小海豚们可不想赞同。

秦初晗一点儿开玩笑的意思都没有：“你们是背着爸爸妈妈偷跑过来的吧？胆子也太大了！我们人类有时候连同类都毫无理由地乱杀，更别说几只海豚了，有的人要想使坏，在你们吃的东西里掺点儿毒药、放几块锋利的刀片，能让你们活着比死更难受！”

臭臭吓得完全没入水中，小命和面包比起来，那还是前者重要些。

美美小声安慰它：“别怕，她只有一个人，抓不了我们。”

“我、我、我……知道！”臭臭哆嗦着说，“她还想跟我们打听事，不会害我们的……暂时。”

“不能白来这一趟。”静静开始做战略部署，“待会儿送面包的人很多的话，我们就跑！”

美美和臭臭连声应和。

之后它们再也没有主动和她交流。它们终于对人类这种自以为是的生物产生了真正的、十足的戒备心……

虽然秦初晗很想和它们做朋友，但不行。防人之心不可无，宁可它们这辈子都恨人、怕人，也不能给它们制造“所有两脚怪都很好相处”的错觉。

过了大概四十分钟，管家送来了全市最好的方砖面包。因为来的只有一个人，藏在水里的三个小家伙勉强松了一口气，待管家离开，纷纷浮出水面。

秦初晗将面包均分为三份，摆放到栈道边缘："不早了，开始问答环节吧。"

静静先发话："你问。"

"之前我听你们说遇到过一个远洋的虎鲸群，以鲑鱼为主食，没错吧？"

"我们每年都会遇见它们几次，错不了。"

秦初晗拿起一份面包，撕下一块扔给它。

静静张嘴吃进肚子里，美味呀！

另外两个眼巴巴地看过来，讨口吃的真不容易……

秦初晗忍着笑，望着美美问："我还听见你说，它家有个虎鲸妈妈因为失去了儿子，变得疯疯癫癫的，对不对？"

美美立在水里，前后晃了晃身子，就像在点头："那个妈妈好可怜的，第一个孩子出生不久就被抓走了，后来它再也不愿要子鲸，海龟还笑话它生不出来。我小时候游得不快，抓不到鱼，它就把最肥美的鲑鱼送给我吃，夸我特别乖，还问我愿不愿意做它的孩子呢。"

秦初晗心痛了一下，拿起中间那份面包，同样撕下一块，奖励乖巧的小美美。

"到我了！到我了！"臭臭是个不长记性的，主动凑过来。

秦初晗哭笑不得，先喂给它吃了才问："你们知道虎鲸妈妈的孩子多大了吗？如果它还在的话。"

"那得好大了……"臭臭转身看看同伴，交换了个眼神，再转回来道，"就很大。"

静静做补充："奶奶说过，虎鲸的寿命是我们的两倍，那个妈妈和我奶奶差不多大，我奶奶最近总是念叨它日子快到头了，嗯……你自己算一下吧。"

这题秦初晗会！祁教授说过，野外虎鲸的平均寿命在八九十岁，海豚折半的话，静静的奶奶大概有四十多岁。雌性虎鲸在六到十岁达到性成熟，北极星很肯定自己二十七岁，假设它的妈妈在十岁左右生下它，时间基本都能对上！

其实自从祁应琛告诉她人为圈养虎鲸的危害，她就一直在想，能不能找机会放归北极星。而放归的最好条件，是先帮它追踪到它的家族。

"秦初晗，你傻笑什么？"臭臭等不及了，离弦箭似的冲出老远，高高纵起来，溅起大水花，再加速冲回她跟前，"面包，快！"

秦初晗按捺住激动的情绪，给它们喂吃的，继续打听："能跟我说说你们远洋时，通常都会在什么地方遇到吗？"

美美为难了起来："不好说的呀，我们都是跟着家人游的，还不太能记住路线。"

"我早就记住了。"臭臭嘚瑟地张大嘴，"不过很遗憾，爸妈从小就教育我们，东西可以乱吃，远洋路线不能随便说出去，尤其是对你们人类！”

秦初晗一点儿不生气：“没关系，你爸妈是对的，听话才是好孩子。”

世界各大渔场都是由洋流交汇而成的，不管是远洋鲸还是远洋的海豚，一定会跟随洋流来活动。这可是中学的地理知识！

面包喂完了，天空出现绚烂的晚霞。静静礼貌地道：“我们该回去了，谢谢你的面包。”

秦初晗笑着对三小只挥手道别：“也谢谢你们回答我的问题。”

美美对她打听的内容感到不解：“你认识那个虎鲸妈妈吗？”

“好奇而已。”秦初晗有所保留。要是让它们知道她可能认识虎鲸妈妈的孩子，等到下次它们再遇到虎鲸妈妈，把这件事转告，而她又不能立刻放归北极星，那位妈妈得多难过啊。不管是对人还是对动物来说，遥遥无期的等待都是无尽的煎熬。

“走吧！”静静一头扎到海里，顷刻游出几十米远。

美美慌忙跟上，要它等等自己。

静静头都不回，说不等了，没法儿等，今天出来玩得太久，回去肯定得挨训。

唯独臭臭还浮在栈道下，露出大半个脑袋。

“有话要说？”秦初晗眯着眼问。

“你人还不错。”臭臭评价她，“刚才那些在面包里下毒、藏刀子的话，都是为了让我们提防被坏的人类伤害才故意说的吧？”

秦初晗温柔地望着它，说：“就算我今天对你们好，明天也不一定的，长点儿心，别轻易相信人。”

臭臭发出不买账的轻哼：“这些话我爸妈每天都在说，要你来提醒我？走了，再见！”

灰色的影子远去，追上同伴们后，它们逐一跃出海面，像是在对谁做最后的告别，末了消失在海里。

秦初晗坐在栈道边看着，在心里与它们道别：要健健康康平平安安地长大呀！世界很大很大，等着你们去冒险、去发现，去找到最好的自己！

离开栈道时，秦初晗决定今晚就回江城。她想立刻看到北极星，喂它吃新鲜的鲑鱼，陪它说话，聊一整晚！但先不告诉它可能听到了它妈妈的消息……还没到时候，秦初晗要为它好好谋划。

祁应琛在这时打来电话，先送上歉意：“对不起，上船后才接到通知，进入考察范围后不能使用任何通信设备。”

所以现在已经离开那个地方，在返航的路上？但秦初晗一点儿都不关心了，只道：“没

关系，我准备回江城了，等你忙完，我们动物园见！”态度相当大方，语气直白且欢快。

祁应琛摸不准女朋友使的什么招数，沉默了一会儿，艰难地开口求教：“这是你想出来的折磨我的怪招吗？”虽然怪，但效果是真不错！

“折磨你？”秦初晗止步，呆了两秒才反应过来，笑着解释，“我说是无心的，你信吗？”

祁教授是何等聪明的人，听她这么一说，再结合自始至终欢快的语调，很快明白了：“发生了什么好事？”

“非常非常非常好的一件事！”秦初晗激动得想跳起来。但她已经站在酒店一楼带泳池的花园里，几个年轻人正泡在浅水区喝啤酒、打扑克牌，所以要按捺住，不能表现得像个智障，至少不能在人前表现……

祁应琛越发好奇：“居然用了三个‘非常’。”

到底是什么事，让她连男朋友的断联都无暇问责，还要立刻赶回江城去？他乱猜：“秦家把动物园送给你了？”

“那没有。”秦初晗深吸一口气平复心情，迈步向前走，“比这件稍微小一些，要是真把动物园送我了，我做梦都能笑醒！”

“我还有一小时五十四分的自由活动时间，之后要回到船上继续工作，三天后返航。”祁应琛迫不及待想听她分享。根据过往的经验来看，他相信女朋友能在有限的时间内把事情叙述完整。

秦初晗才不会轻易告诉他。回想起小海豚们聊远洋途中遇到的虎鲸类型，她向博学的祁教授发问：“先跟我讲讲虎鲸的几种类型。”

此时此刻，在距离连城数百海里、坐标未知的某片海域上，快艇停在科考船不远处，祁应琛身着橙色的救生衣坐在尾端，听到女朋友提出的问题，哭笑不得地对坐在对面垂钓的白发老者进行复述。老者听罢，笑着道：“既然是女朋友问，你就给展开讲，仔细地讲，要是讲不好，今年给我回学校重修。”

秦初晗听到这番话，惊讶道：“说话的是你的老师？”

“我老师的老师。”祁应琛无奈地笑着，在师祖颇为严肃的注视下开始答题。

“从类型上讲，虎鲸有十大生态型，按照活动区域划分，又可以分为南极、东太平洋和大西洋。

“南极 A 型虎鲸是最常见的，分布也最广泛。它们有明显的黑白色皮肤，体形庞大，眼睛上的白斑在虎鲸中属于中等大小，大多生活在开放水域，以海豚和小须鲸为食。南极 B 型虎鲸的主食是海豹。它们身体的大部分并非纯黑，而是中灰色，有些个体的白色部分呈不规则的淡黄色斑，眼睛上的白斑是南极地区虎鲸中最大的。B 型还分为两类，这里暂时先不讲。C 型虎鲸也叫罗斯海虎鲸。它们只生活在南极地区，外表和 B 型差不多，体形很小，因此也有‘侏儒虎鲸’的绰号，背鳍呈中灰色，眼斑呈淡黄色且明显向前倾斜。专家对它们的捕食习惯还不了解，只观察到它们有捕食南极鳕鱼。最后是 D 型，也是最神秘的一型。国际上首次拍到 D 型虎鲸是在 2014 年，拍摄地点位于印度洋南部的克尔格伦岛和克洛泽群岛之间。因为发现时间晚、观察周期短，暂时不了解它们的捕食习惯和主食。但是 D 型很好认，眼睛的白斑非常小，背鳍短而窄，是所有虎鲸类型中最稀少的。

“东太平洋虎鲸有三大类型：居留型、过客型和远洋型。居留鲸通常由雌性首领及其子孙后代构成，数量从五只到十几只不等，性情温驯。过客鲸凶猛异常，活动路线飘忽不定，不会在一个地方停留过长时间，是虎鲸当中的沉默杀手。远洋鲸的整体规模大于前两者，群体之间存在交换成员的现象，一般生活在离海岸线较远的地方。

“大西洋虎鲸分为 1 型、2 型和 1-2 型，目前对这片海域的虎鲸了解不多，各方面有待研究。”

说到这里，祁应琛特地点出重点：“根据外形判断，北极星应该是东太平洋远洋鲸。”

女朋友不会无端要他做这类科普，放眼整个山海野生动物园，只有北极星这一头虎鲸。更别说不久前，他还跟她提过放归的事……

秦初晗站在电梯前，望着金属门上自己模糊的身影，心跳加速：“我好像得到了它妈妈还有整个族群的消息。”

祁应琛神色微变：“真的？”真有那么巧就太幸运了！

秦初晗重重地“嗯”了一声：“听远洋的小灰海豚们说的，我算了下时间，这次可能真的中大奖了。”

祁应琛也很激动：“等我回来再详说。”又问，“你确定今天就回江城？”

秦初晗决定遵从内心：“说不清为什么，特别迫切地想跟北极星见一面。”在栈道上跟小海豚们做告别的时候她就订好了机票。

祁应琛只好表示遗憾：“我跟朋友借了艘游艇，想带你出海的。”

“不用太在意，这种机会以后有的是。”秦初晗不走心地安慰了他两句，迅速拉回正题，“海研所那个海洋生物野化基地可以接收北极星吗？上次你跟我提了放归的事以后，我在网上搜过，放归虎鲸不容易，要做野化训练，让它重新适应大海，还要学捕猎技能……”

北极星在水族馆住了那么多年，别看它平时皮起来让人恨得牙痒痒，放入无边无际的海洋指不定㞞成什么样，不安和无措是一定的。但是秦初晗相信，更多的勇气会支撑它找到回家的路！

“功课做得不错。”祁应琛笑着跟白发老者对视了一眼，对人美、心善、行动力还超强的女朋友如实道，“国内还没有放归长期养在水族馆的虎鲸的例子，就算下定决心去做，也要从长计议。”

连城的海洋生物野化基地主要针对的是生活在附近海域的斑海豹群体，不确定那里是否有足够的空间安置北极星。除了配备必不可少的硬件设施，还要研究虎鲸的专家参与其中，提供最专业的意见。转移环境会对北极星造成生理和心理上的影响，这又需要它的饲养员长期陪伴。而这当中的每个环节，都得靠源源不断的资金来支撑。

“放归虎鲸？”老者感兴趣地扶了扶鼻梁上的老花镜，“是山海野生动物园吗？我去过那里，园区环境很好，动物也养得不错，水族馆里确实有那么一只虎鲸，活泼健康。”

祁应琛点头道：“我女朋友目前负责动物园的文创开发，现任园长是她的父亲。”

老者扬起眉，做了然状：“听说过，女孩子很优秀。”

秦初晗听见自己被夸，忍不住打听：“老师的老师，人脉一定很广吧？你哄哄他，嘴甜一点儿，请他帮帮忙！”

祁应琛失笑：“会的，放心，不过你是不是应该讲讲做事的先后顺序？”

“我知道。”秦初晗思维灵活着呢，“北极星是水族馆的一哥，我们动物园的动物明星之一，放归它不但要钱，还要董事长点头同意。”

放归虎鲸是好事，一定会为山海野生动物园，甚至为整个山海集团带来正面积极的评价。至于资金方面，秦初晗自己想办法，只要秦宝珠肯在文件上签字。

一通有时间限制的电话没讲几句，就被秦初晗以赶飞机为由挂断。祁应琛坐在小艇上，对师祖道：“她跟我讲了五分钟的虎鲸，然后为了尽快赶回动物园去看北极星，毫不留恋、更无犹豫地结束了我们的通话。”而且还是他们好几天没联系，而他最快需要三天才能结束这边的工作回去和她见面。原来有个不黏人的女朋友，是这样一种落寞的感觉……

老者笑得肩膀直颤：“你也有被冷落的一天！”

不管祁教授的心理活动怎样，秦初晗愉快地回酒店收拾行李，直奔机场。晚上十点，她出现在水族馆的虎鲸水舍前，看到水里那块黑影，心安定了。

秦初晗捧着个饭盒就地坐下，牙齿咬住筷子的塑封，往下一扯拿出筷子，揭开饭盒盖儿，一边大快朵颐，一边冲水里那家伙喊话：“宝，出来聊几句。”

北极星探出水面，靠在池台边，盯着她疯狂打量：“你不对劲。”

秦初晗在飞机上没吃，这会儿饿极了，两边腮帮子被食物撑得鼓鼓的，含糊地说：“没什么，就是想你了。”

“南城的事我听说了。”北极星自动画重点，“你是不是想我安慰你？”

事情发生那两天，饲养员们就站在水舍边聊这个，讲得特别详细。北极星是觉得，它们动物，尤其是养在动物园里的动物，不分天上地下、水生陆生，对人那么大的恶意等同于找死。那黑熊八成有什么难言之隐，要是正好被晗晗知道，她肯定难了。

秦初晗没瞒着：“我前两天是有点儿过不去，不过现在没事了。”着急忙慌地赶回来，真想要安慰，臭弟弟能抱能揉声音也好听，北极星不是首选。

北极星不信：“别告诉我你想我了，你们女人的鬼话太多，我分不出真假。”哎，它也好难啊。

承受着北极星质疑的目光，秦初晗加快咀嚼速度，冒着被噎死的风险，用力将食物咽下去，而后回以它专注、诚恳和真挚的目光：“我真的想你了！”

北极星愣了下，差一点儿就被感动到了，但是不对，没那么简单……它浮在水面往后退开少许，拉开和秦初晗的距离，重新将她打量。女孩子穿一条度假风沙滩连衣裙，花里胡哨的颜色晃得它眼晕，还不讲究地在外面罩了一件棉被似的羽绒服，盘腿坐在池边，手里的盒饭被她挑得乱七八糟，整个人看上去就邋遢！

沉默了一小会儿，秦初晗主动问：“看出什么了吗？”比如她的真心，还有对它浓浓的思念之情。

北极星没有声调起伏地道：“你头发好油。”

秦初晗僵了僵，眼波流转，抱着饭盒默默转身背对着它，缩成一团的身影格外委屈。

北极星：“……”

秦初晗不理它了，真的不理了。

盒饭虽然不香，但人不能不吃饭。偌大的水舍回荡着吃东西的声音，一嚼，再一嚼，完全没有好胃口的那种快节奏。

北极星愣愣地盯着秦初晗的身影看了半晌，终于发现自己误会她了。

他们也算从小玩到大，感情自然不必多说。但是他们的关系又跟黑森林馆那颗煤球、象馆的暴脾气母象，还有熊猫馆的小团圆不一样。晗晗说过，他们是最佳损友，只要一个眼神就知道对方在打什么鬼主意，互相开很过分的玩笑也不会伤感情。可开玩笑也要讲时机的。比如今天，晗晗突然出现，结合南城发生的事，她嘴上说着“没事了”，可才过几天啊，怎么可能没事……还有祁应琛，也是个靠不住的，明明带她去别的城市度假，为什么让她一个人先回来？莫非闹别扭了？

北极星再一想，皎月的预产期就在这几天，闪电肯定是顾不上她的。夏天是个新手妈妈，它家那姑娘调皮捣蛋还是粘人精，带孩子都来不及，闺蜜只能先放一边。至于小团圆，听说最近和横横再度感情升温，园里都在期盼它们为大熊猫馆增添新成员。哦，还有个李昂，这鸟嘴太碎，跟它说两句掏心窝的话，相当于坐在广播室里做全园广播。总结下来，晗晗只能来水舍。北极星是她唯一的选择！她只有它了！

想到这里，北极星不禁自责起来，觉得自己刚才做得不对，没有顾虑到晗晗的感受。它游到秦初晗身后，望着她的侧脸，充满歉意地说："晗晗，你听我说……"

秦初晗无动于衷，把饭盒放到身侧，拿出手机，勾着头用手指头戳啊戳。

北极星拿不准她到底要做什么，难不成要打电话给它的饲养员，安排它明早吃它最讨厌的鲤鱼？

这时，手机播放出歌曲，还直接从副歌开始："我落泪，情绪零碎，你的世界一幕幕纷飞，门外的蔷薇，带刺伤人的很直接。过去被翻阅，结局满天的风雪……"

北极星："……"

秦初晗的肩膀开始抖动，忍笑忍得很辛苦。

北极星意识到自己被耍了："秦初晗，我们是朋友吗？"

我们不但是朋友，还是最亲的家人！秦初晗在心里给予唯一的答案，关掉手机音乐，转身面对它的时候，换了一副吊儿郎当的样子，表情里透着小委屈："祁应琛那个浑蛋，说好带我去连城度假，结果第二天就跟科考船出海，扔下我一个人，直到今天下午才跟我联系，又说还要三天才能回！你说他是不是很过分？"

原来如此，原来是这样，跟它猜测的差不多。不过跟祁教授生气，总比还停留在南城那件事上要好。北极星下完结论，用前几天来过的游客们聊天的内容来安慰她："搞事业的男人就是这样，他又不是出去鬼混。"

秦初晗知道它一天到晚都在听游客闲聊，对这种近乎与人类没差别的老油子腔调早已见怪不怪，顺口接道："答应的事情做不到，和他搞事业是两回事。再说了，我秦初晗的男人敢出去鬼混？腿给他打断！"

"你说得对。"北极星认同，然后不解地问，"你就是因为这个才急吼吼地回来，还特地跟我诉苦？"

"对啊。"秦初晗面不改色，毫无表演痕迹。

北极星语重心长："他没时间陪你，你不能自己玩吗？以前你不是这样的。"

以前的秦初晗，总是要到假期的最后几天才见得到她人。其他大部分时间，她都在游山玩水，忙于去世界各地的旅游景点打卡。怎么谈了恋爱，反而不能一个人了？过度依赖别人，这可不是什么好事。不过这也侧面说明晗晗很喜欢祁教授。可祁教授有多喜欢她，只有他自己才知道了。

北极星忧心忡忡，酝酿着再开导她几句，却听秦初晗笑道：“我玩了呀，玩了整整四天，累死了，所以才决定回来。”对男朋友，她心里特别有数，“祁应琛让我等几天我就要等几天？我才没那么傻呢！我就是故意走的。”

“为什么？”

“你想，邀请我去度假的是他，说到却没做到，我败兴而归，他能不内疚？”

“嗯，内疚。”

“等他忙完海研所的工作，迟早要回动物园，带着内疚面对一个被亏欠的我，到时候无论我提什么条件，他都会答应。”这一波，她稳赚不赔！

“你们人类……”北极星无言以对，“对不起，我不应该小看你。”

秦初晗用道理把它说服，也将自己突然杀回来的举动圆得滴水不漏，旋即懒洋洋地趴在池边，伸手去扒拉它：“你过来点儿，脑袋再探出来点儿，让我看看你。”

“有什么好看的，没见过虎鲸吗？”话虽如此，北极星还是照做了，还让她触摸自己冰凉湿润的皮肤。

“我怎么觉得你好像又长长了些？”

“大惊小怪，我正当壮年，还有得长。”

“那你再给我看看你的背鳍。”

“晗晗，你今天真的很奇怪。”

“我在连城的海洋博物馆看到仿逆戟鲸的化石，那可是你的祖宗，来，让我好好看看你们的区别。”秦初晗摸着它的背鳍，心里想的全是东太平洋远洋鲸的外形特点：中等体形，部分雄性个体能长到七八米长，背鳍后方的灰斑分叉很小，背鳍的弯曲度也不明显。还有它给隔壁混养区鲨鱼立规矩时，动辄就威胁要吃它们的肝脏，也很符合远洋鲸的饮食特点。啊，真是越看越觉得错不了！

北极星是很喜欢和秦初晗聊天的，她总能最大限度地激发它的好奇心：“化石是什么？”

“打个比方，等你百年归去，肉身腐化消失，剩下的骨架在特定环境和条件下，经过风雨洗礼、岁月打磨，终有一天变成石头，这个时候，我们人类就把这些石头收集拼接起来，放到博物馆里展示。”

“你们人类……”

秦初晗离开水舍时，北极星对她强烈要求，自己死后要么埋在动物园里，像人类那样立块墓碑；要么按照有一次一个海洋专家来时做的提议，把它整个制成标本，摆在水族馆的大厅，和动物园永存。变成化石什么的，太寂寞了……

秦初晗听得有些难过，没心没肺地跟它开玩笑："放心，你日子还长，还有盼头。"

北极星又问："那盼点儿什么好？"

秦初晗欲言又止，还不能说，还没到说的时候：放心，一定尽快送你回家，回到真正属于你的地方！再等等，她能做到的！

就在那个瞬间，北极星似乎从她的表情里看出了什么，它不敢多问，傲娇地哼哼着说："那就先相信你一次吧。"

谁让你是秦初晗，我的最佳损友呢。

4

次日清早，林笙几人走进咖啡厅，见秦初晗稳稳当当地坐在窗边喝今天的第一杯提神咖啡，吓了一跳："这就回来啦？玩好了？祁教授呢？"

"别问，不知道，不清楚，兴许被美人鱼迷到大西洋深处，再也回不来了也说不定。"

众人以陈胜利为首，纷纷起哄："不会吧，我们园里这么快就要少一对情侣，多出两只单身汪？"

秦初晗任大家自由发挥，新年第一个月马上要结束了，总结会议开起来。

午饭后，小秦总监溜达到东门直营店。本来她是想问问闻店长年后有没有特别的需求，顺便看看实体店里新到的各种商品，了解销售情况，好做针对性的修改。谁知道情况和她想的不太一样……

周四的午后，灯光明亮的店内，正对着门口的圆柱形货架上整整齐齐地码着昨天刚到的十几排企鹅盲盒。两名大学生模样的游客站在货架前，左边那个负责扫码付款，右边那个埋头专注地拆盒子。

山海野生动物园的第一款系列盲盒是司徒畅的创意，灵感来源于水族馆那群正在辛勤孵卵的斑嘴环企鹅。他以前留学时就见过国外的企鹅巡游，觉得十分有趣，因此加入文创小组后，第一个创意就选择了它们为主题。去年 12 月，他将计划交到秦初晗手里，随后请未来漫画界的新星林笙主笔，不仅参与到设计中去，还亲自跑了工厂，敲定材质和做工等细节。

盲盒是近年的流行玩法之一，四四方方的塑封里端正摆放一颗与斑嘴环企鹅卵等大的仿真蛋，蛋内是姿态、大小和造型各有不同的企鹅，可爱的、Q弹的、呆萌的、耍酷的……总共三十三个款式，对应春节期间巡游的三十三只可爱家伙，单价28.8元。集齐全套还有额外的福利，可以兑换动物园年票或任意一套动物摆件。

这系列盲盒上周在线上刚一上架，立刻卖爆了，听说园妹这两天螃蟹附体，在动物园里都是横着走的。秦初晗倒是对盲盒不太感冒，从一开始就看穿它最大限度地利用消费者好奇心的营销技巧。

不过这对于有收集癖的朋友来说就很致命了，比如此时，秦初晗在门口站了最多三分钟，那个个头稍显矮小的顾客已经第五次举起手机了。扫码成功后，他左手边目测至少一米八六的男生伸出手，在货架上点兵点将，经过一番玄学折腾和内心挣扎，终于从中拿起一个，拆封，扭开蛋壳盒子，探头往里一瞄，发出遗憾的“啊”的叹息——重复了！

“继续。”他干脆得很，没等同伴扫码，跃跃欲试的手已然伸出去，一副“我今天不把企鹅集齐我就不走”的豪横架势。

秦初晗听出宫桀大明星的声音了。就说这魔鬼星期四，哪里来的土豪大学生那么闲，跑到动物园来拆盲盒……

闻晓叶走过来与她站成一排，抬眸往店里望去：“哎哟，还在开呢……”

秦初晗环抱着双手，诧异地扬了下眉。

闻晓叶：“这二位是我准备去吃饭的时候来的，说是进店瞧瞧新品，结果往盲盒那儿一站就挪不开步子了。”

秦初晗闻言，稍稍移身往宫桀左侧的脚边看去，只见一堆拆开的盲盒外包装在半圆形的货架底座边堆起一座小山。

闻晓叶头疼了：“没想到企鹅盲盒卖得那么好，线上暂时缺货，线下估计也就这一批了，总共两千个，要是让大明星包圆了，周末专程为这个来的顾客可怎么办？”

去年这时候，她下定决心换工作，换环境，谁能想到今年此时，她最大的烦恼是销量太好，总是缺货。这人生就像开盲盒，总有盒子等着你去开，抱着期待或一点儿忐忑去打开它，好的坏的，都是你的。这个阶段是这样，下个阶段又是新的开始。但是你不能把所有的盒子都开了，不给别人留半点儿念想，对吧？这不厚道。

秦初晗听闻晓叶说完感悟，赞同地点点头：“我去摆平大明星。”

宫桀被叫停时，助理小姜刚扫了第五十七次付款码，简直视秦初晗为救星，踏着七色祥云出现的盖世女英雄！

宫桀就是希望落空的纯消费者了，垮着个脸质问店家："不是全套三十三只吗？我都开了那么多了，才集齐一半。不是我小气，你们这个概率真的不是一般的坑！"

秦初晗很有数地"嗯"了一声，拿出自己的手机，进微博，点开官博主页，最近的一条微博就是园妹发布的"企鹅盲盒交换办法及站点"："考虑到盲盒的不确定性，我们联合全国的山海酒店及集团旗下的游乐场，设置了近百个交换站点，你所在的东门直营店也是其中之一，门口那么大的牌子没看见啊？"

宫桀尴尬地眨了眨眼睛。

小姜一溜烟地跑出去，直接把那块做得很漂亮的公示广告牌扛进来，摆到他家艺人的面前。

"行了，我知道了。"宫桀将牌子掉转方向，再看旁边被他拆出一个"凹"形的货架，竟然意犹未尽，"要不这样，我再开九个，凑齐两套，这样还能多两个额外福利。"

小姜哭号着吐槽："哥，你进动物园刷脸就行了，用不着年票。动物摆件也全都有，连黑森林馆那颗煤球的主题都预订了，你集两套拿这些多余的福利有什么用……"

"我在微博上抽奖送粉丝不行啊？"宫桀说着，又伸手在货架上拿了一个拆开，是个体形圆润的大家伙，眼睛是两条黑色的横杠，一副不怎么快乐的样子。宫桀却在瞬间获得无与伦比的快乐："这个是新的，第一次开出来！我开的不是盲盒，是满满的成就感！"

秦初晗笑着跟小姜开玩笑："你看他开盲盒这劲头，要是让粉丝看到，一准得疯！"

说着她还模仿起来，双手捧着脸颊做陶醉状："啊啊啊好想变成盲盒给哥哥打开！"

小姜经她提醒，连忙拿出手机来拍，今天的 Vlog（视频日志）还没有呢！不过要等离开动物园再发出去，不然把同城上班上课的粉丝引过来，影响不好。

宫桀没反驳，貌似专注地拆着盒子，抽空瞅了一眼旁边笑得跟狐狸似的秦初晗，自言自语道："我是不是该换助理了？园方的人几句话的工夫就诓他把我拆盲盒的样子拍成 Vlog，我糊了吗？给商家打广告分文不取？"而且他堂堂内娱顶流，店员当他空气似的不闻不问，站这儿拆了一个多小时盲盒也不说搬个凳子给他坐会儿，"我记得元旦的时候，你们店长还亲自提着热水壶问排队的游客渴不渴，我今天都在这儿消费快满两千了，难道还不配得到一杯热水？！"宫桀眼睛本来就大，这会儿瞪得像铜铃，充满无辜。

秦初晗笑得快站不住了："别这样，大度点儿，这年头盘活一家动物园不容易，你就当做慈善。还有，不是店员们无视你，是不想让她们打扰你，才私下立了条规矩，这事儿怪我。渴了是吗？走，我请你喝咖啡。"

言外之意，那条 Vlog 可别删了，哥哥拆盲盒的样子那么可爱，怎么能不跟粉丝分享呢？

于是小姜留在店里做盲盒登记，秦初晗请大明星喝咖啡。

听说盲盒卖得太好，线上都脱销了，宫桀笑小秦总监贪心，一门心思惦记他的 Vlog 广告，也不怕他粉丝什么都买不到，一气之下去骂官博。

秦初晗跟他贫，又不是没被冲过，想到那天的销量，内心真是无比的舒畅！

今天宫桀是来接阿尔卑斯去海市的马场的，还有不到一个月就是星运会了，得争分夺秒地练习。

“以前没关注过星运会吧？别看我们都是艺人，当中好多马术高手，尤其常年拍古装戏那拨人，这次我带阿尔卑斯出道，就是奔着冠军去的！”走出咖啡厅，宫桀给自己定了个小目标。

秦初晗也很看好他们这对组合：“园里已经说好，等到比赛那天，我们组团过去，拉几条霸气的横幅给你和阿尔卑斯加油。”

“行，够意思！”广告工具人没白做，宫桀心里也平衡了。

时间还早，他下午是特地空出来的，又是星期四，园里几乎没什么游客，秦初晗便带他四处逛逛。根据大明星的要求，先看火爆整个春节的游夜一家，学会分辨它们谁是谁，再到大熊猫馆近距离虚空揉滚滚，去黑森林馆看望即将生产的皎月……还有鹿苑，红斑羚的外场已经很漂亮了，最迟四月就能让活泼好动的小家伙们享受全新的环境。

这半年多，山海野生动物园在悄然发生改变。秦初晗功不可没。

转了一圈，两人来到水族馆。这还是宫桀第一次逛到这儿，站在门口看着这栋外观颇为超前的建筑，他叹道：“嚯，有点儿意思！”

秦初晗忽然想起来：“你出道那部电影就是跟白鲸拍的，我没记错吧？”

电影名叫《少年与它，还有海》，实地取景，故事纯美得一塌糊涂，直接打开了国内这个类型的电影模式。

“对，提名三大奖，一个没中，喜提‘陪跑专业户’美名。”宫桀叹着气，直摇头。

“听说拿奖是要看缘分的，好多实力派演员一辈子都拿不到几个奖，但这不耽误他们被载入影史。”秦初晗道，“不过我们动物园没有白鲸，只有一头很臭屁的虎鲸。”

宫桀道：“虎鲸性格臭屁你都看得出来，不愧是在动物园长大的。”

秦初晗不置可否。

宫桀继续道：“我拍那部电影的时候，请来的顾问是研究白鲸的专家，他说动物都有自己的脾性，而且记性很好，他所在的研究所对放归的白鲸进行过数十年的追踪，发现它们基本都能找到家人，回到以前生活的海域。”

“放归白鲸？在哪里放的？国外的野化基地吗？他们资历如何？专家厉害吗？对虎鲸有没有研究？你跟他们还有联系吗？”秦初晗的散漫不见了，眼里瞬间聚起两个强烈的光点，直落在宫桀脸上，像是要将他望穿。

“姐姐，我们逛了两个小时的动物园，只有这个时候你的精神状态亢奋得最明显。你这是在用实际行动忽视我这个大顾客，太双标了！”宫桀目瞪口呆，垂眼看被她抓住的手臂，这力道可以啊，跟大猩猩馆那几位练过掰手腕吧？

“大庭广众下，别动手动脚啊……”他颤巍巍地提醒着，空出来的另一只手从外套口袋里掏出个黑色口罩，麻溜地给自己戴上了。

秦初晗打趣道：“差不多行了，你粉丝都知道我男朋友长得比你帅，还比你有文化——”

宫桀“啊啊啊”地打断：“谁说我没文化？我本科毕业，英语有四级证书的！”

秦初晗不想和他废话，垂着眼皮，不是很有耐心的样子：“说重点。”

宫桀一脸委屈，将手臂从女魔头的掌心里挣脱出来，往水族馆大厅望了一眼：“你想放归那头虎鲸？”

海洋动物比陆地动物稀罕多了！而且山海野生动物园的水族馆，门票是单卖的，里面就养了这么一个宝贝，真放归的话，损失得多大啊！宫桀拍过跟大海有关的电影，还不止一部，对这方面比常人了解多一些：“那么大的事，你做得了主吗？”

“你别管那么多。”秦初晗道，“最近正在考虑这件事，我认真的。它还年轻，拘在内陆动物园里太委屈了，而且野外虎鲸平均寿命八十上下，人为圈养的得折半。”

“又是你那兽医男朋友跟你说的？”宫桀不让她纠正自己，嘴快道，“什么也别说了，回头我帮你联系那边的专家，野化基地成立时间比我年纪大，品质保证！但你家兽医不可能不知道这些啊？”

“我们家祁教授最近忙着呢，跟连城海研所的科考队出海，为祖国海洋生物事业发展做贡献，我也不好拿这个打扰他，再说放归虎鲸也不是说一说就能成的事，慢慢来吧。”

事实是，我男朋友出海前给了我一部卫星电话，目前只通话过一次，我觉得连城待着没意思就回来工作了。但她怎么可能把实话说给曾经打算追求自己的顶流弟弟听？人类啊，面子事大！好歹今年她还有男朋友，以前她只有工作……

秦初晗领着宫桀往水族馆里走，去看孵蛋的企鹅。后者今天开了那么多盲盒，必须去认识一下本尊。

宫桀感叹：“你这哪儿是开动物园，开的是动物福利院吧。”

秦初晗愣了下，从各个角度琢磨了一遍，发现自己无法反驳，只好认下了——就算是福利院，也是福利最好的！

下午近五点时，鹿苑的工作人员连同海市马场那边来的运输团队一起完成了阿尔卑斯的“打包装车”。它的饲养员也会跟过去，接下来直至星运会结束，吃住都在马场，算公差，动物园报销，还给额外补助。

阿尔卑斯跟宫桀混久了，偶像包袱越发的重。临走前，它对秦初晗千叮万嘱，让她比赛当天记得来看，它是比赛型，十分需要现场真实响亮的欢呼声。而且在观众席上看到熟面孔能给它最大限度的底气，在候场区和其他赛马相处时，也可以介绍动物园的家人们给它们认识……说白了就是想显摆！

秦初晗面上对它有求必应，哄得它心花怒放去比赛，心里早就开始数着日子盼望。今年星运会，最火的必须是我们家的崽！以及，好运挂件能卖出多少个？什么时候开始预售？要不要让东门直营店先囤点儿货？要是阿尔卑斯拿了名次，甚至一战成名，以后还可能收到专业赛事的邀请。它那么优秀，待在动物园太委屈了，该多出去闯荡。她一定会好好给它设计几款主题产品，为鹿苑创收！

宫桀那边也相当给力，晚饭后给她回了信息，费了一番周折，终于联系上那位曾经给他们电影做过顾问的海洋生物学专家文森。

双方很快通上了话。秦初晗将自己这边的情况做了说明，又回答了对方提出的几个问题，得到初步结论：北极星虽然一直住在内陆水族馆，但没有经过系统训练，从未参与过动物表演，这极大地增加了放归它的可能性。

秦初晗和教授聊了很多，比如北极星的成长、脾性，平日住在水舍里如何给自己找乐子解闷，如何变着花样欺负饲养员……文森教授听得大笑，虎鲸在海洋里就是一霸，热心肠帮助其他水生动物的是它，没来由欺负这个那个的也是它。他对这头健康的虎鲸颇感兴趣，主动表示要亲自见见它，确定它的状况。

最后，他们还聊到放归它需要的若干步骤。这将是个极其漫长的过程，至少要持续数十年。

秦初晗说，只要能放归北极星，多少年都不是问题。

第十一章

豹子能有多深情

1

进入春暖花开的三月，含香“出嫁”的日期确定下来：阿尔卑斯和大明星比赛的前一天。

最近一段时间，整个山海野生动物园都沉浸在嫁女儿的氛围里。

大猩猩馆的五名饲养员组团去海市动物园看了“未来女婿”，对黑骑士给予极高评价之余，也为小荞麦伤感起来。小家伙你慢点儿长大吧，让爸爸妈妈们多给你一些疼爱……

伍衡最开始直播大猩猩馆，成天跟看官老爷们感叹这一家子真丑啊，没过多久，不知不觉变成了：做男人当以游夜为标准、啊啊啊荞麦好可爱、北斗越来越有它爹的风采了、含香大小姐这个转身就有范儿……后来还要求文创组出游夜同款 T 恤，款式最简单的那种就行，他要买个七八件，夏天换着穿。

工作日的早晨，黑熊咖啡厅的文创组例会上，秦初晗将此事提上日程：“因为游夜一家是今年春节主打款，线上销量很不错，十月还有泡面番，可以把这个系列扩展一下，做成文化衫，设计不需要太复杂，用我之前给泡面番画的宣传剪影就可以了，位置放在左胸、前身或者后背，林笙负责协调设计，把动物园的 LOGO 融入进去。”

林笙脑子转得快，记事本摊开在腿上，边记边问：“文化衫的颜色用纯黑、纯白和草绿可以吗？黑白作为 T 恤基础款，象征生命的绿色当作典藏版，三种颜色在剪影印花、底色和 LOGO 之间转换，形成呼应。”

“绿色不一定用草绿，配色上尽量做洋气点儿。”要是典藏版做得土土的，就失去典藏的价值和存在意义了，秦初晗想了一下，“要不试试莫兰迪色系？”

林笙的表情忽地亮了，特别诚恳：“老师我错了！只想到要体现文创价值观，牺牲了产品本身应该具备的特质——好看！”

秦初晗没辙地摇摇头，继续道：“除了黑、白、绿，典藏版再加一个黄色吧，绿和黄都用莫兰迪色系，起到一个呼应效果，这个要抓紧时间去做了，五一后开始物料宣传，月底上架，卖一个夏天。”

盛呦呦：“泡面番预计十月开播，我们在文化衫的基础上出秋冬卫衣款，到时候配合播出热度，还能在微博上互相打广告。”

“不错，完全可以。”秦初晗在记事本上将卫衣款重点记下，抬首对顾词交代，“基金会那边你多上心，以周为单位把邮件处理完，符合申援条件的那部分及时交给律所跟进，要是一个人忙不过来，就按实际要求招一个助理，最好是法律专业毕业，月薪待遇和补贴都按照去年你们刚来的标准。”

这时，司徒畅收到伍衡的语音消息，说海市动物园那边送拾一过来了，秦初晗的电话没人接，想凑热闹赶紧来。

“我手机放家里忘拿出来了。”秦初晗站起来，走之前问大家，“还有问题吗？”

团队成员纷纷摇头。

“那就都去忙吧。”小秦总监夹着记事本和 ipad，端着咖啡走出咖啡厅，明明没穿高跟鞋，背影却是大写的飒。

顾词打开笔记本，上人才网发布招聘信息。

林笙和盛呦呦商量文化衫的设计。

司徒畅捧着手机编辑今天的第一条微博：# 早安，山动 # 今天园里迎来一位新住户，大家猜猜会是谁？截至中午十二点，在留言区抽取一位幸运网友赠送……

陈胜利优哉游哉地窝在小沙发里，回复十分钟前祁教授问他们在哪儿、为什么他的女朋友不接电话的疑问：“啊，什么？你有女朋友？不对，我应该先向动物园发问，我们动物园有你祁应琛这号人吗？”

二十分钟前，动物园东门广场，祁应琛拖着行李箱站在甜品站门口，看着齐全的棉花糖种类，琢磨带一朵回去给女朋友吃着玩儿。在生活中制造惊喜的小妙招，祁教授都懂的！他还特地换了好几个角度，仔细把那一簇美好如《飞屋环游记》的棉花糖拍下来，兴致勃

勃地发给女朋友，结果等了五分钟，没有收到任何回复，再打电话，没人接……他这才问到胜利老师那里，没承想遭到对方无情的嘲讽。

祁教授这么多年的书不是白读的，立马反击:“没有女朋友的人无论说什么都像是在酸，你觉得呢？”

陈胜利嘿嘿嘿地笑，问他：“你确定？”

祁应琛都把“确定”两个字打在对话框里了，隐约觉得事情不太对，鬼使神差地停了下来。

就在这个时候，胜利老师丝毫不顾兄弟感受，接连扔出数张照片，均为远景抓拍，但由于相机的昂贵和性能的优越，画中人被拍得相当清楚。

第一张，镜头从后面追去，年轻男女漫步在栈道上，彼此间虽有矜持的留白，只看他们的身高、穿戴以及画面整体性，非常相称！胜利老师为这张作品取名《湖光春色，他和她》。

祁应琛微微抬了抬眼皮，觉得还好。宫桀隔三岔五来找阿尔卑斯训练，女朋友身为园方负责人之一，空余时间带他游园，尽一下地主之谊，应该的。非要换个尖锐的角度讲，他家小秦总监和内娱顶流站在一起丝毫不逊色，甚至还站出了CP感，说明什么？说明秦初晗有成为当红女星的潜质。但她选择靠实力吃饭！作为她的男朋友，祁应琛深感荣幸。

第二张，年轻男女来到小熊猫馆，镜头中有了漂亮的侧影，内娱顶流宫桀俯身冲外场害乏的毛孩子们做鬼脸，逗得一旁的秦初晗耸肩大笑。胜利老师为此作品取名为《我在闹，你在笑》。

祁应琛轻微皱眉，有被名字恶心到……单说照片还是很好的，小秦总监由始至终与大明星保持着最佳社交距离，落落大方，不躲不闪。晨曦从上方洒落，形成自然的柔光滤镜，无意中将画面中的两个人点缀得美好非常……在祁教授看来，是那么的姐弟情深。

第三张，水族馆门口，小秦总监不再慵懒，取而代之的是可以媲美工作状态的精气神，而且她双手紧抓宫桀的手臂，脚后跟都抬起来，整个人向他凑过去，直盯着他的眼睛，仿佛想望进他的内心。陈胜利很欠地给这一张取名《你的眼里，我的身影》。

祁应琛不说话了，长久地看着这张照片，还点开了放大看，表情先是复杂，再陷入冰封万年的沉寂。当然，他仍然相信小秦总监和大明星之间没什么，或许只是说到她感兴趣的话题，祁应琛笃定话题一定跟动物有关，还有……

陈胜利发来信息：“我拍得怎么样，作品名取得好吗？”

祁应琛冷着脸回复：“决定转行当八卦记者了？”

陈胜利：“也不一定要转行，拍了大半年动物，偶尔也想拍拍好看的人类，调节一下。

不过嘛，你也知道，我好久没给《国家地理》供稿了，动物园的薪酬塞牙缝都不够，多亏你提醒我，这几张照片怎么也能卖个好价钱，让我感受感受传说中的‘开张吃三年’。”

祁应琛做了个深呼吸：“开个价，底片我全要了，独家买断永久版权。”

陈胜利立马换了副见钱眼开的庸俗嘴脸：“老板大气！”

祁应琛站在甜品站门口给兄弟打订金，结束后换了个靠谱对象询问女朋友的行踪。

在前者的衬托下，林笙就显得很可爱了：“老师啊，她今天出门就没拿手机，这会儿去小熊猫馆了，今天海市动物园送拾一过来。”她还关心地问，“祁教授您工作结束啦？现在是刚离开屏蔽海域还是已经在连城了？出海顺利否？有什么需要我跟老师转达的吗？”

祁应琛坐上环线小火车的最后一排，心说不愧是女朋友的助理、传媒界龙头集团的小公主，多得体，还极有教养！他舒心地回：“一切顺利，我已经在园里，现在先去见你老师一面，晚上我们去城里吃饭，我请客。”

至此，确实是一切顺利。

春光明媚，微风和煦，梧桐叶子湖边的柳树冒出新芽，成片的草地在晨露的滋润下焕发出嫩绿。动物们舒展在阳光下，惬意至极。回到能够让自己完全放松下来的地方，祁应琛闭上眼，在小火车恰到好处的晃动中，感受着清爽而又熟悉的气息，瞬间变得豁达了……女朋友跟宫桀不可能有什么的。他相信她，从未怀疑！

片刻，小火车沿着铁轨缓慢入弯，抬头就能看到远处的小熊猫馆。远远看过去，外场那边围了不少人，统一的灰色调夹克衫，双手背在身后，手里还拎着老干部风的保温杯，一看就是动物园从业者。老秦也在其中，跟身旁的中年人相聊甚欢。伍衡拿着 Gopro 站在最左侧，镜头对准场中的毛孩子们，眉飞色舞地做着直播。秦初晗站在他旁边，被他那一口颇具本地特色的江城普通话惹得一直笑。而场内，以跳跳为首，纷纷坐立起来，整齐划一地扭头看她，犹如看傻子。

司机跟祁应琛很熟悉了，扭头来道：“祁教授，你就别拿行李了，我给你拉到黑熊咖啡厅那站，放前台保管，你先跟小秦总监碰一面，什么时候去拿都行。”

祁应琛刚露出微笑，点头到一半，握在手中的手机振了振。林笙针对他之前那条信息做出回复：“确实该去见老师一面，刷个脸，不然她都快忘记你长什么样子了。”

祁应琛脑海中自动浮现女朋友多功能可爱小助理的形容，像是电影里站着不动的那种怨灵……

林笙继续：“本来南城那天你及时出现，狠狠地在我心里刷了一通好感，当时我真的认定你就是老师的终身伴侣，结果你把她带去连城，然后就断联了，你有没有反省过自己哪里做得不对？”

祁应琛：“……”我给女朋友请了二十四小时待命的超级管家，她却只让人买了个方砖面包，怪我咯？

林笙还在叨叨：“哦对了，忘了跟你说，我已经正式升级为老师的闺中密友，暂时位列首席，你也知道晗晗不容易跟人类的朋友交心，据我所知跟男人交往也是第一次，你要是太疏忽她，让她没有恋爱的感觉，我可是会为她出头的。”

祁应琛的薄唇抿成一条直线，就想知道这个暂时位列秦初晗首席的闺蜜怎么为她出头。

答案很快揭晓——

林笙：“你认识我大哥吧，帝都头号黄金单身汉，有钱有颜有脑子，跟你是校友，还比你年轻几个月，你觉得我把他介绍给晗晗如何？多一个选择，多一种可能性。”

祁应琛再次深呼吸，接受所有的罪名：“谢谢你让我意识到自己近些天的疏忽和错误，我会深刻反省，有错改之，无过免之。”

林笙满意了，开启下一个议题：“晚上那顿去四季好酒楼怎么样？你要是同意我就先把包厢定了，吃完饭 KTV 外加宵夜一条龙？”

祁应琛：“有劳。”

结束单方面的短信“殴打”，祁应琛放下手机，抬起头略显迷茫地跟司机大叔对了一眼。大叔会错意，以为他对自己有戒心，拍着方向盘说：“我在园里开了十几年的小火车，以前还得过拾金不昧奖！”

“不是，您误会了。”祁应琛解释到一半，看到司徒畅开着一辆两人座的观光车飙到秦初晗跟前，把她的手机递给了她，接着秦初晗接过手机开始埋头看信息。

这个环节很重要！祁应琛拿起自己的手机，解锁，进到微信页面给女朋友置顶的私聊里。前面十几条都是他发的——

祁应琛：“我下飞机了，大概四十分钟到园里，起床了吗？一起吃早餐？”

祁应琛：“到东门广场了，你人呢？”

祁应琛：“吃不吃棉花糖？今天口味齐全，堆在一起还挺好看的。”

祁应琛：“[照片][照片][照片]”

祁应琛：“想吃哪个？”

祁应琛：“不回答我就全买了。”

祁应琛：“？？？请问我女朋友呢？”

此刻，聊天框的正上方终于出现“对方正在输入”的字样。

祁应琛端正坐姿，不禁有所期待。

秦初晗："嗯嗯，好，有点儿忙，晚点聊，中午见。"

祁应琛："……"

司机大叔："祁教授，马上到站了，您的行——"

祁应琛抬起头，微笑道："不用停车了，可以的话，请送我去离北区宿舍最近的一站。"

司机大叔愣了愣，再看看小熊猫馆热闹的外场："不跟小秦总监打个招呼？"

祁应琛是个懂事的男朋友："不了，她刚回我短信，说是正在忙，我们约好晚点儿聊，午饭时候见。"

司机大叔："……"

观光火车沿着轨道缓缓从小熊猫馆侧边经过时，秦初晗正背对着他，昂着下巴，专心地看拾一和老婆孩子重逢。身旁，伍衡正在想到哪儿说到哪儿地直播。

"注意外场左侧第二个转运通道，看到那个轻微晃动的棕色影子没有？那就是从海市动物园过来的拾一。它停在入口处不动了，看起来好像有点儿胆怯，大家把'理解'打在公屏上，新环境，需要一点儿时间来适应。

"换我也犹豫，我在哪儿，前面是什么地方？我要是过去了，会造成什么后果？不过去的话好像又没意思？它肯定做梦也不会想到，老婆、孩子就在这段二十几米的通道尽头！

"熟悉拾一的朋友都知道，海市动物园响当当的明星动物，今年八岁还是九岁了？回头我找饲养员确认下。总之它这次过来呢，是为了和小九再次合笼。老夫老妻，办事效率高，咳……希望拾一和小九能为国内小熊猫繁衍事业做出巨大贡献，来，我们一起祝福它们！

"上次它来的时候还没有这个通道。修建目的啊？这位同学缺课了吧，上个月我才给大家详细说过，是为了方便动物们在后舍和外场之间自由移动，给它们一个直观目标，我走这儿能到那儿，大概是这个意思。以后你们去动物园，可以找找这种通道，很好用，是先进动物园的标志之一。

"山海野生动物园几乎给所有猫科动物，以及自身活动十分灵巧的动物的馆舍都搞了这种通道，除了狼谷，它们不需要。非要问为什么……这个，播叔只能以有限的知识跟你们随便讲几句。狼是群体动物，你们想，十几匹狼朝九晚五跟在头狼屁股后面走转运通道，是不是很别扭、很违和？而且它们这种放纵不羁爱自由的动物，在狼谷尽情驰骋就好。

"说回转运通道，趁现在拾一还没过来，我再讲一遍。它通常是由具有一定软度和弹性的铁丝网编造而成，整体以圆柱形或方形为主，围绕馆舍外侧或内壁高空搭建。这种通道的好处很多，最大程度克服了场地和地形的局限性，方便动物们活动，极大地节省了室内室外的空间，从而实现区域扩展。

“专业不？那必须啊！专程补过课的！播叔实在人，不会满嘴跑火车瞎扯来糊弄你们。

“为什么我声音有点儿抖，还有点儿端着？实不相瞒，领导和隔壁单位领导就站在距离我不到三米的地方，请大家多包涵，我心理素质还需加……哎哟！拾一走出来了，看见没有？”

伍衡把镜头移向外场，分别展现趴在轮胎秋千上的跳跳、坐在小溪边洗脸的点点，还有刚吃完早饭趴在栖架上打盹晒太阳的小九。

网友激动得整齐地刷：我们说好不分离，要一直一直在一起！

秦初晗听伍衡讲得唾沫横飞，好奇到底有多少观众，进直播间一看，好家伙，一万多在线。这还是早上九点半呢，是个非常不得了的数字了。

这时，拾一终于穿过通道出现在外场。包括小九在内的全部小熊猫像是被施加了定身魔法，僵在原地，只有脖子是灵活的，整整齐齐向新来的大佬行注目礼。

场外，秦怀远跟海市动物园的饲养员打趣：“你说它们还能不能认出来？”

饲养员摇头：“拾一是个忘性大的，可能记得小九，跳跳和点点就不一定了。”

正聊到这里，拾一先动了，前肢并着后肢，直奔小九。另一边，小九也向前迎了几步。两只毛茸茸在试探中互相嗅啊嗅，找寻记忆中熟悉的味道。接着，很有灵性的一幕发生了，拾一和小九突然静止，再转头看向跳跳和点点所在的方向。跳跳从轮胎秋千上纵下，兔子似的朝老爸跑去，跑到一半又停下来，也不知在犹豫什么，扭头蹿上旁边的爬架，脑袋塞进缝隙里，屁股向外，一副逃避现实的模样。

秦怀远等人见状，都笑了起来。熊孩子也会有不好意思的时候。

点点还是很乖的，三两下蹦到爸爸妈妈身边，和它们亲密贴贴，撒起娇来一气呵成连贯自如。托尼和浩克很懂事地没有瞎掺和，待在原地玩自己的，偶尔偷瞄一下那边，满足一下好奇心。

伍衡开始煽情，说起自己年少离家在外闯荡的种种艰辛和不易，给家里打电话，从来都是报喜不报忧，又结合眼前正给大家直播的画面，说别看跳跳好像很排斥的样子，其实它也很难面对，心里难受着呢。试问天底下哪有父母不疼孩子，哪有孩子不想时时刻刻享受父母的疼爱？就让我们祝福它们，祝愿这一家子从此过上幸福美满的生活。

弹幕一片齐刷刷的“呜呜呜呜呜”。

刚才的情景，从秦初晗的视角看又是另一回事了。

拾一忘性大不大，她不知道，但就这几分钟观察下来，它可太嘚瑟了！跳跳的自信和狂妄遗传自谁，已然有了答案。

拾一在内舍转运通道那端就开始叨叨，先琢磨着要见到小九和孩子们了好激动啊，紧跟着来了个情绪上的全盘否定：不行！我要淡定，要表现出一家之主的威严，要成熟稳重！所以都抬起一只前爪了，它又收回来了。什么成熟稳重不等于冷漠不近人情，表情语气一定要拿捏到位，不能给老婆孩子们过分亲热或者怪异清冷的感觉……

最绝的是它在通道那端没完没了地纠结，外场这边早就察觉了。小九主动提醒孩子们：“爸爸要来了，它在那边过惯了众星拱月的日子，以为星星是围着它转的，你们要多谅解。”

点点蹲在小溪边搓脸：“妈妈放心，我一定不让爸爸难堪。”

跳跳趴在轮胎里吐槽：“这么拖拉，午饭之前能见上吗？”

浩克粗声粗气地说：“拾一叔叔想得有点儿多啊……”

托尼哼笑了声：“毕竟是小跳的爸爸。”

两边就这样拉锯了一会儿，拾一终于出现在大家眼前，以一种相当浮夸的方式——

“老婆、儿子、女儿，我回来啦！想不想我？！”

这就是它纠结了差不多十分钟酝酿出的成熟稳重的打招呼方式？

秦初晗忍不住扶额。

小熊猫馆的一众常驻们也全都被整不会了。

拾一对它们不显热情的反应感到失望：“怎么一点儿活力都没有？”

小九是最先反应过来的，念叨着“当初动物园给我选择我也不会……”，勉强配合着往前。

托尼和浩克来劲儿了：“跳跳，快去啊！这就是你一直渴望见到的爸爸啊！”

跳跳呆着一张熊脸，还真被它们怂恿得动了几步，走到半道回过神来，转头问了秦初晗一句：“我现在后悔还来得及吗？”

秦初晗冲它摇了摇头，目光中带着同情。

跳跳发出一声惨叫，爬上栖架，开启怀疑熊生模式。

拾一把儿子的反应看得真切，末了对小九感叹：“是我儿子！”

小九冷笑，不想接话。

点点叹了口气，貌似乖巧地凑了过去，打招呼：“爸爸好，初次见面，以后还请多关照。”

拾一瞬间化身女儿奴，自我感动得眼含热泪：“乖点点，爸爸来了，以后一定好好照顾你们，不让你们被那群臭乌鸦欺负！”

点点被夹在拾一和小九中间，脸都变形了，无奈地强调说：“只有哥哥被乌鸦欺负……”

跳跳倔强的声音从栖架那边传出来："我没有！你别胡说！"

拾一大笑。儿子也好可爱，跟它年轻时候一模一样！

点点继续提意见："爸爸，你能不能稍稍离我远一点儿……"

拾一充耳不闻，注意力落到托尼和浩克身上："那两个小崽子就是我女儿的候选对象？哼，没有我的允许，谁也别想！"

浩克憨憨的："这话听着怎么那么耳熟？"

托尼都说累了："你看它是谁的爸爸……"

不管怎么样，拾一迅速融入小熊猫馆，和家人开启崭新的生活。

场外的人类观望了一会儿，心满意足地跟着播叔去往下一站：大猩猩馆。

秦初晗凑完热闹，打算到河马馆跟那边的馆长聊个大项目：托园妹的福，企鹅盲盒卖疯了，加上这两个月的积累，那套盼望许久的恒温自净循环系统可以正式提上日程了。

走之前，听到老父亲站在身后美滋滋地叹伍衡把直播做得比想象中好，她扭头道："他年前主动找我交分成的钱了，还做了厚厚一沓财务报表给我看，回头我也给你看看。我还听昊昊说，他跟女朋友和好了，下半年计划在市区买婚房。照这发展速度，最多明年咱们就要给份子钱了。"

"真不错。"不管人还是动物，秦怀远就想大家都好好的。

秦初晗也觉得不错，乐呵呵地跨上自行车。

"你等等。"秦怀远忽然叫住她，"他快了，那你呢？"

"我什么？我不也挺好的？"秦初晗愣了愣，望着老父亲，没抓着重点。

秦怀远本来觉得女儿还年轻，由着她做喜欢的事就好，可是听弟弟和弟妹茶前饭后地念叨多了，没想法是不可能的。尤其这一两年越发频繁地喝上员工子女的喜酒，弄得老秦心里怪期待……好不容易女儿恋爱了，对象无论相貌、人品、学识都没得说，老秦还没来得及松口气，就见女儿这一天天的在园里晃，忙里忙外忙不完，对自己反而一点儿不上心！

转头他又听弟妹唠叨："这谈恋爱的目的是什么？是增进彼此的了解！了解到一定程度以后呢？小日子得试着过，从生活习惯等方面看彼此能否磨合好。我们是家长，是过来人，不能那么保守！那婚前和婚后的男人是两个物种，正因为是亲闺女，更要擦亮眼看清楚、看真实！"

老秦觉得有理，也在帮女儿暗中观察着，趁她去南城，小祁在帝都没回来，私下跟陈胜利商量，问他想不想换个宿舍。陈胜利是明白人，当场拍着胸口打包票，没过多久就搬到女儿当工作室的那栋，和司徒畅做了室友。结果刚才……

秦怀远看着骑在自行车上的女儿，忽然觉得哪儿哪儿都不满意。终于，他忍不住发出灵魂考问：“你跟小祁的恋爱谈到哪一步了？对未来有没有仔细规划过？”

秦初晗猝不及防：“干吗突然问这个，弄得我怪没准备的……”不等老秦继续，她敏锐打断，以开玩笑的口吻反问，“爸，你可千万别搬出舅妈天天念叨小昊的那套啊，说什么现在结婚还有精力给我带孩子。甭管我将来生几个，我都自己带，交给你我还不放心呢。还有，我跟祁应琛好着呢，你就别操心了。”

秦怀远眼睛一瞪：“我就你一个女儿，怎么可能不操心？刚才他坐在小火车上经过，你没看到他就算了，说他没看见你我是不信的，你们闹别扭了？”

秦初晗语塞，转身看去，之前确实有一辆小火车经过。祁应琛在上面？小火车天天都在园区里转，她早就习惯性忽略了，除非来个飞碟，她肯定稀罕地盯一路。她掏出手机翻聊天记录，嗯……确实有一点点……敷衍。结合时间来看，她回复完没多久，小火车就从小熊猫馆经过了。

“这就生气了？”秦初晗后知后觉，脑中飘出男人平静生气的脸容，扑哧笑出声，“他该不会以为我在故意打击报复吧？”

秦怀远在旁边听得一知半解：“什么打击报复？”

两个人谈恋爱都谈出这种搞法来了？女儿向来强势，小祁看起来文质彬彬的，生活作息别提多健康了，要是争执起来，指不定气成什么样儿。秦怀远帮理不帮亲：“小祁是知识分子，你平时别太欺负他了，有什么问题好好说。”

“我也是知识分子啊，大学本科毕业！微博上的人都叫我珑寻老师！你要稀罕博士，回头我也给你读一个，走啦。”秦初晗一套敷衍大法施展完，蹬着自行车轻快地走了。

祁应琛文质彬彬？哼，明明黑得一塌糊涂！凭什么老秦就认定他们相处是她欺负祁应琛多？因为她平时强势？刻板印象害死人啊！再说刚才，她也不是故意冷落祁教授的……才不惯着他！

2

祁应琛回北区放了行李，一看时间还早，换了身轻便的穿着，出门去看毛孩子们。

他还有个无须言明的心思，万一在园里哪儿跟女朋友遇上了呢？先前的擦肩而过纯属意气用事，过后他自己都觉得好笑。年纪一大把了，傲娇给谁看呢？女朋友是事业型，她那大条神经，忙起来哪儿顾得上别的。

祁应琛先去大熊猫馆看小团圆。也不知这熊猫是不是故意的，啃着嫩竹子，语重心长地对他说：“祁教授啊，你应该早些回来的。前几天晗晗带大明星游园了，大家都说他们很相配呢。”

是这样吗？祁应琛微微笑着，帮它和馆内其他滚滚做了基础检查，之后带着一身和气来到象馆。

他主要是为了看小纯洁的成长状况，没想到夏天跟在他屁股后面急了一路：“我就看见那个宫桀啊，全程和晗晗肩并肩走在一起，两个人有说有笑的！就你那个兄弟陈胜利，扛着相机鬼鬼祟祟跟在后面拍，他该不会想转行做娱乐记者吧？祁应琛你怎么不说话？我可是支持你的！这年头明星不靠谱，我们晗晗是插画家，搞艺术的，不混娱乐圈！哎呀，你真是要把我急死了，没见过这么温暾的男人！”

祁应琛能说什么？

下一站大猩猩馆。听说搞直播的伍衡还有海市动物园一行人刚走，祁教授暗暗松口气，他今天没什么应酬人类的心情，就图个清静。他也没进大猩猩馆，就站在外场的观展区观望。

天气好，一大家子都在，两边呈互相不搭理的和平状态。祁应琛都要走了，荞麦忽然来了一句：“爸爸，外面那个教授叔叔是晗晗姐的男朋友吗？”

游夜：“是的呀，我们家小公主会认人了，真了不起。”

荞麦又问：“那为什么老鹈鹕说晗晗姐跟大明星在一起，不要教授叔叔了？”

游夜打太极：“有吗？我没听说过啊，回头问问。”

繁星加入对话：“我觉得两个都不错。”

含香低下头道：“我喜欢大明星那样的嘿……”

随后，这家子就“秦初晗和大明星配还是和祁教授配”展开讨论。

祁应琛就想不明白，凭什么叫秦初晗“姐姐”，到他这儿就成了“叔叔”？他比女朋友大不了几岁，无论是身体还是心理状况都很健康好吗？！

祁应琛转逛到小熊猫馆外。这下不得了了，原本还在栖架中间沮丧的跳跳蹿了出来，隔着幕墙嘲讽他：“哈哈哈，你回来晚啦，秦初晗变心啦！你求求我，求求我，我就给你指条明路。”

一只还没性成熟的小熊猫能给他做什么指点？祁应琛是真好奇了：“说说？”

跳跳嘚瑟地站立起来：“大家都说你在人类当中长得不错，不如你也出道，成为比大明星更红的大明星，走他的路，让他无路可走！怎么样，我厉害吧？”

拾一来到儿子身边，叹息着摇了摇头，对他道：“孩子还小，没见过世面，您见谅。”

祁应琛双手环抱，持重地颔首。好歹爸爸是个稳重的，希望能把熊孩子教育过来吧。

没承想，拾一接着又道 ：“实在不行，出道也不是不可以，虽然年龄确实有些大了，但是你要相信勤能补拙！”

祁应琛彻底失去交流兴趣……

之后的整个上午，不管他去哪里，总能听到女朋友和大明星的相关话题。水族馆里那群斑嘴环企鹅甚至跟住在隔壁的帝企鹅打赌，就赌秦初晗最后会选择谁，输的要给赢的一方孵蛋。祁应琛觉得这帮家伙日子过得太好，生活太闲了。

忙到中午，秦初晗以为会在食堂和男朋友来个巧遇，没想到出现的只有拎着一套长颈鹿主题饭盒的陈胜利，说是祁教授在开视频会议，忙碌的动物学家人设顶在头上，稳得狂风暴雨也难以撼动。

陈胜利问她 ：“要不我把饭菜打好了，你给他送过去？”

秦初晗琢磨出味儿来，眼睛微眯 ：“饭盒是你拎来的，答应给他打饭的也是你，我就不去多管闲事了。”

“多管闲事”这个词就用得很妙。盛呦呦几人隐约听到战斗号角吹响，默默端着餐盘，缩着脖子寻找角落的位子进餐。

林笙面露犹豫，忽然有坦白的欲望，但缺乏一定的勇气。先吃饭吧，今天中午的菜品真不错呢！

午饭后，稍作休息，接着忙下午的事，秦初晗经过咖啡厅时不由自主地停下脚步。林笙问她是不是要喝咖啡，她摇头 ：“早上喝过了，下午还是忍一忍。”

林笙看出她的心思，主动提 ：“要不你给祁教授带一杯去？今天午饭油挺重的，手冲就很合适。”

秦初晗拿出手机发信息，平铺直叙 ：“我在咖啡厅，你喝吗？给你带一杯过来。”

等了大约十分钟，祁应琛回复 ：“不用了，这会儿稍微有点儿忙。”

有点儿忙的意思就是 ：你自己先玩一会儿，我顾不上你。秦初晗理解能力满分！

林笙不敢多嘴了，陪着小秦老师去直营店和客服姐姐、阿姨们开会，确定四月上新计划。结束后，她们又去了大熊猫馆原先的周边店看内部环境。下周阿尔卑斯的好运挂件正式开卖，有星运会的加持，概念体验馆是时候做起来了。

转眼，天快黑了，晚饭时间，祁教授请客四季好！

出发的时候祁应琛还在忙工作。连城海研所那边有重大突破，与此同时，国外科研方向相同的研究所传出消息，二十四小时后将公布最新研究成果。根据多年来对对方的了解，极大概率是撞上了。这就跟马拉松一样，大家都在向终点冲刺，彼此差距不大，只有打破纪录的冠军能载入史册。两边都在争分夺秒抢时间，祁应琛在动物生态学领域颇有话语权，有他的报告作为其中一部分理论支撑，对连城海研所来说十分有利。

秦初晗一听是这么个情况，自然表示理解。

祁应琛在微信里对她说了，忙完就到城里与他们碰头。

好在男主角不在并没有影响大家在四季好用餐的心情，饭后转战 KTV，吃吃喝喝，抓着麦克风瞎吼一通，兴起时还各种瞎敬酒，祝文创店日日突破新高，月月都创佳绩！愿小秦总监再接再厉，三十岁以前拿下动物园，一人得道，带大家鸡犬升天！还希望祁教授和秦老师早日喜结连理，三年抱俩，把孩子培养出来，为祖国动物园行业再做贡献……

秦初晗听他们满嘴跑火车，估摸着是喝到位了。临近十二点，她问要不要去吃宵夜。

顾词主动提："不如先问祁教授忙完了没，我今天没喝酒，开车去园里把人接过来，大家可以玩久一点儿。"

就在这个时候，林笙忽然抢过司徒畅手中的麦克风，愧疚地坦白了早上祁教授回来时，她自作主张以闺蜜身份对其施压的实情。紧跟着，陈胜利站到追光灯下，坦白自己如何趁火打劫，狠狠敲兄弟竹杠。

盛呦呦不解，帮小秦总监问了一句："祁教授做错了什么，你们不肯给他一条活路？"

伍衡一个粗人都看不下去了："最近园里唱衰你们的声音是有点儿多。"

司徒畅喝大了，缩在沙发里嘿嘿傻笑："这是人性的泯灭，还是道德的沦丧？"

时昊睁着一双无辜的大眼睛对表姐坦诚："我什么也没做。"

秦初晗沉稳地点点头，从口袋里掏出一张卡，拍桌子上："下一场你们接着去，我要回去见我男朋友了。"都站起来走到包厢门前了，她又停下来，转身补充，"差点儿忘了说，这张卡是他的，来之前他跟我说了随便刷，保证大家尽兴的，没想到你们……"话没说完，摇头叹息。

林笙想逃避，捂着眼睛道："我错了，我真的错了，祁教授是好人！"

陈胜利扶着麦架，心虚地嚷嚷："叫他来，给他跪下磕头认错还不行吗！"

秦初晗总觉得今天有哪里不对，所以没喝酒，开车回动物园的路上一直在复盘，还觉得男朋友回来时，说什么都应该在午饭之前见一面的……她承认，当时确实有耍心眼。连城"看不见的爱人"自由行过后，她是占着大优势的，在见面前把气氛烘托起来情有可原对不对？谁能想到陈胜利这厮居然趁火打劫，林笙又帮她给了个下马威……其实中午也还有补救的机会，要是那会儿给男朋友送午饭去，就什么事都没了。可是哪有那么多要是、假如、早知道，等她在咖啡厅问他喝不喝咖啡时，他是真的开始忙起来，一时半会儿顾不上别的。这会儿都后半夜了，不知道他有没有好好地去食堂吃晚饭……

秦初晗归心似箭，一路纠结了四十多分钟，车开进北门，已经将近凌晨一点。

入弯时，车灯晃进小树林里，一双闪着金灿灿的光的眼睛成功吸引了秦初晗的注意。她连忙下车，环顾着四周，凑过去小声问：“你怎么跑到这儿来了？”门卫就在身后不到二十米的地方，大爷拉开窗户就能看到。

闪电站在暗处：“皎月快生产了，最近越发不安，下午看到松鼠叼着崽路过，就想跟它求教。”它是特地来找松鼠妈妈的。

秦初晗这才看到一只红棕色的小家伙站在黑豹的背上，应该不是去年冬天特地来给她通风报信的那只，它们毛色不一样。

“晗晗你好。”红松鼠声音甜甜地跟她打招呼。

确实不是。秦初晗心里有了定论，对它柔声道：“有劳你跑一趟了，早晨我会放些坚果在我房间外的阳台上，记得来拿。”

“那就先谢谢你了。”红松鼠刚下了四只崽，正是急需食物的时候。

秦初晗又问它：“你有没有见过另一只松鼠？毛色偏棕色，耳朵上的毛尖尖地竖起来，年龄应该比你大一些。”

“没有呢。”红松鼠道，“我们不会一直住在动物园，因为冬天园里比较好过，相对安全，所以才住进来。春天的森林里食物更多，通常我们都是要回去的，我崽崽太多了，来回不方便，只好留下。”

松鼠产崽后，为了安全起见，每隔一段时间就会带着崽崽们搬一次家。关于这点，秦初晗是知道的。她叮嘱道：“你们快去吧，最近园里又增设了一批监控，路上小心些。”

“有件事我想同你说一说。”闪电思前想后，认为很有必要，“是关于祁教授的……”

原来不止人类，动物们也对祁应琛下手了！一个两个到底是在干吗？当团建活动吗？还津津乐道？还拿我男朋友和宫桀比较？秦初晗听闪电说到一半就已经气炸了。懂不懂规矩？连我男朋友都欺负，皮痒了是不是？！

带着杀气把车停好、下车，秦初晗往宿舍走，琢磨着明天先找谁算账，拿谁杀鸡儆猴，前方忽然亮起一片光。她茫茫然抬头，原来是其中一栋别墅的门打开了，站在门前的正是她的男朋友！他穿一件薄款的驼色风衣，双肩单薄，有一种脆弱美。客厅亮黄色的灯光从他身后漫出，把他本就消瘦的身影拉得极长。明明是春暖花开的季节，气氛却还停留在萧瑟伤感的秋天……

祁应琛站在台阶上侧首望来，明显也是看到女朋友了，远远地问她："怎么一个人回来了？"低哑的嗓音，平和柔软的音调，一如他本人绝大多数时候展现的常态，表里如一，温润如玉。

还关心地问她为什么会一个人回来？因为从昨天早晨到现在，你也是一个人啊！秦初晗的心都揪成一团了，不由得加快脚步，小跑着冲进男朋友怀里，用力抱住。

祁应琛被她扑了个满怀，也是各种猝不及防，笑着问："怎么了？"

秦初晗闷声闷气地说："让你受委屈了，对不起……"

祁应琛愣了愣，数秒后理清大概思路，顺便做了个推测："也还好，主要还是太忙了，来不及委屈。"

"真的？"秦初晗昂起脸，眼巴巴地盯着他打量，几天不见，好像瘦了，"你吃饭了吗？"

祁应琛垂眸和她对视，点头，耐心回答："你爸专程给我送来的，弄得我怪不好意思。"

秦初晗稍微放心了些，脑中不自觉想象出老父亲从食堂打包了饭菜给男朋友送来，还叮嘱他要趁热吃的画面，又觉得有点儿喜感："我爸给你送吃的，有什么不好意思，我妈过世早，他父爱爆棚，特别会关心人。"她就不一样了，白眼狼属性从小带到大，不会想太多，就算有点儿什么也能迅速消化掉，也就常常容易忽略身边人的感受。

祁应琛一手稳稳地搂着女朋友的腰，把她耳边的碎发拨开："想想也是，跟未来岳父不用那么客气。"

秦初晗不自然地眨了下眼，望着翘起尾巴的男朋友，一时间没吭声。刚才被情绪煽动到了，不管不顾冲过来，愣是制造出偶像剧里久别重逢的场面，这会儿就觉得很硬，硬凹……

祁应琛还在回味："坦白说，刚出门就看到你，我是没想到的。"

秦初晗皱眉："这话怎么说？你觉得我不在乎你吗？"

"倒也不是。"祁应琛慢条斯理地说，"就是在某些瞬间，觉得自己被摆到次要位置，不太甘心罢了。"

她立刻反驳："在连城的时候，你还不是丢下我就走了。"

"你也没有开口说过希望我留下来陪你的话。"祁应琛心里是有这种期待的。

秦初晗差点儿被他唬住："问题在于，我说了你就会留下来？"

他选择坦然："倒也不会，我相信你自己也可以玩得很好，而我也做了力所能及的安排。"

秦初晗扬眉，微笑，没有问题了。

祁应琛主动示好："再抱一会儿，翻篇如何？"

她点头，心安理得地扎进舒适的怀抱里。

过了一小会儿，祁应琛忽然失笑：“明天园里应该会传我们和好的消息吧，虽然从来没有决裂过。”

秦初晗愤愤地咬牙：“这件事，我不会就这么算了的！”

两人在家门口抱够了，驱车离开动物园，杀回城里。祁应琛开车，秦初晗特地在路上补了妆。

来到江城有名的宵夜一条街，时昊正带着大伙儿吃老字号的麻辣小龙虾，开了一间包厢，要了三件啤酒，刷祁教授的卡。

男主角登场，林笙手里的麻辣小龙虾瞬间不香了，她笔直地站起来，态度诚恳地对祁教授道歉：“对不起，是我莽撞了，还请原谅！”

祁应琛在这个时候充分展现出一名年轻有为的教授应有的素养，点了点头，彬彬有礼地说：“你帮晗晗出头的心情完全可以理解。”

林笙松了口气，看着手里的麻辣小龙虾，重新开吃。

“不过，”祁应琛又说，“站在我个人的角度，确实有些不爽，希望下不为例，不然的话——”

林笙半张着嘴等半天，没等来一句准话。这才是最恐怖的地方，想象空间巨大！祁家大哥的公司跟她家存在着长期战略合作关系，跟陆家的关系更是不错，祁应琛随便从哪边下手，她都难以招架。认尿是她唯一的出路……

“祁教授……不对，这个时候我应该叫您一声哥，琛哥！以后晗晗就交给您了，我相信你们是彼此的灵魂伴侣，世间再无二选！”

祁应琛舒心地扬起眉：“承你美言。”

在林笙的衬托下，陈胜利犹如老话“死猪不怕开水烫”里的猪，会不会死，用开水烫过才知道。他还不当回事，嘴里叼着卤翅根有滋有味地嚼着，表情很是懵懂，问：“来真的？”

秦初晗在他正对面坐下：“如果你有自尊心的话。”之前她离开KTV时，他说过要跪下磕头认错的。

陈胜利想了想，坚定地摇头：“我没有自尊心。”说罢继续嚼卤翅根，一副“你们并不能把我怎么样”的欠揍模样。

时昊等人大呼看不过眼，上手把他摁住，给他录了一段屈辱小视频，这事才算完。

后半夜大家在包厢里吃吃喝喝，聊动物园，聊人生理想，聊今年要把文创店搞出什么样的规模，如何做大做强、创造辉煌……他们还年轻，不怕失败。

晨光微曦时结束聚会，众人刚回到动物园，就收到好消息——动物园添新成员了！

皎月的预产期就在这几天，黑森林馆做了充分的准备，保证每晚都有值班人员在岗，但还是被皎月“钻了空子”，悄悄摸摸生下两只豹子宝宝。

这是山海野生动物园建园以来，雌兽第一次在无人类干预的情况下独自生下幼兽。

早晨饲养员照例去打扫兽舍时，发现皎月蜷缩在堆满干稻草的角落里，怀中多出两只被舔得干干净净的小团子，忙调取监控查看，发现凌晨零点二十分，皎月起身离开栖架上的窝，走进视野盲区。与此同时，住在隔壁的闪电忽然起身，在幕墙前焦急地来回踱步，不时停下来看皎月所在的方向，间或还十分灵性地看一眼它那边的摄像头，好像知道这个东西是用来干吗的，并试图用其向饲养员求救。此情况持续了将近两小时，闪电忽然老实地趴下，面朝隔壁兽舍，眼睛一眨不眨地盯着，粗尾微微晃动，显示出它看起来不错的心情。

秦初晗等人赶到黑森林馆时，王老头刚看完，皎月情绪稳定，幼崽在它旁边爬上爬下，叫声响亮。幼崽的性别还有待确定，目测是两个精神小伙。

按照过往的经验来看，先以观察为主，最大限度降低人为干预，尤其是进兽舍一定要戴医用手套、穿隔离服，千万不能在幼兽身上留下人的味道。

王老头见祁应琛来了，把他叫过去观察幼崽，确定自己的判断。

饲养员将细则在小本子上记下，美滋滋地去给皎月炖汤滋补。

秦怀远被闻讯赶来的地方台记者拉到采光好的位置做采访，镜头里，秦园长的笑容格外灿烂。

伍衡掏出手机开直播：“为什么今早的画面又糊又暗？别在意这些细节，你们看，那是什么！没错！生啦！是皎月和它的孩子们！”

司徒畅跑去看监控回来，发现播叔抢先一步开始干活了，咬牙大骂：“可恶，我园妹还没官宣，你竟然喧宾夺主？！好大的狗胆！”

这一嚷嚷，被正在看直播的观众老爷听见，不得了了：怎么有个咋咋呼呼的男人自称园妹？东西可以乱吃，话可不能乱讲！正好今天撞见了，给播叔刷几个火箭，麻烦镜头给到园妹，让我们好好跟可爱老婆打个招呼。事情办妥的话，给你刷十支法拉利车队！

伍衡精神抖擞地举着手机说“好”，司徒畅捂着脸飞奔逃离黑森林馆，并在过后跪求林笙入镜，给网友们一丝希望，也给他留一线生机。

林笙干巴巴地笑着，问他：“是你疯了还是我想不通？”

盛呦呦、时昊和顾词在兽舍的单面玻璃前蹲成一排，看着皎月怀中扯着嗓子嗷嗷叫的崽子们，摇头晃脑地叹：“这回大发了，琉璃套件必须突破泰坦大爷的纪录哇！两个小家伙叫什么好呢？招财和进宝？大富和大贵？还是恭喜和发财？”

一群人的关注点都在皎月和孩子们身上，秦初晗偷偷溜进闪电那边的中转室，站在窗口小声朝它喊话：“当爸爸感觉怎么样？”

闪电是有演技的，这种时候绝对不会起身走到她跟前去互动，它淡定地卧于原地，前肢交叠，架子端得足足的，话音却明显颤抖：“就……莫名其妙地激动……”直到现在，它还一阵阵地颤抖呢，完全控制不住。

秦初晗笑得眼睛眯成两条缝：“我问你啊，是小子还是姑娘？王老头不让人碰，说要等两周。”

闪电的尾巴翘起来了，声音明显带着得意：“一个小子，一个姑娘。”

“可以啊！”秦初晗跟它道喜，“我回来还不到一年呢，你都儿女双全了！”

闪电很会恭维：“你和祁教授要抓紧点儿。”

“在抓了，紧得不得了，放心吧。”秦初晗倚在窗边跟它闲聊，“皎月那边怎么样？”人类的观察是一回事，它们豹子的视角更直观一些。

“还好，昨晚那只红松鼠来得及时，跟它说了很多有用的话。松鼠才走没多久，它跟我说肚子有点儿疼，可能要生了，问我怎么办。我让它别慌，走到干燥的草堆上，按照松鼠说的步骤先试试，实在不行我就叫饲养员来。没想到松鼠说的那套很管用，没一会儿它就把孩子生下来了，还给它们收拾得干干净净的。”说到这儿，闪电垂下头，有点儿沮丧，“我什么忙都没帮上，只能干看着，哎……”

秦初晗照实道：“可我听你说了这么多，觉得皎月是很依赖你的，可能它自己都没察觉。”

闪电眼睛亮了：“有吗？我也没察觉……”

秦初晗给它打气：“都是做爸爸的豹子了，自信点儿！以后这个家还要靠你撑起来！”

闪电不由得挺起胸膛，摆正脑袋：“这还用你说，我可是有担当的豹。”

聊到这儿，外面好像是时昊号了一句“我一人血书就叫招财进宝”，接着就被摁着揍了。

闪电站起来，对秦初晗郑重要求：“好难听，能不能换一个？”

秦初晗问它：“你有什么想法？”这个主，她是可以为它做的。

闪电想也不想就拒绝了：“我没有你们人类有文化，我怕取不好，还是请园长爸爸帮忙取吧。”

秦初晗见它说起崽崽就非常严肃的样子，频频失笑。

闪电看出异样：“你怎么老笑？”

“你做爸爸了，我替你开心啊！我这可是标准的姨母笑！”秦初晗还不忘自我调侃。

“谢谢，我也好开心！”闪电咧开嘴，露出白森森的牙齿，嘴瓣两边的长须抖啊抖，更加喜感了。

秦初晗站在窗户内侧，和它一样憨笑。

少时，闪电以父亲的身份向她发出邀请：“今天晚点儿，可以让祁教授给皎月看看吗，你也来，抱抱我的孩子们。”

“好，一言为定！”

早上十点，山海野生动物园又一次上了热搜。各家动物园发来祝贺，网友们为两只小豹子叫什么名字操碎了心。部分忠实粉丝开始催进度：说好的琉璃套件呢？毛孩子都出生了，是不是该加点儿什么？价格好说，先把物料放出来看一眼。还有，早先播叔直播里那个自称园妹的男人到底是谁，说清楚，不然这有极大可能影响到我们和动物园之间的感情。

正午时分，园妹哆哆嗦嗦地发微博澄清：“大家都知道一个团队有男有女，男女搭配干活不累嘛，所以官博的账号不会一直在我手里，比如今天早上我不在，同事就帮忙登录，第一时间和大家分享黑森林馆的喜讯。”

园区所有知情人直呼好家伙，司徒畅啊司徒畅，你还开始一人分饰两角了啊！

澄清还是有点儿作用的，大部分网友接受了这套说辞。小部分表示，无论你现在怎么说，直觉告诉我早上乱入播叔直播间的男声就是你，在我们找到证据前，你尽管演，一旦证据确凿，就是你的死期！司徒畅吓得午饭都吃得比平时少，奈何他踏上的是一条不归路，已经回不了头了。

除了这个小插曲，网上的讨论大多围绕刚出生的小豹子展开——

“豹爸爸闪电和我儿子同岁，没想到它都当爸爸了，可喜可贺呀！”

“看了早上的直播，豹崽好可爱，挤在妈妈怀里叫着，听上去特别精神。”

“取名字了吗？能让网友取吗？我和我爸写了好几组，园妹你看看有没有能用的？！”

“这么大的喜事，不搞一波抽奖？能不能中另说，重在参与嘛！”

“虽然但是，皎月第一次当妈妈，还是一胎二宝，园区的工作人员不参与下吗？总觉得不太稳妥的样子……”

“目前看来不需要人为干预吧，多给皎月一点儿信任！”

“一个温知识，闪电是园长一手养大的，当时饲养员没有经验，用手扒拉了小闪电，结果在它身上留下人的气味，导致它被雌豹遗弃。”

“前几天我家狸花也生崽了，也是第一次当妈，我们全家都紧张得不得了，某天早晨它进卧室把我和我老公叫醒，带我们过去看一窝小猫，还冲我们喵喵叫，那种叫声跟平常撒娇发脾气都不像，很明显的嘲讽，好像在说：我生完了，干净不？可爱不？给你们看一眼，瞧把你们紧张的，没见过世面的玩意儿……”

“担心皎月带不好孩子真是多此一举。”

“人家动物园肯定早就有准备了，说不定应急预案都出了好几套，那兽舍环境跟几万块的月子中心似的，皎月真的不行，饲养员肯定会上手帮忙。”

“啊啊啊啊啊可爱！周末去看！”

“早上就发公告了，豹崽和妈妈短时间内不营业，可以关注‘山动直播’。”

“忽然想起来啊，文创组不是说在做黑豹主题的‘黑色魅影’摆件了嘛，现在多出两个小的怎么算？别等套件开卖了，少两只，本 VVIP 用户是会暴怒差评的！抖腿 .jpg”

“别的就不说了，山动明显越来越好，去年爆出虐待动物的丑闻，雷厉风行直接取消马戏表演，把那只涉事虎买下来，管吃管喝管养老。还有那匹叫阿尔卑斯的赛马，月底要和顶流一起参加星运会，让它竭尽所能施展自己的才能。根据动物的不同情况做不同对待，真的很人性化！”

“就想问企鹅盲盒是哪个小天才想出来的，我和同事沉迷其中无法自拔，专程跑到本地的山海游乐场去换，然后又被他家游乐场套餐勾引，然后又在游乐场玩的时候认识更多盲盒同好，现在每天都在群里聊企鹅盲盒，甚至期待山动出其他款，比如山魈、犀鸟、狐獴，还有狼谷那群野性十足的狼崽子……我们 A 城同好会还准备五一组团去山动做实地考察，这家动物园太吸引人了！”

“山海集团底层员工说两句，山动能有今天，文创团队的核心人物秦小姐功不可没。最近开会的时候，大领导小领导都拿她当例子翻来覆去地讲，人家一个小语种专业毕业的，也不知道什么时候自学的画画，毕业后可能当了几年翻译吧，动物园有难，立刻回来帮忙，扭转乾坤！现在整个集团都在想方设法求合作，酒店想搞联动主题套房，游乐场想把文创店搬到线下开，董事长也十分赏识这位没有血缘关系的侄女。”

“一直记得南城熊吃人事件，单方面固执地认为这背后存在隐情，后来看秦初晗发的声明，她是真的会为动物、为他们那个行业去认真考虑的人。”

“有些人生来就注定会去做一些有意义的事情，只是早或晚的区别吧……”

“记得‘动物园团宠’这个账号科普过，现任的秦园长只有动物园的管理权，没有继承权，别的不说了，希望秦小姐能成为下一任园长。”

没想到豹崽的出生会引出动物园将来归属权这个颇为复杂的问题。多亏秦初晗发现得早，立刻让林笙找关系撤热搜，没让话题继续发酵下去。

稍后，她又吩咐司徒畅放黑豹琉璃摆件的物料预告，集中展现黑豹摆件的琉璃质感，在自然天光、室内暗处以及灯光效果下，通体纯黑的琉璃体会呈现出不同的光彩，与之前的陶瓷摆件相比，多出几分奇异的灵动感。末了还追加彩蛋：“黑色魅影”预售当日，无论全套、单件还是自由搭配，下单即可获赠“幻之魅影”——我们早就把崽崽算进去了！没想到吧？小豹子只送不卖！

晚饭时，山海野生动物园再发微博：“崽崽的名字确定啦！姑娘名为‘春时’，小子叫‘润夜’，取自诗圣杜甫的名作《春夜喜雨》当中的‘好雨知时节，当春乃发生’和‘随风潜入夜，润物细无声’这两句。取名人：园长爷爷。”

网友爆笑，闪电是秦园长养大的，春时和润夜确实该叫一声“爷爷”，爷爷比谁都有资格取名，我们服！

热闹了一天，待到夜深人静时，秦初晗吩咐时昊去监控室那边操作，她和祁应琛如约来到黑森林馆，先把闪电放出来，一起去皎月的兽舍。

王老头做了几十年的兽医，对动物园的动物的经验比祁应琛丰富，一切跟他判断的一致，雌豹和崽崽们都很健康。而且皎月体质好，生产过程顺利，且没有花太多时间。换句话说，没怎么受罪，整体还算轻松。孩子们从生下来到现在，一直贴在它身边，闹是闹了点儿，却也给它带来前所未有的幸福感。

秦初晗把崽崽们的名字告诉它和闪电，再将意义解释给它们听。皎月很喜欢，闪电欢喜得咧开嘴直笑，发出沙哑的“哧哧”声。成为父母，确实是一种奇妙的体验，有点儿胆怯，有点儿欣喜，更多的是快要溢出来的期待。

春时和润夜刚出生，吃饱了就会沉沉睡去。秦初晗捧着两小只，不敢动，将话音压到最低，不可思议地叹道：“好小啊，我几乎感觉不到它们的重量……”

闪电在旁边插嘴：“上次考拉馆的旧梦生崽，你去抱过之后也这么说。”

“幼崽本来就又小又轻，我们人类的幼崽还丑呢，你跟我在这个点上较什么劲。”秦初晗小心翼翼地将崽子们放回皎月身边。这种尺寸的崽还真不能揉，等它们长大一些吧。

闪电转过头去嘟囔：“那我的崽肯定是比人类的崽好看的。”

秦初晗笑笑，不反驳。刚当爸爸的豹子最有道理！

皎月看了一眼怀中的孩子，忽然抬头道：“秦小姐、祁教授，有个问题可以请你们回答吗？”

秦初晗和祁应琛看向对方，直觉接下来的话题会很正式。

皎月忐忑地询问：“我可以留下来吗？”

话音刚落，闪电就噌地站起来，身上的毛似通了电，齐刷刷地竖起来，又激动上了。

皎月见它这样，也害羞地低了低头。在山海野生动物园住了大半年，它已经彻底喜欢上这里，喜欢这里的风、这里的草地，喜欢深夜湖水泛出的清爽的味道，还喜欢傻乎乎的、会跟它探讨到底什么是爱情的闪电。虽然时至今日，它仍然不清楚爱情是什么，但其实也不需要去弄懂，它们豹子有自己的处事方式，跟人一样，懂得辨别。

“我知道我属于A市动物园，按照事先的约定，我和闪电的其中一只幼崽会跟我一起回去，可是我现在反悔了，有什么办法能让我留下来吗？”皎月实在不想和闪电，还有它们的孩子分开。

闪电也对秦初晗请求道：“晗晗，想想办法。”

秦初晗面露难色：“你们让我想想，这件事可操作的空间很大。”她不敢把话说得太死，免得让它们白白期待一场。

闪电追问：“可操作的空间是什么意思？需要多久？那个空间有黑森林馆大吗？”可以的话，它希望那个空间无限大。

秦初晗望着它，欲言又止。

祁应琛舍不得女朋友左右为难，决定做一回坏人：“你们也知道事先有约定，让晗晗帮你们的前提是违约，做个没有诚信的人。”

秦初晗连忙打断：“这些都是小问题，我没关系的！”

祁应琛问她：“你确实没关系，A市动物园的人过几天就到，到时候你想怎么谈？让他们开个价把皎月和两只幼崽买下来？”

“我没这么想，这做法太不尊重同行了。”秦初晗皱眉道，“凡事都是可以商量的，只要大家一心为了动物好……”

走出黑森林馆，秦初晗止步抬头望天，叹出一口气，内心很沉重。

祁应琛语态轻松地安慰她：“慢慢来，都是可以商量的，我也觉得可操作的空间很大。”

秦初晗闻言扭过头去，质疑的目光在他脸上反复横扫：“这话怎么有点儿耳熟？还有，你安慰我的语气怎么那么不走心呢？”男朋友到底有几副面孔，她实在是很好奇啊。

“刚才见你被架在火上烤，怕你脑子一热答应闪电，过后做不到，影响你们姐弟感情。”祁应琛耸耸肩，表示自己的用心和无辜。

秦初晗“呵”地笑了声，迈开步子往北区走。祁应琛双手插袋，跟在身后。两人边走边聊，其实挺为皎月和闪电高兴。

“我跟皎月接触过几次，就是个彻头彻尾的冷美人，通身御姐范儿，能一句话表达的绝对不会跟我多说第二句，就算和闪电一起出来遛弯，也显得特别有数的样子。”当时秦初晗就不看好，还以为臭弟弟的初恋可能要无疾而终了，甚至还想象出皎月带着一只崽走后，闪电带着另一只崽颓废度日的悲惨光景，“我连四格漫画的剧情都想好了，保证网友看得潸然泪下！”结果皎月跟她说不想走了，还要跟臭弟弟和孩子们在一起。

祁应琛被女朋友的心里话逗笑：“原来已经这样打算了吗？”

秦初晗的打算可多了：“说出来你不信，我连闪电那只崽独立自强的性格都设定好了，比如晚上会偷跑出去给爸爸打酒喝。”多么懂事的崽，大姨心疼你！

说到兴起，她主动挽住男朋友的手臂：“还有还有！我们闪电还年轻，不能总让它单着吧？”

祁应琛点头：“所以？”

“所以要帮助它走出困境，为它寻觅另一春！”秦初晗那想象力丰富的脑袋瓜里，每天都在上演江湖恩怨、爱恨情仇。

祁应琛佯作好奇：“准备给它找个什么样儿的？”

秦初晗也确实想好了：“总有一个女孩让男孩成长为男人，皎月是那头让闪电成长的雌豹，但很遗憾它们注定要擦肩而过。自从皎月离开后，闪电一蹶不振，醉生梦死，浑浑噩噩度日。润夜跟它缺乏交流，父子俩整日沉默以对，心事都藏在心底深处。这个时候，第二春出现了！有头雌豹叫向阳，今年三岁半，我在他们动物园的直播里看了好几次，天真烂漫，活泼好动，要是能把它引进来，进行合笼……不说他俩一定有戏，至少能让闪电重拾生活的希望。”时下最流行的欢脱女搭配颓废男，绝不绝？！

祁应琛顺着女朋友的话进行拓展：“向阳初来黑森林馆，横冲直撞，闹得天翻地覆。闪电先反感回避，后逐渐被感染，还发现润夜和向阳成为朋友，变得比以前更加开朗，它开始反思自己，意识到未来路还很长，最终改头换面，重新振作起来。”

秦初晗激动得直点头。

祁应琛回身看了一眼黑森林馆，冷冰冰地问：“你想那么多、那么细，对得起不久前下定决心留下的皎月吗？”

秦初晗瞬间变得愁苦：“我这不是……原先以为它们没戏了，才着急忙慌给闪电另谋出路嘛。而且当初我想的是，皎月留下来也不是不可以，把一对崽崽给A市动物园。这是我想的变通之法，闪电和皎月还可以再生，不能让人家动物园千里迢迢把孩子送来，大的小的我们都留下，那以后哪家动物园还肯送动物来合笼啊……”

这才是她内心的大实话！刚才皎月望着两只崽的目光太慈爱了，连带着浑身散发出母性光辉，晃得秦初晗头晕目眩，愣是没敢明说，这会儿一股脑把心里话吐给男朋友听，总算舒畅点儿了。接下来，等 A 市动物园那边的人到了再视情况而定吧。崽崽们刚出生，说什么也得过几个月再做长途跋涉的搬家打算。

“我也觉得可以这么换。”祁应琛忽然对她做了肯定。

秦初晗心里乱着，没跟上节奏：“什么怎么换？”

“皎月留下，春时和润夜给 A 市动物园。”祁应琛斩钉截铁，“我会从专家角度给出建议。根据野外的情况来，小豹出生十二到十八个月才逐渐开始独立生活，鉴于动物园的舒适环境，这个时间还能再拉长一些，二十四个月，甚至是三十个月。”

“可能吗？”秦初晗差一点儿就答应皎月，让它们一家四口永远在一起。但她也很清楚，一旦这么做了，而且还成功了，肯定会给山海野生动物园带来负面的影响。

祁应琛理智地说：“这是最好的解决办法。”这世上没那么多尽善尽美，只能尽力而为。

秦初晗陷入犹豫：“你让我再想想。”

祁应琛知道她在为难什么：“闪电那边由我去说，我想它应该——”

话还没说完，身后传来一个平静的声音：“我答应了。”

转过身，闪电站在树影下，一双金瞳直勾勾地望着他俩。

“你……什么时候来的？！”秦初晗先前的小故事有多欢乐，此刻就有多心虚。

闪电站在树影里不动，若有所悟地轻哼了声：“从你开始说要把那个叫作向阳的雌豹引入动物园，为我找第二春开始。”它是特地出来感谢她的，没想到听到不该听的话，还说了那么多。

秦初晗心情复杂地沉默了一会儿，把包包交给祁应琛，走到它跟前蹲下，脑袋也一并没骨气地垂下：“我错了，给次机会……”

“你的想象力丰富得有点儿过分。”闪电哼着，一点儿都不想那么快就原谅她。

“我是画家嘛，从事艺术行业的人没有想法就完蛋了！而且你看黑森林馆别的豹子我管不管？皎月来之前，住你隔壁的文仔，它比你大一岁多呢，现在还合笼无望，馆里压根儿没为它打算，你说惨不惨！”

“行了，别扯这些。”闪电做爸爸了，还要努力成为称职的丈夫，“就按照之前你和祁教授说的，皎月留下，等春时和润夜长大一些……就送走吧。”

对于刚成为父亲的它来说，率先预见孩子的离开，无疑是件难过的事。但闪电很快整理好情绪，主动道：“皎月那边我会去说的，我们豹子长到一定的岁数就不会成天腻在父母身边了，总是要长大的。”崽崽以后还可以再要，皎月只有一个。

祁应琛拎着女朋友的手袋走上前："真的想好了？"

闪电点头。它相信春时和润夜在别的动物园也能过得很好，找到属于自己的小天地。

"不过我们这边说定了，等过几天A市动物园的人来，可不能再有变化。"闪电和人亲近，也比其他动物更了解人类善变的特质。

祁应琛向它承诺："我们在这里说定了，那就彻底定下了。"

闪电还是不放心："要是那边动物园的人不答应呢？"

"应该能答应的。"秦初晗说，"A市动物园新任的园长很年轻，就比我大五岁，对我们这一行充满信心和热情，我和她也聊得来。等他们到了，你只需要施展一点儿演技，剩下的交给我们。"

闪电疑惑地歪了下脑袋："演技？"

祁应琛已然猜到女朋友准备干什么了，忍着笑把脸别开，无奈地摸鼻子。

隔天早晨，秦初晗召集人手在咖啡厅开会，把计划说给团队成员听。

司徒畅先指出不确定性："打感情牌啊？我们倒是没问题，那豹子和豹子之间依依不舍，您老打算怎么呈现给A市动物园的人看？"

"这你就别管了。"秦初晗斜他一眼，懒得解释，也不可能解释，"按照我的吩咐去做就行了，这两天官博上重点展现豹豹情深！"

林笙和盛呦呦都是对爱情有美好憧憬的姑娘：豹子怎么了？豹子就不能深情了？一定是我们小秦总监看出了豹子之间的依依不舍，才制订这个计划帮它们在一起，对不对？！

顾词低头在记事本上记着，只问："事情办成了有什么特别福利吗？"

秦初晗一拍胸口："我个人请你们再去四季好！"

"就听大小姐的！"伍衡第一个站起来，"这几天的直播主题定下了，豹豹情深走着！"

时昊"哎哟"一声给自己打气："豹子都玩深情概念了，我的媳妇儿在哪儿呢？"

司徒畅觉得很扯，但还是比画了"保证完成任务"的敬礼手势。

祁应琛喝着咖啡，帮女朋友找补："闪电和皎月朝夕相处数月，现在又有了孩子，从前天皎月生产时闪电的反应来看，豹豹情深的画面是很好抓取的。"

胜利老师舒展地站在落地窗边，沐浴着这天的第一缕阳光，不着调地笑开了："豹豹情深……"这是做动物园呢，还是做白日梦呢？他大概是疯了才会加入秦初晗的计划！

计划就这样开始了。秦初晗打的是感情牌，目前看来也只有这张牌可打，但只要打得好，照样有赢的可能。之后两天，司徒畅早中晚的微博内容都是围绕皎月、闪电和它们的崽崽做的，伍衡用直播和他打配合。

闪电也特别给力。它的兽舍和皎月挨在一块儿，中间的墙是打通了的，换成一整面铁栏，方便它们交流感情。原本铁栏上还有一道小门，合笼期会保持打开。不过现在是关上的，闪电过不去。于是高能部分来了，不管饲养员什么时候去兽舍，总会发现它趴在铁栏前，亮棕色的眼睛就盯着皎月和它身边的崽崽，眨都不眨。每天吃饭时间，它要亲眼确认皎月吃了、吃完了、吃好了，自己才会吃。

江城附近的游客来恭喜闪电当爸爸，外场内馆都看不到煤球的身影，一问才知，是待在兽舍陪老婆孩子呢！黑豹爸爸无心营业，通道门全天打开，拿牛肉馋它都不搭理。

这件事很快上了同城热搜，话题叫“豹子能有多深情”，深情丈夫的人设被闪电一头年纪轻轻的豹凹绝了。

刚开始网友还不信，于是越来越多的人涌入播叔直播间，看到闪电深情凝望老婆孩子的画面。他们当然不会像怀疑明星摆拍那样怀疑它，毕竟豹子能有什么坏心眼呢？它能这样看着老婆孩子，证明是真爱啊！饲养员赶紧把铁栏上的小门打开，让它过去，让它们一家四口团聚！又一次相信爱情的网友急得上蹿下跳，生怕闪电这样望下去，给整抑郁了。出自美院的粉丝自发为它出同人，拟人化的形象不比秦初晗给游夜一家设计的差。微博上的热度持续攀高，话题度居高不下。

秦初晗觉得臭弟弟真是个可造之才，还想问清北什么时候开动物班，她一定砸锅卖铁送它去上学，争取让它拿个文凭回来，或者等电影学院开班，好好钻研演技也成！

一周后，围绕闪电、皎月营造起来的氛围刚好达到小高峰，A 市动物园的同人们前来造访了。

这次他们总共来了五人：副园长程俊、市场部副主任庄莉、两名经验丰富的饲养员师傅张夏和陆明辉，还有年后刚成立的文创研发部门新上任的主管顾倩倩。顾倩倩和林笙一般大，国美硕士毕业，专业是现代艺术设计。看阵容就知道，人家不单单是来看皎月和豹崽的，借机观摩学习呢！

秦初晗带着时昊、顾词和林笙，开了辆贴着动物园主题印花的小巴去机场接人，有说有笑地回动物园，抵达东门时十点半，从正门去食堂，正好顺道逛一逛园区。

程俊是带着任务来的，声音响亮地说：“于园长给了五天时间，让我们一定要仔细观察山海野生动物园的三个模式，即动物管理模式、园区经营模式、文创构建模式。”

秦初晗笑道：“五天哪儿够观察啊，先住两个月，给你们分配到相应的岗位深入研究，展开一对一学习小组，大家互相督促进步。”

时昊补充：“学得好就别走了，留下来一起干！”

张夏似乎动心了："员工福利待遇怎么样？"

时旭对十几年的老兄弟道："你要过来，我肯定给你争取最好的待遇！"

时昊在旁边开他爸爸的玩笑："爸，你别帮夏叔争取了，直接让位比较合适。"张夏师傅可是传奇人物，业界的活招牌。

众人笑了一路。

走进东门，游客来来往往。戴着渔夫帽的老大爷抱着宝贝照相机站在树荫下专注地调焦距；五六岁的双胞胎一人拉着小姨的一只手，直冲甜品站，要吃滚滚棉花糖；几个没课的大学生刚在直营店那边换了企鹅盲盒，背着战利品走出来，兴致勃勃地聊着过段时间再来，听聊天内容，他们是帮学校的盲盒同好来做置换的，背包里满满当当全是；年轻的妈妈扶着婴儿车坐在长椅上休息，丈夫给她拧开水杯，又去逗一逗车里的宝宝；头发花白的夫妇穿着情侣连帽衫，手牵着手，带着同款笑容，请那位调焦距的老大爷帮忙拍照；还有外地游客坐着大巴来，一下子来两辆，呼啦啦从车里下来，跟在导游身后入园，边走边商量先看什么后看什么，一定要看什么……

星期三都有这么多的游人，程俊看得秒变柠檬精。

直营店里灯光充足，照得旮旯角落里都是亮堂堂的。黑豹主题周边摆在最显眼的货架上，棒球帽、豹耳发箍、"煤球绒绒"耳环、保温杯，还有只送不卖的团扇……今天天气好，春光明媚，闻晓叶还特地拉出三个移动货架放在门口，重点展示昨天刚上新的黑豹主题抱枕套件。

顾倩倩就是为这个来的，拉着庄莉走过去看稀奇。皎月可是他们A市动物园的正式员工，这大半年的外派干得是不错，不但生了崽崽，还有了自己的文创产品，可喜可贺！

套件总共四只，大小各一对。大的那对是闪电和皎月。闪电体形稍大，皎月相对较小，姿态都呈侧卧状，柔软的腰身正好可以供人做枕，放在身侧还能当扶手，懒人在家斜身侧靠也舒服。将闪电和皎月面对面相对摆放，外廓是一个爱心的形状，两只中间是个空心，正好用来嵌入春时和润夜。顾倩倩把四只抱枕拆开来，再组合成一体，接着又捏捏试手感，还俯身去闻面料的味道。

闻晓叶只当她是游客，介绍说："客人您放心，这套抱枕是我们动物园和国内著名家纺品牌'优棉'合作出的联名款，名为'豹豹（抱抱）情深'，是我们小秦总监的设计，品质方面绝对有保证，面料、里料材质都在标签上写得清清楚楚。"

顾倩倩翻开标签一看，确实如此。优棉家的东西她也喜欢用，没想到这次居然和山海野生动物园合作出了联名款，价格也很合理。

庄莉好奇道："小豹子刚出生没几天你们就上了同款，动作也太快了，能说说策划做了多久吗？跟优棉那边怎么谈的？"

闻晓叶有问必答："从确定皎月成功受孕后就着手去做了，当时兽医很肯定这一胎有两崽，小秦总监根据现有情况设计了这款抱枕四件套，优棉方面由文创组的工作人员联系，双方一拍即合，经过长达一个多月的沟通，最终有了摆在您面前的成品。"

除了主打的"豹豹情深"四件套，店内其他的黑豹主题系列都是秦初晗和林笙赶在年前做的设计，谈厂家，出样品，下订单，年后厂家发货，搭配着抱枕一起卖。今天早上这一小会儿工夫，发箍、耳环这些走量的小件卖了不少，游客买了直接戴上，全园拍照打卡。就连东门外广场卖氢气球的摊位，这几天都只卖黑豹款，力求在园区里营造出黑豹嘉年华的氛围，还能不经意间刺激部分游客的消费欲。

庄莉把这些话记到心里，听的时候，脑中已经跟着过了一遍流程，不过来到眼前的售卖环节，她不禁担心："那你们有没有想过，万一兽医判断失误，或者皎月只生下一只豹崽，四件套还怎么卖？"说完，她意识到这话过于找碴了，歉意地笑了笑，"对不起，我没有说不好的意思。"皎月是A市动物园的"亲闺女"，不需要考虑实际问题的话，她自然也希望女儿的一切都好好的，大卖特卖。

闻晓叶望了一眼来到她身后的小秦总监："您说的这种情况是可能发生的，我们无法预料皎月的生产结果，但销售策略可以随时改变。"

为什么明明只有一只崽，却做了两只？因为好事成双，求个好寓意。因为事在人为，人类先送上美好的祝福。因为皎月和闪电还年轻，说好了，来年春天一定……

庄莉和顾倩倩交换了一个眼神，冲对方频频点头。

秦初晗适时道："了解了这么多，不买一套说不过去吧？"

顾倩倩已经沦陷了，对豹崽的小抱枕爱不释手："我倒是想买，四件也太多了，拿着不方便……"

秦初晗立刻给闻晓叶使眼色。

闻店长拿着印有园区二维码的可爱小牌子来到顾倩倩身旁，耐心讲解起来："是这样的，您可以在网店下单，三天内送货到家，轻松游园无负担，园区范围内扫码拿优惠券，下单额外再享八八折。"

庄莉一听到有折上折，忙不迭地把手机拿出来扫码。

程俊等人在旁全程围观，直叹不得了，园里最难搞的二位这么快就被征服了，厉害啊！

秦初晗暗中观察着几位的反应，心说这才是热身呢，重头戏在午饭后，大型闪电表演秀，全天不打烊，还请各位多担待！

今天秦怀远去省林业局开会，接待程俊等人的相关事宜落到秦初晗的头上，午饭自然选在自家食堂。祁应琛也从兽医院那边过来了，大家聊着近年来动物园的发展、祁教授的研究方向，还跟他打听国外动物园现状……随后，A 市动物园的几人被赵老头的厨艺征服——从来没有人能在老赵的地盘上把自己的专业聊清楚，在山海野生动物园的食堂，只有“好吃”“太好吃了”“怎么可以这么好吃”！

饭后一盏茶，众人直奔黑森林馆。

这两年 A 市动物园积极改革，管理层也换了一拨，程俊就是他们老园长提拔上来的，年轻人吃苦耐劳、敢想敢拼，最重要的一点，是对动物们上心。说起来，他是此行五人中年龄最小的，顾倩倩都比他大八个月。

赶巧这边也有时昊、顾词、司徒畅、伍衡这么一批年轻人，简直一拍即合，进食堂前还相互客套一下，走出食堂时已经勾肩搭背宛如亲兄弟。

程俊对直播特别感兴趣，只要听说哪家动物园开直播了，一定要去凑个热闹，看看同行们的日常，暗中比较谁家的猴子养得好，谁家丰容搞得有意思……尤其这次来山海野生动物园前，他几乎每天定时定点跟着播叔的镜头走，对黑森林馆那头雄豹好奇到了极点：“明星立人设见得多了，动物也来这套，我是真想亲眼见见！”

时昊走在他左边：“你就不相信我家闪电对你家皎月一往情深是吧？”

伍衡走在他右边：“孩子都快满十天了，分什么你家我家！”

时昊继续：“说出来我自己都不信，闪电怎么就能每天趴在地上，眼巴巴地瞅着老婆孩子呢？以前多活泼的豹啊，是吧？”

伍衡跟他一唱一和：“那确实啊。要说我们闪电，成家前也是潇洒芳心纵火犯，去年夏天开放散养区，它们豹子在外面野，那几头雌花豹的眼睛恨不得粘在闪电身上！它可跩，看都不看一眼。”

时昊连声道：“对对对，当时我还跟我爸打赌，自由恋爱，公平竞争嘛，结果没多久姑父就跟你们定下这桩门当户对的好亲事。事实也证明，闪电和皎月是天生一对，有缘千里来相会！”

伍衡揽着程俊的肩膀，说：“我就知道你肯定不会相信直播里那些，没关系！我都跟豹馆那边交代过了，特地留几口，等我们去了再继续喂，你只管看好了，皎月不吃完，闪电绝对不动碗。”

程俊依旧持怀疑态度：“有没有那么神？”

时昊没好气地白他一眼："走！神不神的，看了就知道！"

秦初晗走在一行人的最后，小声问男朋友："你看他俩像不像大忽悠？"

祁应琛笑评："对外是咱们动物园的忽悠双煞。"

"那对内呢？"

"憨憨双傻吧。"

山海野生动物园最大忽悠秦初晗和她糊弄学满级的男朋友相视而笑。

到了黑森林馆，十几人站在单面玻璃前观察，就见饲养员把荤素搭配均衡的食盆放到皎月的兽舍里，同一时间，也给闪电做了加餐。闪电只是略微抬起头看了一眼食盆就淡然移眸，直向铁栏另一侧望去。皎月大抵先前就吃饱了，懒懒地卧在干草窝里不动，怀中的两只崽崽睡得香甜。它跟闪电隔空对视了会儿，便低头舔崽崽们，给它们做日常清洁。闪电见状，还是不动，又趴下了。

就这样……趴下了？观察窗外的一行人看得一愣一愣的。真实的豹豹情深？！

伍衡连着在这儿蹲点直播好几天，对此早已见怪不怪："再等会儿，有个剧情我一直没在直播里给人看。"

话刚说完，就见皎月给崽们梳理完，不慌不忙站起来，走到食盆前低头嗅了嗅，吃之前特地看了闪电一眼。就是这一眼，犹如按下了闪电身上的开关，它也跟着站了起来，去食盆前老实吃饭。

时昊讲解员上线解说："前两天闪电是等皎月吃完吃好才开始动，生怕我们亏待了它媳妇，从前天开始才略微有了变化。我们闪电，豹中绅士，温柔体贴好丈夫！"

张夏和陆明辉这俩老师傅啧啧叹息，在动物园干了小半辈子，愣是没见过这样的豹子，快成精了吧。尤其皎月是陆明辉养大的，看着眼前的场景，他百感交集，就跟女儿嫁了个好人家，他暗中观察发现女婿表里如一……心情是一样一样的！

"皎月只是性子有些冷，跟谁都不亲近，其实心里什么都明白。这两年我的腿老犯风湿，下雨天疼得走不动路，有一次我打扫兽舍，差点儿摔了，不知道皎月什么时候跟在我旁边，贴过来撑了我一把，然后担心地看着我，好像在问我：'你没事吧？累了就休息下。'"说完，眼睛也湿润了。

祁应琛道："动物是有灵性的，谁对它们好，它们都明白的。"

秦初晗主动提议："等它们吃完，陆师傅进去看看皎月吧，它一定也想你了。"

陆明辉直点头，从进来到现在，他眼睛就没离开过皎月。这天他在黑森林馆待到傍晚，仔细把皎月的兽舍打扫干净才离开。

3

山海野生动物园在城郊，晚上没有特别的休闲活动，于是欢迎会来到胜利老师的主场，烧烤、KTV、桌游混搭走起。众人玩到后半夜，全都尽兴了。

次日，秦初晗继续陪程俊几人逛动物园。大家一起做丰容，去即将建成的红斑羚外场做实地考察，开小型研讨会，还带他们体验了半天文创组的创作过程，伍衡甚至手把手教程俊直播，传授如何在画面外调动观众老爷们情绪的小妙招……

这时，发生了一件意料外的小插曲，确切地说，是秦初晗的意料外。这三天她一直努力向A市动物园的老朋友们展现皎月、闪电的密不可分，也在捕捉开口的最佳时机，没想到关键时候竟然是游客帮了她这个忙。

周末迎来游园小高峰，程俊几人眼见着动物园忙碌起来，心痒痒的，主动提出帮忙。黑森林馆的游客最多，于是他们戴上志愿者的标识，维护秩序，科普豹科相关知识，干得挺好挺顺利。中午秦初晗去看过一次，游客已然将陆明辉当成山海野生动物园的老师傅，围着他讨教。

谁知晚饭时，陆师傅的脸色就不好看了，整个人很沮丧。秦初晗追问几次，陆明辉才道出事情原委。

就在下午快闭馆时，他听到一对母女的对话。这位妈妈应该做了不少功课，对女儿说了皎月的来历，还说再过几个月，皎月和其中一只豹崽会回到它们原本的动物园，在这之前来能有机会看看黑豹妈妈和崽崽们，若能看到黑豹一家四口一起在外场活动就更好了。小姑娘听得差点儿掉眼泪，一直问皎月和闪电分开以后还能不能见面，说连崽崽也要分，太可怜了……说到情绪激动处，她泪流满面地请求妈妈：“能不能不要和爸爸离婚？”竟然是代入了自己。

后来这位妈妈泪眼婆娑地抱着女儿离开黑森林馆。陆明辉目送了一路，再回想母女俩的对话，心里十分纠结。闪电对皎月好，皎月疼爱孩子，孩子依赖皎月和闪电……好端端的一家四口，愣是要把它们分开，这是人的干事吗？！可这又是两家动物园说好的，送皎月来的目的就是和闪电合笼，繁育黑豹。要是他说的能算……他一个饲养员，算个屁！还豹豹情深？豹子确实深情，是他们人拦着不让……

程俊试图安慰陆师傅，没成功，反而被怼了一顿，也郁闷了。都说要做好动物园，而做好的根本就是提升动物福利，竭尽所能让它们过上舒适惬意的生活，展现更多的自然行为。现在连豹子的择偶意愿都不尊重，这叫提升福利？

张夏他们说起这事儿都挺感同身受，奈何制度是这样，意图也很直接——动物园不扩容，没有新动物引入，迟早关门大吉！

秦初晗了解了来龙去脉，又按捺了一晚上，第二天找程俊谈，把最初的想法和盘托出。动物没法儿选，但制度是人定的，我们可以为它们做出改变。

一群人一旦有了相同的目标，一起朝着那个目标努力，成事的速度是很快的。当天，程俊就将秦初晗的提议转达给了 A 市动物园的领导，那边也针对性地开了会，商量出结果：同意山海野生动物园的新提议。随后双方重新拟协议，在祁应琛的专业建议下，在皎月和闪电感情稳固的前提下，皎月将长时间住在黑森林馆，而它们的孩子春时与润夜将在满二十八个月时，送往 A 市动物园过上全新的生活。

一切都在往好的方向发展。

稍晚些时候，两家动物园联合宣布了这一决定，网友纷纷点赞：从今往后，皎月和闪电幸福地生活在一起，这才是我们想要的童话结局！

业内的权威人士难得冒头说话："总说要把格局打开，眼光需放长远，可一旦涉及利益就争得头破血流寸土不让，如今总算开了先例，做法值得借鉴，气量和气度让人钦佩。"

做动物园这一行，有没有真的为动物着想，都是看得出来的。

不过想到还得让 A 市动物园再等二十八个月，秦初晗心里过意不去。送程俊他们去机场那天，她承诺说一定帮对方打造属于自己的文创品牌。

程俊笑说："放心，有了皎月和闪电这样的牵连，往后更加不会跟你们客气。"

注视着飞往 A 市的飞机冲入云霄，秦初晗总算轻松下来，一转身，除了温润如玉的男朋友冲她无所求地展露微笑，以时昊为首，大家眼睛都在冒着光。小秦总监是明白人，事情办成了，四季好走起！

在城里吃吃喝喝，还在陈胜利的突发奇想下包场看了一部高质量恐怖片，一个个吓得发抖，于十二点前回到动物园。秦初晗心情好，非要拉着祁应琛去黑森林馆看豹豹情深。

用打包的宵夜贿赂值班的饲养员，摸进兽舍时，闪电正跟皎月依偎在一起，两只毛茸茸的崽蜷缩在它俩中间，神似抱枕四件套。秦初晗看得眼睛亮起来，噔噔噔小跑过去蹲下，照着闪电的脸一顿揉，还自带音效："臭弟弟你怎么那么可爱，脸好软，全世界最英俊的黑豹就是你了！姐姐永远爱你哟！"

"你做什么……疯女人……"闪电只能平静而无奈地表达不满。

祁应琛走上前来，开口就是主题："事情说定了。"

皎月和闪电同时僵住，紧张！

“这是什么表情，你不相信姐姐？”秦初晗把闪电的脸揉得近乎变形。

“再不撒手,你就只有时昊一个弟弟了……”闪电的尾巴僵硬地翘起来。换别人……不，别人永远没有机会这样藐视它黑豹的威严！

“我不！”秦初晗字正腔圆，脸凑过去，“再让姐姐揉几下，我好喜欢你你知不知道？”

闪电发出受不了的“啊”的一声。明明没在她身上嗅到一丝酒味儿,怎么跟酒疯子似的？

皎月小心翼翼地问：“说定了，是怎么定的？”

祁应琛示意两头豹看秦初晗：“她都乐成这样了，自然和先前一样。”

听了这话，皎月彻底放下心来，低头舔了舔熟睡中的崽崽们。

闪电也不挣扎了，放弃地趴地上：“你 rua 吧……”就当奖励臭姐姐。

秦初晗在兴头上：“你这个‘rua’的音说得很标准，你知道吗？”

“我不知道，祁教授你管管她！”闪电向全场唯一能指望的人狂发求救信号。

祁应琛对它遗憾地耸了耸肩，宠溺地站在女朋友身后，说正事：“以后皎月可以放心住下来，春时和润夜在山动待满二十八个月，之后 A 市动物园那边应该是由陆师傅亲自来接它们去新家。”

皎月也是在动物园长大的园二代，听得懂人类定义的时间长短:“二十八个月，足够了。不管是人类还是豹子，或是其他的动物，总是要离开父母独自生活的，不然永远也长不大。”它用鼻头拱了拱两只崽崽，很是安宁的模样。

再抬起头，它生涩地向两个人类道谢：“谢谢你们，祁教授，还有……晗晗。”

秦初晗被这个颇为亲近的叠称萌到心坎儿里：“弟妹客气了，都是应该的。”

手里头，闪电闷哼哼地问：“揉够没？”

“够了。”秦初晗收回手，交叠在胸前，笑眯眯地望着它，“恭喜你啊，弟弟！”

闪电稍抬起头，看起来好像想跟面前有点儿疯的年轻女孩子打一架，又好像很喜欢她，想给她一个大大的拥抱。最终，它什么也没做，平静地卧回原地。当爸爸了，还是皎月可靠的丈夫，要稳重。

“好吧，不早了，你们休息，我们撤！”秦初晗心满意足地站起来，瞥着皎月怀里两只小的，心说还有二十八个月呢，一定有机会抱个够！

“晗晗。”皎月忽然叫住她，“我想单独和你说几句话，可以吗？”

豹子的听觉出奇的好，所以祁应琛离开兽舍，连带着闪电也被支开，走转运通道去外场，再从外场纵出。一人一豹在监控盲区碰头，交换了个眼神，也不知道里面那两个能聊些什么……

闪电老实地蹲坐在男人身侧，和他一样注视夜空：“祁教授，可以向你讨教吗？”

祁应琛双手放在风衣口袋里，放松地垂着双肩：“你想问什么？”

“感情问题。”闪电是有中心思想的，“皎月刚来的时候问过我一个问题：爱情是什么？晗晗说爱情是两颗心双向奔赴。现在我们在一起了，我问皎月有没有感觉和我奔赴到一起，它回答说不知道，还说和我在一起让它感觉很安全，于是想一直在一起。你知道它说的‘安全’是什么意思吗？”它们住在动物园里，不用为食物发愁，比它了解到的野外环境好太多了，为什么皎月还会提到“安全”？闪电以为自己是一头很有危机意识的豹，没想到会被皎月比下去……

至少在一年前，祁应琛绝不会想象到一年后的自己会和一头黑豹肩并肩站在一起，聊感情，这是他的荣幸：“晗晗说的‘双向奔赴’和皎月跟你在一起感觉到的‘安全’，本质上是一样的。用我们人类的话来说，那是一种别人无法替代的、只有你能给它的感觉。”

“你和晗晗也一样吗？”

“是的。”

“你很自信嘛……”闪电扬起脑袋，发现只能看到男人的下巴，不过这个角度它只需要一个小跳，张嘴就能咬住他的脖子。

祁应琛留意到这头豹有些危险的眼神：“我会对她很好的，我们会一直好下去。”

闪电轻哼，收回昂首的姿态，追加评价：“还很敏锐。”

祁应琛冲它友善微笑：“自知之明是人类的美好品德之一。”

闪电不怎么领情的样子：“希望你说到做到。”停了下，它又说，“要让晗晗觉得和你在一起是安全的，那样才行。”

“嗯。”

“她有时候会发疯，那是她开心的表现，你别嫌弃。”

“不会，挺可爱的。”

“可……爱？”

“你不觉得吗？”

“看来我们豹子和你们人类还是有些差别，就……只要你喜欢。”

“嗯。”

馆外的对话告一段落，秦初晗也从馆里走出来，像只欢快的兔子，轻盈地蹦蹦跳跳。

闪电急着回去陪皎月和崽崽，扭头原路返回。

秦初晗一头扎进男朋友怀里，目光追着那道暗影，不满道："看见我跑什么跑？今天已经抱够了！"

祁应琛双手护着她，垂下头耐心地问："皎月跟你说什么了？"

"没想到皎月是只外表高冷、内心细腻的雌豹。"秦初晗挽着男朋友的手臂，考拉似的半挂在他身上，边说边往北区走，原来皎月早就看出自己不是她的理想型，除了再次感谢秦初晗帮它留下来，还主动表白心迹，"它说以后会怎样它不敢保证，只是现在很喜欢闪电，从没有像这样依赖过它，每天看它发呆都会很开心，最喜欢在睡醒时睁开眼去找它……描述的完全是爱情的样子嘛！"秦初晗听得心里一阵阵发酸。分明她也是事业上升期，同时还能享受甜蜜恋情的小姑娘。

祁教授忽然也想听女朋友描述一下她的爱情："请以自己为例，展开说说。"

秦初晗不情愿："这都后半夜了，为什么还要出题考我？因为我男朋友是博士，还是动物学家吗？"

祁应琛把锅交给蠢弟弟来背："刚才闪电和我聊了几句感情问题，我向它解释了你说的'双向奔赴'和皎月所说的'和它在一起感觉很安全'是一个意思。"

秦初晗不走心地冲他竖起大拇指："满分解释！"

祁应琛继续："所以我很好奇，把皎月的这一套说法换在你我身上，我能给你多少安全感？"

秦初晗本来已经松开手走在他前面，垂着头追着地上自己的影子踩，闻言停下，回过身。

祁应琛站在距离她十几米的身后，没再跟上来。

秦初晗被唬得愣了半秒，随后不着调地笑："我警告你，别轻易给自己营造这种孤零零的氛围。"不然真的会变回单身狗！

祁应琛在原地不动："我在等一个标准答案。"他在向她讨要安全感，哪怕只有一点点。之所以会讨要，是因为他觉得少，还因为这个女孩子太坚强，大多数时候一个人也能把日子过得丰富多彩、热热闹闹，于是他之于她，变得可有可无起来……

秦初晗跟他僵持半晌，败下阵来，叹着气来到男人跟前，伸手在口袋里神神秘秘地摸索着："事到如今，只能亮出我的护身符了！"

出现在祁应琛眼前的是一个巴掌大的布袋，纯手工缝制，丝光面料，浅粉色的底色，上面是黑色印花小兔的图案。袋口用筷子粗的绳穿了一圈，拉紧，系成环，挂了一只最小号的阿尔卑斯好运挂件。袋子里虽然装了东西，但并不显鼓胀，目测是个呈椭圆形的小东西，体积比一支口红大。

“是什么？”一时半会儿的，祁应琛毫无头绪，“你自己做的？”

“袋子是我自己做的。”秦初晗表情神秘，拎着绳，将布袋在他眼前晃，“是不是很好奇？这样吧，让你猜三次，猜不中就——”

话还没说完，祁应琛蓦地抬起手，一把将布袋夺走。动作之快，等秦初晗反应过来的时候，他已经背过身去打开袋子，取出了里面的“护身符”——30mL 的防熊喷雾，澳洲产，能喷三次。

祁应琛转身看笑得没心没肺的女朋友，眼神逐渐变得复杂。

“怎么是这种反应？”秦初晗嚷起来了，“你不感动吗？！”

“我很感动。”祁应琛望着手里的喷雾，笑了笑，“只是没想到会是它。”

不过是开展工作之前在超市看到，觉得应该有所准备，便从货架上拿了一支，之后放在行李箱里飞了大半个地球，最后来到这家神奇的动物园，送给了熊口脱险的她，然后成为让她获取安全感的东西。

“太普通了。”祁应琛抱歉道，“早知道应该买个贵点儿的。”贵点儿的大抵效果也更好一些，虽然不太可能有机会用上就是了。

秦初晗把防熊喷雾拿回来，珍重地放回布袋里：“这个已经很好了，它在我心里的价值，远大于它在商场里的标价！”

祁应琛勾起唇：“我的荣幸。”

秦初晗眼弯弯地看着他，逐渐变得得意：“在这一刻，是不是觉得你的女朋友有一颗如水晶般纯粹美好的心？”

也是到今天，她才肯拿出来给他看看。

其实去年那件事发生后，秦初晗连着好几晚都睡不安稳，索性将喷雾放在枕头底下，伸手就能摸到，后来干脆做个布袋装着，去哪里都随身携带。心里没底的时候，遇到麻烦的时候，佯作双手插袋，手心里紧紧攥着一件实物，就能获得源源不断的勇气。

“这不是一支普普通通的防熊喷雾，它是爱情开始的见证。”秦初晗对男朋友强调，真挚的语气中夹杂着些许忽悠。

祁应琛很想反驳，不过就是个防身的玩意儿……

“说起这个——”他也淡定地伸手进口袋里摸，随着一阵清脆的碰撞声响起，熊猫钥匙扣出现在秦初晗眼前，上面还挂了三把钥匙和一个 U 盘，“你给我的，记得吗？在兽医院后面的兽舍。从此以后，这串钥匙扣成为我的心之所向，而泰坦是我们的见证。”

秦初晗垂下眼：“此刻的你不是我的男朋友，是祁教授，一位非常有文化的大忽悠。”

祁应琛微微蹙眉，性感的薄唇里发出一个情绪饱满的“啧”。这是谁先开始的？

秦初晗遗憾摊手：“我只是在向你展示你要的标准答……”

还没等她说完，祁应琛倾身将她搂住，熊抱！秦初晗一点儿准备都没有，整张脸被动地埋进他胸口，感觉他的手好像变成了螃蟹钳子，超级有力地把她钳住，呼吸都变困难了。

“男朋友，你这样反复无常，我很难配合你啊！”她艰难地一字一顿地说，声音传进他的胸腔里，形成短暂的共振。

“不用配合我。”祁应琛心满意足地抱着女朋友，还摸摸她的头，“你尽管做你想做的，我来配合你就好。”

说什么配合的鬼话，刚才那个跟我计较的男人是你的双胞胎兄弟？这个时候，秦初晗就很想找陈胜利握个手，对他肯定地说：你说得对，祁应琛这个人真的很难形容，平时相处时你觉得他表现出来的就是看上去的那样，大度包容，成熟可靠得不行，等到一些特殊时刻，如刚才，他又会突然发难，冷不防做出些孩子气的行为让她措手不及。

秦初晗轻轻挣扎着昂起脸看男朋友。

“怎么？”祁应琛温和地回应。

“看你有多喜欢我。”她没炫耀，真的是后知后觉，“我一直以为我们对对方的喜欢是差不多的，哪怕你在快要过年的前一周赶回来对我表白，说你很喜欢我。那时我还会在心里反驳，你这样的条件，谈恋爱这种事完全取决于想或不想，为什么一定是我呢？”

只是刚好遇到了而已，在那个时候怦然心动，在令人难忘的初遇直至多年后的重逢之间，没有碰到合适的人。对待人类之间的感情，秦初晗一如既往地抱以怀疑态度。即便此刻拥有，也不知道哪一天会失去。

秦初晗还强调：“你别怪我不自信，是我觉得你还没到非我不可的程度……我也是。”

祁应琛是有自觉的：“大概我长了一张花心的脸吧。”

秦初晗点点头，做补充：“还有足够花心的资本。”

祁应琛失笑：“我向来洁身自好，有追求，更有要求，不是一般女人使点儿手段、花点儿力气就能搞定的。”

秦初晗细品他这话，沉默了一会儿，说：“就当你在夸我了。”

三更半夜，两个人交完心，感觉彼此的关系有了升华，于是回到北区，双双止步，陷入另一个尴尬境遇……

陈胜利已经搬去隔壁，目前祁应琛独自住一栋，给谁挪地方不言而明。祁应琛不知道女朋友怎么想，但在他这里，直接发出同居邀请总感觉不太好。

刚回到园区时，陈胜利还用胳膊肘拐他，用那种很贱的口吻小声戏谑道："今天晚上还独守空房，我这个月都看不起你！"

当时祁应琛很想反驳：你一个单身人士，没有资格看不起我吧？

秦初晗这一刻也是犹豫的。

从城区回来的路上，林笙发信息怂恿她："回园里肯定后半夜了，我翻了下黄历，明天宜搬家！"

秦初晗："搬搬搬，一定搬，回去就搬，成为我男朋友唯一的室友！"

林笙："好啊，我帮你收拾行李。"

秦初晗："没问题！"

当时她们坐在一辆车上，结束短信交流，还抬起头向对方确认了眼神。而就在刚才，秦初晗离开黑森林馆时，再次收到林笙的信息："行李收拾好了，简单轻便用得上的都在里面！"配图是摊开的行李箱，一堆新到的文创样品上叠放着那条在连城没用上的黑色吊带睡裙。

闺蜜和我一样行动力超强，真不知该喜该忧……

秦初晗被架在火上烤，看着近在眼前的家门口，客厅里灯光明亮，还能听到里面不断响起时昊、顾词、陈胜利几人的声音。视线放得稍远一些，望着另一个"家"，她想，不然我回那边去？这个点儿，我爸大概率还没睡，我偷偷回去，应该不会被他发现吧？可再一想，我那么尿吗？臭弟弟的崽崽都出生了，我连搬去跟我男朋友做室友都不敢？

秦初晗猛地看向祁应琛：你说啊！你不说我怎么搬？！

祁应琛也正被诸多顾虑缠绕着，冷不防遭遇猛盯，怔了一下，这才神魂归位："北极星的放归……"他生硬地说着，"我这边有进展了，要看看吗？"

秦初晗暗暗松了口气，点头："看！"

"那走吧。"祁应琛僵硬转身，走到自己独居的那栋别墅前，推开前院的铁门，穿过十几平方米的小院，上台阶，输入密码。

门打开，他用手撑着，侧首看女朋友。

秦初晗做了个深呼吸，郑重其事地抬起脚，沿着男朋友刚才的路线行进，与他碰头。

数秒后，静夜里响起门被关上的声音。

隔壁，陈胜利等人挤在玄关旁的窗户边，之前的嚷嚷全是做戏。

等了一会儿，确定两人不会出来了，司徒畅先摇头道："可算进去了！"

时昊："有一秒我特别担心我姐回那边的家里住，我看得出来，她动心思了的！"

顾词被他挤得整个人贴在玻璃上："刚住到园区的时候，我还觉得窗户开在这个位置简直反人类，今天才知道它是个有实际用途的窗户。"

林笙皱着眉头不太满意："都没来拿行李。"

陈胜利"啊呀"一声："不用在意那些细节，又不远，明天直接给她拿过去。"

最后，跑过来玩剧本杀的伍衡发出关键一问："你们说，祁教授和大小姐今晚能成吗？"

沉默数秒后——

时昊："我看悬……"

林笙："最后大概还是柏拉图胜利。"

顾词："人太正直端方了也不是什么好事……"

陈胜利："好端端的怎么骂我们家琛琛呢？"

顾词："我骂了吗？"

司徒畅："禽兽不如梗？"

伍衡："造孽哟……"

第十二章

水舍“惊喜”

1

山海野生动物园北区这一排外观漂亮的小房子,原先是准备开动物主题酒店才投建的,从外观到内部布局再到家具家电,完全按照高端度假别墅的标准来弄,后来这不伦不类的项目被叫停,房子成为员工福利。秦初晗在这儿从小住到大,早就熟悉了,毫无新鲜感。但今天不同,从走进客厅那一刻起,她心跳的节奏都不对了……

祁应琛把灯打开,客厅的全貌展现在她眼前,同样的家具家电,连摆放位置都宛如复制粘贴,但区别明显:目之所及被打扫得一尘不染,黑灰色的地砖泛着暗光,连带着黑白灰主色调的家具也有了高级的质感,甚至电视、空调和空气净化器的遥控器都呈一字排开,整齐摆在茶几左上角,处处都是秩序,极度舒适。

而在秩序和整洁当中,一些“懂生活”的小设计巧妙地穿插其中。比如玄关柜上的主题摆件,把“林间黑白色”和“森林之主”混搭出了故事感:一群可爱的滚滚在溪流前惬意地玩耍、发呆,爬到高高的树上遥望远方,而它们身后的竹林里蛰伏着一只孟加拉虎,危机感油然而生……无论是景观还是栖架,抑或动物们摆放的位置,都被安排得极妥当,整个画面生动有趣,让人为滚滚们捏一把汗。

电视墙的正上方挂着的三幅玫瑰花油画,尺寸小巧却显眼,用色明快,艳而不俗,点缀了客厅里过于冷静的主色调，整体氛围因此变得柔和温暖起来。

厨房是开放式的，冰箱上贴满世界各国足球队的队标。橱柜一侧多出一台半自动咖啡机，搭配许多件不同功能的器具，被挂墙的装饰灯照着，就像橱窗里精心搭配的展示品。

还有那张边缘不规则的长形餐桌，应该被祁教授拿来当一楼工作台了，上面摆着待机的笔记本电脑和喝了一半的咖啡，连旁边那一摞书都在无意中堆出自然好看的形状。

点睛之笔是笔记本电脑的斜后方，圆润的土质陶罐里插了一簇缤纷多姿的野花。秦初晗认得那些小花，一到春天，动物园里开得到处都是，想来应该是祁教授晨跑结束沿途摘的。

“这些……都是你收拾的？”她感到不可思议。对比隔壁，他们住的那只能叫员工宿舍，眼前这个却是高端度假别墅，而且住在别墅里的人还很会在生活中制造小情趣！

“胜利老师搬过去后稍微弄了一下。”祁应琛脸上绽出笑意，说得耐人寻味。

秦初晗秒懂。集体宿舍，尤其是一群成年男女混住在一起，个人卫生全凭自觉，一开始她还能凭借天然威严有所压制，司徒畅几人比较收敛，自己房间乱着，公共区域还是一直注意保持的，但陈胜利搬过来短短一个星期，一切都变了。在他的带领下，司徒畅、时昊和偶尔过来住的顾词逐渐暴露本性，厨房的水槽、客厅的沙发、游戏厅的地毯、工作室的木地板……打住！秦初晗不愿去想了，她重新环视眼前干净有品位的客厅，毫不犹豫地说：“我明天搬到这边住！”

祁应琛正弯腰拉开鞋柜，闻言似停了下，却未和她做视线接触，只笑着应了个“好”，拿出一双还没拆封的女式拖鞋给她。

拖鞋是文创店用来冲量的产品，总共十二个款式，鞋面是动物们的头，鞋底有它们的名字。秦初晗这双是河马馆的珍珠，为了与名字相称，特地给它耳朵上加了一对珍珠耳环，意外地成为居家用品里卖得最好的一款，连秦初晗都没有买到，还跟祁应琛就此吐槽过，没想到祁教授记住了她的随口一说，准备了一双在这里……果然，实地考察是有必要的！

“喝什么？”祁应琛换好鞋，先走进去。

“温水就好。”秦初晗回过神来，连忙也换了鞋，跟在他身后绕进厨房。

祁应琛打了一壶水放到电磁炉上烧，转身打开灶台左侧上方的橱柜，拿出一个配木勺的闪电马克杯，仔细用清水冲掉灰尘：“杯子是新的。”他没回头，慢条斯理地做着手上的事，“三楼尽头的卧房一直是空的，明天你搬过来可以住那里。”

那间卧室有独立卫浴，还带一个半月形的小阳台。秦初晗在隔壁的房间，也是那个位置。

厨房是L形，她在转角拉开凳子坐下，双手叠放在桌面上，看男朋友洗杯子，故意问：“所以拖鞋和杯子都是特意为我准备的？”

祁应琛好像猜到她会问，而且正在等她问，闻言笑道：“我和我女朋友是邻居，假如有一天她过来串门，连双专属拖鞋都没准备，喝水的杯子也没有，说不过去。”

秦初晗对男朋友的觉悟满意得直点头，不禁重复道：“连拖鞋和杯子都有了，多么的水到渠成，明天早上我就搬！”告别乌烟瘴气的集体宿舍，和爱干净的男朋友成为室友，过上可以媲美卫生模范的生活，妙啊！

祁应琛的前室友是陈胜利，多少能猜到她真实的想法。但促成他们“同居”的直接原因是卫生问题，他是没想到的……虽然在此前提下，他暂时没想和她做点儿什么。嗯，暂时。

秦初晗还很没心没肺地问：“你住哪里？”

“你隔壁。”祁应琛洗好杯子，水也开了。他关掉电磁炉，先在杯子里倒上半杯烧开的凉水，再加入热水，末了将一杯刚刚好的温水摆到女朋友的面前，就像为美食家呈上一道精心烹饪的美食，一切充满仪式感。

秦初晗端起杯子喝水，一双杏眼向上扫视男朋友俊俏的脸，温水入口，本身自带的淡淡甘甜在齿间一番缱绻，过后滋润着咽喉，不徐不疾地流入胃里。

祁应琛站在她正对面，手臂撑在桌面上，平和而专注地望着她，问：“有什么要求，尽管提。”对于搬过来这件事，他一定让她宾至如归。

秦初晗沉迷于欣赏男色，没跟上节奏，眼神涣散了一瞬，重新汇聚起来时，表情也变得傻萌傻萌的：“什么要求？”

祁应琛愣了下，俊脸上闪过一丝错愕，随后抿起薄唇，忍住笑。刚才他以为他们在调情，结果她只是单纯欣赏自己的颜值，还看得陷进去了？当然，更大的可能性是放松神游。无所谓，不重要，总之他快被她可爱死了！

“你怎么了？”秦初晗会错了意，反过来调戏他，“被我看得不好意思了吗？”

“嗯，是，你厉害。”祁应琛自得其乐地笑着，“我去楼上拿资料，内容有点儿多，去沙发那边坐吧，冰箱里有水果，第一个柜子里有零食，想吃什么自己拿。”

秦初晗点点头，咬着杯沿，追着男朋友的背影看了一路，没看出所以然来，只好抱着杯子继续咕噜咕噜。祁应琛拿着厚厚一沓资料下楼时，她已经挪到沙发上去坐了，扭头用目光把男朋友迎到跟前，总觉得对方整个人的状态明显和先前不同，好像更冷了一些，或者说重新冷静下来了。为什么要用“冷静”这个词呢？他先前不冷静吗？

祁应琛在她身旁落座，文件夹放在腿上，打开，修长的食指点在纸上，从北极星的现阶段状态开始分析给她听。

从连城回来后，他就在做功课了，联系虎鲸专家，为北极星找最合适放归的野化基地。

其实宫桀那部电影的制片人最初找到的人是他，但他在了解情况后，觉得自己算不上白鲸专家，遂将大学时的老师文森教授介绍给电影方。这次计划放归北极星，祁应琛首先想到的还是老师常年任职的海研所，联系上后，从对方口中得知了近期进度。文森教授已经确定四月份会亲自到江城，大概能待一周左右，看一看北极星，大家当面聊。

秦初晗听男朋友说着文森教授那个野化基地的具体情况，心说怪不得自己这边没下文了，看来以后这些事情还是要跟专家聊。虽然男朋友没有指出来，但她通过大明星联系国外海研所，毫无疑问是个舍近求远、消耗人力资源的愚蠢行为。

稍后，祁应琛在电脑上打开了野化基地的主页。他在四年前去过那里，待了一段时间，秦初晗在电话里提到放归北极星的打算时，他心里已然有了选择。

放归没有字面意义那么简单，光是把北极星从动物园运送到野化基地的过程，都可能面临多重困难。加上近半年山海野生动物园在网上热度不断，消息一旦发布，必然会引起国内外媒体和大众的关注。祁应琛思来想去，还是决定问清楚："你想好怎么跟秦家那边说了吗？"毕竟这是第一步，迈不出这步，后面都是空谈。

没有得到回应，他侧首一看，女朋友歪在沙发里，睡熟了。

秦初晗靠在沙发里，糖果色的抱枕垫在肚皮上，用左手扶着，右手自然下垂，脑袋歪向一旁，半张着嘴……傻傻的，毫无疑问很放松，对同处一室的男性没有丁点儿戒备。

祁应琛看乐了，把笔记本电脑移到一边，移身过去，双手撑在沙发扶手和靠背边缘，将女朋友圈在自己的怀里，专注的目光将她笼罩。女孩子呼吸均匀，浓密的长睫向下覆盖，眼角轻微上翘出顽皮的弧度，好像随时可能睁开眼睛，用锐利的目光与他对视。祁应琛等了片刻，没等来想象中的正眼，又倾身靠近她多一些，似乎更放肆了。

其实秦初晗只迷糊了一小会儿，旁边的男人有所动作时，她就醒过来了，正犹豫着要不要睁开眼，微凉的掌心贴上她的脸颊。或许下一秒会有一个吻落下？她不确定地做着猜想，任由心跳陡然加快。然而想象中的亲吻并未发生，她听见祁应琛自言自语地说："为什么不能一定是你呢？"话语声很轻很轻，满是不自信。

秦初晗还没琢磨明白，身体忽然悬空，吓得她呼吸一滞，虚张开眼，模糊的视线里，只勉强望到被灯光勾勒出的男人的轮廓。

他好像垂首望了她一眼，低声说："睡吧。"

这两个字像是被施了魔法，秦初晗被魔法包围，顿时倍感安全，任由困意上涌。

三楼某个房间，她被小心平稳地放到床上，细心地盖上被子，随后房门被轻轻带上。

豌豆公主可以做个美梦了。

天蒙蒙亮时，秦初晗就醒过来了，然后发现自己睡了一夜的这间房是男朋友的卧室。空气里弥漫着若有若无的檀香味，侧首看去，是摆在床头柜上的香薰在发挥作用。双人床对面是一张写字桌，桌面被收拾得很整洁，左上角的清酒瓶子被当作花瓶，养着两朵新鲜的紫色小野花——祁教授实在是很懂调剂生活。书架上已经被动物学相关的专业书挤满，衣柜边挂着他的另一件风衣，过膝的中长款式，线条剪裁一如既往的简洁——这个男人的衣品也没得说，毕竟性格里已经自带闷骚了，不需要花哨的衣物来点缀。

处处都是他的物件，唯独不见本人。

秦初晗打量够了，起身到楼下厨房倒水喝，推开窗户，新鲜的空气涌了进来。

早晨是动物园最热闹的时段之一，除了鸟叫，各种动物都在开嗓。一阵阵粗犷的狮吼从某处传来，回荡在整个园区里，特别霸气。

叫声其实出自梧桐叶子湖其中一座小岛上的五只红吼猴，这是它们圈地盘彰显主权的方式。小家伙们是前年从广市动物园搬过来的，刚来那几天早上，直接把住在附近的村民吓到了，派代表过来打听，园里的狮子近来心情是不是不太好，怎么每次天快亮时就叫得人心里发毛，像要从笼子里挣出来吃人……园区管理员一头雾水，山海野生动物园的狮王是个胆小鬼，揍狮子很有一手，但看到人就躲，从不乱叫的。查了半天，发现是吼猴在叫。

住它们隔壁的长臂猿也不甘示弱，叫声和火警极其相似。城市电台的 DJ 专程来录过，现在江城交通电台的下午茶话会节目里，还用它的叫声做起哄音效呢。

秦初晗喝着水，让这些熟悉的声音钻进耳朵里，把身体彻底叫醒。

身后传来脚步声，她回头，和室友四目相对。

“跑步？”秦初晗拿着半杯水，大方欣赏把运动装穿出时尚感的男朋友。

祁应琛点了点头，还不到七点，能跟女朋友在厨房偶遇让他颇为意外。他得出结论：“看来昨晚睡得不错。”

“嗯，你的房间很好睡。”秦初晗说完，佯装喝水，自然地转过身去，看窗外。

这话说得，好像他这个人很好睡似的。祁应琛微微愣住，面部表情跟随心理活动呈现出精彩的变化，两秒后重新归于平静。都能拿这个跟他开玩笑了，看来各方面的状态已经调整过来了，不愧是山海野生动物园最虎秦初晗。

“喜欢的话，让给你睡。”祁应琛走到她身旁，也给自己倒了杯水，慢条斯理地补充水分。好睡吗？随时都可以睡，不管是人，还是房间。

秦初晗斜了他一眼，思绪和思路在下楼前就整理好了：“近来园区里的形势，怎么说呢，大家都起哄，陈胜利也搬过去了，我不过来住好像说不过去。”

祁应琛接道："只是单纯过来住，我不会多想，你也不用有思想负担，至于其他方面，顺其自然。"

秦初晗与他一拍即合："很高兴能拥有一位高素质室友。"

祁应琛却没接话，摆正头，看着窗外葱葱郁郁的动物园一景，嘴里飘出句意味深长的话："我素质很高吗？"怎么觉得被女朋友骂了呢？

秦初晗咬着杯沿，忍了忍，没忍住，"扑哧"笑了出来。

完成清晨会晤，她婉拒了男朋友的晨跑邀请，回隔壁洗漱，顺便搬点儿行李和个人生活用品过来。两人约好八点在咖啡厅吃早餐。

隔壁别墅里，林笙已经起床了，抱着游夜的巨型玩偶跟在她屁股后面打听昨晚的情况。

"你是指我们在沙发上——"秦初晗重新拿了一个行李箱出来，打开衣柜往里面收衣服，中间停顿了足足三分钟，"聊北极星的放归？"

林笙"啊"地惨叫着从床上滚下来："太纯洁了！你们为什么要 COS 贾宝玉和林黛玉？！他们是没有好下场的！"她捶胸顿足，"没有决战睡衣果然不行！看来原先那条款式太简单，是时候展现我真正的实力了，待会儿我就找 C 家的总监搞一款私定！"

秦初晗顺手拿出不知道什么时候塞在衣柜里的荞麦玩偶，精准砸到林同学的脑袋上："这跟《红楼梦》没关系，跟你的睡衣更没关系。"

"怎么没关系！"林笙义正词严，"花月太太说过，想要完全了解一个男人，和他相处只是次要的，一定要睡到他，考验他的个人能力，观察他的细微反应，以及过后的表现，那才是重中之重！"

"考验他还是考验我自己？"秦初晗这会儿知道脸皮薄了，"花月是谁？"

林笙嘻嘻地笑："知名大尺度情感博主，话糙理不糙，我是她的忠实读者。"

"嗯，尺度确实够大。"秦初晗把衣服收好，走进浴室拿洗漱用品，"什么时候她能把你说通，让你去观察你的未婚夫，我就穿上你给我特别定制的睡衣，去考验我们家祁教授。"

林笙打了个冷战，缩着脖子道："大清早提那个冷面阎王做什么？晦气！呸呸呸！"

秦初晗收拾了一个"正经的"行李箱，搬到隔壁三楼，东西都摆回她习惯的位置，换上床单被套，打开阳台门通风换气。林笙也迅速整理好自己，跟着她一起过来了，偶尔搭把手，主要还是想从她嘴里撬出点儿劲爆内容。

秦初晗叹说："不愧是传媒世家出身，这么能缠，不如回家继承家业吧，跟着我画画有什么前途……"

林笙喊："为爱发电，坚持不懈，一定能实现自我价值！"然后再问，"真的聊了整晚北极星？你们这么无私，莫不是要去上《感动世界》节目？”

秦初晗架不住她磨，只好透露点儿：“聊到半夜我困了，在沙发上睡过去，他抱我去楼上，把他的房间让给我睡，自己去胜利老师的狗窝将就了一晚。”

“公主抱？！”林笙羡慕得不要不要的，“怎么样怎么样？手臂是不是结实有力？抱你的过程中有没有发生颠簸或者趔趄？”

“没有，很稳。”

“一口气上三楼吗？中途没停下来休息？”

“你到底想问什么？”

“嗯……我不问了。最后说一句，公主抱稳不稳不是看手臂力量，而是看腰力！”

“……”

两个人聊到祁教授腰力惊人的时候，已经来到咖啡厅外面的小广场上。林笙哇啦哇啦说了一路，冷不防抬头，就看见亮着灯的一楼靠窗边那个位置，两个年轻男人面对面坐在那里喝咖啡，通身相似的清冷气质，长相也有几分相似，只不过左边那位明显全方位碾压右边的。

秦初晗也看到了来人，一阵讶异。太难得了，竟然有人能在同一场合把陆禾那只妖孽碾压得存在感近乎为零。回头看了看忽然缩到身后的林同学，小秦总监不厚道地笑了：“冷面阎王？”

“啊，我的脑子里忽然蹦出一个超级厉害的灵感，必须一定立刻马上要把它搞出来，我先回工作室了！”林笙飞快说完，转身就溜。

没想到祁应琛刚好来到她们身后，还没来得及开口，就遭遇她的铁头功。被她打听了一早上的祁教授表情隐忍地闷哼了一声，胸口着实被撞得有点儿痛。

林笙因为他的无意识拦截止步原地，被秦初晗逮住。

“跑什么，陆正阳还能把你吃了？”祁应琛的好心情几乎被撞飞，难得地垮了脸。他老远就见到咖啡厅里那位了。祁、陆两家有竞争有合作，说不上好也谈不上坏，总归是熟识的。

秦初晗牢牢抓着小助理的手腕：“店里就有画具，你不是最喜欢在三楼露台搞创作吗？”

“老师！”林笙哭求，“给条生路，我从小就怕他！”

“那不行。”秦初晗看着气质超群的男人，“成功人士不容易，难得来一趟动物园，总不能是看动物吧？就算是看动物，总得有个导游吧？你说在我们当中，谁最适合担当如此重任？”

林笙不再求饶，恨恨地道：“你在伺机报复！”

秦初晗安抚地轻拍她的手背：“你值得！”

拉扯间，陆正阳似察觉外面有人，扭头看了过来。只是很平静的一眼，但林笙已然噤声，寒毛直竖。秦初晗和祁应琛都看呆了，有那么可怕？

“算了……”林笙放弃挣扎，决定直面暴风，“那……我先去了？”

秦初晗松手放行：“去吧。”

没想到林笙刚脱离她的掌控，就一溜烟儿跑了，脚底跟装了风火轮似的。

与此同时，前一秒还端坐着的陆正阳蓦地起身，目光追着女孩子远去的身影，良久，露出无可奈何的表情。他的对面，喝咖啡的陆禾欣赏着小叔难得的失态，戏谑地勾起唇角。

心目中的最佳接待员溜了，秦初晗只好退而求其次，问男朋友：“你和陆家那位关系怎么样？”

“不好不坏。”祁应琛说得很含糊，“不过他应该不是单纯来看林笙的。”

秦初晗意外了：“难道是来跟我谈合作？”

祁应琛收回冷淡的视线，微笑着给女朋友加油打气：“要自信，你值得。”

八卦记者常在微博上用 ABCD 代替人名，真假参半地聊帝都那几大家的恩怨情仇，这其中陆家或许会迟到，但从不会缺席。陆禾的父亲从来都不在陆家核心权力的圈子之内，是陆正阳用雷霆手腕，凭一己之力杀到金字塔的顶端，从此无人能敌。近些年陆瑀的身体每况愈下，小儿子能力出众，索性放权给他。故而如今陆正阳才是陆氏国际的实际掌权者。

他还真是来跟秦初晗谈合作的。用他的话说，看未婚妻只是顺便。

秦初晗姑且信了。

陆氏国际今年有个大项目：海市裕兴湾百年大道的国际金融中心大厦。陆家将重心南移，初来乍到，自然要跟南方的朋友正式打个招呼，办一场招待酒宴。山海野生动物园成为陆正阳的首选。

在动物园办宴会倒是挺新鲜，山海这边地盘大，平时吃饭的地方虽然叫食堂，但其实是个高档宴会厅。老先生还在世时，集团还在那里办过年会。秦初晗觉得完全没问题，她这边只用提供宴会场地，餐饮、接待可以找策划公司来做。

陆正阳却不是这么想的：“我希望能在看得到动物的地方办，不限室内室外。”他侧首望向窗外开阔的园区，说得很直接，“集团下半年会进军生物科技领域，需要打造类似关爱环境、爱护动物这种正面形象，这有利于公关部门的后期运作。”

他是浓颜系的，穿着条纹西服，鼻梁上架一副银框眼镜，坐着不动就把阴鸷斯文败类

的形象演绎绝了。虽然只比陆禾大几岁，三十出头，整个人却稳如泰山，浑身上下散发的也是那种让人没法儿跟他说笑的长者气息。

秦初晗忽然理解林笙说的“怕”，艰难地陷入沉默，根本接不上这位霸总的话。

陆禾不自然地咳了一声：您老人家还能再直接点儿吗？

陆正阳并不认为自己说错了什么，面不改色道：“当然不是请您帮忙作假，可以理解为多余但必须花时间心思去做的形象营销。”

招待酒宴在动物园办，让人类融入贴近自然的环境中，和动物们友好相处，可以展现出和谐共存的理念。而山海野生动物园这半年多在网上频频露脸，已经成为大自然的微缩景观代表之一。提到山海野生动物园，人们就会想起生活得无忧无虑的动物们，想到处处可见的绿色。在这里办酒宴，确实有天然优势。

秦初晗：“您的意思我明白了，园区里符合您期望的场地有很多，不过考虑到动物们的习性，希望您能提供更详细的细节，比如宴会宾客的数量、全程所需时间等等。”

陆正阳点了点头：“来之前我也有类似的顾虑，听秦小姐这么说之后，我就放心了。”

显然，一家不考虑动物感受的动物园是不合格的。

秦初晗就当他在夸奖自家动物园了，做个深呼吸，她切换状态，神采飞扬地问：“对了，可以说说您那个生物科技的发展方向吗？应该和动物有关吧？如果涉及动物，是天上飞的还是水里游的？食肉还是食草？猛兽还是像滚滚那样的萌物？两栖？爬行？”

一连串的问题成功把陆正阳问蒙了，严肃的俊脸流露出不屑的神情。这下轮到他摸不清秦家这位的路数了。

祁应琛别开脸，忍笑。作为一名优秀的动物学家，围观身旁很虎的女朋友和对面国内数一数二的商人聊生物科技那么大的课题，真的十分喜感。

秦初晗浑然不觉，还淡定地解释：“是这样的，如您所见，我们山海野生动物园是家很大的动物园，能被贵公司选中是我们的荣幸。就我个人而言，希望能在不惊扰动物的前提下把这件事做好、做得漂亮，让您的公关团队在下半年的通稿里大吹特吹动物和环保主题，而我呢，也可以在宴会中认识更多像您一样的有钱人，给动物们拉投资，做慈善。”

陆正阳：“……”

陆禾端着咖啡杯，喝之前冷笑两声：“早跟你说过，谁占谁的便宜还说不定呢，你以为她就只是个开店搞小设计的？”珑寻老师心眼多着呢！你跟她拿乔？她比你还会托大！

陆正阳将女孩子先前那席话略做回味，末了失笑，不再故作姿态：“受教了。”

“不敢当。”秦初晗也端起咖啡小口小口地喝，眼珠子滴溜溜地转，“今天星期四，宴会在下周六，准备时间不多了，稍后您派个人专门跟我接洽吧。”

“好。”短暂相处后，陆正阳对秦家这位好感倍增，冷不防问祁应琛，“打算在这里常住？”

祁应琛给足女朋友面子：“一开始只是工作，结果你也看见了。”谁跟他抢“山动女婿”的头衔，他跟谁急。

陆正阳点了点头：“挺好的。”

之后，眼神给到秦初晗：接下来，你说了算。

秦初晗会意，拿起手机给林笙发信息：“两个选择：十分钟之内，我要看到你出现在咖啡厅旁边的站点，开观光车带你未婚夫在园里转转；或者十二点以前，打包回帝都，让陆禾重新找个老师带你。”

林笙：“要不要做得这么绝？！”

秦初晗：“或者你另立门户也可以，水平足够了的。”

林笙：“你好狠的心！”

林笙：“我来！我来还不行吗！”

其实不需要做什么实地考察，秦初晗心里早就有了选择——北极星的水舍！

水舍空间高，层次分明，还有半个篮球场大的平台，能轻松容下两三百人。而且它是下沉式的，水面上有幕墙，只需要关闭一半，人能在上面行走，低头还能看到在水底畅游的北极星。若它高兴的话，浮上来跟大家打个招呼，做做互动，或者激起水花小小地恶作剧一下，都是不错的。况且再没有什么花样比陆氏国际的招待酒宴更具宣传效果。先让这些有钱人认识北极星，了解它回归大海与家人团聚的可能性，再让他们心甘情愿地掏钱支持这个项目，那一切就容易多了。

离开咖啡厅，秦初晗骑自行车去水族馆询问北极星：“有家大公司想在咱们动物园办宴会，就是很多人一起喝酒、闲聊、跳舞、吃东西。把场地定在你的水舍怎么样？”

北极星最喜欢热闹了，忙不迭答应下来，还问需不需要助兴节目，就是它忽然跳起来，用水花把离得最近的人溅得浑身湿透……

秦初晗犹豫了下，说：“你高兴就好吧！”有钱人不都喜欢刺激吗，谁会讨厌海中大熊猫虎鲸呢？

上午的时间就在水族馆陪这个话痨的家伙消磨掉了，午饭后，秦初晗照例去咖啡厅买咖啡。咖啡厅里，除了常规阵容，今天还多出她名义上的顶头上司陆禾。

林笙刚送走未婚夫，蔫了巴几地趴在桌上：“啊，我被掏空了……”

秦初晗拉开椅子在助理兼闺蜜身旁坐下，以“关怀”为名打探：“这才几个小时，观光车没用上吗？你给他王子抱了？”

林笙没反应过来，愣了一下。

周围的人也没听懂这句调侃，目光齐刷刷地扫过来。

林笙终于反应过来了，换个面趴，哼哼唧唧：“那倒没有，让我给他王子抱，不是委屈了他的八块腹肌吗！”

秦初晗正儿八经“哦”了声：“你还知道他有八块腹肌。”

对话进行到此，隔壁桌的司徒畅、时昊外加陈胜利，纷纷掀起衣服看肚皮，再不约而同露出遗憾的表情。嗯，这个月的火锅额度已归零。

林笙哼哼道：“接手家族生意前是自由搏击选手，一个人干翻一条街，你说怕不怕？”

盛呦呦在一旁向往地道：“未婚夫有钱有腹肌长得帅，还会自由搏击，你是身在福中不知福吧？”

以前听她不情愿还情有可原，今天见了本人，林氏亲友团纷纷倒戈。

林笙有苦难言：“这么好的福气，给你你要不要？”

盛呦呦无福消受：“要不起，你慢慢享用。”

陆禾从来都帮理不帮亲：“然而你也没有正面回答为什么知道小叔有八块腹肌这件事。”

林笙嘴角抽了抽，努力维持着可怜的姿态：“我还听过你家老管家和烧菜的阿姨聊陆正阳的腹肌有多好看呢，你居然没见过。原来营销号说的是真的，你们叔侄俩面和心不和。”

陆禾对她翻了个白眼，看向秦初晗：请珑寻老师继续制裁你的小助理。

珑寻老师似笑非笑地瞅着瘫在桌上的小助理：“你这种情况，花月老师怎么说？”

林笙觉出这话是在做铺垫，掀起眼皮，祈求地和老师对视：“能不能放过我？”

秦初晗绝情摇头：“并不能。”

林笙遭到拒绝，哀怨地长叹一口气：“花月老师说过了，孙悟空翻不出如来佛的手掌心，躲下去不是办法，鼓励我积极面对。”可她无法积极，只要面对陆正阳，她这个人就会“消极”。

秦初晗给她拿主意：“下周陆氏在园里办宴会，你们还是要碰面的，这个时候，你需要一样东西。”

林笙勉强撑起自己，茫然地看着她。

秦初晗一本正经道：“决战礼服！不能在某宝买，要私定，你不是和C家艺术总监关系很好吗，给他打电话。”

林笙放弃挣扎了：“好吧，穿上我的决战礼服，考验他的个人能力，观察他的细微反应。”

秦初晗再接再厉："还有过后的表现，那才是重中之重。"

林笙重重点头，眼睛里汇聚起坚毅的光："以及腰力和臂力！"

秦初晗和她同款眼神："不能发生颠簸和趔趄！"

林笙配合表演完毕，当场泄气："可以放过我了吗？"

秦初晗总算满意："可以了，你已经感动世界，感动我了。"

林笙重新趴下去："嘤嘤嘤，晗晗，你这个坏女人……"一定要把她早上说过的那些话都说一遍才算完，还当着小伙伴们的面，羞耻感加倍！

秦初晗把早上那份欺负还回来了，心情舒畅地展眉，喝咖啡。

陆禾纳闷道："我怎么觉得她俩聊的不是字面上的意思？"

陈胜利移身靠过来笑："仿佛还看到了一种特定的颜色。"

"有吗？"祁应琛宠溺女朋友，"就是字面上的意思。"

一杯咖啡喝完，下午两点整，陆氏国际派人来与秦初晗接洽了。大集团什么都有，晚宴策划、大厨、服务生、食材、乐队、灯光效果……连带着宴会上用的桌椅餐具，都能按照主题给出最少三种以上的搭配。整套流程下来，动物园这边只要出个场地就可以。除了专业的团队，陆正阳还专程把自己的私人助理派过来把关，这几天就在动物园住下了。

其间秦初晗以侄女的身份给秦宝珠打了一个电话。她已经在宾客名单上看到秦家的几位，动物园纵是自负盈亏，始终属于集团，别等邀请函送到秦宝珠手里，发现陆氏国际在南方的第一场招待酒宴是在自家动物园里办的，那就不合适了。

秦宝珠听闻这个消息很是高兴。自从陆氏国际宣布要在海市裕兴湾百年大道建楼，整个南方市场蠢蠢欲动。如今陆正阳选择山海野生动物园，且不说之后两家集团能不能有实质性的合作，旁人多少会揣测，投石问路的多了，机会自然找上门来。她叮嘱秦初晗好好做，有什么需要尽管跟戴骏说。陆正阳看中的是动物园，与山海集团无关，她不方便更不会出面干预这件事。她还让秦初晗抽空多回家里吃饭，说感情是需要维系的。

所以说人复杂呢，疏远了十几二十年，忽然想讲感情了。

秦初晗听得出秦宝珠心情不错，一口一个"姑妈"叫得甜，趁热打铁说自己这里有一份公益性质的计划书想请她看看。秦宝珠爽快答应。

结束通话，秦初晗坐在象馆外场的长椅上叹气。事情总要一步一步来，只是每次走到和秦家有关的那步，她都格外身心疲惫。

林笙坐在她旁边，把"理解"两个字写在脑门上："我家情况也很复杂，有一年我爸妈出了一场车祸，妈妈轻伤，爸爸在 ICU（重症加强护理病房）躺了大半个月，最难的一天，医生下了四次病危通知书，病房外面，叔伯们带着律师来逼我妈做决定、分家产，那时我哥还有两个月才满十八岁，我十四岁。”

秦初晗不擅长讲安慰的话，只能眼巴巴地看着她。

林笙故作轻松地耸了耸肩：“好在我爸熬过来了。不过之后几年，我家日子确实不太好过，我和陆正阳的婚约也是那时候订下的。”

这一段，秦初晗在后来和陆禾的联系里听他提起过。陆家在林家最困难的时候帮了一把，当然是有代价的，而林笙，是一堆明码标价的条件里比较瞩目的牺牲品。

“我十五岁被家里送到 C 国去念书，住陆正阳家。说是他家，其实他一个月难得回来几次。那时候他已经成年了，不过很叛逆，整天都待在俱乐部打拳。我偷偷去看过一次拳赛，怎么说呢……自我毁灭的意味太强了，看得我胆战心惊，晚上做噩梦。”

秦初晗着实难把不要命的拳击手和早上那个优雅的男人联系到一起：“所以你一直害怕他？”

“绝大多数女孩子的第一个梦想是成为公主，然后嫁给王子，我也不例外。等我见到我的王子，整个人都崩溃了，屁的王子啊，是恶龙吧？还是会喷火的那种。”林笙板起脸模仿陆正阳对她说的第一句话，表情必须是嫌弃的，语调里充满怀疑，“你就是林家的小孩儿？这个子也太小了，看着也小，你……成年了吗？啊！居然问我成年了吗？必然没有啊大兄弟！虽然是家里给你订的婚约，好歹你自己了解下未婚妻的基本信息吧？”

秦初晗听到这里，不厚道地笑了。

夏天带着两个小的在外场活动，见她和小林在外面坐下来了，也凑到围栏前听：“晗晗，晗晗，快问问小林，陆正阳还有没有当她是小孩儿？”连它们大象都知道，大人和小孩子之间是有鸿沟的。

秦初晗估摸着林笙从小到大没跟谁说过这些，如今想说了，是倾诉，也是整理，便问：“现在你们家情况好转了，你哥哥独当一面，有没有想过取消你的婚约？”陆正阳是很好，有钱有颜，但那也只是看上去，和林笙喜不喜欢他、愿不愿意嫁给他，是两回事。

“你听过强强联合吗？”林笙苦涩地说，“取消婚约，波及范围太大了，就我们两家目前来说，能规避的风险最好规避掉，我哥让我尽量拖着，他也帮我拖。陆正阳私底下跟我谈过几次，每次都是先看看、再等等，我觉得最后肯定还是要结的，最糟糕的情况无非婚后各过各的。”

夏天听得象鼻子都垂下来了：“哎呀，那也太惨啦！晗晗你再问问她，他们之间一点儿感情都没有吗？”

秦初晗正酝酿毕生所学词汇想安慰林笙呢，得它在旁边打岔，一点儿思路都没了。在巨大的家族利益面前，从一开始就被迫订婚的两个人能有多少感情？

林笙其实根本不需要安慰。她今年二十四岁了，过了那么多年，还有什么想不明白的："算了！"她拍大腿站起来，"远的就不想了，先考虑下周六的晚宴穿什么吧！"

晚上临睡前，秦初晗在客厅里敷面膜，抱着 iPad 逛网店，看裙子。这时她才从祁应琛口中得知，这次陆氏国际在山海野生动物园办招待酒宴，林笙将以陆正阳未婚妻的身份正式登场——这是陆、林两家的意思，林笙怎么想，不重要。

隔壁这会儿又在唱歌，一群年轻人扯着嗓子合唱"让我们红尘做伴，活得潇潇洒洒"。

"这……我不知道怎么说了。"秦初晗语塞。一旦林笙以陆正阳未婚妻的身份亮相，意味着和过去告别，迈入截然不同的人生新阶段，不会在动物园继续待下去了。

"这事我都没有插嘴的余地，你不知道说什么很正常，但你可以考虑给自己找个新助理。"陆禾洗漱完毕，穿一套深蓝色暗花丝绸睡衣，从楼上走下来。

陆少爷天生冷白皮，上镜的巴掌脸，眉眼口鼻精致得不得了，这一身配以脚上那双长颈鹿大头拖鞋，走路自带萌感。秦初晗的眼珠子都被他吸住了，扭身盯着他看了半晌，直到他在自己左手边的单人沙发落座，她才转头看坐在长沙发另一端的男朋友。

祁教授也刚洗完澡，还没干的头发加重了他的少年感，身上那套咖啡色的薄款纯棉睡衣又将整个人上浮的气质往下压，完全沉淀住了。细节总共有三处：保护眼睛的透明镜框蓝光眼镜、将扣子一丝不苟扣到最顶端的睡衣、脚上的男款河马拖鞋。

秦初晗再打量自己：同样是初春长款睡衣套装，薄棉柔软的质地，浅粉色的底色，表面有黑色蝴蝶结印花，简单清纯的款式，演绎不经意的慵懒少女风；头发洗净吹干后，戴上和睡衣同款的发带，提高整体的统一度；还有脸上的面膜，为这个夜晚的她增加一抹神秘感。这样就可以了，有底气跟左手边的妖孽和右手边的唐僧和平共处了！

"几个意思？"陆禾见她带着明显比较的眼神看来看去，嘲讽地笑，"攀比心这么重？"

秦初晗泄气地往旁边栽倒："你们这些人，有钱就算了，颜值高气质好，我压力好大……"

祁应琛觉得她这个思想很有问题："把我从'你们这些人'当中拎出来，从'你男朋友是我'的角度再去回想刚才说的话，你会收获意想不到的快乐。"

秦初晗坐起来，把脸上的面膜拉平："谢谢，有被安慰到。"交到帅气有学问还有钱的男朋友，显然是她个人能力的证明！她又可以了！

陆禾见状，忍不住问："你俩私下都这样相处？"一个明目张胆地哄，一个傻乎乎地信，两个幼稚鬼！

祁应琛反问："有什么问题？"

秦初晗："我们乐意！"

陆禾发出"呵"的一声轻笑："行吧，这几天打扰了。虽然你们昨天才刚搬到一起，而且还分居两室。"

祁应琛的翩翩风度忽然很难维持。

秦初晗心虚地扯了扯脸上的面膜，抓起旁边的荞麦玩偶塞进怀里。

陆禾跷起腿，斜倚着沙发扶手，漂亮的手指自然弯曲，撑起下巴，满脸的舒心和戏谑——舒心是留给自己的，戏谑是针对两个年龄总和已经超过五十岁的成年男女。

陈胜利在这时从隔壁冲进来，见三个人穿着睡衣坐在客厅，风格还极其统一，不解地问："干吗？开睡衣派对？你们这气氛也太诡异了。"

"是有一点儿。"陆禾主动背锅，"怪我，不小心双杀了。"

胜利老师秒懂："他俩啊，搁这儿演现代版林黛玉和贾宝玉呢，没意思，走，跟我去隔壁，剧本杀差一个人。"

"什么类型？缺心眼儿我可不玩。"陆禾是有追求的。

"烧脑悬疑！我们那边一水儿高端玩家，没有质量次的本子，你就放心吧。"

"行，玩吧。"

秦初晗狠狠瞪着两人，还对自家社长放狠话："几点了还去玩剧本杀，回来晚了，腿给你打断！"

陆禾不以为然："好怕啊。"

陈胜利在关门前特意探头进来强调："给你们独处的机会，要珍惜！"

门关上，客厅恢复天地初开时的死寂。

秦初晗缩在沙发角，看男朋友的眼神都变了。

祁应琛目光淡淡地望着她，轻叹一口气："人为什么能和动物区分开而成为人？因为人有情感，在做某些事之前需要讲求感觉和氛围，你认为呢？"

秦初晗犹豫了下，小心翼翼地点了点头。同床共枕什么的，她还没准备好！

"当然——"祁应琛气不过女朋友对自己防备的小眼神，话锋一转，"如果你对我的腰力实在感兴趣，我也是愿意身体力行的。"

秦初晗屏住呼吸，惊悚地瞪大眼睛。我男朋友一言不合就开车，还开得那么正儿八经，我好慌！以及，他怎么知道我跟林笙在聊什么？！

祁应琛摊了摊手："我猜的，脑子太好用了，没办法。"

“那你应该也猜到我今天……没有兴致……”她艰难措辞，结结巴巴。

祁应琛本来还想再逗一会儿，问她是哪个“xing”，见她像只瑟瑟发抖的雏鸟，脸还没来得及转开就笑出声，笑得停不下来。

秦初晗这才恍然：“你耍我？”

“稍微耍了一下。”祁应琛下午被王老头抓去当苦力，在两爬馆搬了十几只象龟，再充沛的体力也耗尽了。腰力和臂力的施展还是留待来日吧。

“你这么做有什么意义？”秦初晗愤然不解。

“没有意义，单纯觉得我女朋友可爱。”

“你女朋友现在觉得你很可恶，并且要上楼睡觉了。”秦初晗站起来，上楼之前，狠狠瞪了男朋友一眼。

2

陆氏国际将在山海野生动物园举办酒宴的消息很快传开了。之后几天，邀请函陆续送到贵客手中，宴会的相关事宜有条不紊地准备着。陆氏还出手阔绰地买断了动物主题的土陶六件套茶具，换上自家设计的外包装，搭配国外某奢侈品牌的珠宝首饰一起当伴手礼。

本来这场宴会，秦初晗是不打算参与的。祁应琛邀她做女伴，她犹豫之下也拒绝了。秦家有秦家的代表，嘉宾名单上没有她的名字，那么她就得有点儿自知之明，免得唐突地出现在晚宴上，两边得罪。她打算宴会当天待在北极星水舍的外场，以备不时之需。没想到陆正阳太懂得做人，特地差遣助理给她全家送了邀请函，人手一张，连时昊都有份。

收到邀请函的那天，齐美娟开始控制食量，早晚一套健美操，睡前敷面膜做护理，年前宝贝外甥女送的漂亮裙子和洋气首饰正好派上用场。憋屈了那么多年，终于有一天能跟那个秦家平起平坐，还没到日子呢，她想想都觉得痛快极了！动物园还是自己的地盘，她也要结交几个阔太太，拓展一下朋友圈。

周六，夜色将至，一辆辆豪车驶入动物园，通过特别开设的车道直抵水族馆外。尊贵的客人们沿着薰衣草色的地毯步入宴会厅。纯白的罗马柱错落摆放在各处，有的是桌台，桌面上放着香槟、葡萄酒、鲜花和美食，有的成为护栏，贴心地挡在水池边缘，以防宾客不慎落水。乐队站在关闭至一半的幕墙上，打扮前卫的女歌者要唱足整晚的蓝调。而在她脚下，虎鲸在畅游。正对面是一片半圆形的空间，平时游客大多驻足在那处看北极星，今天正好可以当作舞池。再后面有三十多级的半圆形阶梯，宾客们可以闲适地坐在那儿喝酒、交谈，无须拘束。3D灯效在空中打造出逼真的云和月，繁星闪烁间，隐约露出巨鲸的一部分，让人分不清头顶和脚下到底哪个才是真实的。

八点整，宾客悉数到场，陆正阳站在舞池正中说祝酒词，牢牢吸引全场目光。

林笙站在他斜对面的阶梯上，总觉得那位大佬在盯着自己瞧，紧张得牙齿打战。

身旁的秦初晗见她已然缺氧了，小声给她打气：“多做几个深呼吸，冷静下来，今晚你是林家的女儿，是穿着水晶鞋的魔法灰姑娘，还有冰雪公主的改良版战袍加持！”

林笙连自己的心跳都快数不过来了：“道理我都懂，但是现在我就只想做落跑公主……”

秦初晗同情地望着她：“我严重怀疑你连跑路的力气都没有。”

舞池有一半是没有护栏的，直接连着北极星的水舍。林笙喜欢冷血动物，对海洋里这些大家伙天生惧怕，光是这会儿站得远远的盯着水底那团魅影都腿软：“晗晗啊……要是我不小心掉下去，北极星会把我吃掉吗？它应该……不咬人吧？”

北极星像是听到了似的，探出半个脑袋，半张着嘴，露出两排细密锋利的白牙，还扭着身子左右晃了晃，像在跟全场打招呼，惹得掌声不断。见惯了大场面的有钱人也是第一次参加在水族馆举办的宴会，新鲜，有趣，得劲！

陆正阳笑着回头去看它，跟它打商量：“能不能先让我把祝酒词说完？”

北极星很识趣地沉入水里，把主场交出去。

秦初晗连忙道：“你看，它多乖多通人性啊！”

但林笙有自己的理解：“不不不，我觉得它刚才听见我说话了，所以才特地钻出来看我，像是在跟我说，‘来啊，让我咬咬看啊’……”

秦初晗：“……”

按照流程，陆正阳将在祝酒词结束后向现场宾客介绍他的未婚妻，与此同时，一束追光灯会落在林笙身上，她正式登场，之后两人跳开场舞。秦初晗估摸着时间差不多了，安慰身旁的女孩子：“只有一分十九秒，昨天晚上我还陪你练过的，记得微笑！”

“晗晗，我忽然不紧张了。”与前一刻相比，此时的林笙像一个精致的芭比公主，面容冷静，连站姿都是完美的。怯场？不存在的。她是林家的女儿，见过龙卷风，也经历过滔天的巨浪。

“大概是这两年过得太恣意了，不小心忘记自己是谁，需要去做什么。”林笙故作洒脱地笑笑，“我从小到大没吃过什么苦，享受了优越的生活和良好的教育，一直做着喜欢的事，轮到我为林家付出的时候，不应该退缩的。”

能够选择的叫作人生，不能选择的叫作命运。和世界上绝大多数普通人比起来，她的命已经足够好了。所以今后，她也认命啦！

“抱歉，不能帮到你什么。”今天这样的场合，秦初晗只能做个近距离的旁观者。

“你能像这样陪在我身边已经很好了。”林笙努力展眉，整理心情，望向舞池中央的男人。

陆正阳也在说话间有意移眸看向她。

两人在视线有了接触后，前者的目光变得更加坚定，后者的眼神却忍不住闪烁，充满不确定。最后，林笙索性别开脸寻求短暂逃避。陆正阳微不可察地愣了一下，很快恢复宴会主人应有的从容。

秦初晗把这一幕看得真真切切，心说这也太虐了吧……

舞池中，陆正阳说道：“今天选在这里举办酒宴，我要特别感谢一个人。”

在场的宾客非富即贵，都知道林家小姐的存在，来之前也早就听说会在今天露面，于是纷纷优雅地鼓掌，予以祝福。

林笙垂着的手不由自主地揪住长裙闪闪发亮的薄纱，不是紧张，而是抗拒。

这是什么霸道总裁强制爱的虐心剧情吗？秦初晗皱着眉头，目视前方，半开玩笑地说：“要是我是个男的，一定牵着你的手，不管不顾往外跑。”

林笙顺着她的思路畅想：“找最近的民政局，蹲门口等到天亮，开门就把证扯了！”

秦初晗又后悔了：“那不行，那我们家祁教授怎么办……”

林笙委屈巴巴地看了她一眼：“前提不是你是个男的吗？”

“错了错了，是我没入戏……”

“祁应琛，我的一生之敌！”

“……”

掌声结束，陆正阳继续说：“这个人大家早有耳闻，她于去年深秋横空出世，以一人之力扭转乾坤，做了许多令我钦佩的事，并且将一个被我们长久忽略的城市问题带到大众面前，那就是关于现代动物园的将来……”

秦初晗心里咯噔一下：“我怎么觉得他在说我？”

林笙直勾勾地盯着她讶异的侧脸，再去看陆正阳，男人竟然对她笑了笑，仿佛在告诉她：没事，就算有事，我全给你兜了。

“晗晗啊，这支舞可能、大概率……”

追光灯将秦初晗笼罩，全场掌声变得更加热烈。

陆正阳也望了过来，笑着介绍道：“秦初晗小姐，平平无奇的芬兰语本科毕业生，名不见经传的四格漫画博主，山海文创的创始人，张钰诚公益基金的主要创办人，这家动物园的灵魂人物，请允许我邀请您跳今晚的第一支舞，以表达我的敬意。”

好家伙！秦初晗站在银灰色的灯光里，皮笑肉不笑。陆正阳邀请我跳舞？我今天穿的是职业装，带披风的外套和七分西装裤，你居然叫我上台和你跳开场舞？！

不过秦初晗只允许自己震惊三秒，三秒后，她将手中的香槟交给林笙。这会儿林笙被隔绝在追光灯外，华丽的裙子也被隐没于幽暗之中，成为无关紧要的配角。

“今晚你安全了。”秦初晗打心底里为她高兴，潇洒起身，跳舞去。

音乐响起，陆正阳绅士地扶在秦初晗腰侧的衣服上，秦初晗的右手轻轻搭在他的肩头，翩翩起舞。

“什么时候决定的？”她很好奇。

“刚刚。”陆正阳言简意赅。

秦初晗故意做出诧异的模样：“刚刚发现未婚妻满脸拒绝，临时决定拉我来挡枪？”

“挡枪？”陆正阳危险地眯了眯眼，“你应该很清楚这支舞的价值。”

“啧，你这个霸总。”秦初晗不按常理出牌，对方开始较真，她就耍起无赖来了，“林笙做我助理这几年，只要我会的，她想学的，我可是毫无保留地教。”

“她缺的是你这个老师？”

“不缺啊，但她过得很快乐，不然你守护个什么劲儿呢。”

陆正阳被噎住了，克制着表情变化，带着舞伴在美妙的华尔兹乐曲里旋了个大圈。秦初晗极其敏捷地跟上了，还配合得优雅漂亮。这又引来陆正阳颇为欣赏的注视。

“不务正业是本人一大爱好，我大学是社交舞社的社长，”秦初晗骄傲地说，“连续三年全国大学生社交舞比赛第一。”

陆正阳嘴唇微微张开，想说点儿什么讽刺她，又觉得不合适。那夸奖她？他又不乐意。

僵持间，两人正好从站在舞池边的祁应琛面前一晃而过。秦初晗抓住这机会，当着众人的面侧首冲男朋友眨眼睛！

儒雅斯文的祁教授忍不住失笑。

身旁熟识的人送上恭维：“二位感情真好，秦小姐性格可爱，惹人喜欢。”

陆正阳也笑了，无可奈何地笑：“你这个女人，有点儿意思。”

秦初晗丝毫不谦虚：“邀我跳这支舞，不会亏了你就是了。”

他保护了不想在公众面前露面的未婚妻，还向在场的所有人释放出重要信息：明天之后的陆氏国际想要做什么，或者打算做点儿什么。所以这个时候的秦初晗只是一个工具人，一个想象空间巨大的象征符号。

当然，她也是得利者。陆家的掌权人舍弃了介绍未婚妻的机会，把她推了出来，还说她是令他钦佩的人。要知道秦初晗虽然在动物园这块儿风头无两，可那点儿成绩，陆氏国际随便一个中层管理都看不上，搞现代动物园能比在裕兴湾百年大道盖楼挣钱？而且可以肯定的是，这跟秦初晗背后那个山海集团没多大关系，不然这支舞就该邀秦宝珠来跳了。

一支舞将尽，陆正阳抬眸找到还缩在角落里的未婚妻，心有不甘，却又不得不说："阿笙还要拜托你照顾一段时间，有劳了。"

秦初晗扬了扬眉，真诚地说："你们的过往我了解得不多，但今天你做了一个非常正确的决定。"

曲终，陆正阳和眼前这个有意思的女人动作干净地止步在舞池中央。

"我也这么认为。"说完，陆正阳侧身看水面上快速游来游去显得不那么高兴的虎鲸，"它是……对我有什么意见？"自他和秦初晗有肢体接触的那一刻起，这家伙就躁动起来了。跳舞的过程中，它还试图追逐他们的轨迹，故意只露出背鳍，假装鲨鱼，是想吓唬谁呢？

闹了整首曲子的北极星贴到池边，露出小半个头："晗晗你让开，我要喷他，灭灭他的威风！"在这个水舍，最靓最有气势的崽只可以是它北极星！

"差不多行了。"秦初晗余光瞥着它小声嘀咕，再对满脸疑惑的陆正阳道："它是头社会气很浓的虎鲸，你个人气场强，让它觉得你是来跟它抢地盘的，所以……就是这样。"

陆正阳："……"

开场舞结束，陆正阳直奔未来大舅哥林耀那边去，为什么没有邀请林笙跳舞，得好好解释一下。

秦初晗走出舞池就见男朋友身边站着个人，穿一身纯白运动装、高帮运动鞋，寸头，戴银白色的耳钉，正是祁敬承，顶尖游戏公司 CHAOS 的创始人，山海野生动物园首档泡面番《游夜这一家》的最大投资方。这会儿兄弟俩站在一块儿，一个是俊朗清爽的时尚潮男，一个是温润如玉的斯文学者，绝了！她踩着高跟鞋噔噔噔小跑过去，眼睛眨啊眨地看男朋友：我来了，也准备好了，快介绍一下！

"你别误会了。"祁应琛笑了笑，对二哥道，"她对你笑得那么灿烂，不是因为你是我哥，而是因为你给她那个动画片投了两千万。"

秦初晗十分严谨地纠正："是启动资金！"

"对，启动资金。"祁敬承是做游戏的，看外形穿戴更像祁家最小的一个，说话也很随和，"既然弟妹这么开心，我再投两千万？"

秦初晗是很喜欢钱，但君子爱财取之有道，贪心就不好了："年后我和周斯延老师碰过面，两千万足够他和团队做出一部完整出色的泡面番，投多了也用不了那么多。”

祁敬承笑着应了，又给她许了个新的投资：“那就等下一季吧。”

“可能也不用等那么久。”秦初晗跃跃欲试，“周老师是位很有才华的动画制作人，如果二哥有很多闲钱，又刚好有意投几个项目，还是可以考虑他的。”

祁敬承眼里闪过一丝光，转头对祁家老三打趣：“我跟林耀来的时候，他们正在跳开场舞，林耀一看舞池里的不是林笙，就咋咋呼呼说要把陆正阳大卸八块，我还刺了他一句，说能让陆总改主意的女人必然不简单，没想到会是弟妹。”

秦初晗不知道他是不是在夸自己。

祁应琛听懂了，翻译给女朋友听：“意思就是你很好，他看走眼了。”

祁敬承由始至终笑得温和：“嗯，我看走眼了，我们家老三眼光不错，你只要相信他就可以。”

“是吗？”祁应琛可不愿意领这份情，“既然我眼光不错，你刚才提那两千万的事试探她做什么？”

秦初晗先是疑惑，再是震惊，最后做受伤状：“原来二哥担心我是那种贪图钱财的女人……”这个祁敬承，妥妥的笑面虎哇！

祁应琛把女朋友拉到身旁安慰：“没关系，我知道你在意的是我这个人。”

秦初晗很诚实：“其实你有钱也是很好的，加分项，自信点儿。”

祁敬承被这两个爱演的人秀到了：“行了，是我们家的人，这声‘二哥’不会让你白叫，等好消息吧。”

秦初晗期待感被拉满，眼睛再度亮起来。

祁应琛继续给她翻译：“我二哥嫌弃陆正阳拉你去跳开场舞，要把祁家的场子找回来，虽然我觉得没有必要，不过……你只管看他表演就好了。”

祁家搞事第一人，祁敬承认第二，没人敢认第一。他蛮横惯了，完全不觉得自己的想法有问题，皱眉不满道：“未婚妻就在现场的人，凭什么拉我弟妹去挡枪？是我公司业绩不行了，还是老大那边崩盘了？”

祁应琛只得提醒：“你克制点儿，是不是弟妹，她还没点头，我说再多也不算。”

祁敬承面露诧异，看向温婉倚在弟弟身旁的女孩子：“是这样？”

秦初晗反问：“你觉得呢？”

祁敬承没吭声，又见她这一身飒得不行的职业装，看似乖巧，眼底却全是主意和主见，心想怪不得陆正阳那支舞跳完也是灰头土脸的。他重新对她做了番估量，幽幽的眼神从怀疑到揣度再到结论，最后单手搭上女孩子的肩，委以重任："我家弟弟是做学问的，全家唯一老实人，入股不亏。他从小就闷，只爱对着小动物嘀咕，你别委屈自己，不高兴就冲他嚷，钱不够用跟哥哥说，二哥帮不上，还有大哥。时间不早了，我要去赶飞机，来，加个微信。"

秦初晗拿出手机扫码，内心有一种"通过初试"的庆幸之感。

祁敬承跟她加完微信，对祁应琛道"走了"，转身就朝出口去，途中目光扫到陆正阳，抬手向他挥了下，权当完成任务，特别洒脱。

秦初晗对男朋友叹："你二哥是笑面虎外加意识流的祖宗，又世故又神经质，脑子转慢一点儿真跟不上他的节奏。"

祁应琛就很直接了："所以到现在还没找到女朋友。"

秦初晗努力想了一下："石头缝里蹦出来个古灵精怪不按常理出牌的女悟空，不知道行不行？"

祁应琛眼神微动，想到了什么："以前有一个同款。"

"后来？"

"没下文了。"

"那难了。"

"确实，比我难……"

"至少你现阶段在岸上。"

"至少？现阶段？"

"至少，现阶段。"

3

全世界所有的晚宴都是用来搞社交的，今天这场也不例外。

秦初晗跟祁应琛分享，说自己和陆正阳跳舞的时候，北极星就跟着他们游来游去，很不服气地挑衅："来啊，下来啊！让我试试你的小身板儿能有多厉害！竟然在我的地盘上，让全场听你一个人讲话。你以为你是谁？！"

祁应琛就酸："我从来没和我女朋友跳过舞。"

秦初晗觉悟超高，立刻牵着他的手走进舞池，连跳三支舞。

在此过程中，北极星全程跟随，大意见家上线："晗晗你今天很好看，装扮很有气势，

像个女王。祁教授也很帅气，全场最佳男士着装属于你！果然你们两个在一起才是最相配的。不过晗晗你能去换条裙子吗？你这样太凌厉了，显得祁教授像女王的随从。”

女王的随从因此垮脸。

秦初晗笑得倾身向前，舞步错了，高跟鞋的细跟狠狠踩在随从的脚背上。

祁应琛薄唇抿成一条直线，眉心微隆，发出吃痛闷哼。

北极星还在水里幸灾乐祸：“啊呀，这一下肯定很痛。”

陈胜利也站在舞池边起哄：“跳错了，过来喝一杯！”

跳完了舞，秦初晗被林笙拉走，说是要介绍哥哥给她认识。祁应琛不太高兴地盯了一路，又不是不认识，非要拉到一边去算怎么回事？

北极星在他身旁冒出头，为他打气：“那个林耀看起来很一般，我都感觉不到他的气场，不用在意，要像我一样自信！”

祁应琛垂首看着它，轻轻叹出一口气：“待在这么小的池子里面，委屈你了。”

唯有广阔的大海，才配得上你哪儿哪儿都要插一句的嘴——祁教授是这个意思。

但北极星以为他在心疼，礼貌道：“今晚晗晗是焦点，男人都想拥有，你也委屈了。”

祁应琛半蹲下来，北极星便得意地张开嘴，嘿嘿憨笑。在旁人眼里，像是动物学家和动物的某种亲密互动，但那些有钱人是极其惜命的，只敢保持距离围观，不敢靠近。

祁应琛试图纠正这头虎鲸的错误用词：“也并不是所有男人都想拥有。”

北极星诧异地“咦”了一声：“看来你的心胸没有我想象中开阔，哎，怎么说呢，有点儿失望。”

祁应琛不想理它了。

宴会进行到后半段，秦初晗便一直陪在秦宝珠身边。

今天秦家的女儿跳了开场舞，陆氏国际可不是随便谁都能攀上的。再加上祁敬承的短暂现身，所有人都看到他主动和秦初晗加微信。这可是要把在场做游戏的那些个家伙馋死了，互相一打听，得知秦初晗的动物学家男朋友叫祁应琛，而祁家老大叫祁雁城，刚走的那个叫祁敬承……众人只叹秦初晗好命。

这还不算完。后来一个年轻漂亮的小姑娘把秦初晗拉到林耀跟前，几经观察，众人猜测那就是林笙，陆正阳的未婚妻。人在，却没有跳开场舞，为什么？怕是天都不知道，这个被林家保护得很好的小女儿到底是什么时候和秦初晗要好如闺蜜的。

于是突然之间，以前不屑与秦家往来的那些海市名门、南方望族都主动过来打招呼，秦宝珠赚足了面子。

十一点，宾客尽欢而归。秦初晗送秦宝珠和秦励上车。今天秦家只有他们母子俩到场，人来得太整齐会被笑话。

秦宝珠对侄女夸了一路，握着小手舍不得放开，恨不得把人拉回海市的家里去供着。

等她上了车，秦励把车门关上，身形稍移，挡住车里母亲的视线，压低声音问秦初晗："你打算放归那头虎鲸？"

秦初晗点头，余光扫了一眼车里的女人："你看过我给姑妈的计划书？"

秦励忽然变了脸色："你大意了，唯独这件事，我妈不会同意的。"

秦初晗连忙解释："那份计划书我做得还是很全面的，就连放归北极星后，空下来的水舍用作水底表演、潜水体验等等都做了可行性分析报告。"办法是人想出来的，赚钱的方式多种多样，总不会让巨额投资的水舍白白弃置在那里就是了。

"与这些无关。"秦励脸上没有一点儿玩笑的意思，"这件事先缓一缓，听我的，不然你的努力都会白费。"

秦初晗被他说慌了，抓住他的手臂不让他走："那到底跟什么有关？"

秦励欲言又止："三两句说不清楚，今天先这样，我妈不跟你提，你千万不要向她追问。"交代完了，他抬首跟秦初晗身后的祁应琛对上视线，将手臂从她掌心里挣出来，一脸复杂地上了车。

"怎么了？"祁应琛来到女朋友身边，发现她脸色差到极点。

秦初晗本想努力保持平静，触及男人的目光时，瞬间没办法强撑下去，转而露出无助的表情，像个连错都不知道错在哪里的小孩："我好像把事情想得太简单了……"

秦家的车开走了，秦初晗非但没松口气，担忧还有增无减。

祁应琛和她并排站在水族馆门口，闲聊道："你有没有发现，园长和你姑妈整晚没有任何交流。"宴会中，秦宝珠甚至主动找到齐美娟，与她相谈甚欢，但对从小一起长大的秦怀远却视而不见。

秦初晗笑了笑，神色里多出几分隐晦："从我记事起就这样了，有传言说当年老先生想撮合他俩，结果没成，还把关系弄得很僵。"上一辈的情感旧事，她一个小辈也不好多问。

祁应琛双手插在西装裤的口袋里，向女朋友示意："择日不如撞日？"他出来的时候，正好听见秦励对她说的那几句话，想来北极星为什么会来到这样一个内陆动物园，还拥有世界范围内顶尖的水舍，背后必然有着一段不同寻常的故事。至于故事是否动人，得看秦园长怎么讲。

秦初晗顺着男朋友指的方向看去，老秦不知何时从他们身后走过，站在宾客们的车离开园区的必经路口。秦家的车入弯后，他定了定身形，便一个人朝着北区宿舍走，背影瞧着孤零零的。他十年如一日守着动物园，守着这里的动物们，到底图什么呢？

“明天，一定！”秦初晗连着忙了一周，今晚只想睡个安稳觉。

其实这件事在祁应琛看来没有那么难解决。或许北极星对于几个特定的人有着特殊的意义，但由始至终，它只属于大海。

“回去吧。”祁应琛对露出疲态的“社交之星”笑笑，牵起她的手。

秦初晗一路哼哼着：“早知道要跳开场舞，我就穿裙子了。”

祁应琛淡淡地道：“这身就很好。”

“太职业了，一点儿都不公主……”她很遗憾。

“又不是和我跳，做不做公主有那么重要？”

“那我在你眼里是公主吗？”

“不是，你是女王。”

“哈哈哈，好像也不错。”

两个人闲扯着情侣之间甜蜜的废话，不一会儿就走远了。

林笙公主站在他们之前驻足的地方，不情不愿地收回视线。刚才她多想喊一声“壮士留步”……

“就这么怕跟我相处？”陆正阳把她写在脸上的心理活动看得一清二楚，无奈道。

“也不是怕，就是不自在。”林笙冲他苦笑，不小心触及男人过分深邃的眉眼，心里突突跳，根本招架不住，“那个……我回去睡觉了。”她连像样的借口都找不到，只好敷衍到底，反正每次都这样，陆正阳应该也习惯了。

林笙垂着脑袋，提起裙摆转过身，心里疯狂叫着：求放过求放过求放过……

“等等。”陆正阳叫住她，“话还没说完呢，你急什么？”

林笙哭丧着脸转回身，毕恭毕敬：“您说。”

陆正阳刚含住一支烟，她这个“您”字一出，他猝不及防地抖了抖，烟掉了，只听打火机咔的一声，气势汹汹的火苗在他高挺的鼻尖上不轻不重地烫了一下。这点儿痛感，平时肯定能忍，今晚不大行。他闷哼了一声，弓起背，五官拧起来。

“你没事吧？”林笙看岔了，以为他被烫了眼，伸手去扒拉他额前的碎发，“你别捂，快让我看看。”

秘书和助理坐在后面的一辆车里，见状连忙紧张兮兮地下车，问要不要去医院。

“不用，去什么医院？你们下来做什么？回去！”陆正阳淡定了整晚，到这会儿反而

急躁起来了。将人呵斥回去，他放下捂着口鼻的手，再转脸正对未婚妻，重新摆出霸总姿态。

林笙见他鼻尖上被火苗烫红了一点儿，“扑哧”笑出声。

陆正阳皱眉，略微犀利的眼神里带着疑问。笑话他？为什么？但好歹是笑了……

林笙从斜挎的小包里拿出一块方巾递给他：“擦擦鼻子。”

陆正阳尴尬了一瞬，接过质地柔软的方巾，在鼻子上抹了一把，淡淡的橙子香味隐约泛出一丝甜。

“抽烟不好的，少抽点儿烟。”林笙努力找话，“还有，今天谢谢你，临时把老师拉上去充数，过后还要你跟我哥道歉。”她都懂，都明白，只是有时不确定是否该去表达，或者有没有必要去表达。

陆正阳听她这么讲，心头那点儿郁闷瞬间烟消云散：“今天这种场合，你不想上可以直接跟我说，没什么大不了的，我也不喜欢强人所难。”

林笙抓住他末尾那句话：“那我们的婚约……”

陆正阳刚松懈的脸皮重新紧绷：“这件事我一个人做不了主，再说吧。”

林笙闭了嘴，露出一脸遗憾。

陆正阳受不了她委屈的小眼神，抬起头环顾四周，扯别的：“这儿环境不错，你喜欢？”

林笙轻轻“嗯”了一声，点头。

“那就玩着吧，直到你住得不高兴为止。”这个主，陆正阳是能帮她做的。

林笙很想问：我要是住一辈子都高高兴兴呢？奈何她不敢。今天晚上，她是被放过的那个，感恩戴德都来不及，还想讨价还价？作死呢？

陆禾在车里等得不耐烦，降下车窗催：“要不你住下？”

“怎么跟小叔叔说话的？”陆正阳搬出长辈身份压他。

车里飘出一声冷哼，车窗再度升了上去。

陆正阳对林笙叮嘱：“你早点儿回去休息吧。”

林笙点头如捣蒜，心里默默送了他千万遍。

陆正阳又往她住的那个地方望去，估摸着有一段距离：“要不你上车，我捎你一段。”

“不用不用，我开观光车，明天起来要去店里，有车方便点儿。”这个回复是林笙老早就想好的。

“行吧，走了。”陆正阳也不勉强，打开车门，躬身钻了进去。

车门关上，陆禾垂头玩着手机，对亲小叔进行嘲讽：“那么喜欢，直接娶回家得了，婚约又不是假的，一把年纪跟祁家老三比清纯呢？”

“你懂个屁！”陆正阳不走心地反驳比自己小不了几岁的侄儿，然后吩咐司机开车。

未婚妻给的方巾被他拿在手里仔细端详，发现角边还绣了一行字：欢欢就是坠吊的！

谁是欢欢？陆正阳收起笑容，陷入深思。

林笙站在路边目送，车还没离开视线范围，就收到了陆禾给她发的信息，调侃她：“出道失败，内心很高兴吧？”

林笙秒回：“无法形容的狂喜！”

陆禾：“老男人也狂喜，接了你的帕子，春心荡漾。”

林笙：“……”

一夜过去，有人欢喜有人愁。

次日天还没大亮，秦初晗早早起来，泡好一杯茶，堵老秦。

到了老秦日常逛动物园的时间点，他拎着保温杯走出家门，抬头就看到蹲在前院铁门外的亲闺女。父女俩来了个全方位的眼神交流。

秦怀远往外走，问：“什么事？”他这个女儿，从小到大，但凡闯了祸，或者准备闯祸，就是眼下这种表现。

秦初晗站起来，迎上前：“我想放归北极星，做了份计划书交给董事长，结果这事黄了，秦励还不准我问后续。”

秦怀远拉开铁门，来到女儿面前，“嗯”了一声，点点头：“怪不得你把陆氏的晚宴安排在北极星的水舍。”铺垫到这一步，计划书也递出去了，这时候才跟他说，确实晚了点儿。

“野外虎鲸可以活八九十年，在动物园里得折半，我想着放归是好事，整个运作过程可以为动物园和集团带来好口碑，这些是可以变现的。然后我也没打算自己花钱，昨晚那么多有钱人，一人出一百万做善事得个好名声，送北极星回家，何乐而不为？没想到被否决了。”秦初晗灰头土脸的，双手奉上崭新的老干部风保温杯，“今天您喝这个，普洱茶，可香了！祁教授的爷爷给的，好东西！”

“我还不知道东西好不好？”秦怀远早就听说她得了一块特级茶饼，一直等她给自己送来，等得都快忘了。他似笑非笑地盯了女儿一眼，勉强接过，再将自己手里老式的保温杯给她拿着。

完成颇有仪式感的保温杯交接，秦初晗乖巧地站在父亲身边，摆明了就是今天您去哪儿我去哪儿，我就是您的贴心小尾巴，竭诚为您服务！

老秦揣度着她的心思，问：“想知道什么？”

小秦跃跃欲试：“最好都说了吧，父女一场，您也没必要瞒我，对不对？”

秦怀远抬了抬下巴："走吧，边走边说。"

传言是真的。当年秦勉确实动了把养子和大女儿凑一对的念头，跟妻子商量时，恰巧被孩子们听了去。秦怀远连忙表了态，说自己配不上、不敢想，也从没想过。秦宝珠的反应就很直接了，跟她妈一样，坚决反对，伤人的话一串串地从嘴里倒出来。那会儿他们也才十六七岁，原本经过几年的朝夕相处好不容易缓和的关系因为这事重新降至冰点。

"这跟北极星有什么关系？"秦初晗跟在父亲身后，眼里写满急切，"老爷子总不能让它当你们的红娘吧？"按时间算也对不上啊。

秦怀远停下来，不急不缓地道："你先问我传言是真是假，我不就只能从半道上说起？毕竟我俩是从小一起长大的，三言两语哪儿说得清楚。"

秦初晗理解地点点头："那您展开讲讲。"

"等等。"她抬头看前面的路口，往右边走是鹿苑，往左边去是梧桐叶子湖，中间经过的馆舍也不一样，于是主动叫停，"去鹿苑吧，正好看看红斑羚外场弄得怎么样了。"

秦怀远不明白："为什么不能走左边？"上周园里刚住进来两只蛇鹫，国外友谊动物园送的，长途跋涉惊着了，还没完全适应新的环境。他一直惦记着，每天早上都要先去看一眼才安心。

"最近李昂闲着没事，起得又早，待会儿我们过去了，也不知道它蹲哪儿偷听，万一让它听到这一段，下午整个动物园都得知道您和董事长有点儿什么了，就问一句，怕不怕？"秦初晗可是为了父亲的声誉着想。

秦怀远满脸的不以为意，哑然失笑："它们传它们的，我又听不懂。"

秦初晗震惊了："爸！您这个思想很有问题，我听得懂啊！它们会逮着我打听，更过分的还会嘲笑我，就小熊猫馆那个跳跳，您都不知道它多猖狂！我要因为您的过期绯闻威信受损，以后怎么混？"

"有没有这么严重……"

"真的，您信我，动物的江湖，水深得很！"

"早上安静，你嚷那么大声都听见了。"

"那我小声点儿，我们找个偏僻的地方再继续聊。"秦初晗挽着老父亲的手臂，半拖半拽着往鹿苑走去。

身后不远处，祁应琛跑了一段路便停下来，并未上前打扰。

陈胜利难得今天跟他一起跑，没两公里已经上气不接下气，也没把话听全，纳闷地问："动物的江湖？什么鬼？"

祁应琛侧首望他，一脸正色：“就是动物的江湖。”

陈胜利眼皮一翻：“你当我智障？”

祁应琛不言语了，给了一个遗憾的表情：请你慢慢细品。

这边父女俩已经慢慢悠悠逛到鹿苑，来到近乎完工的红斑羚外场。这里和以前完全不同了，站在居中的位置望去，正前方是一片绿植做得相当漂亮的小山坡，有凹地，有凸出的山石，有丰茂挺拔的树木。山坡由左向右、由上至下，有大约 20° 的细微倾斜，最大程度模拟了野外的复杂环境。清澈的小溪从山坡顶点冒出，顺着山体的缝隙向地势低处流淌，汇聚成一片活水潭。山坡尽头则依附着原本的山体打造出层层断崖，总长三十多米，最高的地方有八九米，乍看险峻非常，仔细观察会发现每层都做了精巧的设计和衔接，人爬不爬得上去不好说，擅于跳跃的斑羚绝对没问题，那可是它们的游乐场。

秦初晗和老父亲驻足观望了一会儿，双双露出心满意足的微笑。这次鹿苑改造可是下了血本，老化的兽舍有三分之一都拆掉重建了。其实原本没打算搞那么大，结果时昊越做越来劲，成天盯着文创店的后台销售额，今天跟姐姐这儿讨一点儿，明天再来求一点儿。秦初晗听他要求的那些都不过分，便放宽限度让他尽力去做。

“前几天送别阿尔卑斯，我特地去看过那群红斑羚，一个个争先恐后地问我什么时候能搬家。我说已经差不多了，绿化隔离带做好，装上防护栏，再来一层隔离网……最迟四月中旬吧！结果把李光荣惹急了，搬出老资格质问我为什么修外场修兽舍没它的份，还说我不敬老。”秦初晗提起这件事，把自己都逗笑了。

秦怀远问：“你怎么回答它的？”

秦初晗做出一副不近人情的样子：“我说它一把年纪争强好胜，脾气臭，动不动给游客眼色看，不好好营业，这种时候倒知道问我要好的了，凭什么啊？还有最关键的一点——”

秦怀远来了兴致。

秦初晗四下看看，生怕这话被谁听去了：“最关键的一点，”她语气拿捏住，复刻那天回怼李光荣的自己，“我爸喜欢红斑羚，又不喜欢你，心里能不能有点儿数？”

秦怀远被女儿的样子弄得愣了愣，转而笑出声：“你这是何必？”

最开始就是想着李光荣年纪大了，趁扩建外场的机会给它弄个新的兽舍，那几头亚洲盘羊和马鹿都是沾了它的光，跟着一起享福的。还有眼前的外场，差不多有半个足球场那么大，怎么可能只给红斑羚玩儿。

秦初晗“哧”的一声，笑得别提多得意了：“就是要挫它的锐气，越老越蛮横！”

秦怀远无奈摇头。横竖他也不能跟动物直接沟通，女儿高兴就好。

时间还早，工人们都没到，今天大抵是个阴雨天，头顶上灰蒙蒙的一片，怕是要持续到八九点才能有起色。

闲话结束，秦初晗突然对老父亲请求道："说说北极星吧！"

秦怀远难得见女儿这样正经，抿着嘴笑笑，在长椅上坐下，再招手让她坐到自己身旁："之前跟你讲过，我被接到秦家的最初几年，秦宝珠和秦见山对我有很大的敌意，以为我是老先生跟外面的女人生的孩子，要来拆散他们的家庭，还要分他们的家产。"

那会儿他也只是个没见过世面的乡下孩子，父母家人都不在了，他连一句完整的话都说不好，自然没法帮自己辩驳。所以最初那几年，秦怀远在秦家过得并不好。

秦勉忙于生意，走南闯北，一个月最多在家待几天，不管多在意这个养子，也是有心无力。秦妻张晓虹没少使刻薄阴狠的手段，但惯会在人前做样子。秦宝珠、秦见山两姐弟有样学样，无论家里还是学校，变着花样整他，拿他取乐，和同学一起取笑他、排挤他，等到爸爸回家的时候，好吃的却总当面分给秦怀远，有好玩的也一定叫上他，给秦勉营造出"家和万事兴"的错觉。

这样的日子持续了几年，秦家的三个孩子慢慢长大了。秦宝珠多少有了点儿秦家长女的样子，对于秦怀远，许是失了兴趣，许是觉得没有意义，不再像少时那样沉迷于给他使绊子。秦见山却变本加厉，时常跟外面不三不四的小青年混在一起，一时兴起，就去放学路上堵秦怀远，无缘无故暴打一顿。张晓虹一味地帮儿子隐瞒，只要秦勉回来，就把遍体鳞伤的养子支开。

秦怀远也反抗过，可惜没有用。他一个人实在太渺小了，只能咬牙忍着，盼望熬到学业结束，离开秦家找个地方做学徒，换座城市打工，重新开始过他自己的人生。秦勉说送他去国外最好的大学，他都不奢望了。

没想到就在那年冬天，发生了一件大事。秦见山惹火烧身，被昔日的狐朋狗友算计，欠了地下钱庄的高利贷。那个年代的地头蛇无法无天，到了还钱的最后期限，看秦见山藏着不敢露面，一群流氓在放学后把秦宝珠连人带车扣下，扬言要漂亮姐姐肉偿。秦怀远让司机去报警、通知家里人，自己则追了上去。等警察赶来，秦怀远浑身是血地靠在车门上，只剩下半条命，车里，秦宝珠双手死死握着一把短小的匕首，毫发未损。

当时秦家的生意刚有一点儿起色，秦勉为周边贫困县搭桥铺路，还修起三所小学，以宝珠、见山和怀远命名，是城中难得有情有义的本土富商。因此这件事在江城引起不小的轰动。有钱人的安危都难保证，普通老百姓还活不活啦？领导们也高度重视此事，警方连夜端掉地下钱庄，逮捕犯罪嫌疑人若干，打击恶势力的专项活动持续了足足半个月。江城

的治安就是从那时候明显好起来的。

另一边却是流言四起，说秦家小姐的清白毁了，小儿子被秦勉打断一条腿，养子实际上是秦勉和外面的女人生的……秦勉这边罚也罚了，打也打了，不顾妻子哭闹，把秦见山送到了国外。秦宝珠和秦怀远也一并转学，送到海市的寄宿学校，除了寒暑假，周末都不回来，免得再生出什么枝节。两人成了彼此在学校里唯一熟识的人。

秦初晗听到这里，忍不住“哇”了一声：“你们这桥段，现在的偶像剧都还在用。”

秦怀远不置可否地笑了笑：“寄宿学校是海洋大学和省教育厅联合创办的全封闭式中学，学校旁边就是海市的老水族馆，在自然教育方面是有一定偏向性的。我和秦宝珠在学校里接受启蒙教育，对海洋生物产生了浓厚的兴趣，还作为学校代表一起参加了全国中学生海洋知识竞赛。”

“后来呢？”

“后来，现在的偶像剧还那么拍，就落俗套了。”

秦怀远救了秦宝珠一命，两人的关系与以前大不相同。到了新的学校，秦宝珠常主动示好，同学和老师都晓得他们是一家人。要是有哪个在背后嚼舌根，质疑秦怀远的养子身份，秦宝珠还会出面维护，把渊源说给大家听。秦怀远这才恍然，原来这位大小姐什么都知道。那么最初那几年对他的百般刁难又是为什么呢？到底是年少无知还是人性本恶？

“我感谢秦宝珠对我的善意，也慢慢察觉她对我的一些变化。”秦怀远对女儿坦然道，“但是我对她还有秦家……”他经历过的伤害、承受过的屈辱，不是过去了就能当作没有发生过，“我很感谢老先生把我从乡下带到城里，供我吃穿，送我念书，对我视如己出，不遗余力地培养我。我家对他的一饭之恩，他对我的养育之情，早就抵消了。”秦怀远心里有杆秤，他敬爱养父，也坚定地要脱离秦家。

“但不管怎么说，在寄宿学校那两年，是我少年时最快乐的两年。”秦怀远在那里得到了最好的教育，全心全意地投入到他想了解的领域。也是那个时候，他立志要当海洋生物学家。

秦宝珠受他影响，和他一样对茫茫无边的大海着迷。他们时常去学校隔壁的水族馆看只有大海里才有的鱼，回到江城后，也会跑到江城动物园游玩。秦宝珠不止一次对秦勉抱怨江城动物园设施陈旧、动物少，没有可看性。

而在海洋生物里，她最喜欢的动物是虎鲸，那段时间用的文具、书包，还有衣服上，都会用圆珠笔画一只小小的虎鲸昭示所有权。于是秦勉允诺，有机会为她寻一头虎鲸养起来，给她当嫁妆！

喜欢并不意味着要去占有。秦怀远从那时起就知道，她对动物的喜欢和他的喜欢不同，他们不是一路人。

“她对我……大家都还小，没办法去说破，我也只能回避。”

秦怀远是想着，再熬一年半，秦宝珠已经定了要去国外留学，至于他，到时候再婉拒老先生的好意就是了。可是放寒假的时候，两人刚回到家就听见秦勉和张晓虹商量，想撮合他俩。张晓虹当下就激动起来了，一边哭一边骂：“那个秦家不过是给了你一碗饭吃，你把秦怀远带回来给他吃供他穿，还不够？还要把女儿赔进去？”

秦勉说：“不是这样算的。”

张晓虹不依不饶，这些年她早就受够了外面的闲话：“要是秦怀远娶了宝珠，见山怎么办？将来这个家还容得下我的亲生儿子？你干脆把家产全都拱手送给秦怀远好了！”

秦怀远忙走进去保证，说自己从来没贪图过秦家的家产，也不会娶秦宝珠，还说只当秦宝珠是家人、妹妹。

秦宝珠被他这番话伤了自尊心，跟着说了一通刻薄又难听的话。她是千金小姐，肯正眼瞧他都算抬举了，还要嫁给他？不如让她去死！她态度决绝，跟着张晓虹要死要活的，好像受了莫大的委屈。

秦勉见两边不讨好，只得作罢。

那年春节，张晓虹带着女儿去国外和儿子一起过，秦勉留在江城的家里陪秦怀远。

“我们聊了很多，心里的想法都说了出来，总算是把话说开了。年后，秦宝珠提前出国，我回寄宿学校继续学业，后来考上了江城农业大学。”

又过了两年，大家都长大了，就连秦见山都学会了人情世故，见到秦怀远，还主动和他搭话。秦怀远和秦宝珠虽然碰面还是尴尬，但点个头打个招呼还是会的。

秦怀远在学校遇到秦初晗的妈妈，相知相恋，打算毕业以后就结婚。大三时，他收到秦宝珠的婚讯，未婚夫姓季，海市的那个季家，和她一样在国外留学，两人是在当地华人联谊晚会上认识的。

秦勉赶上房地产红火时代，做土建生意发了家，可祖上一穷二白，过年想祭祖都找不到地儿，从江城到海市，想进入真正的富人圈子更是难上加难。季家有名，秦家有钱，于是两家一拍即合，秦宝珠和季国平结婚势在必行。

在这期间，秦勉通过土豪老刘买下经营不善的江城动物园，改名山海野生动物园，随后又投了巨额资金修建了水族馆。

“不知道季国平从哪里听说秦宝珠喜欢虎鲸，正好水族馆最大的水舍落成，他便四处托关系，北极星就是这样来的。”那时秦怀远已经在动物园实习了，也算是亲眼见证了季国平和秦宝珠的这一段，“等北极星运到，季国平把水舍布置了一番，把它当作惊喜送给秦宝珠，当着亲友的面又向她求了一次婚。一个月后，他们在海市举办婚礼。北极星是他们的定情信物，怎么可能让你放归？”

秦初晗听完始末，忍不住吐槽：“这些年季国平的花边新闻写出来都能出书了……”

再深厚的夫妻感情也经不住这样折腾，更何况海市的富人圈子里早没了季家的姓名，秦家也不需要靠过气的季家的威望给自己撑门面。夫妻俩貌合神离，婚姻早就名存实亡了，定情信物的去留又有什么关系？

秦初晗为北极星大喊冤枉：“它要是您和董事长的定情信物，那我还能头疼一下。”

秦励也是的，昨天晚上跟她说话那讳莫如深的口吻和表情，弄得她真以为老秦和董事长有“故事”，吓死了。

秦怀远喝着茶，幽幽道：“也不能说完全没关系。”

秦初晗微愣，脑子再一转：“季国平在意您和董事长少年时的那一段，所以故意把北极星弄来，逼董事长为前尘往事做个了断？他又怎么知道你们以前的事？”

秦怀远遗憾地望着女儿：“季国平在海市和我们念的是同一所中学，算起来，我们是校友。”

“卑鄙！令人发指！”秦初晗大骂。季国平全家都靠秦宝珠养着，居然还在外面养女人，花天酒地不知收敛，而且在婚前就搞出这种表面上看起来深情实则纯属恶心人的操作，“董事长竟然连这都忍了……”

“说不清他们结婚的时候有多少感情，本来就是为了家族利益才走到一起的。”秦怀远也很唏嘘。

“那北极星养在水舍里这么多年，对你还有个提醒作用咯？”秦初晗望着和善从容的老父亲，实在是恨得牙痒痒。

秦怀远早就无所谓了：“你也说北极星活泼性格好，我不讨厌它。”

“我们人类的爱恨情仇确实跟它没关系，所以才要快点儿想办法把它送走。”以前秦初晗不知道实情还好说，如今知道了，更没道理让吃软饭的季国平欺到老秦头上。秦宝珠留着北极星的心思，她也多少能猜到几分，睹物思人嘛，每当你看到这头虎鲸就会想起我，不管好的坏的，开心的还是糟心的，总是不能让你轻易忘记。

呸！秦初晗气得站起来表决心：“从今天开始，从这一刻开始，放归北极星就是我秦初晗人生的头等大事！”

秦怀远担心道："这件事情我是支持你的，只不过你刚做出成绩就和秦家硬碰硬……"

"我都跟陆氏国际的大 Boss 跳开场舞了，不说借力打力，狐假虎威总是会一点儿的。"秦初晗长吐一口气，把怒气压下去，"我看过山海集团去年的年终财务报表，酒店和游乐场基本都在亏损，动物园的文创品牌和口碑都是我做起来的，她有的是要用我的地方，希望大家别为这点儿小事撕破脸皮。"

早餐时间，他们回到黑熊咖啡厅。秦初晗把这段往事跟男朋友说了一遍，鉴于陈胜利、林笙这几个家伙旁听，涉及老秦和秦宝珠的感情部分都被她隐去。

林笙的手指头在手机屏幕上狠狠地戳："上个星期娱记还拍到季国平和十九岁的绯闻女友出海约会的照片，现在跟我说北极星是他和董事长的定情物？北极星答应了吗？"

盛呦呦一边搅咖啡一边摇头："软饭男要不得，吃你的穿你的用你的，还要花你的钱给你戴绿帽子……简直令人窒息。"

陈胜利觉得这事没有想象中有趣，只随口点评了一句："有钱人好面子。"面子的事情，你用钱去解决，这不是看不起人家吗？

祁应琛问女朋友："你打算怎么办？"

秦初晗已经有了大致的思路："文森教授下个月才来，在这之前，我先联系秦励，让他尽量说服董事长吧。"只要秦宝珠点头，这事也没那么难做。

陈胜利看热闹不嫌事大："要是说服不了呢？"

秦初晗斜了他一眼，嘴角危险地勾起来："那我的工作量可就太大了。"如果早晚要撕破脸，那她选择先动手。

陈胜利被她这个冷笑吓到了，打着冷战往祁应琛身旁缩："你女朋友这杀气，要命！"

祁应琛嫌弃地将他的脑袋推开。

秦初晗放下喝空的咖啡杯："我去看北极星！"

到水族馆时，饲养员刚和北极星做完食物丰容的互动，或许是昨夜玩累了，北极星今天反而比较安静，不过胃口还是很好的，吃完就不动了。

饲养员听不见它的哼哼，秦初晗却是走进水舍就听到了。它正有气无力地说："好累啊，感觉被掏空了……"

秦初晗在池边坐下，俯身对漂在水上装死的大家伙道："今天可是星期天，一会儿游客就要多起来了，你行不行啊？"

北极星灵活翻身，破开水面，唰的一下冲到她面前："男人不可以说自己不行！"

秦初晗噗地笑喷："这句太不正经了，跟谁学的？"

北极星扭身望向背对他们站在操作区门口埋头写日志的年轻饲养员：“正式介绍一下，我今年的新词库，阿凯同学。00后，新鲜的血液，年轻的躯体，坚实的臂膀，腿也很长，你快看。”

“看你个头看！”秦初晗没忍住，给它嘴皮上来了一巴掌，保证不打疼，但至少能起一点儿警示作用，“求求你了，做头正经虎鲸。”真担心过几年把它放归，它去带坏整个太平洋的虎鲸……

北极星夸张地“嗷”了一嗓子，还往水里缩了缩，演技了得！

秦初晗朝它瞪眼睛，它总算收敛。

“哎，也就只有你能骑到我头上来欺负，换别人这样，看我不跳起来把他抽飞！”逞了口舌上的痛快，北极星才又道，“我哪里不正经，你仔细看看，再也没有比我正经的虎鲸了，真的。”说完，它还把嘴巴闭上，真诚地和秦初晗对视起来。

秦初晗气不打一处来，可真要计较起来，它都没有和同类好好相处过，从小在水舍长大，见得最多的是人，说话的用词、口吻和语气自然与人最相似。这是人类的错。

“晗晗，你走神了。”北极星打破沉默，又浮上来一些，专注地盯着她，“告诉我，你在想谁？”

“这么霸道的？”秦初晗被它假装严肃的样子逗笑了。

北极星很懂：“阿凯说小姑娘都喜欢这样的霸总。通过我的观察，霸总确实很有魅力。”

秦初晗知道它话里有特指，故意问：“假如你有机会变成人，给你三个选择：陆正阳、祁应琛和你刚才夸出花来的阿凯。”

北极星毫不犹豫：“那当然是陆正阳。”从来没有哪个人类在它的水舍释放出杀伐气势，陆正阳做到了，它欣赏他！

北极星照葫芦画瓢地反问她：“假如有一天我变成陆正阳那样的人类，我能成为宫桀那样有名气的明星吗？”

“那你不如直接做宫桀。”

“我想有点儿挑战性嘛……”

顶着陆正阳的外形，带着陆家的资源进军娱乐圈，哪里有挑战性了？秦初晗只在心里反驳，因为说出来的话，它肯定要追着她问陆家有多厉害，牵扯出一堆无关紧要的话题——差点儿忘了，自己也是它的固定素材库。

“晗晗，你又走神了。”北极星不满，“到底什么事，是不是跟我有关？”

秦初晗反问它：“为什么会这样想？”

“你从连城回来就不对劲，起初我还以为你和祁教授在闹别扭，其他动物各有各的忙，就我最闲，对你还有耐心，所以你才来找我开导你、陪你。又过几天，我发现不是我想的那样，你特地借别的名头在水舍安排了一场宴会，让很多人陪我一起玩。”北极星分析得有条有理。

“看不出你这么敏锐。”秦初晗顾左右而言他。

“那当然，我年龄比你大，每天都要见各种各样的游客，阅历很丰富的。”任何时候，北极星都不会忘记夸奖自己。

秦初晗试探地问：“你还记不记得秦宝珠？”

北极星只是微微地愣了一下，便道：“记得，忘记谁也不会忘记她。昨天她也来了，她老了好多，但我还是一眼把她认出来了，可她没有多看我一眼，我好遗憾，还有点儿难过……”毕竟它是因为她才被迫和家人分开，最终来到了这里。

秦初晗自责道：“对不起，明知道你会不开心，我还要跟你说这些。”

“我来的时候你都还没出生，跟我道哪门子歉？”北极星转身背对她，好像在自己消化情绪。

话是这么说……人类占着物种优势随意支配别的动物，这种做法是错的，大错特错！

秦初晗垂着脑袋琢磨说点儿什么哄北极星开心，水里的大家伙忽然抖了下，转回身来问她：“难道我要打一辈子光棍了？”

“这……你又是从哪里得出来的结论？”秦初晗被它问蒙了。

“我可是秦宝珠的爱情见证，你都把她找来让我看一眼了，是不是在暗示我自己没戏了？”

“你自己的事没戏了，跟我把秦宝珠找来让你看一眼，有很大关联吗？”

“啊！虽然去年我只跟你抱怨过一次我空虚寂寞，但我知道你肯定会帮我找个伴的，事情一定不顺利吧？你不愿强求，没有雌鲸自愿离开大海来内陆，我注定孤独终老。”

“……”

“你竟然沉默了，我居然都猜中了……”

“不是，你想象力也未免太丰富了点儿。”秦初晗又想揍它了。

“不是？”北极星一通乱演，稍微恢复正常，“你跟我坦白吧，我有心理准备了。”

秦初晗盯了它半晌，委婉道：“你刚才不是笃定没有雌鲸愿意离开大海来陪你吗，那你有没有想过另外一种你不会打光棍的可能性？”

“另外一种可能性？”北极星缓慢重复她的话，末了，庞大的躯体无声没入水中，好像在冷静，数秒后，它重新冒头，“你在做这件事？什么时候开始的？”

秦初晗深吸了一口气："从连城回来后。"

那就都对上了。北极星忽地游开，故作洒脱地说："多大的事，为什么不直接跟我说？害我快紧张死了。"其实它现在就很紧张，声音都在颤抖。

秦初晗站起来对它道："我怕我说得太早，到最后却做不到，让你白白期待一场。"

"不会的。"北极星游回她跟前，张开嘴，冲她憨笑，"你知道你最大的优点是什么吗？是坚持不懈！用阿凯的话来说，你就是个莽夫，决定要做的事，头破血流都会做到的。"

秦初晗配合地蹲下来，双手抱住膝盖："要是我都不为你争取，你可就要打一辈子光棍了。"

"可我也不想你头破血流，"北极星很认真地交代她，"尽力就好。"

秦初晗点点头，又道："事情刚开始做，需要走很多程序，你要多等一段时间，我会告诉你进展的。"

"好，我等你。"北极星前后摇晃身躯，模仿人类点头。

"那我先去忙了，明天再来陪你。"秦初晗冲它绽出笑，也顺便给自己打气，今天也是干劲十足的一天！

"晗晗。"北极星叫住她，"最后失败了也没关系，这里也是我的家，你和阿凯、老王、老詹、八大爷，还有老秦，你们都是我的家人。"

秦初晗愣在原地，一时走不动路，也说不出话。

北极星察觉到她的情绪，连忙又做出个不情愿的样子："最多我认柠檬鲨当干儿子好了，它怪听话的，长得也比其他鲨鱼好看。"

秦初晗被北极星感动得一塌糊涂，强忍着泪意走出水族馆。

祁应琛在门口等着，见女朋友眼睛都红了，兔子似的，不问都知道跟水舍里的大家伙走了心，连忙过去拥抱她："跟它说开了？"

"嗯。"秦初晗瓮声瓮气地说，"它还反过来安慰我，真是个懂事的好孩子。"

祁应琛失笑："它比你大。"

"但我还是要多照顾它一些。"她是个责任感强的人，而且也是到今天她才发现北极星是头心思细腻的鲸，在水舍住了那么多年没有自闭，全赖它想得开、性格乐观。

秦初晗在男朋友怀里调整好情绪，抬起头问："你怎么过来了？"

祁应琛瞄瞄鹿苑方向："下周星运会开幕式，马术比赛的预赛在当天下午一点，大明星派人把门票送来了，时昊他们在商量横幅标语，我过来接你。"

"这样啊……"秦初晗若有所思，蓦地笑了，"你提起大明星的语气好酸。"

“有吗？”祁教授的攀比心被突然激发，“要不我们现在进去让北极星评选，我和宫桀谁长得好看？”只比长相公平点儿，比别的就是他欺负人了。

秦初晗制止住往水族馆走的男朋友，并道：“刚才已经选过了，命题是‘假如有机会成为人类’，我们北极星要成为陆正阳，然后进军娱乐圈，红过宫桀。”

“没提到我？”祁应琛备受打击。

“大概它不喜欢学术型的……”秦初晗也不好太伤男朋友面子。

“既然是这样，我尊重它的决定。”

“然后？”

“去鹿苑，做横幅……”

第十三章

山动之王的魅力

1

在全体出动给阿尔卑斯助力星运会之前，含香出嫁是头等大事！

大猩猩属于大型陆地动物，虽然从江城到海市只有不到两百公里的距离，但运送前后和过程中必须做足准备。

年后，山海野生动物园根据含香的体形专门定制了运输兽箱。这种兽箱不能过大，否则途中颠簸起来，动物待在里面会感到不安。当然也不能太小，最合适的尺寸是含香四肢并用走进去，箱子刚好装下它，四面还余有总共五分之一的空间，而箱顶离它的头部大约空出二十厘米。假如它试图直立，头部就会顶到箱顶，这样能起到一定的约束作用，确保它在运输过程中只能老实坐着。动物和人一样，完全处于未知的黑暗中是不行的。所以兽箱上留了一个八十厘米长、三十五厘米宽的窗户，刚好位于含香的头部。春暖花开的三月，让它吹着风，看到一路上的风景，至少它能知道自己正在移动。

兽箱做好之后，还要摆到含香的兽舍内，将前后门打开，让它习惯这个东西的存在。饲养员每天会在箱子里藏一些浆果，引导它钻进去寻找，如此反复练习，直到含香能自然地钻进钻出。

出发这天，秦初晗特地起得比平时更早，天还没完全大亮，就骑着自行车哼哧哼哧来到大猩猩馆。饲养员也刚到，正在工作间为一家八口准备今天的第一餐。

大猩猩的作息比人规律，兽舍里此刻充满告别的伤感气氛。

繁星对即将离家的女儿依依不舍："晗晗说会亲自送你去，到了那边先看环境，缺什么，想要什么，对晗晗说。吃饭睡觉只有自己，肯定不会立刻习惯，凡事慢慢来，不要急躁，更不能对饲养员发脾气。"

含香是大姑娘了，懂事得很："妈妈你放心吧，我都知道的。"

繁星能真正放下心才怪了，它幽幽地叹气。女儿这一走，都不知道下次见面是什么时候，或许不会有下次了……想到这里，它哽咽着继续交代："看那边大猩猩馆的情况，早晚会安排你和黑骑士合笼，你自己要做好准备，我们不讲人类那套喜欢不喜欢，它是首领，年轻强壮，能护着你就是好的。"

北斗插嘴道："谁敢欺负我姐，我揍死它！"

"没谁欺负含香，你先别说话。"安吉拉伸手挠了亲崽一把，转头去安慰繁星，"海市动物园也是大动物园，陈爸爸昨天还跟咱们保证，含香在那边有单独的兽舍和馆舍，住踏实了才安排合笼。"

陈爸爸是大猩猩馆的馆长，一手把游夜养大，在它们一家子心中颇有地位，说话也管用。

薄荷接道："那边三只大猩猩都是雄兽，含香过去肯定被当公主宠，不会让它吃苦受委屈的。"

洛凡冷不防冒出一句："要不把我也一起送过去？"它给姐姐当保镖！

此话一出，全家不看好——

繁星眼泪汪汪地看着蠢儿子："把你也一起送过去？你还让不让我活了……"

北斗前肢握拳，兴奋地捶胸口："好家伙，我今天才知道你是个不怕死的莽夫！"

安吉拉瞪着自己的蠢儿子："北斗你再不闭嘴我要揍你了。"

含香头疼："你还是算了吧，连我都打不过，跟我去是当沙包吗？"

薄荷也不看好："听海市那边飞来的大雁说，海市动物园的黑骑士原先被富商养在自己家后院，训练它和其他猛兽打架，搏过命、见过血的，所以一去动物园就当了首领。"

繁星听得紧张起来："你什么时候听大雁说的，我怎么不知道？"

薄荷"哎呀"了一声，眼神闪烁："大雁跟老鹈鹕说，老鹈鹕又跟我说……我没想跟你说，你知道了肯定担心，结果不小心还是说漏了嘴……"

"行了。"游夜发话道，"那些传来传去的话听听就是了，不用当真，要相信饲养员。我们不能随时去看含香，晗晗可以帮我们走动，两边动物园一直有合作，凡事都有可能。

小熊猫馆那个拾一还是海市动物园的明星动物，不都来第二次了吗？想那么多做什么，在哪里过日子不是过。”

一家之主的话格外让人安心，含香连忙附和：“爸爸说得对！”

游夜似乎怔了一下，软下语气道：“不过要是那个黑骑士太蛮横，你也不用忍让，记得让饲养员看到。最差的情况无非是你跟哪个都合笼不成，一直在单独的兽舍里住，到时再想办法把你接回来就是了。”话罢，它也哽咽了。含香是它的大女儿、大宝贝，它心里也很舍不得。

秦初晗在门边站了一会儿，没好意思现身打扰，听这一家子聊到这里，更开不了口了。

兽舍里再无话声，大家都在消化着各自的情绪。

荞麦原本赖在游夜怀里睡懒觉、不肯起，许是听懂了家人的对话，又或许从与平时截然不同的气氛里察觉到什么，它坐起来，乌黑的眼睛将全家扫视了一遍，最终朝着含香奔去。一溜儿小跑之后，它撞进姐姐怀里撒娇：“香香不怕，荞麦长大了来陪你哦。”

这还是荞麦第一次主动和姐姐抱抱。含香受宠若惊，愣了下，连忙将它搂住：“还以为你不喜欢姐姐呢。”

“喜欢的，但是更喜欢爸爸嘛。”荞麦撒娇最有一手了，赖在含香的臂弯里冲它眨眼睛。

含香被它安慰，努力做出姐姐应该有的样子，对它柔声道：“姐姐要先离开家了，荞麦乖乖的，好好陪爸爸妈妈。”

荞麦点点头，顽皮地吐了吐舌头，扒拉着脸上的毛：“我最乖啦。”

游夜受不了这种场面，背过身去揉眼睛。

秦初晗也看不下去了，转身走到场馆外去喘大气。

老秦拎着前几日她孝敬的新保温杯，沿着木栈道慢慢走到她跟前，还笑话她：“哟，我们小秦总监怎么回事，大清早蹲在这里哭鼻子？谁欺负你了？北斗还是洛凡？”

秦初晗闻声抬起头，眼红红地盯着父亲：“爸，我问你啊，将来我出嫁那天，你会哭吗？”

秦怀远被闺女问得一愣，再看她身后的大猩猩馆，估摸着女儿被里面的告别氛围感染了。他试着代入想象：“应该会吧。”

“只是应该？”秦初晗不满意地皱起眉，“我可是你唯一的女儿，你一手拉扯大的，我要嫁人了，嫁去远方，一年难得回来一次，你不会难过吗？”

老秦本来就没代入成功，听女儿一通详细描述下来，画面感是有了，不过跟他想象中的那种又有很大出入……

“你居然还笑？！”秦初晗明目张胆地给饲主爸爸摆脸色。

秦怀远乐呵呵地分析："首先，现代交通工具便利，我想你的话，可以去看你。其次，送你上大学那年我就湿过眼，当时你还笑话我，你忘记了？还有大学那几年寒暑假，你也没在放假的第一时间回来陪我，虽然现在想起来还会感到一点儿寂寞，但为人父母，永远希望孩子开心，去看看世界有多大无可厚非。最后，我们说这些还有个前提是你嫁到很远的地方去，你现在可以想了。"

"想什么？"

"想怎么样才能尽量嫁远一点儿。"

"我为什么要尽量把自己嫁远？老秦你思想有问题！"

"你说那么多，无非想听我讲一句'爸爸也舍不得你出嫁'，你先嫁，嫁了再说。"

"……老秦，很会打太极嘛。"

父女俩关于此话题的讨论，在祁应琛端着两杯咖啡来到大猩猩馆前正式结束。

秦初晗估摸里面那家子聊得差不多了，拉着男朋友一起进去做临行前最后一次沟通。祁应琛在谈话过程中主要起到加强各方面专业性的作用，老工具人了。

没多久，伍衡走过来，今天他要向观众展示动物园运送大型动物的全过程。

八点，时昊开来运输车，馆内其他工作人员便开工了。

秦初晗跟含香解释过兽舍里那个金属箱子的作用，因此它在饲养员的安排引导下很自然地钻了进去，找到藏在箱子缝隙里的坚果，就地坐下享用。但兽箱关闭时，它还是控制不住地紧张起来，想通过窗户看外面的家人，却发现家人都站在视线盲区。

饲养员们用小拖车拉着兽箱离开兽舍时，游夜忽然说："不用回头，未来在前面，爸爸会在你身后一直看着你，你要勇敢点儿。"

紧跟着，游夜站立起来，拍打着胸脯发出吼声。吼声充斥着整个大猩猩馆，然后向外扩散，惊飞了湖面上的水鸟。场面一度非常震撼，却并不显暴躁可怖。在场的工作人员备受触动，都感受到了父亲向女儿传达勇气的那份心意——祁教授说，在野外，银背大猩猩拍打胸脯的声音可以传到数公里外，这是首领捍卫领地、守护家人的方式。

从江城到海市的高速上，不少当地网友偶遇运输小队，陆续将路透发到微博上，"含香出嫁"的词条很快出现在热搜——

"给大家总结一下，车身贴着动物园 Logo 和动物印花的小巴在前面开路，运输车走中间，押后的是一辆八十来万的商务车，非常有排面！详情见图[图片][图片][图片][图片]"

"今天带孩子回海市看爷爷奶奶，本来我想在路上眯一会儿，过高速路口的时候老公和孩子突然叫我起来看，就见一头大猩猩坐在前面的车厢里幽怨地跟我对视！"

“离开父母兄弟姐妹，能不幽怨吗？”

“从专业角度讲，运输箱设计得很科学，装动物的空间刚刚好，留了透气的窗，箱子底座还装了减震器。”

“哇！银背大猩猩！看体形不大，应该是母的。”

“注意用词……这头是雌兽，来自山海野生动物园大猩猩馆，名字叫‘含香’。我们的香香公主今天出嫁了呜呜呜……”

“这是要送它去哪儿啊？看起来好可怜的样子，为什么要把它和家人分开？人类能不能别这么残忍！”

“不知情的朋友可以点击这里：@ 山海野生动物园。也可以看直播，和山动老实人播叔进行互动，了解你想知道的一切。”

“虽然但是，年初才买了游夜玩偶全家福，带角色挂件那种，图的就是大吉大利，现在把含香送去别的动物园，缺了一个还怎么能算一家人，总觉得受到欺骗……”

“有些担心大可不必，海市动物园大猩猩馆里三个黄金单身汉，含香只要去了就是开后宫，重拾大猩猩母系社会威严！（不是，我瞎说的）”

“含香出嫁了就不是游夜家族的一员了？你有追求幸福的权利，大猩猩就要一辈子在笼子里孤独终老？咋想的？”

“人有交配需求，动物有繁殖需求，把理解打在公屏上。”

“山海野生动物园早就有安排了，园妹月初就在微博上做抽奖互动，文创店还准备出含香和丈夫的周边，名字都想好了，叫‘喜结连理’。当然这得看三位单身汉谁能博得香香公主的欢心。”

“海市土著，代表个人欢迎含香小姐姐入驻我市动物园！”

“我出五毛巨资下注黑骑士。”

“刚才在直播间确定了，《游夜这一家》会做到含香出嫁，也就是说，除了神秘感爆棚的李氏家族，还会和海市动物园的动物联动，这就是新闻上天天讲的‘共同富裕’吗？”

“这几天海动官博疯狂蹭山动的热度，粉丝涨了小两千，孩子高兴坏了哈哈哈！”

……

山海野生动物园送“女儿”出嫁，气氛伤感，大猩猩馆的两个女饲养员都没忍住哭了。而海市动物园这边欢天喜地，恨不得邀请市广场舞天团来园里跳个热闹，迎接新成员。

十点多，送亲小队抵达海市动物园，按照事先安排好的路线从东门进，一路畅通无阻，驶向大猩猩馆，只见沿途挂满不正经的横幅——

全世界最好的含香公主来啦，爱你哟，比心！

装×之王黑骑士、憨厚老实大西北、软糯呆萌小岸，三款弟弟随便选一个都好啦！

终于等到你，大猩猩馆的救世主，超级女英雄——含香！

看到大家都在挂横幅，我也挂一个吧，欢迎领导来我园指导工作。

百年好合！喜结连理！一妻多夫！共创辉煌！

……

海市动物园的大猩猩馆整体规模与山海野生动物园的相当，年前敲定这门亲事后，饲养员立刻开始给含香准备兽舍。秦初晗下了车，先去看环境，从整体到细节，没有不满意的。接下来主要是将运输箱送到新兽舍，再就是开箱，然后静待含香往新环境里迈出第一步。

伍衡全程做着直播，两边的猩馆长都在，没有秦初晗发挥的地方，她便拉着祁应琛轻车熟路溜到隔壁展馆，跟营业中的黑骑士过两招。

不同于山海野生动物园的独立岛式展馆，海市动物园这边的大猩猩外场建在平地上，也是一栋独立的大型建筑。游客可以站在建筑外面看大猩猩活动，也能走进馆内，通过玻璃幕墙换个角度观察。不过今天是工作日，鲜少有游客逛到这里。

这个时候，饲养员已经提前将坚果、水果、玉米等食物藏在各处，三个大家伙进入外场觅食有一会儿了。这是最基础的食物丰容——动物长期待在动物园里，吃饱就不动了，运动量不够，健康会大打折扣，藏起食物或者利用麻袋、竹筒等做一些有难度的食盒吊在空中、摆到场馆各处，让它们去寻找，能帮助动物模拟出在野外觅食的环境，增大它们的活动量，起到一定的锻炼作用。

黑骑士率先吃完，在场馆里来回走动，巡视地盘。大西北倚靠山石而坐，专注地想办法打开它刚找到的食盒。小岸好奇心比较重，听到馆内的动静，走到室内那一小片幕墙前仔细贴着听，那双跟人像极了的眼睛转啊转，灵得很。

秦初晗和祁应琛在防护栏前一站，黑骑士就瞥见了，身形微顿，掉转方向靠了过来。

“好久不见。”秦初晗主动同它打招呼，再跟男朋友介绍，“它就是黑骑士，今年八岁……应该快九岁了吧，还有得长。”

黑骑士知道她故意提自己年龄是什么意思，大鼻孔喷出骇人的粗气：“我可以做很长时间的首领。”还有得长，意味着年轻。

祁应琛微微扬眉：“不错，十几二十年是能够的。”

黑骑士意外了，扫了秦初晗一眼，再望回他：“你也听得懂？”

祁应琛故意刁难它：“全国范围内能和动物沟通的人类都站在你面前，感觉怎么样？”

黑骑士沉默了一会儿，似对面前的男人和女人重新做了判断：“没什么特别的感觉。”

在动物园安定下来后，它渐渐明白这是个什么地方。来这里的人类只会好奇地观察它们，偶尔投掷一些食物，或者自以为是地冲它们大喊大叫做鬼脸，但不会伤害。

黑骑士有自己的思考，转问道：“你们是什么关系，情侣？夫妻？同事？”问到最后，它发现两人手牵着手，遂改口，“看来不是同事。”

秦初晗有心逗它：“不是同事却出现在这里，你会不会很失望？”如果作为同事来到这里，自然是出公差，做的事情也就和动物园有关。如果是情侣或者夫妻，就或许是闲逛。

“这三种关系可以共存。”黑骑士很聪明，扭头看了一眼内舍，“所以含香送过来了，对吗？”

这下轮到秦初晗意外了。

祁应琛小声给女朋友提示：“我在 C 国做研究的时候，野生保护区有只成年大猩猩会跟我下五子棋，十把能赢我一两回。”

秦初晗小声反问：“你实力全开和它下？”

祁应琛摸着鼻子道：“那倒没有，还是要放点儿水的，输多了会打击它的自信，但是能赢已经很了不起了。”

秦初晗：“……”行吧，她是个愚蠢的人类，低估了黑骑士的智商。

“你还记得它的名字？”她重新给自己找到有利的对话点。

“那又怎么样？”黑骑士毫不动摇，“总归是送过来了。”只要在它的地盘，它机会最大。

“又不是送给你。”秦初晗抄起手，“也不是送给你们海市动物园。”

黑骑士听了这话，不由得直起身子，拔高身形。

祁教授继续给女朋友帮腔：“它现在有危机感了。”

黑骑士心思被点破，冲他不满道：“你……哪儿冒出来的？”狡猾的女人已经很让它头疼，再来个一眼望穿它行动、望进它心里的男人，还能不能过安生日子了？现在的人类也太可怕了吧！

“对我男朋友客气点儿。”秦初晗笑着维护了一句，主动示好，“行了，今天我们确实是送含香过来的，能不能得到它的喜欢，还得看你自己的本事。你先别着急反驳我！上次来的时候我就说了，饲养员会安排你们轮流和我家含香相处，以它的意见为主。但是考虑到你是这里的首领，出于对你的尊重，希望你也能尊重含香的选择，对它好一点儿。来这里之前，它可是我们山海野生动物园大猩猩馆首领的宝贝。”

黑骑士将狡猾女人的话反复消化：“我听懂你的意思了。”

祁应琛补充道："在你们的规则里，首领永远拥有优先选择雌兽的权力，可你们如今都生活在动物园，一个介于城市和大自然之间的特殊环境里。"

黑骑士发出质疑："你在劝我顺从？"

"不，是尝试接受。"由始至终，祁应琛都很温和。

秦初晗在旁边看着，只想冲男朋友竖大拇指，不愧是斯文儒雅的谈判高手。

"行吧。"安静了一小会儿，黑骑士竟然松了口，它分别看了一眼大西北和小岸，再转过来望面前的两个人，"它要选那两个傻子，我也是没话说的。"

2

秦初晗和祁应琛在外场待了一会儿就被周书铭叫走了。

"咱们抓紧时间在午饭前开个交流会，聊聊两家动物园今后的合作吧。难得祁教授大驾光临，我们各馆各区对您是久仰大名，早就盼着什么时候能见一面，向您讨教关于家里的毛孩子……"

秦初晗见老周醉翁之意不在酒，大方地把男朋友往前推："来来来，借您半天，我和其他小伙伴们您就甭管了！交流会也别浪费时间开了，天天都在联系，有什么想法早在电话里说过了，午饭我们自己去食堂解决，您看怎么样？"

周书铭给她竖起大拇指，世侄女这眼力见——棒！

祁应琛就这样被海市动物园的园长、馆长和饲养员们带走，享受着众星拱月的待遇。

伍衡来到客场，直播却没停，带大家从专业角度参观友方动物园，好的地方用力夸，不好的地方也要严厉批评。今天的观众老爷不知道为什么格外兴奋，满屏刷"走着"！

陈胜利扛着吃饭的大家伙直奔养着几只中小型猛兽的那个大馆去了，那儿有几只山海野生动物园没有的小家伙——亚洲金猫。

成年的亚洲金猫体长大约在 1~1.6 米，主要有三个色型：通体亮红到灰棕的红金猫、暗灰褐色的灰金猫、全身斑点的花金猫。

这种中型猫科动物在亚洲分布广泛，尤其是东南亚地区，它的踪迹被十二个国家记录到。然而随着栖息地的丧失和偷猎的发生，2015 年，亚洲金猫被列为近危物种。

因为极其依赖森林环境，它们普遍独居，生性胆小，繁殖困难，还是个夜行性，白天总藏着，游客没点儿耐心真看不到它，在动物园业内公认的不好养。山海野生动物园的李园长曾动过引入的心思，后来一琢磨，黑森林馆已经养着包括闪电爸爸在内的十几只种类不同的豹子了，也就不贪这个娇气的小家伙了。海市动物园则养着五只——两只老猫，三只小猫是它们的崽崽——色型还不相同。

陈胜利跟随E国拍摄团队做自然地理节目的时候，有幸拍到过野外金猫在夜间活动、捕食的画面，从此对其兴趣浓厚。正好今天工作日，游人不多，适合他蹲点拍摄。要是人多环境嘈杂，小家伙们就藏着不出来了。

林笙、盛呦呦几人都是第一次来，扫码下载一份电子地图就轻松自在逛了起来。

秦初晗和大家逛了会儿，始终放心不下含香，午饭后独自回到大猩猩馆。走到兽舍外，她探头向里面看去，就见含香坐在天窗下的暖阳里，和站在窗边的小麻雀说话。天窗虽然大，但铺了细软的铁丝网，主要就是为了防这群小麻雀。不过在含香眼里，它们是最好的情报员。

“大猩猩馆啊，总体来说是很好的，平时不管什么时候，都有十几个人类负责。”

“对的对的，饲养员也好，尤其是那个扎马尾的姐姐，每天早上给黑骑士它们准备早饭，都会放一把坚果在窗台喂我们。”

“就是馆长叔叔有点儿凶，总赶我们走。不过他对黑骑士不凶，每次喂完食都笑眯眯问它吃得好不好。”

“我们是麻雀，黑骑士是大猩猩，能比吗？它一个大拇指就能把馆长摁残，馆长肯定笑眯眯的呀！”

“我们是野生的，又不值钱，哪儿哪儿都能见到，金贵的话就给养在动物园管吃管喝了。”

“含香姐姐，我好羡慕你啊……”

“哎，我也想住兽舍，都不用自己筑巢。”

小麻雀们七嘴八舌、争先恐后地把了解的情况一股脑儿地告诉含香，末了，集体对它萌生出羡慕之情。

“羡慕我做什么呀，像你们这样多自由，想去哪儿都可以，我就不行了，就算现在把门打开，我也不敢出去。”含香从午饭里挑出坚果，一粒粒地扔上去，给它们吃，“能仔细说说馆里的大猩猩吗，它们性格怎么样，平时是怎么相处的？”

灰蓝色的小家伙蹦了一下：“大西北和小岸是亲兄弟，原先大猩猩馆只有它俩，有点儿相依为命的意思吧。黑骑士是后来的，一来就当了首领，很有魄力！”

“这些我都知道了，能说得详细些吗？”

小麻雀想了想，理解含香的意思了：“大西北贪嘴、不爱动，有时候小岸会把自己的浆果分给它。小岸喜欢凑热闹，还喜欢听故事，每次最老的饲养员爷爷听小说，它就凑过去跟着听，听到关键处，要是饲养员爷爷走了，小岸一整天都抓心挠肝。晚上大西北就胡编乱造一通，小岸居然也相信了。兄弟俩的感情好得让人羡慕。”

含香继续问：“那黑骑士呢？”

“它啊……”小麻雀们面面相觑，似乎一言难尽的样子。

“它不好吗？”含香坐起来，昂着头望着它们。

“也不能说不好。”

“它偶尔也会喂我们吃的，和我们闲扯，我觉得它是头不错的大猩猩。”

“就是长得太凶了。”

“它们大猩猩不都长一个样子，你哪里看出它凶啦？”

“我听说它来这儿以前是被有钱的人类圈养的，杀过好多动物，狼啊狮子啊老虎啊全都不是它的对手，好凶残的！”

“都是你听说的，你亲眼看见了吗？”

“那倒没有，可消息不都是传来传去的，你告诉我，我告诉它？你那么维护黑骑士，还不是因为它喂你吃过坚果？它又没喂过我。”

“行了，都安静会儿。”一只年长的灰麻雀跳入含香的视线，“黑骑士虽然一来就做了首领，但它从来没有欺负过大西北和小岸。去年我把巢筑在外场对面的一棵树上，有一天风特别大，整个窝都被吹下来了，我那两个孩子的毛都没开始长，掉在枯草地里冻得叽叽叫，是黑骑士闹着把饲养员叫来一通比画，让他们知道是怎么回事，帮忙把崽崽带到温暖的室内照顾，救了它们的命。我也是捕食回来听其他麻雀妈妈说了才知道，要不是黑骑士，崽崽们都活不过冬天。”

“这个举动至少证明黑骑士心地善良。”含香得出结论，挑了一颗新鲜的蓝莓抛给麻雀妈妈。

灰麻雀灵活地接住蓝莓，转身递给跟在屁股后面的崽，再转头来道：“我也是这样想的。住在园里的动物多了，对我们这群野麻雀的态度各不相同，有的讨厌，有的无视，就大猫馆那几个，还会把我们当猎物扑呢！”

它身旁的棕色麻雀妈妈也对含香说：“大家的经历不同，想法也不同，你可以都听，但自己心里要有判断，别什么你都信。”

妈妈们都是有阅历的，大方向错不了。含香认真应了一声，从饭盆里抠出又甜又脆的坚果扔出天窗，接着问了馆里饲养员的脾气性格和海市动物园的大致情况。麻雀们逐一做了解答。

秦初晗在兽舍的门边仔细听着，意识到自己没有出场的必要了。

有年轻麻雀给含香打气：“其实你不用担心那么多，大猩猩馆就你一头雌兽，你娘家动物园对你好，都跟这边谈妥了，等你在这里住习惯了，过段时间分别安排黑骑士、大西北和小岸住到你隔壁，让你们慢慢相处，饲养员会观察你对待它们的反应，按照你的喜好决定谁跟你合笼，要是你住不高兴，绝食几天，说不定就送你回家啦！”

“就是就是！”别的年轻麻雀跟着附和，“你不给它们脸色瞧都不错啦，犯不着怕它们！”

“不是这样的。”含香温柔地道，“合笼的事另说，我既然来到这里，这里就是我的新家了，黑骑士它们都是我的家人，我要和它们好好相处。”

小麻雀齐齐愣住，一不小心被初来的大猩猩上了一课，嗯……怎么说呢？山海野生动物园那一家，教养是真好！

听到这里，秦初晗也放心了。含香大小姐棒棒的！

众人在动物园溜达了小半天，被老周请去游轮酒店吃饭，之后又去了KTV，晚上在林笙家住——前两年她回国时，家里给买的江边别墅，常年空置。

陈胜利他们还真不跟林大小姐客气，去的路上点了啤酒加宵夜，到了地方，搬桌子抬椅子，甚至牵了一串搞气氛的小星星灯把后院布置起来，准备疯玩到天明！

这大半年，秦初晗早把作息调整过来了，径自寻了一间卧室，睡了。第二天醒得也早，七点不到，她下楼觅食，在客厅和准备出门的祁教授“偶遇”。

“起了？”祁应琛打量着长发凌乱的女朋友，只见她穿着林笙可爱到炸裂的小兔子睡衣和配套水兵月拖鞋，外面套着件林大小姐衣橱里的棒球衫外套，手中握着手机，看样子是打算点外卖。

“好饿，手机信号好差。”秦初晗扫了一眼沙发上呼噜打得震天响的陈胜利，“昨晚也太吵了，换我以前的暴脾气，谁都别想看到今天的日出！然而现在，我点个外卖居然还要考虑他们吃什么……”

“别管他们了，我带你去混一顿不错的早餐，怎么样？”衣着整洁且神清气爽的祁教授提议道。

秦初晗以为祁应琛会带她开启极具地方特色的早餐大门，一如当初他们在医院偶遇，她带他钻进附近的深巷吃小笼包一样。然而只是她以为，五分钟后，他们还在小区内……

祁应琛神情自若地按响了林笙家斜对面住户的门铃。说是斜对面，两栋别墅之间至少隔了三十米远，真正的独门独户，互不干扰。

秦初晗稍微回过神来，愣愣地问男朋友：“这谁家？”大清早就来打扰，不太好吧？

祁应琛站在门前，目光平静地穿过前院，直盯着那道气派的正门，口吻淡淡的：“我大哥家。”

秦初晗惊得瞳孔放大：“你——”

后面的话不用说了，她整个人清醒过来了，走为上策！遗憾的是刚迈出半步，祁应琛就伸手将她逮住，彻底笑出来：“跑什么？吃个早餐而已，吃完了留下坐会儿，或者回去睡回笼觉都可以。”他们祁家家风民主，极尊重个人意愿和意志。

“你说我跑什么！”秦初晗急得表情都扭曲了。她早上起来都没洗漱，干枯的头发随便卷成一团，还穿着卖萌的睡衣和拖鞋，根本没眼看！

祁应琛抓着女朋友不放，人模人样地冲她安抚地笑：“相信我，我大嫂跟你同款。”

“此刻我怀疑全世界，谁都不信！祁应琛你做个人，你给我撒手！”秦初晗表情无辜又狰狞，人快蹲坐到地上了，所有力气都用在挣脱祁应琛上。她就像熊孩子在商场里看到心仪的玩具赖着不肯走，以手臂为链接，整个人被家长牵扯着——不买是不是？不买我就闹了！而祁应琛是理智的大人，任由她撒泼打滚，不为所动。

就在这时，门上的小屏幕忽地亮起，里面出现一张厌世的少年脸。他大约十五六岁，因为离镜头太近的缘故，清隽的脸孔有少许扭曲，但这并不影响他跟祁家一脉相承的书生气质，以及骨子里自带的漠然。

见了门外的人，他愣了下，眼神柔和了些，欣喜又意外地喊：“小叔叔！”

“我们来蹭个早饭，不介意吧？”祁应琛说完，侧首向斜下方看去。

少年疑惑：“你们？”

秦初晗被男朋友拉着，否则准得一屁股坐到地上。见他和善的眼神望来，她抬头去看门上那块屏幕，心里存着侥幸，觉得自己蹲得那么低，里面的人不会看到吧……没想到半球型的镜头动了，在一阵机械音中灵活地滑向下方，将祁应琛口中“我们”的“们”牢牢锁定！

祁应琛笑着给他们做介绍：“里面那个是我大哥的儿子祁朝，朝阳的朝。阿朝，这是你小婶婶秦初晗。”

祁朝：“……”

秦初晗：“……”

屋子里，祁朝那边响起个成熟女人的声音：“儿子，谁来了啊？”

祁朝叹了口气，回答道：“小叔叔。”他顿了下，艰难道，“还有小婶婶。”

门外，秦初晗悲痛欲绝地哼哼起来了，就想有个地缝钻，非常想！

屋内，正在做早餐的宋雪桦也是半天才反应过来，扔下锅铲“啊啊啊啊”着跑上楼梳洗，边跑边喊：“阿朝，帮妈妈照顾一下火！祁雁城，快起床，你家老三搞突然袭击，带晗晗回来了！祁雁城！！！”

祁朝垂着眼跟屋外的小叔叔对视，开口却是对逃避镜头的那位说：“进来吧，反正……都这样了。”

铁门“咔嗒”响了两声，向外弹开。

祁应琛笑着道：“我大嫂很喜欢你的，都叫你‘晗晗’了，多亲切。别看她在财经新闻里是很有气势的女强人，私下冒冒失失的，跟你差不多。”

秦初晗昂起头恨恨地说：“此仇不共戴天！”

祁家老大创业后在海市定居，太太宋雪桦是他的大学同学，麒实集团创始人之一，当代女强人中的典范。夫妻俩都精力十足，不仅把公司越做越大，家庭活动、孩子的成长也从未缺席。祁朝是两人的长子，刚满十六岁，在国外念书，好像因为转校的问题现在还在国内待着。除了他，祁雁城和宋雪桦还有一个十一岁的女儿，叫祁栀，九月份就要小升初了。用祁应琛的话来说，小侄女人小鬼大，嘴上懂得很多，其实什么都不明白。

“哦对了，大哥大嫂都在家，十点应该要去星运会开幕式做致辞嘉宾，吃完早餐，我们还可以蹭车一起去体育场。”

进门的时候，秦初晗就听男朋友随口介绍这些，但最多听进去一半吧，她满脑子都是：长兄如父！我要见家长了！穿着林笙的睡衣和棒球外套还有美少女战士的拖鞋！脸没洗，头没梳！唯一庆幸的是下楼前受不了自己的口气所以先刷了个牙！

让她意外的是，客厅里除了祁朝，还有四个孩子，两女两男，年龄各不同，整整齐齐站成一排，迎接小叔叔小婶婶。

祁应琛拉着女朋友站定，放眼扫去，从左至右介绍：“最小的这个叫宋修允，今年四岁。中间这个是宋修澜，今年有八岁了吧？这是宋欢欢，和祁栀一样大。他们三个都是大嫂家那边的，怎么今天全凑这儿来了，去看星运会开幕式？哦，还有这个，祁栀。祁栀你光着脚是怎么回事，去把拖鞋穿上。”

祁应琛笼统地介绍完毕，孩子们表情各异地望着他，又好奇地看站在他身旁僵笑着挥手的年轻女人。祁栀哀号着唤了声“小婶婶好”，一脸失望地大叹：“啊！我家初初失恋了，回头我要怎么安慰她啊！”

秦初晗的假笑面具裂开了，对男朋友小声道：“祁教授，你有问题。”

祁应琛嘴角抽了抽：“去年去动物园前到小栀他们班上了一堂自然课，给孩子们留下

了深刻的印象，小学生的表达能力有限，刚不是跟你说过了吗？”

说完，他再转头对侄女正色道：“让你那个同学早点儿死心，认清现实，就算我没有女朋友，也不可能跟她有什么。”

祁栀强调：“我和初初是闺蜜！”

祁应琛不带任何感情色彩地“哦”了声：“先去把拖鞋穿上，再给你小婶婶倒杯温开水。”

祁栀噘着嘴，穿上拖鞋，去厨房倒水前，眼珠子滴溜溜地在秦初晗身上转了一圈，忍不住叹：“小婶婶，你长得好像我妈妈失散多年的姐妹……”越看越亲切，她还说，“我刚才的话你别介意，我家初初注定是单相思，欢迎你来我家做客！”

秦初晗频频望向男朋友，这年头的小学生也太能说会道了。

先前被祁应琛草率介绍的宋欢欢抱怨：“我大名叫宋欢颜，欢欢是小名，说好多次了，能不能上点儿心？”

宋修澜看到祁应琛也是很高兴的：“小叔叔你怎么来了？下周可以去我们学校上自然课吗？”他甚至还认得秦初晗，“小婶婶，我去过你家动物园，好多次！最喜欢黑森林馆的闪电。我知道它当爸爸了，我爸爸答应我，要是这个学期期末考试我能考全年级前十名，就给我买闪电一家的琉璃摆件。”

宋家和祁家向来亲近，这几个孩子从小跟着祁朝、祁栀喊人，祁应琛又是研究动物的，一直被他们默认为伙伴。

秦初晗微笑着予以鼓励：“那你加油！”

宋修澜秒变遗憾脸：“这种时候你不该大方地对我说，考试尽力就好，琉璃摆件我送给你吗？”

秦初晗的脸又僵了：“对不起，是我格局小了……”

话到这里，最小的宋修允也认出来人了，噔噔噔跑上前抱住祁应琛的腿，昂起脸，满眼闪着小星星：“小叔叔，要看鸟鸟！”

斯文儒雅的祁教授如遭雷劈般定在原地。

从厨房倒水出来的祁栀一个踉跄，人稳住了，水洒出大半。

宋欢颜把堂弟往后拉，轻言细语地哄：“今天不看鸟鸟，一会儿我们去看人人，好不好？”

宋修允是宋家最不讲道理的小胖子，一屁股坐地上，双手扯着祁应琛的裤腿：“小叔叔，看鸟鸟……”

宋修澜则用纯真的目光，无比期待地望着秦初晗，希望她能打开格局，立刻，马上！

场面一度被孩子们牢牢掌控。

秦初晗扯了扯男朋友的衣袖，眼里带着调侃意味：你大哥家的早餐着实不好蹭啊！

这时，装扮好的宋雪桦下楼来，先放狠话：“半小时内把自己收拾好，不然今天也别去看什么星运会开幕式了，老老实实在家待着！”

客厅众人瞬间作鸟兽散。

祁朝端着冒烟的平底锅走出来：“抢救失败，怎么办？”

宋雪桦头疼，请祁应琛点外卖，她则带秦初晗到楼上客房洗漱。

串门半小时，早餐没吃上，外面天已经大亮了。秦初晗洗完脸，抬头审视镜子里的自己，素颜状态还是不错的，头发梳理整齐以后瞧着还算整洁。至于刚才……表现也还行？

穿着拖鞋睡衣造访男朋友大哥家，行个鬼啊！秦初晗哭丧着脸，垂头逃避。如果可以的话，她现在就想跳窗逃走，当作从来没有来过。

门外忽然响起对话声——

“老三终于交女朋友了，长得挺漂亮，穿睡衣都好看。”

“是啊，再不带女孩子回来，真要怀疑他跟陈家那个小子有点儿什么了。”

“哎……”

秦初晗下意识地屏住呼吸，扭头看过去，透过半透明的磨砂玻璃门，隐约可见外面有几团身影，再仔细地数，六只毛茸茸呢！之前开口的那两只，有一只是老猫了，听声音明显上了年纪。

“别叹气呀，老三好不容易带女朋友回来，大家应该高兴才是。”

“我是在想，他要是早半年把人带回来，那死鬼就能看见了。”

“爷爷活了二十九，寿终正寝时我们都在，很圆满了。”

“听桦桦喊她‘晗晗’，应该就是他一直提的那个开动物园的女孩子吧？”

“错不了，刚才小修澜还问她讨见面礼来着，什么百见？”

“不知道，没听懂……”

“你们说，这个晗晗会不会和三哥一样，听得懂我们说话？”

“老三天赋异禀，我活这些年，没见过跟他重样儿的。”

“哎……”

“怎么又叹上了？”

“小姑娘穿着睡衣拖鞋就来了，一看就是我们家的人，随性！我觉得挺好！”

“还不是祁老三使的坏，没看出人家恨不能找地缝钻吗？”

“是我三哥错不了了，看着是个好的，心里憋着坏。”

“那也只对亲近的人使坏，你跟他不熟，他都不搭理你！”

“我在三哥被窝里长大的，多亲的关系啊！”

“他们今天要出门吗？这几天吵得我脑袋疼，宋小胖那个哭包动不动扯嗓子号，一点儿都不随他爸。你们曾奶奶就常说宋家老四不流一滴泪，是真男人。”

“现在的孩子娇气，哪儿能跟以前比。今天天气不错，走，妈，我陪您上房顶晒太阳。”

“爸，妈，你们陪奶奶去吧，我想再看会儿。”

“我也想看，看她洗干净长啥样。”

“看什么看，你们三叔好不容易找着的女朋友，别把人吓着。”

“她家开动物园的，会怕我们两个三花？！”

“走走走，都走，等老三正式娶了她，以后天天见。”

“万一他们住动物园里呢？”

“新房在隔壁，都开始装修了，一个月还不能回来住几天？”

“说得也是……”

“那再过几天我又要当叔了？”

“没那么快，过几个月吧……”

对话声远去，渐渐消失。

祁应琛正好在楼下发信息问她：“大嫂给你找的衣服合适吗？忘了跟你说，家里有三花猫，好奇心很重，你别被它们突然说话的声音吓到。”

秦初晗笑着回：“它们已经组团来看过我了，就在十秒前。”

祁应琛略感意外：“这么快就打过照面了？”

秦初晗：“隔着门礼貌围观，没进来，我怕它们尴尬，没出去，它们也不知道我听见了。”

祁应琛：“听见什么了？”

秦初晗来了精神：“那信息量可就太大了，说总算盼到你带女朋友回来，不然都以为你跟胜利老师有一腿。”

祁应琛：“……”

秦初晗带着满腔情绪打字：“还说全家就属你祁老三满肚子坏水，跟你越亲近，越会被你整蛊，我可太荣幸了男朋友！”

祁应琛：“……”

秦初晗：“还说你在隔壁买了房子做婚房，正在装修，二十来万一平的别墅，了不起啊男朋友！”

祁应琛直接把房型平面图发给女朋友过目:“从国外回来一直被爸妈催,我也没去看过,不如待会儿一起去看看?不喜欢的地方还能改。”

秦初晗很果决:“不用了,我还没从穿着睡衣拖鞋初次造访男朋友大哥大嫂家的尴尬中缓过来。还好,你也只是我男朋友!”

祁应琛:“……”

穿上暖黄色的羊绒连衣裙,把头发梳理整齐,再化一个淡妆稍做修饰,这就是秦初晗今天的出行造型了。她不仅身材和宋雪桦差不多,两人连气质都相似。

来到楼下,男朋友点的外卖已陆续送到,孩子们老实规矩地坐在餐桌前吃起来,两个样貌气质九成相似的男人坐在一块儿,有一搭没一搭地聊着近况。宋雪桦见她下来,忙唤她坐下吃早餐。

祁雁城是真的绝了,穿着浅灰色的休闲装,表情也是随和的,却透着不怒自威的大Boss气息。你永远不知道他会在哪个时候释放出毁天灭地的大招,只能时刻保持警惕,敬畏地在内心祈求他让自己多活几天。坐在他左手边的祁应琛虽然五官眉眼更加精致,也更年轻英俊,但怎么说呢,相较之下,弟弟就是弟弟……

秦初晗面上淡定,内心心潮起伏:晗啊,看见了吗?白手起家的千亿大佬是你男朋友的亲大哥,当代商界传奇人物就在你面前,激动不?!

不过祁雁城霸气外露是真的,开起玩笑也是让人防不胜防的。秦初晗才在男朋友的介绍下唤了声“大哥”,还没坐稳呢,就看大哥抬起头望了她一眼,劈头盖脸地问:“老三帮你问老二要了两千万投资动画片,正好你今天来了,我就想当面问问你,为什么不找我要?是不是看不起大哥?”

秦初晗脑子里“嗡”的一下,紧张了大约三秒,急中生智道:“我们的动画片能做几季,还不是大哥您说了算!”说完,绽出个讨好笑容。我年纪小,算起来跟你家老三交往还没几个月呢,动辄跟哥哥们伸手要钱多不好意思?我,老实人,本本分分谈恋爱!您别吓唬我了成吗?

祁雁城早就注意到她了,私下常跟老婆聊起,今天也确实存了心试试她的胆量。见秦初晗反应快,表情到位,距离保持得刚刚好,当下认定是个妙人。他冲她肯定地点了点头,再对弟弟叮嘱道:“可要抓紧了。”兄弟俩相差近十二岁,长兄如父是真的。

祁应琛把还没动过的咖啡端到女朋友面前,笑着说:“刚刚要是你来开门,就知道我抓得有多紧了。”秦初晗化成细沙都别想从他指缝间溜走!

他停顿了下,又补充道:“你别吓唬她了,虽然她也不会真的被你吓到。”

桌子底下，秦初晗脚后跟狠狠在男朋友的脚面上碾……

祁雁城轻微愣住，跟太太确定："是这样？"

宋雪桦伸手扯他的脸皮："不然还能怎么样？你在家里装什么大佬，给我正常点儿！"

于是秦初晗吃了人生中含金量最高的一顿早餐——获得祁雁城个人投资三千万。

祁雁城去年某天在"开心快乐一家人"的群里被二弟嘲笑："老三居然没问你要钱？你这个大哥当得太没存在感了！"这句话像一根刺，深深地扎在大佬的心里，每当想起，血流不止。如今，终于将它拔了出来，大佬他舒服了。

对于秦初晗而言，这个早晨见了男朋友的家人，吃了早餐，获得巨款，得到商界巨子的肯定……人生何止圆满了，简直可以合眼长眠了。

八点，司机来接祁雁城一家。大佬要在开幕式上发言，得早点儿去现场做准备。

林笙那边几个家伙拖拖拉拉也陆续起来了，秦初晗和祁应琛决定和他们一起。

又耗了一个小时，众人开着动物园那辆车身贴得花里胡哨的小巴直奔海市主会场。

海市动物园的人也来了，两家动物园亲如一家，在观众区前排坐下，横幅拉起来，只等阿尔卑斯帅气出场。

十点整，开幕式开始。

等领导们发言完毕，运动员入场了。这次星运会搞得颇有规模，会聚全国各地的文娱界名人，以省为单位，历时八天，对十七个大项目进行角逐。能容纳八万三千人的竞技主会场内，各家粉丝阵营划分明确，应援口号整齐，尖叫声连连却有序。

但这些都比不上宫桀和他的搭档的登场！大明星一身骑装，左手扛着"拼搏不息"的大旗，右手牵着缰绳，和黑色的骏马一起进入会场，走在队伍的最前面。四块大屏幕不约而同地给了特写，人和马都朝气蓬勃、神采奕奕。

主持人专程介绍了来自山海野生动物园的阿尔卑斯，包括它从前不堪的经历和它乐观向上的精神。与此同时，观众席的应援区内，数家粉丝突然拿出提前准备好的应援方巾高高举起，拼出巨幅黑马的图案，起立为它欢呼，祝它在星运会上取得好成绩。

阿尔卑斯骄傲地昂着头，迈着四蹄，轻快地踢踢踏踏，丝毫不怯场。风吹起它被悉心打理过的鬃毛，阳光在它周身罩上一层金色。这一刻，它是全场的焦点。这一刻，它拥有全世界。而它享受这一刻。它值得最好的一切。

开幕式还在进行中，阿尔卑斯已经上了热搜，还不止一个，词条也相当霸气："史无前例的饭圈联动""阿尔卑斯人间值得""来星运会 PICK 阿尔卑斯吧"……

"阿尔卑斯不是奶糖吗，怎么突然上热搜了？粉丝联动又是怎么回事？求总结帝。"

“山海野生动物园有一匹名叫‘阿尔卑斯’的赛马，园方从无良马戏团买下来养在园里，去年《加油，跑起来！》有一期是在这个动物园录的，宫桀和这匹马结缘，决定带它参加今年的星运会，还要一起拿奖牌。当时我们都觉得他只是随口说说，没想到他只要有时间就往动物园跑，年后更是推了不少工作，把阿尔卑斯接到海市的赛马场，开启封闭式训练。”

“我哥从来说到做到，不整那些虚的。”

“在现场！超级激动！唯一的遗憾是没有准备应援口号，要是能齐刷刷地喊起来，那才叫真正的史无前例呢！”

“能组织起来已经很不错了，宫家在这里谢谢其他家的朋友们！”

“朋友什么的说不上，只是觉得有意义就一起做了。抱拳 .jpg”

“这匹马有点儿神，居然能让那么多家粉丝联动，在它出场的时候用提前准备好的应援手幅拼出它的巨幅海报，厉害！”

“我一个顾老板的铁血死忠唯粉也参与了，没想到有一天我心胸能这么宽广呢。”

“应援阿尔卑斯是宫桀家牵头的，会长和骨干挨个找其他家谈，就想通过一次集体应援换取社会的关注——有很多动物需要我们人类去帮助！”

“饭圈在我心里一直是全员疯子，不得不说这事整得挺好，挺正能量。”

“你们去过山动吗？去一次啊！真的是很好很好的动物园！啊啊啊闪电，妈妈爱你！”

“在线求两个阿尔卑斯好运挂件，‘走着’‘稳健’都可以，若包装完整全新，可适当加价，诚意出请私我！”

“下午没有票又想去场外应援的家人们请速速联系我！”

……

马术的盛装舞步又被称为花样骑术，是马术的基础运动，起源于公元前 4 世纪～公元前 5 世纪，1912 年正式成为奥运会的比赛项目。这次星运会，宫桀和阿尔卑斯参加的就是这项比赛。

盛装舞步十分讲究视觉美感，是一项极具观赏性的运动。参赛骑手需要身着燕尾服，戴黑色阔檐礼帽，穿高筒马靴，在一段长达十二分钟的优美旋律中，完成一系列规定动作和自选动作。同时，骏马走舞步，与骑手配合韵律来展现马术之美。

这些文娱界名人，尤其是一年三百天待在影视城拍古装戏的大佬们，对于骑马早就驾轻就熟，报名时不约而同选择了马术相关的项目，这使得盛装舞步赛和障碍赛成为备受关注的热门项目。但星运会和其他运动会不同，参赛人员不是专业运动员，赛制上相对来说也比较宽松，许多项目甚至是男女一起比，还有专门设置的混合赛，盛装舞步赛就是如此。

比赛场馆位于海市北郊的西林马术运动场，小组淘汰赛将在下午一点开始。五十四对参赛选手和赛马被分为九组，完成全部表演后，裁判再给出分数，第一名晋级，剩下五名选手全部淘汰，非常残酷。决赛则安排在下周六的早上举行。

开幕式结束，秦初晗一行人留在主竞技场看了男子一百米和两百米的预赛，之后去外面享用了一顿丰盛的午餐，这才驱车前往比赛场地。

宫桀已经完成抽签，正在接受采访。他和阿尔卑斯分到了C组，同组选手实力均衡，比赛时间也靠前，最迟五点左右就能入场，若是运气好碰到漂亮的晚霞，还能在视觉上加分。

秦初晗他们是亲友团，来到马场外，宫桀的助理小姜便出来将人接到里面去。林笙、顾词几人吃饱喝足不想动，先去观众席坐着了。秦初晗见时间还早，和男朋友一起去马厩看阿尔卑斯。

离开动物园这段时间，阿尔卑斯一直住在西林马场，比起其他的参赛马多了几分主场优势。这不，刚来到马厩门口，秦初晗和祁应琛就听到它的侃侃而谈了——

“紧张是没用的，来，二郎神，跟我一起深呼吸，把心态调整过来。”

“呼——吸——”

“有没有感觉好一点儿？”

“到了场上，把自己交给骑手，听从他的指令。哦，对了，还得注意音乐，就跟平时训练一样，别想太多。”

“山海野生动物园当然是很好的，环境优美，场地大，空气好，有山有水，饲养员视动物如上帝，不是我吹，你们都应该去一次。”

其他赛马纷纷发言，有的客气一下，表示有机会就去看看，有的直接说又不是观赏动物，这辈子都不可能去动物园。

阿尔卑斯也不生气，继续推荐。

这时，全场响起广播，那匹名叫“二郎神”的马准备比赛了。场内志愿者将它和同组的赛马牵出去，与秦初晗等人擦肩而过，只听拥有一身华丽棕色皮毛的二郎神边走边碎碎念：“我不紧张，我不紧张，我叫不紧张……”

秦初晗憋着笑和男朋友对视：原来马也会怯场，不愧是人类的好朋友。

马厩里相当热闹，几十匹赛马在宽敞的格子间里休息，不少明星骑手就站在外面，大家闲聊着工作状态、骑乘经验，听教练讲过去的大赛经历。见亲友团代表出现，阿尔卑斯激动地发出一阵欢快的嘶鸣：“晗晗、祁教授，你们终于来了。”

它跟隔壁的赛马介绍：“这是我在动物园的朋友，他们今天专程来给我加油。”

那匹黑灰色的马很是健硕，粗声粗气地道：“那不就是你的饲主？”

“是朋友，不是饲主。”秦初晗走到它们跟前，小声纠正。

黑灰马吓了一跳：“你竟然听得懂我说话？！”

秦初晗神秘地笑着，冲它点了点头。

阿尔卑斯得意极了：“这就是我们山海野生动物园神奇的地方。”

“还没进来就听到你在夸动物园，都快变成‘山动吹’了。”秦初晗示意它低调点儿。

“‘山动吹’是什么，一种职业吗？”阿尔卑斯还和一个月前一样聪明好学。

“嗯……可以这么理解。”秦初晗似笑非笑，频频和男朋友交换眼神。

祁应琛问它：“准备得怎么样？”

阿尔卑斯昂起头：“很好，很充分，我已经迫不及待想要上场了。”

秦初晗故意逗它：“你这么自信，不拿前三可是很难收场的。”

阿尔卑斯依然自信：“我和小桀参加这次运动会，就是奔着冠军去的！”

旁边的黑灰马忍不住开腔：“这个月才拿到赛马资格的新手，水平不见得多高，倒是狂妄得很。”

阿尔卑斯无所畏惧：“我年轻气盛，敢于拼搏，也不怕输！”当然了，能赢是最好的。

祁应琛跟女朋友咬耳朵：“这话听着怎么那么耳熟？”

秦初晗抿着唇，暗暗推了他一把，再叮嘱阿尔卑斯：“自信是好事，不过也要尊重体坛老前辈。”

黑灰马参加过奥运会，是赛场上的老牌健将，无论是大赛经验还是训练时长，都比它丰富。

阿尔卑斯道：“虽然我接触盛装舞步的时间不长，但每次训练都很认真，这次比赛，我会拿出最好的状态努力去赢，这就是我尊重对手的方式。”

这番话得到了包括黑灰马在内的赛马们的肯定。

“加油吧，小伙子。”黑灰马鼓励道。

“期待我们在决赛上相逢。”阿尔卑斯回得很是得体。

聊完了赛前准备工作，秦初晗又关心它近来吃得怎么样，住得好不好，有没有交到新朋友。

“放心吧，都好，这儿可是整个南方最好的马场，你们没发现我比一个月前健壮了不少吗？”阿尔卑斯原地踏步，全方位地展示自己优美流畅的身体曲线，“如何？是不是很漂亮？”

秦初晗把它的大脑袋往回推："看到了，你收敛一点儿。"

黑灰马趁机道："小子，快跟你的人类朋友说说那个让你心动的姑娘。"

秦初晗来了精神："心动了？谁？！"

阿尔卑斯忽然难为情起来，往后退了两步，抬起头往某个方向望了一眼，再重新走上前："在那边，你们只要回头就能一眼看到它。"

秦初晗和祁应琛齐齐转头，斜后方的隔间里，纯白色的母马亭亭玉立，马面清秀，眼神清澈，身材匀称，四肢纤长而健美，柔顺的马尾被打理得根根分明。以人类的审美来说，是马中的大美女没错了。它的骑手正站在马厩门口设的饮水机那儿，和其他艺人聊天。

秦初晗看罢，回头叹道："阿尔卑斯，你可以啊，真的太可以了！你知道它的搭档是谁吗？"

赛马们在一周前陆续来到马场，阿尔卑斯早就和大伙儿混熟了，自然知道心仪对象的搭档："不就是顾晴吗？小桀和顾小姐上部戏刚搭档过，在戏里饰演情侣，嗯……当时他怎么说的？哦对，势均力敌，相爱相杀。"

阿尔卑斯说得可太云淡风轻啦！内娱一线统共就那么几个，顾晴可是常年稳坐一席。她拿过影后，还数次提名国外知名电影节，这次和宫桀的合作是影后首次接触小荧屏。两个人都在上升期，年龄相仿，粉丝数量庞大，平时岁月静好，要是桀哥/顾老板受了半点儿委屈，必定全体出动，战斗力惊人。好在这次合作，不管是顾晴还是宫桀都很注意保持距离，片场拿出敬业精神，私下无联系零接触，粉丝们这才松了口气。可没想到阿尔卑斯居然对影后的赛马动了心！

至少三十六集的《骏马之恋》在秦初晗脑子里成型了:因马结缘,好像也不是不可以?

"它叫什么名字？你们聊过没？有没有单独相处过？它对你的态度怎么样？"

"晗晗，你冷静点儿。"阿尔卑斯反过来劝她，"它叫'胜雪'，比我小一些，我们都是荷兰温血马。"

"原来还是老乡啊。"秦初晗忍不住发散思维，"那共同话题一定很多。"

阿尔卑斯陷入了沉默。

秦初晗愣了下，难道猜错了？

祁应琛问："进展不顺利？"

"也不能说不顺利……"阿尔卑斯把头扭开，欲言又止，一副想要回避的样子。

隔壁的黑灰马看得着急，帮它回道："比赛前的一周，我们每天早晚都有一段时间在外面自由活动，胜雪一来就受到了小伙子们的热烈欢迎，可惜它跟它的骑手一样是个冷性子，对谁都爱搭不理，也就阿尔卑斯脸皮厚，百折不挠地围在它身边和它说话，好不容易有了点儿进展，结果——”

前天下午的自由活动时间，两匹马沐浴着晚霞，互相倾诉着思乡之情，都有些动情了。尔后，它们讲到了近在眼前的比赛。阿尔卑斯说“等我拿到冠军，我们就在一起吧”，胜雪就不再理它了……

黑灰马说完，鼻孔喷气，笑得浑身都在抖。

“不是你讲的那样。”阿尔卑斯补充道，“在彻底不理我之前，它对我提了两个问题。”

秦初晗和祁应琛同时点头，专注地听它讲。

阿尔卑斯眼巴巴地望了胜雪一眼，又叹了一口气：“它问我拿不到冠军怎么办，我没答上来，因为冠军只有一个，对手们都很优秀，即便我全力以赴也有输的可能性。它再问要是它拿了冠军又怎么说……”

在座各位都是赛马，心里都揣着冠军梦。阿尔卑斯承认，天是被它聊死的。

秦初晗客观分析：“这要换我，我也不搭理你，至少比赛结束前不会。”

阿尔卑斯有些着急了：“为什么？”比赛结束它们就要各奔东西，不会继续住在西林马场了。

祁应琛点出关键：“你把感情和事业混为一谈。事实上，你和胜雪无论谁拿到冠军，跟你们要不要在一起都关系不大，甚至原本就没有关系。你非要加上‘拿到冠军’的硬性条件，忽略了你和胜雪是竞争对手的事实，你让它怎么想呢？”

“原来是这样……”阿尔卑斯恍然大悟，“是我考虑不周全，忽略了它的想法和感受。”

冠军只有一个，它们大可以凭实力争取。至于感情，赛场之外，哪里不可以谈呢？阿尔卑斯认真反思：“我想，我应该向它道歉。”

黑灰马给出建议：“比赛期间去谈感情，不会有好结果的，不如专心比完再谈其他。”它停了一下，露出坏笑，“说不定你们俩在小组赛就被淘汰了，没有竞争关系，容易拉近距离，还能相互总结失败的经验。”

秦初晗和祁应琛忍俊不禁。都这时候了，瞎说什么大实话！

阿尔卑斯绞尽脑汁，发现找不到反驳的点，只好优雅地把头转向一边：“今天都不想和你说话了。”

尽管阿尔卑斯正在经历人生中第一次心动危机，但到了赛场上，它立刻变得沉稳可靠。宫桀与它配合得天衣无缝，在轻快的音乐中完成了所有规定动作和自选动作。人和马都很享受过程，看上去根本不像在比赛，最后毫无悬念地以小组第一的成绩顺利晋级。

下了赛场，宫桀喊秦初晗他们一起合照，留作纪念。连经纪人都蒙了，不是还有决赛吗，这就失去斗志了？

宫大明星心态绝佳："说不好，不好说，竞争对手太强，决赛又是车轮战，我和阿尔卑斯重在参与，混个大赛经验，年底还有锦标赛嘛。"

大家都觉得他说得对，阿尔卑斯却不这么想："锦标赛还早呢，下周的比赛也要全力以赴！"

秦初晗摸摸它修长紧致的脖颈，眯起眼对它笑："加油，你可以的！"

阿尔卑斯被安慰到心坎儿里："还是你懂我。"

拍完照，正好遇到顾晴牵着胜雪过来候场，身后跟着助理、造型师和经纪人，阵势颇大。

她和宫桀刚结束合作，现场又有媒体朋友在，必须寒暄几句。趁此机会，阿尔卑斯鼓起勇气对胜雪道："那天是我不对，我不该在拿了冠军的前提下考虑和你在一起，每年的赛事那么多，总会诞生冠军，但世界上只有一个胜雪。"

白色的马儿望着它，眼里不见波澜，也没有说话。

阿尔卑斯表白心迹却没得到回应，失落地低了低头，再开口时声音小了很多："比赛加油，祝你晋级！赛场上，我会全力以赴；赛场下，我会等你原谅我，不管等多久……"

画面很唯美，可惜两匹马之间站着聒噪的人类。

体育频道的记者问了几个基本问题后，胆子越发大起来："两位刚在影视城里朝夕相处整整八个月，不知道有没有擦出火花呢？"

宫桀反应极快，伸手就去捂记者的嘴："兄弟，我是为你好，上一个这么问的记者微博已经没了，原因是不够专业！"

顾晴平静给他画范围："哪种火花？演技上的还是感情上的？戏里还是戏外？"你想我怎么回答，说清楚一点儿，全都满足你。

记者尴尬了，着急忙慌地向导播求助。导播缩在摄影大哥身后装死，反正不是直播，回去剪剪就完事了。

顾晴的经纪人借故说比赛马上开始了，催她赶紧进候场区登记。

宫桀给小姜使眼色，小姜熟练地从背包里掏出几瓶宫桀代言的无糖饮料和阿尔卑斯好运挂件，送给记者。

危机解除，顾晴牵着胜雪往赛区里走，经过宫桀面前时，冷若冰霜的影后难得露出慵懒笑容，盯着他手里还没来得及送出去的挂件，说："有点儿好看。"

与此同时，胜雪目不斜视地从阿尔卑斯面前走过，轻轻地说："原谅你了。"

阿尔卑斯蓦地精神了，眼睛瞪得又圆又大，追随着白色的身影，直到它跟随搭档进入候场区域才回过神来，对秦初晗和祁应琛道："用你们的话来说就是，我又可以了！"

一旁的宫桀被顾晴刚才那一抹笑容弄得不明就里，心里有点儿痒痒的，想不明白："她在蛊我？"

小姜瑟瑟发抖地纠正："不是，没有，她只是想要你手里的挂件而已，你别想多了！"

宫桀摇头，肯定地道："不，她在蛊我！"

秦初晗围观全程，不禁对男朋友感叹："她们好会啊！"

"并没有，暧昧什么的最要不得了。"

祁应琛怕女朋友被影响，果断提出回江城。明天是星期天，动物园的游客会比平时多，大家也都想回去帮忙，于是众人婉拒大明星请吃饭的好意，返程了。

回去的路上，秦初晗宣布获得祁家大哥三千万赞助的好消息，并对这笔巨款做了安排：一小部分用来扩充象馆外场，瀑布和泥潭都搞起来，让夏天和孩子们过个被愉快回忆充满的夏天；剩下的全部投入到熊猫馆旁边空置已久的周边店，攒了大半年的概念统统都要实现！不过概念店缺店长，小秦总监欢迎大家踊跃报名参加面试，机会面前人人平等。

聊到兴起，也是出于礼貌，秦初晗给宋雪桦发信息："我和祁老三回动物园了，桦姐，有空带孩子来玩，我带你们体验逛一般动物园没有的体验。最后，再一次替毛孩子们感谢大哥的豪横赞助！"

谁知道宋雪桦回复她："我就不来了，孩子们已经送到，这两天有劳你照顾了。抱拳.jpg"

秦初晗："啥？"

3

周六晚上九点十分，山海野生动物园北区职工宿舍。

进了前院，秦初晗、祁应琛久久地站在独栋小房子前，通过玄关旁边那扇大窗户看着里面晃动的影子，听着孩子们聒噪的吵闹声，双双陷入沉默。

这个时候，秦初晗最先想起的，居然是昨天早上出发前林笙偷偷问她和祁应琛进展到哪一步了，画重点：同居、成年人！

秦初晗支支吾吾，没成事的小眼神无处安放。

这也不能怪她。祁应琛只是看着好像成天都在动物园无所事事地逛，其实手里有好几个项目，还要带研究生，指导毕业论文。而且他是海洋大学的客座教授，每周有两堂大课，开车去海市上完再回来，兢兢业业，风雨无阻。她自己也不得闲，除了运营文创店，“绘梦”的工作也要挤时间完成。插画是个细致活儿，一坐就是四五个小时，她都是晚饭后休息一会儿开始画，画完差不多就要睡觉了。两个人白天在园区里忙，晚上各自在房间里忙，起初还能互道晚安，出来喝水遇到聊几句，后来连这点儿人类基本礼仪都难以维持下去，铁血室友关系锤得实。

林笙听她叨叨完，咬牙切齿地在她耳边说：“睡裙到了，回来给你！”

秦初晗坚持原则地认为这不是睡裙的事，需要讲求氛围和两个人的心情状态。她还觉得都住在一起了，成年人的某些互动只是时间问题，该发生的时候自然而然就会发生。

“啊！！！我的发箍怎么断了？！”

客厅里不知是宋欢颜还是祁栀发出一声尖叫，把秦初晗吓得魂飞魄散。

从想象回到现实，她把“不想回家”写在脸上。不管怎么说，这绝对不是她想象中的同居生活！

祁应琛似乎做好心理建设了，面无表情地做战术安排：“待会儿进去，我负责镇住全场，你上楼安排房间，祁栀和宋欢欢住一间，祁朝和宋修澜住一间。比较麻烦的是最小的那个，要讲睡前故事，整晚身旁都要有人，估摸着他也快到觉点了。不过，我半小时后有个视频会议。”

那么结果很明显了，秦初晗不得不揽下照顾宋小胖的重任：“我带他吧，只是讲故事应该没问题。”

祁应琛郑重地“嗯”了一声，点点头：“辛苦你了，工作结束我就来接手。”

秦初晗也点点头，然后站在原地一动不动。这样的家，就问一句，谁想回？！

“不是啊男朋友，我很困惑。”秦初晗实在想不明白，“我想象中有钱人家怎么也会配备几位阿姨，带孩子、做家务、做饭分工明确，你大哥家也太……”

“朴实？”祁应琛笑道，“祁朝出生时，我爸妈兴冲冲地结束旅行，说要给大哥大嫂带孩子，让他们放心搞事业，结果同住了两个月就回帝都了，可以说是败兴而归。大哥大嫂都是绝对的独立个性，能亲自动手就不会麻烦任何人，家里确实请了阿姨，但不会每天都过去。”

“彪悍的人生，让我这个菜鸟由衷羡慕。”秦初晗再望一眼闹哄哄的客厅，觉得还是需要一点儿面对的勇气。

祁应琛感同身受：“说出来你可能不信，从各方面来说，我们家最菜的人是我。”

秦初晗诧异地望着他：“三十不到的动物学教授？”

“你是指在能够和动物们顺利沟通的前提下，毫无悬念地在业界做出成绩这件事吗？”在祁应琛看来，这没什么好炫耀的，与两位兄长比起来，自己显得平庸至极，“没有这项特殊技能，单说读书，我大哥十六岁进名校，二哥在剑桥念了半年觉得没意思，换专业重修，去了哥伦比亚。他们俩都是在校期间创立公司，毕业时已经做成规模，身价也跟着水涨船高。”

秦初晗如实道：“听你说被两位哥哥碾压着长大，我也很想安慰你，对你说你在自己的领域很好很优秀，然而——”

祁应琛都明白：“然而我曾经也是人附前十，并不需要安慰。”

“我高中念的学校还不错，我勉强能维持在前十，大家都很强，也很拼……这是原话没错吧？云淡风轻秀我一脸。”秦初晗忘不了去年他们不熟时，医院附近巷子里发生的对话。那个时候，她手里的小笼包都不香了。

“不怪你记仇，是我草率了。”祁应琛自作自受，再问女朋友，“还有什么想说的？”在进门之前，在面对狂风骤雨之前，让我们畅所欲言。

秦初晗努力冲他挤出笑容，不过很遗憾，是苦笑：“大哥的钱，有点儿烫手……”

祁应琛点头：“现在知道我为什么只跟二哥要钱了吧？”

祁家老二不拘小节，最重要的一点：单身多年，无妻无子，吾辈之楷模！

战术安排得再好，也难敌小孩子难以预判的行动力。闹了一整夜，第二天清早，秦初晗还在和周公缠缠绵绵，宋修允就来礼貌敲门讨早餐吃了。

小胖子穿着黑豹连体服，润夜男宝宝款，软萌软萌地趴在床侧提供叫醒服务。见秦初晗将眼睛掀开一条缝，他连忙拍马屁：“小婶婶，可不可以不要做睡美人啊，我觉得小婶婶更适合做白雪公主！”

啊，会说话的人类幼崽真是不得了……

六点整，餐厅集合，两个年轻人带五个年龄跨度颇大的孩子，吸睛无数。

秦园长一进来就被调侃上了：“老秦啊，那一桌是你做梦都想的画面吧？”

老秦只管乐呵呵地笑，沉浸在美好的想象里。

齐美娟稀罕宋修允，抱到自己那桌去吃早餐。

宋欢颜和祁栀一边吃一边说话，聊偶像剧，聊如火如荼的选秀综艺，聊小婶婶早上给的护肤品真好用……

宋修澜是祁应琛的迷弟，全程跟随，打听今天一整天的活动内容。

祁朝单手撑着下巴，懒洋洋地拿着手机和宋雪桦视频。宋雪桦问他昨晚过得怎么样，有没有闹到小叔叔，他面不改色地说挺好的，在食堂吃了晚饭，回家看了会儿电视，大家十点不到就睡了，不然今天也不会起那么早。

隔壁桌，秦初晗有气无力地趴在桌上，心酸地笑了："难道不是小孩子精力旺盛所以才起得早吗？"至于昨晚，太煎熬了，她不想回忆。

陈胜利难得和她有共鸣："来这几个算乖的了，你是没见过我家那几个，再加上陆家那几个，过年的时候凑一块儿，整个小区都是他们的天下，不掀翻房顶那都不叫过年。"

秦初晗恐惧地望了他一眼："懂了，过年别跟男朋友回家。"

陈胜利笑喷了："你还是先想想早餐结束后怎么办吧，前两天狮园有头公狮以下犯上，被狮王揍了，左后腿发炎，走路一瘸一拐的，你男朋友待会儿要和王老头过去会诊，不知道忙到几点。"

带孩子的重任就这样落在了秦初晗单薄的双肩上，她忍不住发出哀号。

再一想，不对啊，没有谁能在她的地盘上造次，她秦初晗才是山动之王："我要把场子找回来！"

"怎么找？不听话就关狼谷？"陈胜利净出馊主意，"或者豹馆熊馆？狮园还是虎园？"

秦初晗打起精神坐起来，目光扫向孩子们："不是这样的，事情不能那么简单。"

陈胜利来了兴趣："那我给你打个下手？"顺便看个热闹。

第一站是东门直营店。

没有哪个小孩能抗拒玩具的魅力，尤其还是那么一家高质量文创旗舰店。这会儿不到七点，售票口的门都没开，站在灯光充足的大店里简直像拥有全世界。

宋修澜被摆满六排货架的企鹅盲盒迷得移不开眼。

宋修允踮起脚尖，向摆在高处的"豹豹情深"伸出渴望的小手。

宋欢颜见这个好可爱，那个也丑得好有特点，她全部都想要！

连祁朝都忍不住瞅来瞅去，想给自己锁定一个不错的目标。

祁栀更是异想天开："小婶婶，你要送我们礼物吗？"

"嗯，送。"秦初晗笑着点点头，两个字就将孩子们彻底吸引住，"你们先挑出全场最喜欢的三样东西，当作我送你们的礼物。今天会开展几个活动，每个活动选出完成得最好的两人，而这两人就可以在事先选定的礼物里挑一件。"

"什么啊，居然还要竞争……"祁栀不乐意了。

"玩不起啊？"秦初晗故意激她，"也可以不参加活动，纯逛动物园。"

祁栀又嫌干逛没趣，最多半天就结束了。

陈胜利站在秦初晗身旁帮腔：“从前你们去动物园，能进饲养员才能进的操作间吗？能走到动物活动的外场，和它们近距离接触吗？我跟你们说，机会难得，别稀里糊涂来一趟，又稀里糊涂地回去，什么都不记得，那才叫没意思。”

祁朝从货架高层拿下一只“豹豹情深”的小豹子递给宋修允，转身来发话：“玩吧，第一站去哪儿？”

秦初晗笑笑：“狼谷。”

狼谷是在一片草木繁茂的小山坡上修建起来的，差不多有一个标准足球场那么大。场内分为三个区域。左场区是一块坡地，山石较多，狼王和狼后的宝座就在制高点。中场区谷中心地势最低，贴合着内馆装了很多不同尺寸的玻璃幕墙，以便让游客多方面地观察狼的日常活动。右场区多林木，地势最为复杂，隐蔽性极高，还有两条溪流，每周一次的狩猎活动大多以这里为起始点展开。

狼谷前年刚做完优化，有一间监控室、两间操作室，在狼谷中场区内侧，还带一个小院子。不过院子里常年堆满丰容的材料，一切为了毛孩子们！此刻秦初晗和孩子们所处的位置，就是有独立监控系统的监控室。通过室内的十二块屏幕，能观察到狼群们的活动，可以说是相当先进了。不过狼还在兽舍里，要到八点钟，饲养员才会打开通道的门，用哨声引导它们入场，开启今天的营业。

“山海野生动物园总共有十一匹成年灰狼，去年的六月到九月陆续增添八匹小狼，目前住在内舍，由饲养员照顾，它们是一个完整的族群。”

宋修澜举手提问：“为什么不让小狼和父母在一起？怕它们带不过来吗？”

“这个问题问得好。”秦初晗给予他赞赏的眼神，“担心它们带不过来只是其中一个原因。去年八月，狼谷面临改朝换代，老狼王隆越上了年纪，体力精力明显大不如前，年轻的公狼蠢蠢欲动，酝酿着篡位。”

宋修允听得睁大眼睛，字正腔圆地问：“然后呢？”

祁朝也来了兴趣：“我昨天晚上去动物园的官网看过，新狼王的名字很拉风。”

秦初晗道：“名字拉风可没用，想做狼王，得凭实力。”

狼谷形势复杂，原先可以细分为两股势力：以狼王隆越为首的老牌家族，以君临为首的散装家族。

老牌家族是狼谷的原住民，狼王隆越和狼后沐沐是家族核心。它们总共生育了近十四小狼，被先后送给友谊动物园，最终留下三只：路华、小艾和莓宝。隆越有个亲兄弟，名字叫隆刹，战斗力家族排名第二，它的妻子是从 A 市动物园来的，名叫红玉。隆刹和红玉也有自己的孩子，动物园根据狼谷的情况留下紫山这一匹小公狼。

散装家族的君临和苏白、墨蓝，是在走私的过程中被警察救下来的。送到狼谷时，它们尚且年幼，一个个蔫蔫的，在饲养员的安排下逐渐得到隆越的认可，在其庇佑下卑微讨生活。大抵是因为来自同一个地方，他们仨时常抱团，被狼谷的工作人员戏称为“散装三匹狼”。

后来君临娶了隆越的宝贝女儿小艾，苏白又嫁给路华，莓宝还在墨蓝和紫山之间摇摆不定……两股势力渐渐融合成一股。

然而和平并未维持太久，新的纷争开始了。隆越年事已高，路华性格温驯，不是很能打的样子。君临觉得是个机会，值得一搏。于是狼谷势力划分出现了一个全新的局面——君临和妻子小艾建立了 A 狼群，成员分别是墨蓝、紫山和莓宝；B 狼群仍是以隆越为首，成员为沐沐、隆刹、红玉、苏白和路华。

在隆越的运筹帷幄下,大家以拥路华做狼王为己任。一时间,狼谷草木皆兵,剑拔弩张。

秦初晗绘声绘色地讲述：“君临是匹正宗的苔原狼，很能打，体魄强健，头脑冷静，很有想法。似乎在它心底深处，早就意识到狼谷是一个整体，居住在这里的狼不管打成什么样都必须生活在一起，它不想撕破脸皮，把局面弄得很难看，于是决定智取。”

君临并未直接挑衅隆越，也没有贸然登上左场区的制高点，而是带领年轻的 A 狼群占据地形复杂的右场区。每天早晨，它会第一个穿过转运通道，迅速寻找饲养员放置在各处的食物，然后放到自己的领地，吃不完就储存起来，绝不给 B 狼群留口粮。到了每周一次的围猎，它也总能率先捕捉到猎物，带回领地和成员们分享。隆越、隆刹兄弟俩虽有心防范，奈何无力制止。

另一边，饲养员通过长期观察，决定不干预这场狼谷的王权之争。

这种情况持续了足足三个月，B 狼群整体饿出瘦相，体力、反应等各方面都无法和以前相提并论。恰在这时，小艾和苏白先后显露出孕相。为了妻子和即将出生的孩子，路华只身涉险，数次闯入右场区，试图寻找食物带回去，然而每次都被君临防得死死的，甚至有一回还被巡逻的墨蓝打得灰头土脸。

君临乘胜追击，扩大领地范围，带领成员们占据了中场区。领地的增大，意味着食物的获取量增大，加上没了中场区的缓冲，墨蓝和紫山经常进犯左场区，君临更是直接守在中场区的水源边，无论 B 狼群的谁靠近都会遭到无情驱逐。

吃的不够已经让隆越大为恼火，现在连一口水都没得喝，它身为狼王的底线彻底被践踏了。

“就在去年五月的一个早晨，饲养员把转运通道打开，所有的狼陆续离开兽舍，唯独隆越蜷缩在角落里不肯动。那天中午，君临出现在左场区，成功登顶，成为新的狼王。”

这就是迄今为止狼谷最为著名的一战。君临充分运用它的智谋，未损一兵一卒，带领A狼群不战而胜。

说到这里，秦初晗让监控室的操作员小周调出一个单独的兽舍的监控给孩子们看。画面中，一匹黑色的狼悠闲自得地卧在一块平坦的人造山石上。

“这就是老狼王隆越，被迫退休后消沉了一段时间。饲养员给它和沐沐准备了单独的兽舍，伙食也比以前丰盛，想营业的时候它就会去内展馆。”

宋修澜紧张地问：“为什么不去外场，君临会排挤它吗？”

“不会。”小周看着监控里的画面，“君临是我见过的最聪明的狼，它已经成为新狼王，不会再对老狼王出手了，而且隆越还是小艾的父亲，打来打去都是一家人。”

秦初晗补充道：“狼谷虽然像野外，却不是真的野外，食物有充分的保障，这是君临没有赶尽杀绝的主要原因。”

祁栀忽然想起来：“小狼崽呢？不是说苏白和小艾都怀孕了吗？”

秦初晗道：“它们怀孕的时间节点太敏感了，恰好处在新老交替的关键时期，君临登基后，隆刹始终心存不满，一直在找机会反扑，饲养员担心它对狼崽不利，引发新的矛盾，所以狼崽一出生就找机会把它们带走了，在外进行有效的人工饲养。”

宋修允听得撇嘴：“刚出生就和妈妈分开，太可怜了……”

“狼谷形势复杂，这是没有办法的办法。”秦初晗摸摸宋小胖的脑袋，遗憾地冲他眨眼睛，“动物园必须对动物们进行人为干涉，引导、帮助它们整个族群健康发展，不能说给一块地放养了，就不管了。那样叫作不负责任。”

小周也说：“狼是种野性难驯的动物，我们山海野生动物园给了它们足够自由的生活环境，相对来说野性保存得也比较完整。在野外，新狼王登基，或者两个狼群进行领地争夺，胜利的一方都会把失败方的狼王和狼崽咬死，是相当残忍的。”

想在残酷的大自然中生活下去并不是一件容易的事。

让孩子们了解了狼谷的两代更替，接下来就要正式进入主题了。秦初晗化身NPC，发布今天的第一个任务：“都打起精神，跟我去操作间换装备，待会儿一起进外场探险！”

说是探险，其实是铲屎、打扫水池、清洁每一道玻璃幕墙，还有把饲养员准备好的食物分散放在各处，甚至可以开动脑筋藏起来。

偌大的外场静悄悄的，浅灰色的阴云堆在空中，仿佛在酝酿一场令人骨头发软的绵绵细雨。高大的树木不时晃动，那是松鼠在完成危险的高空跳跃。还有大杜鹃鸟，站在枝丫上“布谷布谷”地叫着，声音传到很远的地方去，形成一种幽深的氛围。

狼谷的饲养员大叔走在最前面，手里拎着几个大麻布口袋，里面装着木屑，木屑中又藏着骨头和肉。把这些麻布袋随意扔在外场，让狼群自己去找，是食物丰容的一种，意在维持动物的野性，锻炼它们的觅食能力。

来到左场区，大叔指着制高点的一块山石道：“那就是狼王和狼后的宝座，平时进场后，君临和小艾会坐在上面观察周围的情况，地位次级的狼在中间地带活动，再次级的狼只能待在低地势区域。”

狼是动物界少见的一夫一妻制，和大象一样，有很重的家庭观念。生活在野外的狼群擅长挖洞，白天待在洞里休息，晚上出来捕猎。中场区那边还留着君临当初守水源时，顺着地缝挖出来的狼坑。总的来说，狼是一种有趣又聪明的动物。

在饲养员的引导下，孩子们做了许多巧妙的布置，差不多四十分钟后全部撤离，来到中场外面的观展区。

中场区地势低平，游客沿着入口走到谷中，两侧的人造石壁上有许多不同尺寸的玻璃幕墙被嵌在意想不到的角度，通过这些幕墙，能看到狼的行为。山海野生动物园舍得在硬件设施上花钱，用的都是有一定倾斜角度的超白玻璃，经过清洁后，在视觉上近乎透明。

祁栀和宋欢颜站在自己亲手擦拭得一尘不染的玻璃前，期待着君临的出现。

以前不了解动物们的故事、经历，也懒得去了解，经过简介牌都不会停下来细细去看上面的文字，走马观花地看完就算了。这次的体验完全不同。养在山海野生动物园的是什么样的狼群，它们之间发生过怎样的故事，饲养员怎么给它们丰容，让它们在有限的场地过出滋味……现在他们不但了解，还亲自参与其中，看动物的视角和心情也因此改变。

不一会儿，馆内响起清脆的哨声，狼谷营业时间到！

正如饲养员所说，体形健硕的灰白色头狼率先出现在转运通道口。它在入口处稍做停留，机敏地扫视全场，旋即身姿矫健地登上王座，昂首挺胸，目视远方。

狼后小艾紧随其后来到它的身旁，与它站在一起。

墨蓝、莓宝、紫山、苏白和路华鱼贯而出，分散在外场开始这天的第一次觅食。

最后出来的是隆刹和它的妻子红玉，这两匹过了巅峰时期的狼与其他年轻狼比起来，外形上明显瘦弱不少。入场后，它们只在地势低平处寻找食物，要是有年轻的狼过来，会立刻避开，没什么狼权的样子。

宋欢颜为它们抱不平："狼群都不尊老爱幼吗？没有老狼哪儿来的小狼，大家都会变老的。"

"这就是它们的生存法则。"饲养员大叔笑道，"动物都护崽，狼也不例外。在野外，狼王带领部下出去狩猎，通常会留下几个负责保护狼崽。不过老年的狼过得如何，就要看首领的态度了。有的首领手腕铁血，不允许家族里有拖后腿的存在，会主动驱逐那些老弱病残。有的首领会承担起照顾老狼的责任，在食物充足的前提下，保证家族里的每个成员都能吃上几口。"

秦初晗接口道："君临属于后者，除了它和小艾自由取食，其他狼的食量都在它的严格掌控下。"

正说着，一匹棕黄色的大家伙找到祁朝挂在树枝上的肉，纵身一跃，精准地咬了下来。它叼着颇为肥美的骨头肉，打算找个安静的地方开吃。没想到君临不知什么时候从王座上下来，猛然将它扑倒。

秦初晗充当解说："这是紫山，隆刹和红玉的孩子。"

紫山这一下被揍狠了，在地上滚了两圈才站起来，嘴里的肉早掉出去了。它摔蒙了，站在原地眼巴巴地看着君临，再看看那肉，浑身上下大写的㞞，根本不敢过去捡。

君临神情威严，侧首找到远处缩在草丛边的隆刹，用眼神示意：过来吃。

隆刹就真的起身，慢悠悠地走过来，叼起亲儿子到嘴却没吃上的肉，回到先前的草丛边慢慢享用起来。

紫山没辙，只好夹着尾巴到别处找吃的。

"这样才对嘛！"祁栀为君临点赞，"你爸教不了你，我来教你！"

谁说狼不懂敬老？山海野生动物园的狼王不但懂，还言传身教！

"不是的。"秦初晗见孩子们误会了，连忙对刚才的行为做解读，"狼王不会让成员每天都吃饱，尤其是年轻的狼，让它们保持在一定的饥饿状态有利于提高下次捕猎的积极性。再有一点，每天都吃饱会越发强壮，威胁到狼王的地位。"

孩子们齐齐点头，表示学到了新的知识。

小插曲刚过没多久，一匹灰黑色的狼出现在大家停留的幕墙前。它盯上了宋修澜特意放在幕墙边的麻布袋。袋子里的木屑中藏着一些猪肉条和牛肉粒，分量不多，却是肉食动物的最爱。

秦初晗给大家介绍："这是路华。"

祁朝扬起唇角戏谑道："原来是废太子，久闻大名。"

宋修澜不太看好眼下的局面："它敢过来拿吗？"

之前在外场分放食物的时候，饲养员大叔说过，因为住在动物园里，狼群不得不入乡随俗，在白天进行觅食活动。即便如此，它们依旧保持极高的警惕性，不会轻易去拿幕墙附近的食物，尤其是有游客站在另一面。毕竟为了口吃的去冒险不值当。但是饲养员会故意放些好东西在幕墙周围，这样一来，狼就得自己想办法取食，游客也能清楚地看到动物们。

而根据秦初晗的讲述，路华这个废太子是空有其表的战五渣，没守住王位不说，觅食也只能在低地势区。他们这么多人站在幕墙前，它敢过来叼麻布袋才怪了。

就在大家一致认为它会果断放弃时，路华扭头跑到小山坡上，挑挑选选，用嘴衔起一簇叶子算得上茂盛的树枝。树枝差不多有它的一半大，大约是前夜下大雨自然断裂掉在那里的。路华咬着枝干，连拖带拽，走一段，停一会儿。折腾了差不多十分钟，它终于把这簇树枝带到了幕墙一角，在距离麻布袋还有大约一米左右时，以迅雷不及掩耳之势冲过去，叼起麻布袋，跑得头都不回。

"这……什么意思？"祁朝看不懂了，"资源置换？"

"不是。"秦初晗看乐了，废太子还是有点儿想法的，"树枝是它的遮蔽物，有树枝遮挡，它就没那么害怕了。"

祁栀狂翻白眼："这跟掩耳盗铃有什么区别。"

秦初晗道："不能这么说。它意识到幕墙这边存在危险，同时又很想获得这里的食物，把树枝拖过来遮蔽，是它在本能驱使下发生的自然行为。你们换个角度想，在野外更加复杂的地势环境下，狼或者其他单独作战的猛兽不就是这样狩猎的吗？一边藏好自己，一边小心翼翼地靠近猎物。"

远处不太能看清的树林间，路华正用力地撕开麻布袋，在木屑里找肉吃。

"好吧，我接受这个说法。"祁朝对它改观了。

因为路华叼走的是宋修澜放的麻布袋，他又激动又关心："袋子里的肉多吗？它能吃饱吗？"叼了我放的袋子，以后就是我的梦中情狼了。废太子加油啊，努力生存下去！

秦初晗耐心讲解："这些只能混个零嘴，饲养员会观察它们的状态，入夜回到兽舍后，视情况给它们加餐，在不冒犯狼王权威的前提下保证每位成员的健康。"

听到这里，孩子们纷纷发出"太好了"的感叹。

"那它们的崽崽呢，还能再见面吗？"宋修允始终惦记着这件事。

"这要视情况而定。"秦初晗道，"通常灰狼在每年的三四月间产崽，不同地域会推迟几个月，每胎三到七只，也有十二只的最高纪录。但是你们看到了，动物园场地有限，所以工作人员会跟进每只狼崽的情况，将它们送到友谊动物园。”

宋欢颜又问：“要是狼王狼后它们继续生呢？”

“它们生不了啦。”秦初晗和饲养员大叔相视一笑。

大叔提醒孩子们：“你们注意观察公狼的耳朵，有一个很小的缺口，那是做了绝育的标识。”

秦初晗补充：“这就跟家养宠物是一样的，对动物园的动物进行绝育，可以杜绝一些疾病发生，延长它们的寿命，保证动物们有足够的生活空间和质量。”

君临正好开始例行巡场了，威风凛凛的狼王昂首挺胸地在地盘上踱步，锐利的双眼不放过任何细节，它是那么的健硕，体态优美，行动矫健，王者魅力浑然天成！然而它已经是匹被绝育的狼了，美好的想象瞬间幻灭。

哎，好可惜啊……宋欢颜他们再看向幕墙内，眼神不由得变得同情起来。

回到操作间，由狼谷最有经验的饲养员大叔选出两名活动中表现最出色的孩子。

大叔是个严谨的人，亲自画了奖状，给年龄最小的宋修允颁发“时代宝宝勇敢奖”，给徒手捡狼屎的祁栀颁发“吃苦耐劳楷模奖”。

在宋小胖这里，没有什么比收到奖状更开心的事了。除了晚上睡觉要听大人讲故事，他一直都是个勇敢的宝宝！

祁栀傲娇，拿着手绘的奖状看似嫌弃地碎碎念了一阵子，然后趁大家不注意，小心收起来放进背包里。这可比文创店里那些花钱就可以买到的商品有意义多了。

十点整，众人离开狼谷，前往下一站：小熊猫馆。

一听到要去小熊猫馆，全体沸腾！毛茸茸治愈心灵，能上手摸的话就更好了！

负责带队的小秦总监表示，摸是不可能给摸的，这一点没有例外。但你们是跟我来的，自然要体验一些别样的乐趣，比如给小熊猫做午餐。

操作间里，陈娇和刘萍萍领来今天的食材，一个负责洗，一个负责切，分工合作，配合得非常完美。戒酒成功的老宋去外场溜达了一圈，听说竹筒不够了，就换下连体服，骑自行车到后勤仓库去要。

祁朝问：“竹筒用来做什么，好像还赶着要的样子？”

秦初晗就让他跟老宋一起去，男孩子有的是力气，正好当个苦力。

剩下四个跟着她，洗手，戴上一次性手套，在刘萍萍那里领切好的食材，小板凳排排坐，捏“饭团”。

小熊猫是少数能够吃出甜味儿的动物，像蔗糖、乳糖、麦芽糖这些带糖的天然食物，它们都能品尝出滋味来，是妥妥的甜味爱好者。在野外，到了季节，它们还会四处寻找浆果，大量进食。不过这里是动物园，讲求营养均衡。中午这一餐是主餐，为了让毛孩子们吃得健康又美味，饲养员们煞费苦心。饭团里有切碎的红枣、胡萝卜、葡萄干和碾碎的坚果，捏成汤圆大小整齐码放在盘子里。

捏饭团的过程中，秦初晗给大家简单介绍了目前小熊猫馆的居民，中间穿插被乌鸦怂恿一心找爸爸的跳跳的故事。宋小胖听得津津有味，宋欢颜快被萌化了，祁栀保持傲娇姿态，宋修澜只会“哇”，觉得不愧是从小在动物园里长大的小婶婶，懂的好多啊！

捏好饭团，老宋和祁朝把丰容工具带回来了。陈胜利已经准备好电锯，将竹筒切成段，边角磨钝，里里外外清洁干净，在中空的表面开个口，做成抽拉式，把切成块的苹果放进去，再合上盖子。这就是最简单的食物丰容——苹果是小熊猫最爱的水果之一，作为饭后甜点限量供应，想吃到可不容易，得开动脑筋。

今天是星期天，园区里来了不少游客，为了避免引起不好的影响，秦初晗没带孩子们进到展示区里，而是在外场静待。

小九和拾一有“任务”在身，近期住到内展馆去了。几个小的没了管束，又过上“我妈不在家快造作呀”的肆意生活。跳跳胆子越发的大了，见老冤家出现，跑到水潭边站着，高高举起双手，驾轻就熟地挑衅：“来啊，跟小爷打一架，有本事你进来啊！”

观展区这边的游客们一阵躁动：哇！它举手了，以弱小的身躯面对我们，好勇敢！好可爱！

秦初晗慈爱地与它对视：你猜我记仇吗？

没过多久，陈娇和刘萍萍换上雨靴，围上塑胶围裙，端着丰盛的食物从中转间来到外场，将饭团和一些箭竹的嫩枝、竹叶分散放在各处。

秦初晗提醒大家：“看，跑得最快的是托尼，它好动还聪明，每次打架都第一。洗脸的是点点，跳跳的妹妹，它最爱干净了，饭前饭后都要仔细洗脸洗手，是个讲卫生的女孩子。趴在那边栖架上动也不动的是浩克，别看它一副无欲无求的样子，其实是懒得去抢食，待会儿大家吃剩下的，它会全部包圆。至于还站在水潭前举手的傻子，它就是那个一心找爸爸的小娇气。”

周围的游客听了一耳朵，纷纷点头认同。毕竟别的小熊猫都在努力干饭，连懒托尼也晃晃悠悠地爬起来，向距离自己最近的团子走去，唯独跳跳傻傻地站着。你已经长大了呀，快点儿独立起来好好生活吧！放下你的双手，要知道在这个动物园里，你们小熊猫都是靠卖萌解决问题的！

宋欢颜问："它为什么一直冲我们举手？"

宋小胖认真抢答："因为它怕我们，就举手投降了！"

秦初晗"扑哧"笑出声，没有纠正，而是说："对，它怕我们，所以投降了。"

"秦初晗你瞎说什么！我可是小熊猫馆未来的老大，你怎么能在人类幼崽面前败坏我的名声！"跳跳听到她这样说自己，暴跳如雷。

"你们看，它奓毛了。"秦初晗故意大声说，"火气那么大，可是会便秘的。"

跳跳听到"便秘"两个字，瞬间卡壳儿，屁屁发紧。拉不出㞎㞎的痛苦，它真的不想再经历一次……

这时从狮园那边过来的祁教授惊喜现身，现场科普小熊猫举手这个动作意味着什么，才稍微平息了它的怒火。作为小熊猫馆未来的老大，它决定不跟秦初晗一般见识，老老实实去吃饭。

场内的饭团被消灭得差不多了，一直在中转间观察的陈娇和刘萍萍又拎着几个装了西瓜、苹果的竹筒出来，挂到各处。

托尼的反应真的很快，找准一个竹筒拖到角落里捣鼓起来，不一会儿就拉开盖子，吃到了里面的新鲜水果。浩克还是一动不动，悬挂在它正上方的竹筒它都不正眼看一眼。点点又跑到水边去洗脸和手了，动作缓慢，显得整个清洗过程特别仔细。

秦初晗不禁皱眉头："这是不是有点儿洁癖了？"

有轻微洁癖的祁教授支吾道："不管怎么说，爱干净是好事。"

陈胜利笑得露出两排整齐白牙："我怀疑你在内涵我们从前的同居生活。"

祁应琛根本不看他："小孩子在，别乱说话。"

许是先前受了秦初晗的刺激，跳跳在开竹筒这个环节只比托尼慢了半分钟。老宋说了，多吃水果，预防便秘！

最后，由陈娇、刘萍萍两位年轻的饲养员共同选出两名优胜者，他们是团子捏得最好的宋欢颜和干了最多苦力活儿的祁朝。

第十四章

“社恐”狮王

1

午饭回食堂吃。经过早上的活动，五个孩子的精神面貌明显跟之前不同，连宋修允都拿着小勺子，像小熊猫那样自己吃饭了。

祁朝照例和宋雪桦视频通话。宋雪桦问他上午玩得怎么样，他说很有意思，尤其是狼谷纷争，往大了说能搞出荡气回肠史诗效果，之后去的小熊猫馆又很可爱。

祁栀挤过去跟妈妈表示，虽然只有半天时间，但山海野生动物园已经是她最喜欢的动物园，没有之一！这样的喜欢和小叔叔小婶婶没有直接关系，只因为它是一家值得被喜欢的动物园。

大家都对下午的最后一站充满期待。

“我还没想好。”隔壁桌，秦初晗小声跟男朋友咬耳朵，“可以去的地方挺多，但是时间有限，食物方面的丰容也弄得差不多了，总不能带他们去劳作，而且今天游客也多，不方便施展……”

祁应琛左手握着手机，视线落在屏幕上，不知道在跟谁发信息：“去兽医院。追风左后腿的伤口感染了，要把化脓的部分清除干净，还得拍片看看骨头的情况，弄不好要截肢。”

手术安排在下午，正好让孩子们了解动物园最容易被忽视的部分：怎么对待那些生病、受伤的动物。

秦初晗很是诧异："杜康大佬这么猛？"

这头叫作杜康的公狮是狮园老大，年纪轻轻，前途无量，却有个明显的弱点，极其怕人，见到人就先缩在角落里，尾巴都晃不动了。但是对待地盘里其他的狮子，它又相当有手段。

说起狮园的情况，祁应琛也感到无语："追风一把年纪还想和如花似玉的云好有点儿什么，杜康忍不了，揍它一顿也无可厚非。"

狮园总共养着七头非洲狮，三雄四雌，云好是去年年初才来的，作为大佬的新娘，地位极高。不过那会儿它还小，饲养员给安排了单独的兽舍，到秋天才放到散养区和其他狮子接触。春暖花开时，又到了动物们交配的季节，这边杜康还在寻找合适的时机和云好接触，那头追风那个畜生居然直接来强的。

"揍得好！"秦初晗攥紧拳头，"我不常去狮园那边逛，不知道这事，杜康真男人！"

回头她得找个机会去安慰一下云好。追风都十四岁了，在野外相当于六十岁的老年人，也就是养在动物园里，生活条件好，才活得长一些。而云好才三岁！可恶的糟老头子！

祁应琛等女朋友气了一会儿才补充道："没得手，放心吧。"

秦初晗斜他一眼："没得手你不直接说？"

"不要低估母狮的战斗力。"祁教授科普时间到，"尤其是发情期的母狮，杜康揍了追风没错，但它左后腿的伤口是云好咬的。"

秦初晗愣了下，沉默了一会儿，点头："咬得好。"

山海野生动物园在养狮子这件事上没什么执念。原先园里只有一头雄狮，和李昂一样是李字辈的老伙计，名叫李俊雅。那时这儿还叫江城动物园，各方面条件有限，李俊雅住在不大的兽舍里，与另外两只老虎轮流享用一个外场。秦初晗对它没有什么印象，只是听老饲养员偶尔说起："俊雅啊，是头沉默有深度的狮子。"它孤独地来，孤独地住了一辈子，孤独地老死在平平无奇的寒夜里，成为江城一代人的回忆。

又过几年，秦怀远从李园长手里接过园长一职，秦勉为鼓励养子，为动物园投入大笔资金，狮园工程才正式启动。现在园里那群来自非洲大草原的顶级猫科食肉动物，多是那时候引入的。最初总共五头，狮王河宴与弟弟追风，还有另外三头母狮茉莉、慧慧和曼莉，它们不远万里而来，组成新的家庭，先后孕育了三头雄狮、四头雌狮。为了确保园内狮群的健康繁殖，他们与其他友谊动物园做了幼狮交换。时至今日，发展出以狮王杜康为首的新狮群家族。

杜康是河宴和茉莉最小的儿子。它出生的时候，茉莉已经有相当丰富的育儿经验，饲

养员没有插手，只在暗中观察，适当给予辅助。如今老一辈的狮子只剩下追风还健在，杜康成为山海野生动物园最健壮的雄狮，狮园在它的铁血统治下，正处在全面和平时期。算起来，追风是杜康的亲叔叔。不过狮子不讲辈分，严格遵循弱肉强食的自然法则。

狮子们平日里看着懒散，一到放饭时间，眼睛都是冒光的，兽性显露无遗。它们的主食是鸡肉和猪肉，连皮带血的格外受欢迎。每个月的固定时间，饲养员会在散养区投放活禽，刺激它们捕食，丰富日常生活。

杜康今年五岁零四个月，被祁教授判定性成熟。狮园对此早有准备，早早就联系牧城动物园，把云好迎入了园中。杜康是狮园老大，有选择配偶的先天优势。另一只与它年龄相近的雄狮三伏就很有自知之明，从不招惹云好，对其他母狮的主动示好适当回应，能不能成还得先看杜康的意思。谁也没料到追风忽然老不正经，这般年纪竟对云好下手，结果被亲侄子暴打，被云好咬得后腿发炎……活该！

午饭过后，祁朝带一群小的回北区宿舍午睡，秦初晗得到大约两小时的耳根清净。

周末游人多，不好在咖啡厅跟游客抢位置，她和祁应琛买了咖啡，径直前往兽医院。这时追风已经被狮园的工作人员送过来了，关在一楼卫生室外的中转间移动铁笼里。

秦初晗端着咖啡往笼子前一站，这头老油子公狮就“哎哟哎哟”叫起来：“我老了，不中用了，亲侄子都踩在我头上欺负我，杜康可是我看着长大的！大哥走之前还交代它好好照顾我，结果现在我打又不能打，还被它们合起伙欺负排挤，好惨啊……”它侧卧在笼中，有气无力地哼着，眼珠子却转得很是有精神。

“行了，别演了。”秦初晗盯着它左后腿简单处理过的患处，“你活该。”

追风气结，稍抬起头，瞥了来人一眼，大脑袋歪回去，开启卖惨模式：“我不能再回去了，给我安排单独的兽舍吧。今后我绝对服从动物园的安排，让我像隔壁那只孟加拉虎一样给游客表演滚球也是可以的，毕竟动物园要创收，我都理解。如果我的食宿条件和它一样好的话。”

“泰坦滚球是为了缓解压力，你表现欲那么强，送你去马戏团好不好？”秦初晗故意吓它。

追风合上半张的嘴，露出个不得劲的表情。王老头师徒几人下手没轻没重，早上摁着它捣鼓伤口，疼得它撕心裂肺。难得秦初晗这小丫头片子来看望，它以为能说上几句话解解闷，没想到是给它的蠢侄子出头来了。

“你当我是什么臭不要脸的狮子？我这么做都是为了杜康好。”追风叹了口气。别的狮子举手投足流露出的都是来自非洲大草原的王者气势，这家伙却猥琐，从小气质就不大好。

不过它不到两岁就跟哥哥河宴入住山海野生动物园，从最初的怯懦胆小到今天的油嘴滑舌，中间的转变跟人类脱不了关系。

“你觉得我会相信吗？”秦初晗面无表情地喝咖啡。

“爱信不信。”追风无所谓地摇了下尾巴，“我做这些又不是为了图你们人类什么。”

秦初晗略感诧异，向男朋友求助。

祁应琛问：“那到底是图什么，说说吧。”

“你居然和小晗晗一样！”追风吓得弹起来，扭着脖子看着两人。

一种米养百种人，狮子中出个猥琐大叔算不得什么稀奇事。同理，有秦初晗这种生来就能和动物直接沟通的人类，祁应琛身为动物学家，听得懂它们说话，岂不是也是合理的？追风很快就接受了眼前这两个人类的天赋异禀，开始和他们谈条件：“我告诉你们实情有什么好处？”

“不说的话，你在我这里会永久背负‘糟老头子觊觎小姑娘’的罪名，以后一切涉及狮园的事情上，我大概率会忍不住刻薄你。”秦初晗可不是在吓唬它。她向来端不平一碗水，公报私仇的事没少做。

追风愣了愣，不屑地发出一声冷哼：“我的老相好去世多少年了！大哥死的时候杜康还小，我要想做狮王，要它小命的机会多了去了。还有音音和嫣绒，这俩小姐姐来的时候，园里就我一头能打的公狮，我搭理过它们吗？”

秦初晗仔细一回想，确实是那么回事。

祁应琛看过追风入园以来的所有记录，它口中的老相好是一头名叫曼莉的母狮，七年前因难产而死，追风因此断食好一阵子，过了几个月才缓过来。饲养员不想惹它伤心，便将它和曼莉的三个崽崽送去了牧城动物园。自那以后，追风开始拈花惹草。但是根据饲养员手册来看，它真没跟哪头母狮有点儿什么。

秦初晗和祁应琛面面相觑，搞不懂它的路数。

追风心里明白，不借此机会把事情讲清楚，以后日子难过的是自己。它反问两个人类：“你们就不觉得我那蠢侄子不太正常？”

“哪方面？”狮子看待同类的角度和人类看狮子的角度是绝对不会相同的，祁应琛想听它说仔细点儿。

“还能是哪方面。”追风一口气叹出来，“它怕人啊，怕得一点儿狮王的威严都没有，还嘤嘤嘤！每次它嘤嘤嘤，我就忍不住想揍它。可是它对我们吧，又还挺横、挺有王的样子。用你们人类的话来说，叫什么……哦对，反差！但是一点儿都不萌！”

秦初晗想起杜康缩墙角嘤嘤嘤的模样，差点儿笑出声。但她不觉得这是个问题："你也说了它只是怕人，对狮子们有手腕、有王的样子。"

"小晗晗，我问你，这里是哪里？"不等她回答，追风继续道，"这里是动物园，一个在城市和自然之间独立存在的生活环境，我们住在这里的全部动物都受你们人类的主导。在此前提下，一头极其害怕人类的狮王真的能获得狮子们的尊重吗？"

秦初晗被问住了。

祁应琛倒是早就发现了这一点："在动物园的动物群体和个体之间，人类的态度已然成为它们衡量某些事物甚至是同类是否合格的一个标准，单说这一点，你认为杜康不能在狮园服众，对吗？"

"没错。"追风忧心忡忡，"三伏那家伙不止一次对母狮们表露出早晚有一天要打败杜康的意思，哪怕是开玩笑，我也不能视而不见。我老了，没多少用处了，大哥大嫂还有我的老相好都走在了我前面，我在这儿就只有杜康这一个亲人，我必须为它提前做打算。"

连它这个亲叔叔都明知故犯，公然打云好的主意，杜康一定会比从前更戒备，更加六亲不认。从今以后，不管是与它年纪相仿的三伏，还是从别的动物园来的其他公狮，都将受到它更铁腕的压制。

"我只能做到这种地步，无法解决它害怕人类的毛病。"追风瞥了一眼可能截肢的左后腿，眼里闪过一丝复杂的情绪，转而恢复平时对什么都无所谓的潇洒模样，"断条腿而已，我还能活得了多久呢？"

秦初晗被彻底感动了："你是头正经狮子，我不该对你有偏见。"

追风张张嘴，不以为然地"嗐"了一声："我从来没见过我和曼莉的孩子，杜康就是我的崽，不管是在野外还是在动物园，像我这样的老家伙，有责任教导孩子们怎样生活下去。"它只是做了它应该做的。

追风把前因后果一说，它的行为就变得合理了。秦初晗怪自责的，安慰它道："你和曼莉的孩子在牧城动物园过得很好，建立了自己的家庭，算算时间，快到做父母的年龄了。"

"真的？"说起自己的孩子，追风说话的声音明显颤抖起来，"它们……叫什么名字？"

"你的儿子叫南风，两个女儿名叫曼曼、莉莉。"三个崽的名字都取自它们的父母。

"南风、曼曼、莉莉？"追风高兴得不知该说什么好，"真好，真好……它们过得好吗？南风有没有成为狮王？"

不等秦初晗回答，它又自言自语地说："其实不当也可以，狮王太辛苦了，吃不好，睡不安，开春进了散养区，每天都要不厌其烦地巡视地盘，还得防着其他年轻公狮以下犯上。我希望它们能像我一样，在大哥的庇护下无忧无虑地过日子，想吃就吃，想睡就睡。”

“牧城动物园是全国最大的野生动物园，园内大多数动物处于半放养的状态，是真正意义上的野外。狮子总数达到十五只，它们有一片相当于五个山动狮园那么大的活动范围，山川、河流都是真的，平时有计划地组织狩猎，目标都是大型草食动物，比如水牛、山羊……不过要是互相之间发生争斗受伤，饲养员也会进行干预，不会完全放任不管。”祁应琛的老同学在牧城动物园搞科研，自从他来到这边，两人时常联系，聊各自动物园的日常，所以他对那边的情况也是了解的。

追风听得认真，后腿的伤痛都不算什么了，它站起来问：“还有呢？能多说一些吗？”

祁应琛便继续道：“你的孩子们已经是不可或缺的家庭骨干成员，统领它们的狮王名叫‘恩合金’。这是个蒙古名，意为‘和平者’，它的性格就和这个名字一样，沉稳可靠，对家庭成员一视同仁、赏罚分明，是个相当有魅力的王。”

追风低下头，高兴地笑着：“恩合金……听你描述，它应该和我大哥一样，是位仁慈的统治者。”

“我的同人也这样评价它。从它的年龄和目前的状态来看，至少还能做四五年的狮王。南风是它的得力助手，在狮群的地位很高，有极大可能继承它的王位。”说到这里，祁应琛又想起一件事，“对了，你或许还不知道，云好是恩合金的女儿。”

追风愣了下，眼里的惆怅渐渐散去，经过一番思索，高兴得尾巴都翘起来了：“哈！原来它是狮王的女儿，怪不得脾气那么大。这样才好，是个贤内助，狮王的女儿和狮王的儿子，绝配！”不过很快，它又担心起来，“云好是个心气高的孩子，会不会看不起怕人的杜康？”

追风这百分百长辈的口吻让秦初晗哭笑不得：“现在知道管云好叫‘孩子’了？调戏它的时候你可没少下功夫。”

“没点儿演技办不成这事。”追风也挺无奈。要不是杜康的这个毛病，它也不至于做出这么令人难堪的事。

“你先安心养伤吧。”秦初晗对它道，“你的担心确实不多余，我会找机会和杜康聊聊，它这应该属于……心理疾病？”说着，探询的目光给到术业有专攻的男朋友。

祁应琛点了点头：“根据你过往对杜康的描述来看，确实是种心理病。找到它害怕的根源，再配合有效的疏导，不说痊愈，情况至少会比现在好。”

“那我就放心了。”追风舒出一口气，前肢交叠，垫在脑袋下，放心地卧下。

秦初晗的目光重新落在它腿上的患处，道：“你先安心养伤，回头我跟狮园那边说，让他们给你准备单独的兽舍。”

祁应琛叮嘱它：“好好休息，过一会儿要给你做个小手术，伤口发炎了，不好好处理会有截肢的风险。”

“放心，我会配合。”追风上了年纪，很多事情虽有心，却早已无力去做。天命之年去招惹小姑娘，落下腿伤，都不知道要养多久，如今人类无条件为它救治，自然是再好不过了，它也想四肢健全地安享晚年。

秦初晗还有个顾虑：“你也不算太老，和亲侄子生出嫌隙不是你的本意，我先和杜康聊聊，要是能解开它的心结，你再回到狮群和大家一起。”晚年的孤狮很可怜，身边没有陪伴，就像英雄迟暮，曾经的风光化作过眼云烟，只有它自己记得。

追风眼里闪着感激的光：“可以的话……当然，我不勉强。”眼下的结果已经不错，只要是为了杜康好，都是值得的。

午休时间结束，王老头他们给追风拍了 X 光片，确定受伤的后腿没有伤到骨头，运气很好。手术安排在下午三点，切除伤口腐肉，连同骨头上坏掉的组织一起清除干净，上药包扎，完事后送到单独的兽舍静养，观察期注意饮食，定期换药，食物里悄悄加抗生素，都是常规操作了。

追风再是迟暮，也是一头如假包换的非洲雄狮，动刀的手术自然给它用了麻药。祁应琛没给它做全麻，局部麻醉后做好躯干固定，戴上专用的氧气罩，就拿起手术刀开始清创。王老头觉得做法大胆，却也没有异议，选择相信祁教授的判断。

最不可思议的是手术进行到尾声，监测仪上，追风的心跳明显加快。这是麻药药效退去的迹象。但祁应琛没有给它追加剂量，从容地继续手术。追风紧绷着躯体，保持侧卧不动，亦不挣扎，像是知道人类此刻做的事是为了它好，于是咬牙强忍疼痛。

在动物园里，不但人和人之间要多点儿信任，人和动物之间也一样。

祁朝、祁栀还有宋家的三个小家伙围观了全程，内心竟然有一点点说不清道不明的震撼。原来动物园除了展示各种各样的动物，还会在它们生病受伤时尽力救助，如同救治人类一样。就像山海野生动物园，除了追风，兽医院一楼大大小小的笼子里养着几十只飞禽、水鸟，它们都受了伤，被送到这里进行系统治疗。每个笼子外都挂着类似医院住院区的病患基本情况、注意事项、打开笼子的特殊操作，事无巨细。后院的兽舍里还有无意中从森林来到城市的野猪、瘸了腿的貉、患上皮肤病的刺猬、需要人工喂养的狐狸幼崽……不分几级保护，没有高低贵贱，只要送到这儿，管吃管住，管身体健康！

手术结束，王老头的两个徒弟带着祁朝他们打扫兽医院的鸟笼和兽舍。因为大家都很投入，能吃苦，不怕脏，也不喊累，最后竟忘了评出两名优胜者。秦初晗做主将他们早上在店里选的三件礼品全送了出去，这也是一早就决定好了的。

夜幕降临时，游客陆续离开园区，动物园恢复了平和安宁。

明天就是周一，除了还没定下学校的祁朝，其他几个都要上学，连宋小胖也得老老实实去幼儿园。他们觉得遗憾很多，那么大的动物园只去了狼谷、小熊猫馆和兽医院，还想去大猩猩馆看含香的家人，去据说整个南方最先进的全封闭式生态馆看泰坦大爷如何过退休生活，去百鸟园和那只成了精的李昂聊几句。象馆架起中非友谊桥梁的小天真和小纯洁一定又长高了不少，也不知道刚做爸爸的黑豹闪电今天有没有出来营业，还有大熊猫馆的梨花糖，它的吃播全宇宙最可爱。还有一言不合就亮出尖角要跟你决斗的犀牛，为了圈领地总是将水潭弄得脏兮兮的河马，鹿苑的暴脾气李光荣，水族馆那头没个正形的虎鲸北极星……看点实在太多啦！

晚饭还是在食堂吃，吃到一半，祁朝和祁家大 Boss 成功交涉，为大家也为他自己争取到一个晚上的时间，明天早上直接从动物园出发去学校，虽然肯定要比平时起得早，但都值得。

秦怀远见这几个小家伙那么来劲，给女儿出主意：去长颈鹿园夜宿吧。

其实山海野生动物园在动物教育探索方面一直做得不错。比如暑假会有针对儿童到青少年展开的科普项目，比如夜宿活动。主要有三个可以夜宿的地点，分别是鹿苑、考拉馆和长颈鹿园。考虑到鹿苑最大的外场还没投入使用，考拉馆的毛孩子们周末连续营业两天，地势开阔的长颈鹿园成为最优选择。

长颈鹿园在象馆隔壁，是一片毗邻天然树林的宽阔草地，地势起伏不大，中间有蜿蜒的步道，也有观光车穿行的车道。生活在园里的长颈鹿们性情温顺，不怎么怕人，夜间爱出来走动，颇有看点。

来到露营点，伍衡几人已经把露营的帐篷、睡袋，还有各种必需品从仓库里搬过来了。接下来，就是祁教授的科普时间了。

在国内动物园里有句行话叫“非洲四大件”，说的是大象、犀牛、河马和长颈鹿。还有一种说要把犀牛择出去，加入狮子。不管哪种，在山海野生动物园都能看到。不过鉴于今晚的露营点在长颈鹿园的公共休闲区，小秦总监和祁教授都认为，有必要让孩子们细致地了解一下这种动物。

长颈鹿，生长在非洲的反刍偶蹄动物，同时也是世界上现存的最高的陆生动物，成年雄性个体的身高可达到 6~8 米，幼崽在出生时就有 1.5 米，是南非的国兽。它的拉丁文名意为长着豹纹的骆驼，身上的斑纹就跟人类的指纹一样，独一无二，绝无重复。因为皮毛的花纹非常漂亮，一度成为偷猎者的重点目标。

根据史料记载，六百年前郑和下西洋后，长颈鹿正式进入中国。当时有诗赞："西南之陬，大海之浒，实生麒麟，身高五丈，麋身马蹄，肉角黖黖……"所以在古代，麒麟指两种截然不同的生物：其一为神话传说中的神兽，其二就是长颈鹿。

比起西汉时期就经丝绸之路传入中国的狮子，长颈鹿虽来得晚，却不影响大家对它的喜爱。它天性温驯，对待同伴温柔有耐心，相互依偎，互相照顾，把抱团取暖发挥到极致。那双媲美猫科动物的卡姿兰大眼睛，不仅睫毛长，凸出的眼球还能够转动，视野极其宽广，可轻而易举望到身后，是非洲大草原上瞭望塔一般的存在。一对短小的角位于双耳之间，顶在巴掌大的小脸上，各家动物园卖得最好的发箍非它莫属。纤长笔直的四肢则奠定了它动物界超模的地位。长达 60 厘米的舌头灵敏度超高，这世上就没有它们卷食不到的树叶。

长颈鹿可以听到人类听不见的次声波。不过由于声带特殊，脖子太长，器官之间距离远，它们叫起来相当费力气，平时几乎不叫。它们也没有固定的繁殖期，全年都可交配，孕期为十五个月。野外生存不易，幼崽出生二十分钟就能站立，数小时后可奔跑。但因为体形上的差异，幼鹿时常成为狮子、豹和鬣狗的攻击目标，必须在成年鹿的庇护下生活。它们平均每晚有两个小时的睡眠，真正做到充电两小时，快乐一整天。

山海野生动物园总共养着两个亚种，共三十多只长颈鹿，它们居住在名为"仙踪林"的区域内，过着悠闲自在又滋润的小日子。

祁应琛对孩子们道："长颈鹿虽然是日行性动物，但不妨碍它们当中存在个体差异，我们园里就有一头名叫'长空'的公鹿，半夜睡醒后很喜欢四处闲逛。"

秦初晗补充说："长空和隔壁象馆的夏天是好朋友，它们经常隔着防护栏聊天。"

其实是吵嘴。长空性格温暾，夏天脾气暴躁，它俩议论一件事情，能从同一频道聊到银河两端，然后长空怪夏天没耐性，夏天骂它不懂表达。秦初晗围观过几次，每次都觉得很好笑。

祁栀对动物们的跨界友情表示怀疑："真的会隔着防护栏聊天吗？"

"当然了，我家养的猫和狗都会喵喵汪汪地说话呢！小纯洁出生没多久，有一天下午，夏天领着它去防护栏边和长空打招呼，当时好多本地游客看到了，官博上还有照片。我们都觉得那是夏天带女儿去认长空做干爸爸。"宋修澜去年元旦就关注动物园的官博了，对动物们的日常了如指掌。

"有没有那么神？"祁栀将信将疑。

祁朝笑着对总是怀疑世界的妹妹说："你小时候有什么心事都跑到阁楼上告诉田奶奶，每到那时候，田奶奶也一定会安静地陪在你身边，你不说完它绝不走，你一直坚信它听得懂你说的话。那你为什么不相信动物之间可以互相交流呢？"

田田是祁家散养在老宅的一只三花猫，祁雁城和宋雪桦婚后搬到海市，也将它一家带了过来，在小区里开枝散叶，迅速发展成大家族。

祁栀心里是被说服了的，面上却装作淡定，撇着嘴勉为其难地道："好吧，毕竟我也是从童话王国里走出来的小公主。"

林笙、顾词一众奔三的大人全听笑了：在我自己的小世界里，谁还不是个受不得委屈的宝宝 / 只会躺平等投喂的巨婴 / 喊一声"变身"就能拯救世界的超级英雄呢。

众人一起动手，三下五除二把帐篷搭好，拉上颇有气氛的星星灯，一看十点过了，好孩子睡觉时间到。真正的活动，明早五点才开始。

仙踪林里，靠近象馆的区域一边住着长颈鹿，另一边住着同样来自非洲大草原的牛羚和斑马。挨着梧桐叶子湖的浅水区里，两爬馆的象龟会轮流来此营业。清晨和夜间是动物们活动最频繁的时间，能够看到很多平时看不到的行为。既然都夜宿了，当然要走完全部流程才算完美。

不过他们现在面临一个现实的问题：分帐篷！五个小的正好可以睡最大的帐篷，有祁朝看着，祁应琛是放心的，手一挥，准了。剩下的都是双人帐篷，林笙和盛呦呦自动组队，胜利老师和顾词牵手成功。司徒畅在时昊和伍衡之间摇摆不定，结果惨遭二人抛弃，心痛之余决定回北区宿舍加班赶个物料。最后一个帐篷，属于小秦总监和祁教授。

陈胜利带头起哄："千万别不好意思，虽然我们都知道你们同居这段时间是真纯洁好室友。"

祁朝惊呆了，敢情这两天我喊的小婶婶喊早了？小叔叔你到底行不行啊！

祁应琛皱着眉头没接话，心说我跟你这个刚过变声期的小鬼有什么好说的？

秦初晗也没说话，一手扛着睡袋，一手拉着男朋友，坚定地钻进帐篷里。整个动物园都知道，她是属虎的！

钻进睡袋躺下来的那一刻，全世界都安静了。又过了一会儿，最多十分钟吧，隔壁的帐篷接二连三响起对话声。孩子们兴奋地总结今天的游园经历，连宋小胖都奶声奶气地积极发言，说他最喜欢小熊猫馆那只胖胖的浩克。

陈胜利道："能不喜欢吗，长得一模一样。"

宋修允半晌才反应过来胜利叔叔说自己胖："浩克生气了会变身的，变身了就要毁灭

全宇宙！”

大家笑得不行，纷纷配合说：“好害怕，你千万要克制。”

宋小胖很给面子，开始专注地压制体内毁天灭地的力量，压着压着就打起小呼噜会周公去了。

秦初晗和祁应琛也没睡意，都是习惯忙到十二点才洗漱的人，不到十一点的夜难熬啊。待眼睛适应了帐篷里的黑暗，两人对上视线，嗯，懂了，聊个五毛钱的！

祁应琛说他刚来时，有几天为了更全面地了解这里的动物，会特地在深夜外出，每每经过仙踪林，长空总会站在游客走的那条石板小径边，绅士地与他打招呼，说：“祁教授，晚上好呀，很高兴在这里见到你。”到了早上，他晨跑的时间段，它又出现在某个路口或者幽径边，对他说：“祁教授，早上好，很高兴能和你一起呼吸这清新的空气。”于是他对这头自来熟的鹿充满好奇与好感——我从未主动和你说话，你也不知道我能跟你们交流，你却能始终如一，坚持向我问好。

有一天，祁应琛去海市和老同学吃饭，晚了些，回来已经快天亮了。长空动也不动地站在象馆旁边，近乎与护栏融为一体。祁应琛没留心，它却忽然开口，优哉游哉的口吻中夹杂着一丝明显的心疼：“祁教授，忙到这么晚才回来呀，您真是辛苦了。”这一次，它甚至用了“您”这样的称呼。

一头好有礼貌、好注重措辞的鹿。祁应琛实在稀奇，停下脚步看着它，想了想，认真回应道：“今天没有工作，在海市和几个高中同学聚餐。”

长空吓得一屁股坐在草地上：要命了，原来你都听得懂啊！它花了足足两分钟才让自己重新站起来，再看向博学的祁教授，世界观都被颠覆了！

祁应琛好笑地补了一句：“怎么，只许秦初晗和你们说话，到我这儿就不行了？”

长空嘴里发出一连串的“不”，转身撒丫子跑了，长颈一晃一晃的，狼狈地消失在薄雾缭绕的天明时分。

秦初晗听男朋友说起这一段，笑得肚子疼。回想起来，她刚回来那个月是听夏天说过，长空有一阵子不太对劲。它待人礼貌的劲儿跟祁应琛是一样的，在自己熟识的生活区对人类自言自语，没想要回应，偏偏祁教授回了，让它切身体会人类的礼貌，可不得吓个半死吗！

夜又深了些。

陈胜利讲起前几年和A国一个电视台合作，前往亚马孙热带雨林拍纪录片的故事。作为一名合格的野外摄影师，必须有几段惊心动魄的冒险经历，尤其早年的胜利老师胆子大，体魄强健，且极富冒险精神，镜头是他的武器，记录是他的使命。

被誉为“地球之肺”的亚马孙热带雨林跨越八个国家，是名副其实的世界动植物王国。二十出头的陈胜利跟随一支十七人的摄制团队，凭着一腔热血，踏上心目中的朝圣之路，深入危险重重的雨林腹地，见过比水桶还粗的森蚺，被一条电鳗电坏了四艘小艇的马达，所幸人没事，遭到五六米长的黑凯门鳄追逐，险些命丧帕库食人鱼的嘴下，其他毒蛇、毒蛛、毒蜂、毒蚁多得说不完……

众人听得入迷，但凡陈胜利停顿得久一些，就会有人忍不住追问。

祁应琛听陈胜利停顿夸大描述着雨林生物，被职业病驱使，不停在心里做反驳，再一垂眸，发现女朋友眼睛都直了。两个人这会儿都缩在睡袋里，面对面，腾出只手撑着脑袋，不谈谈心都对不起同款侧卧的姿势。

“有心事？”他问。

秦初晗回过神来，轻轻地“嗯”了一声：“不知道为什么，总是想起追风。”

祁应琛猜：“被它感动了？”

“是有一点儿，但不是全部。”秦初晗反省道，“我从记事起就能和动物交流，在我的认知和意识里，动物和人类没有太大差别，可即便是这样，我还是犯了一个错误：因为它们是动物园里的动物，吃喝不愁，于是忽略了它们的情感需求。”只有追风把侄子的心理疾病当作问题严肃对待，为它着想，并做了一些努力。身为动物园的管理者，她失职了。

“这种需求是你无法满足的。”祁应琛直截了当地说。

“但我可以引导，给予帮助。”秦初晗老早就知道杜康怕人，前两年还专门以此为主题出过四格漫画。现在回想起来，还好那时团宠君不红，网友也不知道她画的是哪个动物园，不然去围观杜康的游客一定会陡然增多，给它造成的心理压力必定是巨大的。

这种冷不防被动物反向教育的事，祁应琛以前没少经历。动物园的动物比生存在野外的动物更懂得人情世故，这一点是毋庸置疑的。否则追风也不会在手术结束的那一刻，真挚地向他道谢。

秦初晗又问：“之前你说只要找到杜康害怕人类的根源，并进行有效疏导，它的情况会有所好转，不是安慰追风的吧？”

“是，也不是。”祁应琛没把话说死，“目前动物心理学这门学科并不成熟，主要依赖于对个体动物在不同生存环境表现出的种种行为进行对比研究，从而进行心理分析，其实称为动物行为学更贴切。”

较之人类心理学，对动物进行研究的最大难点在于沟通。幸运的是，这在他们这里不算问题。祁应琛道：“得先和杜康聊一聊，才能下初步结论。”

秦初晗稍微放下心来："明天就开始吧，社恐狮王……越想越觉得别扭。"

祁教授排兵布阵："你来和它聊，我先旁听。"

"我和它聊？"小秦总监有点儿心虚。狮园的饲养员日常喂食都隔着防护栏，用长长的铁钳夹着肉块，从投食窗口扔进兽舍。让她和杜康面谈，还真说不清楚到底谁比较怕谁。

祁应琛似笑非笑地看着她："你在动物园长大，就算以前没跟它正面接触，它也听说过你，知道你是做什么的，相比我这个去年才来的兽医，它对你更容易放下戒心。"

"兽医……"秦初晗"扑哧"笑了。

"有些称呼别人说来是冒犯，自我调侃完全没问题。"祁应琛向来对自己诚实，对女朋友也如此。

"那明天找个时间一起去吧。"秦初晗是行动派，"周一没什么游客，我去跟杜康套套近乎，你找个隐蔽的地方旁听记录。"

祁应琛从善如流："听凭差遣。"

秦初晗心满意足地缩进睡袋里，准备酝酿睡意。祁应琛保持不动，静静地与她对视，然后面露遗憾地摇着头发出一声叹息："都不知道该庆幸还是该失落。"

秦初晗没反应过来："什么意思？"

祁应琛酸溜溜地说："如果我不是动物学家，就不能为你所用，为你排忧解难。可这个身份有时候明显大于男朋友的身份，实在让我纠结。"

秦初晗愣了愣，懂了！她重新爬出睡袋，端正地坐在祁应琛面前，捧起他的脸，准备给男朋友奖励的亲亲。

帐篷外，陈胜利突然一声暴喝："好了！我讲完了，下面请祁教授总结发言，指出我刚才吹的牛皮里至少三个但不限于三个常识性错误。"

孩子们、文创小组众人，还有播叔，集体鼓掌。

祁应琛："……"

秦初晗："……"

行吧，睡前科普时间到。

2

凌晨五点，动物园在天明前最安静平和的时刻。

仙踪林的露营点已经亮起灯，有了人声。

伍衡因为要值班巡逻，两点就起来了，在园子里仔细地绕了一大圈，回来的时候被那头名叫长空的鹿薅了头发，弄得满头口水，臭烘烘的，今天的心情注定不会太好。

和他同帐篷的时昊第一个被他臭醒，接着祁应琛和秦初晗这对睡眠浅的高素质情侣闻声醒来，林笙他们也有了动静。大家在动物园工作大半年了，以前在城市生活中养成的坏习惯也在不知不觉中改正过来。比如起床这件事，不管昨天多晚睡，也不论今天起多早，闹钟一响，身上就跟上了发条似的，闭着眼睛都得起来洗漱。他们心里都很清楚，你有赖床的理由，动物也有不等你的权利。

最大的那顶帐篷里，祁朝这个大哥哥以身作则，耐心地将弟弟妹妹们叫起来。祁栀他们几个都很听话，除了宋小胖。四岁的大魔王被强行唤醒，不知今夕何夕，更不清楚身处何地，只知道瞌睡没睡足，身体里的封印终于还是被解开了，赖在睡袋里哇的一声哭出来，还蹬小腿撒泼。还没号完，冷不防，远处响起呜哇呜哇的警报声，极为响亮，且持续时间长、覆盖面广，整个动物园都能听到。宋小胖愣了下，泪眼蒙眬地抬起头，满脸茫然。

宋欢颜和祁栀面面相觑，小声嘀咕："这警车的声音震天响，好像都开进动物园来了，天都还没亮，别是哪儿失火了吧……"

"是长臂猿大王。"祁应琛拉开帐篷，探进半身，笑着望一脸呆萌，正犹豫着要不要继续哭，好跟外面的警报一争高下的宋修允，"大王比长颈鹿还高，一身黑毛刀枪不入，眼睛会喷火，专门抓早起大哭不肯起床的小朋友。"

祁朝秒懂，配合着追问："抓到了，然后呢？"

祁应琛耐人寻味地笑了，戏谑地扫视孩子们："好奇的话，可以一个人在帐篷里待着。"

画重点：一个人！

不到两秒，宋修澜、祁栀和宋欢颜都动起来了。

祁朝蹲到挂着鼻涕泡泡的宋修允身旁帮他穿衣服，小胖子这会儿满脑子想的都是比长颈鹿还高的黑毛长臂猿大王，哥哥叫伸手就伸手，让坐起来就坐起来，等回过神来，瞥到祁栀动作比自己快，竟然反过来催朝朝哥快点儿。

祁应琛见场面稳住，收回身形。

帐篷外，秦初晗携文创小组向祁教授竖大拇指。

梧桐叶子湖那边，长臂猿们还在持续"拉警报"，更多的动物被唤醒——早晨好，动物园醒来了。

全体成员洗漱完毕，在仙踪林饲养员的引导下，观察长颈鹿觅食。

露营点和动物们的活动区域挨在一起，被木围栏隔开，保持一定的安全距离。帐篷搭在低地势区，走出去向小山坡上遥望，就能看到一群优雅的长颈鹿探长脖子卷树枝上最嫩的叶子吃。它们的舌头是真长、真灵活啊。有一只鹿崽还没睡醒，靠在也不知是爸爸还是妈妈的身边打瞌睡，好担心它不留神摔一跤。

伍衡一眼认出薅自己头发的长空，将直播镜头转过去，声泪俱下地向观众老爷哭诉自己在回来路上的遭遇。

陈胜利捏着下巴琢磨，这么长的脖子，吃东西岂不是回味无穷？

祁教授故意提问："昨天给大家说过，长颈鹿是反刍偶蹄动物，那么有谁知道反刍是什么意思？"

祁朝动作快，用手机搜到了，觉得怪恶心的，决定大声念出来："某些动物在进食的过程中，经过一段时间，会将半消化的食物从胃里返回嘴里，再次咀嚼。"

众人大呼恶心。

看完长颈鹿，再去跟隔壁的牛羚打招呼。这种动物是生活在非洲草原上的一种普通角马，又有斑纹牛羚、蓝牛羚、白须牛羚和斑纹角马等别名。

比起水牛、黄牛，秦初晗一直觉得牛羚长得非常好看。它们有着纤长健美的四肢、健壮的身躯体魄，头大面宽，面上的毛是黑色的，头顶一对弧度优美的尖角，长相颇为老实。在它们的颈部和背脊有黑棕色的长毛，全身皮毛有类似鱼鳃那样的长斑纹，光滑且富有光泽，身体的后半部分纤细匀称，有点儿像马，尾巴上的毛也颇似马尾，但没有马尾蓬松浓密。

牛羚喜欢群居，旱季结成庞大的一群，奔跑起来有千军万马的磅礴气势。而到了雨季，它们又会为了食物分散成小群，沿着水源觅食、活动。山海野生动物园总共养着二十多头牛羚，与长颈鹿、斑马，还有栖水而居的象龟混养在仙踪林里。天气好的时候，还能看到野兔、松鼠在这些食草的大家伙身边窜来窜去，相当有趣。

他们过去时，饲养员正在给牛羚喂食。这群家伙常年在室外活动，每天和游客接触，早就不怕人了，这会儿边吃着早餐边闲聊——

"看，秦初晗来了，带着可怕的人类幼崽！"

"这几个还好，不算太闹腾，最怕熊家长带熊孩子。"

"那确实，一个个不要命地往我们活动区里钻，搞得我好纠结，拿角顶他们吧，显得我们山动的动物太凶狠，不讲礼貌，不顶吧，外人会不会觉得我们好欺负？"

"又开始了，每天都在讨论顶还是不顶，没有哪一天讨论出结果。"

"没事，今天星期一，游客少，问题不大。"

"你们说，昨晚胜利老师说的那些是真的吗？亚马孙雨林里，有能一口吞下我的大蟒？"

“人类有句话，宁可信其有。反正我是信的。”

“我不信，我见过最大的蟒就是欢欢了，金灿灿的，不仅长得好看，还讲礼貌。”

“它跟人类住过一段时间，是条有文化的蟒，别的蛇就不见得了。”

“蛇和蟒有什么区别？”

全体沉默数秒，然后——

“你为什么要问那么刁钻的问题？大清早的，好好吃饭不行吗？”

“哎，草饲料难吃，日子难过，蛇和蟒傻傻分不清楚，熊家长难惹……”

“难吃也得吃，不许吃地上的草，影响园区美观！”

“知道了。”

“知道，没吃……”

“山动是我家，美观全靠你我他。”

“阿星，你垃圾话越来越多了。”

“这叫口号，你们不懂。”

秦初晗听笑了，没想到大家还挺注重维护园区环境。

祁应琛夸奖道：“是素质很高的一群牛羚。”

看完牛羚，大家来到梧桐叶子湖的左岸，也就是叶子的尖角部分。两只象龟趴在水边，伸出长长的脖子，慢条斯理地喝水，不注意看，还以为是两块被打磨得圆润光滑的大石头。

象龟被发现于四百多年前，是体形最大的陆生龟，背甲最长可达 1.8 米，四肢粗壮如象腿，号称“龟中巨人”，常栖息于泥沼和山地，喜欢吃仙人掌，最长寿命能够达到两百岁。

这个属里，最著名的要数加拉帕戈斯象龟，只生活在由十九座火山组成的加拉帕戈斯群岛。因而这个群岛又被称为“巨龟之岛”。18-19 世纪，捕鲸者和海盗会专门捕捉象龟当口粮，这导致它们的数量急剧减少。直到 1965 年，岛上开始执行育种和保育计划，才努力将这个物种保护下来。养在山海野生动物园的加拉帕戈斯象龟是比较常见的两个种类，属于无危（LC），但也有单独的象龟馆，还搬过一次家。总的来说，大家伙们的待遇是相当的好。

与其他陆生龟一样，象龟的移动速度十分缓慢，每小时只能爬行三百米。有时野兔跑到仙踪林里，在象龟眼前跳来跳去，前者活泼欢快，后者无动于衷，着实是有趣的画面。

湖边的两只是日常营业龟，饲养员给它们圈出大片坡缓地平的草地和浅水区域，周围用巨大的石头当作阻隔，自成一片小天地。这个月在户外营业的是李敬业和小 K。别听李敬业这个名字老气横秋，按照人类的年龄来算，它才步入而立之年，正是意气风发时。小

K就要小一些，十二三岁，初生牛犊，名字乍听可爱，却不如李敬业讲究。因为除了李氏家族这位，象龟馆的其他成员都是按照年龄从C叫到T，简单好记，体检的时候特别方便。

象龟要到十五岁左右才能鉴别性别，有意思的是，在秦初晗和祁应琛听来，小K说话的声音也是雌雄难辨的少年音。

江城多雨，春秋两季的晨间和深夜会起雾，要是靠近江水湖边，雾就更重了，还算符合象龟的栖息环境。此时晨光微曦，仙踪林的饲养员把鲜嫩多汁的仙人掌、菜叶和浆果分散在场地各处。李敬业和小K喝完水，会开启长达数小时的觅食活动。

它们是变温（冷血）动物，靠晒太阳来吸收热量。虽然全封闭式的象龟馆每天都会开两小时的热暖灯，但还是比不上户外纯天然的日晒。秦初晗就曾经听它们开小会，认真讨论每个月谁最适合去仙踪林营业。

李敬业不愧是山动老江湖，会上只管附和，等到饲养员挨个儿检查它们身体时，它就开始演，缩成一团，动也不动，吃也不吃——自闭龟的艺术修养。饲养员见它这样，想着既然室内住着不痛快，还是放到户外活动，好好呼吸新鲜空气。

小K是第一次出来营业，平时游人隔着一定距离观察它就还好，眼下没到开园时间，忽然来了那么多人，它也看不清楚谁是谁，心里怪紧张的，喝完了水就趴在岸边不敢动。

“不怕。”李敬业安慰它，“是园里的人。”

“你……你怎么知道？”小K发着抖。

“笨蛋，听声音，听人类说话的内容，学会从中分析自己的处境。”李敬业向它传授经验。

小K懵懂地“哦”了一声，静下心来听——人类幼崽兴高采烈地嚷了一句“大乌龟，吃大乌龟”，成年人类反应各有不同，先解释这是象龟不是乌龟，不能吃，接着就开始发散思维，说那么大的龟看起来皮糙肉厚，估计肉很柴，又有人说不一定，毕竟没吃过，最离谱的是其中一个人类，绘声绘色地描述起一种关于鳖的极其野蛮的烹饪之法。

小K认得最后这个人类的声音，是动物园聘请的摄影师陈胜利，前段时间还来象龟馆拍过它们。没想到啊，他竟然如此残忍！

“淡定，放宽心，他也就说说而已。”李敬业是只见过世面的象龟，根本没当真，“你又不是没见过鳖，跟我脚差不多大，小火慢炖也要几个小时，换我们这体形，那不是一般的费材料，他连炖我的锅都难找，更别说要先熬那么一大锅汤了。”

秦初晗严厉告诫胜利老师：“不许在动物面前聊这些，会吓到它们的！”

陈胜利抱着手解释：“说说而已，我疯了才去搞这些。”

小K还是很怕，接着他的话道：“有些人类就是很疯的……”

李敬业大笑："你说得没错，但更多的时候，他们只是喜欢吹牛，假装自己很凶悍。你知道狮园那只怕人的杜康吗？它就是被人类吓成现在这样的。"

小K疑惑地扭过头，缓缓望向前辈："怎么会？"

"怎么不会？"李敬业嗅啊嗅，顺着鲜味儿爬啊爬，成功在两米开外找到一小块拔掉刺的仙人掌，"前几年，我们馆的老徐介绍了一个叫钱凯的小伙子来园里上班，就在绿化队给时老头当学徒，他那方面不行，去哪个馆就对着那里的动物琢磨：我要是吃了你，能不能重振雄风？"

"重振雄风是……什么意思？"小K还年轻，听不太懂。

李敬业衔起仙人掌块儿，有滋有味地咀嚼、吞咽，然后道："就是你长大了，到了找对象的年龄，才发现自己根本不能下蛋，这就叫作没有'雄风'。"

小K缩了缩脖子："太惨了，是要振一振。"

"还行吧。"李敬业对生蛋这件事没执念，主要是嫌累。

小K对生育是有期待的："爸爸妈妈说过，我是它们的宝贝，我也想有自己的宝贝。"

"那个钱凯和你的想法差不多。"李敬业道，"生不出来怎么办呢？得想办法啊！有部分人类相信吃什么就能补什么，这个钱凯也是。"

小K听得胆战心惊："他真的吃了我们园里的动物？"

"那倒没有。"李敬业口气嘲讽，"他没那胆子，也就过过嘴瘾，而且还吃不了苦，总爱找老徐抱怨，这个累，那个太辛苦，干了一年半就回家躺着了。"

"这跟狮园的杜康有什么关系呢？"小K问出秦初晗的心声。敬业兄，你倒是说重点啊！

李敬业嗅着果香，慢吞吞地爬行，慢吞吞地道："先前不是说了吗，绿化队满园子跑，钱凯去到一个馆舍就对着那儿的住户浮想联翩。"

但是动物们也不傻，每天见那么多游客，还有饲养员的对话，光听都知道自己是受到保护的。唯独杜康，它是个例外。

李敬业道："前个月，钱凯来馆里找老徐打听拆房子的事，具体我也没听懂多少，好像是说只要拆成了，钱凯家能拿到一大笔钱。钱在人类那里是个好东西，不管做什么、去哪里，都是要花钱的。然后老徐就说：'钱凯，你快变成富翁了，以后少来动物园，尤其是狮园，别总吓唬杜康，说要把它的蛋蛋割下来泡酒。'"

秦初晗听得直皱眉头，这人有病吧？！

李敬业说时，特地朝她站的地方望了一眼："钱凯还挺得意，说是在园里干的时间不长，吓了那么多动物，唯独把狮园的杜康唬住了，现在看见人就躲，屁股朝外，所以他就算不在这儿做事了，也会隔三岔五来看看，跟杜康聊聊拿它的蛋蛋泡酒滋补的事。”

“坏人！”小K忍不住骂骂咧咧。

“更惨的是，我听百鸟园那只鸟说，杜康的妈妈也这么吓唬过它，让它乖乖听话，跟人类保持距离，不然会被吃掉，脑袋被做成标本挂在动物园门口，还要把皮剥下来当迎宾地毯。”

秦初晗和祁应琛面面相觑：这狮妈怎么回事，哪有这么吓儿子的？

夜宿的意外收获，秦初晗一面觉得值当，一面又心疼杜康这头年轻的狮王。没想到它小小年纪，竟然承受了那么多。等天大亮，祁家的车来接走祁朝兄妹几人，秦初晗就直奔百鸟园，找李昂问个清楚。

“啊，是有这么回事。”紫蓝色的大鸟站在木桩上，一只爪跃跃欲试地往前抬起，又收了回来，紧抠住台面边缘。近来它蹦跶得太厉害，惨遭饲养员剪羽，眼前这个高度，怕是飞到一半就得栽下去。

“你怎么不早点儿跟我说？”秦初晗抱怨道。

李昂是只成精的金刚鹦鹉，举起双翼做摊手状：“你又没问，我没事跟你说这个做什么，杜康那小子得的是心病，但是也不影响它在狮园称王称霸，对不对？”它黑豆似的眼珠子转了转，又往祁应琛身上一扫，“哦，昨天给追风做手术的时候，它求你们了？你们准备给杜康做心理疏导？”

秦初晗没吭声，双手环抱胸前，就那么看着它。

李昂老气横秋地叹出一口气：“行吧，带我出去溜达一圈，我把我知道的都告诉你们。”

杜康这心病，还得从它妈妈讲起。

茉莉是头顶有意思的母狮，幽默可爱，乐观积极，聪明机敏。李昂记得很清楚，当年茉莉与河宴、追风、曼莉还有慧慧从非洲远道而来时，还是一群奶萌奶萌的毛孩子。五只毛茸茸加起来将将超过十岁，对陌生的环境感到胆怯又不安。尤其是追风、曼莉和慧慧才八九个月，虽说差不多断奶了，可在野外，小狮子们都是要跟着妈妈长到两岁的。

河宴主动承担起大哥的责任，每天在地盘上探险，排除种种潜在危险。茉莉负责安慰小伙伴们，说这个叫动物园的地方虽然活动范围有限，但每天那个叫饲养员的人都会来喂食，清洁它们的住处，也不会伤害它们，失去一点儿自由换来舒适的生活，也还不错。见不到爸爸妈妈固然很难过，可它们还有彼此呀！

约莫茉莉说得有点儿道理，又或许是河宴的担当带来了一定的安全感，不管怎么说，小狮子们努力在动物园安定下来，建立起属于它们的新的家族。

那时候，动物园的环境在变好。不同种类的猴子们搬去了梧桐叶子湖的新家；熊馆收到土豪老刘捐赠的巨款，得到妥善改造；狼谷由最初的中场区向两边扩建，有了今天的规模；大熊猫馆开始动工；夏天也在以融入象群为新目标努力……

时间一天天过去，大家都长大了。河宴和茉莉率先生育出第一窝小狮崽，追风和曼莉这对欢喜冤家也修成正果。连隔壁黑森林馆的饲养员都知道，狮园的花心大萝卜是慧慧，游走在河宴和追风兄弟俩之间，坐享齐人之福。

动物园是个小型动物社会，它们有自己的社交方式。

茉莉人缘最好，不会无端追逐在散养区觅食的松鼠，也不会对迷路的狐狸发难。要是小麻雀们吵架了，它还会为大家主持公道。它是山海野生动物园公认的善良又美好的一头母狮。不过它有一大爱好，喜欢一本正经地说些可怕的话，每次都板起脸，语气表情高度配合玩笑内容，全园能分辨出真假的动物，李昂一只脚爪就能数出来。

茉莉会告诉猫头鹰的崽崽："你爸爸妈妈出门不只是寻找食物，它们其中有一个会去打妖怪，不这样做的话，妖怪就会出现在你面前，把你叼走啦！"

猫头鹰的雏鸟听了后，害怕得瑟瑟发抖，再也不敢将身体探出巢外，也就没了从树上掉下来摔死的风险。

茉莉还会跟隔壁顽皮的小熊说："你妈妈在睡觉的时候可千万别打扰它，因为只有在梦里，它才能和饲养员讨价还价，不让他们把你送走！"

后来年轻母熊每次在太阳底下打盹，小熊都会乖乖在旁边玩自己的。

茉莉在散养区的边缘地带发现野兔子窝，会把鼻尖凑到一堆毛茸茸的小兔子跟前，啧啧摇头叹："太瘦了，等你们爸妈把你们养肥，我再来一口一个吃掉你们！"

小家伙们再也不向父母抱怨吃得少，每次还都互相谦让："你多吃点儿，我不饿！"

当然，茉莉也会告诉自己的孩子："小乖乖，快长大，好好吃饭，不许挑食，一定要跟人类保持距离，不许和他们对视，严禁眼神挑衅和龇牙咧嘴狮子吼！一旦引起人类的注意，脑袋都给你砍下来，挂在山动东大门示众，还要剥你的皮当地毯！"

小杜康吓得夹起尾巴，钻到爸爸的肚皮底下。

河宴哈哈大笑，知道怕是好事。居住在动物园的动物们必须且一定要遵守唯一的生存法则：永远不要和人类作对，更不要试图挑战人类的权威。怕意味着不会去冒犯，也就能活得久一些。

茉莉用自己的方式教孩子们趋利避害，虽然某些表达不准确，还容易造成误解，但在整个动物园的成年动物眼里，它是毋庸置疑的好狮子、好妈妈。

令人难过的是，杜康一岁零两个月时，茉莉体内长出一个肿瘤，发现的时间太晚，错过了最佳治疗时机。短短半个月，茉莉迅速消瘦，食欲减退，疼得蜷缩在角落里浑身抽搐。

狮园的饲养员见它这样，都急得红了眼睛。秦怀远前往帝都请来国内首屈一指的肿瘤专家和最优秀的兽医会诊，决定放手一搏，为茉莉争取一线生机。

“最终它还是没能挺过那台手术。”李昂遗憾道，“不过这样也好，走得干脆，也就能少承受一些身体上的痛苦。”

茉莉的事，秦初晗是知道的。那时她已经在念大学了，老秦在电话里说自己在帝都，不过赶不上去学校见她一面，他请到了专家，当天便要赶回江城去。没过多久，她从时昊那里得知茉莉的死讯。紧接着，那年冬天的一个清晨，饲养员发现河宴安详地卧在兽舍里，没了气息。养在动物园的狮子普遍比野外的狮子活得更长，河宴却在壮年时自然死去，大家都说那是因为它太思念茉莉了。

周一上午十点的动物园被与世隔绝的安宁氛围所笼罩，秦初晗和祁应琛带着李昂这只羽毛过分华丽的金刚鹦鹉在园区绕了一大圈，回到梧桐叶子湖的右岸边，找了张长椅坐下。

“我高二的时候，有一天参加社团活动回来晚了，也不晓得饿，准备跑去大熊猫馆和小团圆玩一会儿，路过狮园散养区时，茉莉趴在防护栏后面叫住我，问我相不相信它能从那边翻过来。我说不信，它就露出獠牙吓唬我，说今天它不饿，我运气好，下次我要是还大晚上从它跟前经过，它就出来把我吃了，分一只腿给狼谷的小崽子，分两只手给熊馆那头曾经把我吓哭的佐罗。”秦初晗回忆着，这是她和茉莉仅有的一次面对面的交流，“其实我知道它是为我好，可我就是觉得它心思太多了，狡猾得不像狮子，不愿意理它。”

她遗憾地耸了耸肩：“早知道它那么有趣，我一定会多和它相处，多了解它一点儿。”秦初晗在茉莉身上看到自己的影子。因为她们守护的方法，笨拙得如此相似。可惜那时的秦初晗还小，只看穿茉莉的小伎俩，并未真正理解它撒谎的苦心——总要想办法把你们和危险分开，哪怕我成为你们眼中的坏人也无所谓。

祁应琛略做沉吟，推断道：“所以茉莉说那些可怕的话是为了告诉杜康，身为一头在动物园的狮子，不可以做出伤害人类的行为。”

这件事从出发点来看是没问题的，问题出在茉莉还没把它那一套道理和生存法则完全教给杜康就离开了这个世界。杜康那么小的一头狮子，根本没有辨别是非的能力。茉莉离去后，“人类很可怕”的观念留在了杜康心底深处。再后来，钱凯出现了，带着他的恶趣味，乘工作之便把动物园能骚扰的动物骚扰了个遍。他满嘴跑火车的话激活了杜康心里怕人的那颗种子，让恐惧生根发芽，主导了它对人类的看法。

“应该是这样没错。”李昂灵活地跳到两人身后的椅子靠背上，像走钢丝似的，悠闲自在地来回踱步。

秦初晗见它好有数的样子，郁闷地说：“你好像很清楚杜康的事？”

“园里你不知道的事多了，管不过来的。”李昂反过来劝解她，“这次追风被咬伤，大家就在猜原因，肯定不会是见色起意。追风这头狮我还是了解的，也就嘴上风流，心里只装了曼莉一个，不然慧慧咽气前也不会对它说出那句‘你和河宴好像都是我的，但其实都不是我的’。”

“真的假的？”秦初晗听得一愣一愣的。这慧慧要是个女子，没准能当上琼瑶奶奶的御用女主角。

祁应琛也一脸新鲜。野外条件有限，他没办法如此细致地观察研究狮群。动物园就不一样了，在这个被人类亲自划定范围的小世界里，不同的动物族群在感情和行为上，都或多或少受人类影响。

“我编这些骗你们做什么？当然是真的。”李昂夸张地张大鸟嘴，“早几年园里还有两头春市动物园送来的雄狮，跟杜康无亲无故，又刚成年，要不是追风压着，狮园那王座上早换新面孔了。也是幸亏秦园长发现这个问题，权衡之下咬牙把它们给了海市动物园。”

秦初晗点点头，搞清楚杜康得心理疾病的原因，至少有了解决的方向。

李昂停了下，见她和祁应琛都心事重重若有所思的模样，决定免费提供一条线索：“那个钱凯我上周还见过，他家正在拆迁，据说能赔不少钱。他特别喜欢我们园子里的金雕蓓蓓，亲口跟它说，办完手续领了钱，要来认养它。我估摸着到时候他还会去看杜康。呸，真是个坏东西！”

把茉莉那段往事说完，今天游园目的也达成了，百鸟园就在身后，它选择自己飞回去。秦初晗见四下无人，回去的路就一条，一眼能看到入口，附近的工作人员和饲养员也都对这只爱遛弯的老鸟熟悉得不得了，就没多管束。

祁应琛与女朋友并肩坐在长椅上，扭着脖子目送。天光下，弯弯曲曲的栈道上，体长接近一米的紫蓝色金刚鹦鹉翘着它略有残缺的尾巴，一步一步向它的家走去。那姿态乍看悠闲自若，细细观察才发现它的步伐充满“我可以”的坚持。

纵然祁应琛对李昂的精明早就见识过了，此时内心的感觉仍然很奇妙。动物园环境再优越，本质上还是优先为人类服务的地方，在这里，动物有动物的外场、散养区和兽舍，人类有专属的步道、车道、专线观光小火车，一切都界限分明。但就在此时此刻，金刚鹦鹉以一种全然放松的姿态，优哉游哉地在临湖的栈道上漫步。被人为剪缺尾羽也不算什么了，它在这里是安全的。于是它到底该生活在动物园还是亚马孙森林这样的问题瞬间失去了思考的价值，更没有反思的必要。因为界限消失了，人类和动物真正和平地共存在同一片天空下。

祁应琛的心情忽然变得很好，就像有一缕阳光穿破了天空的阴霾，为内心始终守护的小世界带来一抹明媚和一点儿希望——只要努力，都是可以变好的。

秦初晗侧身打量他："祁教授，嘴翘得比李昂的屁股还高。"

"这一刻实在很美好。"不过美好只在祁应琛这里保持了两秒，他皱了皱眉，俊俏的脸上出现一丝不乐意，"这是什么意识流的形容？"

"一种非比寻常的夸奖。"秦初晗靠在椅背上，懒洋洋地眯起眼，"从我念小学六年级开始，每天都是李昂从百鸟园飞到我的窗台边，把我叫起来。要是哪天它跟其他鸟聊忘了，我铁定迟到。"

那时候动物园不兴给鸟类剪羽，要么关笼子里，要么在脚上锁条链子，大型的水鸟也没有外场。李昂是个例外。它来到动物园就一直跟在李园长身边，每天和园长一起游园、开会，去各个馆解决问题，就好像员工中的一员。没有谁想给它上个脚链子，也不会问李园长"不把它关起来，要是它飞走了怎么办"。大家都不担心它会飞走。

每天一到天黑的时候，它就会扑扇着翅膀催促："回家啦，回家啦，天黑啦，快回家啦！"要是李园长忙不过来，它就自己飞回去。对它来说，山海野生动物园是家，员工、饲养员都是它的家人，动物们是邻居。它和聊得来的那部分成为朋友，聊不来也没关系，它是只见过世面讲道理的鸟，绕开那个场馆不主动招惹就是了。

后来李园长光荣退休，秦怀远继任，成为李昂的二代遛鸟人："现在园区各方面越发规范，我平时带它出来都会装作志愿者，它自己也很守规矩，毕竟是只大鸟，知道自己有可能会吓到小朋友，要是单独遇到没素质的游客也容易受到伤害。"人类在它身边和它一起出现，让游客知道它有"约束"，也是对它的保护。在动物园里，规章制度的建立和完善，对人类和动物来说都是件好事。

时间长了，园里都习惯它冷不防出现在某个地方，会笑着跟它贫几句："园长的监工又来啦？今天巡视了几个地方？您还满意大家的表现吗？"

园里的动物也开始靠它传递消息，了解园区新闻旧闻。麻雀、乌鸦、野兔说的都太主观片面，只有李昂的消息客观公正，从不添油加醋，它是名副其实的山动官方鸟！

祁应琛道："金刚鹦鹉喜欢成群活动，是一种社会性鸟类。李昂擅长社交的天赋在这儿得到充分发挥，很符合它的天性。"

"对了，有件事想问你。"秦初晗认真向男朋友请教，"野外动物的交流会像动物园里这么频繁吗？它们对人类有什么看法？会不会受人类影响？"

"影响肯定是会有的。"祁应琛道，"野猪无意中闯入城市都会上热搜，森林里忽然来了几个人类，动物肯定也会暗中观察，绝大多数生物都有好奇心。"

不过在野外，动物们生存下来是首要也是唯一目标。人类闯入对它们来说，造成的威胁大过于其他，听到一点儿风吹草动就躲得远远的，即便说话也不会让你听到。

"我也是。"秦初晗感到不解，"我爸和舅舅以前常带我和小昊去隔壁的森林公园露营，只有一次深夜，我听到小狐狸们跟着妈妈在帐篷外翻找食物，好奇我们人类为什么要到森林里来。狐狸妈妈让孩子们保持安静，不许吵闹，找到吃的就撤退。"

那次的经历让秦初晗意识到一个问题：怎么我在森林里听到的声音反而没有在动物园听到的多？野外的动物们都不怎么说话吗？

"野外动物自我保护意识很强，狮子、老虎、熊都会选择从背后攻击，又怎么可能轻易暴露在你面前。"祁应琛说的是动物习性的层面。

秦初晗继续问："那它们会不会聆听人类的对话？"

祁应琛愣了一下，诚实地说："抱歉，这不是我的研究方向。在野外，能和我'相遇'的动物，要么想吃我，要么受了伤需要我的帮助，它们不会像追风那样目的明确地感谢我，甚至不清楚我在做什么，我对它们说话也从未得到过回应。"他回想着过往的经历，眉宇间晃过一丝困惑，却又转瞬即逝，"窃窃私语是有的，隔壁的森林公园处于城市的边缘，要是去到森林腹地、大海中央，一整天都很热闹。"说到这里，他垂下眼望着想得入神的女朋友，"为什么忽然问我这些？"

秦初晗决定先卖个关子："由杜康的遭遇顺带做了一下发散思维而已，正好专家在身边，就顺口问问。"

顺口？祁应琛才不信，看小秦总监气定神闲的模样，解决杜康社恐问题的思路应该是有了。

3

山海野生动物园的自驾区有两条路线。

一条俗称"散养食肉线"，游客开车从西门进，沿途能够看到狮子、老虎、豹子、熊，以及狼和斑鬣狗等大佬。它们在一片区域，彼此用防护栏隔开。从地图上看，狼谷在"食肉线”自驾区的正上方，斑鬣狗在左上角，狮园、虎园、熊馆和黑森林馆则呈U形排列。当初设计的时候，首先考虑的是动物们的“回收”问题。

其实绝大多数动物园都动过关闭猛兽自驾区的心思。动物在散养条件下会比平时难管，外面有广阔天地，欢乐是加倍的，再想让它们晚上老老实实回兽舍去，难度也加了倍。游客更难控制，即便到处都是“请勿下车”的提示语，每年旅游旺季还是冷不防会出现游客在动物园遭遇猛兽袭击的新闻。一旦出了这样的事情，园方或多或少都要承担一定的责任。

相比之下，另一条合家欢轻松畅游路线就让人省心多了。从北门水族馆那边进，沿梧桐叶子湖观察各种水鸟，途径仙踪林，最后从鹿苑后面绕回北区停车场。

“食肉线”每年四月开放，元旦后陆续关闭。巧的是，今天狮园开了通道，几位大佬嗅着春日里泥土的芬芳，来到比外场更为宽阔的散养区活动筋骨。

下午三点多，秦初晗开着一辆四面装了铁丝网的工作车驶入自驾区。工作车是用吉普车改装的，拆了后座，方便装一些汽修工具和运送丰容材料，后面空间比较足。按照计划，露面的只有秦初晗，只能先委屈祁教授藏在后面。

杜康早就盼着进散养区的这一天了，这里比外场好，地势开阔，有好几棵横放的枯木可以为它提供遮蔽。去年它在这里度过了惬意的春天、稍微有点儿烦躁的夏天，以及舒适的秋天，就算游客开车进来也只能在车道上，不能横冲直撞开到它跟前。还有，今天是星期一，这一天在散养区看到游客的可能性几乎为零！这一点让杜康大佬感到格外松弛。

不过凡事总有例外，午饭后，它刚回到心爱的枯木边靠着打盹，就见一辆工作车从远处驶来。起初它并未在意，散养区刚开放，工作人员来来往往是很正常的。

并不是所有的动物都愿意来散养区放松身心，比如虎园那只叫“琳达”的白虎，打小娇生惯养，除了吃就是睡，洁癖很严重，还说在室外待的时间太长，太阳会把它稀有的白色皮毛晒成黄色……皮毛怎么可能被晒黄呢？除非它去泥潭里多打几个滚，真是一只没文化的虎。

同样都是老虎，泰坦就不一样了。杜康很喜欢和它聊天，听它说跟随马戏团游历各国的所见所闻。泰坦真的很有阅历，见多识广，看待事物和人类的视角很全面，不会以偏概全，比自己那不靠谱的叔叔沉稳多了。不知道今年它们的友谊能否继续下去。

杜康思绪飘散着，逐渐闭上有些困倦的眼睛，耳朵里，车行驶的声音由远及近，不出意外，应该会在三秒后由近及……

等一下！杜康猛地睁开眼睛，狮躯一震，弹簧似的站起。

来不及回避了，工作车以超强的气势来到它跟前！

车上，年轻的女孩子双手握着方向盘，冲它扬了扬下巴："大佬，聊两句？"

杜康看着车里的女孩子，只觉得这张面孔好熟悉，名字已经到了嘴边，就是想不起来，一时之间竟然忘了躲，也忘了自己面对人类时难以控制的恐惧感。

秦初晗看着车外被自己堵个正着的年轻狮王身躯紧绷，尾巴下意识夹起，怕是有一点儿的，但并没有开溜的意思。那双眼睛是真好看，生来自带浓黑眼线，连泪沟都是性感的。下眼睑一条浅白色毛毛，如同卧蚕，托起两颗琥珀色的静谧眼球，是悠远的、深邃的，在它眼中，仿佛众生平等，被它注视，内心会获得一种难以言语的平静之感。真是太奇妙了！但为什么这样的一双眼里，会流露出一丝显而易见的……茫然？

"不是吧，你不认识我？"秦初晗挫败地趴到方向盘上。

杜康正出神，被女孩子蓦地发出的声音吓得一抖，撅着屁股往后缩，直抵在枯树的躯干上："我……我……我……我……应该认识你吗？"它是一头年轻的狮子，声音清脆动人，像个惊慌失措的少年郎。

秦初晗连忙自报家门："你别怕，我是秦初晗，园长的女儿。"

哦，秦初晗啊，它听说过的。杜康悄悄抬起头瞄了她一眼，在目光接触的一刹那嗖地收回，前肢屈起，大脑袋卑微地往下垂："我知道你，对动物们很好……"它小声地说着，再超小声地嘟囔，"这跟我有什么关系？"

如果山海野生动物园有一个"最不想和人类打交道"的动物排行榜，杜康认第二，第一的宝座就只能空着。

秦初晗见它情绪还算稳定，开诚布公道："我找你有点儿事。"

杜康的耳朵轻轻抖动，微微张开的嘴好像准备说点儿什么，只一瞬又重新合上了。在人类面前，它向来缺少表达欲，一副"有事你说，我听着，听完了，放我走"的架势。

秦初晗观察着杜康的一举一动，拿起手机给藏在后座的那位发信息："它看起来也不像对人类怕得要死的样子，我觉得它面对我的状态是无奈多过于害怕。"

祁应琛："你问它怎么不跑。"

收到回复，秦初晗抬首问："听说你很怕人，见到我怎么不跑？"而且也不嘤嘤嘤，莫非过了一年长了一岁，进步了？

"我能跑到哪里去……"杜康直接趴下了，脑袋放在一双大爪子上，眼睛盯着从它面前经过的蚂蚁，"散养区再大也不是野外。"

况且她是秦初晗，以一己之力将动物园游客量拉高至少两倍的可怕女人。她想做的事情，谁能阻拦？她还开着车！在山海野生动物园，开着车的秦初晗简直势不可当——杜康

迅速审时度势，得出结论。

祁应琛："尽量引导它主动问你找它有什么事。"

秦初晗开始发挥："那我想办法把你送回野外如何？"

"啊？"杜康茫茫然，头抬到一半，大约内心莫名其妙的恐惧感蔓延开了，迫使它又缩回去，"……你不会的。"

秦初晗意外了："这么肯定我不会？"

杜康先是纠结，脸上的每根毛毛上都写着"你为什么要来找我"，抗拒得不得了。很快，它发现秦初晗在等回应，要是它不搭理，这个女人会怎么样显而易见。

"我在动物园出生，住得好好的，也不想去从来没去过的野外，所以……你不会。"杜康回答得有理有据。

祁教授的阶段性分析这时发了过来："它对人和事物有基本的认知和辨别能力，而且具备一定的大局观。先说自己出生在动物园，证明它知道一些放归的条件。很肯定你不会送它去野外，证明它对你有一定的了解。看来它平时过得并不封闭，对园区里的动向是有所了解的。情况比我想象的要好。"

秦初晗问："接下来继续引导它说话吗？"

刚把这句话发送过去，车头正对着的方向传来杜康礼貌而不失试探的询问："秦小姐，你找我到底有什么……事？"其实它还是有一丢丢拿不准的，人类善变又难以琢磨，思来想去还是问问稳妥一些。

祁应琛提示勇敢的女朋友："可以进入第二阶段了。"

秦初晗放下手机，拿起无线电对讲机："昊昊，你那边准备得怎么样了？"

时昊回道："都去开会了，我在监控室看着呢。"

今天是四月的第一周，又是星期一，按照惯例，早上老秦召集各部门主管开会，针对节假日、馆舍情况做统一安排，下午各部门开小会，自行调整细节。

秦初晗四下环顾，又问："其他狮子呢？"

时昊道："音音在打盹儿，三伏在它旁边守着，嫣绒在转运通道那边，云好离你们比较近，好像很好奇你那车，小妮子戒心贼重，看情形是不会靠过去的。去吧，有情况我会及时告诉你。"

秦初晗点点头，扫了一眼还缩在车头前面的杜康，十分有气势地打开车门，走了下去。

杜康着实被她这一举动吓到了。山海野生动物园里的动物确实跟人亲，可这里是自驾区，平时饲养员喂它们还隔着一层结实的防护栏，秦初晗也太疯了，就那么直接走下来，

还往它跟前来了？！

“你……怎么下来了？你不能下来的！不要命了吗？你别过来啊！”杜康牙齿打战，整个腹部都贴在地上，急得往后缩。

秦初晗果断蹲在它面前，和它对视，冲它眯起眼睛没心没肺地笑：“有你在，我不怕，杜康大佬保护我！”

此时，距离此处不远的某个地方，云好小姑娘不可思议到极点：“疯了疯了，怕人的狮王，找死的人类……”说完扭头就跑，小碎步迈得慌乱。它到底来了个什么样的动物园啊？！

秦初晗和杜康循声看去，再收回视线看向对方，前者持续眯着眼笑，用笑容传达善意，后者在紧张、纠结和无所适从的情绪里挣扎半晌，最终气馁地趴下了：“你到底……想怎么样……”

“就随便聊几句，你看你，都被云好嫌弃了。”秦初晗故意戳它痛点。

“还不是因为你。”它可太难了！

秦初晗铆足劲鼓励：“可我看你也不是很怕我的样子，以前还会嘤两句，今天都没嘤，这是什么？这就是进步！”

“你不一样。”杜康心里有计较，“你是动物园的人，不会害我。”

秦初晗眼珠子微微一转，沉下语气：“你就不怕我砍下你的脑袋挂到东门去？”

杜康瞬间绷紧全身，毛都竖起来了。那双琥珀色的眼睛直愣愣地盯着秦初晗，又在某个瞬间回想起了什么，恐惧驱使它不做多想，连滚带爬地原地旋转，脑袋拼了命地往树木和地面形成的微小夹角钻。它慌不择路，后腿用力到蹬起一阵沙尘，全然忘了秦初晗根本不可能是自己的对手，如果在野外，身后的小姑娘会是它的捕食对象。

秦初晗被它的过激反应吓了一下，连忙退开些许。

过了好一会儿，杜康总算不再继续原地蹬腿。它累了，疲惫地卧在地上，自言自语地重复：“秦初晗不会的，秦初晗是好人！那些话都是我妈妈……我妈妈也是为了我好，是为了我好……”它努力安抚自己。

秦初晗蹲在它身侧，真想用力拥抱它。可她不能那么做，至少现在不可以。

“对不起，我不该吓唬你。”秦初晗收起之前故意做出来的冷漠可怖的模样，声音温柔地说，“杜康，我是来帮你的。”

她一说话，杜康就僵住了，呼吸都屏住了。

“我……不用你帮。”它瞥了一眼她，“已经这样了。”它不相信自己会变好，也不愿意接受人类的帮助。

秦初晗可没那么容易放弃，回首看了眼车里，祁应琛像帝都某王府外的石狮子，神情严肃地半蹲在后座，后背绷得笔直，目光定格在她身上，靠近门边的那只手搭在车门上——刚才差一点儿就下车把她拉开了，至少要待到车后面才算安全！

秦初晗冲男朋友挤出笑容，再用眼神示意背对自己的杜康。她还想再试一下。

祁教授的薄唇抿成一条直线，但见杜康的反应是恐惧而非被激怒，女朋友又是冲他眨眼睛，又是双手合十求情，犹豫之下，他点头应了。

秦初晗深吸一口气，一屁股坐在坑坑洼洼的沙地上，精神抖擞地开了口："我相信你会好的，问题可以一个一个慢慢解决。先说说你叔叔追风吧。你知道吗，追风是故意去撩拨云好的，它这么做都是为了你。"

没想到杜康顺势接了话，闷闷地说："我知道啊，我只是怕人，又不傻……不然你以为关键时刻是谁把云好赶走的？"没它这个狮王镇场，小叔叔恐怕要交代在那一天。它很厉害的！

"合着你还是劝架的？"秦初晗是真没想到。

杜康扭头看她，这一眼虽然还是透着怯，但总归是敢主动看了："我爸妈走的时候我还小，是小叔叔护着我长大的。我能当上狮王，至少有它一半功劳。它心里只有曼莉婶婶，主动招惹云好也是为了我，三伏想当狮王，还挑拨其他母狮冷落我，小叔叔担心我被排挤才出此下策……"说到这里，它郁闷地叹口气，"小叔叔也是的，一把年纪了，有什么担忧顾虑大可以直接告诉我，我只是怕人，对狮子们是很有手段的，而且我这么年轻，两个三伏都不是我的对手。说起来，小叔叔受伤都是因为它在背后搞事，晚点儿回去揍它一顿，让它知道好歹。"

你这不是窝里横吗？秦初晗心里吐槽，面上不露声色，双手扶膝，打量着用屁股对着自己、脑袋杵在枯木上的㞞狮。这位大佬什么都明白，心病也是实打实存在的，得给它解决。

杜康话匣子打开了，索性多说几句："你能帮我跟小叔叔传个话吗？我没怪它，也理解它的苦心，但是没必要。等它身体恢复一些，送它回来吧，我还要给它养老呢。"

"行。"秦初晗爽快答应。狮子是群体性的动物，能住在一起最好不过。

杜康下意识看了她一眼，说："谢谢你关心我，但是——"

秦初晗抢先道："又没必要？"

杜康早就放弃了："我觉得现在这样挺好的，就算在内场，只要我不接触到游客的眼神，也不是特别恐惧。"

秦初晗盯着它，没说话。

杜康也盯着她，立刻捕捉到了她内心的想法：“你想说什么？”

考虑到它先前的应激反应，这一次秦初晗小心翼翼：“我想说的内容，可能会有点儿刺激。”

杜康茫然了一瞬，似乎懂了，于是收回视线，大脑袋转回原位，鼻头杵着枯木，尾巴也用力夹紧：“我准备好了。”

这大猫好可爱，好想抱！秦初晗在脑中狠狠把杜康大佬揉了个够，还躺在它光洁厚实的身上来回打滚……将这些念头按住，她装模作样清咳两声：“是这样，今天来之前，我特地跟李昂了解过你的情况，知道你心里有两个疙瘩。而刚才和你聊下来，我觉得第一个疙瘩已经不存在了，你就不想把另一个解开？”

杜康习惯性沉默，在内心做挣扎。一个声音坚定地告诉它：保持现状，感恩生活，知足常乐。还有一个声音似在蛊惑：真的不想做头威风凛凛的正常狮子吗？机会摆在眼前，或许这是你唯一的机会……

杜康抬起头，第三次主动看向秦初晗：“你说我第一个疙瘩已经解开了，理由呢？”

你真是个爱讲思维逻辑的大乖乖！秦初晗眼神锐利，自信地说：“你很清楚茉莉说的那些可怕的话背后真实的用意，不是吗？它是爱你的，稍显遗憾的是它还没来得及把全部的爱给你，就……离开了这个世界。”

杜康怔了一下，用力“嗯”了一声，带着哽咽，可怜巴巴的。

秦初晗犹豫着伸出手，在快要碰到它脑袋的时候顿住，收了回来。

杜康的瞳孔随着她手的靠近和离开，先微微紧缩，尔后舒展开。

“在征得你的同意前，我不会碰你。”秦初晗向年轻的狮王送上人类的尊重和敬意。

“谢谢，你人真的很好。”杜康的语气也有所松弛。

秦初晗察觉到它的变化，倍受鼓舞。来的路上男朋友就说了，治疗后天形成的心理疾病没有捷径，以聊为主，获取它的信任，打开它的心房，循循善诱，把心结逐个解开，不说完全好，先好个七八分，剩下的来日方长。

秦初晗保持蹲着的姿势，脚底贴着地面向杜康挪动，拉近了一小段距离。

杜康没抗拒，一双眼睛直愣愣地盯着她，末了，再垂眼去看被她缩短的那一段，就觉得……也还好。

秦初晗见它没反对，松了口气，继续道：“你心里的第二个疙瘩，或者说恐惧，来自一个浑蛋，对吗？”

杜康脑中浮现出不好的回忆，不禁缩了缩脖子。

“那个人的情况我也了解过了，他每隔一段时间就会来骚扰你，着实不是东西！”秦初晗咬牙，恨不得堵到钱凯家把他打一顿。

杜康一脸期待地问：“动物园能把他拉进黑名单吗？不让他出现在我面前也可以。”每次钱凯来对它说些有的没的，它都会连做好几天噩梦，以至于它那段时间总会疑神疑鬼，全天处于高度紧张的状态，身心疲惫，痛苦不堪。

“你还知道黑名单？”秦初晗故意打趣。祁教授教过，在谈话里适当加些玩笑，给聊天对象输送一些轻松的感觉。

“无意中听小萱姐姐说起过。”杜康将脑袋放在合拢的前肢上，通身写着乖巧两个字。

小萱是狮园的饲养员，为人有耐心，说话声音特别温柔，了解每一头狮子的脾性喜好。自从她来了园里，杜康的日常都是她全权负责。去年国庆节，小萱发现一名叫钱凯的游客每隔一段时间都会来狮园吓唬杜康，就跟头头反映过，奈何动物园开门营业，钱凯只要花钱买票，就不能把他拒之门外。而且当时动物园正深陷虐虎风波，全园高度紧张，生怕再出纰漏。比起天天挂在热搜上被网友狂骂，不过是一个喜欢跟狮子碎碎念的嘴欠游客罢了，狮子也不一定听得懂，由着他吧。动物园黑名单什么的是过了几个月，杜康听小萱和其他饲养员聊起这事，聊到义愤填膺时发出的心愿。

“只要不让我看到钱凯，我想我会踏实很多。”

“其实也不是不可以。”

“那就是可以？”杜康眼里燃起希望。

“我爸是园长，我经营的文创店是目前最主要也是最大的创收渠道，能挣钱的是老大，我有话语权。”秦初晗先给它吃了颗定心丸，再用商量的语气道，“不过我觉得，把钱凯拉入黑名单可以当作备选方案。”

“为什么？”杜康垂下耳朵。但失望过后，还有最后一丝希望燃起。如果说黑名单是备选方案，那正式方案是什么呢？它眼巴巴地看着动物园最有权势的女人。

拉扯了那么久，终于迎来决战时刻，秦初晗深吸一口气，道：“我们可以先试试直面疗法！”这里她用了一个话术小技巧，她说的是“我们”，不是“你”，意为无论前路多难，我都会陪你走下去，不离不弃。

“直面？”杜康想想都颤抖。

秦初晗慷慨激昂地说：“你可是狮园老大，在野外，在广袤的非洲大草原上，你们狮子可是站在食物链顶端的王者！想想你的父亲、祖父，还有曾祖父，它们曾经作为一方霸主傲视群雄，区区一个只会动嘴皮子吓唬你的人类能做什么？自打他发现你格外怕人，除了持续用恶言恶语骚扰你，对你有实质性的伤害吗？他没有，他不能，他更不敢！其实他比你还㞞！由始至终，你害怕的也并不是他，而是你心里假想出来的恐惧。没有人会把你的脑袋砍下来，你妈妈说那些是为了保护你，你都知道的！只要你战胜心魔，在动物园一战成名，你将获得所有动物的尊重！”

杜康被鼓舞到了，也真实地心动了：“那……我该怎么做？”

“是这样的，等下次钱凯来找你时——”

秦初晗凑到大猫的耳朵边，大猫难以抗拒地靠近，仔细听讲。片刻，一人一狮分开。

杜康还是拿不准：“真的要这么做吗？我……不行！”

“你可以！”秦初晗眼神坚定，冲它用力点头，“我跟你打个赌，他会吓尿的，然后你会嫌弃从前的自己：我怎么被这样一个蠢东西欺负这么长时间？”

杜康听着她绘声绘色的描述，脑中画面感强烈。

“试试。”不等它再说些有的没的来推托，秦初晗直接下结论，“你要是实在不行，扛不住心理压力，到时候我再动用职权把钱凯拉入黑名单，保你一世安宁！”

于是在秦初晗离开自驾区时，杜康再一次发自肺腑地感谢她，说她是个很好的人类。

小秦总监郑重其事地点头：“身为山动儿女，这是我应该做的！”

她也是今天才发现自己口才那么好，都能给动物做心理疏导了呢。祁应琛，我要你何用？想到这里，她又道：“你别多想，这几天好好酝酿，拿出你狮王的威严和气魄！我这就回去了，跟我男朋友研究下你的情况，细化作战计划。”

杜康困惑地扫了一眼车里：“你男朋友？那位祁教授吗？他不是一直在车里？”

祁应琛听得人一精神。

刚拉开车门的秦初晗尴尬了：“你……怎么……”

杜康抖了抖耳朵，很老实地说：“车停在我面前的时候，我就嗅到两个人的气味。”去年秋天听说园里来了一位非常了解动物的教授，它便有了好奇心。后来祁应琛到狮园观察每头狮子，杜康顺便记住了他的气息。所以，他为什么要藏在车里呢？怕吓到它吗？啊，人类好善良，它几乎被治愈了！

秦初晗、祁应琛：“……”其实也不完全是。啊，他们这些心眼超多的人类！

说通杜康，下一步就是掌握钱凯的行踪。

秦初晗决定出动团队里的追踪王者，传媒大学毕业的顾词。

顾词接到这个任务，内心小小地崩溃了一下。他一个名校正经研究生，居然为了团队头头的一些在他看来不切实际的猜测，要去调查一名普通游客？当他是无节操的私家侦探还是没底线的八卦记者？

秦初晗："给你加钱！"

于是顾词放下了尊严，重操旧业，以绝对的职业精神把钱凯祖宗十八代查了个底朝天，对目标人物的了解程度远超以往谈过的女朋友。三天后他发来情报：钱家的拆迁合同落实了，钱还没到手，钱凯就先去市区买了几套西装，又看了一下午的车。

秦初晗琢磨，这个钱凯就是小人得势的典型，一朝暴富，搞完报复性消费，下一步就该找地方嘚瑟了。不知道杜康大佬准备好没有？

入夜，园中的大多数人在凌晨时分进入梦乡，一些夜行动物纷纷活跃起来。

猛兽自驾区里，狼群在君临的带领下，兵分三路对误入这片区域的野兔进行围追堵截。野兔灵活、反应敏捷，灰狼们调度战术，配合无间。一场追逐大战精彩至极！

防护栏的另一侧，杜康卧在平整的巨石之上，沐浴着月色，淡定观战，自在悠闲。自从几天前和秦初晗聊过后，它郁结的心情得到纾解，感觉好多了。不过说到直面钱凯，杜康又会陷入犹豫，逃避心理越发严重。算了，别想了，都不知道那个人什么时候来。等他出现，再随机应变吧！

"杜康。"一道黑影从暗处走出来，亮棕色的眼睛像夜空中的金色星球，带着华丽璀璨的星光。

"你怎么来了？"杜康抬起头，很是诧异，"居然离得这么近了我都没发现你，你这豹子，有点儿本事。"

闪电在它卧的巨石正前方蹲坐下："你又不是不知道，我天天都在园子里逛，没点儿本事早被人类发现了。"

杜康心想确实，点了点头。它和闪电年龄相差不多，又是邻居，像今天这样碰一面聊几句，很是惬意。何况它面对动物是没有一点儿心理障碍的。杜康主动送上迟来的祝福："对了，听说你当爸爸了，秦初晗还为你争取到了皎月的居住权，恭喜啊。"

"谢谢，近来我也觉得自己格外幸福。"闪电稳重地说着，"我是来给你带话的，钱凯要来了。"

"钱凯要来了"五个字，足以让杜康瞬间石化、夹起尾巴，久违的恐惧从心底蔓延开来，如同长满尖刺的藤蔓将它紧紧缠绕。

闪电见杜康大佬这个样子，心想，晗晗说得没错，提前告知还真不是多此一举。

狮园这位老伙计的情况，它早有耳闻，当时想法和大家一样：怕人嘛，没什么大不了的。虽然它不理解，但听园里老一辈的动物说，以前犀牛馆那头叫李大力的苏门答腊犀还怕猫头鹰呢。不过晗晗说了，杜康是可以治好的，只要有一线希望都要尽全力去做。闪电觉得她说的有道理，换位思考，它也想做一只身心健康、自信沉稳的豹。

闪电望着还沉浸在“坏人要来了怎么办”的恐惧里的杜康，故意激它：“你怕？”

来之前，祁教授有交代：不要试图安慰它，因为不仅没用，它还很有可能对你嘤嘤嘤……一头风华正茂战斗力超高的狮子对着自己嘤嘤嘤？太幻灭了，闪电嫌弃。

果然，杜康打了个激灵，端正坐姿：“我……不怕！”

“不错！很有精神！”闪电直接忽略它言语里的不顺畅，只管无脑鼓励。

杜康眼里涌出失望和不自信——失望的是没有得到期望的安慰，不自信则来自即将直面钱凯的恐惧。

闪电才不管那么多，它只是个没有感情的带话机器：“或许明天来，也或许是周末，总之就是这几天。你今晚在自驾区好好休息，养足了精神，天亮之前回兽舍，把心态调整好，等天亮了，估摸着时间去外场转两圈。”

杜康嗯嗯啊啊地应着，敷衍都快从话音里溢出来了。

闪电冷冰冰地看着它，充满怀疑：“你到底行不行？”做狮子做到这份上，传到别的动物园，连带着山海的名声都会被影响。

“行！我行的！”杜康急得站起来。

闪电严谨地道：“那你把我刚才转告你的话，完整地复述一遍。”

杜康一怔，一看就是放空状态：我是谁，我在哪儿，明天我将经历什么，活着是为了什么，生命的意义又从何说起，宇宙的尽头在哪里？

闪电垂下头，狠狠叹气：“哎……”

“对不起。”杜康沮丧地趴下去，脑袋搁在并拢的前肢上，做无所适从状。

“不用跟我道歉。”闪电只是个传话的，“需要我把你的现状告诉晗晗和祁教授吗？”

闪电实在弄不明白，一个只会隔着防护栏吓唬动物的人类有什么好怕的？假设防护栏突然破个洞，杜康都不需要走出去，那人绝对连滚带爬！

“怎么样，想好了吗？”闪电还要回去复命。它现在是有家室的豹了，崽崽们还小，它要尽力帮皎月分担一些，不能在外面逗留太久。

“我……”杜康犹豫不决。

“我看你就是活得太安逸，想得又太多。”喑哑的声音从防护栏的另一边传来，泰坦大佬现身了。

第十五章

约会日

1

自驾区被防护栏分隔成数片不规则的区域，刚才杜康看狼群捕猎，所处的位置属于防护网交会的三角地带，左边是狼的活动范围，右边属于森林之主。泰坦虽然才刚成为山海野生动物园的一员，但因为不同寻常的经历，在动物们心中自有一定的地位。

眼下，气氛有点儿沉闷。

闪电主动打招呼："大叔，这么晚了还出来遛弯啊？"

泰坦漫不经意地斜了它一眼，没搭理，带着些许烦躁的目光移到那头年轻的灰狮身上，"啧"了声："你需要战胜的不是那个人类。"

杜康略微回神，傻乎乎地望过来。

"你需要战胜的，是你的心魔。"泰坦发出一声嘲讽意味十足的笑，"如果你经历过我经历的一小部分，就会觉得生活在这个动物园是件极其幸运的事。"

闪电一点儿不介意被冷落，隔着防护栏请求："大叔，有故事讲？"它可得一字不漏地记下来，等崽崽们长大一点儿讲给它们听。人类是有睡前故事的，它家豹崽也要有！

泰坦终于看了它一眼："秦初晗就是太宠你了。"

自驾区里的每片区域之间都有重重关卡阻隔，到处都是红外摄像头，加之地势开阔，遮蔽做得也不如单独场馆那样丰富复杂，秦初晗让闪电从豹区到狮区给杜康传话，要帮它打的掩护、开的“小门”可多了！这当中的门道，其他动物不清楚，泰坦早年跟随马戏团走南闯北，对人类和人类的生活环境及处事态度可了解甚多。

闪电傻笑，在低矮的草丛上趴舒服了：“我是她的臭弟弟嘛。不过晗晗对园里的动物向来一视同仁、事事尽心的。”后面这句是专门说给杜康听的：她都为你做到这份上了，你为自己勇敢一次有那么难？

杜康夹着尾巴不吭声。

泰坦决定暂时不理它，转问那颗煤球：“想听故事？”问得状似平静，醉翁之意不在酒的意味简直不要太明显。

闪电兴奋得尾巴翘起来：“想想想！大叔别吊胃口了！外面的世界是怎么样的？大不大？有多大？你会不会看电视？我很小的时候在园长爸爸家看过，好多人在里面，穿着大斗篷，骑着扫把在天上飞，还会使用魔法……好有意思！”

“你说的应该是电影《哈利・波特》。”泰坦道，“我的第一任驯兽师是铁杆哈迷，她常跟我聊剧情。”

“对！就是《哈利・波特》！”闪电想起来了，“好想再看一次啊！”

它们聊的这些，杜康都不知道，但好奇心被勾起来了，于是默默跳下巨石，蹭了过来。

泰坦注意到杜康的行动，继续无视，笑了笑，依旧是问那颗期待感拉满的煤球：“那你是想听我讲《哈利・波特》，还是讲我自己的故事？”

闪电的毛脸霎时变得严肃，它端正地蹲坐：“我要听属于你的故事。”

“你呢？”泰坦问杜康。它尊重在场每一个小伙子的意见。

杜康眼神闪烁了下，下意识想问：我可以吗？我的意见重要吗？刚张开口，心里蓦地闪过什么，或许是一丝突然萌生的勇气，或许是残存得可以直接忽略不计的自尊……杜康郑重发出请求：“请说说吧，我想听您的故事！”

泰坦灰白的胡须轻微抖动：“如你所愿。”

泰坦少时意气风发、胸怀大志，曾经受到最热情的欢迎和款待，获得最持久的掌声和喝彩。那时，它以为全世界都是自己的。后来的事不堪回首。有些人类并不能成为动物的好朋友，动物只是他们赚钱的工具。有时深夜梦回从前，它惊吓着醒来，周遭安全舒适的环境总能在第一时间帮它平复下来。它行至水潭边，低下头饮一口甘洌的清水，告诉自己，都过去了。再去回想那些日子，好像一场梦，明明很清楚发生过，然而回过神来，身体的疼痛和心中的怨愤早就不知不觉消失，无从寻起。

它遭受过极致的恶，也被极致的温柔、善良拯救。它终于被这家动物园治愈。风里花的芬芳，天空中流动的白云，树上叽叽喳喳的麻雀，还有形形色色会对它指指点点的游客……都是有趣的、可爱的。现在，泰坦享受一切。但之前那些不堪回首的往事也成为缔造它的传奇的基石。

近来整个园区都知道秦初晗在帮杜康战胜心病，隔壁熊区的年轻小伙还拿口粮来打赌，不看好的居多。若是自己的故事能启发到动物园里年轻的后辈，那就再好不过了。权当以此回报那个当初站在笼子前，为人类对它所作所为难过得险些哭出来的小姑娘吧。

这一夜，从深夜到天明，从无拘无束的热带雨林到日复一日的马戏团表演，泰坦只说自己。杜康静静听着，为故事中的每一次转折而揪心，为泰坦承受的痛苦而愤怒，为它如今所得到的救赎而欣慰。最后的情绪，竟然只剩下释怀。它如获新生。

天亮时，杜康独自返回狮园，在兽舍稍作休息，便主动去了外场。它平静地卧于距离游客观展区最近的位置——半月形的水潭左角，爬满苔藓的假山旁。那不是它平时爱待的地方，就连刚来狮园实习的饲养员都看出它的不对劲。

四月的第一个星期五延续了清明的坏天气，天色阴沉，惹得人昏昏欲睡，园中的动物们也不太有精神。午饭后，全园上下都在打盹，忽然毫无征兆地响起一声狮吼。吼声引发的震荡迅速在狮园上空扩散开，周边鸟飞兔散，松鼠叼着崽慌忙逃窜，还没完全长好的嫩绿的树叶簌簌落下……

狮王发威了："吼——"

工作人员备感茫然，面面相觑：怎么回事？哪个吼出来的？三伏还在自驾区追在音音的屁股后面当小跟班呢，难不成是杜康？不会吧！大佬向来走温和儒雅路线，老资历的饲养员都没见它跟谁急过眼，怎么今天突然爆发了？又是谁享受了狮二代的首次怒吼？

一群人兴奋地冲出去，隔着擦得干干净净的玻璃幕墙向外探望。

外场，地势低平的水潭边，年轻的狮王傲然而立，昂首注视前方，平静的目光充满威严，长尾在身后漫不经意地摆着，仿佛在淡定地对周围做解释：小插曲而已，都散了吧。

它的正对面，防护栏的另一边，一个大约三十岁的男人瘫坐在地，双手撑地，勉强支撑着自己。他害怕得浑身发抖，表情也是扭曲的，半张着嘴，任由牙齿打战。那对瞪得快要爆出来的眼珠牢牢粘在那头狮子身上，惊恐到了极点。一身颇为昂贵的西装外套抓在手里，领带飞到肩侧，领口也歪了，崭新的条纹衬衣和西装裤因为他长久坐地而起了道道褶皱，整个人相当狼狈，已然丢了魂。

内展馆的幕墙前，有人问："大师兄，咱要出去管管不？"

狮园的新头儿名叫周宙，年近四十，是秦怀远手把手带出来的第一个徒弟。园里只要和秦初晗、时昊姐弟俩差不多大的，都跟着喊他一声“大师兄”。他是少说话多做事的实干型，喜欢动物多过于人类，上周三才从退休老师傅手里继承这个馆负责人的衣钵。

眼下这情况，那名游客又没伤着，防护栏好端端地立在那里，这是心理素质差还是存心碰瓷？再说了，杜康是他看着长大的，温驯了这么多年，周宙有理由相信游客肯定对它做了什么挑衅行为，才惹出刚才那声狮子吼。还有，游客穿得西装笔挺，却长得尖嘴猴腮，看面相就让人不舒服。周宙只觉得麻烦：“不用，又没吓晕过去。”

同一时间，伍衡正拿着直播设备站在那名游客斜后方，两人大约隔了十来米。

周宙见此，心想这伍衡弃恶从善后，比以前踏实稳重多了，工作也越发有热情，基本算是小晗手底下的得力干将。还有前两天，小晗和祁教授专程开车进自驾区，说要对杜康进行重点观察……把这两件事联系在一起琢磨一番，周宙再望向杜康：这位真正的狮园大佬，今天看上去确实和往常不一样，更稳，更有精神，也更自信了，它精神地站在水潭边，肩部和前胸的鬃毛被风吹得微微拂动，彻底蓬松起来。有那么一瞬间，他仿佛看到一头生活在非洲大草原上的雄狮。然后呢？之前那声狮子吼还能不能再来一次？周宙忽然对这头全园公认的社恐狮有了期待。

外场，杜康被一种完美发泄的满足感充盈了内心。

等待钱凯的过程是有些煎熬和忐忑的，它不断给自己加油打气，静下心来，呼吸。当他真正出现，像从前那样张口对它说些有的没的，杜康才发现，这个人类真是莫名其妙，比望月山那群猴子还可笑。秦初晗和泰坦大叔说得对，它害怕的并不是这个人，恐惧的根源来自它的想象。现实中，没有什么可以伤害到自己。而强大如它，更不会轻易去伤害谁。

杜康平静地看着被吓得失去反应的钱凯，有点儿想笑，过去的自己都不能说傻，而是愚昧！现在它清醒过来了，也做了一番有深度的自省，从今以后，它将迎来全新的人生！

杜康决定回到自驾区，它要迎着风狂奔，要把以前忽略的所有景致都看一遍，要让老虎、豹子、熊、狼甚至那群斑鬣狗认识一个全新的自己。不过……杜康忽然想起什么，止住脚步，媲美冷血杀手的目光重新落在钱凯身上，再有目的地聚焦到某处，旋即露出个不怎么满意的表情。

钱凯被它这一眼盯得元神归位，哆哆嗦嗦地想要爬起来。他刚有动作，杜康也动了，压低前身和头颅，抬高身体的后半部分，然后后肢猛然用力往前一纵，吼了一声，地动山摇。

内展馆的周宙等人不禁缩了缩脖子，都惊呆了。

这还没完，杜康庞大的身躯砸出水花，飞溅出防护栏，些许化作独门暗器，争先恐后地溅到钱凯身上。他哇哇惨叫，跌回地上，不停抖动的双腿间尿湿了一大片。

痛快！杜康自得地回到岸边，意气风发地抬起头，竟然看到了云好，不由得有点儿蒙，还有点儿局促："你怎么……"

云好忽然纵身向它扑来，就和它刚才近乎在水面上飞驰一样。杜康条件反射地做了个原地小跳，把活泼的姑娘迎住。两头狮子在半空中亲昵地撞击、落地……云好将狮王压住，低头用脑门在它颈上轻蹭。

"我都看到了。"云好说，"我喜欢现在这个勇敢的你。"

杜康害羞得不知所措，只得四仰八叉地倒在地上。

幕墙后，狮园新的管事周宙携一众饲养员和工作人员，亲眼见证了大佬的爱情。

两声狮吼，一战成名！杜康把恶劣游客吓尿的事很快传遍了山海野生动物园，动物们听说后都觉得颜面倍增。

微博上，由园妹发布的话题"动物听懂人类的话之后"也上了热搜。配合词条，官博上还附了一段 3 分 51 秒的视频，内容从钱凯来到狮园外场开始，清清楚楚地录下了他恐吓杜康的每一句话。

"杜康啊，好久不见，近来过得怎么样，有没有想我想得天天做噩梦？

"小爷我要发财了，等我拿到拆迁款，我就来找动物园商量，认养你和百鸟园的蓓蓓。你还住在动物园里，我供你吃供你喝，等你老了、死了，我就把你带回家，脑袋当装饰品挂在客厅里，你说好不好？

"你今天看我的眼神跟以往不一样啊，谈恋爱了？对象是谁？我把你们全认养了！

"难道你想提前体验我刚才说的？

"我知道你听得懂，害怕你就冲我眨眨眼睛。"

最终，狮王忍无可忍，连吼两次，完成华丽反击！

网友纷纷为它叫好，就此展开热烈讨论——

"江城本地人给你们简单介绍下这头狮子的情况，今年四岁还是五岁了，很年轻的园二代，虽然是狮王，但极度怕人，去年山动红了以后我一共去了三次，每次它都缩在王位（就是摆在外场正中央那棵带木桩的枯树），屁股朝外，不敢跟人类对视。我一直都很怜爱它，没想到还有人故意利用这一点吓唬它，太恶心了！"

"视频里说的是江城方言吧？元旦去玩的时候，送我们过去的出租车司机说山海野生动物园和游乐场那一片都在拆迁，我想应该不难把这个人找到，建议园方核实其身份，禁止他再入园骚扰动物。"

"这年头暴发户都这么变态？听他话里的意思，是隔三岔五来吓唬我们杜康？"

"看得我攥紧了拳头！我要是这头狮子，撕了他的心都有了！"

"人类之耻！"

"时差党铲屎官，我家汪就特别喜欢听我夸它，只要我说'你好可爱啊''姐姐好喜欢你'，它就会冲我绽出天使笑，还来舔我的脸。"

"真没必要给视频里的这种人打码，放出来让我们认识一下，教他做个直立行走的人类。"

"来了来了来了！今天下午照常看播叔游园，走到狮园，老远就见一个人鬼鬼祟祟地站在防护栏前碎碎念，播叔走近之后，我们全都听到他在说什么了，真的特别恶心！当时给我们气得，弹幕上全在发'让他滚''这种人不配来动物园'之类的。没想到杜康大佬忽然反击，我看得激动不已，然后就给播叔刷了十个火箭炮。低调 .jpg"

"70% 暴力犯罪都是从虐待动物开始的！虽然视频里这个人还没发展到那种地步，但是防患于未然！动物有防护栏保护，安全系数高，希望工作人员和各位饲养员近期提高危机防范意识，保护好自己！"

"一直相信动物听得懂人类说话，它们只是不想搭理我们而已。"

"身为人类，我很惭愧……"

晚饭后，秦初晗用团宠君的账号发了一篇短小精悍的小作文，阐述她策划发起话题"动物听懂人类的话之后"的用意。没错，这一次，不只是杜康大佬，她还想为其他动物们做点儿什么。

"先给大家讲个故事。几年前有人做了一组为期三十天的实验，他们把两盆大小、生长情况差不多的植物放到一所学校里，用罩子罩住，浇水、施肥、光照都保持同步，然后每天给它们播放不同的录音内容。其中一盆会听到孩子们的赞美：'你真漂亮！你是我见过的最好看的植物！加油呀！快快长高！我好喜欢你！'另一盆接收到的全是恶言恶语：'你什么时候会死？你真丑。你的存在是多余的。去死吧！'三十天后，得到赞美的植物枝叶招展，活得生机勃勃，而那盆备受言语摧残的植物形态萎靡，枝叶枯黄，在死亡的边缘徘徊。虽然这是个针对校园霸凌展开的实验，但语言的杀伤力，由此可见一斑。就在今天下午，我们动物园也发生了类似的事情。

"杜康是标准的园二代，从出生就在动物园里，它从来没在广阔的非洲大草原上驰骋过，没有追逐过野牛，没有感受过故乡烈日的暴晒，骨子里并不好斗。南方温和的气候和饲养员对它的精心照料，也养成了它温和的性格。听说过杜康的朋友应该知道，它是有些怕人

的，因此还得到了‘社恐狮王’的绰号。针对它的情况，饲养员竭尽所能为它打造能够自处的小天地，今年还特地在自驾区的狮区增加了几座特别的遮蔽处。没想到出现了这样一名游客，以吓唬它为乐。

“经过调查，此人数次入园对杜康进行言语上的恐吓，实在可恶至极！但我不知道这种行为他究竟持续了多久，又是出于何种目的。消遣？取乐？纯粹无聊？

“杜康的狮吼固然气势非凡，充分展现出狮王的威严，却是它出生以来发出的第一声真正意义上的狮子吼。这个行为本该拥有更美好的意义。但遗憾的是，它暴怒地咆哮，露出自己狰狞可怕的一面，是被恶言恶语激怒。

“不文明的游园行为屡屡发生，身为园方的一员，我备感痛心。为了动物们的身心健康，我们决定根据相关规定将这位没素质的游客列入黑名单。该名游客下次入园参观，园内各个人脸识别系统会将其识别，进行一对一文明游园提示和语音播报，并提醒园区工作人员适当对该游客进行监管。假如他再次做出不文明的行为，将被列入市属动物园黑名单，不能进入所有市属动物园。与此同时，我们还会与公安部门取得联系，核实查证，把情况上报给旅游局，建议将其列入更高级别的旅游黑名单。

“动物园是饲养野生动物，并对公众展出、进行专业知识教育的场所。良好的环境需要大家共同守护。动物园的每一只野生动物都是园方最宝贵的存在，我不愿意称它们为‘财产’，因为它们是鲜活的值得被尊重的生命个体。

“这是山海野生动物园首次对游客启用黑名单，只是为了告诉大家，为了保护动物们，我们可以做到这样的程度，还可以做得更多。

“最后，也是今天发声的主要目的，稍后官博将会发起一个有趣的活动：夸夸我身边的动物们。俗话说良言一句三冬暖，恶语伤人六月寒，请尽情夸奖你身边的小动物，家养毛茸茸、路边偶遇的猫猫狗狗、电线杆上的小麻雀……皆可！带上话题，上传相关短视频，@山海野生动物园，届时会抽取一大波精美的文创礼品，还有限量版摆件等你带回家。”

客厅里，秦初晗发送完这篇大约两天前就修改完毕的小作文，又和网友在评论区互动了一会儿，心满意足地放下手机，笑眯眯转头向左看。

祁应琛坐在她身旁，笔记本电脑放在腿上，察觉到她的动作，停下敲击键盘的手，回视女朋友：“忙完了？”

秦初晗点头，内心平静中带有一丝期待：“元旦开店，到现在累积了一批卖不出去的存货，正愁不知道怎么办呢。”

那些存货留着也是占地方，工厂那边总打电话问怎么处理，一度弄得她头大。生活中，秦初晗奉行断舍离，本想着反正是卖不出去的存货，不如送出去了事，可一看库存量，又觉得干送着实有点儿亏，于是一直在等合适的机会，做活动的同时顺便宣传动物园，亏损的钱权当广告费了。如今杜康大佬这件事，正好给了她操作的空间。

祁应琛关掉论文页面，打开微博，点进女朋友的微博小号，小作文的评论区已经有近千条讨论，除了“一把子支持”，对她发起的活动也十分感兴趣。

“看活动奖品的单子，搞得很丰富啊，心心念念的破动物园盘活了，真好！兄弟们，跟我一起冲了！”

“按照小秦总监的处事风格，我就知道事情结束后会上价值，但我着实没想到山动会拿出那么多文创存货来搞活动。”

“啊啊啊这不是专门为我而设的活动吗？我每天早中晚都要夸我家狗子，少夸一次它可是会有小情绪的！”

“动物真的听得懂人类说话，去年我家进了一只老鼠，为了赶它出去，我跟我老公每天绞尽脑汁，吃饭睡觉上厕所都在商量新招，家里做得像密室闯关一样到处是陷阱，搁不住它天天晚上出来搞吃的，甚至能绕开布满厨房的捕鼠贴！最后我老公说干脆抱只猫回来，当天晚上就没听到家里有任何动静，它就……走了，离开我家了。因为它知道它对付不了猫，真是只有智慧的老鼠！”

“坐标江城，有没有周末去山动的朋友，我们给杜康组个夸夸团怎么样？”

“老板大气我先说了，您看我夸家里的这只动物能算参与了吗？名字我都给他取好了：大型两脚巨婴。哺乳类，陆地动物，用力夸夸他，他还会承包家务。”

看到最后这条，祁应琛和秦初晗没忍住笑出了声。

祁应琛问：“那天在湖边，你问我生活在野外的动物和人类之间的互动、影响之类的，是为了发起这个活动做的功课？”

“原本想把我们当时的对话修改一下当素材用，后来我在网上看到这篇植物实验的新闻，觉得更合适，就选了后者。”

秦初晗做事向来目的明确。撇开男朋友的身份，祁应琛很欣赏她这一点。

“这几天我反复思索你问我的问题：生活在野外的动物对人类有什么看法，会不会受人类影响？”

“有结果了？”秦初晗单手挂在沙发靠背上，转身全神贯注地听男朋友开讲。

祁应琛对待专业方面的问题向来是严谨的：“我个人认为会有看法，也一定会受影响，而看法深浅和影响程度取决于它们与人类的交集程度。”

打个比方，动物园的动物每天见人，聆听游客的对话，对人类的了解不断加深，久而久之，连它们自己聊天也会用上一些时下流行的网络用语。以此作为参考，当人类闯入野外，必然受到动物们的关注，影响则是相互的。

“从物种优势的角度看，单说这种‘影响’，人类占有绝对的主动权，野外的动物则一直处于被动，这迫使它们不得不冒风险去了解人类，以便展开防范。”

就像之前留言里提到的小两口绞尽脑汁也没捉到最后被猫吓跑的老鼠，如果它听不懂人的话，又怎么会跑得如此之快？那么，它一开始就能听懂，还是后天学会的？

达尔文在《进化论》中说，生物只有不断进化，努力去适应自己的生存环境，才不至于被淘汰。人类入侵了森林，控制了河流，深入到每一片原始丛林，甚至连荒漠也要霸占，动物们怎么办呢，总要想办法活下去。

祁应琛一本正经地做总结：“所以保护动物，现代动物园的存在很有必要。”

秦初晗点点头：“受教了，我会努力的！”

她看一眼时间，快十一点了。明天还要早起去海市看阿尔卑斯的决赛，于是小秦总监主动捧起男朋友的脸，在他英俊的面颊上落下一吻：“晚安。”

祁教授也只好道：“晚安。”

不一会儿，客厅里只剩下他一个人。他收回目送女朋友上楼的视线，漫无目的地扫了一眼还架在腿上的笔记本电脑。屏幕上，网友欢乐地夸着小秦总监脑子灵光、活动有意思、人美心善超大方……祁应琛垂下眼，不经意看到穿在身上的睡衣，忽然后知后觉想起女朋友也是穿着睡衣的，甚至她下楼的时候还敷了张面膜。

吃完晚饭回来，他们回各自的房间洗漱，换上舒适的居家服，如果不忙，就在客厅沙发碰头，看看电视，闲扯几句，到时间上楼睡觉。当然，也是回各自的房间。这种老夫老妻的状况持续多久了？太和谐了，也太危险了！

祁应琛两腿一伸，仰头望天花板上亮得晃眼的吊灯，无奈轻叹：“我好像是肉食动物？”

2

为了看阿尔卑斯的比赛，天还没亮，加油亲友团就起床了。还是和上周一样的阵容，众人开着载满文创产品的小巴，前往海市西林马术运动场。

临近九点，抵达目的地，刚入场坐好，就见超霸气的助威横幅拉起来了。

经过上周激烈的小组淘汰赛，本届星运会马术项目的盛装舞步冠军将从最后九名选手中诞生。根据抽签结果，阿尔卑斯和宫桀排在第三，很快就轮到他们登场。

骏马优雅地迈着四蹄，帅气的男星身着讲究的骑装，宫家的粉丝拿出百分百的气势，喊出积极向上又响亮的口号：“比拼激扬梦想，搏击磨砺锋芒！”“宫桀、阿尔卑斯，你们是最棒的！”“稳健！走着！”……

LED 屏幕上开始倒计时准备，全场才安静了下来。

顾词忍不住感叹：“这执行力……”

祁应琛望着正对面观众席着装统一的宫家粉丝，口气里只有不理解：“不得了。”

秦初晗用肩膀撞了他一下，打趣道：“这就是顶流的待遇，想不想感受下？”

祁教授转头看着女朋友：“怂恿我出道？”

“看你怎么想了。”小秦总监说完，停了下，突然发难，“所以，我能怂恿到你？”准确的问法是：我对你的怂恿，成功率是百分之百吗？

祁应琛望向场上正在做表演的一人一马，清隽的面上晃过一丝谨慎的思量，片刻后他严肃拒绝，并给出理由：“很遗憾，不能。有头脑、有学识、有颜值，还有演技，总得给人留口饭吃。”

小伙伴们沉默数秒，集体声讨：“做学问的了不起啊？做学问就可以这么狂吗？”

祁应琛好心情地勾起唇角：“然而你们并没有否认我可以出道，甚至还拥有登顶内娱的实力和可能性。”

顾词：“没想到你是这样的祁教授……”

林笙：“快听，噼里啪啦的，是滤镜碎了的声音。”

时昊：“出道吧，红了以后给动物园代言，让我们山动成为最大赢家。”

司徒畅：“不是说要给人留口饭吃？”

盛呦呦：“大龄资源咖，逐梦演艺圈。”

伍衡：“我在直播啊朋友们，说话注意点儿！”

祁应琛一脸淡定：“高冷挂，禁欲系，不喜欢？”

陈胜利：“秦初晗你快管管他！”

在祁应琛的插科打诨下，等大家反应过来时，宫桀和阿尔卑斯的表演已经结束了，裁判给出目前场上的综合最高分。

宫家粉丝激动尖叫：“稳健！走着！加油加油加油！”

秦初晗拿起手机给秦励发信息：“我这边结束了。”

秦励似在等她，很快回复：“司机在门口等你。”

她回了句“知道了”，将手机放进包包里，凑到男朋友耳边说：“我先过去了，谈完就回来和你们碰头。”

祁应琛点头，大方放行：“去吧。”

等到秦初晗挪出观众席，消失在通道出口，他脸色随之暗了一瞬，眼底浮出一丝顾虑：明明他这个捷径就在身边，她却偏要不辞辛苦翻山越岭。他担心她碰壁受伤被欺负还咬牙坚持，不肯告诉他，让他帮忙分担。

不知道从什么时候开始，祁应琛会突发奇想，期待女朋友冲自己撒娇，对他说“太难了，不想努力了，你帮帮我吧”。他必定欣然应允：“你想要的、不想要的，全都捧到你面前，任你挑选。”然后秦初晗感动得泪流满面……脑中忽然出现缩成一团的杜康，祁应琛从胡思乱想中回过神来，意识到那个不应该的期待又钻了出来，只得用无可奈何的笑容来掩饰。

她不会的，因为她是秦初晗。

给予这样的肯定后，祁应琛发现坐在旁边的兄弟正愣愣地盯着自己。

陈胜利打量他好一会儿了，见他回过神来，笑得满脸不怀好意：“女朋友太独立，让你为难了？”

“也不能说为难……”祁应琛佯作回味，又似不知从何说起。

陈胜利故意激他：“就是你想把动物园买下来，你的钱也不够。”

祁家老三在朋友的公司有股份，还不止一家，一时半会儿上哪儿套现去，还不是得问家里要？陈胜利幸灾乐祸：“就算向哥哥们开了口，筹到钱，秦初晗也不一定接受，惨啊！”

祁应琛却不认同他：“这种感觉很复杂，无论我怎么说，你一个没有女朋友的人都无法理解吧？好好看比赛，不要分心。”

胜利老师笑不出来了，借着场上的欢呼声放纵自己仰天哀号：“我讨厌你！”

决赛在上午十一点多结束，根据总分排名，本届星运会盛装舞步项目的冠军奖牌被年近六十的老牌打星梁梓晨摘得，宫桀和阿尔卑斯以微弱比分差荣获亚军，季军则属于在自选动作上超常发挥的顾晴和胜雪。

颁奖典礼上，祁应琛作为受邀嘉宾，登台为运动员们颁发奖牌奖杯。

梁梓晨的搭档正是上周秦初晗等人前往马厩时见过的那匹怯场得不停念叨“不紧张，不紧张，我叫不紧张”的二郎神。这会儿都比完了，它还没回过神来，站在领奖台上自言自语：“我真的做到了？我没给老梁丢脸？我是……冠军？”

祁应琛对它印象深刻，笑着肯定：“你是冠军。”

他登场的时候，广播里特地介绍了他动物学家的身份和突出贡献，故而停下来与动物聊两句，在旁人眼中倒也正常。

“我是冠军？”二郎神蓦地抬了下前蹄，慢了N拍的激动情绪被梁梓晨勒紧缰绳给按下来，它醒神了，雀跃地扭头对身旁的黑色骏马感激道，“你说得没错，深呼吸，调整心态，到了场上把自己交给骑手，听指令照做就可以了。阿尔卑斯，你是我永远的好朋友！”

阿尔卑斯拉着长长的马脸：“早知道结果是这样，就不安慰你了。”安慰出个最强对手，让它与冠军失之交臂……遗憾！

二郎神这才意识到这时候说感激的话跟炫耀没区别。草率了，嘤……

祁应琛站在阿尔卑斯面前，还没说什么，它先郁闷上了：“好可惜，就差两分。”它甚至不知道那两分是差在哪里，动作不够标准，抬腿的弧度不够完美，还是输在外貌气质上？

“开心一点儿，你已经做得很好了，完成度很高，是我心目中的冠军。”祁应琛安抚地抚摸它英俊的马面。

宫桀稳稳当当地骑在马背上，听到祁教授的话，扬起下巴发出一串爽朗笑声：“你也发现它在闹脾气了？这家伙就是胜负心太强，我们才训练了多久啊，能拿到亚军已经超出预期了。比赛那么多，我们下次再战个痛快！”

这话引来了梁梓晨的注视：“你们也要参加全国锦标赛？”

“没错。”宫桀先把战书下了，“老梁，从今天开始，你就是我要超越的目标了。”

梁梓晨点头，一语双关：“行，尽管放马过来。”

祁应琛瞥着那匹沮丧的冠军马，对阿尔卑斯道：“大家在赛场上都很努力，要输得起，下了赛场，还是好朋友。”

“我没那么小气的。”阿尔卑斯明白他的意思，主动和二郎神和好，“刚才是我情绪不对，你别介意，你是我离开动物园交到的第一个朋友，也是我永远的朋友。”

二郎神瞬间心情变好，嘴唇颤动，发出欢快的嘶鸣：“好兄弟，一辈子！”

末了，祁应琛来到季军面前。顾影后和胜雪都是高冷型的，长久保持着平静的状态，也不加入群聊，显得与大伙格格不入。

祁应琛觉得这匹纯白的荷兰温血马是真漂亮，面容隽秀，气质出众，和它的搭档一样不屑与身旁的人搭腔，便不再多言。谁料颁发完奖牌，正要离开，胜雪竟然主动开口：“你都不安慰我。”

祁教授诧异地望着这位白皇后，不知道它对自己有什么诉求。

这时，顾晴正好被记者叫住，冲镜头绽出营业笑容，没顾上眼皮子底下。

祁应琛笑着道：“很遗憾，我并不认为在赛场上与男人们一较高下的你，会需要我毫无用处的安慰。”

胜雪被他恭维到心坎儿里，露出欢愉的表情：“诚如阿尔卑斯所言，您是位真正的绅士。”

祁应琛礼貌颔首：“谢谢夸奖。”

胜雪好奇地打量他，目光中流露出不加掩饰的欣赏。

这一幕被阿尔卑斯瞧见，急得它驮着还在和梁梓晨聊马术技巧的宫桀走了过来，挡在人和马之间：“祁教授，我忽然想起一件很重要的事情，必须立刻告诉你。”它做出个正经的样子，“前两天一个名叫秦宝珠的女人来看过我，据说她才是我真正的主人，还有动物园，也是她的。她知道晗晗正在为动物园努力，因此做了一个决定……”

秦初晗来到位于市中心的艺术体操比赛场地时，秦心玥正好步入赛场，在定点位置摆出优美的姿势，右手举过头顶，柔韧的手腕利落地一旋，手中那条长长的彩带像是得了她的命令，绕出一个又一个圈，把她圈在中间。

艺术体操是女明星们争奇斗艳的一大赛场，秦心玥学了十年古典舞，自然毫不犹豫地选择了这项竞争激烈的赛事。根据她上一场的比分，只要不出现明显失误，晋级是肯定的。

已近正午，除了艺人团队和赛事工作人员，场内除了前三排，其他座位几乎被各家粉丝瓜分。秦励站在正对主台的最后一排，西装笔挺，格外显眼。

秦初晗从E入口走进去，不费力地将他找到：“还好还好，赶上了。”她将落到臂弯的挎包重新挂回肩上，调整着微微急促的呼吸，望向场中把红色彩带挥出各种形状的秦心玥，差不多望了有十秒，中肯评价：“跳得还真不错，比我想象的好多了。”

秦励纳闷：“我怎么觉得你是专程来看她出糗的？”

秦初晗是个大气的人：“专程不至于，顺道看一下还是可以的。”

秦励被她真假参半的玩笑话逗笑了：“那份计划书我看过了，还行。”

还行？那大哥你是支持还是反对？你要是支持，能不能把“还行”这两个字展开说说？要是反对，在电话里说就行了，不用把我叫这儿来，白跑一趟我可是会生气的！秦初晗心中万马奔腾，连带着眼神也变得犀利起来。

“急什么？”秦励慢条斯理地说着，冲斜前方某处扬了扬下巴。

她顺着他指的方向看过去，只见两名记者站在过道中间冲他们点头哈腰，架在身前的相机镜头比她脑袋还大。秦初晗瞬间意识到这是秦励的安排，但又不是很确定：“热搜上表演姐妹情深？没有这个必要吧……”

秦心玥童星出道，是公众看着长大的，这些年不说大红大紫，娱乐圈总有她的一席之地。可秦初晗是谁？四格漫画小画手，山动文创团队主心骨，动物园园长之女，祁教授的女朋友……这里面哪个身份都不如秦心玥这三个字叫得响。

秦励抬起手，在她肩上拍了拍："相信自己的能力，这半年多，你做得很好。"能在数日扭转动物园的口碑，一个月实现扭亏为盈，三个月做到全国瞩目……跨界合作、公益活动、体育赛事，一样没落下，实在了不起。

"既然你都这么说了，"秦初晗从包里取出粉盒，认真给自己补了下妆，随后双手扶在护栏上，望向赛场上年轻靓丽的女明星，"拍吧。"

秦励见她准备好了，对那两名记者使眼色，"咔嚓咔嚓"的按快门声淹没在比赛的音乐声中。

"现在可以谈正事了吧？"秦初晗配合了安排，并合理提出自己的要求。

秦励似笑非笑地盯着她："你刚才表现得不错，全方位的自然、放松。"

秦初晗只拣字面上的意思听，就当他在夸奖自己，便也随便客套一下："人在江湖，明枪易躲暗箭难防，需要一点儿演技傍身。"

"嗯，话说得是没错。"秦励肯定完了，对她遗憾地说，"忘了跟你说，我事先交代过他们，不用放出你的正脸。"照片会"不经意"地被各大营销号搬运，而看秦心玥比赛的年轻女子将是一个欲盖弥彰的模糊侧影。不过哪怕路人猜不出，也有水军放料带节奏。

秦初晗悟出了这里面的奥妙，半张开嘴，差点儿冲面前这位难以捉摸的秦家继承人骂脏话。

秦励恶作剧完，终于回到正题："我支持你放归北极星，但不会明着支持，更不会帮你说服我妈。"

前半句让秦初晗狂喜，中间一句令她稍稍失望，听到最后一句，整个人无语了："你的支持让我倍感寂寞！"

"季家，也就是我爸的本家早就不行了，早年我妈没防备，集团里进来不少季家的人。到如今，高层内部、股东们那边被渗透得厉害，我爸和我妈是不可能离婚的。"说起父母，秦励像个事不关己的外人，一点儿感情色彩都不带。他垂眼冷冷瞥着面前这个跟自己没有血缘关系的小姑娘。兄妹？还是别了吧，更没感情可言。

秦初晗不会蠢到去安慰他，点点头：我听着，您继续。

秦励继续道："我爸妈离婚的话会涉及财产分割的问题，集团有一部分必定会改姓季，至于这部分有多少全看拉扯过程，以及谁起的头。"北极星是秦宝珠和季国平的定情鲸，假如秦宝珠答应放归，等同于率先开战。季家以此大做文章，秦家便会落下风。

“那就是无论如何都不能放归的意思？”秦初晗急了，脸上笑容尽失。

“你慌什么。”秦励好气又好笑，“一头虎鲸而已，你是跟它拜过把子还是结成了不得了的魔法契约，急匆匆要放归它，不然到规定期限会被囚禁在永远静止的虚无里？”

“我还真跟它拜过把子，答应有生之年一定让它回到大海和家人团聚。”秦初晗不开玩笑，动物们的正经事都是她的头等大事。

其实秦励一直很认可秦初晗在动物园做出的成绩，觉得她有能力，脑子聪明，这样的妹妹比一天到晚只会在娱乐圈傻混的秦心玥强多了。这会儿见她上了头，他也不再绕弯：“我是姓秦的，老爷子走之前对我有交代，让我一定把家业守好，在可接受范围内给季家一口饭吃。目前集团的情况，坦白说，不乐观，我需要一个机会清除障碍，但这个头不能由秦家来起，你算半个外人，半个……能让季家认为或许有机会拉拢的助力，加上你在动物园做出的成绩、累积的财富——”说到这里，给听的人留下足够的回味空间。

秦初晗把秦家和季家的弯弯绕捋了一遍，精神抖擞地应：“我愿意！”不就是个导火索，不就是个箭靶？来啊！都冲我来！看我不把你们搅得天翻地覆晕头转向！等她把北极星放归，只管拍屁股走人！

秦励料到她会答应，但没想到能答应得如此干脆，就为了一头虎鲸……都不知道她是傻，还是缺心眼儿。

不管怎么样，事情算是暂且说定了。秦励交代道：“我会找个机会安排你进董事会，以你现在的实力、知名度，还有社会影响力，足够拥有一席了。不过到时候还需要你继续发挥刚才拍照时的演技，对我们秦家这边不用太亲密，等季家那边主动接触。”

“懂的懂的。”秦初晗看了那么多豪门狗血剧，都是为这一天做的功课。再说了，她跟秦家这边也确实不亲密，都不用演。

“我凭实力进董事会，因为是动物保护人士，必须放归北极星。姑妈不同意，我跟她的关系在闹翻的边缘徘徊，从而引发秦季两家大战，集团高层或被迫或主动站队，方便你清除障碍，守住家业。”秦初晗思路清晰地说完，像刚才秦励拍她肩膀那样鼓励地拍了拍他的肩，“大家都姓秦，举手之劳，举手之劳！”

秦励见她太乐观，摇头道：“还有一点我要先提醒你。”

“大哥您说。”秦初晗连忙把耳朵凑过去。

“今天的谈话，我对你是有所保留的。当然，我的最终目的不变，一旦你主动入局，中间需要你做选择的时候……”

没等他说完，秦初晗忙道：“我不会选错的，又不傻。”临阵倒戈季家对她毫无益处。

“我从来不怀疑你会站到季家那边跟我唱反调，我说的也不是这个，而是另一个。”秦励隐晦地说道，“那将直接决定北极星的放归与否，对于你来说，那个选择才是最重要的。”

此时，比赛音乐结束，秦心玥在喝彩声中从容退场，大屏幕上出现目前场上最高的综合分数。秦初晗从秦励的话中愣愣回过神来，才发现这场谈话居然不到三分钟，竟然聊出了“战争持续数万年”的漫长沉重之感。对她来说另一个重要的选择到底会是什么呢？

正事聊完，秦初晗没多待，离开体育馆，回西林马场。跟大部队碰头后，一行人去宫桀在海市的别墅开庆功宴，吃完晚饭回江城。

晚上十一点，秦初晗洗漱完毕，如往常那般换上舒适的睡衣，捧着保温杯来到楼下客厅，把跟秦励谈的内容对祁应琛毫无保留地复述了一遍。而后，她做出个老实巴交的模样，向教授级别的男朋友讨教：“我答应了，你觉得怎么样？”

女朋友的表情是真诚的，对自己是毫无保留的，可“我答应了，你觉得怎么样”这句话……算有语病吗？祁应琛愣了足有五秒，总算是从她的思维角度捋清楚了。

秦初晗说完也发现这话有问题，跟着讪讪地笑了：“我不是这个意思……”她讨好地凑过去，眼睛像星星似的眨啊眨。

祁应琛帮她把话圆满：“你一直想进集团董事会，现成的机会摆在眼前，换我也会顺势答应下来，至于其他的，走一步看一步吧。”女朋友向来有主意，告诉他这些是信任他，想要他的支持，而非意见。

秦初晗就是这个意思，连忙点了点头，又忧心忡忡地皱起眉：“以前我想进董事会，目的是拿到动物园的话语权，甚至找机会得到，从来没想过要参与集团内部的斗争。”

今天和秦励聊过之后，她才知道以前的想法有多单纯。动物园是集团的动物园，她早就在局里了。只不过以前是小打小闹，最大的绊脚石也就伍力文那样的角色，以后要面对高端局了，董事会里全是高段位玩家，秦初晗不知道自己是否能应付得来，确实只能走一步看一步。

思绪百转，她回过神来，对上一双沉稳的眸，觉得不得劲：“你也太淡定了……”

祁应琛笑着提醒她：“这种时候你可以问我，要是你被欺负了，我会怎么做。”

秦初晗便一字不落地照着问。

祁应琛耐心地给出答案：“我会帮你欺负回来。”言罢，捧起她的脸，在额上印下轻轻浅浅的一吻，“早点儿休息，明天见。”

他起身离开客厅，上楼的脚步声顷刻消失在二楼尽头。秦初晗斜倚在沙发上，一时没反应过来。这就明天见了？聊完了吗？总觉得什么都说了，又好像什么都没说，那我们到

底谁赢了？

稍晚些，还是没想明白的秦初晗回到房间敷了张面膜，靠在床头刷微博——热搜前三十条里，秦心玥占了两条，其一是营销号无脑吹她艺术体操表现完美、零失误，其二就是秦励安排的“姐妹情深秀”了。

而针对第二条的各种各样的分析也都来了。跟秦初晗猜的差不多，他们先怀疑到场加油是摆拍，再说摆拍肯定站到第一排去，在镜头前拥抱，正因为不想引人揣测，才安静地看比赛并低调离开。

还有的则围绕山海集团的近况展开。一说秦初晗把文创品牌做起来了，关注度越来越高，影响力越来越大，秦家内部有意将她吸纳进董事会，为集团做出更好的成绩。二说山海集团去年年底一口气关闭数十家商务酒店，开在其他城市的游乐场也陷入吸引不到游客的尴尬境地，缺乏竞争力。总的来说，山海集团已经不能再延续老一套的做法，急需改革突破，这时候能有一位天降紫微星来指引方向再好不过。

明示到这个地步，恐怕还没等秦初晗正式进入董事会，就会有季家的人来跟她接触了。而这都是秦励暗中安排、刻意引导的。

秦初晗看了一会儿，忽然觉得无趣，对于即将进入集团董事会也没那么慌了——在这场高端局中，她是一颗至关重要的棋子，她自身的利用价值就是她最大的本钱！

她又点进自己发起的话题“夸夸我身边的动物们”。这里的微博内容就有趣多了，网友们为了赢得礼品频出奇招，搞笑的、搞怪的……秦初晗笑得肚子疼。

江城本地还有人吆喝着组织夸夸团，准备明天拉着横幅来动物园，狠狠地、全方位地夸杜康几个小时。他们还取了名字：狮王挽尊特别行动队！

秦初晗看得跃跃欲试，心思一转，给男朋友发信息：“请问你睡了吗？”

祁应琛：“没有，请问我的女朋友有什么吩咐？”

秦初晗就喜欢假装正经地和祁教授交流，特别有意思。她打开手机上的简笔画软件，用手指画了一张邀请卡片，小女孩戴着狐狸耳发箍，身后还有一条毛茸茸的火红色小尾巴，噔噔噔来到头戴抹香鲸帽子的小男孩面前，礼貌地询问：“明天我们可以去约会吗？”画好后截图发了过去。

祁应琛秒回：“荣幸之至。”

秦初晗继续画约会要求：要穿符合春天主题的休闲装，不能太正式，也不能太随意，准备好之后，明天早上七点半，楼下客厅见。

祁应琛发来一条语音，先是愉悦地应下小女孩的约会要求，然后笑着问：“七点半会不会太早了？”

秦初晗完全不觉得，并坚持：“相信我，交给我来安排。”

祁应琛又问：“能告诉我约会地点吗？要是再透露部分行程就更好了。”

秦初晗保持神秘：“到时候你就知道了。”

第二天，秦初晗起得很早，洗漱完毕，换上符合春天主题的衣服，化了一个精致的妆，来到客厅。祁应琛已经稳稳当当坐在沙发上，用 iPad 浏览新闻。连接后院的玻璃门被拉开两扇，花草的芬芳跟随新鲜空气飘进来，冲散一夜沉积的污浊空气。茶几上摆着古朴茶具，经过一番步骤讲究的操作，此时正弥漫着清淡的茶香。两种味道完美融合，搭配清晨第一缕阳光，把约会的氛围渲染出来。

秦初晗走近，打量对方：眉目俊朗，气质卓然，阳光像滤镜一样覆盖在他面庞上，淡化了他骨子里清冷的部分，多了柔和感；穿一件宽松的灰白拼色圆领毛衣，浅橄榄绿的休闲裤，裤边卷起少许，露出饱满的脚踝，虽然脚上还是那对大鼻孔的河马拖鞋，但就是莫名其妙的对。

祁应琛也在打量她：明眸皓齿，笑容甜美，柔顺的长发披在肩上，衬着她莹润的尖下巴、曲线柔美的颈项和单薄却自有韧性的肩和背；穿一条黑底碎花连衣裙，碎花由白色和浅黄的可爱花朵组成，在后腰的位置有一对蝴蝶结，裙摆刚刚没过脚踝的长度，格外美好；四月初，江城早晚温差大，她给自己加了一件镂空的白毛衣外套，手里还拿着一顶宽边的草帽，春天的气息扑面而来。

“早啊，男朋友。”秦初晗笑盈盈地打招呼。

“早上好，女朋友。”祁应琛回以明媚笑容，满是期待。

喝一杯茶，换鞋，出门，此时为早上七点三十五分。

祁应琛看着家门前每天晨跑的出发点，延续着之前的好心情，问：“我去开车？”

“不用。”秦初晗一口就给他否了。

祁应琛愣了下，扭头去看，发现女朋友正皱着眉头，颇为严肃地用手机编辑信息。工作上出了问题？他再看隔壁那栋安静得媲美鬼屋的别墅，这不是加班的状态。

秦初晗发完信息，重新抬起头与他四目相对，笑容灿烂：“第一站，不用开车。”

“嗯，好。”祁应琛茫然点头，各种拿不准。不是工作短信，会是什么呢？

秦初晗看着他，憋着笑，故意伸出手：“牵手吗？”

“嗯，牵。”祁教授继续点头，从善如流地将女朋友的手牵住，完成“约会必须十指紧扣”的仪式感。

“是这样的。”秦初晗晃了晃和男朋友十指紧扣的手，专注地望着他，“今天是周末，让我们放下所有的工作，以普通人的身份，以男朋友和女朋友的身份，在这座全世界最好的动物园里，愉快地玩一整天，怎么样？”

祁应琛提炼她话里的中心思想：“所以约会的地点就是山海野生动物园，第一站是黑熊咖啡厅？”

秦初晗铆足劲夸他：“不愧是我理解能力满分的男朋友！”

祁应琛不大情愿了，似笑非笑的眼里流露出一丝丝无奈：“不愧是我创意百分百的……女朋友！”在工作区域，在包括老秦在内的全体工作人员和动物们的眼皮子底下约会，想想还挺有意思，他决定配合。

互吹完毕，两人手牵手走向第一站：黑熊咖啡厅。

店里如往常那样亮着灯，店员从厨房里走出来，手中的托盘里放着新鲜出炉的奶油菠萝包。祁应琛心想，来得倒是时候。秦初晗却在这时松开他的手，目不斜视地穿过小广场，来到观光车停车点，挪边上站定了，回身豪迈地说：“选一辆吧！”

所以早餐要出去吃？祁应琛眼底闪过一丝意外，他走到女朋友身旁，放眼一望，全园半数的观光车都在这里了。

既然是约会，祁应琛本着每个步骤都要认真对待的严谨态度，挑了车身有游夜一家剪影的四人座车。春节过后，秦初晗亲自设计了多款动物形象，找工厂定做贴纸，给这些大大小小的白色家伙们做了缤纷活泼的装饰，这么一弄，确实更符合动物园工作车的形象了。

“我以为你会选有闪电和皎月的双人座车。”秦初晗猜错了，稍显遗憾。

“毕竟闪电和皎月已经双双步入人生新阶段，而我也是个注重家庭观念的男人。”祁应琛正色说着上了车。恋爱的终极形态是美好的婚姻，纵观整个园区，唯有游夜这个大家族最让人羡慕。

秦初晗扬了扬眉：“有道理。”

今天是周末，外广场上来了不少商贩。他们大多是特地从城区来的，只在动物园门口做周末两天生意，开着三轮车，拉着货品，寻一处空地把自己的小摊子摆得整齐漂亮，吃喝玩乐都有。

“走，带你去吃全世界最好吃的早餐！”秦初晗领着男朋友在摊位前的折叠桌前坐下，轻车熟路地点餐：“老板，两碗豆浆，两份全家福粢饭团，一碟三拼配菜！”

老板爽利应声，忙碌起来。很快，丰盛的早餐摆满小方桌。

“来了半年，我竟然不知道东门外广场有早餐吃。”祁应琛叹罢，拿起筷子逐一品尝。

小菜可口，豆浆香浓，粢饭团的味道复杂多变，每次咀嚼都会发生奇妙的变化……他被震撼到了，回以女朋友不可思议的眼神：很好吃，为什么不早点儿告诉我？

秦初晗学着之前他在咖啡厅外一本正经的模样：“毕竟老赵每天变着花样给大家做吃的，得顾虑下他的感受。鉴于你已经成为我男朋友好几个月了，是时候带你了解动物园的周边环境，获取一些不同的体验。”

看来他通过了第一阶段的考验，今天这顿早餐是奖励……女朋友不愧是“山动心中有数第一人”。祁应琛心里想得明明白白，面上没敢吭声，做老实状点头：“受教了。”

吃完早餐，回到东门售票口，已经有游客在买票入园了，秦初晗忽然问男朋友：“你幸运数字是几？”

祁应琛：“二十一。”

秦初晗皱了皱眉头：“有没有短一点儿的？”

祁应琛约莫猜到她问的意图了：“那就一吧。”

“二十一这个数字对你来说有什么特别的意义吗？”秦初晗边问边向一号售票口走去。

祁应琛跟在她身后：“事业起飞的一年。”

秦初晗回过身来看他：“我还以为你会说，你在二十一岁那年的跨年夜遇到了我呢。”她暗暗地算过，初遇那年她十八岁，祁应琛二十一岁。

祁应琛说：“准确地说，我们遇到的时候我二十岁零七个月。而且跨年夜那一面之后相隔六年才重遇，你问的是幸运数字……”他遇到了心动的女孩子，却因为这样那样的顾虑没有交换联系方式，导致后来每每想起都会后悔，一度以为自己就此错过。这哪里幸运了？是愚蠢才对！

“爱情和事业总要成就一样嘛！”秦初晗一直都是这样想的，“在二十一岁同时拥有这两样，那是世界级的欧皇了。”

说起来，好多人二十一岁还在读大学，祁应琛却已经在国外研究所独当一面了。还有他那两位在不同领域发光发热的哥哥，大概祁家的每一组 DNA 上都刻着“我超聪明”四个大字……秦初晗由此发散思维：“倘使那天我们分开的时候交换了联系方式，后来大概率也会不欢而散。”

祁应琛饶有兴趣地问：“为什么会有这种假设？”

“异国恋，刚开始还能互相体谅，时间长了，我会怪你工作优先，需要你的时候你不在我身边，你也会疲于应付我，发出类似‘你能不能懂事一点儿’的抱怨。”

祁应琛看着聪明的女朋友，径自笑着，没有接话。

秦初晗恍然大悟："送我上出租车的时候，你犹豫的几秒钟已经把这些情况想到了！"

祁应琛没否认："我只是没料到实验进行得比我想象中顺利，就跟之前推演的一样，除了两次微小得可以忽略不计的失误，像是开了挂，没费太多力气就获得了成功。"于是，他得到大把的时间来后悔，"那时我想得太绝对了，其实应该先做朋友，互通消息，回国稳定后再追求你也不迟。"祁应琛只笑自己蠢，足足遗憾了六年。

"觉悟不错。"秦初晗对他使眼色，"买票吧。"

祁应琛从善如流，拿出手机，躬身对坐在窗口的陈姐道："扫码，两张全票。"

一号窗口的陈姐在山海野生动物园干了十几年，看着秦初晗长大，祁教授自然也是认识的。之前她看着两个人走员工通道从园里出去，怎么吃个早餐回来就要自掏腰包买门票？陈姐又想他俩过来的时候嘀咕了一路，别是在拿她打什么赌吧？

"祁教授，你怕是小看我陈今霞了。"陈姐似笑非笑地凑到窗口边，伸出一只手把二维码捂住，昂首跟英俊的小伙子对视，"大清早的，要拿我打趣？"

秦初晗站在男朋友身后，笑得快岔气。陈今霞大姐可是让兽医院王老头和食堂老赵同时忌惮的存在，得罪她，让你有今朝，没明日。东大门十二个售票口，祁应琛偏偏挑了一号，让人只叹一声：都是缘分！

祁应琛是听过大姐名号的，耐心解释道："今天我和晗晗要在动物园约会一整天，从进园这一刻开始，我们只是单纯的游客，所以才要买票，您能不能通融一下，麻烦了。"

吃住工作都在动物园里的两个人花钱买门票进园里约会，还要请卖票的大姐通融一下，陈今霞卖了十几年的门票，今天头一回见！她收回手托着下巴，笑眯眯看着两个很有想法的年轻人："行，我信了。我不麻烦，你扫吧！"

祁应琛扫码成功，入园时还顺手拿了一份今年的新地图。

秦初晗在进去前特地对陈今霞强调："这叫仪式感！"

陈姐无奈点头，权当他们变相给动物园创收了。

走进熟悉的东门广场，年轻的情侣停下脚步。祁应琛展开手上的地图，边看边问："确定开始了？"

秦初晗不确定："等等，我需要做一个临时的准备工作。"

说着，她拿出手机，在动物园的百人大群里发信息："打扰了，告诉大家一个情况，今天我和我男朋友决定在动物园里约会，希望能得到大家的配合，把我们当作普通游客就可以了，万分感激！"

陈胜利打趣他们："好歹去对面的游乐场玩一天呀，约会都在自家动物园，能不能有点儿新意？”

陈今霞在群里通报：“两人在东门外广场吃粢饭团，刚入园，买的全票！”

老赵心里有点儿酸，他早上特地做了小晗最喜欢吃的虾饺，结果这小丫头片子跑去照顾外面的生意。

连调休的也好奇了：“小秦总监和祁教授在园里约会？好想来围观！”

最后老秦发话：“批准了，好好约会。”还给女儿和准女婿开先例，“把打扰你们的家伙名字记下来，回头扣工资。”

时昊带头在群里闹，祁应琛发了几个红包才勉强平息下来。

准备工作结束，秦初晗收到闻晓叶的私信：“店里打过招呼了，快来买！”

秦初晗瞬间觉得自己被拿捏得死死的，于是和男朋友手拉手进店买了发箍、口罩、耳环若干，在“欢迎下次再来，游园愉快”的美好祝福声中，坐上今天的第一趟观光小火车。

小火车通票四十元，全天有效，可以在任意站台上下车。车上除了秦初晗和祁应琛，还有几位常年来拍照的摄影爱好者，一路聊着动物园这半年来的变化，还提到秦初晗。好在她用熊熊口罩和发箍做了一番乔装，穿得也十分休闲，没被认出来。

在百鸟园站下车，进园找到李昂，秦初晗向这只老鸟提出今天的诉求，大致内容和她在大群里发的差不多。李昂觉得有趣，很爽快地答应下来，召集平日受它照拂的小麻雀，把消息传到园区每个角落：晗晗和祁教授要约会了，不许打扰，看到了要当没看见，认出来也要假装不认识，哪个不听话，以后我们集体鄙视它！

搞定了人类和动物，接下来的一整天，畅游动物园！

李昂不愧是牢牢掌控动物园消息网的李氏家族元老级别人物，秦初晗和祁应琛刚走出百鸟园，来到临湖各个水鸟区，就听善于赞美的红鹳集体发出感叹：“啊！多么相配的一对璧人！”经过双角犀鸟，又听这群顽皮的家伙七嘴八舌地提醒彼此：“来了！冷静！别围观！发生对视会被扣吃食的！”而住在它们隔壁的五只高冷的丹顶鹤看到目标人物出现，竟不知所措……

疣鼻天鹅的宝宝们上个月刚破壳而出，跟在爸爸妈妈屁股后面，游成一条直线，聒噪着：“秦初晗是谁呀，长得漂亮吗？我们可以和她成为朋友吗？”

天鹅妈妈侧首看着走在旁边栈道上的年轻女孩子，笑而不语。

天鹅爸爸保持神秘，对孩子们说：“长得漂亮的人类有很多，但你们要记住，秦初晗是会为我们动物着想、从心底里关心我们的人类。”

秦初晗被夸得心里美滋滋的，多么善解人意的天鹅，回头看我给你们出点儿什么好东西改善生活。

祁应琛眼见女朋友的注意力被勾走了，不得不轻咳两声以作提醒。

辗转来到小熊猫馆，跳跳才不管李昂让麻雀带了什么话，过去的一年，它在狡猾的鸟类那里吃的亏还少吗！见到宿敌，别的都顾不上了，它立马攀上制高点，高高举起双手："秦初晗，来跟我打一架！约会有什么意思？你来啊！你是不是不敢？快点儿过来跪下认错，拜我当老大，以后我罩着你！"

十点多的小熊猫馆外场游客云集，看到传说中动辄就对人类举手的勇敢跳跳，被它萌得不要不要的。

秦初晗混在人群里，对男朋友叹道："这小熊猫危机意识还挺强，就是不知道它在针对谁。"

祁应琛点头附和："在它的世界里，它用自己的一双手举起了全世界，不管它在针对谁，我们不能因此小看它。"

秦初晗："你说得对！"

对个屁啊，跳跳气得爹毛！

如今秦初晗和祁应琛已经能自如地代入游客身份，经过某个场馆，她不会刻意去找不足之处，看到某只动物，他也不会职业病地琢磨毛色不太鲜亮是不是最近挑食了。

最绝的是午饭时间，在美食街碰到老秦和时旭迎面走来，秦初晗下意识地想打招呼，时旭也望过来了，老秦突然猛地拽了小舅子一把。时旭瞬间醒悟过来，露出"幸好啊，差点儿坏事了"的表情。两个年过半百的中年人互相提醒着，与约会中的二人擦肩而过，还进行了一番经验总结——

时旭心有余悸："得亏你拉了我一把，不然现在已经聊上了！"

秦怀远是个有原则的动物园园长："聊了还要扣工资。"

时旭知道姐夫跟自己搞冷幽默呢，回敬道："扣我工资可以，但是我要提一点儿意见，姐夫你看他俩约会怎么连手都不牵？这说不过去，得扣工资！"

秦怀远觉得小舅子说得有道理，立马给女儿发信息："约会为什么不牵手？再被抓到一次，扣工资！"

秦初晗连忙解释："之前一直牵的，不信你去调监控！这会儿觅食呢，能不能给点儿空间，牵不牵手都要管？"

老秦勉强接受女儿的说法："那行吧，你们继续。"

祁应琛全程在旁边看父女俩做文字交流，心说牵手就可以了吗？未来老丈人对他们的约会指标定得有点儿低啊……

午饭吃烤串儿、葱香薄饼这些小吃，边吃边溜达到象馆，大象们也在吃饭。小纯洁是个吃饭困难户，一到饭点就各种调皮，叫它好好吃饭简直是要它的命，和部分人类幼崽一个毛病。最初夏天还管管它，时间长了，当妈的也学会了无视。

秦初晗出现在外场时，小纯洁正在泥坑里打滚，和自己的鼻子玩。看到干妈出现，它站起来把脑袋上的泥甩掉，响亮地喊了一声“干妈”，就要跑过来亲热一番。还没跑两步，夏天鼻子一探，将女儿稳稳当当捞回来，特别温柔地说：“那不是你干妈，你认错人了。”

小纯洁一脸茫然:“不是吗？”它又看了一眼,分明是的呀,教授叔叔站在干妈旁边呢!

“不是，真的不是。”夏天忽悠女儿，“那个哪里是教授叔叔？旁边的女人更不可能是你干妈，长得是有一点点相似，真的比较起来就差远啦！不信问你爸爸！”

小纯洁的爸爸是头高大健壮的亚洲象，名字叫九霄，是山海野生动物园初始象群家族里的一员。前年，它和园中的另外两头大象参与了野外放归计划，被运送到云省边境的野生亚洲象科研保护中心，进行系统训练。遗憾的是，放归计划失败了。九霄和同伴们在动物园生活的时间太长，对人类有很深的依赖感和信任感。保护中心经过再三权衡，最终将它们全送了回来。回到动物园后，九霄明显变得活跃，不仅迅速与家人重新建立联系，还意外收获了满半岁的女儿。不过小纯洁对突然多出来的亲爹倍感陌生，每次站到爸爸的脚底下仰望，都觉得它好高大好厉害，于是爸爸说话也更具备说服力。

“是真的，你看错了。”九霄缓缓行至女儿身边，正色道，“你就是不肯好好吃饭，都出现幻觉了。”

小纯洁愣了愣，才意识到不吃饭的后果那么严重，人都会认错。

九霄还补充：“她要真是你干妈，早就叫你了。”

小纯洁一琢磨，好像确实是这样：“爸爸你说得好有道理，我去吃饭啦！”说完嗒嗒嗒奔向自己的饭盆，乖乖吃饭。

夏天松了口气：“孩子可太难带啦……”

九霄蹭了蹭它：“辛苦了，以后有我在。”

夏天最近正被另一头名叫星耀的大象热烈追求，约莫是有点儿心动了，对离开一年多的九霄颇为冷淡，悠闲地踱步走开：“那就有劳你了。”

大象没有一夫一妻的说法，尤其是在山海野生动物园，母象向来是做选择的一方。经过上一次生产的痛，夏天现在只想好好享受异性的关爱。孩子有爸爸带，它有年轻公象哄着，这样的日子真舒坦！

星耀见它走了，连忙跟了上去：“午饭吃好了吗？今天天气不错，一会儿我陪你做个泥浴怎么样？”说话间，它还挑衅地冲九霄挥了下被锯得只剩一点点的象牙。

九霄性子沉稳，懒得跟它计较，扭头照顾女儿吃饭去了。是个会喘气的都会老会死，你也就比我年轻两岁而已。等我把女儿管好了，建立起深厚的父女感情，夏天迟早看到我的好，对我回心转意。

外场观展区，秦初晗和祁应琛看了一场公象版“宫心计”，大呼有趣。

与此同时，隔壁仙踪林的长颈鹿活动区也有个不好好吃饭的小家伙。长空的女儿白日梦今年两岁半了，原本是跟着爸爸过来串门的，结果就看到刚才那一幕。它到底比小纯洁大一些，一眼看出大象们在撒谎：“爸爸，为什么大家要假装不认识？”

“为了避免尴尬。”长空答非所问。

“爸爸为什么尴尬？”

“爸爸不尴尬，尴尬的是大象。”

“那晗晗姐姐和教授叔叔尴尬吗？”

“这我就不知道了，不如你问问他们？”

白日梦伸直了脖子，远远望着两个人类，心生犹豫：“算了吧，爷爷说人类好复杂的，说的话不一定就是心里想的，要是我问了，反而弄得我自己尴尬。”

长空低下头，用唇瓣给女儿挠脑袋：“小梦长大了。”

“爸爸，我们回去吃饭吧。”

“饿了吗？”

“没有，我怕晚一点儿回去会被妈妈揍，你还要挨它的骂……”

“哎，我的小梦真是长大了。”

等到长空父女俩走远了，秦初晗才笑呵呵地打量男朋友沐浴在暖阳中的帅脸说：“祁教授，你尴尬吗？”

“确实有一点儿。”祁教授不仅尴尬，还吃醋，“为什么全园的小动物都叫你姐姐，连小团圆和梨花糖都跟你各叫各的，到我这儿就变成统一的叔叔？”

秦初晗帮他找补：“大抵是吃了太有文化的亏，不过没关系，就招我这种小姑娘喜欢。”

祁应琛纠正：“招你一个人喜欢就够了。”

午休时间，两人在大熊猫馆对面的小广场找到一张刚好被树荫遮挡了阳光的长椅坐下。秦初晗伸个懒腰，决定枕着男朋友的肩膀眯一会儿。祁应琛变戏法儿似的拿出一副耳机，和女朋友一起听歌。

女歌手温柔地唱："Spend all your time waiting.For that second chance.For a break that would make it okay……"

暖风轻轻吹着，温柔催眠。

醒来的时候，祁应琛手里多了一部老式尼康相机，据说是胜利老师刚才"经过"这里，"顺手"塞给他的。于是他问女朋友想不想拍点儿照片，秦初晗欣然应允。

两个人特地等到拉横幅的本地夸夸团出现，才一起坐上园区巴士，进入自驾区。

狮王杜康出现的那一刻，全车沸腾，也不管它看不看得懂，横幅赶紧拉了起来——

"杜康你好帅啊！"

"何以解忧，唯有怒吼！"

"杜康大佬，你是我的力量之源泉，勇气之来源！我爱你啊啊啊！"

"梦中情狮唯有你，杜康粉丝团永相随！"

杜康都蒙了，怎么回事？从昨天开始就源源不断地有游客冲它吹彩虹屁，弄得它怪不好意思的，躲也不是，接受也不是，只好装个冷漠姿态，卧在自驾区狮王的专属石头王座上，昂起脑袋，交叠前爪，迎着风，接受游客们的赞美。

秦初晗和祁应琛坐在大巴最后一排，全程围观，觉得真是太有意思了。

下午的时光，也在动物园里消磨，两人在鹿苑找到暴脾气的李光荣，完成远距离合影，又到两爬馆看望了挂在树上打盹的欢欢，还有几只想法很多、长得很漂亮、毒性强的蜘蛛，然后去水族馆。企鹅们正兢兢业业地孵着蛋，减肥中的髯海豹为两口吃的跟饲养员怄了半个月的气，见秦初晗这个能交流的出现，忙爬过去提要求，结果反被当成拍照背景。秦初晗离开的时候，还听到它声泪俱下地控诉："你再也不是我认识的秦初晗了！"

最后一站是虎鲸馆。两个人类出现的时候，北极星先下手为强，明明上一秒还在和胆子大的人类幼崽互动，龇牙咧嘴做鬼脸，下一秒就极其灵活地钻进水底不出来了。论装酷，我超强的！

水族馆的大明星暂停营业，整个水舍响起游客们遗憾的叹息。

祁应琛也纳闷："怎么突然沉下去了？"他正准备调焦距，抓拍几个女朋友和北极星同框的画面。

秦初晗手臂放在护栏上，探头望着水里的大家伙，很懂地说："今天我们是游客，它对游客向来随心所欲，来了兴致就逗一逗，兴致没了就往下沉，就像现在这样。"虽然不知道麻雀们是如何把消息带进水族馆的，但动物们自有它们获取情报的方法。不然，大家伙也不会演得那么投入。

祁应琛笑着评价：“是个演技派。”

秦初晗不置可否，提议道：“既然这里没看头了，我们去淡水混养馆逛逛吧。”

去年六月才对外开放的淡水混养馆是一条总长度近两公里的走道型展馆，内部尽可能地模拟了长江中下游流域的生态环境，建成后，光是培养水草和藻类就花了八个月的时间。目前混养馆有多种国家一、二级保护野生鱼类，最大的看点是珍贵的中华鲟。

山海野生动物园为这个馆配了多名讲解员，专门为游客讲解长江流域的历史发展、长江水系的总体构成，以及生活在其中的生物，还有我们该如何保护它们、保护环境……以此达到宣传教育的目的。这个点去还能赶上最后一班讲解。

秦初晗之前去逛过一次，独自站在蜿蜒的走道中央，隔着全封闭的幕墙，在幽暗光线下，看着与恐龙同时代的活化石自身边缓缓游过，内心充满敬畏：“说不清原因，当时我很肯定，就算给我和它面对面的机会，我也不会主动和它交流，去打扰它。”这样的话题和体会，也只能跟有同样天赋的男朋友才可以聊。

祁应琛完全理解：“语言的力量可大可小，拿不准情况的时候，保持距离对大家都好。”

秦初晗认同地点点头：“走吧。”

正要离开，水舍里忽然起了动静，沉寂片刻的大家伙一个猛冲，半个身体露出水面，在空中缓慢地转了半圈，以仰面的姿势跃入水中，啪的一声水花四溅，受了惊的游客们嬉笑着躲避——北极星招牌互动技能：鲸之半跃！

场内莫名其妙响起掌声，大明星露面了，赶紧蹭合照。

北极星探头靠在水池边缘对秦初晗兴师问罪：“才来几分钟就要走了？你这个游客一点儿耐心都没有，知不知道许多人为了拍一张我的照片，会在这里等上好几个小时？”

刚才祁应琛反应快，把女朋友护到身前，用后背抵挡溅起的水花，身上被弄湿了不少地方。秦初晗连忙从包里拿出纸巾给男朋友擦头发，摇头道：“山动的虎鲸可太皮了！”

北极星浮在离他们最近的地方，微微张开嘴，露出整齐锋利的牙齿，有点儿凶，有点儿憨，还有点儿流氓的样子：“小姐姐长得有点儿好看，要跟我约会吗？”

祁应琛故意侧首睨了它一眼，眉眼冷峻，告诫意味明显。

北极星更得意了，直立在水中，嘚瑟地晃动着黑白分明的身体：“这位叔叔，你好像对我有意见？”

“叔叔”这个词精准地戳到了祁教授的痛点，也点到了秦初晗的笑穴。

北极星还沾沾自喜：“业内顶级动物学家上演湿身诱惑，前排兜售瓜子汽水小板凳！”

秦初晗笑得肚子疼。

“走了，以后再也不来了，这头虎鲸有问题。”祁应琛揽住女朋友的肩，几乎是半拥着她走得头也不回。

周围的游客不知实情，颇为同情这个英俊的小伙子，来一趟动物园变成落汤鸡不说，还被女朋友无情嘲笑，着实有点儿惨！

北极星看着两人离开，持续地笑：“嘿嘿嘿——”

旁边回应似的响起“嘿嘿嘿嘿”的笑声，它转头去看，只见一个二十出头的年轻人边吃甜筒边冲它傻乐。北极星合上了嘴，片刻张开，严肃训话：“多大的人了，吃甜筒？没见过虎鲸啊？笑什么笑？有什么好笑的？还嘿嘿嘿，跟个傻子似的，在我的地盘，只准我嘿，别人都不准嘿，明白了吗？”

吃甜筒的年轻人：“嘿，它在看我，有点儿意思啊。”

北极星：“……”

算了，它是一头有思想有文化的虎鲸，不跟傻子较劲。北极星身子灵活地一窜，没入水中，直冲入水底连接海水混养区的通道，看它的柠檬鲨傻儿子去了！

3

因北极星使坏，祁应琛必须换身衣服，于是两个人的动物园约会就此告一段落。

回到别墅，时昊已经按照秦初晗的要求送来今晚的食材，就放在玄关显眼处。她仔细检查袋子里的内容，顺道做了安排：“你先上楼洗澡换衣服，我承包晚饭，吃牛排怎么样？”

祁应琛哪里都好，唯独下厨是短板。不是没学过，而是学不好，没天分。连他自己都纳闷，分明是按着步骤来，过程没有出错，味道和卖相却……不尽如人意。连陈胜利都吐槽了他多回：“某瓣的炸厨房小组，你值得拥有王者席位！”因此祁应琛帮女朋友把食材拎入厨房，留下一句“那就有劳了”，上楼收拾自己。

秦初晗穿上围裙，开始做晚饭。

她的厨艺是大学毕业后的两年慢慢练出来的。那时珑寻老师的事业犹如芝麻开花，为商业电影绘制的多款概念海报被 A 城电影美术馆收藏，之后又有时尚品牌主动联系，出了联名同款，在业界名气越来越大。陆禾找她更新合同，顺便帮她换了更高档的住宅。秦初晗看着新家明亮崭新的开放式厨房，蠢蠢欲动，抱着试一试的心态，从屡战屡败到终于有点儿样子，并渐渐发现其中乐趣。一个人的生活在她漫不经意的打理下过得慵懒又惬意。

偶尔，品尝着自己做的美食，她也会发散思维：未来会谈一场怎样的恋爱，她会为对象做一顿什么滋味的晚餐，而那个男人定然是光靠皮相就能令她心动不已的。今天，这些有了最好的答案。

准备一份芝士焗土豆，煎两块牛排，开一瓶红酒，为餐桌铺上素雅的桌布，摆上香氛蜡烛，一切准备就绪。秦初晗站在布置好的餐桌前，琢磨着还需要补充什么。这个时候，男人出现在客厅楼梯的尽头。他穿着潇洒的白衬衣和熨烫得没有一丝褶皱的深卡其色休闲裤，头发用了一点儿发蜡来打理，似乎还特意刮了胡子，线条流畅的下巴看上去格外的清爽。

在她眼中，他是英俊的，眼神亦是清澈而专注的，当他们目光相接，她有了心动的感觉。

“如何？”祁应琛单手扶着楼梯，从表情到情绪很明显的无措，仿佛身着盛装的王子不知道要去哪里赴宴。

秦初晗憋着笑，矜持地给予肯定：“还不错。”

祁应琛稍微松口气，行至她面前：“抱歉，我没有准备玫瑰花。”

“没关系，先欠着。”她怪大方的，再低头一看，恍然发现自己一点儿都没准备，“你先去沙发那边坐一会儿，看看电视，给我十五分钟！”

秦初晗冲回房间，洗了个三分钟的澡，花两分钟吹干头发，用五分钟化了个还不错的妆，剩下五分钟，从衣柜深处找出那条被美好记忆赋予了特殊意义的红裙：就是你了，今晚的决战胜衣！

她回到楼下，惹得他出神几许，秦初晗也稍稍松了一口气。

晚饭全程愉快，他们聊错过彼此的六年间自己去了哪些地方，看了怎样的风景，遇到有趣的、无聊的、讨厌的或是欣赏的人，总是在谁的身上寻找对方的影子，试图从茫茫人海中抓出一个奇迹的相遇。

饮完最后一杯红酒，复古质感的爵士乐从黑胶唱机里缓缓流出，他邀请她共舞。

亲吻发生在音乐结束的那一刻，彼此带着试探，一发不可收拾。下一支曲子响起时，谁也没有停下的意思，呼吸变得急促，心跳变得剧烈……

电话却在这时候响了起来。

两个人都清醒了些，额头相贴，微微喘息着，用眼神征询对方。

祁应琛最先冷静下来，捧着女孩子的脸，说：“应该是文森教授的电话。”

秦初晗头晕目眩地点点头，下意识道：“那……我回房间等你？”说完恨不得咬舌头，你不矜持！

手机在玄关柜子上响个不停，每一声都在强行给两个人的大脑灌入理智。他们贴得太近了，近到……秦初晗清楚地看到一丝顾虑在祁应琛的眼底晃过，然后，她见证了他从意乱情迷到冷静如初。

“抱歉。”他松开紧握她手腕的手，坐了起来，“今晚还有些工作必须处理。”

秦初晗也从沙发上坐起，拨开脸上的长发 ：“你去忙。”

秦初晗灰溜溜地回了房间，坐在妆台前，对镜子里年轻漂亮的女孩子产生了十几秒的质疑，然后猛地站起来，卸妆、换衣服，她要出去透气！

走出家门，清爽的夜风迎面袭来，倒是帮她吹散了不少丧气。隔壁照旧很热闹，虽然黑漆漆的，却不断响起尖叫声 ：司徒畅哀求着开灯，林笙哭号扛不住了求放过，时昊求她别拧自己的胳膊肉，陈胜利颤抖着鼓励大家坚持下去，还有最后半小时，盛呦呦骂说再也不相信你们的一点儿都不恐怖了……这几个家伙，恐怖片都能看出喜剧效果。

秦初晗笑笑，推开铁门走了出去。晚上的动物园不同于白天，没了嘈杂人声，动物尽数回归兽舍，路上树影婆娑，初来乍到又没几分胆量的，心里定会发怵。秦初晗却早已习惯。这里是她的家，她的安全区，她熟悉园里的每个角落，每经过一个场馆都能跟住在里面的某几只动物闲聊上几句。今天却有些不同，她不想说话。她也很清楚自己情绪低落的原因，所以她只是想走走、吹吹风，安静地消化掉情绪。

“晗晗。”

身侧忽然飘出杜康的声音。

秦初晗站住，就见身旁结实的防护栏里，威风凛凛的狮王像只乖巧的大猫规矩地趴在地上，眼神纯善地望着她，这才反应过来自己竟然走到了自驾区外面。

“你没回兽舍休息吗？”她想起白天游客给它吹彩虹屁的场面，始终保持精神抖擞的状态接受赞美也是一件很累的事。

“外面凉快。”杜康站起来，朝她凑近了一些，“你心情不好。”

秦初晗下意识反驳 ：“没有啊……”

杜康抖了抖耳朵，歪着头看她。

“是的，我心情不好。”秦初晗垂下头认了，“天亮我去找周公。”消化个屁啊！她没办法自己消化！

“现在还早，都没到后半夜。”杜康就地蹲坐，“你可以对我说。”

秦初晗犹豫 ：“对你说？”

“嗯。”杜康学着人类的模样，点了点自己的大脑袋，“上次要不是你找我聊，我也不会好起来。”在这座动物园里，没有哪只动物比它更了解倾诉的意义，它还向秦初晗保证，“我会像周公那样保守秘密，不会把你的心事告诉任何动物。如果你需要的话，我会适当给你一些意见和建议。”相较之下，周公的功能性就比较单一了。

秦初晗被暖到。在它对面坐下，双手扶膝：“好吧。”她从前夜向男朋友发起约会邀请开始一直讲到晚饭后发生的事。

“所以最后你们没有交配成功，你在为这个烦恼？”杜康做了个相当耿直的猜测。

“是，也不是……”秦初晗哭笑不得，“怎么跟你解释呢……我们人类有时候并不是为了繁衍后代，而是当时彼此的情绪都到位，自然而然想那么做。”

杜康努力理解了一会儿：“是表现爱意的方式？”

秦初晗眼睛一亮：“没错！可以这么说！”

杜康继续推测：“行为中断，没有继续下去，让你觉得祁教授不够重视你，是这样吗？”

秦初晗做了个深呼吸，又反复思索了一番，摇头道：“不是的，我确定当时他也想继续下去，只是有什么顾虑让他强迫自己停了下来。”

杜康明白了：“祁教授没有告诉你他在顾虑什么，让你也跟着为难起来。”

“说不上为难，就是有些在意。”秦初晗故作轻松地耸了耸肩。

“为什么不直接问？”

“问不出口……”秦初晗实在不知道怎么启齿，太难为情了。

杜康长长地“哦”了一声，叹道：“闪电说得没错，你们人类的情感确实复杂。”

秦初晗一时半会儿想不清自己的事，索性跟它闲扯：“闪电是这么跟你说的？”

“最近我们时有交流，它和泰坦大叔都认为你们人类就是太在意感情、感觉还有心情感受这些虚无缥缈的东西，要是都像我们动物这样简单点儿，饿了就吃，困了就睡，你们的烦恼会少很多。”杜康晃了下尾巴，满脸真诚。

秦初晗很难不赞同：“我们人类就是太自以为是。”

“简单点儿。”杜康劝说她。

对话进行到此，秦初晗恍然发现，道理她都懂，取决于要不要那样做。她是有选择权的。

杜康还道：“虽然你们人类复杂，个体之间还要分好人、坏人，以及摇摆不定的人……但我知道，你和祁教授是同一类人，你们都很好。”既然是同类，有什么不能说的呢？

秦初晗冲防护栏里的大狮子感激地笑笑：“我好像有一点儿和他说话的勇气了。”

杜康嘴角向两边一扯，露出瘆人的獠牙，模样却温和：“晗晗加油！”

回去的路上，秦初晗整个人都轻松了许多。她和祁应琛是同一类人，对待感情的态度专注而认真，哪个阶段该做什么、不该做什么，她心里清楚，他也谨慎，轻易不会逾越。今天晚上……

“算了不想了，直接点儿吧！”

回到住宿区的街口，她刚做下决定，夜色里就迎面走来一人，正是她冷静克制的男朋友。

祁应琛脚步迈得比平常急切，在见到她之后，快步上前，生怕她扭头就走。

秦初晗停在原地。她才不会走，要把话说清楚才行。

两个人很快面对面，秦初晗先开口：“我有话要问你。”

祁应琛早有准备，坦然道：“答案是我很喜欢你，没有也不可能变心。我确实有个顾虑，过一阵子你自然会知道。”

“过一阵子我自然会知道，也就是说，你现在不会告诉我。”秦初晗得出结论。

祁应琛点头：“是这样的。”

秦初晗对此并不满意，皱起眉：“鉴于我也很喜欢你，所以必须提醒你一下，你在我这里的信任度有所降低。”隐瞒总归不是件好事。

祁应琛对她是从容的，也是纵容的：“无妨，我对我们的关系很有信心。”他看了一眼宿舍方向，双手扶着女孩子纤细的臂膀，态度端正地道歉，“刚才确实是我表现不佳，给你造成困扰，能不能给我一个弥补的机会？”

那种情况下，祁应琛也乱了心、迷了情。换作平常那个冷静的他，应该能想到更好的方式妥善处理，不至于让彼此尴尬。不过，要是时时都能冷静，这感情也要大打折扣了。

秦初晗抱着开诚布公的想法回来，没想到祁应琛也打直球，该说的全说，有所保留的部分坚持原则，末了再送上歉意，还申请做弥补，要是她不接受，就成了她的不是。

“表面上是我做选择，其实你已经把结果摆在我面前，还做出一副死都不会放过我的深情模样，你想我怎么说呢？”秦初晗转开脸，气不是，笑也不是，只好夸奖他，“祁应琛，你真厉害。”

祁应琛拉着她的手不放，央求道：“背投和音响都装好了，回去放电影看？”

背投是他俩上周一起选的，音响也是。祁应琛还准备了水果，翻出一堆零食，煮了女朋友最喜欢的花茶，不然还能早半个小时出来寻她。显然他早就知道，这个局面，最后还是要靠哄。

秦初晗掀起眼皮狠狠剜了他一眼：“凭什么什么都要你安排？我才不如你的意，我要回去画画了，你别吵我。”说完，径自往家那边走。她刚才和杜康大佬聊了会儿，又聊出个灵感，横竖今天不想和姓祁的拉扯，还是搞事业快乐。

祁应琛跟在女朋友身后，状似老实地汇报：“文森教授的行程定下来了，18 号到江城。”

秦初晗的思路跟着静止一瞬，轻轻“嗯”了一声：“知道了。”

文森教授以学术交流之名前来，她作为动物园方热情接待，到时候炒炒热度，顺势正式开启放归北极星计划。想到这里，秦初晗在家门口站定，抬起头，深呼吸，忽然觉得通身舒畅，不由得露出笑容。

身后，不死心的男人跃跃欲试："看电影吗？"

"不看。"秦初晗果断拒绝，"到嘴边不吃就算了，还要推托一下，退而求其次看电影？什么臭毛病！惯得你！"

其实交往数月，以秦初晗的了解，祁应琛的顾虑大概率和自己有关。这也是她没有对他刨根问底的主要原因。坦白讲，她最怕这种被蒙在鼓里的"为你好"。偏偏蒙她的人是祁应琛，心思缜密、处事严谨，对她更是没得说。他的"为你好"，秦初晗是不敢无视的。既然过不久自然会知道，她索性按下不表，告诉自己别着急。

星期一的早晨，文创小组的创作会议开始前，秦初晗隐去最关键的部分，对林笙和盛呦呦做总结性发言，讲完昨天的约会全程，把重点放在最后那通电话上：世界没错，她和祁应琛也没错，错的是那通来得极不是时候的电话……

林笙听得脸红心跳外加表情紧张："打完电话没有继续？"

秦初晗摇头："没有，当时什么气氛都没了，我回房画画，他收拾完厨房给我泡了花茶，叮嘱我早点儿休息，然后就去书房开视频会议了。"

"收拾完厨房还给你泡花茶，天啦，祁教授真是绝世好男人！"盛呦呦激动得抓疼了她的手臂。

秦初晗将手臂从盛呦呦的魔爪中抽离，揉着痛处，做出遗憾的样子："没办法，工作比较重要。"

林笙蹲在凳子上，捏着下巴沉吟："就差临门一脚了，那种情况下别说一通电话，来十通都很难浇熄热情的，祁家老三是不是不行？"

盛呦呦持反对意见："每天雷打不动五公里起步的男人怎么可能不行？"

林笙一脸的经验之谈："男人的身体素质和他行不行是两回事！"

秦初晗精准打击："林老师准备什么时候出书，跟大家分享你扎实的感情理论基础？"

林笙老实闭嘴。她也就只有一点点理论基础，至于扎不扎实，实在不好说。

盛呦呦再问："那你们现在算什么情况？"

"先耗着，再见机行事。"秦初晗定了定心神，"那副结实滚烫的身躯，迟早是我的！"

隔壁桌的男人们和坐在吧台里打瞌睡的咖啡厅老板齐刷刷地向小秦总监投来或震惊、或不可思议、或钦佩的目光。

秦初晗面上一僵，咳两声："开会！"

经过数月的用心经营，文创开发步入正轨，月销量逐渐稳定在一个不错的数字上。不过秦初晗始终思路清晰，明白这份成功依赖于公众对动物的关注，想把文创店做得更上一层楼，就要尽最大可能给园里的动物们创造更好的生活条件。

她发布本月任务："这次我们玩命题产品，全员参与，新品暂定名为'杜康大佬听我说'。这是一款有录音功能的产品，主打陪伴、解压和时效性，录音将在一段时间内自行销毁，销毁前可反复播放甚至分享，这些都由拥有者决定。产品形式不限，可以是玩偶、夜灯、配饰、手表、挂件……越有新意越好。设计一经采用，根据产品定价和销售量，设计者将获得一定比例的分成，且终生有效。"

顾词眼睛亮了："按照目前文创店的新品销售情况来看，这笔收益是非常可观的。"

司徒畅迫不及待："是时候向你们展示一下我的灵魂画作了！"

林笙和盛呦呦燃起斗志，决定组合出道。好姐妹，有钱一起赚！

陈胜利在旁边听了一耳朵，心动不已，嚷嚷着自己是文创小组的外勤人员，也要参加。

秦初晗靠在椅子里，双手环抱在胸前，看着所有人："截止日期为本月 12 号，逾期不候。"她昨天出来透气前收到秦励的简讯，集团决定在 12 号召开董事会，到时候她要去一趟海市，之后，有更重要的事需要大家齐心协力去完成。这次的命题权当放松身心的调剂，开心就好。

开完小会，秦初晗在咖啡厅开启首轮概念店店长面试。

对内面试的讯息在大群里发布了近一周的时间，陆续收到三十多份简历，有二十出头的应届毕业生，也有在动物园干了多年的老资历员工。

概念店主要靠新奇的理念，这其中的"新"和"奇"又不能太脱离实际，最终做成什么样子，得看店长如何主持大局，把控细节。而山海野生动物园的概念店，除了突出动物园的元素，还要做出山动自己的特色。基于此，秦初晗必须和每一位面试者进行深入的聊天，在沟通过程中寻求共鸣，找到一致的方向。

上午在与六名面试者的对话中度过，回过神来已是午饭时间，艳阳当空，她不经意地抬首一望，阳光晃得人眯起眼。不知道这个时候，心里揣着小秘密的男朋友在做什么？

第十六章

特别狩猎计划

1

鹿苑，朴实无华的外场。

祁应琛带三只足月出生的梅花小鹿到户外溜了一圈，给它们做了身体检查，又耐心地教导："世界很大，山动很好，你们都是独一无二的神奇存在，好好生活下去吧！"

中心思想：要听爸爸妈妈和饲养员的话。

鹿崽子们最信任祁教授，奶声奶气地应："我们知道啦！"

等到了饭点，饲养员来接，一个个欢快地迈开四蹄回去吃饭，吃多多，长高高！

祁应琛直起身体，一路目送，情不自禁绽出欣慰的老父亲式笑容。

这时，阿尔卑斯一阵小跑来到他跟前："祁教授，辛苦了。"

鹿苑场地大，环境好，视野宽广，空气新鲜，就是毛孩子太多了，看这个有趣，见那样也稀奇，十万个为什么似的，闹得慌。要不是祁应琛身后跟着几个小的，它早就过来打招呼了。

祁应琛温和道："我不辛苦，这段时间辛苦的是你，欢迎回来。"

阿尔卑斯忍不住垂下头去，左前蹄在沙地上刨啊刨："要是能拿到冠军，多辛苦都是值得的，可惜我不是。"

祁应琛鼓励它："亚军也很了不起。"

"没人记得亚军是谁。"阿尔卑斯对于比赛的本质看得很透彻，"不过你放心，我不会气馁的，年底的全国锦标赛，我会以冠军为目标而努力。"它是一匹有追求的骏马，"对了祁教授，听说红斑羚的新外场就要投入使用了，到时候我可以去里面转转吗？"阿尔卑斯一回来就听几名鹿苑的饲养员在聊，弄得它也怪想去看看的。

"当然可以。"祁应琛道，"新的外场考虑了鹿苑原住民的活动喜好，除了有供斑羚攀爬的岩壁，还有让你尽情奔跑的一小片平原。"

"太好了！"阿尔卑斯越发期待，"那我能不能带胜雪去？"

祁应琛愣了下："胜雪？"

阿尔卑斯连忙解释："是这样的，星运会的比赛结束后，顾晴小姐主动找小桀询问我在山动的情况，她想把胜雪送过来住一段时间，说是有助于胜雪在将来更快速地适应各种比赛环境。小桀已经答应帮忙，不出意外，动物园这边是会答应下来的，我这样想对吗？"

祁应琛笑道："你想的不错。"

阿尔卑斯松了口气："刚开始我还有些拿不准，生怕空欢喜一场，但听你这么说，我安心了许多。"

"很高兴能帮到你。"

"祁教授，我还想，我应该向你道歉。"阿尔卑斯诚恳地说，"以前我凭自己的喜好，希望晗晗和小桀在一起，这是个自私的想法，没有尊重晗晗的选择，更没有顾虑你的感受，我错了。"

"很高兴你能意识到这一点。"祁应琛接受它的道歉。

阿尔卑斯又道："听说你们昨天在园里约会了，一定度过了一个美好的夜晚吧？"

祁应琛的笑容变得有些僵硬。

阿尔卑斯看出端倪："你还没有对她说那件事？"

"是的，还没有。"若非特殊情况，祁应琛对动物对人都很坦诚。

"为什么不说？我以为你会立刻告诉她。"

"现在告诉她的话，会影响她的判断和决定，反正也瞒不了多久。"换祁应琛对它发出请求，"可以暂时帮我保守这个秘密吗，我不想让她太为难。"

阿尔卑斯犹豫了一会儿，道："好吧，我相信你。"

"谢谢。"

英俊的男人和帅气的骏马达成共识，和煦的风轻轻吹着，世界和平。

这时，祁应琛收到来自牧城动物园的老同学的微信。

樊子异："最近忙不忙？我们这儿有个'放狼计划'，资金充足，唯独缺小狼崽儿，你们山海赞助几只怎么样？"

前不久，一个电影学院的研究生主动找到牧城动物园，想拍一部以动物为主题的纪录片当毕业作品，计划拍摄时间三到五年。他想拍的动物呢，最好看得到成长周期、巨大变化的那种。BBC《地球脉动》或者像美国黄石公园的群狼史诗，是学生哥的心之所向！他还表示自己能吃苦，在户外造好隐蔽点，他往镜头前一趴就是一整天，不吃不喝不动，保证不打扰动物，不破坏环境。

牧城动物园是全国最大的野生动物园，总面积比帝都的西城区还大一些。这里绝大部分动物处于半放养状态，彼此间的边界是很模糊的，每天饲养员和护林员得带着枪、开着越野车巡园，不但防猛兽，还得提防凶残的偷猎者。入冬一下大雪就要封山，部分园区深处得靠卫星电话来联络。很多时候巡园巡到一半，轮胎爆了或者车陷在泥坑里出不来，能立刻和园区指挥中心联系上都算幸运。这会儿突然来三个满怀雄心壮志的年轻人，说要在园里义务干三五年，拍纪录片，免费给动物园做宣传，这不是扯吗？

牧城动物园的李林晋园长当下拒绝了他们，说得很诚恳："我理解年轻人的敢想敢拼，奈何我们动物园能力有限，园区环境复杂、设备陈旧，处处潜藏着难以预料的危险，实在没办法支撑你们做长时间的拍摄，我们连你们的人身安全都无法保证。"

领头的学生哥是个有信念的电影人，几乎将国内比较出名的动物园都考察了一遍，最终选定这里。他也从李园长的话里提炼出话外之音，当下没说什么，默默地走了。

又过了几天，牧城动物园忽然收到巨额捐款，再看捐款人姓名，正是日前找上门来为了梦想拍摄纪录片的领头学生哥。

这一次，学生哥凭实力和李林晋等人坐在饭桌上，商谈一系列合作事宜。

学生哥名叫于盛，特别有热情、不拘小节的一个人："纪录片是一定要拍的，设备不行，我们换最先进最高端的！装备不够好，我们买最好最贵的！野外生存不易，我们请国际著名荒野求生专家到场指导！"

至于拍摄对象，在动物园做科研的樊子异提议拍狼。

熊天生给人笨拙的感觉，偏好个体单独活动，拍起来没意思。狮子养得不错，但家族群太稳定了，三五年拍不出太大变化。狼就不一样了，虽是群居动物，却性格迥异，有个性，高颜值，群落之间更迭快，无论是日常捕猎活动还是内部权力争夺都颇具看点。加上于盛本来就属意拍猛兽，这事很快定了。

起初于盛想拍黄石公园里那种几个狼群划地盘互相争斗的故事，可牧城动物园没那么多狼。动物园附近倒有两个纯野生的家族，它们的故事的跌宕起伏不比国外那些差。但樊子异觉得没必要比着国外的标准，国内有国内的特点，既然选择在动物园拍摄纪录片，丢掉“动物园”这个元素未免可惜。于盛被彻底说服。

随后，樊子异又给他指了条明路：“你可以拍狼的放归。”

从时间上看，对狼的野化训练大概需要两年左右，之后三年进行阶段性野外跟踪。动物园放归的狼是自成一家还是分散融入其他狼群，每一个选择都充满看点。而从拍摄目的来看，除了主角狼，还能侧面展现这些年国内动物园为了保护野生动物所做出的努力。正好去年年末牧城动物园新增了三只小狼崽，因为母狼第一次当妈，缺乏哺育意识，对崽崽们视而不见，饲养员只好将小狼崽悉心养在兽舍里，它们就是现成的放归对象。

考虑到野外的生存压力，他们想扩大实验群体，给它们准备更多选择。因此，樊子异致电身处山海野生动物园的老同学祁应琛，问有没有兴趣合作。

对于养在动物园的野生动物来说，放归野外的机会可遇不可求。当然，前提还得动物园有这个意愿。午饭时间，祁应琛将那边的意思转达给秦怀远，狼谷的头儿齐偲也在。

为了狼谷的稳定，去年一入冬，园里先后给已经有后代的君临和路华做了绝育。墨蓝、紫山因为跟莓宝持续三角恋，没恋出结果，幸运地逃过一劫。又因为狼王之争，小狼崽们出生便被迫与母狼分开，现在还养在兽舍里。眼看着毛孩子们一天天长大，在兽舍里上蹿下跳，闹得厉害，齐偲觉着是时候为它们重新安排去处了，便来找老秦商量。巧的是，牧城动物园那边有意以狼为主题拍纪录片，专门记录从野化到放归野外的过程。八匹小狼，最大的快十个月了，最小的也有半岁，正好处在最佳学习期。

秦怀远觉得这件事有意义，可以做。秦初晗和老父亲想法一样，举双手赞成。不过考虑到狼谷今后的持续发展，小狼崽不能全送过去，最多可以出五只。还有另一个老生常谈的问题，放归不同于动物园之间的置换，野生动物放出去就别妄想它自己还能找回来。山海野生动物园是山海集团的动物园，里面的动物属于秦宝珠，这事得董事长点头。

秦初晗自告奋勇揽下最难的部分，与牧城动物园的沟通则交给秦怀远、齐偲和祁应琛。她琢磨着，上次因为北极星的事，秦宝珠已经冷了自己好一段时间，眼下秦家有用得到她的地方，送几只小狼崽去参与放归计划，顺道拍个纪录片，将来片子播了，整个集团都有面子，料想秦宝珠不会再拒绝。

没想到樊子异跟祁应琛互通信息后，于盛直接从牧城飞海市，路上通过自己家的人脉联系了秦家。秦励去机场接的人，车还没开回市区，事情全部敲定，秦励还以山海集团的

名义赞助了这个项目，以示友好。

入夜时分，于盛在秦励的陪同下来到山海野生动物园，与秦家父女、时旭、祁应琛、齐偲等人共进晚餐。席间，大家以“狼”为话题，针对这种桀骜不驯的动物大聊特聊。

于盛从小喜欢动物，陈胜利那样的野外摄影师才是他的终极梦想。奈何他是家中独子，给他钱和五年期限拍纪录片已经是底线，等他顺利毕业就要回家继承家业，打理家族生意了。他也很羡慕秦初晗，在动物园长大，在动物园工作，与动物们朝夕相处，连文创事业都与动物息息相关。

众人终于理解他为什么那么着急做这件事，纷纷表示全力相助。

八点多，于盛准备赶回牧城动物园。野外拍摄的设备这几天陆续寄到，都是根据他的要求特别订制的，弄坏了没有替代的，他得回去盯着。

秦励极尽地主之谊，人是他去机场接来的，自然还由他送过去。

秦初晗作为园方也得意思一下，把他们送到东门外广场，目送车辆驶远，圆满完成任务。

“今天的经历充分说明一个问题，”小秦对老秦感叹，“有钱好办事啊！”钱到位了，大把人为你服务，拍纪录片的事就这么成了。

老秦安慰能干的女儿：“你现在拥有的一切都是靠自己挣的，已经很了不起了。”

小秦摘下戴了半天的假笑面具：“还不够，我还要继续努力。”

结束突然忙起来的一天，父女俩都有些回不过神来，肩并肩往园里走，心思各有不同——

人人都想去罗马，可有人直接生在罗马，世界本就不公平。为人父，秦怀远也曾为女儿规划了一条平稳的路，两套房、一间位于市中心的旺铺和一份稳定体面的工作。但那样也注定一生平凡，不会有太大作为。秦初晗做了别的选择，他唯有支持到底。父女俩都在动物园共事，互相照应着倒也不错。

秦初晗自小没什么依赖思想，想做的事就去做，不会停留在“想”的层面，成功了，喜悦是自己的，失败了，她也不怪别人。所以，对于“我貌似生在罗马，却并不是真的罗马”这件事，她从未有怨念。

安静了一会儿，秦怀远又道：“明天你去看看小狼崽，具体送哪几个过去，你来安排。”

放归对动物们来说是大事。诚然，这次对小狼们是个绝好的机会，可它们出生在动物园，若留下来，至少动物园能保证它们一辈子吃喝不愁安稳度日。一旦去野外，它们将直面大自然的残酷，接受生存的考验。每一匹狼的个性不同，是去是留，老秦想尽可能尊重它们的意愿。

秦初晗点头应下："我知道的，您放心吧。"

第二天清早，秦初晗走出房门，跟隔壁准备出去晨跑的男朋友碰个正着。

"起那么早？"祁应琛有些意外，七点不到，女朋友已然整装待发，不知道要去哪里。

好消息是经过昨天一整天的调整，前日约会的尴尬烟消云散，宛如没有发生过。

秦初晗道："我去狼谷看看那群小狼，可能还要找君临大佬聊两句。"

祁应琛略思索了一下："我陪你。"

熬过寒冷的冬天，开春后，气温回暖，狼的活动活跃起来。七点整，饲养员吹响指引的哨子，狼群在君临的带领下离开兽舍，沿着转运通道来到地势开阔的自驾区。

跑出通道口的那一刻，天与地的距离拉得更远了，呼吸也变得更加自由，君临一口气奔到假山石前，蓄力猛地一蹬，纵身跃上它的王座，像神话传说中的斯芬克斯那样，傲然卧于其上，昂首挺胸，目视远方，安静等待这天的第一缕晨曦。

其他狼各自散开，寻找饲养员藏在各处的食物。

每个月的第二个星期二的晚上，狼谷都会为狼群准备一次狩猎活动，所以这天早晨的食物不会给得太多，吃过早上这顿就得等到后半夜。这对于常年不愁吃喝的动物园狼来说是有些难熬的。填饱肚子是生存的基本条件，而饥饿会直接引发动物的兽性，让它们在短时间内变得暴躁好斗。而身为狼王的君临很是克制。每到这一天，它总会自动禁食，并在王座上静卧一整天，直至万籁俱寂的深夜，狩猎开始。它会以冷静的头脑和敏捷的行动带领狼群迅速将猎物捕获，之后大快朵颐，仿佛生来就见识过世界的残酷，深谙生存法则。它不允许自己懈怠。

"君临。"

一个声音在王座下方响起。

君临收回神思，垂眸望去，看到一匹皮毛灰白、体形健美的母狼——苏白，曾经被饲养员戏称为"散装三匹狼"的一员。它和君临、墨蓝是儿时的玩伴，初来山动，说好在这里生活下去，每天依偎在一起才能入睡，少了谁都不行，感情深厚胜过家人。后来苏白嫁给了路华，成为老狼王隆越家族的一员，立场因此改变。虽然现在大局已定，它们的关系却再也比不得从前了。若君临没记错的话，这好像是它成为新狼王后，苏白第一次主动和自己说话。

君临抬首向远处望，果真看到路华在不远处来回走动，时不时停下来，有所期待地看过来。它大概知道是为了什么，没等苏白说出那个请求，先委婉拒绝："这里是动物园，我没有办法为它们做选择，你应该清楚这一点。"

“你可以的！”苏白往前迈出半步，“秦初晗和祁教授都有和动物交流的能力。”

“那又如何呢？”君临反问它，“告诉人类，让他们把孩子们送回来，送到我们面前，和我们待在这个安全的有边界的地方，待一辈子？”

苏白激动地冲狼王怒吼：“那也比野外强！”年轻的母狼还没好好打量过自己的五个孩子，还在期盼着哪天能见一面，幻想着为孩子们舔毛，用心疼爱它们，从此一起生活。它盼啊盼、等啊等，没想到动物园竟要将它的孩子们送去放归？！

“苏白，你被人类驯化了。”君临站起来，目带鄙夷，居高凝视，“你忘了我们从哪里来，忘了天空有多广阔，忘了在大地上奔跑的感觉……我忘不了。我们是本该生活在北方的苔原狼，不惧严寒，不怕挑战，生来不受任何约束，哪怕在严寒地带忍受饥饿都是自由的！”

“不，是你应该忘了那些。”苏白说这话时心态苍老无比，“这里很好，有我渴望的安定！”

君临尖锐地反问：“那你为何总对路华说起无拘无束的幼时？你在向它炫耀什么？”

“我……有吗？”苏白怔了怔，一脸受伤地转过头去，发出悲凉的低鸣。

连说都不可以？是啊，光是说有什么用呢？真正的故乡，它们早就回不去了。

君临跳下王座，来到苏白面前，用鼻尖轻触它的颈项，以此作为安慰：“我们是狼。”

如果它有选择的机会，它将毫不犹豫地离开动物园，回到那片熟悉的土地，为自己战斗，为生存流血，直至生命的最后一刻！它多想带着小艾踏上故土，踏上新的征途，在那里开枝散叶，建立真正的属于它们的王国！可笑的是，如今它连生育都做不到……它再也不是一匹完整的狼。它只能在梦里遥想从前，在梦里回忆曾经拥有的自由。

“至少孩子们还有机会。”君临说，“你要学会放手。”

“我还没好好看过它们……”苏白哽咽了。

“我也没有呀！”小艾从王座后面绕出来，它听了好一会儿了，“有什么好看的，谁还不是小狼崽长大的呢。”

连山海野生动物园的饲养员都知道，狼后的性子很是活泼，对谁都友爱和善。散装三匹狼最初住进狼谷时，是小艾最先对它们释放善意。后来，它得到了君临的心，也成为苏白最好的姐妹。

“你就会哄我。”苏白可太清楚小艾的套路了。用人类的说法，这叫伸手不打笑脸人。嬉皮笑脸的狼好难对付……

小艾欢快地将它扑在草地上，像小时候那样跟它嬉戏：“想开点儿，看不到那几个小崽子，我们就还是爸爸妈妈的宝宝。”

苏白怅然得很：“我爸妈早都不知道……”

小艾不让它说完，冲远处的路华嚷嚷：“哎呀路华，快把你爸妈叫来，苏白要撒娇啦！”

路华听得一脸迷茫，站在不远处长久观望，想走过来，又不太敢靠近。

小艾嚷一次没得逞，提高嗓门继续喊：“路华，叫你爸妈过来！苏白它——”

苏白猛地翻身，反将这匹闹腾狼压制得死死的：“不许胡说八道，我才不撒娇！”它都是五只狼崽的妈妈了。

小艾顺从地仰卧在地上，勾起前肢冲它挥挥：“撒娇是什么羞羞的事情吗？我们家君临可喜欢我对它撒娇了。”

可喜欢是有多喜欢？苏白下意识看向狼王。

君临转过身去，跳上它的王座，背对着它们卧下，白色的尾巴有一搭没一搭地晃着，缓解尴尬。

小艾爆笑：“它害羞了。”

苏白忍不住吐槽：“还不是你惹的。”

“那是我有本事呀！”

“本事都用在莫名其妙的……”

“路华啊——”

“哎呀，你给我闭嘴！”

“我就不，就不就不就不哈哈哈！”

“怎么比小时候还疯？！”

两匹年轻健康的母狼闹作一团，君临竖起耳朵听，路华索性在原地卧下了。

它们是狼，这里是动物园，纵然心有不甘也要努力活下去。

一辆园区的工作车从远处驶来，吸引了区域内所有动物的目光——还没到开园的时间，饲养员也做完了食物的投放工作，不会轻易进来。小艾和苏白停止打闹，路华小心地藏到一棵树后，在其他地方活动的紫山、莓宝也警觉起来。

君临最先看清楚，开车的是祁教授，秦初晗坐在副驾驶座上。

苏白见到来人，想要上前与之交流，小艾敏捷地将它拦下，道：“他们就是为这个来的，让他们先说。”

“如果不是怎么办？”苏白不想错过大好的机会。

小艾望向君临：“就算你不信我，也要相信我们的狼王。”

苏白看了淡定的君临一眼，沉默了。

片刻后，工作车停在了王座的旁边。

“这么热闹呢？”秦初晗将车窗降下，隔着牢固的铁窗冲狼王喊话。

君临站起来，目光冰冷地望着她：“有事吗？”

“算是件大事。”秦初晗表情夸张地说着，还故作神秘地点点头。

君临一眼看出她在虚张声势。这个女人嬉皮笑脸的感觉倒是与小艾有几分相似。它优哉游哉地趴了回去，并不十分在意的模样，连眼神都不给：“说吧，什么事？”

秦初晗吊胃口没成功，遗憾地撇撇嘴，也不再拖延，把事情的前因后果一并道出，末了，问得也直接：“我爸说，孩子是你们的，让我问问你们的意思，具体送哪几只小狼崽过去，也由你这个狼王来决定。”

狼王还没开口，小艾抢先道：“把君临送过去吧，除了不能生育，它可是狼心壮志志在千里呀！”

空气中响起几道“扑哧”声。

秦初晗放肆调侃狼王：“是我没想到的结果，不过嘛，凡事都是可以商量的，万一于盛觉得你有可拍性，点头同意了呢？你也不用瞻前顾后，到了野外，放开手脚去施展，以你的实力，收几匹顺眼的年轻狼当干儿子，这个问题不就圆满解决了吗？”

小艾大笑：“我王绝对有收干儿子的实力，哈哈哈！”

祁应琛握着方向盘，带着笑容的脸上写满思考，已然做起构思来了。

君临尴尬得晃不动尾巴了，扭头去盯狼后，恨不得现在就过去扑它。还收几匹年轻狼做干儿子？它自己也很年轻的好吧？！

“不是聊正事吗？”君临垮着狼脸，把话题拉回来，“是不是真的让我做决定？”

它已经考虑好了。

秦初晗和祁应琛无论如何都不会想到君临的决定是这样的……富有教育意义！离开自驾区，两人沉默了好一会儿，都在回味狼王为孩子们做出的安排，说是煞费苦心也不为过。

秦初晗叹道：“以前我一直觉得君临凉薄，用我们的话来说就是不够有人情味。”

从遥远的北方来到温暖的南方，在动物园住了那么多年，狼性从未被磨灭，它冷静地为自己夺取了王位，放过老狼王的举动虽显仁慈，更凸显了它的狡猾和过分出众的谋略。当饲养员带走它和小艾的孩子，当纷争以它获得胜利而平息，当秦初晗数次出现在它面前……它竟从未主动问过，太沉得住气了。

“它是个好父亲。”在这一点上，祁应琛给君临满分。

秦初晗突然好奇地问：“以前从来没问过，两位有钱哥哥知道你能和动物沟通吗？”

哥哥们她都见过了，看情形，不管是祁雁城还是祁敬承似乎都不知情，至少在她面前表现出来的是那个样子……

“应该知道。”祁应琛的回答模棱两可，“我从来没主动说过，他们也没问。”

“‘他们’是指你全部的家人？”那你可太能捂了！

祁应琛道：“也不是从来没说过，记忆中还是有一次的。”

那是他七岁还是八岁生日时，他告诉母亲“我听得懂动物说话”。母亲愣了一下，没说相不相信，只是问他这种情况持续多久了。祁应琛说很久了，从记事至今。她径自感叹了片刻，又问他害不害怕，有没有感到困扰，除了她之外是否告诉过其他人。祁应琛全都照实回答：“说不上害怕，或许已经习惯了吧，但奇妙之感始终盈满心间。困扰肯定是有的，因为会听到很多人类惊人的秘密，还有动物们自己的规则。有时候我不知道该去遵守，还是假装做个听不懂的正常人。”

“母亲没有教我该怎么做，她说这是我必须独立面对、做出选择的事情。我问她我这样是不是很奇怪，她说这要看我自己怎么定义。”祁应琛无奈地笑了，“她还说，能听懂动物说话毫无疑问是特别的，要我保守好这个秘密，不要轻易告诉任何人，包括兄长和父亲。”

其实祁应琛把秘密告诉母亲也是思量许久，在最亲的家人中做过一番筛选的结果。

“大哥和父亲都很严肃，坦白说我小时候有些怕他们，渴望从他们那里得到认可。二哥是个神经质的家伙，我单方面认为他不靠谱，他也只关注自己感兴趣的人和事物。”

在与母亲谈过之后，他只好把这个秘密牢牢守着，自己去寻找答案。

“就这样？”秦初晗开始理解男朋友为什么如此谨慎了。七八岁就要学着为这么大的事做主，怪不得现在那么有主意。她为他心有余悸，觉得做法可太大胆了：“阿姨也不怕你把路子走歪……”

祁应琛见女朋友陷入虚无的想象，不得不提醒：“我没长歪，还成了社会栋梁，很失望？”

秦初晗皱了皱眉：“刚还夸你心态好，怎么就起小情绪了呢？”讽刺谁呢？

“你夸了吗？”祁应琛表示怀疑。

“心里猛夸了一顿！”秦初晗的表情十分真诚。

为了避免男朋友持续纠错，她连忙把话题转向自己：“我的情况跟你不同，很小的时候就告诉我爸了，他一点儿都没怀疑，还很配合地领着我去馆舍，让我和动物交流，自己在旁边听得有滋有味，很久以后我才意识到被他当成工具人使。”

祁应琛听笑了：“身为动物园的园长，女儿能和动物交流实在方便。”

“是啊，当时我太小了，等我反应过来，再去问他为什么不为此感到惊讶，他说他早就震惊过了，而且已经自我消化，完全接受事实。”秦初晗遗憾地耸肩，“我问他，不怕我被抓到秘密机构，把我分解，对我做实验吗？我爸挥手说不会的，哪儿有那么多秘密机构，小孩子胡说八道的话傻子才信。”

后来秦初晗就学乖了，偶尔在秦心玥面前露两手，吓得她嗷嗷叫。等秦心玥向大人告状，她又装得纯真可爱，懵懂摇头，说不知道姐姐在说什么，结果大人们总以为撒谎的小孩是秦心玥。

“有一段时间，我乐此不疲地告诉我愿意告诉的每一个对象，我能听懂动物说话，还能跟它们聊天，再根据他们的反应宣布这是个谎言，或者进一步当着他们的面去展示。”

秦初晗用自己的天赋去考验别人，在一次又一次的过程中战胜对“天赋”的恐惧，直到它变成一个稀松平常的小技能，收放自如。其中秦心玥被考验得最多，却从未通过测试。

“说起来这也算有生之年系列了。”秦初晗颇为期待秦心玥开窍的那一天。

“难怪她跟你不对付。”祁应琛可算知道女朋友的没心没肺是如何练就的了，“你这样倒是不错，总比一味捂着好。”

曾经在人生的几个消沉的阶段，他的心态确实不对。但每当他开始自我怀疑，比他更为忙碌的家人就会“刚好”出现，陪他吃一顿饭，给他补过三个月前的生日，为他安排一场非常草率的相亲饭……

“等我的注意力被这些琐碎的事情转移，也就从那种‘不对’中走出来了。”

因此，祁应琛得出结论，家人们是知情的。

秦初晗慢条斯理地冲男朋友点了点头，为他拥有温暖的家人而高兴，为他从未真正落单而庆幸，对自己身为社会栋梁的男朋友给予充分肯定。

祁应琛读懂她小动作里的全部意思，懒得计较，想了想忽然好奇地问：“不知道以后我们的孩子能不能继承这一点。”

“我们的孩子？”秦初晗的脸色变了，嘴角弯出大胆的、调侃的、耐人寻味的弧度。

祁应琛瞬间领悟，回她以一脸严肃，试图解释：“我不是不行。”

秦初晗只管淡定点头。信与不信，她自有判断。

祁应琛强行挣扎：“如果你不相信，我们约会，就今天，从现在开始。”

这一次，秦初晗从容而坚定地摇头：“没这个兴致，而且你也太草率了，说为我顾虑的是你，等我合理发出质疑，你又受不了了。你说，我凭什么事事时时都要配合你？”

“你没错，是我的问题。”祁应琛让理智上线，对女朋友郑重宣布，“不过人都是主观的，所以我决定不陪你去看小狼了。”他要在看不到秦初晗的地方，用工作的方式忘掉自己前天的默默付出和巨大损失。

秦初晗笑了，得意起来：“谁还怕那几只小狼崽啊……”她怵的是颇具王者威严的君临，对君临的崽，揉起来毫无心理负担。

祁应琛了解女朋友，陪她进自驾区找狼王面谈，现在谈完了，他失去利用价值了，合情合理不是？

“哎……”原来男人真的不能说自己不行，祁应琛陷入危险的自我怀疑。

2

君临的要求很简单：今晚的狩猎，让孩子们加入进来，它会和其他狼先在暗中观察，等到一定的时候再出现，是抢夺小崽子们到嘴的猎物，还是身体力行向它们展示真正的捕猎技术，一切视当时的情况而定。

无论选中哪五只小狼送去参与放归计划，这是狼王必须为它们做的最重要的一件事。

八只小狼崽，三只是君临和小艾的孩子。景天性格沉稳，最像父亲，自动成为老大。赤松胆小谨慎、脑子灵光，总是第一个打开饲养员做的丰容盒子，吃到里面的食物。红豆腼腆可爱，是唯一的女孩子，要是它与哪个混熟了，就会展现出开朗活泼的一面。

路华和苏白生了五只小狼，白芨、柴胡和飞廉三个男孩子长得健康强壮，铃兰胆识过人，豆蔻是娇滴滴的小公主。

它们一直住在狼谷不对外开放的兽舍里，中间最大的一间作为露天活动室，另外两边是玩闹睡觉的地方，要是哪个调皮鬼闹得太厉害，会被饲养员单独关进兽笼里冷静。兽笼有两层，是放大版的豪华狗窝，除了活动空间略小，里面还悬挂着不同的丰容玩具，供小狼取乐。它们听过父辈相争的故事，偶尔抱团，绝大多数时候和平有爱。然而无忧无虑的日子持续到今天，这个晚上，它们注定开始成长……

接近凌晨，动物园静悄悄的，林间深处偶尔会响起猫头鹰的叫声，短促、精神，略显尖锐和高亢的音色仿佛在提醒谁：别睡，把眼皮撑住了，今晚有大事发生！

天气预报显示，一点后将有雷阵雨。风很轻，空气已经提前变得湿润起来。

敏锐的动物们早已有所察觉，纷纷回到干燥的窝里，不再出来。

狼谷控制室里灯光明亮，时昊坐在屏幕前，专注地望着面前数个小格子中的画面。

右场区里侧，工作人员入口处摆放着大小不一的铁笼，里面分别关着走地鸡、大白鹅和小白兔各一只，还有一头年轻健壮的公羊。它们是今天清早饲养员辗转于江城各个养殖场精挑细选买回来的“猎物”。

祁应琛独自站在笼子前待命。为了方便今晚的行动，他特地换上自备的连体工装，高级的浅灰色，光滑的防水面料，稍显厚重的质感，宛如科幻电影中刀枪不入的防护服。硬朗的圆形立领遮住他部分下巴，这种恰到好处的藏反而为他平添了几分神秘的魅力。连体工装的手臂和大腿外侧有一道三厘米宽的银白色反光条，从视觉上将他的身形拉得更加修长匀称。最绝的是祁应琛穿了一双极其普通的黑塑胶雨靴，二十八块全国包邮的朴素款式愣是被他穿出时尚单品的奢华气质。

时昊坐在转椅上，直勾勾地盯着打量半天，拿起对讲机："我轻易不拍人马屁，但是今晚我一定要说，姐夫你穿这一身真帅！"

祁应琛脸上刚绽出愉悦的笑，身旁即将被命运强行画下休止符的小动物们就骂骂咧咧起来——

走地鸡："帅个屁！"

小白兔："人面兽心！"

大白鹅："放我出去，让我咬死他！"

公羊："听说还是个教授呢，果然有文化的人类更可怕。"

祁应琛只好假装听不懂。

另一边，对讲机里响起秦初晗认真反对时昊的声音："谁是你姐夫？说话注意点儿。"

时昊茫然地问："你俩吵架了？"不对啊，吃晚饭的时候明明有商有量、妇唱夫随的。

祁应琛还在酝酿如何谦和有礼地帮自己把场子找回来，旁边的走地鸡又说了："看吧，女朋友都不要他了，证明他也不是很帅。"

小白兔㞞成一团，边嘤嘤嘤边附和："禽兽不如！"

大白鹅越发激动："我要咬死他！！！"

公羊很是幽怨："我也没多久活头了，祝这个教授单身一辈子……"

祁应琛侧首看过去，想了想，决定不装了，开口道："今天晚上该折在这里的一个也跑不掉，如果因为这个让我单身一辈子，我也认了，这大概就是我们的命吧。"

笼子里的小动物们震惊了。

时昊在监控室里看得一清二楚："祁教授你一个人嘀咕什么呢？"

祁应琛烦躁地"啧"了声，把对讲机凑到嘴边："叫'姐夫'。"谁也别想阻拦他当个霸道教授！

时昊被画面中男人杀气腾腾的表情惊到了，狗腿地应："好嘞姐夫！"

"抓紧时间，待会儿要下雨了。"秦初晗提醒，最后问伍衡，"机器架好了吗？"

大约过去了两分钟，伍衡才回复说“搞定”。

秦初晗又吩咐他离场，回宿舍休息，这边有她、祁应琛和时昊在就行了——今晚他们用“祁教授做实验”当由头，清空了整个狼谷。

伍衡按照祁应琛的要求把夜视摄像机架在中场的树上，看起来像是日常记录，实则只是做个样子。这场狩猎不同于往常，人类和以君临为首的成年狼属于合作关系，为小狼们做的设计过于精细，要是被外人洞察，传播出去，后果不堪设想。就目前而言，祁应琛和秦初晗都不想让人知道自己能与动物沟通这件事。人性太复杂，他们又太渺小，只能尽力做好眼前事。伍衡也不多问，做完分内事便离开了狼谷。

时昊在监控室里目送他走出去，又把每个画面重新确定了一遍，用对讲机道：“前期准备结束。”

狩猎即将开始！

右场区，走地鸡、小兔子、大白鹅和公羊听到这一句，露出不同程度的恐惧表情。

之前还嚷嚷着要咬死祁应琛的大白鹅颤巍巍地对他请求：“你……你……你……你是不是听得懂我们说话？！我知道动物园里的动物每天都能得到足够的食物，没有一定要吃掉我们的需求，而且我们也不是你从养殖基地买回来的，这件事跟你没太大关系，放我们走吧，求求你了……”

走地鸡也道：“鹅说得对！你是有文化的人，不能做这么缺德的实验！”

公羊随之改口：“放我们走，我会感激你一辈子的，你们人类不是常说好人有好报吗？”

小兔子可怜巴巴地望着他，想要说的话全都装在那对红彤彤的眼睛里。

“我很想放走你们。”祁应琛叹了一口气，很难形容此刻是什么心情，“或许你们觉得不公平，但这个世界就是这样，就算你们没有出生在养殖场，就算我放你们逃去野外，逃进动物园旁边的森林，你们还是会面对不同的生存危机。”

公羊用它短短尖尖的角愤怒而用力地顶笼子：“坏人！都是借口！”

换作以前，祁应琛绝对会冷着脸听而不闻，更不会回应，但今天，他终于决定面对这些：“我有必须这么做的理由，抱歉。”他弯腰将笼子逐一打开，“你们可以恨我，也可以在生命的最后时间里拼尽全力逃亡，去感受心脏的每一次跳动，体会血液在身体里加速流动、沸腾，你们所努力多活的每一秒，都纯粹是为了自己。”

比起祁应琛要面对的沉重场面，秦初晗这边的气氛活跃得犹如幼儿园组织的第一次春游，且带的是小班。

中转间内，狼崽子们把秦老师团团围住，闹得厉害。

“好了吗好了吗？快开门吧！”

“猎物多吗？大吗？厉害吗？我真的能咬死它吗？”

“爸爸妈妈会在暗处观察我们的表现吗？”

“真的只有我们自己狩猎啊？”

“野外到底是个什么地方，好吃的东西多不多？为什么我们不能全都去？”

“我不想咬兔子，也不想追大鹅，我想吃昨天下午媛媛姐给我的蚯蚓干。”

“到底什么时候开始，我都困了……”

“想快点儿开始就给我安静！”秦初晗双手比画出一个“×”，嗓门超大。

八只小狼崽齐齐听口令，后撤，蹲坐，昂起头，身后的小尾巴晃啊晃，跃跃欲试。

秦初晗深感带孩子不易：“好的，谁还记得我早上说过的话，向前一步，尽量完整复述给我听。”

小狼崽们你看看我，我再看看你，各种蒙。

其中一匹灰白色的小公狼道：“我记得，但是不想说，没有必要。”

秦初晗认得它，景天，君临和小艾的长子，非常有气势的小家伙。竟然跟她讲狼权，有点儿意思。

“行，可以不说，不过待会儿去到外场，有任何闪失，后果自负。”秦初晗故意放狠话。

景天冷哼了一声：“外场而已，又不是没去过，就算你们设了陷阱，也难不倒我们。”

秦初晗撇撇嘴，看它的眼神里流露出欣赏，不愧是君临的崽，不但有气势，还有胆识：“陷阱是没有的，这点你们大可放心。”她来到通道口的旁边，抬手握住闸刀开关，“记住，这是个测试，最后你们当中有五匹狼会被选中，离开动物园。”

闸刀被拉下，四方形的通道门缓缓上升，才打开五分之一，黑色的小狼就一溜烟冲了过去，欢快喊着：“胜利一定属于我！冲啦！”

“想得美呢！胜利是我的！”

“兔子是我的，其他的随便吧！”

“柴胡、飞廉、白芨！别跑那么快，等等我们！”

“铃兰你快点儿！”

“豆蔻你害怕就别来了，乖乖回兽舍待着吧！”

先后钻进通道的四匹小狼是路华和苏白的孩子们。

豆蔻果真没动，站在入口边，探着脑袋小心翼翼往里瞧了瞧，还是不敢跟过去，只好扭头来问秦初晗：“那个……今天的外场和以往有什么不同吗？我听说大鹅连人都敢咬，它会不会把我咬死呀……”说到这里，眼泪汪汪，真是个惹人怜爱的小东西。

秦初晗蹲在它面前，施展顺毛摸功夫：“别怕，打不过就跑，你比你的哥哥姐姐们跑得都快，不是吗？”

豆蔻忙不迭地点头，再看通道口，哥哥姐姐们早跑得没影了，现在去还能追上吗？它可太难了！

秦初晗的手停留在它背脊中央，清楚地感觉到它抖得厉害，一时半会儿只能先做安抚。小可怜，你就乖乖待在爸爸妈妈身边做它们的乖宝贝吧。

有意思的是，君临和小艾的三个崽都没动，稳稳当当地在旁边蹲坐着，呈一个稳固的三角形，正开战略会议呢。

景天有条不紊地说：“我们现在在中场区的转移通道口，待会儿进去后，我来开路，赤松走我右后方，红豆走左后方，我们先把整个外场巡视一遍，确定有多少只猎物，还有它们的大致方位，再商量下一步怎么做。”

红豆和赤松齐齐应声。

这时，通道口的另一端传来飞廉那独特的鬼吼鬼叫声，不难听出夹杂在其中的狼狈和措手不及。

景天笑了声，仿佛这在它的意料之中：“猎物已经放出来了。”感谢飞廉，让它掌握这个情报，“不过这些猎物和我们一样休息了一整天，刚从笼子里放出来，精力旺盛，我们还小，跟它们拼体力一定输，所以得智取。”

好家伙！君临这个崽不得了，小小年纪居然懂得摆阵型，还要智取，太有谋略了！

赤松问：“要是巡视的半道上遇到猎物怎么办，追吗？”

“要分情况。”景天斩钉截铁，沉着的口吻一点儿都不像八九个月大的小狼崽，“按照惯例，猎物应该还是鸡、兔、鹅什么的，最大的就是羊。”

狼的听力好，就算待在兽舍里，也能通过饲养员之间的对话了解狼谷近期的大小事情。

“目标太大的先不管。”景天首先把羊排除在狩猎名单外，“剩下的猎物里，鸡是最容易捉到的，只要它够聪明，这会儿应该会找地方藏起来，我们可以把它放到最后慢慢找。兔子行动敏捷，看到了别急着追，你追不上的。”

当然了，柴胡那几个也追不上。它们家跑得最快的是豆蔻，这会儿还缩在秦初晗掌心里发抖呢。不过景天很希望那只兔子能活跃起来，带着柴胡它们一通乱跑，这样它就省事多了。

“鹅很凶，遇到了立刻散开，把它包围起来，先耗一耗它的体力，等它露出疲态，找

准机会咬它的脖子！这是它最明显的弱点，也是我们最大的机会，咬住了千万别松口，我们三打一，它心里比我们更虚。”

景天做完安排，再向弟弟和妹妹确定：“我说的都听明白了吗？”

红豆信心满满：“明白！”

赤松个头大，声音粗：“都听你的。”

“那出发吧！”

景天站起来，跑向通道入口。从豆蔻跟前经过时，小可怜下意识地站起来，身形不由自主向它倾了下。景天、红豆和赤松都看到了，齐齐驻足，眼珠子滴溜溜转着看着它。

“要跟它们去吗？”秦初晗抬起手，全凭豆蔻的意愿。小狼崽们从小吃在一起，睡在一块，不管父辈们怎样，它们之间的感情是很好的。而且这次是个人战，团队协作的部分虽会作为参考，主要看的还是自己的能力。

景天虽然没立刻走，但也没有发话。

豆蔻犹犹豫豫：“会不会给它们添麻烦……”

“你想来吗？”景天问得直接。

豆蔻眨巴着眼睛，轻轻点了点头。

“那就来呀！”红豆爽朗的性格与小艾如出一辙。

赤松也安慰它：“我们当中就属你跑得最快，外场大家都去过很多次了，夜里看得更清楚，进去跑起来，活动开了就没那么害怕了。”

豆蔻获得小伙伴的肯定，勇气倍增。

景天走到它面前：“你可以跟在我身后，听到响动不要像飞廉那样大喊大叫，狩猎的时候听我指挥，能不能做到？”

豆蔻想了想，响亮地回答：“我能！”

“那好。”景天转身望向那四四方方的通道入口，目光凌厉，“我们出发！”

一开始，情况与景天预料的基本一致。

走地鸡试图飞到树上避祸，但很遗憾它生在养殖场，羽翼包裹下的身体过于肥胖，飞是不可能飞起来的，只好找地方藏起来。

公羊是最大最明显的目标。刚开始它也很慌，想学鸡那样找个地方躲一躲，正努力寻觅呢，冷不防一团东西窜到它跟前，定睛一看，丁点儿大的……小狼崽？身边接二连三钻出狼崽子似模似样地将它围了起来，统共四只，高高撅着屁股，尾巴竖起来，冲着它龇牙咧嘴，凶起来的样子怪可爱的。

合着今天把自己当成猎物进行捕猎的，就是这样一群刚刚到它膝盖高度的猛兽？公羊气笑了。哪怕它只是人类养的食用羊，也有草食动物的基本尊严。脑袋一顶，前蹄猛踢，后脚轻松跳跃，灵活走位，它把四个小家伙收拾得呜哇乱叫。最后还是公羊主动放过，顺着水源走到中场区的小山坡上喝水吃草，同时心里狂骂这家动物园的饲养员脑子有病。

柴胡哥儿几个狩猎不成，反被揍了一顿，倒也没有特别沮丧。毕竟它们年纪小、经验不足，公羊皮糙肉厚、体形大，打不过很正常。它们凑在一起总结失败经验，互相鼓励，重振士气——找个小的欺负一下，找找感觉！

这时，明朗夜色下，小白兔蹦蹦跳跳地从它们眼前经过，甚至中途还停下来跟大家伙儿互看了一眼。

柴胡眼睛都冒光了，这不就是现成好欺负的对象吗？想什么来什么，太好了吧！

飞廉激动地暴喝："是兔子！"

小白兔吓得喊了声"妈呀"，拔腿就跑。两个傻小子在后面追，白芨和铃兰喊都喊不住，只好跟着一起追。兔子个头小，身体轻盈，行动灵活，小狼崽们空有一腔捕猎的热情，却一直重复追的行为。总结下来一句话：无组织，没章法，混乱至极！

它们这边热火朝天宛如过年，景天那边的四狼小分队就显得谨慎多了，入场后拉开架势，移动过程中始终保持阵形。

早在景天它们两个月时，饲养员就隔三岔五领着它们到狼谷这个外场来转悠，熟悉环境了。狼会在树干、石头等地方留下气味和尿液，除了起到威慑其他动物圈地盘的作用，还包含了许多信息。它们通过这种方式保持远距离交流，有点儿朋友圈的意思。所以景天它们虽然从未见过父母，彼此的联系却早就建立了起来。尤其是进入四月，成年狼的活动区域主要在更宽广的自驾区，小狼们几乎每天都会到外场活动，寻找父母留下的痕迹。

关于这次突然展开的狩猎，景天渴望得到父亲的提示。

人类口中的野外究竟是个怎样的地方？造了一座动物园把它们圈养在里面，明明住得好好的，为什么又要把它们送走？听饲养员说，它的身上流着苔原狼的血液，真正的苔原狼是什么样子的？很威武吗？像父亲一样吗？人类设下困难考验它们，把去野外说得像是狼最好的归宿，那父亲和母亲呢？难道要在动物园，在这个有边界的狼谷住一辈子吗？为什么不能大家一起去呢……景天心里充满了疑问。

在努力寻找答案的途中，它们和凶巴巴的大白鹅撞个正着。

景天指挥小伙伴们从不同的方向把大鹅围住，不用靠太近，也不需要追太紧，让它慌不择路，在它们圈定的范围内不断移动、挣扎就好。

白色的大家伙进不是，退不得，恼羞成怒却也无可奈何，被一群小东西耍得团团转，体力逐渐耗尽，行动迟缓起来。

这个时候，赤松从侧面纵身起跳，发出相当有气势的“嗷”的一声，一口咬住白鹅的长颈，同时将其扑倒在地。

“我们上！咬它的脚、翅膀！咬它能动弹的地方！”

景天冲上前去，红豆紧随其后，豆蔻勇敢跟随，咬得满嘴都是毛。

新一轮的拉锯战持续了整整十多分钟，大鹅的气息越来越弱，起初还能梗着脖子骂几句，到后来只能无力地蹬一蹬腿。

眼看就要成功了，大家心里激动得很，用目光默默鼓励对方。偌大的灰影突然从黑暗的阴影中跃出，一下子将小狼崽们撞得散开，滚了好几圈才勉强停下。等晕头转向的它们再去找大鹅，就见它被另一匹狼叼在嘴里，咽了气。

那是一匹真正的成年狼，身形健美，体魄健壮，通体灰黄色的毛厚实而绵密。夜色中，它站在半山坡的石块上，居高临下望着四个小家伙，在它们目光中的困惑快要到达顶点时潇洒甩头，将猎物扔给不知何时来到它们身后的同伴。

“我叫紫山，是你们的叔叔。”紫山咧嘴露出锋利牙齿，笑容竟有几分奸猾邪气，魅力独特，它用鼻尖指了指接住白鹅的家伙，给小崽子们介绍，“它是墨蓝。”

“紫山叔叔、墨蓝叔叔！”红豆从地上爬起来，摇着尾巴就要靠过去。

“别去！”景天把它拦住，警惕地望着两匹突然出现的成年狼，“它们不是来帮我们的。”

“没错，我们是来考验你们的。”君临从树影中缓缓走出。

眼前的公狼目测体长接近两米，身高在一米左右，通身蓬松的白毛没有一点儿杂色。深浓的夜色并未将它吞没，反而成为装饰，赋予了它全新的意义。它站在那里，任由周身泛出一层不可思议的银光，看上去是那样的威严。那双深棕色的眼睛凝聚着极强的信念，时刻守护着身为一匹狼的尊严，捍卫着一个族群的生机。它是君临，狼谷的狼王。

景天被深深地震慑到了，身体不由自主地轻晃，想要靠近，想要臣服在王的脚下寻求庇护。但很快，它醒过来，身体里沸腾的血液阻止它那样做。景天极力克制着战栗，咬紧牙道：“考验是吗？哼，没什么大不了的，尽管来！”狼王的儿子绝不惧怕任何挑战！

紫山和墨蓝相视而笑，再去看它们的老大，这股不肯服输的劲儿一看就是亲生的。

“很好。”君临眼底藏着笑意，重新宣布今晚的规则，“你们可以继续捕猎，同时，我们也会参与进来，在这片区域里随心所欲做任何事，包括如何对待你们，是否要直接抢夺，或者让你们吃一口新鲜的食物，取决于我们自己的想法，听明白了吗？”

赤松弱弱地提出异议："怎么样都是你说了算，我们还有努力的必要吗……"

君临眸色幽深地盯了小儿子一眼："要不要努力由你自己来决定，不想受我摆布也很容易，打败我就可以了。"

赤松难以置信地瞪圆了眼睛："打败你？"开什么玩笑！它那么小，而对方是那样的庞大、强壮，不可战胜！更何况它们还是父子！甚至今天是它们第一次正式见面！

君临看穿它的心思："你觉得我在跟你开玩笑？因为你是我的儿子，我就要无条件地养育你、给你吃的，保护你不受伤害？没错，原本是应该那样。那么我问你，等你到了野外，失去我的庇护，你该怎么办？"

赤松被问得怔住，总算明白父亲的用心："对不起，我知道错了。"它呜咽着趴到地上，夹起尾巴，沮丧地耷拉下耳朵。

景天来到兄弟身旁："站起来，还没结束！"

红豆也用鼻尖蹭了蹭赤松的身体，鼓励道："你刚才咬大鹅那一口可准啦！"

先前豆蔻被撞之后蜷在树下呆呆地看了好一会儿，此时才慢半拍地回过神来，抖抖耳朵和皮毛上的枯叶、灰尘，跑过来和大家站在一起。它看看迅速振作、两眼自信放光芒的赤松，应该不需要它安慰了。它又看向突然出现的狼王，把它祖父打败的君临。狼王带着得力干将出现了，那它的爸爸妈妈和祖父祖母呢？但豆蔻是决然没有勇气跟这位交流的。它有点儿慌，然后小碎步挪到了景天身后：上一代的恩恩怨怨是上一代的事，现在我跟你的孩子们是一伙儿的！

三匹成年狼把豆蔻𡒄而不失聪明的举动看在眼里，暗叹它是个小机灵鬼，瞧着个子小，风吹就倒，没想到对局势变化的判断倒是很清晰。嗯，是个可造之才。

君临忍住笑，望向天空，发出似是而非的叹息："要下雨了……"

这句话提醒了景天，它立刻对伙伴们道："我们走！"时间不多了，它们从来没在暴雨天的户外活动过，要是下雨的话，会增大捕猎的难度。

景天跑在最前面，去先前还没搜寻到的右场区。

赤松它们随后跟上，边跑边问："现在怎么办？"

景天道："找那只走地鸡！"到嘴的鹅没了，公羊太大，只能无视，眼下的最优选择是走地鸡。

豆蔻决定勇敢一回，自告奋勇道："抓兔子也可以，我追得上！"

先前柴胡它们几个围兔子，景天带着大家躲在草丛里偷偷观察。凭良心讲，柴胡它们已经做得很好了，结果还是让那只狡猾的白团子找机会溜掉了。不过豆蔻也因此记住了兔子大致的移动轨迹，兴许能够一试……

景天很果断：“遇上再说。”

红豆提醒它们：“小点儿声，爸爸它们听得见。”

景天冷哼：“就算我们全部变成哑巴，也会被盯得死死的。”没什么保密战术可讲，铆足劲去拼是它们唯一的出路。

豆蔻忍不住小声嘟囔：“你们的爸爸好严格……”说这话时，眼睛里都泛出泪了。

赤松呵呵地憨笑：“没准你祖父也正在收拾柴胡它们呢。”

小崽子们做着交流跑远了，墨蓝再也憋不住，冲着君临“扑哧”笑了出来：“景天倔强的样子跟你一模一样。”

这让它想起它们的小时候。在那片寒冷广阔的苔原之上，它们从出生那一刻开始就要与手足兄弟竞争。每当狼王带领群狼狩猎归来，把有限的食物摆在大家面前，君临总是抢得最凶的那个。可以凶到什么地步呢？分明都吃饱了，还要不停往嘴里塞，逼自己把整块整块的肉往肚子里吞，谁敢跟它抢，它就把对方往死里揍，揍完了强迫对方看着它吃，继续吃，吃到撑得不停打嗝……

“要不是我们被人类抓走，你那些同胞兄弟都得活活饿死。”墨蓝陷在儿时的回忆里。

紫山第一次听说这段，摇着脑袋啧啧叹：“够狠！”

君临望着景天它们离开的方向，心里的担心未曾流露出分毫：“它们的日子还长，能和我们待在一起的时间太短……”不知道今天晚上，它们到底能学到多少。

说到这里，玩世不恭的紫山也笑不出来了。

墨蓝抬起头环顾周遭，看起来和真正的森林一样，但是有边界的。那些防护栏、密不透风的石墙，还有透明得仿若不存在的幕墙安装在什么地方，需要奔跑多少步就能看到，它都一清二楚。可这里也是最安全的。

“真矛盾啊……”墨蓝昂起头，发出一声悲凉意味十足的狼嚎，为自己已经注定了结局的一生，为孩子们不确定的未来。

进入后半夜，有经验的成年狼持续地故意找碴，总是在狼崽子们围猎的过程中冲出来捣乱，不让它们靠近水源，不让它们停下来喘息。毕竟任何一匹成年狼都能一脚把它们踹飞。

除了那只大白鹅，其他猎物成了这场残酷教学的近距离观众。

公羊发现成年狼并没有立刻杀死自己的意思，比起吃掉它，它们更希望它做出一些行动，吸引小狼崽们来应对，于是表演得更卖力了。兔子也一样，至少它得到了喝水的权利。还有走地鸡，每隔一段时间就会换个躲藏的地方。狼王甚至给了它承诺，要是能熬到天亮

不被狼崽子们发现，就会让饲养员把它送去百鸟园或者别的什么地方，跟温和的食草动物住在一起。这大概是一只走地鸡最高光的时刻，它下定决心躲到最后。

凌晨一点，闪电撕裂了天空，隆隆雷声在苍穹响起，头顶仿佛有巨兽在盘旋。倾盆大雨说下就下，雨水浇打着一切。

小狼们的围猎没有任何进展，更谈不上收获。暴雨影响了它们的判断，淋湿了它们的皮毛，让它们冷得牙齿打战，丧失行动力。而无休止的追逐耗尽了它们最后一丝体力，越发强烈的饥饿感无时无刻不在折磨着它们，让它们倍感挫败。

这个时候，成年狼们开始了属于它们的狩猎。

隆刹负责在公羊周边徘徊，吸引它的注意，让它不安、恐慌，失去判断。然后老狼王隆越出现了，借雨水隐藏气息，保持半伏状态，自猎物身后从容靠近，缩短距离，抓住破绽一口咬上其脖子。公羊挣扎着倒地，眼看就要重新站起来，震耳欲聋的雷雨声中响起狼王高亢的长嚎。群狼士气大振，一拥而上！

大雨无法冲刷发生在这个场景中的血腥。原始的撕扯，强者对弱者的碾压，连皮带肉残忍的吞食，父子和兄弟之间的眼神逼迫、碰撞、较量……

景天它们看呆了，被深深地震撼住了，为自己的渺小和无能而自卑到极点。比起父辈们的亲身示范，先前它们对猎物的追逐算什么呢？不痛不痒的打闹？

暴雨持续了两个小时，总算显露出疲态。稀稀落落的雨点落下来，发出不规则的顽皮的嘀嗒声。狼崽子们凑在树下，挤作一团，试图从旁边的家伙身上挤出一点点温暖。它们又冷又饿，连说话的力气都没有。

数米开外的地方，公羊被掏出脏腑，一半的身体被狼王和他的叔伯兄弟们果了腹。

狩猎快结束时，狼后小艾咬着兔子加入宴席，其他的母狼跟在它身后。

小艾笑盈盈地向孩子们发话："累坏了吧？快过来吃！"

经历了漫长又煎熬的一夜，小狼们再也不像出发前那样斗志昂扬，一个个灰头土脸，内心脆弱得一塌糊涂，很想哭……小艾温柔的话语、平和的态度，轻易击溃了它们心中最后一道防线。

苏白待在自驾区守了整晚，总算亲眼看到自己的孩子们，迫不及待发出呼唤："铃兰、飞廉、白芨、柴胡，还有豆蔻，快到妈妈这边来！让我好好看看你们！"

还没喊到豆蔻的名字呢，它就先站起来，使出吃奶的力气朝妈妈跑去，一头撞进怀里。暖乎乎，软乎乎的，是它出生时最初的感觉！豆蔻鼻子酸了，呜呜哭："妈妈，我每天都好想你……"

苏白快心疼死了，忙不迭地给小可怜舔毛："妈妈也好想你，天天都想！"

飞廉它们纷纷围了过来，贴在妈妈身边。真温暖啊，它们都安全了。

柴胡走在最后，在距离妈妈不远时，忽然看到了路华。这让它望而却步，不由自主咬紧了牙。

在暴雨下得最恐怖的时候，它为手足们找到了一片干燥的栖身之地，大家挨在一起，虽然有些挤，却很暖和。没想到父亲出现了，咬住它们的后颈，把它们一个一个拎出来，扔到大雨里，扔进泥潭里。

柴胡很生气，龇着还没长好的獠牙冲它吼："我们可是你的孩子！"

路华无动于衷地说："我没有那么没出息的孩子。"

这太伤狼崽们的心了。那画面如今还清晰地停留在柴胡的脑海里，将它刺痛。

"恨我吗？"路华主动来到它面前，问得直白。

"恨，也不恨……"柴胡心情复杂地低下头，认真计较了会儿，小声反问父亲，"我让你丢脸了？"对不起，它不是故意的。今天晚上，它尽了最大的力。可一旦和景天比较起来，它就成了逊色的那个。

路华包容地望着柴胡，眼中的严肃没了踪迹："不，你很好。"它低下头将儿子拢到身前，让它依偎着自己，"你是我的骄傲。"

柴胡本来还很沮丧，突然得到父亲的肯定，顿时振奋起来。它兴奋地蓦地站起："爸爸，我会努力的！"

然而发软的四肢根本支撑不起身体的重量，好在这一次，路华没有眼睁睁看着儿子摔倒，一口咬住它的后颈，将它叼了起来，走到妻子和其他孩子身边。柴胡还没反应过来，只感觉身体一阵腾空，然后四爪就平稳地触碰地面了。

豆蔻缩在妈妈怀里，羡慕地看着它："刚才爸爸对你举高高啦！"

路华温和地笑着问小女儿："豆蔻也想要爸爸举高高？"

想啊！连做梦都在想！有爸爸妈妈疼爱才是最幸福的崽崽！

隆越、沐沐凑了过来："你们不但有爸妈疼，还有爷爷奶奶爱，幸福加倍！"

莓宝挤到小家伙们跟前自我介绍："按照人类的说法，我是你们的小姨呢。"

隆刹和红玉站在半只羊跟前喊话："饿不饿？都过来吃！"

紫山饭量大，被爸妈赶到一边去干看着。行吧，今天气氛好，它饿着给家人们助个兴。

这边的一大家子其乐融融，另一边就冷清冷静，持续僵持……

君临和小艾不在的日子里，景天就是赤松和红豆的主心骨，眼下它不发话，另外两个就铁了心不动。三只小狼崽蜷缩依偎在一起，抖作一团。雨还下着，它们已经感觉不到冷了。这是个危险的信号。

景天可以跟父母怄气，却不能无视弟弟妹妹的死活。它低声发话，目光始终跟远处站姿傲然的狼王保持对视："你们过去，吃点儿东西。"

"好嘞，我去吃两口……"赤松等它发话等很久了，晃晃悠悠爬起来，走到妈妈身边，闭上眼深吸一口气，"初次见面，我是你儿子赤松。"

小艾也像苏白对孩子们那样，慈爱地给它舔毛："初次见面，我的儿子，今晚你的表现很棒！"

赤松嘿嘿憨笑，心满意足。

红豆站起来走了两步，还是放心不下景天，回头问："你不来啊？"

景天把脑袋转向一边，声音闷闷的："别管我。"

红豆站在原地等了会儿，确定这家伙要倔强到底了。虽然不确定它还能撑多久，好在它们可以靠饲养员，靠正在某处做观察的人类。

"妈妈，我来了，我是红豆。"红豆身上的泥蹭到了母狼光洁柔软的毛上，它很是抱歉，"对不起，让你看到我脏兮兮的样子。"

"没关系，很快你就会变得干净整洁，漂漂亮亮地长大。"小艾温柔地安抚它，随后领着它们去享用人生中最为特别的一餐。

成年狼们把一切都安排得很妥帖，就连猎物都选了一处干燥平整的地方来摆放。狼崽们卸下戒备心，放下担心和顾虑，敞开心扉和父辈们交流起来。

考验总算结束了。

唯独景天卧在一片泥泞里，听着那边宴席上越发欢快的对话，说不羡慕是假的，动摇也是有一点儿的。但忍住，别去听，也别再去想！绝不认输！景天闭上眼睛，专注地去数落在身上的雨点，一滴，两滴，三滴……数到第二十二滴时，雨忽然停了。与此同时，它清楚地察觉到一股暖意自它身体正上方源源不断地向下发散。景天困惑地睁开眼，昂起头，望进了白狼深邃的眼睛里。它的父亲君临正以身体为幕，替它遮风挡雨。

一丝动摇从小狼的眼里飞快闪过，然而先前的经历迫使它迅速坚定决心："你……没必要这样。"

君临对它的态度不以为意，抬首望着开始进食的妻子和两个孩子，笑着说："有必要，你也是我的孩子。"

景天发着抖，脑袋埋进前肢里："那又怎么样，今晚我什么都没做成，没抓到猎物，

没保护好赤松、红豆和豆蔻，我连一个避雨的地方都找不到！”有这样的孩子，一定感到很丢脸吧？它不知道怎么面对身为狼王的父亲，只好倔强到底。

这反应，君临都预料到了：“你们一来到外场就立刻摆开阵形，你打头阵，赤松在你的右后方，红豆在左后方，胆子最小的豆蔻被你们保护在中间。这些是你安排的，我猜对了吗？”

景天犹豫了下，极轻地“嗯”了一声。

君临继续道：“你们满场搜集情报，遇到大鹅之后果断地对它进行围猎，重点咬脖子，也是你事先告诉大家的吧？”

“战术安排而已……”景天知道父亲在诱导自己说话，可它就是忍不住回应。

“做得很好。”君临毫不吝啬地夸奖它。

“你们要是没来捣乱，那只鹅已经在我们肚子里了。”景天到底是有怨言的。那会儿还没开始下雨，吃饱之后，它们还能去追追兔子，搜寻那只很会躲的走地鸡。当雨落下来，它们也有足够的时间寻一个干燥的安身之地。

“是的，我打乱了你的计划，破坏了你还算周全的安排。”君临对自己的所作所为全无歉意，“我一出现就告诉你我将怎么做，如何做，后来你有想过如何应对吗？”

“我们根本抢不过你们……”景天苦恼极了。

“初次狩猎就遇到强大的竞争对手，硬碰硬并不是正确的决定。”君临耐心地分析给它听，“一开始你确实做得很不错，可是你受到了我的挑衅，千方百计想证明给我看，结果导致你忽略自身的情况，变得不理智，这是你今晚最大的失误。”

“你挑衅我？”景天听得云里雾里，还没想明白。它那么小那么弱，父亲为什么要挑衅它，故意干扰它？

君临低下头，舔舐儿子沾满泥浆的脸：“因为你最像我，冷静、从容，懂得分析。是我利用了我们的父子关系，现在我向你道歉，你能原谅我吗？”

如果换一个对象，景天不一定中招。它会带着伙伴们躲起来，观察强大的竞争对手，寻找其他的捕猎机会。君临相信它能做到。

景天不好意思地避开父亲的目光：“说好了是考验，我自己头脑不清醒，你跟我道什么歉……”

“在野外，你会遇到不计其数的困难、更多意想不到的挑战，记住，永远保持冷静，一时的退缩不代表你是软弱的没用的，只要能活下去，哪怕放下尊严也无所谓。只要活下去，总有一天，你会用另一种方式重拾尊严。”

“那你……放下过你的尊严吗？”

“在人类面前……”君临不着痕迹地苦笑了一下。

景天似懂非懂：“每天都有好多人类来看我们。”每当那个时候，父亲就没有尊严了？难道它和那头怕人的狮王一样，得了叫什么什么恐的病？

君临笑着舒出一口气，问它：“想去野外吗？那是个危险的没有边界的，同时也充满魅力的地方。”

景天抖了抖耳朵，圆溜溜的眼睛里逐渐流露出向往：“想去！我要去！”

“很好，不愧是我的儿子。”

3

天亮时分，雨彻底停了，齐偲和两个徒弟陆续来到狼谷，吹响哨子，引导成年狼和小狼崽回兽舍。他们还担心地问祁教授：“昨晚雨那么大，没影响实验吧？”

祁应琛已经把那些拿来做样子的设备收好，回答说：“还好，就是收集一些观察数据。”

他们也没怀疑什么，又问：“决定送哪五只狼崽过去了吗？”

祁应琛看了秦初晗一眼，再看看屏幕上卧在兽舍里休息的狼王，照搬了它的话：“需要考虑几天。”

齐偲说：“小狼崽每只都聪明伶俐、活泼勇敢，换我也犹豫不决。虽然去了牧城动物园还要做很长一段时间的放归训练，但到了野外，就是真正的开弓没有回头箭了，谨慎一些是对的。”

祁应琛点头，若有所思，像是陷在什么里还没完全走出来。

离开狼谷的时候，秦初晗问齐偲：“这几天能不能让小狼崽和成年狼多多相处？”

齐偲他们正有此意。眼下狼谷的局势稳定下来，小崽子们是时候和家人生活在一起了。况且狼是很有灵性的动物，齐偲笃定它们能预感到即将分别，不管留下哪几个，送走哪几个，它们都会格外珍惜。

另一方面，君临和路华都做了绝育，狼谷的繁荣昌盛就指望着莓宝赶紧在紫山和墨蓝之间选一个了。而小狼数量的减少在一定程度上会激发它们的族群危机感，繁衍就成了头等大事。齐偲让秦初晗放心，路华、紫山那一辈也有八九个兄弟姐妹，都是经他们开会讨论、仔细研究，才决定把谁送去友谊动物园的。

山海野生动物园在对待动物繁殖方面一直讲求优生优育。

回到宿舍已经七点多了，秦初晗毫无睡意，决定洗个澡，换身衣服，去食堂把早餐吃了，要是老秦今天不忙，就跟他聊聊。

昨天晚上，她、时昊和祁应琛一直在监控室看着，即便听不到它们的对话，也备受触动。后来时昊受不了了，叫道："这群狼太通人性，太用心良苦了！"换位思考，他要是狼爸狼妈，哪个他都舍不得。后来实在看不下去，他冒着大雨冲回了宿舍。

祁应琛还跟秦初晗开玩笑："你说小昊会不会在大雨里哭泣狂奔，用雨水掩饰泪水？"

秦初晗眉头紧锁，根本笑不出来，跟男朋友对视，反问他："你一点儿都不难受？"

祁应琛愣了下，脸上的笑容瞬间消失。他盯着屏幕里令人揪心的画面，很委婉地说："我也不是什么铁石心肠……"

凌晨四点的狼谷中央控制室，小秦总监和祁教授一言不发，并肩坐着，看成年狼和狼崽们互动。当君临以身体为景天遮风挡雨时，两人的内心都是感动的。

还有一个细节发生在齐偲他们来之前。

君临主动来到右场区饲养员通道入口，秦初晗看出它有话要说，便和祁应琛一起过去，以为它可能是舍不得孩子，一个都不想送走。没想到碰面了，君临直言，景天要去野外，还有四个没决定，它得想想。

狼王不愧是狼王，说完扭头就走。秦初晗都没来得及问它除此之外是否还有别的需要，她会尽力为它做到的，她保证！

君临没有给她这样的机会，一直以来，它和它的族群都不是很想承人类的情。

因此，秦初晗决定跟老秦聊聊。动物园的运营到底给她弄出了愧疚感，她急需倾诉。

洗澡的时候是这么想的，洗完澡，她又打消了这个念头。父亲在动物园干了几十年，动物的生离死别经历得太多，她又何必雪上加霜？难道她跟谁说了就能得个痛快？这事儿还是得靠自己来消化。

不过早餐还是要吃的，走出卧室，秦初晗跟好室友兼男朋友遇个正着。两人都梳洗过了，一身干净的通勤装扮，同时开口，问对方上哪儿去。

秦初晗摸着肚皮："食堂觅食。"

祁应琛拎起咖啡色的手提包："海大上课。"

秦初晗心不在焉地点点头，不大放心地问："你自己开车去？"

祁应琛答："陈老师开车。"

秦初晗点头："挺好，路上还能眯一会儿。"

感受到女朋友的关怀，祁应琛笑了笑，也礼尚往来地叮嘱她："吃完早餐回来好好睡一觉，我下午就回来了。”

来到客厅玄关，祁应琛驻足，跟在身后的秦初晗一头撞上他的背。他回身望去，平静的眸子里带着疑问：没事吧？

秦初晗后撤两步，连连摇头：“没事！”看他的眼神都是无神的。

这下轮到祁应琛不放心了：“真的没事？”

秦初晗细细感受了下此刻的心情，开口道：“就……是一种说不清的感觉，或者情绪？本来想找我爸聊聊，后来我又想，跟他聊了也只是让他徒增烦恼，改变不了什么，还是自己消化掉比较好。说到底，这种帮别人做决定的事，我还是不擅长，要是每个人都把自己管好就可以了，你说多好。”语无伦次地说完，她努力绽出笑容，但眉心那两道困惑的褶子始终没能抚平。她口中的被她帮忙做决定的“别人”，是君临，是狼谷的小崽子们，但这群狼在她眼里心里，和人类没有区别。

祁应琛沉默地望着她，似在思考着什么，太冷静了，就像医生在判断病人的精神病等级。

秦初晗强打精神催他：“你不是要去上课吗？快走吧，别迟到……”

“你可以跟我说。”祁应琛在这里用了肯定式。

“跟你说？”她还是云里雾中，要怎么说啊？病人跟心理医生倾诉的那种？

祁应琛没头没脑地道：“事实上，昨晚我也做了某些尝试，效果还不错。”

秦初晗越发茫然：“尝试？你到底想说什么？”

“我想说，我们是可以聊这些的。”祁应琛转身正对她，目光无比专注，“仅限于我们俩，也只有我们彼此会懂。”

能和动物交流，在动物园工作，经常看到发生在动物之间的常人看不到的故事，从它们身上获得更丰富的感受和感触，不管好的坏的，忧伤的还是喜悦的，一个人承受这些太辛苦，也太孤单。幸运的是，拥有同样天赋的我们相遇了。

祁应琛握住女朋友的手臂，用那种平时从未有过的激动口吻道：“昨天测试开始前，我跟那几只猎物做了短暂的交流。”换作以前，他是不会理的，假装自己是个正常人，冷漠到底才是正确的做法。这是祁应琛常年开启的自我保护机制，轻易不会撤销。

秦初晗面露意外，有些明白他的意思了：“放开心扉去拥抱天赋的感觉如何？”

“还不错。”他笑了笑，略做回味，“比催眠自己无视要好。”

祁应琛定了定心神，很真诚地感谢：“这些是从你身上学到的。”

当你用稀松平常的心态去面对一件事、一个人，那么这件事或这个人甚至是能与动物交流这种不得了的天赋，也就没什么大不了的了。他不是怪胎，更不是异类，只是刚好拥有了而已。和动物们聊天，帮助到它们，其实是很美好的。

秦初晗扬起眉，眼弯弯地笑了："能帮到你就好。"

"所以，"某成熟且博学的男子决定对女朋友彻底敞开心扉，"我去上课，你去吃早餐，之后安心睡一觉，说不定你醒来的时候我已经回来了，我们好好聊一聊。"

"说得那么肯定，万一你突然有事要忙到明天，要去出差，家里叫你回去……"秦初晗做了各种设想，"我醒来发现自己还是一个人，等啊等，等不到，你就不怕我失望吗？"她不喜欢等人的。

祁应琛很坦然："我确实怕让你失望，所以——"

又来一个所以？秦初晗战术性后仰，试图把男朋友的状态观察清楚。

门外，司机陈胜利疯狂按门铃，外加催促："祁老三，走了，赶紧的！明知道今天有课昨晚还熬夜做实验，我上辈子欠你的吗，还给你当司机！"

祁应琛："……"这个发小哪儿都好，就是嘴碎。

秦初晗忍住笑："你去吧，一周就两堂课，别让学生等你。"

祁应琛迟疑了一瞬："但是我更不想让你等。"

秦初晗呆了呆，板起脸发出警告："你再这样我会嫌弃你的。"

"好，走了。"男人将不正常的状态收起，俯身靠近，在她脸上轻轻落下一个克制的告别吻，转身走得干脆。

门打开，再关上，前院响起陈胜利续航能力超强的碎碎念。祁应琛这次是真的开了冷漠模式，拒绝给予任何回应。

秦初晗站在玄关发了会儿愣，再抬起手，指尖轻触被男人亲吻过的地方："我男朋友也太清纯了吧？"

跟祁应琛聊了那几句之后，她神清气爽地去食堂吃了早餐，还是秦怀远主动问她昨晚祁教授的动物行为观察进行得怎么样。

秦初晗埋头吃灌汤包，含混回答说挺好的，暴雨下得特别是时候，要的就是那种效果，能观察到动物园狼群在恶劣天气下更多的反应，以及跟野外的野生狼群有什么区别……她也不想跟老父亲走心了，就瞎扯。

秦怀远没听出哪里不对劲，频频点头，交代她对狼谷那边多上点儿心，小狼崽送出去以后要持续关注。那个于盛同学看起来很热情，也具备绝对的经济实力，就是不知道纪录片进入拍摄阶段，他会不会为了赶进度催促牧城动物园对动物们做出不恰当的调整。

这话说得很含蓄了。那些专门拍野生动物的摄影师近年来也开始摆拍了，不过摆动作的不是他们自己，而是作为拍摄对象的动物。有那么一小撮没有底线的摄影师，会根据自身要求，结合有限的想象力，用钉子、塑胶贴带等作为辅助工具，强迫动物们摆出看似自然的动作，架起镜头“捕捉”珍贵的瞬间。照片经过后期处理，通过公众平台发出来，送去参加摄影展，实现名利双收的最终目的。而那些被摆拍的动物多半在拍摄过程中死于非命，就算撑过拍摄也活不了多久。

秦怀远担心于盛像那些无良摄影师一样急功近利。小狼崽们从出生就住在动物园，是保护在温室里的幼苗，野化训练对于它们来说极其重要，做不到位或者时间太短，等它们去了真正的野外，后果实在不敢多想。

秦初晗让父亲放心，她昨天就让顾词去准备合同了。小狼崽将以公益性质的层面送去，参与野化训练的同时，允许作为纪录片的拍摄对象，记录下整个过程。对它们来说，以最好的状态放归野外是首要目的，纪录片拍摄只在次要地位。山海野生动物园会全程跟进，随时掌握最新动向，并且在对小狼的训练、放归和是否继续拍摄等方面有决定权，必要的时候甚至可以收回狼崽。合同是很苛刻的，但只要能把毛孩子们保护好，秦初晗能使出更强势的手腕。

秦怀远听女儿说完，欣慰得面上的皱纹都平了许多。

秦初晗吃好了，放下筷子，笑容满面地跟父亲讨夸奖：“我做得还不错吧？您快夸夸我。”

岂止还不错？只用了六个月就把山海野生动物园做成业界翘楚，动物们的居住环境越来越好，受到的关注越来越多，最难得的是不管是怎样的事，女儿总能迅速拿出解决方案，往正面积极的方向引导，这不就是现代动物园应该具备的特质和责任？

秦怀远犹豫地伸出手，摸了摸女儿的脑袋。这曾经是父女之间的固定亲子动作，每当秦初晗考试拿了高分，就会得到老父亲的摸头杀奖励。

很久没互动了，秦怀远有些生疏，尤其还坐在人来人往的食堂……

秦初晗脸皮厚，没啥心理障碍。互动结束，她眨巴着眼睛略做回味，露出少许遗憾的表情，寻思道：“果然人长大后就不容易满足了，要不然您请我吃顿饭，或者给我买件新衣服？”

秦怀远愣了一瞬，确定女儿在开玩笑，笑着答应：“这些都好说，吃完了赶紧回去休息，要注意身体。”

秦初晗吃饱喝足，困意上来，乖巧地点个头，端起餐盘站起来，刚想转身又被老父亲叫住。

“爸，您怎么了？”秦初晗笑着问。大清早到食堂吃个饭，还吃出离别的惆怅来了？

老父亲这表情一看就是在酝酿什么不得了的人生感言。

秦怀远望着女儿疲倦却还是充满干劲的脸，平时藏得极深的情绪涌上心头：“我知道你想要什么，打算做什么，你尽管去争取就是了，爸爸无条件支持你，需要我做什么，你要开口对我说。”虽然养父不在了，虽然他现在才想做点儿什么已经很迟了，但他总归会有点儿用处，哪怕能帮到女儿一点儿也是好的。

秦初晗用半开玩笑的口吻问：“请问发生了什么，让您改变了多年来对某些事的坚持和看法？”

“是你。”秦怀远是个脚踏实地的人，对女儿更不会撒谎，“去年你回来的时候，我心里是反对的，你的性子又直又刚烈，和动物们交朋友一起玩是可以的，说到为它们做事、挣钱去改善它们的生活，其实我没有在这方面对你抱太大期望。”

结果，他和其他人一样，很快被狠狠打脸。

“你比我想象的更适合在动物园工作，或者说是……服务。在你对待动物的过程中，我看到了你的耐心、爱心、包容心和责任心。还有你运营动物园、文创店，不管哪方面都相当出色，爸爸以前低估你了。”秦怀远向她道歉。

这番肯定比摸头杀厉害多了，秦初晗受用至极，眉头舒展开：“然后？”她知道的，一定有然后，而且那部分才是关键。

秦怀远没辙地笑笑:“刚才不是说了吗,不管你做什么,爸爸都会支持你,如果可以的话，我希望将来由你接我的班。我相信你会做得比我更好，比现在更好。”

回北区的路上，秦初晗给祁应琛发短信：“今天我才发现，我爸特别擅长鼓励人！”发完才想起男朋友可能在车上补觉呢。

没想到他秒回：“怎么说？”

秦初晗心里的顾虑一扫而空,站在原地回复:“他夸我有耐心、爱心、包容心和责任心！”

祁应琛似是笑了，反问她：“你以为自己没有吗？”

这句恭维就让秦初晗相当舒服了。她继续往家里走，琢磨着昨晚大家这么辛苦，等她睡醒，男朋友没回来也没关系，她可以去海市找他，在那边玩一天，顺便去看看含香。

谁想这个时候，祁应琛又补了一句：“遗憾只是对工作和动物这样。”

这是在控诉我这个女朋友做得不称职吗？秦初晗边走边用短信发动远距离魔法攻击：“你这个态度很危险啊，随时会变回单身你知道吗？”

是谁带我去连城，然后把我丢在城里，自己跟科考队出海？花重金请了 24 小时管家不能算，我要的是你的陪伴，不是张三李四王五！回到动物园后开启的同居生活也能叫同居？相安无事地住着，比七十年的老夫老妻还老夫老妻！大约一小时前的那个离别吻，居然亲脸颊哦！更别提前几天的约会，关键时刻决定暂停的可不是她！还有，说要敞开心扉好好聊聊的也是你，但这还有个前提，你得先去海市上课，回来后再聊……

秦初晗已然摸清楚男朋友的路数了：抢占先机，真诚画饼！

连我自己都不确定下午的我还想不想聊点儿什么，你凭什么帮我决定？走到家门口，她拿起手机看半天，聊天框里还是她的魔法攻击。这种时候是绝对不可能放过那个男人的，秦初晗打字输入："你用沉默代替回答，好好想想为什么。"

结束交锋，把手机揣外套口袋里，她走进前院，打开大门进了家。客厅里光线昏暗，窗帘都被拉上了。秦初晗愣了一下，她出门的时候分明开了一组灯。停电？跳闸？刚伸手去摸开关，旁边的窗帘里忽然钻出一个人，吓得她猛吸一口气，缩都没来得及，更没叫出声。

睁大的眼睛里，是男朋友恶作剧得逞的笑脸。

"祁应琛你……幼稚！"秦初晗咬牙切齿。

祁应琛笑着，不由分说把她打横抱起，往楼上卧室走："你说得对，我怕你对我失望，所以请假了。"

车开到高速路口，他忽然让胜利老师掉头，回来的路上跟学校那边请了假，两个人在东门外广场吃早餐，祁教授请客！

"原来工作日也有粢饭团。"他为此感到高兴，吃得很是尽兴。

秦初晗听到他说请假了的时候，脸色已经明显好转。这是他第一次把她放在优先级，可喜可贺。重新感受男朋友的公主抱，嗯，还是一如既往的稳，她一边享受着，一边板起脸："为什么不在短信里说？"

祁应琛抱着她停在自己的卧房门前，正色道："我也是讲战略战术的，这一招叫欲扬先抑，你体会到了吗？"

男朋友临时跟学校请假，放着一大教室的学生不去上课，藏在家里玄关旁边的窗帘后面吓唬我……原来这就叫作欲扬先抑啊！秦初晗暗暗把这一笔记到小本子上，有机会一定让他也尝尝滋味！

祁应琛从她淡定的脸上瞧出些许端倪，轻啧了一声："这个表情，有点儿东西。"他看出来了，她在记仇。

秦初晗礼貌地笑了下，余光撇向眼前紧闭的卧室房门，心里有些打小鼓。

祁应琛被她无处安放的小眼神逗乐："你以为我会对你做什么？"

"那真说不清楚了。"秦初晗从来都输人不输阵，收起略显忐忑的眼神，摆出"不管你做什么我都奉陪到底”的姿态。甚至考虑到男朋友抱着自己不方便，她还体贴地帮忙开了门。这种时候，虎就完事了。

祁应琛赞许地冲她扬起眉："不愧是你。"

"必然是我，也只能是我。"秦初晗压根儿不相信他会怎么样。祁应琛这个人道德感高，还极其讲原则，一旦决定了某件事，中途变卦的可能性几乎为零。何况那个决定还是为了她好。

所以，抱她上楼，停在自己的卧房门口，真实目的是一起补个觉。

很单纯的，字面上的意思。

为此，祁应琛展开陈述："房间收拾得很干净，昨天白天换的枕套和床单。还有，吃完早餐回来后，我已经洗漱过了。"

床很大，枕头有四个，他们可以躺下来随便聊点儿什么，困了就睡，醒来睁开眼就能看到对方，想想都很妙。秦初晗打量着男人光洁的下巴，表示接受地点了点头。

与此同时，她也有顾虑："我还没洗漱。"

"我不嫌弃你。"祁应琛抱着女朋友果断迈入自己的私人领地，把她安置在床的里边，再去拉窗帘。两个人都浅眠，平时隔壁有点儿什么细微响动准能捕捉到，对光线也敏感。

"留一扇窗通风可以吗？"祁应琛征求她的意见，贴心得要命。

"可以。"

秦初晗坐起来把外套脱了，垂头看看自己，里面穿的是圆领的休闲套装，早先回来洗澡后换的，去食堂晃了一圈，还算干净。既然盛情的男朋友不嫌弃，她放下心理负担，缩进被窝里，安逸地平躺下来，做一个深呼吸——整个房间里都是祁应琛身上的味道，与某款有名有姓的古龙水无关，是那种很淡很干燥的来自草木的自然芬芳。

很快，他带着那股令她放松心神的味道来到她身旁。

宽阔的后背与柔软的床面相贴时，祁应琛发出一声全然放松的喟叹。

然后，两个人望着天花板，听着窗外动物们的叫声。新的一天开始了，他们还在为昨天发生的一切做颇有仪式感的收尾。睡意是有一些的，但此时和谐得不可思议的状态，让她和他都想多保持一会儿，哪怕谁也不说话。

过了数分钟，祁应琛先问："感觉如何？"

秦初晗半开玩笑地说："是个爱干净爱整洁的高素质室友。"

祁应琛哑然失笑："看来我这个男朋友做得不够称职。"否则怎么会只字不提呢？他必须自我检讨。

“倒也不是……”秦初晗转身面朝他，于幽暗的光线下欣赏着男人英俊的侧脸，“就是摸不准你的路数，心里清楚你很可靠，值得信赖，但你的行为又让我感到困惑。”所以她只好怀疑自己，是不是哪里做得不够好，让他觉得这段关系还没到那一步，需要再看看。

那句话是怎么说的来着？太在意一个人，自己就会不自觉地变得卑微……坦白说，秦初晗不太喜欢做这种自我怀疑。她一直想做那种“宁可我负天下人，也不能让天下人负我”的铁腕女帝王。祁应琛一出现就不费吹灰之力地卸下她的盔甲，让她在心里悄悄地渴望成为备受宠爱的小公主。啊，真讨厌！

祁应琛忽然说：“我心里是有你的，也只有你。”

秦初晗眸光轻颤，屏住呼吸。无须计较真假，她信！

遗憾的是这话只让她心神荡漾了最多三秒，三秒钟后，她欲言又止：“我心里也有你，不过——”

对于秦初晗来说，爱就要相互占有，否则说什么都只是空谈。除非祁应琛移情别恋，那种情况她是会放手的。可现在他们两情相悦，她想不出他非要和自己保持距离的理由。最绝的是，这个距离在他的安排下，被缩短到可以同床共枕的程度。秦初晗都不知道到底是自己被珍惜得过了度，还是祁应琛病态一面的终极表现。

“算了。”她放弃思考，“我还可以坚持大概……三个月吧！”没有进展的话，回到朋友和同事的关系，她会轻松一些。

“好，三个月。”祁应琛状似温和地接受了女朋友的提议。

秦初晗察觉到了，斜眼望着他：“你是不是很笃定地想，其实根本不需要三个月？”

祁应琛平静地道：“我只能说对待感情方面，我的自私不逊于你。”

人的一生有几个六年可活？好不容易再遇上，他怎么可能轻易放过她？

一觉醒来已是下午，秦初晗和祁应琛几乎同时睁眼，两个浅眠的人侧首看对方，视线相触，双双选择忽略睡前不太圆满的对话，聊起“关于我们能和动物交流”这件小事。

大抵补充了睡眠，也还没到饿的时候，怎么聊都是愉快的，祁应琛把前夜和那几只猎物的对话讲给秦初晗听，从接受到面对，没有他想象中难。

生存的残酷不仅体现在努力捕猎的狼崽们身上，那几只拼了命也要为自己多活一秒的猎物表现出来的勇气更值得称赞。而他们不是圣人，做不到普度众生，适当原谅不完美的自己有助于身心健康。祁应琛对兔子、大鹅、走地鸡还有公羊坦诚的那一刻，他在人生的这一个阶段好似悟到了什么。

秦初晗没心没肺惯了，不能切身体会他的纠结苦恼，不过说起那几只猎物还是有话说的："大鹅被紫山还是墨蓝干掉了，兔子死在小艾嘴下，公羊被放到最后被群狼围歼，那只走地鸡……你有没有见到？"

祁应琛面色僵了一瞬，默默从床上坐起来，一脸"不会吧"的表情。

秦初晗也坐起来了，越发好奇："这种情况必须去看看了！"

下午三点多，太阳出来了。狼谷热闹至极，人都聚在操作室的小院子里。

齐偲坐在一截树桩上，脚下放着一只体形圆润的走地鸡。这家伙除了精神明显有点儿颓，全身上下完整无缺，鸡冠子血红鲜亮，晒了会儿太阳，羽毛也渐渐泛出光泽。

狼谷的工作人员围在旁边稀罕地打量它，史上第一只狼口脱险的走地鸡！它躲过了狼群的围剿，扛过了春天最大的一场雷暴雨！

就在半小时前，中控室的工作人员发现它出现在中场区小坡的水源边，当时墨蓝卧在距离它最多五米的树荫下打盹，听到身旁有响动，抬起头看了它一眼，然后视若无物地趴回去，重新闭上了眼睛。而鸡喝完了水，优哉游哉地踱起步子，埋头在泥土里啄小虫子吃，仿佛与狼达成了某种共识……

所有人都看呆了。齐偲吩咐徒弟把外场的狼都弄到自驾区去，他亲自入场，把那只走地鸡捧了出来。

秦初晗和祁应琛到这儿时，伍衡都直播二十分钟了。播叔凭借丰富的想象力，给观众老爷编了个精彩绝伦的冒险故事，讲得唾沫横飞，弹幕上礼物齐飞！

那走地鸡很是高冷，任由围观，谁也不理。直到祁应琛出现，它立刻来了精神，张开翅膀扑腾着靠过去，大声嚷嚷："君临答应我了，躲过昨天晚上就饶我不死，还要让你们在动物园找一处地方安置我，给我好吃好喝，让我住一辈子，直到老死！"它只知道这个教授能跟动物交流，也只认准了他。

秦初晗连忙闪到一边，眼看这只鸡中哈士奇冲到男朋友跟前，表演抱人类大腿，笑得肚子疼。

这么旺盛的求生欲，谁看了不感动呢？播叔的直播弹幕上都在刷：很显然，这只公鸡的取向有点儿问题。

最后，秦初晗把走地鸡带到百鸟园，放进步道混养区。这里有花有木，有各种性子温和的鸟禽。

"从今天开始，这里就是你的家了，一日三餐有人管，你要是有什么需要或者诉求，可以找一只叫作李昂的鹦鹉，它是我们动物园的元老，会管好你的。"秦初晗蹲在一旁，对走地鸡交代道。

“我有听说。”走地鸡谨慎地环顾四周，对面前的两个人类感恩道，“已经很好了。”

“那好，你先适应下环境，晚点儿我再来看你。”秦初晗撑着膝盖站起来，眼神给到男朋友：还有一点儿时间，想不想来一杯咖啡？

走地鸡犹犹豫豫地叫住她：“秦小姐，我有个小小的不情之请……”

走地鸡的要求很简单。它想要个属于自己的名字，如李昂，如君临，如昨天那群不知天有多高地有多广却勇于探索不畏艰险的小狼崽们。它羡慕它们。它也凭努力获得新生，迎来崭新的未来。所以它想要个只属于自己的名字，让来动物园的游客一听就知道，这个名字指的是一只平平无奇的走地鸡。

“我给你取名？”秦初晗有点儿受宠若惊。

在动物园横了那么些年，不靠谱的事儿做了不少，第一次收到给动物取名字的正经请求，她忽然无措了，不确定地看男朋友，小声求救：“要不你来？”

祁应琛摇头拒绝：“它找的是你。”

走地鸡道：“我长大的养殖场离动物园不远，背靠一大片地势平坦的森林，我们长到一定的时候就会被挑选出来，放到林子里散养，吃虫子、坚果，偶尔得到一些饲料，说是这样肉质更鲜美，口感好，卖得出价钱。附近有农家乐，周末城里人来度假，会专程来捉我们，无论大小，三百块一只，捉到哪个算哪个，当天就拿去炖了。大概是我运气好吧，过了半年都没事。”

晚上，养殖场的工人会把它们全部赶回鸡舍。对于走地鸡们来说，这意味着又成功苟活了一天。每当那个时候，大家就会趴在稻草上闲扯。活着的时间有限，开心一天是一天。

“我们也会聊这个动物园，起初不知道这里和养殖场的区别，后来听说住在动物园的动物不会被人类杀了吃，羡慕得差点儿自闭。”走地鸡发出咯咯的声音，透着一股子受命运摆布的悲凉。

周围的原住民见这里有故事听，纷纷靠拢过来。走地鸡在人类的眼里不稀奇，它们却难得见到。今天被秦初晗和祁教授送进来的这一只充满传奇色彩，园里都传遍啦，它居然在狼谷待了整晚，全身而退！

对于珍奇鸟类把自己当英雄看待的事，走地鸡浑然不觉，满心都是对未来的憧憬：“如今我也在这里了，像做梦一样，我想要一个名字作为开始。”

“你说得真好。”秦初晗蹲回它跟前，尽量与它平视，“从今天起，你就叫秦和平，怎么样？”

话一出口，祁应琛转过脸，忍俊不禁。

“难听死啦！难听死啦！”李昂一个俯冲，从高高的树枝上滑翔而下，落在女孩子的肩头，“不许跟李老头学！”

“李园长留下来的光荣传统，我继承一下都不行？”秦初晗自我感觉良好。

祁应琛抿唇笑，精准捕捉到女朋友取这个名字背后的深意。

走地鸡知道“和平”是什么意思：“秦和平，和平……我可以叫这个名字吗？”

“当然，如果你喜欢的话。”秦初晗道，“至于姓氏，那是园里的老传统了，现任园长姓秦，你在他任职期间入住，所以跟他一个姓。”

“我喜欢的，没有异议，从今天开始，我就叫秦和平啦！”秦和平兴奋地伸长脖子，左顾右盼，激动得绕场跑起来，快乐地咯咯叫。

周围的鸟儿们纷纷送上祝福。

唯有李昂脑袋疼：“秦和平，下一个叫什么？秦有爱？”太土了，土得它鸟毛狂掉！

走出百鸟园，祁应琛忽道：“秦和平的那个‘秦’，是秦初晗的‘秦’吧？”

老园长留下来的取名传统，自然该由在任园长来行使。撇开父女关系不谈，秦初晗毫无心理障碍地替走地鸡取名，冠以秦姓，还可以解读出另一重意思：她想成为园长。

秦初晗耍滑头：“我是我爸的女儿，跟我姓，不就跟我爸也一个姓？”说得像是给老秦收小弟似的。

“是这样？”祁应琛笑着望她。

秦初晗眼珠子滴溜溜一转，反问：“那你觉得我能做好吗？”

祁应琛牵起女朋友的手：“你这个问题和早上在短信里跟我说那四个‘心’的性质是一样的。”难道你一直以为自己不能做好吗？那这半年来，山海野生动物园巨大的变化该归功于谁呢？

秦初晗被男朋友恭维舒服了，手也给他牵着，不挣脱。

祁应琛：“请你喝杯咖啡？”

秦初晗：“正有此意。”

（中册完）

我在动物园搞文创 ③

我是宝的贝儿◎著

My Dear Animals

中国致公出版社　知音动漫

知音动漫图书 · 漫客小说绘出品

目录

c o n t e n t s

第十七章

北极星放归计划

1

走地鸡狼口脱险的事很快在微博上传开了，网友笑称这是继稳健马阿尔卑斯之后，山海野生动物园出现的又一幸运象征物。它毫无疑问是新一代的欧皇，走地鸡中的战斗鸡，史上第一只凭实力入住动物园享受养老待遇的养殖鸡，让我们记住它的名字：秦和平！

秦初晗见秦和平在网上的势头如此之猛，周边产品立刻安排上。这位大佬自带幸运属性，不用整那些花里胡哨的，抓形象特点做玩偶、陶土摆件，给学生党放书桌书架上，上班族摆在工位上，图个好运就行。

君临没让人类等太久，周三的晚上，它让闪电给秦初晗带话，它们决定了，除了一开始就确定的景天，另外四匹参加牧动放归计划的小狼分别是柴胡、飞廉、红豆和豆蔻。

秦初晗颇为意外。她和祁应琛都坚定地以为赤松一定会去，狩猎测试那晚，它和景天配合得好极了，兄弟俩一起去也能互相有个照应。而豆蔻小可爱都不敢自己走转运通道，竟然要跟着去野外?

仔细打听了才知，原本君临这些成年狼还在做打算，小狼崽们自己先商量好了。

赤松和景天痛痛快快地打了一架，输的留下来，跟着爸爸学本事，以后继承狼谷，把它们这一脉发扬光大。白芨从小身体弱，主动退出竞争。不过它知道铃兰志向远大，鼓励它勇敢向前冲。柴胡誓要将和景天的较量持续下去，直到其中一方心甘情愿地臣服于另一方的脚下。豆蔻先说服了哥哥姐姐们，后再说动爸爸妈妈，世界很大，它想跟着景天出去闯一闯，看一看，小小年纪，已经为自己选好要终生跟随的狼王了。红豆是担心柴胡和景天这两个傻子打起来没有劝架的，所以也要跟着去。君临问小女儿是不是喜欢路华家的傻儿子，红豆羞得在地上打滚：哼，才不喜欢莽夫呢！

名单定下了，祁应琛便开始着手给小狼们做体检，接种疫苗。

与此同时，牧城动物园和于盛先后收到了山海野生动物园拟定的相关合同。前者对此没有任何异议，后者先是有些犯嘀咕，后来也想通了。

又过了两天，于盛领着助理，扛着专业的摄影器材飞过来，以狼谷为展开视角正式进入拍摄阶段——小狼和家人分开，千里迢迢前往牧城动物园，这个过程本身就很值得记录。

商量之后，包括景天在内的五只小狼崽将在四月十二号这天，乘山海集团的专机往它们狼生的下一站。

春暖花开的四月，山海野生动物园每天都在发生变化。

象馆外场的小瀑布外加人工泥潭开始动工，要赶在夏天来临前竣工，工期只有短短一个月。为了保证大象们有充分宽裕的活动空间，工作人员特地打通隔壁仙踪林的外墙，给这些大家伙划了新的地盘。为此，小纯洁高兴坏了。它年龄小、个头小，只能看到干爸，从来都看不见干姐姐白日梦，打通了墙，它第一个冲过去认亲戚。

鹿苑那边的新外场正式投入使用，一大拨游客闻讯而来，阿尔卑斯作为开场嘉宾，迈着漂亮的舞步率先入场，出尽风头。当晚，老秦照例去寻红斑羚碎碎念。活泼的小家伙们很有礼貌地对他说了谢谢，在他扭头看来时又忙不迭地欢快跑开。老秦哪儿哪儿都好，就是话多，它们不爱听，赶紧跑！

河马馆盼了许久的恒温自净循环系统终于装上了，连接内展馆和外场的水域变得干净清凉了许多。最初那两天，珍珠和玛瑙胃口大开，然后工作人员就发现珍珠的肚皮似乎有了动静。没等秦初晗去交流，馆长就迫不及待在群里喊她，说文创这部分他们想了好多创意。

大家每天都挖空心思，想着为自己家的崽子们做点儿什么。

十二号这天，狼崽出征。

天还没亮，伍衡就来到狼谷开了直播。工作人员都在，对小崽子们的将来充满憧憬和期待。不知谁发起打赌，莓宝到底会选紫山还是墨蓝，以至于气氛时而伤感，时而喜感。

反倒是君临这些成年狼表现得比人类淡定。狼有狼的傲气，不会为不可避免的别离而徒增伤悲。

简短的仪式过后，贴着动物园 Logo 的专车往机场驶去。

秦初晗在家门口送了送，和祁应琛出发前往海市。十点整，她将出现在山海集团大楼总部，面对董事会全体成员，开启她的征程！

秦初晗加入董事会这件事是毫无悬念的。

这个月，园里忙不停，她的海市朋友圈也转得比游乐场的旋转木马还花哨。

星运会那次“模糊”的热搜后，季家那边陆续通过各种人脉渠道与小秦总监搭线。比如季国平的亲妹妹，海市的社交女王季欣桐。她实名给“张钰诚公益基金会”打了三十万。虽然这还不够她这一个月的零花，但基金会那边只要收到超过十万块的捐赠，运营主管就会亲自联系对方，确定是否捐出这笔钱，有没有具体的资助意向。这个时候，季欣桐轻描淡写地亮明身份，表示和创始人是一家的，不用那么客气，她不过是刷微博看到在推广，想着尽一份心意，不过巧了，她这周正好要办一个动物主题的小型慈善派对，稍后她会派人把邀请函送到山海野生动物园，期待那天与小秦总监好好聊一聊动物慈善。里子面子都有了，手段高明得不得了，不愧是季家的核心成员！

不过季欣桐办派对的日子，刚好与狼谷考验狼崽子们这事撞期了。秦初晗人未到，让林笙代表自己出席。后来听说那天晚上林大小姐大出风头，豪掷千金拍下数件现代艺术品，硬生生把客场变主场。

季欣桐对此丝毫不介意，整晚拉着她自拍，介绍自己的亲友与她熟识。毕竟秦初晗只是秦家的养子之女，林笙却是货真价实的千金，陆氏集团实际掌权人的未婚妻，跟林笙搞好关系，相当于同时跟林家和陆家建立了联系。季欣桐甚至打从心底感谢秦初晗，居然送了自己那么大一个惊喜。

除了季欣桐，混迹于山海集团中高层的季家旁支也在千方百计向秦初晗示好。对于这部分人，秦初晗使出“不主动、不拒绝、不负责”的渣男手腕，你捐钱我就收着，替动物们鞠躬感谢；你跟我聊天，我也陪你聊几句，还给你的朋友圈点赞；你有个项目问我想不想参与，计划书发来看看，回头一准给反馈……

秦初晗跟季家那边就这样保持着恰到好处的交际，表面上做出与秦家不远不近的样子。她的重心始终都在动物园。狼崽放归计划，象馆外场瀑布和泥潭的动工，鹿苑最大外场投入使用，还有河马馆、百鸟园、梧桐叶子湖……每一次动作都会受到公众关注，引发新的讨论。而大家的注视，就是秦初晗最大的底气。

因此，对于她加入董事会这件事，大股东们无一不支持，季家和秦家打着各自的算盘，也都有心拉拢，秦初晗又是主动入的局，目前看起来，是个多方共赢的局面。

中午，秦宝珠做东，在集团餐厅为秦初晗小设一宴，饭后各自散去。

秦初晗走出山海大厦，先看了看手机上的时间，下午两点十一分。上班族端着咖啡、抱着文件与她错肩，步履匆匆地走进她身后的大厦。没人知道她是集团董事会的新成员，个别脾气不大好的还因她站在大门口挡了路的行为投来不善的目光。秦初晗后知后觉，连忙离开中间那道旋转门，顺着台阶走到底，末了又下意识回头，向上看——山海总部大楼犹如黑灰色的钢铁巨人，矗立在蓝天白云之下，对她的凝望回以睥睨。

这栋大楼位于海市黄金商圈裕兴湾，虽不是地标建筑，在一众摩天大厦中也并不起眼，但它曾经在一夜之间强势地拔地而起，从此奠定了秦家在南方的地位。这是老先生打下的基业。从今天开始，秦初晗也成了它的基石，不过是撬动还是稳固，尚未可知。

陆禾发来不走心的祝贺短信："恭喜你得到资本家的一致认可。"这个人永远能一针见血。

秦初晗笑着回："我的一举一动能受到你这个大资本家的关注，才是我的至高荣誉。"

陆禾骂："油嘴滑舌！"

秦初晗不置可否。

"你那边忙完了吗？到我办公室坐坐。"近年来陆禾也开始管家族生意了，这几个月一直在海市。秦初晗跟他离得不远，都在裕兴湾百年大道。

陆禾这会儿应该是坐在一个能够俯瞰众生的高度，优哉游哉地喝着咖啡，无聊之余忽然想起她，于是用文字信息刻薄以待，以此获得短暂的快乐。秦初晗戴了一早上的假笑面具，战斗力有所下降，才不会主动送上门跟他互损："今天不想营业了，我要去海市动物园充个电，看看我们家含香。"

陆禾一个电话拨过来，阴阳怪气地说："你人就住在动物园，难得来一趟海市还去动物园，人生能不能有点儿别的乐趣？再说那个含香，嫁出去的女儿泼出去的水，那边三个黄金单身汉给它挑，你还怕它过不好，打算接它回娘家？"

"陆社长对动物们的情况很了解啊，怎么样，要不要认养几只？两爬馆里可多冷冰冰的小东西跟你气质相同。"秦初晗走到路边，伸手招了辆出租车坐进去。

司机心好，跟她说这个点儿去动物园，逛不了多久就要闭园了。

秦初晗笑着说无妨，她去见个老朋友，不游园。

陆禾在电话那头傲娇地冷哼："冷冰冰的小东西？你在骂我冷血？"

"不许歧视冷血动物，林笙恨不得住在里面，你还嫌弃？！"秦初晗恶人先告状。

陆禾听出她开始敷衍自己，主动结束玩笑："行了，跟你说个正事，正经合作。"

秦初晗刚戴上耳机，拿出粉盒准备补个妆，听到他这么说，整个人都精神了："你要代表陆氏国际向我发出合作邀请？"

"天还没黑。"陆禾连嘲讽都懒得，"是我的杂志，团队准备做一期与动物相关的主题，除了采访，还有封面的拍摄，金九银十，你可以在两者中挑一个。"

秦初晗挑眉："金九银十，我自己挑？"

"没错。"陆禾十分肯定，"这是我的合作诚意。"

这可是时尚圈最重要的两个月，陆禾为了把她美丽的脸孔放到自己的杂志上，也太拼了！不过很快，秦初晗又想到另一层。上次陆正阳来借地盘做酒宴，言明集团下半年要进军生物科技领域，陆禾此举很可能就是为此造势。虽然他做的是时尚杂志，不……正因为是时尚杂志，更容易引起过度解读，从而达到陆家想要的某种效果。

想明白这一点，秦初晗靠进座椅里，叹气："我发现啊，在山海董事会拥有一席之地后，我更了解资本家了。"

陆禾愣了愣才摸透她的心理："又嫌弃，又要与我们为伍？"

秦初晗一脸无奈："那不是给自己定的目标太大，只能力争上游，努力让自我价值最大化嘛。"

陆禾干巴巴地笑了两声："不就是家动物园，叫祁应琛给你买。"

"你知道我们山海野生动物园的地皮有多大，养了多少动物？张口就要祁教授买，他一个做学问的……"秦初晗不看好，不指望，贫就完事了。

陆禾笑着揭祁家老三的底："他有专利，还做投资，每年坐着收的钱都比你那文创店赚得多，还不用给多余的人工费，别跟我说你不知道。"

"那不一样。"秦初晗分得清楚，"他是他，我是我，不能因为我跟他在谈恋爱，就什么都依靠他。"

前面开车的司机大叔听得频频点头。

"话不能这么说。"陆禾自有一套歪理，"恋爱本身就是一场没定数的互相投资，你跟祁应琛最大的问题就出在这里——过分无欲无求！"

秦初晗虚心求教："那你说，我应该怎么做？"

"花他的钱，让他不断给你投资，最好是把动物园买下来，写你的名字。感情里，谁付出得多谁最舍不得放手。"陆禾说得直白，虽然他没谈过恋爱。

"好像有点儿道理。"秦初晗几乎被说服，"那我就把'花祁应琛的钱'作为备用计划吧！"

陆禾对她算真诚了："祁应琛比秦家、季家那些人善良，至少他不会利用你。"

秦初晗连忙应和："我知道。"祁应琛很好，品行端正、为人正直公允，还不圣母心，不然她也不会跟他谈那么久的面对面柏拉图式恋爱，毕竟她一个俗人……

"话说回来，我男朋友对我好是理所应当的，你特地打这通电话对我千叮万嘱，又是为了什么？"单纯的杂志合作？秦初晗不信。

电话那端默了默。

秦初晗忽然领悟，难以置信地坐直："陆禾，你关心我？！"

陆禾气急败坏地冲她吼："我没有！这是你的幻觉！"

蓦地挂线，耳边一阵嘟嘟嘟的忙音。

秦初晗看了看通话时长定格在"2 分 18 秒"的屏幕，内心充满了不可思议之感。

估摸着陆禾也觉得挂电话这个举动显得自己太㞞，又发短信强辩："我没有关心你，我只是担心好不容易捧红的插画家深陷集团内斗，没有时间搞正业，耽误我这边的进度。"

秦初晗展现出包容与爱："随便你说什么，我都信。"

对话框的顶端，"对方正在输入"保持了好几分钟。秦初晗怕他憋死，主动道："金九吧，要拍就拍最好的，不过我要带文创团队一起。"

陆禾顺着她给的台阶下，努力维持着死傲娇难得的心平气和："可以，我原本就是这个意思。"

山海野生动物园的文创品牌的价值已经被秦初晗做起来了，这是她个人能力的直观体现。她因此进入集团董事会，今后的路更宽，也更凶险。短短半年做到这样的程度，陆禾打心底里佩服她，愿意帮她一把，助她更上一层楼。哪怕她现在还不需要。哪怕她将来需要时，未必会对他开这个口。

之后两个人就着杂志拍摄的主题、档期，还有采访内容打起商量，到海市动物园时，这次合作的大方向初步确定了下来。

秦初晗在售票口刷脸进园，轻车熟路地前往大猩猩馆。

今天天气不错，猩猩们都在外场活动——

小岸贴在玻璃幕墙边认真听着，墙的另一面，饲养员大叔靠在椅子上，用手机听小说。大叔早就睡熟了，小岸却听得津津有味。大西北坐在弟弟的不远处，望着面前飞舞玩耍的两只蝴蝶发呆。黑骑士沿着水潭边缓慢踱步，绕场巡视。

在它们的左侧，防护栏隔开另一片完全属于含香的小天地。它的兽舍和活动外场都是独立的，与黑骑士它们始终保持相邻，这有利于它们之间互相熟悉。等再过两个月，那道起到保护作用的防护栏就可以拆掉了。

含香老远就听到高跟鞋的声音了，等秦初晗进入视线中，它高兴地迎上前：“晗晗，你怎么来啦？”

“来海市办点儿事情，顺便来看看你。近来过得怎么样？住得习惯吗？”秦初晗在它面前站定，笑盈盈地打量它——眼神清亮，皮毛发亮，好像比一个月前圆润些了。

秦初晗再看隔壁，黑骑士在她走来的同一时间，警惕地走到阻隔它和含香的防护栏前，跟人类相差无几的深棕色眼睛牢牢地将她盯住。

“你这是什么眼神？”秦初晗噗地笑出来，“我又不是来带含香走的，过来探望一下都不行啊？”

黑骑士就地坐下：“行，你们聊。”它要在这里当监工，全程掌控。

大西北和小岸保持远距离观望，好奇是好奇的，但命更重要，随便看两眼算了。

秦初晗抄起手，跟黑骑士打商量：“大佬，给点儿私人空间？”

黑骑士幽幽地盯着她看了半晌，又去看似乎有些为难的含香，犹豫片刻，转身往它那边的场地走去。

秦初晗目送着它庞大的背影，没正形地调侃：“谢了啊！”

等它走出一定的距离，背对它们坐下，她才吐舌头做鬼脸，啧啧叹：“臭小鬼，装腔作势吓唬谁呢！”

含香松口气：“我还以为你要跟它正面硬抗呢……”

秦初晗一脸严肃：“你要相信，我已经不是从前那个莽夫了！”

含香把她上上下下打量一番：“你确实跟从前有些不一样。”具体哪里不同，它又说不上来。莫非是穿着问题？今天的晗晗，像个女强人。

“这就对了嘛，我成长了！”秦初晗正经不过三秒，“快跟我说说为了追求你，黑骑士是如何一步一步放下自己的骄傲和自尊的！说详细点儿！”

含香：“……”

黑骑士这家伙还是有点儿东西的。含香来的第二天，它就有所行动了。

虽然不能见面，但大家的兽舍相邻，活动外场也一样。黑骑士就把它认为最好吃的浆果放在防护栏显眼处，留给含香，每天一把，风雨无阻。

含香不知道多出来的浆果是从哪儿来的，也不敢吃，盯着放在防护栏下还特地压平整的草地上的那把果子，琢磨这要是饲养员做的食物丰容，水平也太臭了，不知是怀疑它的智商，还是存心敷衍。

连着几天，浆果不曾间断。更稀奇的是，每到下午某个时间段，只要含香稍稍转悠到

别的地方，回来一看，那位置准会换一把新鲜的。而要是晚饭前它还不动，那再过一会儿，果子就会消失得无影无踪，宛如从未出现过。

含香都被整蒙了，莫非它遇到了传说中的灵异事件？它向住在周围的小麻雀打听，雀儿们看破不说破，让它放心吃就是了。可含香觉得事情蹊跷，决定按兵不动，蹲点弄清真相，过了好些天，总算抓了黑骑士的现行。

问它：做什么悄悄摸摸？

黑骑士答：怕吓着你。

作为海市动物园大猩猩馆的首领，不能对新成员不闻不问，它思来想去，先送浆果以示友好，总不算僭越吧？

含香觉得好气又好笑，面上没做表示，点点头说知道了，让它别再送，平时的伙食已经很好。

次日，黑骑士果真不再放果子，它自己靠了过来，跟含香聊天气、聊动物园、聊它们大猩猩……全程不摆首领架子，那叫一个平易近“猩”。

含香初来乍到，耐心地听它说，偶尔接一两句，算是有来有往。

“我们聊着聊着就熟悉啦，它虽然年龄小了些，但性格成熟，见过世面，吃过苦，对现在的生活满足也知足，会照顾伙伴，总的来说，我觉得它是只不错的大猩猩。”含香给予黑骑士高度评价。

秦初晗追问道：“那小岸和大西北呢？你有没有跟它们聊过？”其实从私心出发，她早就默认黑骑士是含香的理想伴侣，可这家伙太傲娇了！秦初晗就希望它追求含香的过程不要那么顺利，吃点儿苦头，经历一点儿磨难，以后才会好好珍惜！

含香转身望向隔壁，小岸和大西北专注地做着自己的事情。它们已经习惯它的存在，不会十分在意，更不会为了接近它做出出格的事。

“你说，是不是黑骑士不准它们跟你往来？”秦初晗以小人之心度猩猩之腹。

“没有的事。”含香收回视线，“我跟大家已经很熟悉了，不过大西北比较关心吃的，小岸更喜欢听故事，我好像对它们不具备异性的吸引力。”最后这一句说得超小声。

秦初晗不满地眯起眼：“吃的和故事哪里有你好，这两个家伙，不开窍！”

含香嗤嗤地笑：“无所谓啦，黑骑士很好，我会和它在一起的。”

“这么快就决定了？你要不要再想想啊？”秦初晗脑子里都飘出臭屁大王对她炫耀的画面了。

“看起来我好像没有选择，但这是我选择过后的结果哦。”含香反过来开导她，“离开山海野生动物园前的那天晚上，爸爸跟我说，我们大猩猩选对象跟人类不同，但又不完全不同。首先要可靠，保证我们吃到的食物相同。黑骑士很喜欢吃浆果，我听饲养员亲口说的，它能把最喜欢的东西让给我，说明在它心里，我比吃的重要，单凭这一点就比过大西北和小岸了。爸爸还提到人类的尊重，就像祁教授对你那样，尊重你的工作，支持你的事业，不勉强你做任何你不喜欢的事，黑骑士对我也是这样。”

秦初晗被说服了："原来你想了那么多。"

含香“嗨呀”一声，做出怡然自得的模样："我是大姑娘啦，不管在哪里都要把自己照顾好，不能让爸爸妈妈担心。"

秦初晗立刻会意："我会把你在这边的情况如实告诉游夜它们，你有没有什么话要我转达？"

“不用了，没有什么特别想说的。”含香很是洒脱，转而问她，“你刚才说你升职了，是园长吗？”在它们动物的心里，园长就是人类当中最大的官。

“没有，还不是园长，我们老秦少说还能在岗位上坚守十年！”秦初晗笑着打趣，“我担任的职务在别处，跟动物园有点儿关系。”

含香略感遗憾："不是园长啊……"想起秦老头和蔼可亲的面容，它对站在防护栏外的人类女孩鼓励道，“没关系，只要你想的话，迟早会成为园长的，你要加油！”

秦初晗重重点头："我加油！"

祁应琛在对话结束时出现，手里捧着一束漂亮的粉玫瑰，走在明媚的春光里，一步一步，从容非常。

含香发出“哇”的一声："好像比以前更帅气了。"

秦初晗笑着附和："很高兴我们能在这点上达成共识。"

含香又催她："你快去，空闲了再来看我。"它在这里都好，不用牵挂。

秦初晗应了声“好”，一路小跑迎了上去。

“恭喜我的女朋友加入山海集团董事会。”祁应琛彬彬有礼地送上玫瑰。

“男朋友第一次送我花，竟然是因为我事业上的上升，不过还是谢谢，很漂亮，我很喜欢。”秦初晗接过花束，眼带笑意地打量。两张方形的咖啡色海报纸不规则相叠，将九朵含苞待放的粉色花朵包裹其中，周围是白色的满天星，简单雅致，心意满满。以前她一直认为粉玫瑰有些俗气，轮到收花的时候才发现，粉玫瑰什么的，精准直击她的少女心，爱了爱了！

祁应琛见她面露欢喜，知道送对了："我在一家评价不错的餐厅订了位子，吃完饭再回去，时间差不多了，走吧。”

秦初晗抱着花，跟随他的脚步往园外走：“你不问我董事会开得怎么样，午饭吃得好不好？”

祁应琛故意用诧异的目光扫向她：“怎么，你被欺负了吗？”

秦初晗顺势问：“我被欺负了，你准备怎么办？”

祁应琛左手揽着她，右手伸进风衣口袋里把手机拿出来，发语音之前还假兮兮地征询女朋友意见：“大哥还是二哥？”

“什么大哥二哥？”

“告状。”他一本正经道。

秦初晗气笑了，手里的花束一扬，打在他胸口上，打出一鼻子的芬芳：“祁应琛你有点儿出息！”哪儿有给女朋友出头先找哥哥们告状的。

今天的祁教授脸皮很厚：“告状要什么出息，会说就行了。”

秦初晗很难不认同，想起来动物园的路上，陆禾怂恿她花男朋友的钱，心情越发微妙。

正好这时祁应琛看到了陆禾在半小时前给他发的语音，点开一听，陆少爷以一贯的高冷腔对祁家老三发号施令：“你帮秦初晗把动物园买了吧，免得她成天三心二意，插画也不好好画。”

祁应琛和秦初晗听得双双失笑。陆禾这关心角度，找得过分刁钻！

“之前他在电话里也这么跟我说。”秦初晗跟男朋友表态，我和你在一起可不是为了贪你的钱，对于陆禾的提议我无动于衷。

祁应琛反而希望她贪图一下，跃跃欲试：“倒也不是不能买。”

秦初晗挑眉望他：“大哥还是二哥？”

祁应琛面不红心不跳，为僵局打开新的思路：“非要说我心目中的最佳选择，当然是陆禾。”陆家这么有钱，陆禾如此关心珑寻老师，不如由他做东把动物园拿下，没准秦家看陆家的面子，还给打八折，皆大欢喜。

秦初晗顺着这个思路一想，发现动物园改姓陆，自己竟然没有思想负担，她哧地一笑，拿过男朋友的手机，给陆禾发语音：“社长这么关心我，不如你帮我把动物园买下来，不用写我名字，我给你打一辈子工，保证把园里每只动物照顾得健康茁壮，文创品牌做大做强，年年金九银十，让你想怎么拍就怎么拍！”

陆·冤大头·禾狂翻白眼：“有病？存心涮我？当我的钱是大风刮来的？我长了一张慈善家的脸？你和祁应琛一样讨厌！”

等秦初晗酝酿好第二番说辞发过去，系统提示“对方已经不是你的好友”。

祁应琛把手机拿回来，摇着头道：“阿禾就是这样，从小到大，脾气都不太好。”

秦初晗：“不买就不买吧，把人骂完了还拉黑，真是……”

我们素质情侣，不跟他计较。

两个人手牵手，逐渐走远了。在含香的眼中，二人并肩离开的画面美好得像一幅色彩缤纷的画。

“真好啊……”它由衷为晗晗开心。

再一扭头，见黑骑士站在防护栏的另一面，结实的左臂放在身后，像是藏了什么，含香茫然了一瞬：“有东西要给我？”

黑骑士默不作声地靠近两步，将藏在身后的臂膀拿出来，将手里的花放在防护栏下方那片它用来放浆果的草地上，匆匆道了句“送给你”，转身手脚并用地迅速跑开。

一捧小花，粉的白的嫩黄色的，被它抓在手里，竟然没有一朵被揉坏的。

含香愣了愣，没有立刻去拿那些小花，而是坐在原地，昂起脸，迎着暖融融的阳光笑眯了眼。

2

成为集团董事会的成员，并没有给秦初晗的生活带来太大变化，至少在园区里，一切如常。

月中的文创小会上，杜康大佬的命题设计出结果了。这次大家不约而同地选择抱团合作，取长补短，总共拿出两套完整的设计方案。

司徒畅、时昊、伍衡和陈胜利组合出道了，他们这次就想玩概念，设计了可倾诉式挂件，主打“男女心事”，大小和寻常的钥匙扣差不多，按类型分为啤酒瓶和口红两款，软塑胶质地，杜康的狮头形象位于表面，小巧的录音机芯包在内里，按键设在啤酒瓶和口红的底座上。每个挂件可录制最长三分钟的语音，录制完毕后可设置保存时间，最短三个小时，最长三十天，保存时间内无限制播放，到期录音自动销毁。你想让这段心事给谁听到，期待这个秘密保留多久、被谁发现，或者在你设置的时间内悄无声息地消失……一切由你决定！

产品放在自售机里进行租借，就像充电宝那样。各大旅游城市、网红小镇、大学城、酒吧、咖啡屋、某个街角的明信片店，只要是需要倾诉的角落，都可以摆放这种自售机。同时满足倾诉发泄和猎奇的双重心理，有点儿现实漂流瓶的意思。完成录音的挂件可以被录制者短时间保留，也可以直接放回任意站点的自售机里。不过这样做是有风险的，因为任何人都能够扫码听取那段录音。

司徒畅他们给挂件的定价是 2.8 元到 28.8 元之间，根据录音保存时长决定。不管是啤酒瓶还是口红，每支都有独一无二的编号，限量生产，签约投放，一年后进行回收，所得净收入全部捐给张钰诚公益基金会。

秦初晗听完司徒畅的阐述，盯着“男女心事”这四个暧昧至极的字眼，觉得有点儿意思，说不定能为老少皆宜的动物园开辟不同寻常的路径，值得一试。

林笙和盛呦呦的胆子也很大，设计的是一款时效性 APP，手机登录，没有固定的用户名，每次登录都会生成一个临时码，那就是用户 ID。APP 内不能加好友，不会读取用户的通讯录，更不能分享，把“孤单至死”这条路走到底。

录音完全私密，仅限录制者自己听取，没有时效限制，但有一个更狠的设定：整段录音的音量会在反复听取的过程中逐渐变小，直至完全听不见。但那条录音痕迹会一直留在用户操作后台，显示“× 年 × 月 × 日 × 时录制，× 年 × 月 × 日 × 时消失”。

至于收费部分，APP 直接找林家的团队来做，先免费试用，后期可以卖储存空间或者拉广告，拉不到就算了，反正她们玩得开心。

秦初晗见大家如此佛系，替他们拍板，两个方案合二为一，由没来得及参与的顾词做组长进行整合，劳动节后给出最终方案——既然是玩概念，传媒大学出身的顾词可太懂了。

顾词：我或成最大赢家？

不过不管成品做成什么样，先得把“势”造起来。

当天晚上，司徒畅就用官博发了一条颇具煽情意味的微博。

“作为‘夸夸身边的动物们’的后续，人类作为地球上情感最为丰富的动物，如何消解那些生活中积累的复杂情绪呢？从下周开始，园区内将出现身着杜康大佬玩偶装的工作人员，找到他们，你会得到五分钟的倾诉权。在这五分钟内，你可以向杜康大佬诉说你的心事心情，五分钟后，杜康大佬的记忆归零，等待下一次的聆听。”

为期一周的活动在四月下旬展开，顾词他们每人一套杜康玩偶装，每天定时在园区内游走，与有倾诉欲的游客偶遇。整个过程可以用百转千回来形容，就连抱着实验心理的顾词都没想到，需要倾诉的人有那么多，工作中的烦心事、糟心的恋情、父母的不理解、昔日好友因为生活的不同而渐行渐远……当然也有分享喜悦的，比如暗恋的对象向自己告白、结婚、升职加薪、彩票中了奖、多年备孕准备放弃时意外有了小宝宝……

没想到这还引起了国外著名行为艺术大师的注意，在微博上主动发出邀请。当天下午，秦初晗和文创小组全体成员与奥利维亚女士进行了视频通话。随后，文创团队联合奥利维亚工作室共同宣布，将完成一次前所未有的跨界合作，稍后又公布了合作的主要方向和大致内容。

官宣一出，先后上了推特和脸书的热度榜，国内外大批艺术家们开始关注一家名叫山海的野生动物园。动物文创和秦初晗的名字频繁出现在国外主流媒体的报道中，《艺术新闻》甚至盛赞山海野生动物园是世界上最具人文主义情怀的动物园之一。

陆禾把这篇报道发给秦初晗看，真实地酸了，照这趋势发展下去，秦初晗还稀罕上他的杂志封面吗？

秦初晗开他玩笑：“要不你还是帮我把动物园买下来？”

陆禾不再理她了。

四月的最后几天，山海集团对外宣布将围绕山海野生动物园打造一系列原生态度假酒店，主打远离闹市，回归自然。紧贴“人文主义关怀”这一标签的操作，被网友戏称抱动物园大腿，不过效果确实显著，因为股价涨了。

次日早晨，秦家的律师来到动物园，代表秦宝珠赠予秦初晗集团原始股。虽然是少得可以忽略不计的份额，但这举动已经充分说明秦初晗如今在集团里不可动摇的地位。

就在这个时候，期盼了数月的文森教授抵达江城。关于北极星放归的可能性，文森教授的评估至关重要。

周三的早晨，秦初晗在机场接到这个对中国传统文化十分感兴趣的老先生。刚开始她十分紧张，英语讲得磕磕巴巴，幸而有祁应琛在旁周全。

文森教授行程有变，只能在江城待半天，好在祁应琛已经提前把北极星入住动物园水族馆至今的数据传给野化基地的团队，经过多方对比研究，加上系统的模拟演算，结论是相当可喜的。一行人离开机场，直接开到水族馆门口，目标明确地冲着北极星去了。

秦初晗没来得及跟北极星打招呼，众人出现在水舍里时，饲养员刚跟它做完食物丰容训练。这个每天都要皮几下的大家伙吃饱了不愿意动，任由自己漂浮在水面上，半张着嘴，还要把肚皮露出来——装死。

文森教授一眼看过去，惊呼：“上帝，它是怎么了？缺氧吗？饲养员呢？工作人员在哪里？！”

秦初晗懒得解释，由着文森教授和两名助理心急火燎地走到池边去关注它的死活。

北极星听到陌生的声音，表演欲望爆棚，瞥着几簇人影在旁边晃动，抓住时机发出气若游丝的“呼——”的声音。鲸生艰难，能不能来点儿盼头？

文森教授愣了下，跟助手们面面相觑。这只虎鲸有呼吸，表面无明显伤痕，牙齿、皮肤状态包括背鳍看上去都相当健康，为什么会摆出这种姿势？难不成是……抑郁？

秦初晗在老位置上站定，双手抱臂，垂眼斜睨着漂在水上的庞然大物，淡然发话：“差不多得了，再演我们就走了啊！”

话音刚落，胖虎就灵活侧翻，眨眼之间潜入水底。

秦初晗连忙提醒大家后退。然而还没来得及全员撤离，北极星就自水中央跃出，以它最喜欢的后仰姿势完成最放纵的自由落水。水面受到冲击，向四面八方溅起高高的水花，谁站得近谁遭殃。而北极星只管展开雄鳍，拥抱蓝天，来啊，造作啊，快活啊……

整蛊结束，它还进行一番回味，片刻才摆动尾鳍，一鼓作气冲上工作台的浅水区，昂着大脑袋左摇右晃，各种博眼球。

秦初晗对文森教授解释：“它在演海豹。”

教授大笑，稀罕地盯着这个活泼的大家伙，做自我介绍：“你好，我叫文森，很高兴认识你。”

北极星很有主意地盯着他，有来有往地说：“你好，我叫北极星，欢迎来山海野生动物园玩。刚才你一连看了我两个表演，怎么样，是不是很开心？你是哪国人？多大了？结婚没？有没有儿女？算了，我只是随口一问，毕竟你听不懂，而我也不是很想知道答案。”

秦初晗目带警告：给我严肃点儿！

北极星的腹鳍稍稍使力，整个身体往后滑动着退了半米，眼神里配合地露出怯意，嘴上还在贫：“今天我心情不错，给你面子，开不开心？”

秦初晗已然很想揍它了。

文森教授是鲸类专家，跟它们这个大家族打了一辈子交道，头一次在水族馆看到这么活泼健康的虎鲸，如获至宝，无须翻译就能对它的行为做出解读，心下欢喜极了。

“它很兴奋，似乎对我有所期待。”文森教授完全被北极星吸引住了，“真不可思议，这是快满二十八岁的虎鲸，对雄鲸来说已经迈入中年阶段，可它看起来就像十八岁的年轻小伙子，充满活力！”

这话北极星不爱听，直勾勾地盯着文森教授：“小老头，你看不起我？”说着，它尾鳍一上一下地摆动起来，似开始酝酿大招。

秦初晗走上前，当着大家的面故意对它道：“这是文森教授，W 国海洋生物野化基地的专家，大老远来看你，你可要好好表现。”

北极星微微愣住了："野化基地？什么专家？"

前一阵，狼谷那边送了五只小狼崽到牧城动物园参加"放归计划"，为此还在雷暴雨的夜晚设下重重考验。园里的动物们接连讨论了好几天，对君临的策略和远见钦佩不已。最高境界的父爱，不过如此了。这也使得北极星对放归、野化之类的词语格外敏感。尤其秦初晗也对它提过的，说她在努力。当时北极星还让她量力而行，没敢抱太大期望，毕竟它那么大的体积，跟放归狼崽是不能相提并论的，动物园又是展示动物的地方，水族馆没了它这个大明星，收益都会减少许多……哎，它真是想得很多的一头虎鲸。

文森见它听了秦初晗的话，明显往水里缩了缩，似乎在迟疑，在思考，然后变得老实多了，莫非它意识到自己能决定它的将来，开始争取表现？他不禁对祁应琛欣喜地说："果然和你在文件资料里描述的一样，它已经和人类建立起沟通，这样更好，有助于野化训练。"

祁应琛也笑望着水里的胖虎："它性格十分开朗，胃口也很好，时常反过来逗弄游客，取乐自己，是个很聪明的家伙。"

北极星小声嘟囔："夸得我都有些不好意思了。"

它退出浅水区，静止在水池中央，露出嘴巴以上的部分，盯着他们问："我真的有机会吗？"

如果可以，说它大龄它也承认了。刚来水族馆那会儿，老王和老詹还是三十不到的毛头小子，如今他们的孩子都上了大学，两人还暗地里互相比较，它当然会一起老去。但它也有优点，心态好，胃口好，积极乐观，身体健康！

秦初晗帮它问文森教授："听您刚才那样说，北极星到底能不能放归？资金方面绝对不成问题。"

祁应琛也道："我曾经根据它的来历对它的家族进行过追踪，发现它的生活习性跟东太平洋的几个远洋鲸家族有几分相似。"

"你判断得没错。"文森教授点头肯定了这一点，而后笑眯眯地打量北极星，"能不能放归，可能性多大，我们得先做个体检。"

之后文森教授亲自给它做了检查，在不伤害它的前提下，提取了些许皮肤组织和喷水样本，让助手先带回实验室进行分析。其间北极星前所未有地配合，叫靠过来就靠过来，叫喷水就喷水，叫游两圈绝不游三圈，叫张嘴就把嘴巴张得大大的，温柔地向人类展示咬合力无敌的牙。

秦初晗忍不住逗它："刚才适合做凌空翻跃，你怎么不翻？文森教授摸你牙齿的时候，你不该假装咬他的手吓他一下？"

北极星反过来用那种心平气和的语气劝她："别闹。"

祁应琛在旁边看得忍俊不禁。

忙完已近中午，众人照例吃动物园远近闻名的奢华食堂餐。老赵凭借精湛的厨艺，毫无悬念地征服了来自大洋彼岸的外国友人。

下午两点多，从海市来的专车来接文森教授，秦初晗和祁应琛将他送到东门广场。离别时分，文森教授让两人安心，说以他过往的经验来看，放归北极星是迟早的事，让他们尽快准备。

车子开走，秦初晗给秦励发去一条信息："专家刚走，我准备把北极星的放归提上日程了。"

祁应琛看着她编辑短信发送过去，连标点符号都透着强势。

秦励如何回复已然不重要，这种时候，身为男朋友的他只管给女朋友打气："加油，你一定能做到。"他会站在她的身后，无条件支持。

秦励的回复很简单，只有耐人寻味的"我知道了"四个字。他知道了，却没有明确表示对放归北极星的态度。

秦初晗把信息给男朋友看，摇头道："我都说了，无论怎样都会站在秦家那边，当成箭靶子也没关系，结果到这时候了还对我模棱两可的，真是要不得。"陆禾说得没错，还是男朋友真诚善良，对她表里如一。

"尽管去做你想做的。"祁应琛只有这句话，比深情款款的海誓山盟有用。

秦初晗"嗯"了一声，信任地点点头："我去看北极星。"

"我陪你去？"

"你……下午不用忙别的事吗？"她笑意里带着一点点嫌弃。

他们从早上起来走出卧房门的那一刻就看到对方，然后全天的工作都有交集，晚上还住在同一屋檐下，很难不相看两厌。

祁应琛受伤地摸了摸胸口，自觉道："那我去兽医院。"

秦初晗竖起大拇指，给懂事的男朋友点赞。

下午两点半，水族馆的虎鲸水舍门前拉起禁制，挂上了"暂停开放"的牌子。

虽然秦初晗没对老詹他们说明，但见那位国外的专家对待北极星的举动之专业，大抵也猜到是为了什么。

北极星明显很兴奋，秦初晗走进水舍时，它正在水池里荡过来又划过去，制造出哗哗的水声。

“闹腾什么呢？”秦初晗走到操作台边缘。

她刚蹲下，北极星就俯冲靠岸，大脑袋抵到她面前。比起早先那次冲击，这次上涌的水浪直接没过秦初晗的脚踝，涌到她身后操作台的尽头。

“晗晗，我真的可以回到大海，找到家人吗？”北极星期待地问。

“嗯，可以的。”秦初晗温柔点头，伸手抚摸它光滑圆润的嘴巴，“我会努力的，信我一次。”

北极星翘起尾鳍，摆动着：“你眼神好专注好认真，像个大人了。”

秦初晗歪头冲它笑，纠正道：“是说话算话的大人。”

是啊，她长大了，它也不小了。

“我忽然想起第一次见到你的情形。”北极星回想道，“那天是除夕，你穿一件红色的斗篷，拎着一桶沙丁鱼来喂我。”

秦初晗接道：“我差不多走到现在的位置，才蹲下来，你就嫌弃我，说哪里来的小豆丁，穿得红彤彤的，扎眼睛！”

结果在它话音落下的下一秒，小豆丁开口了：“我来喂你呀，我叫秦初晗，秦朝的秦，初心的初，晗是……”爸爸说过“晗”的意思，她给忘了。

北极星哪里还有心思听她解读自己的名字，惊讶得张开嘴：“大家说的是真的，老秦的女儿可以跟动物交流！”

小豆丁也“哇”的一声：“你牙齿好多，好尖。”说着就伸手去摸，人虽小，胆子却大得很。

北极星怕伤着她，主动退开少许，还故意用严肃的腔调吓唬她：“不许乱摸，手给你咬下来！”

小豆丁遗憾地撇撇嘴，睁着圆溜溜的大眼睛，漆黑的瞳孔里闪着细碎夺目的光华，委屈巴巴地看着它。

北极星一阵沉默，数秒过后，环视周遭，确定没有其他人在场，才小心翼翼地重新靠近，把嘴张开，含糊道：“摸吧，小心点儿啊，别把手扎破了。”

小豆丁重展笑颜，伸出胖乎乎的手，食指在它牙齿最锋利的尖尖上点了一下，发出“哇”的一声，收回身姿，心满意足。

“哇什么哇！这有什么值得哇的。”北极星受不了，仰面朝天做无语状，再扫向她旁边的小铁桶，“给条鱼吃。”

小豆丁双手扶着膝盖“嘿呀”一声站起来，在桶里挑挑拣拣，抓出一条肥美的沙丁鱼，冲池子里的大家伙喊话：“我准备扔了，你要接住才行。”

北极星气得牙痒痒：“接？你当我是狗吗？”

“狗狗都能接住。”你该不会连狗都不如吧？

“来来来，你扔！”北极星灵活后退，直到背鳍抵到水舍另一端。

六岁半的小豆丁犯了难：“太远啦，我扔不过去。”她对自己的实力倒是认识得还算透彻。

北极星竖立在水中，露出三分之一的身体：“尽管扔，我接给你看！”

“那好吧，接不住可不能怪我。”

小豆丁换左手握着鱼，脚步前后交错，仰身向后做投掷状，随后水舍里响起很有气势的“嘿”的一声，接着是闷闷的“扑通”声。

北极星刚做出冲刺的姿势，就眼看着吃食从小豆丁的手里滑落……注意，是滑落！她压根儿没来得及扔出去。

“那个……对不起……”小豆丁诚恳道歉，“我没扔好。”

北极星愣愣地盯着她望了半晌，先是怀疑她在耍自己玩儿，后来又觉得不太可能，人类幼崽没那么多心思。最重要的是，能和动物说话的人类幼崽它还是第一次见，太稀奇了，要是这次没聊好，她以后会不会就不来了？

“没事，我们再试试。”北极星不知不觉换了鼓励的口吻，“加油，你一定能做到！”

原本只是很简单的一件小事，因为她先认真对待了，身边的人还有动物们因此被感染，去正视，对渴望的一切有所期待，哪怕希望渺茫也不放弃追寻。秦初晗就是这样一个人，从小如此。

回忆结束，北极星对她坦白道：“第一次见你就觉得你很可爱，努力朝我扔沙丁鱼的样子我到现在还记得。”

难得的交心时刻，秦初晗也对它坦白：“那天舅舅挂红灯笼的时候不小心从梯子上摔下来，全家都在医院忙，我又闹得反常，都不记得是谁带我来的水族馆，给我一小桶沙丁鱼，让我来喂大鱼。”

“然后呢？”北极星期待她再说点儿什么，有意义的或者是温馨的，能令它愉悦的话。

秦初晗建议道：“我认为让谈话停留在这里是最好的。”

北极星不肯：“你说，我又不会生你的气。”那时候晗晗还是个可爱的人类幼崽，穿得很喜庆，它欢喜还来不及。

秦初晗只好如实说：“见到的大鱼也就是你，我全程一直在想，怎么和熊猫那么像，又那么……庞大，肯定会吃很多吧？一条鱼一条鱼地扔，手扔断了你都还没吃饱，我可怎么办啊，谁能来救救我！”

北极星转过身去，语气冷静：“好的，你可以走了。”

秦初晗吊儿郎当地蹲着，探头去看它：“那我真走了？”

“你走。”北极星郁闷至极，“不会让你的手断在这里。”

秦初晗站起来，故意往出口那边走了几步，又停下来，看着水中负气的黑白色虎鲸，敛了敛心神，对它道：“你放心吧，一定送你回大海，帮你找到你的家人。”

北极转身跟她对视：“你也是我的家人。”

“那还用说。”秦初晗从不怀疑这一点。

北极星想了想，又道：“别勉强，就算——”

“打住！”秦初晗纠正它，带着一贯的自信，“你应该对我说，努力去做，别让我失望！”

北极星看了她好一会儿，在她的注视下，说：“努力去做，别让我失望！”

“好。”她一口答应下来。

3

五一小长假，动物园迎来游客高峰期。

秦初晗趁着假期热度推出《游夜这一家》联名T恤和卫衣，搭配棒球帽、丝巾、人字拖一起卖，把文创店的销量稳在一个满意的水平线上。

除此之外，文创店还上了以“狼谷”为主题的第二批盲盒。这次的单品数量比较少，成年狼加上小狼崽总共十六个，集齐全部可兑换F站年费会员、山动季票、大量周边礼品，还有机会参与年末《游夜这一家》的线下试播会，与主创团队、声优进行现场互动。

这系列盲盒由秦初晗亲自设计，长方形的纸盒按照提示拆开，可以根据手工教程做成立体背景板的底座。背景板的后面仔细备注了每匹狼的姓名、年龄、性格特点、配偶以及所育狼崽的信息——不能让消费者把钱花了，买到盲盒就算了，至少得让人家知道这匹狼叫什么名字，是灰狼、野狼、苔原狼还是别的种类，在哪儿能够看到它。

网友夸赞：山海野生动物园在文创设计这一块，还真是从不掉链子。

河马馆那边，珍珠和玛瑙的第一个孩子预计在来年一月出生。因此动物园在微博上发布了创作征集，诚邀各位深藏不露的大触们为珍珠、玛瑙和它们未出生的宝宝创作拟人形象，征集期三个月，特邀评审嘉宾为插画家珑寻。稿件一经采用，创作者不但有机会加入文创组，还将获得丰厚的奖励。

有绘画基础的网友、美院学生、微博上小有名气的画师们纷纷表示：有点儿意思。

最难得的是，山海野生动物园的文创团队居然请了万年潜水的插画界大手子。要是拿

了优胜奖，不知道有没有机会一睹珑寻老师的真面目？

司徒畅看着这个排在二十多名的热搜调侃："想见珑寻老师？简单！预定九月的《i》就行了。"

九月刊是时尚杂志每年的重头戏，秦初晗已经跟陆禾敲定封面拍摄的日期，就在这个月的月底，到时候整个团队都要到帝都，算公差，顺便团建旅游。得知这个消息后，团队众人既兴奋又期待，还有少许的担忧：谁能想到搞动物园文创还能上时尚杂志？就我这张帅得很普通的脸，呈现在镜头前是加分还是减分？一个两个晚上集体敷面膜，洗完澡还抹身体乳，早上跟着祁应琛去跑步，偶像包袱都很重的样子。

对此，秦初晗表示：你们真的太天真了，拍杂志封面一定要把脸露出来吗？

动物园里每天都有新鲜事发生，园外，秦家和季家暗中博弈多年，也终于把争斗搬到台面上，公开较量起来。

季家在游乐场的运营上占大头，秦家则守着老先生留下的酒店业。在流动资金有限的情况下，集团忽然对外高调宣布打造原生态度假酒店，说好的游乐场改造又要无限期搁置，季家不干了。他们屈居秦家之下，为整个集团当牛做马鞠躬尽瘁，没有功劳也有苦劳，眼下秦宝珠连招呼都不打，到底是没把他们当一家人！不过这几年集团哪些业务一直在亏损，真正赚了钱盈利的又是哪部分，众人心知肚明。既然秦宝珠决定把宝押在秦初晗身上，那他们把这个宝拉拢过来不就行了？

于是整个五一小长假，每天都有集团的人到动物园来，不管季家、秦家，都想见见秦小姐，有说手里有个重要的发展项目必须秦小姐亲自过目的，有说听说她想放归那头定情鲸来支持的，有说董事长太独断专行让她劝劝的，有说季家没一个好东西的……

秦初晗头一回觉得自己那么重要。但她谁也不见，太极功夫了得，实在避不开了就领着对方去自驾区兜一圈，还专选窗户铁栏杆松动的地方逛。

先开进熊区，车头到了李奉献跟前，秦初晗跟副驾驶位上吓得小脸煞白的乘客介绍："这是我们的老员工了，世界上最大的棕熊亚种，科迪亚克岛棕熊！怎么样，是不是特别大？它胃口也好，一顿要吃几十斤肉，就您这个头，最多顶它一天的口粮。您别看我，您看它，国内动物园可没几头！"

要是熊区没能把来客震慑住，秦初晗就把方向盘一打，绕到狮区。杜康大佬的社恐已然不治而愈，威风凛凛的眼神扫来，你猜它一顿吃多少肉？

再不行还有狼区、棕鬣狗区，还有当了父亲更加沉稳的黑豹闪电，悄无声息地往人跟前一站，亮棕色的瞳眸幽幽盯过来，保证让人获得头皮发麻、胆战心惊的真实体验！

一来二去，集团那边无人有胆再来，秦初晗终于过上了耳根清净的日子。

五月中旬，山海集团的旗舰店上了热搜。

旗舰店位于海市寸土寸金的裕兴湾，是一栋非常漂亮的民国风格建筑，集休闲娱乐、餐饮等服务为一体，三面临江，站在任意观景台都能尽览海市繁华。加上顶楼花园餐厅和地下室酒吧，酒店实际使用层数为九层，不同房型的客房共三十六套，主打高品质服务，最低价位的房型一晚也要两千多，节假日还有上涨空间。这家店是当年秦勉老先生在而立之年倾尽心血打造的，是山海集团的立足之本，开店至今有口皆碑。

六月十五日是山海集团创立五十周年的日子，因此小长假结束后，各种线下庆典活动就铺开了。周年庆当天，董事长秦宝珠将前往月夏湖景区腹地，为原生态酒店的旗舰店举行奠基仪式。届时还会邀请山海的新老顾客亲临现场，与集团挚友们一起体验露营活动，亲近大自然。

4A 级月夏湖景区东邻海市，西接江城，地理位置绝佳，从前因为周围基建差，路况更差，大型集团受邀来这里考察过一次，通常就不了了之。如今不一样了，不但路修得四通八达，山海最大最新的游乐场就在景区旁边，野生动物园的名号也一天比一天响，每天都有全国各地的游客慕名而来。周围的乡镇见到商机，纷纷斥资建网红街、露营地、农家乐……这片地区很快发展起来，山海集团功不可没，与地方政府的合作更加紧密，生态酒店的项目批得如此之快有迹可循。

没想到声势刚造起来，就被爆出负面新闻。

一位拥有近两百万粉丝的旅游博主在小长假后，开始连载名为《高端酒店的“高端滤镜”由我来打碎》的系列长文。这位博主这几年带着粉丝看世界，兜兜转转回到国内，感受祖国大好河山的同时发现酒店业的水平参差不齐，于是这一次专门针对高端酒店做测评，因为是自掏腰包，所以只说缺点，不谈优点。

博主是海市人，小长假结束立刻预订了山海旗舰店，十二号和未婚妻一起入住，十三号中午离店，在家酝酿一天发布了微博。在他的描述里，山海旗舰店是一家东西难吃、服务差、硬件设施落后的极度名不副实的酒店。满分十分，他最多打两分，一分给地理位置，一分给窗外的无敌江景。

为了证明自己不是光凭一张嘴乱说，博主重点提到几个地方：花园餐厅的饭后甜点不是甜点师傅做的，而是在外面的连锁甜品店进行采购，换了包装，价格涨了 1.5 倍；客房的床单上有污渍，枕芯不干净，飘窗有灰尘，泳池的水质也不合格……有图有真相！

测评文一出，短时间内转发破万，不出意外上了热搜。

高奢旗舰店都这个样子，旗下的商务酒店又能好到哪里去？留言区以骂声居多，个别住过山海酒店的网友现身说法，说贵是真的贵，差也是真的差。

不足半日，又有女大学生发博文讲述去年到某地旅游，入住山海998元一晚的轻奢酒店，半夜遭不明男性骚扰，逼得她差点儿从阳台上跳下去，后来虽然报了警，却因为酒店方的强势介入不了了之。

这件事彻底激怒了广大网友，抵制山海集团的声音越来越大。

近来秦初晗日子过得佛系，这事还是林笙告诉她的。

晚上，在咖啡厅二楼露台开完创作会议，顾词刷了会儿微博，笃定地说："有水军。"

司徒畅捧着手机看官博私信，叫苦不迭："集团酒店有问题，网友发几百条私信让动物园赶紧割席，说得容易，谁给我众筹几十亿？"

盛呦呦笑得无奈："我爸中午在电话里跟我打听，说他去年入手了山海的股票，还不少，问我要不要全抛了及时止损。我哪儿懂这些。"

林笙客观地说："不用抛的，这种负面事件造成股价波动很正常，过段时间风波平息就会涨回来。"

"过段时间，这事儿就算了？"时昊是普通老百姓心理，那女大学生现在还在看医生，网友不帮她，难道她活该被欺负死啊？

"这种程度不足以对集团造成致命打击，还真是过了就算了。"顾词是搞传媒出身的，更关注这次事情爆发的真正原因。

林笙从小经历着类似事件长大，嗅觉更加敏锐："我觉得集团是有损失的，而且发生在我们外人看不到的地方。"

陈胜利吃了一整天的瓜，小眼神瞄向秦初晗："下面有请集团董事会新晋成员秦小姐发言。"

秦初晗给了他一记白眼，定了定心神，说："没参与过，不好说。"

她人在动物园，与世隔绝，最大的联系就是下个月的原生态酒店奠基仪式上赠予各方宾客、媒体的文创礼盒是她操刀设计的。前天秦宝珠的总秘戴骏刚打电话过来，确定她是否出席仪式。月夏湖景区就在隔壁，最多二十分钟车程，怎么可能不去？不过林笙和顾词说得对，这个时候，一连串的负面新闻被制造出来，到底有什么意义？总不能是单纯阻止山海集团搞周年庆典吧？唯一能确定的是，这事大概率是季家那边搞出来的。

想到这里，她下意识地拿起手机看了一眼，没有来电，没有新的信息。秦家没找她，证明还没到她出场的时候。

"算了，跟我们关系不大。"她把手机放下，仰头靠进宽大的藤椅里，看着天上那几颗冲自己眨眼睛的星星，"做好分内事。"

她今年最大的目标，是不让北极星失望，仅此而已。

山海集团的动作还算快，次日便发了致歉函，赔偿那名入住体验极差的博主，对去年险些受到伤害的女大学生的后续负责到底，并向公众承诺进行全方位整改，请大家监督。

说辞跟去年秦初晗回来接手动物园后那一套差不多，估摸着是照搬现改的，胜在效果是真不错，大部分网友买了账。至于剩下的那小部分……他们说了不算。

没多久，内娱当红小花突然晒出结婚证，官宣人生迈入新阶段，丈夫就是自己的经纪人。全民开启吃瓜模式，漫天祝福下，没人注意到旅游博主删除了有关山海旗舰店的那篇长文，女大学生则直接把账号注销了。

又过了两天，秦初晗忙于园中其他事务，想起不日前的风波，甚至忍不住自我怀疑，怕是当时想多了。山海野生动物园一年四季挂在热搜上，集团上个热搜不足为奇，再说全国那么多酒店，安全隐患、卫生隐患免不了会有一些，归结下来，都是概率事件。

可她刚放下心，把注意力转移到别的地方，周日清晨，戴骏就发来一条简短到极致的信息："董事长想见您。"

作为一颗极富利用价值的棋子，秦初晗始终期盼自己被使用的那天。与此同时，她又怕真到了那天，秦宝珠叫她去做一些违背本心的事。

八点，她收到戴骏的短信，九点，秦家的车已经停在东门广场外。秦初晗不敢耽误，长发绾成干练的发髻，化上精致的妆，穿上颇有职业感的小西装，踩着八厘米的细高跟鞋，臂弯里挎一个方方正正的名牌包，出门了。

陈胜利调侃她，说这一身从上到下活脱脱一个年轻版本的秦宝珠。

秦初晗实在惶恐。

十分应景的是，来接她的车是秦宝珠的专车劳斯莱斯幻影。这曾是秦勉老先生的出行座驾，秦家当家人的标志之一。而稳稳当当坐在副驾驶位的戴骏还亲自下来给她开车门。这配置，让一向很虎的秦初晗也开始慌了。

戴骏对她说，今天不去集团总部，董事长安排在家里见面，正事不过几句话，谈完了一起吃顿午饭，原话是："姑侄俩许久没见，有些想念了。"

在家里谈公事，看来还要打感情牌啊……秦初晗笑着点头，心里将事态进一步升级。

大约这天的黄历上写着"不宜出行"，路上遇到交通事故耽误了一会儿，到秦家的私

家宅园时，已经十一点多了。

宅园位于海市南郊，是一位享誉国际的建筑大师的收官之作，尽显古典园林之美，名唤“沧海园”，取自诗仙李白的传世名句“长风破浪会有时，直挂云帆济沧海”，意在鼓励后人，不要在意一时的失意，赶紧振作起来，勇往直前，总有一天会抵达心中的理想之地。秦初晗小时候常来，还在这里度过了两个可以称得上美好的暑假，回想起来，那都是十几年前的事了。

入园后，管家告知，大小姐正在书房的后院等待。

这又提醒了秦初晗，由始至终，秦家的大小姐只有一位，那就是秦宝珠。

园子里还是老样子，山和水，树和花，都跟记忆中的一样。书房是老爷子生前最爱待的地方，里面的布局也未曾更改分毫。天气不错，后院洒满碎金般的阳光，荷塘里荷花刚打了花苞，一点一点嫩粉嫩白藏在翠绿的荷叶间，好看得不得了。

秦宝珠穿一袭珍珠白的改良唐装长裙，锦缎面料上的刺绣简约又不失精致，绾起的发用一根别致的木簪固定，穿一双布鞋，左手手腕上挂了一串小叶紫檀木珠，整个人通身写着两个字：佛系。

她按着时间把茶泡好，等秦初晗落了座，便大方分享给她一杯。

老先生最喜欢的明前茶都是从古茶树上采摘的，挑最好的部分做成发酵红茶，每天午后饮两泡，很是修身养性。不过古茶树长在深山里，这里几棵，那里又几棵，毫无章法。于是秦家将几个山头承包下来，每年花钱请山民给古茶树除草修枝，悉心养护，一年只采一次，品质渐渐养起来，后来还会做一些送给友人。秦初晗小时候不懂喝，今日一饮，入口润而甘甜，回味悠长，猝不及防地被惊艳到了。

秦宝珠见她表情都变了，笑着吩咐用人：“给大小姐备一些，让她带回去慢慢喝。”

这句“大小姐”少说折了秦初晗三个月的阳寿！就算秦宝珠属意她，秦家平辈里还有秦心玥这个正儿八经的千金呢，这是对她抱了多大期望，连自己的称呼都给她了。

果不其然，喝完了茶，秦宝珠开始为正题做铺垫。

月夏湖景区修建度假酒店的那片区域，原本该打造成极限乐园，是秦宝珠力排众议，坚持做了酒店。这是导火索。前几天的热搜是季家搞出来的，明面上看是没事了，但实则那几天正是集团融资的重要当口，负面新闻一出，投资者纷纷望而却步。

最近五年，山海集团一直处于亏损状态，这从连年关闭的酒店数量就能看出端倪。而开在动物园对面的游乐场，是秦宝珠对集团内季家一方最后的妥协。但游乐场虽然盈利了，却远不如预期。集团必须完成一次转型或升级，若不能在三个月内成功融资，将面临资金链断裂的危机，受影响最大的就是秦宝珠寄予厚望的原生态酒店。

旅游博主长文里的内容不全是真的，山海旗舰店的品质没有那么不堪。那名女大学生也撒了谎，去年事情发生后，她是拿到赔偿才撤的案。但把这些放到台面上来拉扯，热度只会居高不下，最后损失的还是集团利益，因此秦宝珠决定息事宁人。眼下股价稳住了，舆论平息了，如何让投资者回心转意是头等大事。

秦初晗听完始末，倒是理解秦宝珠坚守家业的难处和苦心。

如今计划赶不上变化，秦励想以北极星为借口逐一清理门户的想法化作泡影，身为一颗肩负重任的棋子，她自觉问出那句："我能为您做点儿什么？"

于是，秦宝珠拿出一份协议，只要秦初晗在上面签字，她不但可以得到山海野生动物园，还能拥有集团不少于 11% 的股份，而条件只有一个：和秦励结婚。

所以摆在秦初晗面前的，是一份货真价实的婚前协议，从公开恋情到婚姻结束，为期三年。在这三年内，对外有专业的团队为秦初晗和秦励量身打造美满幸福的婚姻关系，对内随他们顺其自然发展，形同陌路也没关系，秦宝珠看重的是秦初晗的自身价值。

秦初晗看着协议上的条条款款，尤其是关于她如何获得动物园这部分。人生捷径不过如此了。要问心情？她人是麻的，一时半会儿分辨不出个中滋味。

秦宝珠给她一顿午饭的时间做考虑。

离开书房，管家带秦初晗去她的房间稍作休息，主要是洗漱换衣，都是秦家的老规矩了。房间还是她小时候住的那间，在二楼，干净的便服整齐叠放在床尾，看衣领款式，和秦宝珠那身异曲同工——穿上它，她们就是真正的一家人了。

秦初晗觉得胸口憋闷，鼻间萦绕着挥之不去的腥味，像是一大盆狗血从她的脑袋顶浇了下来，把她整个人都弄脏了，她还不能骂出来。她走到窗前去透气，入目是一片打理得精细无比的小花园，园子左侧开了一道拱月门，门的那边是秦励的住所。想到这儿，秦初晗更恶心了。

正午阳光刺眼，晃得她一阵眩晕，她又烦躁地踱回卫生间，打开水龙头，几捧冷水拂面，再抬起头来，和镜子里狼狈的自己对上眼，几缕碎发粘在额上，眼神是颓丧的。这让她不自觉地想起独自在巢里等待的雏鸟，不知道爸爸妈妈什么时候回来，无所依附，又饿又茫然，无意中把脑袋探出巢外，看到广阔得没有边界的世界，顿时吓得不知所措……

出发前她明明给自己涂抹了透着锐利的柿子红，大抵坐下喝了几杯茶，口红淡了，气势没了，一身利落的职业装不再是她的盔甲，八厘米的高跟鞋也成为不了她的武器。秦初晗不禁自我质疑："不是……不对……"

她今天不是来打仗的，连这身行头都是按照秦宝珠的品位选的。从一开始，她就做了错误的判断，事实也证明，一味迎合根本没有用，对方只会认为她的付出是理所应当，她的妥协是无可奈何，她的低头是予取予求的信号！

秦初晗忽然都想起来了，秦励约她在体育馆面谈那天就对她说过，决定北极星放归与否的另一个选择。原来是要让她这样选？！他从一开始就清楚秦宝珠真正的打算，真是母子连心！

祁应琛也是。虽然秦初晗还不知道他从哪里得知这个消息，但他是知道的，否则后来的约会，他不会表现得如此克制，如此的……为她着想。

打住！秦初晗将脑袋里男朋友越发清晰的脸孔撕碎，这笔账可以晚点儿算，眼下，她不打算忍了。

秦家规矩多，十二点以前要换好衣服前往餐厅，整点准时开饭，去晚了或者去得太早都不行。因此秦初晗不顾管家阻拦闯进书房小花园时，秦宝珠刚准备起身。

“我想好了。”她态度坚决，毫不犹豫，“我拒绝！”

秦宝珠怔了下，但很快镇定下来，吩咐管家先下去，等人完全退出后才温和地笑着道：“还没到我给你考虑的时间，吃完饭再说。”

秦初晗也笑了，抬起下巴，目光随意地扫视着物是人非的花园，干巴巴地从喉咙里挤出嘲讽和轻呵：“您认为我冲动了，所以想给我第二次机会吗？”

秦宝珠面色微沉：“小晗，你一直是个聪明的孩子。”

“‘聪明’的标准是什么？”秦初晗尖锐反问，“以您的意愿为主旨，配合您的所想所需所求？”

“我也给了你你最想要的，不是吗？”秦宝珠动了怒，“嫁给阿励，做我秦家的儿媳妇，有那么委屈你？”何况那只是一份为期三年的协议！演戏而已，她都不愿意？

秦初晗摇着头否定，只觉得摆在眼前的一切荒唐极了：“您派专车接我到家里吃饭，我叫着您‘姑妈’，您对我欣赏不已，喜欢得要把我们两个不相干的秦家变成真正的一家，如果是去年十月以前的那个秦初晗，您还愿意搭理我吗？”

秦宝珠没有接话，因为回答是否定的。

“在今天之前，我一直都庆幸自己对您对集团还有利用价值，但这价值是我用双手、用我的脑子，通过努力挣来的！而在我之前，没有人把老先生最中意的动物园做到这样的高度，包括我父亲！”这才是她最大的底气，她秦初晗不亏欠任何人！若非她一手打造出文创品牌，秦宝珠又如何看到希望，如何想到突破集团窘境的新思路？

“我在动物园长大，认识里面的每一只动物，它们才是我真正的家人。这种感情您无法理解，或许还会认为我疯了，但很多时候，动物比人有情！”说到这里，秦初晗有些动容，有些哽咽。她以为努力就能获得回报，哪怕只有一点点，而那一点点就能支撑她干劲十足地继续下去，直到这一刻，她独自面对所有，浑身难抑的战栗不断嘲笑着她的渺小和天真。

可是，不能退缩，她是动物们唯一的指望：“我打造文创品牌，做跨界合作，抓住每一次新闻热点呼吁公众关爱动物，这些都不是作秀！我赚钱，是为了让动物们过上更好的生活。我努力往上爬，不是为了成为你秦宝珠的儿媳妇！做人要有底线，这就好比您对季家一忍再忍，但绝对不可能将集团拱手相让，而我愿意给您利用，并不代表要把自己搭进去。”

“你是在要求我把动物园送给你吗？”秦宝珠笑她异想天开。

“我曾这样期待过。”秦初晗承认，她是抱有幻想的，“我也想过，就算得不到也没关系，我可以培养接班人，尽我所能不让动物园沦为单纯的赚钱工具，只要我足够努力，足够强大。您看，现在是您处处需要用着我。”

秦宝珠威胁道：“我现在就可以罢免你的所有职务！”

“您不会的。”秦初晗笃定，“文创品牌刚做起来，集团周年庆典近在眼前，您想把原生态酒店做起来，而我也不会轻易离开，所以让我们把这段无用的拉扯环节省略掉吧。”

秦宝珠陷入被动的沉默。

秦初晗没打算退让，亦不准备强势进攻，只摆出自己应有的态度：“事已至此，重新定义一下我们的关系吧，虽然都姓秦，但显然我们成不了一家人。从今天开始，我是您的下属，您是集团决策人，文创品牌我会继续经营，把它做到限度内的最好，集团的工作我也会尽我所能完成。只要您愿意，我依然可以成为您手中的剑，助您无往不利，直到有一天您不再需要我，干脆利落地把我一脚踹开。但北极星我一定要放归，您要处罚我，我也认了。”说完，她转身离开。

秦宝珠忽道：“你就不怕到那一天，我让你一无所有吗？”

秦初晗背对她定定地站立片刻，回身绽开明朗坦荡的笑：“因为我拒绝嫁给秦励，拒绝以您设想的方式帮集团渡过难关，您就要对我赶尽杀绝吗？”

数学题都不止一种解法，哪儿有那么多你死我活、必须和绝对？

走出沧海园，秦初晗整个人都轻松了。

那么巧，男朋友选在这时候送人头：“你在海市？”

秦初晗垂眼望着这行字，心思微转：“你在哪儿？”

祁应琛："刚下飞机，准备去学校拿点儿资料。"

果然，他提前回来了。

祁应琛主动交代："胜利老师说你打扮得像迷你版的秦董事长，去了秦家吃饭。"

胜利老师为人热情、工作认真，就是嘴太碎。秦初晗默默吐槽，淡定打字："没吃上，谈了下集团周年庆典的事宜，现在已经出来了。"

祁应琛没察觉出异样："想吃什么，我来安排。"

算下来，他们也有快一周没见了。秦初晗阴森森地笑了，假作体贴地说："学校附近吃的多，我来找你吧。可爱.jpg"

祁应琛是海大的客座教授，一周上两次大课，讲动物行为学。学校给他的待遇相当优厚，专门安排了两室一厅的办公室，里面配套齐全，还有一间舒适的卧室可以休息。

秦初晗统共去过两次，第一次帮祁教授礼貌回绝了来送情书的女学生，第二次被院长当成送情书的女学生。

今天第三次去，刚走进气派的学院，已经有人认出她来了——

"快看，那就是祁教授的女朋友，山动文创总监秦初晗！"

"真人比微博上的图好看多了哇……"

"穿得好职业，好有杀气！"

"祁教授前脚刚进学院，后脚就杀过来了，盯得够紧啊。"

"这女人的眉眼好凌厉，不知道我们温润如玉的祁教授扛不扛得住……"

就连散养的两只奶牛猫都围在花坛边望着她，琢磨道："这个女朋友怎么看起来跟女杀手似的，有点儿凶？"

秦初晗听着，牵起嘴角笑笑，高跟鞋在地砖上碰撞出砰砰砰的声音：我何止紧盯你们祁教授，我是专程来"鲨"他的！

第十八章

很高兴认识你

1

走进学院副楼，电梯直达九层，出电梯门左转，直走，秦初晗叩响了9018室的房门。等脚步声由远及近，她主动把门打开，移身走进，在祁应琛稍显诧异的目光下反手关门，再朝他探出手去，一把揪住他的衣领，转身换位，将男人抵靠在门上。

祁应琛自觉举起双手，做温和投降状。

秦初晗不受他表象迷惑，语态肃然：“秦家开的条件太诱人，我决定和秦励结婚了。”

祁应琛难以置信地皱起眉头，俊朗的脸出现明显崩坏的迹象，连带着左眼皮跟着不受控制地跳了跳，但他很快就在那颗聪明头脑的运作下得出“女朋友对我撒谎”以及“她生气了”这两个结论。整个体验不超过三秒，但在这三秒内，卡壳儿的呼吸、差点儿中断的心跳，还有头皮从紧绷到发麻的过程……再过十年都能让祁应琛回味无穷。

旋即，他展眉，发自内心地舒了一口气：“很真实地吓到我了。”

秦初晗把他的神态表情包括瞳眸里的细微变化全都捕捉到了，然后在听到他低头示好的话语后，心里的郁闷总算散去……大概千分之一？

祁应琛顺从地靠在门上，小心翼翼地提醒：“可以先进入问答环节。”

秦初晗忍住笑意，强行板着脸问：“谁告诉你的？”

“阿尔卑斯。”

“阿——尔——卑——斯？”她一字一顿，这确实是个令她意想不到的告密对象。

祁应琛主动交代：“决赛前，秦宝珠和秦励去西林马场看阿尔卑斯，被它听到他们对集团后续的一些计划，这其中包括你和秦励从订婚到协议结婚的炒作安排，如果你答应，你将得到山海野生动物园。”

“为什么你不直接告诉我，还——”说到这里，难为情的情绪涌上来，秦初晗欲言又止。她都那么大个人了，男朋友比她还长几岁呢，居然因为这个在约会最后强行停止，明明那天气氛那么好，他们都那么的情难自禁。需要做到这样的地步吗，宁可委屈自己也要违心地将她拒绝？这跟秦宝珠强迫她和秦励结婚有什么直接关联？

秦初晗拧着眉头纠结半晌，实在想不明白，决定听他亲口说：“理由。”

祁应琛平和地说：“直接告诉你，就算你还能毫无顾虑地加入董事会，也难免纠结。在等待秦宝珠向你提出协议结婚的计划前，你会在表面装得若无其事，心里一遍遍预演对话过程，要怎么回应才不至于伤了和气，该怎么做才能守住现在拥有的，争取将来想要的……”这些，他都帮她想到了。问题根本不在她，而在于秦宝珠的处事方法，以及对待她的态度。

秦初晗对祁应琛是有怨的，揪住他领口的手松开了，手臂下垂：“说得好像事事都在为我考虑，其实你根本不信任我。”她不喜欢被隐瞒的感觉，尤其还是她认定的与她心意相通的男人。

“不，我信你。”祁应琛握住她的手，十指交错后，低眉望着两只手融合在一起的形状，目光始终坚定如一，“我相信你会站在一个强势的位置，狠狠拒绝秦宝珠。”而在那个时刻，秦初晗是完整的、绝对的、独立的，更是坚强无敌的。

祁应琛拾起她的手，贴至唇边轻轻吻住，看她的眸色变得亦焦灼亦混沌：“为什么那天要停下来，因为你很强，因为我不想成为你的顾虑。在秦宝珠以动物园为筹码向你发出合作邀请时，哪怕只有半秒，你脑中闪过的是我们互相占有的画面，我都会觉得是我输了。”

“输？”秦初晗后知后觉，“我怎么觉得你好像在跟我暗暗较劲？”

祁应琛不否认：“感情如博弈，我认识的秦初晗只想跟我谈感情，那我们就谈一场纯粹的感情，谈到相看两厌、爱恨共存，到时候，我会放过你吗？”

秦初晗翻个白眼，把脸转开，拒绝回答这个无聊的问题。

其实她一直知道，只要一句话，祁应琛有很多办法把完整的山海野生动物园捧到她面前。但那么做了，她过往的努力就都白费了。这一点，祁应琛更清楚。他不愿抹杀秦初晗的努力。同时，他也不愿意成为她事业上的绊脚石，哪怕只有半秒。看啊，他们是多有追求和要求的一对。

秦初晗近乎被说服：“看不出来，你精神洁癖还挺严重的。”

祁应琛自嘲地笑了笑：“是要不得的别扭的自尊心。”

“你就不怕我一时糊涂，答应秦宝珠开的条件？”她还是有那么一丢丢过不去。

从较劲的角度出发，男朋友似乎略胜一筹，他用那样的方式帮她避免了长达将近两个月的纠结——秦初晗一定会纠结的：我叫你姑妈，你却想做我婆婆，跟我捆绑一辈子，偏偏我还不想和你撕破脸皮，我该怎么做才能把事情圆过去？祁应琛把这部分关键信息隐藏起来，让她没了顾虑，一心期盼着秦宝珠拿她当导火索和季家争个头破血流。而当这天到来，当秦宝珠将离谱却真实的婚前协议摆在她面前让她选时，她的反应就简单多了。

回想之前在沧海园无懈可击的表现，她所说的每句话都站得住脚，每个方面都思虑到位，每个角度都周密细致，秦初晗都想为自己鼓掌。但假如她提前知道，还能做得那么果断利落吗？答案显而易见。

“不会的。”祁应琛肯定极了，“你不是个能在感情上委屈自己的人，也没有那样的必要，你的能力毋庸置疑，秦宝珠用得上你的地方还有很多，她太不了解你了，以为可以用动物园的归属来拿捏你。”

祁应琛见过太多人为达目的不择手段，尊严、底线全都不值一提。成年人的世界里，抵达成功彼岸的路有很多条，都是自己的选择。但秦初晗有一套为人和做事的原则，她会在原则之中权衡尺度边界，在那个“度”上坚守初心，做个令自己满意的不错的人。光凭这一点，就值得他对女朋友献上全部的敬意，还有爱意。

“最后——”祁应琛口吻里多出一丝强势，“秦宝珠开出的条件确实诱人，但那不是你的唯一选择，我猜你没有告诉她你还有我，而我身后还有两个同样姓祁的庞大的商业帝国。”就算没有祁家，以秦初晗跟陆禾、林笙的关系，不说直接帮她把动物园买下来，总有比跟秦励结婚更好的选择。

秦初晗无视男朋友后面装得要命的话：“那我要是真的答应了呢？”

祁应琛不留情面地朝她翻个白眼，结实的手臂却伸出去，把她圈进自己怀里：“那我会把动物园搞到手，然后随心所欲地‘奴役’你。”

秦初晗愣了下，还没看清他的表情，人就被拢进怀里，后脑勺也被不讲道理地扣住，迫使她整张脸贴在他胸口上。耳边传来一阵阵的心跳声，怦怦怦，跳得比平时快，就像清晨刚跑完五公里——真实的心迹就这样泄露给了她。

秦初晗“扑哧”笑出声：“这么有气质，还想奴役我，心跳得那么快是什么意思？”大家都没多少恋爱经验，也算是知根知底，硬装什么霸道总裁？

祁应琛不管那么多，把女朋友当专属小熊抱着，态度蛮横，还幼稚放话：“今天开始，封印解除，我们约会吧。”他要展现真正的实力，洗清骂名！

这一次轮到秦初晗摆谱，昂起脸和男朋友对视：“那我得考虑一下，不能什么都让你说了算。先回答你刚才的问题，我确实没告诉董事长我还有你，但我相信她早晚会想……”

“谁想跟你说这个。”祁应琛含混地咕哝着，捧起女朋友精致的脸，用拇指抹掉她颜色过分张扬的口红，贪恋地一口咬下去，以行动卸掉她为自己营造出的强势。找一个能力太强的女朋友，总是让祁应琛充满危机感，若能相互依靠，互相依赖，是最好不过的。

秦初晗下意识地闭上眼，说不上紧张，也不太放松，手指挂在他的衬衣领口，不由自主地往下拉扯，鼻子里充斥着她喜欢的咖啡香味，瞳孔里全是男人放大了仍旧英俊的脸孔。她和祁应琛太熟悉了，尤其交往以来，虽然他们从没具体讨论过，但除开巨大变数，现在、将来还有人生终点都会是彼此为伴，所以亲吻顺其自然，即便有少许的难为情，但成年人不能输！她心跳跌宕，晕晕乎乎地吐槽：这才是谈恋爱正确的打开方式吧……

祁应琛以为解释完了万事大吉，将女朋友往怀里一拢，吻得投入。正当他开始慢条斯理地思量下一步是更进一步还是徐徐图之，整颗脑袋突然被托起，视线上移至天花板，脖颈也僵硬地梗住了。他眼睛一瞪，发出一声闷哼——好的，他知道了，还没哄好。

“万事……好商量……”祁应琛向女朋友发出求和信号。

秦初晗撤回攻势，左手掌心贴到他胸口，像个武林高手那般蓄力一震，将他推开，指尖撩开散乱的碎发，摆出一脸强势：“你说什么就是什么？美得你！”

祁应琛与她保持半米距离，俊容上还残留着意乱情迷，笑得又宠又放肆：“好，你说了算。”

略做整理，两人离开学校，在附近找了一家网红店吃麻辣烫。用餐过程中，陆禾发信息问她能否把帝都的工作行程提前几天，因为原定的拍摄和采访那两天，他要出国谈生意。

秦初晗一边叹着这个只比自己大一岁的豪门有为青年对工作亲力亲为的专业态度，一边在文创群里问大家行程，确定之后回复他：“后天见。”她刚跟秦宝珠正面交锋了一次，这时候离开江城，正好当散心了。

稍后，陆禾在《i》的助理加了她的微信，负责安排她和文创小组成员在帝都的住宿以及生活所需。去年秦初晗回江城前把帝都的租房退了，这次回去相当于出差，陆禾为人挑剔，对待工作方面格外严谨，他的助理做事定然是很周全的。

祁应琛在旁边看他们确定相关事宜，拥有帝都户口本和房产的男人一脸幽怨地说:“住什么酒店，又不是没有房子给你住。”

秦初晗连眼神都没给他：“不一样，不能所有人都住你家吧，而且我也要适当讲讲团队意识。”

祁应琛见她态度坚决，先按下不表，摸出手机，问陆禾要女朋友的行程安排。

陆禾对他全方位地嘲笑了一番，反手将秦初晗即将来京的消息透露给了祁家奶奶。

祁应琛等了半天，没等到女朋友的行程安排，只等来陆禾一句没头没脑的“不用谢”。他预感不妙，还没进一步追问，就收到了程洁凭借超出同龄老人的手速给宝贝孙子发来的微信：“小禾都跟我说了，工作结束记得把晗晗带回家吃饭，让我们见见她，就这么愉快地说定了。慈祥老奶奶摸狗头 .jpg”

单方面的愉快说定，可他不敢反驳。祁应琛的心情顿时变得复杂起来，扭头看身旁含着吸管喝快乐水的女朋友。

秦初晗感受到男朋友不同寻常的眼神，问：“怎么了？”

“是这样，”祁应琛也不打算瞒她，把还亮着屏幕的手机推到她面前，“是陆禾干的。”

秦初晗探头过去把信息看完，胸口一窒：这就要见家长了吗？！

好在次日就要飞帝都，需要交代和安排的事情还有很多，她暂时顾不上理会那“我要见大家长”的忐忑心情。

午饭后回到动物园，秦初晗向老秦一五一十地交代了与秦宝珠见面后发生的碰撞，包括摆在面前那份让她心动又鄙夷的婚前协议，以及她是如何应对，最后又拿出了怎样坚决的态度。秦怀远听罢，思虑片刻，非常跳脱地带女儿去了黑熊咖啡厅，请老店长给她做了一杯燕麦拿铁，而后就去别处忙了。

秦初晗摸不清父亲的意思，也不敢追问，端着热饮坐上观光小火车。半道上，她忽然悟了，老秦这是用请她喝咖啡的举动支持她呢！这种含蓄的表达方式真叫她舒畅！

秦初晗欢喜了一路，来到水族馆，直奔北极星的水舍，一屁股在池边坐下：“宝，跟你汇报一下进度。我早上刚去见了董事长，结论是:条件允许的情况下，必须放归你！巧了，就在回来的路上，我收到文森教授实验室发来的分析报告。你知道你有多健康吗？！实验室把你和常年追踪的野外虎鲸放在一起进行对比，得出了精确的数据，你虽然二十七八岁的高龄，身体状态却和野外二十岁的雄性虎鲸有得一拼！你太厉害了，可以踏上回家之路了！就在今天，就在此刻！”

北极星激动得张着大嘴，“我我我”了半天，话都说不利索了。它一头扎进水舍底部，

强迫自己憋着平复心情，再使出最大的力气纵出水面，让水花向四面八方溅开。那些闪耀的水滴，满载它对大海的向往和憧憬。

“晗晗，我一直当自己活了两次。第一次是和妈妈、和家人在一起，那一生不太长，因为人类把我带到了这里。当然，这里的日子也很开心，悠闲自在，吃喝不愁，这是我的第二生，我同样珍惜。我知道我的大部分同类来到内陆会被训练做表演，就跟泰坦一样，山海很好，你们很好，把我当祖宗一样供起来，我想，我应该是内陆过得最幸福的虎鲸。所以我不奢望再回大海，直到你为我做到这个地步……你给了我活第三次的机会，我赚到了。”北极星停在浅水区，翘起尾鳍，如同求撸的大宠物，“作为报答，给你撸个够！”

秦初晗被它感动得不行，微笑着抬起手，在指尖几乎已经碰到它的一刹那下意识停顿住，脸上的笑容也随之凝固。北极星原本就属于大海，是人类将它捕捉，把它囚禁起来，让它孤单了那么久。可泰坦是这样，杜康也是这样，包括在园里出生长大的闪电也不止一次感谢她。她不过是在弥补前人犯下的错误，有什么资格接受动物们的报答？它们的每一次感谢，都让她愧疚难当。

忽然，掌心贴上一片湿润的皮肤，温和的凉意刹那间浇灭了她心中那团复杂的火焰。北极星主动靠过来，圆润的嘴喙和她的手掌相贴，藏在黑色皮肤里的眼睛真诚而专注地望着她，说：“我们虎鲸都有耍流氓不学好的，不要胡思乱想。来，跟我一起念：我山动一霸秦初晗，人美心善会赚钱，长命百岁快乐多！”

山动一霸秦初晗被它惹得热泪盈眶地笑出了声。

打铁要趁热，当天下午五点，秦初晗把早就编辑好的文案发给司徒畅，发官博。

“在山海野生动物园，有一只名叫‘北极星’的雄性虎鲸。它今年二十七岁零九个月，乐观开朗，聪明活泼，好动又顽皮。多年来，它为游客带来无数的快乐。可同时，它又是那么的孤单。狮子从出生那一天起注定成为大草原上的王者，老虎是森林的统治者，不羁的狼群不受任何束缚，飞鸟属于天空，而虎鲸是大海的宠儿。

“经过长达半年的前期准备，我们将正式启动‘北极星放归计划’，预计在未来的三个月内，将北极星送往位于 W 国西海岸的维塔海洋生物野化基地。在那里，它将接受最科学、最系统的野化训练，帮助它适应海洋环境、学会捕食等生存技能。

“这将是一个漫长的过程，我们决心不改，初心不变。请公众继续监督我们！”

微博发布不到半小时便上了热搜，甚至一举冲上前五，迅速得到更多关注。

动保专家流泪转发：“真的爱它，就放归它！”

科普博主做起专题科普：“财大气粗的山海野生动物园这次将烧掉多少钱？点击这篇文章，带你全方位了解北极星现居水舍有多豪华！”

网友大呼动物园疯了，纷纷留言：“懂了，北极星套件什么时候开启预售？”

司徒畅把园妹软萌人设套牢了，呆萌回复：“全部都没有呢……别说预售了，前天开创作会议连提都没提，老大四十分钟前突然把文案发过来叫我官宣，我人是蒙的，现在准备去水舍和北极星合影留念。”有一说一，他发这条微博的时候，确实和林笙他们上了前往水族馆的小火车。

敏锐的网友问：“北极星是不是要暂停营业了？能留它在动物园过六一儿童节吗？”

北极星是山海野生动物园的水族馆里最大的明星，节假日慕名去看它的游客会在水舍外排起长队，没有人往放归它的方面想，一切发生得太突然了。

园妹老实作答：“不知道，但我会努力打听的！斗志昂扬.jpg”

不知是不是这番话引起的效应，官网上水族馆的门票预售量突然暴增，尤其是这个周末，出现了直接售空的情况。

秦初晗做事看似冲动，其实早就做了万全的准备，吩咐司徒畅官宣的同时，对内的公告和后续安排也一并发在了动物园的大群里。北极星的专属套件是一定要做的，虽然方案一个字都没有，但全套六枚的纪念徽章，小秦总监早就设计好了。

2

秦励今晚有个重要的应酬，对方姓薄，出身北方望族，年近六十，出了名的爱玩，一身恶习，但因为家世出众，在金融圈颇有话语权。

下午三点多在机场接到人，回市区，桑拿、吃饭、KTV 一通纸醉金迷，都晚上十点多了，薄总美人在怀，突然说想去西林马场看看那匹名叫阿尔卑斯的神奇赛马。

秦励面无表情地愣了五秒，脑子里狂飙粗话。五秒过后，他绽出“我是世界第一优质客服”的笑容，耐心解释：“星运会结束，阿尔卑斯就被送回动物园了，您要是想看它，明天可以安排一个山海野生动物园自由行。”

薄总正在兴头上，皱着眉头不大乐意的样子。

秦励给几个网红使眼色，勉强用美人计把人安抚住了，回到沧海园已是凌晨两点。

当年秦勉白手起家，得高人指点横空出世，带着小镇出身的妻子住进海市一等一的富人区，可把那些传了几辈的所谓名门望族恶心坏了。而且秦勉是个傲气的，从不趋炎附势，交朋友只讲志同道合。比如介绍他买下动物园的土豪老刘，比如至今守着山动食堂的老赵，比如黑熊咖啡厅的老何……这种结交方面的任性，让他没给儿孙留下太多人脉，到了秦励这代，集团发展多方受阻，人际关系显得格外重要。

经过花园，水榭亮着灯，秦宝珠正坐在里面自斟自饮。

秦励早料到了，步子都没停，穿过九曲回廊，在母亲身旁坐下，疲惫又放松地叹出一口气："还没睡呢？"

再看石桌上，清酒配豆豉鱼，酒快没了，鱼还剩下不少。

秦宝珠是女中豪杰，年轻时号称千杯不醉，加上划得一手好拳，在饭局上谈下不少生意。如今时代变了，人们做生意不再讲这些，什么豪气、道义都不重要了，利益优先。为此，秦宝珠深感无力。

"睡不着啊……"她也叹，"你那边怎么样了？"儿子是她唯一的指望，更是整个家族的希望。

秦励松了松领口，道："这个薄昀精明得很，吊着不给准信，反正明天还有一天，陪着吃喝玩乐，看看再说吧。"

秦宝珠多年前跟薄昀打过交道，深知其品性，现在回想起来都觉得反胃，让儿子去看这种人的脸色，实在是……她充满愧疚："委屈你了。"

秦励无所谓地笑了声："辛苦是有一点儿，委屈还真没有。"天之骄子都有低头的时候，他又算什么？只要得到薄家的担保，融资便能顺利进行，为此溜须拍马、看人脸色，他是做得的。

秦宝珠了解儿子，现在外面多少人在等着看他们秦家的笑话，秦励就铆足了劲，酝酿着打一场漂亮的翻身仗，可若是不能在期限内成功融资，到时候该怎么办呢？

母子俩想到了一处去，都沉默了。

前几天小满，一场大雨过后，这两日夜空晴朗，月朗星稀。沧海园里安静至极，偶尔响起猫头鹰的叫声，沙哑的声音传得老远。

老先生还在世时，每年暑假都会把孙孙们聚到园子里，一起吃饭、写作业、练毛笔字……秦励在自己这辈中最大，总带着三个小的。秦肃是男孩子，皮糙肉厚，不听话揍就完事了。另外两个是女孩子，骂不能骂太重，打更是不可能打的，颇让秦励头疼。但很快他就发现，这个问题压根儿不需要他来解决。

秦心玥胆子小，这也怕那也怕，还娇气，一言不合张嘴就哭，续航能力还强，早上哭的事情，晚上想起来还能继续哭。哭了那么三两次，秦初晗受不了了，开始变着法子编故事吓唬她——

“池塘里的鲤鱼们想吃肉，六七岁的女娃娃最好，又鲜又嫩，它们可是盼着要尝尝味道。

“住在假山里的蛇喜欢安静，谁吵吵得厉害，晚上就爬进谁的被窝，一口咬过去，毒死她。

“近来大厨的徒弟正在练白切鸡，把附近的黄鼠狼都引过来了，它们好奇心可不是一般的重，你快哭，给我大声地哭，把它们引过来看着你哭！

“还有那个猫头鹰，你知道吗？它的窝就在你窗户外面那棵树上。你知道它的爪子有多锋利吗？你再吵、再哭，一下撕破你的脸，叫你见识见识猛禽的厉害！”

……

秦心玥吓得小嘴紧闭，眼泪汪汪地望着秦励，求他给自己做主的意味很明显。而秦初晗人小鬼大地半跪半坐在祖父的椅子里，撅起屁股，没规矩地趴在可以当她睡床的书桌上，胳膊肘撑在桌面上，左手转动毛笔。一不小心，沾着墨的笔头从她嘴唇上扫过去，画出一撇歪胡子，跟个山寨女土匪似的，稚气的小脸平添几分霸道和滑稽，丑得可爱。

想到这里，秦励忍俊不禁。

秦宝珠洞察到儿子的些许心迹：“在想小晗？”

秦励点头：“忽然想到她小时候总编些动物的故事来吓唬心玥。”

言罢，他想起上前年园里做修缮，施工队在假山里发现一个蛇窝，里面有将近二十枚蛇蛋，后来还是请市消防大队来处理的。那大队长以前在林业局干过，凭着假山里蜕的层层叠叠的蛇皮，估摸着这地儿被蛇当作老巢已经有十来年了。普通的菜花蛇，没毒，许是被施工队吓到，找地方躲了起来。蛇有没有吓到不好说，秦励以及全家都心慌慌了好一阵，等园里的修缮工作结束，马不停蹄请来专门捉蛇的团队，前前后后又捣鼓了一个星期才算完。所以说到这些，秦励对秦初晗真是充满好奇。她小时候常说自己能听见动物们说话，长大后反而对此事闭口不提，偏生她还从事了和动物相关的行业，做得风生水起，好像对动物的需求了如指掌……

“喜欢她？”冷不防地，秦宝珠笑着问。

秦励回过神来，把母亲探知自己心事的眼色接住了，十分淡然地说：“只能说好奇和欣赏，说不上喜不喜欢，不讨厌就是了。”

“你没有拒绝我安排你们的婚事。”

“您也没成功，不是吗？”

母子俩以眼神略做交锋，数秒过后，重新言和。

秦宝珠再问：“猜到会这样？”

秦励缓慢地点了个头，斟酌着道："下午动物园官博发了放归北极星的公告，陆正阳、林耀，还有祁家三兄弟都点了赞。"

除了这几位商圈大佬，A 台的欧尚鸣领头支持，跟着他混的艺人纷纷转发，明星效应爆棚。之后，《i》杂志的官博也带着时尚圈那些势利眼来捐款，这些人做公益最是积极。反而是秦家这边，秦心玥第一个发声支持，还被网友骂塑料姐妹。

那会儿秦励忙着应酬，直至晚饭后进了 KTV 包房，才在薄昀的提醒下看到微博上的热搜，顺手也点了个赞。

薄昀这个油腻的老家伙发微信语音都能发错人，却时刻关注山海野生动物园。这次他来南方，说什么都要去动物园转一转，还想见文创团队，要认识小秦总监。秦初晗的个人能力和人脉可见一斑。

秦励一字一顿地说："小晗并非孤立无援，只要她开口，不管是祁应琛的大哥还是二哥来跟我们讨人情，这动物园卖是不卖？"

卖了动物园，倒是能解决集团资金的燃眉之急。可这也相当于秦家正式分为两支了，没有山海野生动物园的山海，靠什么完成转型过渡？若是不卖，把人得罪了，对方动动手指头都能让秦家举步维艰。

"她靠自己的努力去争取想要的，短时间内做到今天这样的成绩，我很佩服她，甚至有些嫉妒。"秦励对秦初晗的那一点儿喜欢源自少时兄妹之间的相处，从不存在男女之情，"为什么没有拒绝您的安排，是因为我料想她不会同意，因为我无能，异想天开她要是肯牺牲三年光阴予我、予我们秦家，只要三年，我一定能把集团做到顶尖。"绑住秦初晗，对秦家窘迫的现状来说绝对是最优解，秦励身为长子，实在无法拒绝，"我应该反对的，我们都贪心了。"

秦宝珠伸出手覆住儿子的手背，安抚地捏了捏。她望着面前夜色笼罩下的荷塘美景，岔开话题说："这景真美，怎么看都看不腻，你爷爷眼光好啊……"

秦励苦笑："再美都抵押出去了。"

"所以才要多看看。"秦宝珠看了整晚，还是舍不得。

认定自己回天乏术了吗？秦励侧首看向母亲，忽然发现她苍老了许多。这样的变化，仿佛发生在一夜之间。秦励胸口发闷，说不清缘由，他想起晚饭席上，薄昀肆无忌惮聊自己和朋友那些年在海市的风流事，而在众多朋友当中，属季国平与他最志趣相投。其实很多时候，秦励是不明白的，以母亲年轻时候的条件，嫁给父亲到底图什么？那时季家已经没落得不成样子，秦家也没能如愿进入真正的上流社会。此时此刻，季国平又在哪儿呢，是待在裕兴湾景江宫城的老情人那边，还是跟去年在高尔夫球场结识的新欢在一起？算了，不重要。

“回家的路上，助理跟我说收到动物园文创组的邮件，秦初晗想把北极星放归纪念徽章放在下个月原生态酒店的奠基仪式礼盒中，问我的意思。”这件事他本来不想这么早说，眼下母亲情绪少见的低落，只好说出来让她放宽心。

秦宝珠闻言，果真从怅然中抽离出来，眸子里恢复了一丝锐色。

秦励接道：“我答应了，下午五点半的邮件。”

“你答应了。”秦宝珠重复着儿子这句话。

山海野生动物园的官博宣布放归在先，发邮件在后，不管秦家、山海集团、秦宝珠还是秦励，唯一的选择是接受。这是秦初晗主动给的台阶，他们只能配合着走下来。所以，他们到底是什么时候变得如此被动的？

“至少证明她没有跟集团分庭抗礼的意思，明天她跟文创组要去帝都拍杂志、做专访，等她回来，我会找她谈的。”秦励早就把那点儿渺小的自尊心抛到九霄云外，他是秦家的工具人，早就做好准备，“薄昀那边我也会努力争取。行了，您早点儿睡吧，少喝几杯。”他望着那只棕色的大清酒瓶，忍不住吐槽，“就这个，您也喝不醉。”

秦宝珠捏着瓷白的杯子，眼神迷离地笑了。

秦励没辙地摇摇头，抬脚离开，没走出几步，身后传来母亲的低语：“我刚接手家族生意时，你外公常叮嘱我，做人做生意都要留余地、讲情面，凡事切记不可强求。是我不择手段了。反而小晗这孩子做得好，比我好……可惜她不是我们秦家的孩子。”

秦励神色复杂，欲言又止，哭是不可能哭的，却也笑不出来。这滋味，绝妙啊……

秦初晗是在第二天早上去机场时，从林笙口中听得集团目前真实的情况的，大为震撼：“居然已经到这种程度，连沧海园都抵押出去了？”

林笙一五一十说得仔细：“昨晚陆正阳在电话里跟我说的，秦励为了完成融资，这两天陪北方一个金融巨鳄吃喝玩乐当跑腿小弟，要多殷勤有多殷勤！”

秦初晗斜眼看她：“昨晚跟陆正阳通话了？”

林笙嘟囔：“那不是要去给陆禾的杂志拍照、做专访嘛，陆正阳跟陆禾什么关系，他打电话来，我也不能不接，只好随便聊两句了。”

司徒畅不懂：“一个破园子能值多少钱？”

盛呦呦道：“这园子还真值钱，前两年的设计手稿在佳士得拍出百万美元，更别说实

体了，艺术价值摆在那里。”

顾词把商务车开上机场高速，看着前方令他舒畅的路况，唏嘘道：“秦勉老先生才走了多少年，秦家都到卖园子的地步了。”

时昊坐在最后一排，扯开嗓门嚷嚷：“都这样了，不如把动物园打折出售，咱们搞众筹，也捞个股东做一做。”

伍衡身揣巨款，大笑起哄：“我还没买房子啊，别诱惑我！”

陈胜利懒得指出这个勉强算作奇思妙想的奇思妙想有多少漏洞，点出个话题外的关键：“那什么，你们就没发现少了个人？”

“嗯，是这样的，”秦初晗正色补充，“先前我出门的时候，祁教授刚晨跑回来，还给我带了咖啡。”

车内陷入一片复杂的沉默。众人不禁思考，长期以来，秦初晗和祁应琛维持的到底是一种怎样的恋爱关系，他们每天住在同一个屋檐下，是否发生过肢体的接触，碰撞出眼神的火花？

林笙靠进座椅里，心灰意冷地问：“曾经给你买的十几二十条决战睡裙，到头来都没派上用场吧？”

秦初晗笑而不语。

“他们这是王者高端局，我等凡夫俗子无法体会。”陈胜利嘴上调侃，掏出手机，将一篇文章分享到文创群：真正的爱情是狂热爱意下的极度的克制和渴望，以下十点，你做到了吗？

司徒畅高声朗读到第四点时，伍衡大骂歪理邪说，顾词朝通往机场的路翻了个白眼，盛呦呦随手点了举报，这玩意儿就反人类！

群里，祁应琛忽然冒头：“收到，学习了。”

车上全体成员惊呼要完！

不，除了秦初晗。小秦总监以极强的心理素质，给男朋友的回应点了赞。

但在私下，他们是有交流的。

祁应琛问：“到机场了吗？”

秦初晗抬头看了一眼窗外：“已经能看到航站楼了。”

祁应琛：“下飞机给我报个平安，后天见。”

秦初晗：“后天见。”

林笙瞄到了，昂起头哼哼：“根本看不到狂热的爱意，也没有渴望，克制什么克制……”

昨晚陆正阳不但给她全方位剧透了秦家的窘境，还把文创团队的帝都之行向她交代了，他们住在哪儿吃什么，都是由祁应琛一手安排的。哼，这些夹带私货的臭男人！

不过关于这一点，昨天出海市回动物园的路上，祁应琛已经主动向女朋友做了申请——他现在尚在考察期，老实得很。

这次帝都团建，杂志拍摄一天内景加一天外景，采访在这个过程中完成，之后就是玩。文创小组从去年十一月正式成立至今还没有正儿八经休过假，秦初晗也想趁此机会好好犒劳大家。祁应琛和她想法相同，又是帝都人，有钱有闲还有心，于是秦初晗潇洒地一挥手：还请随意发挥。也因此有了微信交流中礼尚往来的“后天见”。

秦初晗把手机放下，脑袋歪在金灿灿的欢欢 U 形枕里，轻言软语地说：“狂热的部分，哪儿能随随便便让你们看到。”只有她自己知道这话有多故弄玄虚。

林笙先没多想，露出不得劲的表情。五分钟后，她忽然灵光一现，起身靠近，伸手扒拉秦初晗的领口，眼神探进脖子里去，边找边嘟囔：“令人脸红心跳的小草莓呢？”

“什么小草莓？”秦初晗下意识地回避问题。

林笙像只翻箱倒柜找小鱼干未果的猫，遗憾地抬起头：“狂热的证据！”

秦初晗心虚沉默。

“骗子！”林笙收回身子，受伤地缩到靠窗的角落里，“晗晗你这个睡裙骗子！”

秦初晗无言以对，并疯狂腹诽：祁应琛你就是不行！

而这一头，被女朋友单方面吐槽“不行”的祁教授准备干件大事。

午后，黑熊咖啡厅少见地挂上了“暂停营业”的门牌。小何店长给店员放了半天假，围上有山动 Logo 的咖啡色围裙，一扫全年不管什么天气都日常发懒犯困的状态，眯眼笑着，独自守店。

一楼没开主灯，只留操作台上方的一组灯开着，光源垂直洒落，成为昏暗环境里的瞩目区域。秦励来到店外，一眼便见到祁应琛坐在落地窗最里侧的位置。圆桌另一端，坐着一位西装笔挺的中年男人。桌子上除了咖啡还有各种铺开的文件，祁应琛正低首翻看其中一份。

秦励头皮一麻。

他是在陪薄昀来动物园的路上接到的祁应琛的电话，对方开诚布公说想谈谈，关于秦初晗，关于这家动物园，关于秦家的态度……秦励是想拒绝的，可他还没说服薄昀，也实打实得罪不起祁应琛，只好答应。谁承想车刚在东门广场外停下，两个脸熟的老头儿就径直迎了上来，跟薄昀打招呼。

“什么风把你这个老流氓给吹来了？”

“我们这儿只有动物，想清楚再下车。”

薄昀嚯地笑开了：“来看看你们两个老不死的！晚上弄点儿好酒好菜，招呼不好，我就住下不走了！”

食堂老赵和咖啡厅的老何对了对眼神：“赶紧的，北区别墅选一栋，住多久都行，只要你守得住寂寞！”

薄昀不当回事，让他们赶紧带自己去逛，要看阿尔卑斯，要看黑豹崽，嘴上还不正经，问老赵能不能搞点儿野味吃。

老赵怼他：“能啊，肯定能，给你弄桌野味，再把林业局的局长叫过来给你倒酒，开不开心？”

薄昀嬉皮笑脸的，问老何前年给自己买的“银手镯”还在不在，拿出来，饭罢他主动戴上。

三个老头儿有说有笑地朝售票口走，都到广场中央了，薄昀才总算想起自己是跟谁来的，回头冲秦励喊话：“不用陪了，有这两个老东西陪我就行。”

秦励愣愣看着，一时半会儿反应不过来。他怎么不知道他们关系如此之好？

此时，他心情复杂。如果人生是一盘棋局，那么显然，这一刻他正面临被将死的危机。更要命的是，将死他的人居然是祁应琛。

犹记得去年八月的某个深夜，他在公司工作到半夜，若非秘书提醒，都忘了一份来自动物园的申请——申请人秦怀远，申请内容：为了动物园的良性发展，需要一笔资金请动物学家入驻，帮助建立起全国领先水平的动物医院——被他故意拖了三个月有余，拖到自己都忘记了。秦励一目十行地审读这份申请，长时间的工作消耗了他的耐心，想着既然是自负盈亏的动物园，这种事情自己做主就好了，为什么拿来烦他？

秘书猜出他的心思，分析说批准是完全没问题的，专家不一定请得到，就算请到了，对方阐述的理念若与秦怀远心目中设想的相距甚远，这事也成不了。

秦励闻言冷笑：“秦怀远那心气儿可太高了，什么样的专家学者能入他的眼？”

秘书还说国内没有十分优秀的动物学家，去国外请又是一笔不小的花费，不过申请里没提，不管就是了：“批了这份申请，往后麻烦都是秦怀远自己给自己找的。要是不批，他就该来总部找我们的麻烦了。”

秦励本想刁难一下秦怀远，听秘书言之有理，才决定大方一次。没想到秦怀远请来了一个姓祁的动物学家，没想到这个以前他听都没听说过的人有着显赫得令他羡慕的家世，更没想到数月后祁应琛和秦初晗恋爱了……

秦励都忘记自己从哪儿听说的，两个人多年前就有过一次交集，重逢是长久的念念不忘终于得到的回响，如无意外，多半是奔着结婚的目标去的。他倒不是不看好两人、不愿送祝福，也不是想追求秦初晗，他只是……他也不知道要怎么说了……

秦励的思绪不知不觉飘远了，直到祁应琛抬首向外望来，眼神接触的一刹，他才从情绪里强行挣扎出来，铁青着脸走进咖啡厅。

店内，祁应琛起身相迎，态度平和地说：“来了。”这两个字的音调竟然夹杂着暖人心弦的关怀意味，像是在问：你没事吧？

“久等了。”秦励忍住点头的冲动，整个人是僵硬的，全凭本能反应去寒暄。

“不算，和我预想的差不多。”祁应琛态度从容，向他介绍身旁的中年人，“这位是我的私人律师褚康，他会跟你详谈。”

秦励愣了下，还没做出任何反应，祁应琛就安抚地拍拍他的肩，端起桌上那杯咖啡离开了。所以，他这是连和对方亲自谈的资格都没有？仿佛一桶冰水从头顶浇下来，秦励打了个寒战。

褚康秉承着专业的工作态度，对他的失态视而不见，例行公事般地说：“小秦先生，您好，我们坐下来慢慢谈吧。”

3

将近三小时的航程后，文创小组平安抵达帝都国际机场，来接的车是一辆加长林肯，可以在里面喝香槟开派对的那种。陆禾的助理余语开着自己的车跟在后面，给足了空间。

上车后，来自E国、中文却十分流利的司机喜气洋洋地开口道：“欢迎使用××高端管家服务，我叫慕长城，是你们的司机，兼职保镖和导游，全天候二十四小时为我尊贵的客人，也就是你们竭诚服务！下面我们将前往今天的第一站：酒店。请大家坐好了。要来点儿音乐吗？看电影也行。喝的有香槟、红酒、白兰地和蜜桃汽水，吃的暂时只有两份海鲜比萨。”

时昊、伍衡、司徒畅现场爆哭：“从现在开始我们就是败家子三人组了，在帝都的这几天，让我们红尘做伴，放飞自我，纸醉金迷，胡搞瞎搞！”

陈胜利入乡随俗开香槟，顾词埋头分比萨，盛呦呦好奇地打开了沙发边的隐藏柜子。

慕长城从后视镜里看到了，懊恼地惊呼：“差点儿忘了，那是KTV！来嘛朋友们，放

声歌唱，拥抱美好人生！”

林笙挪到秦初晗旁边，抱着手臂质疑祁应琛这个人：“假如这一切都是你男朋友安排的，那么我只能说，他可真令人难以捉摸啊！”

秦初晗想得比较简单：“单纯的恶趣味而已。”

屏幕升起来，伍衡他们开始唱歌了。

林笙捂住一边耳朵：“开始好奇我们住的地方。”

秦初晗环视车厢内部：“跟这个标准不匹配的话，我们就去丽思卡尔顿，住总统套房。”

林笙打了个响指：“我是终生会员，今年的折扣还没用！”

事实证明，你永远可以相信祁应琛！慕长城在跑调嗨唱中把车开进临河的高档住宅区，停在其中一栋独门独户的别墅前。

“不是吧？工作住别墅，出差还住别墅，人生赢家竟是我自己？！”伍衡搞多了直播，人也越发浮夸。

陈胜利挠着头看某个方向：“从这里到亲妹家，步行最多十五分钟。”

林笙抄着手在旁边道：“巧了，我哥也住那方向。”她停了停，又严谨地补一句，“近两年都住那边的房子。”

盛呦呦站在柠檬树下发酸：“有钱真好……”

顾词理性分析：“这是《i》杂志那位陆总的其中一处住宅吧？”

“不是的。”余语把车停好跟上来，看了一眼秦初晗，见她点头，才继续道，“这是祁教授家的房子，因为诸多原因空置下来。祁教授说，文创小组成立以来，大家都辛苦了，这次帝都之行，生活方面他全权做主安排。房子昨天刚做完清洁，房间都整理好了，厨房里有新鲜的食材，饮品、水果也都准备了一些，我先带诸位进去看看。”

“还有我这边。”身后，慕长城站在加长林肯边上冲大家憨笑，“我一直在这里，等待召唤！”

时昊带头少女心尖叫：“姐夫赛高！为姐夫打电话！从今年开始，以后每年的生日愿望都是：希望祁应琛永远是我姐夫！”

秦初晗给男朋友发短信：“差不多就行了……”

余语带大家把别墅逛了一遍，熟悉环境，随后交代道：“明天的早餐七点半送到，听到楼下有声音不用慌张。摄影棚离这里不远，十一点出发去吃午饭，饭后慕长城会负责把大家送到摄影棚。之后会辛苦一些，做妆发造型、采访、拍摄什么的，这个过程大概率会持续到晚上，后天和大后天休息，之后再进行室外拍摄。”

众人迅速分房间，各自活动。秦初晗毫无意外地选择了二楼尽头的主卧，她刚洗了把脸，换上舒适的居家服，小阳台上就传来稚嫩的对话声——

“她就是我未来三婶婆吗？”

“应该错不了，昨天打扫房子的人都在聊，山动秦初晗，可厉害了！”

“小草莓你干吗？快过来，别贴得太近！”

“我就看看，不进去……”

窗外阳光灿烂，风轻轻拂动着半透明的窗帘，秦初晗坐在床尾，不动声色地数着阳台上的一、二、三……五只毛茸茸，心说婶婆这个家庭地位不是一般的高啊，还有小草莓，真是个好名字！

祁应琛跟她说过，他太爷爷太奶奶因猫结缘，家里一直散养着许多猫，每搬到一个地方，只要猫愿意跟，那就带着走。不愿走的也不勉强，祁家会请住在附近的街坊邻居帮忙照料，定期放点儿清水和吃的，不是什么难事。如今祁家枝繁叶茂，这群猫也育了一代又一代。母猫以三花为主，要是跟家附近的野猫好上，生了小猫，还会专程叼到家里做主的那位面前给看一眼：仔细认认，我给家里添丁了。到祁应琛爸妈那一辈，逐渐有了给毛茸茸做绝育、定期驱虫等方面的意识。如今数代过去，祁家和猫始终保持密不可分的关系。

星运会那回，秦初晗在大哥家里“偶遇”的那群猫咪，是祁雁城回国后专程从帝都带到海市的，他总觉得家里有一两只三花，这个家才完整。此刻阳台上奶声奶气的小家伙们，应该是养在帝都家里的其中一脉。

对话还在继续——

“他们要在这里住多久啊，三叔公会来吗？”

“好像住几天就走，不长住。”

“我能跟他们打招呼吗？要是能给我挠痒痒就好了。”

“我也想。”

“我们一起去吧！在动物园工作的人类天天都和动物打交道，何况还有未来三婶婆在呢！”

“我只想见三叔公……”

“三叔公可忙了，一年都见不上一面，你最好别指望。”

“可是……可是我……”

小草莓欲言又止，似乎遇到了难事。

秦初晗没多想，起身就往外走。她刚一动，毛茸茸们立刻警觉起来，不知谁压着嗓子

喊了一声“撤”，等她来到外面，猫去阳台空。

“跑什么？”秦初晗好笑地将双手交握，四下环顾，“未来三婶婆又不吃你们，都出来让我看看。小草莓在哪儿，找你三叔公有什么事？”

在她看不见的某处，猫咪们都惊呆了。

“妈呀，她能听到我们说话，跟三叔公一样！”

“怪不得两个人在一起了。”

“怪不得……”

“那我们出去吗？”

“你去我就去。”

“你们去，我就……”

最后一个家伙话还没说完，秦初晗右手边就蹿出一只毛茸茸，眨眼之间稳稳蹲坐在她面前的护栏上，翘着大尾巴，冲她释放歪头杀。这是一只三花，胸前有一圈蓬松得像领子一样的白毛毛，脸上不规则地分布着深棕色、白色和黑色，背部的一片棕毛是草莓的形状。

秦初晗一眼认出它：“你就是小草莓？”

“嗯！”小草莓晃了晃尾巴，圆溜溜的眼睛一个劲儿地盯着她瞧，丝毫不显怯。

它出来之后，另外三只从刚才逃离的各个方向蹿到护栏上，蹲成一排，对秦初晗释放猫之凝视！除了纯黑的那只，其他小家伙们瞧着都不大，目测没成年，最多六七个月吧。

还有一只藏着没敢动，呜咽道：“怎么都出去了？哎……我做后援吧！你们真的一点儿都不谨慎！”

还挺会给自己找补，秦初晗“扑哧”一声笑了。

“先互相认识一下吧，我叫秦初晗，从南方的动物园来，这次到帝都出公差，待几天就走，要是有打扰到你们的地方尽管跟我说，我和我的同伴会注意的。”

猫咪们你看看我，我看看你，最终派出大黑猫做代表发言：“这是小草莓，你们已经认识了。黄毛的这个叫月亮，跟小草莓长得差不多的这个叫蔷薇，藏在隔壁阳台的那家伙叫博士。它们四个是同胞兄妹，我以前是附近的野猫，现在和它们一起住在这里，我叫闪电。”

“你叫闪电？”秦初晗忍着笑，盯着黑猫。它长了一颗圆头，短鼻、宽嘴，一双竖起的耳朵，耳朵尖很有气势地往天上冲，通身纯黑色的短毛，柔韧的尾巴在身后轻摇慢晃，相当有主意。金色的眼睛直勾勾地盯着秦初晗，跟闪电神似。

“怎么，不能叫这个名字？”闪电猫颇有脾气，语调都变了。

“没有没有，挺好的，很适合你。”秦初晗连忙加以肯定，打量着它们说，“你是它们的老大？”

闪电猫不敢托大：“不算，不过我能打，平时在外面活动会多照顾大家一些。”

秦初晗认可地点点头，又问：“这里只有你们住吗？爸爸妈妈呢？”

蔷薇是大姐，主动回答：“我们出生不久妈妈就死了，多亏三叔公在阁楼发现我们，不知道爸爸是谁。”

月亮接着道：“我们出生的时候快过年了，被带回本家养了一阵子，那边猫太多了，过完年，二叔公把我们送回来，让我们在这里学着过日子。”它说话粗声粗气的，外形也敦实，秦初晗推测它们的爸爸或许是只大橘。

也就是说，小草莓它们才六个月大，相当于人类的十岁左右，还是群未成年猫。至于名字，大概率是祁教授取的。

秦初晗再看向闪电猫。它很懂地昂起脑袋，掷地有声地说：“我两岁半！”

怪不得呢，已经成年了，确实能照顾这帮小的。

蔷薇好奇地问：“未来三婶婆，你为什么和三叔公一样可以和我们说话呀？”

秦初晗软下口吻说：“我也不知道啊，天生的，记事起就这样了，最开始我还以为所有的人类跟我一样，闹出不少笑话呢。”

月亮安慰她：“没事，别往心里去，你和三叔公一样是与众不同的！”

秦初晗重重点头：“你说得对！”

两边熟悉得差不多了，小草莓站起来往它跟前凑了凑：“嗯，那个……未来三婶婆，我能请你帮个忙吗？”

“当然可以。”秦初晗就是为这个才出来的。

可小草莓又陷入了难以启齿的状态里。

闪电看出端倪：“你们聊，我们去别处转转。”说着转身走了。

月亮紧随其后。

蔷薇在跟上去之前对秦初晗小声而快速地说：“草莓尿不出来，平时叫它多喝水不喝，这下知道疼了！”

小草莓紧张得要去扑它：“你怎么知道的？！”

“我可是姐姐！”蔷薇傲娇地扔下这句话，直接从阳台上往下跳，胆子十分大。

顷刻，四只猫出现在楼下花园，纯黑的那只走在最前面，尾巴翘得老高。这时秦初晗才看到博士的真容，好家伙，黑白毛色，尾巴和其他兄弟姐妹一样怎么蓬松怎么来，她也认不出到底该归在哪类了，只得叹一句：混得够厉害！

“未来三婶婆……”小草莓要哭不哭地唤她。

“好的好的，我们开始吧！”秦初晗连忙收回视线，把全部的关注给予小可怜。

诚如蔷薇所说，小草莓不爱喝水，尿得少，而且一尿尿就疼，越疼越不敢喝，形成恶性循环，给它难受的呀。而且状况持续好几天了，难怪盼着祁应琛快点儿来呢。

秦初晗估摸着可能是尿道炎症，但她不会医，只能带它出去找地方治。

小草莓早就盘算好了，一楼杂物室有猫箱，带拉杆滑轮的那种，小区里有家不错的宠物医院，治好过不少猫猫狗狗，在它们当中颇有口碑，它可以指路。

秦初晗换了身衣服，到楼下找到猫箱，跟在客厅里玩游戏的时昊几个打了声招呼，便出了门。小草莓太可爱了，老老实实蹲坐在前院路中央等她。秦初晗把猫箱打开，它就撅起屁股钻进去，掉个头，脑袋朝外，开启猫咪导航。

小区里这家宠物医院颇具规模，集寄养、上门铲屎、遛狗等服务于一体。当班的医生认得小草莓，调出它两个月前的基础资料，做检查，开药，换猫粮。诊疗费不用秦初晗出，挂在住户的账上，一个季度一结。

前台见她脸生，补充说小草莓和它的几个兄弟姐妹已经植入了芯片，医院得到授权，时刻关注着它们的动向和情况。还有，住户家为猫咪们订了上门投喂服务，这段时间他们会重点关照小草莓，喂药也不用担心，会混在它的专属猫粮里，一定监督它吃完、多喝水，让它早点儿恢复健康。

一套流程走下来，秦初晗这个动物园从业者再一次心生感叹：富人家养的猫过得真好。

离开医院时已是傍晚，天空出现玫红色的晚霞，层层的云被染出变化繁复的渐变色。秦初晗拖着猫箱，看得一愣。

小草莓提议：“未来三婶婆，去河边坐坐好不好？我知道有一个地方，最适合看晚霞了。”

这会儿的河边鲜有人声，岸边种着柳树，树下修了舒适的长椅供行人停留休息，绿树成荫，河水清澈，倒映着晚霞，环境清静安逸。

秦初晗随意寻了张长椅坐下，打开猫箱，小草莓钻出来，跳到她腿上舒服地趴着。一人，一猫，静静地吹着风，看河水平缓流淌，说不出的安逸。

小草莓之前听到医生说它的情况不严重，整个都放松下来了，这会儿满足地叹道：“这是我见过的最好看的晚霞。”

秦初晗笑了笑：“多喝点儿水，以后你还能看到更多比这个美的。”

小草莓昂起脑袋望了她一眼：“只有今天是跟未来三婶婆一起，所以才美。”

秦初晗被它哄得心花怒放：“真会说话！”

“未来三婶婆，动物园到底是个什么地方？我听说里面住着好多好多动物，我能住进去吗？”

秦初晗眼色微暗：“可以，但是没必要。”

“为什么呀？”小草莓以为自己被嫌弃了，沮丧地垂下脑袋。

“住到里面就没有现在这样自由了。”

“‘自由’是什么？”

“嗯……你们一直住在今天我们入住的那栋房子里，对吗？”

“对呀，那是家！”

秦初晗笑着道：“那么假设你们只能在家里活动，外面的世界仅限于后花园和房顶，虽然每天会有人专门来喂你们，给你们洗澡，生病了也会把你们治好，但是一辈子也出不去，你愿意吗？”

当然是不愿意的。小草莓没想到动物园是个这样的地方，幻想彻底破灭了：“为什么会有这种地方？”被送到宠物医院寄养的动物，每天还有固定出去溜达的时间呢，为什么那么好的未来三婶婆会在那儿工作？

“动物园存在的原因有很多，比如有些动物快灭绝了，就是快从这个世界上完全消失，需要我们人类出手帮忙将它们保护起来，帮助它们繁衍，把这个物种延续下去，这个时候，它们就会被安排住在动物园之类的地方。”

“那为什么有些动物会灭绝？”

秦初晗愣住：“这……原因也是多种多样的。”

但毫无疑问，人类破坏环境、挤压动物的生存空间，是最大的外界因素。

“未来三婶婆，我是不是问题太多了？”小草莓看出她在为难。

秦初晗摇摇头：“没有，是我不如你三叔公博学，很多问题答不好。”

“没关系的，这不是你的错。”小草莓端正态度，“对不起呀，我年纪小不懂事，你多多包涵。”说完站起来，面对未来三婶婆，毛茸茸的脑袋贴上去拱一拱，撒娇外加道歉。

祁家的家教真好！秦初晗心都被萌化了。

这时，云层绽出更加绚丽的霞光，这些光洒落在河面上，折射出媲美星辰钻石的光辉，她和小草莓齐齐发出“哇”的赞叹。

“未来三婶婆，很高兴认识你！”

“我也是。”

这实在是过分美好的一刻。

晚上吃火锅，胜利老师掌勺，餐桌搬到后院，张罗出一桌好酒好菜，帝都第一天，都造起来！

他妹妹和妹夫也来了，带着三个小魔怪和两只拉布拉多犬。闪电和祁家四喵蹲在房顶上居高观察，觉得人类的幼崽就是吵，还有那两只狗，又来了……幸好不是拆家款，行吧，玩吧，它们允许了。最后，欢迎未来三婶婆入住，很高兴认识你。

入睡前，祁应琛在电话里问女朋友有没有见过家里那几只小猫。秦初晗说何止见过，下午还带小草莓去看医生了，小家伙问题不大，多喝水就能解决。离开医院后，她们还坐在河边看了毕生难忘的晚霞。那一刻，不管她是在帝都在江城还是在地球在火星，都无所谓了，关键在于那一刻她身旁陪伴的是谁。

祁应琛因为没能参与而感到遗憾。

秦初晗有些得意，想到那只叫闪电的黑猫，问："你说怎么听起来那么耳熟呢？"

祁应琛先是一愣，随后阵阵哑笑声从电话那端传来："我跟那只黑猫不熟，只远远见过两次，这名字应该是二哥取的。"

"是这样？"秦初晗表示怀疑。

"毕竟是二哥的房子。"祁家老三诚实地说。

秦初晗发出长长的一声"哦"。

祁应琛被刺激到，觉得必须强调一下："相信你男朋友的实力，那个地段和房型我也可以有。"除了动物学家这个身份，他持有多家公司的股份，还不用像大哥二哥那样为了盘活公司累死累活，为什么女朋友总是习惯性忽略这一点？因为他为人处世太低调了？

秦初晗盘腿坐在床中央，口吻超级夸张："是吗？你可以吗？"

祁应琛听得眉头发紧："说话注意点儿。"

秦初晗正准备跟他继续贫下去，就听阳台上传来猫猫的震惊声——

"什么什么什么！未来三婶婆竟然说三叔公不行？！"这是不敢相信的月亮。

"听说人类男性过了二十五岁就开始走下坡路了，以三叔公的年纪……"博士不愧为博士，说话都有根有据的。

"所以三叔公和未来三婶婆还没有亲亲过？"蔷薇身为一只猫都难以置信了。

"跟我想象中的三叔公不太一样，都不威猛了……"小草莓再一次幻灭。

闪电猫发现房里没声了，猜到被发现了，连忙假模假样地主持撤离工作："时间不早了，回去休息吧，你们未来三婶婆明天要拍杂志封面照，得睡美容觉了。"

月亮："什么是美容觉？"

蔷薇："在哪里拍照，我们能去看吗？"

小草莓："杂志是什么东西呀？"

博士："你说的这些我竟然都听不懂，看来我还要加倍努力！"

闪电猫："……"

秦初晗隐约能感受到它的崩溃。既然如此……她冷不防地猛咳一声。阳台上的猫猫集体奓毛，一阵慌里慌张、窸窸窣窣的动静过后，安宁被归还给夜晚。

秦初晗看了眼手机屏幕，通话还在继续。她故意问："你都听见了？"不知道猫崽子们知不知道，秦初晗觉得它们挺大声的。

祁应琛艰难地沉默了一会儿，在原谅和较真之间坚定地选择后者："把它们叫回来，告诉它们我是人类中处在巅峰状态的高质量男性！亲过！威猛！再质疑我就扣猫粮！"

秦初晗笑得歪栽进床里，乱了头发。

等她笑够了，斯文儒雅的祁家老三也平复下来。两人保持通话，静静聆听对方的呼吸声。思念开始发酵、蔓延……占据他们的身心。明明早上才分开的。

"祁应琛。"秦初晗没头没脑地喊了他一声，"小草莓跟我说你家里的事了。"

"都说了哪些？"祁应琛饶有兴趣。

"说你爷爷是个有趣的老头子，经常偷偷在后院给猫开罐头，教大家家庭关系。"

——我是你太太爷爷，那是你太太奶奶，刚才从我们面前经过的那个穿运动服、耳朵上戴得花里胡哨的臭小子是我二儿子，你们应该叫他……等一下，我算算。

小草莓模仿出了精髓。

秦初晗看出来了，老祁是家里的话痨担当，注重对猫咪们家庭观念的灌输。

"你奶奶有一座漂亮的花房，里面养着许多花花草草，花房有一部分是透明的，天气好的时候，阳光照进去就更好看了。"

——奶奶还喜欢一种黄色会放电的动物，说话腔调怪里怪气的，还好它只住在电视机里。

小草莓很担心它哪一天跑出来，挤压大家的生存空间。

秦初晗猜出来了，是皮卡丘。小时候她也想养一只来着，可惜它没从电视机里钻出来，她省下早餐钱在学校门口买的精灵球始终无用武之地。

"你爸妈比你们三兄弟都忙，但一年总有两个月会待在家里陪彼此的父母。他们爱吵嘴，前一夜吵得热火朝天分开睡，第二天早晨，你妈妈起床的时候，门前总会摆一束新鲜的花哄她开心。"

所以祁应琛晨跑路上带花回家做装饰的习惯从哪里来的，秦初晗有答案了。

“你大哥大嫂最让人省心，事业有成，儿女双全，长辈们说起他们都一脸舒心。相比之下，你二哥就比较让家里头疼，不按常理出牌，还神出鬼没，明明早上在国外，半夜却出现在厨房弄吃的，工作起来三天三夜不合眼，睡觉最长纪录二十二个小时……你二哥真是 IT 男的典范。”

——二叔公真是好神秘的一个人。

祁敬承对人待猫都不冷不热的，没人知道他一天天的到底在琢磨些什么。小草莓它们住的是他的房子，可见他助理的次数比见他本人还多。

“最后说到你。”秦初晗在关键地方停下了。

祁应琛等了一会儿：“说到我，然后呢？”

“说你学识渊博，温柔平和，不管是人还是猫都喜欢和你相处，住在这里的全体小猫要单独给三叔公一个好评！”

小草莓让秦初晗放心和他交往，要是能把“未来三婶婆”里的“未来”两个字去掉，就更好了。

后面这句，她没说出来，免得男朋友得意。

祁应琛听得意犹未尽，料想女朋友是有所隐瞒的。奈何她不肯说，他也无从得知。

“不过——”秦初晗拿着手机翻了个身，“它在说这些的时候，我心里只有一个想法。”

祁应琛循循善诱：“说说。”

“就觉得你们家的家庭氛围真的很好。”上次稀里糊涂跟着他去大哥家里蹭早餐时，她就发现了。

“羡慕？”

“有一点儿。”她实话实说。她出生在不完整的家庭，最羡慕的就是祁家这样和睦美满又热闹的家庭，个体还都那么优秀……纵然知道自己也很好，但还是会害怕得不到他们的认可，不被喜欢，这样那样顾虑得停不下来。

“参与进来就行了。”这在祁应琛看来，根本不算什么有难度的事。

“正在很积极地参与当中！”秦初晗都把看望爷爷奶奶叔叔阿姨的礼物准备好了。文创礼盒、茶叶、刺绣、自己尝试设计的饰品，以及珑寻的插画绘本。最后这一件，是她的立足之本！

祁应琛笑道：“家里人都知道你、关注你、喜欢你，大嫂已经成你的粉丝了，只要有机会就在人前各种夸。这次奶奶说要见你，主要是怕你跑了，想给我做强力助攻。”

秦初晗不厚道地笑出了声："家人们就对你一点儿自信都没有吗？"

祁应琛很有自知之明："毕竟全家最菜。"

"不许胡说！"秦初晗不认同，她和小草莓它们一样，给祁教授高度评价，"我男朋友学识渊博，外形随时可以C位出道，冷幽默独树一帜，面冷心热，还宠我！"全家最菜也没关系，在她心里就是最棒的！

祁应琛猝不及防被捧到云端，嘴角是上翘的，语调却冷冰冰："麻烦叫秦初晗来接电话。"女朋友从来没这样全方位夸过自己，他怀疑人生了。

秦初晗笑得在床上打滚，配合说："好，你等等，这就去叫她。"

开过玩笑，时间也不早了，祁应琛温和地道："睡吧。"

"嗯。"秦初晗傻傻地点头，赶在挂之前叫住他，酝酿片刻，用了一个相当正式、诚恳的口吻说，"很高兴认识你。"

祁应琛愣了愣，许多情绪被连番带起，转瞬归于平静。

茫茫人海能够与你相识，实在是三生有幸。

一夜好梦，次日清晨醒来，众人张开双臂迎接新的挑战。陆禾在工作上有绝对的要求，否则也不可能在短短几年内把《i》做成四大刊之外的顶级杂志。

午饭后来到摄影棚，这就开始做妆发。

拍摄主题早就定好了：人与动物之间的距离。

多人封是众所周知的不好拍，要用站位来构建整体，要捕捉每个人在镜头前氛围表达一致的表现力。而这次镜头前还是这样一群动物园从业者，难度相当大。为了提高容错率和兼容性，陆禾做了一个更大胆的决定：挡住所有被拍摄者的脸！纯白的椭圆形木面完整地将被拍摄者的面庞罩起来，除了露出眼睛，口鼻皆按照秦初晗他们每个人的照片雕刻打磨制成，粗看都一样，但仔细分辨就会发现面具各自的不同。

秦初晗虽然早就知道这一手准备，拿到面具时还是忍不住吐槽："陆社长垂涎我的美貌多年，我终于鼓起勇气上镜，你却要我把脸遮住。"

陆禾靠在她的妆台边，撺掇："只要你点头拍单人封，金九银十都是你的，我亲自掌镜！"

秦初晗把火力分散出去，对小伙伴们道："看到了吗？当着我们的面挑拨关系，资本家的丑恶嘴脸！"

林笙接话接得相当直白："看到了。"

胜利老师附议："确实丑恶。"

陆禾气得去摄影棚的对面给秦初晗买咖啡，生怕她戴面具都显脸肿，影响上镜。

做好简单的妆发，服装方面，全员纯白系列：秦初晗是一袭优雅的露背长裙，裙摆大得夸张，完全铺展开来，是一片可以和面具呼应的巨型椭圆；林笙穿的前开衩的鱼尾裙，她发量惊人，造型师给她烫了一头很卷的波浪，又梳了两个心形的发髻团子，戴上面具后，竟然又潮又古灵精怪；盛呦呦穿女士西装，自肩上往下展开的斗篷和秦初晗的长裙一样直铺在地上；时昊、伍衡和司徒畅穿不重样的运动装，或是露出手臂的运动背心，或是带有透明塑料装饰的连帽卫衣；陈胜利和顾词把礼服穿出不同风格，前者是年度健康先生，后者像是要去领普利策新闻奖。总之，大家都很有范儿。

穿戴完毕后，彩绘团队登场，在服装上绘以森林、河流、阳光和一切与自然相关的元素。

要问动物在哪里？

请看本年度最奢华道具：数十只动物交错林立，亚洲象、黑豹、黄金蟒、象龟、长颈鹿、大熊猫、银背大猩猩、孟加拉虎……每一只都栩栩如生，完整独立。

秦初晗他们需要做的很简单，听从摄影师的安排站到动物立绘当中去就行。

大家的身后是一片纯黑布景，动物立绘板充满童趣，与戴白色面具的人类形成视觉上的碰撞。大自然被绘在人类身上，动物们的未来也在。是守护还是破坏？是让出还是继续抢占？你想成为仁慈的殉道者，抑或无情的掠夺者？

整个拍摄持续到晚上十一点，刚开始小状况不断，到后来大家配合得越来越好，不错的片子出了一张又一张。陆禾舒展了紧锁的眉，当场宣布取消外景拍摄。他已经得到最好的，没有必要再为此浪费时间。

采访被提前到第二天，记者和专栏作家早上七点来到住的地方，与众人一起吃早餐、观察，像朋友那样对话交流，记录下每个人的日常点滴，此过程中始终保持着令彼此舒适的距离。

下午的个人采访完成度也很高，包括秦初晗在内都完整地阐述了自己对动物园这一行的理解、文创的意义，以及对未来动物园的发展和期待。聊到兴头上，专栏作家还现场订了一张周末飞江城的机票，要亲眼去山海野生动物园看一看。

这一天过得充实而满足，深夜还有夜宵啤酒派对，明天睡到自然醒再商量去哪里玩。

凌晨两点，曾经的修仙达人秦初晗熬不住了，回到楼上房间，还没来得及开灯，鬼魅从旁袭来，从身后将她拥住。秦初晗正困着，整个人处在松懈状态，只想栽进柔软的大床中央，闭上眼，和她想象中年轻英俊又帅气的周公认真约个会，没想到房间里藏了只“鬼”，吓得她心脏紧缩成一团。

楼下派对正在进行，起哄声和她的尖叫声完美融合，男人得逞的低笑在耳边响起。

大家都很开心，除了秦初晗。

“祁应琛！”她气得咬牙切齿，反应倒也还算快。

祁应琛从后面拥着她，鼻息在她颈间暧昧缠绕，慵懒地“嗯”了一声。

秦初晗更气了：“你有病？那么大的人了，幼稚！你——”

颈侧一烫，她立刻噤声，心跳……怦怦怦！这是个什么发展？这就开始了吗？！

门还保持打开的状态，他们站在卧房里，与廊灯制造的那片光明仅有一线之隔。微凉的夜风从阳台上吹进来，秦初晗被男人热烈过寻常的气息包围着，有点儿无所适从。

“你……什么时候来的？”她试图分散他的注意力。

其实脑子里那句话是带有告诫意味的“你别乱来”，可说出来就太尿了，更别提昨晚她还在电话里调侃他不行……果然东西可以乱吃，话真的不能乱说！

“刚才。”祁应琛言简意赅，唇还停留在她颈侧，“我跟你们打过招呼，没人看到我。”

刚才他们在玩真心话大冒险，林笙运气绝差，被大家轮流逼问和陆正阳的进度。她今天也是喝到位了，拎着啤酒瓶站起来，当众拨通陆总的号码，并打开免提。之后这一通电话内容就是标准言情桥段，最后以林笙突然发现陆正阳在公司开会仓促挂断告终。秦初晗离开时，还放话说明天要追第二集。如果祁应琛是那时来的，确实没人会注意到他。

“不是你的问题。”秦初晗都不知道自己在说什么了。

“嗯。”祁应琛正儿八经地应和，还把她的脸扳向自己，用牙齿咬了咬她的下巴，“这样也好，保持神秘感。”

你是狗吗？请问你要这种神秘感来做什么？方便藏房间里扮鬼吓唬我？！秦初晗一时气结，实在无法配合，还想一鼓作气捶爆他。

就在这个时候，林笙和盛呦呦说着醉话上楼了。

紧张感重新拉满，门还没关，她的房间就在走廊尽头！虽然她和祁应琛都站在房内，从外面根本看不见，可那两个明显醉了，跑进来闹她要跟她一起睡都是有可能的！

“害羞？”祁应琛双手交叠在她身前，把她护得严严实实的，一副老司机带你飞的架势。

“好像也没有……”

秦初晗认真揣摩了一下自己的心境：他们是男女朋友关系，同居好几个月了，被撞到又怎么样？不对，被林笙她们撞见更好，她就可以脱身了！秦初晗刚想到这一层，就见祁应琛反手把门关上，她皱了皱眉，深感遗憾。

忽而身体悬空，祁应琛将她打横抱起，长腿迈开，几步来到床前，小心放下，覆了上来。

夜色在男人的面容上凝了一层扑朔迷离的幽蓝色调，秦初晗不敢眨眼，强迫自己与他对视，把手藏进枕头下，攥紧了一边枕角以作缓释，心里响起一个十分顺从的声音：倒也不是不可以……

“我洗漱过了。”他是这样说的，礼貌得一塌糊涂。

秦初晗茫然地点了点头，垂眼审度了一下自身，实话实说：“我还没有。”

祁应琛哑声笑了：“不嫌弃你。”

秦初晗又接不上话了。

虽然今天是平平无奇的一天，她没有任何准备，但有句老话叫“择日不如撞日”，成年男女不需要翻黄历！秦初晗深吸一口气，顺从地闭上眼。

祁应琛说：“睡吧。”然后移身在她旁侧躺下，发出一声舒服的喟叹，心满意足地闭上眼。

秦初晗转头清醒地望着他：“祁应琛？”

祁应琛躺平就不动了，眼皮都不掀：“听到胜利老师的鬼吼鬼叫了吗？气氛不佳，日子也不对，明天要团建，阳台外面还有几个听房的，所以……我选睡觉。”他是个对各方面有追求的男人。过去几个月都等了，骂名和质疑也背负了，他不介意多等几天。

秦初晗扭头看了一眼阳台，几团她以为是别墅外观装饰物的影子欲盖弥彰地动了下。猫咪们的好奇心也太重了……

她艰难地说：“你有道理！”

祁应琛差点儿笑出来，嘴角轻微扬起，又被他控制着回到原位。

秦初晗意兴阑珊地坐起来，说不清此刻是轻松多一些还是失落多一些。她侧身打量认真酝酿睡意的男朋友，扔出一句诱饵：“那我去洗漱了。”

“嗯，你去。”男人稳如老狗。

“……你可真是好样的！”

“承让。”

秦初晗假装去洗漱，冷不防回身反扑，一口照着祁应琛的下巴咬去。她发了狠，牙上没留一点儿余力。祁应琛痛得几乎跳起来，挣扎着要去控制她。秦初晗早就想好战术，一边咬一边挠他胳肢窝，玩的就是出其不意。最后，以双双掉下床告终。秦初晗毫发无损，报复得逞就哼着小曲去洗漱了。祁应琛垫在下面，后脑勺还磕了一下，良久爬不起来。

阳台上，猫咪观光团看得一脸茫然——

蔷薇：“人类亲热不是这样的吧？”

小草莓：“三叔公和未来三婶婆是不是闹意见打起来了？我们要不要去劝劝？”

博士：“这跟我上次看到的不一样。”

月亮：“不一样……”

闪电猫：“奇怪的人类。”

祁应琛：“都给我走，再听房扣猫粮！”

随着祁教授的“惊喜”归队，文创小组开启在帝都胡吃海喝的团建活动，爬了长城，游了故宫，逛了雍王府、颐和园、国博，还看了庄严肃穆的升旗仪式。

第五天，秦初晗和祁应琛离队，见家长啦！

还没到约好的时间，祁锦鸿就抱着两个罐头等在家门口，假装喂猫，把围在腿边的毛茸茸们馋得不行。

秦初晗和男朋友提前了半小时，车刚开进小区，祁应琛就笑着扬下巴对她示意：“你看，爷爷专程出来等你了，今天穿这身中山装是高校演讲款，受邀去学校做公开发言的时候才会穿。”

秦初晗瞧过去，就见一位身材瘦长、精神矍铄的老头站在远处，手里抱着两个没开的猫罐头，别提多可爱了。

车还没停稳，祁锦鸿已经走上前来，笑呵呵地问：“年前让小琛带给你的普洱喝了吗？怎么样，合不合口味？哦，对了，目前我还是这个家的一家之主，你跟小琛一样喊爷爷就行了！”

秦初晗笑着喊了声“爷爷”，道：“茶很香，但我不懂喝，借花献佛送给我爸了，他特别喜欢！”

祁锦鸿一听送出去的东西有人欣赏，傲娇点头：“喜欢就好，我这儿还有一套茶具，回头你带回去，给你爸捣鼓着玩儿。”

秦初晗说：“巧了，我也给您带了套茶具，不过主要看个外观。”

祁锦鸿秒懂：“是不是今年山海野生动物园的纪念茶具？”他就稀罕这个！

说话间，秦初晗下了车，祁应琛去后备厢拿礼物。

一群不怕人的猫在周围上蹿下跳，嚷嚷着“开罐头，不开生气了”，却没人理它们。

进了门，与刚午睡起来的程洁碰个正着。程洁稀罕地抓起秦初晗的手，满眼欢喜地打量她，说：“我是奶奶！来了就当自己家，别客气，你那个皮卡兵的笑话，我最喜欢了！”

秦初晗早有准备：“奶奶您知道皮卡丘走起路是什么样子吗？”

程洁被问蒙了：“皮卡丘不就正常走路？”

秦初晗抬起双手，边比画边配音：“是皮卡乒、皮卡乓、皮卡乒、皮卡乓……”

程洁先是一愣，接着反应过来，笑得直不起腰。

祁应琛在旁边看她俩互动，也不知道女朋友从哪里听来那么多的冷笑话，只好感叹汉字博大精深，给了段子手们充分的发挥空间。

祁锦鸿悄悄扯了扯孙子的衣袖，冲他竖大拇指，悄悄夸：“眼光不错，我很喜欢！”

祁应琛勾起唇角，加重语气：“我也很喜欢。”

在客厅里坐下喝了会儿茶，祁家二哥现身，穿一身运动款的居家休闲服，挠着有点儿乱的头发从楼上走下来，睡眼惺忪的，不知道睡了多久，是否完成充电。

程洁没好气地问：“什么时候回来的？回来做什么？待多久？”

祁敬承茫然地望着秦初晗，说：“不是大嫂发话让大家都回吗？晚饭出去吃，我都安排好了。”

祁锦鸿问：“你姥爷呢？”

“通知了，大哥他们会去接的，您就放心吧。”祁敬承拿手机点外卖，问祁应琛和秦初晗喝不喝咖啡，完了抬起头环顾这个人员不齐的家，突然提议，“打麻将？”

老先生老太太对视一眼：嗯，可以！

然后众人就开始打麻将，祁应琛观战，秦初晗上阵接受考验。

祁敬承坐她对面，上家是奶奶，下家是爷爷。三个人的牌风都相当老辣：祁敬承随性，麻将桌前一坐，赢不赢无所谓，关键在于想帮谁赢；祁锦鸿看不上一毛两毛的平和，喜欢做大牌；程洁是保守型，能叫则叫，能和就和，积少成多的典范。

秦初晗也不弱，坚持“看上家、卡下家、盯对家”的基本原则，与三位高手周旋缠斗，互相试探。两圈下来，她把路数摸得差不多了，利用二哥佯攻奶奶，帮老爷子杠上开花，火力就此转移，她正式登场主宰全局。一下午，秦初晗靠灵活的变化和出其不意的战术纵横祁家牌场！

最后结束时，喜做大牌的爷爷成为最大输家，程洁以一贯的稳健赢得荷包满满，祁敬承小输，秦初晗保本，全身而退。

去吃饭的路上，祁敬承重新审视未来弟妹：“麻将打得不错。”不，岂止是不错，颇有点到为止的大侠风范。

秦初晗“嘿嘿”笑：“不瞒诸位，我大学进的是麻将社团，起初什么都不懂，在牌桌上被学长学姐们揍得鼻青脸肿，后来痛定思痛，静下心来学习揣摩、闭关修炼……才有了如今这点儿水平。”

祁锦鸿恍然大悟，原来是高手！

祁应琛没想到地摇了摇头，麻将桌推出来的时候，他还怕女朋友被二哥欺负狠了，结果白担心一场。

晚饭在帝都老字号的酒楼里吃。祁雁城一家先到，去学校和研究所接了刘敏、祁衍，也坐在包厢里搓麻将。听说昨晚二位又吵架了，这会儿上家下家地坐着，吹胡子瞪眼。刘敏的弟弟刘阔也在，给爸妈剥着水果，时不时拱个火：“吵哇，可劲儿吵！”“姐夫您别憋着，岳父坐这儿呢，给你做主！”

刘博远把好不容易盘了一个星期的核桃往小儿子脑袋上砸：“几十岁的人了，自己不正经就算了，当我老糊涂啊？！”

祁栀坐在沙发上给已经去国外念书的哥哥打视频电话：“看到了吗？你不在，我就是全家唯一的宝贝。嘻嘻嘻……”

祁朝刚起床，正在去学校的路上，听说家里搞聚会，没给存心炫耀的妹妹好脸色，一言不合挂了视频电话。

等秦初晗他们到了，大家入席，吃着喝着，有说有笑地聊着。一家人，不用拘谨。

老三终于交女朋友了，虽然第一次正式见面，感觉却一点儿不陌生，毕竟去年到今年，就算没去过山海野生动物园，听总能听个三两回。想要成为一个行业的佼佼者，光有能力还不够，原则、初心、坚持不懈，还要懂得变通。即便是这样全能，面临的困难和挑战也是常人所不能想象的。小秦能在短期内做到这样的程度，她的优秀毋庸置疑。

秦初晗态度谦逊，表示要努力的地方还有很多，职业道路漫长，且行且看吧。

不等祁雁城和祁敬承兄弟俩问，她还主动汇报进度，大哥的钱用在哪儿了，二哥赞助的《游夜这一家》什么时候试播，后续有哪些业务拓展计划……

宋雪桦让她放手去做，有什么大胆新奇又没人敢投的项目尽管说出来，大嫂投！

刘阔是做大数据的，对北极星的放归很感兴趣。

说起这个，祁栀激动得站起来表示他们全班都支持小婶婶。

秦初晗也不瞒大家，结束这次的帝都之行，回到江城，她就要着手把这件事落实了。北极星状态好，年龄大也是不争的事实，她想尽快把它送到 W 国的海洋野化基地接受训练，学习捕猎，适应比水族馆更加逼真的海洋环境。

祁敬承问她：“空置下来的水舍打算怎么办？”

秦初晗早就打算好了，可以改造成主题潜水沙龙，定期举办活动，发展成内陆潜水爱好者的聚集地。医疗室还能继续使用，不开放的内舍空间也是很大的，做成北极星纪念室，

颇有意义。

这回答和祁敬承的想法不谋而合。

祁雁城知道秦家曾经为放归北极星的事为难过她，对她直言：“遇到一时半会儿解决不了的问题，抑或被刁难得太厉害，记得跟哥哥们说，哪怕你跟老三吹了，我们总能继续做朋友吧？”

秦初晗感动得直点头。

祁应琛严肃强调：“不会吹，怎么可能吹？能不能盼着我点儿好？”

刘敏难得见小儿子紧张：“全家都盼着你好，什么时候定下来，你倒是给个准话。”

祁应琛扭头问女朋友意见：“明天看房子去？只写你名字。”

只写她名字这么好的事情，将秦初晗的双眼蒙蔽了，决定先答应下来再说其他。

晚饭的最后，祁敬承因为个人问题还没着落遭到全家人的炮火猛攻。

祁雁城带头说：“在我们家，会赚钱已经不算什么了不得的本事，你得有对象。”

祁敬承扬言要去“保护单身动物协会”举报这个家搞歧视。

祁应琛望着女朋友：“从此刻起，你就是我救苦救难的活菩萨。”

秦初晗安抚地对他点点头：“好的，没问题，只要你表现好一点儿，少搞骚操作，保证下次你们家家庭聚会，你还有今天这样的地位。”

祁应琛纠正她：“是咱们家的家庭聚会。”

饭后回家小聚，秦初晗解除封印，再次凭借超凡牌技征服众人。

刘敏安排她睡祁应琛的房间，亲自给她换了床单被套，然后无情地将小儿子赶去睡书房。睡前还有一杯热牛奶，砂糖用小罐子盛好了带到房间里，加多少随她自己。

刘敏拉着秦初晗的手说了许多悄悄话，还爆了不少料给她听：“应琛性子跟他大哥一样稳重，心思比他二哥更加深沉，惯会藏心事，做父母的，想宠他都不知道该怎么宠。我曾经一度认为他这辈子很难找到知心人了。幸好他遇到了你。和对的人恋爱，是会变得更好的。我看得出来，他变得开朗了，比以前有精气神，更热爱生活，这都是你的功劳。如你所见，这个家成员很多，虽然会有摩擦争执，大多数时候聚在一起真的很吵，但不妨碍我们爱对方。若你愿意，自今天起，就与我们成为家人吧。”

深夜，秦初晗缩在被窝里给老秦发信息做汇报，末了忍不住嘚瑟：“阿姨让我从今天开始就和他们成为家人，真的好随和好好相处啊！”

刚例行逛完动物园的老秦有几分怅然：“想起一句话，嫁出去的女儿……”

没等秦初晗打完表衷心的“永远不离开你”，老秦忽然又甩过来一句：“不过我转念一想，你总归是要在动物园的，小祁也一样，这么说来还是我赚到了。”

没错呢，您才是最大赢家！

第二天，祁应琛真的带秦初晗去看房了，早上开着车把近几年新兴的高档小区逛了个遍，午饭后改为约会，看了一场从地球打到外太空的电影，抱着没吃完的爆米花坐在公园的长椅上喂野鸭子，而后去超市采购。

这次回祁应琛自己的家，三百多平方米的内复式，房间不多，但每间都宽敞明亮采光充足。装修上不是言情小说里那种冷感十足的男主风，整体是简洁舒畅的，细节处温馨舒适，秦初晗仔细逛了一圈，满意地点了点头。

晚饭，祁教授申请掌控厨房。秦初晗根本不放心，站在门边观察，发现男朋友处理牛排、腌制、调汁、做配菜都很专业的样子。等成品出来，她立刻上前品尝，味道居然也很好，合理怀疑他以前炸厨房都是故意在演。

祁应琛一脸严肃地为自己申辩："你要相信，这是爱的力量！”为这一天，他私下演练许多回了。

楼上房间里有惊喜，秦初晗找上去，发现一条红色裙子，跟数年前那条款式不同的细绒面长裙。换上后，她确定这更适合现在的自己。

补妆，换一个发型，来到楼下时，一切已准备就绪。桌上铺了有精致刺绣的桌布，点上香氛蜡烛，花瓶里有含苞待放的红玫瑰作为点缀，祁应琛也换上正式的西服，绅士地为心上人拉椅子。红酒、牛排、浓郁的奶油酥皮汤……留声机里爵士乐的音量恰到好处，若有所悟地诉说着什么，不经意地将数月前某个相似的夜晚覆盖、替换。

后来的一切都在自然而然中发生了，没有打扰，没有顾虑，更没有迟疑，只有两个人从最初的试探到最后的坚定占有。

下雨了，蝴蝶破茧而出，张开华丽的翅膀，在一个名叫祁应琛的男人心里掀起飓风，摧毁他原本的国度，建立起全新的世界。

秦初晗是唯一的秩序。

第十九章

我的动物园

1

山海野生动物园文创小组开启全员度假模式，在帝都玩了将近十天。

胜利老师做完东，林笙接力带大家泡酒吧、泡温泉、泡各种沙龙，其间还用林家的私人飞机组织玩了一回惊险刺激的高空跳伞。事后，时昊等人表示很后悔，非常后悔！

司徒畅每天都用官博和粉丝互动，这次的帝都之行以汇报为名，时刻炫耀着——

“今天逛了故宫，在文创实体店买了超多东西！给你们看合照。”

“今天胜利老师带我们去爬香山，风景很好！给你们看合照。”

“今天在笙公主家喝酒，猜猜喝趴在沙发上的是谁？给你们看合照。”

“今天直接把祁教授家攻略啦，谁也不想做饭，于是点了超多外卖！给你们看合照。”

但每一张合照都用不重样的卡通贴纸把人的脑袋挡住，网友纷纷急了——

“挡什么挡？别逼我去山动堵你们！”

“播叔那身形、那个头，我一眼认出！”

“不露脸的合照是没有灵魂的。”

“祁教授家看起来好豪华的样子……”

“画面中总共有五男三女，那么问题来了，园妹你是哪个？”

“左一大个子是播叔，左三那胳膊应该是胜利老师，中间斯文儒雅的是祁教授没跑了，那么依偎在他右侧的必然是秦总，秦总右边是个男的，但他敢把胳膊搭在秦总肩上，盲猜是表弟时昊。右一的女孩子大概率是笙公主，一身名牌。最后，请从余下两人中找到园妹。”

司徒畅看到最后这条留言，吓得魂都快没了，欲盖弥彰地搞了一次转发抽奖：六一将至，大家都来说说在动物园过儿童节的经历吧，奖品是北极星全套六枚纪念徽章，总共二十八份，六月二号中午十二点开奖，留言即可参与！

可惜老套的招数已经不能满足现在的网友了：“纪念徽章我要定了，北极星的套件也不能放过，赶紧把物料放出来，预售期给个准话！”

凌晨时分，秦初晗看到网友催促，借着恰到好处的酒劲开起创作会议，从北极星的外形设计到摆件的整体构成，从主体风格到细节展现，从创作意义到收藏价值……纵然不存在真正的完美，但他们力求做到最好。

祁应琛给大家准备了纸和笔，自己也拿了一份，在旁边做会议记录员。

次日七点整，园妹第一时间放出手稿：“你们要的物料，预售期在六月末。黑眼圈 .jpg”

手机直拍的三张图片全部是纯手绘：第一张是宣传海报，阳光犹如一条来自天堂的通道，笔直射入大海，北极星便在那海与光的深处遨游；第二张是配件展示，形状漂亮的珊瑚群、可以做表情包的海带、各种各样的海星和水母、张牙舞爪的乌贼等；第三张是拟人化的北极星，五岁的幼童、十七岁的少年和三十六岁的魅力大叔分别穿着与年龄相符的黑白相间的服装，顽皮耍帅凹造型。

园妹还在评论区里爆料：“团建到最后变成创作会议也是没谁了，最惨的是播叔，不让睡觉，也不给开直播，同步剧透是绝对不行的！”

刚起床的上班族、学生党看乐了，问他们吃早餐了吗，一定要尝尝人间美味豆汁儿。

园妹回复：“说吧，想让谁给你们表演当场升天？播叔、昊昊，还是沉默寡言的阿词哥哥？”

于是网友又把话题扯回来，说想看园妹自拍。

园妹软萌表示：“我怎么可以抢北极星的风头呢，请大家多关注放归后续，我和大家一起去吃早餐啦，下午见。”

网友赶紧把“她”叫住，问出最后一个问题：“你们什么时候回动物园？虽然去了也不会见到，见到也不一定认出来，但是知道你们不在动物园，去逛的时候总觉得缺了点儿什么。”

近期去过山海野生动物园的部分网友感同身受——明明不认识，却又很熟悉很了解，

有种奇怪又不局促的感觉……

这条留言被秦初晗看到，她从司徒畅手中拿过手机，想了想，回复道："明天！"

全员赶在儿童节当天回到动物园，切换回工作状态。

象馆最大外场的人造瀑布即将完工，时昊联系了在A市动物园坐镇的建筑设计老师，通过视频听取对方的意见，加班加点做修改完善。

祁应琛去给珍珠做产检，伍衡站在一堆小朋友中间边直播边做讲解，中途还兼职维持秩序。

林笙和盛呦呦去东门直营店帮忙做导购，不管顾客对产品存在怎样的疑惑，都对答如流。午饭后，两人还开启线下1V1销售对决，卷得不行。

顾词和他来自政法大学的助理坐在办公室里，处理公益基金会的工作，两人都觉得自己还需要至少一名以上的助理。

而秦初晗这一整天都在咖啡厅三楼露台做概念店的内部面试。

她看了十几份企划，令她眼前一亮的那份竟然出自苏玉之手。苏玉把整个店分为过去、现在和未来三个部分，通过这三方面讲述山海野生动物园的前世今生、发展历程，再以动物园为辐射点，向游客展现现代动物园应有的姿态、意识、责任和意义。每个馆都有一个全貌展示台，过去馆用泥塑模型，现代馆以陶瓷摆件为主，未来馆则是5D激光光影秀。单独的展馆又被细化为三个部分：看（展示动物园的相关图书、图片、文创产品）、听（设立互动台，让游客戴上耳机，根据屏幕指引查询想要了解的动物，听取相关知识和不同情况下动物们发出的叫声）、想（进入一个名为"畅想空间"的白色小房间里，录制一段视频，描述期望中的动物园是什么样子的，并有权决定是现在播放抑或成为时间胶囊，在未来某一刻被开启）。最特别的设计要属衔接走廊，连接过去、现在、未来三个展厅的长廊。

秦初晗一眼看出这跟水族馆的淡水混养馆有异曲同工之妙，毫不掩饰对这份企划的喜欢："你做了多久？"

"没多久，三个月吧，看到你在大群里发的内部招聘，我才开始着手做。"苏玉有点儿忐忑，咖啡捧在手里一口都没喝。

"紧张？"要不是她主动现身，秦初晗都快忘了还有这号人。

"有一点儿。"苏玉垂着眼，不敢和小秦总监对视。

"紧张什么，你做得挺好的。"秦初晗语调轻松地鼓励，"至少我很喜欢。"

"你喜欢？"苏玉眼睛发亮地抬起头，在视线有所接触的一刹，又避开了。

秦初晗没辙地笑笑，合上文件夹，引导地问："说说吧，怎么想的。"

苏玉似懂非懂，目光牢牢锁着自己数个月的心血：“不都……写在里面了吗？”

秦初晗直言：“我是说动物园，你喜欢在这里工作吗？去年到现在，尤其是你姐夫卷铺盖走人之后，多少会影响到你，你——”

苏玉忽然打断她：“我不恨你。”

秦初晗迎向她颇具进攻意味的坚定眼神，满意地勾起唇角：“继续。”

苏玉心情复杂，不过来做什么、要说什么，她早就在心里打好草稿：“我曾经恨过你，你一回来就把动物园搅得天翻地覆，还……算了，你没做错，错的是我姐夫，还有我。”

伍力文利用职务中饱私囊，还跟其他部门女同事保持那样的关系，这么多年来，动物园尽人皆知。以前苏玉太幼稚，以为有个一手遮天的姐夫就能为所欲为。可是作为一个成年人，最简单的是非和对错，她分不清楚吗？

伍力文的近况，秦初晗断断续续听过一些：“你姐夫去潞城还是哪儿做了游乐场的总经理吧，待遇比原先在动物园还要好，二老板还是相当念及与他的旧情。”言下之意，只要伍力文还是你姐夫，还是你们家的支柱，你大可以继续混日子。

不过话说回来，秦见山对伍力文是真不错。秦初晗都好奇，究竟伍力文手里有他多大的把柄，能让秦见山把他安排进向来由季家话事的游乐场，还做了高级主管。

苏玉冷哼了一声：“不过是狼狈为奸太久，一荣俱荣一损俱损罢了。”

秦初晗不言，听她说。

“在你们眼里，我姐夫确实是个王八蛋，我心里也总这么想来着，可我家的好日子是他奔出来的，他供我和弟弟读书，给我们安排工作，挣了钱不说每一分都拿回家里，总是想着那个家的。”苏玉眼红红的，说不清是愤怒、感激还是别的什么，“在我这里，他是我姐夫，是我们家的恩人，只要我姐还愿意跟着他，我无话可说。以前我确实在混日子，每天都过得稀里糊涂，现在不一样了，你把我姐夫赶走，当然，那也是他咎由自取，我没了靠山，只能靠自己，反而让我清醒很多。”

这半年多，苏玉白天上班，晚上上网课。她心里有不甘，憋着一股劲儿：“我比闻晓叶年轻，也能吃苦，以前是我做得不对、不够好，缺乏思想觉悟，现在我只想凭本事把属于我的店拿回来，我还要做店长！你刚才问我喜不喜欢在动物园工作，以前不喜欢，离市区远，通勤不方便，好多馆舍动物味道重，难闻死了，后来……”

后来文创做出成绩，跨界合作、联名同款不断，公益事业也发展起来了，动物园的名气越来越大，不仅节假日游客量暴增，平时也总有中老年团过来游玩。苏玉毕业就进了山海野生动物园，是正式员工，对此感受很深。而最大的改变发生在她住了多年的小区，那群晚饭后爱聚在一起跳广场舞的大妈听说她在这儿工作，隔三岔五寻到她跟前，打听动物园的福利待遇、帮小孙孙问夏令营的相关问题，还要给她介绍对象……苏玉受宠若惊，这才意识到自己早就拥有一份好工作！看看伍衡，看看闻晓叶，看看东门直营店的大姐大妈们，从连微信语音都不会发到现在学双拼学五笔练打字速度，还有王老头的小徒弟，年初被送去 C 国国家动物园交流培训了两个月，回来以后跟变了个人似的，只要有时间就跟在祁教授身边讨教,现成的一对一高质量教学。山海野生动物园是国内数一数二的动物园，在这里不仅有各种珍奇的动物，还有无数的机会。

在她以往的忽视下，这份工作的下限已经摆在眼前，可上限还是取决于她自己。苏玉跟秦初晗表决心："我想要证明自己，想让自己的将来变得更好，想给我姐争口气，想让大家知道我也可以！"

最后，她说回这份关于概念店的企划："我到现在还是不喜欢大部分动物，嫌它们味道难闻，但我也清楚，只有它们好，动物园才会好，在这里工作的我们才会好。我也知道自己还有很多不足，你尽管说出来就是，选不上也没关系，我不会放弃的。"

"人总是要自己成就自己的。"秦初晗站起来，向她伸出手，"合作愉快。"

半小时后，秦初晗在动物园大群里公布了面试最终结果，从明天开始，苏玉将在园内组建自己的团队，选中的成员将和她一起打造文创概念店。

消息一出，群里一片死寂。

半晌，老辣如售票处的陈今霞大姐直接呛声了："以前苏玉妹子还是大熊猫周边店店长的时候就做得很一般，后来两个店整合，她业绩水平中等，拿的却是店长的基础工资，我听说概念店投资八位数，为咱们动物园着想，我就当一回坏人，那么大的项目给她负责，撑得起来吗？"

秦初晗直接回应:"她的企划是所有人中做得最好的,想法够新,对动物园了解够全面,而且目光不局限于'咱们山动'。对于有能力的人，我向来愿意给机会。"

当然，有句话她没说：要是选错人，这个责任她一力承担。

秦初晗的维护让苏玉备受感动，在群里连发三篇小作文表态，最先得到机会改过自新的伍衡也出来帮她说了一箩筐好话，总算把积极向上的气氛炒起来了。毕竟从前的伍衡五大三粗惹人嫌，现在的播叔喜气洋洋招人爱，人都是在挫折里成长起来的嘛。

老秦特别点评："伍衡同学成长得很快，直播做得很好，向他学习。"

伍衡得了便宜还卖乖："园长点名表扬我，是不是要给我加工资啊？脸红期待 .jpg"

老秦打字慢，还没想好如何委婉回绝他加工资这件事，安保部的兄弟们就先把自己的头头冲了:“这个人上班时间直播，直播时间上班，二十四小时全园出没，就不是个正常人！还想加工资？你怎么不上天呢？”

其他部门的人也纳闷：“伍衡你是不是有个双胞胎兄弟隐藏在咱们园子里？大胆说出来，最多让你们兄弟竞争上岗，待遇不变！”

伍衡被围剿得厉害，只好使出撒手锏：“我和我老婆将于金秋十月国庆佳节举国同庆之日，在江城百年酒店设宴，届时还请各位亲友赏脸来吃席。”随后晒出结婚证，领证日期就在今天。

司徒畅大骂：“狗东西，早上出门说回城区办点儿事情，十一点就回来了，这么高的效率是要逼死谁？！”

伍衡笑嘻嘻地回：“园妹你着什么急，想要求娶你的网友那么多，难道你不开心吗？”

没人在意司徒畅到底开不开心，反正伍衡跟他谈了多年的女朋友修成正果，大家都挺高兴的，开始商量婚礼那几天要怎么庆祝，接亲组个怎样奢华的车队，尤其是安保部的人，知道嫂子家里条件好，以前是看不上他们头儿，都想着要趁这个机会为他挣个脸面。

伍衡说随意，开心就好。他已经靠自己把脸面挣回来了。

晚上十点多，苏玉给秦初晗发微信：“你说得对，人总是要自己成就自己，我不会让你失望的。”

秦初晗回复：“动物园是大家的，一起加油吧。”

2

进入六月，夏天要来了，山海野生动物园的夏令营、夜宿、饲养员体验日等活动，都在紧锣密鼓的筹划当中。

秦初晗开始和维塔海洋生物野化基地的相关工作人员做对接，北极星的放归步骤、具体花费、出发日期以及随行人员都要一步步确定。这个阶段最不需要她发愁的是资金。如今动物园名气大了，很多乐于做公益的有钱人慕名而来。关于这部分，秦初晗让顾问负责，同时请专业的律师团队从旁协助，确保账目清楚。

让秦初晗头疼的，还是北极星的归属权。放归北极星虽说公益性质占比大，但这是跨国合作，过关的时候需要出示相关文件，其中就包括秦宝珠亲笔签名的放归同意书。这份同意书，秦初晗在去帝都之前就通过集团正常流程送了上去，到现在还没收到回复。她也是有脾气的，一面安抚维塔那边的对接人员，一面跟男朋友放狠话，大不了利用舆论逼秦宝珠就范！

时间过得很快，六月十五日这天，山海原生态酒店项目正式启动。早上九点，秦初晗和祁应琛驱车前往月夏湖景区出席奠基仪式。这是她给自己设的最后期限，今天必须向董事长讨一句准话。

谁知道秦宝珠根本没露面，全程由秦励主持大局。招待宾客，接受媒体采访，一套流程走下来已是下午，还要带品牌挚友开展亲近大自然的露营活动，帐篷都搭好了。

见秦初晗要走，他才提出聊几句。

秦初晗问他："想聊几句？"

秦励还真认真盘算了下，说："四五句吧。"

秦初晗："……"

"第一句，我对你这个人没有企图，对你的能力和能够创造的价值曾经有企图，但无论哪种，我都该向你道歉。第二句，如你所见，从今往后集团就是我做主了。第三句，得祁应琛出面担保，集团于上周顺利完成融资，目前可以说已经成功渡过危机，未来值得期待。最后一句，抽空去沧海园见见前董事长，我向你保证，你会得到想要的一切。"

回动物园的路上，祁应琛开车，秦初晗歪在副驾驶座上，望着窗外的绿水青山，心情复杂。祁应琛也不扰她，由她整理思绪。直到车开出景区，来到海市和江城的分岔路口，他把车停在路边，侧首问女朋友："想好了吗？"

秦初晗微微皱眉，似笑非笑地打量男朋友："为什么你总是能精准找到事件中最柔和的突破点，帮我解决问题？"

打从一开始，秦初晗就不想搞垮集团、跟秦宝珠彻底撕破脸。季家跟她是什么关系？再熟能有秦心玥、秦肃、秦励、秦宝珠、秦见山这一家人熟？山海野生动物园前缀是"山海"，集团出事，动物园也会跟着遭殃。那日在沧海园，秦初晗气归气，回头听说集团陷入窘境，私心里还是希望季家少搞幺蛾子，让秦励赶紧把那位薄姓大佬陪好了，把这个难关渡过去。没想到山海的救世主，是动物学家祁教授。如今山海集团得到第三方担保成功融资，秦励受了祁应琛那么大的恩惠，放归北极星都成了顺水人情。

"你的问题就是我的问题，所以我不是在帮你。"每到这种时候，祁应琛都特别会说话，"当然，秦家试图用动物园绑架你，买断你三年，这让我很窝火，他们看轻了你，也低估了我。"所以在秦初晗为自己据理力争、维护了尊严后，他仍然有必要做点儿什么，把里子面子找回来，"约秦励到咖啡厅，让律师和他谈，过程我没有参与，不过在他来时，在我离开前，我猜秦励以为我要帮你买下动物园。"

且不论祁应琛拿不拿得出那么多钱，真要买，秦励该怎么办呢？在激烈的心理斗争过后，得知这个可以随时搞垮集团摁死秦家的人是要帮自己，这才是最让人难受的——是施以援手，也是最直接的威胁。秦励也终于在那时认清形势，意识到最不该得罪的是谁。

“事情可以有很多解决的办法，头破血流是最要不得的。”

祁应琛给山海集团做了担保，因此成为秦家的恩人，秦励对他自会感恩戴德。而秦初晗，不管她有多大的个人能力，能创造如何的商业价值，自然都不敢奢想了。

祁应琛从容不迫：“下一站，沧海园还是动物园？”

秦初晗舒心地扬了扬眉：“听说沧海园大厨的厨艺不错。”

驱车前往海市时已经五点半了，秦初晗在过高速站的时候给戴骏发信息——突然袭击是要不得的，总得打声招呼。

戴骏回得很快，说董事长在园里，听说她和祁教授要来十分高兴，吩咐厨房多做了几个她喜欢的菜，还问他们要不要在园里留宿。

秦初晗看着这条信息，转头跟男朋友叹：“这种感觉好像我还在读大学，原本不打算回家的小长假突然说要回，家里那个高兴啊，立刻以我为中心运转起来，要是天气好，枕头被褥都得拿出去晒。”

祁应琛笑着让她习惯，说：“放下权力的长辈是这样的，况且可爱、能干、会来事还生得漂漂亮亮的小辈，谁不喜欢呢？”这不才回来江城几天，爷爷奶奶已经打电话问暑假去不去帝都玩，说快端午了，不如带晗晗回来一起吃顿饭……他被弄得一时不知道怎么解释，他们踏入社会的成年人已经不过暑假了。

将近七点下高速，走环城路到沧海园，天色渐暗。

相比秦初晗上个月来的那一趟，这夜的园子里人气满满，到处亮着灯，用人、帮工来来往往搬家具物件，有条不紊地做着整理。荷塘里的荷花开了，浅粉的玉白的错落开放在碧叶中，每朵姿态都不一样，衬着即将来临的夜。屋檐上破损的地方得到修缮，梁上的灰尘、结在门廊里的蛛网一并被清除干净。想来集团融资成功，沧海园的抵押也撤销了。

晚饭在莲敬亭里吃的。这座八角亭建在湖面上，秦初晗和祁应琛到时，菜刚上齐。

秦宝珠从亭子里走出来，把二人迎进去：“参加完奠基仪式直接过来的？路上累吗？什么都别说了，先吃饭。”

欣然夜色下，荷塘美景间，满桌珍馐配美酒，都是秦初晗爱吃的菜，这让她想开门见山都不好意思了。

秦宝珠还握着她的手，主动示好说：“今天晚上再让我做一回你的姑妈，可好？”知

命之年的女人，笑容里不掺一丝虚假。放下集团的担子、家族的重任，不用再去耍那些九曲十八弯的心计，单纯作为秦宝珠，她是如此的喜欢秦初晗。

而秦初晗呢，一开始总归是有些别扭的，好在身边有祁应琛策应着，说："菜不错，酒闻起来也很香，看来今晚要贪杯了。"

秦宝珠听懂话里的意思，忙道："这酒是前年请老师傅酿的，一直放在地窖里，度数有点儿高，但口感好，不上头，多喝一些不妨事。小晗的房间一直都准备着的，今晚就在这里休息，明天吃过午饭再走。"

祁应琛点头答应，说："叨扰了。"

秦宝珠笑说："这有什么，我现在闲人一个，巴不得天天有人来扰。"

秦初晗看他们有来有往，配合地拿起筷子，开动了。吃着可口的家常菜，喝着口感带劲的烈酒，因为一起吃饭的人没对她设防，她便也逐渐放下戒备。

秦宝珠心情很好，眼睛比星星还亮，比起往日那种时刻端着的不怒自威，今晚的她浑身散发出一种纵横江湖的女侠气息，不管是纵横天下的绝世高手还是初出茅庐的无名小辈，都会被她的魅力折服。

整晚基本都是她一个人在说，百无禁忌：说年轻时在国外干的荒唐事；说接管家族生意的第一年跟生意伙伴的女儿打架扯头发；说四十岁才第一次去看演唱会，听到只比自己大几岁的偶像唱成名曲，哭成花脸猫；说五十岁开始学钢琴，前几天考六级，没过，老师说她心不静，练习时间也不够，现在好了，她把集团交到儿子手里，正式过上退休生活，她要陶冶心性，争取明年一口气突破八级，让老师刮目相看……还有，她准备和季国平离婚了，请了全国最好最贵的离婚律师，宁可把钱用在昂贵的律师费上，也不让季国平多分一厘。她想通了，人生已过大半辈子，总算活明白了点儿。如今公关团队已经就位，就等一步一步把渣男季国平捶死在公众的眼皮子底下。这事怎么也得热闹三天，延续个把星期。

秦初晗先是目瞪口呆，后来越听越带劲："什么也别说了，姑妈，来，咱们走一个，这杯我干了，您随意！祝您旗开得胜，把渣男碾成灰烬！"

秦宝珠朗声大笑："今夜喝到尽兴才行！"

次日，祁应琛要去学校上课，早早起床，给宿醉的女友送上额头吻，交代说午饭之前回。

秦初晗睡迷糊了，以为自己还在动物园，问他："午饭前回得来吗？"随后睁开有些干涩的睡眼，就见男朋友英俊的脸庞，阳光自他身后为他覆上一层绚烂的金色，而在大片金色涌入的窗外，景色陌生又熟悉。她这才想起来，这是在沧海园，昨晚她和秦宝珠把酒言欢，放下过往的芥蒂，晚饭从八点多吃到后半夜，后来……

“她是不是说……她要离婚？”秦初晗不是很确定。

祁应琛俯身半跪在床前，笑着对她点点头：“还让你那几天不要抢她热搜，你不但答应了，还说要帮她声讨渣男。”

秦初晗愣了下，心里觉得这话自己是说得出来的，于是又问：“那几天是哪天？”

祁应琛对答如流：“最快月末，最迟下月初。”

秦初晗抱着枕头艰难地翻了个身：“我知道了，你去上课吧。”言罢，闭上眼酝酿声讨渣男的小作文，她要找个高共情点，站在上帝视角把季国平批得体无完肤。至于昨晚还发生了什么，秦初晗很明显地断片了，但晕乎乎的脑袋里始终有着她和秦宝珠勾肩搭背的残存画面。

祁应琛倒是确定了上完课回沧海园吃午饭这件事，因为不留的话，女朋友刚才就会说出来。都准备走了，他想了想，又站在床边道：“昨晚最后你和你姑妈称姐道妹的环节，没忘吧？”

“有吗？”秦初晗狐疑地掀起眼皮。

祁应琛很会抠字眼：“你没有纠正我称呼她为你的姑妈。”

秦初晗皱起眉头略做计较，理直气壮地反问：“有什么问题？”

祁应琛没有问题了，展颜笑道：“我去上课了，你再睡会儿。”

秦初晗安然闭上眼，听着男朋友远去的脚步声，继续酝酿声讨小作文，任由困意蔓延，半晌才反应过来，祁应琛是在公然试探她对秦宝珠的态度。臭男人，心思就是多！

不管怎么说，经过昨夜，秦初晗和秦宝珠冰释前嫌。一觉睡到十一点多，她也不觉得不好意思。

昨天来得仓促，幸而园子里准备充分，管家听到卧房里有动静，便吩咐用人把干净衣服送过去，并且一口气准备了三套：随时可以去开董事会的犀利职业装、桑蚕丝质地的田园仙女风裙装，以及熨着水钻 Logo 的针织休闲套装。搭配的鞋子、首饰、包包一应俱全。

秦初晗盘腿坐在床中央，看着眼前的三种选择，忽然想起昨晚秦宝珠贴在她耳边说的一句话——“以后我把你当亲生女儿来宠，你说好吗？”

如何回答的，秦初晗不记得了。

“这天怪闷的，我穿裙子吧。”

秦宝珠人在高位多年，始终保持规律的作息，九点多就起来了，在书房焚香、煮茶、练字、捣鼓儿子送给她的据说可以悬浮显示歌词的音响。秦初晗来时，她刚成功播放出第一首想听的歌，整个书房里弥漫着特别有味道的老式港腔：“如果命里早注定分手，无须为我假意挽留。如果情是永恒不朽，怎会分手？以后，让我倚在深秋。回忆，逝去的爱在心头。回忆，在记忆中的我，今天曾泪流……"

"怎么样？"秦宝珠将音量调低，颇有向小辈炫耀"我也很潮"的意思。

秦初晗稀奇地盯着看了半晌："回头我也买一个摆在工作室。"

"阿励给我买的，回头我让他送你。"秦宝珠温和地说完，神情凝了凝，眼底浮出担忧。

秦初晗立刻笑着道："好，让他送我。"

秦宝珠见她落落大方，又想昨天她正是从奠基仪式那边过来的，有点儿什么也肯定先跟儿子说通了才会来。

"小晗，你来。"秦宝珠拉着她的手，走到书房另一侧临水的露台上。

露台三面环水，视野开阔，与书房里间用古朴的屏风相隔。石台上摆一张竹榻，榻中央架一张四四方方的矮几，几上置茶具若干，几两端摆两只软垫。秦宝珠在一边坐下，示意秦初晗坐对面："这是父亲离世前一周交给我的，我自私地守了那么多年，该把它给你们了。"她将一个封存完整的文件袋交给秦初晗，浅垂的眸光始终盯着袋子泛黄的表面，良久，淡然笑笑，收回视线。

秦初晗双手接过，取出里面的文件，翻开第一页，只扫视了前面几行，已然变了表情。

这是一份隐藏遗嘱，上面清楚地写着：秦勉自愿将山海野生动物园赠予养子秦怀远。

这份遗嘱有两种生效方式——

一是秦怀远年满五十五岁生日当天，遗嘱自动生效，他将得到完整的山海野生动物园，包括水族馆、兽医院、缤纷森林大剧院，以及所有山海集团旗下与动物园元素相关的周边产业。若秦怀远在五十五岁前发生意外不幸离世，这些则由他的女儿秦初晗来继承。

二是在秦怀远五十五岁之前，由代为保管遗嘱的秦勉的长女秦宝珠在任意时间地点，提前执行遗嘱。当然，只可以保留至秦怀远五十五岁生日当天。若秦怀远拒绝，山海野生动物园由他的女儿秦初晗继承。若秦初晗也拒绝，山海野生动物公益基金会项目将正式启动，全权负责动物园运营，并承诺将每年净收入的五成用作园区改造、满足园内野生动物的需求，两成用作公益项目扶持，两成用作动物医疗投资，一成归秦怀远所有，以回报他个人多年来对山海野生动物园的贡献。

这是老先生离世前一周做的安排，他没有忽略养子，没有忘记这个养子的付出与放弃，还有始终藏在心间不敢表露的那一份期待。他只是……

秦初晗头皮发麻。也就是说，她什么都不用做，只要等到父亲五十五岁那天，山海野生动物园就是她父亲的了。

“父亲在走之前，给我留下这道难题。”秦宝珠似笑非笑，“他在考验我，希望我放下，希望我做出正确的善良的决定，希望我放过自己，成全他人。而这个决定，只要在秦怀远五十五岁之前，都可以。”她不得不承认父亲的高明，都过世那么多年了，还能教育她，教她做人。

“最初我很不甘心，不是舍不得动物园，而是……你那刻板得要命的父亲！”

她对秦怀远的感情太复杂了，有误解的恨，有搭救她于水火的感激，有爱意的萌动，也有错付的伤……秦宝珠是那么的骄傲，内心反叛，渴望打破规则，与某人不顾一切地私奔，只为爱情。曾经，她希望那个人是秦怀远。可惜情路坎坷，走错了一步，后来就都错了。

“我不相信有人会像秦怀远那样，放着乘龙快婿的捷径不走，安于和动物打交道，接受碌碌无为的一生。”

秦宝珠一直等啊等，想等秦怀远后悔，想看他求到自己面前，说他不想过那种日子，可这一天始终没有等来。

“我也想无视这份遗嘱的责任。不就是个动物园，我又不喜欢，反正他到五十五岁就会得到了，我为什么要提前成全他？以他的高尚他的无私，说不定还会拒绝我。”秦宝珠始终过不了自己那关，“然后，你回来了，扭转了动物园跌至谷底的口碑，做文创，开网店……我看到父亲遗嘱里成立基金会之后的后续计划，在你的手里一点点地提前实现，又是另一种心情。”

父亲曾经承诺给她看全世界最好的动物园，可这件事一直是秦怀远和他的女儿在做。但即便是这样，她还执迷不悟，不肯承认自己错了，而是被情感蒙蔽双眼。秦宝珠分得出好坏，看得到一个项目的发展前景，是秦初晗让她知道，动物园还可以这样运作。

“到我这个年纪，爱情早就无关紧要，我只想尽可能留住你，利用你发挥出来的优势帮集团渡过难关。明知道你最想要什么，明知道动物园迟早会属于你，我还是……”秦宝珠为此感到羞愧，她成了自己曾经最厌恶的那种不择手段的人，“希望现在还不算太晚。”

秦初晗合起没看完的遗嘱，放在腿上，发烫的掌心用力将它按了按，好像在确定它的真实性，又好像……

“我忽然想起来，有一年暑假，我好像念一年级还是二年级……那天，应该是和现在差不多的时候，我们在这里写完作业，坐着吃西瓜，等开饭。老先生用开玩笑的口吻问我们，将来他老了、死了，想要继承秦家的什么……”

少年秦励沉默了一小会儿，严肃地让外公别胡说。

秦心玥嘴最甜，举起手高声道：“我只要爷爷健健康康、长命百岁！”

秦初晗向来实在，不过有些话，她选择在心里闷着想。但秦勉从她憋红的小脸中看出蹊跷，让她说出来，并保证不会生气。秦初晗便梗着脖子大声道："人都会死的，我们老师说，这是自然规律，死亡面前，人人平等，活过一百岁也会死。"

秦心玥让她闭嘴。

秦肃拿着半块西瓜，呆呆地望着爷爷，伤心地哭起来，仿佛已经看到爷爷的死期。

秦勉把秦初晗抱起来，笑呵呵地问她："那爷爷死了，你想要什么？趁爷爷还记得，赶紧说，不说可就没有了。"

"晗晗想要动物园！"

"好，就把动物园给晗晗。"

这天下午回到动物园，秦初晗和祁应琛各自去忙，直至晚上，她才得空把遗嘱拿给老秦看。

秦怀远心底波澜起伏，多年不显的情绪翻涌得厉害，终是湿了眼眶。这个把他从大山里带出来的男人曾经发誓要给他最好的一切，也曾为了自己亲生的孩子将他辜负，到最后，他用他的方式给女儿上了一课，并对自己做了弥补。斯人已逝，这份遗嘱，姑且称之为"父爱"吧。

第二天，律师就带来相关文件请秦怀远签字。

正式成为山海野生动物园的拥有者后，老秦邀小秦游园。

每年年中，动物园都会有一个短暂的"冬眠期"，从六月中旬延续到七月初。游客每天都很少，园中的动物也因为还没适应天气变热，整日整日地慵懒发呆，不爱动。等中考、高考结束，各大高校陆续放假，园区迎来繁忙又火热的夏季，动物们才活跃起来。因此这段时间正好给全年无休的工作人员休息调整，园中是最清静不过的时候。

早上六点，父女俩在家门口碰面。

秦初晗那双灵动的眼睛往父亲手里一看，秦怀远便主动汇报："绿茶，提神醒脑。"

秦初晗绽出心满意足的笑，扬了扬自己手里的闪电款230mL陶瓷内胆保温杯："蜂蜜柠檬水，祁教授做的。"

老秦佯装有意见："大清早跟爸爸秀恩爱？"

"那不是得让您知道我跟我对象的感情正处于甜蜜的稳定期嘛！"秦初晗挽起父亲的手臂，"先逛哪儿？"

时间还早，估摸着食堂那边刚开始热锅，去了也吃不上，于是秦怀远眼睛一眯："猛兽区。”

第一站是狼谷。

齐偲和饲养员刚把食物分散投放在外场各处，吹响哨声，灰白色的头狼便率先穿过转运通道，直奔右场区的王座。占据了象征权力的制高点后，它昂起头颅，发出直贯云霄的嚎叫。其他成员相继就位，臣服在王座之下，跟随年轻的狼王对天长嗥。场面仪式感十足！

站在中场区正上方的石桥上，秦怀远看着狼群：“不错不错，今天也很有精气神。”

集体开嗓过后，大家分开觅食。君临注意到今天秦初晗也来了，主动走到石桥前方，波澜不惊地盯着她瞧。

“没事，跟我爸游园呢。”秦初晗拧开保温杯，喝之前，笑嘻嘻地跟它说。

君临眼底似浮现出一抹明朗之色，转而扭头找吃的去了。

秦怀远笑着问女儿：“能交流了？”

君临刚来动物园那会儿，秦初晗想直接上手揉，没想到这家伙相当傲气，手伸过来，它嘴巴先过去：你敢摸，我就敢咬！

秦初晗耸肩：“它是匹稳重的成年狼了，我也是个成熟的成年人，大家有过合作，都住在园子里，抬头不见低头见的，打个招呼很正常，对不对？”

老秦点头说：“对，咱们上隔壁看看熊。”

说到熊，秦初晗就开始露怯了。小时候被佐罗吼哭，长大了让李奉献吓得腿软，她这辈子就跟熊不对付，八字不合。

秦怀远说：“怕什么，爸爸在，给你撑腰。”

熊馆里，大佬们一半在睡觉，一半起来了，不知道是在外场还是去了自驾区活动。只要天气不错，饲养员不会刻意限制它们的活动范围。

秦怀远先带女儿去把在内舍的那些家伙挨个看了一遍。三只马来兄弟感情真不错，吃睡玩一直保持同步，性格也温和可爱。近来这两只美洲黑熊好像又圆了一圈，特别不爱动，得想办法让它们迈开腿。相比之下，咱们自家产的亚洲黑熊，食量适中，打小就知道节约是传统美德……

秦怀远跟女儿闲扯着，内舍忽然飘出个年迈的声音，慢悠悠地反驳：“老子没有美德，只是到了年纪，想整点儿清淡的。”

秦初晗不给面子地笑出声，顺带给老秦做翻译。

少时，山海野生动物园最年长的黑熊步入父女俩的视线。换算成人类的年龄，它已经是百岁老人。不过除了嗅觉和视力退化、牙齿咬合力减弱，还有轻微胆结石之外，佐罗始终保持在平稳的健康状态。

它盯着老秦身边的年轻女孩子：“臭丫头，你长大了。”

秦初晗有些感触：“对，我长大了，你也老了。”

“可不是。”佐罗一屁股坐在地上，背一仰，靠在树干上，像个人似的，“小时候你还被我吓哭过呢，挂一鼻子的泡泡，哭起来真难看，现在……长成漂亮的大姑娘了。”

秦初晗经不起夸，一夸她，她就心花怒放，想为夸她的动物做点儿什么：“你老了倒是越来越会说话，我今天难得来一趟，有什么需求，尽管说。”

佐罗用爪子挠着软软的肚皮：“还真有一个，好久没吃到鳕鱼了，剁成肉泥，加些芒果、苹果、草莓的水果粒，我能天天吃，吃一整年。”

“嗯，行，小问题。”秦初晗一口答应。

秦怀远见女儿爽快如斯，忙问聊了什么。秦初晗照实说了，他就不太乐意了。鳕鱼可是肉食动物们菜单上的昂贵货，按园里的规矩，一个季度喂一次，多了容易挑嘴，还浪费钱。

“行什么行？回头你舅妈得说你了。”秦怀远背着手，带着女儿走出老远了还碎碎念，“居然想天天吃，还要吃一整年？我看你是要上天。”

秦初晗默默决定自掏腰包给佐罗开小灶，丰富养老生活。哎，她真是人美心善！

来到熊馆大佬李奉献的内舍，站在中转间她就不大行了。去年初冬某个平平无奇的深夜，她在这里留下了难忘的回忆，当时她身边是晕厥过去的伍衡，简直是场灾难。

李奉献刚去自驾区溜达了一圈，找到昨天饲养员藏在石头缝里的一块蜂巢蜜，抠出来吃了，心情大好，听到中转间有不同于寻常的动静，过来瞧个新鲜。

“小秦园长来了。”它主动打招呼。那敦实庞大的体形、低哑的粗嗓门，还有大鼻头和大鼻孔，相当有气势。

秦初晗站在中转间的窗户前，抬起手僵硬地朝它挥了挥：“大佬，早上好。”

“你这么怕它做什么？”秦怀远看不明白了。

李奉献接话：“我也不知道她怕我什么，每次来熊馆都绕着我走。”大佬感到委屈。

秦怀远还说：“你上次被关在里面，它碰都没碰你一下，足见是头好熊！”

李奉献继续接话：“我那么有素质……”

“你说呢？”人和熊同时问她。

秦初晗愣了下，只剩下点头的份了：“你们说得都对！”

离开熊馆，再去看看老虎们。

山海野生动物园养老虎的水平一直处于国内领先水平，这全得归功于李园长。那会儿水族馆刚对外开放，游客络绎不绝，主园区的动物们备受冷落，客流量一天不如一天。于是李园长决定排除万难，倾尽全力先做出一个动物品牌，随后锁定虎山上的森林之王们，亲自参与设计、请教专家，历时半年打造出了南方最有看点的虎园。白虎梦梦就是那个时期推出的第一个明星动物。说起来，都是将近三十年前的事了。

山海野生动物园能做到今天，前辈们功不可没。

目前虎园有成年虎十五只，其中以孟加拉虎居多，加上泰坦总共有九只。另外还有一对感情不是那么好的苏门答腊虎、三只华南虎和一只白化的孟加拉虎，后者是梦梦的孩子琳达，一个有洁癖的园二代。上个月，虎园刚添了三只孟加拉虎幼崽，林笙为它们画了超萌的拟人形象，知名童装品牌主动找来寻求合作，联名同款即将上架。崽子们一出生就能给自己挣奶粉钱，真叫人省心哪！

泰坦的状况也很好。今年开春后，它在室外活动的时间明显增多，那颗曾经每天都要滚一滚才能释压的彩球早已被遗忘在角落。下雨天，它躲草棚下透过滴滴答答的雨看世界。艳阳天，它寻一片阴凉的草地打一整天的盹儿。蝴蝶在它身上停留，一拨儿游客来了，又走了，它听见了他们对自己的谈论，但它会假装没听见。新的生活充实而惬意，过往的痛苦再也不能将它束缚。

秦怀远父女俩走过去时，泰坦正趴在水潭边伸懒腰，似乎刚睡醒没多久。

秦初晗主动打招呼，问它："近来过得如何？"

"挺好的，吃喝不愁，闲得无聊。"

秦初晗做了翻译，老秦听罢，说该给它安排一些有难度的食物丰容了，并认真记在小本本上。

紧跟着来到狮园。

近来天气好，只要没有大暴雨预警，饲养员不会把狮子们从自驾散养区叫回来过夜，除了对独处空间有绝对要求的云好乖乖待在兽舍里，狮子们都在外面野。

秦初晗问要不要进自驾区，她来开车。秦怀远说不用了，看看大亮的天，又看看表，提醒她注意听。秦初晗正想问听什么，某处忽然响起一声狮吼，那震天动地的气势比群狼嚎叫震撼数倍。好家伙，战胜内心恐惧的杜康大佬学会晨起开嗓了！秦初晗被它这一声吼得直缩脖子，生怕头顶的天花板砸下来。

秦怀远满意得直点头："今天这声比前几天的都响！"

既然吼得这么精神，就没有亲眼去看的必要了，两人出了狮园，绕到秦初晗最喜欢的黑森林馆。

先去看望濒临灭绝的斯里兰卡豹，这只名为“风铃”的雌豹三岁来到这里，持续十余年营业，还有三个月就满十七岁了，前年正式退休，过上了安逸的养老生活。近来它刚被确诊白内障，祁应琛准备给它做系统的体检，然后再结合实际情况和兽医院研究手术方案。秦怀远每天都要来看看它的情况是否稳定，不然不放心。

住在风铃隔壁的是闪电的爸爸“旋风”，论脾气暴躁古怪，它认第二，没有动物敢认第一。不过这都是有缘由的。旋风的来历和海市动物园的黑骑士相似，是有钱大老板通过非法渠道从野外捕捉回来当宠物圈养，腻味了便让手底下的人来跟动物园协商，说得好听点儿是捐赠，到底怎么回事，大家心里清楚得很。

接收旋风那年，秦怀远刚当上园长。它伤痕累累，旧的未愈，又添新伤，听到任何响动都会不断发出嘶吼，不眠不休，不吃不喝，精神持续紧绷，直到耗尽心力才勉强合眼睡一会儿。秦怀远用复合木板给它做了一个木箱子摆在兽舍里，它钻进去就不肯出来了，在里面待到第四天才开始进食，花了差不多一年的时间才适应动物园的生活环境。

像这样有明显心理创伤的动物，根本不可能对外展示，否则会加重它们的病情。换言之，旋风是不能给动物园创收的。好在旋风被送来时，山海野生动物园已经累积起几分家底。秦怀远悉心照料了它五年，帮助它恢复健康。五年间，旋风称霸豹馆，差点儿把雯雯咬瘸，实打实地咬断了李向阳的一截尾巴，就连飞进兽舍的鸟，它都不放过，一律扑杀。

考虑到其他豹子的安全，老秦只能让它一豹独居。后来黑森林馆完成改建，由于工作人员不熟悉转运通道的操作，误将旋风的兽舍和雌豹忘忧的兽舍相连，这才有了闪电。

没有人了解旋风和忘忧的合笼过程，但想来不会太美好。忘忧的整个孕期始终处在焦躁不安的状态，生产后又因为新来的饲养员没有戴手套就触碰了闪电，导致它弃养幼崽，没过多久，它自己也无缘无故衰竭而亡。

是故，闪电跟它的暴躁老爸是没有感情可言的。以前秦初晗温和地问过它，私下有没有跟旋风接触。闪电沉默了许久，回答说：“它不喜欢我，我也没有想象中喜欢它，还是保持距离的好。”

秦初晗因为和闪电亲厚，也就一直讨厌旋风，会选择性地将它忽略，当它不存在。老秦以前不管，也从不说什么，今天却不一样。

来到旋风的兽舍前，秦怀远背着手，用下巴朝栖架上居高瞪着他们的黑豹点了点，说：“我们在动物园工作，对动物要一视同仁，关心它们的健康，照顾好它们的饮食起居，这是基本的职业操守。”

秦初晗秒懂父亲的意思，当着老暴躁的面保证：“您放心，我不会薄待它的，看在闪电的面子上。”

旋风还不领情，金瞳直盯着秦初晗，凶巴巴地说：“我好得很，赶紧滚！”

秦怀远见它张嘴了，忙让女儿翻译。

秦初晗满脸委屈：“泰戈尔说，世界以痛吻我，我要报之以歌！”还翻译什么呀，父债子偿，她要去撸闪电，好好治愈一下。

接下来是现今最红明星夫妻的兽舍。

刚走近，秦初晗就听到皎月在训崽：“不许睡了，走，跟我去外场，今天你们两个比赛，谁找的食物最多，妈妈就奖励谁！”

润夜疯狂撒娇：“我不饿，我真的不饿，我只想睡觉，妈你别管我了……我是个没出息的儿子啊啊啊……”

春时也哼哼：“饲养员都说我们豹子是夜行动物，为什么要起那么早嘛！”

起不来？昨天晚上闪电肯定又遛娃了。

“爸爸带你们去探险”五月初开始全园限定播出——每晚闪电都要叼着两个崽出去逛，今天去认识一下象馆的大家族，明天去拜访狼谷的狼王，生活的乐趣需要靠自己去发现，去寻找。春时和润夜胆子大、玩心重，奈何精力有限，晚上活动量大了，白天只想一睡不起。

皎月把两只崽从树巢里叼出来，无情地扔到地上：“动物园的豹子就这作息，等你们去了 A 市动物园，想怎么样都行，现在必须听我的！因为我是你们的妈！”

两颗煤球“哎哟哎哟”地落地，春时趴着不动，眼睛都是闭着的，润夜脑袋顶还沾了片叶子，发蒙地站起来，见姐姐就地睡去，也赶紧趴下闭眼：我就睡，就不起！

闪电赶在皎月进一步动作前护到孩子们前面，息事宁人：“昨晚去了鹿苑的新外场，确实去远了，上午让它们睡吧，给个面子。”这是丈夫的请求，更是父亲对崽崽们溺爱的直观体现。

“你就惯它们，以后去了 A 市动物园，被别的豹子欺负那是活该！”皎月纵上栖架，头朝里，尾巴对外，生闷气。

闪电直愣愣地望了老婆一会儿，转头看赖在地上的两个崽。

豹子感官灵敏，察觉到爸爸在凝视自己，春时先说：“嗯，我这么可爱，不会有豹子欺负我的。”

润夜接话：“就算有，你们也看不到，就当我们过得很好吧！”

皎月被崽气笑了。

闪电把孩子们叼回树巢里，伏在旁边陪它们睡，没来由地叹：“其实爸爸也没什么出息的。”这话的口吻太随意了，更像是说，做豹子不需要那么大出息。

春时信了："是吗？真的吗？！"

润夜早就看出来了："爸爸过得确实很不错。"

闪电颇为得意："因为啊，爸爸我在这个园子里有人脉，可以靠关系。"

皎月："……"

闪电还说："你们的妈妈就是爸爸动用了一点点人脉关系才留下来的。"

春时、润夜同时睁开眼，闹着要爸爸把自己也留下：让我们成为没出息的一家豹吧！

闪电温和而从容地拒绝了孩子们的请求："刚才爸爸不是说了吗，为了把妈妈留下来，那一点点人脉关系已经用掉了，你们俩……"

春时、润夜睁大眼睛，眼巴巴地望着它们的爹。

闪电主要用的是鼓励式育儿法："要学会自强，爸爸对你们有信心！"

春时、润夜遗憾得哇哇乱叫，小爪子攻击臭爸爸的脸。

秦初晗一脸姨母笑地在兽舍外听了会儿，舍不得打扰一家四口的有爱氛围，和老秦安静离开了。

出黑森林馆正好七点，开观光车去食堂把早饭解决，之后接着游园。

不同的时期，园区的各个区域馆舍都有不同的重点。就拿这个月来说，河马馆在孕期中的珍珠、象馆外场瀑布和泥潭的修建进度、小熊猫馆拾一和小九的合笼情况、狐獴岛上新生的崽崽们开始学着站岗了……这个时期最该注意什么呢？

以前秦初晗只用画画搞设计做文创就可以了，现在她得学着了解动物们的习性，除了用语言去交流，还要尝试解读它们的行为。每一个生命都值得尊重，不管它完整抑或残缺，美丽抑或丑陋，只要它来到动物园，身为动物园从业者就必须把个人喜好放到一边，用最专业的态度去对待它们。若连这点都做不到，老秦可不会轻易把动物园交到女儿手里。

秦初晗明白父亲的用意，能怎么办？当然是勇往直前，接受挑战！

这天的例行游园逛得比以往细致，而且多是步行，近中午了，父女俩总算逛完大半个园区，来到水族馆前。

站在水族馆前，秦初晗竟然有种“终于”的感慨。

爬上台阶，进大厅右转，经过一条有轻微坡度的弧形长廊，大约六十多米长，沿途挂满海洋生物的科普挂画，这些画精美考究，皆出自国内知名科普画家之手。长廊的尽头便是北极星水舍的 A 入口。从少时至今，秦初晗来过无数次，从来没有一次像今天这样心潮澎湃。

“我可以告诉它，我做到了。”她转头看向父亲，绽出温暖满足的笑容。

最怕所有的努力化作泡影。最怕亲手筑起的希望，一夜之间坍塌成令人绝望的废墟。最怕让它一直等一直等，却如何都等不来那个消息……就连秦初晗自己都没想到，只用了短短不到一年的时间，她就做到了。终于，她化身电影里的超级英雄，把北极星的小世界变得更好。

“你还需要这个。”秦怀远从口袋里拿出整齐对折的纸，这是今天出门前就准备好的。

秦初晗展开一看，是北极星的放归同意书。两张 A4 纸上，简洁的文字说明了情况，落款处是一枚动物园的印章，还有秦怀远的签名和手印。这是北极星重返大海的钥匙。

秦怀远道：“昨天律师来时，请他们帮忙准备的，这份只是草稿，你带去给它看。”

秦初晗抿着嘴直点头，眼睛发热，哭意越发浓重。

“不要哭，这是值得高兴的事。”秦怀远安抚地摸了摸女儿的脑袋，就像小时候她拿着一百分的试卷回来时，他的内心也充满喜悦和自豪，“你做得很好，比我好，你是我的骄傲。”

在父亲面前可以软乎乎的，在动物们面前就要做出可靠的样子了。秦初晗整理好情绪，来到水舍，一眼看到肚皮朝上漂在水中央一动不动的北极星。

这是它的保留节目了。换作从前，秦初晗一定会夸张地“啊”一声，像个误闯此处的游人般无措呼救。但今天，她只是很安静地走到伸展台边，蹲下来，耐心地看着沉浸式装死的北极星。等它重归大海后，它还会这样皮吗？秦初晗思量，一定会的……

北极星听着脚步声就知道是谁来了，它生来就有这样的本事。于是它心心念念地期盼来人配合表演，谁知晗晗毫无兴致。它不死心，保持身体的前半部分僵硬不动，尾鳍不着痕迹地摆动了一下，借着轻微的推力缓缓漂向秦初晗：我是一头气若游丝的虎鲸，你还不快行动起来，救救我？

秦初晗双手托着脸颊，笑眯眯地望着它，一言不发。

北极星等了数十秒，终于翻身回归常态：“都不陪人家玩一下，我不是你的宝宝了吗？”

几天不见，不知道它又从饲养员还是游客那里学来这些油腻的话。

秦初晗没有正面回答，反而问：“每天都是这一套，不会觉得无聊吗？”

“谁说每天都是这一套？”北极星的娱乐节目丰富多样，至少一周不重样，“昨天是沉默的深海巨兽，前天是亲近人类的友善虎鲸，大前天是哄不好的高冷霸总，一言不合跳起来大腹鳍扇巴掌……你喜欢哪种？”

秦初晗用正常人类的排除法：“总之不会是最后一种。”

“懂了，你是女王，非受虐体质。”北极星以她为中心，先游到最左边，再游向最右边，如此反复。

这个动作被秦初晗望进眼里，并随着它的移动陷入思考。水舍的横截面直径 45.7 米，北极星身长 8.3 米，也就五个半的身位。要知道，虎鲸有“海上霸主”之称，根据可靠的数据记录显示，它们最快时速可达 50 多公里，每天可以游 160 公里。区区一方水池，就算是国内数一数二的奢华，跟广阔无垠的大海也是毫无可比性的。

“晗晗。”北极星忽然近至她跟前，“你有心事。”

秦初晗收回神思，散视的目光点滴汇聚起来，映入眼底的是虎鲸完整的正面。圆锥状的头部，喙并不像海豚那样突出，以它的嘴为分界，上半部分直至尾鳍几乎被沉稳的黑色覆盖，下颚乃至腹部又是纯洁的白。位于它眼睛斜后方的那对椭圆形的白斑，是它的萌点所在。此刻它明明没有表情，秦初晗却从中看出它对自己的关心，轻松地笑了:“没事。”今时不同往日，她昨天还是小秦总监，今天已经是山海野生动物园唯一指定继承人!

北极星会错意，以为她在强颜欢笑，以为她在外面受了委屈，来找自己谈心求安慰:“你不用在我面前逞强，又不是没见过你哭。虽然你一直坚持认为哭是很没用的行为，但我听很多人说，哭可以帮助你们人类排出体内毒素，还能释放压力。从这个方面看，偶尔哭哭是件不错的事，你觉得呢？”

秦初晗蹲在池边，掌心磋磨着膝头：“我觉得你在看不起我。”她就不能是来宣布一个好消息，然后互相恭喜，让快乐成倍增加的吗？

北极星叹出一口气：“晗晗，你越来越固执了。但我不怪你，这是你成长过程中必须付出的代价。即便如此，我还是想对你说，无论发生什么事，我都会无条件站在你这边支持你,所以——”它往后退出三米,冲她包容地张开身侧那对腹鳍,“要是不好意思在岸上哭,跳下来，水会帮你掩盖一切，我不会告诉任何人，连祁教授也隐瞒到底。”

秦初晗木着脸，扭头看了一眼工作人员休息室。最近值班的人里是谁在追那种感情纠葛错综复杂的狗血剧？水里这家伙，它全学会了啊!

北极星以为她这一眼是在确定周围可哭环境的安全系数，忙道：“今天值班的是阿洛、阿凯和老詹，这会儿都去吃午饭了，刚走，根据以往的经验，没一个小时回不来。”

“嗯，好的，我知道了。”秦初晗用了三个肯定式，表示自己心中有数。

“那你要下来吗？”北极星语调里难掩兴奋和期待。在动物园横行数年的熊孩子，长大后在它怀里哭，说明什么？说明它才是真正的山动之王!

“你先过来，来。”秦初晗冲它招手，声调平稳，通身和气。

“你是不是已经不想哭了？”北极星遗憾地靠近，心里空落落的。

秦初晗从外衣口袋里掏出老秦给的放归同意书，展开，“啪”的一下拍在它脑门上。

“嗷……有点儿痛。”北极星总算意识到刚才都是它的误判，它保持不动，认真盯住贴在它“眉心”的纸张，“这是什么？”

“你猜。”

“但凡我看得懂你们人类的文字，那不是知名大学任挑？”

秦初晗被它贫得无言以对：“你在内陆待得太久了，浑身上下都是我们人类的不着调。”

北极星头脑灵活，这就给她拿起主意：“这个问题不难解决，给我请个高学历的饲养员，在其熏陶下，我的品位、学识各方面一定会突飞猛进。当然，因此让任何一位现有饲养员失去工作都是我最不想看到的事，他们每个人都很敬业，我很满意。”

秦初晗故意板起脸：“可我不是很满意，每天四五名饲养员围着你转，每隔一段时间还要从海市那边雇专业的潜水员来给你的水舍做清洁，还有你的口粮、零食、给你做体检的专业器材……你知道这笔花费有多大吗？如果用在其他的地方——”

“等一下。”北极星预感不妙，“你今天特地来这一趟，是打算……”扣它的零嘴，削减它的日常开支？视线再次聚焦到脑门上那几张纸，它认识末尾那个红色的圆戳，这玩意儿代表很大的权力！啊，它的好日子到头了……

秦初晗营造出紧迫的氛围，再做个冷漠姿态，垂眼盯着水里的大家伙：“知道慌了？”

北极星沉默了好一会儿：“如果你只是来宣布结果的，那我单方面决定收回先前打算安慰你的那些话。”

秦初晗眼底涌出笑意，差点儿破功。

北极星没看出来，它只察觉到今天的秦初晗和从前有很大不同。它真的很难想象她绝情起来会是什么样子。虽然它也知道自己是很烧钱的，每次老詹投喂它，都会说“好的嘞，一口吃掉 ×× 块，开心伐？”，但这些年来它都管吃不管挣，当然开心了……

秦初晗把它脑门上的几张薄纸拿起，然后站了起来：“准备好了吗？”

北极星安慰自己：“故事里的主角受尽压迫和打击，历经种种磨难，最终成为英雄。”日子总是要过下去的，哪怕过得紧巴巴。

秦初晗深呼吸，刚把放归同意书的“放”字念出来，北极星就忙不迭插话：“只是扣零食，不会裁员吧？八大爷明年就退休了，老詹、老王在这里干了二十多年，看不到他们，我会不安……”

“那阿凯和阿灏呢？”

“阿凯虽然为人有点儿粗心，经常丢三落四，可对我很细心。他爸去世得早，现在他是家里的顶梁柱，还供妹妹读大学，要是丢了工作……阿灏是水舍里唯一的研究生，还有潜水资格证，深得我心，我也舍不得他……”

“行了，别纠结了。”秦初晗帮它选，“阿灏吧，学历高，英文好，两年留学经历，还有潜水资格证，你也说了，他深得你心。”

北极星难以置信：“只能留一个吗？”

秦初晗摇头，肯定地说：“是你只能带走一个。”

“我只能带走一个，我能去哪里？”北极星慢半拍地反应过来，愣愣地抬头看她。

秦初晗严肃地看了它一眼，看着手中的文件，清了清嗓：“放归同意书，这是草稿，不是正式文件，前面是你的生平简介、来历什么的，先不念了。”她直接翻到末尾，“综合以上情况，作为山海野生动物园的一园之长，同时也是动物园的全权拥有者，本人秦怀远决定放归北极星，放归形式包括但不仅限于与W国维塔海洋生物野化基地的合作，即日开始生效。”

北极星进入静止状态，连呼吸都忘了。

秦初晗的表演到此结束，重新蹲下，笑着道：“采访你一下，得知即将踏上回家的路，心情如何？”

北极星呆立在水里，像扔在游泳池里的大号充气玩具，纹丝不动。

秦初晗换了个角度打量它，继续汇报：“我从帝都回来的时候，野化基地那边已经准备好了，一直在等这份同意书。”

北极星稍微缓过来一些，勉强维持镇定，和她搭话：“你刚才说同意放过我的是老秦，他什么时候有那么大的权力了？”

“因为发生了一些意想不到的情况，现在动物园属于我爸，而将来……”秦初晗没说完。

“我要走了你们才真正当家，这样弄得我好纠结，忽然就不想走了。”北极星语无伦次，不受控制地摆动起尾鳍，小宇宙要爆发了。

“放归你的公告都发出去了，不走是不可能的。”秦初晗可没打算让它继续赖在这里，“就这几天了，你做好准备，好好和最后几批游客道别。”

北极星猛地扎进水里。

秦初晗一顿，望着还在荡漾的水纹，没辙地笑了：“今天的反射弧有点儿长啊！”

北极星没在水底待太久，用最快的速度冲到底部，利落回身，大力摆鳍，以全胜姿态冲出水面。在半空中短暂停留的半秒，它甚至专程确定了秦初晗的站位，随后庞大的身躯向她倾倒过去，嘴里还发出满足的“啊”的一声。重物撞击水面，掀起一片颇具气势的浪花，不偏不倚地向秦初晗扑过去。“哗——”顽皮的水珠四溅开，在正午阳光的照耀下不断折射出夺目的光，充满整个水舍。

秦初晗也是接触到它目光的那一刹，才意识到它要干吗，只来得及把眼睛和嘴巴闭紧，此刻浑身都湿透了，僵硬地站在池边，缩着脖子，垂在肩侧的左手还攥着放归同意书的草稿。

北极星自若地游到她脚边，学着她之前的口吻说：“采访你一下，接受了我的最高诚意后，心情如何？”

秦初晗抬起右手抹了把脸，将贴在脸颊上的几缕发别到耳后，做了一个深呼吸——也可能是火山喷发前的酝酿。接着，水舍里响起女孩子最大分贝的尖叫：“谁要你这种诚意？！狗东西！”

“啊，不喜欢吗？可是不能收回了怎么办？”它得意扬扬。

3

午饭前还得回家换身衣服，心情却是无法用言语形容的喜悦，秦初晗觉得自己离疯掉不远了。她笑着走出水族馆，发现男朋友等在外面。他开一辆纯白的双人座观光车，旁边空出来的座位上放着一张干净的薄毯——确定了，是人类高质量男朋友。

秦初晗钻进车里，把毛毯展开裹在身上，眉开眼笑地望着前方的道路，不可思议地问：“这么料事如神的吗？”

“本来已经快到食堂了，你爸跟我说你在这里，于是我就想，你可能会遇到这种情况。”祁应琛带着令人玩味的表情。

秦初晗比较在意的是：“你听到我骂它了？”

祁应琛故作纠结状：“身为一名动物学家，听到女朋友骂虎鲸是狗东西，一时不知道该做纠正，还是该替人类的好朋友叫屈。”

“你也可以当作什么都没发生，送我回家换衣服，再和我一起去食堂吃饭，把表面的和平维持下去，我也好放你一马。”

话音还未落，白色的小车发动起来，迎着风，驶向北区宿舍。

晚上十点，两人与文森教授开视频会议，次日开始着手办理各项手续。

也是从这天开始，山海野生动物园的官博每天都会在正午准点发布北极星的文创设计，比如全套二十八张的鲸类科普卡片、出自摄影家陈胜利之手的北极星影集、与本土积木厂联名的北极星积木套盒……一周之后，有网友咂摸出味儿来，觉得离别的日子不远了。于

是之后的一段时间，来跟北极星道别的游客只多不少。水族馆也顺势每天都举办不重样的小活动，给未满十四岁的孩子们赠送周边礼品，每位游客都会获得一枚纪念胸章。其他同行大呼内卷，也开始正视自家现状，琢磨着能做点儿什么。

终于，在六月的最后一天，北极星踏上归途！

馆外拉起各种各样的横幅，大多数来自其他馆舍，还有几条是其他动物园送来的。内容嘛……正经一点儿的就祝北极星开启新的鲸生顺顺利利，愿它在大海里日游千里。不太正经的那可真是五花八门，昨天秦初晗他们过来帮忙的时候，已经笑过一阵。

天还没亮，伍衡已经蹲在水族馆外开起直播。他穿着人字拖从宿舍那边走过来，带着早起看直播的观众又笑了一阵。外地网友还发弹幕让把横幅保留好，说不能亲自跟北极星道别，到暑假来水舍跟横幅合影留念。

在内陆，运送一头虎鲸可是大新闻，所以十点整，在水族馆的一楼前厅会有一场小型说明会，由老秦亲自主持，对北极星的运送过程做详细说明，官博会同步直播。

这次运送全程均由陆氏国际赞助，光是那辆在海洋生物专家建议下改造的专业运输车就耗资百万。两天前，陆氏生物科技的官博还专门发了一篇长文展示运输车上的高端设备和应急方案，并在留言区详细回答网友的提问。

航空公司不甘示弱，给关心北极星的朋友们介绍了具有十年国际航线飞行经历的老资历机长。最有意思的当属空乘选拔，先填表，过初试还有面试，听说家里养着小动物的有天然优势。

大家都在为北极星顺利度过高空环境下的二十小时，尽着自己最大的努力。

伍衡拿着GoPro转了一圈，时间还早，他就坐在水族馆前的台阶上和观众聊天。一转眼，他已经在动物园做了大半年的直播，从生疏得搞不清镜头方向到现在开播立刻进入状态，单口相声说来就来，即便连续一个月去同一个馆舍都能讲不同的内容……他感觉自己磨炼出来了，普通话越来越标准，越来越喜欢动物园，越来越热爱这份事业。

“咱们动物园能启动放归北极星计划，最大的底气，还是来自你们。”说到这里，他深有感触地停顿了下。

弹幕纷纷开始刷：“不要哭！”

伍衡气笑了：“谁说我要哭了？我是想真心跟大家道一声谢，不过我好像也没什么资格……一不小心这天儿被我唠大了，哈哈哈……扯那么多，其实我和你们一样，激动、期待，莫名其妙地乐呵，跟过年一样！这不是我们第一次做动物放归，但虎鲸是第一次，我想应该也是最后一次。”

有网友在弹幕上问:“山海野生动物园的法人、法人代表发生了明显变动,能说说吗?”

伍衡一惊:“你们知道得太多了!我只能说,你们看到什么就是什么,毕竟那些作不了假。”看网友继续追问,他就打马虎眼,“求大家给条生路,小 Boss 正看着呢。”

与此同时,直播间正上方出现信息:山动一霸秦初晗送出银河系的光辉 ×10。

伍衡眼睛都直了。

网友赶紧帮播叔走流程:“好家伙!出手就是十二万八,老板霸气!叩谢老板!”

伍衡笑得合不拢嘴,但为了节目效果,又做惊恐状夸张地问:“该不会是遣散费吧?”

秦初晗回复:“那不能,今天日子好,提前把份子钱给了。”

此话一出,可不得了,注重参与感的网友们疯狂刷弹幕——

“什么?!播叔你居然有对象?!”

“播嫂照片放出来看看,让我们认识一下这位救苦救难的活菩萨!”

“以前一直听你说‘我女朋友说’‘我女朋友怎么样’,都当你在自娱自乐,没想到你还真有……”

“讲一个恐怖故事:播叔要结婚了。”

“第二个恐怖故事:闪电和皎月的崽已经四个月大了。”

“我今天就在直播间住下了,没准待会儿能看到山动绝色祁教授跟小秦总求婚。”

伍衡直夸最后这条弹幕有创意,敢想敢说,他很期待!

这天秦初晗也起得很早,六点半不到,就于一片怡然舒适的宁静中自然醒来,摸到手机,先刷微博,再看直播。等伍衡带观众捋了一下今天的流程,她顺势送出早就准备好的礼物,把气氛炒起来。

弹幕正热热闹闹地从屏幕上方掠过,霸道的热气自身后涌来,她被男人拥住。祁应琛长眸半眯,慢声道:“所以问题来了,我为什么要在送北极星出国的这天向你求婚?”他旁听很久了,尤其是伍衡夸自己普通话越来越好的时候,祁教授很想顺手给他报个补习班。

“大概是,人人都期待圆满大结局?”秦初晗瞎猜。

刚睡醒,大脑还没有彻底运转起来,祁应琛随口问:“你也期待?”

秦初晗回头看了男朋友一眼,把问题还给他:“期待什么?”

对上女朋友认真探讨的眼神,祁应琛愣了下:“要吗?”

秦初晗也愣住了:“要什么?”

此刻,直播间里,伍衡还在放肆地对那位名为“山动一霸秦初晗”的 VVIP 喊话:“结婚!结婚!结婚!结婚!”弹幕也在刷:“结婚!结婚!结婚!”

秦初晗、祁应琛："……"

确定了，这届网友还是那么闲。

秦初晗拿着手机坐起来："我给伍衡发条微信让他收着点儿。"

祁应琛应声说"好"，起身穿上睡袍，下楼煮咖啡。

作为理智的成熟的成年人，至少在今天，他们有个不需要说出来的共识：北极星的大好日子，不能抢它的风头！

片刻，秦初晗来到浴室里，匆匆洗了把脸，抬起头，和镜中的年轻女人对上眼。崭新的一天，她竟然被直播的小插曲闹出少许局促，非要直面内心的话，那么回答只有一个：是的，期待，要！

"但不是在今天！"秦初晗对镜子里的女人无比肯定地说，"直播更是不可能！"

嗯，说出来就好多了。她继续对自己坦诚："最好有点儿小惊喜，千万不要来跟我商量，否则我会幻灭！"

刚才祁应琛略显犹豫的眼神只差明说了，幸好她跑得快。秦初晗自认某些方面还是很传统的。求婚这种事，当然该由男方瞒着女方，挖空心思去准备。

"所以我希望他能浪漫一点儿，不要在公众场合，不要有围观群众，最好只有我们两个人。求婚场合不要在饭店、酒店、酒吧、咖啡馆……不要有多余的背景音乐，他要是敢请四重奏伴乐，我会掐死他！对了，求婚成功后的烟花能免则免，污染环境浪费钱，还很俗气……这点儿要求不过分吧？不对，我为什么非要在送北极星出国的这天早上纠结这个？"秦初晗持续跟自己喋喋不休，陷入纠结。

浴室外，祁应琛端着咖啡，靠着门边的墙，把女朋友关于求婚的若干细则熟记于心，并十分感谢镜子里那位秦初晗的助攻。

接下来的一天，两人从走出家门的那刻开始忙碌。

水族馆的工作人员在多家媒体镜头的见证下，小心将北极星从水舍转移到运输车上。也许北极星是知道自己将被送去哪里，整个过程无比配合。十点整，运输车从动物园的北门驶出。

超过五万人观看了运送北极星的过程，留下九万多条留言，祝它鲸生顺利。网上甚至出现了一个新话题：拒绝动物表演，从我做起。数以万计的网友用文字、绘画、录制视频等方式表了态。

正午时分，载着北极星的专机从海市国际机场起飞，经过二十小时的飞行，维塔海洋生物野化基地迎来历史上最受瞩目的放归对象。

W 国正值冬季，但气温维持在舒适的 16 摄氏度左右。野化基地位于西海岸热闹的港口城市，在这里，北极星拥有三个活动水舍，均引入过滤的海水，完全模拟海洋环境。最大的水舍是露天的，若是去那里，它能够看到真正的天空，并隔着巨大的防护网眺望大海。不过在此之前，它得先在观察室待上两个月，逐步适应没有过滤的海水。

作为观察室的内舍与它在山海野生动物园住的水舍差不多大，不同的是，在这里，专业的科研人员将二十四小时监控它的生命体态、全方位收集它的数据，并时刻将其与野外海域的鲸群做对比。

将它安顿好，文森教授与其团队热情地招待了来自东方文明古国的朋友们，还在海边的酒店举办了一场内部小型派对。

之后的一周过得飞快。伍衡征得野化基地的同意，在可展示范围内做了十五分钟的科普直播。陈胜利被林笙忽悠到鲨鱼出没的海域完成了一次惊心动魄的潜水。不怕死的还有北极星的饲养员滕灏，他换上潜水服，背上氧气瓶，对盛呦呦和司徒畅竖起大拇指，一个利落后仰，没入蓝黑色的大海中。

一周后，盛呦呦等人相继回国。秦初晗本来想一起回去，可祁应琛说要带她出海玩儿，都安排好了，这次绝对不会扔下她跑去参与需要用卫星电话才能建立连接的科研考察。男朋友都把话说到这份上，秦初晗当然是答应了。

出发前的晚上，她去与北极星道别。

维塔海洋生物野化基地创办于 20 世纪 70 年代，在当地很有名，除了定期举办海洋生物科普活动，旗下还有动物医院、游艇出租等业务。这次秦初晗他们入住的酒店也是维塔的产业，设在野化基地旁边，一条华丽的海底通道将两者相连。周末和节假日，酒店的客人可以直接走这条通道前往野化基地进行参观游览。秦初晗已经对附近相当熟悉，晚饭后，收拾好行李，径直来到不对外开放的实验水舍——九点以后只有值班室有人，足够安静。

她一出现，黑白相间的大家伙就从水底冒了出来。

“聊几句？”秦初晗背着手，笑呵呵地征询它的意思。

这里的水舍同样有个倾斜的浅水平台，北极星自得地俯冲上来，翘起尾鳍：“你想聊几句？”

“祁教授约我出海，明天出发，今晚来跟你短暂地道别一下，等我们返航了，还会来看你。”这几天，她每天都要来和它说会儿话，即便这里什么都好，总是有些放心不下的。

北极星诚实道：“其实不来也可以，你也看到了，我适应得很快，也很好，何况还有阿灏在。”说完，它象征性地摆了摆尾鳍，宛如在同她潇洒道别。

秦初晗尝到了被冷落的滋味，撇嘴遗憾地说："我还以为你至少会跟我发几句感慨，用那种半真半假的语气。"

"这样啊……"北极星在内陆住了多年，最擅长和人类打交道了，它放下尾鳍，闭上嘴，于沉默中酝酿了数秒，再开口，就是她期待的那种半真半假的语气了，"晗晗，谢谢你为我做的一切，直到现在，我还在怀疑自己是不是在做梦——这是你想听的吗？"

秦初晗忙不迭地点头，外加肯定："你不是在做梦！"

北极星长长地"嗯"了一声："所以我不是谢谢你……了吗？"

"还有呢？"秦初晗锲而不舍。

"还有吗？"北极星努力想了想，继续道，"还有就是，刚才听你说你要和祁教授出海玩耍，海上情况复杂，你又只是个游泳池选手，万一你们发生争执，忍一忍，保平安。"

秦初晗用眼睛警告它："你脑子里莫名其妙的'海上杀人事件'不可能发生在我和祁应琛之间，而且直觉告诉我，他会选在海上某个十分美妙的时刻对我求婚！"

北极星啧啧叹道："被爱情冲昏头脑的女人……"

秦初晗持续冲它瞪眼睛，瞪着瞪着就笑了。

北极星一扭头，灵活地滑进水池中央，自在地游起来："去享受爱情吧，我还要在这里待至少十三个月，不过——"话说到这儿，它停了下来，仿佛是在回味什么。

秦初晗沿着池边走到它在的那端："不过什么？"

"自从来到这里，我每天都能听到很多很多声音，包括现在。"北极星把肚皮露出来，漂在水面上，"晗晗，你知道吗，我几乎快忘了，原来我是听着这些声音长大的。"

再也没有绝对安静的夜晚，再也不用听水族馆里海龟的碎碎念、企鹅的无趣家常、各种鱼类聊着仅限于动物园的八卦……在这里，它无时无刻不在接收来自大海的信息。

"我要回家了。"

这时，北极星忽然开始怀念自己在内陆的生活，准确地说不是怀念，而是回忆："说出来你不相信，最近几天，我想得最多的竟然是秦宝珠。"怎么可能不想呢？它当然会想，是她改变了它的一生。

秦初晗试图安慰它："那些都过去了。"

"我知道，我也从来没有恨过她。"北极星只是弄不明白，"我一直那么健康地活着，为什么她和她的丈夫没有一个幸福美满的结局？"它可是他们的定情鲸，"在动物园的二十多年，我一直过得很快乐，你们没有亏待过我，大多数游客也很喜欢我，唯独想起秦宝珠，会让我感到一点点不圆满，好像我没有认真履行我的使命。"事实上，它比任何人、任何动物都希望秦宝珠幸福。不然，它被困在有限的天地内那么多年，又是为了什么呢？

“你……你等等！”

秦初晗忽然知道自己在走之前该怎么做了，她拿出手机给男朋友发信息问他在哪儿。

祁应琛真的很神奇，永远能用最快的速度回应她：“野化基地。”

秦初晗心跳明显加快：“哪个地方？能到 A9 水舍这边找我吗？”

同时，北极星也在问：“你让我等什么？”

“就先等等，我在安排。”

秦初晗打字的手都在发抖。时间有限，她直接问：“你是不是打算在海上向我求婚？下午送胜利老师他们去机场，我听到他问你会不会单膝下跪什么的。”

祁应琛没回应了。

北极星游到她跟前，想唤回她的注意力：“晗晗……”

“安静。”

秦初晗决定虎到底。安徒生式的童话故事不适合她，她向来都是计划一件事，就要掌控全部过程，得到她想要的结局。她对男朋友要求道：“我知道我的要求有点儿过分，但如果你准备向我求婚，我希望换个地方。”其实无论在什么时候、哪个地点，不出意外她都会答应。她只是想这一刻被赋予更多的意义。

信息刚发出去，祁应琛平静的声音就从身后传来：“我知道，所以我来了。”

秦初晗僵了一瞬，扭身看去，站在她眼前的男人用心打理了头发，穿着潇洒的白衬衣、深卡其色的休闲裤，英伦风的皮鞋完整地露出他饱满的脚踝……与他们多年前初见的那身一模一样。而他刻意置于身后的左手中，显然藏了什么。

北极星快急死了，游来游去地话痨起来：“就要开始了吗？不是说好在海上？为什么突然跑到我面前来做这件事？我一头单身二十多年的鲸，我好紧张！”

这种时候，秦初晗也顾不上它了，直望着男朋友，脸上满是不可思议：“你对我也太有求必应了……”

“那天早晨，你在浴室里的自言自语，我都听到了。”祁应琛没打算瞒她，“这里不是酒店、饭店、酒吧、咖啡馆，没有背景音乐，我也没请奇怪的四重奏，待会儿你答应了，也不会有污染环境还浪费钱的烟花。”

秦初晗听不下去了，转开脸去笑。

祁应琛也笑了，扬眉将她略做打量：“关于浪漫的方面，我还是拿不准，不过我有仔细观察过，你来这里之前换了这条新买的碎花裙，针织衫外套很好看，值得一提的是这条

丝巾，是我送的。对了，你还补了妆，重新整理了头发，此刻的你容光焕发，是我眼中媲美星辰的存在。”

唯一的围观群众北极星酸了：“也太会说了……”

秦初晗掉进蜜罐里，半醉半醒，快乐得飘飘然：“既然这么会说，再多说几句。”

祁应琛从善如流：“最开始是打算到了海上给你制造一个惊喜，直到半小时前，你将自己打扮了一番出了门，来见北极星，我忽然意识到这就是最好的时刻。”

“原因？”生命中的重要时刻，她不想放过任何细节。

“因为你是秦初晗，不是童话里等待王子拯救的公主。”祁应琛看着水里黑白色的大家伙，“我们一起跨年的那天晚上，我吻你的时候，正好有一头鲸从旁边游过。”

那是绚丽的灯光制造出来的效果，也是冥冥中早就注定了的。

祁应琛将藏在身后的花束拿出来，含苞待放的粉色玫瑰中，一枚精致的珍珠戒指若隐若现。他先将花束献给心上人，然后取出戒指，固执地讲述它的由来：“这颗珍珠是我第一次潜水时的意外收获，拿去做过鉴定，几乎没瑕疵，有收藏价值，朋友想跟我买下来，我没答应。”

秦初晗抱着花，耐着性子点头，夸奖他：“正确的决定。”

祁应琛绽出舒心笑容：“我把它做成了戒指，周围这圈没那么规则的装饰是月光石，戒托用了一些稀有金属，保证它的独一无二。当时我脑子里想的都是和我一起跨年的女孩，我还想，要是还能遇到她，我一定要把戒指物归原主。所以，请允许我为你戴上它，并请你答应嫁给我。”

秦初晗轻轻抬起下巴，伸出了手：“我愿意。”

我们在三千万人口的城市相遇又别离，相隔四千公里的距离念念不忘，你试图将我遗忘，我也努力将你找寻，踏遍千山万水，不惧岁月绵长，只怕再不能相遇。

人海茫茫，前路漫漫，我只想牵着你的手并肩同行。

你期待，我回应。

以后的风景，我们一起看。

番外一

动物园奇幻夜

1

山海野生动物园有很多传言：有说一头名叫闪电的黑豹会在深夜时分化作鬼魅，穿过重重防护栏，在园区里肆意游荡；有说两爬馆的尼罗河巨蜥对住在对面的暹罗鳄一见钟情，总会爬到栖架上痴痴遥望意中鳄，不断对来往的游客诉说自己的痴心；还有说动物园存在着一个神秘天团，每位成员身怀绝技，每当动物们遇到困难，它们必定现身，维护动物世界的正义与和平……

这个天团的名字叫作李氏家族，关于它们的故事，要从七月的第六天开始说起。

进入夏季，江城的天气变得闷热难耐。铅色的云在天空堆积了好几天，暴雨却迟迟不来。动物们都有些焦躁了。

仙踪林里，长空站在小火车的轨道边观察了一整天，直至傍晚快要闭馆时确定了，这个周六的游客比以往少了一半。它忍不住叹："真安静啊……"

白日梦也不太习惯，依偎在它身边费解地问："爸爸，是因为北极星走了，所以游客们都不来了吗？"可是还有它呀！难道那么多动物，都不如北极星有魅力？

"不是的。"长空笑着对女儿解释，"这两天人类的孩子都在考试，等他们考完了，学校放假了，写完暑假作业，游客就会变得越来越多，热闹一整个夏天。"

白日梦想起来了，去年似乎也是这样。它松了一口气："那就好！"

长空察觉到女儿的担心："梦梦怕人类不来动物园？"

白日梦的耳朵俏皮地抖动着，说："我想和他们交朋友，多了解他们一些！"

"放心，有的是机会，大家都会喜欢你的。"

"可是我们只能在动物园里等人类来吗？为什么不能主动出去找他们？"

长空心里"咯噔"一下："你想出去？"

"对呀！"白日梦畅想着，"我听说人类会来动物园认养我们，就是不知道他们认养之后，能不能带我到城市里转一转，最好住几天。爸爸，你清楚吗？"

毫无疑问，这个想法是危险的，而且基本不可能实现。长空得出此结论，对女儿打起太极："爸爸也不清楚，没有人类认养过爸爸。"

白日梦失落地"哦"了一声："真遗憾呢……"它都开始羡慕那些被认养的小伙伴了，虽然它还不知道它们都是谁。

长空不想它太失望，转头看向远处缓坡上正往象馆移动的象群，给女儿悄悄埋下一颗期望的种子："或许你可以向你夏天妈妈打听——"

话还没说完，白日梦忽然提高音量："爸爸你快看！那个人类是不是抱着一只……猴子？"

长空顺着女儿的视线望过去，果真见到一个人类从梧桐叶子湖那边走来，并往东门广场方向走去。男性，戴着一副眼镜，穿灰 T 恤、口袋很多的裤子和黑色运动鞋，看上去很年轻，不会超过三十岁。他怀里确实有个毛茸茸的动物。但此时他背对长空父女，它们只能看到毛茸茸的黑色头顶、部分红紫色的屁股，还有垂在身侧一晃一晃的手臂……

"好像是山魈？"长空拿不准。按体型来看，被人类抱走的这只应该还是个幼崽，黑色的毛发也符合幼崽特性，成年后的山魈主要毛色为褐色。

"它被认养了吗？可是它怎么动也不动？"白日梦无意中道出关键。

长空陡然一惊，碍于女儿在身旁，它没有表露太多真实的情绪，并很快平静下来。看着走远的人类，它安慰自己："没错，动物不会轻易给人类抱着，就算被抱着，也不会一动不动，所以梦梦，我们应该是看错了。"

"爸爸也看错了吗？"

"是的，毕竟人类有很多奇装异服。"

"说得也是哦……"

其实除了人类奇装异服多这一点，长空还想，动物园里有那么多的摄像头，闪电每晚出来遛弯都要格外小心，要是真有人类妄图偷走一只猴子，早就被监控拍到，被安保人员制服。如此想来，看错的可能性最大。

谁知入夜后，梧桐叶子湖那边传来一个可怕的消息：望月山上丢了一只小山魈，而且还是山魈大王雷轰刚满三个月的幼崽！最糟糕的是，饲养员没有发现异样，照常下了班。这会儿已经闭园四个小时了，雷轰只差将望月山翻过来，仍旧一无所获。

夜越来越深，园区里的人类大多睡去，动物们活跃起来——在山海野生动物园安家的野生松鼠、猫头鹰、黄鼠狼纷纷化作联络员，四处搜集小山魈的情报，哪怕是蛛丝马迹也要传回望月山。

闪电听说了这件事，也带着春时、润夜加入其中。大家都住在动物园里，应该互相帮助。

长空连忙将傍晚时分的所见告诉闪电，让它帮忙转告雷轰。

最后，结合鸳鸯的证词，它们最终理清了整个事件的脉络：唯一嫌疑人来自海市动物园，下午跟这边灵长区的头头一起来到梧桐叶子湖，其间还开船上了望月山。

当时正是放饭时间，山魈们谁也没注意人类上山做什么，无非是检查最近正在加固的围栏，哪儿有吃的重要？况且那么多年来，山海野生动物园从没发生过这种事情。

“从来没有发生不代表永远不会发生。”望月山上，雷轰蹲坐在假山之巅，锐利的眸子扫视山外平静的湖面，以及藏在夜色中的一切。

山脚下，众山魈大气不敢喘。它们太了解大王的脾气了，于沉默中的爆发，必然毁天灭地……

鹈鹕们游到防护栏外，安慰伤心哭泣的山魈妈妈：“涟漪你别哭啦，哭有什么用？既然知道是谁抱走的，想办法找回来就好了，再过几个小时天就要亮了，饲养员肯定能发现少了一个。”

“饲养员也不是天天都来点数，怎么想办法？有什么办法？！”涟漪边哭边骂雷轰和山上这群四肢发达的雄性，“都怪你们成天说外面有多好，要怎么出去，出去了怎么潇洒，现在好了，旷野先信了！”

涟漪不是雷轰唯一的老婆，但因为性子泼辣，战斗力甚至不逊一些身形瘦小的雄山魈，在望月山颇有威名，雷轰也比较怕它。旷野是它们的第二个孩子，今年三月末出生。当时人类正在举办星运会，阿尔卑斯和大明星一起参加比赛，拿到了不错的名次，饲养员便为这只小山魈取名为“旷野”，希望它拥有如旷野般广阔的世界。小旷野对外面的世界充满好奇，得知自己名字的意义后时常对月发出感叹：“好想看看真正的旷野啊！”

这下好了，有人把它抱走了，还不知道会带到哪里去，又到底打算做什么。

乌鸦停在树枝上，说："他们海市动物园的山魈是山动的两倍，我推测这属于个人行为。"

望月山上，包括涟漪和雷轰在内的所有山魈都听蒙了。

"爸爸，乌鸦伯伯说的'个人行为'是什么意思呀？"观展区的一侧，春时小声问闪电。

闪电解释道："两家动物园常年有合作，比如小熊猫馆的拾一叔叔就属于海动，过来住一阵子还要送回去，这些都会提前做计划，但今天这名饲养员抱走旷野，很明显不是动物园的安排，这就叫个人行为。"

润夜还是不明白："那他为什么要抱走旷野啊？"

闪电看了一眼山上的猴群，压低声音："正是因为不知道他的目的，大家才担心旷野的安危。"

乌鸦突然想起了什么，哇哇叫着展开翅膀，咋呼起来："我小时候听爷爷讲，人类什么都吃，我们都在他们的菜谱上，旷野会不会被抓去做菜啦？！"

此言一出，小松鼠害怕地钻到妈妈的尾巴下面，疣鼻天鹅领着孩子们往巢的方向游，隔壁岛上的巴西夜猴抱起崽崽转身溜进内舍。

春时、润夜围着闪电问："真的吗？我们都在人类的菜谱上啊？"

闪电让孩子们保持安静："不是所有人类都这样，但是抱走旷野的那个人，不好说……"

涟漪想深入了，猛然抽一口气，连哭都哭不出来。

"父亲，防护栏的电网伤不了我，让我去把旷野找回来。"沧凌来到雷轰面前，郑重请求。它是涟漪和雷轰的大儿子，身强力壮，是望月山公认的下代大王。

望月山其实只是一个代称，梧桐叶子湖这片区域以岛划分，它们山魈独占一岛，岛的四面竖起通电的防护栏和难以攀爬的玻璃幕墙，目的就是防止它们越岛跑出去。比起猛兽区的电网，整个湖区的电量要小很多，硬扛着爬过去会吃不少的苦头，但总归能出去。雷轰尝过那滋味，望着儿子，难下决定。

闪电担心它们贸然跑出去，不但解决不了问题，还会惹出更大的乱子，想了想说："我去找园长吧，虽然他不能像晗晗和祁教授那样跟我们交流，但只要我把他带来这里，他肯定明白发生了什么事情，也一定会想办法弄清楚，帮助我们。"

雷轰觉得它的提议靠谱："可以麻烦你跑这一趟吗？"

"应该的。"闪电刚站起来，抬首间，却愣住了。

伴随着隆隆雷鸣，银龙撕扯着乌云，闪电阵阵闪现。

春时和润夜发出惊呼："哇，那也是闪电，是爸爸的名字！"

夜风带着几分凌厉掠过湖面，洗礼着聚集在望月山前的动物们。

雷轰注意到陷入愕然状态的闪电，顺着它的目光看去，才发现观展区最高最大的那棵树上，竟然停留着一个……怪物？它的体形与大猩猩馆的游夜相当，外轮廓又似一只收起羽翼的鸟，下垂的尾羽是它身高的两倍。

又是一声响雷在头顶炸开，雷轰跟着战栗起来，头皮都发麻了。

很快，在场的其他动物也发现了“怪物”的存在。

“爸爸……”春时呜咽着往闪电身下躲，润夜也连忙跟姐姐躲在一起。

当恐怖的气氛达到顶点，“怪物”缓缓开口：“我们动物自己的事情，我们自己解决就好。”

这是……李昂的声音？！

没等众动物确定，就听远处传来踢踢踏踏的蹄声，越来越近……没多久，一只鹿出现在游客走道的尽头，它有一对巨大的鹿角，夜色勾画出它健硕的躯干和坚实的四蹄。最可怕的是，它身后竟然跟着一头比它还要大的熊！

闪电每天都在园里逛，胆子比其他动物大，它看着两个交叠的巨影，结合树上的那家伙的身份，忽然想起流传许久的传闻，不确定地猜测：“难道是李奉献和李光荣？”

“你说谁？”雷轰没听清楚。

“水里有东西！”鹈鹕们拍打着翅膀，惊呼着向四周散开。

水里确实有东西。它游得快极了，不断将水面推出倒 V 形的水纹，直至靠近岸边，它不做丝毫停留，猛然跃出，是一只扬子鳄。与寻常扬子鳄不同的是，它的体形也非常大，身长绝对超过四米，湾鳄看了都得汗颜。

“我迟到了吗？”李富强四下张望着，自若地跟大家打招呼。这甜美的声音，分明是雌性！

“不，时间刚刚好。”李昂沉稳地说。

熊馆大佬李奉献也来到大家跟前，而鹿苑的李光荣与它并肩。

闪电是有些怵后者的，不由得压低身形，先把两个崽护起来。这夜的走向太诡异了，它和皎月谈恋爱时没少去鹿苑捣乱，要是李光荣跟它算账，它保准吃不了兜着走。

好在李光荣没有跟它计较的意思，轻描淡写地扫了它一眼，就不再看它了。

李奉献问树上放风的那个：“敬业呢？”

“这不是来了吗？”一阵风旋到它们之间，稳稳定下来。

望月山上的猴子们眼睛都看直了，这是时速三百米的象龟？

李奉献依次将老伙计们看了一遍，发话道：“既然都到齐了，那就开始吧。”

“请等一下。”涟漪直觉它们说的开始和崽崽有关，“你们……你们是谁？”

“我知道了！李氏家族的传说是真的！”闪电一时间忘了父亲的身份，兴奋得跳起来，像个少年那样。

李光荣扭头凌厉地望了它一眼，瞬间把它盯老实了。

“虽然我们从没给自己取什么称号，不过说到李氏家族，应该是指我们，而那个传言，也是真的。”李奉献低声肯定。

李光荣说：“我们现在就出发去海市动物园，确定那名饲养员的身份和住址。”

李昂道：“我们会找过去，弄清他抱走旷野的目的。”

李敬业继续：“夜色会为我们打掩护，海动的动物们将成为我们的后援。”

最后，李富强向涟漪送上保证：“天亮之前，我们会把旷野平安带回来。”

惊雷频频炸响，银龙在厚重的铅云之间游走，狂风起，暴雨将至。越发浓郁深沉的夜色下，李富强摇身一变，化作身着黑色华裙、烈焰红唇的美贵妇;李奉献手执巨斧和盾牌，成为身披盔甲的战士;李光荣是披着斗篷的神秘术士，弹指一挥间，召唤法阵，变幻无穷;李敬业为自己戴上瞄准用的单片镜，双枪在手，百发百中；李昂也显出人的姿态，是个背着华丽紫蓝色巨弓的弓箭手。

“出发！”

李奉献一声令下，五道身影利落纵起，在水面、空中、树林之间起起落落，顷刻消失在众动物的视线里。

春时发出感叹：“这就是李氏家族吗？！”

润夜都不会说话了，良久，震撼地“哇”了出来！

闪电向往地看着东门广场方向，对孩子们道：“要记住这一天，我们的英雄回来了。”

2

电闪雷鸣，豆大的雨噼里啪啦砸下来，迅速展现出倾盆之势，恰好成为李氏家族最好的掩护。五道身影翻过东门售票处，停在横跨八车道的天桥中央。

山海野生动物园在地理位置上有天然优势，开往海市的货车几乎都走这条路。基于人类发达的交通，李奉献决定搭顺风车。

“现在是零点十三分。”李敬业看着腕表上的时间，“从这里出发到海市城区最少需要一小时二十分钟。”

海市是国际大都市，动物园位于西城区，货车通常不会开入城。顺风车只能坐到高速路口收费站，然后他们得自己找到去动物园的路。已经很多年没出来活动了，海市肯定发生了惊人的变化，希望不要在找路这方面耽误太多时间才好……

老家伙们各自做着风险预估，格外的谨慎。

李光荣道：“我和富强一人可以开一次传送门。”

这是术士和法师的天赋，不过传送门有距离限制，比如江城到海市就开不了，离得太远了，只能在城市范围内用。而且一旦施展此术，开门者会遭受一次巨大的消耗，变得虚弱无比。

“不到万不得已，不要用传送门。”李奉献思量着，“先到海动了解情况，再商量下一步。”

“现在是夏令时，天亮得很早。”李昂抬头望了望倾盆大雨，“如果这场雨能持续到早上，可以为我们的行动延长最多两个小时。”

李光荣问：“那暴雨能持续到早上吗？”

李昂被问住了，灰色的帽檐下，露出十级便秘的表情。

李光荣遗憾地耸了耸肩：“不是故意跟你抬杠。”

虽然大家都是山海野生动物园的老资历，人形外表看上去却相当年轻。李昂身材高瘦、身形修长，做游侠打扮，那张稚气未脱的娃娃脸一直是他的萌点所在，尤其是那对漆黑的眼珠子，纯粹极了，无奈瞪着你的时候真的很可爱。而李光荣这个术士天生冷白皮，阴郁气质几乎要从骨子里溢出来，说话语调冷冷的，还是略带清泉质感的少年音，强烈的反差感让人捉摸不透。他说他没有抬杠，李昂是不信的。

“怎么，想过两招？”李光荣皮笑肉不笑地抬起双手，两枚泛着黑色暗光的圆形符文在他掌心上方展开。

李昂反手摸到长弓，眸里凝聚起危险的战意。

李敬业受不了地扶额：“又要开始了，管管他们……”

“好了，小伙子们，都稳住。”李富强拿出一部智能手机，在屏幕上点了点，“海市高速路口到动物园，步行 14.7 公里，以我们的速度，十分钟就能走到。”她对伙伴们笑得妖娆又蛊惑。

李奉献等人盯着她手里的智能手机，一个个一脸茫然，仔细看屏幕，这手机居然还连着动物园的公共 Wi-Fi 呢！

富强小姐姐笑道：“集合前在办公室里拿的，是老葛的备用机，除了拿来打两把游戏，平时都不怎么用，我想着难得出趟门，有部手机方便点儿。”

这么多年过去了，这个女人依旧不简单，李奉献等甘拜下风。

说话间，一辆侧面印着“神风快递”的集装箱车从远处驶来。

李富强道：“神风快递的总仓就在西城区，离动物园很近！”

李奉献：“上！”

集装箱车从天桥下经过，五道身影精准落于车顶。其中最妖娆的那道影子如同攀岩高手，以几乎贴在车顶的姿态快速爬到车尾，翻下，将后车门打开，钻了进去。后面四影鱼贯而入。车门再度关上，连外面复杂的锁销都归于原貌，一切神不知鬼不觉。

多亏了李富强拿的两爬馆老葛的备用机，之后的行动很是顺利，凌晨两点，他们来到了海市动物园正门外。这边雨势要小一些，五人站在对街建筑物的阴影里做了一番环境探索后，沿着监控死角进入园区内。

海市动物园和山海野生动物园差不多大，正门为南门，从售票通道入内，同样有一个视野开阔的椭圆形广场。前往各个展馆、生态园的路径分布在广场边缘，每条都有丰富得眼花缭乱的路牌。

“走这边是两爬馆、大熊猫生态馆、鹿园和……这是什么园？”李光荣眯着眼，慢吞吞地念，最后卡在不认识的字上。

“是‘鹤’字，鹤园！”李昂严肃着一张娃娃脸，急得上火，“下面两个是考拉馆和狮虎生态馆，没了！”

大家同时看向二十米开外的下一个路口，无遮挡，无隐蔽，还有目测三台以上的监控交错覆盖。这要怎么过去？

李奉献忽然感叹：“人类真的太会了，怪不得能称霸世界。”

李光荣只觉得闪电厉害，黑森林馆离鹿苑多远哪，这颗煤球曾经有一段时间每天晚上都跋山涉水到鹿苑玩耍一番，还扮鬼吓唬那群活泼好动的红斑羚……年轻真好，敢闯敢拼不怕死。

李富强复又将面前路牌上的字看了一遍，没找到想要的信息，郁闷得直翻白眼：“要是能联网就好了，我可以在网上找到地图。我们山动都把公共 Wi-Fi 的密码和使用方式写得到处可见，海动应该学习优化！”老葛这部手机没有卡，连不上就是部废机。

大家躲躲闪闪，好不容易找到广场左侧 LED 屏的后面暂避。这屏幕也不大，李奉献两米八的人形身高，还得勾着脑袋弯下腰，站直了准得冒出脑袋，被对面路灯上的监控捕捉到。李敬业他们挤在剩下的小半边里，更是局促。

雨滴滴答答地下着，没有出发前下得那么大，否则还能做一下掩护。带红色光点的监控也到处都是，这让他们寸步难行。到底是太久没出山，世界变了，大家应接不暇，都有些沮丧。

冷不防地，头顶上响起巨雷，轰隆隆地震慑着四面八方。

李光荣抬起手揉耳朵，胳膊肘无意中碰了李敬业一下，后者正伸着脖子用瞄准镜去看远处的路牌，忽然受外力推动，眼看要晃出广告牌了，多亏李昂反应快，揪住他的斗篷把他拽了回来。

推动拉扯间，又挤到了李富强。她好不容易找到 Wi-Fi 信号，正一心一意猜密码呢:“专业点儿，站定就别动了好吗？！”

“是光荣推我。”李敬业怪委屈的。

李光荣夹在他和李奉献之间，木着脸“哦”了一声:“对不起，我也想钻进李奉献的口袋，把生存空间节约下来。”

李奉献也不高兴了：“要不我走？”

李富强对老大哥另眼相看：“你说真的？”

李光荣叛逆道：“好啊，随便你，我无所谓。”

李敬业灵光一现：“要不你先变回原形，至少比现在小一半。”

李昂忍不住附和：“对对对，被拍到了还能赖到海市动物园的熊身上！”

李奉献真想咬死这群不靠谱的……

玩笑结束，又是一阵尴尬的沉默。

李昂先变回原形，收起羽翼，像只小鹌鹑似的躲到李奉献的脚下避雨。看着被雨水淹没的动物园一角，他开始带偏话题：“大家在这儿有不少老朋友吧，要是没有监控，你们最想去看谁？”

富强姐姐娇媚地一笑：“当然是去看我的万豪哥哥。”

李昂说风凉话：“得了吧，子子孙孙都千秋万代了，还哥哥呢。”

“我想去看我小侄子！”李敬业扭头看着分布在广场边缘的各条路。小侄子应该长得和他一样健壮了吧？算起来应该当爸爸了，不知道妻子性格如何，有几个孩子。

李奉献正想说去看科迪亚克岛棕熊，认认亲戚，李光荣忽然“啊”了一声:“我有技能！”说着，他双手比画着拉出一个圆形法阵，直径大约五米，站了进去，一脸得意地说，“隐身阵，站在里面，摄像头就拍不到我们了。”

李昂变回人类弓箭手，抬脚跨进法阵，扬起手就给了这呆萌驼鹿一巴掌：“有法阵你不早点儿用！你是不是存心耍我？”

“就是，浪费大家时间。”李富强昂着下巴走了进来。

"你的毕业证是偷来的吧？我要去动物术士协会举报你！"李敬业吐槽。

"太久没搞事情了，忘了，抱歉抱歉。"李光荣能一次就成功打开法阵已经不错了，心里庆幸得很呢！

然后，圈里的四人看圈外的李奉献：愣着做什么？爱上这块 LED 屏了？

李奉献的表情一言难尽，问李光荣："这圈还能搞大点儿吗？"他大块头，占地盘，他有罪。

片刻，李光荣还真搞出个直径九米的隐身阵，大家成功来到左一之外的其他路口，挨个看路牌。

"澳洲区、非洲区、中华猫科馆、犀鸟馆……"李昂念到这里，心里直犯嘀咕，"为什么只有这个犀鸟馆是单独的？百鸟园呢，看不起我们会飞的？"

"应该有的吧，还有三个路牌没看呢。"李敬业凑过来跟他一起看。

李奉献把巨斧杵在地上，环顾四周："找找大猩猩馆的位置，办完正事咱们去看看含香。"

李光荣眼睛尖，指着最下方的三个字："看！灵长馆，走这条路！"

"猩猩、猴子都是灵长目的，不管找山魈还是看含香都是一个方向，错不了。"李昂和游夜有交情，既然李奉献提了，他也想去看看世侄女在这边过得怎么样。

李富强坏笑道："我们五个难得一起现身，听说大猩猩馆的黑骑士是个有能耐的，试试他的胆量如何？"

李奉献呵呵笑开了："好啊，让我来，我一句话都不说，就往他跟前一站，看他什么反应。"考验小辈什么的，他最喜欢了。

五个人有说有笑地往灵长馆走去，一扫先前顾忌监控的窘迫，此时的心情那叫一个春风得意。蓦地，走在最前面的李昂忽然止步。其他人也跟着停下。

"不对劲……"

话音未落，他们四周升起巨大的弧形幕帐，光滑的半圆形，黑灰色，直径至少百米，高数十米。幕帐笼罩之处，光灭，雨停，风止，连那些随处可见的摄像头也失去了监控作用。

"这是结界？"李光荣觉得不可思议，这儿居然有动物会开守护结界？

李奉献稳稳地道："别被对方唬住，这种程度，在山动我也开得出来。"他们动物守护者就跟神话传说中的山神土地一样，一些技能只有在自己的地盘上才施展得出来，比如守护结界。

"没想到海动也有守护者。"李富强向前行了几步，唤出战斗法杖，杖头的火红色光球烈焰飞舞，战意沸腾。

“别忘了我们来这里的目的。”李昂提醒大家。

李奉献觉得他说得有道理，主动放下巨斧，喊话道：“我们是山动的李氏家族，冒昧来访，还请见谅，可否现身一叙？”

无人回应。

李敬业有点儿烦躁了：“几个意思？故意让我们猜？”

李光荣笑得乖张：“这气氛搞得挺好。”

“对方只有一个。”李昂已经锁定方位。

李富强抬起头看向正上方，问得相当和善：“你想我上去，还是你自己下来？”

头顶飘出狂妄的男声：“我在想，要怎么才能饶你们五个不死，毕竟我那么善良。这样，你们先跪下挨个儿叫声爸爸给我听，然后——”

别然后了，李奉献垂着眼皮，给富强姐姐使眼色：“揍他！”

李富强登时化作一片红绸，直冲云霄。三秒后，一个白衣少年狼狈地趴在地上，被她踩在脚下，哭泣着求饶。

“开个玩笑嘛！山动海动是一家，这话我出生就会背了！前几个月阿尔卑斯参加星运会，我还给它张罗了个城市野外小动物联合会去给它加油……哇！这高跟鞋的鞋跟是要戳破我的胸膛啊……是不是玩不起？！别踩了，姐姐我错了……”少年手舞足蹈，头顶那对毛茸茸的耳朵抖啊抖，高高翘起的尾巴不安分地乱舞着。

李奉献他们围过来打量，互相看看，眼中满是疑惑。早年走南闯北，什么稀奇古怪的事件都经历过，但这么年轻的动物园守护者还真是第一次见。他这耳朵和这根尾巴，是白狐吧？

白狐又称蓝狐、北极狐，体形比一般的狐狸小，分布在北冰洋沿岸和一些岛屿的苔原地带。山海野生动物园也养着两只白狐，一雌一雄，住在全封闭的生态馆里。生态馆长年控温，隔三岔五还造雪，但两只毛茸茸也不怎么快乐的样子。可海市这么热的天，眼前这家伙却不是一般的活跃啊！

李富强抬起脚，收回战斗法杖，双手抱臂：“叫富强祖奶奶。”

“好的嘞，富强祖奶奶好！”少年麻溜地爬起来，就地盘腿端坐，嬉皮笑脸的。

少年长得倒是眉清目秀，因为刚才挨了李富强的揍，左边脸颊擦上了灰，头发也乱糟糟的，跟住在隔壁的熊孩子没两样。从外表上判断，他最多十四五岁，但真实年龄肯定不是这样，北极狐的寿命在八到十年。当然，这是人类的算法。在年龄方面，动物有自己的一套算法。

李昂先问："叫什么名字？"

少年朗声回答："周笑笑！"

李昂愣了下："跟你们周书铭园长一个姓？"

周笑笑满脸得意："那必须的！"

李奉献又问："多大了？"

他笑嘻嘻地答："十三个月！"

十三个月也就是一岁出头，放白狐里已经成年了。

"偌大个动物园，就你一名守护者？"李敬业问时，四下环顾。

"别找了，全园就我这独一份！"周笑笑灵活地站起来，拍着手上的灰尘，"这事说来有意思极了！年初有一天，闭馆前老周来看我，悄悄给我带了一把肉干，跟我说这天是人类的元宵节，也是我狐生第一个元宵节，让我开开心心的，还问我有什么心愿。"

他一只狐狸能有什么心愿啊，无非天天有肉，顿顿吃鸡。然后周笑笑想起来，最近有个什么春节档，饲养员都在聊超级英雄，上天下地无所不能，好像很厉害的样子，于是决定元宵节心愿就是当英雄！

"就在那天深夜，我发现自己可以变成人，而且还能做一些技术性的小操作。"比如穿墙、一蹦十几二十米高，还比如制造这样的结界，整个动物园变成周笑笑的游乐场，他玩得不亦乐乎，"不过一段时间以后，我就探索到自己能力的边界，离动物园越远，我的超能力就越弱。"因为这个限制，他都没去西林马场给阿尔卑斯打气加油，一想起来，周笑笑就遗憾得满地打滚。

李奉献垂着眼："说完了？"这孩子，他们什么都没问呢，直接交底了。

周笑笑仔细思索了一番，老实巴交地说："暂时说完了。"

"嗯，行，要是想起别的，你再补充吧。"李奉献不为难他，转问，"最近你们动物园有没有发生什么异常的事？"

"异常的事？没有吧。"周笑笑不太确定，茫然地把周围望了一圈，末了，视线落在今夜五位不速之客身上，眼睛直放光，"你们就是最大的异常啊！你们真的是从山动过来的吗？这么远的距离还能随意切换状态，还能用必杀技揍我，太厉害了吧！"

李敬业嫌弃他："咋咋呼呼，吵死了。"

"羡慕你们也不可以……"周笑笑一双耳朵耷下来，尾巴挂在屁股后面，郁闷地晃一晃，再晃一晃。

李昂笑道："守护者的能力会慢慢增强，当然，前提是你肯努力。"

李奉献把他上上下下扫视了一遍："你还没选定天赋吧？"

"什么天赋？"周笑笑稀里糊涂做了海动的守护者，开结界、维持人形姿态全靠自己琢磨，其他的一概不知。

李奉献向他展示手中的巨斧："守护者可以分为八大职业。我是战士，皮糙肉厚防御力强，适合冲锋陷阵。把你揍得满地找牙的富强是战斗系法师，李昂、敬业还有光荣和她一样是远程输出，不过有不同的作用。天赋要守护者自己领悟，大约在觉醒后的一年到十年内。"

周笑笑听得认真："怪不得呢，最近我总觉得身体里有股力量在乱窜，但它就是不出来！"

"那就是你的天赋了。"李奉献道，"不要试图控制它，你得和它交流。"

周笑笑听不明白："能不能再说详细点儿？"

"天赋领悟是急不来的。"李富强道，"你还年轻，我们当中成为守护者时间最短的也差不多有十年了。还有，刚才揍你的那一下不是必杀技。"

周笑笑拿星星眼看她，把"崇拜"两个大字顶在脑袋上："祖奶奶，教我几招吧！"

"没问题，不过你得先帮我们一个忙。"李富强看向灵长馆的方向，冷艳的眸子里带着一丝危险的气息，"你们的饲养员似乎有点儿问题。"

前辈造访，周笑笑拍着胸脯打包票，一定尽到地主之谊，只是一听来意，他又笑不出来了："这当中肯定有误会，我们海动的饲养员绝不可能做出这种事。我虽然没去过山动，但听说那边和我们这里一样到处是监控，从园区里抱走一只小山魈，还大摇大摆地离开，这说不通。"他一口否定，坚决维护自家声誉。

其实来的路上，李昂他们也讨论过，结论和周笑笑一样：可能性极低，但也不能完全排除。旷野不会平白无故地失踪，而在它失踪前的一段时间，那么巧海动饲养员去过梧桐叶子湖，上了望月山，还有仙踪林的长空父女提供目击证词，怎么看都是最大嫌疑人。

李奉献道："没有说一定是你们家饲养员做的，总之，先把人找到再说。"

凌晨三点，灵长馆。

山魈们的住所是由海市动物园建园之初最早最大的熊坑改建而成的，下沉式的坑足足有一个篮球场那么大，植被丰富，水源干净，里面造一大一小两座假山，由高十米的复杂爬架相连。梧桐、银杏、红枫等丰富的树木错落分布在四周，形成多种自然遮蔽，还有十余架轮胎做的秋千供山魈们玩耍。总的来说，环境相当不错。

这代山魈大王去年年末即位，称王之前历经血战，脾气很大。好在周笑笑主动担下沟通工作，根据李奉献他们提供的线索，打听到那名饲养员的信息。嫌疑人名叫韩巍，现年二十七岁，海农大毕业，目前正在读研，是个灵长痴，最喜欢山魈，在灵长馆工作三年有余，整个人怎么说呢……无功无过，平平无奇，没有什么让人记住的地方。值得注意的是昨天中午，有山魈听到韩巍找馆长请假，说要去山动查数据资料。馆长一向很器重他，批了他的假。之后韩巍离开，闭馆前没有再回来过。至于他的研究方向，似乎是有关山魈幼崽大脑还是什么的发育、活跃度与人类的相似性……

听到这里，周笑笑心里"咯噔"一下，连忙带着李奉献他们摸进灵长馆办公室，找韩巍的住址。

在办公室里耽误了半个小时，可算找到了韩巍的档案，但周笑笑犯了难："这是海动的职工宿舍，离这儿不远，出东门过两个十字路口就到了，但那边是老城区，巷子长得都差不多，放眼望去，所有的步梯房都长一个样子，我去一次迷路一次。"

李敬业频频看腕表："快四点了，最迟五点，我们必须返回江城。"

回程早就确定好了，还搭神风快递的顺风车，李昂查过他们的排班表，五点左右会有三辆集装箱车从总仓出发，随便上哪一辆都行。

李奉献拧起眉，发话道："至少要亲眼见到韩巍，排除他的嫌疑。"

"找到了！"

李富强坐在电脑前，在微博上搜索到了新员工入住宿舍第一天站在楼前的合影。照片把钉在墙上的门牌地址纳入镜头：××巷××××楼，三栋二单元。再根据韩巍在海动的最新个人信息，他就住在二栋二单元505室。

周笑笑不是很乐观："是个人都知道三栋在二栋隔壁，可真的很难找……"

"你不懂。"李富强把照片点开，铺满整个屏幕。

李光荣主动地说："让我来吧，距离不远，耗不了太多精神。"

李富强点头，起身退到办公室一角。李昂和李敬业也贴墙而立。

"你们这是要……呜哇！"周笑笑还没问完，就被李奉献用巨斧勾起后衣领，挑着站到了窗边。

李光荣仔细确定照片上的背景楼，随后走到宽绰处，活动着十指，对周笑笑炫耀道："小子，别眨眼！"

橙色的光点出现在李光荣的指尖……不！应该说是橙光从他的指尖流淌出来！紧接着，这些光如河流一般在半空中汇聚、交缠，不断发生奇妙的碰撞，最终形成一道椭圆形的门！周笑笑清楚地看到，门的另一端就是照片中的海动职工楼，楼梯口左侧的墙上钉着门牌：× × 巷 × × × × 楼，三栋二单元。

“我的妈呀！”周笑笑目瞪口呆，“传送门！”

李光荣冲他使眼色：“刚才忘了介绍，我是术士。”言罢，他跨过传送门，走到海动职工楼前。

李敬业将手中的双枪潇洒转动：“双枪手，远程射击，百发百中！”

李昂侧身给周笑笑展示身后古朴华美的长弓：“想射出会转弯的箭吗？”

李富强从他跟前经过时掌心翻转，一枚火球俏皮地落在他额头，烫了他一下。

周笑笑长见识了，尾巴摇成螺旋桨：“好帅！怎么办？全部都想拥有！”

“你的路还长着呢，慢慢纠结吧。”李奉献闷声笑着，用巨斧挑着小狐狸崽子，大步跨进传送门。

从动物园到职工宿舍楼，不过眨眼之间。

韩巍有两名室友，住三室一厅的套房，大家摸进二栋二单元 505 室，在客厅里挤作一团，一看傻了眼——沙发上堆着穿过没穿过的衣服，茶几上布满杂志、文献资料和吃剩的外卖，地板上或堆积或散落着各种包装袋、没拆封的快递、喝完的饮料瓶、拖鞋……某两间卧室里，呼噜声此起彼伏，相互呼应。

李昂和人类是最亲近的，见这一地狼藉，忍无可忍地叹：“太邋遢了……”

李富强受不了地摇头：“进主题，办正事，找旷野！”

这时，左手边的卧室里传来响动，拖沓的脚步声来到门前，门把手被握住，下压……

卧室的门开了，年轻人类半睡半醒地晃出来，晃到卫生间，经过客厅的时候纳闷地问：“要办什么……旷野主题？”

年轻人类在卫生间放完水，抠着屁股原路返回，把卧室的门关上，全程不到五分钟。

客厅里，李光荣站在电视柜前，尽其所能将隐身阵开到最大。李昂已经变回金刚鹦鹉的本体，一动不动蹲在他脑袋上，李富强和李敬业像考拉一样挂在他身上。碍于场地和法阵范围有限，李奉献在情急之下抱着巨斧躲到阳台上他认为的视野盲区。

“刚才都看清楚了吧？”李昂压着声音说，“那人就是韩巍。”

“不太符合嫌疑人的特征。”李富强第一时间予以否定。

李敬业打开区域搜索仪：“这个房子里除了我们就没其他动物了。”

李光荣只有一个要求：“你们能不能先从我身上下来……”

“吓死我了！”周笑笑从沙发上的臭衣服堆里抬起头，并掏出一个手感不错的玩偶，凑到面前一看，“山魈……旷野？”

3

凌晨四点半，雨势渐小，雨稀稀落落地掉下来，敲打着世界，发出不规则的稀疏的滴答声，一如李氏家族全体成员的心情：出发前用力过猛，以至于后劲不足，提不起精神。

但可以确定的是，韩巍没有抱走旷野，长空父女俩看错了，当时他怀里抱的是逼真的山魈毛绒布偶。

离开职工宿舍，大家既局促又失落，一路沉默着回到了海市动物园，并排坐在北广场的巨型广告牌上，蔫儿得很整齐。周笑笑到底年纪小，无忧无虑、没心没肺，压根儿没看出他们五个的沮丧。

北广场有一个漂亮的地面喷泉，每年立夏的早晨，园长会主持一场自娱自乐的小型启动仪式，迎接夏天。地面喷泉搭配音乐，有多组表演形式，若有夜游园活动，还有绚丽的灯光加持。不过最吸引人的部分在于喷泉正中央的二十八座动物铜像，由国内顶尖团队打造，每只动物都拥有灵活的关节，姿态表情各不相同，呈现出生动活泼的样子。每天正午，音乐响起，喷泉启动，置于巨型铜盘上的动物们也会动起来。五年前，铜像群正式落成，立刻成为网红景点，吸引游客无数。

于是这会儿周笑笑重新打开结界，启动音乐喷泉。等十五分钟的表演结束，他兴奋地挥手喊话："祖奶奶！奉献大叔！光荣哥！昂哥！敬业哥！我们海动的音乐喷泉秀怎么样？动物铜像是不是做得很有趣？你们喜欢吗？"

李昂见老伙伴们心事重重，没有搭理狐狸崽子的意思，只好作为社交代表，绽出长辈应有的笑容，回道："很有趣，可以了。"

"为什么啊？"周笑笑意犹未尽，"我再给你们放一次吧！"

他左手打了个响指，音乐起，喷泉制造出丰富的层次感，动物铜像内部的齿轮相互咬合，发出咔咔的声音，园区的安宁再度被打破。周笑笑展开双臂，赶在喷泉落下时跨了进去，嘻嘻哈哈地在里面灵活走位，水花喷射而起的频率像在与他嬉戏。果然是中二少年欢乐多。

广告牌的顶端，来自山动的老前辈们百无聊赖地看着他。

李奉献不懂了："为什么只喊我大叔，你们就是哥？"因为他块头大、嗓门粗？真按年龄排，他才是最小的好吗？！

"细节而已，不重要。"李光荣敷衍了他一句，旋即扭头看坐在左边玩手机的老大姐。

李富强在周笑笑的帮助下成功连上了 Wi-Fi，打开橙色软件，找到山动文创店，在"本月新品”页面找到了山魈玩偶。这是每个季度必出的大众款，专门用来冲量，门店和网店同步上架，在同类竞品中以做工、手感和质量取胜。他们李氏家族都出过类似周边产品，没想到会因为这个闹出那么大的乌龙。

“做工还真是逆天。”李富强点开商品样图，反复推敲细节。小猴子身上的每根毛发都有自然的颜色渐变，手、关节、头身比例都跟真的一样。要是昨天下午韩巍抱着这个从她跟前经过，她远远地看上一眼，能分清楚真假吗？

李光荣凑过来看了几眼，苦涩笑道：“旷野肯定还在梧桐叶子湖，说不定都没离开望月山，三个月的小猴子，能藏的地方太多了。”

李富强忽然放下手机，对李敬业那只愣头愣脑的象龟发难：“你那个区域搜索仪为什么不早点儿用？先把望月山搜一遍，我们也不用跑这么远了。”

此话一出，其他三个也一脸幽怨地看着李敬业。

李敬业挠着后颈，嘿嘿笑道：“对不起啊，我忘了。”他还给自己找补，“先前进海动，光荣还不是忘记开隐身阵！”

李光荣瞬间垮下脸：“就那么想和我共沉沦？”

李敬业唯有遗憾：“我是想说大家都生疏了，对这个世界，还有曾经的自己。”

李光荣怔了怔，没再说话。

第二轮音乐喷泉结束，动物铜像也回到原本的位置。周笑笑站在铜像前远远地看着他们，满眼的兴奋、期待、憧憬，就像在看真正的英雄。李氏家族众人觉得受之有愧。

“忽然想起晗晗了。”李昂主动打破僵局。

李富强试探性地问：“有她在，事情就不会被我们搞得那么复杂了？”

“不是的。”李昂笑道，“前不久动物园还在秦宝珠手里时，晗晗说过一句话，她说小时候她有一个公主梦，长大后她有一个彩票梦。”言下之意，中了大奖，就离买下动物园的终极目标更近一步。

虽然大家都清楚，她得连续中好多好多个五百万才行，但此刻李昂想表达的是，横竖都是做梦，当然选让自己开心的内容。今天晚上，他们都怀揣无敌英雄梦，做着犯二的蠢事。

李昂追忆过去：“你们还记得吗？刚成为守护者那几年，我们一起揍来动物园偷东西的贼，帮迷路的小鸳鸯找回家的路，强势回应外来的每一次挑衅。”

那时的李氏家族意气风发、战无不胜，绝不会像今晚这样错漏百出、失误频发。英雄迟暮，大抵如此。

“时间差不多了，走吧。”李奉献发话道，“先回望月山，敬业用搜索仪搜查，要是还

找不到旷野，只能等天亮想办法向饲养员求救了。”

“不会丢的。”李敬业语气笃定，“那么多摄像头，动物园外面的环境更复杂，还有那个叫作‘天眼’的东西。”

李富强也道：“咱们园三年前就开始给新出生的动物植入定位芯片了吧？离开园区，中控室会拉警报提醒。”

李光荣若有所思：“好像是有那么回事。”

认清现实后，大家都变得理智了不少。

周笑笑见五位前辈逐一站起来，连忙跑到广告牌下方，仰着脖子问：“你们要走了啊？我都没学到什么，也不知道自己能不能当好守护者……”说完，他没底气地低下头，左脚足尖在地面上来回摩擦，可怜巴巴的。为什么山动有五个守护者，海动只有他一个？

李氏家族成员面面相觑，差点儿忘了这家伙。

见李奉献垂眼望向他，周笑笑耳朵一抖，尾巴一翘，眼睛里开始闪着光。在他的眼里，他们是他的前辈，是他立志未来要成为的英雄。

“忽然好奇，我们年轻时是不是跟他一样傻？”李富强心里，欣慰、遗憾、失落、对自己失望，以及不甘都有一点儿。

其他人也好不到哪里去，内心感受复杂极了，三言两语说不清楚。

但毫无疑问的是，他们不能就这样离开，不能让活蹦乱跳的狐狸崽子失望。至少今夜不能。

“要不，打个样？”李敬业轻声提议。

“‘样’可不能乱打！”李昂把背后的长弓拿到手中。

李光荣附和道：“那就打个百分百的标准‘样’！”

意见统一，李奉献将八面威风的巨斧召唤出来，对周笑笑郑重道：“守护者责任重大，光有能力是远远不够的。至今，我们谁也不敢说自己是一名合格的守护者，但只要动物们需要，我们就会努力去做。”

李富强对他绽出志在必得的笑容：“你看好了。”说完手中的法杖光芒大盛，释放出一片火海。

李昂从箭筒中抽出多年未动过的羽箭架于长弓之上，拉到最满，对火海射出一箭。利箭离弦，发出鹰啸般的破空之声。

火海被穿出个直径数米的洞，李光荣就着那处拉开金色的法阵。黑色的恶龙咆哮着从阵中冲出，盘踞在动物园上方。

李敬业踩着李奉献的肩头跃至高空，手中的双枪在他的快速组合下，竟然变成一支威力十足的火箭筒!

伴随“轰轰轰”的震动，李奉献扬起巨斧，冲恶龙直劈过去。飞沙走石，地动山摇，刺眼的强光不知是李奉献的巨斧发出的，还是从恶龙的伤口中迸发出的。

烟尘散尽后，一切归于平和。周笑笑放下挡在眼前的手臂，发现守护结界内只剩下他自己。而前辈们的叮嘱久久回荡在耳边——

李奉献：“加油吧，傻小子！”

李富强：“祖奶奶看好你！”

李昂：“要努力！不要偷懒！”

李敬业：“期待下一次的相会。”

李光荣：“帅气的话都被你们说完了，我还能说什么？不努力回来打死你？”

周笑笑心潮澎湃，双手拢在嘴边，用尽全力喊话：“我不会让你们失望的！”

4

六点，山海野生动物园，持续大雨。

阴沉昏暗的天色给了李氏家族最大的便利，进入园区，他们马不停蹄地赶往梧桐叶子湖。

李敬业在半道上就打开了动物搜索仪，在自家动物园里，仪器上甚至能显现出附近每个动物的名字。很快，他就在望月山的排水渠内找到了失踪的旷野。

附近的动物一夜没睡，陪涟漪等消息，没想到小猴子压根儿没丢!

雷轰都有点儿生气了，单手拎起小儿子反复打量，除了四肢和肘关节的皮毛湿了，身上是干燥温暖的：“怎么回事你？整个动物园都在担心你，你跑到排水渠里做什么？躲猫猫？”

“我……我不小心掉进去了，里面黑漆漆的，我爬啊爬，怎么也爬不出去。我喊救命，你们都在吃饭饭，后来我困了，就在里面睡了一会儿……”旷野奶声奶气地解释，小眼神还向妈妈求救。它是被雷声惊醒的，听到大家的呼喊声也全力做了回应，只是外面的动物没听见。

李敬业去检查了排水渠，里面有几个分支，旷野个头小，掉进去之后爬错了方向。他还发现高位有个 Z 型结构，转角处积了一层干枯的落叶，积水没滞留在那个位置，估摸

着旷野就是躲在那儿睡了还算舒适的一觉。等水位到警戒线，一些平时关闭的排水口自动打开，积水排出，他们也在这时赶回，才顺利找到小崽子。

天渐渐亮了，雨也快停了，历经一夜，总算有个不错的结局。

李奉献对涟漪送上歉意：“对不起，应该先让敬业检查整座岛的，是我们没做好，让你们提心吊胆一整晚。”

他转身向老伙伴们示意：都结束了，该回到现实生活中，接受平凡普通的自己。

李富强往下一趴，变回扬子鳄，扭头栽进湖中，没了踪影。

李敬业原地回旋的姿态犹如一阵旋风，只是这个动作全无昨夜现身时那般潇洒。

李昂恢复紫蓝金刚鹦鹉的模样，收拢双翅，一步一步往百鸟园方向踱去。在园子里漫步总能让他内心平静，今天的他可太需要这个感受了。

鹿苑离这边较远，李光荣索性再开一次传送门，没精打采道一句“走了”，然后跨了进去。接下来他要吃吃睡睡、睡睡吃吃，放任自己消极一段时间。

李奉献也要走了，还学闪电风骚走位避监控。他恨大块头！

“请等一下。”涟漪抱着旷野走上前，“昨天之前，我一直以为李氏家族只是个不存在的传说，直到你们出现，亲眼看到你们……得知你们的存在，我心里踏实很多，你们很棒！谢谢你们！”

走远的李昂停了停，两秒后继续往前走，不回头。回头就不酷了。

“不用谢！”李敬业的声音从远处传过来，听得出重新打起了精神。

状似平静的湖面上冒出一串泡泡。顷刻，李富强游远了，水波荡漾，慢慢消失，心里的那点儿遗憾也放下了。英雄也会有做不好的时候，可是她都努力过了，从未懈怠。

传送门消失前，体形巨大的驼鹿一头栽进兽舍干燥舒适的稻草里，说：“我的荣幸。”

收尾的还是李奉献。他收起骇人的巨斧，无奈摊手，表情幸福：“我还能说什么呢！”

我们是山海野生动物园李氏家族！我们的使命是：成为英雄，拯救世界！

番外二

缤纷动物园

1

元旦过后，园区的游客近乎减半，但网上的热度始终居高不下。

这全要归功于《游夜这一家》的开播。历经长达八个月的制作，总共十二集、单集五到八分钟的泡面番终于跟大家见面了。

九月初，周斯延携制作团队在江城美术学院举行了线下交流和试映会。秦初晗和祁应琛也到场助阵，与美院的学生、网上抽取的幸运观众，还有媒体朋友聊了很多山海野生动物园发生的趣事，以及做动画片的初衷。十月三号，《游夜这一家》在两大网络平台同步播出，最大赞助商 CHAOS 非常豪气地为之买了开屏广告。

事实证明，努力是会得到回报的。《游夜这一家》画风华丽、人设有趣，以家庭为单位，从动物视角展现动物园琐碎又有趣的日常生活，为观众带来了欢乐。每集片尾还会出现拟人形态的角色，科普保护野生动物的小知识。播到第五集时，它登上了国漫榜第三名，追更率保持在难得一见的 97.6%！随着李氏家族等一系列各具特点的配角登场，同人圈的作者们开始自发产粮，优质稿层出不穷……

大结局那天，制作组放出最新消息：第二季续订成功，明年春天见！网友纷纷表示乖巧等第二季，以及手游什么时候公测，搞快点儿！

上午九点，秦初晗坐在黑熊咖啡厅享受这天的第一杯咖啡，看到这条被很多人点赞的留言，眼珠子一转，望向对面的未婚夫。祁应琛正在看研究生发过来的课题，忽然感受到外来的凝视，抬起头，对上未婚妻明示意味十足的眼神。他将笔记本电脑移到一边，拿起温度适中的咖啡，喝之前，从善如流地问："哪方面？"

秦初晗立刻倾身靠近，双手交握放在桌面上："二哥最近恢复得怎么样，还在国外吗，什么时候回来？"

"恢复得很好，人在帝都，上周回的。"

祁应琛的标准答案里没有一句是她想听的，秦初晗往桌上一趴，轻声说："其实我只想知道我们家手游的进度……"

早在七月中，手游的项目就正式敲定了，定位为模拟经营类游戏，大名鼎鼎的CHAOS负责研发，秦初晗也参与了部分美术设计。手游名暂定为《缤纷动物园》，简单好记，朗朗上口。十一月，官方微博做了认证，目前粉丝已有两万四，发出来的建模图、物料获得了一致好评。

"我问过做游戏的朋友，都说大公司人手充足的情况下，这一类游戏几个月就做出来了，上个月我去G市总部探班，项目组的负责人亲口跟我说最迟十二月公测。"

可眼下都一月初了，一点儿动静都没有。网友天天在微博上催，秦初晗也心痒难耐，昨天晚上实在忍不住在微信上问负责人，对方的回答避重就轻，听起来像是随时可以上线，只是遇到了什么不可抗力才拖到现在。可这是一款老少皆宜的游戏，而且她还是关系户！

"我刚才特地下了股市APP，CHAOS近三个月的涨势简直惊人！"秦初晗不懂，只好向神通广大的未婚夫求助。

祁应琛勾起唇角，忍了忍笑意，四平八稳地"嗯"了一声，当场给祁敬承发了一条语音信息，先问对方身体怎么样，再切入主题询问《缤纷动物园》什么时候公测，他要玩。

秦初晗听得一愣一愣的："你要玩？"认识这么久，她就没见祁应琛对手游有任何兴趣，手机里的《消消乐》和《钓鱼乐》还是她下的。

"不玩，单纯作为亲弟弟给哥哥施加一点儿工作上的压力。"祁应琛说得一本正经。

秦初晗差点儿就信了。

十月中，祁敬承出了一场车祸，事故地点在国外。消息传回国内，谣言四起，不少网友在无良媒体断章取义的渲染下给游戏界的小巨人点起蜡烛，发微博纪念当年玩CHAOS的游戏的日子。于是当天下午，祁敬承在国外家里的花园录制了一段视频，证明自己手脚健全、能跑能跳、头脑清醒，有完整的表达能力。祁家二哥作为公司最高领导者，出场是相当有魅力的，末尾还开玩笑说不是人工智能也没有电脑合成，会考虑把这天命名为“CHAOS 自省日”，给全体员工和自己放假：“让我们用一天的时间来思考，活着是为了什么，做游戏又是为了什么。”

视频一出，“自省”成了热词，被网友当梗玩到现在。

秦初晗却知道，这场车祸给祁敬承造成了肋骨断裂、颅内少量出血等身体上的损害，好在程度较轻，遵照医嘱静养数月便能康复。但这跟《缤纷动物园》延期公测有什么直接关联吗？

“你这个施压不是很有力度的样子。”秦初晗直觉有内情，而她的直觉向来很准。

祁应琛从不怀疑这一点，放下咖啡杯：“你记不记得，陆氏国际在北极星的水舍办招待酒宴那晚，你对二哥的评价？”

秦初晗脱口而出：“笑面虎外加意识流的祖宗，世故又神经质。”

“没错。”祁应琛一直觉得她的这个评价十分精准，“我们还展开讨论，他这一型得找个什么样的女朋友，当时你问我，石头缝里钻出来的古灵精怪的女悟空行不行，我说从前有个同款，后来没下文了。”

秦初晗福至心灵，立刻来了兴趣：“所以那个下文又出现了？还跟《缤纷动物园》有关？快，展开讲讲！”游戏的公测日和二哥的感情发展比起来，当然是后者更重要！

祁应琛难得聊家人的八卦，对未婚妻自然是知无不言：“当时二哥刚创建 ZEUS，公司里加上他一共不到十人，每个人都很有能力，年轻、热血、充满干劲，都不肯向资本低头，憋着一股劲儿想做出一款品质卓绝的游戏和大公司抗衡，自然顾不上谈情说爱。”

祁敬承在大学里就是风云人物，出众的外表和过人的能力使得追求者不断。这当中，一个名叫陶阮的女孩子以正面直攻的路线杀出重围，杀到祁敬承面前，杀得他方寸大乱！

那时的陶阮距离 18 岁还有几个月，青春正好，活力无限，觉得全世界都属于她。两个学院的课从来不耽误，每天雷打不动地学钢琴、搞毕加索风格的绘画创作，社团活动也从不落下，就这样，她还能抽空去烦祁敬承，且做到花样百出，令人印象深刻。

祁敬承那会儿也才 20 岁，只身到国外求学，以为踏入名校，人生就成功了一半。没承想，那是屡屡碰壁的开端。陶阮对于那个阶段的祁敬承来说太过耀眼，简直是刺痛他的神经的存在。他试着温柔待她，克制地与她保持距离，专注于事业的他根本无法回应她倾尽全力的喜欢。所以两人还没开始，就以一场惨烈的争执匆匆收场。过了很久祁敬承才后知后觉，那种令他不能自已、只要与陶阮有关就开始失控的感觉，叫作心动。

“有多惨烈？”秦初晗听得津津有味。

“类似‘我们本来就不熟，能不能别把我卷进你过家家的游戏，擅自打扰我的生活’这样……”祁应琛回想着道。

高考结束后，祁应琛到 C 国旅游，顺道去祁敬承念书的城市看他，正好撞见发生在 ZEUS 工作室外的一幕——

盛夏的凌晨，学校里正为足球联赛的胜利彻夜狂欢。校外空荡荡的街道上，24 小时便利店孤单地亮着灯。女孩子僵直站立，面对一个失控的祁敬承，静默良久，压抑着情绪说：“我知道了。”转身离开时，她没有让眼泪掉下来。要不是真的很喜欢，又怎么会放下自尊、骄傲、矜持，厚着脸皮把他当耀眼的太阳，乐此不疲地围着他转？

“陶阮转身那刻，二哥就后悔了。”这是来自 17 岁的祁应琛作为旁观者视角的结论。

“这是……十年前的事？”秦初晗蹲在宽大的沙发里，掰着手指头算。说真的，她一直觉得自己和祁应琛相隔六年还能重逢、还能在一起，简直可以称之为奇迹。而十年，能发生的事情就太多了，陶阮动作快一点儿说不定现在孩子都念小学了。

祁应琛看出她在琢磨什么：“没有说他们失联十年。”

秦初晗又惊了：“纠缠这么久？”

“也不是天天纠缠、月月上演离别大戏。”祁应琛道，“陶阮毕业后受《名人》杂志主编的邀请开设专栏。那时 CHAOS 开发制作的《星海》系列火遍全球，公司成功上市，二哥身价暴涨，国内外的媒体都在抢独家专访……”

不用问，最后自然是陶阮抢到了。两人因此恢复联系，也交往了一段时间，后来因为这样那样的原因分分合合藕断丝连。这些年，祁敬承运营着一家世界知名的游戏公司，三家子公司在科技、网络信息等领域全面开花。陶阮身兼数职，做过专栏作家，开过个人画展，为奢侈品牌走过秀，当过编剧，还翻译了两本畅销的悬疑小说……感情方面虽然磕磕绊绊，但不影响优秀的人变得更优秀。

祁应琛补充说：“最重要的一点，他们真的太忙了，一年当中最多在一起半个月，还是断断续续的那种。”

所以对于祁敬承的感情生活，祁家人都处于一知半解的状态。可能某个月他和陶阮都在帝都，那段时间互相看着顺眼，甜甜蜜蜜，手牵手回家吃顿饭，哄爷爷奶奶开心。在老人眼里，就是祁二有对象了，谈得挺好，放心了。又过几个月，祁敬承和陶阮因为鸡毛蒜皮的事陷入冷战，两人同时出现在祁雁城举办的酒会上却全程无交流，不小心眼神接触都嫌弃得不行。于是在祁雁城看来，祁二情路坎坷，还欠火候。

“他们没有一段相对较长的时间去维护感情，以前的矛盾还没解决，又有新的问题产生。”祁应琛总结道。

秦初晗继续算：“一年只有半个月在一起，十年就是一百五十天。”可说是聚少离多的终极形态了。

祁应琛道：“接着就是十月那场车祸。”

“和陶阮有关？”

祁应琛翻了翻眼皮：“听大哥说，那天下午他们请了国际公证人去家里做感情了结。”

Notary Public，国际公证人，大多为资深律师，专门办理公证跨国使用的文书，经手的内容通常都具有法律效力。秦初晗是在美剧里了解到这个职业的，看的时候觉得帅爆了，但发生在现实当中就，嗯……一言难尽。

“请问感情了结也可以请国际公证人吗？”在学霸未婚夫面前，秦初晗忽然对自己那点儿知识储备不自信了。

“这就是最扯的地方。”祁应琛一脸无语，“两个成熟的四肢健全、心智健康的成年人，在国际公证人的见证下，根据在场情感专家、心理医生和各自律师的建议，解决十年的感情问题，过后人手一份协议，分道扬镳，以后任何场合遇到，不管发生什么情况，一律翻协议、走流程，谁破坏规矩谁是狗。”

“这种了结有用的话，就不会有那么多离婚后形同仇人的怨侣了。”秦初晗捧起自己那杯咖啡喝了一口，总觉得今天的口感不太对。她皱了皱眉，示意对面的男人继续说下去。

祁应琛面无表情地说：“做完了断，二哥拿着协议去机场，路上发生了车祸。”

祁敬承在家静养了两个月，陶阮不闻不问，还真就按协议办事。这“婚”离得干脆彻底，冷血无情。

“然后他想不通了？”秦初晗忽然又觉得咖啡好喝了，入口微凉，莓果的酸甜滋味残留在齿间，回味无穷。

“对，他想不通了，又不想做狗，只好另辟蹊径。”祁应琛被未婚妻幸灾乐祸听故事的表情逗乐，“陶阮现在的职业是游戏测评师，在游戏网站 Atomic 上出的攻略很有质量，试玩建议中肯，积累了一批忠实的粉丝玩家。”

听到这里，秦初晗有了大致思路：“二哥想让陶阮测评《缤纷动物园》，借机恢复关系？”

祁应琛可拿不准祁敬承的想法：“关系恢不恢复不好说，测评是肯定要请她的。”

秦初晗不太看好：“只在游戏里建立关系，会不会太虚啊？”

“陶阮现在人在帝都，住的是去年年中你们去拍杂志封面时住的那套房子，她和二哥一起买的。看情形，协议的时候她获得了这栋别墅的居住权，二哥有没有我就不清楚了。”

"成年人的爱情游戏该死的令人沉迷！"这连载，她追定了。秦初晗立刻拿起手机，兴致勃勃地搜索"陶阮"。

祁应琛从旁提醒，陶阮的微博叫"随意 X"，也是她一直在用的笔名，"X"代表无限。

陶阮对待生活和工作的态度是积极向上的，特别阳光，充满自信。微博内容以日常居多，有一张上周的自拍照，女孩子穿着松松垮垮的白 T 恤坐在飘窗上，怀里抱着一只毛茸茸的三花。

"小草莓！"秦初晗一眼认出，这个飘窗是她住过的主卧没错，"陶阮小姐姐长得好嫩，眼神清澈，笑容甜美，看起来像在读大学生，真水灵！这自拍没开滤镜，皮肤的纹理都看得到。不过二哥也不像三十出头的，两个人站在一起应该很般配。"她一阵对比加感叹。

祁应琛笑着问："哪方面般配？互相折磨势均力敌？那确实是。"

这时，祁敬承回了信息，懒洋洋地说："这周之内，周三吧，开始内测。"

秦初晗精神抖擞："CHAOS 上一款正经内测的游戏还是三年前的《星海》手游。"内测什么的，可操作的空间就太大了！

"你别高兴得太早了，万一陶阮怎么玩都不满意……"

祁应琛还没说完，秦初晗就抢白道："那就让二哥继续优化，精品都是一点一点抠细节打磨出来的！明年上线也行！"

既然山海野生动物园的正牌继承人发话了，祁应琛只好转达游戏制作商，也就是他的二哥："你弟妹让你好好表现，把陶阮追回来。"

没多久，祁敬承发来一张照片。照片中无人入镜，只有被撕得粉碎的协议文件，撒满书房的地板。

祁敬承："我是不会放过她的！"

很好，很有士气！

祁敬承是被弟弟的信息唤醒的，回完信息又闭上眼沉思良久，直到卧室外响起一串爪子在木地板上摩擦出的细碎的声音，轻车熟路地奔着他来了。顷刻，一团颇具重量的毛茸茸纵到床上，两只前爪搭上他的臂膀，脑袋前探，对着他的脸"喵"了一声。

小草莓："二叔公，太阳晒屁股啦，快起床！"

"已经醒了，在想事情。"祁敬承缓慢地翻身平躺，手臂展开，睁眼望向天花板，"吃早饭了吗？她应该喂过你了吧……你自己过来的？走那么远冷不冷？"

一月初的帝都，室外温度保持在零下 1~5 摄氏度，无论阳光多明媚，都起不到任何作用。对于怕冷的喵星人来说，每一次离开暖气开得很足的室内都要赌上喵生全部的勇气。

小草莓蹲坐在他身旁喵喵叫着："自己来的，我毛厚，不怕冷！月亮它们不知道我来找你呢！早饭已经吃过啦，不过我在长身体，还能吃个猫罐头！"

从它活泼清脆的叫声里，祁敬承判断它吃得好、喝得好、心情好，精神也好，起身下床："想来也该吃过了，再给你开个猫罐头？"

小草莓跟在他身后，蓬松的尾巴翘得老高。

祁敬承给小草莓开了个罐头，再给自己弄了一杯热咖啡，来到四楼。这一层是大通间，里面黑漆漆的。祁敬承径直走到一侧的尽头，把罐头放到办公桌的桌角，启动电脑的同时，身后的窗帘自动向两侧收拢，阳光从落地窗外倾洒进来，展现出房间的全貌——长弧形的空间里，地砖是纯白色的，吊顶平滑得连灯组都省略，一切都被贯彻了绝对的简洁主义；唯一的装饰来自左侧墙面上 140cm×200cm 的油画，前卫大胆的画风，明艳亮丽的色块，锐利又细腻的笔触塑造出不同的三角形和圆形，组成一只展翅欲飞的火鸟，正是当代先锋画家随意 X 的代表作《凰》；油画下方铺了一张厚厚的烟灰色的地毯，两个水滴形的懒人沙发相互依偎，沙发前的圆形茶几直径不足一米，宛如黑曜石般的桌面上空空如也，连一粒灰尘都未曾沾染；房间的中心位置，摆放着一套似极了外太空陈设的组合式工作台，是与整个空间对立的纯黑色，边角圆润，澄澈无瑕；桌上依次摆放三台超大的曲面显示器，中间那台的前方有配套的键盘和鼠标，再往前的桌沿外是一把量身打造的人体工学椅。

小草莓来到椅侧，纵身跃上，这使得椅子发出轻微晃动。它蹲坐在椅子里定了定身形，等到晃动结束，再一口气跳到桌上，踩过昂贵的键盘，来到祁敬承放罐头的地方，埋头吃起来。小草莓吃到一半，昂起头发出满足的喵呜声。鲜美的鱼肉泡在汤汁里，入口即化，灵魂都得到升华了呢！此时此刻，对二叔公的喜欢轻易超过了三叔公……

祁敬承端着咖啡站在落地窗前，半眯着眼，安静地打量对面那栋房子。那是他和陶阮在感情最好的时候一起买的，房产证上写了两个人的名字，两个多月前做全方位了结时，他把居住权让给了她。

这么做并非他大方，而是他知道陶阮没有家人，从小在福利院长大，因为性格还有自小的成长经历，对房产没有执念，在哪里工作就住哪里的酒店，这家住腻了，便换另一家。她的经济能力足以支撑她一年四季住最昂贵的五星级酒店，但说到给自己安一个家……

陶阮有一只破熊玩偶，走到哪里带到哪里，家也就在哪里。那只熊曾经一度由祁敬承保管，每晚放在他床头伸手可触的位置。无论他在世界的什么地方，陶阮为了和那只熊会师，都会回到他身边。直到两个多月前，她把熊要了回去。那个时候，祁敬承清楚地认识到，这个和自己纠缠了十年的女人，到底是决定一个人孤独终老了。

居住权留给她，是他给自己上的保险。酒店再方便再舒服，哪里有家舒服？小区有完善的配套设施，甚至连外卖的种类都比其他高端住宅区多，只要陶阮回帝都，一定会住到这里。

祁敬承早就算计好了，也早就在为这一天做准备，早就将对面这套房买下来，为的就是应对如今这样的局面。这么做是有点儿变态，但是对陶阮，祁敬承只有两个字：值得！

小草莓吃完罐头，心满意足地舔了舔前爪，冲二叔公喊话："吃好啦，谢谢款待！"

祁敬承稍稍回过神来，侧首看了它一眼，眸里溢出些许暖意："吃好了？欢迎下次再来。"

小草莓跳下工作台，来到他脚边坐下，也看向窗外。

这时，外卖员骑着黄色的小电驴进入人和猫的视线中，停在对面那栋房子的铁门前，按响门铃。大约过去半分钟，年轻女人裹着被子一样的羽绒服走出来，取了外卖，缩着脖子小碎步钻进屋里。

关门前，祁敬承和小草莓看到几只毛茸茸靠在门边探头望她，被冬日的寒风吹得和她一样缩头缩脑。小草莓发出叹息："陶阮姐姐宅家的第十二天……"

陶阮回来快半个月，每天点外卖，足不出户打游戏、刷剧，日夜颠倒是常态。别以为她出来拿外卖是起床了，是玩到现在还没睡！如此不健康的作息，猫猫们都着急了。

祁敬承听到小草莓担忧的叫唤，心情复杂地扯了扯嘴角："正常，年前的重要工作基本结束，年后还没打算，琴不练，画也不想画，社交更是不存在。"

陶阮几乎每年都有这么一个封闭自我、放任自我的阶段。每到这个时候，除非她主动和人交流，比如拿外卖，否则就算和她住在同一屋檐下，她也会把对方当成空气，视为无物，没有解释，也不会提前做交代。这些年，祁敬承完全是瞎子过河，全靠摸索。这大抵是天才的通病，正常人很难理解，不过他不需要理解，他只要和她纠缠不休，让她意识到他们早就是彼此生命里的一部分。

用喝一杯咖啡的时间收拾好心情，祁敬承靠在办公桌的一端，给微信名备注为"冰冻"的好友发去一条信息："准备得怎么样了？"

这是《缤纷动物园》的主策划，冰冻是游戏名字的谐音简称。倒不是祁敬承这个大老板不尊重员工，而是当初他主动加微信时，对方强烈要求的，说这样更有记忆点，祁敬承只有配合。

冰冻秒回："群已经建好了，包括游戏主播、知名玩家、游戏测评等总共两百人，您要求的那一位也在其中，针对普通玩家申请开放的两千个名额也全部发放完毕，随时可以内测。"

祁敬承抬了下眼皮：“群里通知一下，晚上十点开始。”

冰冻：“今天晚上吗？为什么是晚上十点？”

因为陶阮刚取回今天的第一份外卖，吃完差不多该睡觉了，估摸着七八点起床，再把晚饭补了，不就正好十点？但祁敬承不可能跟冰冻解释那么多，只强调：“今晚。”

冰冻毕恭毕敬地回了个小兵敬礼的表情：“收到！”

祁敬承发了个名片推送给他：“这是我小号，把我拉进群里。”

冰冻：“明白！”

另一部手机很快响起提示音，系统推送消息：您已加入《缤纷动物园》内测测评群。

祁敬承今年的主要工作也差不多结束了，公司运营不需要操心，剩下的时间正好开启“捕猎陶阮计划”——让我们一起愉快地玩游戏吧。

果然，这天夜幕降临时，目标人物终于醒过来。睁开眼的同时，她摸到静了音的手机，无视微信上两位数的小红点提示，先打开外卖软件，给自己点了一份豪华的晚餐，旋即起床。

天已经黑透了，陶阮对窗外的世界毫无探索欲望，在帝都过冬，就是要待在暖气充足的室内宅个痛快！

洗漱完毕，换上一套崭新的居家服，再喂个猫，这时候外卖也送到了，陶阮照旧披上堪比棉被的羽绒服出去拿，稍后回到厨房，把食物从一次性包装盒倒入餐盘，放进微波炉加热，再摆到餐桌上。三束装饰灯光从正上方打下来，给几样家常菜和一碗米饭增加了不错的柔光滤镜。她盯着看了半晌，上楼拿来手机，拍照，发微博。

众所周知，随意 X 是位跨界大神，能写能画，翻译的小说作品也十分精彩，最难得的是，她还是位懂得生活的美人。所以微博刚发出去，留言、点赞、转发量都噌噌上涨。

陶阮根本不看粉丝说什么，因为不在意。她放下手机，专心吃饭，任由猫咪们在脚边转悠。整个过程相当安静，直到手机屏幕上不断弹出来自同一个人的信息——

姚觅：“不要把外卖当成自己做的菜发到微博上去。”

姚觅：“不要刻意装正常人。”

姚觅：“不要营造你在认真生活的假象。”

姚觅：“更不要给自己凹人设，你又不出道不当明星，你要‘人设’做什么？”

陶阮看完信息，不悦地抿了抿唇，把刚才那条微博删掉，连同上周抱着猫的自拍也删了，然后继续吃饭。

姚觅：“删掉不等于没发生过，你可以在留言区解释那是外卖，换好看的餐具能增加食欲，也能体现你想体现的‘爱生活’这一点。”

陶阮叛逆地回“哦”，态度之敷衍全表现在那个被故意省掉的标点符号上。

姚觅与她相识多年，两人从医患关系升级为闺中密友，早就摸透了对方的脾性。所以在新信息里，姚觅的用词更加冷静：“五个月前，是你主动向我寻求帮助，说想体会正常人的生活，当时我就告诉你每个人的生活状态不一样，不能用简单的正常或不正常去判定。这个世界并非黑白分明，你也清楚这一点不是吗？后来你再三坚持，我才答应试一试，可你现在已经开始抗拒我了，不如终止治疗？”

其实这不能算治疗，准确地说，更像是在好朋友的陪伴下找寻自我。此过程中，姚觅从专业角度给陶阮意见和建议，从朋友的角度加以关怀和呵护。

天才也有烦恼，这一点是显而易见的。好在陶阮是个讲道理的天才，老老实实反省：“刚睡醒，持续低气压，我的问题。”

姚觅无奈道：“你这个作息就不正常……”

“在调了在调了。”陶阮嘴上说着，打开外卖软件看点的咖啡送到哪儿了。

姚觅：“认真回答我，你的晚饭里没有咖啡吧？”

陶阮在屏幕上点着的食指心虚地往内抠了抠。

蔷薇跳上餐桌，在她旁边喵呜喵呜地叫着，宛如在复述姚觅的询问。

陶阮泄气地趴到桌上，整张脸埋进臂弯里：“错了错了错了，这个月……不是，这个星期……不行！48小时内最后一杯！”

蔷薇叫得更凶了，脚边的几个家伙跟着起哄，围着她喵呜喵呜叫个不停，群嘲效果直接拉满。

陶阮蓦地坐直身子，跟猫吵架：“喝杯咖啡怎么了，用得着小题大做吗？你们能48小时内不吃罐头吗？有本事把我刚才喂的鱼罐头都吐出来，那我今天就不喝！”

蔷薇愣了愣，跳到桌下，头也不回地走出厨房，骂骂咧咧：看把你能的！

陶阮听不懂也猜到几分意思，转而去看脚边的月亮、博士和闪电，她瞪圆了眼睛，问它们：“有什么意见？！”

没有！不敢！你开心就好……猫咪们识趣得很，纷纷离开厨房，还霸道人类一个安静的用餐环境。

看着毛茸茸们心有不甘的背影，陶阮觉得自己赢了。享受了片刻胜利的喜悦，她再端正态度，老老实实回信息：“点了，不过我刚才答应了猫，48小时内只点这一杯。”

姚觅：“你答应了猫……行吧，慢慢来，对你要求不能太高。这次是48小时，希望下次延长到72小时。”

陶阮一口烧茄子，一口软糯的米饭，再喝一口煲得极到火候的汤。胃里有了东西，身体变得暖暖的，心情也愉悦轻松起来。吃完饭，她把餐具和餐桌稍微收拾了一下，拍照，加一层有氛围感的滤镜，发了微博：“没做饭，点的外卖，换了自家的餐具，吃完了，很美味。换餐具的优点是更像正经晚饭，缺点是要洗碗。”

不到两分钟，姚觅就发信息来表扬她了：“这样才对，这才是我认识的陶阮。”

“凹人设的我就不是我了吗？”陶阮不解地嘀咕。她的疑问总是很多，但已经习惯不去寻找答案了。因为很多时候，那都是自找麻烦。

姚觅人在国外，利用早餐时间尽量和好友沟通：“你刚说你答应了猫，你有猫了？什么时候的事？”

陶阮没隐瞒：“祁敬承的猫，一直住在这个房子里，总不能我来了就把它们赶走，再说也不是很闹。”

姚觅很明显地试探：“那你想聊聊祁敬承吗？”

陶阮犹豫了一瞬，皱着眉头打字，“他有什么好聊的”又没有加标点符号，等她反应过来这是破绽，想补救已经来不及了。

姚觅乘胜追击：“我们认识整整八年，你和祁敬承怎么样，我看得明明白白。你现在追求稳定，追求所谓的正常，如果我告诉你，以往每年和他待在一起的日子里你既稳定又正常，并且十分和谐……还需要我说下去吗？”

但她拿不准陶阮对待感情的态度，尤其是去年十月中那场感情切割，难得祁敬承肯陪着闹，那可是 CHAOS 的祁敬承！

姚觅：“不想聊这个就换个话题，今早第一位客户大概还有五分钟到。”

陶阮想了一会儿，说：“如果需要借助外力，比如说祁敬承，我才能做个正常人，那要是有一天他背叛了我呢？”

姚觅被问住了：“问得好。”她可不敢为祁敬承的忠诚度打包票。

陶阮得到支持，继续道：“和他在一起确实很放松，但是分开之后，那种说不清楚的失控感会不断加重，我不想整天都在想另一个人在做什么，我也有自己的事情要完成。”

“没有人能在感情面前时刻保持自我，理智到滴水不漏。”姚觅在输入栏里打出这行字，思索间又删掉了，换成循循善诱：“一味逃避不是办法，不如试试和他做朋友？我听说他回国了，近期在帝都休养。”

陶阮固执地说：“我没有逃避，我还接了 CHAOS 一款手游的内测邀请。不过做朋友什么的就算了吧，文书里写得很清楚，第 3 页第 61 条：任何一方想要建立联系，无论事

情轻重缓急，必须先通过对方的私人律师进行预约。太麻烦了。”

姚觅：“……我当初一定是鬼迷心窍才会在你们的破协议上签名！”

陶阮难得见她崩溃一次，笑出了声。

姚觅吐槽：“CHAOS一年出那么多游戏，大项目的主策划都不一定有资格跟祁敬承建立起直接的联系，你接个手游内测就叫面对？”

陶阮耍无赖：“至少我没有因为他的关系拒绝内测邀请，我会认真玩的，还会认真写攻略和测评建议。”

姚觅发来一张截图，附言：“祝你在《缤纷动物园》里获得愉快的游戏体验。”

陶阮总觉得姚觅最后的祝福不是真心的，收拾了厨房，端着咖啡来到三楼的休闲室，她缩进下沉式沙发里，把《缤纷动物园》下载到手机里。此时是九点十五分，距离开服还有四十五分钟。陶阮上微博转发了手游的开服预告，表示自己准备好了，然后去浏览山海野生动物园官博今天更新的内容。

一个月前，《缤纷动物园》策划组就通过Atomic对她发出了内测邀请。手机游戏她玩了不少，这样的文创IP开发还没接触过，这是她接下这份工作的主要原因。不过既然是IP开发，自然要先了解IP本身。陶阮关注了山海野生动物园的官博，买了文创产品，也看了普通话不太标准的直播。坦白说，文创产品质量不错，但没有到非常喜欢无可替代的地步，直播确实有知识含量，上限也看得到，还有爱卖萌的官博，陶阮怀疑皮下是个糙汉……她感受不到让网友嗷嗷叫的各种点，总结下来，大抵是她不那么喜欢动物。不过陶阮有自己的专业态度，她会从客观的测评角度去体验游戏，给出评价。

至于动物的主题……陶阮扭头，只见毛茸茸们排成一排靠在暖气片上，舒服地眯着眼。看她望过来，纯黑的那只尾巴一翘，睁开金色的圆瞳，好奇地回望她，好像在等待她的召唤。这只猫名叫闪电，和动物园的明星豹同名。

等一下！

“月亮、蔷薇、博士、闪电……”陶阮点着数完，略做回想，“小草莓呢？”

她从起床就没见它的影。说起来，小草莓这几天行踪诡异，时常一转身就不见了，过很久又不知道从哪儿钻出来。小草莓性格温驯，很粘人，自从她回来后，无论是打游戏、刷剧还是做别的什么，它都会安静地陪在她身边。这让陶阮觉得它是一只懂事的猫，无端失踪这种不负责任的行为不应该发生在它身上。于是开服前的一点儿时间，陶阮开始了寻猫之旅。为了尽快结束，她还特地开了一个罐头拿在手里当诱饵。结果小草莓没找到，反而惹得闪电它们跟了一路。

临近十点，寻猫未果，辗转来到客厅的陶阮总算注意到摆在置物架中间的家庭监控器。监控显示，小草莓于早上八点四十七分经过客厅，穿过猫瓣门来到后院，爬上室外的猫架，纵上墙头，之后一路向左，直至尽头转角灵活跃下，彻底消失在镜头中。

虽然陶阮很不愿意承认，但种种证据显示，小草莓是个逃家惯犯没错了！

“我有点儿伤心……”她对面前的四只猫道，“你们也看得出来，我对它是偏心的，小鱼干要多少给多少，每天定闹钟投喂三餐，结果它现在连晚饭都不回来吃了。”

四只毛茸茸围在她脚边，回应般冲她喵呜叫——

博士：“对！过分！”

月亮：“很高兴你能认识到自己偏心这一点。”

蔷薇：“说吧，怎么样才能吃到你手里的罐头？”

闪电：“帮你把它找回来？”

陶阮听不懂喵语，在沟通这件事上，她和大多数铲屎官一样全靠想象，就当它们想替她出头了：“不用做得太绝，稍微教训一下就好，你们分着吃吧，不许抢，要友爱。”说完，把罐头放在地板上，头也不回地上了楼。

身后的四只毛茸茸怎么可能不抢？闪电以强健的体魄和先发制人的战术，第一个把脸埋进去，吃了两大口。月亮和蔷薇从左右杀来，凭实力分一杯羹。博士依然抢不到，惨就惨在它只是往前走了一下，就受到闪电的后腿踹，气得它像个醉酒糙汉那样瘫坐在地哀号：“不吃了！我减肥！！！”

2

《缤纷动物园》的图标是在山海野生动物园的 LOGO 上修改设计的，区别在于山和海之间，黑豹露出金色的眼睛，望向外界，似乎在期待，似乎在等待。

点击图标，进入游戏，画面上依次出现世界知名游戏公司 CHAOS、山海集团等字样，之后黑屏，响起大自然的声音——水流动，风轻拂，林间的叶子沙沙作响，一声鸟叫打破了清晨的宁静，接着其他动物的叫声叠加在一起，反复回荡，营造出森林里独有的空幽氛围，是吵闹的、新鲜的、可爱的，更是真实的。最后，屏幕上浮现出一个提问：你认为人和动物之间应该保持怎样的距离？

陶阮愣了一下。在她的认知里，几乎所有游戏都有一个强加引导的入门阶段，设计者恨不得手把手教玩家快速搞懂玩法。而《缤纷动物园》作为一款面向大众的模拟经营类游戏，居然在开头不慌不忙地向玩家发出灵魂考问。最绝的是，设计者根本没指望玩家回答这个问题。随着字迹缓缓消失，屏幕正下方开始读条，一只Q版闪电豹向终点奋力奔跑。

陶阮有一种猝不及防被直击了心窝的奇妙感觉。她拿起笔，在记事本上记下要点：游戏核心，人与动物的距离（推测游戏过程中会不断强调此内容，如果没有，我会失望）。

读条结束后是一段山海野生动物园的现状介绍，末了，萌萌的园妹出现了，粉色的头发，圆圆脸，小鹿眼，穿着公主裙，手持仙女棒，问玩家："准备好经营自己的动物园了吗？"

点击"我准备好了"，页面切换，背景图是一张色彩缤纷的动物园全景，居中为输入栏，里面有一行浅灰色的字：给你的动物园取个不错的名字吧！

"怎样才算不错的名字？"陶阮没多想，打了"随意"两个字，点击确定。

屏幕上弹出弹框，园妹体贴地念："抱歉呢，'随意'这个名字只有9分，满分为100分。温馨提示，分数太低的话，会影响动物园今后的经营哦，您确定要使用'随意'作为动物园的名字吗？"

"好的，不确定，是我草率了。"陶阮垂着眼，也不知是吐槽还是反省。

静止数秒，她重新输入"X"。园妹惊喜道："恭喜您获得了99分！X在数学中代表未知数，在坐标系统中用来标识横坐标变量，是个充满无限可能的名字呢！"

陶阮切回主页面，输入："你是不是在耍我？"

园妹："这个名字，嗯……怎么说呢，不是不好，就是有一点点奇怪。即便如此，它也得到了系统公平给出的45分。您确定要使用'你是不是在耍我'作为动物园的名字吗？"

"系统公平给出的45分？'随意'为什么只有9分？"陶阮对打分机制充满怀疑。但最终她还是删掉"你是不是在耍我"，用简单的"X"作为园名。

接下来轮到动物园经营者，也就是玩家给自己取名。这个环节没有打分，不然陶阮很可能会退出去玩点儿别的……于是"随意的X"正式开启了动物园经营之旅。

同一时间，祁敬承通过后台看到陶阮对打分系统的抱怨，不厚道地笑出了声：跟系统较劲，可以说是相当可爱了。

小草莓乖巧地蜷在键盘边睡觉，听到二叔公愉悦的笑声，不禁抬起头困惑地望了他一眼。祁敬承伸手给它顺背："没事，好好睡。"

左边那块显示屏上，冰冻毕恭毕敬地回复："已经按照您的吩咐，删除了给玩家ID打分这一环节。"

祁敬承打字："我看到了，做得好。"当然，也是他发现得及时，在陶阮有心和系统杠上的时候让冰冻赶紧修改。

人在 G 市公司总部加班的冰冻欲言又止，大 Boss 放着新春就要上的年度巨献影片不去盯，盯着他们这个不到 500MB 的小项目……真的，太搞心态了！这位“随意的 X”到底是何方神圣？！

祁敬承也知道，以公司的规模、自己的身份，此行为无异于折磨下属，而且还是跨级折磨。但许是内测刚开始，闲着没事，许是高手寂寞，需要倾诉，他主动走下神坛，逐字在键盘上敲：“我们去年十月中分的手，我要把她追回来。”不是老板变态，转罗盘转到这个项目，挑人搞心态，他有苦衷。

竟然是未来老板娘！分手时间在十月中，正好跟车祸对上了！怪不得十月末的某天深夜，大 Boss 空降策划组，亲自参与进来。一切都是为了这一天！冰冻握着水杯的手微微颤抖。等重新调整好心情，他热血地表态：“为了老板您的幸福，请尽管吩咐！”

祁敬承：“这话挺让人安心的，谢谢了。”

啊！大老板对我说谢谢！冰冻顿时热血沸腾了。一手创建 CHAOS 的祁敬承又怎样？面对一段不确定的感情时，大家都是一样的，都会忐忑、彷徨、胡思乱想，变得不自信。今夜，他和数以万计的单身狗一样，为了挽回前任的心守在屏幕前，守着这款不足 500MB 的模拟经营游戏！冰冻整个人都燃起来了：“那您有没有具体的想法？内测只有十五天，考虑到目前的体量，测评最多一周就能出。”

按照随意 X 以往的游戏经验，就算她继续玩下去，每天花在《缤纷动物园》上的时间也不会太长。毕竟这类游戏有个通病，不管多有趣，玩家累积到一定的程度，日活跃量就很难提升上去。大 Boss 为了随意 X 参与到策划里来，然后呢？

祁敬承向他抛出一个问题：“你对她了解多少？”

冰冻做过功课，立刻答：“跨界天才，精通五国语言，画家、翻译家、《名人》专栏特邀作家、旅行博主，还是个懂生活的美女。”

祁敬承懒得去纠正冰冻对陶阮的片面印象，直奔主题道：“她先追的我。那时她还小，我也年轻，她横冲直撞，我无所适从，都不懂得温和地处理感情。我只想做游戏，拒绝得很生硬，伤害了她。后来我们正式在一起，无论我怎么做都得不到她的信任。”

另一边，冰冻正在网上搜索陶阮的相关信息，从一篇她早年在学校拿奖的新闻里了解到她不同寻常的成长经历。

陶阮是个弃婴，出生未足一月就被遗弃在一家养老院门口，之后辗转于数家福利院，因为性格孤僻，不懂得讨好大人，数次失去被领养的机会。这使得她受到诸多不公正的待遇，经常吃不饱，睡大通间最潮湿的角落，严冬只有一件旧棉袄，酷暑永远是两件不合身的T恤交替着穿，同龄的孩子排挤她，年龄大的孩子欺负她……直到13岁，陶阮无意中展现出过人的语言天赋，这才受到重视，灰暗的人生因此改变，开始一点点好起来。现今，她住过的福利院还会隔三岔五找她捐款，她倒是不计较过往，十万二十万地捐出去。媒体夸赞她人美心善，冰冻却觉得这是心死的表现，因为不在意，权当花钱省麻烦了。

结合大Boss说的这些，他委婉地道："陶小姐的成长环境没什么安全感可言，想获得她真正的信任，确实是件有难度的事。"

祁敬承："是的。"

冰冻展开联想："莫非您想通过《缤动》来治愈陶小姐？"

祁敬承道："治愈说不上，我只是觉得这是一个值得努力的突破口。山动本身是一家很特别的动物园，我不知道你有没有去过，在那里，我能感受到人和动物之间达到的一种近乎平等和谐的关系，我希望她能感受到这一点。"

内测结束后还有一个重要的线下活动：邀请测评人们前往山海野生动物园游玩。祁敬承不确定陶阮会不会去，但他如是期待着。

夜又深了些，相对略显拖沓的开头之后，游戏过程可以用"丝滑"来形容。

《缤纷动物园》在玩法上和市面上的同类型游戏一样，细节处却不乏别出心裁的设计。故事采用一致的背景，玩家在机缘巧合下得到一家动物园的经营权，通过小游戏随机获得五种动物。每只动物都有基础星级，最低1星，最高3星，综合现实中的保护级别、国民喜爱度，以及游戏内的健康状况、体力、年龄、随机性格等多方因素来判定。

陶阮运气不错，获得了大熊猫、非洲岩蟒、长颈鹿、亚洲象和狗獾。雌性大熊猫已经处于中年，患有轻微肠胃炎，虽然拥有超高的国民喜爱度，也只有2星。而刚成年的狗獾因为健康强壮、活泼好动、性格温和、饮食要求低，适合展出，得到了3星的初评。

不过每只动物都能提升星级，最高7星。升级方式有很多种，保证日常三餐只是基本的，得让动物们吃好喝好精神好，注重营养搭配，改善居住环境，甚至是做体检！经验条加满即可升级，星级高的动物能招揽到更多游客，增加动物园的收入。赚了钱可以扩建园区，去"商城"购买其他种类的动物，后期还能获得开小吃店、咖啡馆、周边店的权限。

"商城"总共有三种形式——

第一种是名为"动物家园"的系统商城，在这里能买到各种各样的动物，此外还售卖丰容材料、未加工的食材、园区基建等道具。两小时刷新一次，动物的价格浮动非常大，基础星级随机，有巨坑，也有超值优惠，只要不盲目买，选到物美价廉的好商品并不难。值得注意的是，在这里交易，系统会抽取12%~35%。陶阮特地等了两个小时，本想花一半家产买只亚洲黑熊增加动物园看点，幸亏迟疑了一下，发现价格和原先看到的不一样："35%……怎么不去抢？！"

第二种是供玩家们买卖的虚拟城市"自由贸易港"。在这里，玩家可以自行编辑物品价格进行售卖，也可以逛其他玩家的店，货比三家。贸易港统一抽取 8%，还算合理。内测开服三小时，已经有玩家开起商店，不过卖的东西就一言难尽了，其中不乏奸商给病弱非洲狮标个天价，不注意看的话，买回去还得先进行治疗。陶阮两年前开始接触游戏，胜在玩得细致、理解能力强，不管什么类型都能快速上手，对于这种喜欢在开服期投机的玩家，从不给眼神。

最后一种是由动物商人开设的"神秘帐篷"，特点是流动性强、珍稀动物多，玩家每天还拥有 3 次砍价机会！陶阮运气很好，只拉扯了一下，就以低于"动物家园"的价格买入一对鸳鸯，解锁梧桐叶子湖靠近东门广场的沿岸部分区域。

做完一系列入门任务，主线自动开启。此时动物园的情况并不乐观，游客少，硬件设施简陋陈旧，需要做出改变。

弹框给出选择：是否接受马戏团入驻申请？

园妹趴在框边进行详解："马戏表演起源于古罗马时代的斗兽场，留下'只有面包和马戏才能使罗马人快乐'的说法。因为最早做表演的是马，所以称之为'马戏'，发展至今，有了多种多样的动物演员。眼下 X 动物园财务状况低迷，开启马戏表演是不错的增收方式。不过有一点必须让老板您知道，训练动物们表演是有违它们天性的，很残忍！可我们的动物园……啊啊啊！您是老板您说了算，大不了情况好转再终止跟马戏团的合作就好啦！"

陶阮："……"人性的考验说来就来。

她选择"我需要时间考虑"，得到 12 小时的时间。随后，她将园区现有动物做好安排，暂时退出游戏，去群里看其他主播、测评人们玩得怎么样了。

凌晨一点的游戏群夜猫云集，大家对《缤纷动物园》的首度试玩给出了不错的评价。

陶阮也觉得挺不错，不但做出了山海野生动物园的特点，还自带养成系统，养出一只健康好看的动物不仅能够赚钱，还能给玩家带来直接的成就感。群里已经有测评人炫耀起自己的崽崽了。

策划也还在线上，透露说本周四会进行一次更新，除了扩充故事支线，还增加了为动物取名等诸多小功能。

这时有个测评人哭着发出一张负债截图，负债原因是在马戏表演的过程中过分压榨动物，遭到城市范围的抵制。他问策划这种情况是不是要重头玩，能不能给个改过自新的机

会，结果遭到全群围观嘲笑——

“我就说马戏团入驻申请是个坑，一定要拒绝，前期穷就穷点儿，做人最重要的是善良。”

“别了吧，玩个游戏还要把善良顶头上？那古早端游里还有职业红名呢，一天屁事不干，专守在城门口，这要怎么说，人肉出来全世界一起谴责他？”

“朋友，你听说过山动的‘泰坦事件’吗？了解一下，你就知道这个东西为什么不能碰了。”

“拒绝动物表演！游戏里也要拒绝！”

“别慌，‘城市范围的抵制’说明还有救。”

“重点是‘过分压榨’，我也接受马戏团入驻了，赚钱后解约就是了，还有要时刻注意动物的健康问题。”

“反正我是不会接受的，动物表演就不该存在。”

“首先这是款游戏，其次大家都是测评，总要有人去尝试不同的玩法，不用事事都先上价值观。”

“天哪！真的有人舍得把辛辛苦苦养得健康白胖的孩子们拿去受苦受训啊？”

“怎么还阴阳怪气起来了呢？”

“《缤纷动物园》的原型是山海野生动物园，那可是国内为数不多永久取消动物表演的动物园之一，说明什么？”

“那么游戏里有这个设计说明什么？策划出来解释一下吧，是想大家探讨人性，制造热度话题来炒作？”

陶阮觉得不同情况不同对待，既然是游戏，是测评，还是要拿出专业的态度，吵起来的都是真情实感带入了的，侧面说明这款游戏做得好，至少优于大多数同类型游戏。

吵了差不多十分钟，主策划冰冻冒头了，解释说这个设计的初衷是想让玩家了解马戏表演和动物园的关联，也正好和山动曾经的经历串联起来，一早知道其矛盾性，无意引发争端。而且内测就是为了优化游戏，明天他们会做个投票，决定是否在主线里保留这一环节。

结果群里吵得更凶了……

陶阮对人类的争执无感，回到游戏里继续玩。在缺少马戏表演收入的情况下，她的动物园过了一段抠抠搜搜的苦日子，突然有一天（游戏内时间），游客量陡然增加！陶阮从沙发里坐起来，看着噌噌上涨的日营业额，一脸不可思议的表情。

身侧，毛茸茸们喵呜叫着贴了上来，消失的小草莓也现身了。

“你去哪儿了，怎么现在才回来？！”陶阮放下手机，把小草莓举起来，和它展开严肃对话，“你知道现在几点吗？外面多冷啊，毛都给你冻硬了！”

“知道啦，错啦，别那么大声……”小草莓前肢交叠在脸前，做些许抵挡，还把脸别向一边。

陶阮被它这反应弄得又好气又好笑：“不许躲，看着我！”

小草莓：“……”

其他猫咪们离开暖气片，来到沙发边缘蹲成一排看热闹——

蔷薇先道：“交代吧，到底去哪儿了？”

月亮补充：“早上出门，午饭都不回来吃，持续有五天了，你是不是该对你的反常行为做个解释？”

博士追加：“阮姐姐发话了，她对你就是偏心的，这点很拉仇恨。”

闪电曾经是一只户外生存经验丰富的野猫，都不用凑近，就已经嗅到小草莓身上的高级鱼罐头味道，问得直接：“吃得挺不错，哪家？”这个小区住的人类都很有钱，祁家还专门在附近的动物医院给它们订了全套服务。陶阮回来后，又在网上买了一堆进口零食。但以上都没有小草莓齿缝里飘出来的味道高档纯粹！闪电时常外出转悠，小区里的家猫野猫它都认识，这个味道是新款，以前没接触过，更没吃过！可恶，居然吃独食！

小草莓被近期的主要饲主和四个家人注视着，实在避无可避。它先对家人们妥协：“也不是不能说，就在对面，明天我带你们过去就是了。”

“对面？是新住户吗？”在闪电的记忆里，正对面的住户从来没出现过，虽然房子很早就装修好了。

“不能算新住户，总之明天去了你们就知道了。”小草莓怕说了，蔷薇它们现在就闹着过去吵二叔公，要是引起阮姐姐的注意，局面会变得很麻烦。

月亮只关心吃的：“明天什么时候去？保证去了就能有好吃的？跟你吃的一样？”

“我保证！”小草莓扭着横向发展的身体，在陶阮的掌心里挣了挣，内心超大声地喊：二叔公还能亏待你们吗？！

由于挣扎的幅度太大，陶阮不得不加强对它的控制力度：“不许动！”

小草莓瞬间蔫儿了，老实巴交地垂下脑袋和蓬松的大尾巴：“知道错了嘛……”

“明天起来之后大家一起去。”闪电做完总结发言，到放在暖气片旁边的猫窝里，团成一团。

月亮它们向来以闪电的意见为重，也离开沙发边缘，各自回窝睡去，只等明天早晨吃好吃的去！

“你们……你们不管我了吗？”小草莓眼巴巴看着家人们扔下自己独自面对好奇心和占有欲爆棚的陶阮。

闪电闭上眼就睡。蔷薇和月亮相依相偎，散开的毛毛把最大的猫窝边缘都铺满了。博士倒是想救它，可理智地一想，自己根本不是陶阮的对手，于是很干脆地放弃了：“自求多福。”

“看来你们商量出结果了。”陶阮难得地讲个先后顺序，“该给我一个合理的解释了吧？”

小草莓苦恼得喵喵求饶：“我说了你也听不懂呀，不如先睡觉好不好……”它是带着任务回来的，二叔公让它监督陶阮睡觉——要是通宵玩游戏就打手机，刷剧就到电视机前晃来晃去或是把遥控器藏起来或是咬充电器的线！

“听不懂喵语，有没有语言切换按键？”陶阮把它举高高，在它身上寻觅不存在的按键，最后演变成抱在怀里揉了个痛快。只要看到它，她的心情就会变得很好，哪里舍得真的计较。

夜深了，陶阮接连修仙数日，冷不防困意上涌，张开嘴打了个略显狰狞的哈欠。小草莓连忙道：“阮姐姐你困啦？”

听到它软软的试探，陶阮好像懂了似的，温柔笑道：“你是回来监督我睡觉的吗？你怎么那么乖啊？那我们一起睡吧！”她抱着小草莓边往楼下卧室走，边跟它商量，“你今天出去过了，只能让你睡床边，共享枕头是不可能了，不过好在我的床够大！”

博士：这心是偏到太平洋去了？

月亮：还好，我还有蔷薇。

蔷薇：还好，我还有月亮……

闪电：我……哎！

第二天天刚亮，陶阮还抱着枕头在梦里建设她的动物园，住在她对面的住户已经吃完早餐，收拾好厨房。

祁敬承端着热腾腾的咖啡转身，就见五只毛茸茸出现在视野内，愣了下，旋即绽出冬日暖阳般的笑容：“都来了？吃早饭了吗？”

除了小草莓，猫咪们都很激动——

月亮、蔷薇：“二叔公！！！”

博士：“原来是你！”

闪电：“如果可以的话，请给我开三个罐头，有劳了。”

小草莓昂首挺胸跟上：“和昨天的一样，谢谢二叔公！”

祁敬承对家里这些毛孩子一贯宠上天，给它们开罐头，各种零食管够。

双方都满意的投喂结束后，祁敬承上楼处理一些不能拖的工作邮件，猫咪们跟在他后面一起来到工作室，各自找地方盘踞。碎金般的光洒入，驱散所有的昏沉不清，照亮心情，偌大的空间里因为毛茸茸的到来平添了几分温软和可爱的暖意。

十点多，冰冻发来消息："问卷调查已经准备好了，您要过目吗？"

祁敬承想了一下，回复："发过来吧。"

基本上每个正经游戏都会定期出问卷调查，附加一些不错的奖励，玩家填写后即可获得，而策划能从中得到更直观的产品反馈。《缤纷动物园》的第一份问卷调查早就准备好了，都是基础向的问题。不过鉴于凌晨职业测评群里发生的争执，祁敬承让冰冻加了一些特定问答，主要想看看住在对面那家伙怎么说。

冰冻毕业就进了 CHAOS，对游戏这个行业充满热情，工作方面一点就通，个人能力强，有想法但不莽撞，交代下去的事总能完成得恰如其分的好。当初祁敬承空降策划组，很快发现他是个全方位的人才。此刻调查问卷发过来，如祁敬承所料，没有需要修改的地方。

祁敬承："把问卷奖励设置成多段档位，回答得越仔细，奖励越丰富，基础素材、高星动物，这些你们看着弄，做好就可以发布了。"

冰冻："收到，明白。"

祁敬承侧首向挂着油画的那端看去，五只猫或蜷在地毯上，或独占一个水滴形懒人沙发，或老老实实蹲坐在油画的左下角，成为那幅画虔诚的守护者。

毛茸茸们天生感知敏锐，几乎在他目光开始向它们移动时已经先打起精神，齐齐回望。

一下子对上五双可爱的猫眼，祁敬承被萌到心窝里，嘴角一扬，露出漫不经意的懒散笑容。

蔷薇激动地站起来，尾巴竖得老高："二叔公，二叔公，永远都爱二叔公！"

月亮横在它前面，把它拦住："说好是大家的，不许单独过去撒娇。"

蔷薇有意见："小草莓都在这里待好多天了！"

小草莓立刻反驳："是二叔公要我保密的，我们那么多猫一起出去，很容易被阮姐姐发现！"

博士舔着嘴瓣回味："只要每天都用那个牌子的罐头填满我的胃，我愿守护二叔公单身一辈子！"

闪电觉得这群家伙思想不端正："祁敬承根本不想单身吧……"

蔷薇稍微恢复一点儿理智："阮姐姐都不理他，我们能怎么办嘛。"

月亮不懂："二叔公和阮姐姐多般配多合适啊，上次来的时候还住一起，二叔公还给

她做好吃的，两个人打游戏、看电影、手牵手遛弯……”去年五月那会儿还好好的，怎么会变成现在这样呢？

小草莓也不懂：“房子那么大，一个人住一间都空，他们居然一人住一套。”这些天它两边来回跑，怪累的。

博士很担心陶阮目前的状态：“阮姐姐已经五天没出门了，除了拿外卖。”

闪电忽然想起来：“她预约了健身会所的瑜伽课，今天下午三点，可以期待一下。”

月亮不看好：“阮姐姐出去，二叔公又不出去。哎……”

祁敬承没想到无意中的一眼引发了猫咪们的群聊，你喵一下，我再喵一下，此起彼伏、抑扬顿挫的。他觉得自己似乎是它们的话题人物，这让他也获得了不小的乐趣。

聊天框那头，冰冻汇报了首次更新的内容，不难看出那是能力内最简短的用词，生怕耽误大 Boss 宝贵的时间——要做好游戏，还要不动声色地帮大佬打掩护，真的很难很心累。

祁敬承和冰冻年龄相仿，只因创业早成名早，每天都有忙不完的事，等回过神来，公司上市了，变成游戏业的先驱者，最初的创业伙伴早早退休，拿着分红到处旅行、结婚生子……唯独祁敬承还在这个领域里，十年如一日地打造梦想的游戏世界。在冰冻的眼中，祁敬承是高高在上的成功人士，可能还带点儿类似 UFO 的未知神秘感。

祁敬承意识到自己的存在让冰冻举步维艰了，思忖了一会儿，打字道：“你是主策划，不用事事向我汇报，我有需要的时候会告诉你怎么做，这属于我私下的请求。”

冰冻迟疑道：“我大概明白您的意思了。”

祁敬承要的不是大概，而是确定：“前期我确实对游戏设计提出了一些自己的构想，但我想那种程度你们也做得到。所以从今天开始，你必须清楚一点，我个人的情感需要必须建立在不影响游戏开发等相关进程的前提下，我想用这款游戏去了解她，或者说改变她的一些想法，但不表示我会无所不用其极，甚至将游戏做烂。”

每个行业都有从业者必须坚守的初心，哪怕这只是一款不到 500MB 的小手游。它被做出来，就一定会有玩家喜欢，那些喜欢就是对设计者最大的肯定。而且整件事情是他的任性而为，不能因为他是老板，就不尊重员工的劳动成果。

冰冻：“懂了！不合理的要求，我会拒绝！”

祁敬承：“很高兴我们能达成共识，也很感谢你对我的帮助。”

冰冻感叹道：“不过说真的，您针对游戏提出的建议都很一针见血……这段时间我学到很多，连手下的人都说我越来越有大将之风！”因为背后是 CHAOS 的核心创始人、最高决策和领导者，这样共事的机会，一辈子可能只有一次，“最初我真的有您刚才说的那种顾虑，现在完全没有了，成为 CHAOS 的一员是我的荣幸！”

祁敬承坐在椅子里看着这段话，身心舒畅，身为一名老板的成就感爆棚。

就在这个时候，冰冻又发过来一段话：“既然是私下帮忙，我就不得不说了，‘缤动’始终是个游戏，还是个小游戏，支撑不了多久，您要不要在现实里也稍微努力一下，想办法在陶小姐面前刷个脸什么的。”

祁敬承：“……”你以为我不想？

这天帝都持续低温，但天很蓝，阳光充足，看上去风和日丽，让人很有外出活动的欲望。

上午十点，陶阮醒来，先去唤小草莓，然后发现家里的猫全都不见了，调监控一看，七点天刚蒙蒙亮，这群毛茸茸就在惯犯的带领下集体逃家了，简直没有王法！她一怒之下打开橙色软件，购买了全网最贵的追踪定位猫项圈。

前院忽然传来开铁门的声音，她穿着睡衣，披着一头乱糟糟的长发，站在客厅里皱眉看去，只见客厅门从外面打开，程洁和祁锦鸿一边拌嘴，一边拎着菜市场买的大包小包走进来，亲切地唤着小草莓、月亮、蔷薇、博士、闪电，以及回帝都多日都没去爷爷奶奶跟前报到的祁家老二！

接到电话的时候，祁敬承正打算赶猫咪们回去，帮他监督陶阮起床、吃午饭，规律作息。爷爷奶奶搞突然袭击在他意料之外，又实属情理之中。

但陶阮通过自己的律师联系到他的律师，再由他的律师转告他对面正发生的实际情况这事，让祁敬承无比肯定，当初就不该顺着她的意思做了结！要是人能把情感当作一组游戏数据，随心所欲地从身体、血液、五脏六腑里剥离出去，那就不能称之为人！

祁敬承一边反思外加质疑自己竟然配合了陶阮的荒唐行事，一边吩咐司机去城东御府湾把他常用的那辆车开到小区边上那家 24 小时便利店斜对面等他，之后换好衣服，返回四楼工作室，站在落地窗边观察对面。

这个波澜不惊的早晨，阳光明如夏、媚如春，小区里光秃秃的树干仿佛随时会冒出嫩芽，一切看上去是那样的生机盎然。然而在祁敬承的眼里，平静的表面下危机四伏——结论是正门不安全，绕后翻墙最保险！

为了杜绝猫咪跟自己一起出现，他还将小草莓在内的五只猫全部锁在家里，严谨地堵上唯一的猫瓣门，这才带着激动而不自知的心情从后院翻出去，冒着险些被保安当成可疑人士的风险，来到和司机约定的地点，上车，关门，暂时松口气。

正午时分，尊贵的迈巴赫 62S 四平八稳地驶进小区，沿着宽阔平坦的沥青路，缓缓开到目标住宅前。司机双手握着方向盘，小心翼翼地从后视镜里看后座那位。

祁敬承自他望来的目光中读懂了一切：你很有钱，但你是一个精神病人，我在堵车高峰期从城东来到这里，冒死帮你逃离病院，你竟让我把你送到医院对面？他尝试组织语言，但失败了：“我不知道怎么解释……”

“没关系的。”年纪轻轻的司机反过来安慰他，“今天的事情我绝不会向大老板透露半个字！”这里的大老板特指祁雁城。

祁敬承总算想起司机是大哥公司的人：“今天的事情……我大嫂也不能告诉！”说罢开门下车，去老头老太太眼皮子底下捞前任。

午饭时间，程洁和祁锦鸿在厨房张罗饭菜。陶阮完成单方面局促的碰面后上楼洗漱，换好衣服回到客厅，这会儿老实在沙发上坐着，等投喂。

祁家的人她都见过，跟爷爷奶奶尤其亲近。二老拎着新鲜食材突然出现，看到她的一瞬间十分惊喜，无视她邋遢的造型，拉起手便关切地问她最近过得好不好。于是那句“我和祁敬承分手了，这套房子现在归我住”，陶阮无论如何都说不出口。

陶阮其实也知道祁敬承大约在一周前回了帝都，她安慰自己帝都那么大，他的房子那么多，她还不出门，偶遇的概率小于等于零……但事实是，当她通过律师做了联系，放下手机的那一刻忽然意识到他们很快就要见面了，她的脑子里立刻浮现出他清晰的脸、他对待她的各种表情反应——欢喜的、顺从的、无奈的、柔软的、很宠很宠的……

不行！给我打住！陶阮举起手“啪”的一下拍在脸上，告诫自己：“成天想着祁敬承的陶阮根本不能算是一个完整的人！”

话音刚落，门打开了，祁敬承超级自然地走了进来。他脸上没什么表情，穿一件短款防水面料的深色羽绒服，里面是一身黑灰色的运动套装，拉链拉到最顶端，衣领很酷地竖起来，把最优越的下巴部分藏起来，平静的眸子成为唯一的焦点，目光掠过之处能轻而易举将人招惹。

陶阮悬着心，僵硬地坐在沙发上，瞪圆的眼睛直勾勾盯着他，瞳孔放大，再收缩。

祁敬承双手插兜，淡然走近，在她左手边的单人沙发上坐下，长吁一口气，眉心拧起若有似无的浅浅折痕，严肃的眸光向外传达着一个信息：我很忙，不得已才抽空赶过来！

祁敬承确保陶阮看到了这个“信息”，再用不善的语气问：“不认识我？”

陶阮忙不迭摇头。对视已经发生了，她不能单方面结束，因为那会显得自己很㞞。她必须努力维持表面残存的平静，因为想要顺利渡过眼前的难关，需要前任的协助。

祁敬承见她定下心，继续问：“是你让律师通知我的律师把我叫过来的，没错吧？”

陶阮用力点头，然后发现不对：“爷爷奶奶突然过来了，你没跟他们说我们分手的事？”

祁敬承来之前就想好了说辞：“协议上没有哪条要求我必须把我们分手的消息通知全家。”

陶阮稍稍坐正：“可是——”

祁敬承不让她说完，板着脸打断：“没错，这套房子的居住权归你，爷爷奶奶突然袭击让你为难了，我很抱歉。你没有直接告诉他们实情，不想让老人家伤心的好意我也明白并感谢。既然我现在坐在这里，饭也快做好了，那就一起吃顿饭，把戏演完，我带他们离开，迟点儿找个合适的时机再解释清楚。”世界知名的 CHAOS 都被他盘得明明白白，眼下的小状况对他来说毫无难度。

陶阮竖起耳朵听罢，挑不出毛病，点头勉强道：“你能解释清楚就最好了，爷爷奶奶来得太突然，我不想破坏他们的好心情。”

其实回帝都的这些天，她一直想去看望程洁和祁锦鸿。二老对她很好，初次见面就走了心，从未将她当外人对待。这些年不管她去到哪里，手边在忙着什么事情，总会有一通电话忽然打给她，温暖她，关怀她，要她好好吃饭，保证充足的睡眠，告诉她开心和健康是最重要的。一如今天的突袭，她并不讨厌，只是不知如何面对。她和祁敬承分手了，祁敬承的爷爷奶奶就不再是她的爷爷奶奶了吗？

陶阮心情复杂，扭头往厨房那边看。米饭的香味弥漫进客厅，中间夹杂着程洁和祁锦鸿的闲聊，比如“今天这鱼挑得真不错，肥嫩白”“还有这土豆，和小排一起烧得糯糯的，入味儿极了”……她心里一阵暖，没出息地饿了。

起来到现在她就喝了半杯温水，剩下的时间全是情绪起伏——从紧张到强制冷静再到焦躁等待——直至祁敬承出现，坐在她直线距离两米的范围内，有点儿碍眼，语气也不是很好，可他的存在让她获得一种前所未有的轻松之感，好像所有的问题都能迎刃而解。于是强烈的饥饿感开始侵占她的思维，而厨房不断飘出来的饭菜香是年度最佳帮凶。

先吃饭吧，人不好好吃饭是不行的。陶阮这么想着，不自觉靠进沙发里，抓起身旁的抱枕垫在肚皮上，昂起脑袋，放空了思绪。

祁敬承将她的反应尽收眼底。两个多月没见，她还是老样子，一点儿都没变。所以搞具有法律效应的了结是没有用的，说什么只有离开他才能做完整的自己也是哄鬼的，她就是不愿意承认对他的感情！祁敬承有清晰的思路，进来前在门口酝酿半天，进来后凶巴巴地不给她好脸色都是战术——只有让陶阮认为他们的感情在他这里已经翻篇了，她才能逐步放下对他的戒备，尝试重新和他相处。

今天属于迫不得已的情况，不过祁敬承很满意这番展开，尤其老头老太太这一手把陶阮杀得措手不及，够她回味一阵子了。想来她也意识到了，十月协议只是个让她自欺欺人的道具，人和人一旦建立起长久的联系，没那么容易断掉。哪怕从明天开始他们就此天各一方永不相见，只要她没得失忆症，还会想起他，那就不算完。

午饭吃得温馨、舒适，陶阮各方面都很享受。祁敬承也是。两人在慈祥和蔼的老人家面前饭碗一端，做个有问必答的乖巧小辈，再互相打一打掩护，默契流转，连事先的眼神交流都不需要。

不过一顿饭下来，程洁还是看出陶阮有些不对劲，不等两个小的提就主动拉起老伴："走，逛鲜花市场去！"

祁敬承和陶阮送他们出小区。午后的太阳还算给力，晒得人浑身舒服。

路上，程洁忽然找孙子的碴儿："回来那么多天也不来看看我们，得亏今天天气好，你爷爷说出来走走，不然我才不顺道过来呢！"

祁敬承眉开眼笑地赔不是。

程洁回头看了一眼跟在身后的陶阮，继续抱怨："知道你事情多，成天不着家，要是你一个人还好说，把阮阮晾在家里，自己神出鬼没的，我都看不下去，过分！"

祁锦鸿在旁边搭腔："干脆搬过来跟我们住，爷爷管你吃好喝好，允许懒觉睡到中午！再过几天祁朝、祁栀也放假了，我们几个打打麻将，可比这儿热闹。"

陶阮张了张嘴，接不上话。

程洁不给她为难的机会，转去奚落老头子："他们小年轻得空和我们吃顿饭就不错了，你还指望阮阮陪你下棋、聊天、打麻将？"

"我也就随口一说，这不还有你吗？"祁锦鸿背着手，一步一步走在前面，贼有精神，"老伴儿老伴儿，老了就是个伴儿，我有伴儿。"

程洁一语双关："谁走在前头谁是狗。"

祁锦鸿"嘿"了一声："那没事儿，咱们家孩子都孝顺，我走前头我放心，你走前头我伤心……估摸着也伤心不了多久。"大半辈子过来了，还有什么活不明白的。

程洁望着老头子的背影，笑道："我走前头我也放心，你要走在前头——"

"嗯，怎么着？"

"我就去找个新老伴儿！"

祁锦鸿愣了，转过身来眯起眼瞅着老太婆，一番打量过后，吩咐祁敬承："你奶奶这气质风度，我不怀疑，就是找新老伴儿的问题，你们得给她把把关。要身体好，有幽默感，模样不能太差，我们程浩同志啊，老外貌协会了！最好知道皮卡丘是什么，有共同话题！”

祁敬承可不敢打这包票，转移话题道：“别老惦记宝可梦，我们公司也有萌宠游戏，良心国产，你们老同志适当支持一下。”

到了小区门口，玩笑开得差不多了，程浩对陶阮温声道：“敬承要是欺负你、冷落你，让你心里不舒坦，你告诉奶奶，奶奶一准站在你这边，替你出头，狠狠教训他！”

陶阮还在犹豫要不要点个头，程浩就松开她的手，挽起一时半会儿走不掉的老伴儿，前往下一站，鲜花市场。

目送二老走远，陶阮总觉得自己被看透了。她心里闹腾得厉害，不自觉跟站定在身旁的男人搭话：“奶奶不会猜到了什么吧？”目光碰到一起，她才觉得别扭，又想回避。

祁敬承自若地移开视线，道：“猜到了不是更好吗，我解释起来也容易些。”

这话没毛病，陶阮却觉得不圆满，刚才爷爷还让她回家住呢，可惜那已经不是她的家了。

祁敬承双手揣在外套口袋里，垂眼把她的心思看得明明白白。

算起来，这是她回来这么多天离开家门最远的一次，可喜可贺。就是对天气预估错误，被假太阳骗到了，没披上她平时取外卖的羽绒服，白羊绒大衣和红色围巾瞧着厚，也不怎么顶事，一阵风刮来缩半天脖子。得了，赶紧回室内吧。祁敬承得出结论，转身原路返回。

陶阮还在回想爷爷奶奶刚才开的玩笑，见男人忽然开始移动，连忙跟上，走了大约一百米，忽然觉得不对。她猛地停了一瞬，祁敬承却没停，大步流星往前走，方向是她住的那栋房子。陶阮的领地意识瞬间爆发，一阵小跑带冲刺，重新跟上前任的步伐，严肃地问：“你要去哪儿？”她可没打算留他在家里喝咖啡，况且也没有咖啡，想喝只能点外卖。不！点什么外卖，她才不要请他喝咖啡！

“司机送我来的路上接到学校电话，班主任让他赶紧去一趟，也没说孩子有什么事，没在半道上把我扔下就不错了，估计一时半会儿回不来，再说来之前我也不知道要待多久。”祁敬承随口扯了个谎，稍稍侧首斜睨了一眼身后的小尾巴，“去你那里坐会儿不过分吧？还是说我先打电话找律师？”

“找律师做什么？”陶阮心里已经答应暂时收留他了，但他末尾那句话，她没听明白。

祁敬承把手机拿出来，举到她面前，面无表情地道：“让我的律师告诉你的律师，我想在等待司机来接我的这段时间待在你的房子里，希望你能允许。然后你的律师再将原话转达给你，等你回答。”

陶阮：“……”

祁敬承：“需要吗？”

陶阮抿了抿唇，总算发现前任在借机报复：狗东西，有你的！

午后待在温暖的室内，安静地享受一杯咖啡，不可谓不美好。懒人沙发正好位于暖阳晒进来的地方，陶阮蜷缩在里面，热饮的温度隔着纸杯向外发散，熨烫着她的手心，舒服极了。可当视线无意识向左移，一个男人以一种极其自然的方式出现在她的世界里，她顿时别扭起来，再难专注地享受这一刻的惬意。

除了三楼的休闲室，陶阮最喜欢一楼这间小房间。它有一片弧形落地窗，窗外的景致会随四季变化而变化。春的生机，夏的炽热，秋的丰盛，冬的厚重，站在窗前任何位置都能尽收眼底。而在房间里，有复古的壁炉、撞色拼出麋鹿图案的地毯、旧货市场淘到的高脚圆木桌，还有她独自在冰岛旅行时偶然遇到的当代顶级家具设计师赠送的独一无二的沙发椅。当时为了把椅子完好地运回国，陶阮问遍了物流公司，都拿不出让她满意的方案，总是会有这样那样的风险。祁敬承听说她的窘境后，特地改行程飞到雷克雅未克，用私人飞机把她和椅子带回来。过后关于椅子摆在哪里，他们又花了差不多一周认真探讨并实践，最终选定这个房间。

此刻，祁敬承就坐在那把椅子上，左手拿着咖啡，右手手臂舒展在只有一边却怎么摆都能很舒服的扶手上。阳光从她身后洒入，热情地向他奔去，覆住他的身体。

陶阮望不清他的脸，但能察觉他直视自己的目光。这种感觉很奇怪，熟悉和陌生同时存在，化作氛围，长久地萦绕在她和他之间。她暗暗感叹，原来分手以后的相处这样尴尬。不过她也没蠢到对祁敬承提出类似“我们可以当朋友相处”的建议，毕竟两个曾经密不可分的人，分手之后怎么可能继续做朋友呢？

于是新的问题产生了：分手后的两个人该如何相处？

在陶阮这里，答案很明显，当然是不相处。要不是爷爷奶奶搞突然袭击，现在她应该躺在三楼休闲室的沙发上玩《缤纷动物园》。

坦白说，陶阮真的很想上线。熊猫的身体不好，得少吃多餐慢慢调理，这个点儿该打点滴了，饥饿度也掉得没剩多少了吧？昨天睡前接了长颈鹿的日常任务，奖励不错，就是要踩点，眼下看来是错过了……游戏里的天气预报说下午会下雨，狗獾和大象还在外场，得把它们收回来，淋病了又是一笔不小的开销，她也心疼。啊啊啊，为什么一个游戏做得那么精致？她的动物园还没开始缤纷，禁不起太多磋磨！

最可恶的是 CHAOS 的大 Boss 一动不动地坐在她对面，用那种她无法形容更没办法判断的眼神望着她。换别的游戏，她早就旁若无人玩起来了，可《缤纷动物园》不行！当着前任的面玩他公司某个小项目组开发的不起眼小游戏，很没出息啊！

祁敬承忽然问：“最近在忙什么？”本来他想等她主动开口，但见她表情越发难看，再不说点儿什么，她就要把自己憋死了。

“我不忙啊……”陶阮一脸蒙，全凭本能反应答完，把咖啡凑到唇边，咬住杯口，眉头皱起来。啊，没发挥好。

祁敬承点了点头，正好手机响了两声，他拿起来看，是冰冻给他发的信息：“测评群的调查问卷基本都收到了，内测玩家那边反响也很热烈，多段位奖励这一招很好用！微博上已经有不错的话题量了，大胆预测，公测后可能会小范围地爆一下。”

祁敬承不置可否地扬起眉。当初成立《缤纷动物园》项目组，他只提了两点要求：首先要结合山海野生动物园的特点，体现出原型的优点和特点，并在此基础上做延伸拓展；其次要做出 A+ 的美术质量。冰冻和他的组员完成得不错，用心经营，游戏的寿命可能会长到超乎想象。考虑到这些，他回复道：“可以增加几个人手，三到五个吧，从平级的项目组里调，你自己物色。”

冰冻：“感恩！跪谢！”

冰冻：“差点儿忘了正事，测评群还差三份问卷，陶小姐是其中之一，凌晨一点到现在也没上线。”

祁敬承：“我知道，她很快就会上线了。”

冰冻从老板笃定的话里咂摸出几分滋味。经过这段时间的交流，他胆子也大了起来，兴冲冲地打听：“莫非，难道……有进展？”

祁敬承眸子里溢出松弛笑意，抬起手打字：“没有和好，老人家不知道我们分手了，一起吃了顿午饭。”话不能说得太全，把信息透露出去就好。

冰冻：“所以你们在老人家面前演戏？陶小姐没有反对？这是好事啊！说明陶小姐心里还是有你的！”

她心里一直有我，只是不愿意承认而已。祁敬承没有正面回答，只道：“我差不多要回去了。”回对面继续潜伏。

冰冻秒懂：“是该慎重些，感情的事急不来。”

结束交流，祁敬承决定步行回家。他垂下握着手机的手，抬眼一望，只见陶阮立刻直起背脊，眼睛睁得又圆又大，精神抖擞地回看过来。这让祁敬承想起梧桐叶子湖狐獴岛上的狐獴，平时负责放哨的小兵在哨岗上站定就不动了，眼观四面耳听八方，尽职尽责，呆萌可爱。忍不住，真的是忍不住，他长眸弯起，笑得比窗外的太阳还灿烂。

陶阮见他这样，更觉古怪了。是在和谁发短信啊，能绽出这种发自内心的笑容？

不等她想明白，祁敬承站起来，装模作样地告辞：“司机快到了。”

陶阮跟着站起来，和他一起离开他们曾经都很喜欢的小房间。

祁敬承想的是，出去再给司机打电话就好。而在陶阮的眼里，男人对身后的一切毫无留恋，连后脑勺都是冷漠的，被忽视感凭空产生，迅速将她占据。她知道这是怎么一回事。以前他们互相拥有时，每次分开，她都会有这种感觉，只是这次格外强烈，令她手足无措，忽然有点儿想哭。但她不会哭，更不会挽留。分手就是这样的，这是她的选择。比起此刻的被忽视，她更不喜欢那个被祁敬承时刻左右着情绪的陶阮。她没有亲人，不懂得依靠，自小的成长经历告诉她，寄望于他人是最要不得的。她害怕被祁敬承背叛，无论哪种形式，都是她承受不起的致命打击。

陶阮太熟悉祁敬承了，他刚发信息的种种反应已经说明问题了：你看，除了你陶阮，除了他的家人，还是有那么一个人，仅仅通过文字交流就让他获得愉悦。与其被动慌乱，不如主动结束，至少要主宰百分之百的自己！

祁敬承一路来到客厅，开门前习惯性回头，见陶阮站在玄关的台阶上，一脸的震惊与愕然，在短短的移动过程中，她的内心似乎发生了翻天覆地的变化。世界末日万物倾塌，他瞬间被她带进那样的情绪里，心头发紧，脸色也跟着沉下来。冬日的阳光应景地从房间里撤出，留下一片模糊不清的灰暗色调。两个人面对面陷入沉默。

隔了好一会儿，祁敬承主动问：“有话要跟我说？”

陶阮茫然而仓促地摇了摇头，还是拒绝和他交流。

祁敬承有些失望，但不怪她。凡事都有过程，要改变她根深蒂固的想法，甚至动摇她小心翼翼守护的那个本我，只能慢慢来。

“那我走了。”这句话更像是试探，说完之后，他丝毫未动。祁敬承在等。他像漂在无边际的汪洋之中，等一个叫作陶阮的人开着船来搭救他。他无法预料这个过程会有多长，只知道自己会一直等下去。

这时，陶阮似乎悟到了什么：“家里的猫——”她顿了顿，努力说道，“它们最近很奇怪，先是小草莓早出晚归，然后今天早上它带着其他猫从后院的爬架上翻出去，现在都没回来。”

天生的聋子忽然听到夜莺歌唱，光是“美妙”二字，不足以形容祁敬承此刻的心情：“可能认识了新朋友，会有一段时间玩心比较重。”他笑着说，“这里是它们的家，不管在外面玩到多晚，总会回来的。”

陶阮对他的回答不是很满意：“外面那么冷……”

祁敬承顺势接道：“它们的毛那么厚。”

陶阮眨了眨眼，又撇撇嘴，默认现状。总不能把门窗封死，把它们和自己一起困在这栋房子里吧？对她来说宅是享受，对它们来说大概跟坐牢一样。

祁敬承审度着她的状态，开诚布公道：“你想去看望爷爷奶奶，随时都可以，去之前通知我一声，我会回避的。”

陶阮困惑地望着他。不是在说猫吗，怎么突然提到爷爷奶奶？

她这些没有用言语表述出来的心思，祁敬承看表情就能猜个七八分：“虽然我们分手了，但不表示要把对方的家人朋友都按阵营分得清清楚楚。我的爷爷奶奶很喜欢你，看得出来你也很喜欢他们，小辈逢年过节去看望长辈是情理之中的事，不用因为我的关系，断了属于你的关系，我是这个意思。”

陶阮听他说得有理，严肃地点了点头，冷不防想起什么，强调道：“不管怎么样，我是不会和你做朋友的！”

不做朋友？那就是说对他还过不去、忘不了，翻不到下一篇？很好，祁敬承没有问题了。

“我也不想和你做朋友，走了。”口吻轻松地说完，他离开这栋法律意义上至今还属于他们的房子。他会回来的，以男主人的身份。

祁敬承没绕路，走出前院，穿过宽绰的沥青路，径自归家，笃定陶阮没胆量偷看。之前发生的那些已经够她消化一阵子了。

他给司机打电话，告诉对方不用特地来接自己。司机很有数地说：“没来呢，通常这种情况我都默认无事发生。”

祁敬承哭笑不得，进家门第一件事就是把猫统统赶走，然后回到四楼，开机，等陶阮填问卷，同时摸出手机注册了个账号玩《缤纷动物园》。三次元暂时停滞不前，他只能在二次元发力。

冰冻反应贼快，看到 Boss 注册账号了，连忙问：“要素材大礼包吗？”

祁敬承优哉游哉地敲字：“暂时不用，我先玩一下。”

与此同时，京圈著名网瘾少爷陆禾发来消息，伸手党做得很直接：“承哥，最近我在玩《缤纷动物园》，删档内测，送我几只稀有 7 星动物让我过过瘾好吗？我就想看看 7 星长什么样，是不是会发光。”反正最后也要删档，刷几组数据影响不了什么。这是陆禾的理解。

祁敬承公事公办：“CHAOS 是一家有职业素养的成熟的游戏公司，这种在后台给你刷素材的操作绝无可能。”想要 7 星？慢慢养去吧！

这头，陶阮送走祁敬承，端着没喝几口的咖啡回到三楼休闲室，站在沙发边，满脑子想的都是他发短信时脸上的温柔笑意，心里越发不是滋味儿。这就是分手后的阵痛感吗？

说不上多么痛不欲生，但就是很难忽略那种细微的、微妙又挠人的感觉。

她急需倾诉，拿出手机拨打唯一信任的人的电话，接通后先送上歉意："对不起，我知道吵到你睡觉了，可我实在很——"

"我还没睡。"姚觅那边凌晨一点多，背景很安静，她的声音也一样，安静之余还有种耐心和温柔的特质。

陶阮的负罪感有所降低，也恢复了几分理智。她讪笑，忽然觉得自己能应对："好像听到你的声音，我又没那么疯了。"

"你和祁敬承见面了。"姚觅用的是肯定句，这不但是心理医生的判断，更是闺蜜之间的感应，"跟我说说吧，今晚我正好需要一个睡前故事。"她拿着手机离开卧房，去吧台给自己倒了杯酒。

陶阮也察觉到她的不对劲："你怎么了？发生什么事了吗？"

姚觅把朋友送的珍藏级马爹利喝出了二锅头的气势，一口闷掉小半杯，粗声粗气地发出长叹，再看左手无名指上亮得刺眼的钻戒，难得地有些茫然："郝振东跟我求婚，我答应了，现在有点儿后悔。"

陶阮沉默了数秒，尝试用正常人的方式和闺蜜交流："你们从高中到现在，好像也是时候了。"

"不能这么算的。"姚觅向来有主见，全世界最了解自己，"两个人相处的状态可以有很多种，婚姻的确定性太多了，对我来说是种负担。"

陶阮问："那除了郝振东，你考虑过其他人吗？"如果没有的话，婚姻的那点儿确定性对于他们来说几乎等于不存在。

姚觅愣了愣，豁然开朗："你说得对！"

"大概这就是所谓的旁观者清。"只要不说自己，陶阮也可以做个人间清醒。

"我没有问题了，说说你的问题吧。你和祁敬承见面了，肯定不是你主动的，在哪儿见的，聊了什么，他对你的态度怎么样？"姚觅一身轻松地调起鸡尾酒，还打开唱机，放起郝振东送给她的第一张黑胶唱片。

陶阮将之前发生的事完整叙述了一遍，重点在于祁敬承发短信时的表情："分手两个月，他已经有新的对象了，至少是恋爱新目标。"原来分手以后谁先展开新恋情谁就赢了的说法是真的，她一边总结，一边反省，"我以为我能洒脱，没想到是这样一个俗气的心理活动。"

姚觅端着酒杯，笑得杯子里的酒液直晃："你口中俗气的心理活动，就是你一直想要追求的正常。"

“是吗？”陶阮意外了。她以为自己是与众不同的，不管是成长经历、学识、智商、长相，还是别的方面，所以她才追求正常，讲求自我。

“要是郝振东突然跟我分手，说他找到新欢，对我无感了，我都不知道自己能疯到什么程度。人类大多数的幸福感都是通过比较产生的。不过说真的，你确定祁敬承有新目标了？”姚觅直觉当中有误会，没准老人家都是祁敬承拜托出马的。而短信，不管对象是谁，当时的内容可能和陶阮有关。

陶阮在电话那端坦白：“我不确定，这才是最致命的。”不确定都叫她坐立难安了，确定了还得了？

姚觅刚才只是忍着笑，眼下忍不住了，直接笑出来：“你要不要找他出来说清楚，把那个反人类的十月协议废掉？我和郝振东一致认为祁敬承根本不想和你分手。”

“不行！”陶阮表情坚定，“我下了很大的决心才走到今天，当初你也支持我这么做的。”

姚觅立刻纠正：“当时我说的是你可以尝试，‘尝试’的意思是不行再想别的办法。显然，在你成功和祁敬承分开后，你后悔了，否则你也不会给我打这通电话。”

“我没……”

“别嘴硬。”姚觅忽然严肃起来，“我就问你，假设祁敬承真的有了新欢，你怎么办？”这个问题不需要回答，她继续道，“现在你清楚了，这就是分手。分手之后你们再无关系，但在某个毫无防备的时刻，你会听到他的消息，听到朋友谈论他，在新闻上看到他，甚至像今天这样与他面对面相处。分手之后，你开始新的生活，他也一样，没有人会永远站在原地等你，何况当初还是你做的决定。”

陶阮沉默着，想挂电话了……

“受不了了？”姚觅把她拿捏得死死的，“给祁敬承打电话，约他出来，把你真实的心里想法告诉他，他也会告诉你他的想法，你们还有机会在一起，不过这得靠你自己争取。”

好的感情是双向奔赴，只有一个人努力是不行的。

陶阮有些动摇了。其实她一直清楚，问题出在自己身上。最初在学校里遇到祁敬承，她懂得了一见钟情，用飞蛾扑火的方式义无反顾地追逐，伤害了他，也伤害了自己。后来在职场上重遇，她在祁敬承面前表现出来的成熟都是她对成熟的模仿。不管怎么说，她模仿得很成功。这让祁敬承反过来追求她。她顺势答应，开启聚少离多的爱情长跑。

陶阮渴望每时每刻的相处，想每天睁开眼睛就看到他，想在任何时候和他通话，和他分享每天琐碎重复的日常……非要找个模板的话，祁雁城和宋雪桦简直是她心目中的理想伴侣。可她又做不到宋雪桦的独立果敢、坚强自信。所以她一直在克制自己对祁敬承的感情，她害怕祁敬承看穿之后会对她失望，然后不带任何眷恋地离开。这些年看起来是祁敬承被她牵着鼻子走，实际上是她单方面的小心翼翼、如履薄冰，时刻做着失去的准备。

她原以为分手之后可以做回自己，没承想祁敬承的一次出现，把她安宁的内心世界搅得天翻地覆。姚觅说分手只是个尝试，所以现在她要重蹈覆辙吗？

“那如果我们重新在一起，会一直在一起吗？要是有一天他离开我了怎么办？”把感情倾注在一个人身上，赌得太大了，陶阮不敢迈出那一步。

“这题无解，得靠点儿运气。”姚觅有些心疼她，“我支持你分手去找自己，其实希望你找到的是不怕失去，是‘老娘全世界最好，祁敬承不爱我不选我是他眼瞎’的自信。我们活这一辈子，会遇到各种各样的人，有些人盲目爱你、为你付出，有些人莫名其妙讨厌你，给你使绊子，你得去了解他们，决定是加深来往还是保持距离，而且这个判断会随时改变，没有绝对标准答案。”

陶阮的成长环境注定她缺乏安全感，很难与人建立起信任的关系。姚觅能跟她做闺蜜，听她毫无保留地倾诉，很大一部分原因是心理医生这个职业的先天优势。望望套在左手无名指上的婚戒，她忽然有些感触：“我和郝振东这事，有一点我没告诉你，那就是就算我真的后悔了，也会强迫自己装作很幸福很期待的样子，穿上婚纱，和他走进教堂。因为比起个人的自由，我更害怕彻底失去他。你想问假如有一天他背叛我怎么办？那是假如，是将来的事，至少在今晚，他向我求婚的那一刻全心全意地爱着我，对我来说，这样就足够了。”

一通电话打了半个小时，又好像什么也没说。陶阮不想立刻去找祁敬承，思前想后，端着凉透的咖啡去楼下热了一遍，回到休闲室，缩进沙发里，进游戏。

在和姚觅打电话的时候，小草莓它们也回来了，跳到飘窗的软垫上，贴着暖气片，蜷缩在沙发的角落里试图跟她修补关系。陶阮轻哼了一声：等项圈到货，我们算总账！

登录游戏，调查问卷弹出。陶阮和大部分玩家一样不喜欢这个东西，但见弹框下方展示的奖励意料之外的丰厚，便忍不住点击“开始答卷”……

另一边，祁敬承长腿搁在宽大的办公桌上，靠在椅子里，听着歌，玩着游戏。他给自己的动物园取名“桃子”，游戏 ID 为“草率的 X”。开局拿到五只动物，他将它们逐一安置好，来到主线的马戏团表演部分，陷入犹豫。

这时，他收到姚觅发来的信息，对方直奔主题：“你对小阮还有感情吧？”

这是她身为闺蜜自作主张的询问，但祁敬承无法忽略她心理医生的身份，所以他也选择直接：“当然。”

姚觅：“那好，私下给你提供一个思路，把她追回来。”

“这不是正追着吗……”祁敬承苦笑，而后思绪稍转，意识到不对劲。一定是陶阮对姚觅说了什么，后者才会和他展开这种闺蜜出头兴师问罪的对话。

祁敬承：“有误会？”

姚觅：“我猜应该是误会，你当着她的面发短信，表情太温柔了，她觉得你有了新欢。”

祁敬承直接把当时和冰冻的聊天记录截图发了过去。

姚觅爆笑：“原来如此，你这个下属说得没错，感情的事急不来。”

虽然截图内容不完整，但足以看出祁敬承在行动中。她不走心地给他打气：“加油吧！”

祁敬承不放过任何探听陶阮内心世界的机会：“你在和她通话后的第一时间联系我，证明你也希望我和她和好，除了刚才那个思路，还有没有别的提示？”

姚觅从善如流：“让她了解真正的你，我只能说这么多。”

祁敬承是个聪明人，总结今天发生的所有，逐个点拆分、分析，得出主要结论：目前他和小阮处于分手状态，彼此间缺乏了解渠道，所以碰面后造成她的误会。那么首先必须消除误会，也就是姚觅那句话真正的意思：让陶阮了解祁敬承，他的近况、他在做什么，甚至于掌握他的行踪。

下午四点二十一分，CHAOS 老板发朋友圈了，配图是一张从侧角拍摄的工作台。三台电脑外加贵得要命的键盘，旁边一杯咖啡，画面尽头隐隐约约露出色彩缤纷的油画一角。配字：工作中。

发布没多久，圈内好友纷纷点赞留言——

陆正阳：“不是说在休假？”

林耀：“我就知道《凰》在你手里！”

祁雁城：“老二，你不对劲。”

宋雪桦：“你不对劲。”

刘敏：“知道你来真的了，我和你爸都是支持的。”

陆禾：“我就跟你要个 7 星宝宝，不给就算了，特地发朋友圈讽刺我玩物丧志？”

陆正阳回复陆禾：“不接我电话的原因是在打游戏？”

姚觅：“CHAOS 做得那么大的原因找到了，真是个努力的 Boss。”

祁应琛：“通常这种情况，我就不继续说下去了。”

祁栀：“这题我会！二叔你给谁报行踪呢？”

祁雁城回复祁栀：“这个点你不该在上课吗？”

祁敬承：“……”

姚觅还没睡，好心跟他私聊："微信有一个超好用的功能，你在发布之前应该注意到的，提醒谁看、谁可以看、不给谁看。"

祁敬承无言以对。这一次，确实是他草率了。

3

《缤纷动物园》开启删档内测的第二天，大家都在积极推主线、做任务，从各个角度理解游戏内容，以便于开发优化养毛孩子的思路。

问卷给出了三个档位的奖励，而且是非常大方的累积叠加。也就是说，只要卷子答得够好、够全面，三档奖励都能拿到。陶阮和其他玩家一样耐着性子做答卷，最终拿到若干丰容素材、基础食材、游戏内通用货币，以及随机的 1~3 星动物共十只。

接下来就开始养成了，《缤纷动物园》的核心玩法和现实运营动物园一样：把动物养好，吸引游客，实现盈利目标，再将资金用在园区和动物身上，使得整个动物园良性运转起来。但养好动物说起来简单，对于现阶段的玩家们来说，能做到及格就不错了。

首先是要了解动物们的特性，不同种类不同对待。即便是同类，个体之间也存在年龄、性格和身体状况等差异。有玩家集中资源把一只动物养到 6 星，进行展出时才发现它根本不活动，连东西都不吃。这样的动物没有看点，游客不买账，赚不到钱，要是有特殊 NPC 入园，还会骂看点低、无趣，在游园宝上打低分，影响整个动物园的口碑……玩家再仔细查看该动物的小卡片，才发现这是个夜行性动物！夜游园活动倒是有，但仅限文字预告，还没开放，想要把动物园开下去只能另寻生机。

除此之外，园区人员配备和硬件设施也不能忽略。饲养员分为初、中、高、特四个等级。初级薪资要求最低，能力有限，一次只能照顾两只动物，中级可以同时兼顾五只，高级为九只。特级饲养员能够照顾十二只动物，在园区中的活动范围最广。是的，还有活动范围的限制……等到有了一定的累积，可以送低等级的饲养员去培训，学成归来后，初级变中级，中级升高级。而高级想要升特级还得考试，总共三次机会，要是都失败，就只能永远做一名高级饲养员。寄予厚望的玩家很难不骂骂咧咧：培训时间一次比一次长，考试一次比一次贵，你居然不过，是不是不想干了？！

这些设计虽然稍显烦琐，但只要上了手，就会被一种欲罢不能的感觉支配，十分上头！

要是因为粗心大意养错了动物也没关系，这种时候，玩家通常会触发隐藏彩蛋。完成简单有趣的任务，甚至只是阅读一段动物相关方面的知识，就能获得丰富奖励，把游戏继续下去。内测开放仅 21 个小时，职业玩家就统计出 14 个带支线任务的隐藏彩蛋，触发条件还在不断完善。其他玩家开启抄作业模式，热热闹闹地投入其中。有此体验的玩家纷纷叹：原来这就是陆游那句“山重水复疑无路，柳暗花明又一村”，实在是妙啊！

稍晚些时候，职业玩家在测评群感叹：《缤纷动物园》的现实感太强了，感觉自己真的开了家动物园，里面的动物都是活的，你会在饲养过程中不知不觉对它们倾注感情，想要了解它们更多，于是在游戏外自发搜索它们的习性特征，再回到游戏里进行实践，若是得到回应，快乐加倍。

陶阮也玩进去了。由于开局获得一只羸弱的中年大熊猫，她放弃主经营的路线，通过任务累积、商店倒卖，先把动物医院开了起来。晚饭过后，她成功解锁建筑“动物医院”，获得标准配置：一名初级兽医、两名学徒、基础仪器和医药资源若干。

虽然兽医只有初级，大熊猫却得到了最妥善的治疗，用药和饮食比陶阮根据园妹提示去做要强得多。接着她就发现，医院可以收治其他动物园的动物，从而实现盈利。

这时绝大多数玩家都在冲馆舍建设、动物数量、饲养员等级，几乎没人注意到这个方向。陶阮立刻加大对动物医院的投入，扩充病房，增加人手，送兽医去学习培训，购入更多更专业的仪器。

动物园的医疗系统比她想象的智能，会在次级页面内让她知道某动物园的某只动物生病了，可以主动申请救助，诊金自定义。陶阮尝试了两次，定的诊金比较合理，缺乏医疗资源的玩家正对毛孩子束手无策呢，全都点了“同意”。过后动物们的情况有所好转，对方还给陶阮送了“妙手回春，救我蛇命”的锦旗。这些都能为动物园涨总经验值。

与此同时，那只中年大熊猫在兽医的精心照料下康复，出院即升 4 星，玩家可以为它取名了。这是陶阮的第一只 4 星动物，她左思右想，决定叫它“大草莓”。

健康的大草莓回到展区，意外成为 X 动物园的明星动物，吸引游客无数，收益不多，却绵延不绝。陶阮用这笔钱给外场增加了一个轮胎秋千、一座简单的爬架，丰富大草莓的生活。

玩到晚上十点多，X 动物园突破 12 级，解锁“黑熊咖啡厅”。这时，园妹出现在屏幕中央，提醒园长大人：“您已经对动物园持续不断做了 6 个小时的建设，在您持续的努力下，动物们都过上了更舒适的生活，您也该休息啦！”

陶阮意犹未尽地退出游戏，豪横地给猫咪们开了几个猫罐头当宵夜，给自己放了一池子热水，敷面膜，泡澡放松。

水汽氤氲的浴室里充斥着茉莉花的香味，陶阮四肢舒展在满是泡泡的浴缸中，灵魂都得到升华。她忽然觉得感情什么的都不是事了。没错，她就是输不起！她也不是每天都会见到祁敬承，从未真正拥有，言何彻底失去？地球离了谁不转？都已经分开了，就不要再回到过去，历史都在进步，她怎么还想着活回去呢？远离祁敬承，至少能保持完整的自我，就这样吧！

姚觅太了解她了，休息时间在微信上问："联系祁敬承了吗？"

陶阮坦白："不联系了，泡完澡睡觉，明天七点起来跑步，八点吃早餐，九点玩游戏，午饭后二十分钟午觉，下午三点上瑜伽课，晚上去看电影。"以后的每一天，都会安排得满满当当！

姚觅懒得质疑她能否做到，直接向她展示一张数小时前的截图。

陶阮人在浴缸里舒展享受着，一点儿防备没有，点开截图一看，祁敬承下午四点多发朋友圈展示工作？不对，这是一条带有强烈暗示意味的朋友圈。他在告诉某个人，那个时间他在哪里、在做什么。

姚觅说："认识那么多年，祁敬承发朋友圈的次数我一只手都数得出来，真是有意思。"

陶阮不傻："叛徒！"

姚觅可不认，再发来第二张截图，是她和祁敬承的聊天内容。陶阮在与人交往方面极度缺乏信心，很难真正信任一个人，偏偏她又极度聪明，某些领域称为天才也不为过。所以别想着去糊弄她，只要被她拆穿一次，就没有以后了。

陶阮看完第二张截图，果真原谅了好友，换了重点："为什么要怂恿他再来追求我？"

姚觅："我怂恿我的，做不做那是他的事。"

祁敬承都开始发朋友圈了，这让陶阮陷入嫌弃和甜蜜的可耻情绪里，难以控制地纠结起来。

姚觅还强调："你也看到他第一条朋友圈被群嘲得多惨了，我特地提醒他可以单独设置，所以，你懂的。坏笑 .jpg"

姚觅："作为你的心理医生，欢迎你随时截图向我咨询相关内容，我将拿出赌上职业生涯的专业知识帮你全方位分析祁敬承每条朋友圈的心态和目的。以上，换成闺蜜身份同样适用！"

陶阮从浴缸里坐起来，正儿八经地打字："你这么能说会道，我都没办法反驳了，回头我去修个心理学相关的学位再来跟你 PK。"

姚觅良心建议并合理推测："建议不要，你这个性格不小心就修成高智商杀手，以我追完十二季 *Criminal minds* 的经验来看，祁敬承会成为你的第一目标，而我是第二目标。"

陶阮："脑洞太大了……"

姚觅停不下来："等你把我们都干掉，逃过警察的追踪，逃过法律的制裁，一个人隐居在荒山野岭，余生都在痛不欲生，后悔杀了我们的同时，又会对谋杀的过程回味无穷。"

陶阮打不过，决定加入："只杀两个人的连环杀手是不是有点儿逊？"

姚觅嬉皮笑脸："你可以把郝振东送来陪我呀！"

好的，确定了，打不过……陶阮："睡觉了，晚安！"

姚觅："哈哈哈，永远爱你！做个好梦！"

然而别说做个好梦了，陶阮连入梦都困难。洗完澡，吹干头发，她往床头一靠，自然地刷起祁敬承的朋友圈。从今天下午四点开始，他总共发了五条状态，每条内容都秉承着朋友圈原则坚持配图一张，但从不入镜——

晚餐吃两菜一汤，原木桌上端正摆放着一副碗筷。

看的老电影是《大白鲨》，由陶阮最喜欢的导演斯皮尔伯格执导。

视频会议的对象是知名新能源科技公司 ATT 家唯一指定继承人，年龄和祁敬承差不多，两人经常联机打 CS。这让陶阮想起 ATT 进军人工智能领域的传言，而在年初，祁敬承刚好成立了类似的部门……算了，这跟她没关系。

最后是外卖，超豪华的油爆小龙虾摆在侘寂风的原木桌上，旁边放着一叠等待使用的一次性手套，好像吵闹着说：快啊，戴上我，做个快乐的干小龙虾人！陶阮看馋了，流着口水小声嘟囔："半夜吃那么油腻，也不怕闹肚子……"

半掩的房门外响起软糯的一声猫叫，小草莓垂着蓬松的大尾巴来到床前，纵起跳上，在陶阮脚边原地转圈，稍微踩了踩，踩出一个凹陷的窝，在里面蜷成一团，还用尾巴把脑袋挡住，不动了。

陶阮愣了愣："怎么回事？被外面的野猫揍了？"

晚饭前，这家伙又溜了出去。这次闪电它们没跟着，它一只小猫咪自己去的，如同赴某个约会，谁知不到半小时就回来了，趴在陶阮腿上喵喵叫着要吃的，身上每一根毛都带着严冬至深的冷意，别提多可怜了。陶阮顾不上对它进行言语教训，赶紧把饭盆满上，伺候小主用膳。之后她接着玩游戏，等黑熊咖啡厅解锁，园妹提醒她适度游戏，她停下来伸懒腰，一回头，暖气片那边四猫凝视，唯独少了小草莓。

"又去找心上猫了？被拒绝了？伤心难受了？"陶阮放下手机，俯身把它捞过来抱在怀里，一下下顺毛摸。

小草莓喵喵叫着对她告状："二叔公把门堵了，不让我进，呜呜……我做错了什么，连门都不让进。”那些罐头、鱼干还没吃完呢，有两个柜子那么多，装得满满的，它亲眼见到过！二叔公是不是有别的猫了？

陶阮听它叫得那么惨，加深理解："看吧，主动是没有好结果的。"

这话说得倒是不错。小草莓用脑袋在她肚皮上拱了拱："阮姐姐你也不要理二叔公了，男人绝情起来真要不得。"

陶阮权当它重回自己的怀抱："好了好了，不是还有我吗？这里是你的家，不管你在外面玩得多晚，只要你想回来，家的大门随时向你敞开！"

小草莓眼泪汪汪："喵——呜呜——"

这一刻，人和猫的关系更进一步，彼此间建立起更牢固的关系。

卧房门忽然被推开了些许，其他四只毛茸茸逐一现身。

蔷薇："别嚎了，二叔公说他近期不营业，让我们守着阮姐姐。"

月亮："二叔公说这话的时候你只顾着吃，没听见吧？"

博士："叫你别去你非要去，缩在外面吹冷风，吹舒服了？"

闪电："睡觉！"

小草莓茫然地抬起脑袋：是这样？

陶阮对上它圆溜溜水汪汪的猫眼，冲它温柔地笑："好好睡一觉，明天送你们去美容院洗澡！"

刚在床上找到一席之地的猫咪们全都警觉起来，一脸惊悚。这么冷的天，狗都不洗澡，猫洗什么澡？！拒绝！驳回！它们不要！

祁敬承享用完小龙虾，泡了杯玄米茶，边喝边看"随意的 X"的调查问卷。

前面的选择题都大同小异，无非让玩家给各方面打分，6 分就算及格。陶阮的分在 6~8 分，美术和细节把控给了 9 分，证明游戏是对她胃口的。然后是末尾的四道问答——

Q1：您对目前的《缤纷动物园》有什么意见或建议？

陶阮：希望增加一些现实野生动物方面的内容，比如山动每隔一段时间都会有的放归，还有一些定期的大型活动，如动物嘉年华、节庆游园等。

Q2：未来我们将推出更丰富的玩家社交体系，您期待吗？为什么？

陶阮：不期待，个人不喜欢社交。不过从测评角度出发，玩家在游戏内建立稳定的社交圈对游戏本身的长远运营是件好事，所以希望社交能围绕动物主题展开，可以建立个体动物同好会（比如两爬爱好者、大熊猫守护者联盟），但不要强制捆绑，这对单机玩家不友好。

Q3：对于主线剧情中的马戏团支线引发的争议，您有什么意见或建议？

陶阮：把山动曾经的经历呈现在游戏里完全没问题，然而山动的决定是永远取缔马戏表演，而游戏的本质是消遣，是让玩家在玩的过程中获得积极、愉悦、有趣的感受。在一个几乎全年龄向的游戏里设计人性的难题去考验玩家是引发争议的根本，也是我不懂的，建议将此支线拿掉。

Q4：我们将在内测结束后邀请部分玩家前往山海野生动物园，开启线下游园活动，您期待吗？为什么？

陶阮：不是很期待，我对游戏和现实分得很清楚，一群人同时游园，更偏重于社交，即便游园也是走马观花，太过吵闹还会打扰到动物们。再者，我个人不热衷于交朋友，如果我想逛动物园会自己去，想去的时候随时去。

“想去的时候随时去……”祁敬承念出末尾这句话，笑出声。这种时刻严格追求百分之百的自我掌控，是他认识的陶阮没错了。

问卷里说到游戏内容，她都是欢喜的，一旦提及社交、线下活动，她就满心抵触，把拒绝写在脸上，和他预想的基本一致。值得一提的是陶阮对马戏团支线的建议，比起那些长篇大论分析游戏和现实不同、马戏团只是一个玩法认真你就输了的玩家来，她三两句话就把问题解决了。

《缤纷动物园》的核心是动物园经营，经营的核心是追求每个动物个体的最佳状态。游戏被设计出来，提及的价值观自然是积极向上的。马戏团支线无意识挖掘了玩家的人性，而人性是很复杂的东西，这会让玩家感觉到被冒犯，有违玩游戏获得快乐的初衷。祁敬承早就看出这部分存在问题，没给冰冻点出来，是希望借此机会让他和团队认识到制作游戏时应当规避的雷区。

关于解决办法，就和陶阮说的一样，今天上午冰冻已经在策划群里发话了，删掉所有玩家可操作的马戏团部分，改为文字叙述：由于马戏表演在城市范围内带来不好的影响，上任园长立下“永远取消马戏团表演”的铁则，这导致动物园收入锐减，急需改变现状……并且发公告说明调整内容，给已经展开此条支线玩法的玩家做出相应的补偿。

冰冻还在群里鼓舞士气：“删档内测就是用来试错的，不用担心玩家给差评，比起挨骂，游戏设计者装聋作哑、无动于衷才是最要不得的。”

周四凌晨五点停服维护，之后会重点上线社交类相关玩法，不过这和陶阮想的强制社交有区别，她应该无法拒绝。祁敬承只需要守株待兔就可以了。

经过六十多个小时的内测，《缤纷动物园》收获不少好评，大家都说这是一款与众不同的经营类游戏，做出了线下动物园的精髓。更有内测玩家在微博上放话，说玩个一年半载，他能去全国范围内任意一家动物园当一名称职的志愿者。

山海野生动物园官博配合宣传放出试玩视频，解锁的建筑基本是照着线下真实的园区做的，连路标上的动物图案都一模一样。动物园爱好者们的期待值拉起来了——

“不知道游戏里是否也有一条错落摆放着动物铜像的美食街？有的话，可以开店吗？”

“黑熊咖啡厅的老板是位隐世高手，他烘焙的咖啡豆是一绝，请问游戏里有这样一位NPC吗？！”

“狼谷的恩怨情仇会实装吗？泡面番里的李氏家族会出现吗？有没有动物的拟人形态？怎样获得山动的明星动物？什么时候公测？”

“我——想——玩！”

这两天，参与内测的玩家争分夺秒，总结出五花八门的发展路线。陶阮的动物医院开得独树一帜，在她细致入微的打理下，医院具备了一定的规模，拥有许多有针对性的医疗仪器，全服只有她省吃俭用花游戏币购入，结果不但保证了自家园区动物的健康，还能通过治疗其他动物园的动物实现盈利。

截至周四凌晨五点，内测服数据统计如下：全服共计2258名玩家，动物园平均等级24级，最低11级，最高37级；园区探索面积平均26%，最低8%，最高33%；全服总共解锁动物种类71种，平均每座动物园饲养动物29只，最低7只，最高73只，其中大熊猫馆、黑森林馆和狼谷是玩家们开发得最积极的三个板块。

山海野生动物园作为国内首屈一指的动物园，动物明星效应超乎想象的大。而地图开发的基础条件之一是首次获得某个种类的动物。简单地说，想进黑森林馆，首先得获得一只豹子，解锁该馆部分区域。等到豹子的数量和种类达到一定程度，搭配支线任务，就能解锁完整的黑森林馆。为此，游戏里特地设置了一百多种奖励丰富的成就。

对比大数据，陶阮的X动物园升至30级，解锁22%的园区面积，除了把动物医院做得有声有色，大熊猫馆、梧桐叶子湖的红鹳区搞得最好，仙踪林的长颈鹿区和隔壁象馆经营得小有成绩。对于更新的新内容，她和其他内测玩家一样报以满满的期待。故而周四这天早晨，八点的闹钟刚响，陶阮便睁开了眼睛。

这次《缤纷动物园》更新了两个重要内容：明星动物NPC和友谊动物园。

“明星动物NPC”完全脱胎于山海野生动物园。玩家在探索和饲养动物的过程中，每达到一个阶段，就能获得现实中该馆舍的明星动物NPC的入驻。拿黑森林馆举例，这个馆的明星动物非黑豹闪电莫属，完成相应的条件，闪电就会出现在玩家的黑森林馆内。它会与玩家进行交流，科普豹属相关知识。随着黑森林馆规模的扩大，NPC 闪电的行为也会变得越来越丰富，甚至会如泡面番《游夜这一家》中的剧情发展，深夜穿过防护栏，在园区肆意游荡。

狼谷的君临、大熊猫馆的小团圆、象馆的夏天母女、鹿苑的李光荣、两爬馆的欢欢、小熊猫馆的跳跳……每只明星动物 NPC 都各具特点，承载着自己的故事。要是解锁了百鸟园的紫蓝金刚鹦鹉李昂，这只号称“园区八卦制造机”的大鸟会在你的动物园散布怎样的消息呢？

“友谊动物园”是一种交互玩法。众所周知，山海野生动物园与海市动物园、A 市动物园等多家大型动物园长期保持着友好关系，在此基础上做动物之间的置换、繁殖，展开多元化合作。《缤纷动物园》正是将此交互复刻到游戏里。玩家可在新出的页面中查看其他玩家动物园的基本情况，若互相都有意向，就可以结成友谊动物园，开始合作了。动物园达到 30 级的玩家能同时与两家动物园结成友谊关系，此后每 20 级，增加一个权限名额。

在此系统中，无论是交换动物，还是把动物送到友园寄养、治疗，都不需要额外的花费。除此之外，友谊动物园之间可根据明星动物发放的任务一起推剧情，解锁更多成就和动物故事剧情，还能共享资源。

两种玩法都相当有趣，内测玩家都在积极地为自己物色最佳搭档，陶阮却犯了难。她是做单机游戏测评出道的，玩过端游，也测过别的手游，玩家之间的交互都被她巧妙避开了，出的攻略更侧重于游戏本身的内容。这次不一样，如果陶阮还跟从前一样采取回避态度，其他玩家很快就会将她赶超，医院优势也将不复存在。

打不过就加入，这天，陶阮一直在友谊动物园的主页刷新，了解其他动物园的情况。这个页面会给玩家推送实力相当的动物园，每组十家，每次刷新都会有不同的推送。现在她才 30 级，根据官方公布的数据，估计第一阶段的内测结束，达到 50 级的玩家最多 100 人，大家获取的资源都差不多。但等级高不表示园区发展得好，这点从她收治的动物数量就能看出端倪。所以陶阮想选一个优质的合作伙伴结成友谊动物园——就是她有的动物对方没有，而对方有的她没有，两家动物园的重合率降至最低即可深度捆绑，不管 50 级、70 级还是目前封顶的 90 级，都不用再找新的友谊动物园。

把要求细化，她希望该玩家是个话少的实干型。那种睁开眼睛就跟你哇啦哇啦，玩游戏的中途点个外卖还问你吃了吗、吃了啥的话痨最要不得……所以在正式结成友谊动物园之前，她还要跟对方试探性地聊几句，进行单方面的面试。

从早上找到晚上，大洋彼岸的姚觅一觉醒来，随口问进度，听闻她还在苦苦寻觅，连

猫项圈到了都没给小草莓戴，笑得差点儿滚下床："要不你去找祁敬承吧，说你在玩《缤纷动物园》内测，让他建个号来配合你一下，你们还能保持这种线上距离，来个全新的认识。"

陶阮宁死不从："你知道 CHAOS 一年会出多少类似这种不到 500MB 的小游戏吗？可能祁敬承自己都不清楚。而且他天天和 ATT 那边开会搞人工智能快忙死了，互不打扰挺好的。"

姚觅见招拆招："更新后有 693MB 了！这个 IP 来自山海野生动物园，这家动物园是谁的，跟祁敬承什么关系，你说他不知道这款游戏我是不相信的。还有，他忙和 ATT 搞人工智能，你又在朋友圈看到了？刚才我特地去他的个人页面看了下，空空如也！这到底是怎么回事呢？"

陶阮："……"她觉得姚觅的诊所要关门了，成天不好好营业，尽把心思花在自己身上！

回到游戏中，再一次刷新页面，一家名为"桃子"的动物园吸引了她的注意。他们两家的重合率竟然只有 2.7%！再看动物园园长 ID，草率的 X。陶阮愣了愣，目光移至屏幕左上角她自己的 ID。巧合？我粉丝？陶阮更偏向于前者，说不定这名玩家喜欢吃桃子，刚开始她还想叫"随意动物园"呢！

"陶阮你疑心病也太重了……"超低的重合率面前，陶阮嫌弃着自己，向这位"草率的 X"发起对话。

随意的 X："你好，冒昧打扰了，请问你有结成友谊动物园的意向吗？我找了很久，发现我们的重合率很低，你可以看看我的整体建设、动物状态、动物种类，还有动物医院的等级，期待你的回应。"

大约过去了三分钟，草率的 X 回复："可以。"

系统消息：玩家草率的 X 向您发送缔结友谊动物园的邀请。请注意，一旦缔结成功，你们将保持至少 72 小时的友谊关系。

陶阮都没读完这条提示，本能地点了"拒绝"。这也太草率了，还没仔细聊过就直接邀请了？

草率的 X："？"

陶阮："……"好家伙，这次只有一个问号。

随意的 X："是这样，我刚才问的是结成意向。"

草率的 X："所以？"

随意的 X："可以回答我几个问题吗？我想确定我们的发展理念是否一致。"

草率的 X："你问。"

随意的 X：“请问你比较侧重什么玩法？”

草率的 X：“养成。”

随意的 X：“哪方面的养成？”

草率的 X：“全部。”

陶阮伸直手臂，把手机拿远，皱起眉头质疑：“所以、你问、养成、全部……怎么你只会两个字的词组吗？游戏小程序都比你热情！”

她没有社交牛逼症，但也绝对算不上困难户，不喜欢和做不到是两回事。所以当陶阮抱着怕麻烦的心态不得已主动去与一个人交流，结果发现对方比她还抗拒，感觉就很微妙了。不过她很快发现这是自己的问题，迅速调整状态，继续面试。

随意的 X：“请问你是职业测评还是通过活动抽取到内测码的玩家？”

草率的 X：“玩家。”

随意的 X：“我是职业测评师。结成友谊动物园后，由我来制订发展计划可以吗？你重在全方位的养成，而我这几天做了各方面的数据统计，大方向让我把控，我有把握做出双赢局面，当然前提是你愿意。”

草率的 X：“愿意。”

陶阮被“愿意”这两个字弄得愣住，沉默数秒，怒砸手机，站起来深呼吸：“有病啊！你是 CHAOS 开发了一半的逃家残缺人工智能吗？多说一个字会死？居然有比我还病态的人！”莫名其妙！都把她整不会了！

暖气片那边，五只猫整齐划一地冲她释放茫然歪头杀——

小草莓：“阮姐姐？”

蔷薇：“谁有病？去医院吗？”

博士：“什么是开发一半的残缺的人工智能？逃家去哪儿了？危险吗？”

月亮：“多大点儿事，我再睡会儿，开罐头的时候叫我。”

闪电：“人类真奇怪，打个游戏都能把自己打崩溃。”

与此同时，对面四楼工作室内，祁敬承靠墙瘫在油画那端的懒人沙发上，看着刚才发生的游戏对话，笑得像个一米八四的巨婴。

游戏里遇到这样的玩家，换谁谁崩溃。祁敬承是记仇的，尤其对陶阮，恨不得让她把自己体会过的滋味全都尝一遍。不过想法归想法，具体实践起来他又舍不得，只能从这种无关痛痒的刁钻角度下手，稍微找点儿平衡。

恶作剧的差不多了，他调整情绪，给这位叫作“随意的 X”的朋友一点儿正常反应。

草率的 X："抱歉。不喜欢在游戏里打字。"

陶阮下楼给自己倒了杯温水喝，在厨房罚站两分钟，重新整理思路、心情想法："不气不气，把他当僚机就好！他说话很奇怪，但总比上次在《征服星际》遇到的一言不合就发不雅照的变态强！"她碎碎念着回到楼上，从沙发缝里把手机抠出来，再一看，草率君向她道歉，还言简意赅地解释了缘由。

大约是她在楼下耽误久了，草率的 X 又补充道："我的目标只有一个，就是内测期间尽可能全面发展动物园，解锁剧情。既然你是专业测评，那就发挥所长，我会配合你的。"

我的天！这句话算上标点符号足足有 54 个字！陶阮被感动到了。

随意的 X："我明白了。"

随意的 X："但我还有问题。我选择合作对象的过程会比较谨慎，一旦选定并开始合作，我没那么龟毛的。"

草率的 X："好的，你问。"

"虽然还是两个字两个字地蹦，但同时用两个词就显得正常多了！"陶阮扭头对猫咪们感叹，眼波流转，泪光闪烁。

小草莓："阮姐姐哭了？"

博士："我认识这种表情，是感动的哭！"

蔷薇："她到底在跟谁发信息啊？男的女的？我们要去通知二叔公吗？"

闪电："门都堵了，进不去，没法儿通知。"

月亮："我只关心今晚什么时候开罐头……"

陶阮跟猫那儿找完共鸣，注意力集中在游戏的对话框里。

随意的 X："你应该也发现了，我们的 ID 惊人相似！"

草率的 X："嗯。"

陶阮："……"你嗯什么嗯？我在问你为什么，给我好好回答啊！

草率的 X："随便想的，草率来自最近流行的梗，X 在数学中代表未知数，是我最喜欢的字母。"

随意的 X："原来是这样。"

"X 也是我最喜欢的字母。"陶阮忽略先前的抓狂，对草率君的好感再一次增加。

草率的 X："不然呢？你想我为这个巧合做怎样的解释？"

"居然有小情绪了？你也有脾气？"陶阮感觉自己折磨到他了，心情顿时好了起来。

随意的 X："无意冒犯。"

草率的 X：“嗯。”

随意的 X：“为什么你的动物园名字取得那么的……可爱？你可以不回答，这只是我个人的好奇。”

当怪人遇到比自己更怪的家伙，好奇在所难免。草率的 X 这个游戏名带一点儿“我对什么都无所谓就玩着吧”的随性，后缀的“X”又为这份随性增加了少许神秘感。可他的动物园又叫“桃子动物园”，是想制造反差萌？

草率的 X：“桃子是我最喜欢的水果，取名的时候正在吃。”

“我最喜欢山竹，桃子一般。”陶阮姓陶，对喜好却不盲目。这个天气吃桃子不觉得冻牙？不是，冬天有桃子吃吗？

草率的 X：“这不是我的首选，其他名字分数太低，桃子有 98 分。”

这句带有吐槽性质的话就说得很有人味儿了。陶阮跟他稍微共鸣了一下：“X 也不是我的首选，现在看来那个打分机制对后续经营根本没影响。”她不禁又有些得意，“不过我的 X 动物园有 99 分，比你高！”

随意的 X：“最后一个问题。我逛了你的动物园，发现你在园区开发和养动物方面很冷门，换言之，你和绝大部分玩家的重合率都低，选择也更广。为什么在我第一次向你发起对话时，你就直接给我发了缔结邀请？我想知道你选我的原因。”

陶阮对合作这件事看得透彻：我在选人的同时，人也在选我，不确定的是合作对象本身。她需要对草率君多几分了解，如果答案是“不知道”，会给本来就难信任他人的陶阮制造出多余的不安，如果他在对话过程中流露出猥琐、极端或者其他恶劣的负面情绪以及个人观，陶阮会立刻终止与他的往来。植物因为光合作用而向往阳光，她也一样，有目的地筛选交际圈，都是为了做一个温暖积极的人。

草率的 X：“我知道你是职业测评师。去年你在 Atomic 上发过一篇《大航海》素材向的玩法，对我很有用。你擅长总结，在这方面是专业的。”

草率的 X：“你们应该有个测评群，可以和游戏设计师直接对话，第一时间得到最新情报。还有你的动物医院，这是我最看重的你能给到我的资源。”

草率的 X：“大概是这些。想到再补充。”

这番话说得有理有据，逻辑链完整正常，对他之前表现出来的怪，陶阮释然了。出于公平和礼貌，她给了对方提问的权利。

随意的 X：“你有没有问题想问我？什么都可以。”

草率的 X：“没有。”

陶阮主动发去缔结邀请，对方秒点同意。

系统消息：恭喜您与桃子动物园正式结成友谊动物园，愿你们未来的合作一帆风顺，友谊天长地久！

页面随之发生变化，园妹出现，带陶阮了解此玩法的常规操作，现在可以做什么，将来还有哪些值得期待的内容……

陶阮言出必行，对草率君交代了接下来她想要重点发展的园区、养成路线和规划，还告诉他动物家园的变化规律。

《缤纷动物园》有三款定价为 68 元、128 元和 256 元的礼包，等开了公测，在内测充值的玩家会得到双倍返还。考虑到游戏公测后的平衡性，三款礼包每个最多买三次。内测玩家基本上都买了，获得的也只是不同种类的动物、基建设施等素材，不存在短期内把其他玩家甩出一大截的情况。于是游戏内的货币在开服那几天小范围浮动过后稳定了下来，变得保值、难赚、好花、用处大。在此大前景下，玩家们都过上了精打细算的日子。陶阮对数字敏感，善于找规律做总结，发现设计者在动物家园使了个类似障眼法的小聪明。

作为官方商店，动物家园每两小时刷新一次，以玩家当天登录并首次点进商店页面开始算起。之后，玩家多半不会定时定点去光顾。因为动物家园已经在玩家们心中形成鸡肋、点进去等于浪费时间、珍稀动物和素材贵得要命等固有印象。但有耐心如陶阮，孜孜不倦守了三天，把每次刷新的页面截图记录，细化统计，最终发现登入游戏后首次刷新出现的最贵道具 / 珍稀动物 / 素材，在第四次刷新时，表面上价格稍微有所上涨，但扣除的手续费是统一的 12.8%！以此为基准，陶阮又对比自由贸易港里其他玩家出售的动物和道具的均价，在两者间来回倒卖，靠赚取差价买齐了动物医院各种热门冷门的仪器设备。不过为了尽快把动物医院发展起来，她卖掉了不少稀有的动物。和草率君结成友谊动物园后，他们可以靠这个规律充盈园区内的动物种类。

没想到草率君秉承着绝对的简洁主义，只回复了她两个字：“好的。”

“好的？只有好的？！”陶阮瞪圆了眼。

毫不夸张地说，虽然她不知道算法，但要是公开这个规律，肯定是玩家的狂欢，游戏策划绝对连夜调整。结果放到草率君这里，就云淡风轻的两个字。陶阮没得到想要的夸奖、对方的惊讶情绪，或者别的满足感，郁闷地骂：“身在福中不知福！”

“喵呜”一声，小草莓来到她脑袋边拱啊拱，求关注。

另外四个家伙站在远处应援：“饿了，宵夜，开罐头，求求了！”

陶阮会意地点点头，放下手机。

不管怎么说，找了一天的小伙伴，终于尘埃落定，那种寻找过程中的焦躁感荡然无存。陶阮给猫咪们开罐头，也给自己点了份外卖。回到楼上，再看手机，好友栏里，草率的X被自动置顶在列表第一，颜色也和其他好友不一样，是带有金属质感的亮金色。这是一个古怪程度不输自己的奇怪玩家，她的拍档。

蓦地，草率的X变成暗淡的浅灰色。陶阮愣了愣，才反应过来是对方下线了。回想今天交流的过程，挺折磨人的……她撇了撇嘴，道："勉强打平。"

身后有窸窸窣窣的声音靠近，她回过头，就见小草莓蹲坐在门边，昂着脑袋冲她喵喵叫："吃饱啦！睡觉吧！"

"你们这一天天的，让我伺候着吃，伺候着喝，现在还要求陪着睡？"陶阮忽然回过味儿来，余光找到放在墙边还没来得及拆的快递盒子。嗯，是时候给这群随时叛逃的家伙上保险了。她绽出诡异的笑："小草莓，小乖乖，你吃好啦？是不是困了？来，到姐姐怀里来，给你个好东西。"

闪电缩了下身子，扭头就跑。博士它们向来相信闪电的直觉，跟着溜得飞快。只有小草莓傻傻地凑上去要抱抱。这一抱，彻底失去了自由，它再也不能潇洒地出去野了。

另一边，祁敬承下线前顺手把陶阮对他讲述动物家园规律的几段话截图，发给冰冻。

冰冻很纠结："……"

祁敬承："我不知道你们这块的算法，已经有玩家发现了。"

冰冻开始茫然："这……要改吗？"

祁敬承："你说呢？"

冰冻选择试探："目前只有陶小姐发现这个Bug（漏洞），所以我想，过两天再改？"让随意的X带着草率的X过两天好日子，拿点儿打折动物和道具，权当内部优惠。

祁敬承不这么想："高光都给她了，我还怎么发挥？"这句话还能换种说法：陶阮有我就够用了，不需要钻那些稀奇古怪的空子。

冰冻："这就改！保证搞个复杂的算法，让陶小姐和其他玩家无规律可循！"

祁敬承："辛苦了。"

冰冻："应该的！敬礼.jpg"

4

《缤纷动物园》在二次更新后，又发放了一千个内测名额。新一批玩家涌入游戏，带来更多可能性。

转眼又过去一周，测评群的大神们陆续交出自己那份问卷。其间，陶阮把以动物医院为核心发展的玩法总结归纳，搭配游戏内截图写成长文发在微博上，耐心回答普通玩家在评论区的疑问。

山海野生动物园官博转发了这篇攻略，附言说："在现实世界中，动物医院也是现代动物园不可缺少的一部分，所以各位《缤动》的园长大人们做建设的同时，千万别忽略动物们的健康！在这里也感谢X园长带来这份特别的攻略！"

陶阮礼尚往来，回复道："《缤动》是款好游戏，让我在玩的过程中了解了很多野生动物的习性，每个明星动物NPC都有自己的故事和闪光点，和山动一样正能量满满！"

周六这天，姚觅看到她和官博的对话，在微信里夸她："你越发有游戏测评师的样子了，特别正常，特别特别的好！简而言之两个字：专业！"

陶阮脑袋疼："能不能别简而言之，别两个字，你多加一个字，或者成语也行。"

姚觅："？"

陶阮："猫猫给自己戴上痛苦面具.jpg"

姚觅："好的，重新来！虽然不知道你经历了什么，不过你这个游戏测评师做得真是very good！"

陶阮怒了："我决定拉黑你！"现在的小学生都不稀罕这样的夸奖！

姚觅："别这样，八个字母呢！还有一个感叹号！"

陶阮决定结束这场没有意义的对话。

结果姚觅直接打电话过来了，接通后先放飞自我："来！跟我畅所欲言，让我倾听你的烦恼！"

陶阮好气又好笑："让你把我的烦恼当消遣？"

姚觅瘫在办公室的椅子里转圈圈："我在网上下单了全套成语大全，到货以后，每天挑十个成语夸你，定时定点，风雨无阻！"所以，作为交换，来跟我倾诉吧！

在好友的热情攻势下，陶阮半推半就地从了。

经过一周的摸索，她已经基本掌握现阶段友谊动物园的玩法。总体而言，游戏进程顺利。但私下有两个点她不懂，可能这辈子都没办法搞懂。

首先是动物家园，在她对草率君说了刷新规律的第二天，这个规律悄无声息地消失了，再也不存在第四次刷新时的低税率，一切商品全部随机，变得无规律可循！她永远记得持续刷新32小时后，她垂头丧气地对草率君解释："原来不是这样的，真的有操作空间，不然我的动物医院不可能发展得那么快。”当时草率君冷静地提醒她：“还记不记得前天登录时，游戏做了一个很小的更新？说不定策划发现了这个 Bug，及时做了修复。至于有没有偷看玩家对话，就只有他们自己清楚了。”陶阮无话可说，但只有这个解释最合理。除了感到没面子，她能怎么办？

姚觅隔着将近一万公里的距离，在电话里对她嬉皮笑脸：“笑着把游戏继续下去，和你的草率君一起。”

陶阮叹气，第二个不懂正是来自这位草率君。

“游戏方面没问题，动物家园的规律被修复后，只要有耐心照样能买到价格不错的动物和道具。他运气比我好，就是那种欧皇、运气之子！可能上午我们在说黑森林馆还差一只 3 星阿拉伯豹就能解锁新剧情，他下午去商店里溜达一圈，就正好有头阿拉伯豹，价格不错，他一出手，3 星！”这种运气，陶阮是佩服的。

“这不挺好的？”姚觅正在写一篇关于适当游戏对患有心理疾病的病人的正面影响的论文，虽然没玩《缤纷动物园》，但一直当研究素材来关注，陶阮说的内容她基本听得懂。解锁剧情，两人得利，没毛病啊？

“问题出在沟通……”陶阮侧身倒进沙发里。

姚觅回想先前她在微信里纠结的反应：“他说话只说两个字？”

“也有完整连贯的句子，他说不喜欢在游戏里打字，按键小、麻烦。除非必要，他都是两个字两个字往外蹦……”陶阮颇有感触，“又因为我们事先就说好，由我来规划安排动物园的开发，现阶段怎么做、下个阶段做什么，都是我在说。”

姚觅有少许疑问：“你说了，他会全部照做吗？”

陶阮点头道：“会的，配合指数百分之百，有时候还能超出预期。”草率君是欧皇，是运气之神的亲儿子，还对她有求必应，宛如没有次数限制的朴实版阿拉丁神灯。

姚觅试图做主题提炼：“照你的说法，合作期间你是掌舵人，他是助手，作为执行命令的一方，能说的不就只有‘好的、明白、知道’这类两个字的词？前提还是他解释过，不喜欢在游戏里打字。”

“你帮他说话！”陶阮心里发酸，还委屈。

“我在帮你分析。”姚觅耐心道，“我觉得草率君是个合格的合作伙伴，因为在必要情况下，他也会做出完整的表达，你们在沟通上是不存在问题的。”

“嗯，你说得有道理。”陶阮从沙发里爬起来，把乱糟糟的长发拢到肩侧，噘着嘴说，“我就是觉得不对，不该是这样。”

“你……”姚觅犹豫了一瞬，还是决定说出来，“你想从他那里获得更多，想听他表达，和他建立起更深的联系。”

陶阮愣住了：“是这样？”

姚觅没应和，让她自己想。

沉默持续了足足三分钟，陶阮承认了：“是的，我想了解他。”她可以对任何人撒谎，包括姚觅。但她不能骗自己。

“还有呢？”姚觅试图引导。

“还有……”陶阮犹犹豫豫，迫切表达的欲望推动她开口，“原先我说服自己，他配合度那么高，把他当僚机就好了，后来我发现友谊动物园不该像我最初设想的那样玩。”

最近几天每次打开测评群，看到其他结成友谊动物园的玩家聊游戏、聊攻略、聊日常和生活现状，让她有一种“我和他们玩的不是同一个游戏”的落寞感。其实她有草率君啊！他们配合度高，园区发展快，动物种类越来越多，她给他的动物看病，他帮她把水族馆建立起来，给她的淡水展区养水草和微生物……最多再过三天就能解锁NPC闪电的第四阶段，接下来他们会主攻百鸟园！这些都是值得开心的事，陶阮却没有分享对象。草率君真的像她的僚机，兢兢业业地配合她的一切，可这竟然让她丧失了更多的游戏体验。

陶阮陷入自我怀疑：“我也不知道我到底想要什么了。”

姚觅帮她说出来：“你想和草率君成为朋友，想像测评群里其他玩家一样，和友谊动物园的合作对象发展更深的关系。这很正常啊，我大学玩游戏认识的朋友，现在还有联系，上个月她还和丈夫开着车，带着两个孩子、三只狗来我家做客。”

陶阮很认真地强调：“可是我已经有你了。”

“我不能做你的唯一。这会让我感到压力，因为我能给你的有限。你需要更多朋友，从每个人那里得到不同的情感，或者别的方面的帮助、满足感。相对的，你也会给予他们一些东西，释放、发泄、赠予……很多很多。有时是分享，有时会共享，大多数时候各自忙碌。你们也会发生摩擦，会吵架，不理对方，下定决心绝交一辈子。但如果是真正的朋友，总会原谅释然、重新接受，然后更了解彼此。”姚觅鼓励她，“不如从草率君开始，他已经通过你的面试，符合你基本的交际要求。还记得前年元旦你在我家看的电影吗？斯皮尔伯格的《头号玩家》里面有句台词，‘绿洲不是一个人的游戏’。《缤纷动物园》也不是你一个人的游戏，在这里面，你和草率君早就成为朋友了，要不要发展到现实那是后话，至少在游戏里，你们可以共进退。”

陶阮仰头看着天花板上的吊灯：“被你说动了，我试试吧。”

周六这天，祁敬承回家吃饭。

车刚开到家门口，祁锦鸿就背着手探出脑袋，稀奇地“嘿”了一声，道：“老太婆说你和小阮分手了，还跟我打赌你最近一次回来吃饭肯定是自个儿，我本来是不信的。”现如今眼见为实，他又问，“真分啦？”

祁敬承忍住向老爷子翻白眼的冲动，面上做老实状，重重点头：“分了！不过我跟她没完！”

祁锦鸿对祁二这态度很满意，打开铁门放行，口头鼓励：“小阮很好，你也不差，是我孙子就把女孩子给我追回来！”

晚饭时，二老问起具体情况，祁敬承从荒唐的十月协议到他正式蹲守对面，还有游戏里的铺垫安排……事无巨细全招了。程洁和祁锦鸿笑得合不拢嘴，这可比评书听着有趣。

祁敬承想，他现在跟二老说了，就有了共犯，将来陶阮发现自己被套路，他把这二位重量级人物拉出来一起扛，料想陶阮也不会太计较。

吃完晚饭，程洁催他快回家去，别让目标人物在游戏里等太久。祁敬承茶水都没喝两口，就被肃然的眼神监督着上了车，打道回府。跨越小半个城区，回到蹲守地点，人还在车上，他又收到姚觅发来的信息，跟他探听：“所以，你就是草率君？”

祁敬承把车停进自家前院，大门完全关上，后视镜里化作一片混沌的灰暗色调。他拿起手机，垂眸扫了一眼姚觅大约在十分钟前发来的信息。这个女人不简单，她是心理医生，还是小阮唯一的朋友，两个身份加在一起实在太敏感了。而且她今天主动杀过来，处理不好，后果不堪设想。

姚觅：“十分钟过去了，这么怕我？”

祁敬承皱着眉头回复：“刚在开车。”

姚觅：“那你是吗？敢不敢正面回答我？”

祁敬承留了一手：“我正面回答你，然后呢？”

姚觅占着上风，配合地跟他绕弯子：“这就要看你的最终目的了。”

祁敬承深呼吸，举着手机趴在方向盘上，用双手打字：“我是。”

姚觅：“目的？”

祁敬承拿出全部的坦诚：“往大了说，我希望小阮能在游戏里建立起自己的社交，治好心病，正面影响到现实就更好了。而出于私心，我想在这个游戏里和她建立一些新的联系，哪怕只是短暂一时的。”

与人打交道恰好是姚觅的强项，几乎在看完祁敬承这段话的同时，她已经站在好友的角度迅速做出回应:“按照你‘一时’的说法，游戏内测结束，小阮没有和草率君更进一步，你会及时终止你单方面的行为计划，让草率君消失？”

祁敬承很肯定：“那是肯定的。我不会愚蠢到明知她抗拒，还告诉她我是谁，徒增她的烦恼。”假如，只是假如，草率君和随意小姐在游戏里相处愉快，还能聊到游戏之外，分享日常，那个时候，祁敬承才会考虑用一种美好的方式让陶阮知道草率君的真实身份。他会把握好这个度。从一开始他决定这么做时，设定的底线就是永远不要伤害到她。

祁敬承：“我认识小阮十年了，对她的了解不比你少，我也不会跟你讨论她在人际交往方面是否正常，我只想说一点，她对我不是放下而是回避，这是我坚持和她纠缠到底的根本原因。”如果陶阮对他真的不爱了，放下了，他再不甘心也会逼自己放手。现在的问题是，陶阮开启了一套独独屏蔽祁敬承的自我防御保护装置，祁敬承站在装置外束手无策。车祸后在家休养的那段时间，他拿着那份不可理喻的十月协议，尝试代入陶阮去解读每一条约定。结论很明显。这让祁敬承怎么忍心丢下她？

姚觅得到明确的表态之后，决定跟他走个心:“之前我以为你只是单纯想把小阮追回来，现在确定了，你和我一样都希望她更好。”

祁敬承：“游戏正好是个契机，我已经尽量克制自己的私心，现在的难点在于草率君只能做个配合工具人，很被动。我想她一定对你说了什么，不然你不会联系我。”陶阮对陌生人亦有戒心。草率君和她结识于游戏，大家都用虚拟身份，初识就表现得太积极，她一定会缩。

姚觅：“先说说你想怎么主动。”

祁敬承：“我告诉过她，不喜欢在游戏里打字，手机键盘小，不方便，和她的交流尽可能简洁，我在等她主动提出用游戏外的聊天软件进行沟通。”

姚觅赞许道：“虽然是句废话，但我还是要说，这跟我设想的‘小阮独一无二疗法’进程相似。就目前而言，引导她主动跨出第一步，就会有第二步、第三步、很多很多步。”

祁敬承可没她那么好的耐心：“该你回答我了，草率君能让她主动跨出第一步吗？”不能的话，草率君只能陪伴陶阮一时，今后祁敬承还得想其他办法刷存在感。

姚觅：“我们是校友没错，但你知道的，我不能背叛小阮。我只能告诉你，打起精神，准备第二场面试。”

“第二场面试？”祁敬承困惑了一瞬，很快想到答案。上周随意的X和草率君发生的第一场对话足够龟毛，换个角度看，不就是面试吗？

安静的车内，响起松弛而又无奈的笑声。还行，他继续等着吧。

陶阮和姚觅聊完，去隔壁书房把笔记本拿过来，然后用手机进了游戏。草率君还没上线，灰色调的名字下方，显示他上次下线时间为下午四点十二分。这比他平时六点左右的下线时间早了两小时，而今天是周末。

“有约会？回爸爸妈妈家吃饭？”陶阮屈膝缩在沙发里，浑然不觉自己想多了。

突然，灰色名字亮起，草率的X已上线。

陶阮回过神来，盯着列表中这个与众不同的名字，陷入沉思：我要怎么开口？你好啊，草率君，经过一周的相处，我觉得你人不错，我好友也让我和你加深了解，所以我们加个游戏外的联系方式，你同意吗？要是他回过来“同意”两个字，可就绝了啊。想到这里，陶阮忍不住笑了。

其实除开姚觅分析的那些，她早就有判断了，否则不会显得那么的不得劲。就拿动物家园规律忽然变更这件事来说，换作别人告诉陶阮可以这样薅商店的羊毛，她开开心心地去了，却发现没这个规律，肯定会对那人质疑一番。要是赶巧她那天心情不佳，自带一点儿坏情绪，说不定还会嘲讽。草率君并没有这样。他只是平静地提醒她，有没有注意到前天登录时游戏做了一个很小的更新。这份平静安抚了陶阮，如同在对她说“这不是什么大事，修复了就算了，不妨碍我们继续合作”，真的拉好感！一个配合度超高、在你判断错误时不嘲讽你的合作伙伴，值得发展为朋友吗？答案很明显了。

陶阮双手拿着手机，端正坐姿，深呼吸——

祁敬承回家给自己做了杯手冲咖啡，来到四楼工作室。

第一步：开机，主屏幕调出写满算法的小窗口。

第二步：打开拍照功能，找好角度将工作氛围满满的画面定格在镜头里。

第三步：进朋友圈，先设置“只给××看”，再调出刚拍的照片，配字“去老头老太太那儿吃完饭，回来还要继续工作”，营造出跨国公司大Boss日理万机的劳苦与无人在身边体贴的些微辛酸。

交完今天的“作业”，草率君上线，很快收到了面试官礼貌的消息。

随意的X：“你现在忙吗？”

草率的X：“不忙。”

随意的X：“是这样的，你说过不喜欢在游戏里打字，我想了想，觉得我们可以加一个游戏外的联系方式，企鹅号或者微信，我的电脑就在手边，加上之后，我们就不用在游戏里说话了，不知道这样你方便吗？”

草率的X："方便。"

祁敬承三十好几的人了，蹲在椅子里，对着手机屏幕上的随意小姐，守得云开见月明的情绪辗转萦绕周身，心情复杂得不要不要的。

随意的X："这是我的微信号，或者我加你也行。"

祁敬承登录桌面版微信，这是上周刚申请的小号，ID为简单的英文字母CX，头像是一张披头士乐队的专辑封面，朋友圈直接关掉，问就是嫌吵、不喜欢、不玩。

陶阮的微信名和微博一致：随意X。添加了好友之后，她先示好地发来露齿笑的表情。

这个时候，草率君允许自己展示一下个性："要面试吗？"

随意X："面试什么……面试？"字里行间透着心虚，省略号用得相当巧妙，她在向他示弱求放过。

草率君只是不喜欢在手机游戏里打字，换了键盘，表达欲会旺盛一些。祁敬承时时刻刻提醒自己：人设不能崩！他把键盘拖近，手指起落间，敲出噼里啪啦的声音："上周你对我提了很多稀奇古怪的问题，我一一做了解答，我们才结成友谊动物园，就和你对待游戏内加好友的谨慎一样，我对社交软件内的好友也有质量要求。"面试是有的，不过这一次，他要坐在面试官的位置上。

随意X："万万没想到还有这一关。"

屏幕透出一层薄薄的灰白色的光，笼罩着男人神采飞扬的俊容。陶阮已经主动跨出最难的第一步，止步于此，她肯定会看不起自己。

果然，三分钟后，随意X发来消息："我准备好了，你问吧。"

祁敬承没打算跟她客气，不过保险起见，也是为了显示他的公平，他先说："如有冒犯，你直接说出来，不喜欢的问题可以不回答。"

随意X："好，我知道了。"

CX："平时有什么兴趣爱好？"

随意X："追剧、打游戏、看小说、画画。"

CX："没有户外活动？"

随意X："每年会旅行2～5次，冬天太冷了不爱出门，而且现在是我的宅家季，就跟美剧冬歇一个意思。"

"宅家季，你倒是会说。"祁敬承忍俊不禁。

CX："你的宅家季没有运动这项活动吗？"

随意X："你对社交软件内的好友还有运动指标的硬性要求？"

啧，这就有小情绪了？祁敬承瞬间体会到了上周随意小姐在自己这里获得的快乐。确实有意思，非常有意思！

CX：“我会忍不住担心你们这些昼伏夜出的家伙身体越来越差，哪天不及时回我信息，会不会是猝死家中？那我要不要帮你们报警？”

随意 X：“你想得可真多！”

CX：“在治了，医生说我情况比去年好。”

陶阮：“……”也不清楚他说的到底是真是假。还是那句老话，这年头，谁没点儿情绪病？她自己也看心理医生，心理医生还是她闺蜜呢！

随意 X：“不过我多少能理解，你放心吧，我健康得很，最近没有昼伏夜出了，三餐规律，咖啡都是两天一杯。”

CX：“那还不错。”

随意 X：“你比游戏里活跃多了，我有点儿不习惯。”

CX：“有人味儿了？”

随意 X：“没错！你在游戏里像个人工智能。”

CX：“哈哈哈，这么夸张吗？”

“是，就是这么夸张！”陶阮在沙发里缩成一团，表情怨恨，眼里却源源不断溢出笑意。这样的草率君是有点儿恶劣的，但相处起来却比之前一周的任何时刻都要轻松。当然，谨慎点儿也没什么错，所以她接受草率君发起的问答。

随意 X：“还有问题吗？有就继续。”

CX：“问一些个人喜好和厌恶，这样有利于保持愉快的聊天节奏。”

随意 X：“可以。”

接下来，祁敬承问了很多问题，最喜欢的电影导演、最喜欢吃的水果和菜系、平时都听谁的歌、追星吗……陶阮不仅都回答了，有时还会主动问他的喜恶，问答不知不觉变成真正的聊天。两个人都有不同款的怪，说到《缤纷动物园》，都坦诚玩之前对动物无感，但不否认这是款用心制作的好游戏，玩到现在，对各种野生动物有了一定的了解，挺有意思的。他们还约好正式公测继续结成友谊动物园。

结束和草率君的聊天，已经是晚上十一点了。陶阮的视线从聊天框里转开，在夜色衬托下的玻璃窗上看到自己满是笑容的脸。她敛了敛表情，抬起手揉发酸的苹果肌：恭喜你，交到一个志同道合的新朋友！

好不容易做出点儿成绩，必须做汇报。陶阮给姚觅发了三条 60 秒的语音：第一条交

代全程，第二条是心得体会，最后一条做陈述总结。一直知道人类复杂，但交朋友没有她想象中那么难，她没那么抗拒了。

姚觅："为你高兴，希望你今后交到更多更好的朋友！"

陶阮："你永远是最好的！"

姚觅："这一点还用强调吗？"

放下发烫的手机，窝在沙发里，陶阮圆满了。突然一只毛茸茸窜进视线里，以实打实的重量霸占她的肚皮。

小草莓低着头，用前爪扒拉着脖子上的项圈，打商量："给我摘了，我可以当作什么都没发生过。"它们不知道 GPS 定位，纯粹抗拒脖子上的束缚。

陶阮伸手把它抱起来，跟它对视，纳闷地问："项圈给你买了，也戴上了，你怎么不出去了呢？"

小草莓非常无奈：二叔公连门都不让我进，外面那么冷，我出去做什么……再说了，这跟它戴项圈有很大关系吗？

陶阮想得很多，没有搞清楚小草莓的逃家原因，这钱不是白花了？她循循善诱："这样吧，明天放你出去溜达，回来给你加餐，怎么样？"甚至还对暖气片那边的四只猫发话，"你们也有份。"

博士翘起了尾巴，月亮和蔷薇高兴得喵喵叫，如在应和。闪电掀起眼皮睨了睨人类手中的傻白甜小草莓，关于要不要卖猫求罐头这件事，认真考虑看看吧。

陶阮权当它们答应了，舒心地露出笑容。

晚上睡觉时，她关了台灯，缩进被窝里，熟练地打开某人的朋友圈，开启没羞没臊的窥屏模式：祁敬承早上七点起床，用健身室的跑步机跑了 6.2 公里，早餐吃牛肉三明治、荷包蛋，喝牛奶。

"这么健康，是想向天再借五百年吗？"陶阮小声嘟囔。

之后他就开始工作了，中午点外卖，港式烧腊、河粉，还有不加糖的炭烧奶茶。看照片，卖相颇为不错，陶阮在外卖软件上看到过这家连锁店，决定明天中午也这样吃。

午休时间，祁敬承打了两把《英雄联盟》，逆风局，带飞队友，特意把最后的数据晒出来，炫耀意味明显。

陶阮："嘚瑟什么，那么确定我会看吗？"

话虽如此，手指却很诚实地继续往下划，然后就看到祁敬承去爷爷奶奶家吃晚饭了，超丰富的家常菜，把陶阮肚子里的馋虫都勾出来了。也不知道他对二老交代分手的事没有。

“好想去蹭饭……想吃奶奶做的土豆烧排骨，爷爷做的小炒肉也好吃。明天去吧？他今天去过了，明天应该不会去了？算了，不管了，明天去！”

这才是真正属于陶阮的一个人的小秘密。

第二天，陶阮还真去看望程洁和祁锦鸿了，去之前特地打电话给奶奶，请示意味明显。

程洁心领神会，说：“你快来，小承不在，来的路上顺道去买点儿海产品，海鲜市场离你那个小区近。”

下午两点多，陶阮高高兴兴地拿着奶奶开的菜单去海鲜市场一通买，完了开车去蹭饭。

祁敬承确实不在，但大哥全家都在。根据现场的情况来看，她和祁二分手的事刚传开。好在没人劝和。

祁栀在宋雪桦的示意下缠着她打听细节：“为什么分手啊？我是不是该改口叫你阮姐了？二叔的性格是不是神秘中略带古怪，你受不了了，就把他一脚踹了？”

陶阮想解释，不是这样的，真说起来她的问题要大一些，奈何根本没机会。

祁雁城发话了：“没事，分就分吧，不影响你跟我们往来。你现在常住帝都了是吗？没事像今天这样过来陪爷爷奶奶吃饭，要是哪天遇到祁二，他给你脸色看了，你告诉我，我帮你教训他。”

程洁也拉着她的手，偏袒道：“你过来提前说一声，我让他回避！”

祁朝坐在沙发上出馊主意：“今年过年早，算算日子没几天了，太爷太奶决定吧，要阮姐还是二叔？”

程洁和祁锦鸿异口同声：“那当然是小阮！”

得！今年祁家的春节没有祁敬承，他被暂时开除祁家家籍。

陶阮连忙说过年要去国外参加好朋友的婚礼，她是伴娘，机票已经订好了，除夕前夜飞过去，预计初十回。这倒是真事。姚觅不想办得太大，特地把婚期挑在春节期间，双方父母和特别亲密的朋友在现场一起吃饭热闹热闹就好。

程洁他们听陶阮说完，怪遗憾的。

陶阮是松口气之余，又有些说不清道不明的内疚，总觉得自己抢了祁敬承的那份宠爱。

饭后祁栀闹着看家庭影院，谁也不许走。

电影是汤姆·汉克斯主演的《幸福终点站》，导演斯皮尔伯格，剧情温暖治愈，陶阮情绪低落时就会看这部，今天和爷爷奶奶大哥一家看又是另一种感受。

看完电影陪祁锦鸿打了会儿麻将，等陶阮再去关注时间，已经快零点了。程洁便安排她睡二楼舒适的小书房，不再睡祁二的房间了，美其名曰眼不见心不烦。

陶阮洗漱完，钻进太阳晒过的被子里，深深地吸了一口气，再缓慢呼出，感觉还是那么安全、放松。她拿出手机去朋友圈看祁敬承的今日日程，除了没回家吃饭，基本和昨天一样。

晚上的时候，奶奶曾悄悄跟她说："小承放话要把你追回来，跟你没完，可有气势！你自己看着办，我们家向来帮理不帮亲。"

敢情祁敬承的"没完"就是每天把状态交代在朋友圈里，再对她设置成单独可见？他想通过这个举动让她安心？要是她一直不回应，他能坚持多久呢？

陶阮始终记得姚觅说过的话。分手之后，他们会各自有新的生活，祁敬承不会永远站在原地等她，哪怕他现在正原地踏着步，等她主动向自己走去。可她做得到吗？做得到赌上全部全心全意地信任他，与他相爱吗？

陶阮不确定地想着，点开祁敬承的头像，进到聊天页面。以前的聊天记录都还在，她往前翻，发现祁敬承始终对她有求必应，反而她像个专业演员，敬业地发挥着勉强稳定的演技，给他塑造一个知性安定、内心丰富的陶阮。

她在输入栏里打字："你能接受一个缠人的我吗？"

打完了，删除，想想再打："如果我告诉你，我和十年前一样，从来没变过，对你也……"

继续删除，重来："我很想回应你，可不知道怎么样回应才算好。"

继续删除，重来："今天在爷爷奶奶家吃饭，我吃了两碗饭，大哥一家也在，饭后我们还看电影了。我知道你跟他们才是真正的家人，希望你不要吃醋。好消息是过年我要去给小觅当伴娘，你可以安心在家过年了。下周我也不来，你还是回家吃饭吧，祁朝想你带他打游戏。"

如此反复几次，陶阮忽然觉得这个行为蠢透了，哪怕祁敬承根本不知道。

这时，屏幕左上角出现新的信息提示。

CX："今天还上游戏吗？"

陶阮连忙回："上，这就来！"

窥屏这种事，发生在分手还念念不忘的前任之间，实在太正常了。凌晨一点，祁敬承发现他和陶阮的聊天框上方出现"对方正在输入"的状态提示。那一刻他心跳陡快，以为看到了胜利的曙光，结果左等右等，对方没有发来一个字。煎熬的十多分钟过去，祁敬承约莫猜到陶阮的心境，于是用草率君的身份催她上游戏，帮她结束了深夜的纠结。

很快，随意的X园长上线了，还特别贴心地在游戏里跟他说今天不在自己家，只登游戏，按计划搞支线，蹲守化作鬼魅游园的闪电NPC，和它合影。

草率君秉承着简洁主义回复："好的。"

而在现实里，祁敬承站在四楼工作室的落地窗前，看着对面没有亮灯的屋子，不用跟家里人打听都知道陶阮今天吃好喝好，再玩会儿游戏，应该能睡好的。

别着急，急不来。他有的是时间。

次日，陶阮睡到将近十一点才起床，程洁留她吃完午饭再走。

今年过年早，还有不到二十天就是除夕，眼下家家户户都开始着手备年货，祁家也不例外。午饭的时候，宋雪桦当着长辈的面安排陶阮的过年生活："过年你要去参加好朋友的婚礼，我就不留你了，回头给我一套备用钥匙，我帮你把年货置办齐全，再找家政公司把家好好打扫一番，等你回来了，直接到这边的家里来。你从小一个人，吃了不少苦，受了许多委屈，但那都是以前，现在你是有家人的，我们就是你的家人。不管今后你跟祁二怎么样，和他做朋友也行，避开不见也行，跟我们可不能断。"

程洁也说："打从第一次见面你就叫我奶奶，我早就把你当亲孙女看待，这跟祁二可没多大关系。这声奶奶你可得一直叫！"

陶阮红着眼睛点头，暖到了心窝里。

饭罢，她要回去继续宅着了。祁朝得了程洁的吩咐，去花房把两盆好养的植物搬到后备厢里，让她带回去摆在卧房和平时常待的房间，可以净化空气。祁栀则钻进车里赖着不肯走，想去阮姐那儿过几天无人管束的潇洒生活。

祁雁城一个眼神过去，祁栀灰溜溜下车、关好门，来到霸总爹身后做乖巧老实状，跟陶阮道别："陶阿姨，路上开车注意，到家给我发个微信。"

陶阮"扑哧"笑了。结果祁家大哥那向来严肃的目光落到她脸上，她也㞞了。

等她上了车，扣好安全带，车都发动起来了，祁雁城忽然走到车边。于是陶阮把车窗降下来，稍稍探出头问："大哥，你有话要跟我说啊？"大家长的威严实在难以忽略，她打起精神、竖起耳朵，保准每个字都牢记。

这下轮到远处的祁栀大笑了。

祁雁城有心将表情柔和了几分，对她交代道："我知道你最近闲在家，除了打打游戏就没别的事了，别总点外卖，学着做饭，适当出去走走，要坚持运动，一个人更要学着好好生活，知道了？"

陶阮眨眨眼："大哥你在关心我吗？"

祁雁城乐了："你都叫我大哥了，我能不关心你吗？你得把自己的日子过起来，不然……"

“不然？”

“不然我们全家都会默认祁二对不起你，让你一蹶不振，然后忍不住刻薄他。”

“大哥，你们多虑了……”

“把日子过好，我们才放心。”

“嗯！”

大哥的话很管用，回家路上，陶阮去超市买了一些新鲜食材和蔬菜水果，当天晚上给自己做了一顿卖相不错的晚餐。她是会做饭的，中式西式都会一些，厨艺还有很大的上升空间。

这顿饭带给她切实的满足感，一种新的更好的生活就此开始了：游戏照玩，但不会抱着手机往沙发里一缩就是四五个小时；每天都要打卡健身馆，瑜伽、游泳、跑步、跳操……总要参加一项。除此之外，陶阮还给自己设立了一个“X 阅读时间”，每天早上或下午用两个小时来阅读，随便看什么书都可以。阅读能让她更快速地专注在一件事上，倘若她能完全沉浸到书的内容中，忘记时间，便是赚到了。

至于祁敬承，每天朋友圈的“我发布了”和“我都看了”保持着互不干扰的状态。陶阮还没想好怎么面对他，还有自己，也不知道她最终会追求哪一种关系。但她想，等下次见面时，应该会找到答案，哪怕只是一部分。

5

《缤纷动物园》删档内测进入第三周，官方宣布内测将延续整个春节档，大年初十关服维护，十二号正式公测，预计接下来还将进行一次重大更新，尝试在新年期间推出主题活动。

大部分内测玩家决定利用最后这段时间冲发展、拓展园区，解锁明星动物 NPC。陶阮也是这样打算的。

这时候，内测玩家的平均等级已达到 50 级。友谊动物园这个系统给玩家带来的发展力量超乎想象，为了共享更多资源，连普通玩家都尽可能地和其他动物园缔结。于是陶阮做了一个大胆的决定：再拉入一名合伙人！

根据缔结机制，玩家 A 达到 30 级，可分别与玩家 B 和玩家 C 结对，后二者在缔结名额限制上，除了玩家 A，还能各自另寻一名小伙伴。也就是说，玩家 B 和玩家 C 没有直接关联。当然，他们也可以继续缔结，与玩家 A 形成铁三角闭环。但这样做只会相互局限，实属没必要。良性的发展是玩家B、C完成与玩家A的缔结后，分别去找新的合作伙伴。如此一来，友谊动物园的范围不断扩大，玩家A与玩家D、E形成次级关联，后二者除了玩家B、C以外，同样能另寻一名搭档。等到满50级，每名玩家又将再次获得一个缔结好友位。

而在庞大的关联网里进行合作，能够触发有趣的隐藏任务。针对友谊动物园设计的隐藏任务不同于彩蛋，它有相当丰富的剧情，并且取材于现实动物园。这是策划组在短期内，通过线上采访全国多家大型野生动物园管理者而整理出的内容，以各动物园的创建经历、重大时间点的发展改革、后期的动物放归和繁殖及救助为主。玩家完成剧情任务后，系统会给玩家发来一封信，讲述这条隐藏剧情背后真实的故事。

这个玩法大受好评，主策划也在微博上做了回应，表示目前取材还在持续进行，未来将源源不断地补充到游戏里，让大家知道现代动物园里有那么一批人，拿着少得可以忽略不计的回报，做着力所能及的事，为动物们日复一日地努力着。

陶阮和草率君因为交换金丝猴，无意中开启隐藏任务，完成任务后，得到关于北京动物园的创园经历。

北京动物园可追溯到1906年，原名“万牲园”，前身为清农工商部农事试验场。据说当时门票为八枚铜圆，孩童、跟役减半，除了有专门供游客寄存物品的寄存处，内部还设有咖啡馆、照相馆和西餐厅。又传慈禧太后曾经送了一只猴子给万牲园，这便是游戏里触发隐藏任务的钥匙了。

做完这个任务，收到来信，陶阮萌生去北京动物园逛一逛的想法。但一场降雪彻底断了她外出的念头。既然现实里受到限制，那就在游戏里积极地社交吧！这也是她主动向草率君提出再找个合作伙伴的原因。

祁敬承想，你都努力到这份上了，我再给你加点儿难度，不过分。于是他以草率君的身份提议：“既然是大势所趋，不如我们一人拉一个来？”

随意小姐爽快答应。

基于大家都经历过，为保公平公正，两人先建了一个名为“共建和谐友谊动物园”的群，用来面试新伙伴。

祁敬承知道陶阮肯定会拉来陆禾。

扩张的想法是她主动提出的，证明在提之前，她已经说服自己去做这件事，但这不表示她能毫无顾虑地交朋友，容纳一个完全不了解的人进入他们刚建立不久的朋友圈。从游戏测评师的角度分析，陶阮需要在关服前尽可能探索更多，这就关系到搭档的能力、对游

戏的理解、彼此的发展理念、配合度等多方面。去相关页面里物色，能参考的只有重合率，屏幕另一端的那人性格怎样、好不好相处、能不能成为志同道合的小伙伴，只有花时间处过才知道。选陆禾就没那么多烦恼了。说起来，陶阮还是通过祁敬承与他成为朋友的，两人见面爱互损，但在审美、饮食口味和看待一件事的态度上谜之相似。

还有最重要的一点，陆禾是个大玩家，精通各类型游戏。祁敬承发第一条朋友圈动态的时候，陆禾在底下嚷嚷着跟他要 7 星宝宝，还被陆正阳抓个正着。陶阮就算先前不知道他拿到内测名额正在玩，从那条动态也知道了。

祁敬承这边就简单许多。他需要可控性，把局面牢牢掌握在手里。而冰冻这个主策划本着自己搞的游戏自己一定要玩透的专业精神，内测第一天就拿手机建了号，认真专注地玩起来，还在另一个满员的纯玩家内测群里，和其他玩家聊设计和机制，兴起时还会一起骂策划，也就是他自己……祁敬承把一切看在眼里，内心给予高度评价。今天，终于到用他之时了！

晚十点，面试正式开始。此时祁敬承演绎的草率君已经相当丰满了。为了更好更深入地塑造这个角色，他还特地贴了两个标签：任性和阶段性讨人厌。这和陆禾本人的性格有重叠，但祁敬承不管那么多，他先来的，他现在是草率君，他要开始表演了！

CX：“都先简单介绍一下自己吧。”

曲高禾寡：“？”

CX：“？”

两个问号在只有四个人的群里成功地酝酿出火药味。

全世界失眠：“男，已婚，211 研究生毕业，现居 G 市，工作稳定，喜欢打游戏、听摇滚和吃我媳妇做的菜，还有两个月满 29 岁！游戏名和微信名一样，我玩什么都这个名字哈哈哈。”

曲高禾寡：“……”

陆禾这个省略号表达了对冰冻这个自我介绍的无语。

CX：“？”

祁敬承紧跟着的第二个问号就比较有针对性了：你对我朋友打的样有什么意见？

陶阮只好出来打圆场。

随意 X：“@ 曲高禾寡，叫你自我介绍，方便大家快速了解，你点什么点？”

随意 X：“@CX@ 全世界失眠，这是我现实中的朋友，男，未婚，富三代，年龄应该是我们当中最小的，脾气也是相当的臭，但游戏玩得好，大家多包涵。”

全世界失眠："不存在不存在，曲高兄的动物园发展速度最快、等级全服最高！没想到能有机会成为搭档！激动.jpg"

陆禾二十岁开微博，年轻气盛怼天怼地，什么都敢说，加上皮相不错，早年累积了一大批为他哭天抢地称他为"少爷"的粉丝。后来他长大了些，人也稳重许多，过去的言论毫无意外成为他想毁尸灭迹的黑历史。现如今能让他在微博上破口大骂的，也就某某公司新出的垃圾、Bug 还超多的游戏。冰冻对他早有耳闻，还暗暗地期待留住这位神豪，毕竟像陆禾这样挑剔难搞的玩家能从内测玩到公测，就是对游戏最好的肯定！

下午祁敬承找冰冻时，早把话先撂下，说陶阮找的肯定是也只能是陆禾。冰冻和上次一样做了充足的功课才上线。跟大户人家的少爷打交道不难的，捧着就行了。

陆禾果真很享受冰冻的恭维，主动说："幸会，你的两爬馆也搞得很不错，我们聊过的，我想买你那只全服唯一的科莫多巨蜥，你婉拒了。"

全世界失眠："记得记得，不好意思啊，我很迷两爬动物，玩《缤动》主要就是为了集齐这一类。"

曲高禾寡："没事，我手里有个孤品也不会轻易出。"

陶阮见他们聊起来了，刚松一口气，在输入框里向失眠君介绍自己呢，就见陆禾恩怨分明地向她发难了。

曲高禾寡："我们聊完了，该你了吧！ @CX"

陶阮下意识删掉先输入的一大串，快速敲字："他在游戏里叫草率的 X，水族馆建设得很好，不喜欢在游戏里打字，所以你们在游戏里和他说话，收到他两个字的回复，不要抓狂，那是正常状态。"

曲高禾寡："我问你了吗？还是说，你是他的代言人？"

随意 X："我乐意做他的代言人，你有意见？"

曲高禾寡："我能有什么意见，看个稀奇而已。"

人就是这样的，我以为我和你关系更好，可是某天突然发现你居然站在我的对立面去维护一个我有点儿讨厌的仔，尤其我还是在优先范围内任性，被维护的应该是我好不好！作妖祖师爷陆禾也顾不上幼稚不幼稚了，必须把场子找回来！找回的方式很简单，搬出一个他和陶阮都认识的人，最好是在此情此景能代表某种权威的人，以此提醒他们还有共同的朋友，麻烦清醒一点儿，过来和我站到一边！

曲高禾寡给自己挑了个很尖锐的反击点，胜券在握地补充："祁敬承大约会有意见？"

群内就此沉默。

主动降智放飞自我的陆禾此刻在想：这是 CHAOS 出的游戏没错吧？ CHAOS 是祁敬承开的没错吧？祁敬承和陶阮分分合合纠缠多年没错吧？草率君算什么东西！

按照正常人的反应，听过祁敬承大名的人肯定会进入震惊模式，内心活动大概是：我的天！他居然提到了祁敬承！ CHAOS 的祁敬承！我正在玩的游戏的终极大 Boss！他们到底是什么关系啊？！要是装的，这也装得太大了！于是自此心里会潜移默化地把曲高禾寡和随意 X 划为一国人。

冰冻是老社会人了，私聊本尊，跟他请示："这种情况，我要问吗？"

祁敬承心情复杂，拿不准陶阮听到自己的名字会是什么反应，又隐隐约约期待这个另类修罗场继续下去，也许能推她一把，让她面对？

随意 X："我好怕祁敬承有意见哦！你敢发给他，我就把你等级榜第一的截图发给陆正阳，让他代表爱和正义制裁你！"

对于陶阮而言，祁敬承顶多是个拉扯多年但目前已分手的前任。陆正阳和陆禾就不一样了，亲叔侄，前者说一不二，自带威严，早年还是职业拳手，能用拳头解决问题从不多说半句废话。这一点，对全家宠着长大的侄儿也没有例外。所以陶阮的威胁对陆禾相当管用，搬出陆正阳，他立马闭嘴老实了。

这之后，随意 X 掌控全局，就游戏里的发展做了一系列的规划。她记得每个人的需求：陆禾想在内测结束前搞出一只 7 星动物，失眠兄想尽可能收集两爬类，草率君和她差不多，都想解锁剧情玩法，沉浸式享受经营养成的乐趣。鉴于《缤纷动物园》的内测延长到初十，时间方面是足够的。

陶阮在群里做着系统的安排，另一边，冰冻忍不住私聊大 Boss 了。

冰冻："我觉得陶小姐还是很在乎你的。"

祁敬承："展开说说。"

冰冻："刚才她提起你时，第一句'我好怕祁敬承有意见'情绪饱满，就跟奓毛的猫似的，紧跟着第二句用了'你敢发给他'做开头，那到底是怕你有意见还是不怕呢？我个人倾向于前者。"

这些连冰冻都看得出来，祁敬承能看不出？他已经闷着乐了好一会儿了。不过祁敬承沉得住气，快速平静下来，开始盘大局："目前她已经开始尝试通过游戏与陌生人接触、交往、做朋友，但很多情绪流露出来，她自己还不知道是怎么一回事。"陆禾闹得最欢的时候，陶阮只想着如何快速有效地将他压制住，至于陆禾为什么突然提到祁敬承，她大概率不会复盘分析。

冰冻：“只要让陶小姐感受到朋友的爱，体会到团队作战相互信任的奥义，等到某个不经意的时刻突然想起你，她会重新审视你们之间的关系。”

很多东西，包括感情，需要对比才能知道其中的不同。祁敬承不是陶阮的朋友，也不想和她做朋友，在这点上，他们不久前达成了共识。祁敬承想成为陶阮的爱人，与她携手走完一生。但光是他一个人想没有用。他站在原地，等陶阮向自己走来。

祁敬承道：“过几天大家都混熟了，你找个机会问他们要不要参加线下的游园活动。”

《缤纷动物园》的内测情况远超预期，祁敬承授意重新做市场评估，将游戏从 B+ 级提升到 A 级，这几天主创团队正招兵买马，主美也要换成一位负责 A++ 的老资历来坐镇。是以第一次线下活动除了邀请职业测评师，还会在游戏里随机发送邮件，邀请普通玩家参与。山海野生动物园已经开始着手安排这件事，考虑到人数，会分批次进行游园。

批次、随机发邮件，这些都是可以人为操作的。祁敬承知道陶阮大概率不会参加，原因在调查问卷里也写得很明白了。但她在写问卷的时候还没有和草率君结成友谊动物园，更没有主动结识新朋友的想法。现在她正努力做出改变，还做得很好，祁敬承便也对她有了新的期待。

陶阮做完安排，大家各自上游戏，做任务，搞发展，交换动物。

陆禾欠欠的，在游戏里添加草率君为好友，故意和他对话，反而被祁敬承用二字真言击退。

曲高禾寡被搞蒙了：“你不是故意的吧？”

草率君：“不是。”结尾礼貌地带上了句号。

陆禾把聊天记录截图发到群里，剖白心迹道：“最后我竟然心悦诚服？”

陶阮爆笑：“欢迎来到我的世界。”

祁敬承也玩得很开心，附赠一个完整的句子：“不喜欢在游戏里打字是真的，你不嫌麻烦可以一直说，反正我只回两个字。”

陆禾不闹了：“兄弟有个性啊，有机会请你喝酒。”

祁敬承心说就你那酒量，手指敲击键盘：“没问题。”

群里的两个刺头握手言和了，陶阮总算松了口气，然后慢半拍地发现了一个点：“好奇怪，草率君和失眠兄怎么都没问祁敬承是谁？”是不知道，还是知道但不相信呢？

身后暖气片那端，猫猫们听到二叔公的名字，齐齐抬起头，看着陶阮的后脑勺：有戏了？

电脑的微信端，陆禾私下跟她感叹：“自古游戏出怪人，这个草率君有点儿意思，全世界失眠也憨得可爱。”

"自古游戏出怪人？"陶阮有异议，"这么说，我和你也是？"仔细想想，好像是的。

陆禾又道："我甩出祁敬承的名字，居然没人问我们跟他是什么关系、为什么会认识，太沉得住气了！可恶，都没有给我装到！"

陶阮："……你能不能别那么幼稚。"

陆禾理直气壮："要是游戏里都不能放飞，还有什么乐趣。"

陶阮重点不在此："你是说，他们知道祁敬承是谁，不想配合你，才忍住不问？"

陆禾："是个人都有好奇心。不过没问也好，不然我会当他们八卦还想攀附。这两人的动物园搞得不错，不该问的不问，草率君又这么有个性，我都想攻略他了哈哈哈！先玩着吧。"

陶阮："有钱人家小孩疑心病真重。"

陆禾："但凡你身上有点儿价值，总会被人惦记，真心不一定能换真心，不然你社交障碍怎么来的？"

陶阮不自觉咬住下唇："我这不是社交障碍。"

陆禾："你也没有否认我的前半句话。"

一个在福利院长大的天才，今天的所得、成就全靠自己努力打拼，在这个过程中受到多少不公正的待遇，遭受多少冷眼、打压、利用，吃了多少苦头……陶阮永远不会提，更不会忘记。同样，生在豪门的陆禾也不是生来就那么尖锐。他们有不同的烦恼，本质上都是因为自身价值被旁人贪图惦记给自己带来了麻烦。所以陆禾故意说出祁敬承的名字，对草率君和失眠兄还有一重试探的意思。倘若连这点儿考验都经受不住，他们连和他一起玩游戏的资格都没有。这是陆禾自我保护的方式，陶阮懂得并默许。

陆禾还说："开友谊动物园系统的时候，我以为你会第一时间来找我，结果你找了个陌生人，这是我没想到的。"

陶阮："他的水族馆做得太漂亮，我有动物医院优势，算是一拍即合。"

陆禾是个敏锐的人："我想说的是你跟以前不一样了。挺好的，要保持。"

陶阮愣了下："看得出来？"

陆禾："虽然只是在游戏里努力搞社交，但总比以前一个人闷着玩单机好。"

陶阮涉足游戏这个行业，多少受了祁敬承的影响。但她玩单机是陆禾带着入门的。对于她那些难以与人直接交流的小纠结小问题，陆禾看得比其他人清楚。

陶阮后知后觉："除了觅觅，你也是我的朋友。"

陆禾："？"

陶阮笑得肩膀直抖：“我的意思是，我早就把你当朋友了，只是在这方面比较迟钝，别生气。”

陆禾吃软不吃硬，一言不合就傲娇起来：“我比你大，而且是富四代，你之前说错了。算了，我跟你一个小妹妹计较什么。”对这个古怪的小妹妹，他忍不住关心，“听说你和祁敬承搞了个十月协议，彻底分了？他们家人都很好，书香世家，家庭氛围又好，我隔三岔五都要去混个饭，治愈一下心灵，你缩什么缩？不想被治愈？”

陆禾说话是比较直的，一针见血，直击要害。陶阮恰恰最受用的就是直给式交流，坦诚道：“想啊，但是人还得靠自己去找寻答案，完成最终的自愈。”

陆禾：“所以你承认有病，积极展开治疗？行了，我没有问题了，祝你早日成为更好的自己。”

陶阮：“……”

友谊动物园扩张完毕，接下来进展顺利，快乐不断，每天都有新的收获，彼此间也越来越有默契。

除夕前那一周，《缤纷动物园》做了第三次更新，推出春节特别活动，奖励相当丰富，玩家之间有个人竞争，也有团队合作，最终比拼的是动物园的综合水平。

这时“共建和谐友谊动物园”的四位群成员关系已然更进一步，闲来无事能聊几句日常，说说春节打算、晚饭吃什么……偶尔陆禾会阴阳怪气地模仿草率君，在群里或者游戏里玩两个字的回复，有一次成功把本尊搞得愣了一下，随意小姐和失眠兄笑疯了。

游戏果然要大家一起才好玩！

春节期间，陶阮按计划飞往国外参加姚觅和郝振东的婚礼。走之前，她去看望了祁家爷爷奶奶，把家里的备用钥匙交给宋雪桦，很郑重地说“有劳桦姐了”。祁雁城夸她精神状态不错，她像小学生表现好得到学校奖励的小红花似的，开心得不得了。

去祁家前，陶阮考虑到可能会遇到祁敬承，还做了好一会儿的心理建设，预演了几种最有可能发生的情况。在她的想象中，她会对他微笑，主动和他打招呼，问他最近过得如何。要是他反问“你都没看我发的朋友圈”，她就会回答：“看了，但还是想亲口跟你确定。”她想让他知道，她在做出改变，没有以前胆怯了。结果当然是没遇到。等她到机场办完手续，才从朋友圈里看到祁敬承更新状态，说是难得睡了个舒服的懒觉，起床了，正式开始放假，收拾一下去老头老太太那边报到。两个人完美错开。

陶阮是有些失落的。这时她才发现，原来自己努力变好，变得正常，是为了更好地面对一个很好很好的祁敬承。

姚觅嘴上说着婚礼一切从简，结果婚前派对都开了三个。陶阮作为首席伴娘，陪她喝遍了一条酒吧街，在她的怂恿下主动搭讪异国帅哥，和一群平均年龄 60 岁的老头老太太一起参加冬泳比赛，还在婚礼前一天莫名其妙地完成了一次高空跳伞……

她把自己的经历说给群里的小伙伴们听，陆禾直夸她这伴娘做得很有舍生取义的奉献精神。草率君难得地附和了曲高禾寡。而冰冻突然分享妻子怀孕的消息，他要升级做爸爸了，成功把过节的气氛推到高潮。

随着春假临近尾声，《缤纷动物园》的内测即将画上句号。初十这天，主策划夜未眠在微博上发长文感谢大家的支持和喜爱。

正式关服前，陶阮和很多玩家一样守候在游戏里，等屏幕上的倒计时结束，竟然出现了来自老孩童工作室制作的告别动画：明星动物 NPC 相继出场，跟玩家们告别，送上新年祝福，约定下次再见；在泡面番里赚足眼球的李氏天团帅气登场，以拟人形象给大家拜年，做线下游园活动的预告。

晚些时候，全世界失眠在群里问大家有没有收到邀请函。答案是全都收到了。而且更巧的是，四个人都被安排在第一批。

正月十五那天，山海野生动物园做了元宵节主题，《缤纷动物园》的活动，玩家可以携家人朋友一起前往。

全世界失眠："我决定带老婆参加，你们呢？"

曲高禾寡："你的意思是大家见一面？"

全世界失眠："要见吗？搓手期待 .jpg"

曲高禾寡："我是无所谓，看另外两个。"傲娇陆少爷的"无所谓"相当于"参加""同意了""不来我是你孙子"！

祁敬承没有立刻回话，他在等。

此时，身在国外的陶阮正收拾行李，听到微信信息的声音，拿起手机一看，陷入长达两分钟的思索。

随意 X："我要考虑一下。"

曲高禾寡："群里最没神秘感的就是你，㞞什么？再说还有我在。山动是秦初晗的地盘，秦初晗是我一手捧出来的，我还能让你在动物园里缺胳膊少腿儿？"

随意 X："不是㞞，是慎重好吗？！"

随意 X："还有，见不见你无所谓，又不是没见过！"

全世界失眠："去了山动，报你大名买文创产品给超低折扣吗？ @ 曲高禾寡"

曲高禾寡："可以，要是秦初晗太抠门不给五折，我给你买！"

冰冻得到陆禾的保证，忽然想起按亲疏关系排，大 Boss 好像是小秦园长的二哥？

群里，草率君表态了："我也要考虑一下。"

曲高禾寡："你们怎么回事？隔空抱团尿？"

CX："这叫慎重。"

曲高禾寡："我们聚！不管那两个社恐了！ @ 全世界失眠"

随意 X："准确地说，是你给失眠兄他们一家三口当电灯泡。"

曲高禾寡："我去见一面就走，又不是缠着他当背后灵。"

CX："主要是那天还有别的玩家，我不烦你们，单纯不想跟其他人寒暄。"

曲高禾寡："我烦你，真的。微笑 .jpg"

CX："我信。微笑 .jpg"

随意 X："行了，我在收拾东西，待会儿去机场，要飞二十多个小时，回去先看望爷爷奶奶，短期内不会离开帝都。"

曲高禾寡："我真的很想问，是你爷爷奶奶，还是……算了！"

随意 X："是他爷爷奶奶，也是我爷爷奶奶！我和他另说。"

曲高禾寡："这么勇敢？吃惊 .jpg"

曲高禾寡："所以你准备和他决战元宵节？我就在隔壁住着，前两天还去蹭了顿饭，那位可是哪儿也没去，天天在家里待着，你过去必遇到，怕不怕？"

陶阮天天在朋友圈看祁敬承的春节日常，对他的行踪了如指掌，甚至知道昨天他在牌桌上和大哥设套赢爷爷的钱。但这些她才不屑讲给陆禾这个住在祁家隔壁的孤家寡人听！

随意 X："不怕，现在的我，无所畏惧。"

群聊结束，冰冻私聊祁敬承："我该恭喜你，还是……"作为一个经验丰富的互联网老冲浪人，他清楚地意识到 Boss 即将面临的问题。

祁敬承也拿不准："等见面了，我会视情况决定要不要告诉她我就是草率君。"

人都是贪心的，可往往想要的越多，失去的越多。这真的很奇怪。一开始，祁敬承想通过游戏让陶阮交到朋友，让她试着向陌生人敞开心扉。而他以草率君的身份接近她，是为了满足私心里的想要靠近，也是默默守护的最好方式。现在结果比他预想中好太多，他却开始忧虑。当陶阮得知他就是游戏里的草率君，他们的关系是否会再一次陷入僵局？她才对同类建立起来的信任，会不会就此荡然无存？

看着最后那句话，她说现在的她无所畏惧……真好，真勇敢。祁敬承不禁陷入自我怀

疑："我是不是做得有些多余？"或许他什么也不做，陶阮也会努力让自己好起来。

冰冻想了很久，打了一大段觉得太虚了又删掉，思前想后，决定说点儿个人感想："我没办法从旁观者的角度评价什么，从开服到现在，我只看到你始终跟随意保持安全距离，很小心地关心她，这并没有错。你要问我做得是不是多余了，我也答不上来，因为随意确实变得更开朗，会在群里跟大家开玩笑，也会闲聊游戏外的日常。刚才我提线下聚会，她没有一口拒绝，而是说要考虑一下，也许时间再长一点儿，可能三月份、四月份，她会愿意和大家聚一聚。你怕她知道你就是草率君，让她感觉自己受到欺骗，你们的关系再次变得紧张，但这和你一直以来对她的保护还有用心是可以分开的，不要否定你为她做的这些。"

相处时间不长，冰冻已经把祁敬承、陶阮还有傲娇陆少爷当朋友相处对待。大家生活圈子虽然不同，但性格都向往纯粹，追求简单直白不累人的关系。这才是他们能一起玩游戏的根本原因。

祁敬承："我确定自己想多了。"

冰冻："不管你怎么动摇都不会轻易放弃随意，其实只要坚持这一点就好，其他的，顺其自然吧。"

祁敬承豁然开朗："你说得没错！"

冰冻："那我专心开会了，整个会议室二十来号人不知道我在跟谁发信息也不敢问，霸总的体验感直接给我拉满了。脸红 .jpg"

祁敬承看到这里，意识到自己竟然在无形中享受了一把"霸总小娇妻"的待遇，体谅地笑出声："好的，辛苦了。"

不管怎么说，草率君就是祁敬承，这一点无可改变。且不论他和陶阮将来结果如何，至少要做到坦诚。祁敬承这边定下心思，开车回小区，赶在陶阮回来前再去看看猫。

三小时后，陶阮那边刚登上回国的飞机，一个意想不到的小插曲发生了……

《缤纷动物园》内测服关闭后，由官方组建的五个群里热度不减，玩家都在期待两天后的正式公测，吆喝着加好友、提前预约缔结友谊动物园，还一起组队怼群里的策划，变着法想套出公测新内容。

人多了，话题换得快，不知谁起的头，大家开始盘点这次官方请来的游戏测评师。除了个别喜欢炒作的网红博主，其他游戏主播、小说家、前英雄联盟退役选手……都挺溜！专职的游戏测评师更不消讲，出的攻略有细节有大局，归纳得一目了然，可以无脑抄作业，快乐发展动物园！

然后就有人提到了随意 X，她微博粉丝不多，但推特粉丝早就过百万了，是个长相很甜的美女，看微博内容很懂生活的样子，游戏还玩得有思路，真的很难得。她去年二月在Atomic发表热门单机游戏《光芒之外Ⅳ》的攻略，以直拆内核的方式带来令制作团队傻眼的玩法，迅速在玩家心中封神，随后被Atomic邀请成为职业测评师。在此之前，随意X还有很多身份：专栏作家、翻译家、编剧、旅行博主……她的画作《凰》在纽约佳士得拍出天价，被誉为当代抽象派的代表画作之一。

这时，群里有个名叫“龙傲天的舅姥爷”的家伙跳出来说：“随意X就是陶阮嘛，没什么了不起的，真孤儿一个，从小在福利院长大的。”

其他人：“有故事啊！”

龙傲天的舅姥爷成功博得眼球，开始讲起中学时代和陶阮坐前后桌的故事。在他的描述中，十二三岁的陶阮身材瘦小，总是穿着福利院其他大孩子的旧衣服，这显得她的头很大，黑黑的眼睛里一点儿光都照不进去，感觉像个ET（外星人）。那时陶阮完全是讨好型人格，跟现在微博上的女神简直判若两人。

有人问：“怎么样的讨好？”

龙傲天的舅姥爷更来劲了：“她喜欢给人做小跟班，课间跑腿去小卖部买零食，到水房打水，回福利院还帮其他同学整理笔记，殷勤得不得了！”

众人大呼幻灭。谁能想到随意小姐姐的学生时代是这样的……

龙傲天的舅姥爷：“她脑子好用是真的，我坐她后排，考试总抄她卷子，平时喜欢抄她数学和物理作业。后来有一次考试被抓了，我俩被罚打扫教学楼厕所，要命！第二天她跟我说，下定决心不再给我抄，让我以后好好学习。然而我只用了三个字就逆转了局面：给你钱！作业一块钱一科，小测五块，一周她能攒小二十块钱呢！后来我又想，我都花钱了，不如让她帮我写，最多加点儿钱。那会儿我妈一周给我两百块零花钱，能用钱解决的问题就不是问题。”

龙傲天的舅姥爷：“福利院的孩子可怜啊，从小没有爹妈疼。发展到后期，我们按周结算，差个三块五块，我都给她凑成整数，就当做善事了。不知道这次线下游园活动她会不会来，要是来的话，我可得好好感谢她，读书的时候给我抄作业，现在出游戏攻略，我还抄她的。”

有几个男玩家在群里阴阳怪气：“只怕随意X躲你还来不及。”

龙傲天的舅姥爷做个假惺惺的模样：“躲什么呢，有什么可躲的？她以前确实是那个样子。再说了，ET变美女，人生都逆袭了，按照现在流行的短视频剧情发展，下一步她该挽着土豪男朋友的手出现在同学聚会上狠狠地震慑全班才对啊！”

这伙人又猜测陶阮有没有动过脸，说微博上的自拍照看起来不太自然，满满的填充感。

有女玩家看不下去了，骂了句“恶心”，直接退群。

冰冻这会儿终于发现玩家群里的不对劲，正要帮随意 X 正名，有人却先他一步。

CX ：“怎么有猥琐男混进游戏群来搞狂欢？”

CX ：“随意 X 在福利院长大没错，凭努力凭天赋取得今天的成就，让你们眼红了？说一些难听的话，就觉得自己已经把她从云端拽下来，再做一些无中生有的污蔑，就以为她会变得和你们一样丑陋？这样你们就能获得满足感，以为自己有机会跟她平视？”

CX ：“得不到就诋毁，人性的阴暗面都给你们展现完了，哪儿来的小丑？”

突然冒出个为陶阮说话的人，看资料还是个男玩家，龙傲天的舅姥爷立刻把他打成陶阮的舔狗，还强词夺理：“说的都是实话，哪一句诋毁了？”

祁敬承懒得浪费口舌，直接行使权力：“确定这几个人的身份信息，永久拉入 CHAOS 的黑名单，没素质的人不配玩我的游戏。@ 夜未眠”

夜未眠是冰冻用了十年的微博名，认证过了，认证信息为 :《缤纷动物园》主策划。

Boss 都发话了，他忙跳出来正经收尾：“收到，明白，抱歉让您亲自出面处理这种事……鞠躬 .jpg”这一刻，他不仅是草率君和随意 X 的好友，更是一名 CHAOS 人！

群成员觉得事情发展走向离奇了啊，主策划都出来了，跟孙子似的瑟瑟发抖。这个突然冒出来的 CX，口吻、措辞何其强硬，尤其那句“没素质的人不配玩我的游戏”……他的游戏？《缤纷动物园》不是 CHAOS 的游戏吗？

等一下，让脑子转个弯，一切都清晰了，全体沸腾起来——

“CHAOS 的大 Boss 祁敬承？ @CX”

“传说是真的，CHAOS 的老板会潜伏在玩家群里！”

“合影留念！”

“草率君，你是祁敬承？！我和祁敬承是游戏好友的关系，元宵节聚会的谈资来了！”

“史诗级的封杀，虽然这辈子不能再玩 CHAOS 的游戏，但是这件事你可以吹一辈子啊！ @ 龙傲天的舅姥爷”

“爸爸，我是你失散多年的儿子啊！”

……

祁敬承猜到会引起骚动，看到冰冻回复就退群了。

今天帝都的天空是碧蓝色的，人在户外活动，阳光落在身上，带着无限柔软的暖意。本来他心情挺好的，听着《星海》系列主题曲，从城南到城东，车开进前院，就看到小草莓蜷在前院的藤椅里晒太阳。

小草莓稍稍抬起头，状似淡定地冲他喵喵叫：“我只是出来散步，看到这把椅子很舒服，随便躺一下，很快就走。”二叔公有了自己的家就把它们拒之门外，那些进口罐头、香喷喷的猫粮，它早就不稀罕了！它是有骨气的！

陶阮要回来了，还做好面对他的准备，祁敬承心情好，跟小草莓无障碍交流，开口就是食物诱惑：“给你开个罐头？”

小草莓睁开圆眼，冲二叔公甜滋滋地“喵”了一声。一人一猫迅速和解，一起进了家门。

祁敬承给猫开罐头，照例为自己做了一杯咖啡，回到楼上工作室，打开电脑，自动登录聊天软件，就见《缤纷动物园》的群图标闪个不停。他知道这种时候大家肯定在群里聊游戏，期待公测，作为一名玩家，他也想参与进去，于是打开了聊天框，可即时的聊天内容瞬间令他笑容消失，接着在群里现身，以 CHAOS 最高决策人之名行使正义。

等退了群，激烈跳动的心稍微平复下来，他才看到冰冻私发过来的消息：“气急了？”

祁敬承拿起咖啡喝了一口，面无表情地打字：“是有点儿。”

可停下细细一想，哪里是有点儿？平心而论，在任何 CHAOS 的游戏群里看到男玩家胡乱揣度一个女孩子，他都会说几句，如有需要，同样也会亮明身份去达到震慑对方的目的。那些喜欢背后讲人闲话的小人都是慕强的，祁敬承清楚自己有多大的权力，从不吝啬使用。虽然每个行业都有难看的一面，但他要维护自家门前的清洁。然而今天的情况不一样，被诋毁的对象是陶阮，比失智玩家在微博上私信骂他本人更让他上火一百倍！

祁敬承做了个深呼吸，眼角余光忽然扫到身侧多出的一团东西，侧首看去，小草莓安静地蹲坐，圆圆眼盯着他看，像是在观察他的脸色，尾巴贴在地板上，晃都不敢晃一下。

“我吓到你了？”祁敬承强行将负面情绪驱散，弯腰把小草莓捞到腿上蜷着，用手一下下地给它顺毛，“有人骂小阮，不能忍。”

哦，原来是这样啊……小草莓松了口气，还以为吃了二叔公一个罐头，他心疼反悔了呢。

冰冻：“那几个人的身份核实完毕，已经往上送了。”

祁敬承空出一只手来打字：“知道了，我没事，刚才确实很生气。”气到差点儿掀桌子。

冰冻：“嗯嗯，没事就好。”

祁敬承看出他的欲言又止：“我疏忽了什么吗？”

冰冻：“我就知道……”

冰冻：“虽然你退群了，但聊天记录还在，所以玩家肯定截图了，我估摸着动作快的已经发到微博、朋友圈了。按照你这个级别，不上个热搜很难收场啊！捂脸 .jpg”

祁敬承：“……”

冰冻："你用的还是草率君那个号，掉马了！捂脸 .jpg"

祁敬承撸猫的手一顿，整个人石化了。

小草莓困惑地抬起头："喵？"

祁敬承嘴角微不可察地扯动，就像被细微的电流一下下刺激……他控制不住！更糟糕的是，冰冻发来一张截图，玩家果真把聊天记录发出去了，还很懂地带了"缤动""山海野生动物园""CHAOS"的词条……祁敬承心跳都要停止了！

冰冻："这个情况，公关一下？"

冰冻："虽然是好事……其他项目组的兄弟还来跟我打听，一分钟几十条新信息，一边同情我，一边对你仗义出手的行为点赞。"

冰冻："随意还在飞机上，好消息是她说了登机就睡觉，应该不会上网，而她飞过来需要二十多个小时。"

祁敬承机械地敲击键盘："我知道了，我去打几个电话。"

CHAOS 是一家做游戏的公司，公关部就是个摆设啊……

祁敬承在私人律师的建议下致电传媒业巨子林耀，问他这事要怎么搞，有没有公关团队借来用用，撤热搜要花多少，能不能直接把钱打他账上？总而言之，十个小时内必须让这件事销声匿迹！

林耀快笑死了，义正词严地说自家是正经传媒，不搞那些乱七八糟的玩意："要不你问问陆正阳？"

最后还是林家小妹在旁边听出端倪，主动给祁敬承牵线国内顶级公关。对方一听是这事，再看迅速爬到第 14 位的热搜，心说这不是好事吗？亿万富豪坚守底线维护女玩家尊严，营销号当趣闻自愿转发，吃瓜群众看个乐呵，CHAOS 的正面形象立起来了，说不定股价都要跟着涨……花钱撤热搜？有钱人的心思太难懂了。

在此期间，祁敬承盯着微博页面，隔几分钟刷新一次，直到"猥琐玩家遭祁敬承永久封杀"的词条一点一点消失在热搜榜上，他才像刚坐完过山车，有种脱力发软的感觉。

公关公司那边发来消息，相关内容删得差不多了，还剩部分出于好玩而转发的网友，需要多一点儿时间来处理，毕竟捂嘴捂得太厉害会遭反噬。

祁敬承："好，你看着办吧。"

他瘫在椅子里，望着天花板疲惫地思索起来。即便做到这一步，陶阮知道这件事的渠道也还是太多了。可他希望亲口告诉她自己就是草率君。要不，他干脆去接机？

桌面版微信忽然频繁地弹出消息，发出"滴滴滴"的提示音，给祁敬承吓得从椅子上弹起来。

陆禾：“二哥，你就是草率君？ CX？”

陆禾：“我是意料之外，细想来又觉得实属情理之中。”

陆禾：“我没在那个玩家群，我要在，也怼那帮畜生了，你做得对！”

陆禾：“热搜撤得够快，花了多少钱？算了，不重要。后天公测，7 星动物、稀有素材，你看着给吧。”

于是，祁敬承开始经历人生三十余载中最煎熬的二十个小时，晚饭点的外卖，放下手机就忘了前一刻做了什么。

四十分钟后，门铃响起，他站在家门口和骑手对视，隔着铁门看着足够四世同堂大联欢的火锅分量，无比茫然。然后他还真把吃的布置起来，打开了餐厅全部的灯，吃之前拍照，发朋友圈，设置只给一个人看。弄完他才反应过来，此行为犹如末日前的粉饰太平，连自我安慰的功效都没有。

心不在焉地结束晚餐，他给小草莓开了罐头，上楼洗澡，完全忘记饭前才给它开过一罐，还附赠满满一大盆猫粮。小草莓吃不下了，跟着魂不守舍的二叔公来到楼梯下，冲他的背影担心地喵喵叫。

洗完澡已经快九点了，祁敬承沉浸在难以名状的情绪里，看看时间，刷刷微博，搜索与祁敬承、CHAOS 相关的内容。好消息是他的名字在热搜榜上彻底消失，坏消息是部分真实用户发的删不了。公关公司那边尽了最大努力，还安慰他：“没事的，两个人能不能继续走下去，坦诚只是其中一方面，再说你是为了维护她才掉的马甲。”

祁栀走在吃瓜第一线，把他在游戏群里怼猥琐男的截图发给他，激动地发来数条语音，大声嚷嚷“二叔帅爆了”，其中一条里夹杂着祁朝的调侃，说：“帅不帅不知道，不过二叔现在可能真的要爆了。”

祁雁城也以关怀之名发来一条私信，内容相当简洁，只问他的 CHAOS 要不要建个像样的公关部门：“需要的话，大哥帮你。”

林耀看热闹不嫌事大，变着法儿问他公关到底花了多少钱。

陆正阳声称收到确切的消息，《年度》的记者认定这次花钱撤热搜的背后存在更大的阴谋，准备追踪调查。

姚觅只给他发了一个内涵的表情，伤害性不大，侮辱性极强。

祁敬承无话可说，不想搭理他们当中的任何一个人。他孤独地回到四楼工作室，选了个无脑单机游戏，麻木而机械地乱杀到深夜，困极了，便裹着毯子在厚厚的地毯上倒头睡去。然而这一觉睡得并不安稳，梦多，梦乱，梦不醒……一会儿在复杂的迷宫，一会儿又去了广袤的平原，再一会儿置身茫茫宇宙，祁敬承必须追着陶阮却永远追不到是唯一不变的剧情。

这种明知道自己在做梦却没有办法控制发展走向的感觉，跟现实中的境遇形成异曲同工的呼应。祁敬承挣扎了一整夜，天快亮时，被滴答的雨声惊醒，才从纷乱梦境里挣脱出来。他睁开发涩的双眼，就见小草莓趴在他脸前，圆圆的大眼睛一个劲儿地盯着他瞧。

“让你担心了。”祁敬承从地毯上坐起来，习惯性侧首看对面。窗帘拉了一半，窗外灰暗色调的天光和绵绵不绝的雨水主宰了一切。陶阮还在高空飞行中，时间过得好慢……

小草莓用脑袋拱了拱祁敬承，冲他软软地“喵”了一声：“二叔公，生病了要去医院看医生哦，看对面是没用的，阮姐姐都离开好多天了。”

“我没事。”祁敬承把猫捞起来抱在怀里，定了定心神，浑身散发出阴郁的气息，“她很快就要回来了，我是不会放过她的。”

小草莓：“喵……”你高兴就好。

这天娱乐圈发生了一件大事，早七点，知名娱记发出预告：正午时分会放出重量级大瓜，绝对震撼！

各家的团队都紧张起来，水军先下场，粉丝跟着控评，微博上乱作一团。其他网友开启真正的吃瓜模式，期待地搓手。

祁敬承直叹老天爷垂怜，把昨晚几乎没动过的火锅热了，吃了一顿丰盛的早餐，回房间补觉。下午两点从好眠中自然醒来，手机里塞满来自亲友的信息。大家都猜测他黑化了，微博上老牌影后和新晋影帝相差 13 岁的姐弟恋是他一手搞出来的，目的就是掩盖昨天的热搜！

祁敬承觉得这些人想象力过于丰富，懒得去解释什么。算算时间，陶阮差不多该回了，于是他抱着小草莓站在窗户边，往对面看，好巧不巧，女主角打着一把灰蓝色的伞，拖着行李箱出现在视线里。

隔着迷蒙的水雾，小草莓认出女人的轮廓，挣扎着要去亲近。祁敬承收紧手臂，腾出一只手挠它的脑袋，自言自语地嘀咕：“急什么，再陪陪我。从机场到这儿差不多四十分钟车程，不堵的情况下，她在这段时间肯定会看手机对不对？那让我们假设她已经得知我就是草率君，然后呢？”

小草莓昂起头和二叔公对视：“喵？”它一只猫，哪里知道然后。还有，草率君是什么？

好吃吗？

祁敬承却对它语重心长起来：“我们要给阮姐姐个人空间，让她先消化一下，再找个合适的时机出现在她面前。”

这时候他的心态已经调整得差不多了，既然没打算对陶阮放手，那么直面风暴是他唯一的出路。不确定的只有一点：出现在陶阮面前的姿态，是正常态，还是……滑跪态？

小草莓垂下脑袋和尾巴，无可奈何地叫了一声：“你说什么就是什么吧。”

祁敬承估算得没错，陶阮就是在从机场回家的这段路途中，得知他昨天搞出的一系列骚操作。消息来源于职业测评群里和她同为 Atomic 游戏网签约测评人的朋友。她刚开机，消息就一条接着一条弹出来，从玩家群的截图到微博热搜截图应有尽有。末了对方还站在柠檬树下对她发出酸酸涩涩的号叫：“我也好想被这样维护一次啊！”

这件事在旁人眼里是 CHAOS 的大 Boss 维护女玩家，在陶阮这里不一样，说是意义非凡也不为过。盯着最初的聊天记录截图，她有一点儿生气，有一点儿想笑，还有一点儿软软暖暖的情绪在心间萦绕，越发绵密，越发浓郁，她从中找寻到久违的踏实的感觉——原来他一直都在，朋友圈里，游戏里，从未离开她。

回到家已是下午三点半，本来陶阮打算收拾一下，带着礼物去爷爷奶奶家蹭饭，要是遇到祁敬承也没关系，她已经想好怎么面对他了。这下可好，高空飞行二十来个小时，世界天翻地覆，陶阮站在重启的剧情线前，迈不开腿了。但她比想象中要平静许多，把行李收拾好，洗漱一番，换上有利于放松心情的舒适的居家服，再给自己点上一杯咖啡，回到楼上休闲室，往下沉式的沙发里盘腿一坐，开始复盘——

草率君就是祁敬承，从一开始带着目的接近自己，说不定内测邀请都是在他的授意下送到她手里的。陆禾应该不知道实情，他这个人没演技也不爱演，陶阮见过他和祁敬承私下相处的情景。失眠兄呢？如果这一切是祁敬承给她设的局，他同样会追求可控性，所以失眠兄是他的人。全世界失眠、夜未眠……CHAOS 国内的公司总部在 G 市，失眠兄在游戏里的定位城市也是 G 市。

陶阮把咖啡放到边上，给失眠兄发去一条私信：“你是《缤动》主策划？”

全世界失眠：“你不会先找的我吧？”

陶阮勾了勾嘴角：“很有数嘛。”

全世界失眠：“我能不能保持沉默？”

陶阮跟他打人情牌：“不谈祁敬承的部分，我们不能做朋友吗？”

全世界失眠：“你想知道什么，我全招！”

陶阮又改主意了:“我只是想确定一下我们还是不是朋友,祁敬承那边,我会去找他的。”

全世界失眠：“感谢放过！”

“倒也不是放过你……”陶阮目标明确，暂时没心思和帮凶计较。

冰冻很快也意识到这一点，试探道：“你准备跟他算账了？”

陶阮想了想，道：“我想让他多纠结一会儿，你能暂时当这场对话没发生过吗？”

全世界失眠:“没问题！”冰冻并不认为自己变节了,他只是在黎明到来前的最后一刻,选择了正义的一方!

随意X：“谢谢。”

随意X：“作为职业测评师，我有句话想对《缤动》的主策划说。”

全世界失眠：“请讲！”

随意X：“谢谢你和团队把游戏做得那么好。”

全世界失眠：“友谊万岁！感动流泪.jpg”

结束和主策划友人的对话，陶阮心态更稳了。她开始主动出击，去了解祁敬承的动态。昨天的朋友圈只有两条，中午吃完饭帮奶奶搬花房里大件的植物，然后直接跳到晚上看起来十分热闹的火锅聚餐。可孤单单的一副碗筷出卖了他独自用餐的人间真实，原木桌则暴露了他回到自己家的实际情况。

“他现在住哪儿呢？”陶阮皱了皱眉。上次爷爷奶奶突然袭击，他差不多用两个小时才过来，看样子是住在二环内。他昨天回了自己的家，那她今天去看望爷爷奶奶，顺便蹭个饭，碰上他的概率应该不大。

陶阮正做着严谨的估算，侧脸忽然有一种毛茸茸的柔软之感。

“小草莓。”她笑着转过头，和月亮尴尬对视，“啊，是你啊……对不起，我叫错了。”

月亮稳稳当当地蹲坐下，对她淡定地叫了一声：没事，习惯了。不就是偏心吗，都想通了，有罐头吃就行，欢迎回家!

蔷薇、博士和闪电相继出现，各自找地方舒展身子，唯独不见小草莓。

陶阮想起来，她在年前给它戴了定位项圈，可惜那段时间小草莓突然转了性，变得乖巧恋家，足不出户，眼下这情形，它肯定又去找那个新欢了。外面还下着雨，天光昏暗，阴冷潮湿，这种天气都要见面，她不在的几天，它们感情升温很迅速嘛!

众所周知，一只猫是不可以吃两家饭的！铲屎官的醋意一发不可收拾，是时候解开小猫咪行踪之谜了！陶阮打开手机里名为“安心宠”的APP，发现小草莓此刻距离自己不到100米！根据时间显示，它昨天下午一点离家，在这个位置停留到现在。再点击地图覆盖，新欢居然就是她对面的住户！

陶阮站起来，严肃地看向窗外，依稀可见四楼拉了一半的窗帘边上站了个人，看轮廓是个男人。

你家没有猫吗？就真的对小草莓脖子上的项圈视而不见吗？拐骗别人家的小猫咪触犯了哪条法律，你清楚吗？！我连猫的行踪都掌握了，怪不得祁敬承能在游戏里设局，把我安排得明明白白呢！

等一下……猫、游戏、对面的住户……

小草莓没那么亲人，陶阮亲眼见过它对宠物医院的男护工龇牙、伸爪子，毛都奓开了，愣是不让对方碰一下。就算它交了新朋友，也不至于那么粘，连家都不回。除非……不会吧？可细细一想又觉得十分有可能！陶阮被脑中的灵光一闪给震住了。如果祁敬承真的做到这一步，她是坦然接受还是跟他计较到底？可是，计较什么呢？对于他用草率君的身份接近自己，陶阮竟没有丝毫反感。祁敬承把相处的距离和尺度掌握得太好了，甚至连那两场面试都充满喜剧色彩。

就在这瞬间，她理解了他全部的用心和用意。责怪是没有的，感激是真实的。然而意识到自己顺从的心态，陶阮觉得自己很没面子。这种不甘心又莫名其妙觉得甜的心情感受到底是怎么回事？稳住！不能就这么算了！陶阮你振作起来，现在是你的顺风局！

另一边，祁敬承目视陶阮进了家门，抱着猫满屋子踱步，开始盘算起来。她今天会去老头老太太那边吃饭，还是先跟我算账呢？外面下着雨，出门和宅家的概率是四六开。过去半个小时了，怎么还没动静？要不让冰冻去探探口风？不行，不妥……祁敬承心目中最佳的试探人选是姚觅，可他又拿不准姚觅的行为。

“你要是能变身就好了，帮我去问问她怎么想的，现在举白旗过去归降行不行？”他把心思放到小草莓身上，试图用跟它说话的方式缓解焦躁的情绪。

就在这个时候，祁敬承终于发现它颈项上时尚单品的不同之处。

“这……这是个装置？”他就地坐下，拨开小草莓厚厚的毛，看清了项圈上那一坨颇为精致的信号器，随后身体僵住了，近乎窒息！

小草莓似察觉了什么，从他怀里跳开，站在两米开外，茫茫然地冲他“喵”了一声。

“你还有脸叫？”祁敬承用背贴着墙，倒抽一口凉气，“居然出卖我！”

小草莓释放歪头杀：我没有呀！

祁敬承不想听它解释，一鼓作气站起来，抄起它往楼下走：事到如今，二叔公留不得你了！

手机忽然响起，祁敬承一只手抱着猫，一只手从口袋里摸出手机，垂眸扫了一眼，屏幕上的“大哥”两个字有效降低了他内心的不安。接通，他先说道：“小阮回来了，猫在我这里，脖子上戴着定位项圈。”意思就是此刻正乱着，有话快说！

说完他才听到手机里隐隐约约传来哭声，伴随着无以复加的悲痛钻进他的耳朵里，瞬间将他感染。祁敬承站在楼梯中央，整个人陷入不妙的预感里：“怎么了，谁在哭？奶奶？”

祁雁城隐忍地哽咽着，语色低沉：“敬承，你冷静点儿听我说……”

兄弟俩这通电话很简短，还不足一分钟，传达的却是天人永隔的消息。祁敬承人是蒙的，穿着拖鞋抱着猫来到客厅，孤零零地站了会儿，无措得像个迷路的孩童。再然后，他想起自己准备把小草莓赶回对面，因为陶阮给它戴了定位项圈。

罢了，都不重要了，他现在很想见到她……

打开门，潮湿的水汽从外面涌了进来，天色暗沉，令人分不清晨昏。他心里迫切想见到的人就站在铁门外，裹着白色的羽绒服，打了一把和天气相称的灰蓝色雨伞，成为他眼里唯一的温暖的光点。

“你……住在这里？”陶阮还在犹豫要不要按门铃，门就开了，祁敬承出现在她眼前，怀里抱着猫，他们的猫。

“你怎么了？”陶阮很快发现他的不对劲。

祁敬承从屋子里走出来，打开那道坚固的铁门，先将猫交给她抱着，然后展开双臂将她和猫一并拥住，闭上眼，颤抖道：“爷爷走了……”

祁雁城派了司机来接祁敬承，陶阮和他一起回去。雨渐渐大了起来，雨滴仿佛承载了什么，滴滴答答砸在车顶和车窗上，混着拥挤车流中此起彼伏的喇叭声，搅得人心难安。

好不容易来到小区附近，车入弯，祁敬承和陶阮齐齐抬头往熟悉的方向看去，不远处那栋名为家的房子里，灯光比以往更亮。窗内人影晃动，家门外车来车往，最惹人注目的便是停在斜边那辆长形的黑色殡仪车。眼前发生的一切都在告诉祁敬承，老爷子真的走了，他得去面对，和其他的家人一起。

“二先生，前面车太多，过不去了。”司机将车停在转角，望着后视镜里男人灰暗的轮廓，诚恳地补了一句，“节哀。”

祁敬承勉强笑着冲他点了点头，侧首看向同样沉默了一路的陶阮。她穿着那件被子似的羽绒服，双手插在口袋里，把自己紧紧地裹成一只茧。车内光线暗，看不太清她的表情，唯独那双漂亮的眼睛盈着晶莹剔透的碎光，倔强无比。

“小阮。”祁敬承扬声唤她，开口才意识到自己声音涩哑。

陶阮回过神来，慌乱地看了他一眼，几乎凭本能去收拾情绪，强打精神坐直，连手都从口袋里拿出来，做出准备好了随时可以下车去面对的模样。

这种事情，给再多的时间都不可能准备好的。祁敬承看得难受，探手去握住她微凉的手，道："不用勉强自己。"

陶阮坚决地说："我要去送爷爷最后一程！"

祁敬承突然笑了，侧首示意她看家那边："这才刚开始热闹起来，老爷子最后一程是冷清不了的。我的意思是，待会儿进去了，想哭就哭，不用忍着，都是人之常情。"

他话刚说完，陶阮就吸了吸鼻子，别开脸去，抬起另一只手抹了下脸，显然已经哭了。

祁敬承反而平静了许多，继续道："老三和他家那个要从江城赶过来，估计要等他们到了才会送爷爷出门，这会儿……我也不知道他老人家在卧室还是哪儿。你想去见最后一面，我带你去，不想去就摇个头，明白我的意思了？"

今晚能来家里吊唁的都是跟祁家特别亲近的世交，都会让见老爷子最后一面。这种见面跟殡仪馆吊唁厅里不同，太直观了，冲击力是很强的。

陶阮听完他的交代，先是点点头，而后迟疑地摇了摇头——点头的意思是明白了，摇头是不见了，她受不了。

"嗯，好，没事。"祁敬承抓着她的手不放，安慰道，"爷爷活着的时候，你好好地陪伴过他，已经足够了，不用内疚。"

家里确实热闹得很，每个房间都亮着灯，哪哪儿都是人。程洁坐在客厅里，由刘敏陪着，憔悴和伤心是一定的，但情绪瞧着还算稳定，已然缓过最初最难过的那劲儿了。祁敬承安排陶阮跟老太太坐在一块儿，便也跟着祁雁城去忙。

整晚就跟他先前在车里说的一样，不断有人来，老爷子生前单位的领导、同事，授课学校的老师、学生……只要在帝都的，都闻讯赶来了，个个脸色沉重。

程洁断断续续跟陶阮说着话。

其实去年年中，祁锦鸿的身体就开始走下坡路了，时常乏力、头晕、没胃口。去医院检查，医生说是上了年纪，小脑萎缩了，身体各器官也有明显衰竭的迹象，这种情况只能仔细调养。人都会老，老到一定的时候就会死。这是自然规律，万物皆有一死。

幸而还在过年期间，家里人都在。今天午饭时，祁锦鸿胃口格外好，吃了满满一大碗饭，还跟祁栀合伙分了个四喜丸子。饭后程洁和他坐沙发上看电视，他说有点儿困，要上楼睡一会儿，还特地交代家里的人不许去吵他，他要把精神养足了，晚上带祁栀、祁朝去湖上溜野冰，给两个小崽子露一手。没承想，他就这么睡过去了。这样也好，没有痛苦，走得挺安详的。

说到最后，程洁反过来安慰陶阮，也是安慰她自己："我们不要太难过，就……难过个几天，意思意思！他这一辈子，为国家做过贡献，为社会培养过人才，桃李满天下，儿孙满堂，尝尽了酸甜苦辣，去遍了世界各地，与我一心一意，算是婚姻和美，临了走在我前面，还有我替他掉两滴眼泪，他可圆满了！人哪，好不好都是一辈子，尽量按照自己的心意活吧。"

一晃半个月过去了，程洁授意来一场家宴。刘敏、祁衍两口子主厨，其他人攒牌局、打游戏、追剧，在程洁的指挥下整理花房，或者回房间睡觉都可以，但所有人必须在家里。

阳光穿过薄纱般的云，铺满了花园，从玻璃窗外洒入屋中，照进人心里。晚上一家人围坐在餐桌前，吃好喝好。人生有千百种滋味，失去也是其中一种，痛到了，体会过了，重要的是向前看。

饭后，祁栀提议家庭 KTV，她在网上买了三个麦克风，还是山动联名款。

秦初晗赞她够意思，宋雪桦在旁边抢白："还不是花我的钱。"

开场交给程洁。老太太没在怕的，从孙女手中接过萌萌的小熊猫玩偶头麦克风，使唤儿子："给你妈我点一首《红梅赞》。"

之后，祁衍一扫平日里的不苟言笑，邀请刘敏合唱《知心爱人》，唱之前也要使唤儿子们："不许走神，都给我竖起耳朵听好了！"

再之后，宋雪桦唱她和祁雁城结婚时用的那首英文歌。祁应琛帮秦初晗研究点歌机。祁朝忙着用手机录下这场景。刘阔趁大家不注意，偷偷把自己的经典曲目插到最前面，被祁栀发现了，大呼舅舅犯规。客厅里闹着笑着，过年似的。

陶阮到后院接了一通工作上的电话，抬眼间，被夜色惊艳——惊蛰刚过去，无人察觉，院子里的草坪生成了嫩绿的一大片，花房稳稳当当地立在视线中央，大半是木头搭建的，剩下那一小半由玻璃组成，幽蓝的夜色渗进玻璃里，笼在层层花架和花盆里的植物上，仿佛能听到它们在窃窃私语。

身后屋子里金曲不断，眼前的一切却又是安宁美好的，陶阮忽然享受了这一刻，在旁边的椅子上坐下。初春的夜晚，残存的寒意挣扎着想要刺痛谁的皮肤，但现在的陶阮已经没有那么多畏惧和害怕了。

"怎么一个人坐在这里？"祁敬承从身后走来，在她旁边坐下，"不冷吗？"

"不冷，出来接电话，然后发现院子有点儿好看。"陶阮目视前方，面带笑容。

"好看吗？"祁敬承打量后院，只觉得平平无奇。

陶阮余光瞥到他无法共鸣的苦恼表情，嘴角向上扬了些：“这大概和心情有关。”

祁敬承陷入自我怀疑：“我觉得，我的心情也还不错。”

两人同时扭头，对上视线。

祁敬承主动道：“要聊聊吗？”

陶阮思量着眨了眨眼，没说好，也没直接拒绝，而是道：“我翻译的第二本悬疑小说叫《纯白血迹》，刚才就是在和作者通话，她邀请我下个月一起去旅行。”

祁敬承不知道她想要获得自己的意见，还是单纯跟他分享这件事，于是保持沉默，给她充分的表达空间。

“这是我们第一次通话，在这之前，我一直以为她是个神秘的中年男人。”陶阮说到这里，复杂的表情里多出几分局促，“她叫艾米丽，和我一样大，喜欢打游戏，不爱交朋友，还有很严重的被害妄想症，小觅是她的心理医生。”

祁敬承试着总结听到的信息：“姚觅希望你们成为朋友？”

陶阮点头：“她在电话里做完自我介绍，跟我详细地讲了她定的旅游计划，我听完很心动，没怎么犹豫就答应了。”

祁敬承听完点了点头，动作很缓慢：“那么，你想我为你做什么？”他身体前倾，十指相错，以此压抑自己并不多余的担心。

陶阮看出他的顾虑，很干脆地道：“去非洲野生动物保护区，为期半个月，预计下周出发，我会把路线给你，支持每天视频通话，你想跟着去也行，但不能打扰我们。”说完，她挺直腰杆，抬起下巴。底线是这样，你照着做就好。

祁敬承被她勇敢的模样逗得失笑：“我想跟你聊的是我们，谁要听你讲你跟小说家结伴去非洲？再说她写的是悬疑小说，你不怕？”

“我不怕。”陶阮像一头从容的白眼狼，笑得眯起的眼睛定在他的面容上，稍做沉淀，把问题抛还给他，“‘我们’有什么好聊的？”

祁敬承胸口结实地闷了一下：“说清楚一点儿，是我们之间无话可说，还是你觉得都不用聊了？”前一种情况是分道扬镳，后一种是冰释前嫌，汉文化博大精深！

陶阮又犹豫了：“仔细想想，觉得还是有得聊的。”再不计较，以后就没机会了的意思。

祁敬承后背靠着椅子，示意她出招。

陶阮先问：“你让梁斌给我发的内测邀请？”

祁敬承眉头皱起来：“谁？”

“《缤纷动物园》主策划夜未眠，你的失眠兄，梁斌是他的真名。”随意小姐姐为小伙

伴抱不平的眼神给到位了。

"在我这里还有个'冰冻'的称呼，他自己要求的，说是有记忆点，原来他本名叫梁斌……没错，都是我安排的，通过Atomic给你发邀请，我自己也建号接近你，和你一起玩游戏。"祁敬承全招了，没什么好隐瞒的。

陶阮最初那些情绪都消化得差不多了，只剩下单纯的好奇："那游戏的设定……"

祁敬承实话实说："不是针对你设计的，我也没有参与，都是梁斌带着团队自己干。刚好准备内测，刚好游戏内容够……适合！"

"其实你想说的是够治愈吧？"不钻牛角尖的陶阮聪明又敏锐，"我也觉得《缤动》是一款特别温暖的游戏，要是你针对我做的，我可能会跑。"

祁敬承略做想象，掀了掀眼皮，表达对想象中那个自己的嫌恶之情："我还没那么疯。"

陶阮接着问："你给草率君做了人设？"

祁敬承开始心虚："为什么这么说？"

"挺有脾气。"陶阮盯着他的脸，"跟你给我的感觉完全不同。"所以她才没把草率君和祁敬承联系在一起。

祁敬承来了兴趣："一直以来，我给你什么感觉？"

陶阮还真不惧跟他面对面聊这个话题："第一次见到你的时候，你在我眼里会发光，跟别人不一样。"语调有些生硬地说完，心跳陡然变快，原来她还是会紧张。

祁敬承被逗笑了："我是拟人萤火虫？"

"那也是会把人烫伤的萤火虫。"陶阮很认真地反思，"不过不怪你，那时我也很炽烈。"

祁敬承却说："后来又太小心翼翼了。"

陶阮转头看着他的侧脸："你吗？"

"我和你，都有一些。"祁敬承道，"草率君不是人设，是我性格里的一部分，有时候我就是那么讨人厌。"

"这样更真实。"陶阮垂着眉眼笑，想起和草率君互怼的日子。当她知道那个人就是祁敬承，竟是喜悦多过于其他。关于这点，她每每回想起来都要难为情好一阵。

陶阮移开视线，望向园子里那座漂亮的花房："你就没想过放弃吗？"

"没有，不可能。还有，那个十月协议我已经撕了。"祁敬承只后悔没早点儿把协议撕得粉碎。

陶阮低下头去，藏了藏此刻的微表情。那份协议简直是她迷失的直观体现。

"你出车祸的时候我没有来看望你，有没有生我的气？"

“最初很生气，后来那些情绪都化作‘绝不能就这么算了’。”于是利用游戏去做些什么的计划应运而生，祁敬承也想要一个确切的答案，一个阶段性的答案。他得知道陶阮处于什么状态，而他该怎么做。

“除非你和一个男人相爱，结婚生子。在此之前，我会以各种方式出现在你的生活里，尽量恰如其分地打扰你，和你牵扯不断。”这是祁敬承的战略思路。一直到掉马甲之前，他自觉完成得还不错。

“住在我对面也算？”

“让你厌恶了？”

“不……”陶阮不可思议地道，“知道是你住在对面，让我很有安全感。”或许她该早点儿面对自己，正视感情。

一个完全坦然的陶阮让祁敬承另眼相看。

陶阮亦有领悟：“上次爷爷奶奶来家里看我们，送他们出小区的路上的对话你还记得吗？”

祁敬承说：“记得，怎么可能忘呢？”老头老太太生活在一起几十年了，从他记事起，他们就爱开那样的玩笑。死亡是人生的终点，珍贵的是奔赴终点的过程。任何事都有始有终，每一个故事都会迎来结局。结束亦是新的开始。

陶阮是有感触的，更是感动的：“当时我在旁边听他们拿死亡打趣，奶奶说要找新老伴儿，爷爷还让你帮忙把关，我有些羡慕，还有些想不明白，最近才发现，生活就是不要让自己后悔。”以前她什么都没有，什么都不敢要，得到的那刻就开始害怕失去，然而很多事情是预料不到的，“在我以为我什么都没有的时候，其实我已经有了家，也有了你。”

祁敬承把手从口袋里伸出来，在她面前摊开：“讲和了？”

陶阮也把手从暖和的羽绒服里拿出来，冲他展示手机。

屏幕上提示更新完毕，游戏内响起来自自然界的声音：泉水跳跃，云淡风轻，林间的叶子沙沙作响，一声鸟叫打破宁静，城市苏醒了，动物的叫声和车流人潮声混在一起，是吵闹的、新鲜的、可爱的，更是真实的……

久等了，欢迎你来到我的世界。

番外三

爱在动物园

1

暑假结束，山海野生动物园迎来立秋后的休整期。这段时间部分展馆展厅将分批关闭，有针对性地进行硬件检修、场馆升级等。大多数职工也会把年假安排在此时，各部门为了犒劳大家，各类团建层出不穷。而且江城四季分明，入秋后的那一丝凉爽足以安抚被炎夏弄得烦闷不已的动物们。

游客少，园区清静，所以九月又被秦初晗称为“动物园从业者的休息月”。

“那为什么要无视周六，选在早上九点开会？”黑熊咖啡厅一楼，胜利老师坐在靠窗边的位子大口喝咖啡，毫无顾虑地吐槽。

秦初晗捧着咖啡在他对面蜷成一团，嫌弃地冲他飞眼刀：“无关紧要的人可以不参加！”

“我不！作为文创组的特别编外成员，我需要这份集体荣誉感！”陈胜利一脸招人恨的贱笑，说着探身去拿最后一个蛋挞。

秦初晗坐的是懒人沙发，坐起来都费力，急道：“那个是我的！”每天的第一批蛋挞由老店长亲手烤制，是她的最爱之一，刚端上来的时候太烫了才没动手。

“写你名字了吗？我还跟它说好了呢！”陈胜利说。

可惜祁应琛动作比他快，伸手把盘子端起来，送到了秦初晗跟前。

秦初晗拿起蛋挞咬出一个残月，冲敌方扬起胜利的笑容，还嘲讽他：“陈失败！”

陈胜利被迫改名，只好用眼神质问她身旁的男人：“我跟她斗，你也要插一手？”

“她起来到现在就只喝了咖啡，你都吃三个了。”祁应琛在发小和未婚妻之间坚定地选择后者，并对前者附加伤害，“你看看你的体形，去年还跟我跑跑步，今年直接放弃，现在体重多少？超过一百六了吧？”

秦初晗遗憾地打量他：“双下巴都出来了。”

祁应琛笑道：“挺好的，足以证明山动不但动物养得好，在这里当编外人员也很幸福。”

“啊啊啊，我不听我不听！”陈胜利缩在椅子里狂骂面前对自己搞人身攻击的男女，“任何跟我谈体重的人都居心叵测！店长，再来四个蛋挞！”

盛呦呦怀念道：“我与胜利老师初见那年，老师的体重最多一百四十五吧？”

“主要是当时看起来特别健康，皮肤是小麦色的，脸和手臂的皮肤有很 Man（男人）的晒伤斑，眼神坚毅，整个人精瘦精瘦的，现在肉都松了……”林笙打量着白白胖胖的陈胜利，晨曦倾斜着笼在他身上，给他镀上一层媲美老父亲的慈祥光辉，让人想大呼救命。

秦初晗忽然想起一件事，表情严肃地问：“胜利老师，你是不是因为身体原因，所以婉拒了 A 台的工作邀约？”

半个月前，欧尚鸣导演联系她，说台里正在筹备一档户外探险类真人秀节目，把目光聚焦在国内有野外生存经验的专家学者、相关从业者身上，专门讲述他们的故事，全程在户外拍摄，一期一个主题。陈胜利与国外知名自然纪录片拍摄团队有过深度合作，长期给《国家地理》供稿，是欧导心目中的理想人选。没想到陈胜利拒绝了！

秦初晗合理质疑：“那么好的机会，有人花钱请你在镜头前展现你的工作，出发前还买巨额保险，全程医护人员随行……我们动物园也没跟你签死合同，为什么不去？”

顾词猜：“去的地方不满意？”

林笙狐疑地盯着今天的话题人物：“参加这节目就相当于公费旅游，还有圈内顶级团队陪伴，换我，就是去对面的游乐场玩一天我也愿意。”

司徒畅梦幻道：“我们动物园有魔法，来了就走不了了。”

这话对某位年纪轻轻的教授同样适用。祁应琛不自觉地摸了一下有点儿发烫的耳朵。

“你们都没抓住重点，依我看，陈哥是偶像包袱太重了。”伍衡现在专业搞直播，偶尔客串安保大队长，可太懂镜头了。

这话直戳陈胜利心窝。欧导发来邀请，他很心动，结果上秤一看，短期内减二十斤是不可能的，只好拒绝了。陈胜利拍拍颇有弹性的肚皮，六块腹肌变一块软肉真的很难不在意：“老弟，你懂我！时光倒回到前年十一月，我也是能原地出道的。”他望天长叹，“野外随时可以去，做人，尤其还是做个有担当的男人，不能伤了亿万少女的心，这是道德底线！”

众人受不了地大呼：“如今你都是动物园常驻肥宅摄影师了，哪里来的亿万少女心？！”

秦初晗咬着杯沿嘀咕：“是不能辣了亿万少女的眼睛吧？”

祁应琛则对发小语重心长地说：“体重得控制一下了。”

“道理我都懂……”陈胜利就扯，“我觉得需要一个契机、一个下定决心减重的目标，或者说一个动力！”

顾词转头对秦初晗道：“把胜利老师赶出动物园，让他尝尝失业的苦。”

伍衡立马自荐：“我可以顶替陈哥的位置。”

陈胜利笑着叫他们滚。

盛呦呦也道：“求陈哥减肥，重现昔日户外型男之风采！”

林笙趴在桌上哼哼：“无趣，没劲，想在夜里一边坐过山车一边看恐怖片，完了再来个跳伞，真是想想都过瘾……”

司徒畅听她说完，摸着胸口，绷紧了脸。

美好的一天，从欢乐闲扯开始。

九点整，第一班观光小火车到站，车上唯一的乘客下了车，向咖啡厅走来。女孩子大约二十五岁，五官明艳，肌肤胜雪，一头卷发垂至腰间。那双黑玻璃似的眼睛向店内望来的瞬间，大家看到了她眼神里的坚定，名为“信念感”的东西强到满溢。她穿一件剪裁合身的束腰小西装，搭配黑白格纹短裙和帅气的棕色马靴，碎金般的阳光下，犹如花圃里亭亭玉立的向日葵，除了美好和生动，还具备一定的攻击性。

陈胜利不由自主地站了起来：“动力！”

秦初晗淡定喝咖啡：“这就是我们文创饰品‘翱翔’系列的设计师，叶星澄。”

“翱翔”是山海野生动物园文创组推出的第一个以鸟羽为主题的饰品系列。羽毛和人的指纹一样，每一根都独一无二。收集鸟类自然掉落的羽毛，进行清洁和加工处理，再以其为核心搭配其他元素设计出耳饰、胸针、项链、礼帽装饰等等，赋予它们全新的意义。除了自然掉落的羽毛之外，单件饰品还用了碧玺、宝石、淡水珍珠、黄金、铂金等珍贵的素材，增加了收藏价值，不量产，每一件都是孤品。

文创组以前也出过饰品，以动物形象为主，这次不一样，秦初晗想做出推广意义，呼吁人们关注鸟类保护。经过一年多的筹备，总共二十一件的“翱翔”系列产品即将在月末的发布酒会上与大家见面。酒会在两个月前开业的山海原生态森林酒店举办，邀请社会各界关爱动物的知名人士、山动文创至尊VIP顾客，以及部分长期关注官博的铁杆粉丝。

今天的会议就是为了商量酒会安排，设计师叶星澄是当天的主角之一。秦初晗计划在酒会上做一场小型竞拍，由叶星澄来介绍每件饰品的设计构想，再配一名司仪负责向现场宾客讲解饰品上羽毛的出处、科普鸟类知识。

重头戏是一件名为“瑕月”的饰品，它总共挑选十九种鸟类的残缺羽毛，利用鸟羽缤纷的色彩搭配互相拼接，最终做成不对称的双翼形状，而在中心预留了镶嵌宝石的位置。人无完人，月亮亦有瑕疵。制作“瑕月”的初衷，就是接受残缺的美。设计手稿已经在官博上公开，园妹列出了三十多种羽毛供网友猜想，参与活动就有机会亲临现场。粉丝们都很配合，而且心态出奇的一致：我买不起，还不能去看大佬竞拍吗？再说那可是山海集团的原生态酒店旗舰店，酒会上吃吃喝喝，次日在鸟语花香里醒来，去到就是赚到！

网上风评正面又积极，线下流程按部就班。叶星澄以前都在网上和秦初晗沟通，今天第一次来动物园，爽快地答应了在酒会上做介绍的工作。作为设计者，由她来阐述设计理念再合适不过了。

司仪方面，伍衡的普通话是他自己都嫌弃的，司徒畅有园妹包袱，生怕不小心说漏嘴，被现场网友打，时昊、盛呦呦以不上镜为由强行拒绝，被陈胜利笑是抄作业。顾词甚至板着脸要挟秦初晗：“我社恐，让我做司仪我就辞职！”

秦初晗冷冷地看着他笑：“你一个传媒大学研究生社恐？以前怎么跑的新闻？”

顾词不说话了，侧首望向林姓隐形人。林笙正要阐述林家大小姐不想在酒会当天抢风头等数条理由，就听秦初晗发话道：“先不考虑她。”

临近十一点，小店长为大家送上免费的咖啡。司徒畅摸出手机准备上官博跟网友们卖个萌，屏幕亮起，多家媒体整齐划一的推送令他大呼：“林笙，陆正阳把你绿了！”

事情发生在昨天深夜，地点在距离江城两百多公里的海市某高档楼盘外，记者拍到陆正阳亲自为一个年轻女人开车门，随后二人并肩进了大楼，直至今晨七点多双双离开。照片里，陆氏国际的掌舵人正面清晰入镜，女人则每一张都恰好保持着隐约的神秘感，可以看到姣好脸盘、婀娜的身段，却无论如何都看不清脸。但光是这样，网友们已然确定是个美人，否则怎么能让陆正阳这种级别的富豪为她开车门呢。

说到陆氏国际这位掌舵人，三十岁出头，接管家族生意前是职业拳手，极度自律，长相不是标准意义上的英俊，却自带一种野性的魅力。林家小姐和他的婚约圈内圈外皆有耳闻，只不过这位林小姐甚是低调，从未在公众前露面，反而是她贴着单身标签的兄长林耀时常被营销号搬出来八卦。

那么问题来了，昨天和陆正阳一同回家的是林小姐吗？被林家捂了多年的小公主终于要浮出水面了？陆林两家好事将近？还是说，陆正阳公然偷吃，欲为真爱解除婚约？好几家大型媒体都在推送这条新闻，平静的周六就这样沸腾了起来。

黑熊咖啡厅里，以秦初晗为首的文创小组开启近距离吃瓜模式——

盛呦呦先断言："肯定不是林笙。"

林笙在旁边点头："对啊，陆正阳从来没给我开过车门。"

陈胜利斜眼看她："酸了？"

林笙淡定摇头："哪儿有，就事论事嘛。"

时昊拿着手机翻微博："昨天玩剧本杀玩到凌晨两点多，我们林大小姐有完美的不在场证明。"

顾词忽然哧地笑出声："头顶一片绿的完美不在场证明，可以的。"

林笙眼神警告："词哥你说话注意点儿。"

顾词面不改色："我只是就事论事。"

司徒畅暗暗地拱火："词哥是不是还在怨恨林大小姐昨晚的疯狂针对？"

林笙拍桌："我本子里他嫌疑最大，我不针对他针对谁？还有你这个帮凶，别说话！"

昨晚剧本杀拿了绝世好人身份的顾词成功被带偏："说起昨天晚上，我只有意难平！"

司徒畅摊手："看吧，还是怨恨的。"

苟到最后的真凶伍衡提议："今晚再开一局？开的话，我一会儿就去约主持人。"

于是几人开始商量晚上玩什么类型的剧本杀。

祁应琛笑他们心大，转头问秦初晗："玩吗？"他都被他们说出兴趣了。

"玩……吧。"秦初晗快速回复了一条短信，瞄了瞄故作淡定的林笙，再看向端坐在一侧喝咖啡的叶星澄。

祁应琛在未婚妻的视线里发现了一丝蹊跷。记者蹲点拍到的照片里，那个跟陆正阳一起出门的女人的外套和叶星澄身上这件几乎相同。

叶星澄放下咖啡杯，抬起头，淡定地道："那个女人是我。"

商量剧本杀的众人齐齐停住，望向她。

叶星澄神色平静，只看着林笙一个人，对她解释："我家和陆家有生意上的往来，昨天我从国外飞到海市，转机的时候行李被搞错了，陆正阳受我家人的委托来接我，住在他家只是尽地主之谊，晚上我睡的客房，我们什么也没发生。"说完，端起咖啡慢条斯理地喝了一口。

“你家和陆家有生意往来，莫非你是叶辉的女儿？”祁应琛猜测道。最早做生物医药的叶家低调赚钱，闷声发财。其掌权人叶辉和第一任妻子确实有个女儿，之后妻子病逝，他多年后再娶，与大女儿的关系众说纷纭。没想到眼前这位就是。结合陆氏国际这两年的发展方向，陆正阳与叶辉走得近也说得通。

叶星澄没有承认，也没否认。

大家就当她默认了。怪不得呢，先前她进来的时候，林笙就在眼馋她臂弯里 H 家定制款的包，有钱都买不到，得排队。林笙还在排，叶星澄已经用上了，哪怕是给这个牌子的设计师当过实习生也不可能啊。

咖啡厅安静至极，前台打瞌睡的小何店长睁开惺忪的眼睛，饶有兴趣地望过来。

“原来都是误会啊……”司徒畅替林笙松了口气似的。

其他人在这一刻都跟他心连着心，望向林笙。

林笙回过神来，本着服务到位的精神，讪笑着，问：“这个……我需要说点儿什么？”

都是误会，而且已经说清楚了，于是吃瓜的眼神又投向叶星澄：你呢，你还有话要说吗？

叶星澄还真有，她看着林笙，似乎在酝酿着什么，然后难为情地垂眼笑了一下，又换上严肃的表情，问她：“是这样的，你喜欢陆正阳吗？”

林笙张了张口，没回答。

叶星澄打直球：“我喜欢他，我家里也有意撮合。我知道你们有婚约，而且是两家为了顾全大局，在你十四五岁时为你订下的。这次我来，一方面是确定酒会事宜，另一方面也是想当面向你确认。你喜欢他吗？如果不喜欢，我会追他。”

伍衡护短：“凡事讲先来后到，你喜欢陆正阳是你的事，要追他也没问题，等他们解除婚约再说？”

“我就是这个意思。”叶星澄来真的，“现在林家已经走出困境，林笙没必要再牺牲自己的幸福，可以先解除婚约，如此一来，林笙不再受婚约束缚，我也能光明正大地追陆正阳。”

咖啡厅闲适的氛围里，隐隐夹杂着一丝微妙的纠结。

直到叶星澄离开，林笙都没回答出她提的问题。喜欢陆正阳吗？要不要解除婚约？不解的话，要跟他结婚？可说到结婚，她又生出逃避思想，现在考虑这个会不会太早了？她和陆正阳到底算什么关系呢？

陈胜利打破沉默，发出一声哀怨的叹息：“不管怎么说，我又丧失了减肥的动力。”

秦初晗白了他一眼。

顾词同情地看着林笙，想了想问：“还想一边坐过山车一边看恐怖片，看完再来个高

空跳伞吗？”谁说今天没劲的，现在得劲不？

林笙趴在桌上，看着没有动静的手机，闷哼道：“想啊，跳伞的时候把陆正阳捎带上，不给他伞包。”都挂在热搜上了，不准备给她这个正牌未婚妻一个解释？叶星澄对他有意思那是叶星澄的事，陆正阳对自己总得有交代吧？

连时昊这个感情绝缘体都看出来了：“你对他还是有感情的。”

林笙还嘴硬：“有啊，肯定有，你每天持续不断去喂珍珠，一开始嫌弃它臭烘烘，突然有一天不让你喂了，你能保证没心理落差？”虽然陆正阳从来都不需要她的投喂……

时昊担心她这明显萎靡的状态：“那现在怎么办，真要解除婚约啊？”

伍衡问：“你们联系的频率高吗？”

林笙蔫蔫的：“一周两三次吧，有时是一通电话，有时是几条短信。”

“这频率，不知道的还以为是上健身房撸铁呢。”胜利老师对与身材相关的一切话题都颇为敏感。

林笙铆足劲对他翻了一个白眼。

“我决定了！”秦初晗站起来，“这次酒会，司仪由林大小姐担任。我把陆正阳叫来，你先确定到底喜不喜欢、喜欢到什么程度、能不能让，至于叶星澄——”

林笙继承了小秦园长的“虎”劲，跟着站起来：“她不重要，重要的是我的感觉！”

祁应琛淡淡然帮她纠正：“重要的是你对陆正阳的感觉。”

2

动物园东大门，叶星澄钻进直营店仔细转了一圈，买了一堆只有线下有售的文创产品，然后拆起了企鹅盲盒。这玩意和传说中一样叫人上头，停不下来。

陆禾发来信息：“事情进展如何？”

叶星澄放下开到一半的盒子，回复：“一切顺利，你那边没问题吧？”她可是连“叶辉是我爹”的谎都扯出来了！

陆禾知道她的担心：“不用慌，我会安排好的。”

叶星澄看了一眼放在旁边的包，用手机拍照发给他，再一次确定：“事成之后，它是我的？”她对人类无感，只爱包包。

陆禾追加筹码：“只要你能尽快让陆正阳和林笙公开关系，最好确定结婚，轰轰烈烈地上个热搜，我再送你两个 H 家的包。”

叶星澄："OK，等我好消息。"

没错，这一切都是陆禾做的，但他这么做是有苦衷的！

陆家不似祁家那样家庭和睦美满，也不如林家构成简单，家大业大是真的，枝繁叶茂也是真的，豪门的恩怨纠葛从他爷爷那辈就不断上演。陆禾父辈有六兄弟，大伯、二姑母、三伯和四伯是老爷子跟第一任妻子所生。暂且称第一任为大奶奶吧，大奶奶留过洋，思想先进开放，婚后和老爷子有过甜甜美美的恩爱期，做过世人眼里的模范夫妻。后来老爷子结识了当红电影明星，两人不顾世俗眼光出双入对，如胶似漆，已然是为爱疯狂了。大奶奶难过了几天，转头给自己找了个年轻英俊会哄她开心的伴儿。结果老爷子又不乐意了，竟然和大奶奶的玩伴争风吃醋，在公开场合多次示爱，意图挽回。与此同时，他那新欢也在明着较劲，还对外放话说进不进陆家的门无所谓，只要他的心。

自古以来，爱情的游戏总有人沉迷其中难以自拔，此四角关系维持了好几年，以大奶奶和老爷子离婚收场。过后，大奶奶身边永远只有英俊嘴甜的小年轻，老爷子也没和女明星修成正果，转头在国外与第二任妻子闪婚，生下陆禾他爹还有陆正阳。这第二任妻子据说是朵小白花，更是老爷子心里永恒的白月光，难得的是和大奶奶处得不错，可惜身子弱，生陆正阳的时候难产，没多久就去了。于是早已与老爷子冰释前嫌的大奶奶主动把陆禾他爸陆正锡还有陆正阳接到国外，带在身边悉心栽培。

最绝的是，大奶奶和老爷子生的四个在帝都本家，由管家和一群佣工抚养照料长大，打小跟谁都不亲。4：2 的局面，从一开始就注定了。这么多年过去，父辈除了陆正阳都各自成家、开枝散叶，兄弟姐妹间的明争暗斗从没消停过。

陆正锡能力一般，有点儿冥顽不灵，胜在踏实、行事作风稳健，老爷子亲自点评：适合守业。所以他毕业回国，触及家族生意，就被头顶上四个哥哥姐姐整得有苦难言，成了吃哑巴亏的专业户。老爷子见是这么个情况，只好把国外的边角产业交给他打理，明为发配，实为保护。

大奶奶呢，手心手背都是肉，索性把陆正阳拘在身边，给他安排和林家的婚约，也是料定林家还能起势，万一哪天她时候到了撒手归西，至少陆正阳有个依靠仰仗。没承想陆正阳一边当着拳手，一边拿着大奶奶给的零花钱投资、开公司，以陆家极力争取的生意伙伴的身份杀回国去，短短两年成为陆氏国际的实际掌权人，用实力终结陆氏三代之争。陆氏国际在他的管理下蒸蒸日上，还开辟了新产业。他也没刻薄哥哥姐姐们，只要安分守己，每年分红不会少谁一分半厘。

陆禾沾了各方面的光，在大奶奶这儿备受宠爱，在小辈中占尽优势，搞搞时尚，打打游戏，也不想争抢什么，日子就这么舒服过着。

这时，人在国外的老爷子忽然召唤私人律师。各家闻风而动，猜测是不是要立遗嘱。陆家大伯连夜跟亲弟亲妹见面，大打亲情牌，商议着联合起来反攻陆正阳，总之不能把偌大家业拱手让给这同父异母的兄弟俩！

时逢陆氏国际生物科技子公司上市在即，陆家内部大战一触即发，投资者望而却步，股东们都是老人精了，隔岸观火，站队要留到最后。陆正阳现在处于进退两难的局面——陆家一直以实业开发为主，涉足生物科技领域是从未有过的大胆尝试，前期烧的钱都能在裕兴湾的百年大道再盖一个地标建筑，子公司的上市很关键，若失败，陆家必变天。

这事倒不难解决，结婚就行了。陆正阳和林家的婚约不是秘密，陆林两家要是成了，那就是强强联合，对两家都有好处，定能让投资者信心百倍，追加筹码也说不定。可自八月老爷子秘密会见私人律师到现在过去将近二十天，大伯他们越发活跃，陆正阳却跟没事人似的，由得手下人着急上火。

这本来跟陆禾没关系，他早就放话不争家产，老爷子爱给多少给多少，不给都行，他的信托基金八辈子都败不完。然而大奶奶出手了，致电陆禾："你和陆正阳必须有一个继承家业。"

陆禾把拒绝写在脸上，问："为什么是我？"

大奶奶说打断骨头连着筋，不想看亲生的孩子们争家产争得血脉亲情都不顾，要是陆正阳这次成了，就能把那四个摁死，他们安分了，早晚会想起自己还拥有什么。

陆禾内心万马奔腾，这关我什么事，我可太无辜了！

大奶奶又说："你姓陆，疼你那么多年，不得做点儿贡献？正阳要是斗败了，老头子立马把你推出去，密会律师是虚晃一枪，早日定下大局却是真。你在小辈中最有能力，懂得为人处世，心思灵活，八面玲珑，现在大奶奶给你放了风声，你要不想摊上后面的大事，该怎么做、做什么赶紧去办，别耽误了自己。"

陆禾听明白了，他是二老选中的出头鸟，不听话就得被偌大个家族集团拘一辈子。

于是陆禾决定从细节入手，巧取制胜。由始至终，他要做的只有一件事：撮合陆正阳和林笙！背着小叔行事不科学，还有可能给大伯他们制造可乘之机，所以他找来叶星澄，安排了热搜上的爆料后，这天中午就跟陆正阳摊牌了。

海市，陆氏国际总裁办公室，陆正阳坐在大班椅里心浮气躁地看自己的热搜从高位一点一点往下降，而始作俑者坐在旁边的会客沙发上说风凉话："大伯他们都快骑你头上了，你这是要皈依我佛，打算割肉喂鹰了？你现在就缺个能衬托你的贤内助，除了林家，有的是选择。我也不知道你和林笙到底算怎么一回事，真把婚约当老皇历，干脆撕了完事。”

如果林笙和陆正阳的婚约是老皇历，那也是后者视为黄道吉日的一页。

撕了？绝不可能！

陆正阳向沙发上那位少爷看去：“说完了吗？”

陆禾埋头玩游戏呢，没注意小叔不善的语气，手上操作不停，嘴里还在嘀咕：“我看得出你心里有她，她心里也是有你的。”

陆正阳听了这话面色稍霁，余光扫到电脑上的热搜，眉头重新皱起来：“你搞这些太多余了。”年初他还笑话祁敬承花钱撤热搜，好嘛，风水轮流转，苍天到底是没饶过他。比起来，他这热搜的质量是真差，内容真俗！

“大伯他们一直在搞小动作，我跟着闹闹，迷惑一下对方也好。”陆禾是打心底里替他着急，“但凡他们有真本事，老爷子也不会把集团交给你做主。还有当初那场事故，爷爷正在国内做着心脏搭桥手术，二姑父安排心腹给你使绊子，要你的命，得亏你身体素质好，逃过一劫。”

大家族狗血争斗多，只有外人想不到的，没有他们做不出来的。十一年前陆瑀身体抱恙，主治医生说可能熬不过去，于是陆正锡被兄弟几个联手赶出集团核心圈。当时陆正阳刚当上职业拳手，正专心在欧洲准备即将开打的联赛。陆家也是联赛赞助商之一，开赛前在一座建在悬崖边的小镇办派对，有人往陆正阳的食物里掺了艾司唑仑，还给他的刹车动了手脚。他在开车回酒店时出现意识模糊的症状，想停在路边给友人打电话，发现刹车失灵。情急之下，陆正阳将车窗全部打开，开着车冲进接近零摄氏度的大海。要不是刚好有船经过救了他，陆禾真要每年抽空去那破地方给小叔上一炷香了。

过后查下来，这是二房那边干的好事。那心腹拿钱办事，将所有罪名揽下，现在人还在牢里蹲着，父母和妻子住着豪宅，儿女念着贵族学校。不过那时老爷子平安下了手术台，又念及大奶奶的养育之恩，陆正阳暂时咽下了这口恶气，拳赛照打，实则从那时开始就在筹谋了。如果陆家那四位不搞这些事，他原本没有争家业的打算。

“你没来，大伯他们窝里斗，你来了，他们反而齐心。”陆禾是在本家长大的，腌臜的事情从小看到大。

陆家的家风古板守旧，培养继承人就是把孩子们从小聚在一起，让他们互相竞争。所以留在本家的大伯二姑三伯四伯心理多少是有缺陷的。陆禾他爸和小叔是时也命也，没了亲妈，赶上大奶奶和老爷子关系破冰，不理会本家的意见，强行将他们接到身边照料。这事大奶奶跟陆禾念叨过，说年轻时贪图享乐，没想管孩子，等到想管的时候发现已经晚了，早就和孩子们生出嫌隙，后来母爱都给了养子，反倒与亲生骨肉疏离，连修补的余地都没有。一辈子最大的遗憾在于此，大抵是她的报应吧。

老辈的事，陆禾管不着，也不想管，他得先把自己过明白。陆家的人都挺自私自利的，也就陆正阳面冷心热，行事作风强硬，却从未对手足赶尽杀绝。

“事情过去那么多年了，再说二姐早跟那一任离婚划清界限，还提它做什么。”当年没有计较的事，现在陆正阳更不会去计较。

陆禾眼角微挑：“二姑说她不知情，你信？还二姐，她把你当弟弟了？”

“我叫她二姐，不表示我会盲目信任她。这个道理就跟你见了她，照样会笑着叫一声姑母是一样的。”在亲侄儿这里，陆正阳从不拐弯抹角，“公司的事你大可放心，就算真要你来承担这份责任，也不会是现在。林笙那边你别再去干预她。”

陆禾算是整明白了：“就是即便喜欢她，也不会在这时拉她来当工具人的意思？”

“你知道就好。”真正有能力的男人，不会让心爱的女人受半分委屈。陆正阳是有点儿大男子主义的，但必要的尊重必须给。他拿起手机调出和林笙的私聊页面，神色也变得郑重其事：“我会跟她解释热搜的事，你把你找的临时演员辞掉。”

“以前没看出来，您还是个情圣。”陆禾遗憾得直撇嘴，“可惜我那不是临时演员。”

这话引来陆正阳的正视。

陆禾望着他：“需要我把昨晚那个叶星澄的家庭背景、个人履历给你看吗？”除了叶家大小姐这个名头是假的，给他打电话的叶家小姑是真的，叶星澄和山动的合作也是真的。

陆正阳确实没想到，侄子能做到这种程度。

陆禾毫不愧疚，反而明目张胆地耸了耸肩，欠揍地说：“月底山动文创会在原生态酒店举办一场酒会，林笙和叶星澄一起担任司仪。”

“山动没人了吗？为什么要林笙去做司仪？”陆正阳垮下脸，起身走过来，挽起袖子。好好说话已经不能解决问题了，他决定动手。

“你别乱来啊，我身子骨弱，经不起你的拳头。”陆禾缩在沙发里，加快语速，“林笙有拒绝的权利，但她接受了。为什么呢？两种可能：她在意你，或者根本不在意你！”

陆正阳在他跟前站定，双手往身前一环，手臂肌肉霎时就要把衬衣撑得炸裂开。

陆禾盯着小叔结实得恰到好处的肱二头肌，以一米八六的身高来说，在同龄男人中稍显强壮，但不似现役拳手那么夸张，弃拳从商的陆正阳展现的是力量中的野性之美。旋即，他又跳脱地想象出林笙的模样。嗯，邻家小妹和霸道总裁，倒也相配。

“其实你们挺配的。”他照实说，表情真诚，口吻中带着明显的祝福。

陆正阳差点儿没绷住，憋着笑，瞪他：“说重点。”

“事情已经这样了，你俩拖了那么多年没进展，由我这个不懂事的来拱火不好吗？成了，皆大欢喜；不成，你把错全推在我身上不就行了。”

“你那么为我着想，我是不是得好好感谢你？”

“那不用，我也想你好。你好了，我们全家都好，我更好。”陆禾跟陆正锡那个老顽固向来不对付，就跟小叔感情好，高兴起来勾肩搭背，逢年过节酒喝到兴头上，直接喊“阳哥”。

陆正阳也没把他当小辈，知道他一声不吭搞出热搜也是心急了。但事关自己的终身大事，陆正阳给了他一句准话：“你帮忙可以，要是不成——”

“怎么样？”

“我一定极力向老头子和大奶奶举荐你当陆家的接班人。”

“够狠，是你的作风。”陆禾退出游戏，把不久前秦初晗发来的信息调出来，“酒会在这个月三十号，我建议你当天直接出席，在此之前不要联系林笙，更别亲自跟她解释，撤热搜就行了。”

“理由。”陆正阳在他旁边坐下，松开领口的领结，脑子里蹦出一个穿卫衣的活泼小姑娘。

“八卦绯闻越描越黑。”陆禾道，“专门解释显得太刻意了，反而容易招她多想。平时怎么样，这几天照旧就好了，也给林笙一点儿空间，让她思考你们之间的关系，沉淀一个月，酒会当天直接堵她。”

“然后呢？”

“然后她要什么你就给什么，事情都是我搞出来的，一往情深都是你的。”

“嗯，行，我确定了。”

“确定了？”

“你是我亲侄儿。”

“这不废话吗？”

陆正阳还真就信了陆禾越描越黑的鬼话，把迫切想对未婚妻解释的心情统统按捺住了。而动物园这边，林笙的思路还算明确，专心准备酒会司仪的事宜，写串讲词，向祁教授讨教鸟类知识，认真记笔记。至于她和陆正阳，行不行碰过再说。

前提是，得碰得上……

一晃大半个月过去，热搜在事发当天下午就消失得无影无踪，但陆正阳的解释迟迟不来。其间，林笙闲下来，几次想向他问个究竟，句子都打好了，想想觉得自己是林家的宝贝，没必要上赶着做这么掉价的事，又删了。叶星澄有句话说对了，她和陆正阳订婚的时候才十四五岁，那会儿林家不能顾全她的个人幸福，可早几年哥哥就对她承诺以后她可以做任何想做的事，不会受任何束缚，其中就包括解除婚约。陆正阳都不把热搜当回事，你林笙何必？他不在意，你更要矜持！

星期三的早上，林笙趴在象馆外场，看九霄和星耀围在夏天身边献殷勤。九霄是小纯洁的爸爸，星耀是年轻公象里最有魅力的家伙。它俩独独为夏天倾倒，有时候还会分工合作，帮忙带孩子。夏天可说是象生巅峰，潇洒得令人羡慕。

林笙边看边做自我检讨："我年纪轻轻，长得好看，性格好，还怕没人追？"不是，不对，她重新整理思路，"问题不在于此！"

秦初晗笑着从身后走来，递给她一杯热饮："那问题出在哪儿？"

林笙望了望到手的摩卡，浓郁的榛果味钻进鼻子里，混着她中意的甜度，换作从前，早就心情舒畅，今天却并没有，她一点儿都提不起精神："不知道是不是言情小说看太多了，我好像不是特别期待爱情。"所以刚才她在琢磨为什么身边没出现追求者的问题后，产生了新的问题——她发现她并不需要追求者。

秦初晗反问："你觉得自己应该期待吗？"

"不知道，你期待过吗？"

"在我还是小女孩的时候。"秦初晗羞涩地笑了笑，"童年时向往童话里的王子，情窦初开的年纪会想象和帅气的当红偶像谈一场恋爱，等到长大了……"

"你遇到了祁教授。"

秦初晗微愣，下意识用余光去找手上的求婚戒指，嘴角扬起甜蜜的弧度："对，我遇到了他，然后匆匆离别，双方都没有互换联系方式的打算，也是很绝了。"

"你们用六年时间来念念不忘，重逢后火速确定对方就是想要相守一生的人。"林笙羡慕这样的感情。

"每个人的感情经历都不同，我和祁应琛能走到一起，运气占了很大的成分。"秦初晗说，"你和陆正阳是另一种情况。"

此刻，林笙只想退缩："我能不能等酒会结束再另外找时间和他谈？或者就不要邀请他了吧，类似场合都是由富太太和名媛们来施展的。"陆正阳忙着搞子公司上市，世界动物园博览会都不一定参加，何况山动文创的酒会。

秦初晗建议她抓住先机："你能主导的部分更多，为什么要等呢？想见的时候随时去见，想联系就联系，想质问就质问，觉得没面子就换个说法，你们有婚约在先，哪怕你不在意，林家不要面子吗？你等了半个月，给了他主动的机会，是他自己没把握好。"

林笙快要被说服了：“思维缜密，滴水不漏！”

秦初晗耸了耸肩：“他喜欢你会来追求你，你不喜欢也可以拒绝，他不追你，而你又发现自己是喜欢他的，努力争取一下也无妨，前提是你认为他值得。”

好的，新的问题又来了。林笙仔细想了想：“陆正阳这个人，还是值得喜欢的吧……”

秦初晗喝了一口咖啡，似笑非笑地望着她：“不如你跟我说说，在你看来，他值得被喜欢的点是什么？”

“诚实、可靠、信守承诺。”林笙说完，不满地皱起眉，“缺点是沉默寡言，认为做比说管用，所以很少解释什么。”

秦初晗看出部分问题所在了：“缺少沟通。”

“我不知道他是怎么想的，可能是生活太安逸，工作也很快乐，我不会有太多闲暇去钻研他在想些什么。”林笙双手扶着护栏，拉直手臂，身体向后仰，面朝广阔天空，“我对婚约有逃避心理，不过听说儿时玩伴被家里摁着相亲，又感到幸运，至少我短期内没那种烦恼。”她是被富养长大的，哪怕林家曾经沉寂过，在物质方面却从未亏待她半分，家人对她亦是宠爱有加。这样知足常乐、心怀美好的性格，是长久在健康的成长环境里被温暖温柔对待塑造而成的。

秦初晗换个问法：“假设没有热搜，叶星澄也没对你说那些话，你和陆正阳还保持原状，这个时候你们被家里要求尽快完婚，你怎么办？”

林笙立刻道：“我哥说了不会勉强……”

“假设。”

“假设啊，那……家里要求我们尽快完婚是出于某种不可抗力吗？”

“不管这些，你就闭上眼问问自己的心，有没有特别抗拒，甚至想不顾一切先跑再说。”

林笙老实闭上眼，不足两秒睁开了：“这个问题我很早以前问过自己，答案是接受。”

原话是：先按部就班结婚，过一阵子再技术性离掉。

秦初晗忽然问：“要是改让你和陆禾结婚呢？”

“不行！怎么可能！”林笙大声嚷嚷，眉心拧出结，嚷完了小脸一怔，大彻大悟。

秦初晗扬眉：“果然，世间万物全靠对比。”

同样是技术操作，林笙不抗拒和陆正阳结婚，跟陆禾就一副“不如让我死”的凛然表情，这证明了什么呢？

“你和陆正阳之间长久的平衡已经被打破了。怎么叶星澄来的那天还很有气势，现在你反而蔫儿了呢？”秦初晗开玩笑，“需要我把叶星澄叫到你面前给你找找感觉吗？”

林笙摇头摆手："不用不用，我搞得定。"

秦初晗瞅着她刚换了手机壳的手机："我也相信你能搞定，先探探他的态度，再做决定不迟。"

好吧，林笙给自己打气："喜欢就买，不行就分，还有，多喝热水！"

她拿出手机正要给陆正阳发信息，没想到他先发过来了，就在两秒前。

陆正阳："秘书跟我确定过了，我会出席三十号晚上的酒会，听说你是司仪？"

林笙："……"

秦初晗移身去瞄，忍不住摇头，这也太公事公办了。

果不其然，林笙也只能以同等的态度回复："是的，你确定出席吗？会不会耽误你工作？"直译过来就是，不来也行。

陆正阳："不会，那天正好有空。"

秦初晗直呼好家伙！这位兄弟，汉字博大精深，换个让人心花怒放的说辞真的不难！

林笙把"我不高兴"写在脸上，敷衍地回："哦。"

秦初晗转开脸去笑，绝了。

陆正阳竟然把这个"哦"接住了，若无其事地道："我还听说酒会上有拍卖环节，有没有你喜欢的？"

林笙哼了一声："我要是全都喜欢呢？可爱.jpg"末尾这个表情用得好，是点睛之笔！

陆正阳毫不犹豫："那就全是你的。"

林笙不想和他聊下去了，郁结 Buff（增益效果）叠满。

"这人——"秦初晗看得一愣一愣的，"我跟他打交道那几次觉得他挺灵光的，怎么感情上一点儿不开窍？"多么真诚的"那就全是你的"，大哥你先搞搞清楚女孩子真正想要的是什么好吗？！

"感受到了吧？"林笙无奈地道。

"确实，你再问他热搜的事，反而成了你斤斤计较不懂事。"秦初晗不看好地摇头，"先缓缓，走，跟我去概念店看看进度。"

同一时间，海市，陆氏国际总部。

偌大的会议厅里，众人屏息。今天这会是出第三季度财务报表前的内部汇报，例行公事走流程。陆正阳听到一半，却忽然拿出手机给人发短信，做汇报的主管不得不停下来，所有人都看着大 Boss，不敢问，更不敢吭声。怎么回事啊？大 Boss 出了名的工作认真，以前从来没发生过这样的情况。哇，表情好严肃，明显不高兴呢，有哪里不满意吗？

挂着闲职来蹭会的陆禾看破不说破：谁让你做汇报，中间还穿插山动文创的数据当例子？说起山动，小叔能不想起在动物园里的那位？忍不住给她发短信了吧？对方态度不咸不淡，摸不准了吧？该！

熬到散会，陆禾跟在小叔屁股后面进了办公室，关好门就道：“聊天记录给我看看。”

“你想多了。”陆正阳还没疯，拉开椅子坐下，用内线吩咐秘书，“帮我选几款礼服送去动物园，不能太繁复，她要做主持人。”稍顿，再补充，“搭配好看保暖的外套，酒会在山里，别给她冻病了。”

秘书跟了陆正阳多年，一听送去动物园，就知道事关林家小姐，回应的口吻都比寻常谨慎。

陆禾靠在桌边，随手拿起公司的月刊翻看，道：“不是我存心唱衰啊叔，礼物攻势也是要讲求时宜的，林笙缺的是一件礼服吗？退一万步讲，你想送她这个，你问我啊！我的时尚杂志办得那么有声有色，那么——”

陆正阳突然打断他：“阿禾，你恋爱过吗？”

陆禾的脸僵了两秒：“没……没有啊……”

陆正阳舒展地坐在气派的大班椅里，望着他说：“既然你也没有恋爱经验，就别跟叔这儿添乱了。”

给空间，不解释，不就是无作为？谈恋爱这种事情是要靠自己努力的。陆正阳终于悟了。

陆正阳的礼物在三天后尽数送到动物园。因为林笙住的是公共宿舍，胜利老师等人有幸围观。礼服挑了不同设计的七套，都是高级定制，从鞋子、包包到搭配的珠宝首饰应有尽有。陆正阳的总秘亲自把这些送来，一件件给林家小姐过目，现场做满意度调查。礼服不合身，设计师可随时上门修改。除此之外还附上品牌当季小册子，有喜欢的记下编号，回头会有专人送来。

林笙眼都不抬，签收，东西扔在客厅，扭头上楼，回房间洗漱，十五分钟后穿着卫衣、牛仔裤，斜挎一个链条包出了门。

众人问：“去哪里？”

林笙答：“海市，购物、置装，已经向小秦园长请过假了。”

司徒畅纳闷：“刚送来那么多，没有入您法眼的？”合着您痛快签收只是不想拂陆家那位的面子啊！

林笙说：“不是的，送来的这些都挺好，不过有一句讲一句，我需要难道不会自己买，要他多管闲事！”

顾词等人忙给司徒畅脸色看：让你问了吗？就你有嘴是不是？这一刻都顾不上小伙伴的昔日情谊了，扭曲的仇富心理攀升到顶峰。

林笙也是顾不上的，碎碎念着："我穿什么戴什么都要管，那么闲怎么不去维护世界和平？！"然后带着绝对的愤怒离开，把门摔得震天价响。

司徒畅一脸茫然："谁管她了？这不是想去哪儿去哪儿，想请假就请假……"

盛呦呦总结："财富的重量压得她喘不过气。"

顾词扶了扶鼻梁上的眼镜："酒会上有戏看了。"

陈胜利"啧"的一声叹："即将迎来终极大决战。"

林笙知道今天的自己情绪很大。她也想每时每刻心怀美好，向往阳光，拒绝阴暗，可是总有种时不我与的钝涩感——从陆正阳的绯闻热搜开始，他们之间的关系就变得不丝滑了，搅得她心烦意乱。

这几天复盘以前的聊天记录，林笙后知后觉地发现多年来一成不变的模式——每周两到三次联系，至少有一通电话，微信交流都和两家相关；陆正阳会拿捏着分寸问她阶段性的需求，比如春节回不回帝都、是否需要出行安排，还有年货，他差人给她置办；快到时装周，陆正阳又会问她去不去看秀，若不去，过阵子他就派人送来品牌小册子供她选择……通常都是他主动，她回应，略做感谢之余，遇到觉得适合他的物件也会买下来当作回礼。多年相处，他早就了解她的喜好厌恶，只要与她有关，都能操办得细致入微。因他们有婚约，林笙便也心安理得地接受他的给予，和他保持不远不近的联系。

十几岁只身去国外，住进陆家，未婚夫大她好几岁，按辈分算还是她的长辈，林笙其实早早消化了她的婚约。订婚之前素不相识、没有感情却必须相处的两个陌生人，不就只能靠物质上的交换来维系？直到出了热搜这件事，她被逼得重新正视婚约。这段关系从一开始，感情就被放到一边，是次级的、没那么重要的。但林笙不想骗自己，她从不抗拒和陆正阳谈恋爱。关键是，得谈！认识那么多年，她对他了解甚少，而他对她的好都是在套公式。意识到这一点之后，林笙更生气了，生自己的气！

十点，她走进海市裕兴湾百年大道的中心商场，平时在动物园里上蹿下跳的阳光小妹消失了，取而代之的是水晶城堡里娇养长大的刁钻公主。

林笙在路上就给林家生活管家打过电话，告知对方今天要在哪里购物、大约几点到、需要什么，管家会帮她联系品牌店，请对方做好准备。

她是抱着发泄目的来的，觉得顺眼就都拿下，除了衣服、包包、鞋，还买了据说全海市找不出第二块的腕表，边买还边琢磨：我需要陆正阳给我置办这些？我自己买不是更合心意？已然进入了死胡同里。

这时，林笙在一家店里和叶星澄不期而遇，这才终于从混乱的思绪里抽离少许，眸色和神思齐齐聚焦在先进店的人身上。

叶星澄则慌了。她没想过会在这里遇到林笙，感觉她和半个月前在动物园见面那次判若两人，身上有明显的杀气，以及与生俱来的珠光宝气，再看她身后西装革履的中年人，胸牌上写着“××经理”……叶星澄莫名地尿了。太突然了！没有接到陆禾的指令，她该怎么演？要是发挥不好，会不会刺激这位大小姐？

沉默尴尬的对视持续了十秒，林笙没头没脑地问：“一起吃饭？”

叶星澄先点头，再忙不迭摇头，初次见面的强势和果敢荡然无存。到底不是专业的，角色转换太难了，最重要的一点是眼下她没有了那个特别版包包的勇气 Buff 加持！

林笙淡定地眨眨眼，似乎洞穿了她的内心，对经理道：“今天就到这里吧，辛苦你了。”

经理会意，向她推荐了商场内两家不错的餐厅后礼貌离开。

林笙再回头望着叶星澄，稍微整理了一下思路，用的是平和不失友善的口吻：“我猜应该是陆禾拜托你来试探我的态度，不过你是独立设计师，是我们动物园文创品牌的合作方，这一点也毋庸置疑。”

叶星澄眼底闪过一丝惊慌，再缓缓打出一个问号。

林笙平铺直叙道：“叶家大小姐是我的学姐，我在国外念书时，她很照顾我，带我进社团、搞社交，还帮我补习功课，这段关系连她父亲都不清楚，你说巧不巧？”

那天但凡叶星澄换一个身份冒名顶替，她肯定会被骗过，偏偏她与叶家大小姐相识多年，加上那个可疑的铂金包，再结合微博上正在发酵的热搜，林笙立刻锁定了陆禾。没告诉秦初晗和祁教授，是不想让他们徒增烦恼。酒会是要做的，保护鸟类的主题很难得，秦初晗想每年办一次，要是第一次就因为她出了岔子，以后她就没脸在动物园待下去了。

叶星澄无奈地笑道：“是啊，好巧。”原来第一天就被识破了，对方没有当场拆穿，真是好家教、好脾气。

林笙完全没有怪她的意思：“陆禾强势专断，还任性，他决定要做的事谁也拦不住。”

叶星澄很难不认同：“不过那天晚上，他就告诉我计划暂停。”

林笙点了点头：“看来这事到底没越过陆正阳，被叫停了。”

叶星澄卸下心理负担，主动道：“吃饭是吗？我请你，就当赔罪。”

两人选了一家日料店，坐榻榻米包间，靠江边那面是落地窗，裕兴湾的风景尽收眼底。

林笙郁闷归郁闷，倒是不影响胃口。她还要了清酒，在酱油里放了超多芥末，整块刺身全部浸入碟子里，恨不得在里面打个滚，然后一口塞进嘴里，狠狠咀嚼，呛得眼泪狂飙。

叶星澄抽纸巾递给她擦脸，叹道："不就是个婚约，压力这样大？"

"我自找的。"林笙不否认。

她急需倾诉对象，叶星澄是意料之外的人选，却比所有预想对象都要合适。林笙的生活圈很小，工作圈以动物园为范围，交际……和生活、工作重叠。

"你有没有谈过恋爱？"她忽然问。

"没有。"叶星澄摇头，"选择的专业太烧钱了，半工半读好不容易毕业，以为给大牌当家设计师做实习生就是成功了，结果大半年都在端茶倒水，浪费时间，回国做自己的品牌，卖了爸妈全款买给我当嫁妆的房子去创业，家里见我这势头，连相亲都不敢安排。"

林笙举杯祝福她："'翱翔'系列棒呆了，就算现在暂时困难，将来你一定会闯出自己的一片天！"

叶星澄备受鼓舞："和山动文创的合作是个好机会，我也相信以后会越来越好。"又问她，"你呢，订婚那么早，被耽误了那么多年，是不是也没机会谈恋爱？"

"就算被耽误，也是我和陆正阳互相耽误。"林笙拎得清，"但是除了婚约，我也没遇到想要谈恋爱的人。"感情是要遇的，遇不遇得到、遇到的是对的还是错的，全凭运气。

"陆正阳呢？他应该是在意你的，否则陆禾也不会让我来试探你。"想到近在眼前的酒会，叶星澄颇为头疼。她可不想夹在两个大家族的有婚约者之间当炮灰。

"我……感觉不到他的在意。"林笙看着杯子里清澈的酒液，略显茫然，"认识他的时候我还小，他也只当我是个小孩子，我住在他家，他保证我三餐稳定，早晚一杯牛奶……养小猫小狗似的。"

叶星澄问得仔细："养小猫小狗也有散养、圈养、随心养……你们是哪种？"

林笙想了一下："适度圈养吧。"

陆正阳一个月最多回家三次，他们还不一定能次次碰上。家里请了两位阿姨负责煮饭和做家务，每天到点儿离开，不过夜。林笙适应了国外的新环境，觉得这样比国内好，更自由，爸妈和哥哥还隔三岔五给她零花钱，生怕她被陆家的小阎王爷刻薄。她逍遥了一阵子，终于在同学超过年龄尺度的生日派对上，被突然出现的陆正阳拎走。那天晚上，他跟她约法三章，冷冰冰的眼神外加冷冰冰的口吻把她唬得大气不敢喘，在新鲜出炉的"家规十二条"上签了字，麻溜地上楼，把自己关进房间里，反锁了门，再用椅子顶上。都这样了，陆正阳还叫她出去喝牛奶！

"经过那件事我才知道，他对我的行踪了如指掌，几点出门上学，中午吃了什么，下午走出校门左拐还是右转弯……”说起这段往事，林笙忍不住翻白眼，“不过我去了陆家，跟他还有婚约关系，他有义务对我的安全负责。”她善于自我开解，独立消化遇到的问题。

叶星澄客观点评：“成年人对未成年人的合理管束，没毛病。”

“确实，没毛病。”林笙认了，还坦白，“他接手家族生意之前是职业拳手，加上那张没什么表情的脸，所以我有点儿怕他。”

这点得到叶星澄的极力共鸣：“我家人委托他来机场接我，从碰面一直到进他家，他总共跟我说了三句话：你好，我是陆正阳；你的房间在二楼左边第三间；有什么需要随时给陈秘书打电话。第二天陈秘书来敲我的门，天都还没亮！你知道，陆禾给我设计的角色是在机场丢了行李的叶家大小姐，陆正阳又吩咐人给我准备衣服，我洗漱好下楼，看到他稳稳当当坐在餐厅看新闻喝咖啡，内心是崩溃的！”

林笙可太懂了：“从小我就知道童话里的王子不存在，好歹和学校里的痞帅校草、成熟的学生会会长谈个恋爱，没想到直接跟恶龙订婚了，真的，太让我无所适从……”

隔壁包厢，陆正阳听到这里，表情要多复杂有多复杂。

陆禾坐在他对面，再也忍不住用手捂着嘴，按住那些“扑哧”声。

包厢之间不隔音，他用手机打字给小叔看：“天做证，我用《i》的销量发誓，真不知道她来海市了。”来这家新开的日料店解决午饭是他临时起意，但偶遇的锅他绝对不背！

他们其实也刚来不久，点完菜，林笙和叶星澄正好在隔壁坐下。听到熟悉的声音，叔侄俩就在意上了，刻意压低了音量。起初餐厅里还有 BGM，加上对面包厢团建聚餐挺吵的，他们正常交流也没事。但日料上得慢，吃到一半，对面很吵的客人离开了，背景音乐也停止播放，隔壁的对话声在积压多日的情绪和酒意的双重作用下，开始不受约束地外放，钻进陆正阳的耳朵里，格外清晰。

此刻，被比作恶龙的陆正阳非常纠结。学打拳完全出于个人喜好，他十三岁起就泡在家附近的拳房了，虽然拳头厉害，但从未做过恃强凌弱的事。这方面他是专业的，有绝对的职业素养。表情是天生的，没办法改变抑或调整。学长学姐曾建议他多点儿笑容，陆正阳略做尝试，笑得让他们胆寒，从此再也没有类似要求。其实从初见他就知道林笙有点儿怵自己，都是刻板印象和个人外形造成的。

至于那份“家规十二条”……那年她十四五岁，他也大不到哪里去，突然要面对一个来到家里的还没成年的未婚妻，也不知所措和惶恐。没想到家都让给她住了，她居然放肆起来。玩可以，首先要保护好自己，危机意识都没有，不出事则已，出了事，陆正阳这辈子都难以心安。于是他只能跟她立规矩，条条款款写在纸上，必须照着做。他没说做不到

会怎样，她也没问，全靠脑补了。但事实证明这个法子管用，让他省了不少心。

这么多年过去了，林笙不再是初见时留着蘑菇头的懵懂小姑娘，他也早就离开拳台，坐在办公室里处理枯燥的文件，开各种狗屁不通让他暴躁的会，见形形色色的人……他以为，她会对他多点儿了解，谁知到头来还是一头恶龙。这让他情何以堪。

陆禾见他眉头紧锁，不问都知道在愁苦什么了，继续在手机上打字，假惺惺地安抚："赶巧遇上了，往好的方面想，早点儿知道她对你的看法也好对症下药。"

什么叫对症下药？陆正阳拒绝这种不健康的需要医治的关系！

隔壁包厢，对话还在继续——

叶星澄打小有主意，父母开明，她自己坚强独立有主见。作为成年人，她能站在林笙的角度理解她曾经的艰难处境，但作为新时代女性，她就有话要说了："不如先解除婚约。"

林笙闻言，抬起头愣愣地望着她。清酒没什么度数，却能在温暖的午后让人轻易撤下心防，释放出内心深处真实的想法。

"其实这件事，我已经在考虑了。"林笙放慢语速，冷静地说，"至少要等陆氏国际子公司上市后……"

叶星澄道："要是堂堂陆氏国际脆弱到需要靠家族婚约来维系虚假和平，才能保证正常运转，保证子公司成功上市，我只能说它从上到下、从里到外、从领导者到下属构成，都是中看不中用的花架子。"

这话够狠！陆正阳扬了扬眉。

林笙垂着眉眼，缓缓地说："陆家内部情况复杂，虽然我哥他们从来没跟我说过，但逢年过节遇到那边的长辈，应付一番也让我深有体会了。在我们林家最困难的时候，多亏陆家出手相助，我作为林家的孩子，是从中得到了切实好处的。这些年，陆家还有陆正阳从来没要求我做什么，对我已经是种宽厚了，我要是不记这份情，贸然解除婚约，因此误了别的事，后果由谁来承担呢？我哥哥还是陆正阳？"陆林两家早就是利益共同体了，身为家族里的小米虫，不给掌权者增添压力和负担，是她给自己定下的规矩。

叶星澄都对她怜爱了："看不出来，你真的很懂事。"

林笙表情复杂地笑了笑："比起我哥他们，我能做的不多。"

叶星澄理解，但不赞同："可我说的解除婚约是从你个人角度出发，原本就是一个完完全全自私的念头。"

林笙愣了下："那么自私的意义是……"

"你想要什么意义？"叶星澄笑话她的小白兔属性，"你今年多大了？林家的千金大小姐被婚约约束了十年，不憋屈吗？是个人都想追求纯粹的感情，你也想，否则刚才不会问我有没有谈过恋爱，抱怨未婚夫是恶龙。”

林笙想要解释：“恶龙不是贬义词！那只是——”

“那只是他给你的初印象，而且就算他是恶龙，也是头强大、有担当甚至善良的恶龙，对不对？”叶星澄旁观者清，“我这么说吧，不管你喜不喜欢陆正阳，想不想跟他发展，这个从一开始就没考虑过你感受的婚约已经成为你的心结，你会把陆正阳对你的好当作婚约者在履行义务，就算他对你示爱，你也会被内心‘我不能给家里添乱’的想法驱使着去配合，这种情况下，你们怎么谈？”

林笙默然。一直以来让她苦恼不已的始终只有一个问题，就是这个问题。

“所以我建议你直接解除婚约。”叶星澄决定逼她一把，“外界的因素不用去想，天塌下来还有个儿高的顶着，你哥没那么无能。我倒是觉得陆正阳真为了子公司顺利上市想要和你更进一步，那才叫错付了。热搜挂了半天被撤下，陆禾跟我说计划暂停，恰恰说明他心里是有你的。有时候如果两个人不能更进一步，后退少许，给彼此一点儿余地，反而更好。”

“原来是可以后退的。”林笙一脸恍然，从这番话里获得前所未有的轻松之感，她忍不住问，“你真的没谈过恋爱？”

叶星澄一脸神秘，耸肩道：“理论大师，在自己身上实践起来就要命了。”

林笙笑了：“坦白说，我也这样……”

林家大哥的电话来得极是时候，接通后先调侃妹妹：“心情不好？”

“哪儿有？”林笙下意识否认，“我在和朋友吃日料，可开心了！”

林耀道：“我指的是大约四十分钟前，你刷了一块腕表。”

由于通话环境的原因，叶星澄听得一清二楚，眼珠子快瞪爆了。

林笙讪讪笑着：“导购跟我说整个海市范围内独一份，而且它恰好长在我的审美上，一时没忍住……”她的卡不限额，却也是难得疯一次。

“我没怪你花钱，一块表而已。”林耀的口吻带着身为兄长的自责，“我是想问你为什么心情不好，是不是因为陆正阳？热搜的事，他跟你解释了吗？”

林笙连忙道：“不用，都是陆禾搞出来的。”

林耀有自己的坚持：“我是问你陆正阳有没有亲自跟你解释，这跟事情是谁搞出来的是两回事。”

林笙不说话了，愁眉苦脸地捧着手机。

林耀等了一会儿，没听见声，无奈地叹了口气：“行了，我知道了。”

“哥，你不会去找陆正阳吧？”林笙知道他近期都在海市，苦口婆心劝道，“没这个必要，真的。他那个人向来做多说少，热搜撤了就行了，我跟他的绯闻对象正吃着饭呢，而且今早他还让人给我送来酒会的行头，都挺好看的。”说完才从叶星澄突变的脸色里察觉哪里不对。说漏嘴了……

林耀也不留情面地拆穿：“好看你还买？”

林笙急中生智：“我就是被他送的那一堆行头勾出的购物欲，加上刚好觉得差一块表。”

林耀刻意地“哦”了一声：“行吧，吃完饭继续买，不用给我省钱。”算是放过她了。

挂了电话，林笙垂下头喘气：“我要给自己报个班，糊弄学精英班，保证认真记笔记，争取前三毕业！”

叶星澄同情地摇着头。一通电话，她先前都白说了。

隔壁的陆正阳却将她的话听进耳中，听到心里。

陆禾观察着小叔的脸色，直觉不妙。

3

林笙和叶星澄“二”见如故，在海市玩了一整天，次日午后才回动物园。

没想到陆正阳的秘书早早等着她，带来一个令她意想不到的消息：昨天下午，陆正阳主动联系林家，以极为平和的方式解除了他们的婚约。

“虽然婚约不具备任何法律约束力，但陆先生还是希望有个人向您说明情况，所以我来了。他没有亲自来并不是因为忙，而是——”

林笙抢白道：“避免尴尬。”

陈秘书顿了下，感激她的体谅：“是的。”

是的，就是这样。不然呢？当初订婚由两家长辈决定，过后温和地告诉她不得不这样做的原因，她也回以同样的体谅。同样的，如今解除婚约，自然也不用经过她。有了结果，通知她一声，让她知道身上工具人的属性彻底解除就行了。这是好事，她应该高兴的。

“嗯，我知道了，谢谢你专程来一趟。”林笙出乎意料的平静。

工作日的动物园完美地衬托了她表现出来的波澜不惊。陈秘书与她打了许多次交道，唯独这次没有琢磨透小姑娘藏在内心的真实想法。

林笙忽然问：“他还有没有别的话要你转达？”

陈秘书竟是被问住了，僵了一瞬，尴尬地望着她。

“没有吗？”林笙没所谓地笑笑，用稀松平常的语气说，“那麻烦你帮我告诉他，这么多年承蒙照顾，以后……就这样吧。我还有事，先去忙了。”说完扭头走出咖啡厅，头也不回，仿佛想以此行动表示对身后的一切没有丝毫留恋。

陈秘书看着女孩子倔强地远去，确定那是个被伤得不轻的背影。回想昨天陆先生突然叫他联系林家，对方听闻意图后相当干脆地答应了，没有任何利益上的扯皮，撕破脸更是不存在。他来之前还心存希冀，或许林小姐已经从兄长那里得知这个消息，没想到自己的信鸽身份有如此高的含金量。不过转头再一想，或许这是最好的结果，无论是陆先生还是林家其他人来告诉林小姐，都不如他这个路人来公事公办更合适。

人生有很多阶段，总要结束了才能开始新的。

林笙离开咖啡厅，便开始在动物园闲逛。她觉得让陈秘书给陆正阳带话的举动有点儿蠢，又有点儿多余，那句到嘴边的“以后见面还是朋友”最终还是没能说出口。她没有想象中洒脱，也不想和陆正阳做朋友，至少近几个月是做不成朋友的……不过以前靠婚约关系来维持联系，现在婚约解除了，估摸着一年都见不了几面，她的担心估计只是庸人自扰。

走进百鸟园的时候，她收到秦初晗发来的信息：“我听陆禾说了，想不想跟我聊聊？”

林笙很皮地回：“聊就不用了，暂时没有表达欲望，要不你再给我放几天假？”

小秦园长冷酷无情：“后天就是发布会，你觉得我现在换主持人来得及吗？”

林笙突然不怕死地说：“可以让祁教授顶替。”

秦初晗：“好主意。”

林笙：“你下一句是不是要让我收拾东西回家了？可怜 .jpg”

秦初晗给她发了一个“聪明人使眼色”的表情，反给她出主意：“这样，到了后天，你以林家小姐的身份盛装出席酒会，艳压全场，顺便拍下几件饰品，用金钱的力量让我低头，让我后悔，让我泪流满面地挽回你。”

林笙：“心动了，我会考虑的。”

秦初晗：“真没事？”

林笙把“没事”两个字打在输入框里，点“发送”的手指悬在屏幕上方，迟迟不落下。

秦初晗继续道：“真想休假，我就批了，等你整理好情绪，随时回来。”小秦园长只是看起来大大咧咧、没心没肺，其实是个细腻的人。

林笙在百鸟园的长椅上坐下，深呼吸，露出好的坏的全盘接受的笑容，删掉“没事”两个字，重新输入：“没那么矫情，也说不上有事，但毕竟是一段维持了快十年的关系，突然结束了，心里空落落的，我消化一下就好。”

秦初晗懂了："胜利老师和祁教授开车出去买菜了，晚上吃火锅，然后剧本杀，畅畅说约了全江城最骚包最会演的主持人，七点集合，你还有四小时二十一分钟的独处时间，之后会被吵闹的小伙伴围绕，请你做好自投罗网的准备。"

林笙发了一串暴风哭泣的表情，心里暖得一塌糊涂。

成年人了，哪怕明天是世界末日，也要把今天过好。她没在园子里闲逛太久，五点多就坐观光小火车回了北区宿舍，从司徒畅手里抢过游戏手柄，眼都没眨就把时昊 K.O 了。

林笙极富牺牲精神地自我调侃："看到了吗，这就是恢复自由身的我真正的实力！"

见她气势如虹，顾词试探地问："给你开个单身派对？"

林笙摸出手机："开！我给胜利老师打电话，让他们加菜！"

司徒畅跟着凑上来："想展开一段新的恋情吗？我有几个卖相不错、性格也不错的兄弟，您老先见见？"

林笙大手一挥："可以啊，你安排，行不行咱们权当认识新朋友了。"

伍衡开玩笑："给林老师搞一档选秀节目，她坐在转椅上，身后男嘉宾站成一排挨个介绍自己。"

时昊从沙发边拿起吉他，木着脸弹唱："当你走进这欢乐场，背上所有的梦与想，各色的脸上各色的妆，没人记得你的模样，三巡酒过你在角落，固执地唱着苦涩的歌……"

盛呦呦从厨房出来，路过时顺手拿起游夜玩偶朝他砸过去："这盏灯我先灭了。"

时昊忽然起范儿，仰头痛呼："为什么？一个破碎的我，真的不能拯救那个破碎的她吗？！"

客厅里响起整齐划一的回答："不能！"

大家嘻嘻哈哈笑闹着，如果明天真的是世界末日，更要与今天尽情拥抱！

尽管林陆两家口头解除婚约，轻描淡写地把事情翻了篇，此消息还是迅速在富贵圈里蔓延开。于是到了九月的最后一天，秦初晗就发现由山海野生动物园文创组主持的发布酒会，场面出乎意料的大，除了刚宣布恋情轰动整个娱乐圈的宫桀和顾晴携手现身，海市有头有脸的富太太、微博上活跃的名媛均盛装出席。

萧瑟的秋夜，原生态酒店亲近大自然的中庭内，低语的交谈和香槟的碰杯不曾间断。男人们聊着投资，炫耀最近做得极漂亮的生意，女人们暗中较劲谁穿的是今年新出的高定、谁身上的珠宝最稀有……通过微博抽奖入场的网友和文创店的 VVIP 顾客纷纷开启近距离吃瓜模式，仔细品鉴名流们眼神里的断杀，以及气息间的碰撞。

秦初晗悔得直跟祁应琛叹，早知道弄个红毯环节，每个人进来前在背景板上签名、拍照、发微博。一套下来，全世界都会知道山动文创组推出鸟羽设计珠宝系列，下个月开启线上预定，大家快来买！

祁应琛从不怀疑未婚妻赚钱的劲头，对他来说，今天的任务除了给小秦园长当挂件，其次就是拍下叫价过低的设计，保证每件设计的应有价值。不过当他在酒会上发现陆正阳的身影，他就知道今晚能省一大笔钱了。

相较之下，林笙的心境难以避免地复杂起来。这三天她自认调节得不错，心态、想法、情绪各方面都趋于平稳。她还给这段时期定了名为“努力自愈”的主题，在秦初晗的建议下买了一堆网课，打算过了今晚好好学习，成就更好的自己。结果陆正阳鬼使神差地出现在酒会上，如同夜空中最闪亮的星，迅速吸睛……

猎物出现了，准备出击！

原来如此，原来大家是冲着这个目标来的。

酒会正式开始前，林笙站在酒店二楼休息室的落地窗前，居高看着中庭众生相，暗流以她前任未婚夫为中心，缓慢而坚定地涌动了起来。

叶星澄站在她身侧：“我刚在卫生间听到两个富太太谈论陆正阳，都想把女儿介绍给他，两人互相谦让谁先去谁后去，还约定不管谁家成了，另一方都不能生气。”

林笙听得眼皮不受控制地乱跳，嘴上要强道：“正常的，我哥走哪儿都能制造出这种盛景。”甚至还有人为了接近林耀，存心与她套近乎。

叶星澄移眸看她脸色：“一个是你哥，一个是你前任未婚夫，两者间区别大了。”

“谁说不是呢……”林笙死撑不下去了，烦躁地用手捂住眼睛，“他到底来干吗？！”

陆正阳对社交也是能免则免的，过往出席的场合，名头都是以“国际”展开。前几天说要来，可以理解那是看林家的面子，眼下……闹呢？还是说他觉得自己这些年被耽误了，积极地想要找补回来？

这时，一个大腹便便的中年男人把乖巧青涩的女儿带到了陆正阳面前，谈笑间介绍起来。陆正阳没什么表情地朝小姑娘扫去一眼，无意中释放的冷漠和威势登时把人吓得往父亲身后缩。

二楼，目睹这一幕的林笙和叶星澄笑出了声。

“不是我有心唱衰他，真的太凶了，给他介绍亲闺女弄得跟送羊入虎口似的。”叶星澄决定数数今晚有多少只羊。

林笙抬眼随意地望了望，多少眼珠子粘在陆正阳身上，一时间竟然数不清。

“算了，都跟我没关系了。”她忽然想开了，拍拍搭档的肩，“时间差不多了，我们下去吧。”

“阿笙。”叶星澄叫住她，触及那双亮晶晶又略显迷茫的眸子，欲言又止，“没什么，只是一个晚上而已，很快就过去了。”

酒会分为两个环节：社交和拍卖。林笙做完开场也要去交际一番，与林家的故交、旧识打招呼。她料想到会被问起解除婚约的事，没想到人人都问。她落落大方地解释完，通常会得到对方表面赞许实则同情的态度，更有甚者替她惋惜，以长辈的口吻告诉她应该留住陆正阳。林笙想，我做错了什么吗？还有，关你屁事！

不到半个小时，她就受不了了，跟叶星澄说好十点前回来主持拍卖，然后溜之大吉。

从中庭离开酒店，沿着步道走啊走，来自酒会的人声、乐声越来越模糊，她感觉到越来越自由。直至走到一座小瀑布前，哗啦啦垂直冲击的水声淹没了身后所有的嘈杂，林笙站定，昂起脑袋，深深地舒出一口气：好累！

快到中秋了，月色很美，银白的光辉洒落下来，和瀑布飞跃的水花互相辉映着，在她面前闪烁成一片生动的星池。一阵阵的清风扑面吹来，是温柔的，也是凉薄的，就像陆正阳这个人。由始至终，她都没读懂他。

打住！林笙抬起手狠狠给了自己的脑门一下，“啪”的一声，她清醒过来，目光聚焦在被护栏隔开的瀑布上。水潭看起来清澈透亮，她忽然很想把脚浸进去泡一泡。

林笙脱下高跟鞋，撩起有些碍事的拖地长裙，跨过起装饰作用的护栏，挑了一块平坦的鹅卵石坐下，小心翼翼地将双脚放了进去。水正好没过她的脚踝，冰冰凉凉，比想象中舒服。

月亮挂在正前方，由一片枫树衬托着，意境有了，还差一壶酒。

林笙泡着脚，看着还没到时候所以并不圆满的月亮，带着些怨念道：“男人都是狗！”

身后忽然响起闷笑声。

林笙警觉地回头，只见她的前未婚夫站在刚才她停留的位置，阎王爷似的面容上带着一缕自然的笑容。哦，原来他也有笑起来好看的时候。

林笙问得直接：“你听见了？”

“听见了。”陆正阳长腿一抬，有样学样地跨过护栏，侧对着她勉强倚在石头上，循着她的视线去看那片夜景，笑着问，“在骂我？”

林笙正心烦，最不想看到的人出现在眼前，脾气上来了：“你是男人吗？”是男人的话，她当然也骂了。

陆正阳关注的点则是：解除了婚约，她不再像以前那样怵他了。

他点头认可，挺高兴："挺好。"

林笙没听懂，纳闷地看了他一眼。

陆正阳回望，通身少见的温和。

莫非月色太柔，给他加了一层滤镜？林笙不确定，对视了一会儿就收回目光，继续赏月。人无完人，月亮也一样。一辈子有几天开心算几天，要是比想象中多，那就是赚到了。不要去追求满月，毕竟一年有几个中秋？林笙悟了。

陆正阳也酝酿好了开场白："你和叶星澄吃日料那天，我在隔壁。"

这话成功拉回她的注意力，质疑的目光劈头盖脸地笼上去，眉心隆起。

陆正阳继续道："是巧合，不过隔音效果不好也是真的。"

林笙默了默，没精打采地低着头："需要我向你道歉吗？"

"为什么？"

"我说你是恶龙。"

陆正阳又笑了，声音哑哑的，宽宽的肩膀不住地轻颤着，仿佛很享受："不用，仔细想想还有几分贴切。"

林笙扬眉："我也觉得。"恶龙向来都是被勇者斗的，她自认没有那样的本事。这婚约取消了也好。

陆正阳再继续："还有热搜，虽然你猜到始末，但没有亲自向你解释是我的不对。"当然，"我被陆禾怂恿才没有跟你解释"这么烂又这么真实的理由，他没脸说出来。

"无所谓了。"林笙昂着脑袋，口吻淡淡的，"我已经不在意那些了。"

陆正阳喉咙里哽了一下："我在意。"

林笙想抬眼望他，忍住了。她怕眼神变得不善，那多尴尬啊。林陆两家从太爷爷辈交好至今，买卖不成仁义在，将来陆正阳跟哪位千金携手步入婚姻殿堂，她是要去喝杯喜酒、道声恭喜的。

林笙把烦躁的情绪压下，换了个妥协的口吻："您继续，咱们也做个……做个阶段性总结！"

这话惹得陆正阳眉开眼笑。

林笙着实没见过这样的他，忍不住好奇："到底有什么好笑的？"

"不知道，说不上来，就是觉得和你相处很自在。"陆正阳道，"我应该早点儿解除婚约的。"

林笙理解的"早点儿解除婚约"的意思是：他们当朋友更合适。

陆正阳反应快，察觉到了，更正道："做朋友是不可能的。"

林笙心里松了松，面上还绷着："你到底想说什么？"

"很多。"他反过来望着她，眼神炽热。

林笙余光触及，抵不住那温度，嗖的一下全收回来："你……说。"

这几天陆正阳想了很多，但内心最迫切的不是表达，而是想要见到她。此刻见到了，她就在身边，彼此的手臂轻轻相贴，夜风温柔，他不费力就能嗅到她身上的香水味，感觉很安心。

"那天在日料店，你说陆家情况复杂，担心这个时候解除婚约会影响子公司上市……"陆正阳心存感激，"很高兴你为我考虑那么多。"

林笙耸了下肩，礼尚往来道："很高兴你照顾我的感受，干脆利落地解除婚约。"

"照顾你感受是真的。"

"然后？"她直觉他的话只说了一半。

陆正阳道："如果两个人不能更进一步，后退少许，给彼此一点儿余地，反而更好——这句话说得很有哲理性。"所以他照着做了。而后退的意义在于，他还想更进一步。

林笙再一次正色望向男人的脸，胸口一阵发紧。

"这是什么眼神？你也说了，我们是互相耽误。你在怀疑我对你的好是否只是未婚夫在履行义务的同时，我也担心给你的一切是不是你真的想要的。"解除婚约的这三天，陆正阳属实捋明白了，解除婚约实在是明智之举。

"你……"林笙欲言又止。"你喜欢我"这句话她问不出口。

凉风一阵阵吹来，她觉得有些冷了，把脚从水里抬起来，用长裙覆住，双手抱着腿，蜷成一只茧。

陆正阳自然地脱下外套，给她披上："第一次见你那天，你留个蘑菇一样的发型，最多一米六五的个头，眼睛很大，跟我对视的时候露着怯，我当时只有一个想法：太弱小了。"

林笙披着他的外套，身上暖暖的，硬气的话也说不出来了，只好委婉道："对不起啊前队友，给你拖后腿了。"

"不存在。"陆正阳说，"那时我只担心自己不能护好你。"

"护好我？"问罢，她反应过来了。他们订婚的前两个月，陆正阳刚发生一场人为的车祸，侥幸捡回一条命。后来哥哥隐约对她透露过，那是陆家的人做的。

陆正阳道："我和你一样不知道我们的婚约会持续多久，你还那么小，我只能尽力照顾你，保证你健康成长的同时更要保持一点儿距离，因为那时候我还没有现在这样的能力。"

“除了婚约的责任，你还承受了我这个人。”林笙后知后觉。

陆正阳定定地望着她：“我只是想说，现在我有足够的能力了。”

“什……么……”

“不需要婚约外力的自由恋爱的权利。”

瀑布声遮掩了心跳的聒噪。

林笙想溜了。

陆正阳在这一刻敏锐非常，宽厚的手掌将她的手包裹住，掌心温度熨帖在她手背的皮肤上，说是热情似火都不为过：“解除了婚约后，你也有了和我一样的权利。”他向她发出邀请，“可以做我女朋友吗？”

林笙倒抽一口凉气，瞪大的眼睛里倒映着水潭里闪闪发亮的碎光。

“拍卖马上开始了，我要回去主持。”她想站起来，手却被抓着。

陆正阳已然掌控全场：“去不去结果都是一样的。”

“什么意思？”林笙又一次慢半拍地反应过来，“你要拍下整个‘翱翔’系列？”

“答应你的事。”陆正阳一脸坦然，“今晚我也被烦得够呛，全拍下来，来的人就知道我是怎么想的了。”

林笙半张着嘴，不知道说什么好，半晌挤出一句：“那晗晗应该很高兴吧……”

“你呢，怎么说？”陆正阳向她讨回应。

“我不知道。”林笙一屁股坐回去，傻傻地看着那弯月亮，笑了，“你让我想想。”

“行，想吧，就坐这儿想，我陪你。”

“不如你先放手？”

“说什么傻话呢？”

放手是不可能放手的。解除婚约是为了重新开始，就这么简单。

“那我要说什么？认识你很高兴，今天开始请多指教？”

“为什么是疑问句？”

“不知道，你让我缓缓……”

“缓吧，顺便想想最后那件压轴设计嵌个什么样的小石头，我送你。”

“你先放手。”

“不。”

番外四

最好的动物园

1

四月的清晨，天刚亮，梧桐叶子湖那边的红吼猴和长臂猿精神抖擞地开了嗓，前者是全园最假狮吼，后者则将警报声演绎得惟妙惟肖。隔壁夜行性的树懒正是收工时，被这动静弄出危机意识，必须跟着叫两声，表示：这岛是我的，你们别过来！

望月山上的猴子们日常起哄：“等我们冲破人类设下的囚笼，首先占领你的领地，一统梧桐叶子湖！”

别的岛上，金丝猴、长鼻猴、蜘蛛猿早就听腻了这话，连搭腔都懒得搭。上任山魈大王雷轰是全园公认的历代最强，连它都没做到的事，它那刚勉强继任的大儿子沧凌未必能办到。再说，大猩猩馆那一家子还没发话呢。虽然游夜年纪上来了，不如年轻时健壮彪悍，吼一声能让这小群岛抖三抖，可北斗和洛凡长大了，兄弟两个哪个不能打？

时间过得可真快，仔细一算，从小秦园长回来到现在，满打满算快八年了。哭包荞麦已经长成了大姑娘，合笼的相关事宜被提上日程，园里还没开会讨论呢，多家动物园就争先恐后地表示有适龄的雄性大猩猩。前些天住在湖上的鹈鹕们围过去打听它的想法，它竟然害羞得扭头钻进内舍，躲着不肯出来。薄荷倒是先表了态：不管去哪里，只要像海市动物园对待含香那样就足够了，不管最后花落谁家，小秦园长一定会安排得妥妥当当。

极富团队意识的狐獴们离开地下王国，来到它们的地面领地站岗、觅食，带新生的小崽子们认识缤纷多姿的世界。

狼谷快到打开转运通道的时间点，今晚有围猎活动，这使得它们格外亢奋。

小熊猫馆的跳跳很快就要再一次做爸爸了，听说它最近紧张得拉不出臭臭，每天天一亮就夹着尾巴在外场打转，找感觉。

两爬馆里新来了两个家伙，名字有点儿绕口，好像叫作科莫多龙。小麻雀和乌鸦都觉得它们长得丑，嫌弃得不要不要的，总之没长在鸟类统一的审美上，人类却很稀罕。

今天是周六，游客会比往常多，大家都打起精神，准备展现出最好的一面。

当第一缕阳光洒在大地上，北区宿舍的其中一栋建筑中，祁语从好梦中醒来，发现睡在自己的房间里，不太满意地噘着嘴酝酿哭意。昨晚她分明和妈妈一起睡大床，睡着之前妈妈还给她讲了泰坦的冒险故事。

会发生这种情况，通常都是出差的爸爸回来了。哦，爸爸回来了，那么今天就是出发的日子？想到这里，祁语小朋友把自己被无意识转移这件事放到一边，翻身下床，穿上熊猫头拖鞋，一溜烟儿跑到隔壁主卧，从床尾爬上去，爬到爸爸妈妈中间。

“出发！看星星！”

这是一个即将年满五岁的小朋友对自然界、对即将开启的新旅程，所发出的最纯粹的渴望。众所周知，人类幼崽的声音清脆尖厉，魔音穿耳的杀伤力不容小觑。

祁应琛和秦初晗双双被震到，各自闷哼着翻身，想逃避现实，在梦里多停留一会儿。

祁语先趴到秦初晗肩侧，低头在她脸颊上用力亲了一下：“妈妈，起床啦，我们要去看星星啦，去晚了可就看不到了哦……”旋即，她半跪着转身，一视同仁地对准祁应琛的侧脸，殷勤献吻：“爸爸，你可以给我做两个土豆饼吗？”

状似端平了一碗水，却把两个大人惹笑了：虽然是无意识的，但小朋友对妈妈提供的是纯粹的叫醒服务，对爸爸就带了明显目的的附加要求。

祁语坐在爸爸妈妈中间，充当夹心饼干最甜蜜的部分，一脸茫然。今早能吃上心心念念的土豆饼吗？不能的话，她只好去隔壁舅婆那边蹭一蹭了。或者央外公带她去东门外广场吃油条豆浆？但是爸爸做的土豆饼是今天的首选，她真的特别想念，于是决定再争取一下：“要是语语能在出发前吃到爸爸做的土豆饼，一定会看到最亮的星星！”

祁应琛应声坐起，把女儿捞怀里抱着，认真展开交流：“这半个月有没有想爸爸？”

“想！”祁语提高音量。

秦初晗懒洋洋地接：“更想你的独门绝技：芝士土豆饼。”

祁应琛遗憾地望着女儿，祁语艰难地冲英俊老爹眨眼，还未被阳光完全唤醒的卧室里陷入沉默。

就在这时，某处响起“吼”的一声，爆发之初十分之威严、十分之有气势，谁想到了末尾，余音都开始向四面八方扩散出去了，突然哑火般断了一下，续接的调调嘶哑又勉强，还有“我没发挥好你们就当没听见吧”的敷衍。

一家三口同时愣住，脑子里精准锁定发声目标，这回连祁语都跟着一起笑了。

秦初晗费解地问：“这状元怎么回事？”不知情的人听见了，搞不好还以为动物园刻薄它，不给它足够的饮用水喝。

状元是杜康和云好的儿子，成为狮王有几个月了，性格不似它爸爸，也不像它妈妈那样果敢热情，整只狮很懒惰，严格遵守能躺绝不坐、能坐绝不站的狮生信条，连开春后这每天清晨一吼都极尽敷衍之能事。奇葩的是，它的战斗力竟然全狮园最强，挑衅它王座威严的公狮都被揍得很惨。

祁应琛代入状元角色，道：“我都是狮王了，你还想我怎样？”

秦初晗扭头望着丈夫和丈夫怀里眼角还糊着眼屎的女儿：“我想你把我们小语收拾得干净漂亮，并且给她做土豆饼。冰箱里有煮熟的土豆，昨晚睡前弄的，取出来加工一下就可以了。”

祁语附和：“要听妈妈的话！”

“遵命，女王大人。公主殿下，我们走。”祁应琛带女儿去洗漱，交代老婆别睡太久。

航班订在下午五点，要飞十几个小时。理想状态是吃完晚饭早点儿休息，保证下飞机的时候有精神延续一天的行程。因为要尽快与国外的科考船碰头，时间是有点儿赶的。

卧房门被轻轻带上，父女俩讨论着今天小语公主的出行着装前往隔壁。

秦初晗在枕头底下摸出手机，屏幕亮起，背景图上，倾斜的光束照亮了深海极其微小的一部分，一头虎鲸正好在那光里肆意畅游着。

这一次，能见到吗？

祁应琛的厨艺是在秦初晗怀孕时磨炼出来的，从最初不功不过的一般般到现在炉火纯青——没有什么是做不到的，取决于你想不想做。其中他做的芝士土豆饼是一绝，挑选本地土豆，洗净、去皮，大火蒸熟，冷却后碾成带有些许颗粒的泥状，加入少许盐，包适量芝士碎、鳕鱼粒和火腿粒在里面，捏成饼状，用平底锅小火慢煎，至两面呈漂亮的金黄色，起锅时撒上黑胡椒粉。

祁语终于吃到惦记了大半个月的土豆饼，开心得直吹彩虹屁：“全世界最好的爸爸，是我的爸爸！”

祁应琛配合地问：“你爸爸是谁？”

“我爸爸叫祁应琛，是一位动物学家，在C站的专栏有三百粉丝，每周二和周四直播开课，认识他的人很多，他的手机号码是1888×××0909。”

其实是三百万粉丝，不过无所谓，女儿能背出他的手机号码才是最重要的。祁应琛也不做纠正，重新烧一锅水，从冰箱里选了几样新鲜的蔬菜，再从橱柜里拿出一袋面粉，打算做鸡蛋面疙瘩汤当早餐。

想到这次要走一个月，他致电住在同一条街的老丈人：“回来了，下午出发，您吃过了吗？没有的话，要不要过来一吃起？”

秦怀远刚起床，正想着不知道女儿和乖孙起来了没，闻言说：“好，这就来。”

祁应琛放下手机，转身之余，和吃到一半莫名其妙发呆的女儿对上视线。他走到桌前，耐心询问：“有什么问题？”公主殿下的用餐心情也是日常关注的重点，这有利于提升老父亲的厨艺。

祁语手里拿着咬了一个角的土豆饼，和秦初晗一个模子里刻出来的杏眼里带着期待的光芒：“爸爸，我们真的要去看星星啦？”

“嗯，是去看北极星。”

“上次都没看到……”祁语还留有三岁时出海的零星记忆。那次爸爸妈妈带着她在海上待了好多天，分明每晚都有许多星星在天上冲他们眨眼睛，妈妈却说没有一颗是北极星。而且星星在天上，为什么要去大海里找呢？祁语始终想不明白。

祁应琛安抚地摸了摸女儿的脑袋：“上次你还小，考虑到各方面的情况，加上当时的条件，只能在海岸线附近定点出海。这次不一样，我们会去大海深处，住建造在海上的科考基地，到时候会看到很多海洋生物，找到那颗星星的概率也更大。”

祁语不能完全听懂这番话，但听得懂的那部分已然令她兴奋不已：“我能看到海豚吗？”

“一定能。”海豚可是这次科考船上专家们最主要的追踪对象。

“飞毯鱼呢？”

“它的学名叫蝠鲼，运气好一点儿应该也能见到。”

“运气是十分的话，我们有几分？”祁语豪迈地伸出一只手，五根手指全部张开。这就是她的十分了。

祁应琛快被女儿萌死了：“七分吧。”

祁语皱着眉头严肃地思考："那找到星星，有几分？"

祁应琛愣了下，心间忽然涌起很多情绪。也不知道那个嘴上没个正经的家伙在海里过得怎么样。大约是混得很好的吧。这两年总有消息传来，说是看到它和自己的家族集体捕食，赶跑了欺负海豚的大白鲨，还跟座头鲸叫阵……祁应琛记得放归那天道别时，他特地交代它不要跟座头鲸硬碰硬来着，毕竟明显的吨位差摆在那里。不过以北极星圆滑的性子，想来不会吃大亏。

"爸爸……"祁语将他唤回神，"我们真的能看到星星吗？"

祁应琛无法回答这个问题，只好说："你妈妈和这颗星星的感情很好，要是这次还见不到，她一定会很伤心。"

祁语是个小机灵鬼，嘴里嚼着香糯的土豆饼，腮帮子可爱地鼓着："我会好好安慰妈妈，给她讲故事，唱歌哄她！"

祁应琛抹掉女儿嘴角的食物残渣，笑道："待会儿妈妈带你去看园里的其他动物，要和大家好好道别，不许和琥珀吵架，一个月以后才能见面了。"

琥珀是珍珠和玛瑙的孩子，一头健康的雄性河马，今年六岁了，是园里出了名的熊孩子。两小只的恩怨是从上一代延续下来的。祁语随了秦初晗，第一次见到河马就嚷嚷着好丑，琥珀强势回击："你才是我迄今为止见过的最丑人类！"

对此，祁应琛颇为无奈。女儿继承了他和秦初晗能与动物交流的能力，喜好是天生的，审美是遗传的。而且他也很难昧着良心去夸一头雄性河马长得英俊……

祁语选择迂回："那我能不能不进河马馆？"

最近她跟琥珀的矛盾非常尖锐，起因是琥珀说人类的丑各有不同，但祁语一定是最丑的。祁语超常发挥，反击说"那你们全家都丑得整整齐齐"。这话仿佛直击到位了，自那以后，只要琥珀看到祁语，保准一言不发扭头缩在角落里，屁股朝外。祁语虽小，觉得不论是动物还是人类，用屁股对着别人都是不礼貌的，可琥珀对她这样，她就心虚。与其说她不想去河马馆吵嘴，不如说是下意识回避。

这事，祁应琛在出差前听老鹈鹕说了始末。他鼓励女儿："要是你主动和琥珀讲和，会显出你的大方，园里的大家可是都看着的。"

小小祁语需要建立自己的声望，这是动物的本能。

"那我去找它吧，没什么大不了的，我是人类，外公是园长，妈妈也是园长，我们全家都照顾动物，将来我长大了也要当动物的医生，给它们治病。"祁语大口吃着土豆饼，"二伯说过，医生眼里只有病人，不讲美丑的。"听二伯的话，以后二伯给她建一座动物医院，她当院长！

祁应琛做好鸡蛋面疙瘩汤，秦怀远也从隔壁过来了。

祁语嗅着香味，肚子里的馋虫被勾出来，申请吃小半碗。

祁应琛给她盛了半碗疙瘩汤，叮嘱她小心烫，她点点头说知道了，拿起自己的小勺子，舀起一勺，凑到嘴边仔细吹。这位园三代是全园公认的乖巧听话的孩子，大家都喜欢她。

秦怀远看着吃得认真的祁语，再想女儿女婿这次到海上找北极星计划要去一个月，比以往时间都长，心下舍不得小孙孙，便唠叨了一些。

祁应琛听着，适时应声。

前年冬天突然降温，老秦同志把小感冒拖成了高烧，还引发肺炎，人都烧糊涂了，送去医院住了一个星期才好转。秦初晗气急了，出院那天红着眼质问父亲：“是你觉得我不能依靠，还是你认为自己的身体跟年轻时候一样？园里情况是有多水深火热，让你病着不说，还咬牙坚持那么久？你能别那么自私吗，我不想三十岁以后的清明节，每年带着小语去给你和妈上坟！”

老秦被女儿训得灰头土脸的，低着头说：“知道了，我错了，以后一定注意。”

这还不算完，秦初晗正式通知他：“住院这段时间，我已经将你的工作全部分出去，除了每周三的会议还由你主持，其他园务我来处理，这段时间你好好养病，要是实在闲着没事，周末可以在园里做志愿者。”

秦怀远一听工作没了，抬起头想为自己争取点儿什么，却见女儿朝他瞪眼，愣是一句话都没说出来。

走出病房，祁应琛笑着低声恭喜老婆大人夺权成功。

秦初晗照葫芦画瓢，也警告地瞪了他一眼。

老秦园长出院即内退，秦初晗怕他无聊，隔三岔五给他报老年兴趣班，倒真给他找到钓鱼这个爱好，后来还加入了江城老年钓鱼爱好者协会。不过大多数时候，他还是喜欢在动物园里闲逛，遇到对动物格外感兴趣的游客还会停下来耐心讲解，因此很快成为山海野生动物园扫地僧一般的存在。不少网友为了跟老园长偶遇一次，专门选周末去动物园。

也是自那之后，秦怀远对女儿的依赖与日俱增。哪怕只是兴趣班里的老头、老太太跟他推销保健品，他都要先征求秦初晗的意见，女儿说没问题，他才会买来试试。态度之谨慎，让时昊笑说任电话诈骗花样百出，肯定骗不了姑父。

一碗咸鲜的鸡蛋面疙瘩汤下肚，老丈人和女婿的家常告一段落。

这时秦初晗也到楼下来，吃了和女儿一样的早餐，七点四十，一家四口出门了。

今天正好是“爱宠日”，祁应琛要去医院坐诊。

关于动物医院，要从以山动为原型的手游《缤纷动物园》说起。当年这款游戏公测后，意外成为年度爆款，游戏里的动物医院系统因为动物病例过分真实，引发了动物学者和专家的讨论。后来祁敬承捐了一笔巨款，专门用于修建专业的动物医院。如今这座建在山动兽医院原址上的动物医院，规模大小、硬件设施、医护力量均属世界领先水平。

为了更好地造福动物们，每月设“爱宠日”，到了这一天，住在附近城镇的铲屎官们可以带着宠物来医院做免费体检，要是遇到疑难杂症，还有专家会诊。祁应琛身兼荣誉院长一职，自然是要出力的。

秦怀远就悠闲多了，背着相机包，扛着三脚架，和知名野外摄影师陈胜利碰头。

陈胜利是上周回来的，带着怀孕五个月的叶星澄。小两口婚后周游世界，一个拍风景，一个以途经的风景为主题做珠宝设计，绕地球玩了小半圈，双双攀上事业巅峰，觉得该进入人生新阶段了，积极备孕九个月，第一次产检，医生告诉他们是双胞胎，不可谓不惊喜。陈胜利和叶星澄第一时间想到来动物园养胎，两人在这里结缘，左邻右舍都是亲友，还有那么先进的动物医院近在眼前，想想心里都踏实——人类也是动物，没毛病！

祁语见到陈胜利，一溜儿小跑扑进他怀里：“胜利爸爸！”

陈胜利躬身接住小公主，顺带将她举高高：“小语要出海找星星了，激动不？”

“激动！”祁语奶声奶气地做汇报，“今天我吃了两个土豆饼，还有半碗疙瘩汤呢！吃饱了，有力气，一定能找到北极星！”

“胜利爸爸相信你！”陈胜利把小公主放到地上，蹲在她面前，摸摸她的小脑袋。要是人类的幼崽都像祁应琛和秦初晗家这个那么乖，世界会更加和平吧。

祁语仿佛听到胜利爸爸夸奖自己的心声，两只手揣在和妈妈同款的连帽卫衣口袋里，眨巴着乌黑溜圆的大眼睛，释放歪头杀。

陈胜利压抑着激动心情扭头对那两口子道：“好想要个女儿！”

“儿子女儿都一样，不能区别对待。”秦初晗经历了十月怀胎和生产之苦，对于母亲这个身份感触良多。

陈胜利抬首看向小家伙身后斜对面那栋建筑，叶星澄还睡着，前三个月妊娠反应大，熬到现在好不容易稳定下来，每晚起夜的次数却逐渐变多，产检的时候，医生却说都是正常的。他仔细一了解，才知道胎儿大了会挤压孕妇的其他器官，这就是尿频的原因。怀孕这事就是折磨人！

“我明白你的意思，就是作为个人有那么一点儿私心上的期待。澄澄为了孩子遭那么多罪，我看着都难受。”陈胜利是想，男孩子大多调皮捣蛋，女孩子能贴心一些。

当初他为了追到叶星澄，不修边幅的臭毛病几乎全改了，每天和祁应琛一起跑步，要是外面下雨，就在室内上跑步机——原来喜欢上对的人，真的会成就更好的自己。自己千辛万苦追到的老婆，当然要疼一辈子，他都舍不得欺负，没道理让两个小崽子来折磨。

祁应琛拍拍他的肩膀："淡定，都是过程，重在陪伴。"

陈胜利顿时感动了，摸着心口点点头，一切尽在不言中。

秦初晗道："昨天我跟昊昊打过招呼，让他今天中午张罗午饭，阿词一会儿也要从海市过来，大家一起吃顿饭，正式的团建等我们回来再安排。"

陈胜利就爱这个："等你们回来，把林大小姐也召唤回来，陆正阳那臭不要脸的，比我还粘老婆，是时候让他想起独立行走的记忆了。"

林笙和陆正阳是先上车后补票，儿子满一周岁了才补办的婚礼。在此之前，他俩是娱乐记者的最爱没有之一：出行时有一方没笑容，自动理解为疑似情变；有说有笑是旧情复燃；要是哪天没牵手，就成了连戏都懒得做；超过一周没同框，分手实锤；合体秀恩爱，一切都是为了孩子……网友也隔三岔五担心他们分手，财产怎么算、孩子跟谁、这笔买卖到底是林家吃亏还是陆家吃亏……后来陆正阳委托国内顶尖律所告了一些编故事不打草稿的营销号，这才总算消停下来。

祁语听到大人提林笙小姨，扯着妈妈的袖子，昂起脑袋问："弟弟来吗？我有玩具要送给他。"

陈胜利立刻垮下脸："千万别，你小姨回来就行了，陆正阳爷俩独立自强挺好的。"

陆林燊比祁语小两个多月，两个娃娃还在各自妈妈的肚皮里就建立起友谊。不过男孩子嘛，调皮捣蛋是标配。陆林燊惯来蛮横，遗传自他老爹的身高和体格优势又直接奠定了干架优势，无论是在幼儿园还是在小区都是一霸王。按说这么霸道，性格也该随他爹吧？并没有。陆林燊小朋友那话密得，但凡他对你有好感，能跟你唠几个小时不间断。陈胜利那么长袖善舞见多识广的人都招架不住……

祁语从胜利爸爸的表情里看出他对小伙伴的抗拒，连忙解释："燊燊很乖的！"

秦初晗也道："有小语在，他不会闹你。"

说起来这几年，山海野生动物园文创团队的初代成员都各有成长和变化——

林笙结婚后，江城、帝都两头跑，秦初晗成立的张钰诚公益基金会现在由她全权负责。虽然丈夫很粘人，孩子很闹，但陆太太和林家二小姐的身份给她带来不少便利。

顾词在林耀和秦初晗的建议和帮助下，创办了名为"ZOO"的网站，只做有关动物园的新闻，总部设在海市，回江城很方便。

盛呦呦从秦初晗手中接过山动文创这块金字招牌，招兵买马，誓要把动物园文创做到极致。

而时昊……

“哎哟喂！胜利老师！我就出来看你一眼，图个高兴！”

时昊凌晨两点下飞机，三点回到园里，刚睡着，就隐约听到外面熟悉的对话声，于是穿着睡衣，踩着人字拖，眯着一双睡眠不足发涩的眼睛，大大咧咧地走了出来。今年动协的聚会办得迟了些，他代表山海野生动物园出席，刚回来。

陈胜利看到他也高兴，迎上去紧紧握手，假兮兮地寒暄：“时总经理，许久不见！你上个月的热搜还历历在目！”

此话一出，在场众人都笑了起来。

“别说了，求你别说了！”时昊一脸痛苦地演着，挣脱他的手就要往屋里钻。

陈胜利老健身达人了，那双撸铁的手比螃蟹钳子还厉害，牢牢将时总经理拉住：“别害臊啊，这次你至少可以吹到年底。来来来，快跟我仔细说说，跟山海集团总裁干架是什么感觉？”

这事要从去年九月说起。

山海野生动物园和开在对面的山海游乐园搞内部联谊，其间嘴上说着“我就去混一顿饭”的时昊和一个姑娘互生好感，交换联系方式后，除了后来的多人聚会，还单独约过一次吃饭外加看电影。没想到这姑娘是秦励的师妹，两人在大学时有过朦朦胧胧的暧昧。那么巧山海集团那边在搞人才优化，这姑娘因为一个企划案被调到了公司总部，和秦励重新建立起联系。于是三人进入颇为俗气的三角环节。

小姑娘性格说好听了是软糯，说难听点儿就是优柔寡断，在时昊和秦励之间摇摆不定。时昊去海市见她，她必请假赴约，两人开开心心地玩个一天半天。秦励明摆着以公谋私出差把她带在身边，安排浪漫的烛光晚餐，她也不拒绝。就这样过了一段时间，春假时，秦励和时昊同时发现对方的存在，且都不想放弃，遂开启竞争模式。

山海野生动物园虽然脱离了山海集团，关系却比从前更紧密，几乎每个月都有联动活动，对口部门之间都很熟悉了，联谊也是这么来的。但因为动物园不归集团管了，时昊底气十足。而秦励是个霸总，字典里没有“放弃”一词。最主要的一点是，小姑娘没跟他们任何一方断掉，问她心里有谁，她说两个都有，一时半会儿又分不清更喜欢谁。三角关系拉扯不断，两个男人备受煎熬。

他们当然也冷静过，成年人了，必须维护一份体面，于是约定在她做出选择前，谁也不和她见面。直到上个月的某天，秦励和时昊又同时发现心上人瞒着自己赴了某人的约！两人醋意大发地赶去山海原生态度假酒店，话不多说，拳头招呼！可打完他们才得知，心上人去见的是当红顶流、山海游乐园新签的全线代言人，同时也是这姑娘的发小、真爱。最终小姑娘道歉辞职，第二天跟顶流隐婚了。

这条线也有记者跟，但秦励是个狠人，考虑到暑假的粉丝福利以及顶流还没展开的游乐园巡回宣传活动，硬是把自己和时昊打架的监控当料爆了出去——狗血恋情无疾而终，一把年纪打架打上热搜，脸都没地儿搁了！

秦宝珠欣赏时昊，特地赶在他去参加动协聚会前在沧海园设了一桌一团和气宴，安排他和儿子握手言和。那天，秦初晗见证了两个成熟的事业有成的男人惺惺相惜的共鸣，头都要笑掉了。

“都过了一个多月了，现在说起这个，我妈还能当着外人的面拧我耳朵。”时昊说着觉得耳朵疼了，下意识地抬起手捂住。

“阿姨恨铁不成钢，理解。”陈胜利说了句人话，然后就不当人了，“谁让视频里你被秦励摁着揍呢。我去幼儿园接孩子，听老师说孩子打架了，首先关心的不是对错问题，而是我孩子是被揍的还是揍人的——这话不是我说的，陆正阳说的，他心多黑啊！”迟来一个月的热闹凑完，开了嘲讽，末了他把自己择得干干净净。

时昊顶着睡成鸡窝的脑袋，从睡裤口袋里摸出手机，当场给顾词发语音：“胜利老师变了，变得特别禽兽！”

顾主编刚到办公室，客观回复：“如果你指的是他嘲笑你和秦励打架的事，对不起，我选择成为他的同类。”

时昊满腹委屈，干脆扭头回去补觉，跟禽兽没什么好说的。

这边门刚关上，对面住户的门打开了，七岁的伍山海小朋友出现在大家眼前，穿着校服，举着开了直播的手机。见家门口站着那么多人，他老练地把镜头移开，挨个喊人。

问他周末怎么起那么早，他垮着脸说：“我爸答应带大家看狐獴新兵放哨，临了起不来，只好我去了。”答应别人的事要做到，这么浅显易懂的道理，连小孩子都知道。

弹幕开始刷：“山海哥山海第一可靠！”

陈胜利说：“巧了，我和老秦园长也去拍狐獴，咱们一起。”

弹幕沸腾起来：“动物摄影师回来了，镜头撑上去，衣服捞起来，腹肌突击检查！”

伍山海扫了一眼，依旧面无表情地说：“动物园直播间不能乱套，要尊重个人隐私。”

大家又开始给山海哥吹彩虹屁："你比你爹的普通话标准，字正腔圆，我们爱听！"

伍山海禁不住夸，冷冰冰的面庞快绷不住了，连忙拉回正题："今天带大家看狐獴的新兵站岗，原本我做了功课，不过难得秦爷爷在，先由他讲，稍后我会做补充。好的，现在正往梧桐叶子湖走，路上会先经过小熊猫馆、两爬馆和……"

秦怀远和陈胜利跟在他身后，天光穿过薄雾，像滤镜一样把视线里的一切变得柔软迷蒙。

秦初晗目送了会儿，一回头，发现伍衡趴在二楼窗口，抻长脖子看儿子给观众们直播。她笑着调侃："从小开始培养业务能力？"

"铁饭碗，必须代代相传！"伍衡把玩笑话说得比真话还真，又道，"我把小的送回城里，午饭时候见。"他家两个娃，妹妹伍姗媛不到三岁，这几天伍衡那口子在省城培训，他这奶爸当得，就缺觉！

秦初晗拉起女儿的手："我们也走吧，先跟爸爸再见。"

祁语举起另一只手冲祁应琛挥挥："爸爸中午见。"

祁教授通身释放老父亲的慈爱光芒："中午见。"

"小语想先逛哪里？"

"我啊，想去看小纯洁。"

"象馆太远了，我们先看个近的好不好？"

"嗯……那去看跳跳吧！"

"行，看跳跳今天拉出臭臭没。"

五年前，跳跳和它来自连城动物园的媳妇糖豆为小熊猫馆增添了一雌两雄总共三只幼崽。没过多久，点点也顺利生下一只雌性小熊猫。加上之前拾一和小九二次合笼成功，给跳跳、点点生了一个妹妹，小熊猫馆的队伍空前壮大。即便后来按照约定将拾一和妹妹送回海市动物园，馆内活动空间还是难以避免地紧张起来。考虑到还得给落单的托尼找媳妇，场馆扩建迫在眉睫。为此，秦初晗请来国内知名动物园设计师，在原馆的基础上将小熊猫馆扩大了足足三倍。

如今的小熊猫馆，整体外形是一棵巨大的冠状树，躯干不高，只有两层，均为全封闭式活动场馆。每层设计了巧妙隐秘的相连方式，内部模拟海拔 3000 米以下的山地森林，打造出最接近大自然的生存环境。树的躯干有三分之一的面积装上了玻璃幕墙，四周搭建六座螺旋形观展通道，连接顶部的树冠，游客在攀爬这些缓坡通道的同时，可以通过幕墙找寻里面可爱的身影。树的冠状是个很大的综合空间，设有中央控制室、厨房、医务室、监控房、产房和兽舍等多个区域，地面面积比一个标准篮球场还大。游客可以在这里了解关于小熊猫的知识，还能亲自参与食物丰容，开动脑筋给毛孩子们设计五花八门的玩具，抑或穿上防护服来到育幼室外，隔着玻璃看小熊猫的幼崽。

因此小熊猫馆又被称为巨树馆，在地图上的图标是一棵郁郁葱葱的大树。巨树馆在三年前全部完工，随后入选 ZooLex 画廊。ZooLex 是一个致力于通过研究、宣传动物园设计的非营利性组织，在业内影响极大。它们会选择性地展示动物园的优秀展区，有点儿业界标杆的意思。成立二十一年来，ZooLex 画廊一共只选择了全世界范围内的 134 家动物园的 272 个动物展区。这次山动小熊猫馆被收录其中，代表着国际动物园行业的专业认可。

现代动物园是没有天花板的，有的只是一次又一次的突破。只要用心去做，一切都可以变得更好。

清晨的天光柔和非常，还没到开园的时间，饲养员们还在树的躯干里布置食物，树冠下的兽舍里，糖豆正带着孩子们在水池边洗脸。

秦初晗拉着女儿的手走进去，三个小的立刻把人类幼崽团团围住。

大福先问："小语、小语，带苹果了吗？"

祁语两只手揣在连帽卫衣的兜里，慢条斯理地说："没有哦，马上吃早饭了，不能吃零食的。"

二禄失望地叹气，尾巴和前爪都垂了下去："嗨呀，几瓣苹果能抵什么事……"

大福补充："就是！苹果不算零食！"

祁语圆溜溜的眼睛望着两个馋嘴猫，认真解释："妈妈说，饭后吃果果才健康。"

飞霜见事情已成定局，只好跟她聊别的："衣服好看，像朵白白胖胖的棉花糖。"

今天祁语要出远门，穿的是和爸爸妈妈同款的新衣服，小伙伴的夸奖是最好的肯定。祁语心里乐呵，嘴也特别甜："霜霜你的尾巴越来越大了，毛毛好顺滑。"

飞霜在这代小熊猫里最在意自己的尾巴和皮毛了，心想：小秦园长和祁教授的幼崽说的话一定不是假话！

祁语弯下身，双手扶着膝盖，跟它小声保证："我下次来大树，给你带苹果！"

飞霜眼睛唰地一亮，大福和二禄着急忙慌地凑过来：投喂小熊猫是不对的！吃独食更可耻！

糖豆行动慢，孩子们聊了好一会儿它才来到秦初晗跟前："今天要出发了吗？"

秦初晗点着头蹲下来，和它保持平视："吃完午饭就走。清明前后雨水多，你腿怎么样，疼得厉害吗？"

糖豆原本是一只生活在川省横断山脉的野外小熊猫，在觅食的过程中不小心落入偷猎者设下的陷阱里，多亏护林员及时发现，将它带回救助中心。当时它的左胫骨明显骨折，伤口撕裂并伴有很严重的炎症，为了保住它的命，当地的兽医只能为它进行截肢手术。好在糖豆是个坚强的小家伙，术后熬过了反复发烧的并发症阶段，逐渐恢复健康，重现昔日活力。

由于它的左后肢被截去一半，行动不方便，极大降低了它在野外存活的概率，当地政府联系了山海野生动物园，秦初晗得知这边的情况，当即答应下来。

最开始秦初晗还担心跳跳它们排外，没想到毛孩子们那叫一个暖心，把初来乍到的糖豆当公主宠。如今糖豆和点点成了无话不谈的闺蜜，还和跳跳喜结连理，孕育了三个崽。唯一的不圆满就是腿上的旧伤了，逢着季节变化时，糖豆疼得厉害，经常在一个地方一坐就是一天，动都不愿意动一下。

为了减轻它的痛苦，祁应琛特地请教了老中医，研发出一套仪器，理论上和缓解老年人老寒腿的理疗仪差不多，最近刚给糖豆用上。

“好多了，虽然下雨的时候还会一抽一抽地疼，但没有以前疼得厉害，总算能睡个好觉，白天活动也轻松许多。”糖豆也知道想要完全治好是不可能的，能减轻疼痛就心满意足了。

“有效果就好。”秦初晗叮嘱道，“陈娇和萍萍已经学会用这套仪器，我们不在园里的这段时间，她们会轮流给你做理疗，每周两次。这个治疗跟你怀宝宝不冲突，不会有影响。不过过几天会给你单独分出一个兽舍，你得跟大家分开一段时间了。”

“放心啦，我会配合的。”糖豆抖了抖耳朵，一脸真诚。这些流程，它在生大福它们的时候已经经历过一次。山动是个好地方，这里的工作人员、饲养员对动物比对自己的孩子还要好，能在这里安定下来是它的福气。

秦初晗眯起眼笑笑，抬起头四下张望。

“你找跳跳吗？”糖豆扭头给她示意方向，“在那棵树上。”

秦初晗起身走过去，从口袋里抽出一条丝巾，拧成结，系在鼻子上。还没走近呢，至少隔了三四米，跳跳就火急火燎地呵斥她：“行了，就站那儿吧！知道你们要去找北极星，找去吧！别妨碍我拉臭臭！一时半会儿我也拉不出来，捂什么鼻子，真是的！不会想你，下次来的时候给我带……嗯……带点儿苹果！”

大福它们跟着附和，来看小熊猫不带苹果是不人道的！

糖豆跟在秦初晗脚边，愁得直叹气：“老的小的都一个样，我看就是日子过得太舒服，真该让它们去吃吃野外的苦。”

秦初晗跟它一唱一和："有什么办法，只能宠着了。"

既然跳跳专心拉屉屉，藏在树林里避而不见，秦初晗也不勉强，带着女儿去隔壁兽舍看望最近患上感冒的小九，看看浩克、点点和它们的崽，再看看独居的托尼叔叔。

离开巨树馆，她问下一站去哪儿，祁语歪着头想了半天，说要去看荞麦。秦初晗猜女儿是听到老秦园长问时昊有关荞麦的婚事，担心这次出去找星星，回来发现少了一个小伙伴，想着抓紧时间见一面。

白色的两人座观光车一路直达梧桐叶子湖，半路上，赶巧遇到出来遛弯的李昂往回飞。这大家伙相当干脆地降落在祁语怀里，搭上顺风车。

李昂先夸："小语今天起得真早，两个羊角辫是谁给你梳的，真好看！"

祁语奶声奶气地答："爸爸梳的，小语最喜欢爸爸梳头了。"

李昂刻意瞄了开车的秦初晗一眼，故意问："不喜欢妈妈给你梳头？"

祁语急了，连忙解释："妈妈梳头也喜欢的。"

李昂只管煽风点火："但是最喜欢的还是爸爸梳的头，对不对？"

祁语说不过它，有点儿气恼："哎呀，我不跟你说了！"

李昂捉弄得逞，展开翅膀，亮开嗓门一阵阵地叫起来。

秦初晗手握方向盘，摇着头，笑道："但凡我还是从前那个暴脾气……"

李昂不怕死地问："你要怎么样？"

秦初晗目视前方，面不改色："把你的毛一根一根拔下来，做成新一季'翱翔'系列，放到网上拍卖。"

这话没把李昂唬住，却叫祁语小朋友当了真，她连忙把紫蓝色的大家伙护到怀里，对妈妈说教："不行的！金刚鹦鹦是保护动物，我们要保护它！"

秦初晗忍俊不禁，纠正女儿："是金刚鹦鹉。"

李昂没正经道："就是金刚鹦鹦，小语没错！"

祁语深知亲妈的雷霆手段，忙去捂它的嘴巴，不让它说话："爸爸说，知错能改善，莫大……"

这个断句，李昂不能忍："是'知错能改，善莫大焉'！"

"嗯嗯，对！就是说犯了错误要及时改正，只要改了就还是好孩子。"祁语要做好孩子，"李昂也要听话，你是金刚鹦鹉，不是鹦鹦。"

"行吧，我听你的。"李昂宠孩子，转头去夸秦初晗，"教得不错。"

"我谢谢你啊！"秦初晗都不想接这老油子的话。

李昂又扭过脖子跟小的说："别看你妈脾气暴，她小时候的语文功课全靠我辅导呢。"

祁语听得一知半解，只觉得能辅导亲妈功课，已然是件非常了不起的事了，五岁的小朋友由衷赞叹："你好厉害啊……"

"那是！"李昂昂首挺胸，自信满满，"等你上小学了，我也教你写作文！"

"真的吗？"

"真的！"

"那就太好啦！"

千万别误会，祁语没给李昂捧场，这是她天真无邪的直观表现，别人说什么她都信。秦初晗也纳闷，自己身上没有轻信他人的特质，祁应琛就更别说了，腹黑得一塌糊涂，怎么女儿会是个呆萌傻白甜呢？她对此深感不解，唯有继续摇头。还有，说到小学一年级看图作文，明明是龟兔赛跑，却被李昂理解成了乌龟和兔子一起去探险，兔子途中懒惰了，让乌龟先找到宝藏……当真是一个敢教，一个敢写！因为这事，去年同学聚会，秦初晗还被语文老师笑话。她痛下决心，类似的惨剧绝不能发生在小语身上。

到了湖畔西边的停车点，李昂要回百鸟园了，分别之前，它叮嘱小语宝宝："到外面要听爸爸妈妈的话，不可以捡地上的东西吃。"

祁语对食物有绝对的追求，拍着胸口保证："掉在地上的东西，捡起来以后一定要吹干净，不然吃了会拉肚子。"

这回轮到李昂无奈了。最后，它对看着长大的秦初晗语重心长地道："你和小祁还年轻，有的是时间，你们人类的法子多，这次找不到也没关系，以后还有很多机会。"

秦初晗明白它的意思："放心吧，就当出去旅游，我心态摆得很正。"

李昂收拢翅膀，站在护栏的石雕柱子上，停了一瞬，似乎做了个不得了的决定。

秦初晗知道大招要来了，表情凝重，严阵以待。

李昂清了清嗓子，语气变了个味："是这样的啊，我这把岁数了，确实应该给园里增收做贡献，可是你看我这身毛，颜色已经没有年轻时候靓丽了，真给我拔了拿去做首饰，我是不心疼的，总归还能长出来，就怕影响质量和口碑。"

秦初晗配合地问："那怎么办？"

"这个问题很好解决。"李昂说，"要拿羽毛做首饰，拔蛇鹫的毛啊！那两个家伙年轻，毛色好看，最适合做首饰了。"

话音刚落，就听乌鸦蹲在树上骂："黑心的老东西！"

另一棵树上，麻雀妈妈教育巢里的宝宝："认准那个蓝不蓝紫不紫的大家伙，一定要离它远点儿，知道了吗？”

见雏鸟们从巢边探出脑袋来看，李昂故意张开翅膀：“小崽子们，不准来百鸟园，不然我就吃掉你们，一口一个，毛都不剩！”

秦初晗淡定地问：“演完了吗？嗓子痛不痛？”

“还行。”李昂见祁语躲到妈妈身后去了，温声细语地解释，“外面的鸟不学好，成天飞到园子里抢我们的吃食，还揍我的重孙，你说，我是不是要凶回去？”

祁语犹豫地点点头，末了，又去看妈妈是否认同她的看法。

秦初晗摸摸女儿的小脑袋：“李昂家的孩子被欺负了，它在帮着出头呢。以后小语上学要是被坏孩子欺负，也要及时告诉爸爸妈妈。”

祁语联系上下文，做了个惊悚的推理：“那爸爸和妈妈要……要吃掉欺负语语的坏孩子……吗？”

秦初晗一愣，“扑哧”笑出声。

李昂也笑了，伸长脖子，抬起一只脚爪，差点儿从石柱上摔下去。

树上的乌鸦和麻雀跟着笑，呜呜哇哇，叽叽喳喳，掀起一片热闹。

受不了啦，今天又是被小秦园长和祁教授家大宝贝可爱到的一天！

祁语四下看看，好像是自己把大家逗乐了？妈妈也不像是会吃坏小孩的样子呀！算了，她那么小，哪里知道那么多，还是去看荞麦吧！

去大猩猩馆的路上，秦初晗给祁教授发信息，告诉他“吃坏小孩”的对话。

祁应琛秉承着一贯的冷幽默，回复说：“我还是主张给坏小孩一个改过自新的机会，真的改不好再吃，你说呢？也不知道这次去国外会吃几个坏小孩，老婆你决定吧。不过语语还小，等她长大点儿再告诉她真相。”

秦初晗诧异道：“莫非你想她继承我们的衣钵？”

祁应琛煞有介事地纠正：“是光荣传统。”

秦初晗接不下去了，转而给时昊发信息，让他起床后带人去检查百鸟园的网，有乌鸦溜进混合散养区欺负里面的鸟了，给李昂气得都给自己上大恶人的人设了。

对于住在湖周围的鸟类，动物园也动过专门增设喂食点的心思，可思前想后，最终还是决定放任不管。虽说这些乌鸦、麻雀、大小杜鹃、画眉、鹌鹑……不是特别稀有的家伙，长年依附于动物园的环境生存，比起外界已然优越许多。人工投喂只会抹杀它们猎食的天性，往大了说，会影响那片区域的生态链和自然环境。

秦初晗借机给女儿做野生动物保护科普，结束后来到大猩猩馆。

祁语的第一个玩偶就是这家子的初代系列：看图画书要躺在游夜爸爸的怀里；在帐篷里玩探险游戏必须带上北斗、洛凡和含香，不管外面有多危险，它们都会保护小语；下午的茶话会，跟繁星、薄荷还有安吉拉围着小圆桌坐下，祁语给妈妈们泡红茶，把漂亮的小饼干分给它们吃；要是哪天犯了错误，被妈妈教训，她还会红着眼睛对它们倾诉；晚上睡觉的时候，荞麦出场啦，好孩子一起睡觉觉；周末《游夜这一家》更新了，她会把游夜全家搬到放映室，和它们排排坐，看动画片……

在祁语眼里，这家子全世界最好。因此，初次与它们本尊见面，她非但不害怕，还安慰即将打预防针的荞麦："不怕哦，只疼一小会儿，你要勇敢！不要哭，打完了我给你呼呼。"

荞麦比她大，早就懂事了，闻言感动得不行，扭头对隔壁笼子里的游夜说："爸爸，晗晗和祁教授的崽崽要给我呼呼呢！她好乖！"

秦初晗和祁应琛在旁边夸它："你也好乖。"

这会儿时间还早，游夜一家正在外场觅食。荞麦看到秦初晗母女俩出现在外场的观展区，便放下手里的浆果，走到玻璃幕墙前："小语，你来啦！"

祁语点点头，小大人似的跟它说："荞麦，我要跟爸爸妈妈去找星星了，你别那么快嫁出去，你要等我回来呀！"说完，眼红红的，满脸的舍不得。

荞麦羞得身上的毛毛都竖起来了，大拳拳捶地：怎么都在说它出嫁的事啊？！

其实荞麦的婚事大致上已经定下了。老亲家海市动物园，距离近，知根知底，图个安心。对象嘛，也是熟悉的那几个家伙。前两天秦初晗和大猩猩馆的馆长聊起这件事，估摸着还是黑骑士的可能性最大。在繁衍生息这方面，动物和人类有本质上的区别，动物还没进化到人类这样的程度，孕育后代是出于大自然的本能，弱肉强食，没有一生一世一双人的讲究。

黑骑士在海动大猩猩馆的首领地位比以前更加稳固，自它真正成年后，迅速赢得含香的芳心，它俩的宝宝已经快满两岁了，是个健康的小子。海动为它取名金刚，这可是全世界最著名的大猩猩的名字了，可见动物园对小家伙的重视。

大猩猩的雌兽在产崽后的 2 ~ 4 年要集中精力哺育幼崽，在此期间是要禁欲的。野外的大猩猩家族里，有的雄兽为了与雌兽交配，甚至会想方设法杀死幼崽，非常残忍。不过这样的情况在动物园里不会发生，园方会进行人为干预。即便秦初晗去看望时，黑骑士再三表示它和野外的大猩猩不一样，但必要的措施，人类是会做全的——含香生育后，已经和金刚住进单独的兽舍。

眼下它的"档期"空下来，而大西北和小岸嘛，依旧没有那种世俗的欲望，是该以动物园的发展为前提，为下一步做打算了。毕竟许多年前，海动的大猩猩馆无论是场馆规模还是大猩猩数量都稳居国内第一，饲养方面经验丰富，放眼世界动物园也是领先水平。如今他们馆单身汉多、空间大，馆内却只有金刚这一个小家伙，未免冷清。因此山动刚把荞麦适龄的消息放出去，海动的老周就坐不住了，上周和他们大猩猩馆的馆长驱车前来要一句准话。

秦初晗事先探过薄荷的口风，听起来，游夜和薄荷都属意海市动物园。不过荞麦这几年长大了反而越发文静，说起自己的婚事，倒不如它姐姐当年有主意。

祁语站在外面对它大声表达不舍之情，游夜全家都听到啦！

荞麦抓起树叶乱扔，烦得在地上刨坑："我也不想那么快出嫁，不是还在商量吗，小语你不要吓我！"

祁语愣住，眼泪汪汪地看妈妈。

秦初晗对她点点头，确认道："还没那么快。"

祁语和荞麦听罢，双双松了口气。

荞麦主动问："小语，你去哪里找星星，多久回来呢？"

祁语口齿清晰地回答："去特别特别大的大海，要一个月呢！"说是"一个月"，伸出去的手却比画了三根手指头。

北斗站在离得不远的位置吃嫩叶，看笑了："那是三。"

祁语呆了呆，把手收回来，右手数左手，数了半天，超认真地冲荞麦比出一个"V"。

北斗笑得喷出一嘴的叶子末。

祁语扭头跟秦初晗告状："妈妈，北斗哥哥笑话我！"

秦初晗帮理不帮亲："你比错了，这不是一。你再想想？"

荞麦也鼓励她："小语加油！"

祁语垂眼看着左手，径自纳闷："舅舅说这个是最好的，最好的就是一呀……"

北斗蒙了："为什么是最好的？"

荞麦也想不明白："倒是经常看到游客拍照的时候比'V'，很高兴的样子，可能人类都很二？"

祁语不知道怎么解释，眼巴巴看妈妈。

秦初晗对自己家崽展现出十级理解："她舅舅跟她说的是'V'，代表胜利的意思，胜利就是赢，就是最好。'1'在数字里排老大，也是最好，所以在她这里'1'就是'V'，就是胜利，跟'2'没关系，她可能都不知道这是几。"

言罢，祁语果真问：“妈妈，这是二啊？”

秦初晗蹲在她面前，扳着她葱白细嫩的手指头教她：“这个是一，这个是二，有时候也可以是胜利的意思，是最好的，但是表达数字的时候，不可以和胜利混在一起用。”

祁语活动着手指头消化妈妈的话。

荞麦和北斗看她们母女俩互动，不禁对上视线。

北斗很自信地说：“我小时候应该没那么傻。”

荞麦点头：“我也是。”

北斗斜眼看它：“你小时候……”

“怎么样？”

“傻不傻不知道，爱哭爱撒娇是真的。”

“那也是爸爸宠我，哼！”

“我们男子汉顶天立地，不需要多余的宠爱！”

荞麦扭头对坐在高地上的游夜喊话：“爸爸，北斗说你的宠爱是多余的！”

北斗心虚地推了妹妹一把，荞麦顺势倒地，熟练碰瓷：“哎哟，好痛，安吉拉妈妈，北斗欺负我！”

安吉拉抱着熟睡的幼崽，施展敷衍大法：“好的，知道了，回头我收拾它。”

北斗活像某小区招猫惹狗第一名的熊孩子，嚷嚷得抑扬顿挫：“哎哟，我妈要收拾我，我好怕啊！”喊完了还双手握拳捶胸口，发出欠揍的挑衅声。

薄荷被孩子们吵得脑袋疼：“大清早的就不消停，不如都送走吧。”

此话得到游夜、繁星和安吉拉的强烈赞同。

认真觅食的洛凡抬起头，茫然又无辜：“我什么都没说，连我也要算进去？！”

鹈鹕一家从湖面上游过，随口附和：“孩子大了留不住，早点儿送走早省心！”

这时，安吉拉怀里的崽崽咖啡豆醒了，听到爸爸和妈妈们商量要把大家送走，“哇”的一声哭起来，伤心得直蹬小腿:“我不！我不！我哪儿也不去，我长大了要当山动之王！”

“救命，今天醒得真早！”洛凡单手抱着食物，站起来找清静地。

北斗嚷不动了，看着亲妈怀里的小魔王，一脸惹不起的表情:“我看最应该把它送走。”

小家伙耳朵灵，听到哥哥这么说，哭得更厉害了。

安吉拉赶紧把烫手山芋递给游夜：“快快快，爸爸抱，爸爸给你梳毛毛！”

咖啡豆还不满意：“我不！我要繁星妈妈！”

惨遭点名的繁星愁苦地走过去，不情不愿地把小魔王接到怀里：“豆豆乖，不哭不哭。

豆豆是山动最勇敢最厉害的大猩猩，长大以后要做山动之王，怎么能哭鼻子呢？”

咖啡豆睁着圆圆的大眼睛和繁星妈妈对望，攥紧拳头，努力压抑着哭意，胸口一抽一抽的，可委屈了。

荞麦幸灾乐祸：“看，大猩猩馆的哭包早就不是我了。”

北斗表示肯定：“嗯！没错！你后继有人！”

宽绰的外场，大猩猩一家的欢乐日常开始了，争斗和不快也是有的，但大多数时候总是这样温馨。

“我知道啦！”祁语跟妈妈交流完毕，有了新的理解，对外场的大家坚定地比出数字，掷地有声，“我要去一个月！这是一！”

以游夜为首的一家子发出一声长长的“哦”：小语宝贝真了不起，这次没弄错。

祁语自信满满地再伸出两根手指，表情认真地强调道：“这是胜利，是最好，暂时不是二。”

游夜爸爸走过来，来到距离她最近的位置，捧场地问：“所以呢？”

“所以游夜这一家是最棒的！”祁语表达完毕，露出整齐的牙齿，笑得像个小太阳。

荞麦认输了：“我小时候肯定没有那么可爱。”

“不哭的时候也还好吧。”北斗有一说一，“论人类的幼崽，小语真是全世界第一可爱。”

祁语听到北斗哥哥这句夸奖，决定和它冰释前嫌。她转头再问妈妈：“这次没错了吧？”

秦初晗对她温柔地笑：“没错，午饭的时候你可以用‘数字二’和‘胜利’考爸爸，看爸爸怎么说。”

祁语总觉得妈妈这话里有别的意思，但还是很开心地答应了下来。

游夜看着这个聪明伶俐的小家伙，眼里流露出一片柔软的光，然后难以避免地想到被自己抱着长大的小女儿：“荞麦的事，商量好了吗？”上次秦初晗来问，它也是点了头的。海动的园区环境不比山动差，黑骑士年轻强壮，可以依靠很多年，再加上含香也在那边，荞麦过去了，姐妹俩正好有个伴。

秦初晗道：“大致上差不多了。”

游夜微微低下头陷入沉默，看起来似乎在难受。

坐在它身后的薄荷索性转开脸去：千万别在这时候问它“还好吧”“没事吧”，会哭的！

秦初晗又道：“没有你们想的那么快，海动那边需要准备，我们这边都没开始着手为荞麦定做运输箱，前后算起来，至少还得半年左右。”

多亏她说了这话，外场的气氛稍微好转。

“爸爸，我还想多陪陪你们。”荞麦来到游夜身边，祈求地抱住它坚实的手臂。曾几何时，爸爸的臂弯就是它最安全的城堡，它舍不得离开。

游夜不允许它孩子气：“你长大了，应该建立自己的家庭，孕育属于自己的下一代。再说你不是一直念叨着想见姐姐吗？”

荞麦不说话了。它想见姐姐，但更想和家人在一起。

祁语学着电视里的安慰手法，真诚地对它说：“荞麦别难过，一切都会好起来的。”

荞麦破涕为笑，故意逗她：“那你说，一切是什么？”

祁语愣了愣，忽然想到了：“一切就是大家！”

这下连秦初晗都对五岁的女儿投以赞许的目光：“小语真棒。”

祁语嘿嘿笑着，抱住妈妈的腿。

“把荞麦送去海动，我和薄荷都放心，不过我这里还有一件事想请你帮忙。”游夜道，“北斗和洛凡大了，我们的家族需要壮大，总不能一直把孩子往外送。”

它的意思，秦初晗一听就明白：“你放心吧，北斗和洛凡的配偶问题早就提上日程了。国内动物园大猩猩的情况你是清楚的，一直都是雄兽多雌兽少，所以还要多花点儿时间。”

动物们住在动物园里，优点是吃喝不愁，生病了还有人类围着团团转，治不好你，他们比你还着急；缺点是拥有的自由有限。对此，游夜和大多数有些智慧阅历的动物一样，说不好这到底算好还是坏，终归它们的选择不多。但山动有一点是其他动物园不能比的，那就是能直接与它们这些动物做交流的小秦园长一家。有了交流，它便能尽可能为孩子们争取。

“前几天，我听新来的饲养员说，有个贫穷的国家会专门捕捉大猩猩卖给世界各地的动物园，我记得那里，那是我出生的地方。”

秦初晗听得心里咯噔一下，表情严肃起来。

“别紧张，我不是让你去那个国家买两只雌兽回来。”游夜不疾不徐地说，“恰恰相反，我反对这种做法，要是有人建议你这样做，希望你能拒绝。”没道理为了给自己家的孩子找配偶，就要从野外捕捉大猩猩，把它们关在这里，关一辈子，游夜有它的坚持，“你们人类有一句话叫‘没有买卖就没有伤害’，野外的大猩猩也有家人，为了壮大我的家族，就去拆散其他大猩猩的家，这是不对的。”

“是我小人之心了，还以为你想我用钱给北斗和洛凡买两个配偶回来。”秦初晗没想到它会说这些话，内心备受触动，更多的是难以言喻的震撼。生命不能用金钱来衡量——游夜做不出如此准确的表述，但它先前的一番话就是这个意思。

作为大家长，游夜向动物园的管理者正式发话：“只要争取到一头适龄雌兽就可以了。”

“只要一头？”秦初晗不解它的用意。北斗和洛凡在动物园长大，远不如野外的成年大猩猩那样好斗，动物园计划为它们各自寻找配偶，只有一头的话，很可能会引发矛盾，导致它们为争配偶打起来。

“我老了，该卸下重担享享清福了。一家之主的位置只有一个，可我却有三个儿子，小的那个暂且可以不管，北斗和洛凡之间终有一战。”游夜扭头望着儿子们，“我这么安排，你们可有意见？”动物园的日子太安逸了，总要保持一定的危机感，才能更好地生存下去。

北斗郑重道：“都听父亲的安排。”

洛凡从远处走来，和北斗并肩：“放心吧，我不会伤害北斗的，最多揍断它两颗牙，到时候要麻烦祁教授给它补了，不然说话都漏风，哈！”

北斗扭头看它，诧异地道：“你确定不是我打断你的腿？”

荞麦无奈摇头：“结果还是要麻烦祁教授给你接起来。”

总结：祁教授好忙！

祁语听说它们要打架，着急忙慌地表示：“爸爸会把你们医好的！”

北斗和洛凡齐声：“替我先谢谢你爸！”

秦初晗给予游夜充分的尊重：“明白了，就按你的意思办。”

祁语同游夜一家做了正式的告别，主动申请去狐獴岛看新兵放哨。秦初晗知道她惦记外公呢，拉着她绕了三座岛，来到目的地。

山海野生动物园的狐獴岛，论面积，在梧桐叶子湖的人工群岛排第二。岛上有三个家族，分别由性格截然不同的三位女王统治，相当有看头。

住在岛西高地的家族是山动的老资历，成员最多，一度兵强马壮，打得后来的岛东年轻家族节节败退，被迫让出不少地盘。近些年女王年事已高，下一代蠢蠢欲动，岛东家族的崽子们成长起来，大有反扑的势头。没想到就在这时，岛西女王的次子和岛东女王的妹妹上演狐獴版《梁祝》。两家为此大动干戈，对于这段恋情，家族里各有支持者和反对者。这对苦命鸳鸯受尽委屈，遭受冷眼和排挤，日子过得苦兮兮。

终于有一天，“梁山伯”带着“祝英台”在岛北坡地挖洞筑巢，以实际行动向全世界宣告：我们脱离岛西、岛东，自立家门啦！

和它们一起离开的还有两边家族地位较低的数只狐獴，这种叛离不难解读：我对这个家可有可无，不如出去闯一闯，明天更美好！

有趣的是，无论是岛西还是岛东，两个家族都没有对岛北的新家族赶尽杀绝。虽然在食物和领土的争夺上，三家经常发生小范围冲突，但日子过得还算平和，岛北也顺利迎来了家族建立后的第一批小生命。等到崽子们长大一些，成年狐獴开始传授孩子们生存经验、承担相应的家族责任，小小狐獴，大大世界！

狐獴岛的三家纷争是伍衡直播带火的，文创组将其作为今年的新春主打，推出包括系列盲盒在内的多款产品，老孩童工作室也在上个月官宣，决定为狐獴制作衍生动画。最近这岛火得一塌糊涂，是游客的重点参观对象。秦初晗母女俩到时，已经有几名游客在护栏边探头探脑地找狐獴了。秦怀远耐心为他们做讲解。伍山海跟着老园长的讲述熟练运镜。陈胜利找好角度把机器架起来，折叠椅打开，往上一坐，双手抱臂，勾首盯着镜头，静止成一块石头，整个人就透着两个字：专业。

祁语对妈妈招手，让秦初晗蹲下来，凑到她耳边小声说："外公、胜利爸爸和山海哥哥都好忙，我们就不打扰他们啦！"

秦初晗点破女儿的小心思："你是看到游客来了，不能到岛上去，所以才改的主意吧？"

不论是秦家还是祁家，对于能和动物交流这件事，秦初晗和祁应琛都是头一遭，没先例也没参考，全靠自己消化。小语还在襁褓里时，他俩就琢磨也不知是继承了还是到这里又断了。直到她三岁那年，秦初晗听到女儿和窗边的小松鼠咿咿呀呀地说话，才确定是继承了。

对于祁语能和动物们交流这事，秦初晗和祁应琛喜忧参半：喜的是女儿得此天赋，可以交到人类之外的朋友，获得更广阔的视野；忧的是也不能到处往外说，更不可能往科学研究院里报。于是两人只能定下家规：不能在人前与动物交流，更不能对爸爸妈妈之外的任何人说自己可以和动物交流。

祁语年幼，不知道父母为什么要定这条规矩，好在她向来听话，去别的动物园听到动物们议论自己，好的坏的都当听不见，特别高冷，久而久之也就养成了习惯。

山海野生动物园这岛上的狐獴可精了，对饲养员都是抱大腿的态度，恨不得认作干爸爸，以后当个"啃老族"。三分天下之初，秦初晗和祁应琛带女儿到岛上，帮着饲养员给它们搭建木屋，顺带讲讲狐獴的地下王国，中途不少毛孩子来跟小语示好，那叫一个有眼力见，客套寒暄哄小孩的场面话一套接一套，都不带重样的，交际方面可不比人类逊色。祁语又正是话多的年龄，巴不得有一堆毛茸茸围着自己，痛痛快快聊一天。

不看狐獴也好，话痨遇上话痨，必然难舍难分。

祁语小嘴里"哎呀哎呀"的，拉着妈妈的手往远处走。山动太大了，住了那么多动物，她和大家都挺好的，逐一告别时间都不够用了，好苦恼。

母女俩离开狐獴岛，准备搭小火车往大熊猫馆那边去。

梧桐叶子湖西南岸边离东门广场最近，临水那面新建了一个网红散养区，有水豚、羊驼、巨型花明兔、断尾矮袋鼠、瓦莱黑鼻羊等性格温驯、外形精准长在人类萌点上的动物。其中水豚枝枝一家极受游客和网友的热情追捧——水豚的好脾气不仅传遍了动物界，人类也独爱它们的呆萌憨厚。

秦初晗特地带女儿绕过来，这边已聚集了二十多名游客，观展区前排的好位置都被占了。

祁语不喜人多，主动申请："等我们回来再看吧。"

秦初晗最属意女儿不爱凑热闹这一点，点了点头，刚要走，就听到散养区里的动物们聊起来了——

"快看！穿白衣服的那个，那就是小秦园长！"

"真年轻，有二十岁吗？"

"人类不允许女孩子二十岁以前生小孩，你看她旁边那个小的，都能跑能跳了，用脚想都不可能只有二十岁好吧。"

"二十岁以前不能生小孩，太可怕了……"

"他们命长，吃好喝好能活过一百岁，咱们没得比。"

"咱们不能比，总有能比的。我听说有些龟类能活几百岁，鳄鱼的寿命也长。"

"我知道！奶奶跟我说过，大海里有一种很大很大的鱼，活的年岁跟人类差不多。"

"你想说鲸鱼吧？"

"对对对，就是鲸！"

"小子，你来晚了，以前我们山动的水族馆里就有一头虎鲸。"

"真的吗？"

"是不是觉得倍儿有面？"

"是啊，可为什么是以前？那头虎鲸现在在哪儿？"

"问对喽，虎鲸被小秦园长放回海里了。"

"啊！为什么啊？"

"谁知道呢，他们就爱瞎折腾，放都放了，这几年又出去找。你看，小秦园长今天特地带着她家闺女跟平时关系好的动物道别呢，下次见面得一个月以后了。"

"去那么久？"

"见过大海吗？知道海有多大吗？"

“还真没见过……”

“我们山动够大吧？大海是无数个山动。”

“妈呀……全是水，那得淹死多少动物……”

“住在海里的叫海洋动物，淹不死，把它们弄到岸上才会死。”

“羊驼爷爷，能再说说那头虎鲸吗？”

“行，我再说两句。当年它在咱们山动的风头，那可是一时无两，最多也就黑森林馆的闪电能跟它比比，所有来这儿的游客，排大半天的队就为了看它一眼。”

“哇！好厉害啊……”

“那虎鲸住在比百鸟园还大的水舍里，四五名饲养员每天围着它打转，有句话怎么说？物以稀为贵。咱们没得比。性格嘛，说起来也算相当亲人了，经常纵出水面，用身体击打出水花，逗着游客玩儿。小秦园长和它是铁瓷，关系特别好，送它走的那年，还特地为它出了琉璃摆件。这些年山动前前后后出了十几套动物摆件，只有虎鲸用了琉璃材质，其他都是陶瓷的。”

“这样啊，琉璃是什么？陶瓷又是什么？”

“这不重要！重要的是，咱们山动以后不会再有虎鲸了，它是唯一的，也是最后的。”

“为什么？”

“对啊，为什么？人类开办动物园不就是为了收集稀有动物？我爸说了，我们水豚赶上时代的浪潮，忽然入了人类的眼，不然哪里都过不上这样的好日子。”

“你们这些小崽子，一天到晚哪儿来那么多为什么？不过你爸说对了，咱们都赶上了好时候，最近几年人类越来越文明，开始懂得欣赏我们身上的优点了。”

“既然连我们都能包容，为什么还要把那头虎鲸放走呢？”

“先前不是说了吗，人类爱折腾呗，所谓‘飞鸟属于天空，大鱼属于海洋’，正因为小秦园长和虎鲸关系好，才想把它送回故乡，送走了又要去找，说到底还是舍不得。”

“原来如此……”

“小秦园长是个重感情的人。”

“那是，他们一家子都能和我们说话，一旦有了交流，界限就会变得模糊，他们就会把我们当回事。”

秦初晗对这头栗子色的老羊驼只有一个模糊的印象，没承想它挺有想法，偶尔还能说出有深度的话。她也难得听园里的动物讨论北极星，一时好奇，索性停下来多听一会儿。

“孩子们，山动是家难得的为动物着想的动物园，好好享福吧！”

"要是有一天我想去外面，能跟小秦园长说吗？她会同意吗？"

"你一只黑脸羊，去外面做什么？"

"我就是……就是想出去看看嘛。爸爸妈妈跟我说过我的家乡，我们整个族群住在雪山下，我是冰川山羊呢！"

"那又怎么样？出了动物园，你就是只肉羊！得亏你这张黑脸招人喜欢，不然早给你做成涮羊肉下火锅了。"

"你们羊驼还不是一样……"

"所以我才让你们老实点儿，别成天想着出去，外面没你们想的那么好！那头虎鲸跟我们不一样，它……不属于这儿。小秦园长放归它是对的！"

"羊驼爷爷，你说小秦园长这次去大海，能找到那头虎鲸吗？"

"谁知道呢，又不是一次两次了，年年都去，年年都没个回音，说起来那头虎鲸也够绝情的。"

"小秦园长该多伤心……"

听到这里，祁语抬起头看妈妈。

秦初晗察觉到女儿的目光，垂眼冲她笑笑，把她抱起来，往车站那边走。

祁语伸出小手环住妈妈的脖子，在她耳边小声安慰："妈妈不难过哦，我们去找星星，不找那个虎……那个虎什么的大鱼！不找它！"

祁语从来没去过北极星的水舍，也从来没人告诉过她，爸爸妈妈要找的星星叫北极星，是一头来自大海的名副其实的虎鲸——秦初晗想让女儿亲眼见一见那个大家伙，想让他们好好认识彼此，想来北极星一定很乐意向小语介绍自己。

"妈妈不难过，它们说得不对，那头虎鲸和妈妈有一个约定，在它实现自己的愿望之前，我们就不见面。"

"为什么呀？"

"它怕我难过。"

"小语听不懂……"

"没关系，长大就懂了。"

"要长大才能懂啊，那还要好久……"

"用不了多久，妈妈光是想到小语要长大了，都难过得想哭呢。"

"那我长慢点儿好了。"

"不用勉强，现在这样就很好。"

“那么妈妈，那个虎……虎青……”

“虎鲸。”

“虎鲸！它长什么样子？”

“虎鲸是黑白色的，是海中的大熊猫，一种很大很大的鱼，是海豚科里体形最大的物种，非常聪明，对人类也很友好。”

“因为它在我们动物园住过，所以友好吗？”

“不是的，即便是生活在野外的虎鲸，也从来没有主动伤害过人，还常常帮助被困在海里的人类。”

“哇，我要和虎鲸做朋友！”

“它会喜欢你的。”

“那我也喜欢它！”

2

九点半，母女俩来到大熊猫馆，没在外场逗留，直接进了不对外开放的内舍。

清明时节，几场连绵的雨下过后，小团圆不小心得了感冒，饲养员把它圈养在有温控的内舍，悉心调养。它今年已经十七岁了，按照人类的岁数算，是年近六十的中老年了，作为山海野生动物园的初代动物明星，退休福利必须给到位！

干燥的室内，流通的空气里弥漫着清爽的嫩竹味。小团圆靠坐在一个瑜伽球上，两腿向外摆成不害臊的“八”字，有滋有味地嚼着新鲜竹叶：“怎么想到来看我？知道你们要去找星星，又不是不回来。”它停了一下，望着整齐蹲成一排的母女俩，黑眼圈里的那对玻璃光若有所思地移到大的那个身上，猜测道，“该不是听说我感冒了，这也要来训我一顿吧？”小团圆给自己找台阶，“你们去隔壁，横横的肝都坏了，还成天跟游客对骂，一把年纪不知道克制，你说是不是得进行素质教育？”

“行了，你淡定。”秦初晗伸出手安抚地搭在它毛茸茸的爪子上，“是小语说要来看看你，正好坐车到这一站下，待会儿我顺便去概念店看看。”

小团圆毛脸一僵，又望一眼祁语：“你要来看我啊？”

祁语乖巧地蹲着，双手托起下巴，点头：“昨天外公在美食街给我买烤肠吃，就跟你说的一样，可香啦，不过没有加辣椒，我怕辣……”

小团圆顿时觉得手里的竹叶不香了：“你吃就吃了，还专程跑来跟我说心得？”气死熊猫了！

秦初晗憋着笑：“还不是你和小语做了承诺，她帮你吃你想吃又吃不到的人间美味。”

小团圆把“后悔”写在两个熊猫眼里：“随口说说，你竟然当真了。”

祁语学着外公教训妈妈的口吻说：“不可以对小孩子随口说说，这样是不对的！”

“好好好，这次吃了烤肠，下次去吃薯片吧。”小团圆的感冒还没好全，说时还吸了吸鼻子。

“薯片我吃过！”祁语给它介绍起来，“你想吃哪种口味的？我最喜欢番茄味。”

小团圆看着她，不说话了。

祁语踮起脚尖凑过去：“你为什么不回答我，难道所有的口味都喜欢？”全部吃一遍的话，她会好撑的。

小团圆扭头对秦初晗要求：“快，把她带走。”

为了不让女儿失望，更不能让女儿在无意识的情况下加深对小团圆的魔法伤害，秦初晗提议道：“小语，横横大爷快要动手术了，你去给它加油打气好不好？它现在就在隔壁。”

祁语可是立志长大要成为动物医院院长的小孩，给动物加油打气，她是专业的！

等她活蹦乱跳地离开，小团圆忽然叹道：“一转眼，你的崽崽都这么大了。”

秦初晗就地坐下，双手环住屈起的膝盖，话起家常：“梨花糖去 C 国都四年了，当时我们都以为娇气包会和酷宝在一起呢。”

“嗐，酷宝那孩子，我都不知道说什么，口是心非的，我们家梨花糖追它，它爱答不理的，等梨花糖去了国外，它又爬到树上坐着装抑郁，结果从高处摔下来，打了三个月的石膏。”

秦初晗接口道：“被游客拍下来做成表情包发到网上，现在还能在山动的官博留言区看到。”

小团圆张开嘴笑，心满意足地说：“不懂得珍惜，该！”

在动物园复杂的感情纠葛里，梨花糖和酷宝算是典型的青梅竹马有缘无分了。它们的故事再一次印证了感情中亘古不变的道理：没有人会永远站在原地等你。五年前梨花糖惨遭酷宝拒绝，恰逢 C 国国家动物园来租借大熊猫，秦初晗征求了它的意见之后，于次年春暖花开的三月亲自送它出发，开启长达十年的异国营业之旅。在 C 国，大可爱受到空前的欢迎和喜爱，如今已经成为当地家喻户晓的明星，有专门的直播账号，要是网友哪天看不到梨花糖，可是会打电话质问动物园的。

秦初晗见小团圆忽然不说话了，试探着问：“你想它了？”

“想是肯定会想的。”小团圆看得比较开，“它又不是去了就不回来了，那可是 C 国国

家动物园，放到你们人类身上，跟出国镀金没差别了。再说我还有桂花糕呢。”

桂花糕是它和横横的二胎，是目前大熊猫馆的主要营业熊猫，卖得一手好萌，动辄给游客老爷表演“我抱着饲养员叔叔的腿不放”，把大家逗得前仰后合。

小团圆还问秦初晗：“语语都五岁了，你和祁教授什么时候生二胎？”

秦初晗没防备，一愣：“暂时没这个打算。”

“要抓紧。”小团圆反过来用前爪轻轻覆在她手背上，“只有小语自己，她会寂寞的。”

“好有道理。”

“再晚几年，祁教授就不行了。”

“嗯，这……”秦初晗接不上话了，跟熊猫说丈夫的坏话，总觉得哪里怪怪的。

其实对于二胎，秦初晗和祁应琛早两年正儿八经地讨论过。原本两人觉得有小语就够了，后来宋雪桦一句“独生子女太寂寞”让他俩有了新的想法，计划是最好在小语念二年级之前怀上，孩子们年龄差太大也不好。算下来不到三年的时间，说长不长，说短亦不短，关键是秦初晗放不下北极星，想在备战二胎前与这大家伙打一次照面，所以就算没有小团圆的建议，她心里也是有考虑的。

离开大熊猫馆，母女俩先去了概念店。

经过两年的前期筹备和将近四年的改造布局，如今的山动概念店同时具备艺术性和行业前瞻性两大特点，每天限额接待一百五十位游客，其中五十位由网上预约。三大展区回顾过去、记录现在和展望将来，每个展馆都有丰富的看点，以呈现山动前世今生的方式，带大家了解国内动物园行业的发展史。

展馆除了定期充盈内容，还会不定期与国内外艺术家联合举办相关的展览和活动。这个周期，新馆“缤纷体验馆”正式营业，以手游《缤纷动物园》为主题，大部分区域由CHAOS研发的智能动物机器人负责引导游客，还配备有刚在世界游戏展上获奖的全息环境感应系统。

谁也没想到作为一款衍生手游，《缤纷动物园》的寿命竟然可以那么长，开了世界地图后，玩家竟然喊出了“这个七年一点儿都不痒，还可以再玩七年”的口号。

秦初晗进到缤纷馆时，店长苏玉正和一名手游玩家比拼游戏里的动物园规模。当大家身侧的空白区域投放出苏店长的动物园时，馆内响起统一的羡慕声：“哇！”

人群后方，祁语客观评价：“比妈妈的动物园大。”

秦初晗闻言挑起眉，垂首看女儿。

祁语审时度势，改口道：“不过妈妈平时已经很辛苦啦！”

翻译：妈妈为了做好现实里的动物园，没那么多时间去建设游戏里的动物园，所以苏玉阿姨的动物园才比妈妈的大。

此解释不但合理，还体现出小语宝贝对妈妈工作的肯定与体谅。秦初晗理解到位，扬起的眉毛又降回原位。

“我们走吧，去和闪电告别。”

“妈妈和闪电豹豹告别，小语和花生告别。”

“你闪电豹豹的牙齿坏了，疼得吃不下饭，这会儿应该在内舍缩着。花生现在肯定在外场，我们要不要分头行动？”

“还是不要了，小语也想和妈妈在一起。”

“好，妈妈也不想和小语分开。”

花生是闪电和皎月的二胎独子，园三代里最受欢迎的动物之一，傲娇得很。祁语明明比它大两岁半，它却非要当哥哥，每次见面都要争半天。后来有一天，花生突然发现只要有外人在，不管它说什么，祁语都不会回应，于是狡猾地利用了这点，当着外人的面郑重其事地对她喊话：“小语啊，从今天开始我就是你哥哥了，你不反对的话，我们就这样说定了？”

祁语欲言又止，无法出言反驳。

等她私下跑去找它，花生又会说：“给你机会你不表达，过期无效了。说话要算数，不然鼻子会变得比大象还长！”

祁语吃了几次哑巴亏之后，只要花生在外场，她说什么都不会过去，如有必要，甚至不惜绕道。今天是周末，黑森林馆的外场肯定聚了不少游客，祁语不想在出发前被花生钻空子，只要和妈妈在一起，它就不敢翘起尾巴造次了。

秦初晗看破不点破，默默给女儿当挡箭牌。毕竟小秦园长也是在和动物们斗智斗勇的过程中长大的。

到了黑森林馆，先去兽舍里看饱受蛀牙折磨的闪电，母女俩刚来到中转室，就听见闪电的声音从观察窗口外飘进来。

“要走了吗？什么时候出发？”它话说得含糊不清，像含了块糖在嘴里。

秦初晗往里望，就见黑色的煤球背对自己，垂着脑袋蹲坐在观察窗口正下方，尾巴垂在地上，都不翘了。她憋着笑，假意关心：“疼厉害了？”

“嗯。”闪电声音闷闷的，“昨天早上开始的，中午还能吃点儿东西，下午就不行了，给我疼了一晚上，啊……好痛苦。”

祁语搬来一把塑胶凳子，踩上去，双手握着焊死的铁栏杆，心疼地注视里面的煤球："闪电豹豹，我给你呼呼就不疼了！"

闪电感动得差点儿转身，但为了豹子的尊严与形象，它忍住了！

"不……不用了。小语真乖，等你回来，我的牙应该也治好了。"闪电轻声道，鼓励自己熬过去。

祁语被它的勇敢打动："闪电豹豹真厉害！你是最棒的！"

闪电的尾巴象征性地翘起，回应完迅速放下。牙疼不是病，疼起来真要命，人类这次没骗我。好在熬过明天，星期一早上，王老头和他的首席大弟子就能给它治牙了。此时此刻的闪电，全靠信念支撑！

秦初晗可不想那么轻易放过它，只道："我们要去一个月呢，你转过头来看看我们，只看一眼。"

闪电和她拉锯："就……没有这个必要了吧，又不是没见过。"

秦初晗余光瞄着女儿，使出撒手锏："我倒是无所谓，只是小语专程来跟你道别，你连正脸都不露，不觉得自己有点儿过分？"

祁语是个心思细腻的小姑娘，特别容易代入对话情景，她双手扒拉着铁栏杆，小脸恨不得从中间的缝隙挤进去，望眼欲穿地盯着那颗背对自己的煤球："闪电豹豹……"

除了游夜一家的玩偶，豹豹情深也是陪着小语长大的。从她咿呀学语开始，从闪电第一次在深夜跑到北区看望她，这句"闪电豹豹"就叫到现在。"豹豹"的音跟"爸爸"有些相近，还和"抱抱"同音，叫起来别提多亲近了。

闪电的心被祁语叫软了，勾着脖子转过头，幽怨地和她四目相接。

祁语霎时愣住，秦初晗"扑哧"笑出声——面前的黑豹因为牙疼，左边嘴瓣至少比平时肿大了一倍！

祁语越发心疼："闪电豹豹……"

秦初晗笑得越发没心没肺的，还说风凉话："年初体检的时候，我们家祁教授怎么跟你说的，你又是怎么回答他的？不治！男子汉大丈夫，宁可疼死，也不治牙！现在怎么说？"

闪电就知道一定会被她嘲笑。今早起来，皎月就先笑了它一通，到了上班时间，黑森林馆的工作人员来了，见它这样，没有一个不笑的。甚至隔壁熊馆的饲养员听说它"毁容"，都要过来亲眼看一看，再笑一笑。

"看过了，你们走吧，我现在只想等王老头给我做手术。"闪电重新背过身去，有气无力地趴下，脑袋放在合拢的前肢上，愁苦地叹出一口气。事已至此，它别无选择。

秦初晗也不是十分没良心，想了想安排道："这样吧，待会儿我跟老王打个招呼，请他们那边晚上加个班，给你把牙弄了。"

"真的？"闪电稍稍回头，语调都比之前高了几分。

"不是真的，难道还是逗你的？"秦初晗拿它没办法，"以后别这样了，有病早点儿治。时间不早了，我和小语还要去别处，你好好休息，多少吃点儿东西，不是说做完手术立刻就不疼了，还有过渡期，够你熬的。"

"知道了，去吧，我眯一小会儿。"闪电不想动，就趴在中转室的窗户下。

秦初晗拉起祁语的手，边往外走边说话。

"妈妈，闪电豹豹会好起来的，对吗？"

"你闪电豹豹除了牙齿有点儿问题，身体好着呢！"

"它不会疼死吧？"

"不会死，但可能会疼得呜呜哭。"

"啊……闪电豹豹会呜呜地哭吗？"祁语小朋友略感幻灭。

秦初晗越说越来劲："也有可能是嗷嗷哭，或者放声大哭，边哭边打滚。"

祁语不知道说什么了，半张着小嘴，发出一愣一愣的奶音。

闪电听得一字不落，猛地提起一口气，却因为牙根冷不防的剧痛瞬间失去气势。它才不会哭呢！不管是呜呜还是嗷嗷都不会！臭晗晗！

秦初晗把臭弟弟涮了个过瘾，带着女儿来到闪电家祖传的活动外场。

快十一点了，园三代花生正是活跃时，一会儿跃上爬架，用前爪去挠饲养员挂在绳梯上的毛球，一会儿又钻进草丛里，只等没经验的小麻雀去啄食从树上掉下来的果实，再猛地冲出，不管能不能扑到，总能扑个快乐。

皎月静卧于平坦的高地之上，晒着太阳，偶尔抬起头看看儿子在做什么，见小崽子快乐玩耍，安心了，便又懒洋洋地卧倒，身体弯出漂亮的弧度。它肚子里的宝宝已经满两个月了，除了活动少、食量大，即将第三次做母亲的皎月哪儿哪儿都好。

秦初晗抱着祁语在外场和母子俩隔空打了招呼，就算道别了。

这次花生很懂事，没有说过分的话，轻巧地纵上高地，去到皎月身边，站得高高的，对祁语喊话说："我要做哥哥啦，你们可要快点儿回来！"

明媚的阳光下，祁语冲它笑成了一朵太阳花。

"接下来去哪里？"

"小语想看狼爸爸。"

“好，去看看君临，还有它家的毛孩子们。”

在野外，狼的寿命通常在十五年左右，而在动物园饲养环境下，它们的寿命可延长至二十年左右。两年前一个寻常的冬日夜晚，老狼王隆越大抵做了个十分妙的美梦，再也没有醒过来。而君临天下的君临和他的妻子、兄弟们也正式步入中老年。狼谷的三代们成长起来，新的狼王之争即将拉开帷幕。如今的狼谷，两分天下的局势越发明朗，若非君临还有几分威严，恐怕连表面和平都无法维持下去。

当年景天、柴胡、飞廉、红豆和豆蔻通过父辈的试练，被送往牧城动物园参与放归计划，狼谷只剩下赤松、白芨、铃兰三只小狼崽。好在到了次年，莓宝终于从紫山和墨蓝之间选择前者作为配偶，并顺利孕育出下一代，生下一雌三雄总共四只狼崽。老秦园长为崽子们分别取名为雪茶、商陆、玳瑁和山苍，都是以好听的中药为名，很好记。

就在莓宝刚生下雪茶它们没多久，警察破获了一起跨省走私贩卖野生动物的案件，救下若干野生动物，其中有一窝藏狼崽子，二雌四雄，未满双月，嗷嗷待哺。秦怀远和齐偲接到林业局的电话，考虑到狼谷的健康繁衍，也是为了保证优生优育，园里立马派饲养员出发，把毛孩子们接回来悉心照料。

藏狼一般指中国狼，是灰狼的一个亚种。从外形上看，它们的毛色多呈黄褐色，背部有黑色和灰色毛的混杂，而喉颈、胸部、腹部和腿为白色，皮毛会随着四季的变化而变化。而在身形上，它们与普通的欧洲狼相似，但毛发更浓密，鼻子更长，身形也更苗条。为了将新来的小家伙们与狼谷的原住民区分开，老秦园长以山川湖泊给这六只崽子取名。男孩子分别叫奔流、浩瀚、霸川和破浪。两个女孩子的名字要秀气一些，叫湖光和泊然。

在饲养员的引导下，狼崽子们得到君临家族的认可，逐渐融入其中。自此，山动狼谷有了充沛的新鲜血液。又过几年，孩子们长大了，到了新老更替的时候，成年狼们跃跃欲试，逐渐分为两派：一派以赤松为首，一派以奔流为首。情况与当年君临预谋篡位时有些相似，但又更加复杂。赤松和奔流不但要时刻留意彼此的举动，还得把破浪、湖光和山苍这三个不确定因素考虑进去。

君临深谙动物园生存之道，早在去年年末便亲自请求小秦园长，希望园方安排一场公平公正的围猎，年轻的群狼都有资格参加，可以为自己而战，也可以辅佐心目中的新狼王战斗。待决出胜负，它愿意自动退位。

当时刚结束全园动物体检，秦初晗看着君临优于同龄狼的各项指数，推辞道：“明年再说。”

春节过后，三只母狼确定受孕，并于半个月前先后生下总共九只狼崽。虽然工作人员反应迅速，早就为每只母狼准备了单独的分娩室，现在狼崽还和妈妈们住在一起，但狼谷的气氛还是不可避免地变得紧张。在狼的世界里，为了提高头狼幼崽的存活率，只有狼王和狼后有优先孕育权，其他的狼需要得到允许，或者等狼王、狼后的孩子出生并有所成长才能得到生育资格。而狼又是一种极其有血性、好斗的动物，即便生存在动物园里，不会出现食物上的危机，骨子里的原始本性也会驱使它们为了下一代去战斗。

秦初晗和祁应琛商量过了，决定还是用老招数，以实验观察为由支开狼谷的工作人员，安排狼王之位的竞争。今天来这一趟，道别是次要的，主要是为了给君临一个交代。

“按照你的说法，还要等一个月？”兽舍里，君临听秦初晗道明原委，深沉的瞳眸里流露出明显不满。它年前同她打过招呼，就是希望她早做准备。

要是换作几年前对动物们有求必应的秦初晗，肯定会为此感到歉疚，至于现在？她怀疑地瞄一眼君临：“你连一个月都坚持不了吗？”再问它斜后方的小艾，“告诉我，是什么消磨了它的斗志？”

小艾敷衍地晃了下尾巴，撇清关系道：“反正不是我。”

君临站了起来，试图缩短自己和人类对视上的不平等：“我的斗志时刻都在燃烧，不过——”

秦初晗微微昂起下巴：“不过？”

君临不再说下去了，让骄傲的狼王承认自己年迈太过残酷。它太久没有战斗，当王位受到威胁时，首先考虑的是依靠人类的力量扶持自己的儿子上位。它差点儿忘了，站在狼谷制高点战斗到最后一刻才是它曾经向往的终结。于是它发现，斗志这种东西早已在漫长的优哉游哉的同时也是没有自由的岁月里一点一点消失殆尽。

沉默片刻，它转而道：“我知道了，在你们回来之前，我会将狼谷的形势稳住。”

秦初晗敏锐地感受到君临此刻的感受，但她改变不了它的狼生轨迹，只能换个还算愉快的话题：“一个好消息，景天已经带领它的家族在距离牧城动物园东南十二公里的森林一带成功立足，附近的家族与它们碰过一次，被打回去了。”

君临涣散的瞳眸里亮起灼灼光华，激动得说不出话。

小艾也走到铁栏杆前：“还有别的消息吗？多说点儿！”

在远处休息的路华、苏白和紫山也围了过来。

没记错的话，这是秦初晗第二次说起被送走的孩子们的情况。第一次是四年前，不过寥寥一句“景天它们昨天正式放归野外”，君临不问，其他的狼也不敢多问。这次不一样，孩子们远离动物园，在森林里立足，还击败了野生的狼群家族，说明人类的计划成功了，

孩子们拥有了在野外生存的能力，得到了真正的自由。

良久，君临克制地问："你说的都是真的？"

秦初晗微笑着点头。

景天它们在四年前物产丰富的春天得以放归，从正式迈出生命征途的第一步起，没有一匹狼显露出半点儿犹豫和胆怯。在景天的带领下，它们先占领了牧动附近的高地，以此为根基逐渐扩大领地，每天一起捕猎，驰骋在没有边际的山地上，无拘无束。

八匹年轻力壮的成年狼，战斗力不容小觑，很快在那一带打响名声。遗憾的是当它们向森林深处进发时，碰上另一个完全野生的狼群家族，被打得落花流水，不得不重新退回牧动附近的山坡上。那一次，景天失去了一只眼睛，柴胡脖子左侧下方被撕咬出一条约十厘米的伤口，幸亏不深，不然小命难保。跟踪拍摄的于盛都快心疼死了，只要用镜头对准它们的伤，他的胸口就跟着一抽一抽地疼。

柴胡最难熬的那天深夜，豆蔻小可爱还跑到越野车附近嗷嗷叫唤，求救的意思很明显。于盛的助手忍不住走出遮蔽点，当时人和狼的距离最多只有五米。后来景天出现，把豆蔻带回了属于它们的小山坡上。那才是它们的家。

第一年的冬天，八匹狼过得格外艰难。深秋的那一战大家都伤了元气，入冬后无法进入森林深处，能够捕猎到的食物有限，饿得一个两个精神萎靡，整日蜷缩在洞里。不过饥饿是折磨，也是野化的最好催化剂。熬过了冬天，景天带着全员出动，积极捕猎，野外生存能力日渐提高，变得更强、更壮、更坚定。

这四年间，它们数次闯入森林深处，活动范围绵延数百公里，若是碰到其他狼群，能打就打，打不过就跑，家族成员之间的关系越来越紧密。

"根据摄影师的跟踪观察，豆蔻的身形明显就是有了狼崽，景天选在这时候向森林进发，理由充分，决心也很足。"秦初晗省略掉景天它们最初的艰辛，报喜不报忧。

"豆蔻那个小哭包做了狼后？"君临扭头看向路华。

路华竟然不好意思地用前爪挠了下鼻子，身旁的苏白已然发出呜咽声。实在难以想象，那可是豆蔻啊……那个曾经每晚依偎在兄弟姐妹身边，还要仰着脑袋撕心裂肺哭着和隔壁兽舍的妈妈喊话的娇气包，如今竟然做了景天的狼后，还要成为母亲了。

祁语蹲在铁栏杆前，见苏白呜呜低泣，眼泪也在眼眶里打转——山动首席陪哭员上线！

秦初晗忍俊不禁："可别小瞧了豆蔻，只要它出没的地方，兔子窝没有一个不被掏空的，藏得再深再隐秘，它都有办法把猎物弄出来。"

路华听得笑了："送它们走之前那几天，豆蔻总是追着问我捕猎技巧，我说它跑得快，适合追兔子，没想到去了野外，真做了兔子杀手。”

“不管怎么说，能给自己挣口吃的，活着就好。”小艾还和以前一样乐观开朗，凡事都往好的方面想。

君临高兴了一阵，从秦初晗的话里回过味来：“去森林之前，吃了不少苦吧？”

“你是指景天在第一次战斗时被抓瞎了左眼，柴胡胸口被挠出一条血淋淋的伤口，差点儿一命呜呼？”秦初晗本来想隐瞒的，可是跟狼打交道，还是直来直去好。

苏白被吓到，一时顾不上难过，追问道:“这是什么时候的事？飞廉呢，它怎么样了？”

“放归第一年的秋天。”秦初晗给了句准话，“大家都好好的，放心。”

小艾把火发在君临身上：“都怪你，好端端的问这些做什么？说了放到野外去，生死不论，都是它们的命，你在这里又帮不上忙，听点儿开心的不就好了？！”

君临蹲坐在地，低头服软：“是，我不该问的。”

祁语连忙化身调解员：“狼妈妈不要生气。狼爸爸，小语要跟爸爸妈妈去找星星了，你要记得想我哦！”说着举起右手，小拇指和空气勾了勾。

可爱的幼崽治愈世界，兽舍里的气氛变得更加柔软了。

秦初晗又说了一些从于盛那里得知的近况，君临它们听得很认真。

聊了一会儿，莓宝精神奕奕地从自驾区回来，把二代狼舍的气氛带得活泼了不少。狼也是要服老的，留在动物园不愁吃喝，没什么不好。反正它挺喜欢，还半开玩笑地对秦初晗喊话，说千万别把它的孩子们送去搞什么野化放归，它舍不得。而且它已经跟商陆那几个打过招呼了，年纪小，不要瞎站队，不管是跟赤松还是跟奔流，都别伤了彼此的感情，打来打去，大家以后还是要相互依靠的。

秦初晗直夸它是明白狼。

离开狼谷前，秦初晗又特地去外场找到破浪、湖光和山苍这三个墙头草，一通威逼利诱。简而言之，在小秦园长不在动物园这一个月的时间里，不管赤松和奔流之间的关系有多紧张，看对方多不顺眼，你们都不能有所表示，不然扣你们口粮！

破浪很无奈，反问：“万一它们自己打得头破血流分出胜负了呢？”

秦初晗果断道：“不可能，最多打两下就会被饲养员分开了，你当我们人类是吃干饭的？”

破浪趴好了，晒着太阳哼哼：“你是老大，你说了算。”是匹相当识时务的狼了。

离开外场，祁语问妈妈为什么要威胁破浪它们，明明那三匹狼最乖，都不参与打架的事。

秦初晗解释说这是为了君临好，它上了年纪，对狼群的管理力不从心，快摁不住底下

这帮小的了。没有当着它的面说这些，是不想伤它的自尊。对狼来说，尊严是很重要的东西。

祁语听得似懂非懂，低声“唔”了一声，一脸投入思索的表情，想着想着又笑出声，然后连忙用手把嘴捂住，偷瞥妈妈。她也有属于自己的完整的小世界，有些天马行空的想法是不愿意与大人分享的。

秦初晗不打听，给足女儿空间。把工作车停到自驾区外的停车场，来到观光小火车的站点，她继续让女儿选：“下一站去哪儿？”

祁语站在地图站牌下，昂着头认真看。虽然认识的字没几个，但她能准确地叫出地图上标注的每个动物的名字。

“决定不了？”秦初晗等了一会儿，小火车已经快开过来了。

“不是，我决定了……”祁语犹豫半晌，两只小手都握成拳头了，“要去看琥珀！”

秦初晗赞赏地扬眉。好嘛，终于要踏出和解的第一步了。

正午时分，河马馆人山人海。

与住在隔壁的老邻居犀牛比起来，虽同样是体形庞大的动物，河马的长相却令人遗憾，突突眼，大嘴，大鼻孔，一对骇人的獠牙咬合力惊人。加上比泡芙还蓬松的腮帮子、圆润的体形、粗壮的四肢，外形轮廓上就给人一种笨拙感，皮肤又是单一的泥灰色，还爱在泥里滚来滚去……诸多不讨喜元素的堆砌下，那双时刻竖起来的乖巧小耳朵显现不出多少呆萌可爱的优势。所以来到河马馆，游客的声音大多都是——

“吃得好肥，肚皮都快拖到地上了。”

“鼻孔好大啊……”

“快看！有一只在水里拉屉屉！”

“咦——”

甚至有一名游客用手里的矿泉水瓶子敲击防护栏，扯开嗓门冲水里的一家三口叫嚷，极尽所能地挑衅：“谁是玛瑙？出来走两步。那个叫琥珀的小家伙，你把脸埋水里做什么？头抬起来，让我媳妇给你拍个特写！还有那个叫什么，哦，对！珍珠，嘴巴闭上，张那么大是想吓唬谁呢？有本事你出来啊！天气这么好，特地来看你们，一个两个泡水里不出来，不给面儿是吧？”

在场没有人出来制止，反而都用看热闹的态度笑着围观。

秦初晗牵着祁语的手站在人群后面，不禁对视。

河马是夜行性动物，白天喜欢在水里睡觉，活动量不大，入夜后才会出来觅食。山动在夜游园活动里，专门把河马馆列为重要一站，由专业的讲解员带大家了解这个大家伙。

虽说动物园具有营业性质，可有的人类实在太傲慢了，自带优越感，喜欢用居高临下的态度看待别的物种。

祁语两条眉毛拧成了毛毛虫，秦初晗也心有不悦。换作几年前，小秦园长铁定发火了，现在不行，对这样带有强烈消费意识的游客，与他争辩非但不能改变他对待动物的态度，还很有可能引起反感，引发园方和游客之间的矛盾。动物园是个有爱的地方，它最初存在确实是为了满足人类消遣和收集的私欲，但现在不同了，这里是人类了解动物的最直接的渠道，而引导游客文明参观也是园方的责任所在。身为动物园的管理者，秦初晗必须保持时刻清醒。

秦初晗面无表情地给自己做了一番心理建设，而后绽出个自认为轻松的笑容，在女儿面前蹲下，打商量："游客有点儿多，我看琥珀它们都在睡觉，我抱你看它一眼，然后我们就去吃饭好不好？"

祁语向来听话，闻言点点头，伸出一双小手环住妈妈的脖子。

秦初晗刚把她抱起来，就见前排有个八九岁的男孩子对那名男游客有样学样，扶着防护栏冲河马大声喊："大懒虫，快把眼睛睁开！猪都比你起得早！"

男孩子的妈妈虽有制止，也只是单纯嫌他嗓门大，吵到了自己。

"妈妈，我们走吧。"祁语难过地对秦初晗小声说。

她在动物园长大，曾在很多个无意间听到动物们的抱怨：今天有个游客对我比中指，昨天那个游客竟然朝我吐口水，还有前天……不管好的坏的，人们总是会向动物传达自己的情绪。因为能与动物沟通，祁语的共情能力格外强，也试过向妈妈要求，能不能把那些对动物不好的游客赶出去，不许他们再来了。

秦初晗也是这样长大的，理解女儿的烦恼，却不能帮忙解决，毕竟"山动最虎秦初晗"当初回来搞文创，冲动的事可没少做。她耐心解释："大部分人对动物没有恶意，只是不知道如何与它们好好相处。动物园是一座桥，把人和动物连接在一起，如果在桥的一端设下路障，阻止对面的人过来，大家要怎么互相了解呢？"

祁语听懂了，要是桥有了路障，那就不是桥了，所以不能赶走这些对动物吵吵嚷嚷的游客，那么还是她走吧……

秦初晗看出女儿的沮丧，安慰道："放心，园里已经在招更多的志愿者和专业讲解员了，等人手到位，情况会好起来的。"

祁语小可爱咬着下唇，懂事地点了点头。在她的心里，山动是全世界最好的动物园，没有之一。等她长大了，还要把这里变成全宇宙最好。

这时，前排的男孩子铆足劲，仿佛用了全身最大的力气喊道："丑东西！"

秦初晗下意识转身，祁语紧张地看向琥珀。

而几乎是同时，依偎在爸爸妈妈身边的琥珀睁开眼睛，茫然地看了看发声源，哦，原来是个熊孩子啊……不理。

这一眼让小男孩大为得意，他兴奋地踩到防护栏底层，双手扶着最上层，整个身体危险地向外场内探过去，放大音量喊道："丑八怪臭烘烘，还在水潭里一边睡一边拉臭臭，恶心死啦！"嚷嚷完还空出一只手扒拉下眼皮，做出难看的鬼脸，惹得游客们笑声不断。

琥珀完全不介意，四肢在水里狗刨，略做舒展，却是无意中看到人群后面的祁语。视线相触，祁语都没来得及反应，琥珀先抖了下耳朵，一脸复杂地强行转身，卖力地游啊游，游到岸上，噔噔噔跑到场边角落里，一头扎进去，屁股朝外，摆出与全世界割席的倔强样子。

还在生她的气啊？祁语难过地噘起嘴："妈妈，怎么办？"当着那么多游客的面，她更不知道要怎么做才能在离开之前和琥珀讲和了。

秦初晗的表情也不好，刚才不出声是因为游客没有违规行为，如今小孩子都趴到防护栏上了，万一摔进去怎么办？河马馆的工作人员呢？就算是午饭时间，也该有人轮值的。她单手抱着女儿，拿出手机给河马馆打电话。

另一边，小男孩以为小河马被自己喊得害羞了，越发来劲："你还知道害羞啊丑鬼！正午才起床，大懒虫！"

"它不懒！"祁语蓦地出声，稚嫩的声音充满力量。

秦初晗打电话的手顿了下，侧首一看，女儿涨红了脸，正目光灼灼地怒视比她大上至少三四岁的小男孩。

游客们都看了过来，包括小男孩一家，就见粉雕玉琢的女娃娃被年轻妈妈抱在怀里，一脸严肃，气得扶着妈妈肩膀的手都攥成拳头，为小河马鸣不平。

小男孩是个自来熟，向祁语隔空喊话："睡到中午才起来，这还不叫懒啊？"

祁语抿了抿唇，一字一顿地说："它不是懒，它只是跟我们不一样。"

小男孩有说相声的潜质，字正腔圆地说："那确实，长得比我还胖哪！"

这话把大家都逗乐了，还有游客起哄："你俩好好辩一辩。"

祁语性子腼腆，受不住那么多目光，蠕动着唇瓣怯怯地嘟囔了一句什么。

秦初晗柔声鼓励女儿："不着急，慢慢说，把你知道的告诉大家就好。"

"嗯！"为了琥珀，祁语拼了。

待人群安静了一些，她也整理好了思路，先回答河马睡懒觉的问题："河马是夜间的，它们白天睡觉觉，我们晚上睡觉觉，所以不一样，琥珀不是大懒虫。”

秦初晗从旁补充：“我女儿是想说，河马是夜行性动物，所以白天几乎都在睡觉，入夜后开始活动。”

祁语继续道：“还有，外公告诉我，它们在水里拉臭臭，跟狗狗到处尿尿是一样的！”

这次换身旁的阿姨给小家伙当翻译：“狗狗到处尿尿圈地，河马在水里拉了臭臭，那片水就是它的领地，是这个意思对吗？”

祁语眨巴着圆溜溜的大眼睛，看着那名慈眉善目的阿姨，重重点头：“就是的！”

阿姨再问：“小朋友，你还知道什么？”

“我知道的可多了！”祁语能感受到周围对自己肯定的目光，平稳发挥起来，“住在这里的河马是一家，爸爸叫玛瑙，妈妈叫珍珠，琥珀是它们的孩子，今年六岁了！玛瑙爸爸和珍珠妈妈的脾气特别特别好，乌鸦、麻雀飞到它们背上，它们从来都不生气。”说到这里，她特地看向最先大声挑衅河马一家的男游客，小眼神里流露出明显不满，道，“就算每天都有人骂它们，说它们不好，它们也不在意，外公说这叫作心胸开阔。”

河马到底是不是心胸开阔，在场没几个人能弄清楚，但身为一个成年人，哗众取宠去招惹动物，素质呢？

“叔叔，不要凶它们，它们会难过的。”祁语全程望着那名做了错误示范的男游客，末了还加了一句央求，“好不好？”

那人被看得不好意思了，倒也不生气，憋了半晌，要笑不笑地认道：“你说得对！叔叔错了！这就改！”

祁语得到想要的回应，冲他绽出媲美小太阳的笑容，再学着爸爸妈妈平时讲话的模样，对大家道：“外公说，动物园是展示动物、让大家了解动物的地方，我们要好好地认识它们，跟它们做朋友！”

没有对比就没有伤害，比她大的小男孩明显感到自己被比下去了，苦着脸问：“不是……你外公是谁啊？你又是打哪儿钻出来的？”

“我外公就是我外公啊。”祁语认真回答。

小男孩被她整无奈了，艰难的处境下竟被逼出一点儿急智：“那我说河马长得丑，总没说错吧？”

得！又绕回来了……祁语忍不住去看琥珀，刚瞄到一点儿轮廓，忙不迭收回来，再看比她大的男孩儿。

小男孩立马抬头挺胸，这一次，他也不会退缩了！

“我们觉得不好看，那……在河马它们自己的眼里，琥珀就是最帅气的呢！”祁语找到立足点，变得底气十足，“还有啊，当着别人的面说它难看，这样很没礼貌，就好像我不会说你胖，虽然你真的有点儿胖……”

小男孩被戳到痛处，露出窘迫的表情。

游客们包括男孩的爸妈都乐不可支。

“行了行了，以后不许这样，对动物也要讲礼貌。”小男孩的妈妈出来打圆场，“你这体形还笑话河马呢，从今天开始减肥，炸鸡腿给我先戒了！”

小男孩瞬间难过起来：“说好待会儿给我买炸鸡腿的，怎么说话不算数啊……”

“河马的体形是天生的，你看你爸和我，我们家就你超标，拉低整体水平。”

“爸……”

“你别看我，我们家谁说了算？”

“妈……”

“听妈的，妈是为你好！”

一家三口有说有笑地向小吃步行街走去，走出一段距离，那位妈妈还让小男孩跟祁语挥手告别：记住这个给你上了一课的小朋友，从今天开始，做个讲礼貌的好孩子。

秦初晗抱着女儿和他们挥手，心说原来这家子只是看着很熊，没想到意外的讲道理。

“妈妈，我们去找爸爸和外公吧。”转了一早上，祁语的肚子咕咕叫，只要见到外公、爸爸，还有胜利爸爸他们，就可以吃饭啦！

这一会儿工夫，游客散去不少。秦初晗见河马馆的当班人员从卫生间那边小跑过来，收起打电话问责的念头。

“走吧，回去吃饭。”

祁语舍不得让妈妈一直抱着，主动下来自己走。秦初晗牵着她的手，往斜对面的站台走去。

“妈妈，我们不去看夏天了吗？”

“吃完饭，走之前去跟它道别。”

“我们回来是不是就会看到它的宝宝啦？”

“对呀，预产期在下个星期，回来就能看到了。”

母女俩正聊着，身后忽然传来熟悉的声音——

“小语，拜拜！”

祁语眼睛一亮，回头看去，只见河马馆的外场里，琥珀站在水边，半张着嘴，像是在笑着跟她告别："玩得开心点儿！"

"妈妈，琥珀不生我的气了。"祁语激动得不行，想跟琥珀挥手，冷不丁又想起爸爸妈妈总是挂在嘴边的教诲，有些手足无措。

秦初晗笑着道："和琥珀说再见吧。"

得到允许，祁语把手举得高高的，还要踮起脚尖："琥珀，拜拜！"

"你要快点儿回来哦！"

"我会想你的！"

"我也会想你，但是不会天天想！"

"不用你天天想我。"

"那就好！"

"拜拜！"

"拜拜！"

好朋友终于和解啦！

3

在胜利老师的操持下，午饭吃得比除夕那天的年夜饭还热闹。

祁语一上午跟这个动物告别，跟那个动物说拜拜，都没好好和人类道别。趁着吃饭这点儿时间，她开始活动起来。

祁语先到伍山海哥哥旁边："海洋哥哥，我要跟爸爸妈妈去海上找星星了，去一个月那么久呢！"

伍山海稳稳当当地坐在椅子上，就近夹一块烤鳗鱼放到妹妹碗里，稳重纠正道："是山海哥哥。"

祁语乖巧点头："知道了，那等我去到海边，捡最漂亮的贝壳送给你，好不好啊海洋哥哥？"

伍山海放弃抵抗，平和地应"好"。

伍衡忍笑安慰快憋出内伤的儿子："没事，大度！过两年小语会叫对的！"

伍山海盯着自己碗里的米饭，闷声闷气地说："两年前你就是这么跟我说的！"两年又两年，他到底还要等多久？

时昊也给他夹了块烤鳗鱼，不着调地建议："干脆改名叫伍海洋，纠正错误，一次到位。"

伍衡爆笑："我看行！"

伍山海刚拿起的筷子又重新放下，整个人露出崩溃相："我不行！我就是伍山海，有山也有海！"

身为伍山海的亲爹和干爸，伍衡和时昊这对难兄难弟把他夹在中间，笑就完事了。

而这个时候，祁语小朋友已经跑到星澄妈妈腿边，侧着脸贴上圆鼓鼓的肚皮，听得认真。

叶星澄问："听出什么了？"

祁语抬起头，眼睛眨啊眨，就像天上闪烁的星星："他们在说悄悄话，我听不清楚。"

叶星澄被她萌得眉开眼笑："等以后他们出来了，你仔细问问。"

"嗯！"祁语应下了，小手轻轻摸着叶星澄的肚皮，"星澄妈妈，你能不能告诉我，你肚子里是弟弟还是妹妹呀？"

叶星澄反问："你想要弟弟还是妹妹？"

祁语站直了，用手贪心地比画出一个大圆："我要做好多好多姐姐，就像朝朝哥哥，他最大，过年的时候，我们都要听他的。"

坐在对面的盛呦呦笑道："她巴不得你一口气生出一支足球队，大家排成一排，挨个叫她大姐！"

司徒畅竖起大拇指："排面！"

"合着你想做姐姐，就是为了使唤弟弟妹妹？"陈胜利一把将干女儿捞到腿上，给她当人肉垫子，"只能在弟弟妹妹里选一个，你怎么选？"

大家都不说话了，目光给到被迫做选择的小朋友。

祁语犯了难，扭头和胜利爸爸对上视线，想了半天，折中商量道："能不能一个弟弟一个妹妹？"

陈胜利猝不及防，愣了一下，然后下意识地看叶星澄。私下里他们不知道为到底是男孩还是女孩琢磨了多少回，就从来没想过一子一女凑个"好"的可能性，小语宝贝这是给他们打开了新的思路啊！

伍衡精神抖擞地拍桌子："好家伙，龙凤胎！"

时昊提示说："你们注意看胜利老师的微表情，即将绽放出本年度最灿烂笑容！"

陈胜利把祁语拢在怀里，笑得合不拢嘴："低调，淡定！早上祁教授才给我上了思想教育课，儿子女儿都一样，不能区别对待。"

祁应琛摆出上大课时的严肃状态，屈起食指敲了敲桌面："没让你限制自己的想象。"

叶星澄亲手撕下胜利老师刚给自己戴上的淡定假面具："某个人前些天还说开奖的乐

趣就在于此，如今回到动物园，开始起范儿了？装什么装。”作为一家之主，她先表态，“我就想要女儿，最好像小语那么可爱、贴心。当然，要是生出来是儿子，也不会亏待他们就是了。”

叶星澄虽然是独生女，搁不住父辈兄弟姐妹多，到了她这辈，哥哥姐姐一箩筐，各自组织家庭，生的全是男孩子，逢年过节家庭聚会，那个闹腾劲儿啊，仿佛整个小区都是叶家的天下。她不能再给大家庭增加压力了……

得老婆发话，陈胜利咧开嘴傻笑，再跟小语宝贝对上眼神：“听你的，最好是一个弟弟一个妹妹，都叫你姐姐！”

祁语高兴地举起双手：“我要做姐姐啦！”

这就完了？不能够哇！

时昊带头搞事：“言归正传，胜利老师，你给我们表个态，你是想要儿子多一点儿，还是女儿多一点儿？”

陈胜利再一次被架到火上烤，干巴巴地笑着看老婆。叶星澄让他别看，顺从心声剖白心迹。

盛呦呦帮他说了：“就看胜利老师稀罕小语的劲头，标准女儿奴。”

“是，我是！”陈胜利干脆认了，手一挥，气势暴涨，“数月后，要是我陈某人喜得两个千金宝贝，在场一人一瓶茅台，就这么说定了！”

伍衡问：“要是俩儿子呢？”

司徒畅抢答：“好怕茅台变啤酒。”

时昊努力争取：“那也得一人一件吧。”

陈胜利笑场：“可以，要是俩儿子，一人一件啤酒！就在这间屋子，这个房间，不喝完谁也不许走！”

秦初晗站起来给女儿盛汤：“我怎么觉得你这话带有强烈的抵触情绪？”

祁应琛帮老婆夹菜：“要是俩儿子，小名一个叫‘勇闯’一个叫‘天涯’好了。”

“行行行！你们高兴就好！”陈胜利任由大家调侃个快乐，也帮老婆夹菜。

时昊给顾主编发语音：“到哪儿了？我问你个事啊，你们网站有没有做过近几年男孩女孩出生比例的统计研究？是不是在某个阶段，同一产房的妈妈们会集体生儿子，另一个阶段又差不多都是女儿？这是玄学还是磁场？”

顾词回得很快：“刚过东门，马上到。你废话怎么那么多？我再强调一次，我做的是正经的动物网站，出动物期刊，跟人类这个物种没毛线关系！”

时昊当着大家的面和他贫："这是个很严肃的问题，关乎大约四个月后我们能喝茅台还是啤酒。好了，现在请你认真回答我，玄学还是磁场？儿子还是女儿？"

顾词脑子灵光，一听就明白是怎么回事，新的语音发得郑重其事："是这样，虽然我们网站没有做过相关研究，但从我个人角度出发，我还是希望胜利老师心想事成，只有你好了，才能更好地造福我们这帮兄弟姐妹。"

语音放完，全场鼓掌。不愧是刚荣获最佳传媒的网站的主编，这语言组织能力，这点到即止的美好祝福，把陈胜利说得心花怒放，特地声明茅台顾词老师独享两瓶！这话引得时昊等人强烈抗议：你可以对你的儿子女儿区别对待，但是对我们，必须一碗水端平！

正闹着，顾词又发来语音："别吃了，都出来，赶紧的！象馆集合！"

司徒畅涮肉的手一顿："不是吧，又搞这种提前惊喜？"

秦初晗和祁应琛几乎同时接到电话——夏天生了。

象馆的待产舍于两年前投建，空间宽敞，半开放式，自带舒展活动的小院子，基础设备一应俱全，去年先后住进两位象妈，都在兽医和工作人员的陪伴下顺利生产了健康活泼的小象。夏天在三月末住进去，比起八年前的头胎，这次孕期全程，它格外从容。

因为舍里有监控，又是正午最忙的时候，预产期也还有十天左右，负责照料它的饲养员正在食堂吃饭呢，监控室那边忽然打电话让赶紧去待产房，说夏天又一次提前生了！

秦初晗等人闻讯，浩浩荡荡赶过去，就见宽敞的待产舍一角，刚出生的小象依偎在妈妈身边，嘴里含着它软软的小鼻子，睡得香甜。夏天只比平时显出少许疲惫，整体状态还不错。大家赶来之前，它已经把自己和象崽收拾得干干净净，发现摄像头运转，还主动抬头去看镜头，好像在对大家说：我没事，崽崽也没事！

秦怀远、时旭和象馆的一众工作人员站在观察窗口乐呵呵地看里面的母子，说话都压着声儿，生怕不小心惊扰了它们。

秦初晗和祁应琛又去调监控录像看。

差不多十二点，站在室外晒太阳的夏天开始来来回回在院子绕圈踱步，不难看出有些急切，但被控制住的脚步却迈得稳健。显然，它知道自己正在经历什么。夏天就这样匀速地走啊走，偶尔停下来歇一歇，去水槽那边喝一口水，疼得厉害了就扬起鼻子发泄地嚎一声。整个过程持续了将近四十分钟，它站在棕榈叶做的遮阳棚下，全身紧绷，大耳朵不停地呼扇着，后腿微微弯曲。很快，被胎衣包裹的小象顺着产道滑出，落在了地上，胎衣也随之破裂。夏天稍稍松了口气，扭过身正对刚出生的崽崽，抬起前肢毫不犹豫地踹去，直到象崽吐出积液，发出掷地有声的奶音，这才放心，伸出鼻子反复扒拉小家伙。又过了十来分钟，小象站了起来，摇摇晃晃地跟在妈妈身后进了内舍，和妈妈一起倒在干爽的稻草上休息。

祁教授评价道："是可以当作范本的优秀。"

小秦园长点头肯定："已经不是那个无所适从的夏天了。"

两人同时想到了什么，不由自主看向对方。

秦初晗已有预见："你在想什么？"

祁应琛眼里带着笑意："忽然想起那天你给我打电话。"

秦初晗眉毛一扬："然后呢？"

祁应琛陈述道："你先说了一句'抱歉打扰到你了'，然后问我能不能立刻回园里，夏天提前分娩了，但是生不出来。"

秦初晗从客观角度阐述："当时给夏天请的专家还没到，它又不会生，你是动物学家，这个身份在动物园里的分量不用我多说了吧？所以，我给你打这通电话有什么不对吗？"

"没有哪里不对。"祁应琛不疾不徐，抽空看了一眼显示器里的夏天和象崽，再转头与妻子对视，"但我想说的重点不是这个。"

秦初晗的眼神隐隐约约变得有些危险："那是……"

祁应琛招式已经使出来了，太极打得行云流水："重点是你回动物园之前，我们在医院偶遇，你带我去普安路和平巷吃小笼包，过后我们回医院取车，我说要去机场接个人，你误会了。"

"有吗？"秦初晗不认，"你去接胜利老师，我误会什么？"

祁应琛早就料到她会是这个反应，全程保持温文尔雅的笑："坦白说，后来发现是胜利老师，心里松了口气吧？不承认也没关系，我记得就好。"

秦初晗被将得死死的，转过头冲墙角眨了几下眼，又不服输地转回头和丈夫对视，小火花飞溅。

"都是过去的事了……"对视了一会儿，秦初晗决定息事宁人。现在想想，当年她的脑补能力也是强得没边了。

祁应琛坚持说完："我说我记得，不是跟你翻旧账，而是想告诉你，每次想起过去，都能从细节里感受到我老婆，也就是你，对我的在意，心里很舒服。"说着，他还假模假样地把手抬起来放在胸口上。

怎么？这段我每天内心因你而激荡的往事爽到你了？秦初晗按下他那只做作的手："答应我，别轻易展示你小学三年级的演技。"

“已经不喜欢了吗？”

“也不能说不喜欢，这种情感很复杂，非要确切地描述，应该是在爱与恨之间反复横跳。而你知道的，我一向很记仇。”

祁应琛收到老婆的警告，收起他的太极。

待产舍那边，老秦园长正主持大局，让大家都散了，周末游客多，赶紧回自己的岗位去。

祁应琛拿主意道：“你和小语去看夏天，我回家把行李装车，我们两点出发去机场。”

秦初晗对他发出盛赞：“我就喜欢你的成熟可靠，以及正常。”

祁应琛稍显遗憾：“家教严，老婆不喜欢，只好把内心的小男孩暂时关起来了。”

秦初晗不说话，微笑着拍了拍他英俊的脸。

微风被阳光穿透，染上柔软的温度，一阵阵地吹拂在夏天和新生的象崽身上。秦初晗打开待产舍的门，祁语先探了探身，好奇地往里张望。

夏天听到响动，轻声询问：“晗晗，是不是你啊？”

祁语站在原地没动，照旧等妈妈的指示。

秦初晗对她笑笑：“去吧。”

祁语软糯地朝里面唤了一句“还有我哦”，迈开腿跑到夏天身旁，安静地蹲下。

“小语，你也来看我啦。”夏天对闺蜜的女儿尤其温柔。

“嗯！”祁语专注地打量了象崽一会儿，不太满意地皱起眉头，“它为什么没有头发？”小象全身光秃秃的，皮肤还是红色的，看起来好奇怪。

夏天安慰她：“我们大象出生的时候都这样，以后头发就会长出来了。”

祁语追问：“会不会长出长长的多多的像长发公主那样的头发？”

夏天被问住了：“你有见过那样的大象吗？”它也好奇自己长头发的样子呢。

“没见过……”祁语已经开始脑补了。

“还记得外公跟你讲过的长毛象吗？它们因为生活在寒带冰原，身上长了又厚又密的毛发来抵御寒冷。”秦初晗在女儿身边蹲下，摸摸她的小脑袋，再望着夏天和象崽，“现代的大象大概分为两大类，一类是非洲象，住在很热很热的非洲大陆上，一类是夏天这样的亚洲象，野外的居住环境不需要长厚厚的毛来保暖。”

“所以只长一点点头发意思意思。”祁语发出叹息，“太可惜了……”

秦初晗和夏天相视而笑，小孩子真可爱！

“感觉怎么样？”秦初晗关心它的状态。

夏天看着酣睡的崽崽，嘴角不自觉向上："没事，比我想的顺利多了，我可是经验丰富的妈妈。"

秦初晗充分肯定："连我们家老祁看了监控回放都夸你稳重，可以做大象生产的优秀范本。"

夏天扬了扬鼻子："哎呀，你不知道这一年象馆里其他大象每天都在传授我生崽经验，生怕我又像上次那样只会喊疼，不会用力，特别交代我不要哭，哭没用。我那么大的一头象，怎么可能还跟以前那样，快羞死了……还好这回生得快，总算把面子找回来了。"

秦初晗笑盈盈地盯着它。

夏天被她望得困惑："怎么不说话？"

"没什么，替你高兴。"

祁应琛说得没错，夏天生头胎的时候疼得倒地不起，秦初晗跟着心急火燎。那时的她们什么经验都没有，回头一看，竟然已经过去那么多年。再往前推，是初秋时节某个平平无奇的寻常天，空荡荡的象馆没有开灯，刚念初中的女孩子和失去家人的小象相依相偎，生涩地对话，努力地交流，仿佛没有边际的黑暗中，她们是彼此的依靠。一晃十几年过去了，人类和象的友谊延续至今。时间过得可真快。

秦初晗不动声色地从珍贵记忆里抽离出来，换了个没心没肺的口吻，说："你踹象崽那几脚特别有范儿，力道拿捏和踹的位置都刚刚好！"

夏天像人挥手似的甩了甩鼻子："再说下去，我要骄傲了。"

秦初晗点到即止，一人一象再去看孩子们。

祁语蹲在象崽大脑袋的后方，一会儿用手轻轻捏它的耳朵，一会儿又学妈妈哄自己睡觉时那样一下下地摸它，断断续续同它小声说话："小象啊，我是姐姐，我要跟爸爸妈妈出去找星星了，过几天就回来，你要快快长大，不能忘了我！"

秦初晗和夏天忍不住笑起来。

"放心吧，忘了谁也不会忘了你。"夏天对祁语说，"我每天都会告诉它，你有一个姐姐叫'祁小语'，今年五岁啦，喜欢吃草莓蛋糕，最讨厌吃大蒜，晚上睡觉前要抱着荞麦玩偶听爸爸妈妈讲故事。"

祁语连忙表示："等我回来了，我也给弟弟……嗯……它是弟弟吗？"

夏天肯定道："是弟弟。"

祁语小姐姐严谨地确定了弟弟的性别，再摸着它软软的耳朵，细声细气地说："等我回来了，我带故事书来看你，讲故事给你听，好不好？"

“好，我先替弟弟答应你，谢谢姐姐。”夏天抬起鼻子，“来，拉钩，盖章。”

祁语熟练地伸手握住，一上一下地摇了摇，再竖起拇指和鼻头按一下，完成约定！

祁语收回手，手臂交叉抱在前胸，弓着背，把脸凑近夏天，也对它轻声关心道：“你累不累啊？”

夏天心里暖暖的：“不累。”

祁语想了想，眼眸里泛出纯真的光：“疼不疼？”

“之前有点儿疼，现在也不疼了。”

“以后呢，还会疼吗？”

“以后不生宝宝的话，应该就不会疼了。”

祁语低下头，若有所思。

“怎么了？”夏天以为她还没放下对自己的担心，或是从对话里萌生出别的顾虑。

祁语抿着嘴，勇敢地吸了吸鼻子，问秦初晗：“妈妈，你生我的时候是不是也很疼？”

秦初晗换了个真切的表情，道：“可疼了，从早上到晚上，又从晚上到第二天天快亮的时候。”

祁语听得眼眶泛红。

秦初晗安慰地捏捏她粉嘟嘟的脸颊：“不过当护士把你放进我怀里，看到你的第一眼，我就觉得再疼都是值得的。”

祁语一头撞进妈妈怀里，瓮声瓮气地说：“妈妈，等我长大了，一定挣好多好多的钱，给你养老！”

秦初晗乐不可支：“等你长大了，妈妈也还有一阵子才会变老，你先给外公养老吧。”

祁语用力地“嗯”了一声。

夏天被感动得不行：“你们俩快走吧，不是要赶飞机吗，可别迟到了。”它才不想哭给她们两个看。再说了，好不容易卸货成功，哭什么哭，轻松快乐的好日子才刚刚开始呢！

“还有一会儿，不着急。”秦初晗空出一只手托起侧脸，笑眯眯地打量象崽，“想好了吗，叫什么名字？”

夏天早就有主意了：“小语，你给弟弟取个名字好不好？”

“我吗？可是，我认识的字不多……”祁语拿不准，习惯性地看妈妈，向秦初晗征求意见。

秦初晗鼓励道：“给弟弟取个你认为最好的名字，这样的话，它一辈子都会记得你。”

一辈子是最好的约定。

祁语屏息凝神，思索半晌：“我想好了，就叫它‘呼呼’好不好？”

“呼呼？”夏天没明白这个叠词的意思。

秦初晗秒懂，解释道：“我们小语长大要做动物医院的院长，照顾生病受伤的动物，帮助它们恢复健康，可是她离长大还有一段时间，在这期间，遇到需要帮助的动物，小语要怎么办呢？”

夏天想起来了：“给大家呼呼？”

“嗯！”祁语认真点头。每一次的呼呼，她都灌注了全部的爱。这是她目前力所能及的事，她不遗余力，未曾偷懒分毫。

“我喜欢这个名字。”夏天对身旁安睡的宝贝道，“从今天起你就叫呼呼了。”

“呼呼，你好呀，呼呼。”祁语兴奋得两条眉毛都不对称了，“我是姐姐，呼呼！”

秦初晗回味道：“头一次觉得‘呼呼’是个治愈的词。”

夏天表示赞同，然后自然而然地想起了它的大宝贝：“我们家小纯洁的名字意思也好，就是现在啊——”

正说到这里，舍外围墙的另一边咋咋呼呼地传来问话：“妈，妈，我听饲养员说你生了，是弟弟还是妹妹？你情况怎么样？爸和星耀都让我来问你，它俩到底谁是爸爸。我也想知道呢！”

小纯洁边说边把象鼻子从墙那边探过来，左摇右晃，恨不得把墙拆了。

当着秦初晗和小语宝贝的面，夏天被女儿喊得很没面子。

秦初晗强忍住笑：“我也想知道。”

祁语更是直接会错意，担忧地看着呼呼：“它没有爸爸吗？”

“不是，它有的，没有爸爸还得了啊，我一头象也没办法把它生下来。”夏天语无伦次，不知道该怎么跟五岁的小朋友解释。

墙那边，小纯洁还在嚷：“妈，你怎么不说话？”

秦初晗朗声道：“我和小语在呢，你妈好得很，给你生了个弟弟，叫呼呼。”

“弟弟啊，叫呼呼？行吧行吧，叫什么都好，我妈好就好。”小纯洁自言自语了一阵，想起正事，又扯着嗓门喊起来，“妈妈，你要是不想让它们知道谁是呼呼的爸爸，就悄悄告诉我吧，我保证不说出去！”

“别问了！我连晗晗都没告诉，谁都不会说的！”夏天憋着气回吼了一句，差点儿把身边的呼呼惊醒，连忙又用鼻子去安抚。

小纯洁没问到最关键的东西，倒是听出亲妈的耐心即将归零，决定溜了：“不说就算了，反正也是爸和星耀急眼，跟我没关系……”

“你也看到了，这孩子……”夏天叹气。

“多好，多可爱。”秦初晗最喜欢和小纯洁闲聊了。

“也就你觉得它可爱！”

“只要是你生的都可爱！”

冷不丁地，小纯洁又绕回来了，这次的喊话对象是秦初晗：“晗晗妈妈，听说你要和祁爸爸去找星星了，祝你们一路顺风、心想事成、万事如意！早点儿回来呀！”过年跟饲养员学的成语都用上了，小纯洁觉得今天的自己比昨天更棒了。

秦初晗吸了一口气，大声应：“知道啦！谢谢你！一定早点儿回来！”

祁语忍不住了，涨红小脸跟着喊：“还有我！我也要和爸爸妈妈一起去找星星！纯洁姐姐你也要想我！”

小纯洁爽快地回道：“好！天天都想你！要听晗晗妈妈和祁爸爸的话，不要捡地上的东西吃！”

呼呼蓦地侧身坐起来，吧嗒着嘴，一脸呆萌地看大家，但搁不住眼皮沉沉的，坐起来不足三秒就往妈妈身上歪。

祁语被弟弟萌翻了：“呼呼好可爱啊！”

小纯洁在那边着急：“有多可爱？比我还可爱吗？晗晗妈妈，放我过去，我也想看弟弟，只看一眼！我有弟弟了呜呜呜……”

秦初晗和夏天再度对视，感同身受。

4

带着动物们满满的祝福，小秦园长一家三口登上前往异国的飞机，出发，找星星！

北极星，虎鲸，雄性，海豚科哺乳动物，现已放归大海。野化基地的海洋生物学家和研究虎鲸的专家曾经根据它的外貌形态和性情等多方面做了估测，确定它被人类捕捉上岸前，大概率属于远洋型虎鲸，小概率为居留鲸。

七年前，在秦初晗等人的不懈努力下，北极星被送往 W 国维塔海洋生物野化基地，开启长达十四个月的野化训练。秦初晗没有参与它的放归仪式，而是在放归前夜，在水舍里陪它到天明，从初见的投喂游戏聊到多年后那场彼此都出尽风头的招待酒宴……

北极星对天亮后的生活既期待又胆怯。它期待地畅游在无边无际的海洋里，又担心找不到母亲和家人，还怕遇到座头鲸，被欺负得鼻青脸肿，丢了山动的颜面。

秦初晗安慰它说："没关系，勇敢点儿！要相信自己！你在山动的人脉那么广，到了海里，记得多个朋友多条路。遇到座头鲸，跑远点儿，虎鲸长得都差不多，它们也不会知道你是山动来的。"

北极星听罢觉得很有道理，心里的忐忑顿时消减不少。

中途他们聊起秦宝珠和老秦园长。不知北极星从哪里学来"嗑 CP"这个词，说要是虎鲸能变成人类，它要做一名小说家，写尽曲折离奇、要生要死的虐文，而且要先给秦宝珠和秦怀远写个平行世界的 BE（Bad Ending，悲剧结局）故事。秦初晗听得来了兴趣，要不是时间有限，准要让它展开讲个故事梗概来听。

后来他们又聊到她将在年末举行的婚礼。不能亲眼见证晗晗人生最幸福的时刻，北极星为此感到遗憾。它问她能不能在海边举办婚礼，要是它那天刚好路过，就能参与其中了。可没等秦初晗应声说好，它就伤感起来，说天亮就要分别，兴许这辈子都见不到了。

秦初晗不让它胡思乱想，郑重地向它承诺："不管你去哪里，在哪里，我一定会找到你，来见你。"

北极星跟她打哈哈："知道你能找到我，有定位嘛，昨天植入到我皮肤里的时候给我打得一激灵，都想谈恋爱了。"

秦初晗气不打一处来，骂它不是头正经鲸。

北极星跟她贫："我要是正经，就不是我了。"

这话实在叫人无法反驳。

那天晚上过得特别快，前一刻还聊着笑着，无意间一抬头，发现天亮了，忽然谁都说不出话。

半晌，秦初晗在沉默中艰难开口："以前怎么没发现自己那么舍不得你呢……"

北极星即将获得自由，得意得没边："后悔放归我了吧？如今你把钱花了，我把野化训练全做完了，连我住的水舍都改造成那个什么潜水乐园了，现在才来反悔，早就来不及了。后半生好好思念我吧。当然，我也是会……"

秦初晗抢白道："我不会忘记你的，就算我老了、痴呆了，也不会忘记你。还有——"她双手用力按在它的脸颊上，专注地看着它，话语里只有肯定式，"我从来不后悔放归你！可以说，放你回大海，或许是我这辈子做过最正确的事。所以你可千万不要让我失望，不许太想我，更不许怀念在水族馆里的日子，听明白了吗？"

北极星愣愣地僵在水里，过了好一会儿，微张开嘴，露出安定的笑容："我明白了，傻晗晗。"

放归那天，北极星与秦初晗约定，要是它没有找到家人，就不出来见她。秦初晗问为什么，它说："要是连家人都没找到，我见到你肯定会痛哭流涕，说不定还会求你带我回山动。"那多没出息啊，想想都觉得丢脸。

秦初晗哭笑不得，只好答应它。没想到这家伙够绝情，说不见就再也没有出现过。有好几次，秦初晗与庞大的鲸群擦肩而过，总觉得其中一头就是它。某个回望的瞬间，某个相似的身影，勾起的是绵长的回忆和想念。

那一年年末，秦初晗真的选在海市三面朝海的酒店举行了她和祁应琛的婚礼。虽然她心里很清楚，北极星出现在附近的可能性微乎其微。但是万一呢？朋友之间就是要分享幸福的。想到这一点，秦初晗轻易原谅了北极星与她的残忍的约定。

生下祁语后，一家三口首次出发找星星，未果，一周后返回。次年九月，野化基地彻底失去北极星的定位信号。秦初晗立刻前往信号消失前的那片海域，逗留半个月，无功而返。

等祁语长大一些，她和祁应琛多次出海，只为再见它一面。她想亲口告诉它，这么多年，山动只出过一套琉璃材质的摆件，名字叫"深蓝归属"，主角只有它。北极星是山动的第一头虎鲸，也是最后一头。关于这一点，永远都不会改变。

经历二十个小时的航程，一家三口来到W国西海岸最繁华的港口城市，出机场，直接前往码头，交通工具从汽车变成快艇，之后是颇具规模的科考船，一段全新的寻找星星的旅程就这样开始了。

科考船设定的航线与远洋鲸群体大致相近，这十天当中，秦初晗和数个群体正面相遇，向它们打听北极星的下落：那是一头话很多、幽默乐观的大家伙，很了解人类，爱着其中的几个，也恨过几个，与没有离开过大海的虎鲸多少有些不同。

得到的回应是碎片式的，一些虎鲸很肯定地说见过，话多，爱招惹其他鲸，数年前在某片海域横冲直撞，差点儿被座头鲸拍死，还说除了人类扔的垃圾，海豹、金枪鱼、企鹅、大白鲨的肝脏……它什么都吃，胃口好得不得了，杂食得令大家匪夷所思。又说那家伙找不到家人，难过得几天吃不下饭，后来坠入情网，很长一段时间尾随着某个居留鲸群，怪痴情的，不知道它追到了没。

秦初晗再问时间地点，也不知虎鲸们是在保护同类，还是真的忘性大，口径一致地说记不得了："海那么大，鱼啊虾啊那么多，你一个人类，既然都把它放归了，不如放下吧。"

秦初晗放不下，放心不下！

十天转瞬即逝，一家三口收获最大的是小语宝贝，每天跟着这位博士那位教授的，全面了解海洋生物，人生理想都要从动物医院院长变为海洋动物学家了。

离开科考船，登上大伯祁雁城亲情赞助的豪华游艇，追踪附近鲸群，中途祁敬承和陶阮还从附近城市坐着直升机前来探望。游艇深入大海，与不同的鲸群相遇，不断地找寻，这是此行唯一的目的。

这段时间天气很好，没有突然而至的暴风雨，每天都风和日丽。祁应琛会抱着女儿坐在甲板上，白天看蔚蓝的大海，晚上看闪烁的星星，给她讲虎鲸的分类、习性，给她讲北极星与人类的故事、与山动的故事……秦初晗坐在不远处安静地听，脑中自然而然地浮现出一个大家伙的模样。祁应琛讲到生动处，那个大家伙还会朝她做鬼脸，从水里跃起来，用身体击起水花，把她浇得透心凉。

在没有边际的大海中度日，时间变得不重要，秦初晗已经不记得今天是出行的第十九天还是第二十天……

船长说今天傍晚要在一座港口靠岸补给，那是个不错的旅游小镇，有个关于鲸的博物馆，值得去看一看，儿童免费，成年人买票还附赠一杯咖啡，很划算。秦初晗听罢，满脑子想的竟然是“万一我在博物馆看到被做成标本的北极星”这么离谱的事……午饭后，一觉睡到自然醒，再想起这个堪比恐怖片的情节，她把自己逗笑了。

忽然，甲板的某端响起对话声——

“我叫祁语，祁教授的祁，语言的语。”

“祁语，我也认识一个姓祁的教授，他叫祁应琛。”

“祁应琛是我爸爸！他好厉害的！”

“是说看着就像，祁应琛是你爸？那你妈是不是叫秦初晗？”

“你怎么知道啊？”

“我知道的可多了。”

“哇……”

“哇什么哇，禁止在海上卖萌我跟你说，就算是秦初晗和祁应琛的女儿也不行。”

“为什么不行？”

“太可爱了，我会忍不住想把你带走。”

“你要把我带走吗？带去哪里呀？”

“带去大海里。”

“为什么？”

“因为你可爱！”

“谢谢。”

"……"

"妈妈跟我说，不管是叔叔阿姨还是幼儿园的老师夸我，都要说谢谢，这样才礼貌。"

"秦初晗把你教得很好，今年几岁了？"

"五岁！"

"你比的是三。把手指全部展开，对，这才是五。"

"哦，这是五。那你几岁？"

"我比你妈大，叫我一声叔叔，你不亏。"

"什么叔叔？"

"什么什么叔叔？让你叫就叫，快快快，叔叔送你大珍珠！"

"不行，珍珠是琥珀的妈妈，把它送给我，琥珀就没有妈妈了！"

"嗯，行！那不要珍珠了，那一家子长得就很要命。"

"你别说它们丑，它们会伤心的，虽然……是不好看。"

"我们在这里悄悄说，它们听不见。"

对话还在继续，没正经的大家伙变着法儿跟小家伙打听动物园的情况："那只叫李昂的鸟还健在吗？算一算，游夜家的荞麦到了出嫁的年纪，这次大猩猩馆是什么安排？狼谷那边，有年轻狼谋朝篡位了吗？杜康的社恐治得怎么样了，好全了没？还有那头黑豹，本大爷走了以后，它在山动的人气登顶了吧？哎，你都长这么大了，你竟然是秦初晗和祁应琛的女儿……"

秦初晗循声走出去，就见女儿穿着橙色的救生衣坐在护栏边，祁应琛照旧给她身上加了一条防滑锁。而在祁语跟前，黑白色的大家伙从海里探出半身，长满利齿的嘴一开一合，还跟从前一样，唠叨起来没完没了。

祁应琛靠在女儿身后的圆窗上，一个北极星看不到他的角度，光明正大地听他们对话，见证新的友谊的诞生。

直到北极星正色问祁语："要是我和你爸同时掉进海里，你救谁？"

祁语被难住了，扭头看亲爹："爸爸，你要掉进海里了吗？"

祁应琛松开抱在身前的手臂，走到北极星的视线里，回以同样的郑重："我会游泳，你也会。"

北极星往海里缩了缩："忽然有点儿尴尬是怎么回事……"

祁应琛在女儿身边蹲下，定定地盯着它看了半晌，表情似是欣慰，笑容里满是对生命里各种不可思议的重逢的喜悦。

“好久不见。”

“嗯，好久不见……你怎么不早点儿出来？”

“看你跟我女儿聊得那么愉快，不忍心打扰。”

“我要不要谢谢你？”

“可以，谢吧。”

“我跟你没办法聊，把秦初晗叫出来。”

“你想见秦初晗？那得等一等了。”

“该不会激动得哭了吧？”

“你说呢？”

秦初晗早就在北极星对她的女儿发出终极刁难时，很没出息地缩回了房间，她靠在门上，泣不成声。

秦初晗一直认为，人生有两种惊喜最为可贵：失而复得的喜悦，久别重逢的感动。前一种是她和祁应琛，后一种曾经她以为或许不会有了。

在房间里整理好情绪，她出去和那头虎鲸见面，告诉女儿它叫北极星，就是他们一直在找的那颗星星。

重逢的过程是笑声伴着泪水，他们问候彼此过得如何，讲述这几年的经历，纵然许久不见，生疏之感却是不存在的。

晚些时候，游艇靠岸补给。北极星全程伴行，它身后大约一海里的距离，始终有几个与它相似的身影跟随。那是它的家人。

秦初晗怕它被捕鲸船盯上，不让它再跟了，约好晚点儿见。

在小镇一家餐厅匆匆吃了晚饭，祁应琛租了一艘小艇，带秦初晗和祁语出海，聊了整夜。

北极星在放归之初确实有诸多的不习惯，只身在茫茫大海，连大白鲨遇到它都要绕道走，寂寞在所难免。好几次它看到灯火辉煌的游轮，觉得亲切无比，忍不住偷偷靠近，听着上面传来的人声、乐声，好像回到了山动。但它知道，这些都是不同的。

熬过那段时间，之后日子就顺畅多了，毕竟它是虎鲸，海中霸王，吃的方面从来不愁，也不怕吃坏肚子，什么都要尝试一下，把一众虎鲸看得傻了眼。

到的地方更是数不过来。北极星是这么跟秦初晗画的范围：“只要能游去的地方，我都去过了！”

寂寞也没有了。交际达人正式开工营业，还找了一头和水族馆那只相似的柠檬鲨，照例认作干儿子，给自己刷满存在感。它热情地拥抱大海，努力生活。

放归的第三年，历经千难万险，它在距离放归点数千里的海域找到自己的家族，与妈妈相认，随后对一头居留鲸一见钟情，果断展开追求攻势。现如今，鲸崽已经三岁了，名叫秦秦，秦初晗的秦。

说到这里，北极星又开始皮了："要是再生个儿子，就叫琛琛，祁应琛的琛。"

秦初晗笑得倒在甲板上，大方同意。

之后几天，北极星与白色的游艇回到大海深处一起活动。秦初晗会换上潜水服，让北极星托着潜到海水深处，一起欣赏它喜欢的风景。北极星也会贴在游艇的泳池边，和秦初晗聊山动的点滴。

最后一天，北极星带着妻子和女儿秦秦来与秦初晗一家道别。他们做了约定，明年这时见，以后的每一年都要见。

阳光耀眼，大海是温和柔软的，游艇缓缓驶离，向一个叫作岸的地方驶去。岸的那端有一座动物园，那是秦初晗的家，也是北极星的家。

"爸爸，他们要回哪里去呀？"

"回山动。"

"山动是什么地方？"

"那是最好的动物园。"

番外五

梨花糖的心愿

秦初晗和祁应琛婚后的第三个月，C 国的国家动物园发来租借申请，希望能从山海野生动物园租借一只大熊猫。

消息刚在园里传开，梨花糖就托李昂给小秦园长带话了，它愿意去，但有个要求。它想像闪电那样在夜深人静时逛一逛动物园，看一看游客视角下它成长生活的地方。

于是这天夜里，梨花糖夜游园活动限定开启。

“今晚主要是满足你游园的心愿，去不去 C 国另说。”晚上十一点，秦初晗在大熊猫馆接到梨花糖，先表明自己的立场和态度。

“为什么呀？”兽舍里，娇滴滴的园三代歪了歪头，表示不解。

秦初晗被它标准的熊猫眼注视着，直来直去道：“租借哪只大熊猫，这需要园里开会商讨，陪你逛动物园是我单方面宠你，明白了吗？”

梨花糖张开嘴，满足地轻轻发出“啊”的叹息声：被晗晗宠了，好开心。

秦初晗一早就做好了安排，走工作人员通道出去，外面是大熊猫馆最大的外场展区。

梨花糖慢悠悠来到护栏边游客聚集的地方，透过玻璃幕墙看自己营业的外场：“原来是这种感觉。”

新鲜、新奇、前所未有的体验。

梨花糖认真地想了想，提了个意见："要是有几个人类在里面就更好了。"

秦初晗"扑哧"笑了："对不起啊，安排不周！"

"没关系，吸取经验，以后会越来越好的。"梨花糖老气横秋地发着话，前肢离开幕墙前的护栏，转身向后走了几步，面前是个分叉路口，分别通往仙踪林、鹿苑和黑森林馆。

三条不同的路线，沿途的风景也不一样。梨花糖犹豫了一会儿，似乎拿不定主意："我们动物园很大，一个晚上是不可能逛完的，对不对？"

秦初晗点头，用下巴指了指停在斜对面的两人座观光小白车："先带你兜一圈？"那可是闪电的最爱。

梨花糖又问："那这里离东门直营店远吗？"

"不远，走中间这条路，经过仙踪林就到了，按照你的速度，最多一个小时。"秦初晗笑着跟它开玩笑，"想去店里看看自己的手办和毛绒玩具？"

梨花糖没有回答，只是确定了中间的那条路："晗晗，我们出发吧！"

秦初晗反而变得不确定。因为就在刚才，她似乎在梨花糖的黑眼圈里看到了坚定的光芒。

仙踪林外围这条路是园区的主干道之一，也是游客入园的必经之路。不过到了晚上，尤其九点钟之后，大部分路灯被关掉，周围的婆娑树影犹如狰狞巨兽，是有些恐怖的。

梨花糖没这份顾虑。它们大熊猫天生视弱，几米之外看什么都是模糊的一片，全靠灵敏的嗅觉来分辨事物和方向。

初夏的夜，月色清浅而温柔。一人、一只成年雌性大熊猫悠闲并行，不可谓不美好。

梨花糖也很享受在园中漫步的这份惬意，走了一会儿，它主动道："晗晗，你说我们现在这样算是在共建和谐社会吗？"

这话一下子就把秦初晗逗笑了："算的呀，都打破物种之间的壁垒了。"

"真好。"梨花糖得到肯定，觉得自己棒棒的。

说话间，来到象馆，秦初晗站住，问："夏天和小纯洁在里面，要去打个招呼吗？"

梨花糖晃了晃它的大脑袋："不了，听说它们大象作息规律，就不打扰了吧。而且我一只熊猫大晚上去参观它们,不合规矩。"它已经完全代入游客身份了。动物也是要休息的，接近凌晨可不是营业时间。

秦初晗猜想，它的游园游的是动物园本身，看其他动物都是次要的。

梨花糖快满八岁了，正值青年期。它生在山动，长在山动，是大熊猫馆公认的娇气包，不小心从爬架上摔下来都要生气地打几个滚，动辄嗷嗷叫，吸引饲养员的注意，主要目的还是想要抱抱、要挠痒痒，还要酸甜可口的青苹果……大家都很宠爱它，秦初晗亦然。

“好，那我们继续走。”秦初晗在前面领路。

梨花糖步履悠闲地跟在她侧后方：“晗晗，这条路你走得多吗？”

“挺多的，因为是园区主干道，有时候每天都要往返很多次。”

“那白天一定很热闹。”梨花糖有些向往地说。

秦初晗侧首瞄了它一眼，描述道：“白天啊，这里的道路两边有很多小吃摊位，我们园里表演组的工作人员会穿上根据你们的形象定做的玩偶套装，和游客合影、赠送气球、变魔术……你看左边，看得到吗？那是观光小火车的铁轨。”

“原来火车是在这种叫作铁轨的东西上移动的。”梨花糖走近了，用前肢碰了碰光洁的轨道，“呀，冰冰凉。”

秦初晗伴在它身旁，耐心询问：“想坐坐吗？”她可以让时昊把小火车开过来。

“不了。”意料之外，梨花糖再一次拒绝，顺着道路走下去。

秦初晗还真拿不准这只熊猫到底在想什么了。她可是看着它长大的，在它还是个幼崽的时候还给它掌过奶瓶呢，可娇气包不撒娇了，得到游园的特权之后，分明对每一处都有好奇心，却都克制住了，为什么？秦初晗被动地跟在它身后，心里充满疑问，但直觉告诉她不要问，就这样挺好的。

月光融入夜色里，梨花糖享受地行走在园中，不时停下来打量一棵树，或者垂下头嗅嗅花圃里绽放的花朵。它也没有忽视身后插不上话的导游，偶尔会与她聊几句。

“晗晗，你去过 C 国的国家动物园吗？”

“去过的。”

“那里和山动有什么区别呢？”

“首先是范围吧，C 国的国家动物园比五个山动加起来还要大，动物种类也比我们多。”

“你说的这些区别和其他动物园差不多呢，那个牧城动物园不也这样吗？”梨花糖想听的不是这些。

秦初晗意识到了，略做思索之后道：“真要说最大的区别，大概是自然的界线。”

“自然的界线？”

“嗯，C 国的国家动物园没有建太多的展馆，住在那里的动物大多处于半散养状态，自然行为也更丰富。”

“是什么意思呢？”梨花糖对这些专业术语不是很明白。

“在山动，大熊猫住在大熊猫馆，大象住在象馆，闪电住在黑森林馆，大家都有兽舍，到了饭点，饲养员会根据你们的口味送来吃食。C 国的国家动物园不是这样的，那里的管理员不会给动物提供功能全面的展馆，只有一些简单的遮风挡雨的建筑，吃的东西需要你们自己去寻找，有时候连巢穴也要自己搭建。”

“那不就和在野外差不多吗？”

“是的，不过管理员会追踪观察你们的身体状况，根据情况为你们提供吃的，必要的时候还会把你们带回兽舍做调养。”

“那岂不是很丢脸……”梨花糖不免担心起来，“像我这样的废柴，根本没有在那样的动物园生活的能力呀！”

秦初晗心想，你们大熊猫只要卖萌就可以拥有全世界。

“不对。”梨花糖自己琢磨过来了，“C 国的动物园没有大熊猫，不然就不会来借了，要是我去的话，就是出公差，他们会把我照顾好的，对不对？”

“对！”秦初晗很难违心地否认，忍不住问，“你真的想去？为什么？”

梨花糖从来没去过野外，今晚是它出生至今第一次离开大熊猫馆。它那么爱撒娇，肠胃又不好，长到五岁了还要抱着它的小玩具入睡。秦初晗实在不放心把它送去国外的动物园，哪怕只是几年，哪怕那座动物园无论是饲养水平还是别的方面都在山动之上。

梨花糖再一次回避了她的问题：“前面就是东门吗？好大，好宽敞啊……”

它一步一步地走过去，走过广场，来到东门前宽宽的长长的检票口，然后停了下来，停在动物园正门中间的位置，目光穿过更宽阔的外广场、被路灯照亮的八车道，忽略偶尔一晃而过的车，对面更远的地方是山海集团最大的游乐场，翻跃的过山车、浪漫的摩天轮、梦幻的旋转木马……游客的笑闹声依稀从那边传了过来。

那些光模糊不清，像火一样热情的红色、像大海一样忧郁的蓝色、像草地一样生命力旺盛的绿色，还有它最喜欢的代表少女心的粉色……它们占据了梨花糖全部的视野，可爱地晕染开，互相交融在一起，构成它眼中的世界，美极了。

梨花糖说：“晗晗，这个世界好大、好缤纷，我也想出去看看呀……”

秦初晗怔住：“是这样？”

梨花糖点头，开心地看向远处的斑斓：“没错，是这样。”

秦初晗释然了，也看向那远方：“那就去吧！”

（全文完）

后记

2021年夏天，我去友人家做客，蹲在猫窝前几近花言巧语，两只可爱的毛茸茸愣是没有给我一个正眼，我受伤不已。

朋友倒是安慰我，说她家猫要是听得懂我说话，指不定收拾包袱跟我走了。

这就是故事的开端。

当人和动物可以无障碍地沟通，那会一个怎样的世界呢？

我开始造梦，今天试图呈现一只幼年熊猫的心理状态，明天探索灰狼的成长历程，还有半夜翻出围栏满园子溜达的黑豹、会说叠词哄女儿的银背大猩猩、社牛属性拉满的虎鲸、脾气很臭见谁都骂的驼鹿……

故事结束时，秦初晗在无边无际的大海与北极星重逢，我也真正相信了，在岸的那端，有一座名叫“山海”的动物园。

小说的美好之处，在于能够轻易做到现实中无法实现的事。

而归于现实，大多数哺乳动物是色盲，大象更是天生的弱视，只能看清七八米范围内的事物；黑豹是豹的黑色型变种，它们的身上也有豹纹，要在强烈的阳光下才能看到；动物园本身没有向外租借熊猫的权利……

但保护动物是人类的责任，也是现代动物园本身存在的意义。

时至今日，物种之间的交流依旧是个难题，好在我们有很多方式去认识、相处、了解。

天气很好，一起去逛动物园吧！

参考文献：

1. 张恩权，李晓阳编著．图解动物园设计：中国建筑工业出版社，2015.

2. 张恩权，李晓阳，古远编著．动物园野生动物行为管理：中国建筑工业出版社出版，2018.

3. 花蚀著．逛动物园是件正经事：商务印书馆，2020.

4. 纪录片《可爱的小崽子们》

5. 纪录片《蓝色星球》

6. 纪录片《自然世界：虎鲸的真面目》

7. 纪录片《王朝》

8. 纪录片《生命的故事》

图书在版编目（CIP）数据

我在动物园搞文创 : 全三册 / 我是宝的贝儿著. --

北京 : 中国致公出版社, 2023

ISBN 978-7-5145-1988-4

Ⅰ. ①我… Ⅱ. ①我… Ⅲ. ①言情小说－中国－当代

Ⅳ. ①I247.5

中国版本图书馆CIP数据核字(2022)第086368号

我在动物园搞文创：全三册 / 我是宝的贝儿 著

WO ZAI DONGWUYUAN GAO WENCHUANG

出　　版	中国致公出版社 （北京市朝阳区八里庄西里 100 号住邦 2000 大厦 1 号楼西区 21 层）
出　　品	湖北知音动漫有限公司 （武汉市东湖路 179 号）
发　　行	中国致公出版社（010-66121708）
作品企划	知音动漫图书 • 漫客小说绘
绘画支持	九千坊 呆呆西西 半灰
责任编辑	徐 慧　黄雅芸
责任校对	魏志军
装帧设计	杨小娟 邹子欣
责任印制	翟锡麟
印　　刷	武汉鑫兢诚印刷有限公司
版　　次	2023 年 5 月第 1 版
印　　次	2023 年 5 月第 1 次印刷
开　　本	710mm×1120mm　1/16
印　　张	55.5
字　　数	1000 千字
书　　号	ISBN 978-7-5145-1988-4
定　　价	98.00 元